BERNHARD WUCHERER

Die Säulen des Zorns

SCHONUNGSLOS GRAUSAM Staufen in den Jahren 1649/1650. Nach Pest und Dreißigjährigem Krieg belasten immer noch Hunger und harte Lebensbedingungen die Dorfgemeinschaft. Da kommt es gerade recht, dass Hugo Reichsgraf zu Königsegg den ledigen Burschen des Marktfleckens eine wertvolle Fahne mitsamt Umzug und Festmahl zu spendieren gedenkt. Damit möchte er neuen Lebensmut unter die dezimierte Bevölkerung bringen, erreicht aber das Gegenteil. Denn sofort breiten sich Neid und Missgunst aus, denn jeder möchte Fähnrich werden. Schon bald wird die erste schrecklich verstümmelte Leiche einer der Ihren gefunden. Weitere grausame Morde folgen ... auch in der nahe gelegenen Residenzstadt. Nur gut, dass mit dem Tagelöhner Jockel Mühlegg rasch ein Schuldiger ausgemacht wird, der der peinlichen Befragung unterzogen werden kann, um die rasende Volksseele zu beruhigen. Allerdings treibt sich auch noch ein mysteriöser Unbekannter im Dorf herum. Dass dieser Dreck am Stecken hat, ist schnell klar, aber ist er auch der gesuchte »Gliedermörder«?

Bernhard Wucherer wurde im Allgäu geboren wo der Grafikdesigner zunächst als Schriftsetzer, Lithograf und Drucker tätig war, bevor er über zwei Jahrzehnte hinweg eine eigene Druckerei mit angeschlossener Beschriftungsabteilung, sowie eine Werbe-, Marketing- und Eventagentur betrieb, in der er u. a. für den Tourismus zahlreiche Werbetexte und -slogans verfasste. Während er danach seinen Lebenstraum erfüllte und über viele Jahre hinweg auf Burgen und Schlössern des In- und Auslandes lebte und arbeitete, schrieb er historische Aufsätze, die zum Teil sogar Veröffentlichung in wissenschaftlichen Werken fanden. In diesem inspirierenden Umfeld begann der Burgmanager, Ritterturnierveranstalter und Museumskurator, historische Romane zu schreiben.

Bisherige Veröffentlichungen im Gmeiner-Verlag:
Der Peststurm (2013)
Die Pestspur (2012)

BERNHARD WUCHERER

Die Säulen des Zorns

Historischer Roman

Original

GMEINER

Besuchen Sie uns im Internet:
www.gmeiner-verlag.de

Im Ehnried 5, 88605 Meßkirch
Telefon 07575/2095-0
info@gmeiner-verlag.de

1. Auflage 2014

Lektorat: Claudia Senghaas, Kirchardt
Herstellung: Julia Franze
Umschlaggestaltung: U.O.R.G. Lutz Eberle, Stuttgart
unter Verwendung eines Bildes von: © http://commons.wikimedia.org/wiki/File:Edwaert_Collier_-_Vanitas_-_Still_Life_with_Books_and_Manuscripts_and_a_Skull - Google_Art_Project.jpg
Druck: GGP Media GmbH, Pößneck
Printed in Germany
ISBN 978-3-8392-1579-1

Meinem väterlichen Freund und Berater,
dem 2012 verstorbenen und verdienten Chronisten
der »Staufner Fahnensektion«, Benedikt Josef Höss,
und all jenen Menschen gewidmet,
die offenen Herzens alten Bräuchen dienen,
dabei aber stets das Feuer der Tradition bewahren
und nicht deren Asche anbeten.

1 Staufenberg
Hier beginnt im ersten Roman »Die Pestspur« der Vorspann zur Geschichte, worauf sich eine Mordserie entwickelt, die nun seinen Fortgang findet …

2 „Galgenbihl"
Richtstätte zu Füßen des Staufenberges. Dort wurde der Medicus gehängt. Hier weiden auch die Schafe des Bechtelerbauern und des Wanderschäfers.

3 Obergölchenwanger Grat (Der heutige Hochgrat, sehr verzerrt dargestellt)
Hauptberg der Nagelfluhkette. Nach rechts guter Blick in die Schweizer Berge.

4 Wirtshaus „Zur Krone"
Stammtaverne des Totengräbers und des „Paters", früher auch des Medicus (†).

5 Anwesen der jüdischen Familie Bomberg
Im ständigen Focus des „Paters". Hier spielen sich schreckliche Dinge ab.

6 Seelesgraben
Lebensader des Dorfes. Der Bach fließt nach rechts durch den Unterflecken.

7 Marktplatz (hier viel zu klein dargestellt)
Dreh- und Angelpunkt des Dorfes. Von hier aus werden Gerüchte gestreut.

8 Wirtshaus „Zum Löwen"
Liegt auf dem Weg zum Pestfriedhof. War Sitz der Staufner Handwerkszünfte.

9 Färberhaus und Pestareal (beides nicht sichtbar)
Zum Haus von Hannß und Gunda Opser ca. 70 Schritte am „Löwen" vorbei. Zum Pestfriedhof und zur Pestkapelle geht es 2 Meilen nach Weißach hinunter, wo sich einer der Arbeitsplätze von Fabio, dem Hilfstotengräber, befindet.

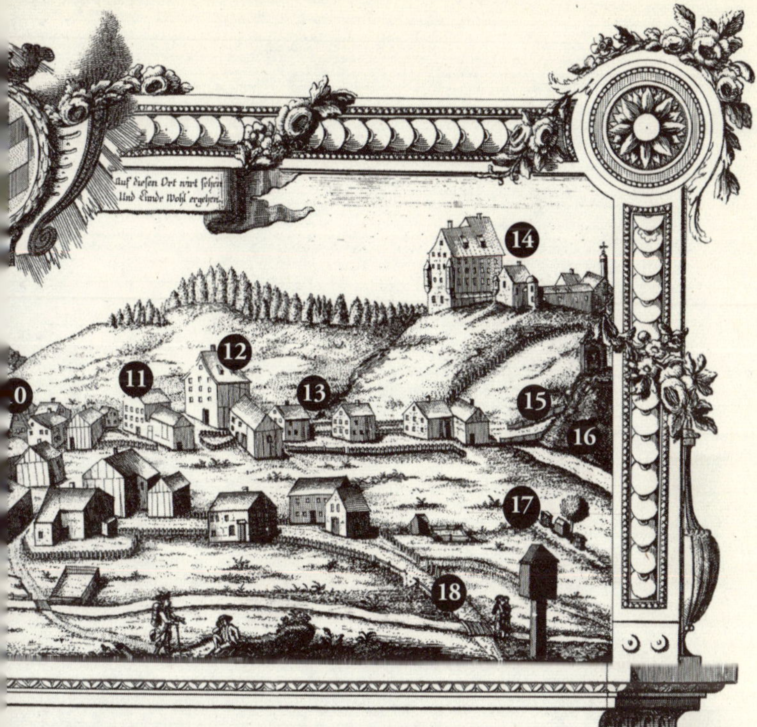

im 17. Jahrhundert

10 Propsteigebäude
Wohnung und Arbeitszimmer des Propstes Johannes Glatt.

11 Wirtshaus „Zur Alten Sonne“
Spielt keine große Rolle. Hier wohnt nur „Jocen Bueb“, Fabios fieser Gegner

12 Alter Marstall
Nach teilweiser Verwaisung der Residenz vorübergehend gräfliche Kanzlei.

13 Entenpfuhl (nicht sichtbar)
Liegt direkt unterhalb des Schlosses, hinter dem Marstallgebäude. Hier fand bereits ein Mord statt. Gerät aber immer wieder ins Zentrum des Geschehens.

14 Schloss Staufen
Links außen (östlich) das große Herrschaftsgebäude. Rechts außen (westlich) das kleine Vogteigebäude, die Wohnung und der Arbeitsplatz des „Kastellans“.

15 Schlossbuckel
Einziger offizieller Weg zum Schloss, von wo aus es auf den Kapfberg geht.

16 Fuß des Kapfberges
Forst- und Jagdrevierbeginn des Reichsgrafen Hugo zu Königsegg-Rothenfels.

17 Alte Schießstätte
Liegt zu Füßen des Kapfberges. Errichtet durch Georg Freiherr von Königsegg.

18 Verbindungsweg zur „Salzstraße“ (auch „Alte Reichsstraße“).
Dieser Weg führt zum Stall des Bauern Moosmann. Die römische Militär- und Handelsstraße geht von Hall in Tirol aus an Staufen vorbei an den Bodensee, nach Bregenz, aber auch ins Oberschwäbische, nach Ravensburg und Schussenried hinüber.

Schloß
1
2
3
4

Grundriss

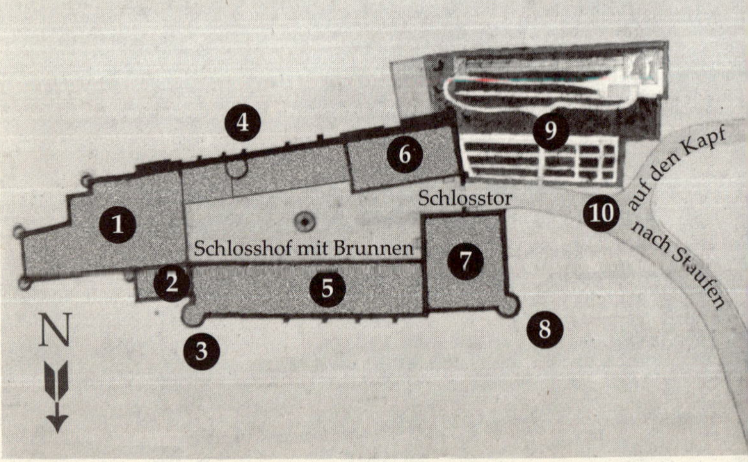
4
6
9
1
Schlosstor
auf den Kapf
10
Schlosshof mit Brunnen
7
nach Staufen
2
5
N
8
3

1 **Herrschaftsgebäude (Palas)**
Im EG mehrere Repräsentationsräume. Darüber der „Rittersaal". Im 3. und 4. Geschoß Wohnung der gräflichen Familie.

2 **Gästehaus mit Schlosskapelle**
Im 2. Geschoß Verbindung zur Kapelle, der Gottesmutter Maria - Hausheilige der gräflichen Familie - geweiht.

3 **Nordturm (Dürnitz)**
Wachturm mit Blick auf das Dorf hinunter und zum Staufenberg hinüber. Die Wachstube im EG, kann vom Gästehaus aus mit beheizt werden.

4 **Südturm**
Wachturm mit Blick nach Weißach, in die Berge und nach Vorarlberg. Im obersten Stock befindet sich die Verwahrzelle des Schlosses.

5 **Stallungen und Wirtschaftsgebäude**
Mehrere Kutschen- und Schlittenstellplätze mit Pferdestall (Marstall). Drei Nutzviehställe mit Reparaturwerkstatt und Schmiedewerkstatt.

6 **Lagerhaus**
Im Keller das Weinlager. Darüber liegt die Speisekammer. Im 2. Geschoß ein Heulager, unter dem Dach das Strohlager.

7 **Vogteigebäude**
Wohnung des „Kastellans".

8 **Nordwesttürmchen**
In beiden Stockwerken gibt es Verbindungstüren zum Vogteigebäude.
Darunter liegt die gut bestückte Waffen- und Rüstkammer.

9 **Gemüse- und Kräutergarten**
Nach außen – besonders nach Süden hin – ungenügend gesichert. Dies ist das Reich der „Kastellanin".

10 **Schlossstraße**
Einziger Weg vom Dorf zum Schloss. Von da aus weiter auf den Kapfberg.
Der steile „Schlossbuckel" ist gerade im Winter schwer zu befahren.

1649

Vierzehn Jahre nach der verheerenden Pest in Staufen und ein Jahr nach Ende des Dreißigjährigen Krieges

»Die Kirchen beiderley Seiten haben fil Jahr umm die Wett gerüßtet unnd sindt den Kriegsherrn innichten nachgestanden. Dabei haben die Pfaffen nicht gemerket daß das Volck ander Sorg zu tragen hatt unnd jetzt immer noch elendiglich verhungert.«

Benedikt Reisinger, zeitgenössischer Chronist im September des Jahres 1649.

PROLOG

1649. In jenem unseligen Jahr, in dem unsere Geschichte beginnt, ist das ganze Land verödet. Die Äcker liegen brach und der Nutztierbestand ist während der letzten Jahrzehnte auf null gesunken. Seit dem drei Jahrzehnte anhaltenden Krieg (von 1618 bis 1648 n. Chr.) liegen viele Höfe und Behausungen der verarmten und ausgeplünderten Bevölkerung in Schutt und Asche. Die Überlebenden der Pest und des *Großen Krieges* – den man bald auch den *Dreißigjährigen* nennen wird – leiden unermesslich große Not und befinden sich immer noch im Dauerzustand der Verzweiflung. Die Bevölkerung Europas ist gewaltig dezimiert worden. Während immer noch Abertausende Menschen verhungern, werden andere von zersprengten und marodierenden Söldnern grausam gequält und umgebracht. Es gibt nach wie vor Mädchen und Frauen, die von der verrohten Sodateska geschändet werden. Viele der bedauernswerten Geschöpfe, die dies alles überleben, werden ohne das Zutun der Kriegsauswüchse erschlagen, erstochen, erschossen … und im Allgäuer Marktflecken Staufen sogar systematisch vergiftet (siehe *Die Pestspur*, Gmeiner Verlag, 2012). So fallen dort im Jahre des Herrn 1634 sage und schreibe 69 Männer, Frauen und Kinder einer unglaublichen Giftmordserie des irregeleiteten Arztes Heinrich Schwartz, der diese einträglichen »Kräutermorde« zusammen mit dem Totengräber Ruland Berging geplant hatte, zum Opfer. Dazu kommen noch »Verwechslungsmorde« an den Blaufärbersöhnen Didrik und Otward Opser sowie mehrere weitere Tötungsverbrechen durch den damaligen Totengräber.

Ein Jahr später schlägt im selben Allgäuer Dorf die Pest wie ein wütendes Totenheer um sich und bringt 706 hilflosen Menschen einen grausamen Tod (siehe *Der Peststurm*, Gmeiner Verlag, 2013). Dadurch sind von den gut 1.000 Einwohnern Staufens nur noch geschätzte 300 am Leben. Dabei trifft es Kinder und Erwachsene gleichermaßen. Die Staufner Bevölkerung braucht viele Jahre, um die damaligen Geschehnisse einigermaßen aufzuarbeiten. Auch Jahre später hat sie immer noch mit den Folgen zu kämpfen.

Vergessen können die bedauernswerten Geschöpfe Gottes diese unmenschlichen Verhältnisse wohl nie. Und da der Krieg erst 1648, also ein Jahr vor Beginn unserer Geschichte, durch den *Westfälischen Frieden* zu Münster und Osnabrück beendet wird, hat die Bevölkerung Staufens – wie allerorten – kaum Zeit, um sich richtig erholen zu können und die Felder ordentlich zu bestellen. Dies hat zur Folge, dass die Ernteerträge immer noch recht dürftig sind und bei Weitem nicht ausreichen, um die hungrigen Mäuler zu stopfen. Den ausgemergelten Menschen geht es zwar schon etwas besser als während des Krieges, für ein gesichertes Überleben reicht es aber noch längst nicht aus. Diesbezüglich ändert sich ebenso wenig wie an ihrer sowieso schon mehr als bescheidenen Lebensweise und der herrschaftlichen Struktur, der sie nach wie vor auf Gedeih und Verderb ausgeliefert sind.

Bis auf die frei erfundene Giftmordserie und die »Verwechslungsmorde« anno 1634 stimmt der bisher beschriebene historische Hintergrund ebenso wie dies im vorliegenden Roman der Fall ist. Dennoch vermischen sich nun Fiktion und Realität insofern, als die Grundlage dieser Geschichte der sogenannte *Staufner Fasnatziestag* ist, ein seit dem Historismus in der Mitte des 19. Jahrhunderts schriftlich nachgewiesener Brauch eigenwilliger Prägung, der laut mündlicher Überlieferung bis auf die Zeit der Pest in Staufen anno 1635 zurückgehen soll, seinen Ursprung vermutlich aber bereits in grauer Vorzeit haben dürfte und allein schon deswegen wesentlich wertvoller ist als in der allgemeinen Wahrnehmung bisher verankert.

Die Überlieferung besagt, dass dieser Brauch 1635 – also noch im grausamen Pestjahr – vom damaligen Regenten, Hugo Reichsgraf zu Königsegg-Rothenfels, begründet wurde. Obwohl es nicht nur während der ersten – die *Justinianische Pest* (527 bis 565 n. Chr.) nicht berücksichtigt – kontinentalen Pestwelle (von 1347 bis 1352 n. Chr.), sondern insbesondere auch bei der zweiten Pandemie im 17. Jahrhundert europaweit zu »Pestgelübden« kam, kann dies aber – bei allem Wohlwollen – in diesem Jahr nicht gewesen sein, weil der hochreputierte Landesherr zu jener Zeit nachweislich selbst vor der Pest und dem Krieg geflohen war. Er hatte sich hinter die schützenden Mauern der Bodenseestadt Konstanz, in der sein

Bruder Berthold Domscholaster und -schatzmeister war, geflüchtet, wo er sich mit seiner Gemahlin Maria Renata von Hohenzollern-Sigmaringen, ihren Kindern und einem Teil des Hofstaates im dortigen *Verbrunnen-Hof* in der heutigen Wessenbergstraße verschanzte, um nicht von der in der Residenzstadt Immenstadt und in anderen Orten des Allgäus wütenden Seuche gepackt oder von den Auswirkungen des Krieges erwischt zu werden.

Außerdem: »*Von May bis Sanct Nicolaustag …*« des Jahres 1635 soll die Pest gewütet haben, berichtet eine zeitgenössische Niederschrift des real existierenden Propstes Johannes Glatt, der das Pfarrmatrikel ganz besonders akribisch führte und zudem ein spezielles »Repertorium« (Anmerkung des Autors: eine merkwürdige Bezeichnung für profane Aufzeichnungen) verfasste. Darin stehen zwar die Pest oder das Verbot des Tabakverkaufs durch kirchlichen Einfluss beschrieben, und sogar Kleinigkeiten wie beispielsweise der Anbau eines *»Heymlich Gemach«* (Aborterker) an der Südseite des Schlosses Staufen werden genannt, über eine »Fahnenstiftung« im Jahr 1635 konnte der Autor aber beim besten Willen nichts finden, obwohl ihm dieses »Repertorium« ein ganzes Jahr im Original zur Verfügung gestanden hatte.

Außerdem bedeutet diese genaue zeitliche Einordnung der Pest in Staufen, dass das eine Drittel der überlebenden Bevölkerung Staufens (ca. 300 Personen) nach dem verbrieften Abklingen der Pest am 6. Dezember des Jahres 1635 gerade mal 25 Tage Zeit hatte, sich moralisch so aufzurichten, um ausgerechnet am letzten Tag der Fasnacht desselben Jahres ein Fest zu feiern und einen Umzug durch die Straßen des Marktes zu organisieren – ein Unding: denn wenn Fasnacht, dann wohl frühestens im Jahr darauf, also 1636!

Und der nachgewiesenermaßen nicht vor Ort weilende Regent hätte für die Herstellung einer Fahne – egal ob in einem Kloster gestickt oder von Künstlerhand gemalt – bis zum Ende des Jahres 1635 ebenfalls nur 25 Tage zur Verfügung gehabt. Wenn man zudem bedenkt, dass die Bevölkerung Staufens sicherlich nicht gleich am 6. Dezember gewusst hatte, dass sie justament die letzte Pestleiche zum Pestfriedhof nach Weissach brachten und eine ganze Zeit lang unsicher war, ob die Pest nun tatsächlich abgeebbt war oder möglicherweise doch wieder aufflackerte, kann dies 1635 einfach nicht gewesen sein … zudem zum Jahresende auch noch das Christfest anstand und »so ganz nebenbei« der Dreißigjährige Krieg in all seinen schrecklichen Facetten tobte.

Bei wohlwollendster Betrachtung konnte es also frühestens nach dem totalen Abklingen der Pest im damals rothenfelsischen Herrschaftsgebiet, insbesondere aber nach Beendigung des *Großen Krieges* und nach der sicherlich auch damit zusammenhängenden Rückkehr des Regenten gewesen sein, dass die *Gräfliche Fahnenstiftung* in der Form, wie der Gedenktag heute begangen wird, ins Leben gerufen wurde. Also belasse ich die Entstehung beim historisch verbrieften Pestjahr 1635, lege allerdings die erste Umsetzung des *Staufner Fasnatziestages*, wie dieser wunderschöne alte Brauch bezeichnet wird, in diesem Roman in die Jahre 1649/50. Ich denke, dass ich damit den gegenüber der historischen Wahrheit aufgeschlossenen Oberstaufener Brauchtumsfreunden entgegenkomme und wohlwollend eingestellte Brauchtumsforscher damit leben können.

NOCH EIN KLEINER TIPP

Dieser in sich geschlossene Roman kann ohne Informationsverlust genossen werden, auch wenn die hochgeschätzte Leserschaft die beiden Vorgängerromane *Die Pestspur* (Gmeiner Verlag, 2012) und *Der Peststurm* (Gmeiner Verlag, 2013) nicht gelesen hat. Korrekterweise soll dennoch nicht verschwiegen werden, dass das Lesen des vorliegenden Romans evtl. *noch* mehr Freude bereiten könnte, wenn man die beiden zuvor genannten Romane kennt.

Obwohl sich im vorliegenden historischen Kriminalroman *Die Säulen des Zorns* etliche Personen der Handlung aus den beiden o. g. Romanen wiederfinden und die Locations größtenteils dieselben sind, liefern die dort noch dominierende Pestilenz und der Dreißigjährige Krieg lediglich die Grundlage für die jetzige Handlung, die kontinentalweit angesiedelt sein könnte – mehr nicht! Die Handlung im vorliegenden Roman ist mit ganz anderer – noch heißerer – Nadel gestrickt. Außerdem spielt der Plot 14 bis 16 Jahre später, – also weit nach der europaweit langsam erlöschenden Pest und auch nach dem unseligen Glaubenskrieg, der nach langjährigen und zähen Verhandlungen zwischen den Ständen, dem Militär und der Geistlichkeit beider Lager 1648 in Münster und in Osnabrück sein spätes, aber glückliches Ende genommen hatte.

Sollten Sie eine Erläuterung, einen Begriff oder ein Zitat nicht verstehen, finden Sie diese sicherlich ebenso bei den Erklärungen wie die Übersetzung lateinischer Phrasen oder Dialektworte.

Um den Lesefluss nicht zu stören, habe ich diese innerhalb des Romans nicht gesondert gekennzeichnet. Somit kann die verehrte Leserschaft selbst entscheiden, ob und was sie nachschlagen möchte.

In *Kursiv* habe ich lediglich alte, meist originale Redewendungen, Zitate usw. gehalten.

Nun aber wünsche ich Ihnen spannende Unterhaltung.

Ihr Bernhard Wucherer

KAPITEL 1

Wie allen anderen Gaffern, die aus weiten Teilen des Allgäus und von jenseits der Iller, sogar vom Bodensee herauf, aus dem Vorarlbergischen und aus dem Oberschwäbischen ins rothenfelsische Immenstadt gekommen waren, sollte auch den Staufnern ein unvergessliches Ereignis in der 17 Meilen entfernten Residenzstadt geboten werden. Einige von ihnen hätte es auch ohne das außerordentliche Erlebnis in die kleine Handelsmetropole gezogen, weil sie sich schon vor längerer Zeit zur dortigen Leinwandschau angemeldet hatten. Andere waren aus reinem Zufall ausgerechnet an diesem Tag ins »Städtle« kutschiert, während neun Staufner extra deswegen gekommen waren, weil sie denjenigen, um den es gegangen war, von früher her gekannt hatten. Unter den Männern hatten sich auch ein paar junge Burschen befunden, die vom Staufner Ortsvorsteher Hermann Schädler mitgeschickt worden waren, um stellvertretend für die gesamte Burschenschaft des Dorfes mit anzusehen, was geschah, wenn die Gesetze ihres hochwohllöblichen Regenten, des Reichsgrafen Hugo zu Königsegg-Rothenfels, sträflich missachtet wurden. Und weiß Gott: Sie hatten etwas zu sehen bekommen; ein *Spectaculum* höchster Güte. Dabei war es um einen ehemaligen Staufner Landsmann gegangen, den die Burschen zwar nicht persönlich gekannt hatten, der aber nach unzähligen kleineren Vergehen in jungen Jahren in den oberen Teil des Allgäus abgehauen war und dort – vorwiegend in Sonthofen und auf dem Joch, später aber auch im tirolerischen Reutte und zeitweise sogar im fernen Innsbruck – lange Zeit unbemerkt ein Leben jenseits der reichsgräflichen und anderer Gesetze gelebt hatte. Für seinen gefährlichen Berufsstand hatte er ein bemerkenswert langes Leben geführt – allerdings nur so lange, bis man ihn nach einem Raubmord in Oberstdorf gefangen genommen und in rothenfelsisches Rechtsgebiet überstellt hatte. Dort war er im Alter von 49 Jahren dem Tode geweiht worden.

»Aufgrund der Schwere des Verbrechens und der brutalen Vorgehensweise wird Wolfgang Bertele zum Tode mittels vierer Pferde verurteilt«, hatte der in kürzester Zeit berüchtigt und gefürchtet gewordene Stadt- und Landrichter Michael Waldvogel, der dem gnadenlosen Richter Hannß Zwick aus Altersgründen im Amte gefolgt war und dessen raue Methoden er übernommen, ja sogar »verfeinert« hatte, nach einer tagelangen Peinlichen Befragung und einem für den grölenden Pöbel ausgiebig zelebrierten Prozess verkündet, bevor das eigentliche Spektakel losgegangen war und der Nachrichter Sebastian Deibler seines Amtes gewaltet hatte. Für den Carnifex, wie man den Henker speziell im rothenfelsischen Gebiet nannte, war es die allererste Vierteilung gewesen, die keinesfalls hätte misslingen dürfen. Genau genommen war sie aber zumindest missraten, obwohl das »Endergebnis« erreicht worden war. Da die Pferde ungleichmäßig angezogen hatten, war der Körper des Delinquenten trotz des »Blutkreuzes«, das ihm der Carnifex bis zur Offenlegung der Innereien bei lebendigem Leibe in den Oberkörper geschnitten hatte, nicht ordentlich in vier Teile gerissen worden. Stattdessen waren die Gliedmaßen einzeln und auch noch nacheinander vom Korpus getrennt worden, was normalerweise eine harte Strafe für den Verursacher dieses Murkses bedeutet hätte. Da es aber nach weit über zehnjähriger Abstinenz die erste Vierteilung in der gräflichen Residenzstadt Immenstadt gewesen war, weil sich zwischenzeitlich das schnellere Aufknüpfen und das noch leichter zu handhabende Köpfen bewährt hatten, war der ansonsten als absolut kompromisslos bekannte Richter Waldvogel ungewöhnlich gnädig gewesen. Nicht zuletzt auch, weil sich die diesbezüglich nicht mehr allzu verwöhnten Untertanen des Grafen trotz der misslungenen Vierteilung mehr als einverstanden gezeigt hatten.

Sebastian Deibler hatte das Glück gehabt, dass der mehr als gestrenge und äußerst penible Richter aufgrund der in allen anderen Bereichen – zu denen auch Gaukler, Musikanten und Fieranten gehörten – dieser ansonsten rundum gelungenen Veranstaltung zufrieden und deswegen gut aufgelegt gewesen war, weswegen er Verständnis für die allererste Vierteilung seines neuen Vollstreckers gezeigt und die Hinrichtung kurzum als gelungen erklärt hatte. Dass sich dabei gerade die älteren Gerichtsbeisitzer und die Ratsherren gegenseitig verwundert angesehen hatten, war ihm bei der öffentlichen Verkündung seiner persönlichen Meinung egal gewesen; Hauptsache, sie hatten seine unumstößliche Entscheidung schweigend zur Kenntnis genommen und das Schriftstück, das ihnen der ehedem aus Flandern stammende Gerichtsschreiber Ekkehard van der Heye vorgelegt hatte, ohne längere Diskussionen unterzeichnet. Diese senilen Säcke werden die nächste Vierteilung wohl noch erwarten können …, aber dazu muss nicht ausgerechnet mein neuer Carnifex ad persona herhalten, hatte er in sich hineingedacht und dabei ins Kalkül gezogen, dass in diesen rauen Zeiten gute Vollstrecker seiner Urteile rar waren und er trotz der seit Beginn des Dreißigjährigen Krieges andauernden »Henkersschwemme« wohl nicht so schnell einen gleichwertigen Ersatz bekommen würde. Ungeachtet dessen hatte er sich aber selbst schon darauf gefreut, den nächsten Schwerverbrecher zwischen vier Pferden liegen zu sehen und die erhitzten Gemüter der Bürger, Handwerker und Bauern zum Grölen zu bringen. »Es muss ja nicht unbedingt wieder ein Staufner sein«, hatte er versehentlich gut vernehmbar vor sich hingemurmelt und dabei hämisch gegrinst.

»Was?«, hatte der zu seiner Linken sitzende Beisitzer wissen wollen, der dies nicht verstanden hatte, weil er sowieso schlecht hörte.

»Ach, nichts!«

Als die Staufner nach der Hinrichtung mit einem unguten Gefühl im Bauch, aber auch nachdenklich geworden, auf einem alten Ladewagen gesessen hatten und aus dem »Städtle«, wie Immenstadt von den Allgäuern verniedlichend genannt wurde, obwohl es schon vor fast 300 Jahren mitsamt den dazugehörenden Rechten und Pflichten durch Kaiser Karl IV. zur Stadt erhoben und von den Montforter Grafen zur Residenzstadt ihres hiesigen Herrschaftsgebietes auserkoren worden war, kutschiert waren, um möglichst schnell nach Staufen zurückzukommen, hatten sie von diesen Überlegungen natürlich nichts gewusst.

KAPITEL 2

TAGS DARAUF WAR SEBASTIAN DEIBLERS zumindest teilweise missratene Hinrichtung das Dorfgespräch in Staufen, dem Geburtsort Wolfgang Benteles, des aktuellsten Opfers rothenfelsischer Rechtsprechung. Diejenigen, die der mit allen Schikanen zelebrierten Vierteilung beigewohnt hatten, mussten den Daheimgebliebenen haarklein von ihrem Erlebnis im Städtle berichten. Insbesondere die Älteren, die den Raubmörder vor dessen gesetzeswidrigen Taten persönlich gekannt hatten, interessierten sich dafür.

»Und? Hat er geschrien?«, wollte ein betagter Mann gar wissen, bei dem Bentele dereinst gearbeitet hatte. »Wolfgang ist schon als Lernbursche eine verdorbene Kröte gewesen und hat meine ganze Schreinerei durcheinandergebracht«, bemerkte er noch in Erinnerung an so manchen Schabernack, den sein damaliger Schutzbefohlener sich erlaubt hatte.

»Nein! Er hat keinen Laut von sich gegeben. Er war unglaublich tapfer …, gerade so, als wenn er überhaupt nichts mitbekommen hätte«, bemerkte Siegfried, Sohn des Kronenwirtes Matheiß, fast etwas anerkennend.

»Im Städtle hat man gemunkelt, dass der neue Carnifex dem Bentele einen schmerzlindernden Trunk verabreicht haben soll, bevor er ans Aufschlitzen des Brustkorbes gegangen ist«, wusste ausgerechnet einer, der in der hintersten Reihe gestanden war und vom Geschehen auf dem Immenstädter Marktplatz fast nichts mitbekommen hatte.

»So eine Narretei! Warum sollte dies ausgerechnet derjenige tun, der sein Opfer zuvor schon gefoltert und danach gevierteilt hat?«, lachte ihn der junge Bertel Göhlin aus, dem es gelungen war, einen guten Platz in den vorderen Reihen zu ergattern.

»Josef hat recht!«, rief ein anderer dazwischen und bestätigte, dass der Delinquent beim Vierteilen nicht mehr geschrien habe, »… aber nicht weil er irgendeinen Trank bekommen hat, sondern weil er wegen der unerträglichen Schmerzen wahrscheinlich besinnungslos geworden ist, nachdem ihm der Carnifex die Brust aufgeschlitzt hat.«

»Aber beim Aufschlitzen hat er geschrien wie die Sau am Spieß!«, wusste ein Methusalem, der im Großen Krieg sogar in der extrem grausamen Schlacht von Nördlingen gedient hatte und deswegen in seinem Empfinden und in seiner Ausdrucksweise verroht war, zu berichten.

»Und Baltus Vögel hat ebenfalls wie eine abgestochene Sau herumgeschrien«, lästerte ein anderer Veteran und lenkte damit ungewollt vom Delinquenten ab und zu einem eigentlich uninteressanten Burschen hin.

»Warum das denn?«, interessierte eine Frau, die Baltus Vögel, dem allein lebenden Sohn des ehemaligen Dorfschmiedes, zwischendurch eine Suppe vorbeibrachte, damit auch er eine warme Mahlzeit hatte. Sie bekam aber nur achselzuckend zur Antwort, dass dies niemand wisse.

»An was mag es wohl gelegen haben, dass diese Hinrichtung Baltus ganz besonders mitgenommen hat?«, mischte sich jetzt der Staufner Pfarrherr, Propst Johannes Glatt, mit süffisantem Tonfall ein. Der inzwischen Dazugekommene regte mit dieser Frage die anderen zum Nachdenken an.

Man hörte ein Klatschen. Der Säckler Joram Kimpfler hatte sich auf die Stirn gehauen, bevor er sagte: »Na klar! Der Pfarrer hat recht: Vor knapp 15 Jahren, … ich glaube, es war im Frühjahr 1636, hat man Baltus' Vater ebenfalls gevierteilt und den Knaben dabei zusehen lassen. Dem alten Vögel ist es seinerzeit gelungen, sein Verbrechen lange zu vertuschen. Er ist zwar im Südturm des Schlosses festgesetzt worden, aus Mangel an Beweisen hat man ihn aber wieder freilassen müssen. Aber irgendwann ist ihm Lodewig, der Sohn des Kastellans, der damals selbst in Verdacht geraten war, ein Frauenschänder und Mörder zu sein, auf die Schliche gekommen und hat ihn überführt.«

»Sicherlich hat Baltus dies alles immer noch nicht verarbeitet und es sitzt heute noch in dem bedauernswerten Burschen«, mutmaßte der inzwischen ebenfalls eingetroffene Medicus.

»Ja!«, bestätigte eine betagte Frau, die sich auch noch gut daran erinnern konnte, und ergänzte: »Wahrscheinlich hat der gemeine Weiberschänder und feige Mordbube Babtist Vögel damals aus Angst vor dem eigenen Tod geschrien?« Nachdem sie dies gesagt hatte, spuckte sie angewidert aus.

»Aber Wolfgang Bentele hat gestern keinen Laut von sich gegeben. Als die Pferde angezogen haben und seine Glieder vom Körper getrennt wurden, hat nur Baltus zu schreien begonnen. Man hat ihn kaum beruhigen können.«

»Das stimmt!«, bestätigte einer, der ebenfalls dabei gewesen war. »Mit Gewalt haben wir ihn vom Ort des Geschehens weg- und zum Fuhrwerk hingezerrt. Aber Baltus hat sich losgerissen und ist abgehauen. Er wollte unbedingt bei der Hinrichtungsstätte bleiben und ums Verrecken nicht mit nach Hause zurück.«

»Und da habt ihr den armen Burschen einfach im Städtle gelassen? Allein weiß sich der Narr doch nicht zu helfen! … Wo ist er jetzt überhaupt?«, empörte sich einer und sorgte mit seiner Frage dafür, dass sich alle intuitiv umdrehten, um nach Baltus Ausschau zu halten.

»Na, wo wohl?«, antwortete Bertel Schwabacher, einer der klügeren Burschen. »Der arme Kerl wird immer noch zu Fuß auf dem Weg vom Städtle nach Staufen sein!«

»Das hat noch niemanden umgebracht«, krächzte eine zahnlose alte Vettel und schwang dabei beinahe triumphierend ihren Krückstock.

»Na ja …«, stieg der junge Dorfmedicus, der sich aus fachlicher Sicht etwas genauer über die gestrigen Begebenheiten in Immenstadt erkundigen wollte, zaghaft in den Disput ein. »Baltus Vögel ist körperlich zwar ein Mann geworden, im Geiste aber ein Kind geblieben. Dementsprechend wird er sich auch wie ein Kind erschrocken … und verhalten haben! Allein schon aufgrund der damaligen Hinrichtung seines Vaters hätte ihn Hermann Schädler gestern überhaupt nicht mit nach Immenstadt schicken dürfen. Aber wahrscheinlich hat er sich keine Gedanken darüber gemacht … oder die damaligen Begebenheiten inzwischen vergessen«, nahm er den allseits beliebten Ortsvorsteher gleich wieder in Schutz.

»Nein!«, meldete sich ein Altersgenosse von Baltus. »Das ist nicht wahr. Hermann Schädler wollte ihn ursprünglich auch nicht mitlassen. Aber Baltus hat selbst darauf bestanden. Ich habe nämlich mitbekommen, wie er sich so lange wüst aufgeführt hat, bis der Ortsvorsteher ihm in Gottes Namen die Mitfahrt gestattet hat.«

»Dann ist es ja gut«, kommentierte der Medicus das Gehörte zufrieden.

Da aber nicht das merkwürdige Verhalten des 26 Jahre alten Dorfnarren das Wichtigste gewesen war, unterhielten sich die Leute noch ein ganzes Weilchen über die Hinrichtung selbst ... und dies in allen Details. Darüber, und nicht über das Geschrei eines im Geiste schwachen Burschen, der sowieso nirgends gelitten war, wollten diejenigen, die nicht dabei waren, vom Verlauf des gestrigen Tages erfahren. Und so mussten die Dabeigewesenen auch alles über die Komödianten, das, was die Händler in ihren Bauchläden angeboten hatten, die vielen Menschen und die ganze Atmosphäre erzählen.

»Was? Der Graf war nicht persönlich anwesend, ... obwohl er doch gerade hier im Allgäu weilt?«, konnte einer nicht glauben.

Erst nach einer guten Stunde war es wieder ruhig in den Gassen. Obwohl das Thema alle interessierte, hatten sich die Grüppchen so schnell aufgelöst, wie sie sich gebildet hatten. Diejenigen, die gehört hatten, was sie wissen wollten, hatten es plötzlich eilig gehabt, wieder nach Hause zu kommen, um die Neuigkeiten brühwarm ihren daheimgebliebenen Familienmitgliedern erzählen zu können. Und da außerdem der Winter ins Haus stand, mussten dringend letzte Vorkehrungen getroffen werden: Die zugigen Ritzen in den Außenwänden warteten ebenso darauf, abgedichtet zu werden, wie die Dächer, deren beschädigte oder fehlende Landern ersetzt werden mussten.

Wer gerade an seiner Behausung herumwerkelte, um sie winterfest zu machen, erschrak oder wunderte sich zumindest, während diejenigen, die sich auf der direkt zum Schloss Staufen führenden Straße befanden, keine Zeit hatten, sich Gedanken zu machen, weil sie damit beschäftigt waren, auf die Seite zu springen, um nicht überrannt zu werden. Der Reiter, der in wildem Galopp an ihnen vorbeistürmte, schien es brandeilig zu haben. Jedenfalls preschte er so ungestüm den Schlossbuckel hoch, dass ihn der Wachhabende Siegbert erst sah, als er schon kurz vor dem Tor war. Dadurch kam Siegbert nicht mehr dazu, ins Horn zu blasen. Sicherheitshalber holte er schnell seine Hellebarde, die er – wie immer, wenn es ruhig war – an einen Mauerfries gelehnt hatte, setzte die aus Eisenblech getriebene, mit Lammfell gepolsterte Schützenhaube auf und zupfte sich hastig das Lederwams zurecht. Aber er brauchte sich nicht auf Unannehmlichkeiten einzurichten. Als erfahrene Schlosswache konnte er beruhigt feststellen, dass von dem Reiter keinerlei Gefahr ausging.

Während Siegbert an der rot-gelben Uniform des Berittenen erkannte, dass es sich um einen Immenstädter Soldaten handelte, kamen schon sein Wachkamerad Rudolph und der Stallknecht Ignaz angerannt, um ihm bei Bedarf zu helfen, das Schloss zu sichern und nötigenfalls zu verteidigen. Da Siegbert sich noch gut und genau an denjenigen Boten erinnern konnte, der vor 14 Jahren die Kunde ins Schloss gebracht hatte, dass ein vom Grafen zuvor ausgesprochenes Marktverbot aufgehoben und der damalige Ortsmedicus, der seinerzeit fast 70 Menschen auf sein Gewissen geladen hatte, aufgehängt werden sollte, winkte er den beiden ab. »Lasst es gut sein. Es ist nur ein Kurier des gräflichen Oberamtes … Ich kenne ihn persönlich«, rief er ihnen, während er betont locker die Holztreppe von der Wehrmauer herunterstieg, zu.

»Gott zum Gruße, Kamerad. Weswegen bist du bei dieser Kälte von Immenstadt hierhergeritten? Ich hoffe, dass du auch heute solch gute Kunde bringst wie vor 14 Jahren … Oder hat dein Besuch etwas mit der gestrigen Hinrichtung in eurem schönen Städtle zu tun?«, wollte der groß gewachsene Wachhabende vom verschwitzten und erschöpft wirkenden Soldaten wissen, nachdem er ihm das Tor geöffnet hatte.

»Das weißt du noch?« Der gräfliche Kurier schüttelte ungläubig den Kopf. »Kaum zu glauben. Da ich damals kurz nach meinem Botenauftrag in den Innendienst versetzt worden bin, war ich seither nicht mehr außerhalb der Stadtmauer, geschweige denn in der Herrschaft Staufen. Dass ich heute wieder einmal den Boten spiele, ist eine Ausnahme, weil die meisten anderen die Scheißerei haben und kaum einer dazu in der Lage ist zu reiten. Die wenigen, die es nicht erwischt hat, müssen an den Stadttoren und auf der Ringmauer oder vor öffentlichen Gebäuden Dienst schieben«, zeigte sich der untersetzte Mann über das Gedächtnis seines Staufner Kameraden gleichsam überrascht und erfreut.

»Wenigstens kommen dadurch deren Pferde nicht zu Schaden. Ein Schimmel mit braunen Streifen auf den Hinterbacken und auf der Kruppe würde wohl komisch aussehen«, grinste Siegbert.

Während Ignaz dem Boten die Zügel abnahm, stützte sich dieser auf seine Knie, um zu verschnaufen.

»Ich habe in der Tat eine wichtige Botschaft für den Schlossverwalter des Grafen … Aber die hat nichts mit der gestrigen Hinrichtung zu tun«, brachte er hastig schnaufend heraus und zeigte auf eine der Satteltaschen, aus der er – nachdem er sich etwas erholt hatte – ein versiegeltes Sendschreiben herauskramte.

»Rudolph, bring dies zum Kastellan!«, rief Siegbert seinem kleineren und in den letzten Jahren recht feist gewordenen, nicht immer ganz zuverlässigen Wachkameraden zu, der mürrisch dreinschaute, weil er in seiner wachfreien Zeit aus der wohlverdienten Ruhe gerissen und von seiner Schnapskanne getrennt worden war.

»Nun geh schon! Du weißt, dass ich meinen Posten nicht verlassen darf«, drängte der stets auf die korrekte Einhaltung der Dienstvorschriften bedachte Siegbert, auf den man sich – im Gegensatz zu seinem etwas liederlichen Kameraden – in jeder Situation verlassen konnte, ungeduldig.

Nachdem Lodewig Dreyling von Wagrain, der Verwalter des Schlosses Staufen, den Brief in Empfang genommen und angeordnet hatte, dem Boten etwas Dünnbier zu bringen und dessen dampfendes Ross mit Stroh abzureiben, bevor es ebenfalls zu saufen und zudem Heu bekam, setzte er sich an den Küchentisch und las seinem Vater Hannß Ulrich, der sich gerade genüsslich ein Pfeifchen stopfte, das von Oberamtmann Conrad Speen verfasste Sendschreiben vor.

»Na endlich!«, kommentierte der junge Kastellan den Inhalt des Briefes zwar knapp, zeigte sich aber erfreut darüber.

»Warum freust du dich so, Vater?«, fragte sein Sohn Aurelius, den alle nur kurz und bündig Aurel nannten, der soeben mit seiner Mutter Sarah vom Feuerholzholen zurückgekommen war.

»Weil mir gerade mitgeteilt wird, dass unser hochwohllöblicher Regent endlich wieder in seinem Allgäuer Reich weilt und gedenkt, eine längere Zeit hierzubleiben«, verkündete der Kastellan so stolz, als wenn er selbst etwas dazu beigetragen hätte.

»Was meinst du? Wird er jetzt sein altes Versprechen einlösen?«, wollte sein 14-jähriger Sohn als Erstes wissen.

»Aber Aurel, das geht dich nichts an! Dafür bist du nun doch noch zu jung. Außerdem hat der Graf in der nächsten Zeit sicherlich anderes zu tun, als sich eines alten Gelöbnisses zu erinnern«, griff Sarah, seine kluge Mutter, ein.

»Du hast wie immer weise gesprochen, meine teure Gemahlin. Aber jetzt sei so lieb und bereite uns das Abendbrot.«

»Gerne, mein über alles erhabener Gebieter«, gab sie mit einem zärtlichen Lächeln, aber ebenfalls lästernd, zurück.

Als er sie an sich drückte, bekam der gräfliche Verwalter des Schlosses Staufen einen zarten Kuss auf die Wange. Dabei lächelte dessen Vater, der sich nur allzu gerne an die seltenen Küsschen seiner geliebten Konstanze erinnerte. Obwohl mein holdes Weib etwas kühl war und stets kränkelte, war ihr, genau wie meiner Schwiegertochter Sarah, keine Arbeit zu viel. Wenn sie vor sieben Jahren nicht an der Schwindsucht gestorben wäre, würden wir heute noch glücklich sein. Er seufzte kurz auf und nuckelte an seiner alten Tonpfeife, die ursprünglich einmal weiß gewesen war, mittlerweile farblich aber eher abgestandener Milch glich.

Wenigstens musste sie es nicht mitbekommen, als mir vor vier Jahren ein Baum die Füße zerschmettert hat und dass ich seither ein hilfloser Krüppel bin, der zu nichts mehr zu gebrauchen ist. Stattdessen freut sie sich jetzt vielleicht da oben, dass es unserem Sohn Lodewig trotz der vielen andern Interessenten gelungen ist, mein Amt als hiesiger Schlossverwalter übernehmen zu können, sinnierte der ehemalige Schlosskastellan, dessen Lebensinhalt seit seinem Unfall war, Lodewig erwünschte Ratschläge zu erteilen und auf seine vier Enkel zu achten, weiter. Hannß Ulrich Dreyling von Wagrain, den man seit der Amtsübergabe an seinen Sohn allgemein als »Altkastellan« bezeichnete, wusste, dass ihn seine Familie niemals im Stich lassen würde und er hier mehr bekam als nur das Gnadenbrot. Seine Familie gab ihm stets das Gefühl, trotz seines Alters und seiner Behinderung gebraucht zu werden. Obwohl es den ehemals starken und aktiven Mann manchmal schmerzte, wenn er an seine geliebte Arbeit in den Diensten des Grafen dachte, wusste er, dass es ihm eigentlich ganz gut ging.

»Ja, ich werde wirklich gebraucht. Gerade meine jüngste Enkelin, die kleine Magdalena, weicht nicht von meiner Seite, insbesondere dann nicht, wenn ich ihr Geschichten aus Zeiten Kaiser Karls des Großen im fernen Aachen erzähle«, murmelte er trotz allem, was ihm im Laufe der vergangenen Jahre widerfahren war, irgendwie zufrieden vor sich hin. Immer wenn Hannß Ulrich Dreyling von Wagrain seinen Enkelkindern die *Emmasage* auftischte, musste er wehmütig an seinen jüngsten Sohn Diederich, dem er diese Mär gewiss hundertmal erzählt haben musste, denken. Wenn Diederich Anfang 1635 nicht durch die Hand des damaligen Totengräbers Ruland Berging zu Tode gekommen wäre, könnte er heute 23 Jahre alt und sicherlich ein schneidiger Bursche sein. Aber Diederich und sein Bruder Lodewig hatten seinerzeit ungewollt ein folgenschweres Gespräch zwischen dem Totengräber und dem Medicus Heinrich Schwartz mitgehört, weswegen beide in die Fänge einer der beiden Mordgesellen geraten waren. Dieser Mann war zuvor in Immenstadt so lange als Archivar geduldet worden, bis er eines Tages den Bogen überspannt und so großen Mist gebaut hatte, dass ihm nur noch die Flucht mit einem gestohlenen Pferd geblieben war, wenn er nicht mindestens eine seiner Hände im rechts neben dem Immenstädter Schloss stehenden Weidekorb, der direkt vor dem Hackstock des Carnifex gestanden war, hatte lassen wollen. Um fliehen zu können, hatte er sich das vor dem *Goldenen Adler* angebundene Pferd eines spanischen Augenlinsenhändlers unter den Nagel gerissen. Dieser dreiste Diebstahl hätte ihm mit Sicherheit eine höhere Strafe eingebracht, als nur eine seiner Hände im Körbchen zu lassen. Für den Fall, dass geköpft werden musste, hatten die Büttel des Grafen stets einen größeren Korb parat gehabt. Dadurch hatte verhindert werden sollen, dass der abgeschlagene Kopf – anstatt in den Korb – über das Pflaster rollte. Da dies ein böses Omen gewesen wäre, hätte für eine solch misslungene Hinrichtung der Murkser selbst bestraft werden müssen. Da der damalige Carnifex Hermann Leimer aber trotz seiner Sauferei ein ordentlicher Nachrichter gewesen und der Flüchtige sowieso nicht erwischt worden war, hatte dies nicht zur Debatte gestanden. Ungehindert war der Pferdedieb dorthin geritten, wohin er gewollt hatte. Und da er aufgrund seiner Arbeit im oberen Allgäu nur allzu bekannt gewesen war, hatte er dem entwendeten Gaul die Sporen in Richtung Westen gegeben. So war er schließlich in Staufen gelandet, wo er aufgrund seiner feinen Gewandung, des auffälligen Schimmels – es war ein Andalusier, also ein wertvolles spanisches Pferd, gewesen – und des messingbeschlagenen Zaumzeuges mitsamt dem brandgemusterten Sattel auf Anhieb Eindruck geschunden hatte. Es war ihm schnell bewusst geworden, dass ihn in Staufen niemand erkannt hatte und die einfältigen Bauern und Handwerker ehrfürchtig zu ihm hochgeschaut hatten. Die Gefahr, erkannt zu werden, hätte allenfalls durch den damaligen Schlossverwalter Hannß Ulrich Dreyling von Wagrain gedroht. Immerhin hatte der damalige Kastellan hin und wieder in der gräflichen Kanzlei mit Ruland Berging zu tun gehabt. Allerdings war dies zuvor schon längere Zeit nicht mehr der Fall gewesen. Um dennoch sicherzugehen und jegliches Risiko auszuschließen, hatte sich der ehemalige Archivar, der zwar ein durchtriebener Zeitgenosse, aber ein Meister im Lesen und Schreiben alter Handschriften gewesen war, einen Bart wachsen lassen und sich einen neuen Namen zugelegt. In Anlehnung daran, dass er im jenseits des Weißachbaches gelegenen Bergdorf Steibis geboren worden war, hatte er sich fortan Berging, Ruland Berging, genannt – sicher nicht sehr einfallsreich; aber dieser Name hatte ihm gefallen, weil er von seiner Herkunft abgeleitet war und auf seine damalige Situation hingewiesen hatte.

Der Ruhelose, oder besser gesagt, der Ruchlose vom Berg! Ja, das bin ich jetzt wirklich, hatte er sich – wohlwissend, dass er fortan ein nicht mehr zu bekehrender Gesetzesbrecher sein wollte, den man wohl den Rest seines Lebens gnadenlos jagen würde, wenn er entdeckt und enttarnt werden sollte, gedacht. Um den Zeitpunkt, an dem dies geschehen würde, möglichst weit hinauszuschieben, hatte er sich seiner Meinung nach bestens in die neue Rolle eingelebt. Jedenfalls hatte ihm die bisherige Tarnung so weit genützt, dass er dem damaligen Ortsvorsteher Hans Heimbhofer im Amte hatte folgen können, nachdem er diesem mit einem Stein von hinten den Schädel eingeschlagen und ihn in den Seelesgraben, einen am nördlichen Ortsrand Staufens vorbeilaufenden Bach, geworfen hatte. Da Ruland Berging allerdings auch dieses Amt missbraucht hatte, war er von Lodewigs Vater, der damals nicht nur gräflicher Schlossverwalter, sondern auch noch interimistischer Ortsvorsteher gewesen war, abgesetzt worden. Aber der solchermaßen Gedemütigte hatte das Glück gehabt, dass just zu dieser Zeit die Stelle des Totengräbers vakant geworden war, weswegen ihm der Kastellan unter Absprache mit dem Staufner Pfarrherrn Johannes Glatt diese minderbezahlte Stelle übertragen hatte.

Sicherlich keine feste Sprosse in meiner beruflichen Erfolgsleiter. Aber ich werde einen Weg finden, um Geld daraus zu machen, hatte er sich damals geschworen und tatsächlich auch dieses Amt für seine Zwecke ausgenützt, indem er sich mit dem versoffenen Medicus Heinrich Schwartz zusammengetan und einen perfiden Plan dahingehend ausgeheckt hatte, wie sie aus einer durch sie künstlich provozierten Pestepidemie Profit schlagen konnten.

Da aufgrund unglücklicher Umstände allerdings nicht er, sondern ausschließlich sein ärztlicher Kumpan die Früchte ihrer verwerflichen Arbeit geerntet hatte, bevor dieser zum Tode verurteilt und gehängt worden war, hatte Ruland Berging abermals eine Flucht in Erwägung ziehen müssen. Zuvor aber hatten ihn seine unbändigen Rachegelüste getrieben, sich an der Familie des Kastellans schadlos zu halten und die Zeugen des im Kirchhof stattgefundenen Gespräches zwischen ihm und dem Medicus aus dem Weg zu räumen. Diese Zeugen waren Lodewig und Diederich Dreyling von Wagrain, zwei der drei Söhne des Kastellans, gewesen. So hatte der verhasste Totengräber einen mörderischen Rundumschlag geplant und den damals acht Jahre alten Diederich den steilen Südhang des Schlosses hinuntergestoßen, nachdem er ihm zuvor nach bewährter Manier brutal den Schädel eingeschlagen hatte. Danach hatte er den neun Jahre älteren Lodewig in seine Gewalt gebracht. Der Totengräber hatte ihn zuerst in einer Höhle im tief gelegenen Weißachtal und dann in der dortigen Pestkapelle auf grausamste Art und Weise fast zu Tode gequält. Fabio, einem ehemals ortsbekannten Dieb und seinerzeitigen Hilfstotengräber, war es zu verdanken gewesen, dass wenigstens der mittlere Sohn des Schlossverwalters Hannß Ulrich Dreyling von Wagrain und seiner Frau Konstanze den Klauen des Totengräbers hatte gerade noch entrissen werden können. Aber der Kastellan hatte dafür einen hohen Preis bezahlen und den Totengräber entwischen lassen müssen, obwohl er ihn vom Allgäu aus quer durch halb Oberschwaben gejagt und auch aufgespürt hatte. Nachdem der Totengräber im Kloster Schussenried, in dem er sich hatte verstecken wollen, mehrere Mönche ermordet hatte und abermals geflohen war, hatte der damalige Kastellan aufgegeben und die wüste Drohung »Ich komme wieder, um mein Werk zu vollenden!« zur bitteren Kenntnis nehmen müssen. Vermutlich trieb Ruland Berging irgendwo im Oberschwäbischen oder am Bodensee immer noch sein Unwesen. Der Altkastellan durfte nicht daran denken, was wohl sein würde, wenn der Fiesling irgendwann wieder hier im rothenfelsischen Gebiet auftauchen würde. Auch wenn der alte Dreyling von Wagrain immer wieder an die schreckliche Vergangenheit denken musste und er für sich selbst keine nennenswerte Zukunft mehr sah, so gewöhnte er es sich doch an, den Blick nach vorne zu richten oder zumindest im Hier und Jetzt zu lassen.

KAPITEL 3

Seit dem Tag des Jahres 1649, an dem bekannt geworden war, dass Hugo zu Königsegg, Regent der Grafschaft Rothenfels und der Herrschaft Staufen, nach vieljähriger Abwesenheit wieder in seinem Immenstädter Schloss weilte, herrschte große Aufregung unter den Resort leitenden Beamten, die allesamt nicht mit dessen unverhoffter Rückkehr gerechnet hatten.

Etliche seiner Amtsleiter erschraken insgeheim, weil sie die kleinen Schweinereien, mit denen sie hinter dem Rücken des alternden Oberamtsmannes Conrad Speen und auf Kosten des Grafen ihr jämmerliches Dasein lebenswerter gestalten konnten, gerne noch ein Weilchen fortgeführt hätten. Während das Volk darben musste, hatten es sich die sauberen Herren Beamten gut gehen lassen und sich genommen, was sie unbemerkt hatten kriegen können. Hierbei waren sie allesamt einfallsreich gewesen und brauchten nicht einmal ihre inneren Schweinehunde herauszulassen, um immer genau zu wissen, wie sie sich am geschicktesten bereichern konnten. Der Oberförster des Grafen hatte jede Art von Schalenwild gegen zahnfeste Währung getauscht. Dass seine Jagdhelfer klüger gewesen waren, als er dachte, und ihm nacheiferten, hatte er nicht einmal bemerkt, als er dem »Bunten Jakob«, einem undurchsichtigen Fahrenden Händler, der während des Krieges miese Geschäfte mit dem damaligen Totengräber Ruland Berging gemacht hatte, eine ganze zerlegte Wildsau hatte verkaufen wollen und zur Antwort bekommen hatte, dass dieser gerade eben hier in Immenstadt etliche Stücke Rotwild erworben hatte. Ekkehard van der Heye, Leiter der gräflichen Schreibstube, und sein hinterkünftiger Helfer hatten indessen wertvolle Inkunabeln an Stadtpfarrer Johannes Christoph Schwenk verkauft, während der Mann Gottes das Geld hierfür aufgetrieben hatte, indem er in seiner Art mehrfach vorhandenes Kirchensilber an den »Bunten Jakob«, den »Schacherer« oder an andere durchziehende Händler verscherbelt hatte. Dass der Priester nicht nach der Herkunft der wertvollen Drucke gefragt hatte, war schon etwas seltsam gewesen. Der Herrgott gibt, der Herrgott nimmt, dürfte er gedacht und die Sache dadurch für sich vereinfacht haben.

Wegen plündernder Schweden und kaiserlicher Truppen hatte Speen das gesamte Inventar der reich ausgestatteten Schlossbibliothek rechtzeitig an einen sicheren Ort gebracht. Zudem hatte er das gräfliche Tafelsilber, Vasen, andere wertvolle Gegenstände, Gemälde und sogar kleine Möbelstücke in versteckt gelegene Lagerräume bringen lassen, dabei aber nicht berücksichtigt, dass die Gefahr des Diebstahls auch aus eigenen Reihen drohen könnte. Da die zumeist dem eigenen Geschlecht zugeneigten Höflinge des Grafen während dessen Abwesenheit nichts anderes zu tun gehabt hatten, als das menschenleere Schloss in Schuss zu halten, war ihnen stets genügend Zeit zur Verfügung gestanden, sich auf gotteslästerliche Weise miteinander zu beschäftigen oder unbemerkt in die Lagerräume einzudringen, um scheibchenweise all das zu stehlen, was sich unbemerkt aus dem Schloss hatte schaffen lassen. Das Eintauschen des Diebesgutes gegen hochwertige Nahrungsmittel oder der Verkauf an professionelle Hehler, die es seit Ende des Großen Krieges zuhauf gab, stellte für die schleimigen Brüder kein nennenswertes Problem dar.

Da Speen während der Abwesenheit des Grafen das Sagen hatte, war es allein seine Sache, nicht nur für Ordnung innerhalb der Immenstädter Stadtmauer, sondern auch außerhalb – im ländlich geprägten Teil des gräflichen Herrschaftsgebietes – zu sorgen. Obwohl selbst mit allen Wassern gewaschen, hatte es ihm aufgrund der durch den Krieg, die immer wieder aufkommende Pestilenz und die durch allseitige Hungersnot hervorgerufenen ständigen Turbulenzen unmöglich gelingen können, allen Betrügereien und Diebstählen auf die Schliche zu kommen und ihnen nachzugehen, geschweige denn, sie zu ahnden. Wenn Speen ausnahmsweise einen Bösewicht ertappt hatte, dem er etwas Verbotenes hatte nachweisen können, hatte er ihn unverzüglich dem jüngeren Richter Michael Waldvogel, der sich zunehmend mit dem altgedienten Richter Hans Zwick abwechselte, übergeben.

Weshalb dieser ständige Amtswechsel vorgenommen wurde, wusste niemand so genau – nicht einmal der Regent, der sich so wenig wie möglich in die Gerichtsbarkeit einmischte, obwohl er selbst der höchste Richter im Lande war. Man wusste nur, dass die beiden eines verband: Zwick war nicht nur ein honoriger Vorsteher der Immenstädter Bürgerschaft und des Stadtrates gewesen, in dessen Fußstapfen Waldvogel gestiegen war, sondern hatte auch noch den Stab in Bezug auf die Gerichtsbarkeit an den jüngeren Richter übergeben. Beide pflegten keine Kompromisse zu machen und taten nichts lieber, als die Angeklagten der Peinlichen Befragung zu unterziehen. Wie gerade Richter Waldvogel mit den Missetätern umging, konnte man daran sehen, dass der städtische Kerker, der sich im *Waaghaus* befand, trotz täglicher Vergehen und wöchentlicher Verbrechen nie lange besetzt war.

Dass es tief unterhalb des Immenstädter Schlosses drei zusätzliche Kerkerzellen, einen Verhörraum und eine bestens ausgestattete Folterkammer gab, wussten bisher nur speziell vergatterte Eingeweihte. Allerdings wurde die *Fronfeste,* wie diese Räume von den wenigen, die davon wussten, genannt wurden, derzeit überhaupt nicht genutzt, weil sie gerade nach Meinung der jüngeren Ratsherren – die vom erfolgreichen Kaufmann Peter Immler angeführt wurden – aus Humanitätsgründen nicht mehr zeitgemäß und deren Unterhalt viel zu teuer war. Aber Waldvogel würde nicht der amtierende und – wie bereits sein Vorgänger – vom Volk hinter vorgehaltener Hand als »Richter Gnadenlos« bezeichnete Hüter über Recht und Ordnung sein, wenn er nicht dafür sorgen würde, die *Fronfeste* über kurz oder lang wieder ihrer alten Bestimmung zuzuführen und die vorhandenen Richtstätten fleißiger zu nutzen, als dies bisher der Fall gewesen war. Zweiteres tat er – obwohl er aufgrund der Nachkriegswirren kaum noch ordentliche Prozesse führen konnte –, so oft es nur ging. Leider waren Folterungen derzeit nur unter erschwerten Bedingungen möglich, was sich nach Waldvogels Meinung ebenfalls schleunigst ändern musste. Kraft seines Amtes stand ihm dies zu – da konnten die jungen, unerfahrenen und in seinen Augen unbrauchbaren Ratsherren sagen, was sie wollten. Im Grunde genommen musste er nicht einmal den Grafen fragen. Er konnte sich guten Gewissens auf das immer noch gültige Recht der Hoch- oder Blutgerichtsbarkeit berufen, das Hugo Graf von Montfort 1447 von Kaiser Friedrich III. für das gesamte rothenfelsische Gebiet erhalten und das immer noch Gültigkeit hatte.

Das letzte Mal, dass hier vor dem Staufner Wolfgang Bentele jemand mit allem Brimborium peinlich befragt, gefoltert und auf dem Immenstädter Marktplatz hingerichtet worden war, dürfte im Frühjahr 1636, kein halbes Jahr nach Abklingen der Pestilenz in Staufen, gewesen sein. Damals war es auch schon ein Staufner gewesen, der sich zwischen vier Pferde hatte legen müssen. Zuvor war dem aus Staufen stammenden Delinquenten, dem allseits unbeliebten Huf- und Waffenschmied Babtist Vögel, der Mord mit vorausgegangener Schändung an einer jungen Frau nachgewiesen worden, was letztlich seinem damals ungefähr 13-jährigen geistig zurückgebliebenen Sohn Baltus das Herz und ihm selbst den ganzen Körper zerrissen hatte. Dass nach der Vierteilung des gewalttätigen Schmiedes dessen Torso mitsamt dem Kopf bereits spurlos verschwunden gewesen war, als die Arme und Beine des soeben Gevierteilten noch an den Seilen und die Seile noch an den Zugpferden befestigt waren, hatte die Bevölkerung zunächst als böses Omen gewertet und nicht als Diebstahl erkannt – zumal niemand etwas gesehen hatte, obwohl der Immenstädter Marktplatz voller Menschen gewesen war. Also hatten es nur die Mächte der Finsternis oder die Geister der durch Babtist Vögel geschändeten Frau gewesen sein können, die den Torso mit Sitz des Herzens und den Kopf mit Sitz des Gehirns zu sich geholt hatten. Ein normaler Mensch hätte es niemals gewagt, einen entehrten Körper überhaupt zu berühren. Und außerdem: Wer in Gottes Namen hätte mit einem übel zugerichteten Korpus ohne Arme und Beine etwas anfangen können? Dennoch waren die Gerüchte, dass dessen verwertbare Teile in einem Kochtopf der vielen hungernden Menschen verschwunden waren, aufgekommen und lange nicht verstummt. Oder waren sie gar auf dem Bratrost des »Herrn der Fliegen«, wie der Teufel auch genannt wurde, gelandet? »In der Not frisst der Teufel Fliegen« war ein wörtlich zu nehmender Spruch, der während der Pest und der Zeit des dreißig Jahre anhaltenden Krieges nicht nur in Immenstadt und im gesamten rothenfelsischen Gebiet, sondern europaweit die Runde gemacht und sich gehalten hatte. Da sich zu jener Zeit im Allgäu rudelweise Wölfe herumgetrieben hatten, war letztlich die zwar unmögliche, für das einfältige Volk dennoch glaubwürdigste aller Erklärungen vom sogenannten »Wolfshunger« geblieben.

Der damals tobende Richter Zwick konnte nur noch die Arme und Beine des Gevierteilten auf lange Pfähle spießen und an allen vier Enden des gräflichen Herrschaftsgebietes aufstellen lassen, bevor die grausige »Akte Vögel« für hoffentlich alle Zeiten hatte geschlossen werden können. Zuvor aber war Hermann Leimer, ein stadtbekannter Säufer und Vorgänger des heutigen Nachrichters Sebastian Deibler, einer Strafe zugeführt worden, wie sie eben nur hatte Zwick einfallen können. Der damals angetrunkene Carnifex war für seine alles andere als meisterliche Arbeit hart bestraft worden; er hatte es unterlassen, in den Körper des Verurteilten kurz vor dessen Vierteilung ein so tiefes Kreuz zu ritzen, dass beim Anziehen durch die Pferde nicht nur Arme und Beine herausgerissen, sondern der ganze Körper in vier gleich große Teile zerrissen worden wäre. Und diese Nachlässigkeit hatte sträfliche Konsequenzen gehabt. Denn hätte er seine Arbeit meisterlich angepackt, wäre der Torso nicht in einem Stück geblieben und hätte dementsprechend auch nicht am Stück spurlos verschwinden können.

Wie immer, wenn der Landesherr für längere Zeit abwesend gewesen war, sprach er schon wenige Tage nach seiner Rückkehr höchstpersönlich über diejenigen Recht, die Zwick oder Waldvogel während seiner Abwesenheit nicht stante pede zum Tode verurteilt hatten und die sich – anstatt das Herrschaftsgebiet zu verlassen – tatsächlich freiwillig bei Oberamtmann Speen gemeldet hatten, um dem Grafen gleich nach dessen Rückkehr reumütig ihre Version des jeweiligen Herganges der ihnen zur Last gelegten Taten erzählen zu können. War der Graf im Vergleich zu anderen Potentaten in dieser Hinsicht schon immer großmütig, zog er es nach seiner diesmaligen Rückkehr vor, alle Missetäter auf einmal zu sich zu beordern, um sie pauschal zu begnadigen. Zuvor aber hatte er den mehr als zwei Dutzend Strolchen und sieben Weibern, die allesamt keine Kapitalverbrechen begangen hatten, gehörig die Leviten gelesen. Er hatte ihnen auferlegt, ab sofort ein gottgefälliges Leben zu führen und der Königsegger Hausheiligen, der jungfräulichen Gottesmutter Maria, von Zeit zu Zeit eine Kerze hinzustellen.

»Na ja, vielleicht halten sie sich wenigstens an eines meiner Gebote«, hatte er augenzwinkernd zu Speen gesagt.

Um dem Volk zu zeigen, dass er sich wieder im Lande befand, statuierte der Regent allerdings auch dieses Mal ein Exempel, indem er zwei zänkischen Weibern die hölzerne Halsgeige verpassen und sie ausgerechnet am Markttag nördlich des Schlosses von Sonnenaufgang bis Sonnenuntergang in aller Öffentlichkeit zum Gespött des Pöbels werden ließ. Dort konnten sich die zerstrittenen Hühner – deren Köpfe und Hände, sich gegenseitig zugewandt, in das hölzerne Foltergerät gesteckt waren – so lange anschreien, anspucken und anschnaufen, bis ihnen die Puste ausging und ihre Kehlen so trocken waren, dass ihr Atem noch mehr stank als zuvor.

Allen anderen hatte er angedroht, dass ihnen bei Nichtbefolgung der Auflagen – egal, weswegen sie schon wieder gefangen gesetzt werden mussten – ohne Prozess beide Hände abgehackt und sie der Grafschaft verwiesen würden, was einem Todesurteil gleichkommen würde. Da Achturteile fast so gefürchtet waren wie die Todesstrafe selbst, wirkte diese Drohung in den meisten Fällen. Entweder hielten sich die Begnadigten ab sofort einigermaßen an die Gesetze oder verließen doch noch die Grafschaft – mitsamt ihren Händen.

Das außerordentlich gnädige Verhalten des Regenten hatte einen Grund: Wegen der ohnehin schon gewaltig dezimierten Einwohnerzahl in seinem Reich konnte er es sich absolut nicht leisten, noch mehr Untertanen zu verlieren.

Vielleicht ist ja tatsächlich der eine oder andere dabei, der irgendwann Steuern zahlen wird, hatte er sich bei seiner Entscheidung gedacht und dem Oberamtmann gegenüber laut werden, aber nicht all zu viel Glaube in seine Hoffnung einfließen lassen.

Nachdem der alles andere als feierliche Begnadigungsakt erledigt war, ließ er von seinen Lakaien auftafeln, was Küche und Keller in diesen lausigen Zeiten herzugeben vermochten. Im Anschluss daran – nur unterbrochen von einem Mittagsschläfchen – ließ sich der merkbar erholte und gut gelaunte Regent von seinen Amtsleitern ausführlich Bericht erstatten. Danach prüfte er persönlich die Bücher, klärte Ungereimtheiten der merkwürdigsten Art und lieh auch noch den lästigen Honoratioren der Stadt sein geneigtes Ohr. So war er, der Königsegger: Mit der gleichen Inbrunst, wie er den schönen Dingen des Lebens frönte, ging er auch an seine Arbeit.

Um sich einen Gesamteindruck über die Stimmung in seinem weitläufigen Herrschaftsgebiet verschaffen zu können, gab er schon zwei Tage später einer Handvoll Bürgern, Handwerkern und Bauern aus allen größeren Orten der Grafschaft die Möglichkeit, Beschwerden vorzubringen oder Verbesserungsvorschläge zu unterbreiten.

Obwohl die meisten »Gesandten« dabei einen ungebührlichen, vereinzelt sogar harschen Ton anschlugen, hörte sich der Graf alles mit stoischer Würde an und versuchte, für deren Probleme Lösungen zu finden. Zumindest tat er alles, um diesen Eindruck zu erwecken.

Oberamtmann Speen musste einige von ihnen, die sich nicht als ernst zu nehmende Gesprächspartner, stattdessen aber als undisziplinierte und primitive Hitzköpfe erwiesen, mehr als einmal zur Ordnung rufen. Hätte der Graf kein Verständnis für die Situation der einfachen Leute geheuchelt und nicht gewusst, was sie und deren Familien in den letzten Jahrzehnten alles mitgemacht hatten, hätte er den einen oder anderen wohl festsetzen und mit der *Sechsschwänzigen Katze* – Waldvogels neuester Errungenschaft – auspeitschen lassen müssen. Aber wem hätte dies genutzt? Dabei wären nur unnötiges Verköstigungsgeld und Löhne für die Gerichtsweibel und den Carnifex mit seinen Henkersknechten draufgegangen.

Nachdem die Gesandten aus den nördlich der Residenzstadt gelegenen Ortschaften diesseits der Iller einigermaßen vernünftige Ansichten zu vertreten schienen und sogar etliche brauchbare Vorschläge zur Zukunftsbewältigung gemacht hatten, hatte sich der Graf von den aus Immenstädter Perspektive östlichen Gesandten aus Blaichach, Oberstdorf und sogar aus dem Kleinen Walsertal fast nur an wüste Beschimpfungen grenzende Beschwerden anhören müssen, dafür aber keinen einzigen brauchbaren Verbesserungsvorschlag zu hören bekommen. Dementsprechend gelangweilt wandte er sich seinem Adjudanten zu: »Sage er Uns, lieber Speen, ist das Unser Volk?« Er schüttelte den Kopf. »Und hat es sich während des Krieges wirklich in solch primitive Lümmel verwandelt oder waren Wir ganz einfach zu lange fort und haben kein Verständnis mehr für die ungehobelte Art und den schrecklichen Dialekt Unserer Untertanen?«

»Bleibt gelassen, Exzellenz. Bedenkt die politische Wichtigkeit, die darin liegt, dass sich je einer aus all den wichtigeren Orten Eures Herrschaftsgebietes bei Euch ausheulen darf und …« Im Zweifel daran, dass der immer wieder heraushörbare schwäbische Dialekt des Regenten besser klingen würde als jener, den die Allgäuer seit Jahrhunderten pflegten, sprach er nicht weiter. Immerhin benutzte auch er diesen Dialekt – wenn er nicht gerade ins grässliche Beamtendeutsch verfiel oder mit hochrangigen Menschen sprach.

»Bisher war das wohl eher ein ›Auskotzen‹, oder?«, bemerkte der Regent in einer Sprache, die wohl alle Stände verstanden.

»Ja, Euer Gnaden …« Aufgrund der ungewohnt derben Aussprache seines Herrn irritiert, hüstelte der feine Oberamtmann etwas unsicher, bevor er fortfuhr: »So nehmen die Männer wenigstens das Gefühl mit in ihre Dörfer zurück, dass sich ihr Herr persönlich um sie bemüht. Dadurch begehren sie nicht so schnell auf und geben wieder oder weiterhin Ruhe.«

»Er hat recht, guter Speen. Einen Aufstand könnten Wir jetzt nicht auch noch gebrauchen … Wer ist der Nächste?«, fragte der Graf noch, bevor er zu gähnen begann.

Der ranghöchste Beamte des rothenfelsischen Gebiets fuhr mit seinem Zeigefinger über ein Blatt groben Papiers und deutete danach dem Zeremonienmeister, den Leinweber Melchior Henne aus Staufen hereinzugeleiten.

»Aha, ein Staufner!«, entfuhr es dem Grafen, der sich innerlich schon auf die nächste Beschwerdeattacke eingestellt hatte. Er wusste nur allzu gut, dass die Staufner ein eigenes Völkchen waren, das sich nicht gerne etwas gefallen ließ. Dies hatte es in der Vergangenheit hinlänglich unter Beweis gestellt. Aber im Gegensatz zu seinen unbeholfenen und zum Teil sogar poltrigen Vorrednern trat der 31-jährige Handwerker gemessenen Schrittes nebst angemessener Haltung in den Raum und verneigte sich so, als wenn er dies an einem herrschaftlichen Hof gelernt hätte. Er wartete so lange, bis ihm der Graf das Wort erteilte.

»Ihre Durchlaucht …«, wollte er beginnen.

Als dies der Oberamtmann hörte, räusperte er sich rasch, neigte sich dem jungen Staufner entgegen und tuschelte ihm zu: »›Erlaucht‹. Es heißt ›Euer Erlaucht‹.«

»Entschuldigt.« Jetzt war es Melchior, der sich räusperte. »Euer Erlaucht«, fuhr er dennoch in einem würdevoll klingenden Ton fort, ohne sich anmerken zu lassen, dass er einen Fauxpas begangen hatte. »Darf ich Euch zuallererst im Namen des Verwalters Euer Staufner Schlosses, des verehrten Herrn Lodewig Dreyling von Wagrain, sowie unseres Ortsvorstehers Hermann Schädler, des Propstes Johannes Glatt und all Euer Staufner Untertanen grüßen und Euch gleichzeitig in der Heimat willkommen heißen? Einen ganz besonderen Gruß soll ich Euer Erlaucht und der gesamten gräflichen Familie vom ehemaligen Schlossverwalter, Hannß Ulrich Dreyling von Wagrain, ausrichten. Er lässt nachfragen, ob es Euer Gnaden und der hochwohllöblichen gnädigen Frau gut geht.«

Diese gepflegte Art des Benehmens und die bemerkenswert höfische Ausdrucksweise trotz des anfänglichen Versprechers und des zweifellos merkbaren Schleimes in Melchiors Stimme ließen den Grafen neugierig werden, weswegen er sich bei der heutigen Audienz zum ersten Mal vornahm, aufmerksam zuzuhören, und dem jungen Mann mit einem Kopfnicken deutete, weiterzusprechen.

»Der Kastellan – Äh …, entschuldigt, Euer Gnaden.« Melchior räusperte sich wieder gekonnt aus der Affäre. »Der Verwalter des Staufner Schlosses mit allen Zugehörten hat mir mit Einverständnis des Ortsvorstehers und des Propstes die hohe Ehre zugestanden, an seiner statt hier zu sein und Euch weniger die Sorgen und Nöte der Staufner Einwohnerschaft, sondern vielmehr ein paar Lösungsvorschläge für einige der anstehenden Aufgaben überbringen zu dürfen.«

Ob dieser geschliffenen Aussprache und des ungewöhnlichen Inhaltes des Gehörten sah der Graf den Oberamtmann, den Melchiors Auftritt nicht wunderte, weil er ihn bereits in anderer Angelegenheit kennengelernt hatte, beeindruckt an. Der Regent schürzte die Lippen und nickte leicht, während der Oberamtmann Melchior Henne anerkennend und aufmunternd zuzwinkerte.

»Respekt!«, unterbrach der Graf die momentane Stille und wollte von dem jungen Staufner wissen, weshalb er den Eindruck erweckte, als wenn er auf einem herrschaftlichen Sitz erzogen worden wäre.

So angesprochen, konnte sich der junge Leinweber ein Lächeln nicht verkneifen. Er berichtete in aller Sachlichkeit und ohne jeglichen Anflug von Angeberei, dass die Familie Henne einem – seit mindestens drei Generationen – alten Staufner Handwerkergeschlecht entstammte. Er selbst habe von seinem Vater das Handwerk zur Herstellung und zur Bearbeitung von grobem Leinen erlernt und arbeite seit Übernahme des Geschäftes von seinem Vater mit dem Feinweber Markus Hagspihl zusammen, dessen Mutter bei der Geburt gestorben und dessen Vater im vorletzten Kriegsjahr einem herumstreunenden Schwedenhaufen zum Opfer gefallen sei, als er eine Ladung Flachs von Missen hatte abholen wollen. Dabei erzählte Melchior auch noch, dass es Markus nicht leicht habe, die Weberei – so ganz allein auf sich gestellt – aufrechtzuerhalten, »… zumal er auch noch das elterliche Anwesen ohne Hilfe in Schuss halten muss. Außerdem gibt es in Staufen zudem auch noch einen anderen Weber, der allerdings bei Weitem nicht dazu in der Lage ist, so fein zu arbeiten, wie es Markus kann, und der auch nicht in der Lage ist, grobes Leinen für Wintergewandungen herzustellen. Auch wenn wir beide keine Konkurrenz in dem anderen Weber sehen, so müssen wir uns doch immer wieder mit dem alten Mann herumplagen. Umso mehr schätzen wir die Zusammenarbeit mit Matthiß Spindelhirn, dem einzigen Blaufärber Staufens. Mit ihm sind Markus und ich vor Kurzem eine Erfolg versprechende Verbindung eingegangen«, ergänzte Melchior noch mit leichtem Stolz in der flatternden Stimme.

»Hieß der Staufner Blaufärber nicht Osp… Hannes Osper?«, wollte der Regent wissen.

»Ja, Euer Erlaucht, Ihr habt wie immer recht. Der Blaufärber hat sich Hannß Opser geschrieben!«, schmeichelte Melchior dem Grafen, bevor er ihm berichtete, dass der alte Opser und dessen Weib Gunda das Verschwinden ihres jüngeren Sohnes Didrik und den Wassertod ihres älteren Sohnes Otward bedauerlicherweise nicht verkraftet hatten und daran zerbrochen waren.

»Was ist geschehen?«, fragte der Graf ernsthaft interessiert.

»Nachdem Gunda Opser eines natürlichen Todes – ich glaube mich zu erinnern, dass es Auszehrung gewesen sein soll – verstorben war, ertränkte sich ihr Mann noch vor deren Bestattung im Entenpfuhl, wo zwei Jahre zuvor auch sein älterer Sohn gestorben war. Wahrscheinlich wollte er ihm im Tode nahe sein. Jedenfalls hat man seine Leiche … und die seines Weibes – die er mit ins Wasser genommen und noch im Tode eng umschlungen gehalten hat – im Teich gefunden.«

»Das ist zwar schrecklich. Aber jetzt berichte Ihrer Exzellenz weiter von dir«, lenkte der Oberamtmann nicht besonders einfühlsam zum eigentlichen Thema zurück, um die verlorene Zeit für den Grafen aufzuholen.

»Was soll ich sagen?«, überlegte Melchior, bevor er weiter von sich erzählte. »Da ich schon der beste Freund des Kastellans gewesen bin, als Lodewig Dreyling von Wagrain noch ein Knabe und dessen Vater der Kastellan war, kenne ich diese Familie und das Schloss Staufen recht gut und …«

»Ja, ja. Aber warum ist Er so gewandt?«, interessierte den nicht gerade mit Geduld gesegneten Grafen.

»Obwohl es meine Eltern verboten haben, war es mir vergönnt, von Lodewig, in erster Linie aber von dessen Lehrer, Propst Glatt, etwas Lesen und Schreiben zu erlernen. Hier und da habe ich das Glück gehabt, sogar an seinem Lateinunterricht teilnehmen zu dürfen. Und die höfischen Umgangsformen hat mir Lodewigs verstorbene Mutter Konstanze beigebracht, Euer Erlaucht! … Auch das Essen mit Messer und Zweispitz«, fügte Melchior noch schnell hinzu, bevor er sich hastig bekreuzigte.

Vor dem Grafen hatte sich fürwahr ein strammer Bursche aufgebaut, der von adligem Blute hätte sein können. Offensichtlich war er nicht nur blitzgescheit und verfügte über herausragende Umgangsformen, er sah auch noch gut aus. Groß gewachsen, von kräftiger Statur, mit kantigen Gesichtszügen, klarem Blick und wallendem Haar stand er da und wartete darauf, endlich den Grund seines Hierseins erfüllen und seine Anregungen loswerden zu dürfen.

Nachdem der Graf und sein oberster Beamter ein Weilchen hin und her getuschelt hatten, baten sie den jungen Mann, seine Beschwerden vorzutragen.

Melchior schüttelte den Kopf. »Edler Herr, ich habe keine Beschwerden! Ihr wisst selbst, dass wir Staufner eine schreckliche Zeit hinter uns haben, für die Ihr, hoher Herr, nichts könnt. Ich bin nicht hier, um zu jammern, und schon überhaupt nicht, um im Zorn zurückzublicken …, auch wenn meine Eltern vor 15 Jahren durch die Hand eines fehlgeleiteten Arztes gestorben sind und ich im Jahr darauf die Pest erlebt … und, Gott sei Dank, auch überlebt habe.«

Spätestens nachdem Melchior sich bekreuzigt hatte, konnte er sich der vollen Aufmerksamkeit des Grafen gewiss sein. So wusste er ausführlich zu berichten, dass seit Ende des 30 Jahre anhaltenden Krieges auffallend viel Gesindel durch Staufen gezogen war und sich auch jetzt gerade eine besonders undurchsichtige Gestalt im Dorf herumtrieb. Er konnte auch berichten, dass es den Staufnern, wenngleich bei Weitem nicht so wie während des Krieges, aber dennoch sehr schlecht ging, weil Nahrungsmittel immer noch äußerst knapp und Brennholz unerreichbar waren.

Der kluge und an allem interessierte junge Mann benötigte fast eine geschlagene Stunde, um all seine Vorschläge für die Bewältigung der anstehenden Aufgaben loszuwerden. »… aber dies nützt alles nichts, wenn Ihr Euer am Ende des Jahres 1635 gegebenes Versprechen nicht einlöst, edler Herr. Die Staufner haben schon an Euren Vater Georg geglaubt, obwohl dieser – Ihr mögt mir verzeihen – mit voller Härte gegen sie vorgegangen ist.« Melchior blickte den Grafen prüfend an, um feststellen zu können, ob er seine Worte zu forsch gewählt hatte. Nachdem er glaubte, dies verneinen zu können, fuhr er mutig fort: »Als Ihr die Herrschaft übernommen habt, sind die Staufner Untertanen Euer Erlaucht unverrückbar zu Euch gestanden. Selbst in härtesten Zeiten haben sie an Euch geglaubt. Auch als die Pest in Staufen ausgebrochen ist und Ihr – bitte verzeiht mir abermals …«, Melchior senkte verschämt seinen Blick, »nach Konstanz gereist seid.«

Bevor sich der Graf aufplustern konnte, um sich eindrucksvoll zu empören, kam in Melchior doch noch der einfach aufgewachsene Landbewohner durch, der sich nicht unterbrechen ließ und der, ohne zu warten, ob der Graf etwas sagen wollte, mit fester Stimme weitersprach: »Mein Herr! Zeigt den Staufnern, dass Ihr sie liebt und zu ihnen steht. Haltet Euer Versprechen von 1635 und lasst Euch irgendetwas einfallen, das uns die Schrecken der grausamen Pestilenz endlich vergessen lässt und uns mit unserem Herrschaftshaus für alle Zeiten verbindet, damit wir gemeinsam in eine bessere Zukunft blicken können … Für und Für!«

Obwohl den Grafen noch niemals jemand so direkt angesprochen hatte, geschweige denn ein einfacher Handwerker, lächelte dieser milde und raunte Speen ins Ohr: »Stelle Er sich vor, Unsere feigen Beamten und die wachsweichen Honoratioren Unserer Gemeinden würden so viel Schneid zeigen wie dieser junge Mann. Dann hätten Wir selbst bald nicht mehr viel zu sagen.«

Während Speen nicht wusste, ob er darüber lachen sollte – immerhin war auch er ein Beamter –, beschäftigte sich der Graf schon wieder mit Melchior. »Da Wir die Sache nicht vergessen haben und sehr wohl wissen, dass Wir den Staufnern noch etwas schulden, hatten Wir uns bereits damals im gräflichen Familienkreis besprochen und können den Staufnern einen Vorschlag unterbreiten«, redete der Graf zur Verwunderung seines Oberamtmannes nicht um den Brei herum und kam auch – ohne seinen höchsten Beamten zuvor informiert, geschweige denn sich mit ihm abgesprochen zu haben – gleich zur Sache: »Unsere liebreizende, leider längst verstorbene, aber 1635 noch mitregierende Gemahlin Maria Renata von Hohenzollern hat einen guten Gedanken gehabt, der ihr zum Gedenken, Uns zur Freude und den Staufnern zur Ehre gereichen wird.«

Während der Graf in Erinnerung an seine erste Gemahlin einen Moment schweigend verharrte, schauten sich Speen und der hinter seinem Katheder stehende Schreiber verwundert an.

»Euer Erlaucht?«, unterbrach Melchior, der wissen wollte, um was es ging, die Stille.

Aber dem Regenten war wohl noch nicht danach weiterzuerzählen oder gar danach, Melchior für dessen Unverfrorenheit zu rügen. Stattdessen rief er nach dem Mundschenk: »Fülle Er endlich Unser Glas!«, gebot er dem zuständigen Lakaien, der wie sein ebenfalls gepudertes Pendant wie eine kostümierte Salzsäule neben der Flügeltür stand.

Nachdem der Regent einen Schluck aus dem kunstvoll geschliffenen Kristallglas, das er vor Jahren im fünffachen Dutzend aus Böhmen mitgebracht hatte, genommen hatte, schien es ihm wieder besser zu gehen. Jedenfalls fuhr er in Richtung Melchior fort: »Was würde Er davon halten, wenn Wir auf Vorschlag Unserer verstorbenen Gemahlin alle ledigen Burschen Unserer Herrschaft Staufen zu einem kräftigenden Festmahl mit anschließender Kurzweil in eines der Staufner Wirtshäuser einladen würden, um …«, der Graf räusperte sich, »sie an deren Schaffenskraft zu erinnern?«

»Edler Herr! Ihr wollt ernsthaft die Gelegenheit nützen, um die Staufner zur Feldarbeit zu bewegen, damit Ihr endlich wieder Steuern eintreiben könnt?«, hinterfragte Melchior leicht empört, aber mit einem angedeuteten Grinsen, das an Listigkeit nichts entbehrte.

Da es dem Grafen fast peinlich war, dass dieser keinesfalls einfach gestrickte Untertan seine Hintergedanken mit einem Scharfsinn erkannt hatte, wie er ihn eigentlich nur dem Adel und wenigen Offizieren, vielleicht gerade noch höheren Beamten oder dem Klerus zugesprochen hätte, räusperte er sich wieder verlegen.

Um der Situation die Peinlichkeit zu nehmen, präzisierte Melchior zur Verwunderung des Grafen und des Oberamtmannes das zuvor Gesagte, indem er betonte, dass er dies für einen guten Gedanken halten würde: »Ihr habt vollkommen recht, Euer Erlaucht. Es wird allerhöchste Zeit, dass die Staufner den Blick wieder hoffnungsvoll nach vorne richten und ihre Felder bestellen oder ihrem Handwerk nachgehen, anstatt weiterhin in Selbstmitleid zu vergehen. Da sie ein fleißiges Völkchen sind, brauchen sie nur den richtigen Antrieb, um sich endlich wieder ihres eigentlichen Daseins zu erinnern. Um dies hinzubringen, müssen sie aber erst die heute immer noch spürbaren Auswirkungen der Pest ein für alle Mal aufgearbeitet und hinter sich gelassen haben.«

»Respekt! Er spricht weise, fürwahr weise«, stellte der Graf anerkennend fest. »Was würde Er davon halten, wenn Wir einem von ihnen – sozusagen stellvertretend für alle Staufner Jünglinge – etwas Wertvolles in die Hand drücken würden, an das sich alle klammern könnten. Ein sichtbares Panier neuer Lebensfreude, das ihnen Zuversicht gäbe und das sie für alle Zeiten der verheerenden Pestilenz und der Auswirkungen des Krieges gedenken ließe. Gleichzeitig sollte es aber auch mahnen, dass unser Herrgott zwar in alle deutschen Lande …«, der Graf fuchtelte beschwörend mit einem Zeigefinger durch die Luft, »und nicht nur nach Immenstadt und nach Staufen die Pestilenz geschickt hat, um die Menschen zu prüfen, dass die Heilige Jungfrau Maria aber all denen hilft, die sich auch selbst helfen.«

»Das will wohlüberlegt sein, Herr«, antwortete Melchior nachdenklich, während er vom Grafen und dessen Amtsleiter erstaunt gemustert wurde.

Was ist das nur für ein Mensch?, dachten in diesem Moment wohl beide voller Hochachtung über Melchior. Jedenfalls verrieten dies ihre zur Konzentration geweiteten Pupillen, die hinter zusammengekniffenen Augenschlitzen hervorblitzten.

»Wir werden Uns etwas einfallen lassen«, unterbrach der Graf die gedankliche Stille. »Aber sage Er Uns: Wer außer Ihm gehört in Staufen zu den ehrbarsten und unbescholtensten Jünglingen? Wen sollten Wir auserwählen?«

»Edler Herr.« Melchior verneigte sich. »Es steht mir nicht zu, meine Altersgenossen oder aber die jüngeren Burschen zu bewerten. Außerdem …«

»Schnickschnack! Nur keine falsche Bescheidenheit!«, wischte der Graf – sein Wesen in Bezug auf seine Geduld nun endgültig offenbarend – Melchiors Zurückhaltung vom Tisch. »Sage Er Uns sofort unumwunden, welcher Staufner infrage käme, ein Vermächtnis, getreu Unserem Willen, anzunehmen und dafür Sorge zu tragen, dass dieses Jahr für Jahr erneuert werde?«

»Exzellenz …«, betitelte Melchior nun seinen Herrn, um später wieder in sein altes – ebenfalls korrektes – Anredemuster zurückzufallen.

»Da käme meines Erachtens nur der Schlossverwalter Euer Erlaucht, Lodewig Dreyling von Wagrain, in Betracht«, gab anstatt der etwas brüskierte Melchior Oberamtmann Speen die Antwort.

»Entschuldigt, Herr Oberamtmann«, mischte Melchior sich nun doch ein. »Darf ich Euch beipflichten?«

Der Graf und sein höchster Beamter schauten sich fassungslos an. »Mut hat Er ja. Das müssen Wir Ihm lassen«, deutete der Graf seinem Staufner Untertanen weiterzusprechen.

»Habt Dank, edler Herr!«

Zu Speen gewandt, bestätigte Melchior, dass Lodewig Dreyling von Wagrain sicherlich die erste und die beste Wahl wäre. Dabei gab er aber zu bedenken, dass sein bester Freund einerseits adlig sei und andererseits in gehobenen Diensten des Grafen stünde, was unvermeidlich zu Misstrauen vonseiten der Jünglinge führen würde. »Außerdem ist er längst verehelicht und sogar schon vierfacher Vater. Wenn Ihr dabei bleiben möchtet, dass das, was Euer verstorbene Frau Gemahlin zu stiften gedachte, an die Jünglinge Staufens gehen soll, kommt Euer Staufner Schlossverwalter nicht mehr in Betracht.«

»Eine eventuelle Stiftung kommt immer noch von Uns und nicht von Unserer verstorbenen Frau Gemahlin, Gott hab sie selig«, korrigierte der Graf, bekreuzigte sich flugs und griff das von Melchior Gesagte auf: »Obwohl es wahrscheinlich sowieso zu unvermeidlichen Ränkespielen unter den jungen Staufnern kommen wird, hat er recht. Wir benötigen Unseren getreuen Schlossverwalter auch fürderhin als neutralen Mittler zwischen Uns und dem Volk. Und da ihm bereits eine holde Frau sagt, was er zu tun oder zu lassen hat, dürfte er beschäftigt genug sein und keine Zeit für ein zusätzliches Ehrenamt haben«, seufzte der Graf in Gedanken an seine eigene Ehe. »Lassen wir ihn also außen vor. Es bleibt aber dabei, dass Wir gedenken, den Staufner Jünglingen – und somit ganz Staufen – etwas Gutes zu tun. Denn in erster Linie sind sie es, die für eine funktionierende Zukunft sorgen müssen … Wer käme sonst noch infrage? Was ist mit ihm selbst?«, fragte der Graf sein Gegenüber, während er mit einer gönnerhaften Geste auf Melchior wies.

Der Leinweber schüttelte mit ergeben geschlossenen Augen den Kopf. »Euer Angebot ehrt mich, edler Herr. Aber ich dürfte –

obwohl ich noch kein Weib mein Eigen nenne – im Vergleich zu den anderen Junggesellen zu alt sein. Verzeiht mir, wenn ich Euch an dieser Stelle mitteile, dass ich schon genügend Anfeindungen ausgesetzt bin, weil ich der beste Freund des Kastellans und dementsprechend oft zu Besuch im Schloss bin. Außerdem missgönnt mir so mancher, dass ich lesen und schreiben kann. Dennoch bin ich nicht mehr als ein einfacher Handwerker, der es kaum erwarten kann, endlich wieder richtig loslegen und mit seinem Leinen Geschäfte machen zu können … Und dies, nur dies bedarf meiner ganzen Aufmerksamkeit.«

»Respekt! … Bescheiden ist Er auch noch. Aber sage Er mir nun endlich, wen Er dann an seiner statt vorschlagen würde.«

Um vom Grafen nicht weiter bedrängt zu werden oder ihn gar zu erzürnen, bemühte sich Melchior nun doch, ein paar brauchbare Vorschläge zu unterbreiten: »Bertel Schwabacher, ein ehemaliger Jünger der Schwarzen Kunst, wäre eine ideale Wahl, auch er kann lesen und schreiben, außerdem ist er ein begnadeter Redner und wird von allen geschätzt … Aber auch Martin Allger, einer der Söhne des gräflichen Bierbrauers, würde sich eignen.«

»Aha!«, knurrte der Graf, fuhr sich mit der Zunge über die Lippen und gebot dem Mundschenk, ihm einen Krug Bier und drei Becher zu bringen, während er das vor sich stehende Weinglas beiseiteschob. »Wein schmeckt zwar gut, hilft aber nicht gegen den Durst«, begründete er diese Aktion, kam aber sofort wieder zum Thema: »Und weiter?«

»Der eingangs bereits erwähnte Markus Hagspihl wäre sicherlich ebenso gut wie der Krämer Ambrosi Blank.« Der Staufner überlegte laut weiter: »Jockel Mühlegg ist zwar – wenn er etwas getrunken hat, was ja aus Mangel an alkoholischem Gebräu nicht oft vorkommen kann – ein rauflustiger Geselle, aber ein liebenswertes Schlitzohr«, schmunzelte Melchior, dem dieser Vorschlag nicht allzu ernst zu sein schien.

»Und?«, drängte der Graf weiter. »Wäre er für dieses Amt zu gebrauchen?«

Melchior überlegte kurz, bevor er antwortete: »Jedenfalls ist Jockel ein gewiefter und flinker Bursche.« Dass er damit meinte, Jockel als besten Schwarzfischer des Dorfes zu kennen, konnte und musste der Graf nicht unbedingt wissen. »Darüber hinaus ist er äußerst hilfsbereit und allein schon deswegen allseits sehr beliebt. Außerdem ist dort, wo er zugegen ist, immer gute Stimmung«, versuchte Melchior, sich nicht ganz wahrheitsgemäß aus der Affäre zu ziehen, und schwenkte aus demselben Grund gleich zum Schreiner Gebhard Luckner um: »Gebi ist zwar erst 18 Jahre alt, muss aber ebenso in Betracht gezogen werden wie Bertel Göhlin«, schoss es nun aus Melchior heraus, während er weiter überlegte und sagte: »Nicht zu vergessen Sefton Bröger, Sohn des Sonnenwirtes, oder Matthiß Spindelhirn, der …«

»Aber Letztgenannter ist doch kein Staufner!«, unterbrach der Oberamtmann sofort, als er diesen Namen hörte. Obwohl sich die Obrigkeit nicht mehr als nötig mit dem einfachen Volk abzugeben pflegte, hatte er sich »Spindelhirn« wohl irgendwann einmal gemerkt, weil sich der Name so merkwürdig angehört hatte.

»Das stimmt. Ihr habt recht!«, pflichtete Melchior bei und ergänzte: »Matthiß ist erst vor fünf Jahren nach Staufen gekommen, um das Haus des verstorbenen Blaufärbers Hannß Opser mitsamt den zwei Winterfuhren Land zu übernehmen.« Melchior überlegte angestrengt weiter und brachte noch einige Namen ins Gespräch. »Ansonsten fällt mir im Moment nur noch der Uhrmacher Leopold Mahler ein. Aber der ist zurzeit in Diensten des Kemptener Fürstabtes Giel von Gielberg, um in der dortigen Residenz alle Uhrwerke zu überprüfen und zu reinigen. Und wann er wieder nach Staufen zurückkommt, weiß ich nicht«, sagte Melchior, der offensichtlich ebenfalls über ein gutes Namensgedächtnis verfügte und vom Hörensagen sogar Leute zu kennen schien, die nicht seinem niederen Stande angehörten und weit weg von Staufen lebten.

»So, so! Der liebe Roman hat den besten Uhrmacher des Allgäus verpflichtet«, lachte der Graf, den ein freundschaftliches Verhältnis mit Fürstabt Romanus Bertel Christoph Giel von Gielberg verband. »Ist dieser Mahler dort mit Unserer Erlaubnis?«, fragte er den Oberamtmann etwas verunsichert.

»Ja, Euer Erlaucht. Während Euer Abwesenheit war uns das Stift Kempten in mehrerlei Angelegenheiten dienlich, weswegen ich nach der Anfrage eines landesherrlichen Beamten der Kirchenvisitation den begnadeten Uhrmacher dorthin entsandt und Euch davon schriftlich Mitteilung gemacht habe. Allerdings weiß ich ad hoc jetzt auch nicht, wann er wieder nach Staufen zurückkehrt.«

Der Graf überlegte ein Weilchen. »Da die Uhren im rothenfelsischen Gebiet sowieso anders ticken als jenseits der Iller und es in Staufen selbst wohl kaum Arbeit für einen jungen Uhrmacher gibt, wird er es vermutlich vorziehen, überhaupt nicht mehr zurückzukehren«, mutmaßte er versonnen in Erinnerung an die totale Leibeigenschaft früherer Zeiten. »Also fällt er aller Wahrscheinlichkeit nach aus.«

»Bist du am Ende?«, drängte jetzt auch der Oberamtmann, der längst bemerkt hatte, dass sein Herr ungeduldig zu werden drohte.

»Ach, da fällt mir doch noch jemand ein: Der Lederer Hanspeter Burger.«

»Der Schuhmacher?«, fragte der Graf mit wissender Miene, weil seine zweite Gemahlin vor nicht allzu langer Zeit Angebote über Reiseschuhe hatte einholen lassen, der Hofschneider den Auftrag letztlich aber an einen Kierwanger Schuhmacher vergeben hatte, weil der Hindelanger Schuhmacher und einer aus Oberstdorf zu teuer gewesen waren.

»Ja! Der die Werkstatt von Hemmo Grob übernommen hat. Der verstorbene Lederer muss zwar gänzlich unbeliebt, aber dennoch ein ehrbarer Meister seiner Zunft gewesen sein.«

Aber dies interessierte den Grafen nicht im Geringsten, weswegen er das Thema beenden wollte. »Immerhin hat er Uns jetzt so viele Namen genannt, dass Wir eine ganze Kompanie daraus machen könnten. Nun sage Er Uns aber, wen Er als den Besten ansehen würde«, schnarrte der merkbar ungeduldig gewordene Landesherr, dem der Vorschlag letztlich eigentlich egal war. Hauptsache, es war kein Bauer und keiner aus der Umgebung – er wollte einen »echten« Staufner, der das noch nicht vollständig definierte Vermächtnis in die Hand nahm. Obwohl die Fleckner, wie sich die Staufner selbst gerne nannten, nicht dem Bürgertum angehörten, wurden sie vom Grafen höher eingestuft als reine Vollerwerbsbauern, die einzeln rund um den Dorfkern oder in eigenen kleinen Weilern angesiedelt waren. Außerdem hasste er die Bauern, weil diese ständig aufmuckten und einer von ihnen vor 27 Jahren in der Nähe von Ettensberg seinen Vater erschossen hatte, als dieser von der Jagd in den Gunzesrieder Wäldern hatte heimkehren wollen. Ein Bauer war für das, was der Graf zu stiften gedachte, also von Haus aus nicht prädestiniert, »… auch nicht aus Ortsteilen wie Döbelisried – gehört dies überhaupt noch zu Unserem Herrschaftsgebiet? –, Buflings oder aus Sinswang, und schon gar nicht aus Weißach!«, sinnierte er laut.

»Lasst mich bitte einen Moment überlegen, edler Herr … Ich danke Euch dafür.«

Melchior dachte, der Graf wolle noch mehr Vorschläge hören, weswegen er krampfhaft danach suchte. Er benötigte nicht viel Zeit, um einen weiteren Namen zu finden. Bei seiner Überlegung berücksichtigte er allerdings, dass das Vorhaben des Regenten möglicherweise viel Arbeit mit einem hohen Zeitaufwand kosten könnte. Also kämen bei genauerer Betrachtung und aus seiner persönlichen Sicht der Feinweber und der Blaufärber nur schwerlich infrage. Beide würde er dringend für eine Zusammenarbeit brauchen, wenn die Geschäfte irgendwann wieder besser laufen sollten. Da sich Melchior jetzt darüber ärgerte, dass er diese beiden überhaupt vorgeschlagen hatte, schlug er in einem forschen Ton, der keine Zweifel zuließ, Martin Allger als seinen persönlichen Favoriten vor, obwohl er nicht sicher war, ob sich der mitunter arg schweigsame, aber brave Sohn des Braumeisters für ein solch öffentliches und verantwortungsvolles Ehrenamt eignen und dieses überhaupt annehmen würde. Da ihm ein Sträuben allerdings nichts nützen und der Graf ihn kurzerhand verpflichten würde, hätte er wohl kaum die Möglichkeit, sich zu drücken. Also konnte Melchior ihn guten Gewissens vorschlagen.

»Na also, warum nicht gleich? – Speen, notiere Er alle genannten Namen und zeichne Er den Sohn des Braumeisters als Unseren Wunschkandidaten aus.«

Nachdem Melchiors Bitte, aus verständlichen Gründen in diesem Zusammenhang nicht genannt zu werden, stattgegeben wurde, entließ der Graf den strammen Staufner mit einem laut vernehmbaren: »Respekt.«

Als Melchior Henne den Raum verlassen hatte, fügte der Regent dem Oberamtmann gegenüber nur noch knapp an: »Von dem werden wir wohl noch öfter etwas hören. Wäre er gesetzteren Alters, könnte er ein hervorragender Ortsvorsteher sein.«

»Was nicht ist, kann ja noch werden«, schmunzelte Speen.

KAPITEL 4

Melchior hatte sich nicht im Schloss Staufen avisiert, um Lodewig als Freund zu treffen, sondern, um ihn in dessen Eigenschaft als Schlossverwalter über das Gespräch mit dem Landesherrn und den Ausgang der Audienz offiziell zu informieren. Deswegen hatte der Kastellan auch Propst Johannes Glatt, den honorigen Dorfpfarrer, und Hermann Schädler zu dieser Unterrichtung dazugebeten. Eigentlich war der 59-jährige Ortsvorsteher von Berufs wegen Ziegenzüchter und fühlte sich irgendwie zu verbraucht, um den vielfältigen Aufgaben eines »Rudelführers« gerecht werden zu können. »Das Kreuz ist hin«, klagte er immer, wenn er etwas hochheben musste und sich dabei die mehr als lästigen Rückenschmerzen meldeten. Da er nur noch eine alte Geiß, aber keinen jungen Bock im Stall hatte, war es derzeit nichts mit der Zucht. Also hätte er dem Nichtstun frönen müssen, was ihn und seine Familie noch mehr hungern ließe, als dies sowieso schon der Fall war. Als Ortsvorsteher bekam er zwar nur eine kleine Aufwandsentschädigung, genoss aber das eine oder andere Privileg und ein hohes Ansehen, für das er sich allerdings nichts kaufen konnte. Und da er nicht bestechlich war, hatte er nur wenig davon. Trotz seiner derzeit schwierigen Situation war er einer der wenigen, die niemals aufgaben und immer einen Ausweg aus schwierigen Situationen wussten. Allein schon deswegen war er ein geachteter Mann, weswegen ihm vor vier Jahren die Bürde dieser verantwortungsvollen Aufgabe übertragen worden war. Damals hatte sein Vorgänger das Amt des Ortsvorstehers aus gesundheitlichen Gründen niederlegen müssen. Lodewigs Vater Hannß Ulrich Dreyling von Wagrain, seinerzeit von Berufs wegen der Schlossverwalter des Grafen, war nebenbei über zehn Jahre interimistischer Ortsvorsteher gewesen – bis ihn die Folgen eines tragischen Unfalls dazu zwangen, sein über alles geliebtes Amt in Diensten des Grafen ein für alle Mal aufzugeben.

»Du warst mutig und hast klug taktiert, Melchior«, lobte der junge Kastellan seinen Freund nach dessen ausführlicher Berichterstattung und klopfte ihm dabei vertraut auf die Schulter. »Und du glaubst, dass unserem hochwohllöblichen Grundherrn etwas Vernünftiges einfällt, um den Staufnern endlich wieder neuen Lebensmut einzuhauchen und sie zur Arbeit zu bewegen?«

»Da bin ich mir absolut sicher! Seine verstorbene Gemahlin hat sich schon damals – so, wie mir unser Herr gesagt hat, direkt nach der Pest – Gedanken darüber gemacht. Und er hat sogar von einer ›Stiftung‹ gesprochen. Ich befürchte allerdings, dass er danach trachtet, möglichst wenig Geld auszugeben. Dennoch habe ich gehört, wie Oberamtmann Speen ihm zugeflüstert hat, dass man Mäuse nur mit Speck aus ihren Löchern locken kann.«

»Damit meint er uns, oder? Dann bedeutet dies, dass der Oberamtmann die immer noch schwierige Lage in Staufen richtig einschätzt und unseren als sparsam bekannten Regenten zu ermutigen gedenkt, sich generös zu zeigen!«, beantwortete der Propst seine eigene Frage in hoffnungsvoll klingendem Ton.

»Sieht so aus! Es wäre schön, wenn er es sich nicht reuen lassen würde«, hoffte auch Lodewig.

»Jedenfalls hat er sich mir gegenüber nicht geizig gezeigt und mir sogar einen Becher unverdünnten Bieres hinstellen lassen«, scherzte Melchior.

»Du hast mit dem hohen Herrn zusammen teures Bier getrunken?«, fragte Lodewig ungläubig und fuhr – nachdem Melchior stolz genickt hatte – fort: »Aber wir wissen noch nicht, was der Graf mit uns vorhat. Wir wissen weder, was es sein wird, noch wissen wir, wann er gedenkt, sein Versprechen einzulösen.«

»Nein, das wissen wir noch nicht. Aber irgendwie wird es ihm mit dem Segen der Mutter Gottes gelingen, unsere immer noch verstörte Bevölkerung wieder auf ihre Felder zu bewegen, damit im nächsten Jahr hoffentlich ordentlich geerntet werden kann«, wünschte sich Melchior, der es nicht erwarten konnte, selbst wieder ordentliche Geschäfte machen zu können. Dass er dabei die Heilige Jungfrau Maria ins Spiel gebracht hatte, gefiel dem Propst derart, dass er dafür sogar einen mildtätigen Blick nach oben warf und dankbar die Hände faltete.

»Aber dies wird vermutlich noch ein paar Wochen dauern. Immerhin weilt der Graf nach jahrelanger Abwesenheit erst seit ein paar Tagen wieder im Allgäu und wird wohl noch viel aufarbeiten müssen, um hier wieder auf dem Laufenden zu sein, bevor er die Zeit erübrigen kann, sich um die Einlösung eines längst vergessen geglaubten Versprechens zu kümmern«, gab der von Sarah an den Armen gestützte und soeben an den Tisch geleitete Altkastellan zu bedenken.

»Dennoch müssen wir die Lebensverdrossenheit der Staufner endlich brechen und ihnen Hoffnung für eine bessere Zukunft machen. Da die Zeit der Feldbestellung schon bald kommen wird und wir unsere lieben Staufner bis dahin seelisch wenigstens etwas aufgerichtet haben müssen, sollten wir die frohe Kunde jetzt schon unters Volk bringen«, schlug sein Sohn vor, bevor er zur Unterstreichung seines Vorhabens eine Faust auf den Tisch knallen ließ, was die anderen davon ablenkte, den Altkastellan ordentlich zu begrüßen.

Während die drei Gäste und Lodewigs Vater ihre diesbezüglichen Gedanken laut werden ließen, tischte Sarah eine zwar bescheidene, aber liebevoll hergerichtete Brotzeit auf.

»Dies hier wird es schon runterspülen«, ermunterte der Kastellan die Männer zuzugreifen, nachdem er mit einer Kanne Wein vom Keller zurückgekommen war. Er hatte es sich von der Hausmagd Rosalinde nicht nehmen lassen, den Wein selbst zu holen und nur wenig mit Wasser zu verdünnen. Dabei hatte er sich auch nicht lumpen lassen und den besten Bodenseewein mitgebracht, obwohl er die eiserne Reserve hatte anzapfen müssen und genau wusste, dass sich unter seinen Gästen auch der wohl trinkfreudigste Diener Gottes auf diesem Erdboden befand. Nur allzu gut erinnerte sich Lodewig an frühere Trinkgelage des Propstes mit dem Benediktinerpater Nepomuk, den sein Vater vor vielen Jahren auf dessen Weg ins Bregenzer Kloster Mehrerau aufgegabelt hatte, als er seinem damals dort studierenden ältesten Sohn Eginhard die Kunde vom gewaltsamen Tod ihres jüngsten Familienmitgliedes Diederich hatte überbringen müssen. Längst war dieser hünenhaft gewachsene Mönch zum besten Freund der Kastellansfamilie Dreyling von Wagrain und zur vertrauten Person etlicher Staufner geworden. Mit Wehmut dachte Lodewig daran, wie der heilkundige Mönch, der sogar ein Professor der Medizin war, seiner Mutter Konstanze einst das Leben gerettet und sich darüber hinaus aufopfernd um ihn selbst gekümmert hatte, als er – nach tagelangem Martyrium durch den damaligen Totengräber Ruland Berging – von Fabio in der Pestkapelle mehr tot als lebend entdeckt und von ihm ins Schloss gebracht worden war.

Nachdem sie die Sache ausführlich erörtert, ausdiskutiert und schon die dritte Kanne Wein geleert hatten, mahnte Sarah ihren betagten Schwiegervater, auf seine Gesundheit zu achten, und schlug ihm vor, sich in seine Schlafkammer zurückzuziehen.

»Das ist gut, Sarah. Es ist spät geworden. Hilfst du Vater bitte?«, wurde sie von Lodewig, den der kostbare Wein jetzt doch so langsam etwas zu reuen begann, unterstützt. Immerhin lagerte im Keller nur noch ein längst angebrochenes Fass billigen Sauerweines, der gerade noch gut genug war, um, mit Zimt und Nelken verfeinert, als »Gewürzwein« berittene Boten für deren Rückweg zu stärken und Rudolph, der trunksüchtigen Schlosswache, den Geschmack am Alkohol zu nehmen – was natürlich nicht gelingen würde. Und vom köstlichen Bodenseewein war jetzt auch nicht mehr allzu viel übrig. In den lausigen Zeiten war es selbst für einen gräflichen Schlossverwalter schwer, an Nachschub zu gelangen. So kam es ihm gerade zur rechten Zeit, als Sarah die Nachtruhe anmahnte. »… Und außerdem musst du morgen die Frühmesse lesen«, gab sie dem Propst den Weg vor.

»Gibt mir jetzt schon eine ehemalige Jüdin Befehle?«, fragte der weinselige Dorfpfarrer lachend.

Sarah erhob drohend eine flache Hand. »Du … du …«, hob sie an, sparte sich das, was sie hatte sagen wollen, aber lachend auf.

Nachdem sich der wankende Pfarrherr – gestützt vom Ortsvorsteher und von Melchior – am Schlosstor verabschiedet hatte, rief ihnen der Kastellan nach, nicht zu vergessen, die Kunde vom baldigen Einlösen des gräflichen Versprechens unverzüglich zu verbreiten. »Hört ihr? Alle jungen Männer des Dorfes müssen es wissen! Dadurch nehmen wir den Grafen in die Pflicht.«

»Glaubst du das wirklich?«

Am nächsten Morgen – es war Sonntag, der 19. September 1649 – war es kühl. Offensichtlich kündigte sich jetzt schon der nahende

Winter an. Jedenfalls roch die Luft verdächtig danach. Im Allgäu war es nichts Ungewöhnliches, dass der Ostner schon im September den ersten Schnee bringen konnte. Auch wenn dies meist noch nicht allzu viel war und er nicht gleich liegen blieb, weil der Boden noch nicht kalt genug oder gefroren war, fand damit die Feldarbeit ihr von der Natur erzwungenes Ende. Normalerweise würden die Bauern um diese Jahreszeit hastig die letzten Furchen ziehen und Jauche ausbringen, um damit den Grundstock für eine reiche Ernte im nächsten Jahr zu legen. Aber dies war seit dem Großen oder Stillen Sterben, wie die Pestilenz auch bezeichnet wurde, nicht mehr in der zuvor bekannt disziplinierten Form geschehen. Zum einen war dies daran gelegen, dass es kaum Samen gegeben hatte, den es sich auszubringen lohnte. Zum anderen gab es nur wenig Vieh, das durch seine Hinterlassenschaften das unverzichtbare Düngemittel produziert hätte, geschweige denn, dass es einen kräftigen Dorfochsen gab, der vor die Egge gespannt werden konnte. Und Rösser gab es in dem kleinen Allgäuer Marktflecken sowieso schon lange nicht mehr. Außerdem hatten diejenigen, die sich mit ehrlicher Arbeit ernähren wollten, schnell die Nase voll, da ihnen die Ernte von den ständig präsenten Randständischen und von Strolchen der übleren Art gestohlen worden war, noch bevor sie selbst etwas davon gehabt hatten. Und den Rest hatten Nager und Vögel besorgt. Somit war ihnen nichts anderes übrig geblieben, als sich die Nahrung ebenfalls bei ihren Nachbarn zu stehlen, obwohl sie sich schon damals, nach dem Abklingen der Pest, allesamt geschworen hatten, dies nie wieder zu tun und stattdessen zum Wohle der Dorfgemeinschaft zusammenzuhalten und sich gegenseitig zu unterstützen. Viel war von diesem Schwur allerdings nicht übrig geblieben. Dafür waren die Umstände, in denen sie leben mussten, einfach immer noch zu hart. Und da das jahrelange Brachliegen der Felder dazu geführt hatte, dass es nun kaum noch etwas Essbares gab, was man hätte stehlen können, herrschte im ganzen Land eine große Hungersnot. Somit war es allerhöchste Zeit geworden, dass sich etwas änderte – und zwar sofort!

Propst Glatt blinzelte prüfend in den Himmel, der es um diese frühe Uhrzeit noch nicht vermochte, die sehnlichst erwartete Wärme des Tages durchzulassen. Er fröstelte und schlug gerade seinen dicken Überwurf vor der Brust aufeinander, als er von hinten angerempelt wurde. Erschrocken drehte sich der Priester um und bemühte Gott etwas knurrend zum Gruße, als er gewahr wurde, wer ihn so ruppig von hinten gestoßen hatte. »Baltus, lass das! Warum bist du nicht mit den anderen aus Immenstadt zurückgekommen?«, wollte er wissen, bevor er – ohne eine Antwort bekommen zu haben – den lästigen Burschen zusammenstauchte. »Was tust du überhaupt schon so früh auf den Beinen? In der Frühmesse habe ich dich jedenfalls nicht gesehen«, rügte er den 26-Jährigen, der ein eifriger Messebesucher war, jetzt aber nichts Besseres zu tun wusste, als wie ein Grimassen schneidender Irrer um den Propst herumzutanzen und zu singen: »Es geht ein Bi-Ba-Butzemann in meinem Haus herum …«, anstatt wenigstens die erste Frage des Pfarrers zu beantworten.

»Baltus, bleib stehen! Ich möchte dir etwas sagen«, versuchte der Seelsorger sein im Gemüt verstörtes Schäflein zu beruhigen. »Gottverd …« Propst Glatt schluckte das, was ihm fast herausgerutscht wäre, hinunter und blickte wieder – dieses Mal Gott um Vergebung bittend – gen Himmel, während er den Burschen am Kragen packte, um ihn zur Räson zu bringen. »Jetzt reicht es aber. Bleib endlich stehen, Bursche! … Und hör gefälligst auf, dieses gotteslästernde Lied zu singen!«

»Was willst du von mir, schwarzer Mann?«, lallte Baltus, auf den dunklen Überwurf und die darunter sichtbare schwarze Soutane anspielend, respektlos, während ihm – wie immer – Sekret aus den Mundwinkeln troff. Er war es gewohnt, alle zu duzen. Da machte er auch beim honorigen Pfarrherrn von St. Petrus und Paulus keine Ausnahme. Da er es nicht anders kannte, würde Baltus auch den Oberamtmann duzen und beim Landesherrscher sogar den Pluralis Majestatis außer Kraft setzen. Obwohl ihm dies alle, die ihn kannten, stets gnädig verziehen, konnte es irgendwann einmal ein böses Ende nehmen. Da ihn der Propst aber schon seit seiner Geburt kannte, drohte Baltus von daher keine Gefahr, insbesondere, da er 1623 von ihm getauft worden war.

Eigentlich müsste der Seelsorger sich viel mehr um das Sorgenkind des Dorfes kümmern, als er es tat. Nachdem dessen Vater Babtist 1635 hingerichtet worden war und Baltus seither allein leben und selbst für sich sorgen musste, hatte der Propst den damals 13-Jährigen mit zu sich ins Propsteigebäude nehmen wollen, wo er ihm die Schlafkammer des ehemaligen Arztes Heinrich Schwartz zugewiesen hätte. Aber dies hatte – trotz zigfacher Versuche – nicht geklappt und der Priester hatte sein mitmenschliches Angebot resigniert aufgeben müssen, weil Baltus weder mit Engelszungen noch mit Gewalt aus dem Haus seines Vaters zu bekommen gewesen war. So lebte der verwirrte Bursche nun schon 13 Jahre allein in seinem inzwischen durch und durch verdreckten Haus, das Propst Glatt – nachdem er seinerzeit einige Male dort gewesen war und das stinkende Elend gesehen hatte – nie mehr aufsuchen würde. Und da die anderen Dorfbewohner sowieso Furcht vor Irren hatten, war das Grundstück seither von überhaupt niemandem mehr betreten worden – im Gegenteil: Sie alle machten sogar einen großen Bogen um das Anwesen und schlugen das Kreuz, wenn sie auch nur in die Nähe kamen. Um zu verhindern, dass aus dem Wohnhaus und aus der Schmiedewerkstatt ein Spekulationsobjekt wurde, hatte der damalige interimistische Ortsvorsteher Hannß Ulrich Dreyling von Wagrain beim Oberamt dafür gesorgt, dass Baltus weiterhin darin leben durfte. Speens Bedingung war allerdings, dass Baltus mit ausreichend Nahrung versorgt und von Zeit zu Zeit mit einer frischen Gewandung ausgestattet wurde. Dies war natürlich an der Kirche, also an Propst Glatt, kleben geblieben. So kam Baltus in unregelmäßigen Abständen in der Propstei vorbei, um Nahrungsmittel, Wolldecken und in der kalten Jahreszeit auch Brennholz abzuholen.

Als der Priester Baltus so weit beruhigt hatte, dass er nur noch leicht wippend und dümmlich grinsend vor ihm stand, konnte er ihm erzählen, dass der Graf gedachte, Staufens Jünglingen etwas zu stiften, um bei ihnen den im Tiefen ihrer geschundenen Körper schlummernden Lebensmut zutage fördern zu können. Der Propst erzählte Baltus von dieser Sache nur aus dem Grund, weil er hoffte, dass sich dadurch die Kunde schnell verbreiten und bei ihm, beim Ortsvorsteher oder beim Kastellan nachgefragt werden würde. Nicht im Traum hätte er daran gedacht, dass sich der geistig Zurückgebliebene dereinst dazu berufen fühlen könnte, selbst zu den Auserwählten zu gehören. Wäre dies zu ahnen gewesen, hätte sich Propst Glatt niemals dazu hinreißen lassen, die Namen der favorisierten Jünglinge preiszugeben: »... und Allgers Martin steht beim Grafen ganz oben auf der Liste! Das darfst du aber niemandem sagen«, tuschelte er Baltus auch noch beschwörend ins Ohr. Aber wen der Graf favorisierte, schien Baltus herzlich wenig zu interessieren. Zumindest erweckte er diesen Eindruck. In seinen Gedanken allerdings war er schon ganz bei der Sache. Als er realisierte – was verständlicherweise eine gewisse Zeit dauerte –, dass der Ehrbarste und Unbescholtenste unter ihnen, stellvertretend für die gesamte Dorfjugend, in absehbarer Zeit ein Präsent des Grafen in Empfang nehmen würde, rief er laut, dass er selbst derjenige sein werde, dem diese Gunst zuteil werden müsse.

»Bleib gelassen, Baltus«, wurde er vom Propst in seiner kindlichen Freude gebremst. »Noch wissen wir nicht, was sich unser hoher Herr einfallen lassen wird. Und noch wissen wir nicht, wann es sein wird. Dennoch darfst du allen ledigen Burschen und Männern des Dorfes erzählen, dass etwas Schönes auf sie zukommen wird.«

Aber der Bursche begann nur wieder mit seinem monotonen Singsang und damit, um Johannes Glatt herumzutanzen.

Der Propst seufzte. Die verstehen sowieso nichts von dem, was du ihnen berichten wirst, dachte er und schalt sich, warum er ausgerechnet den Dorfnarren darüber informiert hatte.

Auch ohne das Zutun des Verrückten, der die Sache schnell wieder vergessen zu haben schien, hatte sich das Vorhaben rasend schnell herumgesprochen. Die Aufregung unter den unverheirateten männlichen Bewohnern Staufens stieg von dem Tag an, als sie die Neuigkeit gehört hatten, dass einer von ihnen ein wertvolles Geschenk vom Grafen bekommen würde. Woher die Weisheit gekommen war, dass es sich um ein »wertvolles« und überhaupt um ein »Geschenk« handeln sollte, wusste durch die dumme Hin-und-her-Tratscherei niemand mehr. Einer plapperte das, was er soeben gehört hatte, nach und gab noch seinen Teil dazu. In ihrer Vorfreude verhielten sich die jungen Burschen schlimmer, als es ihre ständig schnatternden Altersgenossinnen je vermocht hätten. Dabei bauschten sie die Sache derart auf, dass schließlich keiner mehr wusste, um was es eigentlich ging. Den genauen Grund hierfür hatte sowieso kaum einer von ihnen verstanden. Dennoch waren Begehrlichkeiten geweckt worden. Die Gier nach unverhofftem Reichtum hatte schnell alle vernünftigen Gedanken vertrieben. Denn dass es nicht nur ein paar Heller oder Kreuzer, sondern mindestens etliche Gulden sein würden, war allen von Haus aus klar; immerhin würde der Graf höchstpersönlich der wohledle Spender sein. Einige von ihnen wähnten sogar schon ein Säckchen Geld ihr Eigen. Die Gerüchte schossen derart ins Kraut, dass bereits wenige Tage später einige glaubten, Silber oder sogar Gold vom Grafen zu bekommen, während andere sicher waren, dass es sich um noch Wertvolleres handeln würde. In ihrer übereilten Gier glaubten manche sogar, dass ihnen der Graf den Stall mit Hühnern, Geißen, Schafen und Kühen füllen würde.

»Saatgut oder Mehl wären auch nicht schlecht«, kommentierte ein älterer Zeitgenosse, der seinen Sohn Jodok ermunterte, sich ab sofort so zu geben, als wenn er der brauchbarste Jüngling Staufens wäre, obwohl sein Ruf nicht gerade der allerbeste war. Dabei war der Vater des jungen Mannes nicht der einzige Erwachsene, der mittels seines mehr oder weniger geratenen Sprösslings an die angekündigte Stiftung des Regenten kommen wollte.

»Der Graf füllt dem Besten unter uns nicht nur den Geldbeutel, sondern auch noch den Stall, … und er richtet dessen Hochzeit aus«, wollte der Feinweber Markus Hagspihl, der die Sache als einer der wenigen nicht allzu ernst nahm, lachend gewusst haben. Dass er mit seiner witzig gemeinten Aussage die anderen Burschen noch mehr aufstachelte, konnte er zu diesem Zeitpunkt nicht wissen. Hätte er auch nur im Entferntesten geahnt, was es für verheerende Auswirkungen haben würde, wäre der gutmütige Witzbold still gewesen.

»Wahrscheinlich spendiert er auch noch ein Ross mit wertvollem Sattel- und Zaumzeug dazu«, setzte der als Sprücheklopfer bekannte Schuhmacher Hanspeter Burger angeberisch eins drauf. Dass sich die Stiftung des Grafen nur auf »haus- und hofeigene« Einheimische, also auf die wenigen Haus- und Grundbesitzer, die mindestens in dritter Generation in Staufen lebten, beziehen würde, konnte er noch nicht wissen. Und da Burger erst nach dem merkwürdigen Unfalltod des Lederers Hemmo Grob, den wegen seiner ständigen hinterfotzigen »Predigten« seinerzeit alle nur den »Pater« genannt hatten, nach Staufen gekommen war, um dessen verwaiste Schuhwerkstatt zu übernehmen, kam er wohl kaum infrage für irgendein Ehrenamt, das der Graf in Staufen zu vergeben hatte, geschweige denn, um eines oder mehrere Geschenke in Empfang nehmen zu dürfen.

In Staufen verhielt es sich ebenso wie in anderen Dörfern: oftmals hatten die Zugereisten die größte Klappe. In diesem speziellen Fall verhielt es sich ganz besonders heikel. Um an Geld oder wertvolle Dinge zu kommen, wären Burger alle Mittel recht gewesen. Diesbezüglich stand der durchtriebene Schuhmacher seinem beruflichen Vorgänger in nichts nach. Dieser hatte seinerzeit einen derart unbezähmbaren Hass auf Juden gehabt, dass er den größten Teil der Bevölkerung dazu aufgehetzt hatte, die Bombergs, Staufens einzige jüdische Familie, zu vertreiben. Weil seine Hetzreden über alle Maßen gefruchtet hatten, so, dass der Mob sogar Bombergs schmuckes Anwesen, in das er selbst einzuziehen gedacht hatte, bis auf die Grundmauern niedergebrannt hatte, war dies von ihm dummerweise ebenso wenig zu verhindern gewesen wie der Tod des jüdischen Familienvaters Jakob, der in seinem eigenen Haus verbrannt war. Aber letztlich war der Rest der jüdischen Familie gerettet worden und Hemmo Grob kurz darauf selbst eines Unfalltodes gestorben. So hatte er nicht mehr erleben können, dass Jakob Bombergs Tochter Sarah Lodewig den Sohn des Kastellans geehelicht hatte. Lodewig hatte damals Lea, Sarahs zehn Jahre junge Schwester, aus der Brandruine retten können. Dass Lea tatsächlich überlebt hatte, war dann einem auch heute noch engem Freund der Familie Dreyling von Wagrain, dem heilkundigen Benediktinermönch Nepomuk, zu verdanken gewesen, was dem »Pater« unheimlich gestunken hatte.

Martin Allger, der als brav und ruhig geltende Sohn des Braumeisters, wusste zwar nicht, dass er der Auserwählte des Grafen war. Dafür wollte er aber gewusst haben, dass der Auserwählte im

Immenstädter Schloss wohnen dürfe und dort – in feinsten Zwirn gehüllt – Wein, Fressereien und Weiber im Überfluss genießen könne. Nachdem er diese Weisheit losgeworden war, verließ er lachend die mittlerweile fünfte oder sechste öffentliche Zusammenkunft der unruhig gewordenen Junggesellen.

Dass es stattdessen der inzwischen durchgesickerte Vorschlag des Grafen war, alle ledigen Burschen des Dorfes gemeinsam an eine große Tafel mit allgemeiner Belustigung zu laden, wurde von den dummen Schwätzern schon längst in eine Fress- und Sauforgie mit anschließender Hurerei umgemünzt.

Es war auch die Rede davon, dass der betreffende Jüngling eine gut bezahlte Arbeit im Immenstädter Oberamt bekommen würde. Kein Wunder also, dass jetzt sogar der verdreckte Brunnenputzer als infrage kommender Jüngling angesehen werden wollte. So waren sie stundenlang damit beschäftigt, sich einen Blödsinn nach dem anderen aus ihren Hirnwindungen zu quetschen.

Während die Burschen so vor sich hin spekulierten, lachten und scherzten, zerschnitt ein schriller Schrei, der schlagartig für Ruhe sorgte, den aufziehenden Abendnebel.

»Was war das?«, durchfuhr es den Jüngsten unter ihnen.

»Ich weiß nicht! … Es hat sich so angehört, als wenn eine Frau um ihr Leben geschrien hätte«, kam die nicht gerade beruhigende Antwort eines anderen.

»So ein Unsinn«, wollte ein Dritter die Sache beiseiteschieben.

Dennoch kniffen die jungen Männer die Augen zusammen, um die dicken Waben, durch die sie einen weiteren markerschütternden Schrei einer Frau zu vernehmen glaubten, durchdringen zu können.

Nichts! Außer dem bedrohlich wirkenden Gekrächze einiger hungriger Saatkrähen war jetzt absolut nichts mehr zu hören. Es war totenstill geworden.

»Es muss von dort gekommen sein«, mutmaßte der tüchtige Krämersohn Ambrosi Blank, während er in Richtung des Marterls, das direkt neben der kleinen Brücke, die über den Seelesgraben zum Weg nach Sinswang und zur Salzstraße hinausführte, stand.

KAPITEL 5

Während man sich im Immenstädter Schloss mehr oder weniger ernsthafte Gedanken darüber machte, was man den Staufnern denn nun Gutes tun könnte, ohne allzu tief in die verhältnismäßig mager gefüllte gräfliche Geldschatulle greifen oder den ohnehin leeren Stadtsäckel belasten zu müssen, traf sich im Schloss zu Staufen die Führungsriege des Dorfes.

Da Melchior Henne dem Gedächtnis des Grafen zur 1635 versprochenen und dementsprechend längst überfälligen Stiftung mutig auf die Sprünge geholfen hatte, war auch er dazu geladen worden. Selbstverständlich durfte auch Lodewigs Vater an der Besprechung teilhaben. Immerhin hatte der Altkastellan die schrecklichen Geschehnisse der 30er-Jahre, wegen derer ihr Regent eine Stiftung ins Leben zu rufen gedachte und weswegen sie jetzt zusammensaßen, hautnah mitbekommen. Außerdem waren sein besonnener Rat und seine Erfahrung immer noch von hohem Wert.

Da es in den letzten Septembertagen zunehmend kühl geworden war und sich die über den Sommer hinweg gespeicherte Sonnenwärme in den Schlossmauern langsam ins Gegenteil zu verkehren begann, durfte Sarah zwar den Kamin einheizen und zur Labung der Gäste etwas Brot und Wasser auf den Tisch stellen, nicht aber an der Versammlung teilnehmen.

»Tut mir leid, Schatz; aber laut Melchiors Aussage nach dessen Gespräch mit dem Grafen geht dies nur die Männer etwas an«, entschuldigte sich Lodewig bei ihr, bevor er seine Frau sanft hinausschob, um die Tür von innen schließen zu können.

Dafür handelte er sich anstatt des erhofften Kusses einen gespielt bösen Blick und einen passenden Spruch ein: »Ich habe gedacht, dass dies nur die ledigen Männer betrifft! Oder möchtest du wegen einer Stiftung die vor Gott bezeugte Verbindung mit mir auflösen?«

Nachdem Lodewig seiner geliebten Sarah doch noch ein Küsschen abgerungen und sich zu den anderen an den Tisch gesetzt hatte, eröffnete er so zackig, wie er es einst von seinem Vater gelernt hatte, die Zusammenkunft: »In meiner Eigenschaft als Verwalter dieses Schlosses begrüße ich euch alle recht herzlich. Schön, dass ihr meinem Ruf gefolgt seid.«

Mit einem Blick zum Propst, dem man unschwer ansehen konnte, dass ihm etwas nicht zu passen schien, bat der Kastellan, zuzugreifen und sich das bereitstehende frische Brunnenwasser einzuschenken.

»Damit macht man sich ja den Durst kaputt«, bemerkte der enttäuschte Kirchenmann.

»Meine Herren!«, ließ sich der junge Kastellan darauf ein und hob mit fester Stimme an: »Wir sind heute nicht zusammengekommen, um die letzten Tropfen Wein, die noch im Schlosskeller lagern, zu vernichten, sondern um uns Gedanken darüber zu machen, wie in der gräflichen Sache vorgegangen werden soll. Auch wenn wir hierzu bisher nicht offiziell gefragt worden sind, so wird es uns doch gestattet sein, dass wir uns eigene Gedanken machen. Immerhin betrifft dies letztlich alle Staufner ... Also: Wer fängt an?« Der Kastellan schaute in die Runde, sein Blick blieb am Ortsvorsteher haften. »Was meinst du dazu, Hermann? Dir gebührt das erste Wort.«

»Nun ja. Ich denke, dass es jetzt das Wichtigste sein wird, die Staufner Jünglinge zusammenzurufen, um sie mehr oder weniger offiziell vom Vorhaben des Grafen zu unterrichten, damit die törichten Gerüchte verstummen. Es ist nicht mehr auszuhalten, was seit Wochen für ein Unsinn verzapft wird. Am Ende verschenkt der Graf noch sein ganzes Hab und Gut an die Staufner Junggesellen«, witzelte der Ortsvorsteher, beließ es dabei aber bei seiner zuvor aufgesetzt ernsten Miene.

So wie der Propst dafür wäre, dass statt des Wassers eine Kanne Wein auf den Tisch käme, pflichtete er, der immer noch nicht glauben konnte, dass er seinen Durst allen Ernstes mit Wasser stillen sollte, dem Ortsvorsteher bei. »Da muss ich Hermann zustimmen«, knurrte er, während er mit einer Handfläche vor seiner Stirn hin und her fuchtelte. Damit deutete er beileibe nicht an, was er davon hielt, Wasser trinken zu müssen, sondern leitete lediglich dazu über, von seinem Gespräch mit dem im Geiste schwachen Schmiedesohn zu berichten: »Ich selbst habe zwar nur Baltus Vögel und ...«, er stockte, »von der Sache erzählt, mittlerweile aber ebenfalls schon von etlichen meiner Schäflein gehört, dass der

Graf gedenke, wahre Reichtümer unter den ledigen Burschen des Dorfes zu verteilen.«

»Das stimmt!«, bestätigte Melchior kopfnickend. »Das Problem ist in der Tat, dass die wildesten Gerüchte kursieren. Vielleicht war es doch nicht so gut, dass wir ausgemacht haben, die Sache über die Straße zu verbreiten.« Mit Blick auf Lodewig fügte er noch hinzu, dass es wohl besser gewesen wäre, die Staufner Junggesellen gemeinsam ins Wirtshaus *Zur Krone* zu bestellen, damit alle das Gleiche gehört hätten und dadurch haltlose Gerüchte vermieden worden wären.

»Selbsterkenntnis ist der erste Schritt zur Besserung. Eure bisherige Vorgehensweise war nicht besonders klug«, stellte Lodewigs Vater zwar lakonisch fest, ergänzte aber, dass es noch nicht zu spät sei, die Sache in richtige, vor allen Dingen aber ruhige Bahnen zu lenken.

»Richtig, Hannß Ulrich! In meiner Eigenschaft als Ortsvorsteher werde ich schnellstens eine Versammlung der Jünglinge einberufen.«

»Gut! Und ich werde versuchen, in Erfahrung zu bringen, inwieweit die Sache in Immenstadt gediehen ist«, schlug Lodewig vor, der noch bemerkte, dass er sich nicht vorstellen könne, die Umsetzung einer gräflichen Stiftung noch in diesem Jahr anzugehen. »Zeitlich sind wir zwar nicht ganz so knapp, aber fast so eng dran wie der Graf vor 14 Jahren. Hätte unser Herr damals sein Versprechen sofort eingelöst, hätte er von dem Tag an, als die letzte Pesttote zu verzeichnen gewesen war, nur 25 Tage Zeit bis zum Ende des Jahres gehabt.«

»Unmöglich!«, pflichtete ihm sein Vater, der noch gut wusste, dass die letzte Pesttote, die Frau des Brunnenputzers, am Nikolaustag zu beklagen gewesen war, bei. »Außerdem wären die wenigen Überlebenden wohl nicht so schnell dazu in der Lage gewesen, bis zum Ende des Jahres 1634 ein Fest zu organisieren, geschweige denn, es fröhlich zu feiern und ihre Blicke so kurz nach der Pest schon wieder hoffnungsvoll nach vorne zu richten.«

»Da hätten selbst die wertvollsten Geschenke des Grafen nichts genützt«, beteiligte sich auch der Propst an diesem kurzen historischen Rückblick.

Aber jetzt ging es weniger darum, was 1635 gewesen war, sondern darum, was jetzt – 14 Jahre später – aus dem seinerzeit daraus resultierenden Versprechen des Grafen werden würde.

Während sie noch orakelten, welcher Part wohl ihnen zugedacht werden würde, und jetzt auch sie darüber zu scherzen begannen, was die Großzügigkeit des Grafen wohl für Ausmaße annehmen könnte, klopfte Rosalinde an die Tür und hastete – ohne abzuwarten, ob sie überhaupt eintreten durfte – auf den Kastellan zu. Trotz aller Eile vergaß sie nicht, einen geziemenden Knicks anzudeuten. »Herr! Sssi… Sssissi… Siegbert schickt mich, Euch m… m… mitzu … t t teilen, d d d… d d… dass am Tor ein k k k… kleiner Bub ist, d d d… d d… der behauptet, dass es im Dorf unten P… P… Probleme gibt«, presste die brave Hausmagd mühsam hervor.

»Lass es gut sein, Rosalinde. Wir kümmern uns gleich darum«, beruhigte der Kastellan die treue Seele und gebot ihr mit einer Handbewegung, wieder an ihre Arbeit zurückzukehren.

»Die Stotterei dieses bedauernswerten Geschöpfes wird aufs Alter hin wohl immer schlimmer«, stellte der Propst, dessen Mitleid für einen Moment nicht sich selbst und seinem Durst nach Wein, sondern Rosalinde gehört hatte, bedauernd fest.

Da die Männer nicht wussten, was die grauhaarige Frau hatte sagen wollen, hatten sie sich gegenseitig fragend angeschaut, bevor sie – bis auf den Altkastellan – aufstanden, um nach draußen zu gehen.

»Was ist los, Siegbert?«, rief der Kastellan seiner diensthabenden Schlosswache schon von Weitem entgegen.

»Hört selbst, Herr! Vor dem Tor steht ein …«

»Ja, ja, ich weiß schon: ein Knabe. Und jetzt öffne die Tortür!«

Nachdem Siegbert zittrig den passenden Schlüssel vom Schlüsselring ausgewählt hatte und damit die kleine Tür, die der Kastellan gleich nach seinem Amtsantritt in das große, zweiflügelige Schlosstor hatte einarbeiten lassen, geöffnet hatte, sahen sie einen durch und durch verdreckten Buben von allerhöchstens sechs oder sieben Jahren, der – eine Hand lässig in der Tasche seiner Beinlinge – mit dem Zeigefinger der rechten Hand gerade seelenruhig in der Nase bohrte. Der Lausbub ließ sich so lange weder vom Schlossverwalter noch von den anderen Männern dabei stören, die fette Beute aus seiner Nase zu fischen, bis er sie mit der Fingerkuppe genüsslich zwischen seinen Lippen verschwinden lassen konnte. Dabei sahen ihm die fünf Männer fasziniert zu.

»Lass dir nur Zeit, mein Kleiner. Wir können warten«, versuchte der Kastellan verständnisvoll lächelnd, die Aufmerksamkeit des verlausten Gassenbuben zu erringen, was ihm aber nicht gleich gelang.

Nachdem sich der Knabe auch noch in aller Ruhe die betreffende Hand an seiner Gewandung abputzen wollte, um sich das andere Nasenloch vorzunehmen, reichte es dem Kastellan und er schlug einen anderen Ton an. Dabei riss es den Kleinen so, dass es ihn schüttelte und er weinen musste.

»Das hast du ja gut hinbekommen«, wurde Lodewig vom Propst gerügt.

Nachdem es dem Seelsorger gelungen war, das Bürschlein einigermaßen zu beruhigen, berichtete dieser abgehackt, dass er von einigen Männern hierhergeschickt worden war, um dem Kastellan mitzuteilen, dass beim Marterl jemand liegen würde.

Als er auf konkrete Nachfrage nur ein Achselzucken zurückbekam, empfahl der Kastellan: »Bohr du nur weiter in der Nase.« Schmunzelnd wies er Siegbert an, dem Knaben einen halben Heller zu geben: »... wenn er denn seinen Hunger gestillt hat.«

Ohne sich weiter um den Buben zu kümmern, rannten die vier Männer los, den Schlossbuckel hinunter und gleich danach links in Richtung des nordwestlichen Ortsausganges zum Seelesgraben, wo sie schon von Weitem einen Menschenauflauf ausmachen konnten. Dort angekommen, wo eine der beiden breiteren Brücken über die Lebensader des Dorfes führte, standen etliche Schaulustige, die sofort eine Schneise bildeten, als sie die Dorfobrigkeit kommen sahen.

»Was ist hier los?«, fragte der Ortsvorsteher, der es als seine vornehmliche Aufgabe ansah, die Sache zu klären, mit aufgesetzt strenger Miene. Als er sich darin bestätigt sah, was der kleine Bub gerade erzählt hatte, und sogar eine grausam zugerichtete Leiche erblickte, blieben ihm die Worte im Hals stecken. Statt derer fand ein Gemisch aus zerkautem Brot und Wasser den Weg, den ansonsten aneinandergereihte Buchstaben genommen hätten. Nur mit Mühe gelang es dem Ortsvorsteher, sich rechtzeitig abzuwenden und sich über den Seelesgraben zu beugen.

»Wenigstens bekommen jetzt die Fische genügend zu fressen«, kommentierte einer der herumstehenden Burschen das Schauspiel.

»Welche Fische?«, fragte Jockel Mühlegg, der als bester Handfischer des Dorfes bekannt war, mit dem gleichen süffisanten Grinsen, das er vor ein paar Jahren auf den Stockzähnen gehabt hatte, als er wegen des Verdachtes des Schwarzfischens vor dem Richter gestanden hatte. Dass er seinerzeit nicht einer seiner Hände verlustig geworden war, hatte aus Sicht der Staufner Bevölkerung an ein Wunder gegrenzt. Vielleicht aber hatte es auch nur an Jockels entwaffnendem Grinsen gelegen, das dem damaligen Landrichter Zwick irgendwie imponiert haben musste. »Noch einmal kommst du mir nicht davon!«, hatte der offensichtlich und ausnahmsweise gut gelaunte Richter dem notorischen Fischdieb mit auf den Weg gegeben. Damals hatte er Jockel nichts beweisen können. Und weil das Delikt zu klein gewesen war, als dass man die Peinliche Befragung als Instrument für das Herauspressen der Wahrheit hätte einsetzen können, war Jockel Mühlegg noch ein letztes Mal mit dem Schrecken davongekommen.

»Ja, seid ihr denn von allen guten Geistern verlassen? Hier liegt eine Leiche und ihr habt nichts Besseres zu tun, als euch darüber lustig zu machen, dass dem Ortsvorsteher übel geworden ist!«, rief der Kastellan die herumstehenden Burschen zur Ordnung.

»Um Gottes willen!«, entfuhr es dem Propst, der die von Nebelschwaden geschwängerte Luft mit einem Kreuzzeichen zerschnitt und die Hände faltete, während er zu einem *Paternoster* ansetzte.

Während eine alte Frau etwas abseits reglos in der Wiese sitzen blieb, zog sich die inzwischen fast vollzählig versammelte Dorfjugend ein paar Schritte zurück. Nur der Kastellan und Melchior schritten jetzt langsam direkt auf das zu, was da abgelegt und, auf den ersten Blick erkennbar, sorgsam drapiert worden war. Es bot sich ihnen ein grausiger Anblick, wenngleich sie auf Anhieb nur sahen, dass es sich um einen Menschen handelte. Was sie dort gleich noch erblicken würden, sollte ihnen das Blut in den Adern gefrieren lassen. Vor ihnen lag – direkt vor dem Marterl –, mit den Füßen in Richtung Ortsmitte zeigend, ein Mensch, der seinen Beinlingen nach ein Mann sein musste. Da dessen Gesicht und Oberkörper fein säuberlich mit seinem Lederwams zugedeckt worden waren, konnte man außer einem blutverschmierten Loch im Wams zunächst nicht mehr erkennen.

»Tretet bitte noch etwas zurück und seid endlich still«, gebot der Kastellan bei aller Freundlichkeit in befehlerischem Ton. »Ich muss nachdenken.« Als er prüfend nach allen Seiten um sich blickte, sah er die alte Frau in der Wiese sitzen. »Was ist mit Euch, Müllerin? Konntet Ihr den Anblick nicht ertragen?«, fragte er die betagte Frau, die er von Kindesbeinen an kannte. Anstatt von der wie gelähmt wirkenden Weißhaarigen eine Antwort zu erhalten, erzählte ihm einer der herumstehenden Burschen, dass sie sich schon eine ganze Zeit lang auf dem Marktplatz versammelt gehabt hatten, als sie plötzlich den markerschütternden Schrei der Frau Müller gehört hatten und daraufhin sofort hierhergeeilt seien.

»Sie hat ihn so gefunden«, bestätigte der Krämer Ambrosi Blank mit einer hastigen Kopfdrehung in Richtung der leichenblassen Alten.

»Habt ihr hier irgendetwas angefasst oder verändert?«, fragte der Kastellan und bekam ein allseitiges Kopfschütteln zur Antwort. Jetzt erst sah er, dass im Marterl eine Kerze brannte. Seit das konfessionsüberschreitende Kleinod der Heiligen Elisabeth geweiht worden war, brachten immer wieder Gläubige Kerzen hierher, um sie zu entzünden und die 1235 Heiliggesprochene anzubeten. Da die Landgräfin dem Hofleben dereinst den Rücken gekehrt hatte und sich als Spitalschwester um Bedürftige gekümmert hatte, war sie insbesondere das große Vorbild von Schwester Bonifatia geworden, die über viele Jahre hinweg die Leiterin des Staufner Spitals, das sie nach dem Ende der Pest zusammen mit dem Kanoniker Martius Nordheim aufgebaut hatte, gewesen war. Auch heute noch stellte sie allwöchentlich je nach Jahreszeit einen Wiesenblumenstrauß oder kleine Knospenästchen vor das Bild der Heiligen ins Marterl und entzündete eine Kerze.

Lodewig irritierte weniger, dass hier eine Kerze brannte. Vielmehr wunderte er sich über deren Machart. »Hat diese Kerze einer von euch dort hingestellt und entzündet?«

Wieder allseitiges Kopfschütteln.

Der Kastellan tuschelte Melchior ins Ohr, dass er sich unauffällig die Schleifspuren anschauen solle.

»Die hab ich auch schon bemerkt. Der arme Kerl ist offensichtlich nicht hier zu Tode gekommen«, flüsterte Melchior zurück.

»Verfolge bitte unauffällig die Spur, so weit es geht. Sei dabei aber vorsichtig«, bat Lodewig seinen Freund, während er ihm heimlich seinen Dolch in die Hand drückte. Nachdem er wieder auf den Leichnam zugegangen war, atmete er tief durch, kniete sich neben den Toten und hob langsam das Wams an, wodurch er dessen Oberkörper und das Gesicht freilegte.

Entsetzt wichen alle zurück. Sie blickten in ein augenloses Gesicht, das um und um voller verkrustetem Blut war, weswegen man die Gesichtszüge nicht erkennen konnte. Das bedauernswerte Geschöpf war zweifellos einem Gewaltverbrechen zum Opfer gefallen. Und dazu noch einem besonders brutalen und grausamen.

»Ihm sind die Augen ausgestochen worden.« Lodewig presste angeekelt die Lippen zusammen und schüttelte aufgrund dessen, was er da sah, ungläubig den Kopf.

»Sieh doch«, Melchiors Blick vermochte es ebenfalls noch nicht, sich von dem Unfassbaren zu lösen, um den Schleifspuren folgen zu können. »Man hat ihm sogar die Hände zum Gebet gefaltet und eine Art herbstlichen Blumenstrauß in die Hände gedrückt und …«, Melchior wandte sich angewidert ab, »den rechten Daumen gequetscht.«

Jetzt erst sah Lodewig ein Behältnis auf dem Boden liegen, das wohl auf dem Marterl gestanden hatte und in dem zuvor die Blumen gewesen sein mussten.

»Gruselig«, entwich es einem der Schaulustigen, der sich rein vorsorglich abwandte, damit es ihm nicht so erging wie kurz zuvor dem Ortsvorsteher.

»Kann jemand Wasser aus dem Bach holen?«, bat der Kastellan die herumstehenden jungen Männer.

»Mit was denn und wofür?«, wurde er gefragt.

»Na, mit irgendeinem Gefäß. Nehmt einen Hut oder sonst was. Und für was, werdet ihr schon noch sehen«, maulte Lodewig scharf zurück.

Da niemand seine Kopfbedeckung versauen wollte, schmiss der Kastellan die eigene in die Menge. »Nun macht schon!«

Nachdem man ihm seine Kappe mit Wasser gefüllt zurückgereicht hatte, schüttete Lodewig das Nass mit solcher Wucht auf den Kopf des Toten, wie man es üblicherweise bei Schnapsleichen zu tun pflegte. »Noch mal!«, rief er und hielt die Kappe hinter seinem Rücken den Gaffern entgegen, während er selbst zu erkunden versuchte, was mit den Augen des Toten geschehen sein könnte. Als er die zweite Ladung Wasser – dieses Mal behutsam – über das inzwischen aufgeweichte Blut im Gesicht des Toten rinnen ließ, zeigten sich nach und nach dessen Gesichtszüge.

»Oh mein Gott! Das ist ja Martin!«, bemerkte einer der Männer, der sich dies – wie die meisten anderen – wegen der teilweise erkennbaren Gesichtskontur, der Haare und der Gewandung des Toten bereits gedacht, bisher aber nichts gesagt hatte. Schlagartig bekreuzigten sich die umherstehenden Burschen, von denen nicht alle so gottesfürchtig waren wie derjenige, der soeben den Namen des Toten ausgesprochen hatte.

Tatsächlich handelte es sich um Martin Allger, den 29-jährigen Sohn des Braumeisters.

Nachdem sich alle vom ersten Schreck erholt hatten und der Ortsvorsteher sich notgedrungen schon wieder dem Bach zugewandt hatte, musste Lodewig – ob er wollte oder nicht – wohl oder übel das Ruder in die Hand nehmen. »Markus! Du holst den Leichenbestatter … Ambrosi! Geh und bring den Medicus mit«, bat er die Burschen in höflichem, aber festem Ton. »Und ihr anderen schleicht euch! Geht nach Hause! Hier gibt es nichts mehr zu sehen. Nun macht schon: Geht endlich!« Danach winkte er den Propst zu sich, um ihn zu bitten, Martins Vater die Botschaft vom Tod seines Sohnes zu überbringen. »Aber so sanft wie möglich!«, rief er dem Seelsorger, der für seine manchmal ruppige Art bekannt war, noch nach.

»Ja! Wenn er überhaupt zu Hause ist«, knurrte der Priester zurück und murmelte noch: »Bei dieser Gelegenheit kann ich mein ›Versehbesteck‹ holen. Zuerst aber spreche ich ein Gebet für Martin.«

»Gut!« Lodewig, der auch Letzteres gehört hatte, nickte verbissen. Während der Propst das Gebet sprach und der Kastellan auf den Leichenbestatter und den Medicus wartete, untersuchte er das Umfeld des Toten. Dabei wurde ihm bestätigt, dass Martin nicht hier ermordet, sondern erst nach dessen Tod vor das Marterl geschleift worden sein musste. Was er eigentlich suchte, aber irgendwie nicht zu finden hoffte, fand er auch nicht; die Augen des Toten waren offensichtlich verschwunden.

Als Lodewig das Marterl etwas genauer unter die Lupe nahm, stellte er fest, dass der Landgräfin Elisabeth von Thüringen eine merkwürdig aussehende Kerze, die nicht aus dem üblichen, hier bekannten Bienenwachs hergestellt zu sein schien, geopfert worden war. Zumindest hatte er weder in der Staufner noch in der Immenstädter Kirche oder an sonst einem geweihten Ort eine solche Kerze gesehen. Während er sie nachdenklich betrachtete, fiel ihm auf, dass sie noch nicht allzu lange brennen konnte. »Das würde heißen, dass man diese Kerze erst entzündet hat, als die Leiche schon hier gelegen ist, und nicht schon zuvor von einem Verehrer der Heiligen zum Brennen gebracht worden war«, kombinierte Lodewig.

»Oder von einer Verehrerin«, argwöhnte einer der Herumstehenden im Hinblick auf Schwester Bonifatia.

»Mag sein. Ich werde mit ihr reden«, murmelte Lodewig, während er die Kerze genauer betrachtete. Dabei wurde er gewahr, dass es sich tatsächlich nicht um das übliche Bienenwachs, sondern um eine der minderwertigeren, aus Arsenik geschweißten Talgkerzen handelte, die zwar wesentlich billiger, auf dem Land aber kaum zu bekommen waren, weil es das dazu benötigte Rohmaterial derzeit nur in den Städten gab. Die städtisch bestallten Abdecker, Racker und Schinder verdienten sich mit der Herstellung solcher Kerzen goldene Nasen. Und dies, obwohl nicht die honorige Bürgerschaft, sondern der arme Teil der Bevölkerung der beste Abnehmer war. Der auffälligste Unterschied zu Wachskerzen bestand darin, dass diese sogenannten »Unschlittkerzen« aus Rinderfett oder Hammeltalg gewonnen wurden und dementsprechend stanken und rußten, weswegen sie weder in bürgerlichen Wohnungen noch in sakralen Räumen eingesetzt wurden.

Wer weiß? Vielleicht weist uns dieses Licht den Weg zum Mörder, dachte er, während er mit seiner Zunge die Finger befeuchtete, um die Flamme zu ersticken und danach die Kerze zu schütteln, damit er sie in seine Tasche rutschen lassen konnte, ohne darin Flecken zu hinterlassen.

Während Lodewig nochmals sorgsam den Weg und die Wiese, die Brücke und den Bachlauf nach Martins Augen absuchte und sich zu der endgültigen Erkenntnis hinreißen ließ, dass der Mörder die Augen wohl in den Bach geworfen hatte und diese untergegangen und davongeschwommen seien, kam Markus mit dem Leichenbestatter herbeigeeilt.

»Grüß dich, Fabio!«, rief Lodewig ihm entgegen. Er war froh, seinen alten Freund wieder um sich zu haben. Der pfiffige Leichenbestatter hatte ihm dereinst das Leben gerettet und war danach für etliche Jahre ins Fürstäbtliche Kempten als Friedhofsarbeiter gegangen, wo er sich schnell nach oben gearbeitet hatte. Da ihm dort aber wegen mangelnder Lese- und Schreibkenntnisse nicht die Möglichkeit gegeben worden war, Erster städtischer Leichenbestatter zu werden, war er vor fünf Jahren wieder nach Staufen zurückgekehrt, wo er auf Anhieb die jahrelang vakante Stelle des »ersten und einzigen« Leichenbestatters angeboten bekommen hatte. Bei den diesbezüglichen Verhandlungen mit Lodewigs Vater, der damals noch interimistischer Ortsvorsteher gewesen war, hatte Fabio neben einem angemessenen Gehalt und Handlungsfreiheit auch darauf bestanden, nicht als »Totengräber« tituliert zu werden. Seine Erinnerungen an die Pest vor 14 Jahren, als er in Diensten des damaligen Totengräbers Ruland Berging gestanden war, ließen ihn auch jetzt noch schaudern. Da Lodewig seinerzeit beinahe eines von Bergings Opfern geworden wäre, hatte er Fabios Wunsch gut nachvollziehen können. Dass der neu bestallte Leichenbestatter kurz darauf auch noch Ersatzmesner geworden war, hatte sich nicht nur für ihn als Glücksfall erwiesen. Abgesehen davon, dass er seither an etlichen Tagen des Jahres über ein zusätzliches Einkommen verfügte, war auch die Staufner Bevölkerung mehr als zufrieden mit dieser Wahl.

Fabio sah sich den Toten lange an, bevor er sich beiseitedrehte und bemerkte, dass aus seiner Sicht zu solch einer Grausamkeit nur eine einzige Person fähig wäre: »Der Teufel in Gestalt des ehemaligen Totengräbers Ruland Berging!«

»Aber Fabio. Der kann es nun wirklich nicht gewesen sein«, brauste Lodewig erschrocken auf. »Den haben wir hier seit seiner damaligen Flucht aus Staufen nicht mehr gesehen«, dementierte er die ungeheuerliche Vermutung seines Freundes. »Wahrscheinlich ist er schon längst tot.«

»Das glaubst du doch selbst nicht«, konterte Fabio mit sorgenvoller Miene.

»Auch wenn du dich die meiste Zeit im Schloss oder in den gräflichen Wäldern aufhältst und nur selten hier im Dorf unten bist, dürfte dir nicht entgangen sein, dass seit geraumer Zeit hier in der Gegend eine merkwürdig vermummte Gestalt herumlungert.«

»Aber das ist doch nicht unser alter Totengräber! Also, der kann es nun wirklich nicht gewesen sein … Oder?«, empörte sich Lodewig, irgendwie verunsichert, nachdem er diesen verhassten Namen seit Jahren erstmals wieder gehört hatte. »Außerdem ist es seit dem Krieg nichts Neues, dass sich allerorten wegen der Kälte vermummte Bettler und ehemalige Landsknechte in dicken Gewandungen herumtreiben. Ständig sieht man hier irgendwelche nichtsnutzigen Fremdlinge. Natürlich sind die meisten von ihnen undurchsichtige Galgenvögel«, räumte Lodewig, der jetzt nachdenklich geworden war, ein. »Aber du glaubst doch nicht ernsthaft, dass …«

Während der Kastellan nicht vermochte, sich selbst die Antwort zu geben, bemerkte er ein verängstigtes Blitzen in Fabios Augen.

Aber die beiden hatten jetzt keine Zeit, weiter über den Verbleib des ehemaligen Totengräbers zu orakeln, weil inzwischen Ambrosi mit dem Arzt eingetroffen war.

»Gut, dass Ihr da seid, werter Medicus«, wurde der beliebte Spitalleiter von Lodewig begrüßt, während er zur Leiche wies und im vertrauten »Du« weitersprach: »Sieh selbst.«

»Den Tod brauche ich hier wohl nicht mehr festzustellen … Ist dies nicht der Sohn des alten Braumeisters, der immer noch zwischendurch im gräflichen Brauhaus aushilft, weil es die Immenstädter Brauer einfach nicht schaffen, ein gutes Bier hinzubekommen, und dazu einen Staufner brauchen?«, lästerte der Arzt trotz des schaurigen Anlasses seines Hierseins.

»Ja! Dies ist der bedauernswerte Martin Allger. Und sein Vater ist zurzeit gerade wieder einmal in Immenstadt, um die jungen Spunde das Bierbrauen zu lehren«, beantwortete Lodewig die Frage des Arztes, wandte sich aber gleich wieder dem Toten zu, indem er den Medicus fragte: »Aber sag mir lieber, wann der Tod eingetreten sein könnte.«

Nachdem sich der junge Arzt die Leiche genau angesehen hatte, gab er die Antwort: »Aufgrund der Körpertemperatur und der noch

Ob der unerwarteten Großzügigkeit des Kastellans und der ihm übertragenen ehrenvollen Aufgabe blickte der Angesprochene verdutzt drein. War es nicht so, dass man niemals – sofern man darüber verfügen konnte – sein Pferd und sein Handwerkszeug, ja nicht einmal sein Weib verlieh?

»Keine Angst; mein Rappe ist äußerst gutmütig und folgsam. Da er überdies auch noch sehr kräftig ist, wirst du keine Probleme haben, mit seiner Hilfe Martins Vater mit nach Staufen zurückzubringen«, forderte Lodewig den Burschen auf, sein Angebot anzunehmen.

»Danke, Herr!«, rief Serafin, der es nicht erwarten konnte, das rabenschwarze Pferd des Kastellans reiten zu dürfen, entzückt. »Ihr könnt Euch auf mich verlassen. Ich bringe das Ross und Martins Vater unbeschadet nach Staufen zurück!«, rief er noch, als er schon in Richtung Schloss rannte, aber nochmals innehielt und sich mit einer Frage auf den Lippen umdrehte.

Da Lodewig wusste, dass die Zeiten unruhig waren, und ahnte, was Serafin deswegen noch von ihm wollte, rief er ihm nach: »Und lass dir von meiner Frau einen Dolch und eine Langwaffe mitsamt der schriftlichen Sondergenehmigung geben! Sie weiß, wo alles liegt.«

Da das Tragen von Waffen dem einfachen Volk grundsätzlich verboten war und es höchst selten vorkam, dass der Kastellan einem der Dörfler dieses Privileg genehmigte und ihm die Waffen auch noch aus der schlosseigenen Rüstkammer aushändigen ließ, wurde er von den anderen erstaunt angeschaut. Immerhin war dies ausschließlich seine hoheitliche Aufgabe und nicht die des Ortsvorstehers. Alle wussten, dass dies nur vorkam, wenn Gefahr drohen könnte oder derjenige, dem er die Waffen zeitlich und räumlich befristet zugestanden hatte, in seinem Auftrag handelte. Und wenn jemand im Auftrag des Staufner Schlossverwalters tätig oder unterwegs war, befand er sich gleichzeitig auch in den Diensten des Grafen. Da bei solchen Gelegenheiten meistens keine Zeit blieb, um sich mit Schriftkram aufzuhalten, hatte der Kastellan vorsorglich von ihm und vom Oberamtmann unterzeichnete Genehmigungsschreiben in seiner stets verschlossenen Kathederschublade liegen. Denn sollte Serafin am Stadttor von Immenstädter Wachsoldaten auf seine Waffen angesprochen werden und sich nicht hinreichend erklären können, würde ihm die sofortige Verhaftung drohen.

Serafin würde sich auch für die Umsetzung der gräflichen Stiftung eignen, dachte Melchior, der bei seiner Audienz beim Grafen nicht daran gedacht hatte, auch diesen schneidigen Burschen vorzuschlagen. Aber er hatte jetzt keine Zeit, diesen Gedanken weiterzuverfolgen. Er war nur kurz zurückgekommen, um Lodewig etwas bezüglich der Schleifspuren mitzuteilen, bevor er sich weiter auf Spurensuche begab.

Lodewig hatte aber kaum ein Ohr für Melchior übrig; er musste jetzt dringend einige Dinge organisieren. Außerdem grauste es ihm vor dem, was nun alles auf ihn und den Ortsvorsteher zukommen würde. Hoffentlich entsendet der Graf keine Untersuchungskommission aus der Residenzstadt nach Staufen, dachte er. Dabei war seine größte Sorge, dass er die Mitglieder dieser Kommission nicht nur im Schloss unterbringen, sondern auch noch durchfüttern müsste. Er erinnerte sich daran, dass vor vielen Jahren schon einmal eine Untersuchungskommission nach Staufen gekommen war, um den damaligen Medicus Heinrich Schwartz, der 69 Menschen vergiftet hatte, zu befragen. Die feinen Herren hatten alles vernichtet, was die Speisekammer seiner seligen Mutter Konstanze und der Weinkeller seines Vaters Hannß Ulrich zu bieten gehabt hatte. Aber jetzt war er der Kastellan und er würde sich davor zu schützen wissen. Er durfte nur nicht vergessen, Sarah zu gegebener Zeit aufzutragen, so viele der Lebensmittel und den sowieso schon mageren Weinvorrat dermaßen gut zu verstecken, dass es aussah, als wenn die Familie des Kastellans bald von der Tischkante herunterbeißen müsse. Aber noch war es nicht so weit; jetzt ging es vordergründig darum, alles Nötige in Bezug auf Martins Tod in die Wege zu leiten.

Da Martins Brüder noch zu jung waren, um Totenwache zu halten, und es wegen der Pest vor 14 Jahren keine weiteren Verwandten mehr gab, würde es in diesem Falle wohl oder übel Bertel Schwabacher und Ambrosi Blank treffen, denen diese Ehre zuteilwürde. Von dem, was sich abspielte, als Martins Vater mit seinen anderen

Söhnen gekommen war, um den toten Sohn und Bruder ein letztes Mal zu sehen, würden die beiden engsten Freunde des Toten wohl noch lange schlechte Träume haben. Bevor es aber so weit war, mussten Martins sterbliche Überreste erst noch in die St.-Martins-Kapelle, die alte Seelenkapelle neben der Pfarrkirche, verbracht und dort ordentlich aufgebahrt werden. Diese Aufgabe fiel Fabio und Josef, dem betagten Mesner, zu. Beide hatten hinreichend Routine beim Umgang mit Toten. Zudem hatte Fabio während seiner Zeit in Kempten eine gewisse Kunstfertigkeit entwickelt, Leichen ein möglichst tröstendes Antlitz zu verleihen, falls Verwandte und Freunde sie ein letztes Mal sehen wollten, was ungewöhnlich und deswegen nicht allzu wahrscheinlich war.

Im aktuellen Fall übernahm er das beim Marterl Gesehene, faltete die Hände des Toten zum Gebet und versteckte sie wegen des schwarz angelaufenen und völlig deformierten Daumens unter einem herbstlichen Blumengebinde. Auch wenn die Tat des Mörders mehr als verwerflich gewesen war, so hatte er die beiden doch auf eines gebracht: Toten Blumen in die gefalteten Hände zu geben! Dies war bisher nicht üblich gewesen und hatte es noch nie gegeben, sah aber schön aus und nahm dem Tod etwas von seinem Schrecken. Die rückseitige Stichwunde war Gott sei Dank nicht zu sehen. Was aber sollten sie mit dem grausam verunstalteten Gesicht des jungen Burschen tun? Es würde ihnen wohl nichts anderes übrig bleiben, als die Stelle, an der sich die Augen befunden hatten, mit einer schwarzen Binde abzudecken.

»Am besten fest hinter dem Kopf verknoten, damit sie der Vater nicht gleich herunterziehen kann«, sagte Fabio, während er mit Josef dabei war, alle nötigen Vorbereitungen für den Leichentransport zu treffen.

Kurze Zeit später war außer Lodewig niemand mehr am Fundort des Toten. Selbst die umsonst wartenden Krähen hatten sich verzogen – für Lodewig ein untrügliches Zeichen dafür, dass Martin Allgers Augen nicht irgendwo herumlagen. Denn sollte dies der Fall sein, hätten die schwarzen Vögel nicht das Weite gesucht. »Wahrscheinlich hat sie doch das Wasser mitgenommen«, murmelte Lodewig unsicher.

Es war wieder still an diesem geweihten Platz der Heiligen Elisabeth. Nur Lodewig sinnierte vor sich hin, während er geduldig auf Melchior, der offensichtlich immer noch die Schleifspur des Toten zurückverfolgte, wartete.

KAPITEL 6

»Ihro Gnaden sind nicht hier, Wagrain! … Was ist Euer Begehr?«, versuchte ein sichtlich angespannter Oberamtmann, den Verwalter des Schlosses Staufen schnell wieder loszuwerden.

Ein bis dato ungewöhnliches Verhalten des obersten gräflichen Beamten, das Lodewig dennoch gelassen bleiben ließ. »Mein lieber Speen, Ihr braucht mich nicht so anzuraunzen und auch nicht Eure offensichtlich schlechte Laune an mir auszulassen. Ihr wisst, dass ich nicht lästig sein möchte und noch nie der Narretei wegen den nicht ganz ungefährlichen Weg von Staufen nach Immenstadt auf mich genommen habe«, konterte der junge Schlossverwalter des Grafen selbstbewusst. Er wusste, dass Speen in seiner Eigenschaft als Erster Beamter des Grafen zwar der Ranghöhere, er selbst aber von Adel war und sich zudem in einer ebenfalls signifikanten Position, wie es sie im rothenfelsischen Gebiet nur wenige gab, befand.

»Was wollt Ihr also, Herr Dreyling von Wagrain?«, kam es schon etwas zurückhaltender, aber immer noch schnarrend, zurück.

»Ich habe eine wichtige …« Der Kastellan hielt inne und räusperte sich, als er ein gewisses Desinteresse auf Speens Gesichtszügen auszumachen glaubte. »Ich habe eine schlechte Neuigkeit aus Staufen«, begann er von vorne. »Wollt Ihr sie hören oder nicht?«

Der Oberamtmann rieb sich versonnen die Stirn und verharrte einen Moment, bevor er sich so verneigte, wie er es sonst nur seinem direkten Vorgesetzten gegenüber zu tun pflegte. »Entschuldigt … Meinen Dienst, Euer Liebten«, kam es nun in einem Ton, dem Speen nicht nur jegliche Strenge genommen, sondern stattdessen spaßeshalber eine Prise Unterwürfigkeit beigemischt hatte.

Bei dieser für ihn spaßigen Anrede, wie sie seines Wissens nach nur dem großen »Generalissimo« zugestanden war, konnte sich Lodewig ein Grinsen kaum verkneifen. Seit er von seinem Vater das Amt des Staufner Schlossverwalters übernommen hatte, trat ihm der honorige Immenstädter Amtsleiter mit Respekt entgegen und siezte ihn sogar, obwohl er Lodewig seit dessen Kindheit kannte und ihn stets geduzt hatte.

»Lasst es gut sein, mein lieber Speen«, antwortete Lodewig. »Ich habe Euer Späßchen verstanden. Aber nun sagt mir: Was ist mit Euch? So grantig kenne ich Euch gar nicht.«

»Entschuldigt mein Verhalten; aber mir geht es derzeit gesundheitlich nicht gut. Außerdem wächst mir die Arbeit zunehmend über den Kopf.«

»Jaja: Das Alter!«, revanchierte Lodewig sich für Speens anfängliche Unhöflichkeit.

»Wenn es nur das wäre«, klagte der Oberamtmann und winkte ab, während er mit der anderen Hand seinen schmerzenden Rücken hielt und dem Besucher mit einer Kopfbewegung deutete einzutreten. Anstatt den Gast reden zu lassen, begann Speen noch im Stehen, Lodewig von seinen Sorgen zu erzählen: »Kaum wieder im Allgäu zurück, zieht es Seine Exzellenz gerade jetzt vor, sich in Augsburg herumzutreiben, anstatt sich hier zu betätigen und mich bei meiner Arbeit zu unterstützen«, fuhr er mit einer Miene, die offensichtlich seinen eingangs falsch getroffenen Ton restlos entschuldigen sollte, fort. »Nicht nur, dass wir hier alle Hände voll damit zu tun haben, uns ständig die lästigen einheimischen Bettler vom Leibe zu halten. Jetzt kommen die Schnorrer auch noch von auswärts. Seit sich herumgesprochen hat, dass der Graf wieder hier ist, scheinen gerade die Auswärtigen zu glauben, dass in Immenstadt Milch und Honig fließen.«

»Da sich Immenstadt bei seiner Namensgebung anlässlich der Erhebung zur Stadt vor …«, Lodewig hielt kurz inne, um nachzurechnen, »289 Jahren auf die Imme bezogen hat, haben die Randständischen nicht einmal so unrecht – zumindest, was den Honig anbelangt«, scherzte er, um die immer noch leicht getrübte Stimmung endgültig in eine andere Richtung zu lenken.

Dem Anschein nach gelang ihm dies auch, da Oberamtmann Speen jetzt lächelte und ihn endlich in gewohnt vertrautem Ton bat, sich zu setzen. Er beauftragte sogar seinen Diener damit, etwas Wein und Gebäck zu bringen. »Ihr kennt Euch nicht nur mit der Staufner, sondern auch noch mit der Immenstädter Geschichte aus?«, richtete er die mehr rhetorisch gemeinte Frage an Lodewig, der unbescheiden zu antworten wusste, dass es sich schließlich um ein zusammenhängendes Herrschaftsgebiet handelte und Staufen die Stütze der Residenzstadt sei.

»Na, na, na, mein junger Freund!«, hob der Oberamtmann den Zeigefinger. Er wusste ganz genau, dass Lodewig seit seiner Kindheit dafür bekannt war, die Geschichte des gesamten rothenfelsischen Gebietes so zu kennen wie kaum ein Zweiter, und überdies auch noch damit richtiglag, wenn er sagte, dass die Herrschaft Staufen quasi die Turmspitze der Grafschaft Königsegg-Rothenfels sei.

Nachdem beide die unvermeidlich üblichen Schmeicheleien ausgetauscht und sich der Oberamtmann über den Gesundheitszustand seines alten Freundes, Lodewigs Vater, erkundigt hatte, wollte er auch noch erfahren, wie es im Schloss und in Staufen selbst so liefe.

»Na ja, der Weinkeller ist leer!«, sagte Lodewig im Spaß, meinte es aber – in der Hoffnung, dass Speen verstehen würde – ernst und schien damit durchgekommen zu sein.

»War euer Staufner Pfarrherr zu oft zu Besuch im Schloss?«, lachte der oberste Beamte des Grafen. »Ich werde sehen, was ich für Euch tun kann … Aber jetzt legt mir dar, warum Ihr gekommen seid.«

Nachdem ihm Lodewig berichtet hatte, dass im Schloss Staufen alles – gemessen an der problematischen Zeit – in bester Ordnung war und der herrschaftliche Gebäudekomplex mitsamt den dazugehörenden Liegenschaften nach wie vor in gepflegtem Zustand sei, kam er auf den eigentlichen Grund seines Hierseins zu sprechen.

»Das ist ja schrecklich!«, äußerte Speen entsetzt, nachdem er vom grausamen Mord an Martin Allger erfahren hatte. Er hatte auch gleich den von Lodewig befürchteten Vorschlag parat: »Wir müssen umgehend eine Untersuchungskommission zusammenstellen und nach Staufen entsenden.«

Speen klingelte nach seinem Diener, dem er auftrug, sofort den Zeremonienmeister des Grafen herbeizurufen, damit dieser einen der Büttel beauftragen konnte, die wichtigsten Männer Immenstadts zusammenzurufen.

»Das wird um diese Tageszeit nicht leicht werden«, gab der Zeremonienmeister, der so schnell da war, als wenn er auf einen Sonderauftrag gewartet hätte, zu bedenken. Dass beim Öffnen der Tür noch dessen Ohr daran klebte, übersah der Oberamtmann aufgrund der soeben gehörten Nachricht geflissentlich, würde aber zu einem späteren Zeitpunkt darauf zurückkommen.

»Ich weiß selbst, dass zur Stunde alle ihrer Arbeit nachgehen. Dennoch duldet die Zusammenkunft keinen Aufschub bis zum Feierabend«, gab Speen zurück. »Und nun geht endlich!«

Schon eine Stunde später saßen der Oberamtmann und der Kastellan mit Stadtpfarrer Johannes Christoph Schwenk und Stadtammann Michael Waldvogel am runden Tisch des Sitzungssaales, um sich von Lodewig alles haarklein berichten zu lassen. Obwohl zu rechtschaffener Zeit, war es dem Zeremonienmeister mittels des Büttels auch noch gelungen, einige Ratsherren an ihren Arbeitsstätten zu erwischen und sie zu bewegen, ihr Tagewerk für die Zeit der Besprechung ruhen zu lassen.

Nachdem die Anwesenden alles detailliert erfahren und an Lodewig viele Fragen gerichtet hatten, wollte sich sogleich eine lebhafte Diskussion entspinnen, der Speen aber aus reinem Selbstschutz heraus zuvorkam. Auch wenn er im Laufe der letzten Jahrzehnte viele, oft schwerwiegende Entscheidungen ohne vorherige Rücksprache mit dem Landesherrn hatte treffen müssen, mochte er sich jetzt – so kurz davor, sich aus Altersgründen wenigstens etwas vom operativen Geschäft zurückziehen zu können – keinen unnötigen Spreißel mehr einziehen. Seit der Rückkehr des Grafen hoffte er sogar insgeheim, dass ihn sein Herr mit einer hübschen Apanage ganz in den verdienten Ruhestand schicken würde, um die Amtsgeschäfte entweder selbst zu führen oder einem Jüngeren anzuvertrauen. Aber wem?

»Also, meine Herren! Wir sind uns darüber einig, dass wir die Sache unverzüglich untersuchen und Maßnahmen ergreifen müssen. Sind wir uns auch darin einig, dass wir dabei nicht so lange warten können, bis unsere hochverehrte gräfliche Exzellenz aus Augsburg zurück ist?«, forderte er zu Beginn der Diskussion allseitige Zustimmung ein.

Nachdem dies geklärt und vom ebenfalls herbeizitierten Stadt- und Gerichtsschreiber Ekkehard van der Heye protokolliert worden war, konnte die eigentliche Diskussion losgehen.

»Als Erstes schicken wir ein paar Soldaten unserer Stadtgarde nach Staufen, um die vermummte Gestalt, die sich dort gerade herumzutreiben scheint, zu ergreifen und festzusetzen«, schlug der Stadt- und Landrichter, dem die letzte Hinrichtung nach vorhergehender langer Abstinenz so richtig Freude bereitet hatte, händereibend und mit sichtlicher Häme vor. Man konnte ihm ansehen, dass er jetzt schon wusste, was er mit der bedauernswerten Person anzustellen gedachte, falls er ihrer habhaft werden würde.

»Aber wir wissen doch noch nicht, ob der überhaupt etwas mit dem schrecklichen Mord zu tun hat. Nur weil er durch seine dunkle und wallende Gewandung unheimlich wirkt und in Staufen noch niemand sein Gesicht gesehen zu haben scheint, muss er doch noch lange kein Mörder sein«, monierte der Stadtpfarrer mit einem verständnislosen Kopfschütteln.

»Außerdem ist dies nicht der einzige Randständige, der sich in Staufen herumtreibt«, ergänzte Lodewig.

»Jedenfalls haben wir eine Leiche, die allem Anschein nach von einem Verrückten so bestialisch zugerichtet worden ist, wie es uns der ehrenwerte Herr Dreyling von Wagrain geschildert hat. Ihr glaubt doch wohl selbst nicht, dass auch nur ein einziger der braven Staufner dazu in der Lage wäre, einen Menschen mit einem spitzen Gegenstand hinterrücks zu durchbohren, um ihm dann auch noch die Augen auszustechen? Warum auch?«, setzte Waldvogel – jetzt ganz in seiner Eigenschaft als Richter – mit fachkundiger Miene entgegen.

»Dass Ihr Blut geleckt habt und schon wieder einen armen Sünder dem Carnifex übergeben wollt, ist mir klar«, mischte sich – vom Verhalten des Landrichters angewidert – Peter Immler, der mit Abstand jüngste anwesende Ratsherr, ein. Der erfolgreiche Kaufmann war sogar das jüngste Mitglied des Stadtrates überhaupt. »Tut dies aber nur, wenn Ihr einen echten Mörder fassen konntet, dessen Schuld Ihr eindeutig bewiesen habt und der mittels einer ordentlichen Gerichtsverhandlung rechtmäßig zum Tode verurteilt worden ist. Vorher nicht. Hört Ihr? … Vorher nicht!«, ergänzte er seinen Satz mit drohend erhobenem Zeigefinger.

»Jaja. Ich weiß schon: In dubio pro reo«, knurrte Waldvogel leise vor sich hin, während er sich schmollend zurücklehnte, anstatt – wie man es von ihm kannte – lautstark zu kontern.

»Aber, aber, meine Herren! So kommen wir nicht weiter. Wir müssen sachlich bleiben. Und Ihr, mein lieber Waldvogel, besinnt Euch Eures Berufsstandes«, gemahnte Speen zu mehr Disziplin, während er zur Unterstreichung seines Ansinnens mit der flachen Hand ein paarmal schnell hintereinander auf den Tisch klopfte.

»Also!«, übernahm jetzt Lodewig, für den immer schon die Menschlichkeit im Vordergrund gestanden war, das Wort. »Ihr alle kennt mich und Ihr wisst, dass mir kurze Prozesse, wie sie der Herr Stadt- und Landrichter Waldvogel offensichtlich zu bevorzugen scheint, ein Gräuel sind. Wenn wir jemanden – egal um wen es geht und welchen Standes er sein mag – beschuldigen möchten, müssen wir wenigstens diesbezüglich griffige Anhaltspunkte haben. Und bevor wir dann jemanden verurteilen können, müssen sogar handfeste Beweise und ein Geständnis vorliegen.« Lodewig blickte ernst in die Runde und konnte von fast allen zustimmendes Kopfnicken entgegennehmen, bevor er fortfuhr: »Dennoch: In Staufen treiben sich – wie ich schon gesagt habe – tatsächlich unheimliche Gestalten herum, von denen allerdings eine ganz besonders auffällig zu sein scheint. Ich greife den Vorschlag unseres geschätzten Herrn Oberamtmannes auf und schlage ebenfalls vor, dass wir eine kleine Untersuchungskommission zusammenstellen, deren Vorsitz aber nicht der ehrenwerte Herr Richter Waldvogel innehaben sollte …«

Mit dieser mutigen Aussage zog er schlagartig die Neugierde aller auf sich. Sogar Waldvogel löste sich von seinem gespielten Beleidigtsein, zog sich langsam an den Sessellehnen hoch, schob seine Ellbogen auf die Tischplatte und faltete – dessen harrend, was jetzt kommen würde – die Hände vor Mund und Nase, während er gleichzeitig die Daumen unter sein Kinn drückte.

»Es könnte sein, dass der ehrenwerte Herr Waldvogel aufgrund seiner offensichtlich zu langen Verurteilungsabstinenz seine Neutralität verloren hat … Oder hat Euch die letzte Vierteilung nicht hinreichend Befriedigung verschafft?«, schob Lodewig frech hinterher.

»Jetzt reicht es aber! Ich muss mich doch nicht coram publico von einem einfältigen Staufner Bauernlümmel beleidigen lassen«, schnarrte der klein gewachsene, feiste Mann, dessen Haupt direkt auf dem Nacken zu sitzen schien und das nur noch ein dünner Haarkranz umgab und der jetzt wie ein wild gewordener Stier aus seinem Sessel hochschoss, um den gegenübersitzenden Kastellan am Kragen packen zu können. Dies konnten seine zu kurzen Arme und Peter Immler jedoch gerade noch verhindern. Der junge Ratsherr war ebenfalls hochgeschnellt und griff Waldvogel fest am Arm. »Haltet ein, Stadtammann! Das bringt doch nichts.«

Die anderen Anwesenden wunderten sich über Lodewig, der die Beschimpfung als »Bauernlümmel« und dazu auch noch als »einfältiger« mit stoischer Würde über sich ergehen lassen hatte. Sie hörten sich noch ein Weilchen das Gemaule des Richters an, bevor es sachlich weitergehen konnte.

»Habt Ihr Euch endlich beruhigt?« Oberamtmann Speen blickte Waldvogel scharf an. »Dann sagt uns jetzt in Eurer Eigenschaft als Stadtammann und mit der gebotenen Sachlichkeit, was Ihr vom Vorschlag des Staufner Schlossverwalters haltet.«

»Da er uns Städtlern offensichtlich zeigen möchte, wie klug die Staufner sind, hat er sicher einen Vorschlag parat«, bellte Waldvogel, der in seinem Zorn nicht mehr wusste, ob er als Richter oder als Ratsvorsitzender an dieser Versammlung teilnahm, entrüstet zurück.

»Edle Herren …« Lodewig wirkte fast stoisch, als er aufstand und in die Runde blickte, bevor er mit ausgewählt ruhiger Stimme sagte: »Ich wollte Euch nur in Vertretung des Staufner Ortsvorstehers Hermann Schädler, der wegen seiner lädierten Hüfte und seiner Rückenschmerzen nicht reiten kann und überdies kein Pferd besitzt, vom Mord in Staufen in Kenntnis setzen. Und dies habe ich getan. Da es eine Angelegenheit von uns Staufnern ist, würden wir die Sache gerne so lange selbst in die Hand nehmen, bis wir tatsächlich den wahren Schuldigen gefunden haben. Wenn wir dies nicht selbst schaffen sollten, kann immer noch eine Untersuchungskommission einberufen werden. Was haltet Ihr davon?«

Lodewigs Tonfall – und die Taktikänderung – schienen sich auszuzahlen, denn nachdem Speen dem Pfarrer und der Mehrheit der anwesenden Ratsherren ansehen konnte, dass ihnen der Vorschlag des Staufner Schlossverwalters zumindest nicht missfiel, richtete er sofort – bevor schon wieder diskutiert wurde – die Frage in die Runde, ob damit allseitiges Einverständnis herrschen würde.

»Aber nur, wenn wenigstens einer von uns Städtlern in Staufen dabei ist!«, warf Waldvogel, immer noch vor sich hin grummelnd, in den Raum.

Lodewigs Befürchtung, dass sich der Richter damit selbst meinen könnte, durfte er getrost beiseiteschieben, nachdem der Oberamtmann auf seine Frage, wer dies sein könnte, von Waldvogel die Antwort bekommen hatte, dass sich der junge Ratsherr mit der großen Klappe wohl am besten eignen würde.

Nachdem alle Augen auf Peter Immler gerichtet waren, blieb dem nichts anderes übrig, als mit der Schulter zu zucken. »Wenn Ihr meint, lasse ich zum Wohle unserer Heimat vorübergehend meine Geschäfte im Stich und gehe mit Herrn Dreyling von Wagrain eine Zeit lang nach Staufen.«

»Ihr habt ja kein Weib, das Ihr allein im Städtle zurücklassen müsst und das während Eurer Abwesenheit sicherlich Gefallen an einem gestandenen Mann finden würde«, konnte sich Waldvogel ein Stänkern gegenüber dem begehrten, aber in dieser Hinsicht als heikel bekannten Junggesellen nicht verkneifen.

Nachdem niemand darauf eingegangen und die Sache geklärt war, fing sich Lodewig von Waldvogel einen Blick ein, der nichts Gutes verhieß. Er würde künftig wohl achtsam sein müssen, wenn es um Angelegenheiten ging, bei denen er mit dem unzufriedenen Gnom zusammenarbeiten musste. In seiner Eigenschaft als Schlossverwalter des Grafen hätte Lodewig irgendwann unweigerlich mit dem Landrichter Waldvogel zu tun. Wenn es um offizielle Angelegenheiten des Marktes Staufen ging, musste der Staufner Ortsvorsteher Hermann Schädler mit dem Stadtammann Waldvogel klarkommen. In gemeindliche oder städtische Dinge mischte sich Lodewig sowieso nicht gerne ein, obwohl er immer wieder darum gebeten wurde. Er hatte genug mit »seinem« Schloss und den dazugehörenden Liegenschaften, die sich teilweise bis ins ganz im Norden des Marktfleckens liegende *Sinswanger Moos* ausdehnten, zu tun.

Wenn es allerdings um etwas ging, das dem Wohle der Allgemeinheit dienlich war, konnte sich Lodewig nicht einfach wegdrehen und so tun, als wenn es ihn nicht anfechten würde. So lag ihm die Einlösung des den Staufnern vor 14 Jahren gegebenen gräflichen Versprechens doch sehr am Herzen, weswegen er die

Gelegenheit nutzte, um auch dieses Thema aufzugreifen: »Meine Herren! Darf ich Euch noch auf den aktuellen Stand der Dinge in Bezug auf die geplante Stiftung unseres hochverehrten Regenten aus Staufner Sicht in Kenntnis setzen und anfragen, inwieweit die Sache von gräflicher Seite aus fortgeschritten ist?«

Da Graf Königsegg schon einige Zeit in Augsburg weilte, hatte er sich nicht mehr mit seinem Versprechen, das er Melchior Henne und somit allen Staufner Junggesellen gegeben hatte, befasst. Dadurch konnte die Sache nicht weiter gediehen sein und somit wusste hier außer dem Staufner Schlossverwalter und dem Immenstädter Oberamtmann noch niemand etwas davon. Dies bewog Lodewig, den verdutzt dreinschauenden Herren die Sache zu erklären.

Nachdem er dies mit Speens Hilfe ausführlich getan hatte, meldete sich der immer noch massige Waldvogel zu Wort: »Was soll das? Bevor die Pest nach Staufen gekommen ist, hat sie sieben Jahre zuvor bei uns im Städtle gewütet«, stellte er brüskiert fest und ergänzte, dass der Graf »… nur wegen der ›Scheißpest‹« den Immenstädter Bürgern nichts versprochen und schon gar keine Stiftung ins Leben gerufen hatte. »Warum also sollte er dies gerade dem Staufner Haufen gegenüber getan haben? Hat er wegen der Pestilenz nicht schon eine Kapelle im Staufner Ortsteil Weißach gestiftet? – Was wollen die Schnorrer da draußen denn noch alles?«

Diese bösartige Maulerei rief Lodewig jetzt endgültig auf den Plan. Das unqualifizierte Geschwätz des scheinbar so honorigen Immenstädters konnte und wollte er sich nun doch nicht mehr länger anhören. »Die ›Scheißpest‹, wie Ihr es auszudrücken bevorzugt, hat in Staufen immerhin zwei Drittel der damaligen Bevölkerung das Leben gekostet. Seinerzeit sind innerhalb von nur sieben Monaten genau 706 Menschen der schrecklichen Seuche erlegen. In Immenstadt waren es 1628 gerade Mal knapp über die Hälfte der Bevölkerung. Selbstverständlich zählt jedes einzelne Leben. Wenn aber fast ein ganzes Dorf ausgestorben ist, dürfte dies schon etwas Bemerkenswertes sein, um das sich unser Herr jetzt in besonderem Maße kümmern möchte … und auch muss!«, traute sich Lodewig in seiner Wut auf Waldvogel zu betonen. Er war dabei, sich ungeachtet der sich im Raum befindenden Honoratioren in Rage zu reden, zumal er während seines Vortrages ein ständiges Grinsen im Gesicht des Stadtammanns auszumachen glaubte.

Bevor aber auch dieses Thema zu eskalieren drohte, mischte sich wieder Speen ein und berichtete sachlich, wie die Audienz des jungen Staufner Handwerkers Melchior Henne beim Grafen verlaufen war: »… und schlussendlich hat unser großzügiger Regent sein 1635 in Konstanz gegebenes Versprechen hier im Städtle klar und deutlich vernehmbar erneuert und Melchior Henne zugesagt, sich diesbezüglich etwas einfallen zu lassen.«

»Ich finde es gut, dass der Graf neue Lebensfreude unter die Staufner bringen möchte. Es wäre wünschenswert, wenn er dies auch in Immenstadt täte. Auch hier darbt das einfache Volk. Allerdings hoffe ich sehr, dass er dies im Konsens mit unserem Herrgott und mit unserer verehrten Gottesmutter Maria tun wird. Eine feierliche Messe zum Gedenken an die ehedem vielen Pesttoten im gesamten rothenfelsischen Gebiet ist sowieso längst überfällig«, brachte Stadtpfarrer Schwenk seinen Wunsch zum Ausdruck. Der Geistliche würde einen weltlichen Regenten nur in dessen Gegenwart als »Herrn« betiteln, weil es für ihn nur einen Herrn gab. Außerdem hasste er es, wenn der Graf unterwürfig als »hochwohllöblich« bezeichnet wurde.

Deine legere und respektlose Ausdrucksweise wird dir eines Tages das Genick brechen, dachte sich Michael Waldvogel, dem dies zum wiederholten Male aufgefallen war, im Stillen, bevor er spöttisch sagte: »Dieser Dreyling von Wagrain könnte ja unseren verlotterten Butz nach Staufen mitnehmen. Der wird die einfältigen Bauern schon zum Lachen bringen. Außerdem passt diese arme Sau sowieso besser ins schäbige Staufen als in unser schönes Städtle.«

Da Lodewig nicht darauf einging, nahm Ratsmitglied Immler dem Ratsvorsitzenden den Wind aus den Segeln: »Da habt Ihr ausnahmsweise einmal recht, mein lieber Waldvogel. Kein Leid ohne Freude! Meiner Meinung nach gehören neben dem Kirchgang auch Tanz und Lustbarkeit dazu«, ergänzte er noch augenzwinkernd, was ihm vom Pfarrer einen erhobenen Zeigefinger einbrachte.

»Wenn Ihr so weitermacht, hat unser Herr mit der Sache nicht mehr zu tun, als einen Eurer Vorschläge anzunehmen und die dazu passende Urkunde zu unterzeichnen und zu besiegeln«, freute sich Lodewig über den allseitigen Einsatz der anderen.

»Pah! Ihr glaubt doch wohl nicht, dass dies ein beurkundenswerter Akt werden wird und es unserem Regenten eine wertvolle Urkunde – womöglich noch aus handgeschöpftem Büttenpapier oder gar aus unbezahlbarem Pergament – wert sein wird«, lästerte Waldvogel abschätzig und setzte nach: »Aufgrund der Wichtigkeit wird er wahrscheinlich auch noch die Initialen rubrizieren oder gar von Mönchen farbig ausgestalten lassen … oder er übergibt die Sache gleich der hiesigen Offizin und lässt gar ein Druckwerk erstellen, das der 42-zeiligen Bibel gleicht, die Meister Gutenberg dereinst hergestellt hat.«

»Da mögt Ihr womöglich richtigliegen; eine Urkunde wird es wohl nicht geben … und dies ist auch nicht notwendig, weil die Staufner davon nicht herunterbeißen können. Aber selbst Ihr werdet zugestehen müssen, dass es unserem Herrn zumindest einen Stiftungsbrief, in dem die Art und Weise der Umsetzung seines Wunsches beschrieben ist, wert sein muss«, konterte Lodewig, der sich aufgrund der drohenden Dunkelheit endlich auf den Weg nach Staufen machen wollte.

KAPITEL 7

Mittlerweile hatte sich der Oktober seinem goldenen Ende zugeneigt. Die Blätter der Bäume waren von den grauen, düster wirkenden Ästen gefallen, die sich nun – knochigen Armen und Fingern ähnelnd – dem Himmel entgegenstreckten. Gerade so, als wollten sie immer noch Gottes Beistand für den Ermordeten erflehen. Aber Martin Allgers Vater und dessen Brüder hatten sich längst von ihrem Familienmitglied verabschiedet und ihn mit einem außerordentlichen Segen Gottes unter die Erde gebracht. Eine solch große und feierliche, gleichsam aber auch merkwürdige Beerdigung hatte es in Staufen wohl noch nie gegeben: Vor der eigentlichen Bestattung auf dem Kirchhof war der Leichnam unter Teilnahme der gesamten Bevölkerung und unter den mystischen Klängen des alten *Pesttanzes* durchs Dorf getragen worden. Dabei hatten die tumben Töne, die einige ältere Musikanten, die der Pest des Jahres 1635 entronnen waren, dem Brummtopf, der Pommer, der Schreyerpfeife und anderen mittelalterlichen Instrumenten entlockt hatten, nichts mit der feinen Barockmusik zu tun. Aber sie hatten keine moderneren Instrumente. Und zum Schritt vorgegeben, hatte es gereicht.

Damit eine Verbindung zwischen Martins leeren Augenhöhlen und dem Himmel hergestellt werden konnte, hatte man nur seinen Korpus in weiße Leinenstreifen gehüllt, seinen Kopf hingegen unbedeckt gelassen, anstatt ihm, wie von Fabio geplant, die Augen mit einer Binde verdeckt zu lassen – ein Sakrileg zwar, für das der Propst aber geradegestanden wäre, wenn sich seine Gläubigen darüber mokiert hätten, was allerdings nicht der Fall gewesen war. Mit der Begründung »Da Martin Allger ein gottesfürchtiger Mensch war und durch Mörderhand gestorben ist, soll er wenigstens symbolisch zum letzten Mal den Herrn schauen können, bevor wir ihn für alle Zeiten der Erde übergeben«, hatte Propst Glatt für diese ungewöhnliche Entscheidung argumentiert und dadurch gehofft, den Mörder aus der Reserve zu locken, weil dieser angesichts seines bedauernswerten Opfers eventuell sein Gewissen hätte erleichtern wollen und sich inmitten der Gemeinschaft der Staufner offenbaren würde – ein frommer Gedanke freilich, aber unrealistisch.

Es war eine befremdliche Szenerie gewesen, von der die gesamte Beerdigung beherrscht worden war. Da Martins Mörder bis zu dessen Beerdigung nicht aufgefunden werden konnte, hatten die Staufner den Übeltäter in ihren Reihen vermutet, weswegen sich alle argwöhnisch beäugt hatten. Als der Propst auch noch Öl ins Feuer gegossen hatte, indem er anklagend gerufen hatte: »Einer unter uns ist Martins Mörder!«, war das Misstrauen untereinander schier unerträglich geworden. Die Atmosphäre war bald so vergiftet, dass kaum noch jemand an die vielen Herumtreiber, auch nicht an denjenigen unter ihnen, der bisher als Hauptverdächtiger gegolten hatte, dachte. So hatte es bis zum Tag der Beerdigung immer noch keine Neuigkeiten bezüglich des Mordes an Martin Allger, geschweige denn darüber, warum gerade der brave Sohn des Braumeisters auf derart bestialische Weise hatte sterben müssen, gegeben. Außerdem war die Suche nach dem mysteriösen Unbekannten mit der schwarzen Gewandung, den der Einfachheit halber alle unüberprüft für den Mörder gehalten hatten, bis zum heutigen Tag erfolglos geblieben.

»Sicherlich hat sich der Verdächtige sofort nach seiner Tat aus dem Staub gemacht …«

Darüber, dass die Weiterreise des Gesuchten auch reiner Zufall hätte gewesen sein können, hatten sie sich nur so lange Gedanken gemacht, bis sie damit begonnen hatten, sich hinter vorgehaltener Hand gegenseitig zu verdächtigen.

Für die Aufklärung des Mordes hatte es auch nichts genützt, dass der Immenstädter Ratsherr Peter Immler, der den Staufnern dabei behilflich sein sollte, längst Quartier in der *Krone* bezogen hatte und seither in ständigem Kontakt zur Führungsriege des kleinen Dorfes am Fuße des Staufenberges stand. Auf Anraten des Kastellans hatte der alternde Kronenwirt Matheiß vor ein paar Jahren im obersten Stockwerk seines Gasthauses ein paar Kammern zur Aufnahme durchreisender Händler und Pilger ausbauen lassen. Bis dahin hatte er Gästen nur den Fußboden des sich im ersten Stock befindlichen Saales, der an Kirchweih und an anderen Festtagen als Tanzboden genutzt wurde, anbieten können. Obwohl er dies auch heute noch tat – allerdings nur noch für ganz kleines Geld, das er den Ärmsten der Armen dafür abnahm –, war Lodewig glücklich darüber, dass der in den letzten Jahren geistig und körperlich doch recht unbeweglich gewordene Wirt seinem Rat zum Ausbau von Gästezimmern gefolgt war und er sogar in jede der dachschrägen Kammern einen tönernen Nachttopf gestellt hatte. Offensichtlich hatten die Weitsicht und die Kooperationsbereitschaft des Wirtes trotz seines immensen Alkoholgenusses in Bezug auf die Ankurbelung der Gästefrequenz in Staufen keine Grenzen gekannt. Denn Matheiß hatte sich sogar auch noch dazu überreden lassen, seinen Gästen täglich einen Krug frischen Wassers für die Reinigung des Gesichtes und des Körpers vor die Tür zu stellen, wofür er zwei Extrakreuzer nahm, obwohl er nicht wusste, für was das gut sein sollte. So etwas hatte es bisher noch nicht einmal in den feineren

Herbergen großer Städte gegeben. Obwohl es schon öfter Ärger deswegen gegeben hatte, weil die Gäste nicht nur das gebrauchte Waschwasser, sondern auch den Inhalt der Nachttöpfe direkt auf die Straße geschüttet und das eine oder andere Mal zufällig vorbeikommende Passanten getroffen hatten, erhoffte sich auch der Ortsvorsteher durch diese Maßnahmen eine Dienstleistung der besonderen Art für zahlungskräftige Durchreisende, die dadurch in Staufen nächtigen und länger verweilen konnten.

»Damit«, so hoffte er zudem, »sind sicherlich auch bessere Umsätze für das hiesige Handwerk und den Handel verbunden.«

Darüber aber, dass Peter Immler es dankend abgelehnt hatte, kostenlos im Schloss zu logieren, war Lodewig nicht gerade glücklich und sogar etwas enttäuscht. Der Gesandte zeichnete sich durch eine für seinen noblen Stand ungewöhnliche Bescheidenheit aus und fühlte sich offensichtlich wohl in seiner spartanisch eingerichteten Kammer, die aufgrund der Tatsache, dass sich mittendurch der Kamin zog, behaglich warm war. Im Hochsommer allerdings würde es wegen der Hitze unter dem Dach kaum auszuhalten sein. Aber dies war dem jungen Kaufmann momentan egal. Obwohl er sich längst in Maria, die Tochter des hiesigen Töpfers Cornelius Brugger, verguckt hatte, würde er sowieso nicht mehr lange in Staufen bleiben. Da der Mordfall zwar nicht aufgeklärt worden war, für ihn aber vorläufig dennoch als abgeschlossen gelten musste, war seine Anwesenheit in Staufen nicht mehr vonnöten gewesen und er hatte kein Argument mehr, diese zu begründen. Außerdem hatte er es jetzt eilig, zu einer Besprechung ins Schloss zu kommen. Dort warteten bereits der Ortsvorsteher, der Propst, der Medicus und der Kastellan auf ihn.

Wie üblich, begrüßte Lodewig Dreyling von Wagrain die Gäste und bedankte sich für deren Kommen, bevor er auf den Grund der Zusammenkunft zu sprechen kam: »Eigentlich wollte ich Euch ausführlich davon berichten, was sich die Immenstädter Beamten zusammen mit unserem Grundherrn haben einfallen lassen … oder nicht haben einfallen lassen, um dessen Versprechen uns Staufnern gegenüber einzulösen, aber …«

»Ist der Graf endlich wieder von seiner anstrengenden Reise aus Augsburg zurück?«, wurde Lodewig vom Propst, der, wie sein Immenstädter Berufskollege, ein zwiespältiges Verhältnis zur weltlichen Herrschaft hatte, mit einem süffisanten Unterton ausgebremst.

»Es ist nicht nötig, dass du lästerst, Johannes. Unser Herr hat nichts Böses getan. Er war lediglich zur Geburtstagsfeier der Anna Maria Gräfin Fugger eingeladen. Außerdem haben wir nicht darüber zu befinden, wo und wie lange er sich außerhalb seines Herrschaftsgebietes aufhält. Und nur, damit du es gleich weißt: Unser Herr muss heuer noch einmal nach Augsburg.«

»Pah: Gräfin! Dass ich nicht lache. Für Geld hat der Kaiser dem alten Jakob Fugger und seiner Brut die Adelstitel doch nur so nachgeschmissen. Ich diene nur einem Herrn!«, stellte der Mann Gottes mit erhobener Nase klar und stänkerte weiter: »Aber ich finde es interessant, was du erzählst … Und die haben tatsächlich fast einen Monat lang gefeiert?«, wollte er noch wissen.

»Jetzt ist es aber gut!«, bremste nun Lodewig den Priester aus und verteidigte die ihm unbekannte Gräfin Fugger und somit auch den Grafen Königsegg: »Du dürftest ebenfalls wissen, dass Anna Maria eine vielversprechende Nonne ist, die ihren Dienst an deinem …«, die Betonung des letzten Wortes war auf den vorhergehenden Spruch des Propstes gemünzt, »Herrn in Brixen verrichtet. Sie ist, wie unser hochwohllöblicher Regent, extra zu dieser Feier nach Augsburg gereist, wo man ihr in der alten Heimat ein mehrtägiges Fest ausgerichtet hat. Mich würde es nicht wundern, wenn sie eines Tages sogar Äbtissin werden würde«, beendete Lodewig, der keine Lust auf eine sinnlose Diskussion mit dem offensichtlich leicht angetrunkenen Pfarrherrn hatte, die Klarstellung.

»Dann ist es ja gut. Jetzt wird sich der Graf endlich wieder um unsere Belange kümmern – falls er gedenkt, eine Zeit lang hierzubleiben«, gab der Propst immer noch keine Ruhe.

»Was soll das, Johannes? Hast du heute etwa schon den Messwein für morgen bereitgestellt und gekostet?«, wollte Lodewig die leidige Unterhaltung mit gewählt sanften Tönen endgültig beenden und traf damit den Nagel auf den Kopf.

Dennoch ließ der Propst nicht locker. »So ist das mit den Fuggern. Wenn man von ihnen auch nur ein bisschen Geld möchte, muss man dafür viel Zeit investieren und ihnen in den Allerwertesten kriechen.«

Das Letzte hatte Lodewig geflissentlich überhört.

»Selbstverständlich wird der Graf die Gelegenheit genutzt haben, zum Hause Fugger engere Kontakte zu knüpfen und Geschäfte mit ihnen anzuzetteln. Immerhin sind zwischen ihnen und den Königseggern schon vor fast einem Jahrhundert verwandtschaftliche Beziehungen entstanden«, nahm jetzt der Altkastellan den Grafen in Schutz, auch wenn er fast etwas kleinlaut anfügte, dass es sich in diesem Falle »nur« um eine Fuggerin aus der Kirchberger Linie handelte.

»Ja: Das Schloss Kirchberg haben sie auch vom Kaiser! ... Aber sind die besten Zeiten dieser Geldsäcke nicht längst vorbei?«, konnte der Propst es nicht lassen, das letzte Wort zu haben.

Dem Ortsvorsteher schien die dumme Unterhaltung nun langsam lästig zu werden, weswegen er mahnend auf den Tisch klopfte und in sachlichem Ton vorschlug: »Jetzt lasst uns endlich zum eigentlichen Grund unserer Zusammenkunft kommen. Bitte fahr fort, Lodewig.«

»Ich danke dir, Hermann! – Also ...«

Aufgrund der penetranten Ablenkung durch den Staufner Pfarrherrn musste der Kastellan einen Moment überlegen, was er eigentlich hatte sagen wollen: »Obwohl wir aus einem anderen Grund zusammengekommen sind, möchte ich Euch hiermit offiziell mitteilen, dass unser Herr sein Versprechen einlösen wird und sogar auch schon weiß, wie.«

Jetzt hielt sogar der Propst sein Lästermaul ... und dies, obwohl immer noch keine Weinkaraffe auf dem Tisch stand.

Alle Blicke ruhten gespannt auf Lodewig, der es sich nicht verkneifen konnte, etwas Spannung in die Sache zu bringen, bevor er des Grafen Vorhaben preisgeben würde. Er hüstelte: »Entschuldigt« und verließ, in sich hineingrinsend, wortlos den Raum. Während er in die Küche ging, Sarah hastig ein Küsschen auf die Wange drückte und ihr schadenfroh lachend erzählte, dass er die Preisgabe seines Wissens bewusst hinauszögerte, warteten die anderen im *Gelb-schwarzen*

Streifenzimmer, das seinen Namen von den goldenen und schwarzen Wappenfarben der Herren von Schellenberg hatte und der Einfachheit halber nur als »Streifenzimmer« bezeichnet wurde, obwohl zur feineren Benennung solcher Räume aus Frankreich zunehmend die Bezeichnung »Salon« in die deutschen Lande schwappte. Die Ritter von Schellenberg waren die ersten urkundlich genannten Besitzer der ehemaligen Burg Staufen. 1311 hatte der Ritter Marquard von Schellenberg *Stauffen die purgk* um 650 halbpfündige Barren *guten Silbers Lindauer Gewichts* an Hugo V. Graf von Montfort-Bregenz verkauft. Burg und Herrschaft Staufen waren dann ganze 256 Jahre im Besitz dieses Adelsgeschlechtes gewesen – so lange, bis die Königsegger gekommen waren. Aber dies wusste außer Lodewig, seinem Vater und dem Priester fast niemand. Die Staufner Honoratioren kannten diesen Raum nur als das noble Arbeitszimmer des Kastellans, in dem er stets seine Gäste zu begrüßen pflegte.

»Verdammt noch mal! Was könnte Lodewig gemeint haben?«, fluchte Hermann Schädler, der als Erster des Wartens überdrüssig zu werden drohte.

»Weißt du vielleicht etwas darüber?«, fragte der Propst den Altkastellan, während von dem schon die Gegenfrage kam: »Wenn du nicht weißt, was es ist, wie soll ich es dann wissen?«

»Aber, aber, meine Herren, verhaltet Euch nicht wie neugierige Waschweiber und bleibt gelassen! Wir werden es sicher gleich erfahren«, beruhigte der Immenstädter Ratsherr die Staufner Dorfoberen, deren Neugierde schier unerträglich geworden war.

Aber Lodewig machte es spannend und ließ sich viel Zeit damit, in den Raum zurückzukehren. Er ließ sich sogar so viel Zeit, um mit seinem Töchterchen Magdalena etwas herumalbern zu können.

»Jetzt reicht es mir aber!«, wetterte der Altkastellan, der zwischenzeitlich damit begonnen hatte, seinem Sohn nachzusinnen: »Lodewig, jetzt komm endlich!«, rief er in seinem altbekannten Befehlston und hatte Erfolg damit.

Als der junge Familienvater zurück war und wieder bei den anderen am Tisch saß, tat er so, als wenn er darüber nachdenken müsste, was er eigentlich sagen wollte.

»Jetzt ist es aber gut, mein Sohn«, bat sein Vater, um die Spannung zu lösen, während er ihm leicht auf die Schulter tippte.

Lodewig lächelte. »Ihr wollt wissen, was der Graf mit den Staufnern vorhat?« Als er in die Runde blickte und ein derart einmütiges Kopfnicken sah, welches er sich gewünscht hätte, als er seinerzeit um Spenden für eine Erweiterung des Spitales gebeten hatte, befreite er die anderen von deren Neugierde: »Na gut! Ich werde es euch sagen.« Lodewig grinste wieder, bevor er endlich ausspuckte, dass der Graf gedachte, eine wertvolle Fahne zu stiften, die er dem ehrbarsten und unbescholtensten Staufner Jüngling überreichen würde. »... und derjenige hat dann die überaus hohe Ehre, die Fahne des großzügigen Stifters durch die Straßen des Marktes tragen und über seinem Haupte schwingen zu dürfen«, wollte Lodewig seine Information beenden, wurde aber vom Propst gefragt, wann dies sein werde.

»Das weiß ich noch nicht. Ich weiß nur, dass sich der Graf und Oberamtmann Speen mit den Staufner Jünglingen zusammensetzen möchten, um Details zu besprechen.«

»Und das ist alles?« Er sah die Enttäuschung in den Blicken der anderen Staufner.

»Nein! Natürlich nicht. Um was es sonst noch geht, wird bei der geplanten Besprechung offenkundig werden.«

»Aber derjenige, der dafür infrage gekommen wäre, den Willen des Grafen zu erfüllen, ist doch ermordet worden und die Sache somit gestorben«, stellte der Propst leise fest und bekreuzigte sich.

»Das stimmt nicht ganz, Johannes!«, entgegnete der Ortsvorsteher. »Martin war zwar ein ehrbarer Bursche und hätte sich meines Erachtens ideal für dieses hohe Ehrenamt geeignet. Aber es gibt noch etliche andere Burschen in Staufen, die dafür in Betracht kommen.«

»Dennoch: Vielleicht ist er gerade aus diesem Grund ermordet worden?«, stellte der Propst in den Raum.

»Und somit wären wir beim Thema!«, unterbrach Lodewig die sich anbahnende Unterhaltung. »Wir haben uns hier nicht getroffen, um über die Fahnenstiftung unseres Herrn zu reden – dies hat noch etwas Zeit. Keinen Aufschub duldet es allerdings, dass wir uns mit dem Mord an Martin Allger befassen und, wenn auch zu keinem befriedigenden, so doch wenigstens zu einem abschließenden Ergebnis kommen.«

»Ja! Ich sollte endlich wissen, ob ich hier noch vonnöten bin oder ob ich ins Städtle zurückkehren muss«, räusperte sich Peter Immler. »Ähem …, zurückkehren kann«, versuchte der seit Kurzem verliebte Ratsherr, sich zu verbessern und eine Antwort zu bekommen. Dabei sah man dem jungen Kaufmann an, dass es ihm trotz seiner wartenden Geschäfte nicht gefallen würde, Staufen jetzt schon den Rücken kehren zu müssen. Seine offensichtlich sorgenvoll gemeinte Frage brachte ihm ein verständnisvolles Lächeln aller Anwesenden ein. Denn längst hatte es sich herumgesprochen, warum sich der stramme Immenstädter in Staufen so wohlfühlte und weshalb er trotz mehrmaliger Bitte des Kastellans, ins Schloss zu ziehen, weiterhin in der *Krone* logierte. Aber auch dies sollte jetzt kein Thema sein, weswegen Lodewig die fast familiäre Stimmung unterbrach, um die Ergebnisse der Recherchen bezüglich des Mordes am Braumeistersohn Martin Allger zusammenzufassen. Er wollte seine drückenden Erkenntnisse so schnell als möglich loswerden oder zumindest mit anderen teilen: »… und nachdem es Melchior gelungen ist, die Schleifspur des Toten gleich nach dessen Fund am Marterl ein ganzes Stück zurückzuverfolgen, diese aber mitten in einer ruhigen und unauffälligen Gasse geendet hat, haben wir nicht herausbekommen, wo er letztlich ermordet worden ist. Was es mit der von mir mitgenommenen Kerze auf sich hat, haben wir bis dato ebenfalls nicht ermitteln können. Wir wissen aber, dass sie anstatt aus Bienenwachs aus Talg hergestellt wurde und aus Arsenik geweißt ist. Da es solche Kerzen bei uns nicht gibt, ist die Sache umso merkwürdiger und lässt nach allen bisherigen Überlegungen auf einen nicht hier ansässigen Mörder schließen.«

»Also kann sie auch nicht von Schwester Bonifatia sein«, stellte der Propst in jetzt sachlichem Ton fest.

»Nein! Ich habe mit der ehrwürdigen Schwester gesprochen. Auch sie hat eine derartige Kerze schon lange nicht mehr gesehen, geschweige denn benutzt.«

»Fürwahr merkwürdig … Aber lass dich nicht stören, Lodewig«, warf der Ortsvorsteher kurz dazwischen.

»Die Gründe für den Mord und die unmenschlichen Verstümmelungen haben wir ebenfalls nicht ermitteln können. Allerdings können wir mit an Sicherheit grenzender Wahrscheinlichkeit sagen, dass Martins Augen nicht von einem Koch oder von einem Fürschneider, ganz zu schweigen von einem Metzger oder gar von einem Medicus, sondern laienhaft, ja sogar ganz besonders grob und brutal herausgeschnitten worden sind. Dies würde zwar helfen, den Kreis der Verdächtigen etwas einzugrenzen, nützt uns aber, da wir ja nicht einmal ansatzweise einen Verdächtigen haben, momentan noch nicht viel.«

»Und was ist mit der dunklen Gestalt, die sich an Martins Todestag in Staufen herumgetrieben hat?«, wollte der Immenstädter Ratsherr wissen, erntete von Lodewig aber nur ein Schulterzucken.

»Düstere Gestalten kommen und gehen derzeit in Staufen wie Geschwüre während der Pest«, raunte der Propst.

»Ja! Nur mit dem Unterschied, dass Geschwüre bleiben, wenn sie erst einmal da sind. Außerdem ist die Gestalt schon vor dem Mord nicht mehr gesehen worden, weswegen sich das Misstrauen untereinander breitgemacht hat.«

»Dies entlastet ihn doch nicht. Es macht ihn nur um so verdächtiger … oder?«, stellte der Altkastellan – vorsichtig in eine Frage verpackt – fest.

»Aber was nützt es uns? Auch wenn er sich dadurch zum Hauptverdächtigen, besser gesagt, zum einzigen Verdächtigen gemacht hat, ist er verschwunden«, bedauerte der Ortsvorsteher.

»Und was die Daumen des Ermordeten anbelangt …«, flocht Lodewig wieder dazwischen, »so hat unser Medicus festgestellt, dass diese mit einer drehenden Bewegung – wie in einer Art Schraubstock – zerquetscht worden sind.« Lodewig schluckte.

»Dies muss bei lebendigem Leibe geschehen sein«, bestätigte der Medicus das bisher Gesagte.

Nachdem er das gehört hatte, musste Lodewig sich erst wieder sammeln, bevor er weitersprechen konnte. Diese Zeit nützte sein Vater, um dem Medicus eine Frage zu stellen: »Wie kommt Ihr darauf?«

»Ich kann dies auf den Blutfluss, der nur so stark sein kann, wenn das Herz noch arbeitet, zurückführen!«

Zum Zeichen, dass sie dies verstanden hatten, nickten alle.

Lodewig wartete einen Augenblick, bevor er weiter berichtete: »Obwohl wir den Platz vor dem Marterl, die Wiesen in großem Umkreis und die Gasse, wohin die Schleifspur geführt hat, akribisch abgesucht haben, konnten wir nichts Auffälliges entdecken. Wir haben nicht einmal die ausgestochenen Augen gefunden, die wahrscheinlich das Wasser des Seelesgrabens mitgenommen oder ein Tier gefressen hat. Somit wissen wir nicht, was es mit der offensichtlichen Quälerei auf sich gehabt hat. Wir vermuten allerdings, dass es sich um eine Art rituelle Tötung gehandelt haben könnte …, vielleicht ein Vergeltungsakt? Dafür könnten der Fundort und die merkwürdige Lage des Toten, die Blumen in dessen Hand, die brennende Kerze, die zweifellos nicht von Schwester Bonifatia stammte, ebenso sprechen wie das Ausstechen der Augen und die unmenschlichen Qualen, die Martin vor seinem Tod erduldet haben muss.«

»Vielleicht war es aber auch nur ein hundsgewöhnlicher Racheakt?«, wandte Peter Immler ein.

»Aber Markus war allseits beliebt und hat niemandem etwas getan, oder?«, kam es etwas unsicher vom Ortsvorsteher. »Wer also hätte einen Grund dafür gehabt, ihn auf solch brutale Art und Weise umzubringen?«

»Möglicherweise hat er etwas gesehen, das er besser nicht gesehen hätte?«, wurde in den Raum geworfen und brachte alle Anwesenden zum Grübeln.

»Wie auch immer: Wenigstens war der Tod eine durch unseren Herrn Jesus Christus herbeigeführte Gnade. Wer tut so etwas Gott Verachtendes? … Und dazu auch noch in Staufen?«, murmelte der Propst kopfschüttelnd in sich hinein, bevor er leise zu einem Gebet ansetzte.

»Darüber können wir nicht einmal spekulieren! Ich kenne keinen Einheimischen, der dazu in der Lage gewesen wäre. Ein solches Ungeheuer gibt es hier nicht! Außerdem hat Martin – wie ich bereits gesagt habe – meines Wissens keine Feinde gehabt.« Der Ortsvorsteher strich sich ratlos über den Mund, bevor er weitersprach: »Es muss wohl doch der Fremde gewesen sein, den man zwar schon ein paar Tage vor dem Mord nicht mehr gesehen hat, der sich aber dennoch zum Zeitpunkt der schrecklichen Tat in Staufen aufgehalten haben könnte.«

»Es könnte aber auch einer der anderen Herumtreiber gewesen sein, die ja – wie wir wissen – allesamt wie vom Erdboden verschwunden sind«, lenkte Peter Immler vom mysteriösen Schwarzgewandeten ab.

»Könnte, könnte, könnte! … Wir haben es doch versucht: Unser ›Könnte‹ hat nicht einmal dazu gereicht, dass uns Immenstadt eine Eskorte Berittener schickt, um in großem Umkreis nach dem Verschwundenen zu suchen. Und jetzt reicht es nicht einmal, um den ominösen Fremden in Abwesenheit anzuklagen«, schimpfte Lodewig erregt.

»Für ›Richter Gnadenlos‹ schon!«, stellte der Immenstädter Ratsherr, der den unbeliebten Stadtammann auch in dessen Rolle als Richter besser kannte als alle anderen hier im Raum, klar.

»Als der Verdacht auf den Fremden gefallen war, sind fast alle Dorfbewohner ausgeschwärmt, um ihn zu suchen. Nichts! … Und jetzt lasst uns besprechen, wie es weitergehen soll«, leitete der Kastellan das Gespräch in eine andere Richtung.

Der Propst hob die Hand. »Wenn ich noch etwas sagen darf …«

Hermann Schädler nickte.

»Unsere vordringlichste Aufgabe muss es jetzt sein, das um sich greifende Misstrauen schnellstens zu zerstreuen.«

Dafür erntete er das zustimmende Kopfnicken aller.

Nachdem sie lange disputiert und festgestellt hatten, dass sie momentan zwar nichts mehr tun konnten, die Sache aber nach wie vor nicht ad acta legen mochten, beschlossen sie, den Immenstädter Delegierten zwar nach Immenstadt zurückzuentlassen, ihn aber mittels Sendboten stets auf dem Laufenden zu halten.

»Lasst mir hierbei noch etwas Zeit. Meine Geschäfte haben so lange auf mich warten müssen, dass es jetzt auf ein paar Tage mehr oder weniger auch nicht mehr ankommt«, bat der junge Kaufmann, der sich in Staufen einer hohen Wertschätzung erfreuen konnte, in gewohnt höflicher Manier.

»Wenn dich das Beherbergungsgeld in der *Krone* nicht reut? Du weißt, dass du hier im Schloss nach wie vor jederzeit willkommen bist und nicht in einem einfachen Wirtshaus absteigen musst! Außerdem hat das Schloss keine Augen, keine Ohren und auch keinen Mund«, gab Lodewig augenzwinkernd im längst vertrauten Du zur Antwort.

»Aber ein Tor, durch das man jede und jeden kommen und gehen sieht«, murmelte Peter Immler kaum hörbar und winkte dankend ab.

»Wie meint er das?«, wollte der Propst, zu Lodewig gewandt,

wissen und bekam von ihm die Antwort, dass man hier im Schloss mit gewissen Dingen diskret umzugehen pflegte.

Auch wenn der durstige und ansonsten allwissende Diener Gottes keinen Schimmer davon hatte, was Lodewig damit gemeint haben könnte, wurde die Zusammenkunft mit einem allseits verständnisvollen Schmunzeln aufgelöst.

KAPITEL 8

Seit geraumer Zeit waren die Staufner so intensiv damit beschäftigt, sich auf den nahenden Winter einzurichten, dass der Tod des Braumeistersohnes fast in Vergessenheit geraten war. Obwohl sich die Sorge, dass so etwas nochmals geschehen könnte, in den Köpfen der Staufner festgefressen hatte, war das scheußliche Verbrechen bei den meisten gedanklich zumindest etwas in den Hintergrund gerückt.

Da die Menschen wussten, dass bald wieder eine besonders schwere Zeit auf sie zukommen würde, überwog jetzt die Sorge um das eigene Überleben. Sie mussten – ob sie wollten oder nicht – sich dem harten Rhythmus der Jahreszeiten in den unwirtlichen Allgäuer Alpen anpassen. Und dies taten sie auch, indem sie ihre Behausungen, so gut es ging, winterfest machten. So war es kein Wunder, dass man es in Staufen schon seit Wochen aus allen Ecken und Enden klopfen und hämmern hören konnte. Nachdem die Dächer von außen geflickt und die Ritzen in den Wänden zugestopft waren, ging es den Bewohnern darum, morsch gewordenes Dachgebälk von innen auszubessern, damit zu allem hin nicht auch noch die drohende Schneelast Menschenleben fordern konnte. Während der vergangenen Winter war es keine Seltenheit gewesen, dass der schwere Schnee stark zu drücken begonnen hatte und gleich mehrere Dachkonstruktionen heruntergekracht waren. Ein, zwei Todesopfer hatte es deswegen fast in jedem Winter zu beklagen gegeben … und sei es »nur« eine Kuh oder eine Geiß gewesen. Es war allerdings auch schon vorgekommen, dass die weiße Pracht ganze Familien mitsamt ihrem bescheidenen Viehbestand unter sich begraben hatte.

Als »Pracht« konnte der Schnee aber weiß Gott nicht bezeichnet werden; allenfalls, wenn er sich in ausreichender Menge dicht an die Hauswände geschmiegt hatte, um dadurch das Innere der Häuser wenigstens dort etwas vor Zugluft zu schützen, wo es nicht möglich gewesen war, einigermaßen ordentlich abzudichten. Auf der besonders zugigen Ostseite war dies in besonderem Maße wünschenswert. Wenn es noch nicht genügend geschneit hatte, halfen dort die Menschen mit ihren hölzernen Schneeschaufeln nach und türmten den Schnee um die Fenster herum fast haushoch auf. Dennoch mussten die Ritzen zwischen den Balken der gestrickten Holzhäuser alljährlich dort mit neuem Dämmmaterial gefüllt werden, wo sich im Laufe des Sommers das mit Lehm oder Dung vermischte Stroh entweder von selbst herausgelöst hatte oder von verschiedenen Tieren für deren Nestbau benötigt worden war. Immer wenn diese Arbeit anfiel, beschlich die Bevölkerung der gesamten Alpenregion ein ungutes Gefühl. Die Staufner waren also nicht allein mit diesem Problem, aber was nützte dies? Nur allzu gut erinnerten sie sich an die schreckliche Zeit der Pest, als sie immer und immer wieder die Ritzen mit extra zuvor geräuchertem und danach auch noch gekalktem Stroh zugestopft hatten, um der schleichenden Seuche den Weg in ihre Holzbauten zu verwehren. Damals hatten sie nicht gewusst, dass dies nichts nützen würde und die gefürchtete Krankheit trotz aller Vorsichtsmaßnahmen in mehr als zwei Dritteln der Behausungen ihrer Gemeinde den schnellen Tod bringen würde. Mittlerweile schmutzig weiße Kalkspuren an den Außenwänden kündeten noch davon.

Unabhängig davon, dass sie jetzt mehr Arbeit mit ihren Wohnstätten hatten, als ihnen lieb war, musste auch noch dringend Brennholz aufgetrieben werden. Da sämtliche Wälder rund um Staufen herum, seit sie denken konnten, in herrschaftlicher Hand waren, hatte sich dies schon immer schwierig gestaltet. Aber seit der harten Regentschaft des Freiherrn Georg – des ermordeten Vaters des amtierenden Herrschers – war es schier unmöglich geworden, auf einigermaßen legalem Weg an Brennmaterial zu kommen. Lediglich schulterhohes Gestrüpp durfte abgeschnitten und mitgenommen werden. Wenn man aber beim Fällen höherer Bäume erwischt wurde, hatte man damit zu rechnen, dass einem nach einer kurzen Anhörung, aber ohne vorherigen Prozess, vom Carnifex die Hand abgehackt wurde. Dies geschah aber in den wenigsten Fällen direkt in dem Ort, in dessen Umfeld die Tat begangen worden war. Dort bedurfte es keiner zusätzlichen Abschreckung; denn tagtäglich begegneten die Staufner dem einzigen bisher ertappten Waldfrevler unter ihnen, durch dessen Armstummel sie ständig daran erinnert wurden, was ihnen blühte, wenn sie Holz aus den gräflichen Wäldern stehlen würden.

»Außerdem muss ich meinen Immenstädtern wenigstens ein bisschen panem et circenses bieten, wenn im Städtle sonst schon nichts los ist«, hatte Richter Waldvogel nach der Bestrafung eines Hindelanger Waldfrevlers und nach seiner letzten Hinrichtung zum Stadtpfarrer gesagt, die er – im Nachhinein betrachtet – noch publikumswirksamer hätte inszenieren sollen. »Na ja: ein andermal. Die nächste Hinrichtung kommt so sicher wie Euer verdammtes Amen in der Kirche.«

Dafür hatte er die Sache mit dem jungen Staufner, der aus der Not heraus auf dem Kapfberg eine Tanne gefällt hatte und dabei erwischt worden war, als er das Holz zerkleinerte, umso besser inszeniert. Der Richter hatte dem Carnifex damals diesbezügliche Anweisungen für die Zukunft gegeben. Seither gestaltete es sich meist so, dass aus Immenstadt zwei Wachsoldaten in den Ort, in dem der Missetäter wohnte, entsandt wurden, um den beim Diebstahl Ertappten mitsamt einer Begleitperson – wobei dies ausdrücklich weder ein Medicus noch ein Kräuterweib, kein Bader oder ein anderer Heilkundiger und auch kein Pfaffe sein durfte – abzuholen. Erst nachdem der zur Abschreckung nördlich des Immenstädter Schlosses – wo auch der »Angstwagen«, ein mit Flacheisen vergitterter Ladewagen, seinen für das Volk gut sichtbaren und abschreckenden Platz hatte – stehende Richtklotz vom Blut des Diebes getränkt war, durfte die mitgebrachte Person den blutenden Handstummel verbinden. Dass ihnen dabei vom Carnifex heimlich schmerzlindernde Blätter zum Kauen und eine desinfizierende Salbe in die Hände gedrückt wurden, nahmen die Helferinnen – meist waren es die Frauen oder Mütter der Diebe – ungläubig zur Kenntnis. Bevor sie sich bedanken oder sonst etwas sagen konnten, legte Sebastian Deibler nur einen Zeigefinger zuerst an seinen, dann an deren Mund. Seine gutmütigen Augen erledigten den Rest und sorgten für Verschwiegenheit. Um von seiner für einen Vollstrecker unüblichen Hilfsbereitschaft abzulenken, wandte sich der Carnifex zumeist sofort von seinem Opfer und dessen Pflegerin ab, um seine Arbeit zu beenden. Dies geschah in der Form, dass er die abgeschlagene Hand auf einen langen Stab steckte, diesen in die Höhe hob und sich damit unters grölende Volk mischte. Während dieser Zeit blieb die Hilfsperson mit dem soeben Bestraften vom aufgebrachten Volk meist unbehelligt und konnte sich um dessen Armstummel kümmern und ihm unauffällig die schmerzlindernden Blätter in den Mund schieben.

Nach dem Verbinden hatte es die Helferin eilig, den vor Schmerzen schreienden Dieb unter dem Jubel der Immenstädter Bevölkerung aus der Stadt hinauszuschaffen. So ganz nebenbei durfte sich das bedauernswerte Geschöpf auch noch die übelsten Beschimpfungen und Beleidigungen der sich in solchen Situationen immer wie primitiver Pöbel benehmenden Immenstädter Bürger anhören. Dass sich dadurch nicht gerade eine heiße Liebe zwischen den Städtlern und den Staufnern aufbauen konnte, war klar. Und dass gerade diejenigen, die den Holzdieb am schlimmsten beschimpften, meist selbst die größten Eierdiebe waren, half dem bemitleidenswerten Opfer auch nichts mehr, denn zu diesem Zeitpunkt war seine Hand schon abgehackt und zur Abschreckung auf eine zehn Ellen lange Holzstange, die sogar – ähnlich einer Helebarde – mit einer bunten Fransentülle verziert war, gesteckt worden. Da der Regent bei Hinrichtungen allerdings seine Hände stets in Unschuld zu waschen pflegte, durften die gräflichen Farben rot und gelb nicht verwendet werden. Ungeachtet dessen verblieb die abgehackte Hand zumeist sowieso nur so lange auf der Stangenspitze, bis es einem der wenigen streunenden und aufgeregt kläffenden Hunde gelang, sie zu ergattern. Auch wenn sich zuerst die Krähen an der gedeckten Tafel einfanden, kamen meist andere Tiere in den Genuss des Festschmauses, weil die Hand schneller herunterfiel, als es den Unglücksvögeln recht war.

Da es stets Aufgabe des Delinquenten war, vor der Bestrafung selbst einen fahrbaren Untersatz für den Rückweg zu organisieren und dies mangels Pferden nicht immer gelang, kam es vor, dass der Weg von Immenstadt zum Heimatort des armen Sünders zu lange dauerte und er verblutete, bevor er überhaupt in seiner Behausung ankam, wo er sich wenigstens von seinen Kindern, Geschwistern oder Eltern hätte verabschieden können und vielleicht sogar auch noch priesterlichen Beistand erhalten hätte. Stand kein Transportmittel zur Verfügung, starb das bedauernswerte Opfer seiner eigenen Tat meist noch am selben Tag. Hatte er aber eine Möglichkeit, nach Hause zu kommen, starb er mit an Sicherheit grenzender Wahrscheinlichkeit ein paar Tage später am Wundbrand. So oder so war es den Staufnern wichtig, einen der wenigen Überlebenden – auch wenn er, wie übrigens die meisten von ihnen, gefehlt hatte – bei sich zu wissen.

In Staufen war schon vor vielen Jahren vorgesorgt worden: Um das an sich schon grausame Spiel wenigstens etwas humaner zu gestalten, hatte der frühere interimistische Ortsvorsteher Hannß Ulrich Dreyling von Wagrain extra hierfür einen Wagen bauen und dessen Ladefläche sowie die Seitenwände mit Strohsäcken auspolstern lassen. Damit konnten jederzeit Verletzte liegend transportiert werden – falls sich mindestens ein kräftiges, besser noch zwei Zugpferde auftreiben ließen, wie dies bei Wolfgang Benteles Vierteilung der Fall gewesen war, weswegen etliche Staufner daran hatten teilhaben können.

Laut einem erneuerten Gesetz galt nun auch das Sammeln von Bruchholz als Diebstahl und wurde als solcher gnadenlos geahndet. Lediglich den Wald- und Forstarbeitern oder anderen Beauftragten des Oberamtes stand das Bruchholzsammeln zu. Untertanen des Grafen wurde dies nach einer gesonderten Genehmigung nur höchst selten gestattet. Und um den allesamt bestechlichen Forstgehilfen das Bruchholz abkaufen zu können, fehlte den Staufnern das hierzu nötige Geld. Somit war es der Bevölkerung im Herbst fast unmöglich, noch schnell an fehlendes Brennholz für den Winter zu gelangen. Wenn die Gehilfen des Försters selbst schon kein Geld für das Bruchholz herausschlagen konnten, wollten sie wenigstens ihren Spaß haben und den einfachen Dörflern auf die primitivste Art und Weise ihr Mächtlein demonstrieren. Dies taten sie oftmals, indem sie – zu faul, die Äste transportgerecht zurechtzustutzen, auf einen Wagen zu laden und mühevoll nach Immenstadt zu karren – das Holz vor den schreckgeweiteten Augen der entsetzten Bevölkerung auf freier Flur verbrannten. Da dies gerade den Männern gewaltig stank, war es ein Wunder, dass es bisher noch keinem einzigen dieser gemeinen Frevler an den Kragen gegangen und ein offener Volksaufstand ausgebrochen war.

Nur einmal, als einer der Männer den Forstknechten wütend zugerufen hatte: »Wir wissen, dass wir Waldfrevler wären, wenn wir aus der Not heraus Holz stehlen würden. Was ihr primitiven Arschlöcher euch aber erlaubt, ist eine Riesenschweinerei!«, wäre es um ein Haar zu einem Handgemenge gekommen, das aber aufgrund einiger beschwichtigender Frauen gerade noch hatte abgewendet werden können. Die zornigen Männer hatten befürchtet, dass es Tote geben könnte, wenn sich ihre Weiber nicht eingemischt hätten – immerhin wären sie den Forstgehilfen gegenüber gewaltig in der Überzahl gewesen.

Was nicht ist, kann ja noch werden, hatte sich seinerzeit der eine oder andere im Stillen gedacht und seither auf eine passende Gelegenheit gewartet.

Aber die Staufner waren – hatten sie sich erst wieder beruhigt – zu besonnen, um wegen dieser menschenverachtenden »Waldknechte«, wie die meist tumben Forstgehilfen von ihnen genannt wurden, vorzugehen. Sie wussten, dass sie – sowie sie ihre Fäuste erheben würden – den Pranger oder eine höhere Strafe riskierten. Und was gar auf Totschlag stehen würde, war ebenfalls allen klar. Da sie aber ein pfiffiges Völkchen waren, hatten sie sich bis heute nicht darauf eingelassen. Da sie sich auch so zu helfen wussten, wäre dies auch nicht nötig gewesen. Um ihre Stuben heizen zu können, ohne eine Hand opfern zu müssen, sammelten sie jedes Jahr schon im zeitigen Frühjahr, gleich nach der Schneeschmelze des vergangenen Winters, das Bruchholz ein. Bei dieser Gelegenheit verwischten sie stets auch Spuren, falls während des vorhergegangenen Winters doch die eine oder andere Tanne gefällt worden war.

Auch den Sommer über – insbesondere nach jedem Unwetter – strömten sie in die Wälder, um Äste und Zweige zu sammeln oder vom Blitz getroffene Bäume transportgerecht zu zerkleinern. Dies zu tun, trauten sie sich bis zum Ende des dritten Jahresviertels. Denn zur heißen Jahreszeit hatten die Revierförster des Grafen und deren Knechte genügend mit sich selbst und mit ihrer Arbeit im wildreichen Gunzesrieder Forst zu tun und dachten nicht im Traum daran, dass gerade in der Hitze des Sommers Heizmaterial aus den gräflichen Wäldern rund um Staufen gestohlen werden könnte. So weit, dass auch im Sommer Brennholz für die Kochstellen benötigt wurde, dachten die ignoranten Forstgehilfen eh nicht. Dazu kam noch, dass sie von der Möglichkeit, dass die Untertanen des Grafen zumindest theoretisch legal an Brennmaterial kommen konnten, wussten. Darüber allerdings, dass es dem einfachen Volk an den finanziellen Mitteln mangelte, um beim Köhler ausreichend »Schwarzes Gold« kaufen zu können und dass der Kauf von Kohle im rothenfelsischen Gebiet zudem auch noch streng reglementiert war, machten sich die Speichellecker des Grafen ebenfalls keine Gedanken. Meistens hatten die »Grünkittel«, deren rot-gelbe Puffärmel unter dem grünen Wams lächerlich aussahen und deren rot-gelbe Strümpfe unter der braunledernen Kniebundhose zusammengebunden waren, in den Immenstädter Wäldern zu tun. Diese merkwürdige Farbkombination – die knallbunten Hutfedern nicht einmal mit einbezogen – ließ sie nicht nur wie Hofnarren aussehen, sondern war auch ein Garant dafür, dass sie von den Holzsammlern schon von Weitem gesehen werden konnten. Wenn die Grünkittel allerdings in Staufen zu tun hatten, drohte höchste Gefahr, die nur dadurch minimiert wurde, dass gerade die Forstgehilfen ständigen Durst verspürten, weswegen sie ihr erster Weg meist in die *Alte Sonne*, in die *Krone* und neuerdings auch in den erst vor Kurzem wiedereröffneten *Löwen*, eine Schänke erster Güte, führte. Auch wenn sich die Wirtsleute der *Alten Sonne* gerade ihren einheimischen Gästen gegenüber mehr neugierig als gastfreundlich zeigten, waren sie wenigstens so nett und warnten die Einheimischen, wenn irgendwelche Schergen des Grafen bei ihnen eingekehrt waren. Dies wurde auch vom Kronenwirt Matheiß so gehandhabt. Lediglich der neue, aus dem zum Hochstift Augsburg gehörenden Füssen stammende Löwenwirt wusste noch nichts damit anzufangen –

aber es würde ihm von den einheimischen Gästen, die sich neugierig zeigten und das altehrwürdige Wirtshaus zunehmend aufsuchten, schon noch gesagt werden. Dann würde sich auch dort ein Lauffeuer gegen die Schnelligkeit, mit der sich diese Warnungen herumsprachen, direkt langsam ausnehmen.

Wozu soll ich mich abmühen und meine Hände riskieren, um an Brennmaterial zu kommen, wenn ich sowieso nichts zu braten habe, wird sich so mancher gedacht haben, während er darauf abzielte, das benötigte Holz bei den Nachbarn zu klauen. Dieser Mundraub könnte zwar auch als Diebstahl gewertet werden, aber mit etwas Glück wenigstens nicht die Hand kosten, die dafür verantwortlich gewesen war. Außerdem würde es sich der betreffende Nachbar gut überlegen, ob er den Dieb des von ihm selbst gestohlenen Holzes beim Immenstädter Oberamt anzeigen würde.

Zu all diesen Problemen gesellte sich auch noch ihre allergrößte Sorge, die seit dem frühen Mittelalter zum ständigen Begleiter der meisten deutschen Handwerker und Bauern geworden war. Die Nahrungsbeschaffung! Da sowohl das Wildern als auch das Schwarzfischen mindestens mit derselben Strafe geahndet wurde wie gemeiner Holzdiebstahl, hatten sich die listigen Bewohner des kleinen Dorfes am Fuße des Staufenberges auch diesbezüglich einiges einfallen lassen müssen, um überleben und trotzdem ihre Hände behalten zu können. Dennoch war es trotz ihres Listenreichtums ein hohes Risiko, ungestraft an fremdes Fleisch zu gelangen. Auch wenn es den Männern hier und da gelang, ein Stück Wild zu erlegen oder ein paar Fische zu fangen, war die Lage ihrer Familien schier aussichtslos. Solange sie ihre Äcker verwaisen ließen, mussten sie Hunger leiden. Sicher: Selbst wenn sie wieder zu ihrer alten Form zurückkehren, Furchen durch die Felder ziehen und säen würden, ginge es ihnen nicht wirklich gut, denn der Steuereintreiber des Grafen schien einen Riecher dafür zu haben, wann und wo etwas zu holen war. Dementsprechend schnell war er vor Ort. Bisher war er mit seinem schwer bewaffneten Tross »zufällig« immer gerade dann aufgetaucht, wenn die Ernte eingebracht wurde. Außerdem war er bekannt dafür, bei der Einziehung des Zehnten nicht zimperlich zu sein. Er hatte sich sogar schon öfter einen Spaß daraus gemacht, sich zu Gunsten des Grafen oder zu seinen eigenen Gunsten zu verrechnen. So war es schon vorgekommen, dass aus dem *Zehnten* ein *Fünfzehnter* oder mehr geworden war. Jedenfalls war allseits bekannt, dass sein Bauchumfang ständig zunahm und dass er in Immenstadt fürstlich residierte, während die armen Steuerzahler darbten und ihre Behausungen abdichteten, um während des Winters wenigstens nicht allzu sehr zu frieren.

So blieb den Staufnern auch heuer nichts anderes übrig, als ihr Schicksal einmal mehr in die Hände des Kastellans zu legen. Wie es sein Vater im bisher schlimmsten Jahr der Staufner Bevölkerung, dem schicksalhaften Pestjahr 1635, begonnen hatte, wurde auch Lodewig Jahr für Jahr vor jedem Winterbeginn bei Oberamtmann Speen vorstellig, um Nahrung, Decken, Brennmaterial und andere Hilfsgüter für die Staufner Bevölkerung zu erbitten. Dafür, dass er sich hierzu nicht zu schade war, liebten ihn diejenigen Staufner, die ihm nicht mit Neid begegneten.

Auch oder gerade weil durch die Existenzsorgen der Staufner Bevölkerung der grausame Tod eines der ihrigen fast in Vergessenheit geraten war und sie sich nicht auch noch mit unliebsamen Problemen, die sie sowieso nicht beseitigen konnten, beschäftigen wollten, hielten sie sich umso mehr an den wenigen schönen Dingen, die ihnen das bescheidene Leben bieten konnte, fest. So ließ sie der Gedanke an die Stiftung ihres Grundherrn nicht mehr los, seit sie zum ersten Mal davon erfahren hatten. Genau genommen hatte sich der Wunsch, dass ein Sohn ihrer Familie die Gunst des Grafen erhalten könnte und dadurch der gesamten Sippe zu Ansehen und Wohlstand verhelfen würde, derart in ihren Köpfen manifestiert, dass sie keine klaren Gedanken mehr fassen konnten. Es ging ihnen nur noch darum, den eigenen Sohn als künftigen Nutznießer der gräflichen Stiftung zu sehen. Seit sie wussten, dass der Graf eine »wertvolle« Fahne stiften wollte und die Medaillons, die zu beiden Seiten angebracht werden würden, allem Anschein nach sogar schon bei seinem Hofmaler in Arbeit gegeben hatte, trieb ihr Ehrgeiz teils seltsame Blüten. Insbesondere, da sie auch noch gehört hatten, dass es »viel mehr« geben sollte als »nur« eine Fahne, die man – wenn sie erst im Besitz der eigenen Familie wäre – für gutes Geld dem *Bunten Jakob*, dem *Schacherer* oder einem anderen fahrenden Händler verkaufen könnte. Und da heute Mittwoch, also Markttag, war, ergäbe sich die Gelegenheit, bei dem einen oder anderen Händler nachzufragen, was so eine Fahne überhaupt einbringen würde.

An diesem vorherbstlichen Tag war es bitterkalt und es hatten nur noch wenige Händler den Weg nach Staufen zum Markt gefunden, obwohl es höchste Zeit war, die letzten Ernteerträge aus dem Bodenseegebiet loszuwerden. Normalerweise ging Sarah Dreyling von Wagrain mit ihrer Mutter Judith Bomberg, die meistens von ihrer 25-jährigen Tochter Lea begleitet wurde, gemeinsam auf den Markt. Aber die beiden waren heute anderweitig verabredet. So war Sarah nur mit ihren Zwillingen Anneliese und Heidemarie hierhergekommen. Ihr ältester Sohn Aurel wollte folgen, sowie ihn der Großvater bei der Aufsicht über das Nesthäkchen Magdalena abgelöst hatte.

»Gott zum Gruße, werte Kastellanin! *Seyd begrüßet, edle Frow*!«, wurde sie von allen Seiten mit teils veralteter Wortwahl, aber freundlich empfangen. Da Sarah eine der wenigen war, die über Geld verfügten, und es zudem tunlichst unterließ, den Preis mehr als nötig zu drücken, war sie bei den Händlern allseits beliebt. Denn aufgrund der mageren Zeiten machten die Kaufleute derzeit hauptsächlich Tauschgeschäfte und bekamen nur selten klingende Münzen für das, was ihre Waren eigentlich kosten würden.

»Sagt mir, holde Maid …«, wurde Sarah von einem gertenlangen Obsthändler angesprochen, während er von hinten näher an sie herantrat, dabei ein paar Späßchen machte und Grimassen schnitt.

»Heribert! Du alter Schmeichler!«, rief Sarah erfreut, während sie zu ihm hochsah.

Das vertraute »Du« rührte daher, dass Sarah schon am dritten Markttag nach dem Tod ihrer Schwiegermutter von deren Lindauer Obsthändler zu Heribert gewechselt und dem netten Kerl aus Kressbronn dadurch die Möglichkeit gegeben hatte, sich auf dem Staufner Markt fest zu etablieren. Seit Heribert sozusagen das Schloss Staufen belieferte, fühlte er sich als »Gräflicher Hoflieferant«, was natürlich nicht der Fall war. Aber seither strahlte er einen Optimismus aus, der keinen Zweifel an der Qualität seiner Ware ließ, was ihm auch das Vertrauen der anderen Staufnerinnen eingebracht hatte. Dies schenkten sie ihm insbesondere gerne, da er im Gegensatz zu seiner zwar betagten, aber nicht minder raffinierten Vorgängerin, die stets angefaulte Teile unter ihr Obst gemischt hatte, durchweg frische Ware anbot. Leicht angefaulte Früchte steckte der seelengute Mann denen, die sich überhaupt kein Obst vom Bodensee leisten konnten, zu. Manchmal drückte Heribert ihnen sogar auch noch eine knackig frische Frucht in ihre schmutzigen Hände.

»Die Bohnenstange von Kressbronn« nannte Sarah den groß gewachsenen Mann, der sich in seiner Heimat den Spottnamen »Langinus« gefallen lassen musste, freundschaftlich.

»Schön, dich zu sehen. Wie geht es dir? Was machen die Geschäfte? Zu dir wäre ich später sowieso noch gekommen. Aber wenn du deine Kundschaft jetzt schon von anderen Marktständen abziehst, kann ich ja gleich mitkommen«, sprudelte es aus lauter Freude nur so aus Sarah heraus.

Während die Kastellanin die letzten Früchte für dieses Jahr auswählte, unterhielten sich die beiden über Gott und die Welt.

»Aber nun sag mir doch, was ich dir sagen soll?«, erinnerte sie sich an den ersten Satz des Obsthändlers, der gerade dabei war, für jedes ihrer Kinder einen zusätzlichen Apfel anzuspucken, um ihn besser polieren zu können, bevor er ihn in ihren Einkaufskorb legte.

»Was ist in Staufen eigentlich los? Unter den Marktleuten hat sich herumgesprochen, dass es einen Mord gegeben hat. Außerdem sprechen hier alle von einer großzügigen Fahnenstiftung durch euren Landesherrn.«

Sarah räumte widerwillig ein, dass das Geschwätz der Fieranten von der Wahrheit genährt wurde und es tatsächlich einen Toten gab. Dabei berichtete sie ihrem Freund auch, dass es sich um eine schreckliche Tat gehandelt hatte, die allerdings noch nicht aufgeklärt werden konnte. »Niemand weiß, weshalb dieser Mord geschehen ist. Jedenfalls ist die Sache momentan erledigt.«

Da Heribert nicht weiter danach fragte, erzählte sie ihm auch nicht davon, auf welch grausame Art und Weise Martin Allger gefoltert worden war, bevor er getötet wurde.

»Und was hat es mit dieser ominösen Fahne auf sich?«

»Ach, das ist ein anderer Fall«, winkte Sarah ab. »Die hat mit dem Mord nicht das Geringste zu tun.«

»Sicher? Aber sie scheint Aufregung in euer ansonsten ruhiges Dorf gebracht zu haben«, stellte der Händler noch knapp fest, bevor er sich einer anderen Kundin zuwandte und dadurch dokumentierte, dass ihn die Sache nicht so sehr interessierte, um deswegen seiner Freundin lästig zu werden oder gar Kundschaft zu verlieren. »Bis zum nächsten Mal. Grüß den Rest deiner Familie und lasst euch die letzten Äpfel dieses Jahres schmecken«, rief er Sarah noch zu.

Auch der *Bunte Jakob* wunderte sich, als er heute schon zum dritten Mal gefragt wurde, was er für eine Fahne bezahlen würde. »Guter Mann, Ihr müsst mir die Fahne schon genau beschreiben oder besser noch zeigen, wenn ich Euch einen Preis nennen soll«, versuchte er, den Grund dafür zu erfahren, warum plötzlich alle irgendwelche Fahnen zu verkaufen hatten. »Aber Ihr müsst wissen, dass ich keinesfalls Kriegsfahnen ankaufe, weder schwedische noch kaiserliche. Die sind so gut wie nichts wert. Außerdem ist dies verboten.«

»Nein, nein!«, wehrte der Mann händewinkend ab und beugte sich verschwörerisch über den Verkaufstresen, nachdem er sich zuvor hastig nach allen Seiten umgesehen hatte. Mit dem Zeigefinger deutete er dem Händler, seinen Kopf herauszustrecken, damit er ihm etwas ins Ohr flüstern konnte, was wohl nur er hören durfte. »Es ist eine wertvolle Fahne, deren Mitte von einem Künstler bemalt worden sein soll«, zischte er beschwörend und setzte eine besonders wissende Miene auf. »Das Gemälde soll von reiner Seide umsäumt sein.«

»Wie groß ist die Fahne? Ist sie beidseitig bemalt … oder sogar auch noch reich bestickt? Ist sie an einer Stange befestigt, an deren oberen Ende eine Spitze angebracht ist?«, zeigte der Händler, der sich eine Fahnenspitze aus Edelmetall erhoffte, interessiert und setzte, nachdem er von dem Mann nur ein Schulterzucken zur Antwort bekommen hatte, mit einer anderen Frage nach: »Handelt es sich gar um eine Kirchenfahne?« Bei dieser Frage war er es jetzt, der sich vorsichtig nach allen Seiten umblickte.

Sofort nachdem der Mann dies verneint hatte, beeilte sich der Händler, ihm zu versichern, dass er niemals eine Kirchenfahne erwerben würde, weil diese sicher irgendwo gestohlen worden sei. Dass er wegen der grundsätzlich darin befindlichen Goldfäden Interesse hatte, traute er sich nicht zu sagen und lenkte davon ab: »Und? Was wisst Ihr also über die Fahne, die Ihr mir anbieten wollt?«

Nachdem keine einzige seiner Fragen vernünftig beantwortet werden konnte, zog der Händler maulend seinen Kopf zurück. »Kommt dann wieder, wenn Euch die Fahne gehört und Ihr sie mir zeigen könnt. Und jetzt geht! Ich habe keine Zeit für Narreteien und muss Geschäfte machen.«

Während sich der Händler scheinheilig grinsend einer Kundschaft, die offensichtlich ernsthaft etwas kaufen wollte, zuwandte, ertönte aus einer der Budengassen ein zunächst undefinierbarer Lärm, der auch bis an Sarahs Ohren drang. »Du schwarzfischender Nichtsnutz!«, glaubte Sarah, den Schluss einer unschönen Schimpfattacke gehört zu haben, konnte aber nicht genau orten, woher das Geschrei gekommen war. Nachdem sich die Zwillinge von ihrer Hand losgerissen hatten und neugierig in Richtung des Lärms gerannt waren, blieb ihr nichts anderes übrig, als ihnen nachzueilen, um sie wieder an die sichere Hand nehmen zu können. Als sie ihre Kinder erreicht hatte, sah sie zwei Burschen, die sich offensichtlich in den verlausten Haaren hatten.

»Das lasse ich mir von dir nicht sagen!«, schrie Jockel Mühlegg, ein etwas feister Bursche, sein Gegenüber an.

»Aber es stimmt doch! Und außerdem ist dein Wanst viel zu fett, um als Fähnrich ein gutes Bild abgeben zu können«, konterte der Feinweber Markus Hagspihl und schob den nicht gerade als arbeitsam bekannten Jockel brüsk von sich.

»Du wirst jedenfalls nicht Fähnrich! – Dafür werde ich sorgen«, schrie Jockel, der zwar irgendwie ein liebenswerter Kerl war, aber keiner Rauferei aus dem Wege ging, wenn er etwas getrunken hatte oder wenn er beleidigt worden war. Und wenn jemand etwas gegen seinen Wanst, den er sich nur hatte anfressen können, weil er ein guter Schwarzfischer war, sagte, war dies eine Beleidigung. Und zwar von allerhöchster Güte. Obwohl Jockel Mühlegg eigentlich ein lustigerer Vogel als Markus Hagspihl war, stieg ihm jetzt die

Zornesröte ins Gesicht und er untermauerte das, was er soeben gesagt hatte, indem er darauf verwies, dass man wohl Kraft brauchen würde, um die sicherlich schwere Fahne des Grafen tragen zu können, ohne zittrige Hände und Füße zu bekommen.

»Ja, glaubst du allen Ernstes, dass der Graf ausgerechnet dir eine wertvolle Fahne anvertrauen würde?«, kam die Antwort des Webergesellen, die aber in einem Faustschlag des rauflustigen Schwarzfischers erstickte. Während Markus zurücktaumelte, hielt er sich mit einer Hand die schmerzende Wange und versuchte, sich mit der anderen abzustützen. Aber schon stürzte sich Jockel mit einer Wucht auf ihn, dass Markus hart aufschlug und er auf ihn fiel.

»Ich werde Fähnrich! ... Nicht du! ... Ich werde Fähnrich!«, rief Jockel – der dies bisher eigentlich nicht ernsthaft in Erwägung gezogen hatte – immer wieder, während er wie entfesselt auf Markus eindrosch. Auch nachdem er von zwei Marktbesuchern gewaltsam vom Unterlegenen weggezerrt worden war, beruhigte er sich nicht. »Das wirst du mir büßen, Hagspihl! ... Du bist nicht der Erste, dem ich Manieren beibringe!«, schrie der Tagelöhner, während er Fäuste ballend den Marktplatz verließ. So kannte man Jockel Mühlegg nicht – eine derartige Aggression hatte ihm bisher niemand zugetraut. »Das wirst du mir büßen, ... und wie«, murmelte er noch, nachdem er sich schon ein ganzes Stück vom Markt entfernt hatte.

KAPITEL 9

Es war gut, dass sich die Männer in den letzten Wochen die Zeit genommen hatten, ihre Häuser wetterfest zu machen. Da es vor einigen Tagen, früher als erwartet, zum ersten Mal so richtig zu schneien begonnen hatte, waren die meisten von ihnen gerade noch mit ihrer Arbeit fertig geworden. Diejenigen, denen es den Sommer über auch noch gelungen war, heimlich etwas Brennholz aufzuklauben und es zerkleinert in ihren Behausungen zu verstecken, konnten sich glücklich schätzen. Manchem war es sogar vergönnt gewesen, eine der inzwischen wenigen Katzen oder sogar einen Hund zu erwischen. Und wenn sich vielleicht auch noch ein paar Mäuse, Ratten oder Vögel fangen ließen, war die Nahrung wenigstens für die nächste Zeit gesichert. Denn jetzt konnten sie verderbliches Fleisch auch noch haltbar machen, indem sie die ausgenommenen Tierkadaver hinter ihren Behausungen im Schnee vergruben. Da dies bei den meisten von ihnen so war und sie wussten, dass es die Nachbarn ähnlich handhabten, war dies allerdings kein Garant dafür, dass sich die Mahlzeit noch unter dem Schnee befand, wenn sie diese selbst benötigten. Es kam sogar vor, dass der unverwertbare Teil der Innereien, der zum Anlocken von Hunden und Katzen vor die Türen geworfen wurde, plötzlich vor der falschen Haustür, hinter der jemand mit einer Fangschlinge oder mit einem Prügel lauerte, lag. Seit die Staufner Bevölkerung bereits während des Krieges und der letzten Pestepidemie in ihrer übergroßen Not jegliche Skrupel abgelegt und damit begonnen hatte, fast alles zu verspeisen, was kreuchen und fleuchen konnte, musste sie zwar immer noch hungern und litt an vielerlei Mangelerscheinungen, hatte aber wenigstens so viel Fleisch auf den Rippen, dass mit etwas Glück zumindest die meisten von ihnen den kommenden Winter überstehen konnten. Und im nächsten Frühjahr würde man dann schon weitersehen.

Über den Winter hinweg würden ihnen auch die von Hand gefangenen Fische aus dem erst seit einigen Jahren wieder fischreichen Fließgewässer in Weißach als proteinhaltige Nahrung dienen. Erstens war es in dieser Jahreszeit leichter, die durch die Kälte träge gewordenen Kiefermäuler zu erwischen, und zweitens drohte in diesen Monaten weniger Gefahr durch die allzu neugierigen Jagd- und Fischereiaufseher des Grafen. Zusätzlich konnte ihnen, wie in jedem Jahr, auch im kommenden Winter der Entenpfuhl ein wenig als Nahrungsspender dienen. Allerdings gab es dort schon lange keine Enten mehr. Da der kleine Teich im Gegensatz zum Weißachbach nicht außerhalb, sondern mitten im Dorf und auch noch direkt unterhalb des Schlosses lag, war hier die Gefahr des Erwischtwerdens immer schon wesentlich größer gewesen, als dies bei den umliegenden Gewässern der Fall war. Um dieses Risiko zu minimieren, waren die mutigsten der Männer und Burschen meist gleich nach Einbruch der Dunkelheit an den kleinen Weiher geschlichen, um kreisrunde Löcher ins Eis zu schlagen und ihre Angelhaken ins Wasser gleiten zu lassen. Am nächsten Morgen waren sie dann vor Tagesanbruch zurückgekommen, um ihre Beute zu holen. Hierzu mussten sie nur den Holzring, der ihren Frauen in besseren Zeiten als Butterform gedient hatte, mitsamt dem über Nacht wieder gefrorenen Eis innerhalb der hölzernen Form herausnehmen und die Angelschnur durch das sich dadurch geschaffene Eisloch hochziehen. Eine zwar merkwürdige Methode, aber sie hatte sich über viele Winter hinweg bewährt. Da diesbezüglich bisher alles gut gegangen und noch nie jemand erwischt worden war, wurden es von Jahr zu Jahr mehr Männer, die sich dieses kleine Fischgewässer teilen mussten. Dies hatte zunehmend zu Revierstreitigkeiten geführt, die oftmals sogar blutig geendet hatten. Denn wenn es um die Beschaffung von Nahrung für ihre Frauen und Kinder ging, verstanden die verzweifelten Familienväter keinen Spaß. Deswegen war ihnen auch der mit Abstand geschickteste Schwarzfischer Jockel Mühlegg schon lange ein Dorn im Auge. Wenn man den nur irgendwie loswerden könnte, dachte sich so manch braver Familienvater, der etliche Mäuler zu stopfen hatte, während Jockel nur für sich selbst und für seine betagte Mutter sorgen musste. Da Jockel ausschließlich mit seinen flinken Händen fischte, war er allerdings zu glitschig, um gefasst werden zu können. Er benötigte weder Angelschnur noch Haken, weswegen es – sollte er denunziert werden – schwierig werden würde, Beweismaterial bei ihm zu finden. Und die Gräten fanden – waren sie erst einmal aus dem Fenster geschmissen worden – schneller Abnehmer, als die Nachbarn schauen konnten.

Obwohl die Menschen seit Einsetzen des Schneefalls nur noch wenig auf die Straßen gingen und sich dementsprechend selten trafen, reichte es für ein sich durch das ganze Dorf ziehendes Getratsche, das letztlich in wüstester Vorahnung dessen, was noch kommen sollte, gipfelte. Auch wenn die Staufner bis zum Einsetzen des Schnees mit ihren Arbeiten an Haus und Hof beschäftigt gewesen waren und kaum Zeit gehabt hatten, sich um andere Dinge als das Abdichten von Ritzen und Löchern zu kümmern, hatten sie jetzt umso mehr Zeit, sich wieder um sich selbst, ihre Probleme … und um die *»Gräfliche Fahnenstiftung«*, als was das Versprechen des Grafen längst bezeichnet wurde, zu kümmern. Dieses Thema schien sich – nachdem es wegen der allgemeinen Not zwischendurch immer wieder mal in den Hintergrund getreten war – nicht nur zum wiederholten Mal explosionsartig zu verbreiten, sondern jetzt auch noch in einem bedrohlichen Dorfstreit zu gipfeln. Wäre das Wetter besser, würden sich Neid und Missgunst noch schneller breitmachen, als dies sowieso schon der Fall war. Da alle Eltern heranwachsender Söhne glaubten, dass nur ihre eigenen Sprösslinge dazu prädestiniert seien, die Fahne in Empfang zu nehmen, begannen die ersten Familien, sich zu meiden oder überhaupt nicht mehr miteinander – und wenn, dann nur noch böse übereinander – zu reden. Diejenigen, die sich notgedrungen mit anderen abgeben mussten, taten dies widerwillig und trennten sich meist im Streit.

»So geht das nicht weiter!«, wetterte Propst Glatt, dem aufgefallen war, dass in seine Kirche seit geraumer Zeit selbst an den Sonntagen kaum noch Gläubige zum Dienst an Gott gekommen waren, von der Kanzel. Aber er erreichte damit nur, dass sich noch weniger Schäflein in seiner Kirche blicken ließen.

»Was ist denn nur mit den Leuten los?«, fragte er die alte Frau Berger, nachdem er ihr und Baltus Vögel als den zwei letzten von insgesamt nur sieben Messebesuchern die Heilige Kommunion versehentlich so tief in den Mund geschoben hatte, dass sich die gute Frau fast verschluckt hätte.

»Dean Fahne hot d'r Deifl g'sea!«, krächzte sie in so tiefem Dialekt, dass sogar der bodenständige Pfarrherr genau hinhören musste, wenn er sie verstehen wollte. Dies sollte wohl heißen, dass der Teufel höchstpersönlich die Fahne gesehen und somit etwas mit ihr zu tun hatte.

Bevor er nachhaken konnte, hatte die brave Kirchgängerin schlampig das Kreuz geschlagen und sich beeilt, vom Pfarrer weg in ihre sichere Kirchenbank zurückzugelangen.

»Pssst!«, wies der Propst mit einem Zeigefinger auf dem Mund Baltus zurecht, als dieser laut zu rufen begann, dass die alte Bergerin den Teufel gesehen habe.

Sein Geschrei hallte in der fast leeren Kirche derart laut, dass ihm der Propst mit seiner linken Hand den Mund zuhielt. »Nein, Baltus, die Frau Berger wurde nicht des Teufels ansichtig«, stellte er verständnisvoll klar und strich ihm mit der anderen Hand sanft über den Kopf, bevor er seine Linke langsam von dessen Mund nahm, um ihm damit mitleidig die Wange tätscheln zu können.

Kaum hatte Baltus den Mund wieder frei, begann er zu tanzen und zu singen: »Es geht ein Bi-Ba-Butzemann in unserm Dorf herum …«

»Pssst!«, zischte der Propst wieder und drückte abermals seine Hand auf den Mund des Burschen, der sich aber geschickt wegdrehte, um gleich darauf lachend aus der Kirche zu tanzen.

Ohne dass dem Propst die genauen Gründe für das Ausbleiben seiner Schäflein bewusst geworden waren, hatte sich die Situation so zugespitzt, dass sogar die jüngeren Knaben von ihren Eltern aus nicht einmal mehr den Dienst am Altar verrichten durften, wenn der Sohn einer anderen Familie ebenfalls als Ministrant eingeteilt worden war.

»Jetzt reicht es aber!«, schimpfte der Pfarrherr in Richtung des großen Kruzifixes im Chorraum, entschuldigte sich beim hölzernen Herrgott, vollführte einen hastigen Knicks und eilte anstatt ins Propsteigebäude, wo ihn ein seelentröstender Tropfen erwarten würde, auf direktem Wege zum Ortsvorsteher. Da der Schnee mittlerweile fast kniehoch war und ihm zudem auch noch ein eisiger Wind ins Gesicht blies, hatte er Mühe, sich mit seiner wallenden Soutane vorwärtszukämpfen. Dabei dachte er an den Wein, den die Pfarrersköchin sicher schon bereitgestellt hatte, und an die wohlig warme Stube, in der er es sich jetzt gemütlich machen könnte. Letztlich aber siegte – wie konnte es bei einem treuen Diener Gottes auf Erden auch anders sein – selbstverständlich nicht der gehörnte Geselle, sondern das sanfte Wesen mit den weichen Flügelchen, das ihm gebot, seinen bereits eingeschlagenen Weg fortzusetzen. Es flüsterte ihm auch ins Ohr, dass ihm der Herrgott schon verzeihen würde, wenn er dabei ein bisschen vor sich hin grummelte. Bei diesen Gedanken schmunzelte der ansonsten eher etwas knorrige Priester.

Beim Ortsvorsteher angekommen, musste der Pfarrherr mehrmals an die Tür klopfen und zudem noch den Schnee davor wegräumen, damit sie geöffnet werden konnte.

»Was … was willst du denn bei diesem Sauwetter hier? Und noch dazu am Herrntag?«, fragte Hermann Schädler irritiert, während er prüfend einen Arm nach draußen streckte, um mit der Handfläche den herabrieselnden Schnee zu prüfen.

»Wenn der Berg nicht zum Propheten kommt, muss eben der Prophet zum Berg kommen … oder so«, schnarrte der Propst zurück. »Warum habe ich euch heute nicht in der Kirche gesehen?«

»Grüß Gott, erst mal«, bremste der Ortsvorsteher den Ankömmling und meinte, sich dabei an die gebotene Höflichkeit halten zu müssen, obwohl er sich doch sehr wundern musste, dass er dem Propst keinen Gruß wert war. »Ich weiß selbst, dass wir heute nicht in der Kirche waren. Aber meine Frau hat den schnellen Wetterumschwung nicht unbeschadet verkraftet und ist darüber krank geworden. Du wirst verstehen, dass ich Gertrud in dieser Situation nicht allein lassen kann«, entschuldigte sich der wegen seiner Rückenschmerzen arg gebeutelte Mann, dessen Familienmitglieder ansonsten als eifrige Kirchgänger bekannt waren.

»Jaja – ist schon gut, Hermann!«, antwortete der katholische Priester, während er sich den Schnee von der Soutane strich, Hut und Schal abnahm und unaufgefordert ins Haus rumpelte.

»Tritt ruhig ein«, schnaufte der Hausbesitzer, der einen wenn schon nicht gemütlichen, so wenigstens doch friedlichen Sonntagnachmittag dahinschwinden sah, und verdrehte dabei die Augen.

»Ganz schön kalt«, beklagte sich der Propst, der dies aber nicht auf das Wetter draußen bezog, sondern eher vorwurfsvoll in Bezug auf die ungeheizte Stube des Ortsvorstehers gemeint haben wollte.

»Obwohl Gertrud krank ist und ständig hustet, muss ich das Holz für den sicherlich streng werdenden Winter aufsparen. Wenn ich jetzt schon mit der Heizerei beginne, habe ich bereits zum Jahreswechsel hin kein Brennmaterial mehr«, entschuldigte sich Hermann Schädler und ergänzte noch mit einem lästernden Unterton, dass es ihm nicht so gut ginge wie anderen, denen das Holz von »Pfaffenknechten« aus dem Bistum rechtzeitig vor Wintereinbruch gleich krettenweise ins Haus gebracht würde.

»Jetzt reicht es aber, Hermann! … Hör auf zu schimpfen. Ich

weiß sehr wohl, dass du am heutigen Tag des Herrn nicht gerade auf mich gewartet hast und es dir lieber im Kreise deiner Lieben so gemütlich machen würdest wie irgend möglich«, konterte der Propst in ungewöhnlich sanftem Ton, weil er wusste, dass der Ortsvorsteher recht damit hatte, wenn er glaubte, dass sich Vorsteher von höhergestellten Kirchengemeinden nicht allzu viele Gedanken über Brennholz machen mussten, weil ihnen dies in Notzeiten im Auftrag des Bistums gebracht würde. Und die Überbringer der lebensnotwendigen Dinge, zu denen selbstverständlich auch Lebensmittel, die garantieren sollten, dass die seelischen und körperlichen Kräfte ihrer geistlichen Empfänger erhalten blieben, gehörten, waren nun einmal Diener der Kirche, indirekt also auch Untergebene der Priester. Und dies hatte ihnen im Volksmund die lästerliche Bezeichnung »Pfaffenknechte« eingebracht.

»Ich gewähre dir eine kirchliche Zuwendung in Form des von euch benötigten Brennholzes, solange deine Frau krank ist. Und jetzt heiz endlich ein! Das Holz kannst du dir ja bei mir zurückholen, wenn das Wetter besser geworden ist«, löste der Propst die Situation, die drohte, kritisch zu werden, und zauberte dadurch ein dankbares und zufriedenes Lächeln auf die Lippen des Ortsvorstehers.

Während der brave Familienvater damit begann, bereits vor Monaten zerkleinertes, jedoch nicht gestohlenes Holz hervorzukramen und in die Feuerstelle zu legen, begab sich der Propst in den Gaden, um nach der kranken Frau zu sehen und ihr Trost zu spenden. Er sprach und betete so lange mit Gertrud, bis ihn das vertraute Knistern eines Kamins in die Stube zurücklockte. Dort zog er sich einen alten Melkschemel an das Feuer und begann nach einer Weile des Überlegens mit sorgenvoller Miene zu sprechen: »Hermann, es tun sich böse Dinge …«

»Ich weiß! Du meinst den Mord an Martin Allger.«

»Aber nein! Dies ist doch nun schon eine ganze Weile her und – so bedauernswert die Sache ist – längst nicht mehr in aller Munde.«

»Dann bleibt dieser Mord also weiterhin unaufgeklärt und dementsprechend auch ungesühnt?«

Der Propst hob irgendwie resigniert, merkwürdigerweise aber auch desinteressiert, die Schultern. »So wie es aussieht, wird der Mörder wohl nicht mehr gefunden werden. Allerdings wird unser

Herrgott für eine gerechte Strafe sorgen. Aber das meine ich auch nicht.«

»Dann kannst du nur die neuen Ereignisse, die offensichtlich mit der Fahnenstiftung des Grafen in Zusammenhang stehen, meinen – oder?«

»Richtig! Obwohl wir immer noch nicht ganz genau wissen, was der Graf überhaupt vorhat, und die Staufner bisher nur davon gehört haben, dass einer von ihnen eine Fahne bekommen soll, machen sich die Leute gegenseitig immer verrückter.« Der Propst neigte sich – das in seinen Augen geheimnisvoll glitzernde Leuchten des Kaminfeuers zurückstrahlend – zum Ortsvorsteher und deutete ihm mit dem Zeigefinger, seinen Kopf näher zu ihm zu beugen. »Stell dir vor: Der *Bunte Jakob* hat mir erzählt, dass sogar schon mehrere Männer angeboten haben, ihm die Fahne zu verkaufen …, obwohl diese noch nicht einmal fertiggestellt, geschweige denn in ihren Händen ist.«

»Auch wenn der Graf einem von ihnen die Fahne bereits übergeben hätte, wäre diese nicht dessen Eigentum!«, empörte sich der Ortsvorsteher. »So wie ich die Sache bisher verstanden habe, würde er sie nur stellvertretend für alle Jünglinge des Ortes – sozusagen als eine ganz besondere Leihgabe des Regenten – in Empfang nehmen.«

Der Propst nickte bestätigend, während er seine Hände, die er sich im Eifer des Wortgefechtes zu nahe am Feuer gerieben hatte, ruckartig zurückzog.

»Weißt du, was ich gehört habe?«, fragte Hermann Schädler, der dachte, eine Neuigkeit von sich geben zu können.

»Nein!«

»Lodewigs Frau hat mir berichtet …«

»Sarah?«, unterbrach der Propst ganz in Gedanken.

»Wer sonst? Oder hat unser strenggläubiger Kastellan noch andere Weiber?«, antwortete der Ortsvorsteher, wegen der Unterbrechung leicht gereizt, fuhr aber sachlich fort: »Sie hat mir erzählt, dass Markus Hagspihl anlässlich einer Auseinandersetzung wegen dieser Fahne von Jockel Mühlegg verprügelt worden ist.«

»Das ist nichts Neues«, antwortete der Propst zur Enttäuschung seines Gesprächspartners. »Das habe ich auch schon gehört und mir diesbezügliche Gedanken gemacht. Bevor sich die jungen Heißsporne noch gegenseitig umbringen, muss etwas geschehen.«

»Gott bewahre! … Und was schwebt dir da so vor?«, fragte der Ortsvorsteher, der nebenbei eine seiner Töchter herbeirief und sie bat, von draußen Schnee zu holen und ihn in einem Topf über dem Feuer zu schmelzen, damit er die Gelegenheit des brennenden Feuers nutzen und für seine Frau einen kräftigen Kräutersud aus den Blättern der Minze und der Malve ansetzen konnte. »… und öffne die Tür zum Gaden, damit die Wärme auch zu deiner Mutter gelangt«, hielt er sie noch an.

Der Propst blickte sich nach allen Seiten um und fragte vorsichtig: »Du hast nicht zufällig …«

»Nein! Ich habe keinen Tropfen Wein hier. Und aus dem letzten Quart Schnaps habe ich einen Arnikasud angesetzt. Der eignet sich nur für Einreibungen bei äußeren Blessuren und wohl kaum zur inneren Anwendung«, antwortete der Ortsvorsteher schmunzelnd, noch bevor der Propst seine Frage hätte zu Ende formulieren können.

Da Hermann Schädler den Staufner Pfarrherrn nur allzu gut kannte, war ihm nicht verborgen geblieben, dass dem Propst beim Gedanken, womöglich auch einen Becher mit Kräutersud trinken zu müssen, fast die Kinnlade heruntergefallen war. »Aber nun sag mir, was du zu tun gedenkst.«

»Sowie das Wetter besser geworden ist, müssen wir die Obrigkeit in Immenstadt über die bisherigen Geschehnisse informieren und den Grafen fragen, wie es mit der konkreten Umsetzung seines Versprechens aussieht und wann dies endlich der Fall sein wird.«

»Das ist gut. Da kann ich dir nur zustimmen.«

»Das ist auch gut«, entgegnete der Propst, der Wortspielereien mochte. »Dann hast du sicher nichts dagegen mitzukommen.«

Hermann Schädler schüttelte energisch den Kopf. »Unter keinen Umständen!«, winkte er ab. »Ich habe dir vorher schon gesagt, dass ich meine Frau momentan nicht allein lassen kann.«

»Bis es aufhört zu schneien, ist sie wieder gesund. Vertraue auf Gott! Außerdem wäre es bei dem vielen Schnee jetzt sowieso unmöglich, unbeschadet nach Immenstadt zu gelangen. Auf ein paar Tage mehr oder weniger kommt es nun auch nicht mehr an. Viel wichtiger ist, einig darüber zu sein, dass etwas geschehen muss, bevor noch ein Unglück geschieht, und dass wir entschieden beim Grafen vorsprechen und dabei möglichst geschlossen auftreten.«

»Du meinst, der Kastellan sollte auch dabei sein?«

Der Propst nickte. »Selbstverständlich! Je mehr von uns ›Dorfheiligen‹ in Immenstadt aufmarschieren, desto ernster wird man uns nehmen und die Sache mit der Fahnenstiftung endlich vorantreiben. Wer außer uns dreien ist sonst noch für die Bevölkerung Staufens und deren Wohlergehen verantwortlich? … Du für das Dorf. Ich für die Kirche und Lodewig für das Schloss. Also?«

»Ansonsten käme nur noch der Medicus infrage, den du statt meiner mitnehmen könntest, … oder Schwester Bonifatia«, versuchte sich der Ortsvorsteher in Gedanken an seine altersbedingt lädierte Hüfte, den abgenutzten Rücken und seine kranke Frau herauszuwinden.

»Aber der hat doch gerade wieder mehr Arbeit, als ihm lieb ist. Und ein Weib brauchen wir nicht dazu! Dadurch ist klar, dass du dich nicht vor der Verantwortung drücken kannst … Also, was sagst du? … Du bekommst auch mehr Holz, als du heute verbrennst.«

Während der Ortsvorsteher überlegte, befasste er sich mit dem Kräutersud. Es dauerte eine ganze Weile, bis er antwortete: »Von mir aus. Sowie Gertrud genesen ist und der Schneefall nachgelassen hat, packen wir es an.«

»Sehr gut!«, besiegelte der Propst das Besprochene und verzog das Gesicht, als ihm doch noch ein Becher Kräutersud in die Hände gedrückt wurde.

KAPITEL 10

Als der Mesner durch das Rundbogentor zwischen der katholischen Pfarrkirche und der St.-Martins-Kapelle stapfen wollte, um in den Kirchhof zu gelangen, wo sich mitten zwischen den Gräbern neben einer riesigen Trauerweide der Werkzeugschuppen befand, wäre er im tiefen Schnee fast über etwas gestolpert.

Er wollte gerade mit einem Hacken seiner Schuhe Löcher in das verharschte und dementsprechend oberflächenharte Weiß schlagen, um den darunterliegenden weichen Schnee mit seinen Händen beiseitescharren zu können, als er zurückgepfiffen wurde: »Josef! Was hast du bei diesem Sauwetter auf dem Gottesacker zu suchen? Es steht doch keine Beerdigung an … oder?«, rief ihm der Propst von einem Südfenster des ersten Stockes der Propstei zu.

»Nein, Hochwürden. Ich … ich wollte nur eine Spitzhacke und eine Schaufel holen, um damit dem steinhart gefrorenen Schnee vor dem Portal beikommen zu können!«, schallte es zurück.

Da sich zwischen der Kirche und dem Propsteigebäude ein kleines zweigeschossiges Gebäude – die alte Getreideschranne – befand, mussten beide laut daran vorbeireden, um sich verstehen zu können.

»Das kann warten. Es schneit sowieso gleich wieder!«, winkte der Propst ab und schob den Fensterflügel weiter auf, um den Wahrheitsgehalt seiner Vermutung zu prüfen. Dies gedachte er zu tun, indem er seine Nase weiter herausstreckte, als er dies hätte tun sollen. Denn just in dem Moment, als er zum Himmel hochblickte, schnellte ein durch herunterfallenden Schnee plötzlich entlastetes Ästchen nach oben und zog sich schmerzhaft durch sein Gesicht.

»Verdammt noch mal!«, schrie der Propst in seinem Zorn, während er erschrocken den ganzen Oberkörper zurückzog und sich dabei zu allem hin auch noch am Fensterrahmen den Hinterkopf anschlug. »Himmelherrgottsakramentkreuzkruzifixnochmal!«, fluchte er besser, als es jeder Viehhändler konnte, und rieb sich sein schmerzendes Haupt. »Aua! … Das auch noch. Jetzt reicht's mir aber!«, schimpfte der im Fluchen unerfahren gewähnte Mann Gottes.

»Das habe ich gehört!«, rief ihm der Mesner hämisch zu und schüttelte seinem Herrn grinsend einen Zeigefinger entgegen.

»Jaja. Schon gut. Behalt's aber für dich. Ich werde Gott um Vergebung bitten und zur Sühne gelegentlich ein paar Kerzen entzünden. Aber nun komm endlich! Wir müssen etwas besprechen.«

»Um was geht es denn, Hochwürden?«, wollte Josef, der zwischenzeitlich den Rückweg angetreten hatte, wissen.

»Stell dich nicht dümmer, als du bist. Du weißt ganz genau, um was es geht.«

Aber der Mesner zuckte nur nichts ahnend mit den Schultern.

»Am kommenden Sonntag ist der 5. Dezember. Tags darauf jährt sich das Ende der grausamen Pest, die den Staufnern das Leben aus den Gliedern gepresst und 706 Opfer gefordert hat, zum 14. Mal. Deswegen haben wir eine Mission. Es wird allerhöchste Zeit, dass wir den Ablauf der Gedenkmesse besprechen!«, dozierte der Pfarrherr, der sich mit einer Hand den schmerzenden Hinterkopf rieb, während er mit der anderen vorsichtig den blutenden Schmiss in seinem Gesicht abtastete.

»Ich komme! Bin schon unterwegs«, beruhigte Josef seinen aufgebrachten Dienstherrn.

Während sich der Mesner durch den tiefen Schnee in Richtung Propstei kämpfte, stapfte ihm Melchior Henne, vom Unterflecken kommend, entgegen. »Gott zum Gruße, Josef. Hast du zufällig Markus gesehen?«

Der hagere Mesner hob flüchtig die Hand zum Gruß. »Welchen Markus meinst du?«, kam die Frage zurück, weil es nach Josefs Wissensstand in Staufen mindestens drei Männer, die diesen Vornamen trugen, gab … oder zumindest früher einmal gegeben hatte.

»Welchen wohl? Hagspihl! Markus Hagspihl, den Feinweber! Ich muss ihm unbedingt noch mitteilen, um welche Uhrzeit wir morgen nach Immenstadt aufbrechen.«

»Ihr müsst morgen ins Städtle? Bei diesem Schnee? … Was wollt ihr denn dort?«, fragte Josef ungläubig.

»Ach …!« Melchior winkte missmutig ab, gab aber dann doch eine Antwort: »Hauptmann Benedikt von Huldenfeld hat das jährliche Jahresabschlussschießen für die Staufner Jünglinge kurzfristig auf morgen gelegt. Und bis auf Markus wissen alle Bescheid.«

»Oh! Und wohin hat euch der Hauptmann bestellt?«

»Zur Immenstädter Schießstätte am Kalvarienberg. Du weißt ja, dass es für alle männlichen Untertanen zwischen 18 und 50 Jahren Pflicht ist, jährlich an mindestens drei Schießtagen teilzunehmen. Und dass er zum Jahresabschlussschießen dieses Mal nur die Jünglinge, nicht aber die Altschützen, von Staufen ins Städtle zitiert, liegt daran, dass Oberamtmann Speen die Gelegenheit nutzen und uns offiziell über die geplante Fahnenstiftung informieren möchte.«

»Na endlich!«, freute sich Josef, dem auch schon zu Ohren gekommen war, dass die momentane Unsicherheit zu allgemeinem Unmut unter den Staufner Burschen und deren Eltern geführt hatte und es sogar auch schon zu gewissen Reibereien unter den jungen Hitzköpfen gekommen war. »Vielleicht informiert euch sogar der hohe Herr selbst?« Als er dies sagte, zog Josef ehrfürchtig seine Kappe herunter, bevor er – schnell wieder lockerer geworden – weitersprach: »Jedenfalls dürfte euch morgen ein interessanter Tag bevorstehen«, witzelte der Mesner, der sich beileibe nicht vorstellen konnte, dass einfache ländliche Untertanen vom Regenten persönlich empfangen werden würden. »Kommt mir nur ja alle gesund zurück«, klang mehr wie eine unterschwellige Drohung denn ein frommer Wunsch des Mesners, der Melchior noch in Beantwortung dessen Eingangsfrage informierte, dass er Markus Hagspihl schon lange nicht mehr gesehen habe. »Aber das heißt momentan nichts. Bei diesem Sauwetter trifft man derzeit kaum jemanden auf offener Straße«, beruhigte er Melchior, der sich ernsthafte Sorgen um seinen Freund zu machen schien.

»Ich war schon bei ihm daheim und habe dort wie wild an die Haustür gehämmert und nach ihm gerufen«, überlegte Melchior laut, um selbst eine Erklärung dafür zu finden, wo sich Markus aufhalten könnte.

»Dann wird er wohl irgendwo anders sein«, kam die lapidare Antwort.

»Das wäre aber merkwürdig«, brummte Melchior leise.

»Wieso das denn?«

»Na ja …« Der Weber überlegte ein Weilchen, bevor er antwortete: »Weil ich keinerlei Fußspuren vor seinem Haus gesehen habe … Weder zum Haus hin noch davon weg.«

»Heute Nacht hat's gehörig geschneit. Dann wird er wohl noch im Haus oder in seiner Werkstatt sein. Aber sei mir nicht böse; ich muss jetzt endlich weiter. Der Propst wartet auf mich«, wollte Josef den Disput beenden, kam aber nicht damit durch.

»Die Werkstatt von Markus ist doch ein direkter Anbau des Wohnhauses«, ließ Melchior seine Gedanken laut werden. »Dorthin kann er zwar durch seine Wohnräume gelangen, hätte mich aber auch dort klopfen und rufen hören müssen … oder doch nicht?«, sinnierte er weiter.

»Ich habe es schon einmal gesagt: Wenn du keine Spuren im Schnee gesehen hast, muss er wohl noch im Haus sein … Vielleicht ist er krank und nicht in der Lage, die Haustür zu öffnen? Bei diesem Wetter kein Wunder«, grummelte der Mesner, der in der Kälte nun endgültig keine Lust mehr auf allzu lange Gespräche hatte, weil es ihn an den Ohren fror und er außerdem schleunigst zu seinem Dienstherrn musste.

»Trotzdem, er hätte mich hören müssen …«, wiederholte Melchior seine Gedanken, unterbrach diese aber abrupt. »Vielleicht hast du recht, Josef … Heilige Agathe! Er wird doch nicht krank geworden sein? Das würde dem Gardehauptmann und dem Pritschenmeister ganz und gar nicht gefallen.«

Während der Mesner schon ein ganzes Weilchen in der Stube des Propstes saß und dem Pfarrherrn zusehen musste, wie dieser genüsslich einen Becher Wein nach dem anderen leerte, und Melchior Henne zur selben Zeit immer noch nach seinem Geschäftspartner suchte, stapfte eine andere Person, die kleinere Spuren hinterließ, durch den Schnee. Dabei schlug sie nicht den direkten Weg zum Gasthaus *Krone* ein, sondern ein paar Spuren verwischende Haken. Es war die brave Jungfer Maria Brugger, die es zu ihrem Geliebten in den obersten Stock des Gasthauses zog. Musste sie schon auf offener Straße damit rechnen, gesehen zu werden, war es noch viel schwieriger, ungesehen in die Kammer ihres Geliebten zu gelangen. Es wäre nicht auszumalen, was geschehen würde, wenn sie dabei ertappt würde, wie sie zu ihm schlich. Ab diesem Zeitpunkt würde sie nicht mehr wie eine ehrbare Jungfrau und die Tochter des beliebten Dorftöpfers, sondern wie eine gemeine Hübschlerin, die zu einem ihrer Freier schlich, um ihren Körper gegen ein paar Kreuzer und, wenn es hoch kam, für einen halben Gulden feilzubieten, behandelt werden. Eigentlich aber kam sie sich in diesem Moment auch nicht viel besser vor als eine Gunstgewerblerin oder deren Kunde. Hatte sie gerade heute nicht das Gleiche im Sinn wie die Freier? Bei dem Gedanken schauderte es sie. Aber im Gegensatz zu ihnen würde sie für den ihr entgegengebrachten Minnedienst nicht bezahlen. Und im Gegensatz zur berufsmäßigen Liebesdienerin wollte sie sich heute zwar gänzlich öffnen, allerdings ohne dafür einen Lohn zu verlangen. Ja! Heute würde sie wirklich alles verschenken, was sie hatte und was sie nur ein einziges Mal zu geben vermochte: Die ihr bisher heilige Jungfräulichkeit! Und da sie schon einiges darüber gehört hatte, was ihr nicht unbedingt behagen würde, wenn es bei ihr selbst so weit sein sollte, hatte sie die Sache lange hinausgeschoben, gedachte jetzt aber, sie schnellstmöglich hinter sich zu bringen. Mit diesen Gedanken im Kopf schlich sie durch den ein Stückchen weiter rechts des Wirtshauseinganges gelegenen Stall, um so unbemerkt in den Hausflur der seit Ende des Krieges wieder gut besuchten Schänke zu gelangen. Dabei musste sie sorgsam darauf achten, dass nicht zufällig gerade in diesem Augenblick die genau gegenüberliegende Tür des Schankraumes, der ersten von insgesamt drei Gaststuben, aufging und ein Zecher herauskam. Sie wusste, dass insbesondere die älteren Gäste ständig für neuen Platz in ihren Bäuchen zur Aufnahme frischen Bieres sorgten, indem sie sich oft entleerten. Warum dies so war und weshalb dies nur bei Männern, wusste sie allerdings nicht so genau. Wahrscheinlich, weil sie versoffener als wir Frauen sind, dachte sie. Eigentlich war ihr dies auch egal: Hauptsache, sie wurde nicht gesehen. Da sie an gleicher Stelle schon einmal fast erwischt worden wäre, weil merkwürdigerweise seit geraumer Zeit auffallend viel Frequenz im Flur und dem im ersten Stockwerk gelegenen Saal festzustellen war, musste sie höllisch aufpassen. Auch damals war sie zu Peter Immlers Kammer bis unters Dach hochgeschlichen, um ihm ihre ersten Küsse zu schenken und ein zaghaftes Betasten des Stoffes, der ihre Brüste bedeckte, zuzulassen. Dabei hatte sie sich erst hinter von reisenden Händlern abgestellten Pferden und Ochsen versteckt, um zu klären, ob die Luft rein war. Im nicht allzu gepflegten Stall hatte es zwar gewaltig gestunken, aber für ihre Zwecke schien die Luft rein zu sein. Diese Vorsichtsmaßnahme hatte sie sich für jeden ihrer Besuche zu eigen gemacht. Da allerdings der Winter mit voller Wucht hereingebrochen war, hatte es derzeit keine Händler nach Staufen verschlagen, weswegen es auch kein Versteck hinter einem Stalltier, dessen Geruch sie stets mit zu Peters Kammer hochgenommen hatte, gab. Und dies sollte ihr doch tatsächlich gerade heute, an dem Tag, an dem sie sich endlich ihrem Geliebten mit voller Kraft ihres Körpers und mit der ganzen Liebe ihres Herzens hingeben wollte, fast zum Verhängnis werden. Maria lauerte schon etliche Minuten neben der Stalltür und traute sich sogar, diese einen Spalt weit zu öffnen, um über den Flur hinweg zu hören, was sich im Schankraum abspielte. Dabei wollte sie auch noch einen kurzen Blick die Treppe hoch wagen. Gerade in dem Moment, als sie endlich den Mut gefasst hatte, den Weg zur rechts der Stalltür gelegenen Treppe in Angriff zu nehmen, ging die Tür zum Schankraum auf und ein älterer Zecher schlurfte laut lachend in den nur durch eine Lampe beleuchteten und dementsprechend düsteren Flur.

Gut, dass sich seine Augen erst an die Dunkelheit gewöhnen müssen, dachte Maria, während sie schon einen ätzenden Schweißgeruch in die Nase bekam.

Sie musste entsetzt zusehen, wie der offensichtlich betrunkene Mann es nicht erwarten konnte und bereits auf dem Weg zum Stall den Latz seiner ledernen Beingewandung öffnete und seine Männlichkeit herauszukramen versuchte. Irgendwie schien ihm dies auch zu glücken. Denn schon während er wankend den Flur vom Schankraum zum Stall zu queren versuchte, konnte er es nicht mehr halten und zog eine Urinspur quer über den Flur. Maria schlug ein Kreuz und bat ihre heilige Namenspatronin, dafür zu sorgen, dass der Kerl sie nicht bemerken würde, und flehte darum, ihr zu verzeihen, was sie soeben selbst hatte sehen müssen. Nachdem sie sich ganz in die rechte Stallecke gedrückt hatte, hielt sie sich den Mund zu, um sicherzugehen, dass ihr kein verräterisches Geräusch entwich. Diesbezüglich schien ihr das Glück hold zu sein, denn der Zecher blickte zwar zuerst kurz nach rechts, wählte zur Verrichtung seiner Notdurft aber dann doch die Ecke der linken Stallseite. Weil er sich dabei vorbeugen musste, wenn er nicht über die eigenen Beinlinge pinkeln wollte, musste er sich mit einer Hand an der Wand abstützen. Dies schien alles in allem eine schier unlösbare Aufgabe zu sein, die es nicht zuließ, auf andere Dinge zu achten. Dadurch konnte Maria sich unbemerkt aus dem ungemütlichen Raum schleichen und die Treppe hochhuschen, während es im Stall noch munter plätscherte. Hätte sie diese Gelegenheit nicht genutzt, wäre sie von dem Betrunkenen spätestens dann entdeckt worden, wenn er sich umgedreht und auf den Rückweg zur Schankstube gemacht hätte.

»Was tu ich überhaupt?«, fragte sie sich in ihrer Angst so laut, dass es der Zecher sogar im Stall hätte hören können, wenn er nüchtern gewesen wäre.

Aber was hätte sie auch tun sollen? Da es unmöglich gewesen war, ihren Geliebten mit zu ihrem Vater in ihr ehrbares Elternhaus zu bringen, und es draußen für ein zärtliches Tête-à-Tête schon seit längerer Zeit viel zu kalt war, blieb ihr nichts anderes übrig, als die jedes Mal aufs Neue gefahrvolle Strecke zu ihrem Geliebten auf sich zu nehmen. Mittlerweile kannte sie zwar den Weg nach oben und die Tücken, die er bei Unvorsichtigkeit mit sich bringen konnte. Dennoch war es nach wie vor ein gefährlicher Weg, den sie um der Liebe willen auf sich nahm. Aber es musste sein; denn es war inzwischen höchste Zeit geworden, sich ihrem Geliebten hinzugeben, obwohl er selbst nie mehr gefordert hatte, als sie freiwillig zu geben bereit gewesen war. Und hierfür schien offensichtlich nicht mehr viel Zeit zur Verfügung zu stehen. Denn nachdem der Mord an Martin Allger unaufgeklärt geblieben war, hatte der extra zur Aufklärung aus Immenstadt entsandte Ratsherr Peter Immler in Staufen nichts mehr zu tun. Außerdem musste sich der junge Kaufmann endlich wieder um seine Geschäfte kümmern, weswegen er sofort abzureisen gedachte, sowie es die Schneelage zuließ. Also hatte sie nicht mehr lange Zeit, wenn sie von der ersten großen Liebe ihres Lebens entjungfert werden wollte. Und da Maria wusste, dass sie keinesfalls wegen irgendeines Staufner Burschen, der sein Schandmaul wahrscheinlich sowieso nicht halten würde, in Unehre geraten wollte, musste es eben heute – durch Peter, einen Auswärtigen – geschehen.

Auch wenn die Sache in Bezug auf eine dauerhafte Beziehung schieflaufen sollte, dürfte der stets besonnene Immenstädter kein Interesse daran haben, seinen »Erfolg« angeberisch herumzuschreien und dadurch ihre Ehre zu beschmutzen. Und sollte sie – wovor Gott, alle Heiligen und das mitgebrachte, sorgsam in einem ölhaltigen Kräutersud präparierte Leinensäckchen sie bewahren mochten – ein Kind bekommen, würde sich Peter sicherlich als generös erweisen, sie vielleicht sogar ehelichen. Ungeachtet dessen würde sie ein Kind gebären, dessen Vater ein kluger und gut aussehender Mann wäre, der so viele positive Eigenschaften in sich vereinigte, dass sie ihn in ihrer gemeinsamen Frucht wiedererkennen und dadurch immer bei sich haben würde. Das Schlimmste wäre dann, dass sie mit diesem Bastard – und als solches würde ihr Kind allgemein wahrgenommen werden – von Staufen weggehen müsste. Aber daran wollte Maria jetzt überhaupt nicht denken, sie hatte sich dazu entschlossen, sich Peter Immler mit der ganzen Kraft ihres Herzens, ihres Geistes und ihres Körpers hinzugeben … und das würde sie jetzt auch tun.

Obwohl sie eine Heidenangst vor dem – wie sie gehört hatte, äußerst schmerzhaften – Zerreißen ihres Jungfernhäutchens plagte, hatte sie sich schon vor längerer Zeit damit auseinandergesetzt, indem sie ihren Körper – immer nachts, wenn sie auf ihrer Lagerstatt gelegen war – abzutasten und zu streicheln begonnen hatte. Es war stets schön gewesen, hatte fast immer zu unbeschreiblichen Glücksgefühlen geführt … und nicht im Geringsten wehgetan. Warum sollte also das, was sie sich selbst allein durch die Kraft ihrer Gedanken, die jedes Mal den direkten Weg zu ihren Fingern gefunden hatten, mit denen sie ihrem Körper hatte ungeahnt Gutes zukommen lassen, mit Peter nicht noch schöner sein? In den letzten Wochen hatte sie es immer und immer wieder getestet und war jedes Mal zum selben Ergebnis gekommen. Maria hatte sich immer dann in den Schlaf gestreichelt, wenn sie hatte sicher sein können, dass ihr Vater, mit dem sie seit dem Tod der Mutter die Kemenate teilen musste, tief und fest geschlafen hatte. Dabei hatte sie sich dazu entschlossen, sich nun nicht mehr davor zu drücken. Vielleicht hatten ihre Freundinnen, die dies hinter sich und mehr schlechte als angenehme Erinnerungen daran hatten, bei ihren diesbezüglichen Erzählungen übertrieben – dies mochte sein. Es mochte ja auch sein, dass keine ihrer Freundinnen Spaß daran gehabt hatte und sich außer einem stinkenden und grunzenden Burschen nicht einmal der angenehme Schleier der Wollust auf sie gelegt hatte. Was allerdings ihre beste Freundin Erna darüber zu berichten wusste, versprach Maria den Himmel auf Erden. Erna meinte, dass die meisten anderen Mädchen auf zwar kräftig gewachsene, aber ungehobelte Burschen, die keinerlei Sinn für zärtliche Spiele, geschweige denn irgendwelche Fantasie gehabt hatten, hereingefallen waren.

»Und dies geschieht dir nicht! Hörst du, Maria?«, hatte Erna sie bedrängt. »Sowie du einen Auswärtigen kennenlernst, solltest du es tun … Wage es einfach!«, hatte ihre Freundin sie sogar beschworen. Und heute würde sie »es« tun.

Auf dem Weg nach oben kamen in Maria Gedanken über das, was bisher zwischen ihr und Peter geschehen war, hoch. Eigentlich war es außer zu leidenschaftlichen Küssen noch nicht weit gekommen. Nur wenige Male hatte sie es zugelassen, dass Peter ihre Brüste unter der Bluse hatte streicheln dürfen. Dabei war er so behutsam vorgegangen, dass das feste Fleisch dem Druck seiner Hände nur leicht nachgegeben hatte und ihre Brustwarzen fest wie die Knospen frühlingsjunger Palmkätzchen geworden waren. Obwohl es ihr jedes Mal gefallen hatte, war ihrer aufkommenden Lust dann doch noch die Angst vor der eigenen Courage zuvorgekommen und sie hatte Peters Hände sanft weggenommen – spätestens dann, als diese auf Wanderschaft gegangen waren und versucht hatten, auch noch unter ihre Bruche zu gelangen, wo zwar der Himmel auf Erden auf beide gewartet hätte, aber noch nicht bereit gewesen war, sein Tor zu öffnen. Nein: Heute würde sie seine Hände gewähren lassen und deren unbezähmbaren Drang auf Wanderschaft sogar auch noch unterstützen. Heute durfte ihr Geliebter alles mit ihr und ihrem schneeweißen Körper anstellen. Und Maria hatte fürwahr einen begehrenswerten Körper, den eine gut erkennbare Hüfte, ein apfelförmiger Hintern und schöne Brüste auszeichneten, die noch keine nennenswerten Falten im unteren Bereich vorwiesen. Vielleicht war sie im Gesamten etwas zu kräftig gewachsen – aber dies mochten die Männer ja. Überhaupt war sie eine auffallend hübsche Maid, der man regelmäßige Gesichtszüge und funkelnde Augen zuschreiben konnte. Sie hatte dunkelbraunes Haar, das ihr – wenn sie es geöffnet tragen würde – bis zur Hüfte reichte. Und heute würde sie nicht nur ihre Haare öffnen.

Aber im Moment trieb sie etwas anderes um: Sie musste schleunigst weiterhin ungesehen zu ihrem Geliebten gelangen und wollte sich – gerade im ersten Stock angekommen – schwungvoll am

Handlauf vorwärtsziehen, um links den Flur entlang zur nächsten Treppe zu gelangen, von wo aus sie zu dem Geschoss kommen würde, in dem das Himmelreich auf sie wartete. Da hörte sie rechts aus dem großen Saal ein Geräusch, als wenn jemand etwas über den Fußboden schleifen würde.

Trotz der Vorfreude auf das, was sie ein Stockwerk darüber erwarten würde, ließ sie sich ablenken und für einen Moment die Neugierde siegen. Maria schlich sich auf Zehenspitzen – die Schuhe hatte sie schon auf den untersten Stufen der Treppe abgestreift – zum großen Eingang des Saales, der aufgrund der Tatsache, dass durch die südseitige Fensterfront mehr Licht hereinschien als in den fensterlosen, deswegen fast stockdunklen Hausflur, gut erkennbar war. Aus diesem Grund wirkte der Saaleingang gleichsam wie das Tor zur hell erleuchteten Hölle oder das geöffnete Maul einer riesigen Kreatur der Finsternis. Maria zuckte erschrocken zurück. Mitten in diesem hellen Loch sah sie einen schwarzen Schemen, der aufgrund der kuttenartigen Gewandung ein Mönch hätte sein können.

Aber in Staufen gibt es doch keine Patres. Vielleicht ist dies ein Wanderprediger?, versuchte sie hastig, eine beruhigende Antwort zu finden.

Durch den Lichtschatten schien es so, als wenn sich ihr die aufgrund des Spieles zwischen Licht und Schatten immer größer erscheinende Figur nähern würde.

»Schau nicht so dumm!«, wurde sie von einer tief klingenden Stimme angeraunzt. »Hast du noch nie jemanden gesehen, der sich sein Nachtlager bereitet? Komm her! Ich zeige dir, wie das geht!«, schallte es Maria unter hämischem Gelächter entgegen. Dabei roch sie die Schnapsfahne der schaurigen Gestalt, die sich dadurch als Mensch aus Fleisch und Blut entpuppt hatte.

Bevor der Mann Maria am Arm packen und in den Saal ziehen konnte, drehte sie sich um und hetzte eilig den Flur entlang in Richtung Treppenstufen. Sie zog sich noch schneller, als sie dies bisher schon getan hatte, am Handlauf der Treppe, die bis unters Dach führte, hoch. Schnaufend stand sie vor der Kammertür ihres Geliebten, deren Ritzen Sonnenstrahlen nach draußen zu entsenden schienen. Aber selbst die einladende Helligkeit und die Strahlungswärme des Kamins, die sie hinter der Tür erwarten würden, konnten ihr nicht die Einbildung nehmen, etwas hinter sich zu hören.

Sie wusste nicht, ob es ihr Herz war, das so laut pochte, oder ob es ihr Klopfen an Peters Kammertür war. Aber sie hatte ja überhaupt noch nicht geklopft.

Inzwischen hatte der Propst seinen Mesner ausführlich darüber informiert, wie er sich die Gestaltung der Messe zum Gedenken des Endes der Pest vor 14 Jahren ursprünglich vorgestellt hatte. Es ärgerte ihn, dass der Nikolaustag ein Montag war, weswegen er den Gottesdienst einen Tag vorher würde abhalten müssen. »Der Sonntag ist nun einmal der Tag des Herrn, und nicht der Mänetag!«, hatte er zu Josef gesagt und listenreich danach getrachtet, den noch jungen gregorianischen Kalender zu seinen Gunsten zu verbiegen. Es sollte etwas ganz Besonderes werden: Keine einfach gehaltene Liturgie zum gewöhnlichen Lob des Herrn, sondern zudem auch noch ein feierliches Gedenken an die schlimmste Zeit Staufens mit allem Drum und Dran. Da er aber befürchtete, dass auch am kommenden Sonntag – Gedenkmesse hin, Gedenkmesse her – nur wenige Schäflein dem Ruf ihres eigenwilligen Hirten folgen würden, warf er das ursprünglich geplante Zeremoniell doch über den Haufen und beließ es zähneknirschend bei einem normalen Gottesdienst. »Undankbares Pack!«, maulte er. »Anstatt unserem Herrn dafür zu danken, dass es damals die schrecklichste aller Seuchen überleben durfte, streitet es sich wegen wertloser irdischer Güter …, Wegen einer hundsgewöhnlichen Fahne. Und ich Narr hätte sogar den Organisten von St. Nikolaus aus Immenstadt kommen lassen.«

»Hochwürden …«, erlaubte sich Josef, das Gemaule seines Dienstherrn zu unterbrechen. »Es ist längst dunkel und ich würde mich gerne zurückziehen.«

Der Propst aber hörte nicht auf seinen geschwollen daherredenden Mesner und schimpfte ungeniert so lange weiter, bis ihm auffiel, dass nicht nur sein Weinbecher, sondern auch die Karaffe leer war. Er blickte zu Josef und sah an dessen Gesichtsausdruck, dass der seinen Wasserbecher längst geleert hatte und sich offensichtlich nicht zufrieden mit dem zeigte, was ihm kredenzt worden war. Dies aber konnte dem Pfarrherrn nur ein unhöfliches Rülpsen entlocken: »So! Jetzt kannst du zum Schneeräumen.«

»Im Dunkeln?«, grummelte jetzt der Mesner, allerdings so leise, dass es der Propst nicht hören konnte. »Morgen ist auch noch ein Tag! … Gelobt sei Jesus Christus«, presste er verstimmt hervor und schlug die Tür hinter sich zu.

Das leicht lallende »In Ewigkeit, Amen« seines Dienstherrn hörte er schon nicht mehr. Wie er es sich vorgenommen hatte, war der schon etwas betagte Kirchendiener tags darauf besonders früh aufgestanden, um den hart gefrorenen Schnee im Bereich des Kirchenportals aufzuhacken und beiseitezuschieben. »Hätte ich dies doch gestern noch getan, nachdem das Gespräch mit Hochwürden beendet war«, stöhnte er, als er kurz nach Sonnenaufgang die mittlerweile um ein Vielfaches gewachsene Schneemenge sah, die ihm den Weg zum Kirchhof erschwerte und den zum Werkzeugschuppen gänzlich versperrte. Nachdem es an den vergangenen Tagen immer wieder in den sich festgesetzten Schnee hinein geschneit und nachts wieder darauf gefroren hatte, was zu einer die ganze Schneefläche überziehenden eisigen Harschschicht geführt hatte, war in dieser Nacht eine Menge pulvriger Schnee heruntergerieselt, weswegen jetzt die ersten Sonnenstrahlen alle Straßen und Dächer, die Wälder und die Wiesen wie ein riesiges Meer aus Edelsteinen zum Glitzern brachten. Wenn er doch nicht auch noch diesen zusätzlichen Schnee wegräumen müsste, bevor er den darunterliegenden Harsch aufhacken konnte, um mit seiner Schaufel letztlich der eigentlichen Schneemasse den Kampf ansagen zu können, würde sich Josef an diesem fantastischen Anblick ergötzen. So aber tat er es seinem Herrn von gestern nach und fluchte, was das Zeug hielt. Aber alles Zetern und Jammern half nichts; irgendwie musste er an seine Räumgeräte herankommen. Da Hacke und Schaufel im momentan schwer erreichbaren Schuppen auf ihn warteten, entschloss er sich zähneknirschend dazu, sich zuerst durch den hohen Schnee den Weg dorthin zu bahnen, bevor er dann vom Inneren des Gottesackers aus mit seiner Räumarbeit begann, um diese zum Ausgang hin fortzusetzen. Und hierbei blieb ihm trotz seiner herrgottigen Flucherei nichts anderes übrig, als den Weg zum Schuppen hin mit Unterstützung seiner Hände zu bewältigen. »Den Schnee, den ich innerhalb des Gottesackers jetzt schon wegräume, braucht Fabio nicht mehr zu beseitigen, falls unerwartet eine Beerdigung anfallen sollte. Und unerwartete Beerdigungen sind hier gerade im Winter fast schon an der Tagesordnung. Wer weiß, vielleicht stirbt schneller jemand, als uns beiden lieb ist? Oder vielleicht ist sogar schon jemand gestorben und wir wissen es nur noch nicht«, lachte der durch seine Arbeit eigenbrötlerisch gewordene Mann laut vor sich hin, schalt sich dann aber selbst für seine makabre Albernheit und seinen lockeren Umgang mit dem Tod.

Dabei wäre es beileibe nicht seine, sondern die Aufgabe des Leichenbestatters gewesen, die Wege zwischen den Gräbern zu räumen – nur für was eigentlich? Da sich Josef und Fabio aber ausnehmend gut verstanden, halfen sie sich stets gegenseitig aus. Und so nahm der geplagte Mesner die schneebedingte Mühsal bis zum Werkzeugschuppen hin mehr oder weniger gelassen auf sich. Dabei erinnerte er sich daran, dass er gestern fast über den hohen Schneehaufen unter dem nur eineinhalb Ellen dick gemauerten Torbogen gestolpert wäre. Da sich in der Mitte des Durchganges zwischen Kirche und Kapelle nach wie vor mehr Schnee befand als zu beiden Seiten, hangelte sich Josef direkt am seitlichen Steingesims vorbei durch den Torbogen in Richtung Schuppen.

»Endlich!«, rief er dankbar zum Himmel hoch, als er die einzige aus Eisenblech getriebene Schaufel des Dorfes und den Pickel in Händen hielt. Dies hörte sich gerade so an, als wenn er sich beim Herrgott dafür bedanken wollte, dass der sein jahrelanges Flehen erhört und nichts anderes zu tun hatte, als ihm neue Räumgeräte herunterzuwerfen. Dabei waren beide Gerätschaften schon bei der Pest zum Einsatz gekommen und konnten beim besten Willen nicht mehr als neu bezeichnet werden. Immerhin waren mit ihrer Hilfe über 700 Leichen unter die Erde gebracht worden, … wenn's reichte! Und dies konnte man ihnen auch ansehen. Sie strotzten geradezu vor Rost und Dreck, der – zu hartnäckigen Eisklumpen gefroren – vom Mesner erst noch abgeklopft und abgeschabt werden musste, wenn er verhindern wollte, dass der Schnee an der Schaufel noch mehr kleben bleiben würde, als er dies aufgrund des Rostes sowieso schon tat. Nachdem Josef sich mühsam bis zum Torbogen zurückgearbeitet hatte, indem er Elle für Elle die obere Pulverschicht mit der Schaufel beiseitegekratzt hatte, um danach mit der Spitzhacke den knochenharten Harsch aufbrechen zu können, bevor er an die eigentlich wegzuräumende

Schneemenge gelangen konnte, hatte er nach einer kleinen Verschnaufpause in die Hände gespuckt, um den Schneeberg unter dem Torbogen mit frischer Kraft angehen zu können. Der eifrige Mann kam zwar dazu, den Pulverschnee vom Harsch zu kratzen, es gelang ihm aber nur ein einziges Mal, den Pickel in den Schneehaufen zu schlagen, um dadurch die eisige Harschschicht aufzubrechen. Als es geknackt hatte, sah er sich plötzlich außerstande, den letzten Teil seiner Arbeit zu vollenden … Ihm wurde schlagartig speiübel und er musste sich übergeben.

KAPITEL 11

Zur selben Zeit sollte für die Staufner Jünglinge in Immenstadt das Übungsschießen beginnen. Um pünktlich daran teilnehmen zu können, mussten sich die Staufner Jungschützen schon in der fünften Morgenstunde auf den Weg machen und sich mit ihren Laternen über eine ungeräumte Straße durch mehr als knöchelhohen, manchmal sogar kniehohen Schnee bis zur Salzstraßengabelung bei Wengen kämpfen, bevor sie darauf hoffen konnten, irgendwelche Spuren von Ladewagen und Zugtieren zu ihrer Erleichterung nutzen zu können. Der lang gezogene Weiler Wengen wirkte eher wie ein zufälliges Zusammenschütteln mehrerer Häuser und Hütten als eine geordnete Ortschaft, was ihnen die Sache auch nicht erleichterte. Aber selbst wenn zu dieser frühen Stunde tatsächlich schon Fuhrwerker unterwegs waren und gespurt hätten, wären die Leisen spätestens im breiten und zugigen Kessel des Konstanzertales vom Wind verweht worden. Und ohne erkennbare Straßenführung war es insbesondere für denjenigen, der die Gruppe anführte und aus Sicherheitsgründen für den ganzen Haufen ein Stückchen vorausgehen musste, lebensgefährlich. Eigentlich hätte dies heute der Immenstädter Ratsherr Peter Immler sein sollen – so war es vereinbart gewesen. Er hatte zwar nichts mit den

Schützen zu tun, wollte ursprünglich aber in Absprache mit dem Staufner Ortsvorsteher und dem Kastellan seine Zelte in Staufen abbrechen, wenn sein Auftrag in Bezug auf Martin Allgers Tod erledigt war. Auch wenn der Mord an dem jungen Braumeistersohn noch immer nicht aufgeklärt werden konnte, war es für ihn an der Zeit, sich wieder um seine Geschäfte und um seine Mutter zu kümmern. Dennoch musste ihn etwas oder, besser gesagt, jemand davon abgehalten haben, die Staufner Jungschützen nach Immenstadt zu begleiten, obwohl es sicherer gewesen wäre, in der Gruppe anstatt allein zu reisen. Wenn auch im Sommer die Gefahr, von Straßenräubern überfallen und ausgeraubt zu werden, wesentlich mehr drohte als im Winter, war es um diese Jahreszeit auch nicht sicher, unbeschadet nach Immenstadt zu gelangen. Die Wegelagerer verstanden es gekonnt, die Enge entlang des Alpsees für ihre Zwecke zu nutzen: Auf der einen Seite der Straße lag der See und auf der anderen ging es steil nach oben. Dies stellte eine oftmals mörderische Falle dar. Wohin, wenn Schurken den Weg versperrten und der Rückweg ebenfalls abgeschnitten war? Seit allerdings unter den Halunken bekannt geworden war, dass eine ganze Horde ihresgleichen im See ertrunken war, weil sie beim gierigen Ausüben ihres ruchlosen Handwerks unachtsam geworden, versehentlich auf die Eisfläche gekommen und eingebrochen war, drohte seither zumindest in dieser Jahreszeit weniger Gefahr.

Den Staufner Schützen war es bei gleicher Gelegenheit im vergangenen Jahr nicht viel besser ergangen als dem bewussten Räuberhaufen. Sie waren durch eine schier undurchdringliche Nebelwand auf dem vereisten Alpsee dahingestapft, ohne zu bemerken, dass sich die Straße ein ganzes Stück davon entfernt befunden hatte. Dabei war das Eis unter dem Gewicht des stämmigen Truppführers, der auch noch eine Kuh mit sich geführt hatte, die in Immenstadt hätte gedeckt werden sollen, gebrochen und er hatte zusammen mit dem Tier jämmerlich ertrinken müssen. Der wertvollen Kuh trauerte man heute noch nach und machte den Hinterbliebenen des Truppführers immer noch Vorwürfe, weil der das teure Tier nicht einem hinter ihm Gehenden in die Hände gedrückt und somit vor dem Ertrinkungstod geschützt hatte. Der Zweite, dem ebenfalls der Eisboden unter den Füßen weggeschwommen war, hatte gerade noch aus dem kalten Wasser gezogen werden können. Allerdings hatte ihm dies nicht wirklich geholfen, denn einige Tage später war er an einer – durch die Eiseskälte und die starrende Nässe hervorgerufenen – Entzündung der inneren Atmungsorgane gestorben. Es hatte lange gedauert, bis dieses Unglück von den Staufnern verdaut worden war. Immerhin waren es gleich drei Tote an einem Tag: Eine wertvolle Kuh und auch noch zwei junge Männer.

Da sich auch in diesem Jahr den ganzen Alpsee entlang Schneewächten aufgetürmt hatten und an diesem schattigsten Teil des Weges trotz des inzwischen etwas besser gewordenen Wetters zudem ein frostiger Wind geblasen hatte, der heiße Nadeln zu befördern schien, musste die 26 Mann starke Gruppe besonders vorsichtig sein, weswegen sie nur langsam vorankam und erst jetzt den Alpsee passierte.

»Eigentlich könnten wir das Jahresabschlussschießen in Staufen abhalten«, knurrte einer der Burschen, kaum nachdem sie den gefährlichsten Teil der Strecke zwar unbeschadet hinter sich gebracht, den anstrengendsten Teil allerdings noch vor sich hatten.

»Du hast recht …«, bekam er von demjenigen, der direkt hinter ihm stapfte, schnaufend zur Antwort, während sie sich den steilen Stich zum schönen Örtchen Bühl, für das sie jetzt jedoch kein Auge hatten, hochkämpften. »Dann müsste nur eine Person den beschwerlichen Weg auf sich nehmen.«

»Ja! Der Pritschenmeister könnte seinen fetten Arsch wenigstens einmal im Jahr nach Staufen bewegen, anstatt fast drei Dutzend Männer durch Wind und Wetter zu jagen«, kam ein Kommentar, der die Stimmung der Truppe treffend aufzeigte.

»Wenn es nur damit getan wäre. Außer dem Pritschenmeister müssten auch noch die Schützen der anderen Orte des rothenfelsischen Gebietes nach Staufen, in den westlichsten Zipfel des Allgäus, kommen. Und diese sind wesentlich mehr als wir«, korrigierte Melchior das zuvor Gesagte.

»Na und? Die Immenstädter bräuchte man nicht unbedingt dazu. Die könnten an jedem anderen Tag in der Residenzstadt schießen«, folgte ein grollender Kommentar von Jockel Mühlegg.

»Für was haben wir unsere *Schießanlage am Kühlen Grund* eigentlich wieder errichtet, wenn wir dort nicht schießen?«, fragte sich Bertel Göhlin, dessen Vater im unseligen Pestjahr die hölzernen Teile der Schießanlage abgerissen und zu Brennholz verarbeitet hatte. Niemand wusste, warum sich der alte Göhlin Jahre später ganz besonders engagiert um den Wiederaufbau der Schießanlage bemüht und sogar persönlich beim Oberamtmann vorgesprochen hatte, um das hierfür nötige Holz zu bekommen – auch Bertel nicht.

»Die Städtler lieben uns so innig, dass sie uns gerne bei sich in der gräflichen Residenz haben«, witzelte Rinzlars Lise, mit 49 Jahren der älteste der Truppe, der eigentlich Alois Rinzler hieß.

»Du hast leicht lachen, Lise. Du musst heuer das letzte Mal mit zu diesem vermaledeiten Schießen«, legte Gebhard Luckner los, der vor Kurzem erst 18 Jahre alt geworden war und heute erstmalig dabei sein durfte, aus seiner Sicht aber wohl eher musste.

»Ich glaube, dass uns die sturen Beamten nicht vertrauen – oder? Warum sonst, glaubt ihr, dürfen wir die Büchsen nie mit nach Staufen nehmen? Die denken wohl, dass wir uns damit gegenseitig erschießen würden«, wetterte der Nächste.

»Und? Wäre das so schlimm?«, meinte der seit seinem Streit mit Markus Hagspihl wie ausgewechselte und seither ungewohnt aggressiv erscheinende Jockel Mühlegg, geschmacklos witzeln zu müssen, während er sich redlich mühte, seine beachtliche Leibesfülle den Buckel hochzuschleppen.

»Jetzt reicht es aber! Spart euch eure Kräfte fürs Schießen auf. Es liegt nicht an uns, darüber zu befinden … Und du, Jockel, hältst gefälligst dein Schandmaul«, mahnte Melchior zur Ruhe und Besonnenheit. Endlich oben auf der Bühler Höhe angekommen, führte er seine Truppe nach links zu einer Stelle, wo ein großes Holzkreuz an eine ehemalige Kapelle, von der allerdings nichts mehr zu sehen war, erinnerte. Nur Jockel Mühlegg ging nicht mit zum Beten. Stattdessen stapfte er ein paar Schritte weiter Richtung Immenstadt, um die im Dunst des Morgennebels auftauchenden Burgen Hugofels und Rothenfels sehen zu können. Die anderen wussten, dass Jockels diesbezügliche Zurückhaltung damit zusammenhing, dass er der einzige Lutheraner unter ihnen und ein gemeinsames Gebet mit den Katholiken für ihn nicht denkbar war. Ansonsten verharrten aus Staufen kommende Reisende traditionell unter diesem Kreuz zum Gebet und dankten den in

Bühl ganz besonders verehrten Heiligen Gallus, Ursula und Stephan dafür, dass sie unbeschadet bis hierher gekommen waren.

Nach dieser innerlichen Erbauung kehrten sie wieder zur Straße zurück, wo es ihnen – nachdem sie nur ein paar Schritte bis zu Jockel gegangen waren – schier den Atem nahm. Vor ihnen reckten sich die beiden Burgen auf ihren kegelförmigen Hügeln hoch über dem sogenannten Kleinen Alpsee in den Himmel. Beide Bauwerke schienen von kreisrund wirkenden Nebelschwaden bekrönt zu sein. Die von Osten herüberziehende Vormittagssonne ließ schon den rechten Teil des Hügels, auf der die einst stolze Burg Rothenfels ihre ehedem wehrhafte Seite zeigte, glitzern. Dass auf der kleineren Burg Hugofels noch der Rest des nächtlichen Schattens lag, vermochte die Faszination, die von diesen beiden bröckelnden Gebäuden ausging, nur noch zu steigern. Die Burschen hörten förmlich den Waffenklang vergangener Zeiten, als es gegolten hatte, Immenstadt mit allen Mitteln von Westen her gegen die Vasallen der Herren von Weiler, gegen die »Vorderösterreicher« und deren wilden »Streithaufen» abzuschirmen. Sie konnten sich unschwer in die frühere Zeit hineinversetzen, als Beamte der Burgbesitzer von hier aus den Handel in Richtung Lindau oder zurück kontrolliert hatten. Und sie spürten geradezu die Schmerzen, die schwer bewaffnete Soldaten dieses Bollwerkes denjenigen zugefügt hatten, die sich dem Straßenzoll zu entziehen versucht hatten.

»Ja, so waren sie, die alten Rittersleute. Von da oben haben die sicher einen guten Blick auf die Salzstraße gehabt«, bemerkte Bertel Schwabacher schmunzelnd. Er war der Einzige von ihnen, der sich auch in diesem Teil des Allgäus einigermaßen auskannte, weil er in Immenstadt eine Lehre als Schriftsetzer und Buchdrucker gemacht und deswegen einige Jahre dort gelebt hatte. Dieser fantastische Anblick ließ sie die Strapazen des Weges für einen Moment vergessen. Minutenlang schwiegen die Burschen und schwelgten gedanklich in alter Burgenherrlichkeit. Dabei ließen sie ihren Fantasien freien Lauf. So träumte mancher von ihnen davon, dereinst selbst Herr dieser ehedem trutzigen Bollwerke zu sein.

»Sind sie nicht wunderschön?«, stellte Hanspeter Burger – seine Empfindungen in eine Frage verpackt – fest, nachdem sich seine Augen an den imposanten Bauwerken festgesaugt hatten und sich kaum noch davon zu lösen vermochten.

»Ja!«, griff Melchior die allgemeine Stimmung auf. »Nur schade, dass Hugofels mehr und mehr zur Ruine verkommt. Die Entdachung vor über 20 Jahren scheint deren Verfall zu beschleunigen.«

»Und da unser Graf vornehmlich in seinem feinen Stadtschloss residiert, scheint auch der Verfall von Burg Rothenfels allmählich einzusetzen«, ärgerte sich Ambrosi Blank und hieb demonstrativ mit einem Fuß so fest in den Schnee, dass es stiebte. »Wenn ich Burgherr wäre …«

»Was wäre dann?«, wurde er von Melchior, der ihm fast tröstend eine Hand auf die Schulter gelegt hatte, gefragt.

Beiden blieb nur, versonnen die Mundwinkel nach unten zu ziehen und melancholisch die Augenbrauen zu heben.

»Jetzt aber weiter!«, stach Melchior in die Luftblase.

Obwohl man für die Strecke von Staufen nach Immenstadt – sofern man unbehelligt blieb und nichts dazwischenkam – in schneefreier Zeit nur etwa drei, allerhöchstens vier Stunden brauchte, hatten sie heute ganze fünf Stunden und auch noch die Hälfte einer Stunde dazu benötigt, um zur Schießstätte zu gelangen. So hatten sie einen gehörigen Erholungsbedarf, als sie dort eingetroffen waren.

Sie hatten das Glück, dass der ansonsten als wenig einfühlsam bekannte Pritschenmeister Gerold Meier heute guter Laune war und sie gleich nach ihrer Ankunft in eine beheizte Stube desjenigen Gebäudes, das Freiherr Georg schon vor mehr als einem halben Jahrhundert in unmittelbarer Nähe des *Schießanger* für sein privates Schutzkontingent hatte errichten lassen, geleitete und ihnen gestattete, sich mit dem heißen Wasser aus dem über der Feuerstelle hängenden Kupferkessel einen wärmenden Kräutersud zu bereiten. Auf einer Art Anrichte standen Zinnteller mit den verschiedensten Ingredienzen: Getrocknete Kamillenblüten, aufgeschlitzte Hagebuttenknospen, ganze Minze- und Malvenblätter. Einzelne dieser Sudkräuter hatten schon den Weg in wassergefüllte Becher gefunden, die jetzt die Hände und Mägen der Missener, Akamser, Diepolzer und Fischinger Jungschützen wärmten. Dementsprechend angenehm duftete es in der ansonsten eher modrig riechenden Hütte.

»So, ihr Bauerntölpel aus dem westlichen Allgäu!«, begrüßte der Pritschenmeister die frierenden und abgekämpften Burschen unverhohlen spöttisch vor den anderen, obwohl das Verunglimpfen der außerstädtischen Untertanen vom derzeit regierenden Grafen sogar unter Strafe gestellt worden war. Aber dies scherte den »Peitschenmeier«, wie der strenge Vorsteher der Schießanlage hinter vorgehaltener Hand auch genannt wurde, weil er beim Umgang mit den Schützen nicht gerade zimperlich war und Meier hieß, herzlich wenig.

Trotzdem sich die Städtler und die Staufner Schützen eigentlich recht gut vertrugen, gab es immer wieder irgendwelche Probleme. So kam es gerade unter den ungestümen Burschen unter ihnen oft zu kleinen Kippeleien, zwischendurch sogar zu handfesten Raufereien, die unschöne Blessuren zur Folge haben konnten. Obwohl es nur als Übungsschießen für die wehrpflichtige Landbevölkerung gedacht war, schlug sich dies alljährlich beim Jahresabschlussschießen nieder. Dieses artete immer wieder zum persönlichen Duell zwischen ihnen und den Immenstädter Schützen aus, obwohl die Staufner den Städtlern eigentlich haushoch unterlegen sein müssten – selbstverständlich nur in Bezug aufs Schießen. Und dies auch nur, weil die Immenstädter Jungmänner dazu verpflichtet waren, im Ernstfall die bestehende gräfliche Wehrgemeinschaft zu unterstützen, weswegen sie durch den Gardehauptmann Benedikt von Huldenfeld bestens ausgebildet worden waren. Gerade während der Zeit des Großen Krieges, aber auch noch heute mussten die Überlebenden des Krieges von Huldenfelds Garde unterstützen, wenn allzu viel übles Gesindel den Stadtfrieden bedrohte oder gar Schlimmeres im Anzug war. Neben ihrer eigentlichen Zweckbestimmung mussten sie in Gefahrenzeiten auch beim Wachdienst auf Tortürmen, Wehrgängen und Brücken ihren Mann stehen. Und da ihnen auch noch die Jagd nach gefährlichen, gar die Stadtbewohner bedrohenden Tieren oblag, war es notwendig, dass sie sich nicht nur im Umgang mit Stichwaffen, sondern auch mit Büchsen auskannten. Deswegen wurden den Immenstädter Burschen und Männern ständig Waffen- und Schießübungen auf die Augen gedrückt. Um den Standard halten zu können, waren wöchentliche Schießtage eingeführt worden, an denen die Immenstädter Schützen um den sogenannten »Herrenvortel« schossen. Kein Wunder also, dass gerade die stolzen Jungbürger der Residenzstadt weit über die Allgäuer Grenzen hinaus als Meisterschützen galten.

Da aber alle wehrfähigen männlichen Untertanen der gesamten rothenfelsischen Grafschaft und der Herrschaft Staufen verpflichtet waren, jährlich an mindestens dreien dieser Schießtage teilzunehmen, schossen die Staufner beileibe auch nicht schlecht. Obwohl der Weg von Staufen nach Immenstadt auch im Sommer kein Spaziergang war, würde kaum einer von ihnen diese Schießtage versäumen. Nicht nur, weil im Falle des unerlaubten Fernbleibens eine empfindliche Abgabenstrafe drohte, sondern weil es im Gegenteil sogar immer etwas zu gewinnen gab. Immerhin bestand der Hauptpreis traditionell aus einer ledernen Beingewandung oder aus einem Tuch, aus dem man Beinlinge oder eine Jacke schneidern lassen konnte. Für die Zweit- und Drittplatzierten gab es Konventionstaler und für alle Teilnehmer schöne Fahnenbänder, an denen sich deren Kinder oder kleinere Geschwister erfreuen konnten. Manchmal – wenn ein Schießtag auf den Geburtstag eines Mitglieds der gräflichen Familie fiel und der Regent besonders gut aufgelegt war, ließ er zusätzlich sogar ein paar Taler ausschießen. Außerdem war es schon vorgekommen, dass der Pritschenmeister, von Huldenfeld oder ein anderer höherer gräflicher Bediensteter auf einen der Burschen aufmerksam geworden war und ihm eine feste Anstellung in den Diensten der Fünfzackigen Krone angeboten hatte. Diejenigen, denen diese Ehre zuteil geworden war, konnten sich mehr als glücklich schätzen; immerhin hatten sie insofern ausgesorgt, als bekannt war, dass sie – falls sie sich nichts zuschulden kommen ließen – eine Lebensstellung ergattert hatten. Und bei deren Tod bekamen die Witwen zudem auch noch einen hübschen Batzen Geld. Es hatte sich also schon von jeher gelohnt, an diesen Schießübungen teilzunehmen.

Dafür war das vermaledeite Jahresabschlussschießen eine umso größere Last; nicht nur, dass es bei jedem Wetter am Beginn des Winters stattfand, sondern auch, weil es da außer womöglicher Häme des Gegners nichts zu gewinnen gab. Und es war eine unausweichliche Verpflichtung. Im Gegensatz zu den sommerlichen Herrenschießen, den Gesellenschießen und den großen Festschießen ließ sich nichts hin oder her schieben. Die persönliche Anwesenheit jedes Einzelnen war unbedingte Pflicht. Darauf achtete der Gardehauptmann ganz besonders, auch wenn er selbst nicht immer persönlich anwesend war. Wenigstens wurden hierbei nur die jungen Männer im Alter zwischen 18 und 33, in vereinzelten Sonderfällen bis 50 Jahren verpflichtet. Dies lag daran, dass die Schützen nicht nur aus Staufen, sondern aus dem ganzen rothenfelsischen Gebiet nach Immenstadt kamen und oft weite Wege auf sich nehmen mussten, was den Älteren im Winter nicht zuzumuten war. In früheren Zeiten – unter der Regentschaft des außerordentlich gestrengen Freiherrn Georg – war dies allerdings anders gehandhabt worden. Da während dessen Regierungszeit Winter für Winter ältere Männer im wahrsten Sinne des Wortes auf der Strecke geblieben waren, war dies von seinem zwar ebenfalls sorgsam auf Profit bedachten, aber auch um das Wohl seiner steuerpflichtigen Untertanen besorgten Sohn Hugo gleich nach dessen Amtsübernahme geändert worden. Welcher Regent konnte es sich schon leisten, seine wehr- und arbeitsfähigen Untertanen – unabhängig von Krieg, Hungersnöten und Seuchen – wegen eines winterlichen Gewaltmarsches auch noch irgendwo zwischen deren Wohnort und der Residenzstadt zu verlieren?

Jetzt saßen die vor Kälte zitternden Untertanen aus dem westlichsten Teil des Herrschaftsgebietes mit denen, die aus anderen Richtungen gekommen und allesamt vor den Staufnern eingetroffen waren, in der warmen Schießhütte zusammen und warteten nur noch auf das Eintreffen der Werdensteiner Jungschützen und auf die Anordnungen des Pritschenmeisters, der für die gesamte Organisation und Überwachung der Schießübungen zuständig war.

»Da wir den weitesten Weg hierher gehabt haben, trotz der Pest anno 35 allgäuweit die wohl am meisten dezimierte Einwohnerzahl aufweisen können und heute dennoch mit Abstand der größte Haufen sein dürften, hätte man uns am frühen Nachmittag einteilen können«, schimpfte Bertel Schwabacher, der – wie all die anderen Staufner – übermüdet und immer noch mit dem Aufwärmen seines durchgefrorenen Körpers beschäftigt war.

»Ihr Staufner zittert eure Schüsse doch auch am Ziel vorbei, wenn ihr gewärmt und ausgeruht seid!«, schallte es von der Tür her, als der Erste der soeben eingetroffenen Werdensteiner Truppe eintrat.

»Tür zu! Es zieht!«, rief Gebhard Luckner, den man wesentlich jünger schätzen würde, als er sowieso erst war.

»Halt's Maul, du Zwerg! Dürfen so kleine Staufner wie du überhaupt schon schießen?«, kam prompt die Antwort des soeben Eingetretenen.

Die anderen warteten gespannt darauf, was jetzt wohl geschehen würde. Es wäre nicht das erste Mal gewesen, dass die Jünglinge der verschiedenen Orte ihre ständigen, nicht immer harmlosen Sticheleien anstatt im fairen Wettkampf mit den Fäusten austrugen. Und jetzt war immerhin einer der Staufner Schützen beleidigt worden. Aber diejenigen, die auf eine Rangelei warteten, sollten enttäuscht werden.

»Peter?«, rief Bertel Schwabacher dem mit Schnee bedeckten Sprücheklopfer fragend zur Tür entgegen. Dabei warf er – nachdem er das vermeintliche Großmaul, als dieses seine Kapuze vom Kopf gestreift hatte, unter dem vom Tageslicht erleuchteten Türrahmen glaubte, erkannt zu haben – die wärmende Decke beiseite, sprang auf und umarmte den Eintretenden.

»Gott grüß' die Kunst!«

»Sie ist verhunzt!«, wurde dem Gruß lachend entgegnet.

Zur Verwunderung der anderen, die offensichtlich kein Handgemenge zu sehen bekommen würden, kannten sich Bertel und das Werdensteiner Großmaul; die beiden hatten in der Immenstädter Offizin ihre Schriftsetzer- und Druckerlehren absolviert. Während Peter Gassinger aufgrund seines Könnens die Gnade widerfuhr, dort immer noch arbeiten zu dürfen, hatte Bertel diesen außerordentlichen Arbeitsplatz gleich nach erfolgreichem Abschluss seiner Lehre aufgeben müssen, um im elterlichen Geschäft mitzuarbeiten. Aber abgesehen davon, hätte sich Bertel das Wohngeld für seine Unterkunft im Städtle sowieso nicht mehr leisten können, weil er jeden Kreuzer zu Hause hatte abgeben müssen. Wie gerne hätten sich die beiden jetzt über »Blockaden«, »Schnellschüsse«, »Schweizerdegen« und »Spieße« unterhalten. Dabei wäre beileibe nicht der Krieg, sondern das Jägerlatein der »Schwarzen Kunst«, wie das durch Meister Gensfleisch vor 200 Jahren begründete Druckergewerbe genannt wurde, gemeint gewesen. Aber die beiden kamen nicht dazu, sich weiter zu unterhalten. Denn schon wieder wurde die Tür aufgerissen.

»Missen und Diep…« Als der Pritschenmeister die Werdensteiner herumstehen sah und feststellte, dass die sich noch nicht niedergelassen hatten, änderte er die Zusammenstellung derjenigen Schützen, die jetzt an die Reihe kommen sollten, und ließ die Diepolzer Schützen sitzen. »Da ihr Werdensteiner schon so lahm herumsteht, könnt ihr gleich mitkommen! Also: Missen und Werdenstein: Antreten zum Schießen!«, befahl er in unüberhörbar militärischem Ton, den der ländliche Teil der Bevölkerung nicht gewohnt war. »… Und danach sind die Staufner und die Städtler dran.« Dies klang mehr wie eine Warnung als ein Befehl.

»Warum müssen die Städtler gerade am Jahresabschlussschießen, das doch eigentlich nur für die ländlichen Untertanen des Grafen gedacht war, mitschießen? Haben die nicht das ganze Jahr über genügend Gelegenheit, an Übungsschießen teilzunehmen?«, fragte Matthiß Spindelhirn, der jetzt lieber in seiner Färberei wäre, obwohl es dort kälter war als hier im beheizten Schießanger.

Der Pritschenmeister hielt auf dem Weg nach draußen zwar inne und drehte sich sogar auch noch nach Matthiß um, grinste aber nur vielsagend.

Nachdem die Staufner ihrer Schießpflicht Genüge getan hatten und alles friedlich zu Ende gegangen war, wurden sie vom Amtsdiener abgeholt und in die Stadt gefahren. Dabei kamen sie sich wie hochgestellte Herren vor. Dass es sich bei dem fahrbaren Untersatz des Speichelleckers lediglich um einen umfunktionierten landwirtschaftlichen Langladewagen handelte, auf dem notdürftig – aber immerhin extra wegen ihnen – zu beiden Längsseiten ein paar Bretter als Sitzflächen angebracht worden waren und unter dessen festgezurrten Rädern die gräflichen Marstallknechte eiserne Kufen befestigt hatten, störte sie nicht weiter und tat ihrer guten Laune keinen Abbruch. Sie wähnten sich auf einem herrschaftlichen Kutschenschlitten, dem lediglich die Wappenzier fehlte.

Während der Fahrt verhielten sie sich wie kleine Buben; sie

lachten, machten Faxen und ließen einen lockeren Spruch nach dem anderen los.

»Kennt ihr den nicht mehr?«, fragte Bertel Schwabacher und deutete unauffällig zu demjenigen, der sie abgeholt hatte. Schwabacher hatte ihn während seiner Lehrzeit in Immenstadt des Öfteren gesehen und sich sofort wieder an ihn erinnert. Bei den anderen rief es allerdings im Moment nur Unwissenheit hervor.

»Wer soll das sein?«, kam leise die Frage von Matthiß Spindelhirn zurück.

»Da du deine Kindheit nicht in Staufen verbracht hast, kannst du ihn nicht kennen, Matthiß«, antwortete Bertel, »... aber was ist mit euch anderen?«

Während Melchior schmunzeln musste, weil er den Mann ebenfalls gleich wiedererkannt hatte, beugten sich die anderen nach vorne, um dessen Gesicht besser sehen zu können.

»Jesus und Maria!«, entfuhr es Serafin Gruber erstaunt. »Die ›Hakennase‹.«

»Pssst! – Benehmt euch gefälligst!«, dämpfte Melchior das aufkommende Gequassel und Gelächter, als alle wussten, um wen sich die Aufregung drehte.

Bei der »Hakennase« handelte es sich um denjenigen Immenstädter Amtsdiener, dessen Missmut sich gegen jeden und alles richtete und dessen Ohren genauso groß wie seine Nase gewesen sein mussten, obwohl sie unten ganz angewachsen waren und nicht den geringsten Ansatz von Läppchen zeigten; jedenfalls hatte er – obwohl er vorne auf dem Kutschbock gesessen war, ganz offensichtlich alles mitgehört, was hinter ihm gesprochen worden war.

»Bildet euch nur nichts ein, ihr unflätigen Analphabeten«, bremste er den aufkommenden Übermut der Burschen, gegen die sich sein allgemeiner Groll heute zu richten schien.

Der Amtsdiener, dessen Nase in der Tat sehr ausgeprägt war, mochte die Staufner nicht. Als der Graf in den 20er-Jahren aus Angst vor der Pest nach Konstanz geflohen und zu jener Zeit Immenstadt besonders gefährdet schien, waren die herrschaftliche und die städtische Amtsstube über etliche Jahre hinweg nur noch von Oberamtmann Speen, seinem persönlichen Sekretär und ein paar einfachen Amtsdienern besetzt gewesen. Der Zeremonienmeister war bis auf Weiteres freigestellt worden. Alle anderen Beamten, die der Pest einige Jahre zuvor entgangen waren, hatte Speen nach Staufen abkommandiert, wo sie im dortigen alten Marstallgebäude, das unterhalb des Schlosses und direkt neben dem Entenpfuhl stand, bis auf Weiteres ihren Dienst verrichten mussten. Um sie dadurch vor der in Immenstadt immer wieder aufkeimenden Pest zu schützen, waren in Staufen notdürftig einige Räume zu Amtsstuben umfunktioniert worden. Unabhängig davon, dass der Stallgeruch vergangener Marstallzeiten immer noch im Holz gehangen hatte, waren es für die verweichlichten Immenstädter Beamten katastrophale Arbeitsbedingungen gewesen. An diese Zeit in Staufen hatte der schon in jungen Jahren verknöcherte Amtsdiener keine guten Erinnerungen. Nicht nur, weil damals eine Mordserie Staufen in Angst und Schrecken versetzt und weil kurz darauf auch dort die Pest grassiert hatte; vielmehr, weil ihn die Staufner Gassenkinder immer gehänselt hatten, wenn sie ihn irgendwo erspähten.

»Hakennase auf der Straße. Bekommst eins mit der Schweineblase! – Und ist der Haken noch so krumm, ist der Amtsknecht auch noch dumm!«, hatten sie ihm immer nachgerufen und ihn dadurch auf das Gemeinste beleidigt.

Und genau die jungen Burschen, die er jetzt von der Schießstätte abgeholt hatte, waren damals in dem Alter der Kinder, die ihm so zugesetzt hatten.

»Nun kommt schon!«, knurrte er nach ihrer Ankunft im Zentrum der Residenzstadt. Er wollte sie vom Immenstädter Marstall herunter zum Amtshaus, das sich ganz rechts auf der Ostseite des Marktplatzes direkt vor der katholischen Stadtpfarrkirche St. Nikolaus befand, führen.

»Wie ihr seht, ist das Gebäude noch ganz neu – unser allseits geliebter und hochverehrter Herr Graf hat es erbauen lassen«, säuselte er, bevor er sich räusperte und mit gleich süßer Stimme und wissender Miene fortfuhr: »Es wird als Dienstgebäude vom ehrenwerten Herrn Oberamtmann genutzt. Die Kanzlei ist im Erdgeschoss. Ganz oben ist seine Wohnung untergebracht und im ersten Stock befindet sich neben verschiedenen Archivräumen ein Saal, der für Besprechungen dient, … und dorthin müssen wir«, verkündete er, als sie direkt vor dem Gebäude standen, wo auch Melchior einiges über die Häusergeschichte zu berichten wusste.

»Woher weißt du das alles?«, wurde er gefragt, nachdem er mit Zahlen, Daten und Fakten nur so um sich geschmissen hatte.

»Von Lodewig! Er hat mir auch gesagt, dass vom ersten Stock aus ein holzgedeckter Gang direkt zur Empore der Kirche St. Nikolaus führt.«

»Dann kann ja der Oberamtmann mitsamt seiner Familie auch bei Regen trockenen Fußes zum Gottesdienst gelangen«, staunte der Schreiner Gebhard Luckner, der den hölzernen Gang am liebsten gleich in Augenschein nehmen würde.

Dass außer Melchior Henne und Bertel Schwabacher bisher kaum einer von ihnen im Zentrum Immenstadts gewesen war, weil es bei den Übungsschießen normalerweise direkt von Staufen zur etwas außerhalb liegenden Schießstätte und von dort auch wieder direkt nach Staufen zurückgegangen war, kündete zwar nicht gerade von großer Reiselust oder gar von Weltoffenheit der jungen Staufner, dokumentierte aber wenigstens, dass sie allesamt noch nicht mit dem Gesetz in Konflikt geraten waren. Zumindest waren sie weder beim Diebstahl noch bei einer ähnlich verwerflichen Tat erwischt und zur Rechenschaft gezogen worden. Wäre dies der Fall gewesen, würden sie zumindest den Platz nördlich des Schlosses und einen schmerzlichen Nachhauseweg in Erinnerung behalten haben. Außerdem hätte sich der heutige Weg zur Schießstätte erübrigt. Mit nur einer Hand ließe sich wohl kaum so trefflich schießen, wie sie es heute getan hatten.

So aber waren die meisten von ihnen noch nie hier gewesen und konnten bisher auch noch nicht die Vedute des Marktplatzes betrachtet haben, weshalb Melchior seinen Freunden winkte und sie aufforderte, ihm zu folgen, anstatt mit dem Amtsdiener jetzt schon das Gebäude zu betreten. Melchior führte die Gruppe ein Stück weiter bis in die Mitte des großen Platzes. Nachdem sich alle ein paarmal um die eigene Achse gedreht hatten und aus dem Staunen nicht mehr herausgekommen waren, blieben ihre Blicke am größten Gebäude hängen.

»Hugo Graf von Montfort hat 1550 mit dem Bau des Immenstädter Schlosses begonnen, als er diesen Teil errichtet hat«, erzählte Melchior, während er beide Hände ausgebreitet hatte, bevor er auf den Schlosseingang zeigte. »Aber erst Georg Freiherr von Königsegg hat das heute wappenbekrönte Portal einbauen lassen.«

Melchior ließ das Schloss ein Weilchen auf die begeisterten Jungmänner wirken, bevor er abschließend ergänzte, dass es über dieses Gebäude noch viel zu berichten gäbe, obwohl es eigentlich nichts Besonderes und nur in einfachen Renaissanceformen gehalten war.

»Spinnst du?«, empörte sich der Jüngste der Gruppe. »So etwas Wunderschönes habe ich noch nie in meinem Leben gesehen!«

»Ihr wisst gut Bescheid, Herr Henne …«, vernahmen sie plötzlich ein störendes Knurren, das trotz des Misstones fast wie ein Lob klang, in ihren Rücken. »Aber wir müssen zurück!«

Während sie dem Amtsdiener folgten und dabei den Marktplatz querten, bestaunten sie die anderen herrschaftlichen Gebäude, die den gepflasterten Platz umsäumten. Noch nie zuvor hatten sie eines dieser Vollsteinhäuser von innen gesehen. Dementsprechend ehrfurchtsvoll waren die Burschen jetzt, als sie – sich unsicher, fast ängstlich, nach allen Seiten umblickend – dem Amtsdiener die knarzende Treppe des gräflichen Amtshauses hoch folgten, wo ihnen im ersten Geschoss ein aus ihrer Sicht merkwürdig gewandeter Mann mit weißen Handschuhen und einem pompös verzierten Stock mit silbernem Knauf die beiden Flügeltüren eines großen Raumes öffnete und dann mit einer zum Eintreten ermunternden Handbewegung beiseitetrat, wo er wie angewurzelt stehen blieb und seine Nase zur Decke hoch streckte, während er gleichzeitig die Mundwinkel nach unten zog.

»Unglaublich!«, bemerkte der Schreiner Gebhard Luckner, während er die Ärmel so hochkrempelte, als wenn hier und jetzt Arbeit auf ihn warten würde. Die holzgetäfelten Wände und die reich geschnitzte Deckenverkleidung nahmen ihn derart gefangen, dass er seine Augen nicht mehr davon lassen konnte und sich sogar traute, mit einer Handfläche zart über eine aufwendig gestaltete Wandintarsie zu streichen – natürlich nicht, ohne die bewusste Hand zuvor an seinem Filzkittel abgeputzt zu haben.

Währenddessen kneteten die meisten seiner Freunde fasziniert und verunsichert zugleich ihre sowieso schon längst aus der Form gekommenen Kopfbedeckungen zwischen den Fingern.

»Seht mal, da!«, entwich es Matthiß Spindelhirn fast eine Spur zu laut, während er auf zwei ihm riesig erscheinende Ölgemälde mit den Konterfeis des Grafen Ulrich VIII., des letzten hiesigen Montforter Herrschers, und dessen Schwagers, des Freiherrn Johann Jakob, des ersten Königseggers, der das rothenfelsische Herrschaftsgebiet regiert hatte, zeigte.

Sein freudiger Ausruf wurde aber vom Amtsdiener jäh unterbrochen: »Ruhe! Setzen!«, deutete er dem jungen Staufner, der wie alle anderen so lange warten musste, bis der aus seiner Erstarrung gelöste und wieder in Amt und Würden agierende Zeremonienmeister – das war der mit der merkwürdigen Gewandung – mit dem Marschallstab auf den Boden klopfte und mit fast singender Stimme die jetzt Eintretenden vorstellte: »Die ehrwürdigen Herren …« Er räusperte sich, bevor er mit der Aufzählung begann: »Conradus Speen, reichsgräflicher Oberamtmann.«

Es folgte eine künstliche Pause.

»Michaeli Waldvogel, seines Zeichens Stadtammann und Richter«, führte er, ebenfalls geschwollen, an, bevor er – immer wieder unnötige Pausen einbauend –, den Gardehauptmann Benediktus von Huldenfeld, einige Ratsherren und zuletzt auch noch Hochwürden Johanni Christophorus Schwenk als Immenstädter Pfarrherrn vorstellte, was man – unabhängig von dessen schwarzer Soutane, dem vor seiner Brust baumelnden Holzkreuz und dem kleinen Gebetsbuch – an seiner auffallend vergeistigten Gebärdensprache hätte sowieso unschwer erkennen können. Eine solchermaßen gestelzte Selbstinszenierung dürfte sich der Zeremonienmeister wohl nur getraut haben, weil Seine Erlaucht, der Graf, noch nicht anwesend war.

Den hinterhertippelnden kleinen Mann mit Griffbrille und einfach wirkender Gewandung in schwarzen Kniebundhosen, der ein dickes Buch mit Lederfassung unter seinen Arm geklemmt hatte und aus dessen seitlichen Livreetaschen etliche Papierrollen herauslugten, ignorierte der Zeremonienmeister geflissentlich. Da der Schreiberling nicht nur spindeldürr und klein, sondern auch noch überaus hässlich war, versuchte er stets, das Beste aus seinem eingeschränkten Dasein zu machen, und verhielt sich dementsprechend genauso devot wie der ihm in manchen Bereichen ähnelnde Amtsdiener.

Zum Erstaunen der jungen Staufner drehte sich jeder einzelne der hohen Herren – die allesamt schmunzeln mussten – beim Vorbeilaufen für den Bruchteil eines Augenblickes in Richtung der Staufner, die sich in diesem Moment wie Gäste vorkamen, und verneigte sich knapp vor ihnen. Dies erweckte den Anschein, als wenn sie Respekt vor den jungen Leuten andeuten wollten – auch wenn sie ob deren Ausdünstungen ihre Nasen rümpften und sich beeilten, parfümierte Tüchlein aus ihren Ärmeln zu zaubern, um damit vor ihren Nasen herumzuwedeln. Die Staufner dachten, dass sich dies so gehören und wohl städtischem Zeitgeist entsprechen würde. Jedenfalls machte es einen guten Eindruck auf die unruhig auf ihren Stühlen hin und her rutschenden Burschen, die jetzt überhaupt nicht mehr wussten, wie sie sich zu verhalten hatten und was wohl auf sie zukommen würde.

Als sie sich nach Beendigung des Schießens vom Pritschenmeister verabschiedet hatten und sie direkt an der Schießstätte von der »Hakennase« zum bereitstehenden Fuhrwerk gewunken worden waren, hatte man ihnen nur wortkarg mitgeteilt, dass der Oberamtmann mit ihnen sprechen wolle und sie nicht lange aufhalten würde – mehr nicht.

Mist!, dachte Melchior, der einen seiner Mitstreiter antippte und ihm durch einen Zeigefinger auf den Lippen deutete, endlich still zu sein. Ich hätte mir denken können, dass die nicht wissen, wie sie sich benehmen müssen, und ich hätte es nicht versäumen dürfen, sie auf die Schnelle wenigstens etwas in die Etikette einzuweisen, konnte er seine Gedanken gerade noch zu Ende führen, als es zweimal krachte. Der Zeremonienmeister schien wieder einen großen Auftritt zu haben. Jedenfalls hatte er seinen Marschallstab mit voller Wucht auf den Boden sausen lassen, bevor er mit gut hörbarer Stimme, begleitet von einer aufmunternden Handbewegung, vernehmen ließ: »Erhebet Euch!« Diese Aufforderung begründete er kurioserweise mit einem saloppen, nicht der Etikette entsprechenden: »Der Graf kommt!« Danach wartete der ältere, fein wirkende Mann mit dem auffallend schlohweißen Haar und dem gepflegten Backen- und Schnauzbart, bis sich alle – auch die hohen Herren – aus ihren Sitzen geschält hatten und absolute Ruhe eingekehrt war, bevor er sich zur Tür hindrehte und sich dort wie ein Zinnsoldat positionierte.

Während die Immenstädter ungeniert weitertuschelten, erstarrten die Staufner in ängstlicher Ehrfurcht. »Der Landesherr höchstpersönlich. Was könnte der denn von uns wollen?«, fragten sie sich ungläubig gegenseitig, während sie hastig damit begannen, an ihren Gewandungen herumzuzupfen und mit den Fingern durch ihre fettigen Haare zu fahren.

Melchior musste schmunzeln. Es war still und man konnte nur das Knarzen der Treppe, das wohl von den Schritten mehrerer Personen herrühren musste, hören.

Die Blicke der jungen Männer waren gespannt zur Tür gerichtet.

Drei Lakaien – wie geschleckt und in rot-gelbe Livrees gesteckt – traten abgesprochenen und zweifellos zigmal geübten Schrittes in den Raum. Dabei machten sie einen derart lächerlichen Eindruck, dass sich die Staufner aus ihrer anfänglichen Erstarrung lösten und still vor sich hin grinsten. Dass die merkwürdig anzusehenden Gewandungen auch noch mit vielerlei Schleifchen versehen waren, verstärkte den Eindruck ebenso wie die rosarot gepuderten Wangen und die silbrigweiß glänzenden Perücken.

Nachdem sich zwei der Männer – sich ihrer wichtigen Aufgabe wohl bewusst und dementsprechend keine Miene verziehend – links und rechts des Eingangs postiert hatten und der größte von ihnen zu einem thronartigen Sessel am Ende des großen Tisches gegangen war, wurde es wieder still – ganz still.

Vom Treppenhaus her konnte man zuerst nur angestrengt wirkendes Schnaufen, das von Stoffrascheln begleitet wurde, hören. Dem folgten ein mehrfaches Schnäuzen und ein Geräusch, als wenn jemand ungeniert Nasensekret nach oben ziehen würde.

Jetzt war die ganz große Stunde des Zeremonienmeisters gekommen: Er ließ den Marschallstab dreimal auf den Boden sausen. »Ihro Exzellenz, Seine erhabene Erlaucht, der Reichsgraf von Königsegg zu Rothenfels, Herr über Staufen, des Römisch…«, setzte er, der in diesem Moment nicht minder lächerlich aussah als die Lakaien, mit einem Timbre in der Stimme, das sogar dem gläsernen Deckenlüster klirrende Töne zu entlocken vermochte, an.

»Schon gut, Zeremonienmeister«, winkte der Regent ab, während er sein spitzenbesetztes Taschentuch in einem mit Rüschen versehenen Ärmelumschlag verschwinden ließ und interessiert in die Runde blickte, worauf er sein Tüchlein allerdings sofort wieder herauszog und es dem Lakaien, der bereits hinter seinem Sessel stand, hinhielt, damit dieser sich beeilte, französisches Parfüm daraufzuträufeln. Dabei erweckte er immer noch den Eindruck, als wenn er sich in der Tür geirrt hätte.

Dennoch blieben den Staufnern die Münder offen. Im Türbogen stand eine fürwahr imponierende Erscheinung, deren kreisrundes Gesicht von einem kleinen, gezwirbelten Schnäuzer dominiert wurde, während sein nach links gekämmter Scheitel des knapp schulterlangen kastanienbraunen und leicht gewellten, aber fein säuberlich hingeklatschten Haares erste Anzeichen beginnender Ecken preisgab, was er mit einer Perücke hätte kaschieren können, ihm aber angesichts der einfachen Gäste aus Staufen nicht die Mühe wert gewesen war. Seine aufgeplusterte Gewandung ließ nicht gleich auf Anhieb erkennen, ob der Mensch darunter tatsächlich so voluminös war, wie er auf den ersten Blick wirkte. Aber schon nach kurzer Musterung waren sich die Staufner unausgesprochen einig darüber, dass sie so einen dicken Mann noch nie gesehen hatten. Sie waren sicher, dass es in Staufen keine einzige Person geben würde, die auch nur halb so viel Speck auf den Rippen hatte. Nicht einmal Baltus Vögel konnte dem Grafen diesbezüglich das Wasser reichen und Jockel Mühlegg schon lange nicht – wie auch? Im Gegensatz zu ihnen dürfte es dem Grafen noch nie an Fressalien gemangelt haben. Dass ihr Regent schon als Kind wohlgenährt gewesen war, belegte ein Gemälde im Aulendorfer Schloss aus dem Jahre 1600, das ihn im zarten Alter von vier Jahren als ausnehmend feisten Knaben zeigte. Die Bediensteten seiner Eltern hatten ihn damals hinter vorgehaltener Hand als »Semmelknödel« bezeichnet. Aber dies konnten die Staufner selbstverständlich nicht wissen – und das war auch gut so. Sie hielten immer noch Maulaffen feil, als ihr Grundherr ganz in den Raum getreten war und sich anschickte, unfein in den Sessel, der ihm vom Lakaien gerade noch rechtzeitig unter den ausladenden Hintern geschoben werden konnte, zu plumpsen.

Während sich der Regent bei einem Becher Wein, den er in einem Zug leerte, vom Treppensteigen erholte, ergriff – wie immer bei Zusammenkünften dieser oder ähnlicher Art – Oberamtmann Speen das erste Wort, um seinem Herrn etwas Luft zu verschaffen. Dies tat er aber nicht, ohne durch Blickkontakt mit ihm versichert zu bekommen, dass dies auch heute so gehandhabt werden sollte.

Bevor Speen sich an die Staufner wandte, begrüßte er – beginnend beim Grafen und endend beim Stadtpfarrer – die anwesenden Immenstädter, wobei er den Schreiberling, der am extra für diese Zusammenkunft herbeigeschafften Katheder Position bezogen hatte und begierig darauf wartete, etwas notieren zu dürfen, geflissentlich außen vor ließ.

»Ihre Exzellenz …«

Der Oberamtmann vollführte eine galante Bewegung und wies mit einer Hand in Richtung des Regenten, ohne allerdings seinen Blick von den Staufnern zu lassen, die ihm irgendwie so vorkamen, als wenn sie allesamt Kröten verschluckt hätten.

»Ihre Exzellenz weiß um die Umstände der beschwerlichen Reise von Staufen nach Immenstadt. Deshalb werden Erlaucht euch«, der Einfachheit halber wählte er bei der Anrede der jungen Burschen die sich in diesem Falle unverbindlich anhörende Mehrzahl, »heute schon hochoffiziell über die weitere Planung in Bezug auf das 1635 gegebene Versprechen informieren. Da ihr aufgrund des Jahresabschlussschießens sowieso schon hier in Immenstadt seid, kann diese Gelegenheit genutzt werden und ihr müsst nicht extra noch mal die Mühsal des Weges auf euch nehmen, um aus erster Hand zu erfahren, was es mit der geplanten Fahnenstiftung auf sich hat und was von euch erwartet wird. Außerdem waren vor nicht allzu langer Zeit Propst Johannes Glatt, euer Ortsvorsteher Hermann Schädler und unser«, wobei er das »unser« besonders betonte, »Schlossverwalter Lodewig Dreyling von Wagrain hier im Städtle …«, er räusperte sich und drückte das zuletzt Gesagte amtlicher aus, »in Immenstadt, um Ihrer Exzellenz zu berichten, dass das gräfliche Versprechen in Staufen zu vielerlei Spekulationen und Unfrieden geführt hat.«

Die immer noch anhaltende Bewegungsstarre der Staufner, die lediglich dadurch kurz unterbrochen wurde, indem sie die Köpfe drehten, um sich gegenseitig anschauen zu können, wertete der Oberamtmann als ein Zeichen zufriedenen Einverständnisses. »Gemäß der Aussage des Pritschenmeisters habt ihr den Immenstädter Schützen heute dennoch den Schneid abgekauft, obwohl nicht alle für heute eingeteilten Staufner Schützen anwesend waren und sogar der Beste von euch gefehlt hat«, bemerkte Speen stirnrunzelnd, während er fragend in die Runde blickte und dabei feststellte, dass sich die bisherige Starre jetzt endlich zu lösen schien.

Der heutige Sieg über die Immenstädter Schützen ließ die Staufner glücklicherweise für einen Moment vergessen, wo sie sich befanden und, vor allen Dingen, wer ihnen gegenübersaß.

»Ruhe!«, gebot der Zeremonienmeister und tat, was er am besten konnte: mit seinem Marschallstab so fest auf den Boden zu klopfen, dass sogar die Mäuse im Fehlboden erschrecken dürften. »Ruhe. Verdammt noch mal«, murmelte er zur eigenen Bestätigung dessen, was er gerade laut gesagt hatte, hinterher.

Während der allgemeinen Unruhe im Saal hatte sich der Oberamtmann vom Schreiber die Liste mit allen wehrfähigen Staufner Untertanen, über die Hauptmann von Huldenfeld im Bedarfsfall verfügen konnte, geben lassen. Da Speen auf Anhieb erkannte, dass auf der Liste mehr Namen standen als Staufner im Raum waren, tuschelte er kurz mit dem Grafen und begann dann damit, die Namen in alphabetischer Reihenfolge zu verlesen und dabei fragend in die Runde zu blicken: »Alber? …«

Nichts rührte sich.

»Jakob Alber? …«, wiederholte der Oberamtmann seinen Aufruf und bekam ein zaghaftes »Hier!« zur Antwort, nachdem Bertel Schwabacher seinem neben ihm sitzenden Freund, der verängstigt zusammengezuckt war, einen Ellbogen in die Rippen gedrückt hatte.

Da schnell klar war, dass niemand etwas Böses von ihnen wollte, zierten sich die nächsten Aufgerufenen nicht mehr und so ging die Sache rasch voran.

»Göhlin? …«

Wie zuvor schon mehrmals, ging wieder eine Hand hoch: »Hier!«

»Hagspihl? …«

Es blieb still.

»Markus Hagspihl? …«, rief der Oberamtmann jetzt mit unüberhörbar harschem Ton.

Nachdem sich erneut nichts tat, sah sich Melchior Henne dazu bewogen, sich einzumischen. Er musste verhindern, dass sich die zweifellos gute Stimmung der Obrigkeit wegen des Fehlens einiger Staufner Jungschützen änderte. Immerhin war bis jetzt alles unverhofft gut verlaufen: Sie waren heil in Immenstadt angekommen und hatten trotz der Kälte ausnahmslos gut geschossen, und jetzt saßen sie auch noch in fast trauter Gemeinsamkeit mit dem Grafen, seinem höchsten Beamten, dem Stadtammann, dem Stadtpfarrer und anderen honorigen Bürgern Immenstadts zusammen. Also stand er auf und bat in für einen Landbewohner ungewöhnlich höflicher Form ums Wort.

»Ihn kennen Wir doch«, mischte sich jetzt seinerseits der Graf ein und gebot Melchior, vorzutreten und zu sprechen, während er Speen zuflüsterte: »Haben Wir ihn nicht in guter Erinnerung?«

»Ja, Euer Exzellenz, in sehr guter Erinnerung!«, bestätigte Speen – aufgrund des Benehmens der anderen Staufner zwar noch etwas mürrisch, aber er bejahte es nachdrücklich.

»Wie schreibt er sich doch schnell wieder?«

»Dies ist der Leinweber Melchior Henne!«

»Ah ja!«

Melchior wartete höflich, bis die beiden ausgetuschelt hatten, bevor er gesenkten Hauptes und langsamen Schrittes vortrat. »Euer Exzellenz! … Edle Herren!«, hob er an und verneigte sich erst vor dem Grafen, dann vor dem Rest des Auditoriums. »Seid bedankt dafür, dass wir, die Staufner Jünglinge, heute in unserer Eigenschaft als Schützen …«, Melchior drehte sich kurz um und lächelte seinen Freunden zu, während er ihnen mit einem Auge zuzwinkerte, »… die große Ehre haben, hier zu sein und mit Euch die gleiche Luft atmen zu dürfen.«

Als er dies sagte, schnupperten auch diejenigen, die ihre parfümgetränkten Tüchlein gerade nicht vor ihren Nasen hatten, wieder hastig daran.

Ungeachtet dessen sprach Lodewig weiter: »Bevor ich auf unsere heutige Mannschaftsstärke eingehe, möchte ich mich – sofern Ihr mir dies gestatten solltet – im Namen aller Staufner Jungschützen beim Herrn Pritschenmeister Gerold Meier dafür bedanken, dass wir uns, nach stundenlangem Marsch von Staufen hierher völlig durchnässt, in einem geheizten Raum aufwärmen und uns mit heißem Kräutersud haben stärken dürfen. Nur so war es möglich, beim Schießen nicht zu zittern und die Immenstädter Schützen zwar knapp, aber immerhin um einen Ring, zu überbieten.«

Jetzt hielt es die Staufner nicht mehr auf ihren Plätzen. Sie wussten zwar nicht, ob sie sich selbst oder den Meister des geschliffenen Wortes aus ihren eigenen Reihen feiern sollten. Aber dies war eh einerlei. Sie wollten jetzt jubilieren. Und da ihnen niemand Einhalt gebot, warfen sie ihre veralteten Bundhauben, Hüte und Kappen in die Höhe, jauchzten, pfiffen und umarmten sich so lange, bis Sefton Bröger sie unterbrach. »Auf den Pritschenmeister, den Oberamtmann und unseren Grafen ein dreifaches Staufner Lond it …!«, schrie der Sohn des neuen Sonnenwirtes zwar respektlos klingend, dafür aber aus dem Herzen kommend, mit voller Lautstärke und bekam von seinen Freunden im Chor die Antwort: »Luck!«

Bevor sie von Melchior oder vom Zeremonienmeister gebremst werden konnten, hatten die Staufner bereits den Rest der drei Hochrufe: »Lond it …«

»Luck!«

»Lond it …«

»Luck!« ausgebracht.

Danach wurde es still. Die Jünglinge hatten gemerkt, dass alle Blicke auf sie gerichtet waren, und konnten jetzt sogar auch noch das eine oder andere verständnislose Kopfschütteln ausmachen. Da ihnen schlagartig bewusst wurde, wessen sie sich – gerade hier im Amtshaus und auch noch in Gegenwart ihres Grundherrn – erdreistet hatten, war es ihnen jetzt doch irgendwie peinlich. Sie bückten sich, hoben ihre Kopfbedeckungen auf, setzten sich wieder, senkten die Köpfe und kneteten die letzte Feuchtigkeit aus ihren Mützen, Hauben und Hüten.

Wieder wurde es still.

Während Melchior beschämt den Kopf schüttelte und sich wieder dem Auditorium zuwandte, um sich für seine Freunde zu entschuldigen, begann der Regent zu klatschen. »Respekt!«

Die Ratsherren und der Pfarrer sahen sich und den Grafen verständnislos an, begannen dennoch – einer nach dem anderen – mit zaghaftem Handgeklappere. Als der Graf – was ihm weiß Gott nicht leichtfiel – auch noch aufstand, um den Staufnern zu zeigen, dass es ihm mit seinem Respekt vor ihrer Schießleistung ernst war, mussten sich die anderen Herren wohl oder übel ebenfalls von ihren Sitzen erheben.

Obwohl es die Jünglinge vor Stolz innerlich schier zerriss, übten sie sich jetzt in Disziplin und lächelten nur bescheiden. Nachdem der persönliche Lakai des Grafen seinem Herrn wieder in den thronartig anmutenden Sessel geholfen hatte, taten es ihm die anderen gleich und setzten sich auch wieder.

»Wir möchten sehen, ob die Immenstädter Jünglinge ihr Ziel auch treffen, wenn sie wie ihr einen stundenlangen Marsch hinter sich haben«, griff der Graf das Thema wieder auf und wandte sich für alle hörbar an seinen Amtsleiter: »Speen, das nächstjährige Jahresabschlussschießen findet auf der Schießstätte in Staufen statt! Teile Er dies dem Pritschenmeister und den Immenstädter Schützen alsbald mit.« Danach flüsterte er seinem Ersten Beamten ins Ohr: »Damit sie genügend Zeit zum Üben haben. Wir Städtler wollen uns doch nicht schon wieder vor den Landeiern blamieren.«

Nachdem beide zu schmunzeln aufgehört hatten, richteten sie ihre Blicke wieder auf Melchior und deuteten ihm weiterzusprechen, was der schneidige Leinweber nach einer neuerlichen Verneigung gerne tat: »Euer Erlaucht! Mit einer derart hohen Ehre haben wir alle nicht gerechnet. Wenngleich ich mich auch hierfür recht herzlich bedanken möchte, darf ich Euch jetzt schon versichern, dass wir das nächste Jahresabschlussschießen in bester Staufner Festesmanier organisieren werden.«

»Und unsere Schießanlage ist in allerbestem Zustand!«, verkündete Bertel Göhlin, der über seinen unüberlegten Mut derart erschrocken war, dass er sich sofort wieder hinsetzte und abermals beschämt den Kopf senkte.

Der Graf lächelte milde und nickte gönnerhaft, ohne seinerseits Melchiors Rede zu unterbrechen oder auf Bertels Ungebührlichkeit einzugehen.

»Unabhängig davon möchten wir nicht nur dem Herrn Pritschenmeister danken. Vielmehr möchten wir gerade Euch, hochwohllöbliche Exzellenz, dafür danken, dass Ihr stets ein offenes Ohr für den ländlichen Teil Eurer Bevölkerung habt. Diesen Dank haben mir Euer Schlossverwalter Lodewig Dreyling von Wagrain und der Staufner Ortsvorsteher Hermann Schädler ebenso aufgetragen wie Propst Johannes Glatt, unser Ortspfarrer. Überdies dürfen wir Euch und Euer gnädigen Frau Gemahlin herzliche Grüße vom Volk zu Staufen übermitteln.« Das Wort »Untertanen« hatte er tunlichst vermieden und war damit durchgekommen.

»Gut! – Sehr gut! Wir werden es an die Gnädige weiterleiten.«

Der Graf wedelte jetzt etwas gelangweilt mit seinem parfümierten Schnäuztuch herum. »Nun sage Er mir aber, was es mit diesem … diesem …«

»Markus Hagspihl«, tuschelte ihm sein wie immer aufmerksamer Amtsleiter ins Ohr.

»Ja! Was hat es mit dem heute fehlenden Hagspihl auf sich? Warum ist er nicht hier, obwohl er der beste Schütze in ganz Staufen sein soll?«

»Wenn ich das nur wüsste. Ich habe ihn überall gesucht, aber nirgends gefunden. Seine Nachbarin hat mir gesagt, es könne sein, dass er seine im Hohenegg'schen Wilhams lebende Base aufsucht«, antwortete Melchior und fügte noch an, dass er Markus als absolut zuverlässig kannte und dieser niemals unentschuldigt einem Übungsschießen fernbleiben würde …, es sei denn, dass etwas Unvorhersehbares geschehen war. Vermutlich sei seine einzige Verwandte erkrankt und benötige seine Hilfe.

»Dann wollen Wir das ausnahmsweise entschuldigen. Aber was ist mit den anderen Drückebergern?«

Nachdem Melchior für jeden einzelnen eine gute Ausrede – verpackt in plausible Entschuldigungen – vorgebracht hatte, beendete er seine Ausführungen mit der Bemerkung: »Und Baltus Vögel kann man wohl keine Waffe in die Hand geben.«

»Wieso das denn? Was ist mit ihm? … Ist er zu schwach?«, wollte der Graf wissen.

»Na ja.« Melchior druckste etwas herum. »Körperlich zu schwach ist er sicherlich nicht …, allenfalls im Geiste und …«

»Ah! Wir verstehen«, unterbrach der Graf, der sich denken konnte, was gemeint war, Melchiors Ausführungen abrupt. Aufgrund der zunehmenden Degeneration des Adels waren ihm die Auswirkungen der Inzucht nicht ganz unbekannt. Warum auch sollte es beim einfachen Volk anders sein? Die treiben's ja untereinander wie die Tiere, dachte er sich im Stillen und gebot dem Schreiber, Baltus Vögel aus dem Verzeichnis der wehrfähigen Schützen, wo er eigentlich überhaupt nicht stehen dürfte, ein für alle Mal zu streichen.

»So, meine Herren! … Seine Exzellenz möchte dieses Thema nun beenden und zum Punkt unserer Zusammenkunft kommen. Und hierzu darf ich die jungen Männer aus Staufen bitten, sich zu uns an den runden Tisch zu gesellen.«

Während sich die Staufner ratlos anschauten und ihnen von Melchior dazu Mut gemacht werden musste, aufzustehen und sich zum Tisch des Herrn zu begeben, verdrehten die anwesenden Aristokraten die Augen und aktivierten hastig ihre Parfümtüchlein. Zwei unbemerkt neu hinzugekommene Lakaien trugen Wein für die Immenstädter und Bier für die Staufner auf. So etwas hatte es fürwahr noch nie gegeben: Die einfachen Handwerksburschen und Selbstversorgungsbauern durften am selben Tisch Platz nehmen wie ihr Grundherr und die Honoratioren der Residenzstadt. Und darüber hinaus wurden ihnen auch noch Getränke kredenzt: Bier! Sogar unverdünntes Bier aus dem gräflichen Brauhaus. Sie wussten nicht, wie lange es her war, seit sie das letzte Mal dieses köstliche Nass zu trinken bekommen hatten.

KAPITEL 12

Am Morgen desselben Tages hatte der Mesner Josef lange im Arbeitszimmer des Propstes auf den Staufner Pfarrherrn warten müssen. Dabei war es ihm so unwohl gewesen wie noch niemals zuvor in seinem ganzen Leben. Dies hatte sich unter anderem auch darin geäußert, dass er sich mehrmals hatte übergeben müssen, wobei er es beim ersten Mal nicht bis zum Fenster geschafft und den Dielenboden des kirchlichen Arbeitszimmers versaut hatte. Als sein Vorgesetzter endlich gekommen war, hatte er den Mesner und seine Köchin auf dem Boden kniend und denselben wischend angetroffen.

»Ja, um aller Dreiherrgottsnamen! … Was ist denn hier los?«, hatte der Hausherr gewettert, bevor ihm Josef – den stinkenden und tropfenden Lappen in der zittrigen Hand und von Weinkrämpfen geschüttelt – berichtet hatte, was er vor ungefähr einer Stunde entdeckt hatte.

Mittlerweile standen die beiden mit Fabio schon fast eine Stunde fassungslos vor dem Torbogen, unter dem sich der Zugang zum Kirchhof befand, und führten einen Disput um den anderen darüber, um wen es sich wohl handeln und was geschehen sein könnte. Dass es ein Mensch war, der – zu Eis erstarrt – vor ihnen unter dem Schnee lag, war jetzt – nachdem sie nach langem Hin und Her einen Teil der Harschschicht um den darin steckenden Pickel des Mesners herum weggebrochen und den darunterliegenden Schnee beiseitegekratzt hatten – allen klar.

Schon vor einem ganzen Weilchen hatte Josef den Leichenbestatter geholt, der jetzt gerne seine Arbeit tun würde, aber vom Propst immer noch daran gehindert wurde: »Warte etwas damit, Fabio. Der Kastellan muss auch gleich hier sein. Du hast doch im Schloss Bescheid gegeben?«

»Selbstverständlich! Ich habe der Schlosswache gesagt, dass sie ihn schnellstens hierherschicken soll, weil etwas Schlimmes geschehen sei. Wie von Euch aufgetragen, habe ich nicht gesagt, um was es geht … Aber jetzt warten wir fast schon eine geschlagene Stunde auf ihn«, monierte der Leichenbestatter, der vom Propst aufgrund seiner Jugend anstatt des älteren Mesners den steilen Schlossbuckel hochgehetzt worden war.

»Ich kann doch auch nichts dafür, dass Lodewig mit seinem Knecht Ignaz aufgrund des vielen Schneefalls heute in aller Herrgottsfrüh zum Kapfberg hoch ist, um im Wald nachzusehen, ob die Schneelast nennenswerte Bruchschäden hinterlassen hat. Aber weißt du was, Fabio …?«, traute sich der Propst kaum noch weiterzusprechen.

»Was denn?«

»In all der Aufregung habe ich vergessen, dich auch noch zu bitten, auf dem Rückweg vom Schloss ins Spital zu gehen …«

»… um auch dem Medicus Bescheid zu geben«, beendete Fabio mit unüberhörbarem Stolz darauf, dass er dies selbstständig getan hatte, den Satz des Propstes.

In der Zwischenzeit schien sich im ganzen Dorf herumgesprochen zu haben, dass es schon wieder einen Toten gab; einen Mann, der brutal mit einem Pickel erschlagen worden sei. So war es kein Wunder, dass sich mit der Zeit mehr und mehr Neugierige vor dem Kirchenportal eingefunden hatten, die zunächst allesamt so taten, als wenn sie zufällig vorbeigekommen waren, indem sie zuerst die Kirche aufsuchten, bevor sie sich, uninteressiert tuend, zu den anderen Neugierigen gesellten und mehr oder weniger kluge Sprüche von sich gaben.

Nach Fabio war nur der Ortsvorsteher ohne scheinheiligen Umweg direkt zur Fundstelle geeilt und soeben angekommen. »Was ist geschehen?«, fragte er und bekam vom Propst zunächst nur ein »Gott sei Dank!« und ein erleichtertes Schnaufen zur Antwort. »Gut, dass du da bist, Hermann.«

Nachdem Johannes Glatt in kurzen Worten berichtet hatte, was er von seinem Mesner wusste und was er zwischenzeitlich selbst gesehen hatte, gebot der Ortsvorsteher, nichts zu berühren. »Auch wenn's schwerfällt: Wir warten auf den Kastellan und auf den Medicus! Die kennen sich mit solchen Dingen besser aus als wir … Wo ist eigentlich der Immenstädter Ratsherr?«, fragte er in die Runde.

»Wollte der nicht mit den Schützen nach Immenstadt zurück?«, kam anstatt der erhofften Antwort eine Rückfrage.

»Das glaube ich nicht!«, lachte ein Mädchen, das den Dialog mitbekommen hatte.

»Was gibt es hier – im Angesicht des Todes – zu lachen, Annegret?«, rügte der Propst die ihm vorlaut vorkommende Göre.

»Na ja …«, druckste Annegret herum.

»Was denn?«, begann sich der Propst jetzt zu ärgern. »Geh nach Hause! Dies hier ist sowieso nichts für eine 12-jährige Föhl.«

Aber Annegret ließ sich nicht so einfach vertreiben: »Ich glaube, dass der noble Herr Ratsherr aus Immenstadt die Brugger Maria poussiert«, brachte sie frech kichernd als Argument und zu ihrer eigenen Entschuldigung für die Einmischung hervor.

»Und deswegen ist er noch in Staufen?«, überlegte der Propst laut, während er schon vom Ortsvorsteher durch ein – offensichtlich wissendes – Kopfnicken und Augenzwinkern die Antwort bekam.

»Aha!«

Da aber schnell die Geschichte vom ruchlosen Serienmörder die Runde machte, war die Liaison zwischen dem Immenstädter Ratsherrn und der künstlerisch talentierten Tochter des Staufner Töpfers Cornelius Brugger im Moment nicht von vordergründigem Interesse. Sicherlich würde man zu gegebener Zeit darauf zurückkommen. Jetzt aber galt es erst einmal, nichts zu versäumen und sogleich denjenigen, den man schon als Schuldigen auszumachen glaubte, festzunageln.

Als die Leute zu tuscheln begannen und dabei zunehmend auf den immer noch zitternden Mesner zeigten, schickte ihn Propst Glatt nach Hause: »Bleib dort, bis ich dich wieder brauche! … Und noch etwas, Josef: Selbstverständlich glaube ich an deine Unschuld.« Der Seelsorger klopfte dem geknickten Mann vertraulich auf die Schulter und sprach ihm mit einem aufmunternden Gesichtsausdruck Zuversicht zu. Er war sicher, dass – egal was geschehen war – sein braver Kirchendiener nichts mit der Sache zu tun haben konnte. Dennoch sah es wegen des Pickels im Korpus der Leiche momentan nicht unbedingt so aus, weswegen er nicht verhindern konnte, dass sich der anfänglich lasche Verdacht des Volkes gegen Josef schnell in vermeintliches Wissen und damit einhergehenden Zorn verwandelte.

»Ich habe es schon immer gewusst, dass mit dem etwas nicht stimmt!«, keifte ein altes Weib, das Josef nicht leiden konnte, weswegen er es vor längerer Zeit als »Bigottische Betnockel« bezeichnet hatte.

»Wer soll es denn sonst gewesen sein? Außer dem Mesner sind heute doch fast nur alte Leute im Dorf, die wegen des Schnees nicht aus ihren Häusern gegangen waren. Die meisten Jungen sind in Immenstadt beim Jahresabschlussschießen«, nutzte Martin Lechler, ein älterer Bauer, die Gelegenheit, Josef eins auszuwischen, weil er von ihm erst vor Kurzem – ausgerechnet am Martinstag – beim Kerzenklauen erwischt worden war. Dadurch hoffte er, Josef als unglaubwürdig hinstellen zu können, falls der pflichtbewusste Mesner dem Propst von diesem Diebstahl erzählt haben würde.

Ob der Dummheiten, die seine Schäflein von sich gaben, konnte der ansonsten glaubensfeste Ortspfarrer nur noch ungläubig den Kopf schütteln. Außerdem hatten er, Fabio und der Ortsvorsteher genügend damit zu tun, die Unfallstelle, den Tatort oder wie man den Eingang zum Totenreich an diesem Tag sonst noch hätte bezeichnen können, bis zum Eintreffen des Kastellans und des Spitalleiters abzusichern. Sie mussten verhindern, dass die Leiche von den immer wütender werdenden Umstehenden ausgebuddelt würde und damit sicherlich wichtige Spuren verloren gingen. So viel jedenfalls hatten sie beim Fund der letzten Leiche vor etlichen Wochen gelernt.

»Endlich!«, rief der Ortsvorsteher erleichtert, als er Lodewig Dreyling von Wagrain und Peter Immler auf einem inzwischen recht ausgetretenen Trampelpfad, vom Schloss her kommend, durch den Schnee stapfen sah.

»Entschuldigt, aber wir waren im Holz und haben …«

»Schon gut … Seht euch das an!«, wollte der Ortsvorsteher jetzt nichts hören und lenkte die Blicke der beiden auf den Pickel, der immer noch im Körper des Toten steckte. Es war ihm einerlei, ob anstatt des Schlossknechtes der Immenstädter Gesandte dem Kastellan im Wald geholfen hatte und weswegen er immer noch in Staufen weilte, obwohl er eigentlich spätestens heute früh hatte abreisen wollen. Immerhin war der angesehene Kaufmann vom Rat der Stadt Immenstadt hochoffiziell nach Staufen entsandt worden, um an der Aufklärung des Mordes an Martin Allger mitzuarbeiten. Und nun hatten sie einen weiteren Toten, der allem Anschein nach durch einen Pickel und nicht durch die auf ihm liegende Schneelast zu Tode gekommen war. »Merkwürdig!«

Die beiden mussten den vor ihnen liegenden Schneehaufen, in dem der Pickel steckte, nicht lange betrachten, um festzustellen, dass jetzt höchste Achtsamkeit gefragt war.

»Verschwindet! … Geht nach Hause und lasst uns allein! Oder hat jemand etwas zur Aufklärung beizutragen?«, rief der Ortsvorsteher in die Menge und wartete vergeblich auf eine Antwort. Nachdem er keine Reaktion feststellen konnte, wiederholte er seine Aufforderung in energischerem Ton.

Er musste eine ganze Zeit lang warten, bis sich alle Gaffer getrollt hatten oder besser gesagt, bis sich die Menschenmasse, ein Stück entfernt, erneut zusammengerottet hatte. Erst danach konnten er, Lodewig, Propst Glatt und Fabio in Ruhe mit ihrer Arbeit beginnen. Bevor sie dies taten, musste der Propst alles erzählen, was er von seinem Mesner wusste.

»Eine fürwahr merkwürdige und unangenehme Art, einen Toten aufzufinden«, stellte Lodewig fest und bat Fabio, mit der Entfernung des Schnees zu beginnen.

Nachdem der Leichenbestatter mit einem Schäufelchen vorsichtig die obere Pulverschneedecke beiseitegekratzt, den Harsch aufgestochen, in kleinen Stücken abgelöst und neben die Leiche gelegt hatte, begann er behutsam, die eigentliche Schneedecke vom Körper des Toten zu entfernen.

»Sei vorsichtig!«

»Jetzt wäre ein kleiner Besen gut«, klagte er, nachdem er die ersten Arbeitsschritte – von den anderen mit Argusaugen beobachtet und von dementsprechenden Kommentaren begleitet – hinter sich gebracht hatte.

»Was fällt euch auf?«, fragte ein angestrengt nachdenklich wirkender Kastellan.

»Dass nicht die kleinste Spur von Blut zu sehen ist!«, kam die unerwartet prompte Antwort von hinten.

Als sie sich umdrehten, wurden sie gewahr, dass inzwischen auch der Medicus eingetroffen war.

»Und was sagt uns das?«, fragte Lodewig ihn, ohne zu grüßen.

»Lasst mich erst noch einen genaueren Blick darauf werfen«, bat der junge Arzt, gab aber sofort die Antwort: »Dass die bedauernswerte Person schon tot gewesen sein muss, als sie der Pickel getroffen hat!«

»Richtig! Das Blut und die anderen Körpersäfte sind längst gefroren«, zog Fabio ein etwas vorlautes, aber richtiges Fazit.

»Gott sei Dank! Dann kann es mein Mesner erwiesenermaßen nicht gewesen sein«, freute sich Josefs merklich erleichterter Dienstherr und bekreuzigte sich, während er einen dankbaren Blick nach oben schickte.

»Zumindest nicht heute früh«, milderte der Medicus die Freude des örtlichen Seelsorgers, den er in die Kirche schickte, um nach einem Besen oder etwas Ähnlichem zu suchen.

»Ja! Erwiesen ist noch gar nichts!«, bremste auch der Ortsvorsteher die offenkundige Freude des Priesters ganz aus.

»Wie lange dauert das noch?«, fragte Lodewig ungeduldig, nachdem der Propst schon fast das gefühlte Viertel einer Stunde in der Kirche verschwunden war.

»Ich schau mal nach«, opferte Fabio sich abermals und stapfte den kurzen Weg zum Hauptportal hinüber, wo er in Demut die

Schuhe abklopfte, bevor er eintrat. Da er im Halbdunkel der Kirche nichts sehen konnte, eilte er direkt den Hauptgang entlang bis ganz zum Alter vor, machte einen schlampigen Knicks, schlug hastig ein Kreuz und sah sich mit zusammengekniffenen Augen um. Aber er konnte den Hausherrn nicht sehen.

Bestimmt ist er in der Sakristei, glaubte Fabio und ging nach links, am *Ewigen Licht*, das in Form einer aus dünn geschlagenem Eisen gefertigten Karavelle mit einer daraufgestellten Kerze an der Wand hing, vorbei. Das ist wohl eher das Boot des Fährmanns, der die Toten ans andere Ufer bringt, dachte er sich so ganz nebenbei.

Er ging in Richtung eines kleinen Ganges, von dem er wusste, dass sich dort nicht nur der nördliche Seiteneingang zur Kirche befand, sondern dass es dort auch zur Sakristei ging. Aber der Aufbewahrungsort sakraler Gegenstände, der in Staufen gleichzeitig auch Versteck für all das war, was der Propst für wertvoll oder zumindest für irgendwann noch brauchbar hielt, war abgeschlossen. Der Priester war offensichtlich nicht hier. Keine Spuren abgeschüttelten Schnees! Wo kann er nur sein?, fragte sich Fabio etwas verunsichert.

Zwischenzeitlich hatten sich seine Augen an die Düsternis des sakralen Gebäudes gewöhnt und so sah er, was ihm durch sein allzu eiliges Betreten der Kirche zuvor verborgen geblieben war: Vor dem Verlassen der Kirche musste dem Propst wohl noch in den Sinn gekommen sein, für Josef und den unbekannten Toten zu beten. Jedenfalls kniete er ganz außen in der hintersten Reihe und hatte einen kleinen Kehrbesen in den zum Gebet gefalteten Händen.

»Hochwürden! … Bitte kommt jetzt. Wir warten auf den Besen«, bat Fabio höflich und ergänzte anstandshalber noch, »… und auf Euren priesterlichen Beistand bei dem, was jetzt getan werden muss!«

»Jetzt ist es aber auch Zeit geworden«, knurrte Lodewig und deutete Fabio, seine begonnene Arbeit unverzüglich fortzusetzen und nun den Schnee wegzukehren.

»Wo?«, fragte der Leichenbestatter beleidigt.

»Zuerst um den Pickel herum«, schlug Lodewig ohne Begründung vor und fuchtelte mit den Fingern um die bewusste Stelle herum. Dabei sah er den Medicus fragend an. Aber der nickte nur zustimmend.

Nachdem Fabio den Bereich um die Spitzhacke herum weggeräumt und -gekehrt hatte, bestätigte sich die Vermutung, dass Josefs Aussage, den Pickel erst zum Zwecke der Harschentfernung eingesetzt zu haben, stimmen musste. Jedenfalls war zwar die bisher ans Tageslicht getretene Gewandung des Toten um und um voller Blut, die Spitzhacke hingegen überhaupt nicht. Selbst nachdem Fabio unter Anleitung des jungen Spitalleiters und unter unangenehm knirschenden Geräuschen den Pickel aus dem Körper herausgezogen hatte – was ihm nicht leicht gelungen war, weil er das angefrorene Arbeitsgerät hatte drehen und hin und her wuchten müssen –, konnte man selbst an den Stellen des Pickels, die im Körper gesteckt hatten, kein Blut sehen, was den Arzt zu der Erkenntnis brachte, dass der Körper zuvor schon bockhart gefroren gewesen sein musste.

Der Medicus nickte zustimmend: »Das würde heißen, dass der Tote schon einige Tage zuvor – mindestens aber seit gestern – in der Kälte gelegen haben muss.«

»Mach weiter, Fabio!«

Der Leichenbestatter arbeitete sich betont langsam auf einer Seite weiter vor und legte somit nach und nach das Unterteil des gefrorenen Körpers frei. Dabei kam zwar die Beingewandung, jedoch kaum sichtbares Blut auf dem rauen und deswegen sicherlich ganz besonders saugfähigen Leinen zum Vorschein.

»Merkwürdig«, nuschelte Lodewig nachdenklich in sich hinein.

Während die vier diskutierten, räumte Fabio den Schnee im Umfeld des Unterkörpers des Toten beiseite, um die Leiche ganz freizulegen.

»Weiter, Fabio! ... Gut so. Und nun den Oberkörper. Bitte kehr den Schnee vorsichtig ganz weg«, bat Lodewig den Leichenbestatter.

Fabio legte ein ledernes Wams frei, in dem das zweifellos durch Josefs Spitzhacke verursachte blutlose Loch auf Höhe des Bauches zu sehen war, das aber auch noch ein blutverschmiertes Loch in Höhe des Brustbeines aufwies. Außerdem zeichnete sich ab, dass auf der rechten Seite mehr gefrorenes Blut zu sehen war als links.

Als der Oberkörper ganz freigelegt worden war, wusste niemand etwas damit anzufangen.

»Was ist hier geschehen?«, fragten sich alle, die fast einen solch erstarrten Eindruck erweckten wie der vor ihnen liegende Leichnam.

Da sie erkannten, dass das Wams so auf den Toten gelegt worden war, dass dessen Rückseite oben lag, ahnten sie Schlimmstes, hofften aber irgendwie, dass nicht das, was sie vermuteten, zum Vorschein kommen würde.

»Nimm jetzt das Wams herunter!«, bat der Kastellan den Medicus. Da er sich davor fürchtete, das Gesicht des Toten zu sehen, war es ihm gerade recht gewesen, dass Fabio zuerst dessen untere Seite vom Schnee befreit hatte.

»Was ist das denn?«, entfuhr es Lodewig entsetzt, als er sah, dass dem Toten der rechte Arm fehlte.

»Und ich befürchtete schon, dass die Hände zum Gebet gefaltet wären wie bei Martin Allger … Fabio! Kehr bitte die Hand des linken Armes frei!«

Als Lodewig die Finger des Toten inspizierte und feststellen konnte, dass der Daumen der linken Hand nicht zerquetscht worden war, sagte er einigermaßen beruhigt: »Scheinbar war es nicht derselbe Mörder! … Zumindest dürfte es sich hierbei um keine Art Blutanklage handeln!«

»Ist das nicht etwas vorschnell beurteilt?«, gab der Medicus zu bedenken.

Unter den wachsamen Augen der Bevölkerung, die unauffällig wieder näher an den Ort des Geschehens gerückt war, legte Fabio nach und nach auch das Umfeld des zu Eis gefrorenen menschlichen Klumpens frei.

»Immer noch kein Blut«, stellte er knapp fest.

Die anderen schüttelten ungläubig die Köpfe. Sie waren nicht nur gespannt auf das, was sie jetzt gleich zu sehen bekommen würden, sondern wollten jetzt endlich wissen, um wen es sich handelte. War es ein Fremder oder kannten sie ihn? War es gar einer der Ihrigen?

Ihres Wissens ging in Staufen aber niemand ab. Oder doch? Waren wirklich alle Jungschützen in Immenstadt oder fehlte einer der jungen Burschen? Wenn ja, hätte Melchior dies doch noch vor deren Aufbruch ins Städtle beim Ortsvorsteher gemeldet – immerhin war er von ihm zu deren Leithammel bestimmt worden und dementsprechend rapportpflichtig. Vielleicht wollte es Melchior noch gemeldet haben, war aber aufgrund des kurzfristig anberaumten Schießens und des plötzlich einsetzenden Schneefalls nicht mehr dazu gekommen? Fragen über Fragen türmten sich innerhalb weniger Minuten höher als der Schnee auf. Die Spannung stieg ins Unerträgliche.

KAPITEL 13

In Immenstadt indes hatte sich aus der zunächst eher starren Zusammenkunft ein äußerst interessantes, ja sogar ein ungewohnt offenes und lockeres Gespräch zwischen den – bis auf zwei von ihnen – unbelesenen Staufner Jünglingen und der allesamt schreib- und lesekundigen, teilweise sogar studierten Immenstädter Obrigkeit entwickelt. Die Atmosphäre war erstaunlicherweise derart locker, dass sich Stadtammann Waldvogel unverhohlen zynisch nach dem Wohlergehen seines jüngsten Ratsmitgliedes zu erkundigen traute: »Wie geht es dem ehrenwerten Kaufmann Peter Immler in Staufen? Den Mord an diesem … diesem Martin Allger hat unser klügster Stadtrat offensichtlich nicht aufgeklärt. Wahrscheinlich hat er keine Zeit dazu gehabt, weil er sich ständig um die Staufner Dorfschönheiten kümmern musste …«, begann er gehässig zu skandieren, wurde aber von einem anderen Ratsmitglied, das Immler wohlwollend zugetan schien, ausgebremst: »Lasst es gut sein, Waldvogel. Peter ist zwar der Jüngste unter uns, aber dennoch alt genug, um selbst zu wissen, was er tut.«

»Und warum ist er dann immer noch in Staufen?«, hakte Waldvogel nach.

»Vielleicht hat der ehrenwerte Herr Stadtammann gar nicht so unrecht«, meinte Jockel Mühlegg, schleimen zu müssen, bekam aber sofort von Melchior einen Ellbogen in die Rippen gedrückt.

Trotz dieser kleinen Maulattacke gegen den immer noch in Staufen weilenden Stadtrat Peter Immler entwickelte sich das Gespräch zwischen städtischer Aristokratie und ländlichen Untertanen wunschgemäß harmonisch. Sicherlich trug auch das Bier, dessen Genuss die Staufner aufgrund notgedrungener Abstinenz nicht mehr gewohnt waren, das seinige dazu bei, dass sich eine fast gesellig anmutende Atmosphäre entwickeln konnte und die Burschen von der Leber weg von sich selbst, von ihren Familien und von den derzeit immer noch unwirtlichen Lebensbedingungen im westlichen Zipfel der gräflichen Ländereien berichteten. Auf diese Weise bekamen Herrschaft und Verwaltung so einiges mit, das sie ansonsten nie erfahren hätten.

»Und dies werden Wir jetzt ändern: Wir werden versuchen, neue Lebensfreude unter euch malträtierte Staufner zu bringen!«, lenkte der Graf höchstpersönlich zum Thema, das es heute noch zu besprechen galt, über. »Wir haben anno 1635 das Versprechen gegeben, den Staufnern nach Beendigung der Pestilenzen etwas Gutes zu tun – und dies werden Wir auch!«, wiederholte er, für alle gut vernehmbar, das seinerzeit Zugesicherte und entschuldigte sich zur Verwunderung der anwesenden Immenstädter sogar dafür, dass er sein Versprechen bis heute noch nicht eingelöst hatte. »Wir sind allerdings aufgrund des Großen Glaubenskrieges, den diese vermaledeiten Lutheraner verursacht haben, noch nicht dazu gekommen«, drohte der streng katholische Adlige, die Kriegsgeschichte zu klittern und abzuschweifen, bekam sich aber sofort wieder in den Griff und gebot seinem Amtsleiter Speen vorzutragen, was für diesbezügliche Gedanken sie sich im Laufe der vergangenen Monate gemacht hatten. So ganz nebenbei schnippte er mit den Fingern und befahl dem Mundschenk, alle Becher zu füllen und in der Küche Bescheid zu geben, dass heute noch eine kleine Brotzeit für insgesamt 37 Personen – den Schreiber, den Zeremonienmeister und selbstverständlich die Lakaien, die immer noch dastanden, als wenn jeder von ihnen einen Säbel verschluckt hätte, ausgeklammert – vorbereitet werden musste.

»Also!«, begann Speen, nachdem er einen kräftigen Schluck

des leckeren Weines, dessen Trauben in der Mainzer Gegend herangereift waren, genommen hatte. »Wie Euer Erlaucht zu Ohren gekommen ist, hat sich in Staufen längst herumgesprochen, dass Ihre Exzellenz geruhen, eine Fahne zu stiften. Wie sich dies so schnell verbreiten konnte, ist mir allerdings ein Rätsel ... Wir werden doch keinen Geschwätzigen in unseren Reihen haben?«

Speen machte eine Pause und blickte nacheinander die anwesenden Ratsherren, die jetzt allesamt versuchten, möglichst unauffällig dreinzuschauen, an.

»Nun denn: Es ist in der Tat so, dass sich die Fahne schon seit längerer Zeit bei den fleißigen Franziskanerinnen in deren Dillinger Mutterhaus in Arbeit befindet und zum Jahresende hin fertig werden dürfte.«

Als wenn er entschuldigen wollte, dass die Fahne von Franziskanerinnen und nicht von Benediktinern gestickt wurde, ergänzte der Graf noch, dass es die Franziskanerinnen mit ihrer Paramentenstickerei zu respektabler Bekanntheit – sogar weit über die deutschen Lande hinaus, bis ins Aostatal, wo er wegen verwandtschaftlicher Beziehungen die Burg von Fénis kannte – gebracht hätten und sich Frauenhände sowieso besser für eine derart filigrane Arbeit eignen würden. »Immerhin wurden die Bilder von einem Immenstädter Künstler gemalt«, fügte er noch an und meinte damit die auf gestärkte Leinwand gemalten Medaillons zu beiden Seiten der Fahne, die von den Franziskanerinnen mit rotem und mit gelbem Tuch umnäht oder vielleicht sogar schon damit umbortet worden waren.

Nachdem die Staufner aufgrund des soeben Gehörten ihre Kommentare – die durchwegs geteilten Inhaltes waren – dazu abgegeben und ein Weilchen getuschelt hatten, ermahnte der zwischendurch im Stehen kurz eingenickte Zeremonienmeister zur Ruhe.

»Bitte lasst mich erst den für das Stiftungsprotokoll gedachten Textvorschlag verlesen, bevor ihr eure Meinung dazu abgebt. Wir können gerne im Anschluss darüber disputieren«, beschwichtigte Speen die Staufner.

»In Ordnung: Fahrt bitte fort, Herr Oberamtmann! Ich sorge für Ruhe unter den Meinen«, ebnete Melchior den Boden für einen ungestörten Vortrag vonseiten des ranghöchsten Immenstädter

Beamten, der mittlerweile aufgestanden war, um dem, was er jetzt zu verlesen gedachte, mehr Gewicht zu verleihen:

»*Wir Hugo Graff zue Königsegg unnd Rotenfelß Herr zue Aulendorff unnd Stauffen deß Römisch Kaisers Reichshoffrath und Cammerer* …«, begann er in aller hochoffizieller Form, das Schriftstück in seinen Händen vorzulesen. »… *gebiethen ten Jinglin Unserer Herrschafft Stauffen unnd semptlich Schützen Compagnie, mit Consens aller Stauffner Untertanen wie man halten solle ayn Gebreych. Von alters her unnd ten Vorfahrn gebreichlich gehalten die jungen diß Gebreych unnd nit abgehn lassen, sondern völglich halten wohlen Jahr vür Jahr zuem Gedenck an die Pestilenzen in Stauffen im Jahr Christi unnd unnserer heylig Jungfrau Maria 1635. Eß war in der unselig Zitt ein traurig Sterben daß Uns geboth, ein Gelobeniß zue thuen, daß wir hier nit vergeßen unnd im Jahre Christi unnd unnsrer heylig Jungfrau Maria 1649 die Stauffner thuen laßen mitsampt ein Fahnlin mit Tantz und Zug unnd einer Gedenck Redt deß Herrn Fendrich an ayn arg schlimme Zit in Stauffen unnd gemeinsam Speis unnd Lußtbarkeit in ayn Wirtzhauß wie es sich geziemet von alters her.*«

Oberamtmann Speen schaute jetzt mit gleichsam ernster und würdevoller Miene zu den Staufner Jungschützen, die mucksmäuschenstill dasaßen und jetzt nicht einmal wagten, ihre Hände zu den Bierkrügen zu führen. Es war ihnen schon peinlich genug, dass einem von ihnen ein Leibeswind entfleucht war und er damit alle Blicke der Immenstädter auf die Staufner gezogen hatte, obwohl dies niemanden ernsthaft gestört hatte. Die Immenstädter konnten sich denken, dass der Betreffende gegen die Wirkung des kräftigen Bieres wohl machtlos gewesen war – insbesondere, da er es nicht gewohnt sein dürfte.

»*Erstlich geben Wir einem von euch die Ehr als Fendrich*«, fuhr Speen fort, »… *und geben ihm ain schön Fahnlin mit ain Wapen von Unns unnd Unnsrer hochlöblich Gemahlin Maria Renata selig mitsampt ain Zaichen der Kirch zue Schutz vor weitrer Pestilenzen. Wir gebiethen alß diß folgendt Geboth allzitt gehalten wart zum all ewiglich Gedenck an die elendigen Pestilenzen in vil Jar in Unserm Rothenfelßisch Reich.*«

Nachdem Oberamtmann Conrad Speen die auf billiges Papier geschriebene Verfügung des Grafen Wort für Wort im Originalton fertig verlesen hatte, legte er das Schriftstück beiseite und wandte sich an den gräflichen Schreiber: »Seid Ihr bereit, all das festzuhalten, was wir jetzt besprechen werden?«

Als auch der hässliche Gnom eifrig nickte und zur Unterstreichung seines Arbeitswillens mit einer Hand den Federkiel so hochhielt, dass die Tinte dergestalt heruntertropfte, dass es auch seine Gewandung traf, konnte Speen kopfschüttelnd das Wort dem Grafen übergeben.

»Und, meine lieben Staufner?«, fragte dieser, unüberhörbar Beifall heischend. »Was haltet ihr davon? Bedenkt, dass das Amt eines Fähnrichs das höchste Ehrenamt ist, das Wir derzeit in Staufen zu vergeben gedenken.«

Da die Burschen mit dem eben Gehörten nicht gleich umzugehen wussten, weil es sich im Grunde genommen um keine Neuigkeit, sondern lediglich um eine Bestätigung dafür, dass es wohl keine Reichtümer geben würde, handelte, herrschte noch ein Weilchen betretenes Schweigen. Melchior erinnerte sich, dass er bei seiner Audienz beim Grafen vor geraumer Zeit als derjenige vorgeschlagen worden war, der ursprünglich dafür auserkoren gewesen wäre, dieses Amt auszuüben, dies aber strikt abgelehnt hatte. Dadurch fühlte er sich jetzt dazu berufen, einmal mehr das Wort zu ergreifen: »Verzeiht, Euer hochwohllöbliche Exzellenz!«, begann er, Süßholz raspelnd. »Euer Erlaucht Großzügigkeit hat uns allen die Stimme verschlagen. Wir sind uns sehr wohl der Tatsache bewusst, was es heißt, eine von Euch darselbst gestiftete Fahne zu erhalten und dieses wertvolle Panier als Bindeglied zwischen dem Hause derer zu Königsegg und uns, Euren treuen Staufnern, zum Gedenken an die schreckliche Pestzeit einmal jährlich durch die Straßen unseres Marktes tragen zu dürfen. Nur wissen wir nicht, wen Ihro Gnaden geruhen, als Fähnrich zu bestimmen.«

»Ihr selbst wisst wohl am besten, dass Wir schon einmal versucht haben, einen Uns passend dünkenden Mann für dieses Amt zu gewinnen, aber eine Abfuhr erhalten haben. Den Schneid des Betreffenden haben Wir seinerzeit respektiert und nicht ansatzweise versucht, Uns durchzusetzen. So ist dies, mein lieber Henne, jetzt nicht mehr Unsere Sache.«

Dabei sah der Graf den jungen Leinweber enttäuscht, aber auch mit strenger Miene an, was Melchior insofern quittierte, indem er dem Blick des Grafen nicht auswich und sogar ein leichtes Lächeln über seine Lippen schickte, als der Landesherr weitersprach: »Zusammen mit dem Rat der Stadt Immenstadt und unter bis heute geheim gehaltener Rücksprache mit eurem Ortsvorsteher und Unserem Kastellan …«, schon wieder betonte er, dass der Staufner Ortsvorsteher zwar den Staufnern zugesprochen war, der Schlossverwalter hingegen »ihm« gehören würde, »… sowie mit den Pfarrherrn von Immenstadt und von Staufen, geruhen Wir, die Wahl des Fähnrichs den ledigen Söhnen Staufens selbst zu überlassen. Wählt mit Bedacht den nach eurer maßgeblichen Meinung ehrbarsten und unbescholtensten Jüngling aus. Wie ihr dies bewerkstelligt, können wir jetzt noch gemeinsam besprechen. Wir weisen lediglich darauf hin, dass es ein seit mindestens drei Generationen in Staufen lebender Sohn der Heimat sein muss …, und einem Bauern möchten Wir dieses hohe Ehrenamt bei Gott nicht anvertrauen!«, konnte er sich aufgrund der ständigen Aufmüpfigkeit der Landbevölkerung und in Erinnerung an die Ermordung seines Vaters im Jahre 1622 durch einen Bauern namens Ulrich Zobel beim *Gätterle* zwischen Reute und Gunzesried nicht verkneifen. »Da Wir davon ausgehen, dass die meisten von euch ehrbar und unbescholten sind, könnten Wir Uns sogar vorstellen, dass ihr nicht nur einen Fähnrich, sondern auch einen Unterfähnrich und sogar weitere Mitstreiter erwählt, die dem Fähnrich zur Seite stehen. Insgesamt vielleicht sechs an der Zahl? So viele wie für eine gemeine Schützenkompanie vonnöten sind!«

Der Graf legte eine Pause ein. Es war still und nur ein Niesen des Pfarrers war zu hören.

»Möchte noch jemand etwas anmerken?«, beendete Speen, der wie immer das Amt des Sitzungsleiters und, wenn nötig, auch das eines Schlichters innehatte, diese Zwiesprache.

»Ja!«, meldete sich Bertel Schwabacher mit kraftvoller Stimme zu Wort: »Vorher ist gesagt worden, dass die Sache heuer noch über die Bühne gehen soll. Da gebe ich untertänigst zu bedenken, dass jetzt nacheinander mehrere Feiertage anstehen. Wir würden die Advents- und Weihnachtszeit gerne besinnlich im Kreise unserer Familien begehen und wären für ein paar Ster Holz dankbarer als für eine Fahne, die wohl nicht lange brennen würde.«

»Obwohl Er es nicht gerade an Respektlosigkeit mangeln lassen hat, vergessen Wir das, was Wir soeben gehört haben«, antwortete der Graf, in Anbetracht einer Situation wie dieser bemerkenswert ruhig, während die anderen Immenstädter gleichsam anklagend und verständnislos die Köpfe schüttelten und der Landrichter sogar in den Raum rief, dass Bertels respektlose Frechheit bestraft werden müsse.

»Lasst es gut sein, mein lieber Waldvogel«, winkte der Graf ab und wandte sich unbeirrt Schwabacher und den anderen Staufnern zu: »Wir respektieren euren frommen Wunsch. Wir haben es Uns schon gedacht, dass es für heuer zeitlich zu knapp werden könnte. Außerdem wäre es gut, wenn ihr euch bei der geplanten Feierlichkeit Zeit dafür nehmen und mindestens einen ganzen Tag der Pesttoten von 1635 gedenken würdet. Und damit ihr die sündhaft teure Fahne nicht verbrennen müsst, werden wir allen, die sich in Unser Vermächtnis einbinden lassen, so viel Holz zukommen lassen, wie sie benötigen, um sich und ihre Familien gut über den Winter zu bringen«, witzelte er noch und ignorierte den stillen Protest der anwesenden Ratsherren, die zwar selbst über genügend Brennholz verfügten, sich dies aber über verschlungene Kanäle hatten besorgen müssen.

Obwohl sich die Staufner riesig über dieses hölzerne Versprechen freuten und spätestens jetzt jeder danach trachtete, sich an der Sache zu beteiligen, nahm sich Jockel Mühlegg das Wort: »Verdammt noch mal! Mit was denn und wovon denn bitte sollen wir einen ganzen Tag lang feiern? … Bertel hat recht: Auch wenn unser Problem mit dem Brennholz zumindest für einige von uns jetzt scheinbar gelöst ist, so können wir uns immer noch keine Nahrungsmittel leisten, um den Winter unbeschadet zu überstehen. Wir haben weiß Gott andere Sorgen, als uns Gedanken darüber zu machen, wie wir einen Tag feiern können und wer von uns eine Fahne durch den Markt tragen darf.«

Bevor Melchior den Heißsporn bremsen konnte, hatte schon wieder Waldvogel das Wort ergriffen: »Darf ich um etwas mehr Respekt vor dem Auditorium bitten – oder wollt Ihr die heutige Nacht im Kerker verbringen?«, rief er Jockel wütend zu.

»Mit Euch habe ich nicht gesprochen. Und außerdem: Wenn jemand diese Scheißfahne schwingt, bin das sowieso ich!«, konterte Jockel trotzig und zog sich dadurch nicht nur den Unmut des gefürchteten Richters zu.

»Was erlaubst du dir, du, du …«, verfiel Waldvogel ins gegenwärtig nicht übliche Duzen, sprach aber wenigstens nicht aus, was er hatte sagen wollen. Stattdessen richtete er nur noch eine Frage an den besten Schwarzfischer Staufens: »Im Übrigen: Kenne ich dich nicht irgendwoher?«

»Aha! Wir sehen schon, dass auch Er ein kritischer Vertreter seines Standes ist«, ging der Graf höchstpersönlich dazwischen, um keinen unangenehmen Disput aufkommen zu lassen.

»Ich schreibe dies dem ungewohnten Alkoholgenuss zu. Er entschuldigt sich in aller Form für die ›Scheißfahne‹ und Wir vergessen den Zwischenfall«, zeigte sich der Landesherr zur Verwunderung aller und zu Waldvogels Verärgerung noch immer überaus gnädig.

Da Jockel zwar frech, aber beileibe nicht dumm war, kam seine Entschuldigung schneller, als ihn Melchior dazu ermuntern konnte.

»Gut!«, beendete der offensichtlich bestens gelaunte Graf mit einer Handbewegung das Thema und fuhr fort: »Dann unterbreiten Wir euch sogleich den Vorschlag, außer der Fahne und einen Umzug durch die Straßen eures Marktes auch noch klingende Münzen für ein gemeinsames Festmahl aller ledigen Staufner Burschen zu spendieren.«

Als sie dies hörten, wurden die Jungschützen schlagartig ruhig und lauschten aufmerksam dem, was der Graf noch zu sagen hatte: »Darüber hinaus werden Wir uns auch für die Kurzweil etwas einfallen lassen. Wir werden an diesem Tag Frohsinn, Freundschaft und Ehrbarkeit vereinen, indem Wir auch für die nötige Lustbarkeit sorgen. Selbstverständlich darf an diesem Tag auch getanzt werden.«

Bevor die Staufner ihrer Verwunderung und Freude Ausdruck verleihen konnten, meldete sich Stadtpfarrer Schwenk etwas despektierlich zu Wort: »Erlaucht! Wenn Ihr meint, habe auch ich nichts gegen Tanz und Lustbarkeit, … wenn sie denn zu keinen Ausschweifungen führen. Bedenkt aber, dass der Grund für Eure Stiftung auf das traurigste Ereignis, das Staufen jemals heimgesucht hat, zurückgeht. Des schrecklichen Pestjahres 1635, aber auch des Endes des dreißig Jahre währenden Krieges mitsamt seinen Brandschatzungen, Schändungen und Toten wird wohl noch in Hunderten von Jahren gedacht werden«, mahnte der Pfarrer, umklammerte sein um den Hals hängendes Kreuz und fuhr fort: »Deswegen muss ich darauf bestehen, dass die Sache im Einklang mit unserer Mutter Kirche vonstattengehen wird. Das Einvernehmen mit unserem Herrn Jesus Christus und mit unserer Heiligen Jungfrau Maria ist unverzichtbar.«

Bevor der Immenstädter Seelsorger die Zeit hatte, Forderungen auf den Tisch zu legen, fuhr der den meisten der Anwesenden an Raffinesse weit überlegene Regent dazwischen: »Da habt Ihr wohl recht, Hochwürden. Wir werden also einen Sonntag für den geplanten Festakt wählen, damit auch der Gang zur Kirche mit einbezogen werden kann.«

»Dies kommt überhaupt nicht infrage«, empörte sich der Geistliche und entschuldigte sich beim Grafen mit einer tiefen Verbeugung, bevor er weitersprach: »Der Sonntag ist allein dem Herrn gewidmet! An diesem Tag muss ich – Ihr mögt mir verzeihen – *Tretz unnd Kurzweyl* jeglicher Art verbieten.«

Und wieder war es der Graf, der sofort einen Vorschlag parat hatte: »Also gut: Dann werden wir den Sonntag für die religiöse Erbauung und zum Gedenken an die Toten nutzen und den Tag zuvor für den eigentlichen Festakt, für Tanz und Lustbarkeit.«

»Dies – Ihr mögt mir abermals verzeihen – kann ich ebenfalls nicht gutheißen. Auch wenn am Samstag gefeiert wird, so wird auch an diesem Tag dem Teufel Alkohol gefrönt werden.«

»Ja, gut: Wir werden nicht umhinkommen, auch ein paar Fässer Bier zu spendieren. Dies werden Wir in erster Linie aber deshalb tun, damit die geschwächten Staufner endlich wieder zu Kräften kommen«, argumentierte der heute auch ganz besonders diskussionsfreudige Landesherr, der genau wusste, dass letztlich immer das getan wurde, was er vorgab. Lediglich die lästigen Pfaffen getrauten sich, ihm hin und wieder Paroli zu bieten.

Als jetzt nicht nur die Staufner, sondern auch die Immenstädter herzhaft zu lachen begannen, zeigte der Pfarrer mit einer abwinkenden Handbewegung und einem enttäuschten Gesichtsausdruck, dass für ihn die Diskussion beendet war.

»Aber Hochwürden! Ihr wisst doch, dass ich ein gottesfürchtiger Mann bin und mein Handeln stets nach den Gesetzen unserer Kirche richte – oder wollt Ihr dies etwa leugnen? … Haben Wir dies nicht durch etliche kirchliche und soziale Stiftungen hinreichend unter Beweis gestellt?«

Der Graf wartete auf eine Reaktion des Pfarrers, die aber nur aus einem abwehrenden »Pfff!« bestand, weshalb er größere Geschütze auffuhr: »Außerdem erwägen Wir, gelegentlich eine Kapelle zu errichten. Vielleicht eine Wallfahrtskirche in Bühl? Eine der Heiligen Jungfrau Maria gewidmete Loretokapelle etwa?«, wusste der Graf den kirchlichen Würdenträger wieder für sich einzunehmen. »Und da Wir euch beipflichten müssen, mein lieber Schwenk, gebieten Wir, dass der Sonntag ausschließlich dem gemeinsamen Kirchgang, bei dem all der Pesttoten, von mir aus auch der Toten, die im Jahr zuvor durch Mörderhand gestorben sind, und all der Staufner, die durch Krieg, Hunger, Brand und anderes Elend ihr Leben verloren haben, gehört ... Seid Ihr jetzt zufrieden?«

Während der Schreiber fleißig mitnotierte, glaubte der Graf, tatsächlich einen zufriedenen, zumindest aber entspannten Ausdruck im Gesicht des Pfarrers zu erkennen, was ihn unverzüglich fortfahren ließ: »Wir werden also den Herrntag für das Totengedenken und den Mänetag für den weltlichen Gedenkakt und für die Feierlichkeit nutzen.«

Während der Graf in die Runde blickte, um zu erforschen, ob dies im Sinne aller sei, meldete sich abermals Bertel Schwabacher zu Wort. Dessen Aussprache war allerdings nicht ganz so geschliffen wie die von Melchior Henne. Als ein Jünger der Schwarzen Kunst konnte er dafür allerdings besser lesen und schreiben als sein Freund Melchior, was sich auch in seiner Artikulation bemerkbar machte: »Was wäre, wenn wir das Ende der Fasnachtszeit nutzen würden? Meines Erachtens wäre dies eine ideale Zeit, da schon anderntags die Fastenzeit beginnt und diejenigen, die der Lustbarkeit und dem Alkohol allzu viel gefrönt haben, beim Fasten sofort wieder Buße tun könnten.«

Während daraufhin der Pfarrer dem Regenten etwas ins Ohr tuschelte, unterhielt sich der Oberamtmann angeregt mit den anderen Honoratioren, bevor er sich wieder dem Grafen zuwandte, um ihn zu fragen, wie nun weiter verfahren werden solle.

Nur in den Reihen der Staufner wurde nicht getuschelt. Im Moment waren sie einfach nur stolz auf einen weiteren der Ihren, der sich nicht nur äußerst gepflegt auszudrücken vermochte, sondern ganz offensichtlich einen guten Gedanken gehabt zu haben schien. Jedenfalls konnten sie in den Reihen der Städtler vermehrtes Kopfnicken – was sie umgehend als Zustimmung werteten –, durchwegs freundlich anmutende Gesichter und sogar das eine oder andere Lächeln feststellen. Nachdem geklärt und allseits bestätigt worden war, dass Bertels Vorschlag uneingeschränkt akzeptiert werden konnte, wurde festgelegt, dass die Umsetzung des Stifterwillens in das Ende der kommenden Fasnachtszeit fallen sollte. Zudem wurden nach einer tiefgreifenden Diskussion bereits konkrete Abläufe und auch schon einzelne Details festgelegt.

»Was wir heute klären können, liegt uns morgen schon nicht mehr schwer im Magen«, gab der Regent das Stichwort, als ihm der Zeremonienmeister zutuschelte, dass der Küchenmeister mit seiner Arbeit fertig sei.

Bevor der Graf allerdings auftragen ließ, erhob er die Hand, um zu zeigen, dass er noch etwas Wichtiges zu sagen habe. Das hieß, dass sich jetzt alle absolut still verhalten mussten, wenn sie keine Rüge oder gar eine Ordnungsstrafe riskieren wollten.

»Also gut: Nutzen wir die Fasnacht für unsere Zwecke! Wie auch andernorts, liegen die alten Fasnachtsbräuche seit Beginn des Krieges selbst im brauchtumsverbundenen Staufen darnieder. Vielleicht gelingt es Uns, durch Unsere Fahnenstiftung nicht nur neuen Lebensmut unter die Staufner Bevölkerung zu säen, sondern zudem auch einen neuen Fasnachtsbrauch eigenwilliger Prägung zu etablieren, der über Jahrhunderte hinweg an die schreckliche Zeit der Pestilenzen und an deren Aufarbeitung erinnern wird? Und bis der Amtsschreiber alles zusammengefasst hat, damit Oberamtmann Speen ein abschließendes Resümee ziehen kann, kosten wir von dem, was Unser Küchenmeister auf die Schnelle gezaubert hat. Haut rein, meine lieben Staufner! … Ihr habt noch einen anstrengenden Heimweg vor euch.«

Was jetzt abzulaufen begann, trieb den Burschen die Augen aus dem Kopf und das Wasser auf die Zungen. Wegen des hitzigen Disputs hatten sie nicht so richtig wahrgenommen, dass unvermittelt vier weitere Lakaien den Raum betreten hatten, die silberne Platten und tönerne Teller sowie schwer geschmiedetes Besteck mit Hirschhorngriffen und ebenfalls silbern glänzende Kerzenleuchter herbeigebracht hatten, um damit den großen Tisch so zu decken, dass es nur so funkelte. Nachdem dies geschehen war, zogen sie sich rückwärts buckelnd zurück, um schon wenige Minuten später mit den feinsten Spezereien zurückzukommen: Räucherspeck in Hülle und Fülle, mit Apfelstücken angereichertes Schweineschmalz, köstlich aussehender Krautsalat, ein mit viel Zwiebeln angemachter Bohnensalat, hart gekochte Eier, verschiedene Käsesorten, ein Berg Butter und vieles mehr. Ein besonderes Zeichen des barocken Lebensstils der Königsegger waren die verschiedensten Gewürze, die teilweise sogar aus dem Orient in die deutschen Lande gebracht und vom Kaufmann Peter Immler an zahlungskräftige Kundschaft – zu der auch der Graf gehörte, obwohl er die Rechnungen seiner Lieferanten meistens ein Weilchen liegen ließ, bevor er sie zur Zahlung durch den »Hellermeister« freigab – verkauft worden war. Das Köstlichste aber waren wohl die gespickten Blutwürste, die direkt nach dem Schächten eines Lammes, das der Leibkoch des Grafen für einen alleinstehenden und betagten Juden hatte aufbereiten lassen, gemacht worden waren. In jungen Jahren war der alte Hebräer dem Vater des Regenten als eine Art Spion zu wertvollen Diensten gewesen, weswegen ihm Freiherr Georg versprochen hatte, im Alter für ihn zu sorgen. Da der Freiherr aber längst tot war und der Jude immer noch lebte, bekam er eben von Graf Hugo das von dessen Vater zugesicherte Gnadenbrot. Das haufenweise herbeigebrachte Brot kam zwar auch durch Gnaden des Herrn auf den Tisch, dies juckte die zur Tafel Geladenen aber nicht; sie griffen gierig zu.

»Ja, meine Herren, so sieht eine Brotzeit im Hause Königsegg aus«, prahlte der Regent, der besser daran getan hätte, sich Gedanken darüber zu machen, was wohl in den Köpfen der armen Staufner, die sich heute zwar so richtig vollfressen konnten, aber schon morgen nicht mehr wissen würden, wo sie die nötigsten Lebensmittel für sich und ihre Familien herbekommen sollten, vorging. Es war kein Wunder, dass am Schluss des – aus gräflicher Sicht improvisierten – Banketts sämtliche Teller und Platten leer, dafür aber die Mägen und Taschen der Staufner voll waren. Als Jockel Mühlegg ein Stück Speck in seiner Tasche verschwinden lassen wollte, wäre fast der mit dem Königsegger Wappen verzierte Silberteller, auf dem der Speck gelegen hatte, daran »kleben« geblieben. Wenn dies Melchior nicht zufällig gesehen und durch einen unauffälligen strengen Blick verhindert hätte, wäre dieser Nachmittag sicherlich nicht weiterhin so harmonisch verlaufen wie bis dahin. Denn dann wäre anstatt des Specks Jockels abgeschlagene Diebeshand auf einem Silbertablett serviert worden und Richter Waldvogel zufrieden gewesen.

Als sich Oberamtmann Speen mit dem Handrücken den Mund abwischte und aufstand, um das vor Beginn der Brotzeit Besprochene und größtenteils auch schon Beschlossene zusammenzufassen, war es schon wieder einigermaßen still im Raum; während die Bediensteten den Tisch abräumten, vernahmen sie nur noch ein gelegentliches Rülpsen und das mehr oder weniger klangvolle Entlassen von Leibeswinden. Aber dies waren die Lakaien und der Zeremonienmeister von ihrer Obrigkeit her ja gewohnt. Sie wussten nur nicht, dass die Staufner in diesem Punkt ihrer Herrschaft in nichts nachstanden, weswegen der Schreiber, bei dem lediglich das Knurren seines Magens zur allgemeinen Geräuschkulisse beitrug, demonstrativ die Nase rümpfte.

»Notiert mir nur ja alles ganz genau mit!«, wurde ihm von Speen aufgetragen.

Soll ich wirklich?, dachte sich der missgünstige Gnom, während er zu seinem Schreibgerät griff und darauf wartete, was der Oberamtmann dem Auditorium mitzuteilen hatte, nachdem der Graf mit dem, was er Speen jetzt noch schnell ins Ohr flüsterte, fertig war: »Man hört es, mein lieber Speen …, es hat Euch geschmeckt. Aber denkt Euch nichts dabei. Wir haben ebenfalls mit den Bohnen zu kämpfen.«

Nachdem die allgemeinen Geräusche etwas nachgelassen hatten und auch das allseitige Gelächter verstummt war, konnte der Oberamtmann endlich mit seiner Zusammenfassung beginnen: »Euer Exzellenz! – Ehrenwerter Ratsvorsitzender! – Verehrte Räte unserer schönen Residenzstadt! – Hochwürden! … Meine lieben Staufner!«, begann er, während ihm schon wieder etwas so laut entfleuchte, dass es ihn fast aus dem Konzept gebracht hätte.

»Erstens: Ich stelle fest, dass unser hochverehrter – und wie ich anmerken darf, überaus großzügiger – Regent den Staufner Jünglingen eine Fahne stiften und diese dem bestgeachtetsten und unbescholtensten unter ihnen in die Hand geben wird, damit dieser – im Einvernehmen mit den heute hier anwesenden Jünglingen und fürderhin *Staufner Bürgerfähnrich* genannt – im Gedenken an die verheerende Pestilenz in Staufen vor 14 Jahren dieses Panier neuer Lebensfreude alljährlich am letzten Tag der Fasnacht durch die Straßen des Marktes Staufen tragen und bei einem Gedenkakt dreimal über seinem Haupte schwingen wird.

Zweitens: Den Herrn Fähnrich, einen Herrn Unterfähnrich – seinen Stellvertreter im Amte – und drei weitere Herren Fahnenbrüder erwählen die Staufner Junggesellen unter sich selbst und benennen diese alljährlich – falls die Sache im Jahr darauf wiederholt werden sollte – nach dem Einbringen der Heuernte, spätestens aber Ende des Herbstmondes dem gräflichen Oberamt. Selbiges ist auch dem Verwalter des Schlosses Staufen, dem es obliegen wird, die Fahne sicher vor Brand und Raub zu verwahren, unverzüglich mitzuteilen.

Drittens: Mit hochwohllöblicher Genehmigung Ihrer Exzellenz, des Reichsgrafen Hugo zu Königsegg-Rothenfels, darf sich die neu gebildete Vereinigung fortan offiziell als *Staufner Fahnenkompanie* bezeichnen.«

Ein kurzer Beifall der Staufner unterbrach den Oberamtmann, der sich aber jetzt trotz erneuter Blähungen nicht mehr aus dem Konzept bringen ließ.

»Viertens: Da das Ganze von Trommlern und Pfeifern begleitet werden soll, bestimmt der Herr Fähnrich einen von ihnen als Herrn Tambour, der wiederum seine Musikanten selbst erwählt. Diese müssen sich aus den Reihen der ganz jungen Burschen Staufens, nicht aber unter 16 Jahren alt, rekrutieren. Sollte es ihm nicht gelingen, genügend musikbegeisterte Jünglinge hierzu aufzutreiben, werden – zumindest für das erste Mal – die Trommler und Pfeifer der Immenstädter Schützenkompanie herangezogen. Gelingt es dem Herrn Tambour jedoch, ein eigenes Staufner Trommler- und Pfeifercorps aufzustellen, können sie sich die Trommeln und Pfeifen von der Immenstädter Kompanie ausleihen. Außerdem werden die Immenstädter mit den Staufnern so lange üben, bis diese es begriffen haben und mindestens einen schneidigen Feldmarsch aufspielen können. Der Herr Tambour zeichnet dafür verantwortlich, dass die Instrumente in gepflegtem Zustand zurückgegeben werden – hierzu könnte einer der Staufner Jünglinge herangezogen und verantwortlich gemacht werden. Eine gute Beziehung zwischen den Immenstädter und den Staufner Untertanen ist anzustreben.

Fünftens: Da die Durchführung des neuen Brauches an der Fasnacht stattfinden wird, soll auch ein Fasnachtsbutz nach altem Vorbild seinen Schabernack treiben dürfen, gleichzeitig aber auch für Ordnung sorgen. Sollte der ehemalige Staufner Butz nicht mehr aktiviert werden können, wird der Immenstädter Butz nach Staufen entlehnt. Dies aber nur für das erste Mal. Bis zum Jahr darauf müssen die Staufner wieder einen eigenen Butz stellen. Hierzu wird vom Oberamt vorgegeben, dem ärmsten Burschen des Dorfes die Möglichkeit zu geben, sich zu verbutzen und durch seine Faxen ein paar Heller zu verdienen.

Sechstens: Damit alle Staufner Untertanen von diesem neuen Brauch, der erstmals am letzten Tag der Fasnacht, am *Fasnatziestag*, dem 8. März 1650, mit Wohlwollen Seiner Gnädigen Exzellenz, des Reichsgrafen Hugo zu Königsegg-Rothenfels, und unter der Aegide der Staufner Jünglinge organisiert und durchgeführt wird, Kenntnis erhalten und sich an diesem Gedenktag beteiligen können, geht der noch zu erwählende Herr Fähnrich mitsamt seinem Herrn Unterfähnrich und den Herren Fahnenbrüdern im Marktflecken von Haus zu Haus, um die Bevölkerung persönlich einzuladen. Das persönliche ›Laden‹ durch die Staufner Fahnenkompanie erstreckt sich nicht auf die umliegenden ländlichen Gebiete, sondern ausschließlich auf den Marktflecken selbst. Dafür aber sollen die jungen Leute besondere Rücksicht auf die ehrwürdigen Altvorderen nehmen und stets auf deren weisen Rat hören. Überdies muss auch die Herrschaft in gebührender Form zur Festesfeier geladen werden. Hierzu hat die gesamte Staufner Fahnenkompanie am Vormittag des Mänetages vor dem Residenzschloss in Immenstadt anzutreten.

Siebentens: Um auch unserer katholischen Kirche und der Heiligen Jungfrau Maria die gebührende Referenz zu erweisen, soll sich die Festesfeier über drei Tage erstrecken, wobei am ersten Tag – dem Herrntag – jegliche Art von Lustbarkeit verboten sein wird. Es wird zwingend befohlen, dass an diesem Tag alle Staufner in die Kirche gehen, wo der Pfarrherr eine besonders schöne Messe lesen und auch der Pesttoten von 1635 sowie der ein Jahr zuvor Ermordeten und all jener, die ihr Leben im Krieg gelassen haben, gedenken wird. Wenn der Ortspfarrer mit dem Besuch der Heiligen Messe zufrieden war, kann im Wirtshaus noch etwas genügsame Einkehr gehalten werden.

Achtens: Der Mänetag dient der Vorbereitung für das eigentliche Fest am Tag darauf. Hierzu kann die Staufner Fahnenkompanie ins Wirtshaus ziehen, wo sie sich etwas erlaben darf – aber nicht zu viel! Es ist sorgsam darauf zu achten, in gebührender Gewandung zu erscheinen und darauf zu sehen, dass diese auch tags darauf in ordentlichem und sauberem Zustand ist.«

Der Oberamtmann blickte mahnend in die Runde der Staufner, die das Gehörte zwar erfreute, deren konzentriert aussehende Gesichter aber nicht nur den Worten des Oberamtmannes galten. Vielmehr konnten sie es kaum erwarten, bis die Veranstaltung zu Ende ging und sie endlich die sich zunehmend erwärmenden Fressalien in ihren Taschen in den Schnee stecken konnten.

»Neuntens: Am *Fasnatziestag,* dem Höhepunkt der Fasnacht also, aber auch dem Haupttag der gräflichen Fahnenstiftung, wird frühmorgens vom Zug die Fahne beim Herrn Fähnrich abgeholt und zur Morgensuppe ins Wirtshaus verbracht. Hier dürfen sich die Mitglieder der Staufner Fahnenkompanie etwas erlaben, aber nur so viel, dass der darauf folgende Kirchgang von niemandem wegen ungebührlichen Verhaltens gestört wird und niemand wegen Kopfschmerz oder Speierei aufgrund zu vielen Alkoholgenusses fernbleibt.

Zehntens: Nach kurzer Zwiesprache mit Gott dem Herrn und der Heiligen Jungfrau Maria in der ehrwürdigen Pfarrkirche St. Petrus und Paulus wird die Fahne geweiht und nach dem Kirchgang vom Herrn Bürgerfähnrich durch Staufens Straßen getragen und auf dem Marktplatz dreimal über seinem Haupte geschwungen. Der Herr Bürgerfähnrich hält eine Gedenkrede zu Ehren der Pesttoten und eine Dankesrede zu Ehren des Fahnenstifters und dessen Familie. Danach dürfen sich auch die ehrbaren Jungfrauen am Geschehen beteiligen und mit den Burschen tanzen.«

»Ruhe!«, bellte der Zeremonienmeister in Richtung der Staufner.

»Elftens«, fuhr Speen unbeirrt fort. »Das Mittagsmahl soll als Zeichen der Gemeinsamkeit in feierlicher Form gehalten werden.

Danach sollen Frohsinn, Freundschaft und Ehrbarkeit die Staufner weiterhin den ganzen Tag über begleiten.

Zwölftens: Mit dem sechsten abendlichen Glockenschlag wird die Fahne ins Schloss verbracht, wo sie vom gräflichen Verwalter bis zum nächsten Jahr in der Schlosskapelle sicher gegen Brand und Raub verwahrt wird.

Damit ist das Vermächtnis Ihrer Exzellenz, des Reichsgrafen Hugo zu Königsegg, des Herrn über Rothenfels und Staufen, erfüllt. Im Schein von Fackeln kann dann nochmals ins Wirtshaus gezogen werden, um bei Tanz und Lustbarkeit den Gedenktag ausklingen zu lassen.

Dreizehntens: Während der ganzen drei Tage, insbesondere aber am *Fasnatsziestag* selbst, werden die Aktivitäten stets von Hochrufen auf Ihro Exzellenz und die hochgräfliche Familie, auf den Herrn Bürgerfähnrich und auf die verstorbenen Staufner begleitet, wobei man auch der lebenden Staufner gedenken und auch die Altvorderen anloben kann. Inwieweit dies und der Einsatz der Trommler und Pfeifer stattzufinden hat, wird dann besprochen, wenn die Staufner ihren Bürgerfähnrich erwählt haben und die weiteren Mitglieder der Staufner Fahnenkompanie feststehen.«

»Dann werden wir auch besprechen, wie Wir Uns die monetäre Seite vorstellen«, mischte sich jetzt der Graf, der befürchtete, dass es ihn einen ganz schönen Batzen Geld kosten würde, ein. »Aber jetzt, mein lieber Speen, lasst Euch nicht unterbrechen und kommt endlich zum Schlusswort!«

Der Oberamtmann legte eine flache Hand auf die Brust und verneigte sich. »Ja, Euer Exzellenz!« Danach wandte er sich wieder den Staufnern zu: »Im Gegenzug versprechen die Staufner Jünglinge, im nächsten Jahr ihre Äcker und Wiesen wieder so zu bearbeiten, wie sie es von Väter Seiten her kennen und gewohnt waren.«

Nachdem nun doch noch etwas Unruhe in den Raum gekommen war, weil die Burschen nicht wussten, woher sie das Saatgut für ihre Äcker nehmen sollten, musste der Zeremonienmeister energisch um Ruhe bitten.

»Gestattet mir, dass ich nun wortgetreu den Rest des gräflichen Erlasses verlese«, kam Speen endlich zum Schluss. »›*Ungelegenheit Rauberey Schreyen unnd dergleichen auch auff tem Weg inns eigne Hauß. Nit auff tem Markt nit auff ten Gassen. Aynen solchen solle eine gewisse Straff gesetzet werten. Daß darf in nichten geduldet oder gelitten werden. Der Butz ißt davür zuegestendig daß alls fridlich unnd beschaidelich hergehe unnd daß kayner auch nur ain Kreitzer mehr Kosten mache alls was bey tem Herrn Fendrich unnd ten Wirthsleuth beschlosen wardt. Betreffent der Compagnie und ander Kösten bey tem Herrn Wirth georderte Speysereyen Spihlleit unnd auch was ausgegeben der gantzen Compagnie Kösten unnd Schaden durch Herrn Fendrich unnd Herrn Undherfendrich offentlich Compagnie Rechnig vür daß Jahr Christi unnd unnsrer Heylig Jungfrau Maria 1650 thun wie mit hochgräfflicher Excellenz Gespräch gegeben zuem Oberampt in Imenstatt. Ob es gut sey was verordnet ward lehret die Zitt.‹«*

Nachdem so weit alles geklärt war und die »*Gräfliche Fahnenstiftung zue Staussen*« zumindest in solchen Grundzügen stand, die noch ein paar kleinere Änderungen zuließen, merkten die Staufner, dass es längst zu dunkeln begonnen hatte. Schlagartig fiel ihnen der heute noch vor ihnen liegende Nachhauseweg ein. Dass sie aufgrund des mehr als unterhaltsamen Nachmittags allesamt vergessen hatten, dass sie noch einen mehrstündigen Marsch vor sich haben würden, ließ sie erschauern; insbesondere, weil es wieder zu schneien begonnen hatte.

»Verdammter Mist!«, wollte Rinzlars Lise, der seinen Mund den ganzen Tag nicht aufgebracht hatte, jetzt lauthals drauflosschimpfen, wurde aber von Oberamtmann Speen ausgebremst. Allerdings kam der nicht gleich dazu, den Staufnern das zu sagen, was er so nebenbei mit dem Grafen besprochen hatte und ihnen jetzt noch mitteilen wollte. Nachdem der Marschallstab dreimal auf den Boden gesaust war, wusste er, warum er unterbrochen worden war. Da der Zeremonienmeister den ganzen Nachmittag über fast nichts zu tun gehabt und im Gegensatz zu den hohen Herren und den Staufnern kaum etwas zu trinken bekommen hatte, ließ sein Kehlkopf den ansonsten gewohnt sonoren Singsang jetzt nicht zu. So hörte es sich an, als wenn ein Rabenvogel krächzen würde: »Ihro Exzellenz geruhen, sich zurückzuziehen!«

Auch wenn kaum einer der Anwesenden etwas verstanden hatte, war doch von allen bemerkt worden, um was es ging, weswegen sie sich von ihren Sitzen erhoben. Bis auf Speen und die Staufner verließen alle den Raum.

Erst als auch der Schreiber hinausgewatschelt war, ergriff der Oberamtmann wieder das Wort, um das loszuwerden, was er den Staufnern vorher schon gesagt haben wollte: »Bleibt gelassen, meine lieben Schützen. Ihre hochgütigste Erlaucht haben meinem Vorschlag verständnisvoll zugestimmt, euch heute nicht mehr nach Staufen zu entlassen, sondern euch die Nacht über hierzubehalten.«

»Was … was soll das heißen? Sind wir etwa gefangen gesetzt?«, fragte der ansonsten besonnene Melchior aus Sorge um seine Männer. Dabei sah er Jockel Mühlegg, auf dessen vorlautes Mundwerk er dies zurückführte, vorwurfsvoll an.

»Um Gottes willen! Wir müssen aber heute noch zurück! Meine Eltern werden sich jetzt schon sorgen«, jammerte Gebhard Luckner, der Jüngste von ihnen.

»Ich habe es gewusst, dass man keine Kinder zum Schießen mitnehmen sollte«, stichelte Jockel Mühlegg, während Bertel Schwabacher die sachliche Frage an Speen richtete, wo er gedachte, die Staufner die Nacht über unterzubringen.

»Im Gräflichen Marstall!«, kam die prompte Antwort des Oberamtmannes. »Dort ist es warm und es steht genügend Heu und Stroh zur Verfügung, damit ihr euch ein weiches Lager bereiten könnt. Und morgen früh könnt ihr dann – sofern es nicht die Nacht durchschneit – mit dem Ladewagen, der euch von der Schießstätte hierhergebracht hat, nach Staufen fahren.«

»Das ist fürwahr ein großzügiges Angebot … Was meint ihr?«, versuchte Melchior, der sich sofort wieder beruhigt hatte, die Stimmung unter den Seinen auszuloten, und bekam außer von Gebhard Luckner eine klare Zustimmung.

»Das Pferdegespann könnt ihr dann mitsamt dem Wagen und einem schönen Gruß von mir ins Staufner Schloss bringen. Dort verbleibt alles, bis die *Staufner Fahnenkompanie* nach Immenstadt muss, um die gräfliche Familie zum *Staufner Fasnatziestag* einzuladen. Und jetzt kommt mit in den *Goldenen Adler*! Seine Exzellenz hat mir Geld für einen Schlaftrunk bewilligt. Offensichtlich habt ihr es ihm angetan«, stellte Speen, dem dies nur allzu recht zu sein schien, schmunzelnd fest. »Ach, bevor ich's vergesse: Damit eure eingesteckten Fressalien haltbar bleiben, könnt ihr sie gleich hinter dem Marstall im Schnee verbuddeln«, zwinkerte der Oberamtmann den verdutzten Staufnern, bei denen spätestens jetzt sämtliche Bedenken beiseitegeräumt waren, zu.

KAPITEL 14

»Wo bleiben die denn nur – es wird ihnen doch nichts geschehen sein?«, sorgten sich die Eltern der Jungschützen, die am Vorabend nicht von Immenstadt zurückgekehrt waren.

»Macht euch keine dunklen Gedanken. Die haben sicherlich aufgrund des gestrigen starken Schneefalls in Immenstadt genächtigt. Bestimmt hat ihnen der Pritschenmeister eine Unterkunft besorgen lassen. Und da es heute nicht schneit, werden sie wohl um die Mittagszeit herum wieder hier sein«, beschwichtigte der Ortsvorsteher die unruhige Menge, die sich trotz der Eiseskälte schon frühmorgens wieder an dem Platz eingefunden hatte, an dem gestern eine Leiche aus dem Schnee gegraben worden war. Wenn es bei den Verwandten und Freunden der Schützen die ehrliche Sorge um die Ihrigen war, konnte deren Rückkehr von anderen aufgrund unbändigen Hasses und bohrender Rachegelüste kaum erwartet werden. Immerhin war schon wieder einer der Ihren umgebracht und grausam zugerichtet worden. Und man hatte ihm den rechten Arm mehr abgerissen als abgeschnitten. Auch wenn sich der Mörder laut Aussage des Spitalarztes, der den Toten später genau untersucht hatte, allergrößte Mühe gegeben hatte, den Arm sauber abzutrennen, so war ihm dies nicht gelungen.

»Weswegen ist er umgebracht worden? Hat der Mörder Hunger gehabt oder was wollte er sonst mit dem Arm des Toten anfangen? Was hat ihn zu einer solch scheußlichen Tat getrieben?«, fragten sich die gleichsam verängstigten und wütenden Leute, die selbst gerne ein Stück Fleisch zwischen den Zähnen haben würden … Aber so etwas? Nein! Niemals!

Merkwürdigerweise war der Tote zwar genau in der Mitte, aber nicht längs zur Achse des Torbogens, sondern mit den Füßen schräg nach rechts hindrapiert worden, was zwar eine Parallele zum ersten Mord darstellen könnte, dem Medicus aber nicht wahrscheinlich erschien. Dennoch: Die Füße des zweiten Toten zeigten – man könnte fast sagen, ordentlich – in dieselbe Richtung wie die von Martin Allger, den man vor einiger Zeit vor dem Marterl gefunden hatte. Sie zeigten ebenfalls schräg zum markanten Fundort und, ebenfalls ordentlich, in Richtung Dorfmitte.

Aber ist nicht die Kirche selbst der Dorfmittelpunkt? Wohin also zeigen die Füße des zweiten Toten? Deuten sie überhaupt bewusst irgendwohin oder bilde ich mir das nur ein? … Wahrscheinlich alles nur Zufall, nagte es in Lodewig, den die Gedanken an einen Sühne- oder Ritualmord nun nicht mehr losließen.

Möglicherweise waren diese Gedanken gar nicht so verkehrt. Denn in Erinnerung an Martin Allger hätte es eine logische Folgerung sein können, dass Fabio beim zweiten Toten gleichfalls ein ausdrucksloses Gesicht freigelegt haben könnte. Dies war aber nicht der Fall gewesen. Das Gesicht des zweiten Toten war zwar auch ausdruckslos gewesen, hatte aber noch die dazugehörenden Augen.

Nachdem Fabio den ganzen Kopf des Toten fast freigekehrt und die gestrige Nachmittagssonne das Ihrige zur gänzlichen Freilegung des Toten beigetragen hatte, war nur eine Sache klar geworden: Bei diesem Toten handelte es sich um denjenigen, den Melchior Henne tags zuvor so verzweifelt gesucht hatte, weil er der beste Schütze des Dorfes gewesen war und nach Immenstadt hätte mitgehen müssen. Es war der Feinweber Markus Hagspihl, zwischen dessen Schulterblättern sie eine Stichwunde entdeckt hatten. Das ausgetretene Blut war vor dem Gefrieren den Körper von oben nach unten gelaufen. Dies zumindest hatte der Medicus feststellen können, als er ihn mit Fabios Hilfe zu Untersuchungszwecken vorsichtig auf den Bauch gedreht hatte. Das Blut, das durch das zweifellos unsachgemäße Abtrennen des rechten Armes in Strömen geflossen sein musste, war allerdings nicht den Körper heruntergelaufen, sondern hatte sich seinen Weg nach hinten gebahnt. Das hieß, dass der bedauernswerte Markus vermutlich im Stehen erstochen, aber im Liegen misshandelt worden war, was – Gott sei gelobt – darauf hindeutete, dass er schon tot war, als man ihm laienhaft den Arm entfernt hatte. Aber warum klebte dennoch so viel Blut an ihm?

Auch wenn viele Fragen offen geblieben waren und über den Mörder selbst noch nichts in Erfahrung gebracht werden konnte, hatten sich die Aggressionen derart schnell hochgeschaukelt, dass sich die Staufner plötzlich einig waren und nun mit absoluter Bestimmtheit sagen konnten, wer der Mörder des zweiten Toten gewesen war. Ob er auch für den Tod von Martin Allger verantwortlich war, interessierte sie momentan nicht vordergründig. Denn schon gestern hatten sie einen Schuldigen »auserkoren« und das genügte ihnen. Nachdem sie zuerst Josef – den bravsten aller braven Kirchendiener – als Täter im Visier gehabt hatten, war der ominöse Fremde, der sich in den letzten Tagen in Staufen herumgetrieben hatte, wieder ins Zentrum des Interesses gerückt und dran gewesen. Nachdem dieser nirgends aufzufinden war, hatte er sich zwar umso verdächtiger gemacht, war aber nicht mehr greifbar gewesen. Und sie wollten – ohne Rücksicht auf Verluste – unbedingt jetzt einen, an dem sie ihre unbändige Wut über den Tod zweier junger Staufner auslassen konnten. Hätten sie Fußspuren im Schnee entdeckt, hätten sie auch die zweite verdächtige Person – offenbar in Gestalt eines Kuttenträgers – im Dorf gesucht oder dessen Verfolgung aufgenommen. Oder waren der vermeintliche Mönch und die dunkle Gestalt, die in der *Krone* genächtigt hatte, ein und dieselbe Person? Egal! Die aufgebrachte Menge hätte sie gejagt, wohin und wie weit sie auch geflohen wäre. Aber die gestrige übereilte Spurensuche hatte die verschneiten Wege, Plätze und Wiesen mit unzähligen neuen Spuren durchzogen, weswegen es irgendwann sinnlos geworden war, nach verdächtigen Schuhabdrücken zu suchen. Außerdem hatten der spätnachmittägliche Schneefall und die früh einsetzende Dunkelheit dieses Vorhaben gänzlich zunichtegemacht. Sie hatten zwar im einen oder anderen Schuppen nachgesehen, die Suche aber bald aufgeben müssen. Da der Unbekannte, möglicherweise sogar die Unbekannten, nicht aufgegriffen werden konnten, war die rasende

Wut in den Bäuchen der Staufner Bevölkerung irgendwann in puren Hass umgeschlagen.

Auch tags darauf wollten sie ihre Niederlage noch nicht wahrhaben und da sie diese nicht auf sich sitzen lassen wollten, musste jetzt eben ein anderer herhalten. Wer, war ihnen im Grunde genommen mittlerweile ziemlich egal geworden. Hauptsache, sie konnten sich rächen und dadurch ihre innere Zerrissenheit herauslassen und bei dieser Gelegenheit ihre allgemeine Unzufriedenheit dokumentieren. Mit Martin Allgers Ermordung war es seit längerer Zeit das erste Mal gewesen, dass sich in Staufen wieder einmal etwas gerührt hatte. Damals waren sie derart versteinert gewesen, dass sie die Sache mehr oder weniger so hingenommen hatten, wie sie gewesen war – von Gott gewollt! Und da sie bezüglich des Mörders nicht den geringsten Anhaltspunkt gehabt und zudem gewusst hatten, dass eine Kommission, die aus dem Immenstädter Ratsherrn Peter Immler und den Staufner Dorfoberen bestand, sich darum kümmern würde, hatten sie sich in Bezug auf die Mördersuche nicht großartig engagiert. Da nun aber das Fass voll war und ihnen dies nicht schon wieder passieren sollte, hatten sie sich heute bereits in aller Herrgottsfrüh vor dem Kirchenportal getroffen und gemeinsam überlegt, weshalb die beiden Morde wohl geschehen waren. Dass es hierbei mehrere Möglichkeiten geben konnte, war sowieso klar. Warum aber sollte man diese erst langwierig erfinden, erörtern und ausdisputieren? Aus ihrer Sicht gab es keinen vernünftigen Grund, nicht gleich der nächstbesten plausiblen Erklärung zu folgen. Dies hatten sie schon öfter so gehandhabt und waren dabei manchmal sogar richtiggelegen.

»Hat nicht der Mühlegg dem Hagspihl vor Kurzem eins aufs Maul gehauen?«, fragte die als geschwätzig bekannte Böcklerin scheinheilig, um die Richtung zu demjenigen zu lenken, der ihrem Mann schon mehrmals Fische vor der Nase weggeschnappt hatte und dem sie deswegen gerne eins auswischen würde.

»Ja!«, wusste sofort ein anderer und kokettierte ungefragt mit seinem diesbezüglichen Wissen, was wohl auch sein ganzes Allgemeinwissen offenbarte: »Das war beim vorletzten Wochenmarkt, … glaube ich.«

»Aber der Mühlegg Jockel ist doch ein lustiger und zuvorkommender Bursche«, versuchte eine ältere Frau, der Jockel schon mehrmals die schwer beladene Hucke nach Hause getragen hatte, zu helfen.

»Zu alten Vetteln mag er ja nett sein, aber ansonsten ist der Dieb zu nichts zu gebrauchen«, kam einer der dümmeren Kommentare, der allerdings andere ermutigte, ebenfalls das Maul aufzureißen.

»Ja!«, bestätigte ein Bursche, der sich gemäß Vorgaben des gräflichen Oberamtes nicht als Schütze eignete und deswegen alle Jungschützen – zu denen eben auch der in seinen Augen unehrenhafte Jockel Mühlegg gehörte – hasste. »Dem unnützen Schwarzfischer gehören sowieso schon längst beide Hände abgehackt!«, maulte er.

Damit hatte der Bursche, der in Jockels Alter war, in ein Wespennest gestochen. Es gab nur wenige Staufner, denen Jockels Geschick beim Fischen kein Dorn im Auge gewesen wäre. Auch dann, wenn die hiesigen Gewässer wieder einmal leergefischt waren, roch es aus dem ehemals noblen Haus der Mühleggs nach gebratenem Fisch. Und dies neideten ihm viele … Obwohl Jockel seinen überschüssigen und nicht lange haltbaren Fang immer wieder unter Seinesgleichen – den Ärmsten des Dorfes – verteilt hatte.

Ein anderer Bursche, der ebenfalls zur Gruppe der Nichtschützen gehörte, nutzte die allgemeine Stimmung, um weiter gegen Jockel zu hetzen, indem er wieder auf das Geschehen beim vorletzten Wochenmarkt hinlenkte: »›Das wirst du mir büßen, Hagspihl‹, hat der Mühlegg beim Markt geschrien und dabei drohend die Fäuste geballt … Ich hab's selbst gehört und den morderischen Hass in seinen Augen gesehen!« Auch wenn dies im Zusammenhang mit den sowieso schon schlimmen Verdächtigungen mehr als übel war, so hatte der Bursche doch wenigstens teilweise die Wahrheit gesagt, die allerdings gleich darauf wieder verzerrt wurde.

»Beim Weggehen hat er noch still vor sich hin gemurmelt, dass er Markus umbringen würde, sowie sich die Gelegenheit hierzu bieten würde. ›Und wie!‹, hat er noch gedroht.«

»Was sagst du da?«

»Ich bin direkt neben ihm gestanden und habe es ebenfalls ganz genau gehört!«, log jetzt auch noch Albert Wenninger dreist, der wegen eines körperlichen Gebrechens auf alle Altersgenossen neidische Sohn des Säcklers. Auch er konnte es nicht verwinden, dass er im Gegensatz zu Jockel als nicht wehrfähig eingestuft worden war und dementsprechend auch nicht an den Übungsschießen teilnehmen durfte. Und weil man ihm dies wegen seines – aus seiner Sicht läppischen – körperlichen Gebrechens für alle Zeiten verwehrt hatte, was ihn unweigerlich der Lächerlichkeit bei den Mädchen preisgegeben hatte, war er schon immer ungenießbar gewesen … und voller extremer Wut auf alle Schützen. Außerdem war der Krüppel dadurch auf eine Stufe mit Baltus Vögel gestellt worden, auf die gleiche Stufe wie der Dorfnarr – so zumindest bildete es sich Albert ein und offenbarte dadurch versehentlich, dass nicht nur Jockel Mühlegg, sondern auch er einen Grund gehabt haben könnte, sich am besten Schützen Staufens zu rächen. Im allgemeinen Trubel war dies allerdings niemandem aufgefallen, denn sie hatten jetzt ja einen Schuldigen.

Da der Staufner Obrigkeit, die sich ebenfalls am Ort des Geschehens eingefunden hatte, spätestens jetzt klar war, wohin der Hase zu laufen gedachte, verabredeten der Ortsvorsteher und der Kastellan mit dem Medicus und dem Immenstädter Ratsherrn noch an Ort und Stelle, im sicheren Schutz der Kirche zu besprechen, wie sie die zunehmend laut aufkommenden Rachegelüste im Keim ersticken konnten.

»Du, Johannes, bleibst hier draußen und versuchst, die wild gewordenen Spinner zu beruhigen. Wir berichten dir später, was wir beschlossen haben … Und lass ja keinen zu uns herein. Hörst du?«, erteilte Hermann Schädler eine Art Befehl in Richtung des Propstes, der es nicht gewohnt war, Anweisungen von kirchlichen Laien zu erhalten und zudem nicht in seine eigene Kirche hineinzudürfen. Dennoch tat er, wie ihn geheißen.

Das Eintunken der Finger in das steinerne Weihwasserkesselchen war ebenso schlampig ausgefallen wie die kleinen Kreuze, die von den vieren hastig geschlagen anstatt sorgfältig gezeichnet worden waren, bevor sie sich in eine der hinteren Kirchenbänke der rechten Reihe setzten.

»Die sind dazu in der Lage, Jockel Mühlegg sofort am nächsten Baum aufzuknüpfen, sowie er mit den anderen von Immenstadt zurückgekommen ist«, befürchtete Lodewig und schüttelte so entschieden den Kopf, als wenn er noch sagen wollte, dass dies einfach nicht sein dürfe.

»Das glaube ich auch«, pflichtete ihm der Ortsvorsteher bei. Er konnte sich noch allzu gut daran erinnern, wie das Volk vor 15 Jahren mit dem Medicus umzugehen gedacht hatte, noch bevor dieser wegen zigfachen Mordes von einem ordentlichen Gericht zum Tode durch den Strang verurteilt worden war.

Nachdem sie ein Weilchen hin und her überlegt hatten, meldete sich Peter Immler zu Wort: »Wisst Ihr was? Eigentlich war ja geplant, dass ich die Jungschützen nach Immenstadt begleite. Aber obwohl dort dringende Geschäfte auf mich warten, habe ich mich …«, er räusperte sich verschämt und rieb sich – weil er nicht wusste, wie er es jetzt sagen sollte – die Nase, »… aus privaten Gründen dazu entschlossen, doch nicht mitzugehen und noch ein Weilchen in Staufen zu bleiben.«

»Ja und? Das ist allein deine Sache und geht doch wohl niemanden etwas an. Aber was möchtest du uns damit sagen?«, fragte Lodewig.

Der Immenstädter Ratsherr räusperte sich, bevor er antwortete: »Was würdet ihr davon halten, wenn ich heute doch noch nach Immenstadt reite, um diesen Jockel Mühlegg auf seinem Rückweg nach Staufen abzufangen und in Gewahrsam zu nehmen?«

»Das kannst du nicht! Wir haben – außer einer dummen Drohung, die er im Eifer des Gefechtes vermutlich unbesonnen ausgesprochen hat – nicht den geringsten Anhaltspunkt für Jockels Schuld.«

»Das sehe ich aber anders. Für eine vorläufige Verhaftung würde der Vorfall beim Wochenmarkt allemal ausreichen. Immerhin hat er Markus vor Zeugen geschlagen … Und es geht um einen Mord kalten Blutes!«, meldete sich der Ortsvorsteher zu Wort.

»Aber, aber, meine Herren!«, erstickte Immler die aufkommende Diskussion im Keim. »Ich möchte diesen Mühlegg doch nicht verhaften, … obwohl mir dies laut der mir durch Richter Waldvogel übertragenen Privilegien zustehen würde und ich …«

»Aber diese *Lex Staufen* hat, was dich anbelangt, doch nur für den ersten Mord gegolten … oder?«, fragte Lodewig vorsichtig und zog – ob der Wahl seiner Worte – erstaunte Blicke auf sich.

»Da magst du vielleicht sogar recht haben. Aber bitte: Jetzt lasst mich doch erst einmal ausreden«, bat der Immenstädter abermals ums Wort. Er wartete höflich das allseitig zustimmende Nicken und absolute Ruhe ab, bevor er fortfuhr: »Ich möchte den Burschen nicht verhaften, sondern nur in Sicherheitsgewahrsam, in eine Art Schutzhaft, nehmen. Solange er in einer Immenstädter Gefängniszelle sitzt, kann ihm die aufgebrachte Menge in Staufen nichts anhaben. Oder glaubt ihr aufgrund des soeben Stattgefundenen, dass sein Leben auch nur für einen Moment sicher sein wird, wenn er von Immenstadt zurück ist? Da könnten ihm auch seine Schützenkameraden kaum helfen, … wenn sie dies denn überhaupt noch wollten, nachdem sie erfahren haben, was während ihrer Abwesenheit in Staufen alles los war und wessen grausamer Verbrechen dieser Mühlegg verdächtigt wird.«

Jetzt hatten alle verstanden und der Ortsvorsteher deutete dem Ratsherrn mit einer Handbewegung weiterzusprechen.

»Ich würde versuchen, ihn unter einem Vorwand irgendwohin zu locken, wo die gräflichen Soldaten ihn sich schnappen und unter Absprache mit Richter Waldvogel einkerkern … Entschuldigung: sicher verwahren können. Solange sich der Verdacht gegen ihn nicht erhärtet und solange keine Anklage gegen ihn erhoben wird, wird ihm nichts geschehen und er wird gut behandelt werden … Was haltet ihr davon?«, schloss der pfiffige Kaufmann, der es von seiner Tätigkeit als Stadtrat gewohnt war, bei Notwendigkeit feurige Reden zu schwingen.

»Und was ist mit Maria?«, fragte der Medicus arglos.

Peter Immler schien über diese Frage so erschrocken zu sein, dass er außer einem Stottern zunächst nichts herausbrachte.

»Woher wisst Ihr das denn?«, wurde der Medicus von Lodewig gefragt, der ebenso wie Hermann Schädler durch ein verständnisvolles Grinsen dokumentierte, dass auch er Bescheid wusste.

»Ja, vermaledeit noch mal! Kann man in diesem verdammten Nest nichts geheim halten?«, wetterte Peter und richtete die Frage an den Medicus, woher dieser wüsste, dass Maria und er etwas miteinander hatten.

»Na ja …«, wollte sich der Arzt, dem schlagartig bewusst geworden war, dass er etwas ausgeplaudert hatte, was er eigentlich hätte für sich behalten sollen, vor der Antwort drücken, wurde aber vom inzwischen rotwangig gewordenen Immenstädter dazu gedrängt. »Matheiß, der Wirt, hat mich wegen einer kleinen Verletzung konsultiert.«

»Und weiter?«

»Bei dieser Gelegenheit hat er mir so ganz nebenbei erzählt, dass er die Brugger Maria schon öfter durch den Flur seines Gasthauses hat nach oben schleichen sehen … Ist das denn schlimm?«

»Und was habe ich damit zu tun?«, versuchte der ertappte Liebhaber, die Sache beiseitezuwischen, merkte den anderen aber an, dass dies wohl nicht klappen würde. So blieb ihm nur noch, reumütig den Kopf zu schütteln und alles zuzugeben: »Na ja, jetzt ist sowieso schon alles egal«, sagte er fast trotzig. »Ja! Ja! Ja! Ich gebe zu, dass wir ein Paar sind und dass wir uns lieben. Wir denken sogar schon an eine eheliche Verbindung!«, antwortete er gerade so, als wenn er zu einer derart aussagekräftigen Antwort gedrängt worden wäre. »Aber ich habe ihr noch nie beigeschlafen!«, versuchte er noch, die Ehre der braven Maid vor übler Nachrede zu schützen.

Bevor sich die anderen über eine Sache äußern konnten, die sie eigentlich überhaupt nichts anging, lenkte er vom Thema ab, indem er fragte, ob er denn nun nach Immenstadt reiten solle oder nicht. »Wie bereits gesagt, würde ich diesen Mühlegg mit zurück nach Immenstadt nehmen und ihn der Obhut des Gardehauptmanns übergeben. Dann würde ich nach meiner Mutter und nach meinen Geschäften sehen, meinen Untergebenen Anweisungen erteilen, dem Grafen, dem Oberamtmann und dem Richter alles berichten, was ich weiß, und mich erneut dazu beauftragen lassen, zusammen mit euch den jüngsten Mord zu untersuchen, und in spätestens ein paar Tagen wieder hier sein … Wenn's recht ist?«, sprudelte es aus dem bei der natürlichsten Sache der Welt Ertappten heraus.

»War's das?«, baute der Ortsvorsteher lachend einem weiteren Redefluss vor.

Als der Immenstädter nickte, stellte Hermann Schädler – immer noch lachend – eine weitere Frage: »Warum seid Ihr dann noch hier?«

»Reite getrost los. Wir werden Maria die Situation erklären«, ermunterte Lodewig den Glücklichen, keine weitere Zeit zu vergeuden. »Und noch was: Von uns erfährt niemand etwas. Wir halten zu dir!«

»Ja! Ihr seid einer der Unseren!«, wurde der Kastellan in seiner Meinung über Peter Immler vom Ortsvorsteher unterstützt.

Gestern Abend noch hatten sich die Staufner Jungschützen im Immenstädter Gasthaus *Zum Goldenen Adler* auf Kosten des Grafen volllaufen lassen und anfangs – als Oberamtmann Speen noch mit ihnen zusammengesessen war – mit den anwesenden Zechern unterhalten, zur Flöte eines aus Ulm stammenden Münsterbaumeisters, der sich auf einer wohl jahrelang dauernden Dienstreise zu den Konstanzer und Freiburger Dombauhütten, danach auch noch nach Straßburg befunden hatte und in Immenstadt auf besseres Wetter warten wollte, fröhliche Trinklieder gesungen, gescherzt und gelacht. Da sich auch noch ein Geigenbauer aus Füssen mit seinem Instrument dazugesellt hatte, war schnell eine gute Stimmung aufgekommen. Dabei hatten die Burschen den neugierigen Immenstädtern viele Fragen in Bezug auf ihr Leben in Staufen beantworten müssen. Und da sich der Mord an Martin Allger längst bis in die Residenzstadt hinein- und dort herumgesprochen hatte, hatten sie sich auch diesbezüglich einiges fragen lassen müssen.

Während sich zu vorgerückter Stunde manche von ihnen zu einem verbotenen Glücksspiel im verqualmten Hinterzimmer des Gasthauses hatten verleiten lassen, war beim einen oder anderen sogar ein zu allen Schandtaten bereites Mädchen auf dem Schoß gesessen. Mit der bierseligen Lustbarkeit war es allerdings schlagartig vorbei gewesen, als der Älteste unter ihnen zu Jockel Mühlegg gesagt hatte, dass er, wenn er mit diesem unanständigen Weib in seinen Armen so weitermachen würde, wohl nicht mehr als ehrbar und unbescholten gelten könne und dementsprechend nicht mehr als einer der Fähnrichsanwärter ernst genommen würde. So schnell hatten die biergetrübten Augen der anderen gar nicht schauen können, wie Jockel dem um etliche Jahre älteren Schießkameraden seinen Tonkrug so fest auf den Schädel geschlagen hatte, dass die Scherben durchs ganze Wirtshaus geflogen waren.

Die daraus resultierende Rauferei war schnell in eine derart wüste Prügelei ausgeartet, dass der Wirt Angst um sein Mobiliar gehabt hatte und deswegen nach den Torwachen des Grafen hatte schicken lassen. Ungeachtet dessen war die Schlägerei munter weitergegangen und hatte längst fast alle Zecher infiziert, als kurz darauf die Tür aufgerissen worden war und zwei Uniformierte im Raum gestanden waren.

»Ruhe!«, hatte einer der beiden Wachsoldaten gebellt und – nachdem er seinen Befehl mehrmals erfolglos wiederholt hatte – mit seiner Büchse einmal so in die Luft geschossen, dass Dreck aus den Ritzen der Holzdecke und Putz heruntergerieselt waren. Die Wirkung auf die Raufbolde und eine Rüge seines Kameraden hatten nicht auf sich warten lassen. Schlagartig war es still geworden. Dies hatte aber noch lange nicht geheißen, dass diejenigen, die ihren persönlichen Gegner gerade am Schlafittchen gehabt hatten, losgelassen hatten. Wenn die Faust schon in Position gebracht worden war, hatte sie auch noch ihr Ziel treffen sollen – Ordnung musste schließlich sein, Ordnungsorgane hin oder her.

»Jetzt reicht es aber! Was ist hier los?«, hatte der andere Uniformierte wissen wollen und befohlen, dass sich alle wieder dorthin setzen sollten, wo sie vor der Schlägerei gesessen hatten. Da aber etliche Tische, Bänke und Stühle zu Bruch gegangen waren, war dies nicht möglich gewesen, weswegen man diejenigen der Raufbolde, die unverletzt geblieben waren, hatte stehen lassen.

»So. Und nun zu euch!«, hatte der Soldat gemault und sich – seine Arkebuse schussbereit an die Hüfte gedrückt – umgeblickt. »Wer hat mit der ganzen Sache hier angefangen?«

Nachdem absolutes Schweigen geherrscht hatte, war der zweite Teil der Frage des ersten Soldaten von demjenigen, der den Schuss abgegeben hatte, wiederholt worden.

»Der ist gleich danach abgehauen, nachdem die Rauferei in vollem Gange war«, hatte einer der Schützenkameraden, der Jockel als wahren Übeltäter in Schutz genommen haben wollte, gesagt, während er zur Unterstreichung seiner Lüge zur Tür gezeigt hatte.

»Aha! … Aber das ist mir egal. Dann kommt ihr eben alle mit. In unserem Kerker ist Platz genug für euch verrauften Saufbolde … und auch für die vermaledeiten Hurenböcke unter euch!«, hatte der Soldat, der sich wegen eines Streifens mehr auf seinem linken Ärmel offensichtlich zum Redner des in Diensten des Grafen stehenden Duos aufgeschwungen und seinen Kameraden damit um einen Satz überholt hatte, gebrüllt. Vielleicht hatte er sich dies nur getraut, weil seine Kugel immer noch im Lauf seines Gewehrs gesteckt war, während sein Kamerad etwas kleinlauter versucht hatte, gleichzeitig nachzuladen, während er mit einem Auge das weitere Geschehen verfolgt hatte.

Nachdem die Ersten mehr oder weniger bereitwillig aufgestanden waren, um dem Befehl widerstandslos Folge zu leisten, hatten andere offenen Widerstand angedeutet.

»Und was ist mit den Verletzten?«, hatte der jüngste der Staufner Schützen, der augenscheinlich doch ein mutiger Bursche war, gefragt.

»Was bist du denn für einer? Offensichtlich kein Städtler! Sonst würde ich dich ja wohl kennen. Darfst du denn überhaupt schon in ein Wirtshaus?«, hatte der informierte Truppführer abschätzig zurückgefragt und dabei schallend gelacht.

»Ja! – Klar darf ich in ein Wirtshaus!«, war es fast etwas zu forsch zur Antwort gekommen. »Ich bin Gebhard Luckner. Und ich bin mit den Staufner Schützen hier«, hatte er noch mit unverhohlenem Stolz argumentiert.

»Wie alt bist du?«

»Achtzehn!«, hatte der Schreiner wahrheitsgemäß zur Antwort gegeben.

Der Soldat hatte sich von Gebi abgewandt und sich nach allen Seiten umgeblickt, bevor er staunend bemerkt hatte: »Staufner? Auch das noch! … Also gut: Alle Staufner auf diese Seite«, hatte er mit einem hastigen Fingerzeig nach links geboten.

»Der Rest wird dann wohl aus Immenstadt und Umgebung kommen«, hatte er scharfsinnig festgestellt und seinem Kameraden aufgetragen, alle Namen zu notieren, damit er die zerstrittenen Haderlumpen dem Richter melden konnte.

»Gleich!«, hatte dieser zittrig geantwortet. »Ich muss nur noch meine Büchse fertig laden und …«

»Was denn noch? … Sofort!«, war es aus demjenigen, der sich spätestens jetzt mit dieser Frage als wichtigerer der beiden Soldaten ausgezeichnet hatte, herausgeschossen.

»Ich … Ich kann doch nicht richtig schreiben«, war kleinlaut die Antwort gekommen.

Da er es mit dieser Antwort außerdem fertiggebracht hatte, dass alle Anwesenden – auch die, deren Schädel gebrummt hatten und diejenigen, die selbst nicht lesen und schreiben konnten – in hämisches Gelächter ausgebrochen waren, hatte sich sein Kamerad wutentbrannt den Staufnern zugewandt und abermals die Frage, wer mit der Rauferei begonnen hatte, in den Raum geschrien.

Erst in diesem Moment hatte sich der Wirt getraut, seinen Kopf hinter dem Tresen hervorzustrecken und sich zu Wort zu melden, während er feige auf Jockel Mühlegg gezeigt und anklagend gesagt hatte: »Der da war's!« Gleichzeitig war von ihm kleinlaut die Frage gestellt worden, von wem er denn nun den entstandenen Schaden ersetzt bekommen würde.

Da Melchior Henne dieses unsinnige Geschwafel nicht mehr hatte mit anhören können, hatte er sich einmal mehr als Wortführer seiner Kameraden gemeldet und nach einem langen Hin und Her ausgehandelt, dass die Staufner gehen konnten, wenn sie am darauffolgenden Morgen die Stadt verlassen würden und wenn der Initiator der Rauferei die Nacht in hiesigem Gewahrsam – als eine Art Leibpfand sozusagen – verbringen würde, um anderntags dem Richter vorgeführt werden zu können.

Dementsprechend schlecht gelaunt waren die Staufner, als sie am anderen Morgen in aller Herrgottsfrüh den Heimweg angetreten hatten und kreuz und quer auf dem Wagen herumlagen, während sie ihre Wunden leckten. Auf dem Kutschbock saßen Melchior Henne und Matthiß Spindelhirn; die beiden Einzigen, die sich vor der gestrigen Rauferei hatten erfolgreich drücken können, obwohl auch sie die seltene Gelegenheit genutzt hatten, um dem Alkohol zuzusprechen. Da es in der vergangenen Nacht nicht geschneit hatte und die beiden braunen Zugpferde des gräflichen Marstalles kräftig waren, kamen sie gut vorwärts und hatten – außer mit sich selbst – keine Probleme. Und die Sache mit Jockel würde sich – so dachten sie jedenfalls – irgendwie auch wieder einrenken. Sie beließen es bei diesen Gedanken, da gerade Jockel Mühlegg nicht allzu beliebt unter seinen Altersgenossen war, weil er ihnen fortwährend die besten Fische vor der Nase wegschnappte. Warum also sollte sie gerade das Schicksal dieses ortsbekannten Schwarzfischers kümmern? Ein paar Tage Kerker können ihm nicht schaden, meinten die einen, während die anderen mit Freude feststellten, dass Jockel jetzt wohl nicht mehr als einer der Fähnrichsanwärter ins Rennen gehen konnte, denn ehrbar und unbescholten war er zwar noch nie, jetzt aber würde es wahrscheinlich auch noch gerichtskundig werden. Dass sie selbst aus der Not heraus allesamt ebenfalls gute Schwarzfischer waren, bezogen sie nicht in ihre Gedanken mit ein. So beließen sie es momentan bei den immer wieder aufflackernden gegenseitigen Sticheleien, bei denen es Melchior schwer hatte, sie immer wieder aufs Neue zu unterbinden: »Verdammt noch mal: Jetzt hört endlich auf! Wie oft muss ich es euch noch sagen, dass sich so lange keiner von euch Staufner Fähnrich nennen darf, bis er dazu gewählt worden ist.«

Erst als Bertel Schwabacher, den die Reibereien um den noch vakanten Fähnrichsposten als einen der wenigen nicht im Geringsten zu berühren schien, feststellte: »Aber lustig war's gestern« und dabei seinen schmerzenden Schädel hielt, mussten alle herzhaft lachen.

»Na also – warum nicht gleich?«, freute sich Melchior über die besser gewordene Stimmung und gab den Pferden die Zügel.

Die beiden Braunen hatten den weithin hörbar klappernden Karren durch den sich nachtsüber gesetzten Schnee gerade am Alpsee vorbeigezogen und die lädierte Ladung bis auf Höhe der kleinen Siedlung Ratholz gebracht, als Matthiß aufgeregt rief: »Seht doch: … Dort! … Ein Reiter.« Dabei zeigte er, wild um sich fuchtelnd, mit erigiertem Zeigefinger nach vorne, während die anderen aufgeregt die schmerzenden Köpfe zu recken begannen.

»Wer könnte dies sein?«, murmelte Melchior leise, drehte sich kurz um und beruhigte die anderen, indem er ihnen mitteilte, dass es nur ein einzelner Reiter zu sein schien, von dem sicherlich keine allzu große Gefahr drohen dürfte, auch wenn sie selbst nicht bewaffnet waren. Dem Augenschein nach würden sie dafür in der Überzahl sein.

Als die Gestalt aber näher kam und dementsprechend auch immer größer wurde, war es den Staufnern nun doch etwas mulmig zumute, obwohl jetzt klar war, dass es sich zweifellos tatsächlich nur um einen einzelnen Reiter handelte. Immerhin hatten sie gestern zwar ihre Zielsicherheit mit der Büchse und mit den Fäusten unter Beweis gestellt, dabei aber auch ihre sämtlichen Kräfte gelassen. Und außer ein paar in den Stiefelschäften versteckten kleinen Hirschfängern, die allenfalls zum Brotzeitmachen taugten, waren sie unbewaffnet.

»Pferdemist und Krötenscheiße!«, fluchte Matthiß Spindelhirn, den es jetzt ganz besonders ärgerte, dass sie die Waffen nach jedem Übungsschießen abgeben mussten, vom Kutschbock herunter.

»Mit deinem Suffkopf würdest du heute doch nicht einmal einen Schneehasen treffen«, konterte einer und brachte damit schon wieder alle zum Lachen.

Währenddessen waren sie mit dem Reiter, der sich über eine derart gute Stimmung am frühen Morgen wunderte, aufeinandergetroffen.

»Ach, Ihr seid es nur«, bemerkte Melchior, der – wie auch die meisten anderen – den Immenstädter Ratsherrn Peter Immler von Staufen her kannte, beruhigt.

»›Nur‹ ist gut!«, grummelte der so Angesprochene, der sich den Sauhaufen auf dem Ladewagen genauer betrachtete. »Was ist denn mit euch geschehen?«

»Reitet Ihr wieder in Eure Heimat zurück?«, wollte Melchior wissen, anstatt die unangenehme Frage zu beantworten.

»Ja! Und ich habe eine Mission. Einen Auftrag von höherer Stelle sozusagen … Wer von euch ist der Tagelöhner Jockel Mühlegg?«, blaffte es nicht gerade freundlich zurück.

Als die Burschen auf dem Ladewagen hörten, dass nach ihrem eingekerkerten Kameraden gefragt wurde, spitzten sie neugierig die Ohren.

Es kann ja wohl nicht sein, dass sich die Kunde von unserer gestrigen Rauferei und Jockels Gefangennahme über Nacht bis nach Staufen herumgesprochen hat, wunderte sich der eine oder andere.

Da auch Melchior keinen blassen Schimmer davon hatte, warum der feine Immenstädter Ratsherr etwas von Jockel wollen könnte, wunderte er sich zwar, nutzte die Situation aber für sein Anliegen aus: »Das trifft sich gut, Herr Immler. In Bezug auf Jockel Mühlegg hätte ich eine Bitte an Euch«, entgegnete er, ohne die Frage des Immenstädters beantwortet zu haben.

»Um was möchtet Ihr mich bitten?«, ging Peter Immler irritiert auf Melchiors Anliegen ein und stellte sein eigenes Ansinnen vorerst noch zurück, um den Sprecher der Schützen ausführlich und ehrlich berichten zu lassen, was gestern Abend im *Goldenen Adler* in Immenstadt geschehen war.

Mit »Das auch noch!«, »Schande!« und »Peinsam!« wurde er ein paarmal vom fassungslosen Immenstädter unterbrochen.

Nachdem Melchior seine Ausführungen beendet hatte, kam er zu seinem eigentlichen Anliegen: »Ich weiß ja selbst, dass wir Mist gebaut haben und Jockel ein eigenwilliger Sturkopf sein kann, der oft rauflustig ist, weswegen es gestern auch zu dieser unnötigen Prügelei gekommen ist, bitten Euch aber dennoch, nach ihm zu sehen und beim Hohen Gericht ein gutes Wort für ihn einzulegen. Und entschuldigt Euch bitte in unser aller Namen bei Oberamtmann Speen und beim Grafen für unser unverzeihliches Benehmen.«

Nachdem der sichtlich angespannte Ratsherr bis zum Schluss zugehört hatte, waren alle jungen Männer auf seine Reaktion, vor allen Dingen aber auf seine Antwort gespannt. Aber Immler schüttelte nur ungläubig den Kopf, während er sein Pferd tätschelte.

»Was ist? Möchtet Ihr Jockel nicht helfen oder könnt Ihr nicht?«, wurde er von Bertel Schwabacher mit einem ungebührlich aggressiven Unterton gefragt.

»Ich befürchte, dass ich jetzt nichts mehr für ihn tun kann.«

Nachdem Bertel nachgehakt hatte und wissen wollte, weshalb dies so sei, berichtete der Ratsherr den staunenden Schützen in allen Details, was sich während deren Abwesenheit in Staufen zugetragen hatte. »… Auch wenn mir Jockel Mühlegg die halbe Arbeit selbst abgenommen hat und ich ihn nicht mehr in Gewahrsam nehmen muss, habe ich es eilig, nach Immenstadt zu kommen, wo ich der Obrigkeit von dem Vorfall in Staufen berichten muss. Gehabt euch wohl … Bis bald!«

Peter Immler schlug seinem Pferd leicht in die Flanken und preschte davon.

Es dauerte eine ganze Weile, bis sich die Staufner vom soeben Gehörten einigermaßen erholt hatten und den Weiterweg antreten konnten, nachdem sie ihre geklauten Fressalien und ihre schmerzenden Kopfwunden mit frischem Schnee bedeckt hatten.

Sie schwiegen so lange, bis sie an die Stelle kamen, an der sie rechts den Staufenberg umfahren mussten. Nur langsam löste sich ihre innere Starre. Wenn der eine daran dachte, wie es Jockel ergehen würde, grübelte der andere ängstlich darüber nach, wie man sie wohl in Staufen empfangen würde. Nur das schmerzliche Gedenken an Markus Hagspihl – das ließ sie allesamt nicht mehr los. Die Trauer um ihren toten Kameraden ließ sie wieder etwas zusammenrücken und ihre Buhlschaft in Bezug auf die gräfliche Fahnenstiftung vergessen, … für den Moment jedenfalls.

Als sie eine gute Stunde später am *Galgenbihl* vorbeikutschierten, wurde ihnen vollends mulmig. Keinem von ihnen gelang es, seinen Blick nicht nach links zu dem Bergvorsprung zu wenden, wo immer der Galgen aufgebaut wurde, wenn dies notwendig geworden war.

»Wird Jockel irgendwann dort hängen?«, fragte der Jüngste von ihnen, als Melchior das Gefährt schon in den Ort hineinlenkte.

Sie konnten zwar nicht ahnen, was jetzt auf sie zukommen würde. Da allerdings die Staufner unmöglich verbergen konnten, dass Jockel Mühlegg nicht mehr bei ihnen war, schwante ihnen Übles.

KAPITEL 15

AUFGRUND JOCKELS UNGEBÜHRLICHEN VERHALTENS im Gasthaus *Zum goldenen Adler* hatte Peter Immler tatsächlich beim besten Willen nichts mehr für den Raufbold tun können. Als Marias Geliebter in Immenstadt angekommen war, hatte man Jockel schon längst in Gewahrsam genommen und dies war nun mittlerweile über zwei Wochen her. Nachdem der junge Immenstädter Ratsherr Oberamtmann Speen, Richter Waldvogel und Pfarrer Schwenk vom zweiten Mord in Staufen und dem damit zusammenhängenden Verdacht gegen Jockel Mühlegg berichtet hatte, war die

Gefangennahme nicht in die von Peter Immler zunächst erhoffte Schutzhaft umgewandelt worden – im Gegenteil: Auf Veranlassung des Richters Waldvogel saß Jockel seither anstatt in einer der normalen Gefängniszellen über dem Schollentor im tiefsten Verlies, das Immenstadt anzubieten hatte.

Dies konnte nur mit dem Licht einer Kerze oder eines Brennspans und guten Kenntnissen des mehr oder weniger geheimen unterirdischen Gangsystems, das vor fast 250 Jahren als Fluchtstollen gegraben worden war, gefunden werden. Damals hatten aufständische Appenzeller Bauern die Stadt belagert. Dass dies letztlich vergeblich sein sollte, hatte zuvor niemand wissen können. Als sich dann in den 20er-Jahren des 16. Jahrhunderts die Unzufriedenheit der hiesigen Landbevölkerung in besonderem Maße abzuzeichnen begann, waren diese Gänge auf Geheiß des damaligen Regenten teilweise vergrößert und ausgemauert worden. Sie hätten als Zufluchtsort für die Herrscherfamilie, führende Beamte und besonders verdienstvolle Bürger dienen sollen. Allerdings waren sie als solche nie ernsthaft genutzt worden. Wenn Gefahr gedroht hatte, waren die rothenfelsischen Regenten aller Generationen und Adelszweige bei Nacht und Nebel in Richtung Bodensee, nach Vorarlberg oder ins Oberschwäbische geflohen. So hatte man die Räume eben damals schon – ein paar eiserne Türen und geschmiedete Gitterstäbe hier, ein Luftloch dort – zum Kerker mit bestens bestückter Folterkammer, aus der keine noch so lauten Schmerzensschreie nach draußen dringen konnten, ausgebaut. Durch ein vergittertes, zwei Ellen im Rund messendes Loch zum Steigbach war sogar eine Frischwasserversorgung gewährleistet. Nur das gemeine Volk wusste nichts davon.

Es dürfte kein Zufall gewesen sein, dass Jockel gerade dort – und nicht im normalen Stadtgefängnis über dem Schollentor, das man auch das Staufner oder Lindauer Tor nannte, weil es sich auf der Westseite der Stadtmauer befand – untergebracht worden war. Und aus der ursprünglich von Peter Immler angedachten Sicherheitsverwahrung mit gewissen Erleichterungen war schnell eine Kerkerhaft unter schlimmsten Bedingungen geworden. Innerhalb kürzester Zeit hatte sich Jockels bislang ziemlich feister Körper in ein abgemagertes Klappergestell verwandelt. Die Taten, die man ihm vorwarf, wogen zu schwer, als dass man es ihm hätte gut gehen lassen können. Auch wenn die im Grunde genommen harmlose Rauferei im *Goldenen Adler* das Gesamtbild, das man sich von dem Gefangenen mittlerweile sowieso schon längst gemacht hatte, abrundete, sprach momentan niemand mehr über diesen Vorfall. Im Vergleich zum eigentlichen Vorwurf – der unaussprechlichen Anklage des zweifachen Mordes mit zuvor begangenen Quälereien und Verstümmelungen grausamster Art – war die Anzettelung einer Wirtshausrauferei mehr als harmlos. Wenn es nur das gewesen wäre, hätte Jockel wahrscheinlich mit einem Tag am Maskenpranger oder im Schandfass und der Verpflichtung, den angerichteten Schaden wiedergutzumachen, davonkommen können. Da er aber weder über Geld noch über irgendwelche anderen Mittel verfügte, hätte er für die Schadensregulierung nicht aufkommen können, was der einfallsreiche Richter Waldvogel auf die Schnelle mit ein paar anderen Strafen ausgeglichen hätte. Davon aber konnte der junge Staufner jetzt nur träumen. Es war nur gut gewesen, dass Jockel Mühlegg keinen blassen Schimmer davon hatte, was tatsächlich auf ihn zukommen sollte.

Eine weitere Woche war vergangen und in Staufen wartete man indes sehnsüchtig auf die Ankunft des Immenstädter Ratsherrn, der doch – so glaubte man mittlerweile allgemein zu wissen – einen triftigen Grund hätte, schnellstens wieder nach Staufen zurückzukehren. Doch der von mehreren Seiten sehnlichst Erwartete war immer noch nicht wieder da.

»Was mag ihn so lange in seiner Heimatstadt aufhalten?«, fragten sich der Kastellan und der Ortsvorsteher, denen es seit dem Mord an Markus Hagspihl bis heute nicht gelungen war, die Staufner Bevölkerung zu beruhigen.

»Er hat uns doch gesagt, dass er nur ein paar Tage im Städtle bleiben werde, um dann sofort wieder nach Staufen zurückzukehren«, bemerkte der Propst, der momentan allerdings keine Zeit für profane weltliche Dinge hatte, den beiden gegenüber. Er steckte mitten in den Endzügen zur Vorbereitung des Gedenkgottesdienstes, den er eigentlich schon längst abgesagt haben wollte, weil er befürchtet hatte, dass sich zu wenige seiner Gläubigen einfinden würden. Jetzt aber – nachdem wieder ein schrecklicher Mord geschehen war – konnte er sich gewiss sein, die Kirche voll zu bekommen. Und dies ließ er sich natürlich nicht entgehen. »Des einen Leid, des anderen Freud«, hatte er diesen alten Spruch Josef gegenüber auf sich gemünzt, aufgrund seiner diesbezüglichen Kaltschnäuzigkeit aber sofort ein Gebet gesprochen und dem Herrgott eine Entschuldigungskerze spendiert. »Jetzt muss es aber gut sein«, hatte er noch zum Himmel hochgeschickt, bevor er sich zusammen mit seinem Mesner wieder in die Arbeit gestürzt hatte.

Als es dann so weit war, traute der hochrangige Priester seinen Augen denn doch nicht. Ein Ministrant zupfte ihn vor Beginn der Messe an der Soutane und rief aufgeregt: »Hochwürden! Hochwürden!«, während er den Pfarrherrn zur Sakristeitür zog. Als der Propst vorsichtig hinauslugte, sah er seine Kirche bis auf den letzten Platz gefüllt. Mehr noch: Die Menschen drängten sich derart eng aneinander, dass es immer wieder zu kleinen Rangeleien kam, wovon nur diejenigen verschont blieben, die keinen Stehplatz, geschweige denn einen Sitzplatz innerhalb des Gotteshauses ergattert hatten und sich mit einem Freiplatz vor dem Hauptportal zufriedengeben mussten. Nur gut, dass sich das Wetter geändert und es nicht mehr zu schneien begonnen hatte, weil es zu einer Temperaturerwärmung gekommen war. So regnete es nur leicht in den Schnee hinein. Dadurch ließ es sich im Freien einigermaßen gut aushalten … falls die lithurgische Handlung nicht zu lange dauern würde.

Viele von ihnen kamen nicht aus dem Marktflecken, sondern hatten – aufgrund dessen, was sich mittlerweile bis in die letzten Winkel des Allgäus, an den Bodensee hinunter und nach Vorarlberg hinein oder fast im ganzen Schwäbischen und Bayerischen herumgesprochen hatte – teils weite Wege auf sich genommen, um der Messe beiwohnen zu können. Wenn allerdings von den Mitgliedern der hiesigen Kirchengemeinde erkannt wurde, dass Kirchgänger aus einem anderen der umliegenden Weiler wie Thalkirchdorf oder gar aus dem Bergdorf Steibis hierher nach Staufen gekommen waren, wurden diese kurzerhand aus der Kirche geworfen, um Platz für Einheimische zu schaffen. Was Vorder- und Hinterreute anbelangte, konnte man noch verstehen, dass die dort angesiedelten Bauern gerne nach Staufen in die Kirche kamen, obwohl der Weg nach Weiler hinunter auch nicht weiter war. Aber die Thalkirchdorfer hatten selbst eine eigene Pfarre mit einem eigenen Kanoniker und einer großen Kirche mitten im Dorf. Und in Steibis hatten sie zwar keine alte Kirche im Dorf, aber immerhin standen mehrere Holzkapellen neueren Datums, darunter das Kleinod in Simatsgund, in denen sich die Bewohner des Bergdorfes zum Gebet versammeln konnten, zur Verfügung. Warum, in Herrgotts Namen, drängten sie sich immer den Staufnern auf? Wenn Wochenmarkt oder Jahrmarkt war, kamen die Menschen in Scharen vom Berg herunter, um ihre landwirtschaftlichen Erzeugnisse loszuwerden, wichtige Dinge einzukaufen und Neuigkeiten zu erfahren. Um den Steibisern dabei zu helfen, ein gewisses Niveau zu halten, waren die Staufner gut genug. Wenn es aber darum ging, bei Problemen Solidarität zu beweisen, verkroch sich das Bergvolk wie seine Ziegen in den hintersten Winkeln. Als vor 14 Jahren in Staufen die Pest grassierte, hatte man ein geschlagenes Jahr lang keinen dieser Feiglinge in Staufen gesehen. Und dies, obwohl die Steibiser keinen einzigen Pesttoten zu verzeichnen gehabt hatten. Damals wäre es an ihnen gewesen, den Staufnern zu helfen und dafür, dass sie von der großen weiten Welt überhaupt etwas hatten mitbekommen dürfen, ein wenig zurückzugeben. Stattdessen hatte die Steibiser Bevölkerung den gebeutelten Staufnern jegliche Hilfe versagt und es sich – abgeschnitten vom Rest der Welt und somit auch vom Pesthauch des Todes – ordentlich gut gehen lassen, während nicht nur in Staufen, sondern abwechselnd in fast allen anderen Teilen des rothenfelsischen Gebietes die Menschen weggestorben waren wie die Fliegen. Dass ihnen dies die überlebenden Staufner nicht verziehen hatten und wahrscheinlich auch über Generationen hinweg nicht verzeihen würden, war nur allzu verständlich. Und von der später künstlich iniziierten *Pestwallfahrt* von Steibis nach Weiler hatten die Staufner auch nichts.

Auch wenn es lange gedauert hatte, bis in der Kirche wenigstens etwas Ruhe eingekehrt war, so waren doch alle gekommen, um sich der Pesttoten des Jahres 1635 zu erinnern und um für die beiden Mordopfer zu beten. Sicher würde der eine oder andere dabei auch des mutmaßlichen Mörders gedenken, der immer noch auf seine Gerichtsverhandlung wartete und der sich durch die ersten – im Moment noch mehr oder weniger »gütlichen« – Befragungen jetzt schon in einem derart furchtbaren Zustand befand, dass zu befürchten war, dass er das offizielle Verhör durch den gefürchteten Stadt- und Landrichter Michael Waldvogel und seine ihm hörigen Beisitzer nicht durchstehen würde. Deswegen waren die Gerichtsweibel angehalten worden, dem Gefangenen Kraft spendende Nahrung zu bringen und dafür zu sorgen, dass er diese auch zu sich nahm. Da die dem Oberamt unterstellten Beamten jedoch selbst Familien hatten, deren Kräfte es zu halten oder zu festigen galt, erreichte den Gefangenen allerdings lediglich das, was alle Gefangenen bekamen: Schales Wasser und trockenes Brot.

»Wenn dieser Mühlegg zu lange in seiner feuchten Zelle sitzt und dann auch noch zu wenig Nahrung bekommt, besteht die Gefahr, dass er schon vor dem Ablegen eines Geständnisses stirbt … oder – noch schlimmer – sogar schon, bevor ich ihn richtig zwischen die Finger bekomme«, hatte Richter Waldvogel sorgenvoll zu den Gerichtsweibeln gesagt und jedem einen Viertel Taler in die Hände gedrückt, damit diese rauen Gesellen alles Nötige für den Gefangenen taten und somit gewährleistet war, dass sich die Zeit zwischen den Befragungen, einem Geständnis und der unweigerlich darauf folgenden Hinrichtung schön in die Länge ziehen konnte.

»Ihr meldet mir sofort, wenn ihr merkt, dass mit diesem Mühlegg etwas nicht stimmt! Er muss bis zur Befragung in guter, wenigstens in ordentlicher Verfassung bleiben … dann sehen wir weiter«, hatte Waldvogel auch die Wachsoldaten, die an der zum Kerker führenden Steintreppe und neben der eisernen Kerkertür ihren unangenehmen Dienst versahen, beschworen. Er wollte das, was nach seiner Meinung bei der letzten Vierteilung nicht hinreichend zelebriert worden war, dieses Mal besser und einen richtigen Zinnober daraus machen – egal, ob der Gefangene die ihm vorgeworfene Schuld auf sich geladen hatte oder nicht.

Die Liturgie ging heute auch ohne den Immenstädter Organisten, den der Propst für seinen Gedenkgottesdienst eigentlich hatte besorgen wollen, in besonders feierlicher Art und Weise vonstatten und er spürte, dass es ihm schon vor der Predigt gelungen war, die Menschen mehr als sonst zu berühren. Er hatte sogar das Gefühl, tief in deren Innerstes vorgedrungen zu sein, was ihm bei diesem nach außen hin rustikalen – und seit 1634 innerlich gefrorenen – Menschenschlag im Laufe seiner Amtszeit bisher nur zwei Mal – jeweils am Tag der Geburt Christi – gelungen war. Also wollte er diese seltene Offenheit der Bevölkerung einem Gedenkgottesdienst gegenüber auch für seine heutige Predigt nutzen. Er musste seinen Schäflein endlich wieder einmal zeigen, wie wichtig es war, die Nähe Gottes zu suchen und im stillen Gebet zu verharren, anstatt tagtäglich Rufmorde zu begehen … oder sogar wahrhaftig zu morden.

Auch wenn man erst das Jahr eins nach Beendigung des dreißig Jahre andauernden Krieges schrieb und die Zeiten sich deswegen noch nicht merklich gebessert haben konnten, so war das, was die Staufner in den Jahren 1634, vor allen Dingen aber 1635, mitgemacht hatten, wesentlich schlimmer gewesen als die jetzige Not. Und die zwei aktuellen Morde – mochten sie noch so verachtungswürdig und schlimm sein – waren letztlich doch nur Einzelschicksale inmitten einer verzweifelten Bevölkerung, Schicksale, die zwar betroffen machten, aber das normale Dorfleben nicht allzu sehr durcheinanderbringen würden, hoffte zumindest der Propst. Obwohl es vor eineinhalb Jahrzehnten keine und danach kaum noch eine Zukunftsperspektive für die ausgemergelten Überlebenden gegeben hatte, war es den Menschen damals dennoch möglich geworden, ihr beklagenswertes Leben nach der Pestilenz wenigstens wieder einigermaßen in den Griff zu bekommen. Und genau das gedachte der Propst den Kirchgängern heute drastisch ins Gedächtnis zu rufen. So schritt er entschlossen zur Kanzel. Dabei spürte er, dass ihm alle Blicke folgten wie die Augen des Adlers dem neugeborenen Lamm auf der Wiese. Der Unterschied lag lediglich darin, dass der Raubvogel vom Himmel herunterschauen konnte, seine Schäflein aber nach oben – zur Kanzel hin – blicken mussten.

Die sind reif für meine Botschaft, dachte er, während er bewusst bedächtig die Stufen zur Kanzel emporstieg und in sein Taschentuch schnäuzte, bevor er sich auf die hölzerne Balustrade stützte, sich im Rund umsah und mit kräftiger Stimme begann: »Meine lieben Schwestern und Brüder im Herrn … In der Geschichte des

Menschen ist die Sünde allgegenwärtig!« Er fuhr mit schwingendem Zeigefinger fort: »Und diese Wirklichkeit zeigt sich erst im Licht der göttlichen Offenbarung, vor allem aber im Lichte Christi, des Retters aller Menschen. Er hat dort, wo die Sünde übermächtig wurde, die Gnade übergroß werden lassen. Deswegen gibt es auch Gnade für ein solch abscheuliches Verbrechen, wie wir es dieser Tage zum zweiten Mal in unserer geliebten Heimat ertragen mussten?«, richtete er die Frage an die fassungslosen Gläubigen, ohne darauf eine Antwort zu erwarten. Als er selbst die Antwort gab – was er übrigens fast immer tat, wenn er während der Predigt eine eigentlich nur rhetorisch gemeinte Frage stellte –, ging ein verständnisloses Raunen durch die Kirche.

»Ja! Der gnadenreiche Jesus Christus gewährt allen reumütigen Sündern Unterschlupf. Jeder Mensch verdient – gleich, welchen Verbrechens er sich schuldig gemacht hat – die unerschöpfliche Gnade unseres Herrn. Auch wenn er sich damit bei einem Lutheraner etwas schwerer tut, so wird Jockel Mühlegg, der sich des Mordes zweier Katholiken schuldig gemacht haben soll, vergeben und ihm der Weg ins Himmelreich nicht versperrt werden, wenn er dereinst vor seinem himmlischen Richter stehen wird.«

Da für die Kirchenbesucher längst klar geworden war, dass nur Jockel Mühlegg und sonst niemand als gemeiner Mörder infrage kommen konnte, waren sie mehr als erstaunt darüber, dass ausgerechnet ihr Seelsorger öffentlich eine Lanze für den ruchlosen Mörder brach.

Sie wollten gerade damit beginnen, ihrem Unmut Luft zu machen, als die Predigt weiterging: »Zuvor aber wird der vermeintliche Mörder vor ein irdisches Gericht zitiert werden. Sollte er der beiden Morde überführt werden und er diese Verbrechen im Angesicht Gottes reumütig gestehen, beginnt seine Rettung vor ewiger Verdammnis.«

Die Kirchenbesucher wollten abermals protestieren, wurden aber vom Pfarrer sofort wieder beruhigt, indem er ihnen mitteilte, dass die weltliche Exekutive mit überführten Mördern kurzen Prozess zu machen pflegte und es in diesem Fall wohl nur eine einzige Strafe gäbe.

»Auch wenn wir dem gefallenen Sünder beistehen müssen, so gehört unser ganzes Mitgefühl dessen Opfern und deren Hinterbliebenen«, schwenkte der Propst um, bevor es in seiner Kirche doch noch zu einem Tumult kam. »Dem Vater und den Brüdern von Martin Allger – die heute ebenfalls den Weg hierher gefunden haben – gehört unser besonderes Mitgefühl. Während sie den Tod ihres Familienmitgliedes noch immer betrauern, klagt kein einziges Familienmitglied über den ebenfalls grausamen Tod von Markus Hagspihl. Da er allein gelebt hat, liegt es an uns allen, seiner in besonderem Maße zu gedenken.«

Der Propst spürte, wie die Erinnerung an die beiden Mordopfer die Menschen neu aufzuwühlen begann und wie in diesem Moment jeder einzelne Mühe damit hatte, seine Trauer still und von den anderen unbemerkt zu verarbeiten. Am liebsten hätten sie ihre unermessliche Wut hinausgeschrien, besannen sich aber gerade noch rechtzeitig des Ortes, an dem sie sich befanden.

»Ja, meine Kinder Gottes!«, rief der Pfarrer, so laut er es vermochte, und erhob schon wieder seinen Zeigefinger. »Trauert um Martin Allger und um Markus Hagspihl. Trauert aber so, wie es sich geziemt!«

Er schnaufte durch, drosselte seine Lautstärke, gab seiner Stimme dafür einen drückenden Ton, als er weitersprach: »Vergesst dabei aber nicht, auch an euch selbst und an die Euren zu denken. Das Leben geht weiter«, beschwor er die Gläubigen und lenkte den Schluss des ersten Teils seiner Predigt speziell an die Adresse der jungen Leute des Dorfes: »Reinigt eure Äcker und ihr werdet gute Früchte ernten! Geht im Frühjahr endlich wieder auf eure Felder, damit ihr euch, eure jüngeren Geschwister, eure Eltern, die Alten und die Schwachen ernähren könnt! … Der Herr hat gesagt: Wachset und mehret euch! Blickt nach vorne und vergrößert zum Ruhme des Herrn eure Familien«, klang es wie ein Kugelhagel fester Befehle von der Kanzel herunter.

Jetzt war es an der Zeit, eine künstliche Pause einzulegen.

Der Pfarrherr wollte seinen Schäflein zwar die Köpfe waschen, sie dabei dennoch nicht überfordern, weswegen er die Augen schloss und gut sichtbar die Hände faltete, um in aller Stille ein kurzes Gebet zu sprechen. Dabei blinzelte er immer wieder mit einem Auge, um zu sehen, ob es ihm die Gläubigen unaufgefordert gleichtaten. Und sie taten es ihm gleich – was hätten sie auch anderes tun sollen?

Erst als der Mann Gottes das Gefühl hatte, dass sie den ersten Teil seiner Predigt, die mehr einer Strafpredigt denn einer seelsorgerischen Rede geglichen hatte, verdaut hatten, kam er zu einem weiteren Punkt dessen, was er alles sagen wollte: »Haltet zusammen und legt kein falsches Zeugnis ab. Es ist nicht Gottes Wille, dass ihr Unwahrheiten übereinander verbreitet, euch gegenseitig misstraut und euch sogar offen anfeindet. Unser weltlicher Herrscher …« Er konnte es sich nicht verkneifen »von Gottes Gnaden« einzuflechten, »wird zwar nur einem von euch in ernster Besinnung der schrecklichen Ereignisse vergangener Jahre eine wertvolle Fahne zur Hand geben. Um zu vermeiden, dass ihr, die ihr die Zukunft Staufens seid, darum buhlt, hat er verordnet, dass sich alle ledigen Söhne Staufens zum Ende der nächsten Fasnacht hin um den noch zu erwählenden Bannerträger scharen. Selbst die ehrbaren Jungfern unseres schönen Marktfleckens dürfen in den neuen Brauch ein wenig eingebunden werden.« Als sie dies hörten, begannen die in den linken Bankreihen sitzenden Mädchen zu tuscheln und einige von ihnen sogar zu kichern. Und nachdem sich die eine oder andere auch noch nach rechts umgedreht hatte, um einen Blick des von ihr favorisierten Burschen zu erhaschen, reichte es dem Prediger, der lauthals Ruhe einforderte, bevor er mit starker Stimme donnerte: »An diesen Tagen sollen euch vereinen Freundschaft, Frohsinn und Ehrbarkeit!« So schwor er die Staufner auf die Anfang des nächsten Jahres anstehenden Feierlichkeiten ein, bevor er die Stimme senkte und sichtbar bewegt fortfuhr:

»Meine lieben Schwestern und Brüder im Herrn! … Erinnern wir uns jetzt der schrecklichen Ereignisse, wegen derer es überhaupt erst zu dieser Fahnenstiftung gekommen ist und wegen derer wir uns heute zusammengefunden haben: Nachdem die Soldateska des damals schon 16 Jahre anhaltenden Glaubenskrieges zwischen Katholiken und Protestanten Hunger, Not und Elend ins Allgäu gebracht hat, ist das Jahr 1634 zum schlimmsten Jahr aller Zeiten für unser Land geworden. Aber nicht das kriegsbedingt omnipräsente Elend dieses Jahres war es, das 69 Mal den Tod in Staufens Mauern gefordert hat. Vielmehr war es der ruchlose Medicus Heinrich Schwartz, der hierfür verantwortlich gewesen ist. Er hat unsere Mitbrüder und -schwestern im Herrn mit Kräutersuden –

gemischt aus giftigen Pflanzen, die er seinerzeit von Til, einem offensichtlich gedankenlosen und geldgierigen Kräutermann, im nahen Hopfen erhalten hat – auf raffinierte Art und Weise getötet und sich auch noch dafür entlohnen lassen. Dafür, dass er so viele Familien ins Unglück gestürzt hat, ist er zu Recht mit dem Strang bestraft worden. Zur irdischen Strafe ist dann auch noch die ewige Verdammnis in der Hölle gekommen.«

Jetzt hielt es die Kirchenbesucher nicht mehr auf ihren Plätzen. Sie standen auf, ballten die Fäuste und stießen in Erinnerung an dieses Schreckensjahr so lange wüste Beschimpfungen gegen den längst zu Staub zerfallenen Medicus aus, bis sie vom Propst mit einer Handbewegung zum Schweigen gebracht wurden.

»Im selben Jahr hat auch unser damaliger Totengräber Ruland Berging sein Unwesen getrieben und mehrere Menschenleben auf sein Gewissen geladen: Er hat Diederich, den damals gerade acht Jahre jungen Bruder Lodewigs, unseres heutigen Kastellans, umgebracht, bevor er den seinerzeit 17 Jahre alten Lodewig Dreyling von Wagrain in der Pestkapelle zu Weißach so grausam gequält hat, dass dieser dem Tode näher gewesen war als dem Leben.«

Als sie dies hörte, flammte in Sarah diese alte, aber beileibe noch nicht vergessene Geschichte wieder auf. Mit einem schmerzlichen Blick zurück sah sie – als wenn es erst gestern gewesen wäre – plötzlich ihren schwerverletzten Geliebten auf dem Wagen liegen, den Fabio damals zusammen mit einem hilfsbereiten Weißacher Bauern zum Schloss hochgezogen hatte. Bei diesen Gedanken fröstelte es sie so, dass sie sich gerne an ihren Mann schmiegen würde, um ihm so zu versprechen, niemals von seiner Seite zu weichen. Aber Lodewig war nicht neben ihr; für die Männer waren die rechten Bankreihen vorgesehen, während man die Frauen links stehen oder sitzen ließ. Dafür sah sie, wie Lodewigs Vater, den sie heute mit einem Schlitten hierher zur Kirche gebracht und ihn – mit Lodewigs Hilfe zu beiden Seiten gestützt – in die erste Reihe der rechten Kirchenbänke geleitet hatte, leicht den Kopf schüttelnd und die Lippen zusammenpressend einen Arm um seinen Sohn legte, während sein Enkel Aurel versuchte, sich ganz nah an seinen innig geliebten Vater zu drücken.

Ungeachtet dessen fuhr der Propst fort: »Wie wir heute wissen, dürfte Ruland Berging auch für den Tod der Blaufärberkinder

Otward und Didrik Opser verantwortlich gewesen sein. Lodewig Dreyling von Wagrain war es, der Didriks Leichnam in einer Höhle fand, als er selbst in höchster Lebensgefahr geschwebt hat.«

Der Priester legte wieder eine kleine Pause ein, bevor er weiterpredigte: »Leider ist es nicht gelungen, den Mörder aufzugreifen und der irdischen Gerechtigkeit zuzuführen. Solange dies nicht geschehen ist, kann sich unser Herrgott nicht mit ihm befassen und ihn nicht in die ewige Verdammnis schicken. So weilt er denn immer noch unter uns Lebenden … Lasset uns also für diesen Sünder beten.«

»Nein!«, hallte wie aus dem Nichts kommend eine Stimme – durch die Akustik der Kirche mehrmals widergegeben – durch das Gotteshaus. Nachdem das Echo verklungen war, konnte man die Stille greifen und es dauerte etwas, bis der Propst begriff, was er soeben gehört hatte. Um den Frevler auszumachen, blickte er suchend in die Runde und sah, wie die Männer in der sechsten Reihe zu beiden Seiten eines Mannes von diesem wegrückten. Hatten sie Angst davor, in Verdacht zu geraten, an dem eben vernommenen »Nein« beteiligt gewähnt zu werden, oder wollten sie nur respektvoll Raum schaffen, um demjenigen, der für die Störung der Predigt verantwortlich gewesen war, ein besseres Forum zu bieten? Wahrscheinlich traf beides zu. Jedenfalls war es immer noch mucksmäuschenstill, als der Propst den Mann sah, erkannte und von der Kanzel herunterrief: »Magnus, was ist denn in dich gefahren?« Der Pfarrherr war beruhigt, als er gewahr wurde, dass es nur ein gottesfürchtiges altes Bäuerlein war, das seine Predigt unterbrochen hatte. Es war jener Weißacher Bauer, der vor 14 Jahren Fabio geholfen hatte, den schwerstverletzten Lodewig von der tief im Tal gelegenen Pestkapelle den steilen Berg hoch bis ins Schloss zu bringen.

»Beim Namen unserer Heiligen Jungfrau Maria: Verzeiht, dass mir soeben ein Wort herausgerutscht ist, das ich nur leise vor mich hin sagen wollte«, entschuldigte sich der gute Mann, der bei seinem eigenen Wort wohl am meisten erschrocken und fast daran erstickt war.

»Nun gut! Es ist zwar nicht Sitte im Tempel des Herrn, dass jeder das Wort ergreifen kann, wie es ihm beliebt. Da dies nun aber schon geschehen ist, bitte ich dich, uns mitzuteilen, was du mit deinem ›Nein‹ ausdrücken wolltest«, reagierte der Propst ruhig, obwohl es ihn ärgerte, dass er in seinem Redefluss gestört worden war.

Erst als der Bauer von hinten ein ermutigendes Schulterklopfen verspürte, ein allseitiges Kopfnicken bemerkte und ihm vertraute Stimmen zusprachen, hatte er den Mut, das Wort zu ergreifen: »Ich meine, dass …«

»Lauter!«, kamen von den hintersten Stehplätzen mehrere Aufforderungen, denen das bescheidene Bäuerlein nur ungern Folge leistete, letztlich aber nicht umhinkam, sein Veto für alle hörbar zu begründen: »Ich … ich wollte nur sagen, dass ich mich noch gut an die schlimmen Verletzungen unseres heutigen Kastellans erinnern kann. Es war unglaublich, was ihm der Totengräber seinerzeit angetan hat. Wenn jemand dazu in der Lage ist, einen nicht einmal erwachsenen Burschen …«

Während der Bauer dies sagte, zeigte er nach vorne in Richtung Apsis, wo er Lodewig in der ersten Bankreihe vermutete.

»… auf derart grausame Art und Weise zu quälen, wie es damals der Fall war, kann es sich nicht um einen gottesfürchtigen Menschen, sondern nur um ein räudiges Tier handeln, weswegen …«

Der mit öffentlichen Reden absolut unerfahrene Bauer zitterte vor Erregung und brachte es kaum fertig, seinen Satz zu Ende zu sprechen, wurde aber wieder von hinten dazu ermutigt, dies zu tun.

»Weswegen ich nicht für ihn beten kann! – Man kann nur für gottgefällige Menschen, nicht aber für reißende Tiere beten!«, beendete er seinen Satz doch noch. Kaum war er damit fertig, ertönte ein zunächst noch verhaltenes Klatschen, das sich aber rasch zu tosendem Jubel ausweitete.

»Richtig! Magnus hat recht. Wir können nicht für jemanden beten, der mehrere Morde von Unsrigen auf sein Gewissen geladen hat!«, rief eine offensichtlich mutige junge Frau vorne links, wo sie der Propst nicht sehen konnte, weil die Kanzel zum Mittelschiff hin ausgerichtet war und deren jakobsmuschelförmige Rückwand, die sich bis über den Kopf des Predigers hochzog, den Blick zu einigen Plätzen verdeckte.

Aber er wusste auch so gleich, welches freche Weib sich erdreistet hatte, überhaupt das Wort zu ergreifen – und dazu auch noch in seiner Kirche.

»Sehr gut, Balbina!«, pflichtete ihr ein Mann mittleren Alters bei, während das allgemeine Gemurmel quer durch alle Kirchenbänke hindurch immer lauter wurde und auch die Ministranten unruhig zu tuscheln begannen, was zur Folge hatte, dass sie vom Mesner in die Sakristei zurückgeordert wurden.

»Und für Jockel Mühlegg beten wir auch nicht!«, schallte es dem Propst wütend entgegen.

Der Seelsorger kannte seine Pappenheimer und wusste, dass es jetzt besser war, wenn er sich nicht gleich einmischte und alle das sagen ließ, was sie glaubten, loswerden zu müssen ... zumindest solange sie sich einer kirchentauglichen Sprache bedienten. Nachdem ihm immer wieder in aller Deutlichkeit klargemacht worden war, dass keiner der Kirchenbesucher bereit war, für den ehemaligen Totengräber, für Jockel Mühlegg oder für sonst einen Mörder zu beten, musste er sich auch noch anhören, was die Mitglieder seiner Kirchengemeinde mit Jockel zu tun gedachten, wenn sie ihn in die Finger bekämen. Von Steinigen und Aufknüpfen war da ebenso die Rede wie vom Hautabziehen oder vom Ertränken. Da der Seelsorger spürte, dass seine überreizten Schäflein wahrscheinlich erst Ruhe geben würden, wenn sie selbst Hand an denjenigen, der ihre beiden Mitbürger brutal ermordet hatte, legen durften, fuhr er konsequent dazwischen, wurde aber ausgepfiffen. Dabei fiel ihm auf, dass Albert Wenninger sich besonders aggressiv verhielt. »Reißt dem Mörder die Arme und Beine heraus!«, schrie dieser sogar noch, bevor er auf Geheiß des Propstes das Gotteshaus verlassen musste. »Na wartet ...«, grummelte der körperlich behinderte Sohn des Säcklers, während er sich, leise vor sich hin maulend, trollte.

»Der unter euch, der ohne Sünde ist, werfe den ersten Stein!«, rief der Priester erregt in die Menge – mehr fiel ihm im Moment nicht ein und es nützte auch nichts; die Menschen waren jetzt zu aufgewühlt, um noch auf ihn zu hören.

»Wer unter uns zwar mit Sünde beladen ist, aber keinen Mord begangen hat, der werfe den ersten Stein!«, schrie der Vater des ermordeten Martin Allger, während er eine geballte Faust in die Höhe reckte, zurück.

Das allgemeine Mitleid ihm gegenüber, das sich daraufhin entfaltete, verschlimmerte die Stimmung um ein Vielfaches. So blieb dem Propst nichts anderes übrig, als noch ein Weilchen zu warten, bevor er versuchen wollte, den Tumult aufzulösen. Nach etlichen erfolglosen Ansätzen schien ihm dies endlich zu gelingen.

»Liebe Pfarrangehörige! ... Beruhigt euch! Vergesst nicht, dass ihr Christen seid, die sich in einer Kirche eingefunden haben, um des Endes der Pestilenz zu gedenken.«

Erst als er dies gesagt hatte, begannen die Menschen, sich langsam wieder auf das zu besinnen, weswegen sie heute hierhergekommen waren.

»Es ist nicht im Sinne unseres Herrn Jesus Christus, unser schönes Gotteshaus derart zu missbrauchen ... Und es ist auch nicht in unser aller Sinne!«, rief der Propst in harschem Ton von der Kanzel herunter. »Zur Wiedergutmachung betet ihr alle zehn *Paternoster*! ... Ist das klar? ... Zu Hause, versteht sich«, gebot er seinen Schäflein, um ihnen den schwarzen Schleier auf ihrem weißen Fell zu nehmen. Dass sie dies nicht auf Lateinisch sprechen konnten, war ihm in diesem Moment nicht in den Sinn gekommen. Erst als endlich wieder absolute Ruhe herrschte, wandte er sich dem Weißacher Bauern zu: »Ach, Magnus, noch etwas: Auch Tiere sind Geschöpfe Gottes! ... Und nun lasset uns beten, damit ihr zur Ruhe kommt und ich danach meine Predigt fortsetzen kann.«

So ein Durcheinander während einer Predigt war dem Propst nur selten unter die Kanzel gekommen. Nachdem er die Gläubigen zu deren Beruhigung gesegnet hatte – was eigentlich an dieser Stelle noch nicht vorgesehen war –, schien es offensichtlich allerhöchste Zeit, zum Ende zu kommen; insbesondere, da er bemerkt hatte, dass etliche derjenigen, die keinen Platz innerhalb der Kirche bekommen und bisher draußen gestanden hatten, zwischenzeitlich gegangen waren.

»Meine lieben Brüder und Schwestern in Christo!«, hatte er wie so oft begonnen, bevor er zum Kern seiner Predigt kam: »Wir haben uns heute hier versammelt, um Jesus Christus, unseren Vater im Geiste, für das Ende der Pestilenz vor 14 Jahren in unserem Dorf zu danken.«

Er nahm die zum Himmel gestreckten Hände herunter und setzte eine ernste Miene auf, als er weitersprach: »Wir sind aber auch zusammengekommen, um uns der heute noch unfassbaren Ereignisse dieses Schreckensjahres 1635 zu erinnern, auf dass wir fürderhin unser Leben und das Leben unserer Mitmenschen hochschätzen und unserem Herrn mit Fleiß und Demut dienen.«

Um darüber nachzudenken, ob der Propst mit dem »Herrn« den in Immenstadt regierenden Grundherrn oder aber denjenigen, der über den Wolken thronte, meinte, hatten die Gläubigen keine Zeit. Denn der Propst erhob bereits wieder beide Hände, um endlich zum Höhepunkt zu kommen. »Erinnert ihr euch noch, was damals war?«, fragte er die Gemeinde, erwartete aber wie immer keine Antwort. »Nein?«, schrie er vorwurfsvoll, während er seine Augen zu den Köpfen der Kirchenbesucher schweifen ließ und dabei vergeblich Blickkontakt mit wenigstens einem seiner Schäflein suchte. »Ihr erinnert euch nicht mehr? ... Oder glaubt ihr, euch an die schrecklichen Ereignisse dieses Jahres zurückerinnern zu können? Aber ihr tut es nicht wirklich ... Und das ist auch gut so!«, beendete er seinen aggressiv begonnenen Satz in wesentlich leiserem Ton – aber nur, um seiner Stimme sofort wieder die vorhergegangene Kraft zu geben, während er sich suchend umblickte und dann auf eine Person in der vierten Bankreihe zeigte.

»Dank sei dir, Fabio! Du warst einst ein Gestrauchelter. Aber du warst es auch, der durch unerschütterlichen Glauben an Gott unseren Herrn die Kraft gehabt hat, die bedauernswerten Opfer der Pestilenz unter geweihte Erde zu bringen. Auch wenn ich dich damals dazu überredet und dir ein kleines Vermögen dafür bezahlt habe, schmälert dies deinen Einsatz nur gering«, lobte sich der nun schmunzelnde Propst selbst und schüttelte spaßeshalber einen erhobenen Zeigefinger in Richtung des mittlerweile allseits beliebten und respektierten Leichenbestatters. »Denn du warst es schlussendlich auch, der dadurch eine weitere Ausbreitung der vom Teufel gesandten Krankheit verhindert hat, während sich die anderen nicht mehr aus ihren Behausungen getraut haben und jeder nur noch an sich selbst gedacht hat.«

Dass der Propst genau das, was er kurz zuvor von den Gläubigen gefordert hatte, jetzt selbst wieder verteufelte, merkte er in seiner Aufregung nicht. Und da er es längst verdrängt hatte, damals selbst ein herrgottiger Feigling gewesen zu sein, fuhr er unbeirrt fort: »Der Herrgott war damals derart mit den Problemen des europaweit wütenden Krieges beschäftigt, dass er den Teufel nicht aufhalten konnte, als dieser eine Rattenplage nach Staufen entsandt hat. Damals haben wir noch nicht sicher gewusst, ob es tatsächlich nur die Ratten gewesen waren, die den Tod gebracht und diese Seuche verbreitet haben. So konnten wir uns kaum wehren und mussten hilflos mit ansehen, wie Fabio innert weniger Monate genau 706 Staufner und Staufnerinnen – mehr als die Hälfte davon Kinder – unter die Erde gebracht hat.«

In Erinnerung an die damalige Zeit musste der Propst erst schlucken und sich den Schweiß von der Stirn tupfen, bevor er – sichtlich aufgewühlt – weitersprach: »Ganze Geschlechterfolgen sind damals erloschen. Das Land war noch verödeter als heute und die Überlebenden sind noch mutloser gewesen, als ihr es heute seid. Wer nicht an der Pest gestorben ist, dem hat der Hunger den Garaus gemacht. Wer auch dem Hunger getrotzt hat, indem er Hunde, Katzen, Mäuse, Vögel, Gewürm … und sogar Leichen – ja, Leichen! –«, betonte er anklagend, »verspeist hat, ist von marodierenden schwedischen Lutheranern geschändet, gequält, ausgeraubt und anschließend getötet worden.«

Dass die Truppen der Katholischen Liga seinerzeit genauso grausam gewütet hatten wie die der Protestantischen Union, kehrte er – wie immer – geflissentlich unter den Tisch. Stattdessen schlug er ein Kreuz und erteilte denjenigen Überlebenden von damals, die ihr Leben nur dadurch gerettet hatten, indem sie normalerweise ungenießbare Tiere gegessen, ja sogar Fleischstücke aus bereits toten Menschen herausgeschnitten und roh verspeist hatten, so ganz nebenbei zum wiederholten Mal die Absolution, bevor er fortfuhr: »Schwester Bonifatia und ihr damaliger Helfer, ›mein‹ Kanonikus Martius Nordheim, haben nicht nur die verwesenden Toten in den Gassen und die zu Klumpen verklebten Leichen, die auf verschiedenen Plätzen zu Haufen aufeinandergeschichtet worden waren, aus der Ferne gesehen, sondern das übergroße Leid auch in ihrem Spital gehabt und dadurch selbst tagtäglich ihr Leben riskiert. Wenn sie auch – außer einem Mädchen namens Lisbeth und wenigen anderen – schon kaum Leben retten konnten, so haben sie doch wenigstens den zum Tode Geweihten Linderung verschafft, indem sie ihnen die erbärmlich stinkenden Pestbeulen aufgeschnitten und sie verarztet haben. Darüber hinaus waren die Sterbenden seelsorgerisch betreut worden, sie haben Nahrung bekommen und wurden Gott nahe gebracht. Letztlich aber hat alles nichts geholfen; der süßliche Geruch frisch Verstorbener und der unglaubliche Gestank länger liegender Leichen ist ganze sieben Monate flächendeckend über uns gehangen wie der stinkende Atem des Teufels. Ein schier unerträgliches Schicksal, dem nur wir – die Überlebenden – uns entziehen konnten.«

Der Propst spürte die allgemeine Betroffenheit und wusste, dass es jetzt so weit war, zum letzten Schlag auszuholen.

»Meine lieben Brüder und Schwestern! Diejenigen, die das Mordjahr 1634 überlebt haben und denjenigen, denen es durch Gottes Gnade auch noch vergönnt war, das Schreckensjahr 1635 zu überleben, haben immerhin überlebt«, rief der Propst und hieb dabei mit einer flachen Hand so fest auf die Kanzelbalustrade, dass sich erschrocken auch die Köpfe der kleineren, teilweise bereits eingeschlafenen Kinder zu ihm hochreckten, weil zu allem hin auch noch Staub auf sie herunterrieselte. Er brachte seine Stimme auf normale Lautstärke und sprach weiter: »Die Überlebenden unter uns haben getrauert – sie haben sogar sehr lange getrauert, dabei aber nicht vergessen, nach vorne zu schauen. Sicher, sie haben lange gebraucht, um sich einigermaßen zu erholen. Und im Grunde genommen ist es ihnen – ist dies euch, meine lieben Brüder und Schwestern im Herrn – bis heute nicht ganz gelungen. Bedenkt, was viele von euch damals mitgemacht haben und wie schlimm diese Zeit war. Dann werdet ihr feststellen, dass es mit Gottes Hilfe heutzutage einigermaßen auszuhalten ist. Und mit etwas Gottvertrauen wird uns der Herr keine weitere Prüfung mehr schicken. Lasst euch nicht immer wieder aufs Neue nach unten ziehen, erhebt eure Häupter, seid stark, glaubt an Gott und geht verdammt noch mal endlich wieder an eure Arbeit!« Dass er so etwas sagen konnte, erschreckte den Prediger selbst.

Aber es half, denn dieser Appell stimmte die Gläubigen noch nachdenklicher, als sie durch die bisherige Predigt sowieso schon geworden waren. So war es nicht verwunderlich, dass der Propst zufrieden das eine und andere zustimmende Kopfnicken oder Tuscheln feststellen konnte, bevor er endlich zum Ende seiner bemerkenswerten Predigt kam: »So gedenken wir am Schluss nicht nur aller, die seither im Schoße der Heimat ruhen oder kriegsbedingt in fremde Erde gebettet sind, sondern in besonderem Maße Antonia Bickel – der Frau des damaligen Brunnenputzers. Sie war die allerletzte Pesttote des Schreckensjahres 1635. Mit ihrem Tod hat für uns Staufner das elende Jahr 1635 nicht erst am 31. Dezember, sondern schon am Tag des Heiligen Nikolaus geendet. Es ist fast so, als wenn wir von da an anstatt der Gregorianischen eine neue Zeitrechnung hätten. Jedenfalls hat uns die Pestilenz seither nicht mehr ereilt, obwohl sie in anderen Teilen des deutschen Südens, im Rheinland und in Norddeutschland, in Österreich und in der Schweiz nach wie vor immer wieder aufflackert. Außerdem ist zwischenzeitlich der unselige Krieg vorübergegangen … Danken wir Gott dafür! Was hindert euch jetzt also noch, euer Leben arbeitsam, gottesfürchtig und in bescheidener Zuversicht zu verbringen? … Und jetzt lasst es uns halten, wie dies einst der Heilige Bendikt vorgab: Ora et labora – Betet und arbeitet!« Gefälligst!, dachte er sich noch.

KAPITEL 16

Jetzt war es schon eine ganze Weile her, dass die Staufner Jungschützen, von Immenstadt zurückgekehrt, ihre dortigen Erlebnisse einigermaßen hatten verdauen können. Bei ihrer Ankunft wurden sie nicht nur von ihren zu Hause gebliebenen Altersgenossen, sondern auch von Vätern und Großvätern ungeduldig mit Dreschflegeln, Sauspießen und Mistgabeln erwartet und alles andere als herzlich begrüßt. Der am Ortseingang auf sie lauernde Mob hatte es nicht glauben wollen, dass die Schützen ohne ihren Kameraden vom Jahresabschlussschießen zurückgekommen waren. Die aufgebrachten Burschen und Männer hatten vermutet, dass sie Jockel Mühlegg auf dem Ladewagen unter einer Decke, im Gestänge darunter oder sonst wo versteckt hatten. Bei der nicht gerade zimperlichen Durchsuchung der Ladefläche hatten sie anstatt des Gesuchten aber nur die mit Schnee bedeckten Fressalien gefunden, die ihnen gerade recht gekommen waren. Wegen dieses Mundraubes hatten sie kein schlechtes Gewissen bekommen; denn aus ihrer Sicht war es kein Zufall gewesen, dass ausgerechnet der sehnlichst Erwartete gefehlt hatte. Dementsprechend ruppig gingen die Staufner mit denjenigen von ihnen um, die zu ihrer aller Schutz den mühsamen Weg nach Immenstadt auf sich genommen und an einer militärisch strengen Schießübung teilgenommen hatten.

Ihr unbändiger Zorn auf den verhassten Kameradenmörder ließ sie nicht einmal davor zurückschrecken, zuerst Melchior Henne und dann Matthiß Spindelhirn vom Kutschbock zu ziehen und auf das Übelste zu verprügeln. Danach waren die anderen – die ebenfalls nicht so recht gewusst hatten, ob sie sich gegen ihre eigenen Leute überhaupt zur Wehr setzen sollten – dran gewesen. Lediglich dem allseits als feige bekannten Schuhmacher Hanspeter Burger war es irgendwie gelungen, sich unbemerkt zu verdrücken. Alle anderen hatten zu ihren Blessuren, die sie bei der tags zuvor stattgefundenen Schlägerei im *Goldenen Adler* in Immenstadt davongetragen hatten, neue Schmisse hinzubekommen.

In dem Durcheinander war niemandem aufgefallen, dass gerade die zu Hause gebliebenen Altersgenossen der Schützen besonders hart vorgegangen waren – allen voran Albert, der missgünstige Sohn des Säcklers, der sich trotz seines körperlichen Gebrechens auffallend brutal und beweglich gezeigt hatte. Seine rechtsseitige Lähmung, die ein ständiges Anziehen des Armes mit nach innen gekrümmter Handfläche und das Nachschleifen eines Beines mit sich brachte, schien ihn bei der Misshandlung seiner Altersgenossen ebenso wenig zu beeinträchtigen wie die schlechte Sicht, die er wegen seiner gelähmten rechten Gesichtshälfte eigentlich haben müsste. Während er auf Gebi Luckner gesessen war und ihm mit der Linken einen Hieb nach dem anderen versetzt hatte, war dem jüngsten Schützen der Sabber ins Gesicht getropft, den Albert seit seiner Kindheit noch nie hatte halten können, weswegen niemand gerne in seiner Nähe war. Kein Wunder also, dass aus dem bedauernswerten Burschen ein unbeliebter Einzelgänger geworden war.

Der Neid auf diejenigen, die vom Immenstädter Gardehauptmann Benedikt von Huldenfeld ausgewählt worden waren, Schießübungen zu absolvieren, um im Kriegs- oder Verteidigungsfall ihrem Heimatdorf, der Residenzstadt oder sogar dem gesamten rothenfelsischen Gebiet dienen zu können, hatte sich gewaltsam Luft gemacht. Dazu hatte sich auch die einfältige Denkweise der sich unnütz vorkommenden Nichtschützen gesellt, die sich selbst einredeten, dass wohl nur Mitglieder der Staufner Schützenkompanie Erfolg versprechende Anwärter auf das kommende Fähnrichsamt sein könnten. Dies würde unweigerlich zur Folge haben, dass sie selbst von den Mädchen des Dorfes noch weniger beachtet würden, als dies im Vergleich zu ihren schießenden Altersgenossen jetzt schon der Fall war. Diese und andere Gedanken hatten sie derart außer Kontrolle geraten lassen, dass sie ihre eigenen Leute brutal vom Wagen heruntergezogen und wie wild auf sie eingedroschen hatten. Da sie in der Überzahl und zudem mit bäuerlichem Gerät bewaffnet waren, hatten die Schützen unverdient ihr Fett wegbekommen und vielerlei schmerzhafte Blessuren mit nach Hause genommen. Dabei hatten sie noch froh sein müssen, nicht an Jockels statt der Selbstjustiz anheimgefallen zu sein, was fast der Fall gewesen wäre, wenn nicht doch noch ein paar Ältere dazwischengegangen wären. Dennoch war einer von ihnen – ausgerechnet Gebi Luckner – derart verprügelt worden, dass dieser ins Spital hatte eingeliefert werden müssen und der Medicus nicht hatte sagen können, ob er die offenkundig inneren Verletzungen gut überstehen würde.

Den vorhergegangenen Ereignissen zufolge war die sowieso schon mehr als schlechte Stimmung in Staufen jetzt besonders miserabel. Daran änderte auch nichts, dass es nur noch eine kurze Zeit bis zum Heiligen Abend hin war, denn von adventlicher Ruhe und Besinnlichkeit konnte nicht annähernd die Rede sein. Da war es nur gut, dass sich derzeit die meisten jungen Burschen zusammen mit den gestandenen Männern in den unüberschaubaren Wäldern verteilten, um in gewohnter Manier Brennholz zu organisieren und bei Gelegenheit sogar Wild zu erlegen, was aber wegen des Mangels an Waldtieren kaum möglich sein würde. So waren sie mit sich selbst beschäftigt, konnten ihre überschüssigen Kräfte anstatt bei unsinnigen Raufereien zugunsten ihrer Familien sinnvoll einsetzen und ließen sich gegenseitig in Ruhe. Das Wichtigste aber war, dass sie wenigstens bis über die Feiertage hinweg die bisher nur Neid fördernde und Zank bringende Fahnenstiftung des Grafen vergaßen. Danach würde immer noch genügend Zeit sein, um sich Gedanken darüber zu machen, wer denn nun zum ersten *Staufner Bürgerfähnrich* gewählt werden sollte. Nicht wenigen kam sogar der Gedanke, dass es wohl besser wäre, ganz auf diese Sache zu verzichten und die wohledle Spende des Grafen dankend abzulehnen. Aber wie konnte man ihm dies nahelegen, ohne ihn zu erzürnen und sich dafür irgendwelche Repressalien einzuhandeln?

Dass es seit Wochen kaum noch geschneit hatte, kam ihnen sehr zupass, weil sie dadurch nicht, wie all die Jahre zuvor, kräftezehrend durch knie- oder hüfthohen Schnee stapfen mussten. Dass dennoch sämtliche Wälder rund um Staufen herum von Fuß- und Schleifspuren durchzogen waren, spielte gerade in dieser Jahreszeit insofern keine Rolle, weil es das Forstpersonal des Grafen jetzt – so kurz vor Weihnachten – nicht mehr nach Staufen drängte, obwohl auch hier Arbeit auf die faulen Säcke warten würde.

Der Revierförster und seine Helfer waren gerade damit beschäftigt, in den Wäldern des Immenstädter Horns zwei große Tannen auszuwählen und zu fällen. Die beiden Nadelbäume sollten – nach etlichen Jahren der Entsagung – vom Heiligen Abend an bis zum Dreikönigsfest den äußeren Eingangsbereich des Immenstädter Schlosses zieren. Außerdem schien sich der Brauch, an Weihnachten Bäume zu schlagen und festlich zu schmücken, beim nobleren Teil der rothenfelsischen Bevölkerung so langsam herumgesprochen zu haben, weswegen die gräfliche Familie einen zusätzlichen Weihnachtsbaum für ihre Privatgemächer geordert hatte.

Da Oberamtmann Speen auf Geheiß seiner Frau auch während der Abwesenheit und mit Erlaubnis des Grafen all die Jahre über ebenfalls eine geschmückte Tanne in seiner guten Stube gehabt hatte, war dies Freunden und Verwandten, die in den vergangenen Jahren über an einem der Feiertage bei Speens zu Besuch gewesen waren, aufgefallen. Sie hatten sogar selbst so viel Geschmack daran gefunden, dass sie dem Drängen ihrer Kinder nachgegeben und versucht hatten, der Beamtenfamilie nachzueifern. Da sie dies dummerweise anderen im gleichen Rang stehenden oder zumindest ähnlich begüterten Mitbürgern erzählt hatten, sollte fortan auch in deren Wohnungen solcherart Grün als Weihnachtsschmuck dienen.

»Die Geister, die ich rief, werde ich nicht mehr los«, hatte Speen, als er von allen Seiten – vor allen Dingen von den Frauen – bedrängt worden war, geklagt und die Hände über dem Kopf zusammengeschlagen, als ihn auch noch der Pfarrer von St. Nikolaus um eine große Tanne für die Apsis seiner Kirche gebeten hatte: »Da ich darin nichts Heidnisches, sondern lediglich eine von Mutter Natur gegebene Zierde sehe, können wir es damit versuchen. Wir werden ja sehen, wie diese Art der Chorraumgestaltung bei den Gläubigen ankommen wird«, hatte der Pfarrer gesagt und dabei auch noch laut überlegt, ob man an den »Christlichen Baum«, wie er den Weihnachtsbaum kurioserweise nannte, vielleicht nicht sogar ein paar Kerzen befestigen und diese zumindest während der Christvesper und der mitternächtlichen Mette brennen lassen könne.

Da die Sache sowieso schon nicht mehr aufzuhalten war, hatte sich der Oberamtmann von besonders guten Freunden seiner Familie breitschlagen lassen, ihnen die Bäume von zwei Forsthelfern sogar in die Häuser bringen zu lassen. Dies hatte dummerweise zur Folge, dass sich die Sache nun auch noch unterm einfacheren Volk herumsprach. Da die Städtler von jeher einfallsreich gewesen waren, wenn sie etwas haben wollten, und in diesem Falle zudem gewusst hatten, dass sie vom Oberamtmann eine Abfuhr bekommen würden, hatten sie ihn nicht in ihre Wünsche mit einbezogen, sondern sich stattdessen einmal mehr als hervorragende Selbstversorger bewiesen.

Zu Speen waren leider nicht nur die Freunde des Hauses, sondern auch mehr oder weniger gute Bekannte, denen er notgedrungen gestattet hatte, sich in einem genau festgelegten Bereich des gräflichen Forstes selbst zu bedienen, gekommen. Diejenigen, denen er dies nicht hatte gestatten können, hatten sich über all die Jahre hinweg auf die gleiche Weise bedient wie das niedere Volk, dabei aber den Respektverlust des Oberamtmannes und womöglich sogar eine Anzeige bei »Richter Gnadenlos« riskiert, obwohl Waldvogel dafür bekannt war, auch während katholischer Feiertage Urteile zu fällen und diese – wenn ihm danach war – auch am heiligen Sonntag zu vollstrecken. Im Gegenteil: Der Richter sah darin sogar eine größere Abschreckung und musste einen solchen Tag nicht mit seinem langweiligen Weib verbringen. Unabhängig davon, dass er sowieso schon lange danach lechzte, endlich wieder jemanden dranzukriegen, dürfte es unwahrscheinlich sein, dass er an Weihnachten eine Ausnahme machen würde. Da würde auch die Befriedigung der bloßen Gefangennahme des Staufners Jockel Mühlegg nichts daran ändern.

Speen hatte sein Gewissen damit beruhigt – denn immerhin waren es nicht seine, sondern die Bäume des Grafen gewesen, die er verschenkt hatte –, indem er den durch ihn Begünstigten mahnend mit auf den Weg gegeben hatte, nur Tannen zu fällen, die aufgrund der Baumdichte früher oder später sowieso verkümmert wären, oder noch besser, nur Krüppel zu schlagen. »… und wenn ihr die Bäume nach den Feiertagen nicht mehr benötigt, verbrennt das Holz nicht selbst, sondern gebt es den Armen! … Versprochen?«, hatte er alle beschworen, obwohl er wusste, dass dies nichts nützen würde, da gerade die honorige Immenstädter Bürgerschaft einen hohen Bedarf an Brennholz hatte. Aber wenigstens war durch diese Auflage sein Gewissen einigermaßen beruhigt gewesen. Dies hatte sich allerdings schnell geändert; denn jetzt war der Graf wieder hier und eine offizielle Erlaubnis zum Bäumefällen an Weihnachten – durch wen auch immer – gab es nicht …, auch nicht für den noch so honorigen Bürger der Stadt, geschweige denn für den Pfaffen. Dadurch kam Speen bei denen, die er all die Jahre über persönlich begünstigt hatte, in Erklärungsnot. Aber ob es ihm gefiel oder nicht, er musste sie heuer allesamt herb enttäuschen. Da diejenigen, die sich an den heimelig nach Wald duftenden, mit im Kerzenschein glitzernden Metallplättchen oder bunten Papierstreifen geschmückten Weihnachtsbaum gewöhnt hatten, nicht mehr darauf verzichten wollten, mussten sie sich etwas einfallen lassen. Und dies war auch dringend notwendig, obwohl sie in dieser schwierigen Zeit gewiss andere Sorgen hatten. Aber wie hätten sie ihren Kindern beibringen sollen, dass es in diesem Jahr keinen Weihnachtsbaum gab? So mussten Bestechungsgelder bei den Forstbeamten dafür sorgen, dass bei einer eventuellen Wohnungsüberprüfung die fehlende Rechtfertigung für den Besitz eines Baumes aus gräflichen Wäldern auf die tumben Knechte der scheinbar unwissenden Forstbeamten abgeschoben werden konnte. Wer es sich leisten konnte, ließ sich von einem der durchwegs bestechlichen Forstgehilfen heimlich einen Baum ins Haus bringen, nachdem der Nachtwächter seine letzte Runde gedreht hatte. Und wenn der Bestochene den Zehnten seiner Einnahmen an den Oberförster abgedrückt hatte, warf auch der den Mantel des ewigen Schweigens darüber. Ein gutes Geschäft für alle Beteiligten: So hatten die Forsthelfer neun Anteile der Einnahmen für die Arbeit des Fällens und des Lieferns, der Oberförster bekam einen Teil für die übernommene Verantwortung und für's Nichtstun und die Bürgerfamilien waren zufrieden, weil sie das zwar doch noch recht neue, aber bereits lieb gewonnene Weihnachtsrelikt, das längst zum unverzichtbaren Ritual geworden war, beibehalten konnten.

Was die Staufner Bevölkerung anbelangte, so hatte sich die bei den Städtlern eingebürgerte Mode mit dem verzierten Baum noch nicht bis zu ihnen herumgesprochen – weder von Immenstadt heraus noch vom Schloss herunter. Hätten sie davon erfahren, hätten sie wohl kaum Verständnis dafür gehabt, in der kalten Jahreszeit wertvolles Brennholz einfach so als Zierde herumstehen zu lassen. Die einzigen Weihnachtsbäume nach Immenstädter Vorbild standen im Schloss Staufen. Was die erwachsenen männlichen Bewohner des im westlichen Teil des Allgäus gelegenen Marktfleckens im Wald suchten, waren keine Bäume, die nur der nutzlosen weihnachtlichen Zierde dienten, sondern verwertbares Holz; möglichst dicke und lange Holzstücke, die sie mit Freuden auf die richtige Größe zurechtsägen würden, wenn das wertvolle Gut erst einmal bei ihnen im Haus war. Beim Sammeln von Brennholz und – was ganz besonders unter Strafe stand – beim Fällen von Bäumen drohte Gefahr normalerweise nicht nur von den Forstbeamten, sondern auch noch von den Jägern des Grafen mit ihren meist einfach gestrickten Jagdhelfern. Aber die dürften zurzeit im wildreichen Gebiet bei Gunzesried damit beschäftigt sein, das benötigte Fleisch für den gräflichen Festtagsbraten zu besorgen. Überdies war dem Oberjäger von einem als Speichellecker bekannten Bergbauern gemeldet worden, dass am Fuße des Grüntenberges mehrere Rotten Wildsauen gesichtet worden seien. Und da alle Bediensteten des Grafen wussten, dass ihr Herr außer seiner Gemahlin und seinen Kindern nichts mehr liebte als einen am Drehspieß gebratenen Schwarzkittel, der während des Bratens immer wieder mit Rotwein übergossen wurde, setzten sie alles daran, um wenigstens eine etliche Pfund schwere Bache zu erlegen, damit sie ihrem Herrn eine Weihnachtsfreude bereiten konnten. Noch lieber wäre es ihnen, einen der wesentlich schwereren Keiler erlegen zu können, dessen ausgestopfter Kopf dann die Eingangshalle des Schlosses Staufen, das der Regent schon mal als »Jagdschloss« bezeichnete, um von der manchmal unter seinesgleichen kursierenden Bezeichnung »Lustschloss« abzulenken, zieren könnte. Da Letzteres allerdings ein erheblich größeres Risiko für das eigene Leben bedeutete, erhoffte sich so mancher von ihnen einen zusätzlichen Lohn oder eine Beförderung. Zumindest aber würde ihnen der Leibkoch des Grafen die Decke überlassen, nachdem er der Sau das borstige Fell über die Ohren gezogen hatte. Dem waidbegünstigten Jäger wäre es am liebsten gewesen, dem Schwarzwild selbst den Kittel auszuziehen, um bei dieser Gelegenheit die Speckschwarte mit abzuschneiden oder sogar heimlich in den Besitz eines Stückchen Fleisches zu gelangen. Da aber weder der Küchenmeister noch der Zahlmeister, geschweige denn der Graf dumm waren, konnte niemand darauf hoffen; eine erlegte Sau musste immer am Stück – mitsamt der Decke und dem kompletten Kopf – abgeliefert werden. Mist, verdammter!

Auch Lodewig und sein ältester Sohn Aurel waren zusammen mit dem treuen Stallknecht Ignaz im gräflichen Forst auf dem Kapfberg unterwegs, um zwei Weihnachtsbäume fürs Schloss zu schlagen und bei der Gelegenheit ein paar Kretten Brennholz mitzunehmen, weil Ignaz wegen einer Knieverletzung den Sommer über weitaus weniger Holz gebracht, zerhackt und in einem der Schuppen aufgestapelt hatte als die ganzen Jahre zuvor. Seit Oberamtmann Speen Lodewigs Vater vor vielen Jahren erlaubt hatte, neben einer großen Tanne für den Rittersaal auch einen kleineren Baum fürs Vogteigebäude, in der sich auch heute noch die Wohnung der Verwalterfamilie befand, zu schlagen, hatten sich die Familienmitglieder und das Gesinde so daran gewöhnt, dass sie diese weihnachtliche Zierde ebenfalls nicht mehr missen wollten.

»Der Kretten passt gut zu Euch, edler Herr der Stallungen und des Schlosshofes. – Ich hoffe nur, dass Euch heuer auch die Höhe des Schnees genehm ist«, witzelte Lodewig dem Knecht gegenüber, während er anbot, den Weidekorb gemeinsam mit ihm zu tragen. Er freute sich, dass es dem Knecht, der schon seinem Vater treu gedient hatte, endlich wieder möglich war, mit in den Wald zu gehen, um Weihnachtsbäume zu schlagen und bei dieser Gelegenheit Bruchholz aufzulesen. Da sie aber kaum Bruchholz entdecken konnten, würden sie wohl ein paar Krüppel schlagen und zu Brennholz verarbeiten müssen. »Dieses Holz ist dann natürlich feucht«, grummelte Lodewig, der freilich ahnte, warum nur wenige Äste auf dem Waldboden herumlagen.

Aufgrund des vielen Schnees der letzten Jahre und der damit verbundenen anstrengenden Stapferei war es dem alten Knecht jahrelang nicht mehr möglich gewesen, an die ehemals lieb gewonnene Tradition anzuknüpfen. Er erinnerte sich nur allzu gerne daran, wie er früher mit Lodewigs Vater Jahr für Jahr zum Ende der Adventszeit hin im Wald gewesen war. Dabei hatte sich der damalige Kastellan immer viel Zeit genommen, um sich mit Ignaz über Gott und die Welt zu unterhalten. Nicht zuletzt hatten sie sich dabei auch etliche persönliche Dinge anvertraut, weswegen sich ein freundschaftliches Duzverhältnis zwischen dem Niederadligen und dessen niederen Bediensteten aufgebaut hatte, was damals noch unüblicher gewesen war als heutzutage. Auch Lodewig war diesbezüglich recht locker und ließ sich trotz seines gehobenen Standes von den meisten der ehrbaren Staufner duzen. »Wir sind hier ja nicht in der noblen Residenzstadt, sondern auf dem Dorf«, pflegte er immer dann zu sagen, wenn er jemandem das »Du« anbot und sich sein Gegenüber darüber wunderte. Nach seinem Amtsantritt hatte der junge Kastellan schnell begriffen, dass er hier auf dem Land in vertrautem Ton meist weiter kam, als mit dem in Städten oftmals künstlich aufgesetzten Adelsgetue oder gar mit herrischer Strenge.

»Ich weiß noch, wie ich deinem Vater bei solch einer Gelegenheit gestanden habe, dass ich Rosalinde liebe«, erinnerte sich der Knecht schmunzelnd zurück.

»Und? Hat er dir damals auch schon solch gute Ratschläge gegeben, wie er es seit seinem Unfall gerne mir gegenüber zu tun pflegt? Hat er dir gesagt, wie du mit unserer lieben Küchenmagd umgehen musst?«, wollte Lodewig – der ansonsten kein Freund typischer Männergespräche war – des Spaßes halber wissen.

Ignaz musste lachen und drehte sich erst nach Aurel um, um sich zu vergewissern, dass der heranwachsende Knabe etliche Schritte hinter ihnen lief und dadurch nichts mitbekommen konnte. »Beim ersten Mal – hat dein Vater gesagt – muss man ganz besonders rücksichtsvoll und zart sein. Man darf nichts fordern, was die Frau nicht will. Aber wenn sie es will, muss man sie zuerst überall vorsichtig streicheln, bevor man in sie ...« Diesen Satz zu beenden, brachte Ignaz nun doch nicht fertig. Bevor er mit einem Ton der Verwunderung, der wohl aussagen sollte, dass er sich heute noch über die damals bahnbrechenden Erkenntnisse wunderte, weitersprach, stieß er ein nach Lachen klingendes Geräusch aus.

»Dies war für mich etwas völlig Neues. Zuvor habe ich – wie vermutlich alle Männer – gedacht, dass die Frau dem Manne untertan ist und überhaupt nicht gefragt wird, wie und ob es ihr überhaupt genehm ist. Ist es nicht so, dass sich die meisten Männer an ihren Weibern bedienen, wie es ihnen beliebt?«

Nachdem Ignaz merkte, dass sein junger Herr zwar kritisch die Augenbrauen zusammenkniff, aber dennoch aufmerksam zuhörte und Aurel inzwischen eine Kaninchenfährte entdeckt hatte, weswegen er noch ein Stückchen weiter hinter ihnen war, blieben sie stehen, um auf ihn zu warten. Ignaz sprach in solch vertrautem Ton weiter, wie er es dereinst gegenüber Lodewigs Vater getan hatte: »Die Empfehlung deines Vaters war Gold wert.«

Er klemmte seinen Stock unter einen Arm, spreizte seine Finger und streckte Lodewig die geöffneten Hände hin. »Sieh her: Mit diesen Händen ist es mir gelungen, Rosalinde sanft ins Heu zu drücken und sie so zu berühren, dass sie nicht den leisesten Versuch unternommen hat, sich dagegen zu wehren. Trotz der Hornhaut und der Schrunden muss ich Rosalinde wohl so zart gestreichelt haben, dass sie sofort vor Wonne gestöhnt und mich in sie gelassen hat.«

Lodewig sah sich die tellergroßen und abgearbeiteten Hände seines fleißigen Knechtes an und bemerkte lachend: »Unglaublich! Mit diesen Wurstfingern hast du ...«

»Im Ernst, Lodewig«, unterbrach ihn Ignaz, der jetzt fast beleidigt gewesen wäre, weil er die Sache wirklich sehr wichtig nahm und es für ihn ganz etwas Besonderes war, seinem Herrn etwas derart Persönliches anzuvertrauen. »Für mich war es das erste

Mal. Wären mir in meiner Erregung nicht gerade noch rechtzeitig die Worte deines Vaters eingefallen, hätte ich mich wahrscheinlich grob und unflätig angestellt – aber das war wohl nicht so«, verkündete er mit einem unüberhörbaren Stolz in seiner Stimme. »… Jedenfalls hat mir Rosalinde damals ins Ohr geflüstert, dass es mit mir so schön ist, wie es noch mit keinem Mann zuvor gewesen sei«, kam Ignaz, ohne es zu wollen, ins Schwärmen.

»Wie bitte?«, entrüstete sich Lodewig. »Heißt das, dass …«

»Ja! – Aber reg' dich nicht auf: Rosalinde war keine Jungfrau mehr, als ich ihr das erste Mal beigeschlafen habe. Bevor du jetzt aber ein falsches Urteil über sie fällst, muss ich dir sagen, dass sie als Kind von ihrem Vater immer und immer wieder missbraucht worden war und deswegen möglichst schnell aus ihrem Elternhaus abhauen wollte. Ihrer bigotten Mutter hatte sie sich nicht anvertrauen können. Die hat zwar davon gewusst, aber so getan, als wenn sie nichts mitbekommen würde. Sie ist ihrem brutalen Mann selbst untertan gewesen und hat ständig Schläge bekommen. Was ist Rosalinde also anderes übrig geblieben, als sich möglichst schnell – sie war damals zwar erst 13 – nach einem braven Mann umzusehen, der sie heiraten, beschützen … und sie vielleicht sogar auch noch ernsthaft lieben würde.«

»Und dies hat wohl nicht geklappt – oder?«, vermutete Lodewig.

»Mehr oder weniger! – Wie man's nimmt. Da Rosalinde wegen der schrecklichen Erlebnisse mit ihrem Vater zu stottern begonnen hatte, waren die Probleme noch größer geworden. Du weißt ja, wenn jemand stottert, hat er Glück, wenn er nur als dumm hingestellt wird. Es ist auch heutzutage immer noch gang und gäbe, Stotterer – gerade wenn es sich um Frauen handelt – als Hexen zu betrachten, sie diesbezüglich anzuklagen, zu foltern und zu verurteilen. Du kennst Rosalinde ja und du weißt, dass sie einen drallen Arsch und große Titten hat.«

»Du meinst wohl Brüste?«, korrigierte Lodewig die unangemessen vulgäre Ausdrucksweise seines unbelesenen Knechtes, die ihm ganz und gar nicht zu gefallen vermochte. Eine andere Bezeichnung für das Hinterteil war ihm ad hoc allerdings auch nicht eingefallen.

»Das ist doch einerlei!«, konterte Ignaz, der darin keinen Unterschied sah und unbeirrt fortfuhr: »Jedenfalls kannst du dir vorstellen, was die Inquisitoren und die Henkersknechte mit ihr angestellt hätten. Und da Rosalinde schon als Kind recht feist und zudem rothaarig war, hat sie damals schon diese Probleme gehabt; diejenigen, in die sich das arme Mädchen ernsthaft verliebt hat, haben von ihr nur das eine gewollt. Ihre dicken …«, Ignaz räusperte sich verlegen, »Dinger … haben die geifernden Böcke angezogen wie das Licht die Motten«, schimpfte er so laut, dass Aurel den Kopf aus einer geländebedingten Vertiefung herausreckte.

»Es ist alles in Ordnung, Aurel. Du kannst noch ein Weilchen hinter dem Karnickel herjagen«, beruhigte der Kastellan seinen Sohn.

Lodewig war während des Gespräches nachdenklich geworden: »Du sprichst recht offen mit mir – das schätze ich sehr. Aber du weißt, dass ich mit diesem Wissen Rosalinde sofort entlassen und sogar mitsamt der Schandmaske an den Pranger stellen lassen kann. Es ist eine große Sünde für eine Frau, sich schon vor der Ehe neben einen Mann zu legen, … egal, warum.«

Jetzt war es Ignaz, der ernst wurde und fast bereute, was er Lodewig soeben alles anvertraut hatte: »Ja, Herr«, sagte er leise mit gesenktem Kopf.

»Du brauchst mich jetzt nicht plötzlich zu siezen. Du weißt, dass Sarah und ich Rosalinde mögen und ihre Arbeit schätzen. Sie gehört – wie auch du und unsere beiden Schlosswachen Siegbert und Rudolph – zur Familie. Aufgrund dessen, was du mir soeben erzählt hast, habe ich Verständnis für Rosalinde und werde das mir Anvertraute für mich behalten. Allerdings glaube ich, dass mein Vater etwas davon weiß … oder zumindest ahnt.«

Zu Lodewigs Verwunderung schien dies Ignaz nicht zu beunruhigen. Ganz im Gegenteil: Der zunehmend kribbelig werdende Knecht bestätigte Lodewigs Vermutung sogar. »Es war vor 15 Jahren – Rosalinde ist damals schon etliche Jahre in Diensten deiner verstorbenen Mutter Konstanze …«

Die beiden bekreuzigten sich.

»… gewesen. Und es war genau die Zeit, als dein kleiner Bruder Diederich ermordet worden ist.«

Wieder bekreuzigten sich beide.

»Deine Mutter hat Rosalinde die Schuld an seinem Tod gegeben, weil sie anscheinend das kleine Türchen zum Wurzgarten aufgelassen hat und sich der Totengräber deswegen dem Kleinen unbemerkt nähern konnte.«

»Ich erinnere mich leider noch allzu genau. Vater und ich waren zu diesem Zeitpunkt mit dir auf dem Dach, um Ziegel auszutauschen«, schnaufte Lodewig. »Aber was hat das mit Rosalindes damaligem Liebesleben zu tun? Zu jenem Zeitpunkt war sie doch schon lange kein Mädchen mehr.«

»Das stimmt. Aber sie war immer noch auf der Suche nach einem Mann. Dass ich sie damals schon gerne angesehen habe, hat sie nicht gemerkt. Lieber hat sie sich diesem Scheißkerl von einem Metzger hingegeben. Das dumme Ding hat es damals gar nicht gemerkt, dass der schon verehelicht war. Nur um ihre Titten anfassen zu dürfen, hat er ihr den Himmel auf Erden versprochen«, schimpfte Ignaz, der jetzt überhaupt nicht mehr auf die Wahl seiner Worte achtete. »Dieser ortsbekannte Hurenbock hat beim Kirchweihtanz ein paarmal mit ihr getanzt und sie dann in die Tenne der *Krone* gelockt … und dort hat er ihr dann ein Kind gemacht.«

»Rosalinde war in Hoffnung?«, fragte Lodewig ungläubig. »Aber das hätten wir doch alle mitbekommen müssen.«

»Das ist es ja! … Als sie es gemerkt hat, ist sie zu dem ständig schwitzenden Fettsack, um ihn zu bitten, sie zu ehelichen. Aber das Drecksschwein hat sie nur ausgelacht und sie gezwungen, zu einer Engelmacherin ins österreichische Dornbirn zu gehen.«

»Und die hat ihr das Kind weggemacht«, folgerte Lodewig.

»Ja! Aber unter welchen Umständen!«

»Ich verstehe«, sagte Lodewig, der darüber allein schon deswegen, weil er gläubiger Katholik war, eigentlich nichts mehr hören wollte.

»Nicht ganz«, widersprach Ignaz und fuhr fort: »Es war genau zu der Zeit, als die böse Sache mit Diederich war.«

Lodewig überlegte ein Weilchen, bevor er sagte: »Aber jetzt verstehe ich! Rosalinde war zu jener Zeit in Gedanken bei ihren Problemen und deswegen während ihrer Arbeit schusselig, weswegen sie auch das Türchen offen stehen lassen hat, durch das Diederich nach draußen konnte … und zu Tode gekommen ist.«

Die beiden bekreuzigten sich wieder.

»Du hast es richtig erkannt. Es war eine schlimme Zeit für Rosalinde. Sie wollte sich eigentlich deiner Mutter anvertrauen, hat dies aber nicht mehr gekonnt, weil die Herrin nicht mehr mit ihr gesprochen hat. In ihrer Not hat Rosalinde dann mir ihr Herz ausgeschüttet.« Ignaz schüttelte den Kopf. »Es war fürwahr eine schlimme Zeit für sie. Immerhin ist es der Engelmacherin zwar gelungen, das Kind herauszukratzen, dabei hat sie aber solche inneren Wunden hinterlassen, dass Rosalinde seither keine Kinder mehr bekommen kann. Sie hat sich unter großen Schmerzen nach Staufen zurückkarren lassen und heimlich ins Schloss geschleppt. Dort hat sie dann so fest die Zähne zusammengebissen, dass niemand etwas gemerkt hat. Da ihr das Blut in Strömen herausgelaufen ist und die Gefahr bestanden hat, dass es ihr die Beine hinunterläuft, hat sie Heu in einen Kamillensud getunkt und in ein Leinensäckchen gestopft, bevor sie es sich – na ja – du weißt schon.«

Lodewig merkte, dass es Ignaz jetzt schwerfiel weiterzusprechen und er bewunderte ihn dafür, dass er es dennoch tat: »In die Bruche hat sie auch noch etliche Streifen Rupfen getan, die sie von einem Kornsack abgetrennt und auf die sie Eichenrinde mit Kamillenblüten gelegt hat, um durch das ständig laufende und verunreinigende Blut nässende Ekzeme und Entzündungen des äußeren …«, Ignaz musste schlucken, »Umfeldes zu vermeiden. So ist es ihr gelungen, den Blutfluss wenigstens so lange aufzuhalten, bis sie im Schloss geklärt hatte, wie es weitergehen soll. Um sich ein paar Tage erholen zu können, hat sie deinen Vater angelogen und gesagt, dass ihre Schwester niederkommen würde und sie ihr beistehen müsse. Dass sie aber die ganze Zeit im Strohlager über der Pferdestallung gelegen ist und ich sie gepflegt habe, hat außer Siegbert und Rudolph niemand gemerkt.«

Und die haben geschwiegen, dachte sich Lodewig, den es innerlich freute, dass seine Bediensteten in schwerer Not derart eng zusammengehalten hatten.

»Die beiden haben sogar ihre Mahlzeiten mit Rosalinde geteilt und immer wieder Wasser abgekocht«, ergänzte Ignaz mit Stolz auf seine Kameraden.

»Donnerwetter!«, sagte Lodewig in einem Ton, der keinen Zweifel daran ließ, dass auch er stolz auf seine ansonsten eher ruppigen Schlosswachen war. »Und?«, drängte er Ignaz, nun endlich zum Schluss der Geschichte zu kommen.

»Na ja: Getröstet hat Rosalinde nur, dass sie damals trotz des Versehens mit dem Gartentürchen an Lichtmess nicht entlassen worden ist, obwohl es ihr die Herrin angedroht hatte. Ihre Dankbarkeit zeigt sie heute noch durch absolute Treue zu deiner Familie und durch …«

»… absoluten Fleiß!«, beendete Lodewig den Satz, klopfte Ignaz ermunternd auf die Schulter und mahnte an, dass sie eigentlich zum Arbeiten und nicht zum Lamentieren hierhergekommen waren.

Da sie weitergehen wollten, drehten sie sich nach Aurel um, konnten ihn aber nirgends sehen.

»Aurel!«, rief Lodewig nach seinem Sohn. »Aurelius! Nun komm endlich! – Wir müssen weiter!«

Aber so sehr er und später auch Ignaz nach dem Knaben riefen, er meldete sich nicht. Also gingen sie zurück, um nach ihm zu suchen. Doch dort, wo sie ihn zuletzt gesehen hatten, war er nicht mehr. Also versuchten sie, im Wirrwarr der vielen Fußabdrücke Aurels Spur zu finden.

Plötzlich schrie Ignaz aufgeregt: »Sieh nur, Lodewig! … Dort!«

Nachdem die Augen des besorgten Vaters dem Zeigefinger seines Knechtes gefolgt waren, sah er unmittelbar vor einem Erdloch den Schnee so zertreten, als wenn hier ein Kampf stattgefunden hätte. Dieser Eindruck erhärtete sich zudem, weil überall rötlich durchzogene Schleifspuren zu sehen waren. Lodewig kniete nieder, um das – von dem er hoffte, dass es nicht das war, für was er es hielt – näher zu betrachten, daran zu schnuppern und zwischen Daumen-, Zeige- und Mittelfinger zu reiben: »Blut! … Blut, das sich tropfenweise ins Innere des Waldes zieht.«

KAPITEL 17

Zur selben Zeit machten sich in Immenstadt Richter Waldvogel und Gerichtsschreiber van der Heye auf den Weg zu einem bei der Bevölkerung allseits unbeliebten Teil des Schlosses, den man im Volksmund als *Fronfeste* bezeichnete. Dass hinter den dicken Mauern oft flehentliche Gebete gesprochen wurden, hieß deswegen nicht, dass es sich um eine »heilige« Feste handelte. Die wenigen Immenstädter, die noch Erinnerung daran hatten, nannten sie einfach nur so. Woher diese Bezeichnung ursprünglich gekommen war, wussten sie aufgrund der immerhin 30 Jahre währenden Kriegswirren selbst nicht mehr. Sie wussten auch nicht mehr, dass sich in deren dunkelsten Tiefen Räume befanden, in denen vor dem großen Krieg aus irgendwie »auffälligen«, meist aber aus ganz normalen Frauen quasi über Nacht Hexen gemacht worden waren und – seit Waldvogels Amtszeit als Richter begonnen hatte – an diesem düsteren Ort wieder die heikelsten und schlimmsten Verbrechensfälle »bearbeitet« wurden.

Um teure Verköstigungen zu sparen, hatte es hier unten über Jahre hinweg allerdings nur selten Gefangene gegeben, die lange eingesperrt gewesen waren. Außerdem kosteten die Gerichtsweibel ebenfalls viel Geld, das es einzusparen galt, wann immer dies möglich war. Und dass dafür in der Vergangenheit nicht allzu viel Geld ausgegeben worden war, verdankte der »Hellermeister«, wie der Verwalter des gräflichen Vermögens nach einem ehemaligen Offiziersrang aus alten Landsknechtszeiten in Immenstadt heute noch genannt wurde, in erster Linie »Richter Gnadenlos«, der die Meinung vertrat, dass die Gefangenen gemästet wurden, wenn sie pro Tag mehr als einen Ranken Brot bekamen. In einem Punkt allerdings zeigte sich der Richter mit dem Steuergeld der Öffentlichkeit großzügig: Wenn es um die Bestallung eines neuen Nachrichters ging, wurde nicht lange gefackelt. Denn wenn es so weit war, dass ein Carnifex gebraucht wurde, gab es auch Delinquenten, für die er nach genauen Vorgaben des Hohen Gerichtes »sorgen« musste. Je nach Fall konnte dies den Hellermeister zur Raserei bringen. Aber dies war Waldvogel egal – insbesondere, da er wusste, dass der Lohn für die beiden Henkersknechte nicht vom gräflichen Oberamt, sondern vom Carnifex selbst bezahlt werden musste. Dem Richter, der seinem vielsagenden Beinamen in der Vergangenheit nur allzu gerecht geworden war, fiel immer etwas ein, um bedeutungslosere Verbrecher – die zwar weit mehr angestellt hatten, als nur ein Huhn zu stehlen, sich aber keines kapitalen Verbrechens schuldig gemacht hatten – entweder ganz schnell wieder loszuwerden oder aber in die Zange nehmen zu können.

Seit Ende des Krieges warteten hier unten wieder die größeren Fälle auf unmenschliche Verhöre und auf die Folter, oder – wenn sie diese hinter sich gebracht und das Pech hatten, noch zu leben – auf ihre Hinrichtung. Dass sich direkt unter den ebenerdigen Räumen – nur durch einen geheimen Gang erreichbar – ein düsteres Gewölbegewirr mit komfortablem Vernehmungsraum, einem feuchten Verlies mit drei verschieden großen Kerkerräumen sowie einer der am besten bestückten Folterkammern des Landes – die wahrlich nur mit derjenigen von Rothenburg auf der Tauber, einer in Mittelfranken gelegenen Reichsstadt, allenfalls noch mit der Folterkammer des am Rhein liegenden Städtchens Rüdesheim verglichen werden konnte – verbarg, wussten nur Eingeweihte … und eben jene armen Geschöpfe Gottes, die nicht freiwillig dort hinuntergestiegen und meistens auch nicht aus eigener Kraft wieder hochgekommen waren.

Es waren diejenigen Räume, in denen die Immenstädter Bevölkerung zu Zeiten des hohen Mittelalters Zuflucht gesucht hatte, wenn Gefahr von außen in Verzug gewesen war. Zu Beginn der allgäuweiten Pestepidemie waren die modrigen Stollen in aller Eile zu persönlichen Schutzräumen für die Adligen ausgebaut, diesbezüglich aber nie genutzt worden. Später hatte Freiherr Georg die unterirdischen Gänge vom Schlosskeller aus bis unter den Turm des Schollentores – in dem sich seit diesem Zeitpunkt die Zellen für bedeutungslose Kurzzeitgefangene befanden – ausgeweitet und dadurch eine von außen nicht sichtbare Verbindung vom allseits bekannten Stadtgefängnis zum geheimen Kerker geschaffen. Dadurch konnte man auch die im Schollentor einsitzenden kleinen Strauchdiebe und Beutelschneider – von der Bevölkerung völlig unbemerkt – nach unten bringen, sie verhören und ihnen rein spaßeshalber die Foltergeräte zeigen … und das eine oder andere Mal auch ein bisschen ausprobieren. Obwohl dies strengstens untersagt war, hatten die Torwachen nicht nur mit männlichen Gefangenen ihren Spaß, indem sie ihnen die Folterkammer zeigten und mit einer der Kneifzangen vor ihnen herumfuchtelten. Sie holten auch so manches Weib heimlich aus ihrer Gefängniszelle, verbanden dem armen Geschöpf die Augen, um ihm die Orientierung zu nehmen, und schleiften es in den Keller. Um einen Grund dafür zu haben, deren Oberkörper zu entblößen und sich daran zu ergötzen, demonstrierten sie den total verängstigten Frauen die Funktion der »Brustkralle«, die fürwahr ein grausames Foltergerät war, das insbesondere auch die älteren Mitglieder des Hohen Gerichtes zu schätzen wussten.

Diejenigen, die von diesem unterirdischen Labyrinth wussten, waren entweder schon vom ehemaligen Richter Zwick zu Verschwiegenheit angehalten worden oder wurden von dessen Amtsnachfolger zu absolutem Stillschweigen vergattert. Bei Zuwiderhandlung – so war es ausgemacht worden – würde der betreffende Verräter an der Innenseite der Gittertür des Kellerkerkers rütteln können, bis er schwarz würde. Dabei wäre die Gefahr, nicht gehört zu werden, genauso groß wie das in letzter Zeit zunehmende Risiko, dass trotz aller Warnungen einer sein Maul aufmachen und somit das gemeine Volk von diesen bisher geheim gehaltenen Räumen erfahren würde.

»Mittlerweile sind es zu viele, die davon wissen. Diesbezüglich müssen wir uns schleunigst etwas einfallen lassen«, hatte Richter Waldvogel – der das unterirdische Verlies, ganz besonders aber die gut bestückte Folterkammer, unbedingt erhalten und sogar auch noch nach Rothenburger oder Rüdesheimer Vorbild weiter ausbauen lassen wollte – den Rat der Stadt schon des Öfteren beschworen und immer wieder darauf hingewiesen, wie viel Geld – unabhängig der Grabungsarbeiten und des Ausbaus – die fest eingebauten Foltereinrichtungen seinerzeit verschlungen hatten, meinte damit aber wohl eher die aktuelleren Ausgaben. »Allein die neue Streckbank hat schon über 13 Gulden gekostet! Also muss sie sich rentieren«, hatte er gewettert und es weiter darauf abgesehen, für alle archaischen Foltermethoden gerüstet zu sein.

Da diese »Bilderbuch-Folterkammer« sich sogar den gänzlich unnützen Luxus gönnte, sich neben der vorhandenen Streckleiter jetzt auch noch eine Streckbank zu leisten, zeigte den engen Bezug Waldvogels zu »seiner« Folterkammer. Schon aus diesem Grund stellten sich gerade die jüngeren Ratsherren gegen ihn. Allen voran der erfolgreiche Kaufmann Immler, der eine humanere Vorstellung des Strafvollzugs hatte als der ehrenwerte Herr Stadt- und Landrichter Waldvogel, der diejenigen unter den älteren Ratsherren, die auch als Beisitzer fungierten, gut im Griff hatte. Peter Immler und seinesgleichen würden das Gewölbe, in dem sich schon viel zu viel unsägliches Leid und Elend abgespielt hatte, lieber heute als morgen zumauern oder, noch besser, ganz zuschütten lassen. Mit ihrer unorthodoxen Meinung waren sie allerdings nicht durchgekommen und auch nach vielen Eingaben allein dagestanden – obwohl sie die Auflassung des Kerkers ständig voranzutreiben versuchten und eine moderne Handhabung der rothenfelsischen Juristerei anstrebten.

Dennoch musste Waldvogel nach wie vor bangen, dass sein geliebtes unterirdisches Reich wegen der vielen Mitwisser irgendwann nicht mehr geheim zu halten war und der Pöbel, wie er das Volk gerne abschätzig bezeichnete, über kurz oder lang Probleme bereiten würde. Schon aufgrund der angewandten Praxis, dass neben demjenigen, der das Verhör führte, ein Gerichtsschreiber und – je nach Schwere des dem Delinquenten angelasteten Vergehens – mindestens zwei, bei Hexerei, Raub, Mord und anderen besonders schweren Verbrechen oftmals sogar bis zu sechs Ratsherren als Zeugen anwesend waren, mussten trotz der Geheimhaltung mittlerweile an die 40 oder mehr hier lebende Personen von dieser menschenverachtenden Einrichtung wissen. Da – im Gegensatz zu früher, als Pfaffen den angestrebten Verlauf von Verhören und das meist damit verbundene Foltern hatten ausbremsen können – bei Befragungen von Hexen, Hexern und Schwerverbrechern heutzutage ein Priester lediglich dazugeholt werden musste, kannte auch der Immenstädter Pfarrer Johannes Christoph Schwenk den »Ort der ewigen Verdammnis«, wie er diesen Bereich des Schlosses angewidert nannte. Außerdem wussten auch der altgediente Gerichtsweibel Guntram Dambach und sein tumber jüngerer Kamerad über das unterirdische Verlies Bescheid – immerhin hatten sie den Gefangenen einmal täglich Wasser und Brot zu bringen und darauf zu achten, dass bereits Gefolterte ihre oft übermenschlichen Schmerzen überlebten, um – wenn es besonders eilig war – schon anderntags ordentlich verurteilt und hingerichtet werden zu können; denn schließlich sollte die Öffentlichkeit auch etwas davon haben. Da Dambach ein schweigsamer Geselle war, dürfte von ihm allerdings weniger Gefahr ausgehen als von seinem schwatzhaften Kameraden.

Waldvogel vermutete allerdings, dass die größte Gefahr von den beiden geschwätzigen Henkersknechten, die abwechselnd zum Einsatz kamen, oder von den ständig wechselnden Wachen des Schollentores drohte. Die nämlich hatten ja schließlich eine direkte Verbindung zum Kellerverlies und durften aus reiner Neugierde oder aus purem Drang heraus – sowie sie sich unbemerkt für ein paar Minuten von ihrem Posten entfernen konnten – den Henkersknechten bei deren verabscheuungswürdigen Arbeit manchmal über die Schulter schauen und das eine oder andere Mal sogar selbst eine Hexe oder eine Hure unter ihre Knute bringen – falls sie über genügend Kleingeld verfügten. Allerdings durften sie sich vom Carnifex oder vom Oberamtmann dabei ebenso wenig erwischen lassen wie vom rangmäßig über ihnen stehenden Wachhabenden vom Dienst. Dass gerade die Torwachen guten Grund zur Verschwiegenheit hatten, weil sie die Möglichkeit, sich auf Kosten bedauernswerter weiblicher Gefangener aufzuheizen, niemals verraten würden, konnte der Richter nicht im Entferntesten erahnen. Und der Graf hatte sowieso keinen blassen Schimmer von dem, was da unten so alles ablief.

Derjenige aber, der die Kellerräume am allerbesten kannte, war Sebastian Deibler, Spross einer alten Henkersfamilie, die sich im Laufe mehrerer Generationen im gesamten süddeutschen Raum einen zweifelhaften Ruf erarbeitet hatte. Mittlerweile hatten die Deiblers auch zu fast allen anderen Allgäuer Henkersgeschlechtern wie den Kuisls, den Abrells oder den Waltls verwandtschaftliche Beziehungen. Gemeinsam bildeten sie wahrhaftig eine Dynastie gefürchteter Kopfschlächter. Sie alle sorgten untereinander für mehr als genügend Nachkommen, was auch einigermaßen gesicherte Einkommen für die Zukunft der einzelnen Henkersfamilien bedeutete. War erst einmal die Nachfolge ihres Amtes innerhalb der eigenen Familie gesichert – etwas anderes kam nicht infrage –, war meist auch das eigene Gnadenbrot im Alter gewährleistet. Da die Deiblers zudem beileibe nicht als bevölkerungsbedingte Blindgänger bezeichnet werden konnten, war es kein Wunder, dass dieses alte Geschlecht – dereinst aus dem hohen Norden der deutschen Lande kommend – sich auch im Allgäu längst zu versamen begonnen hatte. Sebastian Deibler war legitimer Vater von zwei Söhnen und zwei Töchtern. Er wusste nicht, wie viele Bastarde er vor seiner Heirat mit Annalena Reisinger und anderen Weibern während der Zeit, als er noch Anwärter auf das rothenfelsische Henkersamt gewesen war und sich gerade erst am Abhacken von Fingern oder Händen geübt haben durfte, gezeugt hatte. Damals hatte es insbesondere für Frauen mittleren Alters einen ganz besonderen Reiz gehabt, sich einem Mitglied der Henkersfamilie hinzugeben. Die dummen Weibsbilder hatten gedacht, dass sie sich – indem sie den Samen eines Henkers, und sei es nur der eines zukünftigen Henkers, in sich aufnahmen – bis zu ihrem Lebensende vor bösem Zauber, vor Krankheit und anderer Unbill schützten. Dafür hatten die meisten von ihnen sogar in Kauf genommen, ihre Heimatorte Schanden halber quasi über Nacht verlassen zu müssen. Das Bleiben hätte ihnen insofern nichts genützt, da es von jeher strengstens verboten war, mit jemandem, der einem unehrlichen Beruf nachging, das außereheliche Lager zu teilen, was im Falle des Bekanntwerdens zur Folge gehabt hätte, dass sie sowieso aus der Stadt gejagt worden wären. Und eine Apanage – gleich welcher Art – wäre ihnen keinesfalls zugestanden. Da war es nur gut, dass mit Ende des Krieges die Zeit der Aufklärung begonnen hatte und dieser Irrglaube sowie viele unsinnige Mythen langsam der Vergangenheit angehörten … Auch wenn sich gerade im rothenfelsischen Gebiet der Aberglaube wohl nie würde ganz ausrotten lassen.

Den für das rothenfelsische Gebiet zuständigen Knecht der Obrigkeit, der gleichzeitig auch der Handlanger des Volkes, das sich nicht mit dessen Tätigkeiten beschmutzen wollte, war, nannte man allerdings nicht einfach – wie andernorts – nur den »Nachrichter«, also den, der nach dem Urteil richtet. Die neue Bezeichnung »Schar*p*frichter« war zwar in Allgäuer Juristenkreisen hier und da schon gebräuchlich, hatte sich beim Volk aber noch nicht so richtig herumgesprochen, geschweige denn durchgesetzt. Obwohl es vor allem in Süddeutschland so klangvolle Namen wie »Züchtiger« oder »Vollstrecker« für diese verachtete Berufsgruppe gab, waren die Allgäuer auch in dieser Hinsicht eigensinnig und hatten »ihrem« Nachrichter den im alten Rom gebräuchlichen Namen *Carnifex*, wie er neben der ebenfalls lateinischen Bezeichnung *Lictor* im Immenstädter Kirchenbuch beschrieben war, zugestanden oder, besser gesagt, verpasst. Die derzeit im rothenfelsischen Gebiet allseits gebräuchliche Berufsbezeichnung *Carnifex* kommt wohl am ehesten an die frühere achtbar klingende Betitelung »Meister« – die stets in Zusammenhang mit dem Vornamen des betreffenden Henkers genannt worden war – heran. Vielleicht war diese Namensgebung durch die Immenstädter Bürger aber auch nur erfolgt, weil sie nicht so direkt, so endgültig und schon überhaupt nicht so brutal geklungen hatte? Oder geschah dies nur, weil sie sich ganz besonders hochtrabend angehört hatte? Immerhin hatten die Städtler einen *Carnifex* und nicht – wie die Bürger anderer Städte – einen gewöhnlichen Nachrichter. Das war doch was!

Sebastian Deibler war dies einerlei. Im Gegensatz zu seinem Vorgänger, der seinen eigenen Rausschmiss immer wieder aufs Neue riskiert hatte, weil es mehr als nur einmal vorgekommen war, dass dessen Kemptener Berufskollege Georg Baier kurzfristig für ihn hatte einspringen müssen, weil er selbst irgendwo seinen Rausch ausgeschlafen hatte, während er seiner Arbeit hätte nachgehen sollen, war Sebastian Deibler ein absolut zuverlässiger Carnifex, der sich stets im Griff hatte, obwohl dies aufgrund der die Seele und den Geist belastenden Arbeit nicht immer leicht war.

Da es ihm und seiner Familie wenigstens finanziell so gut ging wie kaum sonst jemandem seines niederen Standes, hoffte er, dass sein ältester Sohn Ludwig ihm im Amte nachfolgen würde und der alteingesessenen Henkerdynastie Deibler irgendwann einmal ebenfalls zur zweifelhaften Ehre gereichen würde. Noch aber war es nicht so weit und Sebastian würde seine Arbeit wohl noch viele Jahre selbst verrichten müssen. Dennoch müsste er – einer alten Tradition folgend – seinen Sohn möglichst schonend, aber schon bald auf dieses schreckliche Amt vorbereiten. Deibler kannte die Tücken seines Geschäftes sehr genau. Es ging ihm wie den meisten seiner Berufskollegen. Auch ihn packte es immer wieder aufs Neue, wenn eine Folterung oder eine Hinrichtung anstand. Obwohl er dann einige Tage zuvor nicht ansprechbar war und sich – wie schon sein rothenfelsischer Vorgänger Hermann Leimer oder der Kemptener Henker Georg Baier, der seinerzeit den Staufner Medicus aufgeknüpft hatte – bei ganz besonders heiklen Fällen die Kante gab, war sein seelischer Zustand dank seiner guten Konstitution noch nicht bedenklich – und dies, obwohl er stets schier verrückt zu werden drohte, wenn er sich mit Delinquenten befassen musste, die er persönlich kannte. Besonders schlimm empfand er es, wenn eine Kindeshinrichtung anstand. Sorge bereitete ihm auch, dass die irrsinnigen Hexenverfolgungen, die während des Krieges abgeebbt waren, jetzt wieder aufzulodern schienen. Ihm war zu Ohren gekommen, dass außerhalb des rothenfelsischen Herrschaftsgebietes, irgendwo in Richtung Bodensee, ein Weib namens Maria Spechtin der Hexerei verdächtigt wurde, weil sie immer fetter geworden war und zu platzen drohte, obwohl es nichts zu beißen gab. Und auch wenn dieses – wie er gehört hatte – in jeder Hinsicht ekelhafte Weib keine feuerroten Haare hatte, war klar, dass sie eine Hexe sein musste.

Na ja, dachte sich Sebastian Deibler. Wenigstens können sich die Lindauer Richter und Beisitzer nicht an einem schönen Körper ergötzen … Ich hätte nie geglaubt, dass ich einmal Teile des Krieges verherrlichen würde, aber während der ständigen Scharmützel waren die Menschen zumindest mit ihren eigenen Problemen beschäftigt gewesen und deswegen weniger auf dumme oder gar abartige Gedanken gekommen, dachte er sich weiter in Erinnerung daran, dass er selbst auch schon ein kleineres Mädchen und drei Buben, die der Ketzerei angeklagt gewesen waren, hatte hinrichten müssen, bevor er deren leibliche Hüllen zur Volksbelustigung auf dem Scheiterhaufen verbrannt hatte. »Was für ein Irrsinn! … Nur gut, dass Kinder nicht bei lebendigem Leibe verbrannt werden dürfen«, entfuhr es ihm beim Gedanken an diese schrecklichen Ereignisse.

Da Sebastian Deibler für seinen Beruf eigentlich viel zu feinsinnig war, packte es ihn schon, wenn er einem Kind, das beim Diebstahl eines Apfels erwischt worden war, die Kuppe eines kleinen Fingers, beim zweiten Mal den ganzen Finger abhacken musste oder wenn er einen alten Trunkenbold – der, außer dass er im

Dauersuff herumkrakeelte und auf öffentlichem Grund urinierte, ansonsten aber niemandem etwas zuleide getan hatte – in den Fasspranger stecken musste, damit ihm das saudumme Volk zeigen konnte, wie man die Notdurft korrekt verrichtete, indem es den Inhalt seiner Nachttöpfe auf den Kopf des Wehrlosen schüttete. Dass es bis zum heutigen Zeitpunkt noch Usus war, den Inhalt der Nachttöpfe einfach auf die Straßen und Gassen zu schütten, spielte dabei keine Rolle.

Erst vor einem Monat hatten Urs Lüthi, einen seiner Vettern, der im schweizerischen Graubünden als Henker fungiert hatte, die quälenden Erinnerungen an sein letztes Opfer selbst in den Tod getrieben. So, wie Deibler durch einen Brief von dessen Witwe erfahren hatte, war sein Verwandter aufgrund seiner Henkerstätigkeit trübsinnig geworden und hatte sich monatelang völlig zurückgezogen, bevor er Hand an sich selbst gelegt hatte. Offensichtlich hatten seine Rechtfertigungsversuche nicht über die Tatsache hinwegtäuschen können, dass er seinen Opfern das Leben genommen hatte, auch wenn die Todesurteile andere gesprochen hatten.

Deibler kannte seine eigenartige Stellung von jeder Warte aus. Obwohl er wusste, dass sein Amt über das übliche menschlich zu ermessende Maß hinausreichte, konnte er dennoch einigermaßen gut damit umgehen. Die heikle Aufgabe, »kalten Blutes« zu töten, wo zuvor keinerlei feindselige Gefühle vorhanden gewesen waren, und auf Anordnung des »Richters Gnadenlos« die vererbliche Blutschuld auf sich zu laden, ließ ihn trotz der Professionalität, die er stets an den Tag zu legen pflegte, die Nächte vor und nach einer Hinrichtung nur sehr schlecht oder überhaupt nicht schlafen. Aus reiner Familientradition heraus hatte er ein Amt übernehmen müssen, das ihm mehr abverlangte, als ein einzelner Mensch normalerweise tragen konnte, ohne selbst unheilbaren Schaden an seiner Seele zu nehmen. Deibler war der Vollstrecker eines dumpfen Dranges der Gesellschaft, der sich Gerechtigkeit nannte …, und er war zu einem fluchbeladenen Leben verurteilt, was ihn seine lieben Mitbürger tagtäglich spüren ließen.

Dennoch war er einerseits geachtet, gleichzeitig aber auch gefürchtet als jener, der den Rechtsakt zu seinem eigentlichen Ende zu bringen hatte. Der große, gut gebaute und – was so gar nicht zu seinem hässlichen Amt passen mochte – ganz besonders gut aussehende Mann fungierte gewissermaßen als letzte Instanz der Gerechtigkeit, als Stellvertreter des ehrenwerten Herrn Richters Waldvogel, der sich wiederum gleichzeitig als Stellvertreter des Grafen einerseits und des Volkes andererseits sah. Und diese Arbeit stempelte Sebastian Deibler unweigerlich zu einem Außenseiter, der insbesondere von den rothenfelsischen Kaufleuten und Handwerkern zwar gezwungenermaßen respektiert, ansonsten aber verachtet und gemieden werden würde, wenn er denn nicht einige Attribute besäße, die ihm schon oft zum Vorteil gereicht hatten. Hinzu kam, dass Deiblers Beruf – vor allem aber das begleitende Amt des Wasenmeisters oder Abdeckers – als »unehrlich« galt, was allerdings nichts mit unredlich zu tun hatte. Ein lediger Balg von ihm oder ein Hurenkind waren – ohne dass sie etwas dafür konnten – ebenfalls »unehrlich«. Auch bei sichtbarem Talent für einen ehrbaren Beruf hatten sie mit Deibler gemein, dass ihnen jeder Zugang zu einer anständigen Handwerkerlehre, geschweige denn zu einer ordentlichen Kaufmannsausbildung oder gar zu einem politischen oder kirchlichen Amt über Generationen hinweg verwehrt war. Deibler hätte gerne einen anderen Beruf erlernt und wäre nichts lieber als das ehrbare Mitglied einer der Immenstädter Zünfte.

Wie gerne würde ich in Immenstadt ein öffentliches Badehaus betreiben, dachte sich der kräftige und gut gebaute Mann im besten Alter stets, wenn er als Abdecker oder als Nachrichter tätig war. Da würde ich zwar auch nackte Weiber sehen, aber die würden wohl eher aus Lust und nicht aus Schmerz heraus schreien.

Aber dies war nun einmal nicht so und würde auch niemals so sein, jedenfalls was ihn betraf. Er würde sein Zubrot auch weiterhin als Abdecker verdienen müssen. Bei dieser zum Amt des Carnifex gehörenden Arbeit musste er nicht nur im Großraum Immenstadt, sondern im gesamten rothenfelsischen Gebiet verendete Tiere einsammeln, ihnen die Decke, also die Haut mit dem wertvollen Fell, abziehen und die Kadaver außerhalb der Stadt vergraben, um der Gefahr einer möglichen Seuche oder der Gefährdung durch Leichengift – das die Leute fast so fürchteten wie Pest und Cholera – entgegenzutreten. Im Grunde genommen tat er mit dieser Arbeit nur Gutes für seine Mitmenschen. Wenn ihm dies aber schon nicht gedankt wurde, so war es wenigstens ein besseres Geschäft als das ewige Quälen, das zwar eine Heidenarbeit, aber verhältnismäßig schlecht bezahlt war und sich nur zusammen mit dem »Endergebnis« seiner Arbeit rentierte. Fürs Foltern bekam er in den meisten Fällen nur wenige Kreuzer, selten einen ganzen Gulden. Und von diesem Geld musste er auch noch seine beiden Knechte entlohnen. Gut war nur, dass dabei sämtliche Handgriffe einzeln vergütet wurden ... Und es gab weiß Gott viele Handgriffe, die sich anwenden ließen und mit denen er seine Einkünfte zum Leid seiner »Kundschaft« steigern konnte. Zusammen mit Hängen, Köpfen, Ersäufen, Verbrennen oder Vierteilen, wofür er – je nachdem, ob und mit wie viel Aufwand eine Peinliche Befragung vorangegangen war – einen halben bis zwei Gulden erhielt, lohnte sich die Sache am Ende doch noch. Fürs Abdecken und für die stinkende Decke bekam er beim Gerber allerdings noch mal so viel, wobei er das teure Salz, mit dem er die Häute eingerieben hatte, selbst bezahlen musste. Außerdem galt dies nur für geschlachtete, nicht aber für verendete Tiere, für die er nur die Hälfte bekam.

Das Interessanteste an dieser Arbeit aber war für Deibler, dass er bei dieser Gelegenheit die Anatomie der Tiere, und indirekt auch die der Menschen, kennengelernt hatte. Dadurch hatte er sich ein weitaus größeres Wissen um die Heilkunde aneignen können als alle Bader, Wehmütter und Kräuterweiber des gesamten Allgäus zusammen. Er verstand nicht nur, die kleinen Wehwehchen der Menschen zu behandeln und heilende oder zumindest lindernde Kräuteressenzen, Salben und Pillen herzustellen. Deibler konnte auch ausgekugelte Gelenke einrenken, Knochenbrüche heilen und sich sogar meist erfolgreich offener und eiternder Wunden annehmen. Da ihm dies allerdings nicht offiziell erlaubt war, durfte ihm ums Verrecken niemand unter den Händen wegsterben – dies wäre sein eigenes Todesurteil. Aus demselben Grund wurde er stets heimlich zu seinen Patienten gerufen und musste sich des Nachts zu ihnen schleichen. Aber selbst wenn er mit behördlicher Erlaubnis dieser Arbeit nachgehen dürfte, würde sich niemand offen zu ihm bekennen. Wer ließ schon vom Carnifex, von einem, der Menschen tötete, seine Krankheit behandeln? So waren es nicht nur seine Heilkunst, sondern vielmehr die wesentlich niedrigeren Behandlungskosten im Vergleich mit einem studierten Medicus oder einem Feldscher, weswegen ihn die Leute konsultierten. Dennoch war auch dies ein gutes Nebengeschäft für Sebastian Deibler, den Vollstrecker mit Herz.

Anderntags machte der in Ketten gelegte Inhaftierte aufgrund der zehrenden Kerkerhaft jetzt schon einen mehr als traurigen Eindruck auf den Carnifex. Obwohl man Jockel Mühlegg bisher lediglich einige Male »gütlich« und beileibe noch nicht »peinlich« befragt hatte, war von dem zuvor feisten Burschen nicht mehr viel übrig geblieben. Er war jetzt schon nur noch ein Schatten seiner selbst. Der erste Teil der Folter hatte zwar nur aus der *Folterandrohung durchs bloße Worth* bestanden, Jockel aber offensichtlich schon stark zugesetzt. Und er sollte sich nicht lange ausruhen können, da jetzt der zweite Teil – das Vorzeigen und das versuchsweise Anlegen der Folterinstrumente zur Androhung dessen, was auf ihn zukommen würde – an die Reihe kam.

Üblicherweise war schon bei den ersten beiden der aus insgesamt drei Teilen bestehenden Tortur der zuständige Richter oder wenigstens der Oberamtmann zugegen. Da Waldvogel wusste, dass sich Speen gerne vor solchen Aufgaben drückte, hatte er den aus seiner Sicht viel zu gnädig eingestellten Oberamtmann dieses Mal erst gar nicht in Kenntnis gesetzt. Und da er sich selbst niemals in das von ihm zwar innig geliebte, aber durch und durch schmutzige Dreckloch hinunterbegeben hätte, nur um ein paar langweilige Fragen zu stellen, auf die er auf Anhieb sowieso nicht die Antworten bekommen haben würde, die er gerne gehört hätte, hatte er diese Aufgabe ganz allein dem Carnifex und seinen Knechten übertragen.

So war es im Falle des vermeintlichen zweifachen Mörders aus Staufen nicht das erste Mal, dass sich Deibler schon mit einem Inhaftierten zu befassen hatte, bevor sich der Richter mit seinem Gefolge in die Niederungen der Kellergewölbe begab. Deiblers vornehmste Aufgabe war es zunächst, bei mehr oder weniger ruhigen Gesprächen zu versuchen, dem Delinquenten ein Geständnis zu entlocken. Dies gefiel zwar dem Richter nicht, war aber gesetzlich vorgeschrieben.

Bei Jockel war dies in der Form geschehen, dass er zwar mit zusammenhängenden Hand- und Fußeisen gekettet war, sich es aber auf einem Stuhl, der gegenüber einem zwar schmalen, aber neun Ellen langen Tisch gestanden hatte, einigermaßen gemütlich machen konnte. Zuvor aber hatte ihm der Carnifex die auf den Rücken drückende, Hände und Füße verbindende Eisenkette lockern müssen. Sie war so kurz eingestellt gewesen, dass Jockel damit nur stehen konnte, wenn er ein Hohlkreuz machte.

»Setz dich und sei froh, dass die Kette nicht gedornt ist und du nicht auf dem mit Eisenspitzen besetzten ›Befragungsstuhl‹ Platz nehmen musst«, sagte Deibler unmissverständlich und fügte den Schluss: »… noch nicht«, leise, aber für Jockel als versteckte Drohung hörbar genug, hinzu.

In seiner Gutmütigkeit und aus taktischen Gründen hatte der Carnifex seinem Gegenüber auf eigene Kosten vom Gerichtsweibel sogar einige Becher kräftigendes Dunkelbier hinstellen lassen, die der Inhaftierte gierig leerte. Dabei hatte sich Deibler nicht nur den Vorteil, dass Jockel redselig werden und sich dadurch die Tortur ersparen könnte, erhofft, sondern so ganz nebenbei auch dafür gesorgt, dass der verschwitzte und dennoch fröstelnde Gefangene wenigstens einigermaßen bei Kräften blieb. Aber es half alles nichts, der Carnifex hatte anstellen können, was er wollte, und Jockel dennoch kein Geständnis zu entlocken vermocht. Auch wenn Deibler gegen seine eigenen finanziellen Interessen handelte, wollte er dem eingeschüchterten, aber dennoch standhaften Burschen die Folter ersparen.

»Hier! Sieh her, Jockel.« Der Carnifex packte dessen Kopf, drückte ihn zum Tisch hinunter und deutete auf eine der drei Daumenschrauben, die direkt auf der Vorderseite der dicken Tischplatte befestigt waren.

»Diese drei eisernen Freundinnen des Richters hat man hier angebracht, um bei Hexenprozessen an mehreren Hexen gleichzeitig die ›Nagelprobe‹ ausprobieren zu können …, aber die funktionieren nicht nur bei vermaledeiten Weibern!«, drohte Deibler, während er mit einer Hand immer wieder so deutlich auf die etwas größere, direkt vor Jockel angebrachte Daumenschraube klopfte, dass der Bursche entsetzt zurückwich und mitsamt dem Stuhl nach hinten kippte. Da Jockels Hände hinter dem Rücken in Eisen lagen, konnte er den Sturz nicht abfangen und kugelte sich – von einem Schmerzensschrei begleitet – die linke Schulter aus.

»Verdammte Scheiße! – Das ist zu früh! – Mach das nie wieder!«, schrie der Carnifex entsetzt, während er Jockel hochhalf, das Gelenk abtastete und ohne Vorwarnung mit einem Ruck wieder einrenkte. Jockel schrie abermals vor Schmerzen. Ihm lief der Schweiß in Strömen herunter und er wollte nur noch in seine Zelle zurück, um mit seinem unsäglichen Schmerz allein sein zu können. Aber so einfach ging das nicht.

»Jetzt glaubst du zu wissen, was Schmerzen sind?«, fragte der Carnifex, dem diese nicht durch ihn verschuldete Situation irgendwie doch gerade recht gekommen war. »Aber glaub mir, Jockel: Dies war noch gar nichts! Sei also nicht dumm und leg jetzt gleich ein Geständnis ab, damit ich dir die wahren Schmerzen der Folter ersparen kann.«

Deibler ließ das Gesagte bei Jockel wirken, bevor er wieder auf die kleinen Schraubstöcke zu sprechen kam: »Diese Daumenschrauben hier sind noch die einfachsten Folterinstrumente und kommen gleich beim ersten Grad der Peinlichen Befragung zum Einsatz. Wenn du nicht gestehst, muss ich dir damit zuerst die Fingernägel, dann die Knöchel zerquetschen. Die hier …«, Deibler deutete auf die mittlere, etwas größere der drei Schraubstöcke, »wird vom ehrenwerten Herrn Richter Waldvogel liebevoll als seine ›Königin der Schmerzen‹ bezeichnet. Die hat vor vielen Jahren ein venezianischer Brillenhändler dem damaligen Richter Zwick aus Italien mitgebracht. Wie du siehst, Jockel, verfügt sie über drei schwere Eisenbarren übereinander und hat Platz für zwei Daumen und zwei Finger gleichzeitig«, beschwor er sein Gegenüber, während er nochmals dessen Schultergelenk abtasten wollte, was aber nicht ganz gelang, weil Jockel schon bei der ersten sanften Berührung aus Angst vor Schmerzen zurückschreckte.

Obwohl ihm Richter Waldvogel für die Androhung der möglichen Qualen eigentlich nur zwei Stunden zugestanden hatte, saßen sich die beiden fast einen halben Tag lang gegenüber. Der Carnifex ließ nichts unversucht, um Jockel die Schrecken der Folter zu ersparen, indem er ihn zu einem vorzeitigen Geständnis bewegen wollte. Dabei war es nicht seine Aufgabe, sich Gedanken darüber zu machen, ob Jockel schuldig oder unschuldig war. Er brauchte nur ein Geständnis … und schon hätte er gutes Geld verdient, ohne gefoltert haben zu müssen. Zwar wäre es nicht so viel gewesen, als wenn er Jockel auf die Streckbank gebunden und mit allerlei Gerätschaften gequält hätte. Aber für den eigentlich netten Kerl würde er auf den zusätzlichen Profit verzichten. Vielleicht hatte er sich doch schon zu viele Gedanken über Jockels Schuld oder Unschuld gemacht?

Um das Häufchen Elend zur Vernunft zu bringen, hatte Deibler sogar auch noch ein paar andere Folterinstrumente aus der Folterkammer geholt und sie Jockel unter die Nase gehalten, obwohl er dies noch nicht hätte tun dürfen. Dies gehörte eindeutig zum zweiten Teil der gütlichen Befragung, die noch nicht an die Reihe kommen sollte.

Auch wenn Waldvogel berechtigterweise »Richter Gnadenlos« genannt wurde und er es kaum erwarten konnte, die Peinliche Befragung einleiten zu können, war er doch ein penibler Beamter, bei dem alles korrekt der Reihe nach gehen musste. So war jetzt der Zeitpunkt gekommen, an dem er den Carnifex nicht mehr allein lassen durfte und wo alles haarklein mitzuschreiben war.

Jockel wurde von Deibler so lange in Ruhe gelassen, wie sie auf die hohen Herren, die dem weiteren Verlauf beizuwohnen hatten, warteten. Dabei strich der Carnifex dem Burschen fast zart über den Kopf und riet ihm, sich etwas zu erholen. »Es wird noch anstrengend genug«, sagte er zu ihm.

Eine halbe Stunde später war es so weit. Während Waldvogel den Carnifex zu sich winkte und ihm flüsternd ein paar Anweisungen gab, schlurften nach und nach die für heute hierherbestellten drei Beisitzer – allesamt alternde und amtsmüde Ratsherren – die Treppe herunter. Als der letzte im Verhörraum stand und den in Eisen gelegten Burschen sah, pfurrte er Jockel enttäuscht an: »Verdammter Hurensohn. Ich habe gedacht, dass du ein Weib bist.«

»Wie kommt Ihr denn darauf?«, fragte Waldvogel und beruhigte den senilen Krauterer, indem er ihm versprach, auch so seinen Spaß zu haben.

Inzwischen hatte der Gerichtsschreiber Ekkehard van der Heye ganz außen am langen Vernehmungstisch Platz genommen und harrte der Dinge, die da kommen sollten. Im Gegensatz zu den anderen hatte der allseits als klug bekannte Mann zwar Freude an seiner Arbeit, aber nicht an dem, was er sehen musste, um ihr gerecht werden zu können.

Die von Waldvogel ausgetüftelte Länge des Tisches bot neben dem Richter, dem Schreiber und dem Pfarrer Platz für insgesamt fünf Beisitzer, denen im Bedarfsfalle acht Delinquentinnen oder Delinquenten gegenübersitzen konnten. Unter Waldvogels traurigem Regiment wurde es meistens so gehandhabt, dass die Mannsbilder stehen mussten, die zumeist nur noch dürftig bekleideten Weiber dem Hohen Gericht direkt gegenübersitzen durften, was allerdings nichts am Endergebnis zu ändern vermochte, sondern lediglich für eine bessere Sicht in deren Dekolletés sorgte.

Die jüngeren Ratsherren hatten sich schon des Öfteren dafür eingesetzt, die schmale Tischplatte mitsamt den Daumenschrauben zugunsten einer wesentlich breiteren Platte ohne fest installierte Daumenschrauben auszutauschen. Sie waren der Meinung, dass es dadurch vermeidbar wäre, den grundsätzlich stark schwitzenden sowie auch oft übel aus dem Mund riechendenAngeklagten so nahe gegenübersitzen zu müssen. Dies aber hatten Waldvogel und die älteren Ratskollegen vehement abgelehnt. Da es nach wie vor zu Hexenprozessen kommen konnte und – wie es schien – die Zeit seit Ende des Krieges endlich wieder reif dazu war, wollten sie den erfahrungsgemäß meist kaum noch verhüllten Brüsten der angeklagten Weiber möglichst nahe sein. Hierfür nahmen sie sogar den schier unerträglichen Gestank – gegen den sie sich mit parfümierten Tüchern zu schützen versuchten – in Kauf. Es war nicht nur einmal vorgekommen, dass einer oder alle Beisitzer mit ihren gichtigen Fingern nach Hexenmalen gesucht und – anstatt dies protokollgemäß dem Carnifex und den Henkersknechten zu überlassen – selbst die Nadelprobe gemacht hatten. Wenn die Angeklagten dabei vor Schmerzen gezuckt hatten, waren deren Brüste unweigerlich zum Wippen gekommen, was wiederum die sowieso schon erregten Böcke derart erhitzt hatte, dass die Befragung um das Viertel einer Stunde aufgeschoben und dieser Teil der »Untersuchung« kurzfristig in einen anderen Raum verlegt worden war. Dass dabei stets der Mantel des Schweigens darüber gebreitet wurde, hatte sich von jeher von selbst verstanden.

Nur wenige Spanfackeln an den Wänden und drei Kerzen, wovon eine ganz am Ende des Tisches beim Schreiber und zwei zu beiden Seiten zwischen dem Richter und dem Angeklagten stand, erhellten den karg möblierten Befragungsraum. Bis auf das Pfeifen einiger aufgeschreckter Fledermäuse und das Tropfen des Schwitzwassers, das sich von der in den Nagelfluhfelsen gehauenen Raumdecke seinen Weg suchte, war nichts zu hören. Jockel Mühlegg stand – flankiert vom Carnifex und einem Henkersknecht – dem Richter und den vier Beisitzern mit gesenktem Kopf gegenüber.

»Und? Wie sieht es aus?«, bellte Waldvogel mit einem unverhohlenen Blitzen in den Augen.

»Nichts!«, antwortete der Carnifex, während er sich mit einer seiner ledernen Armgamaschen den Schweiß von der Stirn streifte. »Er sagt, dass er in beiden ihm zur Last gelegten Mordfällen unschuldig sei und nicht das Geringste damit zu tun habe.«

»Habt Ihr ihm auch ordentlich die Leviten gelesen?«, wollte der Pfarrer wissen, bevor er die Sache protokollgemäß wieder in die Hände des Richters gab.

»Ja, hoher Herr!«

»Nun denn …« Um den Angeklagten einzuschüchtern, deutete Waldvogel auf die Daumenschraube, vor der Jockel jetzt schon zum vierten Mal saß und die sich so in sein Gehirn gebrannt hatte, dass er sie inzwischen auswendig zeichnen könnte. Da der Richter nicht wissen konnte, dass Deibler dem Gefangenen schon die Höllenqualen der Folter aufgezeigt hatte, weil er ihm hatte helfen wollen, legte er in Richtung seines Gegenübers gleich richtig los: »Wenn du mir nicht die Wahrheit sagst, kann ich dir die Folter wohl kaum ersparen. Hast du mich verstanden? … Hast du das verstanden?«

Da Jockel nicht antwortete, wurde ihm dieselbe Frage nochmals – allerdings in wesentlich rauerem Ton – um die Ohren gehauen.

»Ja, Herr!«, kam es, trotz der Nähe aufgrund des schmalen Tisches kaum vernehmbar, herüber.

»Gut! Dann werde ich dir jetzt erzählen, was alles auf dich zukommt, wenn du nicht freiwillig gestehst … Gerichtet wirst du so oder so«, gab Waldvogel jetzt schon das angepeilte Ziel vor, erreichte damit aber nur, dass Sebastian Deibler und der Priester flehentlich die Augen verdrehten.

Angesäuert von der alle Hoffnung nehmenden Ansage des Richters, mischte sich der Carnifex ein und wandte sich an das Auditorium, bevor Waldvogel weitersprechen konnte: »Hohes Gericht! … Noch ist Jockel Mühleggs Schuld nicht bewiesen. Gebt ihm die Möglichkeit, seine Unschuld zu beweisen oder wenigstens seine Sicht der Dinge darzulegen.«

Entsetzt wandte sich der Richter seinem Exekutionsorgan zu: »Deibler! Seid Ihr denn von Sinnen? Was erdreistet Ihr Euch? Ihr solltet am besten wissen, dass der Angeklagte noch genügend Möglichkeiten haben wird, sich mittels Indizien und Zeugen zu entlasten. Jetzt aber hat er so lange das Maul zu halten, bis er gefragt wird, … und das Maul aufzureißen, wenn er gefragt wird!«, schrie der Richter den Vollstrecker seiner Urteile an und zog es dann auch noch vor, seinen Untergebenen zu beleidigen: »Seit wann steht es einem ›Unterständischen‹, und dazu auch noch einem ›Unehrlichen‹, zu, sich in die Befragung eines Richters von des Herrschers Gnaden einzumischen? Es dünkt mich fast so, als wenn Ihr es nicht nötig hättet, Geld mit einer Hinrichtung zu verdienen. Oder wollt Ihr am Ende selbst …?«

»Verzeiht mir, Herr, wenn ich mich eingemischt habe. Aber ich mache diese Arbeit jetzt doch schon so lange, dass ich es über kurz oder lang spüre, ob ein Delinquent schuldig ist oder nicht. Und aufgrund meiner intensiven Befragungen bin ich zu der Erkenntnis gelangt, dass …«, fast hätte Deibler eine Hand auf die Schulter des Angeklagten gelegt, besann sich aber gerade noch rechtzeitig und beließ es dabei, auf Jockel zu deuten, »… dieser Mensch nie und nimmer zu solch grausamen Morden, wie sie ihm zur Last gelegt werden, fähig wäre.«

Wie zu Beginn der Befragung hörte man jetzt nur noch die Stille des Raumes und das rhythmische Tropfen des Schwitzwassers, das seinen Teil zur klammen Feuchtigkeit dieses Gewölbes beitrug.

Die Fledermäuse schienen sich zwischenzeitlich an das Licht und die Anwesenheit der Menschen gewöhnt zu haben. Jedenfalls war von ihnen nichts mehr, dafür aber das nicht minder unliebsame Piepsen von Ratten zu hören.

Der Richter brauchte eine Weile, um sich von der soeben gehörten Frechheit seines Nachrichters zu erholen. Zuerst wollte er noch etwas dazu bemerken, begnügte sich aber mit einem strafenden Blick, bevor er sich wieder Jockel zuwandte: »Also, was ist jetzt? Bekennst du deine Schuld oder müssen sich die Henkersknechte mit dir befassen?«

»Aber Herr …«, Jockel hob verschämt den Kopf. »Ich habe niemandem etwas zuleide getan. Außer dass ich im Suff die Rauferei im *Schwarzen Adler* angezettelt habe, bin ich ein braver Untertan des Herrn Grafen und …«

»*Goldener Adler*! Es heißt *Goldener Adler*! In diesem Wirtshaus hast du wie wild um dich geschlagen«, korrigierte der Richter. »Und? Was ist mit deiner Schwarzfischerei, für die du in Staufen schon vor Gericht gestanden und bei meinem Vorgänger mit viel Glück ungestraft davongekommen bist?«, fragte der Richter, obwohl ihn dies jetzt – wo er endlich wieder einmal einen richtig dicken Fisch an der Angel hatte – nicht ernsthaft interessierte. Sicher: Bisher hatte es ihm jedes Mal unverhohlene Freude bereitet, einem Missetäter die Hand abhacken zu lassen, obwohl es für dasselbe Vergehen eigentlich auch der »Schandmantel« getan hätte. Jemanden zum Tode zu verurteilen, bereitete ihm allerdings so viel Freude, wie er sie vor vielen Jahren mit seinem Weib auf der ehelichen Lagerstatt gehabt hatte. Daran konnte er sich allerdings kaum noch erinnern.

»Aber Herr …«, setzte Jockel wieder zaghaft an. »Dies ist doch kein Schwerverbrechen, wegen dem man mich foltern oder gar zum Tode verurteilen könnte.« Jockel hustete mehr, als dass er es gut hörbar herausbrachte. Er hob seine inzwischen nur noch mit einem Strick gefesselten Hände mit den zuvor vom Eisen zerschundenen Gelenken und streckte sie Waldvogel entgegen. »Wenn es denn so schlimm ist, dass ich – wie alle anderen auch – das eine oder andere Mal einen Fisch gefangen habe, um mich und meine betagte Mutter zu ernähren, dann schlagt mir eine Hand ab, aber peinigt mich ansonsten nicht weiter«, stotterte Jockel, während er, anstatt Waldvogel anzuschauen, sehnsüchtig auf eine der Kerzenflammen stierte und einen Moment lang ernsthaft überlegte, ob er sich mit ihrer Hilfe des Strickes entledigen sollte. Da dies sowieso nicht funktionieren würde und er außerdem keine Kraft mehr für die Flucht haben würde, schob er den dummen Gedanken so schnell wieder beiseite, wie er gekommen war.

»Das hättest du wohl gerne? Erdreiste dich nicht, mir zu sagen, was ich zu tun oder zu lassen habe!«, knurrte Waldvogel, der es nicht mochte, wenn er belehrt wurde.

Nachdem es noch einige Male hin und her gegangen war, wurde es dem Richter irgendwann zu bunt. Er wandte sich mehr an den Gerichtsschreiber als an den Carnifex und den Angeklagten: »Und nun zeigt Meister Sebastian dem des zweifachen Mordes verdächtigen Tagelöhner Jockel Mühlegg aus Staufen die Folterkammer.«

Während sich die Gerichtsbarkeit gut gestimmt schwatzend und gemein lachend mitsamt dem Schreiber in die Folterkammer begab, entschuldigte sich der Carnifex bei Jockel dafür, dass er ihm jetzt den Strick abnehmen und die Hände wieder in Eisen legen müsse. Nicht für die schmerzenden Eisenringe, die schwer am Gefangenen hingen, aber für sein offensichtlich ehrlich gemeintes Mitgefühl erntete er von Jockel einen dankbaren Blick, worauf sich der Carnifex dachte, dass es nicht gut war, wenn er zu viel, ja wenn er überhaupt den Funken eines Gefühls zeigte. »Du wirst alt«, murmelte er und meinte damit sich selbst. Aber er riss sich zusammen und Jockel an der Kette in Richtung Folterkammer, wo die anderen schon ungeduldig auf sie warteten.

»Na endlich! Geht das nicht schneller? Jetzt tut endlich Eure Arbeit!«, bellte der Richter, der das, was jetzt kommen würde, nicht erwarten konnte.

»Entschuldigt, Herr, … aber die Fußeisen.«

»Ja, ja, schon gut! Jetzt legt ihm die Halskrause an und erklärt sie ihm.«

»Mach ich!«

An Jockel gewandt, warnte der Carnifex, dass all die an der Wand hängenden Folterwerkzeuge zum Einsatz kämen, falls er nicht gestehen würde. »Aber sei unbesorgt. Heute zeige ich sie dir nur«, flüsterte er Jockel – von den anderen unbemerkt – ins Ohr, während er ihm die geschmiedete Halskrause anlegte. Auch wenn er dabei darauf bedacht war, sie nicht zu eng anzulegen, damit Jockel die daran befestigten Dornen nicht allzu sehr spüren würde, vermochte dies nicht, den der Gerichtsbarkeit auf Gedeih, mehr noch auf Verderb Ausgelieferten zu beruhigen. Jockel hatte eine elende Angst und zitterte am ganzen Leib.

Der Carnifex räusperte sich. »Während ich dir jetzt so nach und nach einige dieser Werkzeuge erkläre, trägst du diesen fünf Kilo schweren Dornenkranz um den Hals, … sozusagen zur Einstimmung auf das, was auf dich zukommen wird, wenn du die beiden Morde nicht freiwillig gestehst. Und bedenke dabei, dass dieser Kranz dieses Mal nur um deinen Hals gelegt, nicht aber verschlossen wird, … noch nicht.«

»Ein guter Mann, unser Carnifex. Auch wenn er manchmal etwas aufmüpfig ist, versteht er sein Handwerk vortrefflich und weiß ganz genau, was er tut«, flüsterte Waldvogel dem senilen Beisitzer, dem er vergönnte, dass dieser nun doch noch auf seine Kosten kam, ins Ohr.

»Allein dieses Teil kann dir das Fleisch vom Halse kratzen und du würdest im Kerker elend an Wundbrand sterben, ohne dass ich oder einer meiner Knechte Arbeit mit dir hätten«, drohte Deibler in dem Ton, der von ihm erwartet wurde. Dass ihm dabei selbst schier übel wurde, durfte er sich nicht anmerken lassen, wenn er seine Stellung behalten und nicht seinerseits unter Waldvogels Knute kommen wollte.

Nun holte er etwas, das in eine Ecke des Raumes gelehnt war und wie ein Rechen aussah. »Wenn wir dich an diese Streckleiter binden …«, er zeigte zur Wand, »und dir diese ›Katzenpfote‹ über den Körper ziehen, haben wir zwar Arbeit mit dir, … aber auch viel Freude«, sagte er, während er mit dem Marterinstrument vor Jockels Nase herumfuchtelte. Aber Jockel konnte dem eisernen Teil nur so weit folgen, wie er die Augen zu verdrehen vermochte. Er konzentrierte sich darauf, seinen Kopf so wenig wie möglich zu bewegen. Obwohl es der Carnifex heute noch nicht darauf angelegt hatte, ihm Schmerzen zuzufügen, hatten die scharfkantigen Spitzen bereits Jockels Hals angeritzt und an mehreren Stellen leicht zum Bluten gebracht.

Der Carnifex riss Jockel die Fetzen seines Hemdes vom Leib und strich ihm mit dem vierzackigen Eisenteil leicht über die Brust, darauf bedacht, ihn nicht allzu sehr zu verletzen.

»Ahhh!«, presste Jockel gepeinigt heraus und kniff die Augen zusammen; gerade so, als wenn er den Schmerz nicht spüren würde, wenn er ihn nicht sah.

»Na, wie fühlt sich das an? Aber das ist noch gar nichts! … Möchtest du jetzt nicht doch gestehen?«

Obwohl Jockels Körper vor Angst und Erschöpfung vibrierte, schüttelte er leicht den Kopf, der momentan viel zu viel verarbeiten musste.

»Wie du willst! … Weißt du, was das ist?«, fragte der Carnifex den moralisch erledigten Burschen und hielt ihm jetzt auch noch die sogenannte »Orale Birne« hin. »Mach …«, fast hätte er versehentlich »bitte« gesagt, »deinen Mund auf.«

Da Jockel nicht reagierte, schrie ihn Deiblers Knecht an: »Hast du nicht gehört? Reiß endlich dein Maul auf!« Dabei drückte er mit seinen Daumen Jockels Kiefer hinter den Ohrläppchen zu beiden Seiten gekonnt so weit auf, bis sein Herr das angerostete Eisenteil – über das er einen dünnen Lappen gelegt hatte – in dessen Mund stecken konnte. Jockel würgte es. Er musste husten und konnte nicht verhindern, dass er ein Gemisch aus Speichel und Dunkelbier herausplusterte.

Da Deibler wusste, dass sein primitiver Henkersknecht nicht die geringsten Skrupel haben würde, das Eisenteil – das wie eine der Länge nach in drei Teile geschnittene Birne mit Zacken aussah – mit seinem raffinierten Schraubenmechanismus so weit auseinanderzudrehen, bis Jockels Mund ausreichend geöffnet war, um problemlos dessen Kiefer brechen zu können, nahm er sich der Sache selber an und deutete diese Funktion nur leicht an. Jockel nickte kaum merklich, um dem Carnifex zu zeigen, dass er verstanden hatte.

»Ich könnte dir dieses Teil auch in den Arsch schieben!«, drohte der Henkersknecht, obwohl dieses Marterinstrument an dieser Körperstelle nur zum Einsatz kam, wenn der Delinquent der Sodomie oder der Gleichgeschlechtlichkeit angeklagt war. Da dies bei Jockel nicht der Fall war – zumindest war er nicht deswegen angeklagt –, erübrigte sich die Angeberei des Knechts, der besser daran täte, selbst darauf zu achten, bei der Ausübung seiner abartigen Liebespraktiken nicht erwischt zu werden. Dass dieses Foltergerät an anderer Körperöffnung auch noch den Zweck hatte, bei Ehebrecherinnen oder Huren, die ihre Freier beklaut hatten, eingesetzt zu werden, musste er dennoch auch noch rauslassen, obwohl dies im aktuellen Fall überhaupt nichts zur Sache tat, aber wenigstens den ältesten Beisitzer erfreute. »Und da war die schon drin?«, fragte der Alte, während er zart über das Eisenteil streichelte, das ihm der Carnifex hatte geben müssen.

Für Jockel war dies jetzt schon alles zu viel. Er konnte nicht mehr und brach zusammen. Nachdem ihm der Henkersknecht aufgeholfen hatte, wollte Deibler den Richter überreden, es für heute gut sein zu lassen. Aber Waldvogel ließ nicht mit sich reden. »Erst wenn Ihr ihm auch die anderen Werkzeuge gezeigt habt. Hängt ihn ein wenig an das ›Pendel‹!«

»Aber Herr, das überlebt er nicht. Ich habe gedacht, dass ihm die Folterwerkzeuge heute nur gezeigt werden sollen.«

»Ich sagte doch: ›Ein wenig!‹ Ihr braucht ihn ja nicht mit den Händen auf dem Rücken so weit hochzuziehen, dass er in der Luft hängt. Es geht nur darum, dass er aufrecht vor uns steht, während Ihr ihm die restlichen Gerätschaften erklärt. Nehmt ihm die Handeisen ab und bindet die Hände vorne zusammen und dann ans Pendel! Von mir aus zieht ihn nur so weit hoch, dass seine Füße den Boden gerade noch berühren«, gebot Waldvogel in einem Anflug von Großzügigkeit.

Der hämisch grinsende Henkersknecht kletterte auf eine Leiter und brachte an dem mittig der Rundgewölbedecke angebrachten Haken eine Rolle an, über die er ein Seil warf, das er auf der anderen Seite herunterzog und an einer Winde befestigte. Als er daran drehte, zog es den vom Carnifex gestützten Burschen so weit hoch, wie von Waldvogel befohlen.

»Sollen wir ihn nicht doch höher ziehen und ihm wenigstens kleine Steingewichte an die Füße hängen?«, fragte der Henkersknecht, der nicht glauben konnte, dass dieses zwar mehr als primitive, in seinen Augen aber edle Folterinstrument derart schlampig zum Einsatz kommen sollte – aus seiner Sicht ein unverzeihlicher Frevel am Erfinder dieser wunderbaren Gerätschaft. Es wäre ihm schon lieber gewesen, wenn er hier und heute sein bedauernswertes Opfer mit den Händen auf dem Rücken so weit hochziehen hätte dürfen, dass man das Knacken des Schlüsselbeins und der Schulterblätter hätte hören können. Jedes Mal, wenn es so weit gewesen war, hatte er mit sich selbst gewettet, was wohl als Erstes brechen würde. Für ihn war es stets ein außerordentlich befriedigender Moment gewesen, wenn das Beingewicht den matten Körper so weit nach unten gezogen hatte, dass die Schultern ausgekugelt und die Arme immer länger geworden waren. Zu gerne hätte er es auch heute gehabt, wenn diese Verletzung bei Jockel zu fürchterlichen Deformationen der Brust und des Rückens führen würden und der Delinquent so lange schrie, bis sein Knochenbau derart gestreckt worden war, dass er gelähmt war und starb. Aber heute sollte ihm dies wohl nicht vergönnt sein. »Na ja. Ein andermal«, freute er sich schon darauf.

Der Carnifex präsentierte dem jetzt schon übel aussehenden Jockel noch einige Brenn- und Zwickzangen, die Kopfpresse, die gefürchteten Schädelschrauben und den berüchtigten »Sankt-Elms-Gürtel«, der seine Bezeichnung vom Martyrium des Heiligen Erasmus im Jahre 303 nach Christus her hatte und am Bauch in etwa die gleiche Wirkung zeigte wie ein Stück höher die gedornte Halskrause.

Obwohl es in der bemerkenswert gut ausgestatteten Folterkammer noch einiges zu zeigen und zu erklären gäbe, wie beispielsweise die eiserne »Heretikergabel« oder die hölzerne »Knieschraube«, winkte der Richter jetzt doch ab: »Das hast du gut gemacht, mein lieber Deibler«, sprach er sein ausübendes Organ in ungewohnt vertrautem Ton an. »Die hohen Herren waren zufrieden, ... obwohl der Delinquent kein Weib war«, flüsterte er ihm augenzwinkernd zu, bevor er in wieder gewohnt ernstem Ton befahl: »Und nun sorgt dafür, dass er wieder aufgerichtet wird! ... Ach, noch etwas.« Bereits im Gehen begriffen, zog er Deibler verschwörerisch an dessen Ärmel zu sich. »Könnt Ihr Herrn Kögel –«, damit meinte er den alten Beisitzer, »– eine der ovalen Birnen für ein, zwei Tage leihen?«

Auch wenn es mit der Peinlichen Befragung erst in ein paar Tagen losgehen würde, war den Beisitzern schon heute ein kleines Schauspiel geboten worden. In ihrer Vorfreude hatten sie beim Gehen nicht bemerkt, dass Jockel Mühlegg mit einem stummen Schrei in sich zusammengebrochen war. Damit hätte er ihnen dann doch den weiteren Spaß verdorben.

KAPITEL 18

Weil Peter Immler einer der vier jungen Humanisten des Immenstädter Stadtrates war, die den Anhängern traditioneller Foltermethoden mutig entgegentraten und sich für mehr Menschlichkeit in Bezug auf die Behandlung Gefangener einsetzten, wurde er – trotz seines ausgeprägten Gerechtigkeitssinnes und seiner überragenden Intelligenz – von Richter Waldvogel als Laienrichter nicht ernst genommen und überdies sogar mehr verachtet denn geschätzt. Waldvogel versuchte, den jungen Kaufmann auszugrenzen, wo es ging. Und da sich Graf Königsegg derzeit auf Reisen befand, tat sich der Richter leicht damit, Immler und die anderen jungen Ratsherren allesamt vom Beisitzeramt im Mordfall Mühlegg auszuschließen und statt deren nur ihm durchwegs bedingungslos folgende Ratsherren älteren Semesters einzusetzen. Im schwersten Falle – etwa bei Hexerei, Raub oder Mord – würde Waldvogel sechs Beisitzer benötigen, um rothenfelsischem Recht Genüge zu tun. Und die standen ihm auch ohne die lästigen Jungen zur Verfügung.

Auch wenn es sich in diesem Fall leider um kein der Hexerei verdächtiges Weib handelte, mit der sich zu beschäftigen mehr Freude bereitet hätte, so war es immerhin seit geraumer Zeit der erste interessante Mordfall im Herrschaftsgebiet des Grafen, bei dem das ganze Programm – inklusive der Peinlichen Befragung – in vollem Umfang zum Tragen kommen würde. Und dies wollten sie sich nicht von irgendwelchen siebengescheiten Neunmalklugen versauen lassen, sondern voll und ganz auskosten.

Dass es sich ausgerechnet um einen Staufner handelte, den es zu verurteilen galt, betrachtete das Hohe Gericht als ein Zeichen göttlicher Gerechtigkeit. Die Immenstädter Ratsherren erinnerten sich noch gut daran, dass ihnen Waldvogels Vorgänger Hans Zwick vor 14 Jahren die Freude verdorben hatte, indem er kurzen Prozess mit dem damaligen Staufner Medicus Heinrich Schwartz, der wegen 69-fachen Giftmordes angeklagt gewesen war, gemacht hatte. Zusammen mit einer Untersuchungskommission hatte er den mutmaßlichen Mörder direkt in Staufen verhört und bald darauf – ebenfalls in Staufen – verurteilt und seiner gerechten Strafe zugeführt. Somit hatten die Städtler nichts davon gehabt.

Um die gleiche Zeit herum war in Staufen auch noch der dortige Dorfschmied Babtist Vögel wegen Schändung mit Todesfolge gefangen gesetzt worden. Da er – im Gegensatz zum Medicus – seine Tat zwar standhaft, aber nicht glaubhaft geleugnet hatte, wurde wenigstens er nach Immenstadt gebracht, wo sich der damalige Nachrichter Hermann Leimer seiner angenommen und dem ach so ehrenwerten Gericht Freude bereitet hatte, obwohl die Vierteilung nicht meisterlich gelungen war. Dennoch hatte die Verurteilung des Frauenschänders die Sache mit dem Medicus nicht auszugleichen vermocht, geschweige denn vertuschen können und war von den Städtlern nach wie vor als Affront gegen ihre bürgerlichen Rechte gewertet worden. Immerhin waren sie die Bewohner der Residenzstadt gewesen und hatten das Recht, hin und wieder einer ordentlichen Hinrichtung beiwohnen zu dürfen. Und wenn es in Immenstadt selbst keinen schweren Fall gab, so sollten wenigstens die Staufner Verurteilungen ins Städtle verlegt werden. Dass der Massenmörder Heinrich Schwartz damals nicht nach Immenstadt verbracht und dort eingekerkert worden war und dass er – ohne überhaupt auch nur ein bisschen gefoltert worden zu sein – in Staufen aufgeknüpft worden war, hatte den Immenstädtern gewaltig gestunken.

»Nicht den unterständischen Staufner Bauern, sondern uns, den honorigen Immenstädter Bürgern, wäre dieses Spektakel zugestanden«, hatten sie sich lauthals und unverschämt bei Richter Zwick und Oberamtmann Speen beschwert und dabei außer Acht gelassen, dass sie die Staufner damit auf das Übelste beleidigt hatten. Und dass mit Wolfgang Bertele erst vor ein paar Wochen ein ehemaliger Staufner im Städtle gevierteilt worden war, leistete einem besseren Miteinander der Staufner und der Immenstädter auch nicht gerade Vorschub.

In ihrer Überheblichkeit hatten die Städtler allen Ernstes geglaubt, dass – damals wie heute – das Bürgertum den Vorrang gehabt haben müsste. Aber gut, seinerzeit wütete noch der 30 Jahre anhaltende Glaubenskrieg, in dessen Schatten viele Dinge anders gehandhabt worden waren, als dies hätte sein sollen. So zumindest hatten Richter und Oberamtmann argumentiert und damit eine Konfrontation vor höchster Ebene vermieden. Aber jetzt war der Krieg aus und der amtierende Stadtammann Waldvogel wollte sich diesen grandiosen Fall nicht durch irgendwelche unsinnigen Sentimentalitäten und querer Meinungen der aus seiner Sicht viel zu human eingestellten jungen Denker versauen lassen. Immler hatte sich zwar sehr darüber gewundert, nicht als Beisitzer eingesetzt worden zu sein. Obwohl er der Jüngste war, hatte man immerhin ausgerechnet ihn extra nach Staufen geschickt, um Mühleggs ersten Mord aufdecken zu helfen. Irgendwann aber würden er und seine jungen Ratskollegen sich dies nicht mehr gefallen lassen, die eigennützige Vorgehensweise ihres Vorsitzenden aufgreifen und ihn zur Rede stellen. Wenn es sein musste, würden sie ihn sogar vor den Grafen zitieren. Dies stand ihnen zu; immerhin waren sie zu viert – zwar keine Mehrheit im Rat der Stadt, aber sie hatten sich allesamt trotz ihres jungen Alters um die Entwicklung der Stadt und deren Ansehen verdient gemacht: Peter Immler war nicht nur hierzulande ein geschätzter Kaufmann, sondern handelte unter anderem auch mit Waren aus fernen Ländern und brachte neben allerlei wertvollen Gewürzen seltene Stoffe … *unnd ander merckwürdigk Ding innß Allgöw*. Durch seine Tätigkeit waren schon etliche Ausländer auf das Allgäu aufmerksam geworden und hatten nicht nur den Fortschritt, sondern auch ein wenig internationale Atmosphäre in das verträumte Provinzstädtchen und in andere Orte der süddeutschen Lande gebracht.

Serafin Kienle war der Wirtssohn der Taverne *Zum schwarzen Ochsen*, die als letztes Haus an der westlichen Seite der Immenstädter Hauptgasse ihren Platz hatte. Auf dem Gebäude ruhten eine Bäcker-, Brau- und Branntwein-Gerechtigkeit. Da der alte Kienle während des Krieges den Mut gehabt hatte, schwarz zu brennen und heimlich zu backen, um damit wenigstens einigen seiner in Not geratenen Nachbarn sowie Freunden und Verwandten helfen zu können, genoss dieses Geschlecht ein hohes Ansehen. Dies hatte sich auch nicht geändert, als er sich vor Gericht hätte verantworten müssen und stattdessen ins hoch gelegene Balderschwang geflüchtet war.

Quirin Buel war ein angesehener Papiermüller und lieferte – wie schon seine Vorfahren – das in Immenstadt geschöpfte Papier sowohl an die hiesige Offizin als auch an die reichsgräfliche Kanzlei und an etliche Klöster. Außerdem belieferte Quirin sogar auch noch die Hofkammer der Grafschaft Tirol. Da sein Vater bei einem seiner Papiertransporte kurz vor Innsbruck von Söldnern überfallen, ausgeraubt und erstochen worden war, hatte der talentierte Sohn die Geschäfte schon in jungen Jahren übernehmen müssen. Dass es nachweisbar Kaiserliche gewesen waren, die seinen katholischen Vater kalten Blutes ermordet hatten, wurde nur hinter vorgehaltener Hand gemunkelt – denn was nicht sein durfte, konnte auch nicht sein: Katholiken bringen schließlich keine Katholiken um, oder doch? Außerdem mussten Kaiser Ferdinand III. und dessen Truppenverbände gerade in den Teilen des streng katholischen Südens der deutschen Lande, zu denen auch das Allgäu gehörte und das direkt an Österreich grenzte, in Schutz genommen werden, weil der Erzherzog aus dem Hause Habsburg sowieso schon mehr als genug hatte mitmachen müssen, seit er nach Wallensteins Tod unter dem Beirat der Generäle Piccolomini und Gallas Oberbefehlshaber geworden war und in diesem Zusammenhang genügend Schaden angerichtet hatte. Da war es nur gut, dass er es gewesen war, der den Weg zum *Westfälischen Frieden*, also zur Beendigung des 30 Jahre anhaltenden Krieges, geebnet hatte. Aber dadurch war der alte Papiermüller auch nicht mehr lebendig geworden.

Der Letzte im Bunde der jungen Humanisten war Christian Herwich, ein begnadeter Gambist und Lautenist, der schon an etlichen großen Höfen zu Gast gewesen war und – wenn er in Immenstadt weilte – den musikalischen Part bei den Festen des Grafen übernahm und diese auch nach hochherrschaftlicher Manier organisierte. Allerdings plante er, dem Ruf der Weimarer Hofkapelle zu folgen und von Immenstadt fortzugehen. Aber noch war es nicht so weit und solange er noch hier wohnte, würde er sich für die Rechte der hiesigen Gestrauchelten und für korrekte Prozessführungen einsetzen.

Da Immler gewusst hatte, dass er nicht einmal mithilfe seiner Freunde die Möglichkeit hätte, Jockel helfen zu können, weil sie von den sturen alten Geldsäcken ständig überstimmt worden wären, hatte er sich zähneknirschend damit abgefunden und letztlich das Gute darin gesehen. So hatte er sich intensiv um sein Geschäft kümmern und alles so gut organisieren können, dass er möglichst schnell wieder nach Staufen zu seiner innig geliebten Maria hatte reiten können. Da wegen der verschneiten Pässe und der teilweise zugefrorenen Flüsse zu dieser Jahreszeit sowieso kaum Ware den Weg vom Ausland in die deutschen Lande fand und die Handelswege nach Genua und in andere Seehäfen zumindest teilweise abgeschnitten waren, konnte er sich auch selbst nicht auf den Weg machen und somit auf den winterbedingt ohnehin schon recht mageren Profit auch gänzlich verzichten. Er würde die nächste Zeit zwar auf seine Rücklagen zurückgreifen müssen – aber dies war ihm die Liebe zur wunderschönen Töpferstochter Maria Brugger wert.

Endlich wieder in Staufen zurück, wollte Peter Immler sein Quartier auch dieses Mal im Wirtshaus *Zur Krone* beziehen und dann so schnell wie möglich seine Geliebte aufsuchen. Zuvor aber war es ihm Pflicht und Bedürfnis zugleich, sich in aller Schnelle beim Kastellan zurückzumelden, um mit ihm einen Zeitpunkt ausmachen zu können, an dem er ihm, dem Ortsvorsteher, dem Pfarrer und anderen wichtigen Leuten Staufens von Jockel Mühleggs Situation berichten konnte. Außerdem wollte er wenigstens in Stichworten erfahren, was sich während seiner Abwesenheit in Staufen alles zugetragen hatte.

Danach allerdings würde er sich ums Verrecken nicht mehr stören lassen und sich in aller Ruhe weiterhin um Marias Gunst bemühen – er wollte sie endlich ganz für sich … und ganz haben. Als sie sich das letzte Mal in seiner Kammer im obersten Stockwerk der *Krone* zärtlich in den Armen gelegen hatten und er sich schon fast am Ziel seiner Wünsche gewähnt hatte, war Maria im allerletzten Moment doch noch in den Sinn gekommen zu kneifen. Dass sie als Grund dafür angegeben hatte, kurz zuvor ein Stockwerk unter Peters Kammer eine unheimliche Gestalt gesehen zu haben, die ihr nicht mehr aus dem Kopf ginge, weil sie ihr Angst eingejagt habe, hatte er ihr zwar abgenommen, sich im Stillen aber auf die Zähne gebissen, die Fäuste geballt und ein Fluchen verkniffen. Immerhin hatte er sich gewaltig ins Zeug gelegt und es geschafft, weit vor-, letztlich aber nicht in sie zu dringen. Außer dem lieblichen Duft ihres Körpers und die Gedanken an das, was er immerhin hatte erleben dürfen, hatte sie ihm nichts dagelassen, nachdem sie seine Kammer so still verlassen hatte, wie sie gekommen war. Dies hatte sie aber nicht getan, ohne Peter zu bitten, sie wenigstens ein Stockwerk nach unten zu begleiten.

Jetzt saß Peter Immler seinem neuen Freund Lodewig gegenüber und musste feststellen, dass es anders gekommen war, als er sich dies ausgemalt hatte. Nachdem er um die Mittagszeit herum – anstatt in Richtung seiner Herberge oder Maria zu reiten – seinem Ross die Sporen den Schlossbuckel hoch gegeben hatte, war er vom Kastellan so herzlich begrüßt worden, dass er sich nicht vor dessen Einladung auf wenigstens einen kleinen Becher Wein und einen Teller nahrhafter Graupensuppe hatte drücken können.

»Aber nur ganz kurz«, hatte Peter bei der herzlichen Begrüßung darauf bestanden. Dabei hatte Lodewig ihm das Ross abgenommen und Ignaz etwas ins Ohr getuschelt, während er dem Knecht die Zügel in die Hand gedrückt hatte.

»Seid ihr aber groß geworden«, flachste Peter mit Lodewigs Kindern, nachdem er Sarah begrüßt und ihr ein Stück herrlich duftende Speckseife als Geschenk überreicht hatte. Damit Sarah auch wusste, dass sie jetzt einen kleinen Schatz besaß, merkte Peter noch unbescheiden an, dass diese Seife aus dem »Morgenland« kommen und im Allgäu erst wieder mit einer seiner nächsten Lieferungen erhältlich sein würde. Obwohl er auch allen vier Kindern kleine Geschenke mitgebracht hatte, erntete er mit seiner abgedroschenen »Alte-Onkel-Floskel« beim einzigen Sohn des Kastellans anstatt eines Dankes nur ein verständnisloses Kopfschütteln. »Seid ihr aber groß geworden«, wurde er von Aurel mit verstellter Stimme und einem zynischen Gesichtsausdruck nachgeäfft.

»Ist dein Sohn heute schlecht gelaunt?«, fragte Peter den Kastellan.

Lodewig nickte: »Seit ich ihm – was niemals zuvor geschehen war – eine runtergehauen habe, spricht er nicht mehr mit mir und spielt den beleidigten Jäger.«

»Seit wann züchtigst du deine Kinder körperlich?«, fragte Peter gleichsam enttäuscht und verwundert. »Und warum bezeichnest du Aurelius als ›Jäger‹?«

»Ich schlage meine Kinder nicht!«, stellte Lodewig klar. »Mir ist nur ein Mal, ein einziges Mal, die Hand ausgerutscht. Und dies tut mir sehr leid … Ein einziges Mal!«, betonte er nochmals.

»Ich gehe davon aus, dass sie Aurelius getroffen hat«, mutmaßte Peter und setzte nach: »Aber warum? Was hat er denn Schlimmes getan?«

Nun begann Lodewig, die Geschichte zu erzählen, wie er mit Ignaz und Aurel im Wald gewesen war, um dort zwei Weihnachtsbäume zu schlagen und Brennholz zu holen.

»… und stell dir vor: Als Aurel dem Hasen nachgejagt ist und sich nicht mehr gemeldet hat, haben Ignaz und ich nach ihm gerufen, aber keine Antwort erhalten. Also sind wir dorthin zurückgelaufen, wo wir Aurel zuletzt gesehen haben.«

»Ja und? Was ist dann passiert?«, fragte Peter, der nicht wusste, worauf Lodewig hinauswollte.

»Blut! … Überall war Blut.«

Peter, der noch nicht verstand, um was es ging, hielt sich entsetzt eine Hand vor den Mund. »Heilige Dreifaltigkeit!«

»Ignaz und ich haben geprüft, ob das Blut frisch war, und sind dann der Spur gefolgt. Dies hat sich allerdings nicht leicht gestaltet, weil überall Fußabdrücke waren. So sind wir dem Spurenwirrwarr in der Richtung gefolgt, in der die Blutspur verlief.« Da es Lodewig nicht unnötig spannend machen wollte, kam er gleich zum Ende: »Und was meinst du, haben wir gesehen?«

Peter zuckte gespannt, aber immer noch ahnungslos mit der Schulter.

»Aurel, mit dem toten Hasen in der Hand! Er hat das Tier mit seinem Pfeil zwar auf Anhieb getroffen, aber nur verletzt. Also ist er dem verletzten Tier so weit gefolgt, bis es zusammengebrochen und seiner Verletzung erlegen ist.«

»Na, dann war ja alles in Ordnung und außer dem Hasen ist niemandem ein Leid zugefügt worden«, sagte der sichtlich erleichterte Freund des Hauses.

»Da hast du wohl recht. Ignaz und ich waren natürlich froh. Aber die Angst, dass Aurel etwas hätte geschehen sein können, hat mich schier wahnsinnig werden lassen. Immerhin war ja überall Blut und Aurel war zunächst verschwunden … Na ja: Als ich ihn, stolz grinsend, mit dem Hasen in der Hand habe dastehen sehen, muss sich meine innere Anspannung wohl über meine rechte Hand entladen haben. Kaum war sie mir ausgerutscht, habe ich meinen Sohn fest an mich gedrückt ..., aber es war zu spät. Aurel war schon beleidigt. Im Nachhinein ist mir klar geworden, dass er auf unser Rufen nicht antworten konnte, weil er sich auf die Hasenfährte konzentriert hat.«

»Wenn das alles ist ...«, winkte Peter lachend ab, »wird es sich schon bald wieder geben. Die Hauptsache ist, dass es Aurel gut geht.«

»Ja! ... Und dass er jetzt ein von ihm selbst gegerbtes Hasenfell hat«, lachte Lodewig und prostete seinem Freund zu. »Schön, dass du wieder da bist!«

Gerade als Peter sich danach erkundigen wollte, wann er wiederkommen könne, um in aller Ruhe Bericht über die Geschehnisse in Immenstadt zu erstatten, klopfte es an der Tür und Rosalinde trat ein, machte einen Knicks und stotterte mit gesenktem Haupt, dass der Herr Ortsvorsteher und Hochwürden hier wären. Lodewig lächelte vielsagend und gebot der Magd, die beiden Herren hereinzubitten und im Keller ein Doppelquart Wein zu zapfen, eine Kanne Wasser und noch drei Becher zu bringen.

»Was bist du doch für ein durchtriebenes Miststück«, lachte Peter und schüttelte Lodewig spaßeshalber etwas durch. »Du kannst doch nicht ernsthaft annehmen, dass ich nicht merke, was hier läuft! Da hättest du meinem Pferd schon Stofffetzen um die Hufe wickeln müssen, wenn du nicht gewollt hättest, dass ich Ignaz damit losreiten höre! ... Gib's zu: Du hast deinen Knecht mit meinem Pferd ins Dorf hinuntergeschickt, um Johannes und Hermann zu holen, damit sie mich begrüßen können.«

»Wie klug du doch bist, mein ehrenwerter bürgerlicher Freund. Ich wollte nur prüfen, ob du in der kurzen Zeit, die du in Immenstadt verbracht hast, etwa schon dekadent geworden bist und deine Sinnesorgane eingeschlafen sind.«

Der Propst und der Ortsvorsteher standen immer noch unter dem Türrahmen. Da ihnen Ignaz im Auftrag seines Herrn nur gesagt hatte, dass es dringend wäre, dabei aber verschwiegen hatte, dass Peter Immler im Schloss sei, wunderten sie sich, den Immenstädter so unverhofft zu sehen. Sie freuten sich, aber nicht nur, weil sie ihn mochten, sondern auch, weil sie Neuigkeiten über Jockel Mühlegg zu erfahren hofften.

»Kommt herein! Tretet ein!«, winkte der Hausherr die beiden an den Tisch.

Schon beim Eintreten blickte sich der Propst nach dem, was auf dem Tisch stand, um. Trotzdem ihm dies nicht gefiel, begrüßte er Peter Immler ganz besonders freundlich und erkundigte sich nach dessen Wohlbefinden. Der Ortsvorsteher machte es ihm nach und drückte Peter – aus Freude darüber, ihn wiederzusehen – sogar an sich.

»Bis auf die Tatsache, dass ich hier gegen meinen Willen festgehalten werde, geht es mir gut«, antwortete der Kaufmann scherzhaft.

»Du wirst schon noch das bekommen, weshalb du vermutlich nach Staufen zurückgekommen bist«, mischte sich Lodewig schmunzelnd ein.

»Das wirst ausgerechnet du wissen«, gab Peter mit einer vielsagenden Handbewegung zurück. »Aber wenn ich nun schon mal hier bin und du die anderen beiden Herren hierherzitiert hast …«

»Ah, da kommt der Wein … Aber wo bleibt der Medicus?«, unterbrach Lodewig, dem aufgrund dessen, dass Rosalinde – wie von ihm gewünscht – drei Becher auf ihrem Tablett hatte, auffiel, dass jetzt ein Becher zu viel auf dem Tisch stand.

»Ignaz ha … ha … hat gesagt, ddd … dass er den Medicus im Spital nnn … nicht angetroffen hat«, drückte Rosalinde die Antwort heraus, während sie einen Becher aufs Tablett zurückstellte, um ihn wieder mitnehmen zu können.

Schau an? Offensichtlich ist sie gar nicht so dumm, wie sie sich manchmal gibt, dachte der Kastellan ob der bemerkenswerten Eigeninitiative der zwar fleißigen, ansonsten aber nur auf klare Anordnungen reagierenden Magd.

Bevor Lodewig seinen Gästen einschenken konnte, hatte dies der Propst schon erledigt. »Erheben wir unsere Becher auf die Rückkehr unseres Immenstädter Freundes!«

Nachdem auch der Hausherr einen Schluck genommen und den Becher auf den Tisch zurückgestellt hatte, sprach er weiter: »Bitte verzeiht mir, wenn ich euer aller Tagesablauf durcheinandergebracht habe. Aber ich glaube, dass uns Peter Neuigkeiten aus Immenstadt mitgebracht hat, die zu hören wir nicht erwarten können. Wir alle brennen darauf zu erfahren, wie es Jockel Mühlegg geht und was im Städtle sonst noch so los ist.« Zu Peter

Immler gewandt, sprach er weiter: »Bitte sei so nett und berichte uns, wie es um ihn steht … Geht es ihm gut?«

Der Immenstädter zog sich an den Stuhllehnen hoch und stützte seine Ellbogen auf den Tisch, während er sich die Hände rieb, um sich dadurch einen gedanklichen Freiraum zu schaffen. »Wenn ich das nur wüsste! Richter Waldvogel lässt nichts nach außen dringen. Er ist sehr darauf bedacht, dass niemand etwas vom ›Fall Mühlegg‹ und schon gar nicht von dessen geheimer Handhabung mitbekommt. Aber ich habe von einem der Gerichtsweibel erfahren, dass der junge Staufner wohl schon mehrere Male befragt worden ist.«

»Und haben sie dabei das Instrument der Folter eingesetzt?«, wollte der Propst wissen.

»Soweit ich weiß, noch nicht! Aber mir ist vertraulich zugetragen worden, dass dies innerhalb der nächsten Tage der Fall sein wird … Vielleicht sind sie zur Stunde schon dabei?« Peter Immler zuckte mit den Achseln.

»Dagegen können wir leider nichts unternehmen. Die Peinliche Befragung stellt die armen Sünder zwar auf eine harte Probe, ist aber immer noch ein legitimes und leider auch allseits angewandtes Mittel zur Wahrheitsfindung«, lieferte der Propst einen Wortbeitrag und wollte noch wissen, ob sein Immenstädter Amtsbruder mit eingebunden wäre.

Peter Immler nickte. »Ja! Unser Stadtpfarrer ist, oder soll zumindest, ebenso mit der Sache befasst sein wie die senilsten der Stadträte, die Waldvogel zu Beisitzern bestallt hat«, knurrte er.

»Wann wird die Verhandlung sein?«, ging Lodewig nicht auf dieses Thema ein, sondern einen Schritt weiter.

»Auch dies ist ungewiss. So, wie ich informiert bin, soll die Gerichtsverhandlung kurzfristig – sofort oder bald nach der Folter – anberaumt werden. Ich weiß nur, dass es ein gewaltiges Spektakel geben wird.«

»Also eine öffentliche Gerichtsverhandlung!«, mutmaßte Lodewig. »Wo wird sie stattfinden?«

Peter Immler fuhr sich über das Gesicht und überlegte kurz, bevor er antwortete: »Öffentliche Gerichtsverhandlungen finden in Immenstadt traditionsgemäß in Form eines ›Freigerichtes‹ direkt vor dem Immenstädter Schloss, also auf dem Marktplatz, statt. Ob dies auch in diesem Fall so sein wird, weiß ich nicht.

Dies hängt natürlich auch vom Wetter ab … und wir haben Winter«, gab er zu bedenken.

»Auf jeden Fall müssen wir dabei sein!«, forderte der Ortsvorsteher sein Recht ein, obwohl ihm dies hier und jetzt nichts nützte. Da half es auch nichts, dass er zur Unterstreichung seines Wunsches mit der flachen Hand so fest auf den Tisch schlug, dass die Weinbecher bedenklich tanzten.

»Ich weiß nicht, ob es gut ist, wenn wir uns einmischen. Die Sache scheint – zumindest aus Immenstädter Sicht – klar zu sein. Oder hat sich inzwischen vielleicht ein anderer Verdacht von eurer Seite aus ergeben?«, fragte Peter, der sich die Antwort schon denken konnte.

»Nein! Gott hat die Wege der Gerichtsbarkeit allein zu Jockel Mühlegg geschickt. Und es steht kein anderer Staufner unter Verdacht«, bezog Propst Glatt Position, während er die Hände zum stillen Gebet für den armen Sünder faltete.

»Du möchtest doch nur die Gestalt, die ständig in Staufen herumgelungert ist und ausgesehen haben soll wie ein Mönch, in Schutz nehmen«, konterte Lodewig.

»Warum sollte ich dies tun?«, empörte sich der Pfarrer, ob der Störung seiner Innehaltung sichtlich erbost.

»Weil du genau weißt, dass Bruggers Maria diese Gestalt erst noch vor Kurzem gesehen hat und ihr dabei sehr nahe war.«

»Ja und?«, fauchte der Propst, nachdem er beiläufig festgestellt hatte, dass der Rest des Weines schon in den Bechern der anderen verschwunden war.

»Na ja. Maria hat bestätigt, dass die Gestalt ausgesehen hat wie ein Mönch«, gab Lodewig das Gehörte weiter.

»Jetzt bleibt in der Ruhe!«, fuhr der Ortsvorsteher dazwischen. »Vergesst diesen … diesen ominösen Mönch. Erstens ist er nicht mehr greifbar und zweitens haben wir nicht den geringsten Anhaltspunkt, dass es überhaupt ein Mönch war und dass er der Mörder sein könnte. Dazu kommt noch, dass der Kronenwirt auch nicht viel über ihn sagen konnte, weil er ihn kaum gesehen hat. Und außerdem: Sollte es sich tatsächlich um einen Mönch handeln – was ich nicht glaube und wovor Gott uns bewahre – …«, Hermann Schädler schüttelte den Kopf und prustete einen unverständlichen Ton heraus, »wäre es wohl kaum denkbar, dass gerade er diese grausamen Morde verübt hat.«

Der Ortsvorsteher legte eine Pause ein und blickte fragend in die Runde. »Aber dies haben wir ja alles schon zigmal durchgekaut. Lasst uns lieber darüber spekulieren, wie es mit Jockel weitergehen könnte.«

Nachdem ihm der Propst beigepflichtet hatte und sie gemeinsam die ganze Sache nochmals nach allen Seiten hin ausgeleuchtet und besprochen hatten, waren sie auf den gemeinsamen Nenner gekommen, dass zur Gerichtsverhandlung sicherlich Zeugen geladen würden.

»Hat nicht der Sohn des Säcklers behauptet, dass er gehört habe, wie Jockel nach dem Streit mit Markus Hagspihl vor sich hin gemurmelt haben soll, Markus umbringen zu wollen?«, erinnerte sich Lodewig mit sorgenvoller Stimme.

»Ja! Diese Aussage wiegt natürlich schwer – zumal Jockel auch noch laut geschrien hat, dass es ›… der Hagspihl‹ büßen wird«, ergänzte der Propst, der immer noch stinkig war, weil es möglicherweise hätte sein können, dass allen Ernstes einer seiner Glaubensbrüder, ein Mann Gottes, verdächtigt wurde.

»Das alles ist sicherlich ein schwerwiegendes Belastungsmaterial für den Richter, … wenn er überhaupt davon weiß. Denn soweit ich informiert bin, war bisher noch keine Kommission in Staufen, um die beiden Tathergänge zu rekonstruieren, geschweige denn, Fakten zu sammeln und Zeugen zu suchen. Die haben sich nicht einmal die Mühe gemacht, den Medicus aufzusuchen oder nach Immenstadt zu beordern, um ihn nach dessen fachlicher Meinung zu fragen«, fasste Lodewig zusammen und bekam vom Propst und vom Ortsvorsteher ein bestätigendes Kopfnicken. »Oder hat sich vielleicht jemand bei euch gemeldet und euch befragt?«

Sie alle wussten, dass dies nicht als Schlamperei des allseits als penibel geltenden Richters Waldvogel gewertet werden konnte. Vielmehr deuteten die Haltung des Hohen Gerichts und das merkwürdige Versteckspiel des Richters darauf hin, dass er keine Zweifel an Jockels Schuld hatte und kurzen Prozess zu machen gedachte, was allerdings nicht unbedingt heißen musste, dass Jockel die Sache schnell hinter sich bringen konnte. Vielmehr sollte die Sache nach allen Regeln der Kunst zelebriert werden und dies wollte sich Waldvogel nicht durch irgendwelche Zeugen, die aus seiner Sicht nichts anderes im Sinn hatten, als Jockels Leben zu retten, verderben lassen. Zudem gedachte der Richter, ein Exempel zu statuieren und den rothenfelsischen Untertanen einmal so richtig zu zeigen, wo der Hammer hing. Außerdem musste der Richter seine Pfründe verteidigen und hierzu half nichts so sehr, als nach außen hin zur Schau gestellte Unerbittlichkeit und Gnadenlosigkeit, die er mit Stärke gleichsetzte, zu demonstrieren.

»Wer weiß, was den jungen Ratsherren alles einfällt, um mich aus dem Amt zu drücken«, hatte er zum Senior der Beisitzer vor Kurzem gesagt.

Aber diese Hintergründe kannten Staufens Dorfobere nicht und konnten sich nur dies oder jenes zusammenreimen, was sie denn auch noch eine geschlagene Stunde lang taten. Nachdem sie sich hinreichend mit der Sache befasst hatten, beendete Lodewig das Treffen, indem er nochmals allen für deren Kommen dankte. »Warten wir ab, wie sich die Sache entwickelt«, gab er ihnen noch mit auf den Weg und geleitete die drei nach draußen, wo Siegbert sofort die eingebaute Tür im Schlosstor öffnete und strammstand, während Lodewig Ignaz anwies, Peter Immlers Pferd aus dem Stall zu holen. Der schneidige Kaufmann konnte es jetzt kaum noch erwarten, ins Dorf hinunterzupreschen und Maria bei bester Gesundheit wiederzutreffen.

»Grüß die Bruggers von mir!«, rief Lodewig seinem Freund lachend nach.

KAPITEL 19

Jockel Mühlegg hatte beim Vorzeigen und Anlegen verschiedener Folterinstrumente am »Pendel« gehangen und war nach einigen – aus Sicht der Henkersknechte und dessen obersten Dienstherrn nicht nennenswerten – Torturen dabei letztlich zusammengebrochen. Aber dies war außer dem Carnifex niemandem aufgefallen, weil die anderen bereits dabei gewesen waren, den kalten und feuchten Kerkertrakt zu verlassen, um sich in einer beheizten Gaststube eines der umliegenden Wirtshäuser noch ein Weilchen über die Sache zu unterhalten. Außerdem musste der Richter dem mit Abstand ältesten Gerichtsbeisitzer Waldemar Kögel unauffällig noch etwas übergeben. »Aber nur bis übermorgen, hörst du? Dann muss ich sie dem Carnifex wieder zurückbringen!«, beschwor er den Alten ohne jegliches Gefühl von Abscheu und ohne wissen zu wollen, was der geifernde Bock damit zu tun gedachte. Hauptsache, der Pfarrer und die anderen bekamen nichts mit.

Sebastian Deibler war es gerade noch gelungen, den besinnungslos gewordenen Delinquenten aufzufangen. Hätte er nicht so schnell reagiert und ihm die beiden ausgekugelten Schulterblätter nicht gleich wieder eingerenkt, hätte er ihn nicht danach mit heilenden Wundauflagen und Kräutersuden aufgepäppelt, würden die Obrigkeit und die Henkersknechte heute wohl keine Freude mehr an ihrem Gefangenen haben. So aber dürfte es für sie ein großer Tag werden, der Tag, an dem endlich wieder einmal ein Mordbube – sogar ein zweifacher und zudem unglaublich grausamer Mörder – der Peinlichen Befragung unterzogen würde. Nur ein Weib an Jockels Stelle hätte die Freude des Richters und seiner Beisitzer noch größer werden lassen.

Als Jockel Mühlegg mit den Armen ans obere Ende der Streckbank gebunden und ihm an die Füße ein zentnerschweres Gewicht gekettet wurde, ahnte er, was auf ihn zukommen würde. Dies trieb ihm Angstschweiß auf die Stirn und Wasser in die Augen. Der Carnifex hatte ihm beim letzten Mal im Beisein des Richters Waldvogel die Zangen und einige andere Gerätschaften gezeigt. Überdies hatte er dem jetzt schon schwer lädierten Gefangenen nach einem vorgegebenen Ritus haarklein erklärt, was seine Knechte damit tun würden, falls kein Geständnis käme. Aber was sollte Jockel außer einer kaum nennenswerten Rauferei und seiner ständigen Schwarzfischerei eigentlich sonst noch gestehen? Na ja, da war schon noch etwas. Aber außer ein paar zusätzlichen kleineren Diebstählen, die er selbst als Mundraub bezeichnete, hatte er wirklich nichts Böses getan und schon gar keine Morde verübt. Dennoch dürfte der vor ihm stehende Kessel mit glühenden Kohlen nicht zum Grillen schwarz geangelter Fische gedacht sein. Und die darin liegenden Zangen verhießen auch nichts Gutes.

Jockel schien es gerade so, als wenn heute alle gekommen wären, um ihren Beitrag zur Rechtsfindung, zumindest aber für die eigene Unterhaltung, zu leisten: Der Richter befand sich dieses Mal nicht nur in Begleitung der Jockel bereits bekannten Leute; vielmehr hatte er auch noch einige neugierige Bürger der Stadt mitgebracht, die ihm gutes Geld unter dem Tisch zugeschoben hatten, um bei der Folter dabei sein zu dürfen. Dabei hatte er den Schaulustigen absolute Verschwiegenheit abgenommen. Dass dies der weiteren Geheimhaltung dennoch nicht unbedingt zuträglich war, hatte er zwar gewusst, bei der Entgegennahme des Geldes aber arglos beiseitegewischt.

Der Carnifex war heute zum ersten Mal in Begleitung beider Henkersknechte, die bereits eifrig damit beschäftigt waren, die Glut zu schüren.

Als wenn er den jetzt schon von zu vielen Menschen übervollen Raum noch mehr mit Schweiß überziehen wollte, rief der Richter grantig: »Wo bleibt er denn?« Dabei blickte er immer wieder zur spärlich beleuchteten Treppe. Stünde nicht eine seiner Lieblingsbeschäftigungen an, wäre er wohl derart verstimmt, dass der Delinquent jetzt schon nichts zum Lachen haben würde. Aber auch so dürfte es nicht gerade Jockels Glückstag werden … Obwohl er zweifelsfrei der Mittelpunkt dieser bestens organisierten Veranstaltung war. Wie die anderen fieberte er dem entgegen, von dem er nicht so richtig wusste, ob er es überhaupt hören mochte. Aber die Hoffnung starb ja bekanntermaßen zuletzt. Gerade für ihn dauerte es unsäglich schmerzende Minuten, bis er endlich den Hall klatschender Schritte auf der tropfwassernassen Treppe vernehmen konnte. Ein um so grausameres Geräusch, wenn man auf der Streckbank lag, sowieso schon überall Schmerzen hatte und nicht wusste, wer noch erwartet wurde und was einen selbst noch erwarten würde. Jockel hatte sich sehnlichst gewünscht, dass wenigstens heute ein paar Staufner dabei sein und ihm Kraft geben würden. Er hatte inständig dafür gebetet, dass ihm aus dem Ort, in dem er vor 29 Jahren das Licht der Welt erblickt hatte, zumindest der Kastellan und der Ortsvorsteher zur Seite gestanden wären und ihn verteidigt hätten. Da er Lutheraner war, rechnete er nicht mit dem Staufner Pfarrherrn. Und dafür, dass seine betagte Mutter nicht kommen konnte, versuchte er krampfhaft, Verständnis zu haben.

Aber heute ging es nicht um eine ordentliche Zeugenvernehmung, um Beweisführung und Indizien – dies war erst bei der in absehbarer Zeit öffentlich anberaumten Gerichtsverhandlung an der Reihe – wenn überhaupt. Jetzt ging es lediglich um ein klar vernehmbares »Nein« von Jockel, das erfahrungsgemäß über kurz oder lang unbedingt in ein mehr oder weniger deutliches »Ja« umschwenken musste. Und zwar in ein »Ja, ich habe Martin Allger aus niederen Beweggründen heraus die Augen ausgestochen. Ja, ich habe ihm grausam die Daumen zerquetscht und ja, ich habe ihn danach feige und rücklings erstochen!« Dies würde dem Gericht genügen. Und wenn die Fragen auf den Feinweber Markus Hagspihl zu sprechen käme, müssten die Antworten dieselben sein: »Ja, ich war's! – Ich habe auch diese Tat allein und ohne Hilfe anderer begangen und ihm sogar auch noch einen Arm abgetrennt!« Warum und weshalb der zwar rauflustige, aber absolut nicht bösartige Jockel Mühlegg diese verabscheuungswürdigen Taten begangen haben sollte, tat bei der heutigen Befragung durch Richter Waldvogel und seine vier Beisitzer kaum etwas zur Sache und würde bei der unweigerlich folgenden Gerichtsverhandlung vermutlich auch nur für einen nach außen hin glaubhaften Prozessverlauf, ein korrekt aussehendes Protokoll und das gute Gewissen seiner Richter und des Urteilvollstreckers dienlich sein. Des Volkes wegen müsste keine solch zeitaufwendige Schau gemacht werden, denn die neugierigen Gaffer würden sich nur von der Tristesse ihres Alltags ablenken lassen wollen und gerne jemanden baumeln sehen. Wer dies war, würde sie – wenn es nicht ein Mitglied ihrer eigenen Familie, unter Umständen auch den Freundeskreis betraf – genauso wenig interessieren wie der Grund für die Hinrichtung. Und darüber, ob die betreffende Person zu Recht hingerichtet wurde, würden sie sich schon überhaupt keine Gedanken machen.

»Na endlich, Hochwürden … Dann können wir ja beginnen!«, rief der Richter erleichtert.

Als auch Jockel hörte, dass es nur der Stadtpfarrer und kein Staufner war, der die Treppe heruntergekommen war, musste er alle Hoffnung begraben. Obwohl er weiß Gott genug mit sich selbst zu tun hatte, war er über die Staufner Dorfoberen enttäuscht. Und dass seine Mutter ihn krankheitsbedingt nicht besuchen konnte, war ihm irgendwie klar geworden, grämte ihn aber trotzdem. Seiner Meinung nach hätte die alte Frau wenigstens alles daransetzen müssen, jemanden hierher nach Immenstadt zu schicken, dessen Wort gewichtet würde. Jockel konnte ja nicht wissen, dass es Waldvogel bewusst so diskret hingebracht hatte, dass die Staufner von seiner Inhaftierung erst jetzt und nur in Form eines lapidaren Sendschreibens an Ortsvorsteher Schädler offiziell in Kenntnis gesetzt worden waren, ansonsten aber nichts Genaueres wussten. Von den Befragungen und der jetzt anstehenden Folter aber hatten sie überhaupt nichts mitbekommen. So wartete man in Staufen immer noch auf eine diesbezüglich aussagekräftige Mitteilung. Eigentlich wollte Lodewig schon einige Male nach Immenstadt geritten sein, um sich nach Jockels Befinden zu erkundigen und anzufragen, welche Schritte in welchem Zeitraum gegen ihn unternommen würden, hatte dies aber dann doch unterlassen, weil er gewusst hatte, dass des Mordes Angeklagte keine Besuche bekommen durften und man ihm aufgrund der Schwere des Falles sowieso nichts sagen würde. Da würde ihm sein guter Draht zu Oberamtmann Speen auch nichts nützen. Lodewig wusste, dass es bei Waldvogel üblich war, alle Beteiligten auf Gerichtsverhandlungen hin zum Schweigen zu vergattern. Also hätte ihm Speen auch nichts sagen können, selbst wenn er etwas gewusst und dies gewollt hätte – er durfte einfach nicht, wenn er seinen in Bälde anstehenden Ruhestand ungefährdet lassen wollte. So kurz vor Ende seiner Dienstzeit würde er sich nicht mehr in die Nesseln setzen – dafür war ihm die erhoffte Ruhestands-Apanage des Grafen verständlicherweise zu wichtig.

Anfangs – als die Henkersknechte damit begonnen hatten, Jockel auf die Streckbank zu legen, hatte er wie wild geschrien und sich mit Armen und Beinen zu wehren versucht, dieses sinnlose Unterfangen mangels Kraft und Energie aber alsbald gelassen. Dass er nun so einen ruhigen Eindruck erweckte, lag daran, dass ihm der Carnifex zuvor spezielle Blätter – die jetzt ihre Wirkung zu entfalten begannen – zum Kauen gegeben hatte. Aber der sedierende Effekt reichte natürlich nicht aus, um Jockel ganz ins Land der Träume zu befördern. Hätte der Carnifex eine höhere Dosis verabreicht, wäre er Gefahr gelaufen, dass Jockel seine eigene Befragung tatsächlich verschlafen würde, was zweifellos äußerst peinlich – nicht für Jockel, sondern für ihn selbst – wäre. Träte dieser Fall ein, bestünde die zusätzliche Gefahr, dass Jockel ohne Deiblers Hilfe unter die Erde gebracht würde. Jockels Vorteil wäre dann nur darin zu sehen, dass es sich dabei um geweihte Erde handelte, die ihm – nach einer Verurteilung – nicht zustehen würde. Dies wiederum bescherte dem Carnifex dann selbst die Streckbank. Denn schließlich wollten die meisten der Beteiligten etwas davon haben und den vermeintlichen Mörder leiden sehen. Und sie sollten auf keinen Fall enttäuscht werden.

Nachdem die Anwesenden Platz genommen hatten, waren sie von Waldvogel ausführlich über alle Details des bisherigen Verlaufs informiert worden, was sich der Richter zur Bestätigung dessen, dass bisher alles nach Recht und Gesetz verlaufen sei, durch Unterschriften der Beisitzer und des Pfarrers im Protokollbuch hatte bestätigen lassen, bevor zur Tat geschritten werden konnte.

»Heute beginnen wir mit dem ersten Grad der Peinlichen Befragung«, stimmte der Richter die Beteiligten ein und erntete dafür unterschiedliche Reaktionen, wie die des Stadtpfarrers, der darauf bestand, die Reihenfolge des genau vorgegebenen Verhörprozederes so einzuhalten, wie sie in der speziell für das rothenfelsische Gebiet geltenden Befragungs- und Prozessordnung festgehalten war. Unter anderem besagte diese, dass zuerst weitere Versuche unternommen werden mussten, um ein Geständnis ohne Folter zu erlangen. Erst wenn dies beim besten Willen nichts half, durfte mit der Tortur begonnen werden. Und auch hier gab es klare Vorgaben. Der Priester bestand auch darauf, beim ersten Grad der Befragung mit den Daumenschrauben zu beginnen, anstatt Jockel gleich auf die Streckbank zu binden.

»Seid Ihr der Richter oder ich?«, fragte Waldvogel spöttisch und deutete damit unmissverständlich an, die Befragung so zu führen, wie es ihm beliebte.

»Auch wenn Ihr der Richter seid, habt Ihr Euch an die Regeln der rothenfelsischen Gerichtsbarkeit zu halten!«, schimpfte der Pfarrer laut. »Entweder Ihr bindet das bedauernswerte Geschöpf Gottes wieder von der Streckbank, oder ich werde jetzt gehen und erst wiederkommen, wenn Ihr gedenkt, die Sache ordnungsgemäß ablaufen zu lassen.«

Da Waldvogel nur grinste und keiner der Anwesenden ein Wort herausbrachte, konnte Pfarrer Schwenk – gefolgt vom ebenfalls entsetzten Beisitzer Ulrich Göhl – den Raum ungehindert verlassen.

Draußen war traumhaft schönes Wetter. Da es einige Zeit nicht mehr geschneit hatte, wäre es für die Bevölkerung trotz der Kälte einigermaßen angenehm möglich, ihren beschwerlichen Tagesablauf zu gestalten – wenn sie denn nur so viel Brennmaterial und Nahrungsmittel hätten, dass sie sich den ganzen Winter über keine Sorgen zu machen bräuchten. Der liegen gebliebene Schnee glitzerte und blendete, wenn man darauf schaute. Tausend Sonnen schienen vom Himmel zu strahlen und ließen nicht im Entferntesten erahnen, welche Qualen Jockel Mühlegg gerade erdulden musste, während Peter Immler mit Cornelius Brugger in dessen gemütlich beheizter Stube saß und nicht wusste, wie er sich verhalten sollte. Wüsste Peter von Jockel Mühleggs akuten Problemen, würde er sich in diesem Moment ganz besonders des Lebens freuen und ungezwungen mit Marias Vater plaudern, anstatt ihm wie ein geprügelter und verängstigter Hund gegenüberzusitzen. Wüsste er auch noch, dass Maria ihrem Vater längst ihre Liebe zu ihm, dem feinen Herrn aus Immenstadt, gestanden hatte, wäre er wahrscheinlich wesentlich lockerer gewesen.

Maria stand den beiden Männern, die sie am meisten auf der Welt liebte, mit dem Rücken zugewandt am Herd, steckte immer wieder einen Scheit Holz in den modernen Ofen, der in Staufen als einziger seiner Art galt, und hantierte verlegen mit Geschirr herum. Sie war gespannt, wie sich die Sache heute entwickelte.

Würde ihr Vater Peter akzeptieren – jetzt, wo er ihn persönlich kennenlernte? Von seiner Tochter hatte der knorrige Töpfer zwar schon viel Gutes über Peter Immler gehört, sich jedoch seine eigenen Gedanken zu einer Verbindung zwischen den jungen Leuten gemacht.

»Ich werde eurem Glück nicht im Wege stehen. Ihr gestattet mir aber, dass ich mir ein eigenes Urteil über diese Verbindung bilde. Immerhin gilt es, den Standesunterschied zu berücksichtigen … Und Ihr, verehrter Herr Immler, könntet später vielleicht sogar der Vater meiner Enkel werden.«

Da der noch nicht designierte Großvater in diesem Punkt recht hatte, wusste auch Maria nicht, wie sie sich verhalten sollte. Während sie immer wieder einen verstohlenen Blick über die Schulter wagte, drehte ihr Geliebter unruhig den braun glasierten Tonbecher, der ihm von Maria mit Wasser gefüllt und mit einem wegen des Vaters unauffällig liebevollen Blick hingestellt worden war, unruhig zwischen den Fingern.

Cornelius Brugger war nicht besonders groß und eher ein dürrer Knochen denn ein kräftig wirkender Handwerker. Durch seine Arbeit mit feuchter Tonerde hatte Marias Vater zwar Schrunden an den Händen wie all die anderen Männer des Dorfes, vergleichsweise aber zarte Finger und solch schmale Handgelenke, dass sie einer Bürgerfrau gehören könnten. Er fühlte sich auch weniger als Handwerker, sondern vielmehr als Künstler, was wohl auch seine Kreationen auf einem langen, selbst gezimmerten Holzregal bestätigen sollten. Dort standen etliche Fayencen, ein paar Gesichts- und Blaukrüge, Bartmanns- und Enghalskrüge, allerlei Walzenkrüge und Scherzgefäße, Karaffen, bunte Becher und Teller mit Schnörkseln, realen Motiven aus dem täglichen Leben oder mit fantasievollen Verzierungen, die typisch für den aufstrebenden Barock waren, von dem der einfache Töpfer zwar wenig wusste, hin und wieder aber von städtischen Kollegen getöpferte Muster mit Macken, die eigentlich für hohe Beamte oder Adlige bestimmt gewesen, aber aufgrund der Fehler nicht abgenommen worden waren, vom *Bunten Jakob*, vom *Schacherer* oder von anderen fahrenden Händlern hatte billig erwerben können. Aber Cornelius Brugger besaß auch wertvolleres Steinzeug, das er allerdings sorgsam versteckt hielt: Einer seiner größten Schätze war ein ungefähr ellenhoher Doppelringkrug mit Personenmedaillons und Wappenauflagen. Dieser graublaue, mit Salzglasur versehene Krug war anno 1602 von einem Kollegen im berühmten Töpferdorf Raeren unweit der Kaiserstadt Aachen gefertigt worden und per Zufall in seinen Besitz gekommen.

Als der Hausherr bemerkte, wie sein Gast verlegen immer wieder zum direkt gegenüberhängenden Regal hochblickte, nutzte er die Gelegenheit, um das sich gegenseitige Anschweigen zu beenden. Denn wie seine Tochter und der noble Besuch, wusste auch der Vater nichts mit der unverhofft eingetretenen Situation anzufangen. Dementsprechend mürrisch und wortkarg gab er sich. Irgendwann stand er auf und holte einen mit Vögeln in den Farben Blau, Gelb und Schwarz verzierten Becher, der einen grünen, zum Zopf gedrehten Griff hatte, vom Regal herunter und reichte diesen Peter Immler. Während sein Gast den kleinen Krug in den Händen drehte und überlegte, was Marias Vater jetzt wohl von ihm hören wollte, ließ Cornelius Brugger seine Augen keinen Moment von ihm.

Da Peter spürte, dass er von oben bis unten gemustert wurde, räusperte er sich verlegen und sagte nur: »Sehr schön!«

»Und? Ist das alles?«, kam es enttäuscht vom stolzen Hersteller dieses Schmuckstückes zurück.

Da Peter nach wie vor nicht wusste, auf was sein Gegenüber hinauswollte, drehte er den Spieß um, zeigte mit einem Finger auf die Vorderseite des Krügleins und stellte eine Frage: »Wer ist denn der Mann mit dem schönen Strahlenkranz?« Anscheinend hatte er mit seiner Verlegenheitstaktik Glück. Anstatt schon wieder eine Frage zurückzubekommen, erzählte der Töpfer von seinem Beruf und dass er Spezialist für »Enghalskrüge« sei, die sogar der Adel verwendet und bei ihm bestellt habe. In Erinnerung an die Zeiten, als das Geschäft noch zufriedenstellend gelaufen war und er sich sogar einen gusseisernen Ofen hatte leisten können, schnaufte er nachdenklich durch und holte einen ellenhohen Krug herunter, nahm seinem Gast das Krüglein mit dem Heiligenbild aus der Hand, stellte es beiseite und drückte ihm stattdessen den enghalsigen grauen Krug mit blauem Zwirbelmuster in die Hände.

»Eine saubere Arbeit!«, bemerkte Peter dem offensichtlich zwar auf sein Werk stolzen, dennoch irgendwie immer noch zurückhaltend wirkenden Töpfer gegenüber, fügte aber sicherheitshalber noch an: »Soweit ich dies beurteilen kann.«

Marias Vater sah genüsslich zu, wie sein nobler Gast den Krug in seinen Händen drehte, um ihn ganz genau betrachten zu können.

»Und was ist das?« Peter zeigte auf ein grobes Loch im oberen Teil des Henkels, dort, wo der kunstvoll geschwungene Henkel am Krug endete.

»Wenn der Zinndeckel auf den Krug gesetzt und dessen Halterung um den Henkel gebogen wird, muss eine extra mitgegossene Zackenspitze in dieses Loch gebogen und hineingedrückt werden, damit der Deckel fest sitzt und nicht wackelt«, erklärte der Töpfer laienverständlich und begann sichtlich geknickt zu erzählen, dass er die Produktion seiner beliebten Enghalskrüge hatte einstellen müssen, weil es einerseits kein Zinn zum Selbergießen mehr gab und er seit der dritten Phase des Großen Krieges auch nicht mehr vorgefertigte Deckel von demjenigen Landsberger Zinngießer bekam, der früher auf seinem Weg zum Hohenzollernschloss Sigmaringen immer durch Immenstadt und somit auch nach Staufen gekommen war und ihm bei diesen Gelegenheiten die benötigten zinnernen Krugdeckel verkauft hatte, nach denen er die Größe der Ausgüsse seiner Krüge beim Töpfern passgenau hatte richten können.

Er bat seine Tochter, ihm die Entwürfe und Zeichnungen, die er zwischen zwei dünne Holztäfelchen geklemmt hatte, aus der einfach zusammengezimmerten, aber belastbar wirkenden Truhe, auf der ein abgewetztes schwarzes Schafsfell lag, damit sie im Falle eines Einbruchs nicht gleich als solche erkannt und auch als Sitzgelegenheit genutzt werden konnte, zu holen.

Nachdem ihm Maria die mit einer Schnur zusammengebundenen Hölzer gegeben hatte, wischte sie mit ihrer Schürze den Tisch ab.

Der Töpfer fummelte an dem gezopften Hanf – mit dem die zu beiden Seiten etwa eine knappe Armlänge messenden Täfelchen zusammengehalten wurden – herum. Als er den Knoten endlich gelöst und den dünnen Strick abgewickelt hatte, offenbarte sich ein kleiner Schatz. Er nahm ein Blatt Papier nach dem anderen in die Hand und legte es – nachdem alle drei die darauf gezeichneten Skizzen und Entwürfe schweigend betrachtet hatten – beiseite.

»Hier! Dies ist der Entwurf des sogenannten *Großen Wappens* der Königsegger. Dieses Vollwappen hat der Landsberger Zinngießer in meinem Auftrag in mindestens 20 Zinndeckel ziseliert, mir die Deckel gebracht und ich habe dazu passende Enghalskrüge hergestellt sowie die Deckel angebracht. Und weil unsere Arbeit den Herrschaften so gut gefallen hat, haben sie dieses wunderschön verzierte Wappen auch gleich auf verschieden große Teller und Platten ziselieren lassen. Allerdings sind diese Aufträge nicht über mich gelaufen, sondern gleich über Landsberg nach München gegangen. ›Ihr seid Töpfer und kein Zinngießer‹, hat der im Auftrag des Oberamtmannes handelnde ›Hellerfuchser‹ des Grafen damals gesagt und mir nicht einmal eine kleine Provision gegeben, nachdem ich mich erfolglos darüber beschwert habe, dass meine …«, der Töpfer räusperte sich und schaute seine Tochter um Verzeihung bittend an, »dass Marias Entwürfe … so mir nichts, dir nichts, ohne überhaupt zu fragen, für andere Dinge genutzt worden sind. Am meisten aber stinkt mir, dass die da …«, er zeigte in Richtung Immenstadt, »anstatt getöpferter Becher von mir jetzt zinnerne Trinkgefäße aus Landsberg vorziehen, … mitsamt unserem in München ziselierten Wappen, das jetzt auch die feine Münchener Gesellschaft verwendet, weil die Königsegg'schen Rauten ohne Farbe aussehen wie die bayerischen Rauten.«

Maria stand hinter ihrem Vater und schaute ihm interessiert über die Schulter, wenn sie nicht gerade ihrem Geliebten einen zarten Blick zuwarf. Und der zeigte sich gleichsam überrascht und stolz. Meine Maria hat diese wunderbaren Entwürfe gezeichnet, dachte er sich. Bevor seine Brust weiter schwellen konnte, wurde er aus seinem Begeisterungstraum gerissen, aber nur, um erneut darin einzutauchen.

»Seht hier … über dem Wappen: Den Turnierhelm hat Maria besonders fein gezeichnet. Da kann man sogar die einzelnen Spangen erkennen. Die fünfzackige Krone als Zeichen der Grafenwürde und die sieben Straußenfedern hat sie ebenso sauber ausgearbeitet. Und dort die sich zugewandten Löwen …«, deutete Marias Vater auf die beiden Wappenhalter und streichelte fast zärtlich darüber, »die von den Wittelsbachern ebenfalls als Schildhalter benützt werden. Ob die Königsegger diese heraldischen Grundformen von den bayerischen Herzögen abgeschaut haben oder umgekehrt, weiß ich natürlich nicht. Ich weiß nur, dass der Löwe erstmals zu Beginn des 14. Jahrhunderts in der *Züricher Wappenrolle* mit roter Krone abgebildet wurde«, dozierte der offensichtlich belesene und geschichtsinteressierte Mann noch, bevor er eine andere Zeichnung in die Hand nahm.

Peter Immler staunte nicht schlecht.

Nachdem sie etliche andere Entwürfe – worunter sich auch Wappen der Herren Papus von Tratzberg, der Laubenberger, derer von Huldenfeld, der Dreylings von Wagrain und weiterer Adelsgeschlechter befunden hatten – betrachtet hatten, stieß der Töpfer die Blätter mehrmals auf, um sie wieder, ordentlich aufeinanderliegend, zwischen die schützenden Holztäfelchen klemmen und diese zubinden zu können.

Maria ließ die Entwürfe in der Truhe verschwinden und kehrte schweigend an den Herd zurück, während ihr Vater weiter von deren beider Arbeit erzählte: »Dass derzeit keine Zinndeckel aufzutreiben sind, ist eine Sache. Ein anderes Problem ist es für mich, dass seit der Pest und dem Krieg nur noch wenige Händler durch Staufen kommen, denen ich meine Ware verkaufen könnte – selbst der *Schacherer* hat sich schon ewig nicht mehr auf dem Markt blicken lassen und mit dem *Bunten Jakob* möchte ich keine Geschäfte machen«, bekannte der geschäftstüchtige, aber ehrliche Mann und fuhr fort: »Ich selbst habe weder Ross noch Karren, um meine …«, er stockte und drehte sich nach Maria um, die ihm lächelnd mit dem Zeigefinger drohte, »um unsere Werke auf den städtischen Märkten des Umlandes anbieten zu können. Hier jedenfalls kann ich sie nicht verkaufen; die Staufner haben kein Geld und keinen Sinn für echte Kunst.« Der Töpfer warf mit einer verächtlich wirkenden Gebärde seinen Kopf hoch und strich sich durchs dünne lange Haar, das ihm Maria hinten zu einem Zopf geflochten hatte. »Nein! Hier werden wir unsere Kunst nicht los«, jammerte er und brachte damit den ihm gegenübersitzenden Kaufmann auf einen Gedanken, wie er sich bei seinem Schwiegervater in spe lieb Kind machen konnte, ohne – was er grundsätzlich nie tat – schleimen zu müssen.

»Herr Brugger! Darf ich Ihnen einen Vorschlag unterbreiten?«, fragte er und durfte sich des Interesses seines Gegenübers gewiss sein, weswegen er die Situation gleich ausnützte, um sich korrekt vorzustellen. Nachdem Peter Immler zunächst sachlich von sich selbst, von seiner Familie und dann in geziemender Bescheidenheit von seiner Arbeit als »international agierender« Kaufmann und Warenhändler erzählt hatte, bot er Cornelius Brugger an, ihm die von ihm benötigten Zinndeckel aus Landsberg zu besorgen und danach die fertige Ware auch noch außerhalb des rothenfelsischen Gebietes zu vertreiben. »Gebt mir nur ein Muster mit und nennt mir den Stückpreis, damit ich bei meinen Wiederverkäufern vorfühlen kann. Ich könnte mir vorstellen, dass sich Eure Krüge gut verkaufen lassen. Allerdings mit neuen Motiven … Und es muss dabei für alle etwas herausspringen«, beendete der Kaufmann sein Angebot dem staunenden Töpfer gegenüber und wechselte bewusst das Thema, um Marias Vater nicht das Gefühl zu geben, ihn überrumpeln zu wollen: »Aber nun sagt mir noch, was es mit diesem kleinen Krug auf sich hat und wer nun der traurige Heilige darauf ist?«, fragte er, während er den Enghalskrug beiseiteschob und das Krüglein, mit dem ihr Gespräch begonnen hatte, vorsichtig zu sich heranzog.

Aufgrund des soeben Gehörten war Maria wieder zu ihrem Vater gegangen und hatte ihn von hinten umarmt. Dabei hatte sie ihrem Geliebten – für Cornelius Brugger nicht sichtbar – einen zarten Kuss zugeworfen und ihm mit ihrer Mimik gedeutet, dass alles gut werden würde. Seit Peter an ihr Haus geklopft hatte, war sie keinen Augenaufschlag lang mit ihm allein gewesen und hatte ihm dummerweise auch nicht vom aktuellen Wissensstand des Vaters bezüglich ihrer Liebesbeziehung berichten können. Dies war für beide eine komische Situation gewesen. Wie gerne hätten sie sich gleich beim Wiedersehen so innig umarmt und geküsst, wie sie es sich seit Peters Ritt nach Immenstadt erträumt hatten. Aber Maria hatte ihn nach seiner Rückkehr nicht einmal ordentlich begrüßen können, weil sie dem Vater die züchtige Tochter hatte vorspielen müssen, obwohl dieser wusste, weshalb sich der feine Herr zu seinem bescheidenen Heim hin verirrt hatte.

Jetzt aber, da ihr Vater aufgrund der zu erwartenden Geschäfte endlich aufgetaut war und keinerlei gereizten Eindruck mehr auf sie machte, nutzte Maria die Gelegenheit, um das Thema auf Peters eigentlichen Besuch lenken zu können.

»Moment!«, wurde sie mit einer abwehrenden Handbewegung

unterbrochen. »Bevor wir über andere Dinge reden, muss ich dem Herrn Kaufmann noch erklären, was es mit diesem Krüglein auf sich hat.« Er strahlte den Besucher an und versuchte zu ergründen, was dieser wohl von ihm denken mochte.

Maria löste sich von ihrem Vater und traute sich – was für Frauen unüblich war –, sich zu den Männern an den Tisch zu setzen, während Cornelius sanft über das Kunstwerk strich und erklärte, dass er dies einem alten Muster aus der Zeit der europaweiten ersten Pestwelle im 14. Jahrhundert nachempfunden habe, als drei Jahrhunderte später die zweite große Pestwelle Staufen erreicht hatte. »Der traurig dreinblickende Heilige darauf ist Sankt Rochus, der Pestheilige! Gemalt hat ihn Maria. Bei uns war das schon immer so: Ich töpfere und Maria bemalt das Steingut.« Er hielt den Krug mit der Öffnung nach vorne in Richtung des beeindruckten Gastes. »Na, fällt Euch nichts auf?«

Erst als Peter seinen Kopf dem Inneren des kleinen Kruges entgegenstreckte, sah er auf dessen Grund einen grünen schlangen- oder drachenförmigen Kopf mit aufgerissenem Maul. »Was ist das?«, fragte er, der so etwas noch nie zuvor gesehen hatte.

»Dies ist ein Ungeheuer, das aus der Hölle kommt und die Pestilenz verkörpert!«, antwortete Maria mit ernster Miene und ergänzte, dass diejenige Person, die aus diesem Krüglein trank, erschrecken sollte, wenn der Inhalt so weit leer getrunken wäre, dass das Ungeheuer aus der Flüssigkeit – wie aus einem See des Todes – auftauchte.

Peter Immler fragte höflich: »Darf ich?«, und fasste nach einem Kopfnicken des Töpfers in das Steingut. So etwas hatte er in der Tat noch nie gesehen: Das »Pest fressende Ungeheuer« war nicht nur auf den Krugboden gemalt, sondern ebenfalls aus Ton geformt und dann erst bemalt worden. »Ihr seid fürwahr ein großer Künstler. Wir müssen ins Geschäft kommen!«, rief er begeistert und reichte Marias Vater die Hand. »Nennt mich einfach Peter.« Obwohl dies eigentlich Sache des Älteren gewesen wäre, ging der rangniedere Töpfer darauf ein und drückte Peters Hand fast eine Spur zu fest. »Ich heiße Cornelius!«

Die beiden hatten sich ins diesbezügliche Pläneschmieden derart vertieft, dass sie nicht bemerkt hatten, dass Maria freudestrahlend das Haus verlassen hatte und eine ganze Zeit lang abwesend gewesen war.

Als die Tür aufging, Maria mit einem Krug in den Händen hereinkam und sich die Kälte, die sie mit ins Haus brachte, abschüttelte, schauten die beiden dumm aus der Wäsche. »Wo warst du?«, wurde sie von ihrem Vater fast vorwurfsvoll gefragt, während sie das wärmende Tuch abstreifte und ein paar Holzscheite nachlegte. Aber anstatt eine Antwort zu geben, stellte sie kommentarlos drei Becher und den mitgebrachten Krug auf den Tisch, holte mit einem anderen Gefäß kaltes Wasser und füllte damit den bereits halb gefüllten Krug auf, bevor sie sich dazusetzte. Dass sie das Glück gehabt hatte, vom Rächer unentdeckt geblieben zu sein, weil dieser gerade damit beschäftigt war, sein neues Heim bewohnbar zu machen, konnte Maria nicht wissen.

Auf die Frage ihres Vaters, was das solle, rührte sie kurz mit einem Löffel den Inhalt des Kruges durch, füllte die Becher und schob zwei davon den Männern zu. »Wenn Peter …«, Maria verbesserte sich, um dem, was sie sagen wollte, mehr Gewicht zu verleihen, »wenn der noble Herr Immler schon per Du mit dir ist, nun Geschäfte mit uns macht und unsere Ware verkaufen möchte, muss er sie doch zuvor getestet haben – oder?«, sagte sie in keckem Ton.

Die beiden Männer sahen erst sich, dann Maria an.

»Gesundheit, die Herren!« Die stolze Töpfertochter erhob übermütig lachend ihren Becher und stieß mit den beiden an.

»Siehst du? Vaters Becher halten dies aus«, lachte sie ihren Schatz in altvertrautem Du an.

Nachdem sie die tönernen Trinkgefäße zum Mund geführt hatten, schmeckten sie etwas Wunderbares, etwas schon lange nicht mehr Genossenes – zumindest, was Marias Vater und Maria selbst anbelangte. Der bescheidene Mann konnte es nicht glauben, was sich da ganz langsam über seine Zunge, den Gaumen entlang, die Kehle hinunter seinen Weg in den Magen bahnte. Um sich zu versichern, dass es sich um keinen Traum handelte, ließ er einen kleinen Schluck folgen. Und noch einen großen, den er, ohne ihn zuvor im Mund zergehen zu lassen, direkt in den Magen schickte. Er wischte sich mit dem Handrücken den Mund ab. »Wein! – Das ist guter Wein!«, bemerkte er gleichsam verwundert und verzückt.

»Ja, Vater, das ist Wein! Zwar etwas mit Wasser verdünnt, aber kräftiger Rotwein aus der Mainzer Gegend.«

»Wie bitte? Wie bist du denn an den gekommen? Du wirst ihn doch nicht …«

»Sei beruhigt, Vater. Ich habe den Wein nicht gestohlen – wo auch? Er ist nur vom Schloss!«

»Was? ›Nur‹ vom Schloss?«, entrüstete sich der durch und durch ehrliche Mann.

Bevor der Vater weitere Fragen stellen konnte, erklärte Maria, dass sie Lodewigs Frau Sarah, die seit einem Vorfall – über den die beiden ausgemacht hatten, niemals zu sprechen – ihre beste Freundin geworden war, einen Gefallen getan und seither bei ihr etwas guthatte. Dass ihr die Kastellanin jetzt gerne dabei half, ihrem Vater das ganze Ausmaß ihrer Liebe zu Peter leichter offenbaren zu können, konnte der alte Mann nicht ahnen. So genossen die drei den köstlichen Wein, den der Graf höchstpersönlich von seiner letzten Reise in die rheinischen Lande dem Kastellan mitgebracht hatte, ohne weiter darüber nachzusinnen.

»Jetzt müsste unser Pfaffe hier sein«, witzelte der Töpfer, der gegenüber Peter Immler keinerlei Misstrauen mehr an den Tag legte, was vielleicht auch an der Wirkung des Alkohols liegen mochte. Jedenfalls offenbarte er ihm unter anderem, dass seine Frau – Marias Mutter Afra – der Pest erlegen war, weswegen er seither umso mehr auf seine Tochter achte und sie nur einem Mann zur Frau geben werde, dem er absolut vertrauen könne und von dem er sicher sei, dass er sie niemals schlagen werde.

Nachdem sie sich lange über die Beziehung der beiden jungen Leute und das, was daraus werden könnte, unterhalten hatten, war Peter Immler auch klar geworden, warum die anderen beim Gespräch im Schloss gewusst hatten, dass Maria in der *Krone* eine unheimliche Gestalt mit Mönchskutte gesehen hatte. Noch vor ein paar Stunden hatte er sich gewundert, woher der Ortsvorsteher, der Kastellan und der Propst so genau darüber informiert gewesen waren. Aufgrund der schlimmen Geschehnisse der letzten Zeit hatte es Maria als ihre Pflicht angesehen, ihrem Vater davon zu erzählen. Dass sie ihm dabei hatte beichten müssen, den vermeintlichen Mönch nur erblickt zu haben, weil sie auf dem Weg zu Peters Kammer im Gasthaus *Zur Krone* gewesen war, hatte sie dabei in Kauf nehmen müssen. Ihre Sorge, den Vater zu enttäuschen oder gar zu erzürnen, hatte sich jedoch als unnötig herausgestellt. Im Gegenteil: Als sie ihm glaubhaft versichert hatte, dass sie immer noch Jungfrau sei, hatte er sie sogar gelobt und Marias Erlebnis mit der unheimlichen Gestalt dem Ortsvorsteher Hermann Schädler erzählt. »Aber dies wäre überhaupt nicht nötig gewesen. Schließlich hat sich ja dann herausgestellt, dass diese Person nicht der Mörder der zwei Burschen gewesen sein kann«, sagte Cornelius Brugger mit einem leichten Schlag auf der Zunge.

»... und da man ihn schon vor dem Mord an ... an dem jungen ... Wie hieß der jetzt schnell wieder?«, unterbrach Peter Immler mehrmals sich selbst, um nachzudenken.

»Markus? ...«, glaubte Maria, dass ihn Peter meinen könnte, war sich aber nicht ganz sicher.

»Ah ja: Markus, Markus Hagspihl! Da man den Unbekannten schon einige Zeit vor dem Mord an Markus Hagspihl nicht mehr gesehen hat, ist wohl nur noch dieser Jockel Mühlegg als Tatverdächtiger übrig geblieben. Jedenfalls hat das Hohe Gericht die vorgefasste Meinung, dass er der zweifache Mörder ist, und wird ihn nach dessen Geständnis wohl zum Tode verurteilen. Vielleicht geschieht dies sogar noch vor Weihnachten.«

»Na, dann hat das Morden wenigstens ein Ende und die jungen Burschen des Dorfes können wieder unbesorgt auf die Gasse gehen«, stellte der Töpfer beruhigt fest.

»Da wäre ich mir nicht so sicher«, murmelte Peter Immler, ohne zu wissen, warum, dachte dabei aber irgendwie an den ominösen Unbekannten, der ihm aus Sorge um Maria nach wie vor nicht aus dem Kopf gehen wollte.

KAPITEL 20

Damit das über Staufen thronende herrschaftliche Anwesen des Landesherrn dem erhofften Glanz der kommenden Weihnacht in nichts nachstand, hatte Sarah mithilfe ihrer Mutter Judith Bomberg einen Reinigungsplan erstellt. Und der sah vor, dass sich die Frauen um sämtliche Innenräume kümmerten, während die Männer draußen für Ordnung zu sorgen hatten – eigentlich nichts Neues, aber so kurz vor Weihnachten zumindest aus Sarahs Sicht etwas besonders Wichtiges.

Dem Plan entsprechend, waren Lodewig und sein Sohn Aurel auf den Hof und in die Wirtschaftsgebäude verbannt worden, um sich die dortige Arbeit mit Knecht Ignaz zu teilen. Lediglich Sarahs Schwiegervater, der verkrüppelte Altkastellan Hannß Ulrich Dreyling von Wagrain, durfte es sich aufgrund seiner bleibenden Beinverletzung als einziger männlicher Vertreter der Familie im Vogteigebäude so richtig gemütlich machen und den Putzteufeln bei deren Arbeit zuschauen.

»Also gut!«, hatte ihm dies Sarah in ihrer vorweihnachtlichen Laune großzügig zugestanden, verbat sich aber jegliche lästernde Kommentare und gut gemeinte Ratschläge. »Wir Weiber machen das schon!«, knurrte sie warnend, lächelte dabei aber und stellte ihrem Schwiegervater einen kleinen Krug mit gesüßter Milch und zwei Becher hin, während sie ihm gewohnheitsmäßig seine jüngste Enkelin Magdalena auf den Schoß setzte. Dabei nahm sie sich noch schnell die Zeit, ihm zart über die bärtige Wange zu streicheln und ihm ein paar aufmunternde Worte zu sagen. Sarah wusste, was gerade jetzt vor Weihnachten in dem ehemals stolzen und aktiven Mann vorging. Immerhin war er dereinst der Verwalter dieses Schlosses gewesen, der die Anweisungen gegeben hatte.

Ihr Schwiegervater nickte dankbar. Er erinnerte sich nur zu gerne an die früheren Weihnachten, als seine geliebte Frau Konstanze noch gelebt und Eginhards Kommen kaum hatte erwarten können. Es war Jahr für Jahr das Gleiche gewesen: Kurz vor Weihnachten hatte es sich – neben der Unterhaltssicherung – im Staufner Schloss von jeher immer nur um zwei Dinge gedreht: Ums Putzen und um Eginhards weihnachtliche Studierpause, die er nach einer anstrengenden und gefahrvollen Reise von Bregenz ins Allgäu stets im heimatlichen Staufen verbracht hatte. Eigentlich hat sich nichts geändert, dachte sich der glückliche Großvater versonnen, als sich die fünfjährige Magdalena liebebedürftig an ihn schmiegte und ihn so fest am Bart zupfte, dass es schmerzte. Wenn sich Sarah, Judith und Lea nicht so vorbildlich um den Haushalt kümmern würden, wäre es trostlos, spann er seine Gedanken weiter, während er seine Enkelin streichelte und ihr ein Küsschen auf die Stirn gab. Bevor er wie so oft ins nicht enden wollende Grübeln verfiel, spuckte er die Reste seines Kautabaks, die noch nicht fest an seinen Zähnen klebten, in den mit Sägespänen gefüllten Spucknapf, spülte seinen Mund mit einem kräftigen Schluck Ziegenmilch aus und vertrieb die drohenden trüben Gedanken, indem er sich sein geliebtes Pfeifchen stopfte.

Inzwischen hatte Sarah sich wieder dem Putzen zugewandt und ihre beiden großen Töchter herbeigerufen, um auch sie zur Arbeit heranziehen zu können.

»Alle müssen mit anpacken, auch ihr!«, trug sie den 12-jährigen Zwillingen auf. Während die kräftigere Heidemarie ebenfalls zum Putzdienst eingeteilt worden war, musste die zartere Anneliese dem Großvater helfen, auf das quirlig werdende Nesthäkchen aufzupassen.

»Rosalinde! Du putzt das Herrschaftsgebäude und bringst die Gästekammern auf Vordermann. Wir erwarten zu Weihnachten einen Gast.«

»Aber Herrin? Wo… wo… wohnt Eginhard nnn… nn… nicht in seiner alten Kammer im V… VV… Vogteigebäude?«, presste sie verwundert heraus.

»Doch, Rosalinde!«, wurde die Magd mit einem verständnisvollen Lächeln beruhigt. »Mein Schwager wohnt selbstverständlich bei uns. Aber wir erwarten noch einen anderen Gast«, klärte die Herrin Rosalindes Frage nur teilweise und dementsprechend unbefriedigend auf. Noch bevor die Magd danach fragen konnte, um wen es sich handelte, wurde sie an ihre Arbeit gescheucht. »Und jetzt halte dich ran! Du weißt, was du zu tun hast.«

Sarah selbst würde sich mit Heidemarie das komplette Vogteigebäude, den Rittersaal und das *Streifenzimmer* vornehmen, während ihre Mutter Judith und ihre Schwester Lea das Treppenhaus putzten.

Zur gleichen Zeit standen Lodewig, Aurel, Ignaz und der heute wachfrei habende Rudolph im schattigen Schlosshof zusammen, um ebenfalls die Arbeit aufzuteilen. Da es früh am Morgen war, traute sich die Sonne noch nicht von der Bergkette herüber in den Schlosshof. Dementsprechend frisch war es. Da konnte auch das seit Tagen anhaltende schöne Wetter nicht darüber hinwegtäuschen, dass Winter war.

»Ignaz, du bist für die Stallungen zuständig! … Und du, Rudolph, hilfst ihm dabei!«, befahl Lodewig, während er sich in die klammen Hände blies und die Füße durch leichtes Stampfen zu wärmen versuchte. Er blickte zum Himmel und schnupperte. »Ich glaube, dass wir wieder Schnee bekommen. Richtet euch also darauf ein«, sagte er knapp, während er dem nicht gerade als übereifrig bekannten Wachsoldaten aufmunternd auf die Schulter klopfte und mit der anderen Hand gleichzeitig Aurel, der sich verdrücken wollte, am Kragen packte und festhielt. »Und wir, mein Sohn, kümmern uns um die Werkstatt und um den Hof … Also: an die Arbeit!«

Am Abend war das Tagewerk vollbracht. Sämtliche Stallungen waren ausgemistet und sogar von einem guten Teil der Spinnweben befreit worden. Der Pferde-, Ziegen- und Hühnermist hatte sich zwar längst im außerhalb des Schlosses liegenden Misthaufen in den Schnee des Schlossberges eingegraben, dampfte aber immer noch vor sich hin und kündete somit bis ins Dorf hinunter vom bescheidenen Wohlstand der Schlossbewohner. Ignaz hatte zudem auch noch etliche längst überfällige Reparaturen vorgenommen, während Rudolph die sich direkt neben den Stallungen befindende »Heulege« mit Stroh und Heu aus dem ganz am Ende der Wirtschaftsgebäude liegenden Schober aufgefüllt hatte, damit Ignaz auch genügend Vorrat in greifbarer Nähe hatte, wenn der Schlosshof irgendwann wieder voller Schnee sein würde.

Der Kastellan hatte die durch das viele Öffnen locker gewordenen Scharniere der kleinen Tür, die im großen Schlosstor eingebaut war, selbst repariert. Er hatte das mit getriebenem Eisen beschlagene Schlupfloch einbauen lassen, damit vor dem Schloss bedrängte Personen schnell hereingelassen werden konnten, ohne dass gleich das schwere zweiflügelige Tor geöffnet werden musste, was mühsam war und zudem dauerte. Lodewig hatte dies als eine effiziente Verteidigungsangelegenheit angesehen. Er hatte das Türchen gleich einbauen lassen, nachdem er davon gehört hatte, dass sich ein reisender Händler in die oberschwäbische Waldburg hatte flüchten wollen und ihm dies nicht gelungen war. Der Händler hatte es zwar geschafft, sich den steilen Berg bis zum Burgtor hochzuarbeiten, nicht aber ins Burginnere zu gelangen, weil die beiden Wachen zu lange gebraucht hatten, um das behäbige Eichentor zu öffnen. So hatten sie mit ansehen müssen, wie der verzweifelt nach Hilfe Schreiende von einer Meute geldgieriger Mordbuben direkt vor ihrem Tor erstochen und ausgeraubt worden war. Bis die anderen Wachen alarmiert und vor Ort gewesen waren, war es zu spät gewesen; die Wegelagerer hatten gegen die von oben kommenden Pfeile Deckung unter Schilden gesucht und sich in deren Schutz zurückgezogen. So hatten die Burgwachen nur noch den mit Dolchstichen übersäten Körper des Kaufmanns in den Burghof ziehen können. Und mit ihren schweren Brustharnischen wäre es sinnlos gewesen, die Mörder zu verfolgen. Wäre es ihnen gelungen, das große Tor rechtzeitig zu öffnen, hätte es der badensische Wanderhändler womöglich ins Innere des Schlossgeländes geschafft. Aber mit ihm hätten es wahrscheinlich auch die Wegelagerer geschafft und möglicherweise einen viel größeren Schaden angerichtet. Diese alte Geschichte kam Lodewig jedes Mal in den Sinn, wenn er selbst durch das kleine Tor schlüpfte, das gerade so breit und hoch war, dass ein sich duckender Reiter mitsamt dem Ross hindurchkommen konnte.

Lodewig hätte aber noch mehr Arbeit gehabt, als nur die Schrauben der Türscharniere nachzuziehen, war allerdings bisher nicht dazu gekommen, weil ihm die Drecksarbeit geblieben war und er den Hof von Unrat, herumliegendem Holz und Arbeitsgeräten hatte befreien müssen. Dies wäre eigentlich Aurels Aufgabe gewesen. Aber der Bub hatte sich bei der ersten sich bietenden Gelegenheit in den Stall abgesetzt. Der kleine Pferdenarr hatte es sich nicht verkneifen können, heimlich zum Pferd seines Vaters zu schleichen und dessen pechschwarzes Fell zu striegeln.

»Na ja, dies ist auch wichtig«, sagte Lodewig nachsichtig zu seinem Sohn, nachdem er ihn erwischt hatte, trug ihm aber noch auf, wenigstens ein paar Eimer im Schlossbrunnen zu füllen und in die Küche zu bringen. »Achte aber darauf, dass du dich nicht zu weit in den Brunnen lehnst! … Nicht, dass du hineinfällst«, warnte der Vater noch, bevor er wieder seiner Arbeit nachging.

Sarah war stolz auf die Männer und freute sich, dass auch sie selbst und ihre Helferinnen mit dem, was sie sich vorgenommen hatten, größtenteils fertig geworden waren. Zum Dank dafür lud sie alle zu einem kräftigenden Erbseneintopf ein, den sie neben ihrer Arbeit hatte vor sich hin köcheln lassen und dem sie am Schluss sogar noch ein paar Brocken vorgebratenes Karnickelfleisch beigegeben hatte. So saßen die Dreylings von Wagrain mit Judith Bomberg, den Kindern und dem Gesinde gemeinsam am großen Küchentisch des Vogteigebäudes und gaben stolz mit dem heute Geleisteten an. Fast schien es so, als wenn es bei der ganzen Putzerei und Aufräumerei nur darum gegangen wäre, sich gegenseitig zu überbieten. Da die Männer den Frauen weniger entgegenzusetzen hatten, gaben sie die sich anbahnende Diskussion vorzeitig auf und ließen es nicht auf eine Entscheidung ankommen. Sie waren froh, dass Sarah und Judith zufrieden mit ihnen waren. Und dies genügte, um einem harmonischen Weihnachtsfest entgegensehen zu können – zumindest, was ihre Familie und die anderen Schlossbewohner anbelangte. So änderten sie das Thema und schwatzten über dies und das. Der Eintopf schien allen zu schmecken, was an den weichenden Leibeswinden und den Rulpsern ebenso erkennbar war wie am total leer gekratzten Topf.

Rosalinde hakte nochmals nach und wollte wissen, um welchen geheimnisvollen Gast es sich handeln würde, den ihre Herrin heute früh gemeint hatte.

»Das wirst du noch rechtzeitig mitbekommen«, wollte Sarah das Gespräch schnell wieder in eine andere Richtung lenken, kam aber damit nicht gleich durch, da auch ihr Schwiegervater großes Interesse an der Beantwortung von Rosalindes Frage zu haben schien. Aber Sarah blieb hart. »Jetzt gebt endlich Ruhe! Es ist nicht so wichtig. Lasst euch überraschen … Habt ihr auch die Weihnachtsbäume hergerichtet?«, wich sie erfolgreich aus.

»Ja, Mutter!«, antwortete Aurel eifrig. »Soll ich sie heute schon hereinholen?«

»Um Jahwes Namen: Nein! Bis Weihnachten sind es ja noch ein paar Tage. Wenn du die Bäume heute schon hier im Warmen aufstellst, verlieren sie ihre Nadeln noch vor dem Heiligen Abend«, lachte Sarah, die nicht bemerkte, dass sie versehentlich denjenigen, zu dem sie vor ihrer Konvertierung zum katholischen Glauben gebetet hatte, beschwor.

»Habt ihr auch gehört, dass sich im Dorf unten schon wieder eine unheimliche Gestalt herumtreiben soll, deren Augäpfel so weiß sein sollen wie der Schnee?«, wechselte Ignaz das Thema und drückte damit ungewollt auf die lockere Stimmung, während er sich genüsslich streckte, um auf diese Art dem letzten Rest des Eintopfes den Weg in den Magen frei zu machen.

»Der unheimliche Mönch?«, fragte Sarah entsetzt.

»Nein! Es handelt sich wohl um einen blinden Bettler«, glaubte der Knecht zu wissen.

»Woher hast du diese Information?«, wurde Ignaz von seinem ehemaligen Herrn gefragt.

»Als ich mit den Pferden beim Hufschmied in Genhofen gewesen bin, hat man darüber gesprochen«, antwortete der Knecht schulterzuckend. »Er muss wohl von Westen her nach Staufen gekommen sein … Mehr weiß ich auch nicht.«

»Aber ich!«, mischte sich jetzt Lodewig ein und setzte dabei eine wissende Miene auf. »Habt keine Furcht. Es handelt sich nicht um den ominösen Fremden, der sich verdächtig gemacht hat, der Mörder von Martin Allger und Markus Hagspihl zu sein. Es soll lediglich ein gewöhnlicher Landstreicher sein, der die Leute anbettelt, aber von niemandem etwas bekommt, weil sich alle vor dessen ›bösem Blick‹ fürchten.«

»Ich dachte, er ist blind?«

»Ja, Sarah, das ist wohl der Fall und Ignaz hat in Genhofen richtig gehört: die Augen dieses Mannes sollen tatsächlich merkwürdig aussehen, weswegen sich die abergläubischen Menschen vor ihm fürchten und – anstatt ihm ein Almosen zu geben – Abstand zu ihm halten. So wie mir der Ortsvorsteher gesagt hat, scheint es nur ein alter Mann zu sein, der in Lumpen steckt und bis auf die Knochen abgemagert ist … Ihr könnt euch vorstellen, dass ihm die Burschen des Dorfes – nachdem er hier das erste Mal aufgetaucht ist – sofort nachgestellt haben, um in Erfahrung zu bringen, ob es sich um den unheimlichen Kuttenträger handeln könnte. Leider sind sie dabei nicht besonders zimperlich mit ihm umgegangen, … jedenfalls bis sie in dessen Augen gesehen haben. Danach sind sie davongerannt wie die Kaninchen vor dem Jäger.«

Als er dies hörte, schaute Aurel seinen Vater böse an. Aber Lodewig wollte sich nicht mehr auf das Erlebnis im Wald einlassen.

»Gott sei Dank ist es nicht der Unheimliche«, entfuhr es Judith, die damit alle Blicke auf sich zog. »Was ist?«, fragte Lodewigs Schwiegermutter verwundert in die Runde, als sie merkte, dass sie von allen Seiten angestarrt wurde. Unsicher blickte sie an sich herab, um festzustellen, ob alles an ihr in Ordnung war. »Habe ich gekleckert?«

»Nein, Mutter! Aber du hast ›Gott sei Dank‹ gesagt. Etwas ungewöhnlich für eine Jüdin«, lachte Sarah.

»Oh! … Das muss der langjährige Umgang mit euch Ungläubigen sein«, scherzte Judith beruhigt zurück.

»Oder es liegt am bevorstehenden Weihnachtsfest, weswegen du dich unserem Herrgott zugewandt hast«, deutete der Großvater Judiths Spruch.

»Wie auch immer«, beendete Sarah das Späßchen und wurde wieder ernster. »Wir müssen dem Bettler helfen. Gleich morgen gehe ich ins Dorf hinunter und suche ihn, um ihm einen Ranken Brot mit etwas Räucherspeck, Kräuterwein und eine wärmende Decke zu geben.«

Da sie nun schon einmal bei einem traurigen Thema angelangt waren, thematisierten sie auch noch die Sache mit dem eingekerkerten Jockel.

»Alle sprechen darüber, aber niemand unternimmt etwas dagegen«, schimpfte der Altkastellan und reichte die kleine Magdalena zur neben ihm sitzenden Judith, um sich wieder ein Pfeifchen stopfen zu können.

»Dummerweise steht gerade jetzt Weihnachten ins Haus. Ich werde dennoch versuchen, etwas über Jockel in Erfahrung zu bringen. Allerdings hat Peter Immler auch nichts gewusst«, maß Lodewig der Sache keinen großen Erfolg bei.

Damit war dieses Thema zumindest für heute erledigt.

Nach kurzer Stille meldete sich abermals Lodewig zu Wort: »Ich habe noch eine schlechte Nachricht«, sagte er und rieb sich die Augen, bevor er zu berichten begann, was er von Propst Glatt gehört hatte. »Unser Medicus verlässt Staufen.«

»Was? Der Spitalleiter geht?«, fragte sein Vater entsetzt zurück.

»Ja! Er ist zum Stellvertreter des Kemptener Stadtarztes berufen worden und wird dort wohl schon Anfang des Jahres seinen neuen Dienst antreten.«

»Und wie soll es dann in unserem Spital weitergehen?«

»Wie wohl? So wie zu jener Zeit, als Schwester Bonifatia mit dem Kanonikus Martius Nordheim das Spital durch die schwerste Zeit Staufens geführt hat«, antwortete Lodewig gelassen.

»Aber Nordheim tut doch schon längst wieder Dienst in der Pfarre St. Johann im Thal.«

»Dann muss ihn der Propst in Gottes Namen von dort wieder abberufen. Er hat ihn vom Spitaldienst abgezogen, als der Medicus gekommen ist, nun – da der Medicus geht – kann er ihn ja wieder als Schwester Bonifatias Helfer einsetzen. Die beiden sind zwar kein Ersatz für einen studierten Arzt, haben während der Pest ihre Sache aber gut gemacht«, schlug Lodewig, der keine Lust darauf hatte, sich auch noch um diese Dinge kümmern zu müssen, in einem fast knurrenden Ton vor.

»Beruhige dich, mein Sohn. Niemand möchte etwas von dir«, bremste der Vater ihn aus. »Du hast mit diesem Thema angefangen.«

»Dann beende ich es hiermit auch wieder«, schnauzte Lodewig, dem diese Sache, die beiden Morde mit den fehlenden Augen und dem fehlenden Arm, Jockels drohende Hinrichtung und dann auch noch immer wieder dieser ominöse Unbekannte mit der Zeit einfach zu viel geworden waren, seinen Vater an.

»Na, na, na. Jetzt reicht es aber! Erheben wir lieber unsere Becher auf Eginhards gesunde Rückkehr«, sorgte Sarah für Ruhe.

»Ja! Apropos Medicus: Wann genau kommt Eginhard eigentlich?«, wollte Rudolph wissen.

»So wie er uns in seinem letzten Sendschreiben mitgeteilt hat, müsste er eigentlich übermorgen, spätestens aber zur Wochenteilung hier sein … Am Freitag ist ja schon der Heilige Abend«, antwortete Sarah mit einem versteckten Lächeln in Richtung ihres Schwiegervaters, dem dies zwar auffiel, der sich aber keinen Reim auf das aus seiner Sicht alberne Gegrinse machen konnte.

»Na, dann bleibt uns ja nur noch zu hoffen, dass ihm auf seiner sicherlich beschwerlichen Reise von Freiburg hierher nichts geschieht«, grummelte Lodewigs Vater, der wegen dessen Tonfall immer noch etwas pikiert war.

»Nun mal doch nicht schon wieder den Teufel an die Wand«, wurde er von Sarah gerügt. »So, das war's! Morgen haben wir wieder viel Arbeit«, scheuchte sie in gleicher Manier, wie es ihre Schwiegermutter Konstanze dereinst immer getan hatte, die gemütliche Runde auf.

Der Kastellan hatte einen guten Riecher gehabt: Noch vor Einsetzen der Dunkelheit gestern Abend hatte es tatsächlich wieder angefangen zu schneien – und wie! Der Schneefall war zwar recht flockig, hatte aber die ganze Nacht über angehalten.

Umso froher waren die Schlossbewohner, dass die wichtigsten Weihnachtsvorbereitungen abgeschlossen waren und sie – wie auch die Dorfbewohner – jetzt nicht mehr unbedingt aus dem Haus mussten. Bei diesem Schneetreiben hatten sie es sich gestern Abend zu Hause so gemütlich wie möglich gemacht. Wenn schon Essen und Brennholz knapp waren, so waren sie alle wenigstens etwas zusammengerückt.

Obwohl es anderntags nicht mehr schneite, war es trist. Die Sonne versuchte erst gar nicht, sich durch die dicken Wolken und Nebelschwaden durchzukämpfen. So zog es Sarah vor, den Tag in der kuschelig warmen Küche zu verbringen. »Wegen mir kann der Heiland jetzt auf die Welt kommen«, sagte sie salopp zu Magdalena und stupste sie übermütig auf das süße Rotznäschen.

»Au ja!«, freute sich das kleine Mädchen und fragte, ob der Heiland auch so einen schönen Bart wie ihr Großvater habe.

»Aber Magdalena, als unser Herr Jesus Christus auf die Welt gekommen ist, war er noch ganz klein. Und kleine Buben haben doch noch keine Bärte«, antwortete Sarah, die wusste, dass sich ihre Tochter mit dieser knappen Antwort nicht zufrieden geben würde, da sie das Antlitz des Herrn von mehreren Gemälden her kannte. Außerdem kannte Magdalena den Altar der Schlosskapelle, ebenso das große Kreuz in der Pfarrkirche. Und in beiden Fällen war der Heiland ein erwachsener Mann und hatte nun einmal einen Bart. Also nahm sich die glückliche Mutter Zeit für ihre jüngste Tochter, zündete ein Kerzchen an, holte zwei Becher mit lauwarmer Ziegenmich, nahm die Kleine auf den Schoß und las ihr *Die Reise nach Jerusalem* aus einem Büchlein, das sie selbst von ihrer Schwiegermutter zur Hochzeit bekommen hatte, damit sie sich mit dem Christentum befassen konnte, vor. Immerhin hatte sie bis zu dem Zeitpunkt, als Lodewig sie zur Ehegefährtin genommen hatte, dem jüdischen Glauben angehört.

»Bitte nicht hier! … Jetzt nicht«, bremste Sarah die überschäumende Energie ihrer anderen beiden Töchter, als diese wie wild durch die Küche tollten. »Spielt im Rittersaal drüben!«, rief sie, um mit Magdalena wenigstens die Hälfte eines Stündchens Ruhe zu haben.

Bevor Sarah mit dem Vorlesen begann, wartete sie noch auf den Großvater. Sie wusste, dass er jeden Moment kommen würde, um am warmen Ofen eine Pfeife zu rauchen oder seinen – aus Sarahs Sicht grässlichen – Kautabak zu genießen. Aurel war schon wieder im Stall bei den Pferden, während die anderen Schlossbewohner – außer Siegbert, der wachfrei hatte – gut gelaunt ihrer Arbeit nachgingen.

Dass alle Schlossbewohner in ihrer Nähe und beschäftigt waren, verschaffte der Kastellanin ein Gefühl harmonischer Zufriedenheit. Ja, sie war sogar glücklich. Könnte es nicht immer so sein?, dachte sie sich gerade, als die Küchentür aufging und ihr Schwiegervater mithilfe seiner Krücken hereinhumpelte.

Zur gleichen Zeit waren die meisten Dorfbewohner damit beschäftigt, den Neuschnee vor ihren Haustüren zu beseitigen. Während sich auch der Mesner daranmachte, dem Schnee Herr zu werden, und mit einem unguten Gefühl in der Magengegend versuchte, sich einen Weg zum Kirchhofschuppen zu bahnen, um an sein Räumwerkzeug zu gelangen, damit er sich um den Treppenbereich vor dem Kirchenportal kümmern konnte, braute sich in Immenstadt neues Unheil zusammen.

KAPITEL 21

Sebastian Deibler hielt sich den schmerzenden Kopf. Wie immer, wenn eine Peinliche Befragung anstand, hatte sich der Carnifex am Abend zuvor gehörig die Kante gegeben. Dies tat er jedes Mal, nachdem er vom Büttel gerufen und zum Richter zitiert worden war, um einen neuen Auftrag entgegenzunehmen. Und er besoff sich erst recht, wenn er den erteilten Auftrag ausgeführt hatte. Wie schön ist doch das Abdecken … Das ist zwar eine erbärmlich stinkende und dreckige Arbeit, aber wenigstens muss ich dabei nur einem bereits toten Tier das Fell über die Ohren ziehen, dachte er sich dieses Mal. Da er selbst aber im judikativen Gefüge Immenstadts leider Gottes nichts zu melden hatte und zudem diesen Angeklagten für unschuldig hielt, dachte er heute mehr als sonst über sein tristes Dasein auf Erden nach. Auch wenn Deibler – unabhängig davon, dass er und seine Familie von den als »ehrbar« bezeichneten Bürgern gemieden wurden – über einen gewissen Wohlstand verfügte und einen krisentrotzenden Arbeitsplatz hatte, ging es ihm vor Hinrichtungen und vor den noch mehr verhassten Folterterminen immer sehr schlecht – was er sich natürlich nicht anmerken lassen durfte, wenn er seine Arbeit behalten und überdies als rothenfelsischer Carnifex weiterhin ernst genommen werden wollte. Da er sich dann stets seines schändlichen Berufes ganz besonders bewusst wurde, mochte er in solchen Augenblicken am liebsten alles hinschmeißen. Aber was würde dies ändern? – Nichts! Er und sein Weib, das ebenfalls einem Henkersgeschlecht entstammte, waren mitsamt ihrer Brut längst entehrt und konnten sich nur mit ihresgleichen abgeben. Auch wenn Sebastian Deibler jetzt den Beruf wechseln und sogar Pfarrer werden würde – was natürlich nicht möglich war –, konnten seine Kinder über drei Generationen hinweg in Sippenhaft genommen und als »unehrlich« angesehen werden. Dies hieße, dass sie sich nicht normal verehelichen durften. Seine Töchter konnten nur Vollstrecker heiraten und seine Söhne nur die Töchter von Vollstreckern – dies war sozusagen die naturgegebene Vollstreckung der Mensch gewordenen Gleichheit. Auch wenn alle Menschen vor dem Gesetz gleich waren, so waren sie es letztlich doch nicht. Aber dies war Deibler sowieso einerlei. Er wusste, dass es einen Ausweg aus dieser Misere gab – einen einzigen gottverdammten Ausweg: Seine Töchter bräuchten hier nur ledig zu bleiben und sich bei Nacht und Nebel davonzuschleichen. Wenn sie dann – was schier nicht machbar sein würde – irgendwo einen Mann fänden, der sie ehelichen und mit ihnen Kinder zeugen würde, bräuchten auch deren Kinder nur wieder Kinder zu gebären, danach wäre die Sache für alle Zeiten ein für alle Mal erledigt. Deiblers Urenkel könnten fortan ein ehrbares Leben führen. Aber was wäre das dann für eine Narretei? Wie sollte das über drei Generationen hin – bis zu dem

Zeitpunkt, an dem sie per Gesetz vom »unehrlichen« in den ach so »ehrlichen« Stand wechseln könnten – funktionieren? Und wenn sie ledig bleiben und Kinder bekommen würden, wären sowohl sie als auch ihre Bastarde schon wieder im Blickfeld der lieben Mitmenschen. So war das nun einmal – ein Teufelskreis, dem zu entrinnen nur durch Selbsttötung möglich war. Erst vor Kurzem hatte schon wieder ein Berufskollege namens Kuisle in Schongau sein Handwerkszeug erfolgreich an sich selbst ausprobiert.

»Aber was soll's!«, riss Sebastian Deibler sich aus seinen trüben Gedanken und schnappte die mit Stricken, Nägeln, Schrauben und ranzigem Schweinefett, das er zum Schmieren der Gelenke benötigte – wobei nicht die Gelenke des Delinquenten, sondern die der Foltergeräte gemeint waren – gefüllte Ledertasche, um sich auf den Weg zur Folterkammer zu machen.

Wie immer war er früh dran. Er wollte, dass alle Gerätschaften tadellos funktionierten, wenn er sie auf Befehl des Richters und unter dem wachsamen Auge der Kirche zum Einsatz bringen musste. Da bei Jockel Mühlegg heute der erste Grad der Peinlichen Befragung anstand, musste der Carnifex insbesondere die Daumenschrauben, mit denen die bisher Gütliche Befragung für Jockel nun erst zur Pein werden würde, kontrollieren. Zur Not hatte er ja Ersatzschrauben in seiner Tasche, an der ein langer Lederriemen angebracht war, weswegen er sie schlaksig über der Schulter tragen konnte, während er sich die Kapuze seiner schwarzen Kukulle tiefer ins Gesicht zog, um sich vor dem Sauwetter zu schützen. Auch wenn ihm der Gegenwind den Schnee wie stechende Nadeln ins Gesicht trieb, war dies nichts im Vergleich zu dem, was den jungen Staufner Burschen, der im Kerker der Dinge harrte, die da kommen würden, jetzt gleich erwarten dürfte, obwohl Jockel wegen eines Verfahrensfehlers ein paar Tage Galgenfrist eingeräumt worden waren. Als beim letzten anberaumten Termin der Richter gleich mit der Streckbank – anstatt, wie vorgeschrieben, mit den Daumenschrauben – hatte beginnen wollen, hatte er sich zuerst den Zorn des Stadtpfarrers Johannes Christoph Schwenk und, als dieser gegangen war, nach hitziger Diskussion auch noch den Unmut einiger Beisitzer eingehandelt. Schließlich hatte niemand etwas damit zu tun haben wollen, was als gesetzeswidrig hätte ausgelegt, später vom Grafen hätte geahndet werden können und womöglich ihre Karriere gekostet hätte. Es waren sowieso schon gefährliche Zeiten, in denen sich die Leute gegenseitig denunzierten, nur um selbst besser dazustehen und ihr eigenes Vorwärtskommen nicht zu gefährden. So war dem Richter nichts anderes übrig geblieben, als die Sache zu vertagen.

Was wird Waldvogel heute wohl für eine Laune haben?, fragte sich der Carnifex, dessen erster Weg durch den Verhörraum an der Folterkammer vorbei direkt zu den Kerkerräumen führte. Bevor er aber überhaupt etwas tun konnte, musste der kernige Mann Kerzen entzünden und die vorbereiteten Holzspäne mit zuvor in Öl getränkten Lumpen umwickeln, damit diese möglichst lange brannten. Danach brauchte er sie nur noch in die an den Wänden befestigten Spanhalter zu klemmen und ebenfalls zu entzünden. Auch wenn er damit fertig war und sämtliche Lichtquellen leuchteten, war es immer noch zum Fürchten schummrig in den feuchten Kellerräumen. Eigentlich wäre dies die Arbeit der Gerichtsweibel oder seiner beiden Knechte gewesen. Da dem Carnifex aber schon längst die Lust vergangen war, den faulen Säcken immer und immer wieder mit dem Schuh in deren dreckige Ärsche treten zu müssen, verrichtete er diese Arbeit lieber selbst. So hatte es sich im Laufe der Jahre zu einer Art »Besinnungsritual«, das er brauchte, um sich auf seine bevorstehende Arbeit einzustimmen, entwickelt. Während er sein Werkzeug bereitlegte, die Foltergeräte kontrollierte und den vorbereiteten Inhalt der auf einem Dreifüßer liegenden Kohlenschüssel mittels Baumharzes und eines Blasebalges zum Glühen brachte, wollte er noch niemanden sehen und mit niemandem reden. Er hasste die ganze verlogene Gesellschaft, die sich nur an den Schmerzen und am gewaltsamen – aber immerhin höchstrichterlich verordneten – Tod anderer aufheizte, um von eigenen Unzulänglichkeiten abzulenken. Sebastian Deibler musste vor seiner Arbeit so lange allein sein, bis es ihm selbst in den Sinn kam, zum Delinquenten zu gehen, um sich mit ihm zu unterhalten. Wenn er aber erst einmal mit seiner eigentlichen Arbeit begonnen hatte, machte er sie gut – verdammt gut sogar.

Bevor er zu Jockel Mühlegg, der viel mehr ein Opfer der hasserfüllten und gewaltbereiten Gesellschaft denn ein Opfer seiner selbst war, ging, musste er erst noch den Blasebalg flicken, weil dieser wegen eines Risses in einer der seitlichen Falten zu wenig Luft zog. Da Deibler aufgrund seines Berufes handwerklich geschickt sein musste und es auch war, dauerte die Reparatur nur wenige Minuten und der Inhalt der Kohlenschüssel begann, ein gefährliches Funkeln zu entwickeln.

»Hör zu, Jockel …« Der Carnifex musste seine Fackel ganz an die Gitterstäbe halten, um den verängstigten Burschen im hintersten Winkel seiner Zelle sehen zu können.

Obwohl Deibler weder Tod noch Teufel, geschweige denn einen Gefangenen fürchtete, hielt er seit einem schmerzhaften Vorfall einen gewissen Sicherheitsabstand vor dem geschmiedeten Eisen, hinter dem sich die Gefangenen befanden. Immer wenn er hier stand, dachte er daran, wie er bei einem seiner ersten Fälle als blutjunger Nachrichter mit dem ebenfalls blutjungen Delinquenten Egidius Waberer hatte sprechen und ihm hatte helfen wollen, der ihn aber – anstatt dankbar zu sein – blitzschnell am Arm gepackt, durch die Gitterstäbe gezogen und so fest zugebissen hatte, dass dieser einen ganzen Fetzen Haut mitsamt dem Fleisch in seinem stinkenden Maul gehabt hatte. Dieses Ferkel hatte – anstatt seine Trophäe auszuspucken, sie sogar auch noch hinuntergeschluckt. Trotz seiner Wut hatte ihm Deibler ganz normal, also vorschriftsmäßig, sämtliche Knochen zerschlagen, bevor er den zum Tode verurteilten Vatermörder aufs Rad geflochten hatte. Seither war er vorsichtiger im Umgang mit Gefangenen.

»Jockel! Komm her! … Ich tu dir jetzt noch nichts. Ich möchte dir nur helfen und ein paar Ratschläge geben«, versuchte er mit sanfter Stimme, den durch die Kerkerhaft arg Gezeichneten aus seiner versifften Ecke hervorzulocken.

Der Carnifex musste Jockel ein ganzes Weilchen gut zureden, bis sich dieser endlich zu den Gitterstäben vortraute. Der beißt mich bestimmt nicht, dachte sich Deibler und redete beruhigend auf den vor Angst zitternden Burschen ein: »Du musst jetzt nichts sagen, Jockel. Hör mir einfach nur zu!«

Während Deibler in den düsteren Gang lauschte, um festzustellen, ob sie noch allein waren, nickte Jockel stumm. Obwohl er wusste, wer da mit ihm zu sprechen gedachte, fasste er irgendwie Vertrauen zu seinem Peiniger, der sich aufgrund des beißenden Urin-, Kot- und Schweißgeruches ein paar getrocknete Minzblätter in den Mund schob und ein Tuch davorband, bevor er sich ganz dem Delinquenten zuwandte.

»Du weißt, warum ich heute gekommen bin?«

»Ja!«, kam es kleinlaut hervor.

»Hier!« Der Carnifex hatte etwas aus seiner Tasche herausgefischt und reichte es Jockel durch die Gitterstäbe, blieb dabei allerdings äußerst wachsam. So etwas wie damals, als er noch ein unerfahrener Jungspund gewesen war, würde ihm nicht noch einmal passieren.

»Was … was ist das?«, war aufgrund von Jockels ausgetrocknetem Hals und Rachen kaum zu hören.

Deibler schluckte. »Du weißt, dass ich dir gleich furchtbar wehtun muss?« Er wartete das kaum erkennbare Nicken seines Gegenübers ab.

»Dies sind Blätter, die dir wenigstens etwas den Schmerz nehmen, weil sie dich benebeln werden. Sowie du hörst, dass sich vorne …«, der Carnifex zeigte reflexartig in Richtung Verhörraum, »etwas tut, beginn damit, diese Blätter langsam mit deinen Zähnen zu zermalmen. Und egal, was geschieht: Lass den zerkauten Brei im Mund, damit er seine ganze Wirkung entfalten kann – am besten unter der Zunge oder in den Backen. Und kau immer darauf herum, wenn du nicht gerade eine Frage des Richters oder der Beisitzer beantworten … oder wegen der Schmerzen schreien musst. Reib damit deine ganze Mundhöhle aus! Hast du das verstanden!«

Jockel nahm die getrockneten Blätter in die Hand und umschloss diese dankbar mit seiner Faust, während ihm Tränen die dreckigen Wangen herunterliefen und er mit der anderen Hand eine Kakerlake aus seinem Haar strich. Obwohl irritiert, ahnte er, dass er einen Schatz in Händen hielt, wie er ihn noch nie besessen hatte.

»Ach, noch etwas: Lass dich dabei nicht erwischen. Kau fleißig, aber so unauffällig wie möglich … Ist das klar?«

Bevor Jockel etwas sagen konnte, wischte er sich das schmierige Gemisch aus Schweiß und Tränen aus dem Gesicht. Offensichtlich tat er sich aber schwer damit, das zu sagen, was er sagen wollte. Da er den Carnifex nicht beleidigen und schon gar nicht unnötig gegen sich aufbringen wollte, stellte er nur eine Frage: »Was seid

Ihr nur für ein Mensch? Einerseits wollt Ihr mich quälen, andererseits helft Ihr mir, meine Schmerzen ertragen zu können.«

»Hör zu: Ich mache hier nur meine Arbeit. Wäre ich es nicht, der dich foltert, wäre es ein anderer. Mach mir also keinen Vorwurf, sondern vergib mir stattdessen.«

Jockel zog das ständig heruntertriefende Nasensekret hoch und überlegte. Er wusste nicht, was der Carnifex mit seiner Bitte gemeint hatte.

»Verdammt noch mal! Vergib mir das, was ich dir im Namen des Gesetzes gleich antun muss«, hakte der Carnifex nach und machte dabei selbst einen bedauernswerten Eindruck.

Jetzt erst merkte Jockel, dass es seinem Peiniger mit dieser Bitte ernst war. Was sollte er tun? Seinem Henker tatsächlich im Vorhinein vergeben? Und weswegen? Jockel überlegte wieder. Vielleicht deswegen, dachte er, während er seine Faust öffnete und die Blätter in seiner Hand betrachtete.

»Also gut: Ich vergebe Euch«, murmelte er kaum hörbar.

»Was? Ich habe dich nicht verstanden.«

»Ja! Ich vergebe Euch, Meister Sebastian!«, versuchte Jockel in seiner Erregung, laut zu schreien, was allerdings seine Halsschmerzen verhinderten.

Aber der Carnifex hörte es jetzt deutlich genug. »Ich danke dir! Dafür werde ich keinen Handstreich mehr machen, als das Hohe Gericht von mir fordert … Gott sei mit dir«, raunte Sebastian Deibler und dachte sich in Erweiterung des soeben Gesagten: Wenn er denn den Weg hier herunter überhaupt findet.

Weil er vom vorderen Bereich her etwas gehört hatte, verließ er hallenden Schrittes den ekelerregend stinkenden Flur mit den drei Kerkerzellen. Jetzt war Sebastian Deibler an dem Punkt angelangt, ab dem er sich wieder einigermaßen gut fühlte – sein Opfer hatte ihm vergeben. Obwohl er um die Normalität wusste, dass Henker ihre Delinquenten erst vor deren letzten Augenaufschlägen vor der Hinrichtung um Vergebung baten und er von Jockel jetzt schon die Absolution für das, was er ihm gleich würde antun müssen, bekommen hatte, schien es heute nicht ganz so beruhigend zu wirken wie sonst immer. Aber Deibler hatte jetzt keine Zeit, um schon wieder zu sinnieren; seine wüsten Knechte waren inzwischen gekommen, um ihre Arbeit aufzunehmen. Der Carnifex war froh, dass er sein vertrauliches Gespräch mit dem Gefangenen gerade noch hatte rechtzeitig beenden können, bevor die Henkersknechte aufgetaucht waren. Es hätte ihm nicht gepasst, wenn die beiden strohdummen Quadratschädel etwas vom Gespräch mitbekommen hätten und ihn für kleines Geld beim Richter denunzieren würden.

Die Düsternis des feuchten und kühlen Verhörraumes wirkte so deprimierend wie die der eigentlichen Folterkammer. Zur Abschreckung hatte man schon vor Jahren ausgediente Folterinstrumente an den Wänden befestigt. Die meisten der nicht mehr zu gebrauchenden Gerätschaften hingen drohend hinter dem Richtergremium, so dass die gegenübersitzenden Angeklagten ständig verschiedene Halsgeigen, mehrere verrostete Zangen, allerlei Ketten und Haken, Hand- und Fußeisen, überdimensionale Nägel, eine Schädelschraube und sogar ein uraltes Richtbeil, dessen Zustand auch heute noch von den vielen Hinrichtungen vergangener Zeiten kündete, vor Augen hatten. Um die erwünschte Wirkung noch weiter zu erhöhen, hatten die Folterknechte Haarbüschel, die sie im Laufe der Jahre wegen Hexerei angeklagten Frauen ausgerissen hatten, dazwischen drapiert und zudem ein paar Knochen dazugesteckt. Dass es sich dabei nur um Tierknochen handelte, war bis jetzt noch niemandem aufgefallen.

Allerdings war der menschliche Totenschädel echt, der in einer Ecke lag und derart verstaubt aussah, als ob er hier schon viele Jahre gelegen hätte. Da sein Unterkiefer ein Stückchen vor ihm lag, schien es, als wenn er sein Leid hinausschreien oder den Delinquenten seine Geschichte erzählen wollte.

Es war fürwahr ein scheußlicher Anblick, der sich den bedauernswerten Opfern der Inquisition und der rothenfelsischen Gerichtsbarkeit hinter dem Richtertisch bot. Die beiden Kerzen darauf vermochten das schale Licht der vier Wandfackeln kaum zu verbessern – im Gegenteil: Durch das ständige Flackern trug es nicht gerade zur Erhellung der tristen Atmosphäre bei und wirkte eher so, als wenn sich das Feuer der Hölle zwischen der »Wanddekoration« hindurch den Weg nach oben bahnen würde.

Funken stieben durch die Luft, als der Richter, gefolgt von denselben fünf Beisitzern, die schon bei der gütlichen Befragung, die in der Vorstellung der Folterinstrumente gegipfelt hatte, und beim letzten verpatzten Termin dabei gewesen waren, den Verhörraum betrat.

»Hier!«, sagte der Richter leise und drückte dem Carnifex unauffällig die ovale Birne in die Hände, die sich der älteste Ratsherr ausgeliehen hatte. »Sehr gut, mein lieber Deibler. Ich sehe, Ihr seid wie immer bestens vorbereitet«, lobte er daraufhin für alle vernehmbar, während seine Augen fasziniert dem Funkenflug, der durch das Schüren der Kohle in der Glutpfanne mit den Platt- und Kneifzangen verursacht wurde, folgten. Den beiden Henkersknechten schien das Hantieren mit den äußerst wirkungsvollen Brandzangen wahrhaft Freude zu bereiten.

Kaum dass die Herren Platz genommen hatten, kamen der Gerichtsschreiber Ekkehard van der Heye und der Immenstädter Pfarrer Johannes Christoph Schwenk die Treppe heruntergeschlurft. »Entschuldigt, … das Sauwetter!«

»Legt eure Kotzen ab, damit wir endlich beginnen können«, klatschte der Richter gut gelaunt in die Hände und füllte einen der bereitstehenden Becher mit dem Inhalt der bis an den Rand gefüllten Zinnkaraffe.

»Pfui Teufel! … Dünnbier«, maulte er und spuckte das schal schmeckende und irgendwie modrig riechende Gebräu hinter sich auf den Boden, während er schon einen der Henkersknechte zu sich winkte und ihm auftrug, beim Adlerwirt zwei große Kannen Rotwein zu holen. »Aber unverdünnt!«, rief er dem Schergen noch nach.

»Wo waren wir stehen geblieben? … Ah ja! … Also: Lasst uns das Missgeschick vom letzten Mal vergessen und uns heute …«, mit einem gleichsam verachtenden und überheblichen Blick wandte er sich dem Pfarrer zu, »gemäß den Regeln der rothenfelsischen Gerichtsbarkeit offiziell mit der ersten Stufe der Peinsamkeit beginnen.« Um keine Missverständnisse aufkommen zu lassen, wies er so ganz nebenbei noch darauf hin, dass er sich zwischenzeitlich die Gerichtsordnung nochmals verinnerlicht habe. »Nur sicherheitshalber!«, wie er mit einem weiteren Blick zum Pfarrer anmerkte. »Hat jemand eine Frage, bevor wir beginnen? … Oder etwas zu sagen?«, wollte sich der Richter heute taktisch höflich den Rücken freihalten. »Nein? Dann bringt den Gefangenen!«, befahl er dem Carnifex in dem bekannt rauen Ton, mit dem er seine Verhandlungen stets zu führen pflegte.

Während Sebastian Deibler mit dem anderen der beiden düsteren Gesellen nach hinten in Richtung Kerker ging, sprach niemand ein Wort. Der Gerichtsschreiber sortierte seine mitgebrachten Papiere und verursachte dadurch ein unangenehmes Rascheln, das sich anhörte, als wenn einem verstorbenen Bürger oder Adligen das gestärkte Leichenhemd übergestreift würde. Die Beisitzer schenkten sich ungeniert das von ihrem Vorsitzenden verschmähte Dünnbier ein und stießen darauf an, dass es heute zu keinen Unstimmigkeiten kommen möge. Bis auf den Richter und den Pfarrer schienen sich alle mit dem fade schmeckenden Gerstensaft zufriedenzugeben. Immerhin wurde er aus der Stadtkasse bezahlt.

Vom Kerker her hallten eisern rasselnde und quietschende Geräusche durch das triste Gemäuer. Wenn es für einen Moment still war, setzte sich sofort der monotone Klang des Schwitzwassers, das an etlichen Stellen von der mit weiß und gelb schimmernden Kalkablagerungen überzogenen Steindecke heruntertropfte, durch.

Richter Waldvogel spielte so mit den am Tisch befestigten Daumenschrauben, als wenn er deren Funktion überprüfen wollte. Da er aber sicher sein konnte, dass dies bereits sein Nachrichter getan hatte, strich er abschließend mit einem unverhohlenen Lächeln sanft über das kalte Metall – gerade so, als wenn er sagen wollte: »Nur Geduld, meine Lieben: Ihr seid gleich dran!«

Während der Carnifex den in schweres Eisen gelegten Jockel Mühlegg zu seinem Platz gegenüber dem Richter führte, begann der hiergebliebene Helfer, an den in der Glut liegenden Zangen zu rütteln und sie zu drehen, womit er prüfen wollte, ob sie schon ausreichend glühten. Dies wäre eigentlich die Arbeit seines Kumpans gewesen. Der aber schien es mit dem Weinholen nicht eilig zu haben und sich selbst auf einen Schluck beim Adlerwirt niedergelassen zu haben. Er kam gerade noch rechtzeitig zurück, bevor der Richter stinksauer wurde.

Da die Zangen erst zaghaft zu glühen begannen und noch nicht die richtige gelbrote Färbung hatten, nahm der andere Henkersknecht den Blasebalg in die Hände und drückte die benötigte Luft so fest in die bereits bestehende Glut, dass im Bruchteil eines Augenaufschlages eine Stichflamme emporstieg und erneut einen beängstigenden, aber harmlosen Funkenflug verursachte.

Nachdem endlich ein mit Rotwein gefüllter Zinnbecher vor ihm stand und er das leidige und knapp gehaltene Einleitungsprozedere hinter sich gebracht hatte, wollte es »Richter Gnadenlos« endlich wissen und fragte den Pfarrer frotzelnd, ob bisher alles seine beste Ordnung habe: »Solange Ihr mir nicht dazwischenfunkt, gehe ich davon aus, dass alles nach Recht und Gesetz verläuft. Und jetzt lasst uns in aller Harmonie und Einigkeit beginnen!«, lästerte er noch, bevor er sich endlich dem Delinquenten zuwandte.

Der Richter stellte Jockel erst etliche Fragen in Bezug auf seine Person und sein Lebensumfeld, dann auf die beiden Morde, die der gekrümmt dastehende und ständig schluchzende Bursche allesamt so lange mit »Nein!« oder mit Kopfschütteln beantwortete, bis es dem Richter zu dumm wurde und er den anderen die Möglichkeit anbot, Fragen an den Angeklagten zu richten, bevor er den Henker mit seiner Arbeit betraute. Durch diese Vorgehensweise kann mir heute niemand etwas vorwerfen und ich habe dennoch meinen Spaß, dachte er und deutete auf den Carnifex. »Meister Sebastian! Waltet Eures Amtes ... Und nehmt gleich den ›Veneziianer‹, um diesem verlogenen Stück Scheiße zu zeigen, wo der Bartel den Most holt!«, schrie er in der Hoffnung, Jockel schon gleich zu Beginn der Peinlichen Befragung einschüchtern zu können.

»Ihr habt doch sicher nichts dagegen?«, fragte er den Pfarrer, der bei der gewählten Vorgehensweise des Richters beim besten Willen kein Veto einlegen konnte, in abfälligem Ton.

Sebastian Deibler drückte Jockel auf den Stuhl und klopfte ihm bei dieser Gelegenheit – nur für seinen hinter ihm arbeitenden Schergen sichtbar – mehrmals auf den Rücken. Ob Jockel diese Aufmunterung verstand, wusste er nicht, hoffte aber, ihn auf diese Weise an das ihm zuvor Eingebläute erinnern zu können.

Durch die »venezianische Variante« mittels einer der hier zur Verfügung stehenden Daumenschrauben konnte der Carnifex beide Daumen und je zwei Finger gleichzeitig unter Druck setzen. Obwohl ständig neue Varianten dieses Folterinstrumentes erfunden wurden, war sie immer noch die Königin unter den Daumenschrauben. Solch ein Prachtstück hatte sich die rothenfelsische Gerichtsbarkeit nur leisten können, weil der größte Teil der Kosten in aller Stille und Diskretion aus des Richters Privatschatulle bezahlt worden war. Aber auch ohne dieses Teil würde Waldvogels Reich zu den modernsten Folterkammern des Landes gehören, lediglich übertroffen durch die Folterkammern des im Taubertal gelegenen protestantischen und reichsunmittelbaren Rothenburg oder derjenigen, die den Rüdesheimer Richtern in den rheinischen Landen viel Freude bereitete. Möglicherweise gab es noch ein paar gleichwertige »Quälstuben« in alten Herrschaftssitzen, die Waldvogel allerdings nicht kannte.

Nachdem der Carnifex Jockels Daumen und Finger in das kalte Eisen geschoben und so lange justiert hatte, bis sie sauber zwischen den drei Barren lagen, begann er – noch einen Wink des Richters abwartend – langsam zuzudrehen. Dabei konnte er beruhigt kaum sichtbare Kaubewegungen in Jockels Gesicht feststellen, was wohl schon dazu geführt hatte, dass der sich nicht im Geringsten zu wehren versuchte … zumindest bisher.

Sebastian Deibler drehte die Schraube bewusst langsam in Richtung Schmerzen und hätte es am liebsten ganz gelassen. Aber er musste so lange drehen, bis sich Jockel auf die Zähne biss, um erste Leidensgeräusche zu vermeiden, was ihm natürlich nur für wenige Momente gelang. Bereits nach kürzester Zeit begann er zu heulen und zu jammern. Er versuchte, seine Hände herauszuziehen, was ihm aber nur noch mehr Schmerzen bereitete. Bereits eine halbe Minute später begann er erbärmlich zu schreien. Schleimiges Sekret troff ihm aus Mund und Nase. Die ersten Tränen und Schweiß suchten sich ihren Weg auf die Tischplatte. Jockel schrie und schluchzte. Er begann, am ganzen Körper zu zittern. Zeitweise presste er seine Augenlider so fest zusammen, als wenn er dadurch verhindern könnte, sein eigenes Elend mit ansehen zu müssen. Trotzdem glitt sein Blick immer und immer wieder auf seine gepeinigten Finger, die zwischen den Eisenplatten zu glühen begonnen hatten. Zwischendurch suchte sein flehentlicher Blick erfolglos die Augen des Richters oder die des Pfarrers, der seinen Kopf feige abwandte.

Der Richter ließ seiner »Königin« Zeit, um ihre aus seiner Sicht immer wieder auf Frauen und Männer gleichermaßen faszinierende Wirkung in aller Ruhe entfalten zu können. Schließlich sollten ja alle Beteiligten etwas davon haben.

Der Carnifex war schon unruhig geworden, als ihm der Richter endlich Einhalt gebot und seine Fragen von vorhin wiederholte. Dabei ließ er die Schrauben etwas lockern – aber nur, um sie sofort wieder eine halbe Umdrehung in die andere Richtung drehen zu lassen.

Egal, was der Richter vom Carnifex mithilfe seiner »Königin« auch anstellen ließ: Jockel reagierte auf die Fragen des Richters nur mit einem Kopfschütteln.

»Weiter!«, wurde Deibler wortkarg, aber mit einer dementsprechenden Handbewegung des Richters bestimmt angewiesen, mit seiner Arbeit fortzufahren.

Immer tiefer bohrten sich die stumpfen Zacken auf den Innenflächen des oberen Eisenbarrens in die Daumen und drohten, die Nägel zu sprengen. Immer fester drückte der untere Barren auf die Nägel der Zeige- und Mittelfinger. Was am meisten in welcher Hand schmerzte, konnte Jockel nicht mehr unterscheiden. Wie wild kaute er auf den längst zu Brei zermalmten Resten der Blätter, die ihm der Carnifex gegeben hatte, herum und schob das Gemisch aus Speichel und Grünzeug mit der Zunge von einer Seite der Mundhöhle zur anderen. Während sich die Richterschaft zwischendurch immer wieder einen Schluck Wein oder Dünnbier und ein paar lästernde Sprüche gönnte, rannen bei Jockel nunmehr Schweiß und Tränen in Strömen. Es war schrecklich! Lediglich das letztlich unvermeidbare Blut floss noch nicht. Noch verteilte es sich in den immer flacher und breiter werdenden Fingern und breitete sich bis über den ganzen Handrücken aus. Es würde wohl auch noch ein Weilchen dauern, bis die ersten Blutstropfen an den Nagelansätzen herausdrücken würden.

Obwohl der Bursche Höllenschmerzen zu erleiden hatte, beharrte er tapfer weiter darauf, in seinem ganzen Leben noch nie jemanden umgebracht zu haben.

Nachdem der Richter mit den Beisitzern getuschelt hatte, wies er den Carnifex an, die Schrauben langsam so weit zu lösen, bis er Jockels Finger herausziehen konnte. Während dies geschah, schaute er Jockel interessiert in dessen angstgeweitete Augen.

»Schön, wenn der Schmerz nachlässt – oder?«, hänselte er den Gequälten.

Der allerdings hatte nicht das Gefühl, als wenn der Schmerz zurückgehen würde – ganz im Gegenteil: Jetzt begann es in den betroffenen Fingern zu pochen, als wenn ein Schmiedehammer in gleichbleibendem Rhythmus daraufschlagen würde.

»Und? Angeklagter! Sollen wir fortfahren?«, wurde Jockel vom Richter gefragt.

Als der inzwischen bis aufs Blut Gepeinigte wie wild den Kopf schüttelte, schrie ihn Waldvogel an: »Dann musst du gestehen … Jetzt! Jetzt gleich!«

Aber Jockel schüttelte abermals den Kopf und provozierte dadurch den Richter so, dass der die beiden Henkersknechte herbeirief, damit sie Jockel die glühenden Zangen zeigen konnten.

»Damit …«, der Richter deutete wütend auf dasjenige der beiden glühenden Foltergeräte, mit denen einer der Schergen vor Jockels Kopf herumfuchtelte, »damit können wir jede Stelle deines dreckigen Körpers brandmarken.«

Da Jockel keine Reaktion zu zeigen schien, wies Waldvogel wütend auf die andere Zange. »Und damit reißen wir dir die Nase oder deinen Schwanz heraus! Außerdem haben wir noch ein spezielles Eisen, mit dem wir dich blenden können.«

Bevor sich der Pfarrer über die Ausdrucksweise des Richters empören konnte, sprang schon einer der Henkersknechte eifrig nach hinten und holte die bewusste Eisenstange von der Wand, um sie Jockel auch noch zu zeigen und sicherheitshalber gleich darauf ins Feuer zu legen. Aber der sah durch seine verquollenen Augen jetzt sowieso nichts mehr. Sein Körper vibrierte. Er wusste, was er für eine Antwort geben musste, wenn die Tortur beendet werden sollte, brachte dies aber trotz der unglaublichen Schmerzen nicht heraus. »Aber ich habe doch nichts Böses getan«, wimmerte er kaum vernehmbar.

»Carnifex! Bevor wir in die Folterkammer gehen und andere Instrumente einsetzen, legt ihm noch einmal die Daumenschraube an.«

Richter Waldvogel ahnte, dass dies der wohl schlimmste Moment im Leben eines Delinquenten sein musste – der Moment, in dem das bedauernswerte Opfer der Gerichtsbarkeit wusste, dass seine jetzt schon unfassbar schmerzenden Finger nochmals die gleiche Tortur mitmachen müssten wie zuvor. Während Jockel sich in die Bruche schiss, genoss der Richter diesen Moment. Er strich sich übers Gesicht, überlegte kurz und tippte auf das links der »Königin« angebrachte kleinere Marterinstrument, das demselben Zweck diente, aber über wesentlich dünnere und spitzere Zacken verfügte.

»Ja!«, bestätigte er seinen eigenen Einfall sich selbst. »Nehmt dieses Mal eine der normalen Daumenschrauben.«

Zu Jockel gewandt, sagte der Richter: »Wir sind doch keine Unmenschen. Wir möchten nur die Wahrheit hören. Damit sich deine Zeige- und Mittelfinger erholen können, nehmen wir jetzt nur die kleinen Finger und die Ringfinger … oder vielleicht doch wieder die Daumen?«

Der Gedanke, seine jetzt schon zu Brei gequetschten und in allen Farben angelaufenen, blutunterströmten Daumennägel wieder in eines der eisernen Mäuler mit den spitzen Zähnen schieben zu müssen, ließ Jockel schier verrückt werden. Panisch rutschte er auf seinem eigenen Kot hin und her, gerade so, als wenn ihm das Weiche und Warme, das ihm ungewollt herausgerutscht war, guttun würde. Dass dabei sein durch die ständige Feuchtigkeit und den Dreck entzündeter Hintern wie Feuer zu brennen begann, spürte er nur einen kurzen Moment. Zumindest dieser Schmerz ging in einem Anflug weichen Wohlseins unter.

Als der Carnifex Jockel mit einem entschuldigenden Blick deutete, ihm die Hände herzureichen, und anstatt der Daumen die beiden kleinen Finger nahm, um sie zwischen den beiden Backen des Foltergerätes zu justieren, wollte Jockel fast gestehen, schob stattdessen aber wieder wie wild den Blätterbrei, deren Wirkung sich längst entfaltet hatte, mit der Zunge in seinem Mund herum.

So wiederholte sich die menschenverachtende Quälerei und zeitigte das Ergebnis, dass Jockels Hände bis über die Armgelenke zu Klumpen angeschwollen waren und er schließlich besinnungslos geworden war, wofür sich der Henker vom enttäuschten Richter eine Rüge einhandelte: »Jetzt schon? … Zum Teufel! Dann müssen wir wohl oder übel mit dem ersten Grad der Befragung aufhören. Und gerade hat es begonnen, mir Freude zu bereiten«, schwadronierte der Herr des Geschehens, obwohl ein Geistlicher zugegen war.

Stadtpfarrer Schwenk stand empört auf und verließ einmal mehr den Verhörraum. Bevor er sich noch länger die Überheblichkeit des Richters anhören musste, begleitete er lieber den Henker und den bedauernswerten Sünder zur Kerkerzelle, um dort für dessen arme Seele zu beten.

»Und putzt ihm den Arsch!«, rief der Richter den Henkersknechten nach, während er sein Schnäuztuch mit penetrant riechendem Moschusparfüm beträufelte. Letztlich blieb ihm nichts anderes übrig, als zusammen mit den anderen in gemütlicher Runde die Wein- und Dünnbierkaraffen zu leeren, während er mit den Beisitzern einen Termin für den zweiten Grad der Befragung aushandelte.

»Damit das neue Jahr richtig beginnen kann, nehmen wir hierzu gleich den ersten Tag nach den Feiertagen!«, bestätigte der Richter das Besprochene und gab mit dem siebenten Januar 1650 auch noch den Termin für die Gerichtsverhandlung mit anschließender Hinrichtung bekannt, überhörte dabei aber geflissentlich den Protest des wieder hinzugekommenen Pfarrers, der bemängelte, dass Jockel bisher nicht gestanden hatte und noch nicht einmal verurteilt war, aber schon ein Termin für dessen Hinrichtung festgelegt wurde. »… Außerdem sollen sich die Gläubigen in Demut auf die Geburt des Herrn und auf Dreikönig vorbereiten, anstatt sich ausgerechnet während dieser Zeit auf eine Hinrichtung zu freuen!«

Da es in der vergangenen Nacht bis in die erste Hälfte des Vormittags hinein gehörig geschneit hatte, war Staufen bis zum Mittag von einer dicken Schneeschicht überzogen. Während es tagsüber von Immenstadt bis nach Oberstdorf hoch und ins Kleine Walsertal hinein immer noch schneite, spitzte im westlichen Teil des Allgäus vereinzelt sogar die Sonne heraus. So war der Staufner Mesner mit der Schneeschipperei den Vormittag über gut vorangekommen. Als er sich nach der Mittagspause bis zu den Stufen des Hauptportals vorgearbeitet hatte, glaubte er, seinen Augen nicht zu trauen.

»Nicht schon wieder!«, rief er, schlug entsetzt die Hände über dem Kopf zusammen und eilte zum Propsteigebäude, wo er die

Tür zum Dienstzimmer des Propstes aufstieß und schnaufend unter dem Türrahmen stand.

»Von Anklopfen hast du wohl noch nie etwas gehört, Josef«, wurde er von seinem Dienstherrn harsch gerügt, bevor dieser merkte, dass mit seinem Mesner etwas nicht zu stimmen schien. Also dämpfte er seine Stimme und bat den total verstört wirkenden Mann in seine Schreibstube. »Setz dich, Josef. Und jetzt verschnaufe erst einmal, damit du mir in Ruhe erzählen kannst, weshalb du so aufgelöst bist. Du bist ja kreidebleich im Gesicht.«

Schon wenige Minuten später war Propst Glatt zur Kirche unterwegs. Währenddessen eilte der Mesner mit Riesenschritten zum Ortsvorsteher, dessen Haus ganz in der Nähe des Propsteigebäudes lag.

Es dauerte nicht lange und die beiden standen zusammen mit Hermann Schädler vor dem Kirchenportal, wo sie einen Moment lang stumm den direkt vor dem Portal aufgehäuften Schneehaufen betrachteten. Würde der weiße Haufen nicht direkt an der linken Portaltür kleben, hätten sie ihn wohl umrundet wie ein goldenes Kalb.

»Wahrscheinlich der Ostner«, konstatierte der Ortsvorsteher lakonisch.

»Ja! Mag sein, dass der Wind den Schnee derart an die Tür geweht hat. Aber nicht alles. Zuvor hat irgendjemand einen Schneehaufen dorthin geschaufelt«, erweiterte der Propst die Gedanken des Ortsvorstehers.

»Und? Was jetzt?«, fragte der Mesner, der sich ängstlich hinter den beiden zu verstecken suchte.

»Na, was wohl? Ein Streich dummer Buben, die mich ärgern wollen … Wäre ja nicht das erste Mal! Räum den Schnee weg, dann werden wir schon sehen, ob sich deine unglaubliche Befürchtung bewahrheitet«, drängte der Propst seinen Mesner mit strengem Ton, schmunzelte dabei aber den Ortsvorsteher an, der allerdings keinen Grund zu Heiterkeit sah.

Josef traute sich kaum die zwei Stufen zu dem ihm verdächtig vorkommenden Schneehaufen, geschweige denn, sich daran zu schaffen zu machen.

»Was ist jetzt?«, drängte nun auch der Ortsvorsteher, der sich aufgrund Josefs hanebüchener Vermutung ein Schmunzeln doch nicht verkneifen konnte. »Meine Arbeit tut sich nicht von selbst. Ich muss wieder nach Hause.«

»Nun mach schon!«, trieb der neugierig gewordene Propst seinen treuen Kirchendiener zur Eile an. Den Pfarrherrn wunderte es zwar ebenfalls, gerade an dieser Stelle – direkt vor dem Kirchenportal – etwas zu sehen, das tatsächlich so aussah, als wenn hier jemand spaßeshalber einen Schneehaufen aufgetürmt und der Ostwind ein merkwürdiges Gebilde daraus geformt hätte, indem er die obersten Flocken so fest an die Kirchentür geblasen hatte, dass Schnee und Tür fast eine Einheit bildeten. Auch wenn es tatsächlich verdächtig aussah, wollte Hermann Schädler die schreckliche Vermutung des Mesners nicht teilen.

Josef bekreuzigte sich, bevor er sich endlich ein Herz fasste und mit der Schaufel in der Hand die Portalstufen hochstapfte. Nachdem er sich ängstlich zu den beiden umgeblickt hatte, begann er vorsichtig, den weichen Schnee auf der obersten Portalstufe zum Schneehaufen hin wegzukratzen, anstatt die Schaufel so beherzt zu führen, wie er es noch kurz zuvor getan hatte.

»Jetzt ist es aber gut. Nun hau schon rein!«, gebot ihm der Propst, der das weiße Gebilde immer noch für einen Scherz der hiesigen Dorfjungen hielt.

Aber er sollte schnell eines anderen belehrt werden. Denn schon als der Mesner die Schaufel zum ersten Mal ansetzte, um des Schneehaufens von vorne Herr zu werden, stieß er auf etwas Festes.

Als wenn er sich jetzt noch vor dieser Arbeit drücken könnte, wandte sich Josef mit einem flehentlich fragenden Gesichtsausdruck erneut zum Propst. Der aber deutete ihm mit einer stummen Handbewegung und einem strengen Gesichtsausdruck weiterzumachen.

Der Mesner bückte sich, um aufzuheben, auf was er soeben gestoßen war. Er klopfte das Ding an seinem Oberschenkel vom Schnee frei. »Eine Schüssel«, stellte er verwundert, aber gleichzeitig beruhigt fest, während er noch die Innenseite auspustete, bevor er sie dem Pfarrherrn reichte. Der drehte das schmucklose und mehrfach beschädigte Tongefäß in seinen Händen, zuckte mit den Schultern und reichte es dem Ortsvorsteher weiter, dem aber auch nichts dazu einfallen mochte. »Was soll ich damit?«

Der Mesner wollte die Arbeit einfach nicht richtig angehen und spuckte, gerade so, als wenn er damit Zeit schinden könnte, mehrmals in die Hände, bevor er die Schaufel erneut ergriff. Ein scharfer Blick seines Dienstherrn ließ ihn dann aber doch noch damit beginnen, endlich mit der Beseitigung des Schnees fortzufahren. Da ihm der Haufen zu hoch war, begann er nicht oben, sondern wählte eine der beiden Seiten, deren Achse etwas länger zu sein schien als die Breite des Schneehaufens. Nur fünf Mal warf er die weiße Ladung seiner Schaufel beiseite. Der Schnee war so pulvrig und leicht, dass er dem Ortsvorsteher und dem Propst in die Gesichter stiebte. »He! Kannst du nicht aufpassen?«, maulte Hermann Schädler prustend und strich sich den Schnee vom Schaffellkoller, einer Art Kurzmantel, ab.

Josef glaubte jetzt selbst daran, sich umsonst geängstigt zu haben, und schalt sich einen Narren. Dabei lachte er die beiden erleichtert an. Als er aber zum sechsten Mal ansetzte, verging ihm das Lachen so schnell, wie es gekommen war. Denn als er die Schaufel anheben wollte, spürte er dabei etwas, das wesentlich schwerer schien als der heute besonders pulvrige und dementsprechend leichte Schnee. Um sich zu vergewissern, drückte Josef den Schaufelstiel ein paarmal so weit nach unten, bis der ganze Schneehaufen wackelte und sich sogar etwas hob. Schlagartig ging allen dreien Josefs grausame Vermutung durch den Kopf, weswegen ihnen dieser Schreckensmoment wohl ihr ganzes Leben lang im Gedächtnis bleiben würde. Binnen eines einzigen Augenaufschlages war ihnen klar geworden, dass der brave Mesner recht gehabt haben und sich unter der Schneedecke ein weiterer toter Bursche befinden könnte.

Jetzt war es Josef, der es wissen wollte. Zu sehr hatten ihn in der letzten halben Stunde die Gedanken daran, schon wieder ein junges Mordopfer gefunden und sich abermals verdächtig gemacht zu haben, beschäftigt. Josef wusste, dass es nicht gut für ihn aussehen würde, wenn erst das Volk davon Wind bekäme. Hatten sie ihn nicht schon beim letzten Mal – als er zufällig über den toten Markus Hagspihl gestolpert war – am nächsten Baum aufknüpfen wollen? Hätte man nicht Jockel Mühlegg als Mörder desjenigen, den er vor nicht allzu langer Zeit ebenfalls hier bei der Kirche aus dem Schnee gegraben hatte, ausgemacht, wäre Josef jetzt sicher nicht mehr am Leben. Auch wenn Markus Hagspihls Mörder, der auch der Mörder von Martin Allger sein musste, zurzeit in Immenstadt eingekerkert war, würde der aufgebrachte Mob auch in diesem Fall versuchen, ihn, den gottgefälligen Mesner, als Täter hinzustellen. Es wäre nicht das erste Mal, dass sich das einfache Volk bei solchen Gelegenheiten den Nächstbesten griff, um an ihm seine Wut auszulassen und sich abreagieren zu können. Deswegen war jetzt Eile geboten.

Josef musste mit seiner Arbeit fertig sein, bevor die Staufner darauf aufmerksam würden.

Obwohl ihn wohl tausend Gedanken marterten und er sich am liebsten weit weg wünschte, zog er die Schaufel heraus und schob den Schnee jetzt mit den Händen von oben so weit herunter, bis sich seine angsterfüllte Vorahnung bestätigte. Er hatte soeben einen Hut und eine Kopfhaube von einem Schädel gestreift. Kein Zweifel: Es war der Kopf eines Menschen, den er gerade berührt hatte.

Während sich Josef instinktiv die Hände an seiner Beingewandung abrieb, schlug der Propst hastig ein Kreuz.

Dem Ortsführer entfuhr es gleichsam ungläubig und entsetzt: »Schon wieder ein Mord? … Wir müssen den Medicus holen!«

KAPITEL 22

»Nun lass es gut sein«, versuchte Eginhard Dreyling von Wagrain, dem vor zwölf Jahren als jüngstem Professor seit Bestehen der von Erzherzog Albrecht VI. gegründeten Universität in Freiburg der Lehrstuhl für Medizin unversehens unter den Hintern geschoben worden war, seinen wütenden Weggefährten zu beruhigen.

Mit seinen 34 Lenzen war Eginhard der um zwei Jahre ältere Bruder des Staufner Schlossverwalters Lodewig Dreyling von Wagrain, hatte aber außer der Klugheit des Vaters, eines fast schon überspitzten Gerechtigkeitsgefühls, ständig an den Tag gelegter Korrektheit, Grundehrlichkeit, Hilfsbereitschaft und sozialer Einstellung nicht viel gemeinsam mit seinem geliebten Bruderherz. Vielleicht könnte man noch den Großmut nennen, der die beiden verband, weswegen sie sich vielleicht ähnlicher waren, als sie selbst dachten. Aber da war doch noch etwas, das sie grundlegend unterschied: Eginhard war von seinem Vater bei Weitem nicht so gut im Umgang mit Waffen und in den verschiedenen Kampftechniken ausgebildet worden wie sein jüngerer Bruder, der rechtzeitig auf sein Amt als gräflicher Schlossverwalter hingeschliffen worden war. Deswegen versuchte Eginhard stets, Probleme auf andere Art zu lösen. Während Lodewig schon mal rein vorsorglich die Fäuste in den Taschen ballte, bevor er sie oder sogar eine Waffe zückte, wenn er dies für unabdingbar hielt, blieb bei Eginhard Urgroßvaters Dolch, den der Erstgeborene zur Erinnerung an den Tag des »offiziellen« Erwachsenwerdens, der an seinem 18. Geburtstag mehr zelebriert als gefeiert worden war, bekommen hatte, bei Ärger grundsätzlich in der Lederscheide. Er benutzte ihn lediglich zum Brotzeitmachen. Und seine Fäuste waren zum Brechen einer gegnerischen Nase sowieso nicht zu gebrauchen, da sie lediglich für den Umgang mit chirurgischem Besteck und der Schreibfeder taugten. Dass allerdings auch der Federkiel zur Waffe, zu einer Waffe des Geistes, gereichte, hatte Eginhard schon mehr als einmal unter Beweis gestellt. Und wenn er bisher zumeist eher zufällig als gezielt mit bösen Buben zusammengetroffen war, hatte er sich stets auf seine Hartnäckigkeit, seine Kombinationsgabe und seinen Riecher als perfekte Waffen zur Abwehr oder zur Aufklärung von Untaten verlassen, anstatt die Riechorgane derjenigen, die sich in seinem direkten Umfeld eines Vergehens oder gar abscheulicher Verbrechen schuldig gemacht hatten, einzuschlagen. Per Zufall war Eginhard hin und wieder in solch unschöne Situationen geraten, hatte sich aber stets mit List und Tücke durchgesetzt und den jeweiligen Missetäter zu überführen gewusst, obwohl dies anfänglich keineswegs seine Berufung und schon gar nicht sein Beruf gewesen war.

Allerdings hatten ihn seine diesbezüglichen Erfolge schon das eine oder andere Mal mehr oder weniger ernst darüber nachdenken lassen, eine Art Verbrechensvorsorge- und -bekämpfungstruppe nach dem Prinzip der Gewaltenteilung aufzubauen, anstatt sich der Medizin zu widmen. Ihm gefiel zwar, dass er aus Toten viel herauslesen konnte, aber es missfiel ihm, dass bisher der jeweilige Territorialherr allein die Gesetze vorgab. Nach Eginhards Meinung musste sich dies schleunigst ändern. Darüber hinaus sollte künftig ein neutrales Richtergremium – bestehend aus einem oder mehreren berufsmäßigen Richtern und etlichen vom Volk vorgeschlagenen Beisitzern verschiedenen Standes – die gesetzgebende und die rechtsprechende Gewalt sein; in etwa so, wie es bisher schon gehandhabt wurde, nur wesentlich verbessert und mit Einbeziehung des städtisch und ländlich geprägten Volkes. Dazwischen aber sollte es nach Eginhards Vorstellungen auch noch eine Art ausführende oder vollziehende Gewalt, die sich mit der Vorbeugung und der Aufklärung von Verbrechen sowie mit dem Aufstöbern und Einfangen von Straftätern noch vor deren Taten befasste, geben. So zumindest waren seine Vorstellungen in Bezug auf Recht und Gesetz.

Der Bruder des Kastellans wusste, dass es diese von ihm gewünschte moderne Gerichtsbarkeit weder in deutschen Landen noch in Österreich oder in der Schweiz und auch nicht in Flandern, im Flämischen oder in anderen nordischen Ländern, geschweige denn in östlichen oder südlichen europäischen Gebieten gab. Er sah überdies momentan keine Möglichkeit, das immer noch mittelalterliche Gerichtswesen zu reformieren. Deswegen konzentrierte er sich doch lieber auf seine eigentliche Arbeit als anerkannter Medicus und weit über die Grenzen Freiburgs hinaus bekannter Professor der Heilkunde und der Chirurgie.

Im Moment hatte Eginhard andere Probleme, bei denen ihm weder ein Federkiel noch seine Nase weiterhelfen konnten. Er hatte Mühe, seinen groß gewachsenen und kräftigen Freund zu beruhigen. Der wehrhafte Hüne wirkte so, als wenn man ihn versehentlich in eine braune Benediktinerkutte gesteckt hätte. Es sah schon komisch aus, wie ein dem Anschein nach riesiger Diener Gottes einen ebenfalls nicht gerade klein gewachsenen Taschendieb mit einer Hand am Kragen derart an Wand und Decke der Gaststube im Bregenzer Gasthaus *Zum Schwanen* drückte, dass dessen Füße in der Luft zappelten, während der Mönch mit der anderen Hand drohend eine gewaltige Doppelaxt schwang.

Eginhard appellierte nochmals an die Vernunft seines starken Freundes, der sich dem Anschein nach nicht zu beruhigen gedachte: »Nun lass ihn los, Nepomuk!«

»Diese Missgeburt hat versucht, mir den Geldbeutel abzuschneiden. Ich werde ihn lehren, was es heißt, einen Diener Gottes zu bestehlen«, wurde Eginhard, der beileibe nichts dafür konnte, angeraunzt, bevor sich Nepomuk wieder dem Beutelschneider zuwandte.

»Verdammt noch mal! Ich bin ein Mönch! Und du wagst es, mir den Beutel abzuschneiden! Kennst du nicht den Dekalog?«

»Hä?«, was so viel wie »Wie bitte?« heißen sollte, versuchte der Beutelschneider zu artikulieren, dass er nicht verstanden hatte, was damit gemeint war.

»Aber Nepomuk«, versuchte Eginhard abermals, seinen Freund zu beruhigen. »Der kennt doch den Tanach der hebräischen Bibel nicht.«

»Die zehn Gebote Gottes wird er doch wohl kennen?«, schimpfte der Mönch weiter. »Kennst du sie oder nicht?«

Obwohl Nepomuks Opfer gerne geantwortet hätte, musste es auch diese Frage verneinen.

Eginhard zuckte mit den Schultern und gab auf, dem Fremden helfen zu wollen. Er wusste, dass sein Freund ein zutiefst guter Mensch war und er den Dieb sicherlich nicht gleich abmurksen würde. Vermutlich würde er ihm nur so viel Angst einjagen, dass dieser zumindest eine Zeit lang die Finger von fremdem Eigentum lassen würde.

»Kennst du nun die zehn Gebote? Ja? Und kennst du das siebente Gebot?«, wütete Nepomuk weiter und merkte in seiner Erregung nicht, dass er den ungewaschenen Hals des Diebes immer fester zudrückte – so fest, dass dieser kaum noch zu röcheln vermochte.

Dies veranlasste Eginhard nun doch, sich wieder einzumischen. »Es gibt auch ein Gebot, das besagt, dass du nicht töten sollst, Nepomuk! Und da du ein Vorzeigediener unseres Herrn bist, solltest du ihm vergeben … und ihn endlich herunterlassen!« Da Eginhard zwar nicht ernsthaft um das Leben des Beutelschneiders bangte, wohl aber um dessen Gesundheit, flüsterte er seinem Freund – nachdem er sich umgesehen und die sensationslüsternen Blicke der anderen Gäste bemerkt hatte, noch beschwörend ins Ohr: »Er läuft bereits blau an. Lass ihn endlich runter! Was sollen denn die Leute von dir und deiner Mutter Kirche denken?«

Der Hüne schnaubte noch ein paar Atemzüge lang in voller Wut und blickte dabei dem Dieb tief in dessen hervorgequollene Augen, bevor er für einen kurzen Moment noch fester zudrückte, um gleich darauf so schlagartig loszulassen, dass der Gebeutelte auf den Boden krachte. »Pah! Die Mutter Kirche bin ich! Ich bin für die kirchliche Ordnung auf Erden zuständig«, maulte der Mönch lauthals, fügte aber noch leise hinzu: »… zumindest hier.«

Während der Erlöste hustend und heftig nach Luft schnappend wie ein Häufchen Elend in der Stubenecke kauerte, lachte der Benediktinermönch, legte seinen Arm mit der schweren Doppelaxt auf Eginhards Schulter und drückte ihn mehr oder weniger sanft zum Stammtisch der verrauchten Taverne hin. »Das hat durstig gemacht! Lass uns weitersaufen, Eginhard. Heute ist unser letzter Tag in Bregenz.«

Jetzt erst löste sich die Spannung, von der auch die anderen Gäste ergriffen worden waren. Sie mussten allesamt herzhaft lachen und hatten schon wieder freche Sprüche auf den Lippen: »Ja, ja, ich hab's schon immer gesagt, dass der Arm Gottes lang ist …«

Als sich der ertappte Beutelschneider klammheimlich auf allen vieren davonschleichen wollte, blieb dies natürlich nicht unbemerkt und er musste sich die dümmsten Bemerkungen anhören. Als der Mönch zur neben ihm an der Tischkante lehnenden Doppelaxt griff und »Buh!« rief, spürte der Dieb nichts mehr von seinen Schmerzen am Hals. Jedenfalls war er blitzschnell aufgestanden, noch bevor der Mönch seine Waffe spaßeshalber drohend in die Höhe strecken konnte. Ohne seine Zeche zu bezahlen, rannte er aus der Gaststube hinaus, den dunklen Flur entlang ins Freie, um das Weite zu suchen, das er schon an der nächsten Hausecke hinter der *Kapelle zum See* fand, wo er sich im Dunkel einer Gasse so lange vom Schrecken erholen wollte, bis er wieder die Kraft hatte, endgültig Fersengeld geben zu können.

Nachdem der Mönch sich die Hucke vollgesoffen hatte und die Zecher von draußen her schon das Horn eines der beiden Bregenzer Nachtwächter hörten, gemahnte Eginhard – der sich wie immer beim Trinken zurückgehalten hatte – seinen Freund zur Vernunft: »Auf geht's, Nepomuk! Wir müssen ... Wir haben morgen einen weiten Weg vor uns.«

Trotz aller Versuche Eginhards dauerte es noch eine ganze Weile, bis er seinen inzwischen sturzbetrunkenen Freund so weit hatte, um endlich aufbrechen zu können.

»Nur noch eins! ... Ein einziges!«, versuchte Nepomuk zum wiederholten Mal, seinen Freund zu erweichen, doch noch etwas hierbleiben zu dürfen. Aber es nützte nichts; Eginhard blieb hart.

»Wir werden uns jetzt eine ganze Zeit lang nicht mehr sehen«, lallte Nepomuk dem Wirt entgegen, während er dessen kleine Frau so freundschaftlich umarmte, dass diese die Füße unter dem Boden verlor.

»Nicht schon wieder!«, lachte Eginhard, wollte dabei aber das herzliche Verabschiedungsritual der drei nicht stören. Denn immerhin hatten sich Nepomuk und die Wirtsleute schon in der Zeit, als Nepomuk noch ein junger Studiosus der Heilkunde im nahe gelegenen Kloster Mehrerau gewesen war, gekannt. Dies mochte sicherlich auch daran gelegen haben, dass der *Schwanen* nicht allzu weit vom Kloster entfernt lag und dass dort immer schon ein besonders süffiges Dunkelbier ausgeschenkt worden war. Bereits damals hatte Nepomuk einen seiner Größe entsprechenden Durst gehabt. Diese Freundschaft hatte sich auch nicht geändert, als Nepomuk – das ehemalige Findelkind, das im Kloster Mehrerau erzogen worden war – lange Zeit am Hofe des Fürsten Johannes von Hohenzollern in dessen Sigmaringer Schloss tätig gewesen war, um auf diesem Wege hinter das Geheimnis seiner Familie und seiner eigenen Geburt zu kommen. Sogar, als der Haudrauf nach seinem Studium ein hervorragender Doktor der Medizin und später auch noch ein ordentlicher Professor dieses Fachs geworden war, konnte diese Freundschaft aufrechterhalten werden. Genau genommen war Nepomuk Eginhards Vorgänger, in dessen Fußstapfen der damals erst 20 Jahre alte Staufner mit viel Glück hatte treten dürfen. Sein Studium der Heilkunde, der Natur und der Chirurgie hatte Eginhard nur aufnehmen dürfen, weil der Staufner Propst Glatt die Intelligenz und die naturwissenschaftlichen Neigungen des Schlossverwaltersprosses früh erkannt und zudem eine ganz besonders gute Verbindung zum damaligen Mehrerauer Abt Plazidus Vigell gehabt hatte. Eginhard war im dortigen Benediktinerkloster nach Nepomuk der zweite »Studiosus auf Probe« gewesen. Nachdem zuvor schon Nepomuk und danach Eginhard seine Studierzeit bravourös hinter sich gebracht und somit auch die Kompetenz der dortigen Lehrkräfte unter Beweis hatte stellen können, war dem Kloster die offizielle Bewilligung zur ersten »Privatuniversität« dieser Art am Bodensee zuerkannt worden. Seither konnte sich die Konventuniversität trotz der lähmenden Auswirkungen des Dreißigjährigen Krieges eines regen Zulaufes Studierwilliger aus Österreich selbst, aus Deutschland, der Schweiz und sogar aus dem jungen Fürstentum Liechtenstein erfreuen.

Als Eginhard seinen schwankenden Freund endlich aufs Pferd gesetzt und ihn bis zum Kloster Mehrerau gebracht hatte, befürchtete er, dass es Ärger geben würde, wenn man ihn zu dieser späten Stunde in seinem Zustand sehen würde. Wenn er selbst so betrunken gewesen wäre wie Nepomuk, hätte dies nicht viel ausgemacht. Denn er war weder ein Mitglied dieses Konvents noch lehrte er an diesem Institut – er war lediglich ein »Ehemaliger«. Aber er war seit einer knappen Woche persönlicher Gast des neuen Abtes Johann Truchsess von Waldburg-Zeil, den er zuvor nicht persönlich gekannt hatte, wohl aber um dessen noble oberschwäbische Herkunft wusste. Obwohl sich Eginhard als solcher einige Freiheiten herausnehmen konnte, war er sich seiner Rolle bewusst und wollte sich nicht das Geringste zuschulden kommen lassen oder den Abt gar enttäuschen. Auch wenn es der Nachfolger von Abt Vigell – wie sich aufgrund der vielen Gespräche in den letzten Tagen herausgestellt hatte – offensichtlich ebenfalls sehr zu schätzen wusste, dass es in erster Linie Nepomuk und Eginhard zu verdanken war, dass aus dem ehemals bescheidenen »Kräuterkloster« Mehrerau eine aufstrebende Konventuniversität hatte werden können, wollte Eginhard nicht, dass Nepomuk Probleme bekam. Deswegen tat er alles, um seinen Freund möglichst unauffällig zu seiner Lagerstatt zu bringen. Aber dazu mussten sie erst unbemerkt an der Klosterpforte vorbeikommen.

»Wenn die äußere Pforte noch nicht abgeschlossen ist, können wir uns vielleicht am wahrscheinlich schlafenden Pförtner vorbeischleichen und zur Innentür gelangen«, wusste Eginhard noch aus seiner eigenen Studierzeit. Wenn allerdings Bruder Gallus Pfortendienst hat, dann gute Nacht, dachte er sich. Er kannte den verschwatzten und hinterkünftigen Mönch noch von früher her und befürchtete, dass dieser aufs Alter hin noch knorriger geworden war. Da es hier üblich war, gerade ältere Klosterbrüder – die insbesondere während der frühmorgendlichen Laudes und während der abendlichen Vesper das Einnicken nicht verhindern konnten – zum Dienst an der Pforte einzuteilen, dürften sie es in jedem Fall mit einem der Älteren zu tun haben. Bevor diese durch ihre ständige Schnarcherei die ansonsten unerlässlichen Tagesgebete störten, wurden ihnen für den Pfortendienst zwei der gut zehn fest organisierten Tagesordnungspunkte, die insgesamt einen ausgeglichenen Rahmen aus Gebeten, Lesungen, Gesprächen, Arbeit und Ruhe bildeten, erlassen. Eginhard war nur klar, dass die Wahrscheinlichkeit, einen schlafenden Pförtner anzutreffen, hoch war. Wer aber in dieser Nacht Dienst hatte und ob die beiden Klosterpforten noch offen waren, konnte er nicht wissen. So lehnte er den Mönch erst einmal in einem dunklen Winkel an eine Wand und flüsterte ihm eindringlich zu, dass er nur noch schnell die Pferde versorgen müsse, bevor sie gemeinsam versuchen würden, sich möglichst unbemerkt in ihre Schlafkammern zu schleichen.

»… und sei still, Nepomuk! Hast du gehört? Keinen Laut!«

Ob sein bereits schnarchender Freund diese Empfehlung hörte und sogar verstand, bezweifelte Eginhard.

»Dafür, dass ich euch jetzt nicht abreiben kann, bin ich euch etwas schuldig«, sagte Eginhard zu den Pferden, als er ihnen das Sattel- und Zaumzeug abnahm und erfreut feststellte, dass der Stallmeister die Tränken und die Heugatter gefüllt hatte. Somit musste sich Eginhard nicht weiter der Pferde annehmen und lediglich noch Decken auf sie legen, um sie vor der Kälte zu schützen.

Es war nicht einmal das Viertel einer Stunde vergangen, als Eginhard versuchte, seinen inzwischen die Wand hinuntergerutschten und selig schnarchenden Freund zu wecken und ihm auf die Beine zu helfen, um ihn stützend zur Klosterpforte bringen zu können. Allerdings gestaltete sich dies als schwieriges Unterfangen. Erst als Eginhard seinem Freund einen halb voll gefüllten Eimer Wasser über den Kopf leerte, klappte die Sache. Dabei musste er dem prustenden Mönch nur den Mund zuhalten, damit dieser seinen Schrecken nicht in die keusche Klosterwelt hinausfluchen konnte.

Gerade als sie an der Klosterpforte ankamen, sah Eginhard einen Kerzenschein, der sich aus dem links liegenden Pförtnerzimmer zum Flur hinaus ihnen entgegenbewegte. War die Doppelaxt schon schwer genug, hatte Eginhard am schlaffen Körper seines Freundes erst recht einiges zu heben. Wie ein nasser Sack hing der Hüne auf Eginhards linker Schulter. Dementsprechend unbeweglich war der Medicus, weswegen er die Masse nicht schnell genug zur Seite schaffen konnte, als die Pforte aufging und sie direkt vor einer flackernden Kerze standen.

»Ihr?«, vernahm Eginhard in erschrockenem Flüsterton, aus dem er einen Hauch Besorgnis herauszuhören glaubte.

»Gott sei Dank! Du bist es, Bruder Bernardus«, stieß Eginhard erleichtert aus.

Bernardus war einer jener Mönche, die Nepomuk in- und auswendig kannten und die ein inniges Verhältnis zu ihm hatten. Der gedrungene Mönch, der durch seinen feisten Wanst einem wandelnden Weinfass mit Kordel glich, war ein gutmütiger Klosterbruder, der grundsätzlich niemanden denunzieren würde. Er war ein angenehmer Zeitgenosse, der nur einen Fehler hatte: Er war bekennender Hedonist, was so viel hieß, dass er einem guten Essen ebenso wenig abgeneigt war wie einem Becher, besser noch: einer Karaffe Wein. Dafür hatte er aber genügend Kraft, um Eginhard helfen zu können, Nepomuk die zwei Stockwerke hoch in dessen Kammer zu bringen. Nachdem Bernardus die Situation erkannt hatte, fackelte er nicht lange. »Eginhard, schließ die äußere Pforte ab, während ich unserem Freund hineinhelfe … Hier sind die Schlüssel.«

So gelang es mit Bernardus' Hilfe, Nepomuk unbemerkt in seine Kammer zu bringen, wo der schwere Brocken allerdings so fest auf seine Lagerstatt krachte, dass diese zerbrach und dadurch einen höllischen Lärm verursachte. Aber auch jetzt reagierte der alte Bernardus bewundernswert schnell. »Schließ die Tür hinter mir und warte so lange, bis du nichts mehr hörst, bevor du die Kerze entzündest«, wurde Eginhard angewiesen, während Bernardus schon wieder auf den Flur huschte, wo wegen des Lärms bereits die Tür zum Dormitorium, dem großen Schlafsaal der Novizen, aufgegangen war.

»Was ist denn hier los?«, fragte ein schlaftrunkener Frater, während er sich die Augen rieb und von anderen neugierig gewordenen Novizen beiseitegedrückt wurde.

Bernardus hielt einen Stuhl, den er sich noch schnell geschnappt hatte, hoch. »Nichts! Es war nur ›der Teufel‹, der diesen Stuhl umgeworfen hat, als er mir während meines Rundgangs entgegengesprungen ist. Ich habe ihn wohl erschreckt.« Bernardus stellte das Möbelstück wieder hin und führte einen Zeigefinger an die Lippen. »Pssst! Und jetzt geht wieder schlafen. Ich muss nach unten, um den Kater rauszulassen. Sonst scheißt uns der schwarze Teufel heute Nacht noch in den Flur«, begründete er seine Vorgehensweise nicht gerade fein, während er sich schon auf den Weg machte, um keine weiteren Fragen beantworten zu müssen.

»Teufel«, was für ein Name für einen Klosterkater!, dachte sich der Staufner, dessen Ohr an der zu einem Schlitz geöffneten Zellentür klebte, schmunzelnd.

»Dies ist ja gerade noch mal gut gegangen«, flüsterte Eginhard am nächsten Morgen im Refektorium dem neben ihm sitzenden Brummschädel zu. »Und damit nicht jetzt noch jemand etwas von deiner nächtlichen Aktion merkt, hat Bernardus dem Bruder Schreiner eine Münze in die Hände gedrückt, damit er deine Lagerstatt noch heute Vormittag repariert.«

»Ja … Ohhh!«, Nepomuk hielt sich den Kopf. »Bernardus ist eine gute Seele.«

Als der Abt pünktlich zur siebenten Morgenstunde den Speisesaal betrat, mussten alle aufstehen, um gleich danach ein gemeinsames Gebet zu sprechen, bevor sie die Morgensuppe einnehmen durften. Dies galt auch für Nepomuk, obwohl ihm ganz und gar nicht danach zumute war – weder zum Beten noch zum Essen oder Trinken. Er hatte genug damit zu tun, seinen jämmerlichen Zustand zu verbergen.

Nach der kargen Mahlzeit hatten die Mönche so lange Gelegenheit, sich mit den beiden großen Söhnen ihres Konvents zu unterhalten, bis der Abt in die Hände klatschte. »Nun, meine lieben Ordensbrüder, verabschiedet euch von Bruder Nepomuk und von unserem hochrangigen Gast. Und dann ab zur Morgenlesung!«, befahl er seinen Mitbrüdern in einem Ton, in dem normalerweise die Kinder eines Waisenhauses herumkommandiert wurden.

Nach der mehr als herzlichen Verabschiedung drängte es Eginhard noch kurz in die Kirche, wo er – wie vor 14 Jahren, als er hier mit seinem Vater etliche Gebete zum Himmel geschickt und traurige Gespräche geführt hatte, nachdem er gerade vom Tod seines kleinen Bruders Diederich erfahren hatte – eine Weile still verweilen wollte. Er nahm genau dort Platz, wo er damals schon gesessen hatte, und begann wie damals zu beten: »Pater noster, qui est in caelis, sanctificetur nomen tuum …« Nach Beendigung des Vaterunsers, das Eginhard laut in Latein gesprochen hatte, gedachte er seiner Mutter selig, seines ermordeten Bruders und des Juden Jakob Bomberg – Sarahs Vaters, der in seinem eigenen Haus, das Staufner abgefackelt hatten, gestorben war, als er seine jüngste Tocher Lea hatte schützen wollen. »Gott, ich danke dir dafür, dass du wenigstens Lea am Leben gelassen hast«, sagte er laut mit Blick zum Altar. Er stand auf, bekreuzigte sich und ging. Bevor er die Kirche allerdings verließ, drehte er sich noch um die eigene Achse, um für einen Moment die Schönheit dieses Baus in sich aufzusaugen. In Staufen würde er sich erst wieder an die Schlichtheit der Pfarrkirche St. Petrus und Paulus gewöhnen müssen.

Während Eginhard in der Klosterkirche war, hatte sich der Abt Bruder Nepomuk zur Brust genommen und ihm eingebläut, dass er – auch wenn er jetzt aufgrund anstehender Baumaßnahmen für ein neues Internatshaus und wegen der Erweiterungsmaßnahmen der bestehenden Unterrichtsräume bis zum März nächsten Jahres beurlaubt sei, immer noch ein Mitglied dieser Glaubenskongregation sei. »Und noch etwas!«, hatte er ihm am Schluss mit auf den Weg gegeben. »Du musst unseren Glauben nicht mit dem Schwert …«, dabei schaute er missbilligend auf Nepomuks Doppelaxt, »verteidigen. Außerdem ist der große Glaubenskrieg vorüber. Benimm dich also wie ein honoriger Medicus, der zudem ein treuer Diener Gottes ist … Ich verlasse mich auf dich.«

Als Nepomuk glaubte, dass es dies gewesen sei, und er sich zum Gehen wenden wollte, legte der Abt eine Hand auf seine Schulter. »Und dass du diese Kutte niemals ablegen wirst, versteht sich von selbst.« Dabei blickte er Nepomuk streng in die Augen. Die verhärteten Gesichtszüge des Abtes änderten sich erst, als er Nepomuk mitteilte, eine Überraschung für ihn zu haben. »Komm jetzt! – Ah, Eginhard«, die beiden Adligen waren schnell per Du geworden. »Da bist du ja! Ich wollte gerade mit euch hinausgehen, um euch zu verabschieden«, lächelte der Leiter des auffallend gepflegten Klosters, weil Eginhard wie bestellt zur rechten Zeit kam.

Als sie vor die Tür traten, glaubten Eginhard und Nepomuk, ihren Augen nicht zu trauen. Der Abt ließ sie ein Weilchen staunen, bis er sagte: »Wie mir mein Vorgänger, der unvergessene Plazidus Vigell, seinerzeit gesagt hat, ist es – zumindest, wenn ein Dreyling von Wagrain mit einem Mehrerauer Mönch namens Nepomuk reist – Tradition, dass man ihnen genügend Proviant mit auf den Weg gibt.«

Tatsächlich stand – wie vor vielen Jahren, als Nepomuk mit Lodewigs Vater und dem Segen des Abtes Vigell vom Kloster aus nach Staufen gereist war – ein Langwagen, bis oben hin mit allerlei Nahrungsmitteln, Schafwolldecken und sogar mit reichlich Brennholz, ja sogar mit Kohle gefüllt, bereit. Der Stallmeister hatte ihre Pferde bereits angeschirrt und ihnen Decken über Rücken und Kruppe gelegt. Freudestrahlend hielt er Eginhard die Zügel hin.

Als Nepomuk zum Wagen gehen wollte, rief der Abt streng: »Halt! Du brauchst die Plane nicht anzuheben.«

Während sich Nepomuk darüber wunderte, wieso der Abt wusste, dass er tatsächlich die Plane anzuheben gedachte, um darunter schauen zu können, ob …, gab der Abt dem wie versteinert Dastehenden lachend die Erklärung für das soeben Gesagte: »Mein lieber Bruder Nepomuk. Selbstverständlich sind auch einige Fässer besten Bodenseeweines … und sogar ein Gebinde Obstbranntwein dabei. Trink aber nicht alles selbst, sondern gib auch dem mir unbekannten Propst Glatt etwas davon ab und grüß ihn herzlich von mir. Vergiss aber nicht, auch die Ärmsten der Armen in Staufen bei der Vergabe der Nahrungsmittel, der Decken und der Kohle zu berücksichtigen.«

»Er hat nicht gesagt, dass wir auch den Wein mit dem Volk teilen müssen«, tuschelte der hocherfreute Hüne Eginhard listig ins Ohr.

Nachdem sich Nepomuk und Eginhard in dicke Mäntel gehüllt und wärmende Felle über die Knie gelegt hatten, konnte die Reise losgehen.

Als der Abt den beiden nachwinkte, hörte er hinter sich etwas. Er drehte sich um und sah in einiger Entfernung die meisten seiner Ordensbrüder, die sich zum Abschied zusammengerottet hatten und jetzt mit weißen Tüchern winkten. Die restlichen Mönche und einige der Novizen winkten von den Fenstern der Gebäude rund um den Klosterplatz herunter.

»Kommt gesund in Staufen an! … Bis bald, Bruder … Und du, Eginhard, besuch uns wieder!«, riefen sie den beiden nach, als sich das Gefährt bereits in Bewegung gesetzt hatte.

»Gottes Segen sei mit euch«, murmelte der Abt leise und teilte die Luft hinter ihnen mit einem großen Kreuz, bevor er gewohnt streng in die Hände klatschte, um seine Klosterbrüder wieder dorthin zu bewegen, wo der Dienst an Gott oder die klösterliche Arbeit auf sie wartete.

KAPITEL 23

Der Carnifex hatte dem gefolterten und deswegen stark angeschlagenen Gefangenen heimlich einen Kräutersud gebracht und ihm diesen mühsam Schluck für Schluck eingeflößt. Um Jockel zu helfen, wieder Kraft zu schöpfen, hatte er es sich nicht reuen lassen und dem bitter schmeckenden Gebräu reichlich Honig beigemischt. Der heilende Sud war zwar – was die Schmerzlinderung anbelangte – bei Weitem nicht so wirksam wie die Blätter, die er Jockel beim ersten Grad der Peinlichen Befragung zum Kauen gegeben hatte, dafür hatte er aber eine beruhigende und vor allen Dingen auch eine entzündungshemmende Wirkung. Die in Bezug auf eine Schmerzlinderung wesentlich wirksameren Blätter – von deren Besitz niemand etwas wissen durfte und deren Benennung Sebastian Deibler sich nicht einmal laut auszusprechen wagen konnte, wenn er nicht als Hexer dastehen mochte – musste er für den zweiten Grad der Peinlichen Befragung des jungen Staufners aufsparen.

Der Carnifex wusste, was noch alles über den bedauernswerten Burschen hereinbrechen würde. Er wusste aber auch, was auf ihn selbst zukommen würde, wenn man ihn der Hexerei beschuldigte. Seit der Krieg vorüber war, hatte die Obrigkeit wieder Zeit, um sich mit diesem – aus mancherlei Sicht unterhaltsamen und sogar profitablen – Thema zu beschäftigen. Auch wenn die Hexenpogrome wegen der deutschlandweiten Kriegswirren volle drei Jahrzehnte in den Hintergrund gerutscht waren, so waren sie dennoch nicht vergessen und hatten im Grunde genommen nie ganz aufgehört. Die Flammen waren nie richtig erloschen, und seit Kriegsende loderten die Scheiterhaufen wieder wie zu besten Zeiten europaweiter Hexenverbrennungen. Landauf, landab hörte man von neuerlichen Hexenprozessen, die zahlreicher und gnadenloser geführt wurden denn je.

Der Mensch hat nichts dazugelernt, dachte sich der für seinen niederen Stand bemerkenswert aufgeklärte Carnifex.

Gerade weil er sich für das bekannte Wissen seiner Zeit interessierte, beschäftigte er sich mit der Natur und dem, was sie zur Heilung von Wunden, bei Knochenbrüchen, aber auch zur Linderung innerer Schmerzen herzugeben vermochte. Und weil andere eben nicht aufgeklärt waren oder aber um ihre mehr oder weniger angestammten Pfründe fürchteten, machten sie gnadenlos Jagd auf all jene, die nicht in ihr Bild oder in ihren Kram passen wollten. In Immenstadt lauerte die Gefahr für den Carnifex insbesondere vom dortigen Stadtmedicus, der schon lange um den Verlust seiner Patienten fürchtete. Der hagere Mann wartete nur darauf, den Carnifex und seinesgleichen denunzieren zu können. Und da der Immenstädter Medicus mit Richter Waldvogel befreundet war, hieß es für Deibler, doppelt vorsichtig zu sein. Die noch größere Gefahr allerdings ging vom Richter selbst aus.

Ihn ärgerte es, dass sich der »Unterständische« von ihm noch nie hatte etwas gefallen lassen. Da dem Richter schon bei früheren Verhören aufgefallen war, dass Sebastian Deibler die Angeklagten gerade so gequält hatte, wie es unbedingt hatte sein müssen, hielt er stets ein besonderes Auge auf den Vollstrecker seiner schließlich von Gott gewollten Urteile. Und wenn es ihm nötig erscheinen sollte, würde er schon einen Grund finden, um den kräuterkundigen Mann selbst auf den Scheiterhaufen zu bringen. Allerdings gedachte er dies frühestens dann zu tun, wenn er einen adäquaten Ersatz gefunden hatte.

Sebastian Deibler war gerade damit beschäftigt, Jockels Finger mit einer heilenden Salbe zu bestreichen, als zufällig zur selben Zeit der diensthabende Büttel das Essen für den Gefangenen brachte.

Der Carnifex drehte sich um und grüßte freundlich. »Das trifft sich gut«, sagte er und winkte den städtischen Bediensteten zu sich. »Du kannst mir helfen, die Finger des Gefangenen zu verbinden.«

»Bist du verrückt? Da soll der Teufel drauf scheißen. Das ist weiß Gott nicht meine Sache! Ich bin hier nur für das Fressen zuständig«, empörte sich der tumbe Geselle und warf Jockel das ihm zugedachte Stück Brot in die Zellenecke, in der er meist kauerte. Bevor der Gerichtsbüttel den Trakt verließ, stellte er noch den Wasserkrug vor die Gitterstäbe der Zelle. »Soll ich ihn etwa auch noch füttern und ihm den Arsch abwischen?«, keifte er und machte sich auf den Weg zum ersten der fünf Beisitzer, denen er im Auftrag des Richters eine eilige Botschaft überbringen musste. Dabei hatte er denjenigen ausgewählt, der in nächster Nähe wohnte.

Als der Büttel vor dem gemauerten und mit Fachwerk verzierten Haus mit dem auffallenden Treppengiebel stand, setzte er eine wichtigtuerische Miene auf, bevor er mit seiner Glocke begann, nicht nur den allseits beliebten Ratsherrn herauszuläuten. So musste er sich nicht wundern, dass sich aus den Fenstern fast aller umliegenden Gebäude neugierige Hälse reckten. Nur derjenige, den er mit seiner unruhigen Klingelei erreichen wollte, schien es nicht eilig zu haben.

»Na endlich!«, schnauzte der Büttel, nachdem sich die Tür geöffnet hatte und der Hausherr vor ihm stand. »Werter Herr Göhl. Ich habe Euch eine Botschaft zu überbringen.«

»Dann benehmt Euch so, wie es Eurem niederen Stand gebührt«, konnte sich der ansonsten friedfertige Ratsherr, der zudem ein erfolgreicher Tuchkaufmann war und seit Neuestem auch noch als Gerichtsbeisitzer eingesetzt wurde, nicht verkneifen. Ohne den schmierigen Büttel hereinzubitten, fragte er nur knapp, um was es ginge. Da er nun sowieso schon vor der Tür seines schönen Anwesens stand, streckte er eine Hand aus, um zu prüfen, wie stark es schneite. Er sah so aus, als wenn er sich mehr für das Wetter als für das, was der allseits unbeliebte Büttel zu sagen hatte, zu interessieren schien. Jedenfalls schaute er zum Himmel hoch, während der Stadtknecht unsicher zu sprechen begann: »Da wir in vier Tagen die Geburt unseres Herrn Jesus Christus erwarten und der ehrenwerte Herr Richter Waldvogel, seines Zeichens auch Stadtamm…«

»Haltet Euch nicht mit langen Vorreden auf und redet nicht so geschwollen daher – das passt nicht zu Euresgleichen. Um was geht es?«, unterbrach der im Fall Jockel Mühlegg erstmals zum Beisitzer berufene Ratsherr unwirsch. Dass er in dieses Amt nur nachgerückt war, weil Richter Waldvogel die jungen Ratsherren, die sich um den Kaufmann Peter Immler geschart hatten und die ihr Beisitzeramt nach Meinung des Richters für eine humanere Behandlung der Gefangenen missbrauchten, konnte Göhl nicht ahnen. Er war stolz darauf, in den Zwölferrat der Stadt und nun auch noch zum Gerichtsbeisitzer berufen worden zu sein, und er tat alles dafür, dem ihm entgegengebrachten Vertrauen und dem Willen des Volkes gerecht zu werden. Von den im Fall Mühlegg beteiligten Beisitzern war er mit Abstand der Vernünftigste und hatte die gesündeste Einstellung zur Humanität. In Bezug auf sein Alter stand er mit seinen 48 Jahren zwischen den jungen Beisitzern um Peter Immler und den alten Quadratschädeln, die Richter Waldvogel dieses Mal eingesetzt hatte.

Göhl war der Erste, der sich während des unglücklich verlaufenen Versuchs einer Peinlichen Befragung vor ein paar Tagen gegen den Richter aufgelehnt hatte, nachdem der Pfarrer wegen Waldvogels Verfahrensfehlers den Verhörraum verlassen hatte. Dass sich

Göhl nicht schon früher für eine bessere Behandlung von Jockel Mühlegg eingesetzt hatte, war daran gelegen, dass es eben sein allererster Fall war und er noch nicht so recht wusste, wie Vernehmungen abzulaufen hatten. Und dass es 150 Jahre nach dem Ende des Mittelalters immer noch die aus seiner Sicht unmenschliche Folter gab, hatte er zähneknirschend zur Kenntnis nehmen müssen, ohne bisher etwas dagegen getan haben zu können. Gesetz ist nun einmal Gesetz, ... auch wenn dies im rothenfelsischen Gebiet von einem einzigen Mann dominiert und immer wieder aufs Neue gebeugt wurde.

Der Büttel war zwar unsicher, ließ sich dennoch nicht einschüchtern und baute sich respektlos – was zweifellos ein gewaltiges Stück Mut oder Dummheit voraussetzte – vor dem Ratsherrn, der zwei Jahre einer der sechs »Hinterstände« im städtischen Gremium gewesen war, bevor er hochoffiziell mit dem Segen des Grafen in den höheren Rat der Stadt Immenstadt berufen worden war, auf.

Immerhin hatte der städtische Bedienstete eine wichtige Botschaft zu verkünden: »Äh ... Wie gesagt: Um das Weihnachtsfest nicht zu versauen, möchte der Herr Richter den Fall des Staufner Zweifachmörders Jockel Mühlegg noch vor den anstehenden Feiertagen verhandelt haben.«

Ulrich Göhl verschränkte die Arme, was so viel heißen sollte, dass er sich die Zeit nehmen würde, um zu hören, was der Büttel weiter zu verkünden haben würde. »Und was heißt das?«

»Dass er deswegen kurzfristig beschlossen hat, bei dem Staufner Missetäter Jockel Mühlegg morgen mit dem zweiten Grad der Peinlichen Befragung fortzufahren.«

»Morgen schon?«, wunderte sich der nobel gewandete Ratsherr und strich sich nachdenklich über seinen gepflegt gestutzten Kinnbart.

»Ja! Morgen um die neunte Stunde ...« Der Büttel blickte sich vorsichtig nach allen Seiten um, bevor er den Satz beendete: »In der *Fronfeste*!« Bei seiner Vorsichtsmaßnahme hatte er allerdings übersehen, dass immer noch ein paar Neugierige ihre Köpfe aus den Fenstern mehrerer Häuser herausstreckten.

»Warum nicht in der Kirche?«, kam es lästernd vom Ratsherrn, dem Waldvogels Art und Weise, die Gesetze so hinzubiegen, wie es ihm gerade beliebte, und diese bei Bedarf sogar zu beugen, nicht gefiel, zurück.

»Ich überbringe nur die Botschaft … Was darf ich dem ehrenwerten Herrn Richter von Euch vermelden?«

Um die Wichtigkeit seines Sonderauftrages zu unterstreichen, zog der Büttel ein Blatt Papier hervor und tat so, als wenn er etwas vergleichen oder sogar lesen würde, was er natürlich ebenso wenig konnte, wie die Antwort des Beisitzers zu notieren.

»Sagt Waldvogel, dass ich pünktlich da sein werde. Und jetzt geht! Hier stinkt es.«

»Ach! Ich habe etwas vergessen: Ich soll Euch noch sagen, dass Ihr Euch auch die Tage darauf – bis zum Tag vor dem Tag des Herrn – bereithalten sollt, weil die Gerichtsverhandlung vielleicht sogar noch vor Weihnachten stattfinden wird.«

»Ich habe Euch schon einmal gesagt, dass Ihr nicht so geschwollen daherreden sollt. Und außerdem: Was soll das? Wir haben weder das Schuldeingeständnis des Angeklagten noch können wir ihm etwas beweisen, geschweige denn, dass wir Zeugen gehört haben. Waldvogel wird dem Staufner doch nicht kurzen Prozess machen und ihn noch vor Weihnachten hinrichten lassen wollen?«, empörte sich Göhl und fügte noch an: »Aber was geht dies Euch an?«

»Spielt das eine Rolle?«, grinste der Büttel. »Der Mühlegg ist so sicher schuldig, wie das Amen am Ende jeder Messe in der von Euch eben genannten Kirche kommt!«

»Was erlaubt Ihr Euch? Wer sagt das?«

»Na, wer schon?«, blieb der rotzfreche Stadtknecht, der in der allgemeinen Wahrnehmung trotz seiner schwarzen Amtslivree nicht viel mehr galt als ein gewöhnlicher Henkersknecht, die Antwort schuldig und machte sich ohne Verabschiedung auf den Weg zum nächsten Gerichtsbeisitzer.

Nachdem der Büttel alle fünf Beisitzer über Waldvogels Wunsch informiert hatte, ging er zum Pfarrer, dem er das Gleiche vorbetete wie den zuvor Aufgesuchten. Da Pfarrer Schwenk ein gutmütiger und geduldiger Mensch war, ließ er den unangenehmen Mann ausreden, obwohl sich dessen Informationen nach seinem eigenen Stand der Kenntnis überholt haben mussten.

»Ja, weiß denn der Waldvogel noch nicht, dass sich Graf Königsegg angesagt hat?«

Der Büttel riss gleichsam verwundert und entsetzt die Augen auf. »Was sagt Ihr da?«

»Du hast schon richtig gehört. Oberamtmann Speen hat mich darüber informiert, dass der Graf umdisponiert hat und seine Reise abbricht, um Weihnachten nun doch zu Hause verbringen zu können.«

Dem Pfarrer gefiel es, den Büttel und somit auch Richter Waldvogel in einer peinlichen Situation zu wissen.

»Und was geschieht dann mit dem Gefangenen?«

»Tja. Da musst du schon den ehrenwerten Herrn Richter fragen«, antwortete der Immenstädter Pfarrherr sichtlich gut gelaunt.

»Verdammte …!« Noch bevor der Büttel aussprechen konnte, erhob der Priester den Zeigefinger und gebot ihm innezuhalten. »Schluck's hinunter und zürne nicht dem Herrn in seinem eigenen Haus.«

Ohne sich zu entschuldigen, geschweige denn, ein Kreuz zu schlagen, eilte der irritierte Büttel davon.

Schon kurze Zeit später klingelte er Sturm am Haus des Richters.

Ein Fenster des zweiten Geschosses öffnete sich und eine gepflegte Frau mit sorgsam zusammengestecktem Haar, in dem eine Spange in Schmetterlingsform glänzte, zeigte sich. Aber ihr äußeres Erscheinungsbild schien wohl nicht mit ihrem Inneren zu korrespondieren.

»Was willst du?«, fragte sie kühl und abweisend.

»Entschuldigt, ehrenwerte Frau Waldvogel. Aber ich muss Euren Herrn Gemahl sprechen … Es ist dringend.«

»Das geht jetzt nicht. Mein Mann hat zu tun!«, rief sie schroff herunter und schlug scheppernd das Fenster zu.

Es war wieder still auf der Straße. Nur die Turmuhr von St. Nikolaus schlug die achte Abendstunde.

Der Büttel stand da wie bestellt und nicht abgeholt. Da er nicht wusste, was er jetzt tun sollte, zuckte er nur ratlos mit der Schulter. Was soll's. Ich habe es versucht. Soll ihn doch der Oberamtmann über die Rückkehr des Grafen informieren. Was habe ich überhaupt damit zu tun?, dachte er und trollte sich – in der Gewissheit, nichts falsch gemacht zu haben – in Richtung des Gasthauses *Weißes Kreuz*.

Anderntags trudelten nacheinander einzeln oder in Zweiergrüppchen dieselben Leute, die schon beim ersten Grad von Jockels Peinlicher Befragung dabei gewesen waren, im Verhörraum ein. Kaum hatten sie sich durch das heute besonders sparsame Licht die glitschigen Treppen hinuntergehangelt, wurden sie von einem der missmutigen Henkersknechte wortlos einen Raum weiter, direkt zur Folterkammer, durchgewunken.

Wie immer, zeigte sich gerade dieser Raum von seiner besten Seite – zumindest, was dessen Bestimmung anbelangte. Von den Kerkerräumen ausgehend, zog ein fauliger Hauch menschlicher Ausdünstung und Exkremente durch das ganze Gewölbe. Die faulen Henkersknechte hatten sich die ganze Zeit über lieber in den Tavernen herumgetrieben, als das Stroh in Jockels Kerkerzelle auszutauschen, weswegen es im Zellentrakt besonders ekelerregend stank. Und einen Topf hatten sie ihm nicht zugestanden, obwohl der Carnifex dies ausdrücklich angeordnet hatte. Ein dementsprechend ätzender Gestank lag in der Luft. Würde er sich nicht mit dem in diesen Räumen allgegenwärtigen Modergeruch und kaltem Rauch vermischt haben, wäre es hier unten nicht auszuhalten.

Da der zweite Grad der Peinlichen Befragung anstand, wurde darauf verzichtet, den Verhörraum ganz auszuleuchten und teure Kerzen zu vergeuden. Damit aber der Richter, einer der fünf Beisitzer oder gar der Pfarrer nicht über eine der lose gewordenen Bodenplatten stolperten, hatte der Carnifex die einzige Fackel, für die im düsteren Gang eine Wandhalterung zur Verfügung stand, entzündet. Wäre dagegen der Gerichtsschreiber gestolpert, hätten dies die anderen verschmerzen können und ihn selbst hätte man wohl kaum dafür bestraft.

Jetzt fehlte noch der Pfarrer, der das Privileg für sich in Anspruch zu nehmen schien, immer der Letzte sein zu dürfen. Aber so, wie es aussah, würde ihm dies heute nicht gelingen, denn ungewöhnlicherweise war Richter Waldvogel, der bei den letzten Verhören stets der gierige Erste gewesen war, auch noch nicht da.

»Er ist wohl über seine eigene kurzfristige Terminanberaumung gestolpert«, witzelte Göhl und hatte dafür die Lacher auf seiner Seite.

Während sich einer der Henkersknechte schon wieder eifrig damit befasste, die Kohlen zum Glühen zu bringen, verdrückte sich der Carnifex unauffällig in die dahinterliegenden Kerkerräume, um sich mit dem derzeit einzigen Gefangenen zu befassen. »Hier, Jockel!« Er zog wieder Blätter aus seiner Tasche. »Du weißt, was du damit tun musst ... Aber kau dieses Mal etwas unauffälliger darauf herum. Denn wenn sie uns draufkommen, kriege auch ich großen Ärger«, beschwor er den im Gesicht schalweißen und mittlerweile einem Skelett gleichenden Burschen.

Da Jockel wusste, dass diese Blätter zwar nicht den ganzen Schmerz zu nehmen vermocht hatten, aber dennoch äußerst wirksam gewesen waren, zierte er sich dieses Mal nicht und kam sofort aus seiner Ecke hervor. Mittlerweile hatte er zu demjenigen, der ihn von Berufs wegen quälen musste, Vertrauen gefasst. »Aber das sind ja wesentlich mehr Blätter als vorgestern«, wunderte er sich einen Moment, konnte aber am Blick des Henkers schnell erkennen, warum er ihm heute eine höhere Dosis verabreichte. Kaum dass sich die Schmerzen in seinen Fingern ein klein wenig verringert hatten, sollte er schon wieder gemartert werden. Und dieses Mal würde ihm der Carnifex noch mehr wehtun müssen, als dies bisher der Fall gewesen war.

»Diese Tortur halte ich nicht mehr lange aus!«, schluchzte der abgemagerte Bursche, während er seine verbundenen Hände durch die Gitterstäbe streckte. Sebastian Deibler legte ihm die Hälfte der Blätter in eine Hand und bat ihn, den Mund zu öffnen. Da Jockel Mühe hatte, sich das getrocknete Grünzeug selbst in den ausgetrockneten Mund zu schieben, half ihm der Carnifex und gab ihm auch noch einen kleinen Schluck Wasser. »So ist es gut, Jockel. Kau jetzt schon fest darauf herum. Und wenn ich laut rufe, dass wir beginnen, spuckst du den Brei aus und versuchst, dir den Rest der Blätter in den Mund zu schieben. Da der Richter noch nicht da ist, haben wir genügend Zeit, dass sich die sedierende Wirkung entfalten kann.«

»Die was?«

»Ach, nichts! ... Hör zu, Jockel ...« Noch während der Carnifex redete, zog er langsam seinen Dolch, drehte sich um, zielte kurz und warf das Eisen zum Ende des Ganges, von wo zuvor ein leises Piepsen zu ihm herübergedrungen war. Dies war so schnell gegangen, dass Jockel überhaupt nichts davon mitbekommen hatte. In aller Ruhe stand der Carnifex auf und holte seinen Dolch mitsamt der fetten Ratte, die daran hing.

Als er dem bedauernswerten Burschen seine Jagdtrophäe präsentierte, huschte der Anflug eines Lächelns über dessen Lippen.

»Na, siehst du. Man darf niemals aufgeben. Du bist ein ungewöhnlich tapferer Mann. Vielleicht ist dir deswegen heute das Glück hold«, versuchte Deibler, Jockel wenigstens etwas aufzumuntern.

»Was meint Ihr damit, Meister Sebastian?«, nuschelte Jockel kaum hörbar. Dafür aber hörte der Carnifex umso deutlicher, dass jemand die Treppe herunterschlurfte. Er ging an die Tür und öffnete sie einen Spalt, um zu sehen, um wen es sich handelte. »Der Pfarrer«, flüsterte er Jockel zu. »Ich muss jetzt nach vorne«, sagte er noch und stieß die Tür zur Folterkammer auf.

»Meister Sebastian«, hörte er Jockel hinter sich krächzen.

»Ja, Mühlegg?«, antwortete der Carnifex in vorsichtshalber rüdem Ton, falls man ihn im vorderen Raum hören sollte. Er wollte vermeiden, einen vertrauten Eindruck zwischen ihm und dem Delinquenten zu erwecken.

»Ich vergebe Euch auch das, was Ihr mir heute antun werdet!«

Den dankbaren Blick seines Peinigers für die abermalige Vergebung konnte Jockel nicht mehr sehen. Er drückte sich wieder ganz in seine Ecke und beschäftigte sich intensiv mit dem Blätterbrei in seinem Mund. Die Hand mit den zusätzlichen Blättern hielt er so fest geschlossen, wie es ihm aufgrund der Schmerzen möglich war. Er wollte verhindern, dass einer der wertvollen Schmerzlinderer auf den verdreckten Boden fiel.

»Und?«, fragte der Carnifex in die Runde. »Wie sieht es aus? Wann können wir beginnen?«

Die Umherstehenden unterbrachen ihre bisherigen Unterhaltungen und blickten Deibler ratlos an. Nur der Stadtpfarrer grinste.

Sie hatten eine ganze Weile auf den Richter gewartet und waren gerade im Begriff zu gehen, als oben die aus vielen einzelnen Eisenplatten zusammengenagelte Tür zur Gewölbetreppe quietschte.

»Seid still. Ich höre etwas«, sagte der Carnifex, dessen Sinnesorgane ausgeprägter waren als die der dekadenten Beisitzer und des Pfaffen, der zwar ein anständiger und gutmütiger Mensch war, aber nur die Völlerei im Kopf hatte.

»Da kommt jemand«, kommentierte der Gerichtsschreiber, dessen Gehör aufgrund der ständig an den Tag gelegten Neugierde offensichtlich auch recht geschult war, das soeben von Deibler Gesagte.

Aber erst, als die schwere Tür ins Schloss fiel, war es so still, dass man nur noch das eintönige Tropfen von Wasser hörte.

»Verdammte Scheiße! … Kreuzkruzifix! Wenn ich den erwische, der mich beim Grafen denunziert hat …«, hörten sie unverkennbar ihren verspätet eintreffenden Vorsitzenden fluchen.

Als Richter Waldvogel die Treppe heruntergekommen und bei ihnen war, greinte er sie an: »Was glotzt ihr so saudumm?«

»Jetzt reicht es aber!«, ließ sich der Pfarrer das ständige Angeraunze nicht mehr gefallen. »Erweist uns gefälligst den Respekt, den Ihr auch von uns erwartet. Und außerdem bittet Ihr für Eure gotteslästerliche Flucherei den Herrn um Verzeihung … Fünf Vaterunser!«, setzte der Pfarrer das Strafmaß für denjenigen fest, der es normalerweise gewohnt war, Strafen zu verhängen.

Während sich die meisten anderen hinter vorgehaltener Hand ein Kichern nicht verkneifen konnten, entledigte sich der Richter seines Kotzens und rieb sich die kalten Hände.

»Verzeiht! Aber ich bin stinksauer.«

»Was ist geschehen, werter Herr?«, schleimte Ekkehard van der Heye in der Hoffnung, Punkte zu sammeln. Immerhin hatte er vor einiger Zeit einen Antrag auf Erhöhung seiner Besoldung gestellt und war in erster Linie auf die Beurteilung seines direkten Vorgesetzten, des Stadtammannes Michael Waldvogel, angewiesen.

»Der Graf ist zurück!«, sagte er nur knapp, sorgte damit aber für offene Münder. »Ich komme gerade von ihm. Deshalb meine Verspätung«, wollte der Richter zu erzählen beginnen. »Aber lasst uns doch in den Verhörraum vorgehen. Hier können wir nicht sitzen … und außerdem stinkt es hier bestialisch.«

»Meint Ihr, da hinten riecht es besser?«, lästerte der Priester.

»Soll ich Euch Wein holen?«, fragte derjenige Henkersknecht, der schon beim letzten Mal Wein geholt hatte und dabei im Wirtshaus fast hängen geblieben war. Dabei meinte er den offensichtlich angefressenen Richter, nicht den lästerhaften Pfaffen.

Mit einem scharfen »Nein!« wurde seine Hoffnung, ins Wirtshaus gehen zu dürfen, jäh zerschlagen. »Heute ist mir nicht danach zumute«, sagte der Richter kleinlaut, maulte aber sofort wieder drauflos: »Räum lieber das wieder weg, was du zur heute anberaumten Folter hergerichtet hast.«

Während sich die anderen erstaunt anschauten, glitt ein Lächeln über die Lippen des Stadtpfarrers. Aber auch der Carnifex konnte ein zufriedenes Grinsen kaum verstecken.

»Außerdem sind wir gleich fertig«, schnarrte der Richter.

Jetzt meldete sich der Carnifex zu Wort: »Heißt das, dass heute nicht gefoltert wird?«

»Ja! Verdammt noch mal! Das wird es wohl heißen!«, zischte der Richter mit einer aufgebrachten Handbewegung.

»Nun erzählt schon! Macht es doch nicht so spannend. Was ist geschehen?«, traute sich der älteste Beisitzer zu fragen.

Nachdem alle ihre angestammten Plätze eingenommen hatten und die leise vor sich hin fluchenden Henkersknechte schon damit beschäftigt waren, die Glut und die in der Glutpfanne liegenden Zangen abzulöschen, was ein dampfendes Zischen und eine angenehme Geruchsveränderung verursachte, strich sich der Richter mit beiden Händen durchs Haar. »Graf Königsegg ist gestern Abend in aller Stille von seiner Reise zurückgekehrt. Bis auf Oberamtmann Speen hat niemand davon gewusst.«

Der Richter warf dem Pfarrer einen vorwurfsvollen Blick zu. »Und Speen hat es durch einen vorausreitenden Boten so kurzfristig erfahren, dass er anscheinend nicht die Zeit gehabt hat, es mir oder sonst jemandem zu erzählen.« Wieder trafen seine Augen wie Brandpfeile ihr Ziel. »… Außer Hochwürden«, ergänzte er seinen Satz in einem verachtenden und spöttisch klingenden Ton.

»Ja. Das stimmt!«, antwortete der Pfarrer, der sich keiner Schuld bewusst war. »Da die Kirche gegenüber dem Amtshaus liegt, hat Speen mich gesehen, als ich mich vor dem Kirchenportal gerade mit Agnes Lochbrunner wegen der Taufe ihres Kindes unterhalten habe. Dabei hat er mich kurz zu sich gewunken und mir davon erzählt, dass der Graf zurückkommt. Und? Ist da etwas Böses dran? Oder weswegen schaut Ihr mich so vorwurfsvoll an?«, wusste sich der Pfarrer selbstbewusst zu wehren.

»Nun ja …«, antwortete Waldvogel, während er Aufmerksamkeit heischend in die Runde blickte. »Jemand hat dem Grafen gleich nach dessen Rückkehr brühwarm vom Stand der Dinge in Bezug auf den Gefangenen erzählt. Und dies kann nur einer gewesen sein. Einer, der den aktuellsten Stand der Dinge gekannt hat.«

»Und wenn schon. Ich jedenfalls war es nicht!«, konterte der Pfarrer, der allerdings dem Büttel von der Rückkehr des Grafen erzählt hatte. Aber dies tut jetzt nichts zur Sache – oder vielleicht doch?, dachte er sich noch.

»Meine Herren!«, mischte sich nun Ulrich Göhl, der jüngste der anwesenden Beisitzer, ein. »So kommen wir doch nicht weiter. Es spielt doch wirklich keine Rolle, von wem der Graf das erfahren hat, was zu wissen ihm sowieso zusteht. Aber nun sagt uns endlich, um was es eigentlich geht, Herr Waldvogel.«

Die Stimmung war gedrückt. Lediglich Göhl, der Pfarrer und der Carnifex freuten sich über die – so wie es aussah – verschobene Folter.

»Na gut. Aber ich werde es schon noch herausbekommen, wer mich angeschwärzt hat«, murmelte der Richter und fuhr – nachdem er vom ältesten Beisitzer aufgefordert worden war, lauter zu sprechen – fort: »Seine Exzellenz ist stinksauer, weil ich ihm keine Depesche, in der ich ihn sofort über unseren Gefangenen hätte unterrichten müssen, geschickt habe.«

»Verständlicherweise!«, kommentierte der Pfarrer – immer noch hämisch grinsend – das Gehörte.

Trotzdem ihm die Häme des Pfarrers aufgefallen war, ließ sich der Richter nicht davon abbringen, das zu erzählen, was alle hören wollten und erfahren mussten.

»Er hat mir schwere Vorhaltungen gemacht und befohlen, die heutige Peinliche Befragung zu verschieben. Er möchte sich erst selbst ein Bild von der Sache machen, bevor wir damit fortfahren können.«

»Wir?«, unterbrach der Pfarrer schon wieder. »Seid Ihr sicher, dass die Vernehmungen und die darauf folgende Gerichtsverhandlung weiterhin in Euren Händen verbleibt?«

Waldvogel lief rot an. Aufgrund dieser offen gezeigten Schadenfreude hätte er aus der Haut fahren können, riss sich aber am Riemen und antwortete in fast süffisantem Ton: »Gut geraten, Hochwürden. Es ist in der Tat so, dass er Deibler und mich heute noch zu sprechen wünscht. Und bis zu diesem Gespräch geschieht hier nichts mehr. Danach hört ihr wieder von mir.« Er stand wortlos auf, nahm seinen Kotzen und verließ grollend die Gewölberäume.

Es war so lange still, bis man die mit Eisenplatten beschlagene Holztür ins Schloss fallen hörte.

Während sich eine rege Unterhaltung, der es an Lästereien nicht mangelte, entspann, ging der Carnifex zu Jockel. Auf dem Weg durch die Folterkammer befahl er seinen Henkersknechten, alles akkurat zu säubern. »… auch die Kerkerzellen! Ist das klar?«

Als wenn er eine Belohnung verdient hätte, steckte er sich ein Stück Kautabak in den Mund. »Jockel, ich habe gute Kunde«, sagte er in ruhigem Ton.

»Ja, Meister Sebastian?«, kam kaum vernehmbar die ungläubige Frage aus dem hintersten Winkel der Zelle.

»Ja, Jockel! Heute geschieht nichts mehr. Der Graf hat die Verhöre bis auf Weiteres verschoben. Und ich glaube, dass bis Weihnachten nichts mehr unternommen wird. Jedenfalls werde ich mich beim Grafen dafür starkmachen. Ich lass dir die Blätter trotzdem hier. Du kannst sie jetzt so einteilen, dass sie ständig ein bisschen wirken und du den Dauerschmerz leichter ertragen kannst. Betrachte sie als mein persönliches Weihnachtsgeschenk. Außerdem kommen nachher meine Knechte, um diesen Saustall auszumisten und frisches Stroh zu bringen. Somit dürfte es für dich wenigstens wieder etwas erträglicher sein, zumindest so lange, bis wir mit der Tortur weitermachen müssen«, kam es dem Carnifex versehentlich etwas unsensibel über die Lippen. »Jetzt erhol dich erst einmal vom heutigen Schrecken. Ich komme morgen wieder, um deine Finger zu salben und zu verbinden. Bis dann«, verabschiedete er sich.

Jockels erleichtertes und dankbares Schluchzen hörte er nicht mehr.

KAPITEL 24

»ALS DEIN VATER und ich vor vielen Jahren denselben Weg von Bregenz nach Staufen genommen haben und ebenso randvoll mit Lebensmitteln bepackt waren, mussten wir einigen Gefahren trotzen«, bemerkte Nepomuk mit leicht sorgenvoller Miene, nachdem sie das Kloster Mehrerau ein ganzes Stück hinter sich gelassen hatten und fernab der nächsten Behausungen waren. Dabei prüfte er, ob seine gefürchtete Doppelaxt so neben ihm auf dem Kutschbock lag, dass sie schnell griffbereit war.

»Hoffen wir, dass deine Reise mit mir unproblematischer wird. Du weißt, dass ich meinen Säbel nicht so gut zu schwingen vermag, wie dies mein Vater dereinst getan hat«, lachte Eginhard.

»Mein junger Freund! Wenn du glaubst, darüber scherzen zu müssen, liegst du falsch. Auch wenn der Krieg vorüber ist, treiben sich nach wie vor genügend versprengte Söldnerhaufen und anderes Raubgesindel herum. Außerdem hungert das Volk immer noch, was aus gottesfürchtigen Menschen ganz schnell unberechenbar raubende Tiere werden lässt …, Insbesondere, wenn sie Beute wittern. Wir müssen also mit allem – auch mit einem Überfall – rechnen«, versprühte Nepomuk in ernstem Ton Weisheiten, die er trotz des immer noch schmerzenden Brummschädels seinen Gehirnwindungen zu entlocken vermochte.

»Ist ja schon gut. Maul mich nicht an, sondern erzähl mir lieber, wie du Vater seinerzeit kennengelernt hast«, bat Eginhard, der diese Geschichte von Hannß Ulrich Dreyling von Wagrain alljährlich an Weihnachten zu hören bekommen hatte, Nepomuks Version aber nur ein einziges Mal, in jenem traurigen Jahr, als der Mönch erstmals mit seinem Vater nach Staufen gekommen war. Der alte Dreyling von Wagrain hatte den heilkundigen Mönch damals gerade noch rechtzeitig nach Staufen gebracht, um die kleine Lea von ihm verarzten zu lassen, nachdem das Mädchen von Lodewig aus deren abgefackeltem Elternhaus hatte gerettet werden können. So ganz nebenbei hatte Nepomuk den gemeinen Mord an Eginhards Bruder Diederich aufgeklärt. Deswegen ärgerte es ihn heute noch unsagbar, dass der mehrfache Kindsmörder Ruland Berging, den in Staufen seines Berufes wegen alle nur den »Totengräber« genannt hatten, seinem Freund entwischt war und vermutlich heute noch irgendwo im Oberschwäbischen oder womöglich um den östlichen Teil des Bodensees herum, vielleicht aber auch im Elsass sein Unwesen trieb. Letztlich hatte Nepomuk damals auch noch Lodewigs Leben retten können, nachdem dieser ebenfalls vom Totengräber gemartert, aber von Fabio hatte gerettet werden können.

Seither hatte sich eine innige Freundschaft zwischen den Dreylings von Wagrain und dem außergewöhnlichen Benediktinermönch entwickelt.

»Wann warst du das letzte Mal in Staufen?«, fragte Eginhard.

»Hmmm … Lass mich überlegen: Ich glaube, dass dies auch schon wieder vier Jahre her sein dürfte. Insgesamt habe ich deine Familie fünf- oder sechsmal besucht. Und du? Wann warst du zuletzt in deiner Allgäuer Heimat?«

»Seit Mutters Tod fehlt etwas«, sinnierte Eginhard. »Und deswegen habe ich seither schon zweimal ausgesetzt … Vor vier Jahren – als du in Staufen warst – und Anfang vergangenen Jahres. Na ja, die Reise von Freiburg aus ins Allgäu ist ja auch um Etliches beschwerlicher als von Bregenz aus«, versuchte er sich zu rechtfertigen.

»Dann hat dich deine Familie also fast zwei Jahre nicht mehr gesehen?«, fragte Nepomuk, während er etwas wehmütig nach einem Wirtshaus Ausschau hielt. Wie gerne hätte er in Bregenz einen Schwenk nach rechts gemacht und wäre noch kurz im *Schwanen* eingekehrt. Am liebsten wäre der ständig durstige Mönch jetzt noch schnell auf ein, zwei Abschiedsbierchen zu seinen Wirtsfreunden zurückkutschiert, um sie nochmals an seine breite Brust zu drücken und mit ihrer Hilfe das Brummen in seinem Schädel zu vertreiben. »Man sollte stets mit dem anfangen, womit man am Abend zuvor aufgehört hat«, verkündete er, als wenn es eine medizinische Weisheit wäre. Da Nepomuk allerdings wusste, dass er mit diesem Gedanken bei Eginhard nicht durchkommen würde, unterließ er es, ihn danach zu fragen, ob jetzt schon eine Rast drin wäre.

Sie waren gut vorwärtsgekommen. Am Bodensee entlang nach Hörbranz, wo Nepomuk Eginhard den Felsbrocken gezeigt hatte, auf dem er vor 14 Jahren mit dessen Vater gesessen hatte, nachdem sich die beiden kennengelernt hatten. Dabei hatte Nepomuk seinem jungen Freund die Geschichte erzählt, wie er seinem Vater eigentlich hatte das Pferd abnehmen wollen, von ihm aber in die Schranken gewiesen worden war. »Das hat mir schon gestunken …, aber auch imponiert. Noch nie zuvor war ich im Kampf besiegt worden«, hatte sich der langhaarige Hüne, der jetzt – aufgrund der Freundschaft, die sich zwischen den beiden mittlerweile gereiften Herren entwickelt hatte – darüber lachen konnte, erinnert.

»Du wolltest das Pferd meines Vaters stehlen und es ihm nicht ›abnehmen‹, korrigierte Eginhard die Aussage des Benediktinerpaters, bekam darauf aber keine Antwort.

Wenn es nicht gerade Winter gewesen wäre und sie bis zum Einbruch der Dunkelheit ihr Ziel erreichen müssten, hätten sie noch schnell einen Abstecher ins schöne Lindau gemacht. Das pulsierende Handelsstädtchen hätte für jeden Geschmack etwas geboten. Dort gab es gemütliche Tavernen und Wirtshäuser für die verschiedenen Stände. In der freien Reichsstadt mussten es sich Leute von Stand nicht gefallen lassen, während des Essens von Tagelöhnern angepöbelt oder von Lumpenhunden angebettelt zu werden. Während die Honoratioren in den nobleren Gasthäusern der Maximilianstraße oben unter sich bleiben konnten, wurden die einfachen Leute in den Hafenpinten versorgt.

Das Ostufer des Bodensees war eine traumhafte und besonders erntereiche Gegend. Wenn sie links über die verhältnismäßig breite Holzbrücke nach Lindau hineinkutschiert wären, anstatt zielstrebig weiterzureisen, hätten sie sich den See entlang an der umtriebigen Hafenatmosphäre erfreuen oder sogar in sie hineintauchen können. Sie hätten ein kleines Würfelspielchen wagen können – allerdings nur so lange, bis die geharnischten Hafenschützer aufgetaucht wären und ihnen die Würfel und das auf dem Tisch liegende Geld mitsamt ihrer Waffen abgenommen hätten. Sie hätten sich aber auch von einer Gunstgewerblerin für ein paar Kreuzer verwöhnen lassen können – so oder so wäre ihnen das Geld abgenommen worden. Für die ehrbaren Herren wäre aber beides nicht infrage gekommen. Da hätten sie dann schon lieber ein Weilchen den Händlern beim Abladen und Beladen der Lädinen zugesehen oder sich anderweitig gütlich getan. Am mangelnden Durst hätte es bei Nepomuk sicher nicht gelegen.

So aber war es den beiden lieber gewesen, die vom Bodensee aus fast durchwegs ansteigende und zum Teil sogar steile Strecke ins Allgäu hoch möglichst schnell hinter sich zu bringen.

»Aber im Simmerberger Bräuhaus machen wir eine ausgedehnte Rast!«, bestand Nepomuk auf die Umsetzung seines Vorschlags und freute sich jetzt schon auf das dort ganz besonders süffige Bier. Dem konnte Eginhard nicht widersprechen. Immerhin war es von dort aus nicht mehr weit nach Staufen, wobei sie dann allerdings noch den gefährlichen Hahnschenkel vor sich haben würden. Die steile Steige hatte sich nicht nur den Ruf als »Rosseschinder«, sondern seit dem Großen Krieg zudem auch noch die Bezeichnung »Mordbuckel« eingehandelt, weil es seither fast an der Tagesordnung war, dass am obersten Punkt des steilen Anstieges Wegelagerer auf die meist ausgelaugten Pferde mit ihren Reitern oder meist wehrlosen Kutschern warteten.

Eginhard schüttelte den Kopf über Nepomuks bewundernswerten Durst, der offensichtlich eine besondere Eigenschaft, möglicherweise sogar das Vorrecht des Klerus sein musste. »Aber erst einmal müssen wir ungeschoren dorthin gelangen«, sagte er und gab den beiden Pferden sicherheitshalber sanft die Zügel, damit es sich Nepomuk nicht überlegte und doch noch nach Lindau zurückwollte.

Während sie sämtliche auf dem Weg liegenden Haufendorfsiedlungen umfuhren, um nur ja nicht in irgendwelche Scharmützel verwickelt zu werden, und dabei wachsam ihre Augen streifen ließen, konnten sie sich an manchen Stellen der teilweise nur sehr schlecht ausgebauten Strecke kaum noch der lästigen Bettler und Hungerleider erwehren. Nepomuk musste nicht nur einmal vom Kutschbock steigen, um durch seine imposante Größe und mit seiner Doppelaxt zu zeigen, dass es besser für die bisher mehr lästigen als gefährlichen Wegelagerer wäre, die Finger von der Ladung zu lassen. Im Großen und Ganzen aber verlief die Reise bisher so, wie es ihnen der Mehrerauer Abt beim Abschied gewünscht hatte.

Wenn es gerade keinen Ärger am Wegesrand gab und das Fuhrwerk still vor sich hin fuhr, vertrieben sie sich die Zeit mit Unterhaltungen, wobei keiner der beiden seine Seite des Weges aus den Augen ließ. Nur kurz vor und während unübersichtlicher Kurven verharrten sie in Stille und versuchten, zwischen dem Schnauben der Pferde, dem rhythmischen Klacken der Hufe und dem Knarzen der Räder auf den bisher nur mit wenig Schnee bedeckten Steinen eventuell bedrohliche Geräusche auszumachen.

War das Gelände wieder übersichtlich, setzten sie ihre Unterhaltung fort. Dadurch lernten sie sich noch besser kennen, als dies sowieso schon der Fall gewesen war.

»Darf ich dich etwas Persönliches fragen, Eginhard?«, unterbrach Nepomuk die Ruhe.

»Selbstverständlich! Was möchtest du wissen, mein Freund?«

»Bist du mit dir und der Welt zufrieden?«

Eginhard überraschte diese Frage zwar, er antwortete dennoch ohne zu zögern: »Nun ja. Mit der Welt kann man derzeit wohl kaum zufrieden sein. Was mich persönlich anbelangt, so glaube ich schon, zufrieden zu sein. Ich habe in Freiburg einen wunderbaren Posten als Professor medicinale. Aber was das heißt, weißt du ja selbst.«

»Ja, ja: Mehrung des eigenen Ansehens zur Ehre und zum Ruhm unseres Herrn, … aber nur wenig Geld!«

Eginhard wartete Nepomuks Lachen ab, bevor er mit etwas gesenkter Stimme weitersprach: »Obwohl ich glücklich darüber sein müsste, von Gott privilegiert worden zu sein, möchte ich gerne etwas anderes tun. Die Arbeit mit den Studiosi hat mich zwar stets ausgefüllt und gibt mir auch heute noch sehr viel, obwohl es mittlerweile doch schon viele Jahre geworden sind.« Bei diesem Gedanken wäre Eginhard schier melancholisch geworden. Mit einem unergründlichen Lächeln auf den Lippen fuhr er fort: »Dennoch würde ich mich gerne verändern und mein Wissen stärker in die Praxis umsetzen und zum Wohle Kranker wirken, indem ich mir die Natur noch mehr als bisher zur Verbündeten mache.« Eginhard legte eine Pause ein, bevor er fortfuhr: »Obwohl ich keine Probleme habe, mich vor 100 Studiosi zu stellen, um ihnen die Grundlagen der verschiedenen Heilweisen und der bis vor Kurzem noch verteufelten Chirurgie näherzubringen, bin ich eigentlich kein Theoreticus.« Zum Zeichen dafür, dass er es ernst meinte, schlug Lodewig mit einer Faust in die Fläche der anderen Hand. »Ich würde sehr gerne als freier Medicus arbeiten.«

»Vielleicht als reisender Wunderdoktor?«, flocht Nepomuk witzelnd dazwischen.

»Ich bitte dich. Natürlich nicht. – Nein, ich wäre gerne der Leiter einer eigenen Ordination oder eines großen Spitals in einer Allgäuer, von mir aus auch in einer Oberschwäbischen Stadt – allerdings nicht in einem kleinen Dorf wie Staufen«, fügte er noch rasch an, bevor er weitersprach: »Dann hätte ich es auch nicht immer so weit nach Staufen und könnte die Meinen öfter besuchen als immer nur an Weihnachten.« Eginhard zögerte etwas, bevor er weitersprach, während er seinem Berufskollegen in die Augen blickte. »Weißt du, was ich neben der Medizin noch gerne anpacken würde?«

Nepomuk zuckte mit den Achseln und zog die wärmende Decke höher. »Nein! Weiß ich nicht. Dich vermählen vielleicht? Das würde aber auch allerhöchste Zeit!«

Eginhard lachte. »Dies auch! Aber die scholastische Medizin, meine Studiosi und eine andere Leidenschaft haben mich über all die Jahre hinweg leider Gottes derart in Anspruch genommen, dass ich bis heute nicht dazu gekommen bin, mir ein braves Weib zu suchen. Vielleicht finde ich ja dieses Mal in Staufen eine holde Maid, die bereit ist, mit einem alten Krauterer Tisch und Bett zu teilen?«, kam Eginhard fast ins Sinnieren, beantwortete dennoch Nepomuks Frage weiter: »Aber Spaß beiseite. Ich würde sehr gerne ein orts- oder vielleicht sogar ein landesübergreifendes Netz aufbauen, das sich um die Verbrechensaufdeckung und deren vorbeugende Bekämpfung kümmert. In Freiburg decke ich pro Jahr ungefähr acht bis zehn Morde auf«, erzählte er seinem aufmerksamen Zuhörer – aber nicht, ohne ihn auch darauf hinzuweisen, dass dies bisher alles neben seiner eigentlichen Arbeit als Professor medizinale her geschehen war.

»Wie bist du denn dazu gekommen? Ich dachte, dass du ein Medicus bist … und darüber hinaus auch noch einer, der hierbei sämtliche Weihen erhalten hat. Was hast du denn mit bösen Buben zu tun?«, wunderte sich Nepomuk.

»Na ja. Das hat sich so ergeben: Eines Tages – es war vor neun Jahren – ist ein alter Pfeffersack als Anschauungsobjekt auf meinem Tisch im Auditorium gelegen. Er sei an Altersschwäche gestorben, hat es geheißen. Tatsache aber war, dass er vergiftet wurde.«

»Und dies hast du herausgefunden?«, wunderte sich Nepomuk ehrlich. »Und wie?«

»Das war ganz leicht. Das hättest sogar du herausfinden können!«

»Sei nicht so frech! Vergiss nicht, dass ich quasi eine Art Lehrmeister für dich – zumindest aber indirekt dein Spiritus Rector –

im Kloster Mehrerau war«, empörte sich Nepomuk spaßeshalber, wollte dennoch mehr darüber wissen.

»Na ja. Als meine Studiosi und ich dem alten Mann in den Mund geschaut haben, waren da noch unübersehbare Reste von Schaum und eine merkwürdige Verfärbung der Zunge. Und die anderen Anzeichen haben ebenfalls eine deutliche Sprache gesprochen.«

»Lass mich raten«, ereiferte sich Nepomuk. »Man hat ihm eine große Menge Bilsenkraut ... oder Tollkirschen verabreicht.«

»Eine gute Ferndiagnose, mein Freund. Stimmt aber nicht ganz. Die Mörderin ...«

»Du hast aufgedeckt, dass es eine Frau war?«, wollte Nepomuk Eginhards Ausführungen unterbrechen, was ihm aber nicht gelang.

»... ist behutsam vorgegangen und hat ihm das Gift über Monate hinweg ins Essen gemischt und dabei auch noch dessen abrasierte Bartstoppeln mit dem Wiegemesser ganz klein gehackt und beigegeben, damit sie sich im Magen und im Darm festsetzen konnten.«

»Doppelt genäht hält bekanntlich besser.« Nepomuk schüttelte den Kopf. »Unglaublich! Er muss die ganze Zeit über wahnsinnige Schmerzen gelitten haben.«

»Ja! Und an seinem Todestag – wie sich bei der späteren Befragung seiner Frau herausgestellt hat – wollte sie auf Drängen ihres jungen Liebhabers hin die Dosis etwas erhöhen, damit der Alte endlich krepierte. In ihrer Verblendung hat sie dummerweise versehentlich zu viel davon genommen. Obwohl die beiden seinen Tod nicht erwarten konnten, hat ihnen die Gier letztlich selbst das Genick gebrochen. Wäre das ruchlose Weib weiterhin wohldosiert vorgegangen, hätte sie zwar vielleicht noch ein paar Wochen oder Monate warten müssen, um an das Geld ihres reichen Mannes zu kommen, wäre aber nach dessen Tod vermutlich ungeschoren geblieben. So aber hat man sie, nachdem ihre Tat ruchbar geworden war, zusammen mit ihrem jungen Liebhaber zu einem ebenso grausamen Tod verurteilt, wie ihn ihr Ehemann erlitten hat. Der Henker hat die beiden Gesicht an Gesicht zusammengebunden und so in der Dreisam, die mitten durch Freiburg läuft, ertränkt. Damit ihre beiden Münder, die dem gehörnten Ehemann so viel Schande angetan hatten, für immer verbunden sein würden, haben die Henkersknechte zuvor noch einen runden Holzpflock in sie gesteckt, der sie auch noch im Tode miteinander verbinden sollte.«

»Das ist ja alles sehr interessant. Aber jetzt spann mich nicht länger auf die Folter! Um welches Gift hat es sich nun gehandelt?«, zeigte sich Nepomuk unbeeindruckt.

Eginhard ließ sich nicht drängen und machte es dadurch noch spannender: »Ein Nachtschattengewächs, das Kräuterweiber, Hebammen, aber auch Hexen …«

»Ich Tölpel!«, unterbrach Nepomuk und klatschte sich mit der Handfläche auf die Stirn. »Klar: Die Alraune!«, schoss es aus ihm – stolz darauf, Eginhard Paroli bieten zu können – heraus.

»Ja, mein Freund! Du hast recht. Es war tatsächlich die sagenumwobene Mandragora officinarum, die den guten Mann das Leben gekostet hat.«

»Und wie ist es dann weitergegangen? Hast du deine Erkenntnis dem zuständigen Amt gemeldet?«

»Ja, aber dies hätte ich lieber nicht tun sollen«, klagte Eginhard.

»Warum denn nicht?«

»Na, weil das Öffnen von Leichen zu Studierzwecken von Amts wegen immer noch nicht richtig erlaubt ist, hauptsächlich aber, weil ich seither keine Ruhe mehr habe und zu jedem verdächtig erscheinenden Todesfall gerufen werde! Zuerst nur in Freiburg, später dann im ganzen Breisachtal. Dies ist mir jetzt einfach zu viel geworden … Ich brauche eine Ruhezeit!«, stöhnte Eginhard, kam aber gleich darauf ins Schwärmen. »Nepomuk, du glaubst gar nicht, was einem die Toten alles erzählen können. Ich habe …«

Mit dieser Aussage setzte der jüngere der beiden Mediziner den älteren zwar weiter in Erstaunen, konnte seinen Satz aber nicht beenden, weil er ohne jegliche Vorankündigung wie vom Blitz getroffen in sich zusammensackte und nach vorne kippte. Während Nepomuk zwar aufmerksam zugehört, gleichzeitig aber auch seine Seite der unbefestigten Straße nach drohender Gefahr abgesucht hatte, drohte Eginhard, vornüber vom Kutschbock zu fallen.

Nur aufgrund seiner guten Reflexe konnte der heilkundige Mönch – der wegen seines weggedrehten Kopfes nicht mitbekommen hatte, was mit Eginhard geschehen war – den besinnungslosen Freund im letzten Augenblick noch davor bewahren, vornüberzufallen und zwischen Deichsel und Wagen unter die Räder zu kommen. Er krallte seine rechte Hand in die Rückseite von Eginhards Überwurf, zog ihn zurück und hielt ihn auf Höhe dessen

Genicks fest. Dabei blickte sich der kampferprobte Mönch intuitiv hastig nach allen Seiten um, konnte aber nach wie vor nichts und niemanden sehen … auch nicht auf Eginhards Straßenseite.

Ich muss verhindern, dass noch mehr geschieht, schoss es ihm durch den Kopf. Um dies zu können, musste er allerdings wissen, was Eginhard widerfahren war.

Was ist eigentlich geschehen?, sinnierte er, immer wieder hastig nach allen Seiten blickend, während er auch noch die Pferde beruhigen musste.

Noch wusste er nicht, um was für eine Art Raubgesindel es sich handelte, das Eginhard so abrupt ins Land der Träume … oder weiter geschickt hatte. Da er immer noch nichts erkennen konnte, fragte er sich, ob es überhaupt Wegelagerer waren, die Eginhard so plötzlich getroffen hatten.

Da ich nichts gehört habe, muss es sich um einen Pfeil handeln! Oder war es vielleicht der Bolzen einer Armbrust? Wer oder was sollte es sonst gewesen sein?, fragte er sich, während er mit einer Hand die Zügel hielt und mit der anderen hastig Eginhards Brustbereich abtastete. Nichts! Nicht einmal Blut. Merkwürdig, dachte er und lauschte in die Stille des Waldes hinein. Die vom Wagen und den Pferden herrührenden Geräusche wurden durch das Rauschen des Windes in den Tannenwipfeln begleitet. Dementsprechend war nichts anders zu hören.

Trotz der heiklen Situation suchte Nepomuk mit einem eiligen Blick nach einem Bogen- oder Armbrustpfeil in Eginhards Körper, konnte aber nichts entdecken. Eine Gewehrkugel konnte es nicht gewesen sein, den Schuss hätte er doch hören müssen – oder? Trotzdem tastete er Eginhards Oberkörper abermals ab und fuhr ihm dabei auch unter das dicke Lederwams, wo er aber nichts Ungewöhnliches feststellen konnte. Also strich er – während er mit der linken Hand die durchzugehen drohenden Pferde in Zaum zu halten versuchte – mit der anderen über Eginhards Kopf. Plötzlich spürte der Mönch etwas Warmes zwischen seinen Fingern. Erschrocken zog er die Hand zurück und betrachtete sie: Blut! Erst als er den schon wieder nach vorne gekippten Verletzten – zumindest betete Nepomuk darum, dass Eginhard »nur« verletzt war – auf die Sitzbank zurückzog, sah der Mönch die klaffende Wunde an dessen Kopf, aus der das Blut heraus und nun Eginhards Gesicht hinunterlief. Aber Nepomuk hatte jetzt keine Zeit, sich auch nur einen Moment lang damit zu beschäftigen. Auf die Schnelle konnte er nur mit Schrecken feststellen, dass der lebenswichtige Körpersaft die Wunde in Strömen zu verlassen schien.

»Brrr! … Brrr! Verdammt noch mal. Bleibt endlich stehen!«, schrie er die Pferde an, die sich durch diese Aktion derart erschrocken hatten, dass sie durchgegangen wären, wenn es hier zwischen den Ansiedlungen Weiler und Simmerberg nicht gerade so steil gewesen wäre. So aber konnte Nepomuk wenigstens versuchen, die unruhig schnaubenden Tiere zu beruhigen und fast zum Stehen zu bringen. Da er aber nur ein guter Reiter und kein sonderlich erfahrener Kutscher war, gelang es ihm nicht, die beiden Rösser wieder in die Spur zu bringen. Unruhig tänzelten sie auf der Stelle und brachten dadurch den Wagen nicht vorwärts, dafür aber gefährlich nahe an den weichen Wegesrand. Weil aber Nepomuk immer noch eine Hand benötigte, um seinen Freund festzuhalten, hatte er dementsprechend auch nur eine Hand für die Zügel frei.

Am liebsten hätte er jetzt seine Doppelaxt hervorgeholt, um gewappnet zu sein, wenn sich die Wegelagerer auf sie stürzen sollten. Verdammt noch mal: Ein Überfall! Aber wo ist das Mordgesindel?, schoss es ihm mehrmals durch den Kopf, während Pferde und Wagen unweigerlich näher an den rechtsseitig steilen Abhang gerieten. »Wo seid ihr? … Kommt heraus, ihr feiges Pack!«, rief er in den Wald hinein, bekam aber weder eine Antwort noch jemanden zu sehen.

Ich muss sie nach links ziehen, bevor die Räder zuerst auf den weichen Seitenstreifen, dann darüber hinausgeraten, dachte er sich erschrocken und tat alles in seiner Kraft Liegende, um sein Vorhaben umzusetzen. Letztlich aber musste Nepomuk hilflos mit ansehen, wie der voll beladene Wagen ganz langsam nach rechts driftete und noch langsamer umkippte. Bevor das Gefährt ganz umschlug, musste Nepomuk den hilflosen Eginhard vom Bock aus seitlich auf die Straße schubsen, bevor er selbst abspringen konnte. Damit riskierte er womöglich zwar zusätzliche Verletzungen bei seinem Freund, hatte im Moment aber keine andere Wahl. Und wenn Eginhard bereits tot war, würde es ihm sowieso nichts mehr ausmachen.

Immer noch besser, als unter den Wagen zu geraten oder mit ihm in den Tobel zu stürzen, dachte er sich fahrig, zog Eginhard über sich hinweg auf die linke Seite und warf ihn auf den Weg, wo dieser nach ein paar Rollen regungslos liegen blieb.

Währenddessen schoben sich die Räder tiefer in den weichen Seitenstreifen, der sich löste und zusammen mit dem Ladewagen nach unten rutschte, wo er letztlich ganz umkippte. Nachdem sich die gesamte Ladung selbstständig gemacht hatte und der Wagen dementsprechend leichter geworden war, gelang es Nepomuk doch noch, die Pferde nach links zu ziehen. »Hü! … Hühhh!«, schrie er wie wild, während er mit aller Kraft an der linken Leine zog. Er war so damit beschäftigt, dass er ganz vergessen hatte, sich durch Abspringen selbst in Sicherheit zu bringen.

Eginhard ist in Sicherheit, zumindest, was die vom Wagen ausgehende Gefahr anbelangt, dachte er sich, während ihm schon wieder die Straßenräuber in den Sinn kamen.

Und jetzt schien es auch noch so, als wenn er es schaffen würde, die Pferde und das umgekippte Fuhrwerk vor dem Absturz in den zwar nicht besonders tiefen, aber dennoch gefährlichen Tobel zu retten. Dafür, dass die beiden Rösser eigentlich keine Zugpferde, sondern Nepomuks und Eginhards Reitpferde waren, die nur äußerst selten angeschirrt und vor einen Karren gespannt wurden, entwickelten sie beachtliche Kräfte. Dies war umso bemerkenswerter, weil sie überdies auch noch einen auf der Seite liegenden Ladewagen vom Tobelrand wegziehen mussten. Während die Pferde mit aller Kraft zogen, wühlte der Karren zwar den Dreck am Wegesrand weiter auf, driftete dabei aber nicht weiter ab. Denn Nepomuk schaffte es doch noch, die Tiere so weit nach links zu ziehen, dass sie selbst und auch der Ladewagen auf dem festen Waldweg in Sicherheit waren.

Nachdem der Mönch hastig vom Bock gesprungen war und die Pferde mit Tätscheln und gutem Zureden beruhigt hatte, schnaufte er einigermaßen erleichtert durch. Jetzt konnte er sich endlich der Straßenräuber annehmen. Auch wenn Nepomuk seine Doppelaxt nirgends sehen konnte und er sich wohl oder übel nur mit seinem Dolch und mit seinen Fäusten der Wegelagerer erwehren und Eginhard schützen konnte, würde er ihrer beider Haut so teuer wie möglich verkaufen. Wild schnaufend sah sich der Hüne schon wieder nach allen Seiten um, vermochte aber nichts Verdächtiges zu entdecken.

»Wo seid ihr, feiges Gesindel? Kommt heraus und zeigt euch!«, rief er so laut in den Wald, dass es widerhallte.

Nepomuk lauschte kurz, konnte aber noch immer nichts hören. So besann er sich wieder auf seinen Freund. Jetzt aber schnell zu Eginhard, dachte er, während er sich immer wieder um die eigene Achse drehte, um endlich der Straßenräuber ansichtig zu werden und sich ihrer erwehren zu können. Um zu Eginhard zu gelangen, musste er ein Stückchen zurücklaufen. Dabei sah er einen mehr als knüppeldicken Ast auf dem Boden liegen. Dass daran frisches Blut klebte, wäre ihm überhaupt nicht aufgefallen, wenn nicht der leicht mit Schnee bedeckte Boden, auf dem der Ast lag, Blutspuren aufgewiesen hätte. Nepomuk hatte jetzt aber keine Zeit, sich Gedanken darüber zu machen. Hastig blickte er wieder um sich, während er zu Eginhard eilte. Dort: Ebenfalls Blut! Noch bevor er ihn erreicht hatte, sah er die Blutlache, die sich um dessen Kopf herum drohend im Schnee ausbreitete und sich einen roten Weg durch das an dieser Stelle schmelzende Weiß bahnte. Nepomuk kniete sich neben seinen Freund, schaute sicherheitshalber nochmals um sich und betrachtete die klaffende Wunde an dessen Kopf. »Scheiße!«, schrie er, tastete Eginhards Adern nach pulsierendem Blut ab und stieß einen Ton der Erleichterung aus. »Ich Simpel«, sagte er zu sich selbst. »Solange die Wunde blutet, lebt Eginhard noch. Reiß dich zusammen, Mönch!«, schalt er sich selbst für seine Unbesonnenheit, die er damit entschuldigte, dass die letzten Augenblicke einfach zu aufreibend gewesen waren und seinen ganzen Einsatz gefordert hatten.

In selbst auferlegter Ruhe untersuchte er jetzt einigermaßen zufrieden Eginhards Brustkorb und freute sich über die Dampfwölkchen, die rhythmisch dessen geöffnetem Mund entströmten.

»Gott sei gepriesen – er lebt!,« rief Nepomuk laut und erschrak selbst derart darüber, dass er sofort wieder seinen Dolch griff und sich umsah. Aber er sah nur Wald, nichts als dunkle Tannen, die sich dem Himmel entgegenstreckten.

Dann vernahm er ein unregelmäßiges Rascheln und sah gleich darauf einen undefinierbaren Schatten, der ihn sofort in Kampfposition brachte. Aber das war es auch schon. Es war wieder still geworden. Nur noch das in diesem Moment unheimlich anmutende Rauschen der Blätter war zu hören. »Wo sind die nur?«, fragte er sich immer noch verwundert. Dass es lediglich ein kleines Rehrudel – vermutlich das einzige weit und breit – war, das in der Nähe vorbeigehuscht war, hatte er nicht wahrgenommen.

Er nahm Eginhard vorsichtig auf und trug ihn zum Fuhrwerk. Dort lehnte er ihn an den umgekippten Wagen und begab sich auf die Suche nach einer der wärmenden Decken oder eines der Felle, die hier irgendwo sein mussten, falls sie nicht mit den Lebensmitteln und den anderen wertvollen Dingen im Tobel unten lagen. Zum Glück lag das große Schaffell, das von Bregenz bis hierher ihre Beine gewärmt hatte, ebenso mitten auf dem Weg wie unweit davon eine der Wolldecken, die zusammen mit Eginhard auf den Weg geflogen waren. Nepomuk drapierte die Decke an einen Baum, setzte Eginhard vorsichtig darauf, deckte ihn mit dem Schaffell zu und legte ihm sein leider schon gebrauchtes Schnäuztuch auf den Kopf, um die Wunde zu schützen. »Entschuldige«, sagte er zu Eginhard, der natürlich nichts hörte. »Besser als gar nichts.« Danach eilte er kurz zu den Pferden, um nachzusehen, ob wenigstens dort alles in Ordnung war. Er tätschelte sie wieder und vergewisserte sich danach auch noch, dass wirklich kein Wegelagerer in der Nähe war. »Wo sind die Dreckskerle nur? … Was haben die vor?«

Wieder bei Eginhard, betrachtete er sich die Wunde genauer und musste feststellen, dass es sich um eine lebensgefährliche Kopfverletzung handelte und sogar die Schädeldecke arg in Mitleidenschaft gezogen worden war.

Hastig griff er in eine der Taschen seiner Mönchskutte und zauberte ein kleines Fläschchen hervor. Wehmütig warf er einen Blick auf seine Notration und nahm einen klitzekleinen Schluck, bevor er den gesamten Rest direkt auf Eginhards Wunde verteilte, nachdem er dessen Kopf etwas nach hinten gelegt hatte, damit ihm der gute Bodenseeobstler nicht in die Augen laufen konnte. Dabei zuckte Eginhard zwar und stieß sogar ein kaum hörbares Schmerzgeräusch aus, erwachte aber nicht aus seiner Besinnungslosigkeit.

Jetzt nur schnell nach Simmerberg, dachte sich der heilkundige Mönch, der genau wusste, was zu tun war, wenn er Eginhards Leben retten wollte. Er drückte noch schnell das Fell und die Decke um ihn herum und hastete dann zum Fuhrwerk. Nachdem er sich den Ladewagen betrachtet hatte, spannte er die Pferde aus und band sie an einen Baum. Danach zog er den Wagen unter Einsatz all seiner Kraft quer zum Weg und begab sich an die obere Seite des steilen Weges. Der Hüne stemmte sich mit seiner ganzen Leibesfülle gegen den Ladewagen und versuchte, ihn mithilfe des Gefälles aufzurichten. Da ihm dies trotz seiner Kraft nicht gelang, holte er die Pferde, die er – eines ganz links und das andere auf der rechten Seite des Wagens – anband. Dies tat er aber nicht in Richtung des Weges hinunter, sondern in Richtung Simmerberg hoch, wobei er die Seile auf der anderen Seite des Fuhrwerkes befestigte, damit sich dieses mit einer viertel Drehbewegung aufrichten konnte. Er war sicher, dass die Pferde es schaffen würden, zumal er von unten schieben wollte. Würden die gutmütigen Tiere den quer liegenden Wagen in Richtung des Anstieges hinunterziehen, würde sich der Wagen vermutlich zwar aufrichten, dann aber aufgrund des Gefälles wieder umkippen und womöglich eine derartige Eigenkraft entwickeln, dass er den Berg holpernd hinunterrollte. Bei dieser Variante wäre es wohl kaum möglich, die Kraft der Pferde so zu dosieren, dass es klappen und der Wagen auf Anhieb zum Stehen kommen könnte.

»Also los!«, schrie Nepomuk, während er den Rössern so fest auf die Hinterbacken schlug, dass sich diese erschraken und schon zu ziehen begannen, während er noch um den Wagen herumeilte, um von unten schieben zu können, was aber nicht nötig war. Es war nur ein Akt weniger Augenaufschläge, bis der Wagen stand. Die beiden hatten saubere Arbeit geleistet. Nepomuk war zufrieden. Nun war alles einfach. Er zog die Bremsbacken an, blickte sich hastig nochmals um und schob den Wagen mithilfe der Vierbeiner in Richtung seines Etappenzieles Simmerberg, das er ursprünglich aus einem anderen Grund ausgewählt hatte. Er spannte die Pferde wieder ordentlich an und beruhigte sie, während er selbst nicht ganz so beruhigt immer noch nach den Straßenräubern Ausschau hielt. Außer dem rauen, kreischenden Rätschen des Eichelhähers hörte er nichts. Aber ahmten nicht gerade diejenigen, die sich unerkannt verständigen wollten, gerne diesen Ruf nach? Nepomuk verharrte noch einen Moment, vernahm aber nichts mehr. Gut, keine Antwort, dachte er sich, blieb aber dennoch vorsichtig. Also war es tatsächlich nur ein Nussgackl, kam ihm die hiesige Bezeichnung des Vogels, die er dereinst von seinem Freund, Eginhards Vater, gehört hatte, in den Sinn. Aber er hatte keine Zeit zum Sinnieren, er musste sich jetzt schleunigst um Eginhard kümmern.

Nachdem Nepomuk seinen Reisegefährten möglichst weich und wegen des Blutflusses mit dem Kopf leicht nach vorne gebeugt auf den Wagen gebettet und zugedeckt hatte, legte er wieder sein nicht mehr ganz frisches Schnäuztuch lose auf die Wunde und schnitt ein Stück aus dem großen Fell heraus, das er darauflegte, um ein allzu starkes Auskühlen der Wunde zu verhindern – da bei der vorangegangenen Aktion ihrer beider Kappen abhandengekommen waren, hatte er nichts Besseres.

Danach machte er sich – ohne sich um all die verlorenen Dinge zu kümmern – auf schnellstem Wege zur Simmerberger Taverne auf, wo er hoffte, Eginhard einigermaßen versorgen zu können. Auch dabei sah er sich fortwährend nach den unheimlichen Wegelagerern um, die sich immer noch nicht hatten blicken lassen. Da es langsam zu dunkeln begann, wurde es ihm nun doch etwas mulmig. Aber es tat sich nach wie vor nichts und der Mönch konnte mit dem schwerverletzten Eginhard ungehindert seines Weges ziehen, wo er schon kurz darauf sein Ziel vor Augen hatte.

Nachdem er die Tür zur Taverne aufgestoßen hatte, erblickte er etliche Einheimische, die am Stammtisch saßen. Sie droschen Karten und unterhielten sich leise. Der nur mit einer Arschbacke auf einem Schemel sitzende Wirt lehnte mit seinen Ellbogen verschlafen auf der Theke. Seine unters Kinn geklemmten Hände sollten wohl verhindern, dass der müde Kopf nach unten fiel. Während eine seiner vielen Katzen in einer Bierlache neben dem steinernen Spülbecken herumleckte, strich sie mit ihrem Schwanz vor seinem Gesicht herum, was ihn zum Niesen veranlasste. Vor ihm standen zwei Krüge, bei denen er bereits begonnen hatte, sie zu füllen, aber noch auf das Absacken des dicken Schaumes warten musste. Wenn die Krüge noch länger hier stehen würden, wäre die Gefahr, dass Nasensekret des Wirtes in sie hineintropfen würde, nicht zu unterschätzen. Dadurch aber, dass die Tür aufgegangen war, löste sich der feiste Tavernenwirt mit den auffallend roten Wangen, die dem Rot seiner Knollennase in nichts nachstanden, aus seiner Grundhaltung. Sofort war er hellwach. Sein ungeteiltes Interesse galt der Geldbörse des neuen Gastes.

Da um diese Uhrzeit die meisten Einheimischen ihrem Tagewerk nachgingen, war der Raum noch nicht so vom Rauch erfüllt, wie es Nepomuk von seinen letzten Besuchen in Erinnerung hatte.

»Helft mir!«, rief er in die Schankstube, erreichte damit aber nur, dass die Gespräche verstummten und alle verdutzt zu ihm schauten.

»Verdammt noch mal! Ich habe hier einen Schwerverletzten! Nun helft mir doch endlich!«

Jetzt erst kam Bewegung in den verschlafenen Raum. Der Wirt rief nach Resl, seinem ebenfalls drallen Weib, und eilte Nepomuk entgegen. Da der Hüne beim Eintreten fast den gesamten Türrahmen benötigte, versperrte er dem sowieso schon schwachen Tageslicht den Weg ins düstere Rauminnere, weswegen ihn der Wirt erst erkannte, als er direkt vor ihm stand.

»Heimatland! Ich glaub es nicht: Der wilde Mönch aus Bregenz!«, rief er. »Nepomuk, bist du es wirklich?«

»Ja, Sepp! Wer sonst? … Aber halt hier keine Volksreden, sondern mach lieber einen Tisch frei, auf dem ich meinen schwerverletzten Freund ablegen kann«, unterbrach ihn Nepomuk schnaufend.

Nun schienen sich auch die anderen für den neuen Gast und das, was er vor sich her trug, etwas genauer zu interessieren. Jedenfalls standen sie auf und rückten – als sie endlich verstanden hatten, was hier los war – zwei Tische zusammen, während einer von ihnen schon das von der Wirtin gereichte Leintuch darüberlegte. Resl verschwand gleich wieder, um ein Strohkissen zu holen.

»Schnell! Bringt mehr Licht hierher!«, gebot Nepomuk den offensichtlich durchwegs nüchtern erscheinenden Stammgästen, die sich nach anfänglicher Sprödheit allesamt als freundlich und hilfsbereit erwiesen. Während Nepomuk damit begann, das Fell und das bereits durch und durch verklebte Schnäuztuch vorsichtig abzunehmen, schoben die anderen sämtliche Tische so hin, dass um den Verletzten herum ausreichend Stellflächen für Kerzen blieben.

»Gut!«, grummelte Nepomuk und meinte dies als Dank den Helfern gegenüber.

Nachdem die Wirtin das Kissen gebracht hatte und dies von Nepomuk vorsichtig unter Eginhards Nacken geschoben worden war, drehte sie sich schon wieder um, weil sie noch mehr Kerzen holen wollte.

»Warte, Resl!«, rief ihr Nepomuk, der die Wirtsleute von seinen früheren Wirtshausbesuchen her kannte, nach. »Setz bitte sofort Wasser auf und lass es kochen … Und noch etwas: Bring mir bitte mehr frische Leintücher und eine saubere Wolldecke.«

Obwohl es in der Gaststube angenehm warm war, zitterte Eginhard am ganzen Körper.

Nepomuk wandte sich nun wieder an den Wirt: »Sei so gut und bring mir einen möglichst hochprozentigen Schnaps!«

»Na, da muss ich sehen, was sich machen lässt«, gab Sepp zur Antwort, während er aber schon zur Theke zurückeilte. »Ich habe einen Selbstgebrannten, der so stark ist, dass ich ihn schier nicht verkaufen kann!«, schrie er hinter dem Tresen hervor. »Oder möchtest du lieber einen Arnikasud mit Kamillenblüten, den Resl mit diesem Branntwein angesetzt hat? Den nehmen wir immer bei Verstauchungen und …«

»Ja, ja. Schon gut«, unterbrach Nepomuk, der die wundheilende Wirkung von Arnika und Kamille sehr wohl kannte, aber auch hochprozentigen Alkohol zu schätzen wusste – und zwar nicht nur zur äußeren Anwendung.

Trotzdem versuchte der Wirt, Nepomuk die Vorzüge von Resls Sud näherzubringen.

»Schwatz nicht so viel, sondern hol endlich das Wundermittel deiner Frau!«, schallte es zwar etwas rau, aber in dankbarem Ton zurück.

Als Nepomuk die Wunde in einigermaßen hellem Kerzenschein betrachten konnte, presste er kurz seine Augenlider zusammen, bevor er leise feststellte: »Es sieht nicht gut aus. Ich muss schnellstens operieren.«

Da niemand wusste, was er damit meinen könnte, war es wieder mucksmäuschenstill. Erst das durch Zerreißen eines Leintuches hervorgerufene Geräusch beendete die Stille.

»Danke!«, sagte Nepomuk mit einem leisen Lächeln auf den Lippen, als ihm der Wirt den desinfizierenden Schnaps in die Hände drückte.

Damit die flumsigen Arnika- und Kamillenpartikelchen nicht in die Wunde gelangen konnten, spannte Nepomuk ein Stückchen Leinen vor den Flaschenhals und befestigte ihn rasch mit einem von Resl herbeigebrachten Bindfaden daran. Als er damit begann, Eginhards Kopf anzuheben und ihm mit dem Inhalt der Flasche die Wunde auszuwaschen, war es wieder still in der zum medizinischen Behandlungsraum umfunktionierten Gaststube.

Nepomuk tränkte ein paar Leinenfetzen mit dem Hochprozentigen und reinigte mit einem davon zuerst seine Hände, bevor er mit den anderen vorsichtig die Wunde von innen nach außen abzutupfen begann.

»Heiliger Jesus!«, entfuhr es der Wirtin, die sogleich ein Kreuz schlug, als unter dem vielen Blut ein großes Loch in der Schädeldecke zu erkennen war.

»Gott selbst ist nicht hier und mein Freund muss mit mir vorliebnehmen«, antwortete der Mönch und wandte sich den anderen zu. »Jetzt hört mir gut zu!« Er berichtete in kurzen Worten, was geschehen war. »… und deshalb benötige ich so schnell wie möglich meine Bestecktasche.«

Nepomuk brauchte nur das Aussehen der braunen Ledertasche zu beschreiben, musste ansonsten nicht mehr dazu sagen. Kaum dass er fertig gesprochen hatte, meldeten sich zwei der Gäste. »Wir werden zum Tobel eilen und die Tasche suchen.«

»Ich danke euch!«, sagte der ansonsten eher kühl wirkende Mönch lächelnd und warnte die beiden noch vor den Wegelagerern, die jetzt wahrscheinlich die im Tobel verstreute Ware zusammenklaubten.

»Keine Sorge! Wir bewaffnen uns mit Knüppeln und Messern«, wurde Nepomuk beruhigt.

»Außerdem kennen wir uns hier bestens aus!«, rief der andere noch, bevor die beiden die Tür hinter sich zuschlugen.

»So, das wäre das! Jetzt habe ich aber Durst!«, bat Nepomuk den Wirt um ein Bier. »Solange ich mein Operationsbesteck nicht hier habe, kann ich nichts mehr für meinen Freund tun.«

Der Medicus belegte die nasse Wunde noch mit einem frischen Leinenstück und bat die anderen, auf das Rauchen zu verzichten, bevor er sich ermattet an einem der Tische niederließ.

Es war eine beängstigende Atmosphäre: Inmitten des schummrigen Gastraumes lag ein regungsloser Mann, der auf ein Leinentuch gebettet und mit einer Wolldecke zugedeckt worden war. Um ihn herum standen wohl an die 20 Kerzen, die ihn anstrahlten, als wenn sie nichts kosten würden und ihm den Weg ins Totenreich weisen wollten. Und zu allem hin hatte Resl auch noch ein kunstvoll geschmiedetes Kruzifix geholt, das sie neben Eginhard gestellt hatte. Überdies befand sich im Raum ein hünenhafter Mönch, der laut betete, während eine Hand das vor seiner Brust hängende Holzkreuz hielt und die andere den Henkel des Bierkruges umklammerte.

»So!«, entfuhr es ihm, nachdem er sein Gebet zu Ende gesprochen hatte. »Auf Eginhards Gesundheit!«

»Eginhard?«, fragte der Wirt unsicher und schüttelte nachdenklich den Kopf.

»Ja, Eginhard Dreyling von Wagrain, der Bruder des Staufner Schlossverwalters! Du kennst ihn?«

»Nein, nein!«, wehrte der Wirt ab. »Ich kenne nur seinen Vater, aber das weißt du ja.«

Um die unendlich lange erscheinende Wartezeit zu verkürzen, berichtete Nepomuk haarklein, um wen es sich bei seinem Freund konkret handelte, woher sie kamen und was vorgefallen war.

»Aber dort unten am *Kapfreuter Tobel* ist noch nie jemand ausgeraubt worden. Die Überfälle finden ausschließlich da oben statt«, wusste einer der hiergebliebenen Gäste und wurde sowohl von seinen Kameraden als auch vom anwesenden Salzfaktor Matthias Ruepp darin bestätigt. Während er dies sagte, zeigte er in Richtung Hahnschenkel und wiederholte sein Wissen: »Da oben lauert die Gefahr!«

»So, so!«, grummelte Nepomuk in Erinnerung daran, dass man ihn vor vielen Jahren, als er mit Eginhards Vater und einem Mann Namens Remig unterwegs gewesen war, tatsächlich »da oben« überfallen hatte. Da die Sache aufgrund seines Einfallsreichtums gut ausgegangen war, genehmigte er sich noch einen zweiten Schluck. Als der Wirt den leeren Krug mitnehmen wollte, um ihn wieder zu füllen, hielt ihn Nepomuk sanft am Armgelenk fest. »Jetzt nicht, Sepp! Ich habe noch ein Stück harter Arbeit vor mir und muss mich konzentrieren. Meine Hände dürfen nicht zittern.«

KAPITEL 25

»AS GIT SCHO WIED'R A LEICH'!«, schrien die Leute sich aufgeregt zu, während sie in Massen zur Pfarrkirche strömten.

Und tatsächlich war in Staufen einmal mehr der Teufel los. Wie beim letzten Mord an einem jungen Burschen hatte es sich innerhalb kürzester Zeit herumgesprochen, dass es – dieses Mal direkt vor dem Kirchenportal der Staufner Pfarrkirche – einen weiteren Toten geben sollte, was natürlich wieder zu einem Menschenauflauf führte, der fast einem Volksfest gliche, wenn es der Anlass zulassen würde. Und mittendrin tanzte der Dorfnarr, der lauthals rief: »Tot! Tot! Tot!«, bevor er – nachdem man ihn ein paarmal zur Ordnung hatte rufen müssen – monoton vor sich hinzusingen begann: »Es geht ein Bi-Ba-Butzemann …«

»Jetzt fehlen nur noch richtige Possenreißer und Musikanten«, erweiterte dessen offensichtlich ebenfalls rustikaler Nachbar den wirren Auftritt des Schmiedesohnes.

»Ja! In Staufen rührt sich tatsächlich etwas«, bemerkte ein alter Mann, während er den Tabak in seiner Pfeife anzündete. Dass er sich am hellen Tag und in aller Öffentlichkeit das Tabaktrinken leistete, zeugte nicht nur von seinem besonderen Interesse an den mittlerweile unheimlich anmutenden Geschehnissen, sondern von der allgemeinen Abgestumpftheit der Staufner Bevölkerung in Bezug auf den Tod. Obwohl er es sich schon seit langer Zeit nicht mehr leisten konnte, bei einem fahrenden Händler echten Tabak zu erstehen und sich die letzten Reste für besondere Anlässe aufgespart hatte, zog er genüsslich an seiner Pfeife, deren wertvollen Inhalt er mit fein zerhackten und getrockneten Pflanzenteilen gestreckt hatte.

»In der Residenzstadt ist halb so viel los wie bei uns!«, pflichtete ihm ein Bursche erfreut bei, bevor er rüde beiseitegeschoben wurde. Das Großmaul konnte nicht wissen, wie es sich noch täuschen würde.

Als der Medicus an der Kirche eintraf, hatte sich längst eine so große Menschentraube gebildet, dass er sich seinen Weg zum Hauptportal mühsam bahnen musste.

»Hört das denn nie auf«, sagte er grußlos zum Propst und zum Mesner, nachdem er sich endlich durchgekämpft hatte und bevor er sich, ohne zu zögern, mit der Leiche zu beschäftigen begann.

»Und?«, fragte Propst Glatt ungeduldig.

»Ich kann noch nichts sagen. Dazu müsste ich mehr sehen«, sagte er so leise und zum Pfarrherrn gewandt, dass es nicht alle mithören konnten.

»Natürlich!«, antwortete der Seelsorger, der nebenbei damit beschäftigt war, die Neugierigen zur Räson zu bringen.

Unter den Schaulustigen befanden sich auch die meisten der Staufner Jungschützen, also diejenigen, die in Immenstadt gewesen waren und bei ihrer Heimkehr von ihren eigenen Bekannten und Nachbarn Prügel bezogen hatten, weil sie Jockel Mühlegg nicht mit zurück und die wütende Menge somit um die Möglichkeit der Selbstjustiz gebracht hatten. Der eine oder andere unter den Schützen hatte Rache geschworen und wartete nur auf die passende Gelegenheit, demjenigen Nichtschützen, von dem er grundlos verprügelt worden war, alles zurückzuzahlen. So hoffte sich mancher im Stillen, dass jetzt schon einer von ihnen Rache genommen hatte und der Tote einer jener hinterlistigen Arschlöcher war, von denen sie mit Knüppeln und Dreschflegeln verprügelt worden waren. Unter den jungen Burschen des Dorfes war Baltus Vögel der Einzige, der diesbezüglich keine bösen Gedanken hegte und weiter friedlich vor sich hin sang.

»Josef! Sei so gut und räum jetzt endlich den restlichen Schnee vom Toten«, gebot der Propst seinem verunsicherten Mesner, dem nichts anderes übrig blieb, als den Auftrag seines Dienstherrn auszuführen. Während er zittrig mit seiner Arbeit begann, traf auch die Kastellanin am Ort des Geschehens ein. Sie hatte einen Korb mit gesüßtem Wasser, dem sie sogar ein wenig Wein beigemischt hatte, und einen halben Laib Brot mit etwas Speck dabei. Aber Sarah war nicht aus Neugierde, sondern vielmehr zufällig gerade jetzt hier vorbeigekommen, weil sie einen Bedürftigen gesucht und in der Kirche zu finden gehofft hatte.

»Was ist denn hier los?«, fragte sie verwundert die neben ihr stehende Frau des Wagners.

»Der Mesner hat schon wieder eine Leiche gefunden«, tuschelte ihr diese zu.

»Und das schon zum zweiten Mal. Ein merkwürdiger Zufall … oder findet Ihr nicht?«, kam ein Kommentar, der sofort zum Funken für einen Flächenbrand geworden wäre, wenn der Ortsvorsteher nicht rigoros für Ruhe gesorgt hätte. Nur gut, dass dies nicht bis zu Josefs Ohren vorgedrungen war.

Die Menge beruhigte sich, als sie – nachdem Josef den Kopf des Toten freigelegt hatte – sah, dass es sich bei der Leiche um keinen der Ihren und schon gar nicht um einen jungen Burschen handelte.

»Wer ist das?«, fragte der Ortsvorsteher. »Kennt den jemand von euch?«

»Ja! Dies ist ein blinder Bettler, der sich schon eine ganze Zeit lang in Staufen herumtreibt«, antwortete der Propst, der dem alten Mann schon des Öfteren etwas zum Essen gegeben, sich letztlich aber mit ihm verkracht hatte.

»War! Er war ein Bettler«, korrigierte der Medicus, der ihn ebenfalls – vom Spital her – gekannt hatte, weil die barmherzige Schwester Bonifatia den Obdachlosen bei schlechtem Wetter das eine oder andere Mal über Nacht aufgenommen, ihm eine warme Suppe gereicht und ihm zudem etwas menschliche Wärme gegeben hatte.

Als dies die Menge gewahr wurde, begann sie zwar zu tuscheln, blieb aber ruhig. Es war ja keiner von ihnen, der den Kircheneingang zu bewachen schien.

»Ein Landstreicher! Wen juckt das schon?«, bemerkte ein junges Mädchen, das offensichtlich an einer ausgeprägten Gefühlskälte litt und für den unüberlegten Spruch von ihrer Mutter eine schallende Ohrfeige bekam.

Nachdem Josef die Leiche ganz ausgegraben hatte und nur noch den Schnee um sie herum beiseiteräumen musste, konnten die Gaffer einen alten Mann sehen, der – die Hände verschränkt und die Füße angezogen – in sich kauerte.

»Er hat wohl versucht, hier zu betteln. Dabei ist er eingeschlafen und erfroren«, kommentierte der Medicus, während der Propst den armen Tropf segnete und die Hände faltete.

»Aber warum ist er dann nicht ins Innere der Kirche gegangen? – Dort wäre es nicht ganz so kalt gewesen«, wunderte sich

Melchior Henne, der sich mittlerweile ebenfalls bis zum Toten vorgearbeitet hatte.

Die Antwort hätte nur der Propst geben können. Denn er war es, der dem Bedürftigen – nachdem er ihm zunächst großzügig erlaubt hatte, im Hause Gottes zu nächtigen, tags darauf verboten hatte, die Kirche jemals wieder allein zu betreten. Diesen Kirchenbann hatte er nur aus dem Grund ausgesprochen, weil sich der Herumtreiber im Beichtstuhl ungeniert erleichtert hatte. Allerdings hatte er nicht – wie es sich in einem Beichtstuhl gehören würde – seine Seele, sondern seinen Körper erleichtert, was dem Mesner eine ekelhafte Putzarbeit eingebracht hatte. »Ich werde für ihn beten und ein paar Kerzen entzünden«, gelobte der Pfarrherr, während er die Anwesenden schlechten Gewissens in ein Gebet einstimmte.

Es war kalt und deswegen verließen die Ersten schon den Platz des Geschehens, noch bevor der Leichenbestatter eintraf. Sie hatten gesehen, was sie hatten sehen wollen. Ein erfrorener Landstreicher, zudem ein betagter von Irgendwoher, war in den traurigen Zeiten nun weiß Gott nichts Besonderes. Als sich der Pulk etwas gelichtet hatte, konnte die Kastellanin vortreten und mit eigenen Augen sehen, dass es sich wohl um denjenigen Bettler handeln musste, dem sie den Inhalt ihres Korbes hatte bringen wollen.

»Das war seine Schüssel«, sagte der Mesner zu Sarah, die noch einen Moment im stillen Gebet verweilte, bevor sie traurig zum Schloss zurückstapfte.

»Also, Fabio«, gebot der Medicus. »Bringen wir ihn in die Kirche, um ihn aufzutauen, damit wir ihn untersuchen können, bevor du ihn bestatten kannst.«

Na ja. So kommt er doch noch einmal in meine Kirche, dachte sich der Propst, dem das Auftauen und die damit verbundene Flüssigkeit auf dem Kirchenboden überhaupt nicht gefallen mochte. Aber was sollte er dagegen unternehmen?

»Ist er wirklich eines natürlichen Todes gestorben und nur erfroren?«, fragte der Ortsvorsteher, der schon wieder das Schlimmste dachte.

»Ich glaube schon«, beruhigte ihn der Medicus, zuckte dabei

aber mit der Schulter und zog fragend die Augenbrauen hoch. »Ich kann es noch nicht mit Bestimmtheit sagen.«

Zur selben Zeit bereitete sich Nepomuk auf die bevorstehende Operation an Eginhards Kopf vor. Franz und Loisl, zwei der Stammtischbrüder der Simmerberger Taverne, suchten derweil die Gegend um Kapfreute und den nach ihm benannten Talkessel nach der braunen Operationsbestecktasche des heilkundigen Mönchs ab. Während Loisl immer wieder ein Stück des Weges zwischen Weiler und Simmerberg auf und ab ging, sah er Blutspuren und entdeckte dabei den blutverschmierten Ast. Den nehme ich mit, dachte er sich und lehnte ihn gut sichtbar an einen Baum. Er wusste zwar nicht, wofür, tat es aber dennoch. Nachdem er das Blut gesehen hatte, fiel ihm wieder der eigentliche Grund seines Hierseins ein und er kniff die Augen zusammen, um in der aufkommenden Dunkelheit besser sehen zu können. Aber wie zuvor auch schon, schienen sich die Wegelagerer – aus was für Gründen auch immer – zurückgezogen zu haben. Oder versteckten sie sich nur irgendwo in der Nähe und beobachteten sie bei ihrer Suche? Vielleicht durften sie den Straßenräubern auch nur die Arbeit abnehmen und für sie den Haufen Nahrungsmittel, Decken und Brennmaterial aus dem Tobel bergen und sich dann abnehmen lassen?

Nachdem Loisl nur zersplitterte Holzteile, ansonsten aber nichts Brauchbares gefunden hatte, kletterte er den Abhang hinunter, um seinem Freund dort unten bei der Suche nach der dringend benötigten Tasche zu helfen. Dabei hatte er unerwartet schnell Glück. »Hier ist sie!«, rief er erfreut, als er das lederne Behältnis beim Wegräumen eines Salzfasses entdeckte. »Weißt du was? Ich bring sie sofort zum Mönch, während du damit beginnst, die Waren hochzuholen.«

»Bist du verrückt? Soll ich vielleicht auch noch das Fass allein dort hinaufrollen?«, protestierte sein Spezl.

»Natürlich nicht, Franz. Wie ich glaube, ist in diesem Fass roter Wein. Jedenfalls sieht es bei dem zerschlagenen Fass dort vorne so aus, als wenn es sich um Rotwein handeln würde, der die Schneedecke verfärbt hat. Ich glaube nicht, dass der Mönch darüber erfreut wäre, wenn auch noch dieses Fass kaputt gehen würde. Ich schlage vor, dass ich mich spute und so schnell wie möglich mit ein paar anderen und mit Fackeln zurückkomme.«

Er schaute prüfend zum sich verdunkelnden Himmel hoch.

»Mittlerweile müssten auch Klaus und Remig in der Taverne sein. Wenn wir die Nahrungsmittel über Nacht hier liegen lassen, tun sich Wölfe, Füchse und anderes Getier daran gütlich. Außerdem würde der Inhalt der Mehl- und Kornsäcke ebenso aufweichen wie das Salz. Bist du damit einverstanden oder fürchtest du dich so allein im dunklen Wald?«, lästerte er noch scherzhaft, während er sich bereits auf den Weg nach oben machte.

»Nun hau schon ab. Und für den dummen Spruch trinke ich später ein Bier auf dein Kerbholz! Ist das klar?«, konterte Franz.

Nachdem Loisl sich wieder bis nach oben gezogen hatte, schulterte er die Tasche, schnappte sich den blutverschmierten Holzknüppel und eilte zur Taverne zurück.

»Na endlich!«, rief Nepomuk erleichtert, nachdem der hilfsbereite Mann die Tavernentür aufgerissen hatte und die Bestecktasche wie eine Trophäe schwang. »Nun aber schnell! … Alles wie besprochen«, schwor er den Wirt und die Wirtin ein, während er selbst schon bei seinem verletzten Freund Eginhard war.

»Es ist allerhöchste Zeit«, sagte er zu Resl, die in eine vorbereitete Schüssel gekochtes Wasser kippte, während Nepomuk zur Verwunderung der anderen das ganze Besteck hineinwarf. »So, meine Liebe. Jetzt holst du ein Teil nach dem anderen wieder heraus und legst es auf dieses Tuch. Wenn du alles dort abgelegt hast, schüttest du den Branntwein darüber! Und noch etwas: Fass das Besteck nur am Griff an. Hörst du? Nur am Griff!«

Die Wirtin nickte eifrig.

»Und was soll ich tun?«, fragte Loisl, dem Nepomuk zwischenzeitlich bereits erklärt hatte, dass er eine Kerze so nah wie möglich an Eginhards Kopf halten solle, ohne Nepomuk im Weg umzugehen und ohne das Kerzenwachs auf den Kopf des Verletzten tropfen zu lassen.

»Tu, was ich dir gesagt habe, aber nicht zittern, mein Freund. Stell dich an die obere Tischseite und warte auf weitere Instruktionen.«

Loisl nickte stumm und begab sich dorthin, wohin ihn Nepomuk beordert hatte.

»So! Es kann losgehen. Und jetzt, Sepp, schütte mir Branntwein über die Hände.«

Obwohl der Wirt und die anderen nicht wussten, für was das gut sein sollte, tat er, was ihm angeschafft worden war. Nepomuk streckte ihm seine Hände mit gespreizten Fingern entgegen und rieb sie. Während ihm Sepp den Alkohol langsam über die gespreizten Finger rinnen ließ, rieb sie Nepomuk fest aneinander. Der Hüne, dessen riesigen Pranken man wohl kaum zutrauen mochte, feinfühlig operieren zu können, blickte sich fast verträumt in der Gaststube um – gerade so, als wenn es um ihn ginge, der operiert werden musste und der diesen Raum womöglich nie mehr sehen würde. Dabei fiel ihm zum ersten Mal auf, dass es ein ungewöhnlich schöner Gastraum war, in dem er jetzt gleich einen Menschen, einen guten Freund, operieren musste. Schon einige Male hatte er hier gezecht und nette Leute kennengelernt. Das erste Mal war er vor 14 Jahren mit Eginhards Vater Hannß Ulrich hier gewesen. Danach hatte er diese Taverne immer nur allein aufgesucht; immer dann, wenn er von Bregenz aus nach Staufen geritten war, um seine dortigen Freunde zu besuchen. Irgendwie hatte die vertraute Umgebung begonnen, ihn anzuheimeln. Dies gab ihm die Kraft und das Gottvertrauen, das er jetzt gleich benötigen würde, wenn er den Sohn seines besten Freundes retten wollte.

Die Wände waren holzgetäfert, wobei Nepomuk jetzt erst auffiel, dass die Täferplatten mit verschiedenen Motiven aus dem Rodwesen bemalt waren. Lag es daran, dass seine Sinne jetzt – kurz vor der Operation – besonders geschärft waren oder weil er nicht einmal den ganzen Becher Bier ausgetrunken hatte? Oder mochte es daran liegen, dass kein einziger davorsitzender Gast die interessanten Malereien verdeckte? Vielleicht war er in diesem Moment auch nur ganz besonders feinfühlig. Er wusste es nicht. Sein Blick schweifte zur Decke, an der ein großer holzgeschnitzter Kerzenlüster hing, der einen Salzzug darstellte. Die Türen hatten schwere geschmiedete Beschläge und die Thekenoberfläche bestand nicht aus dem üblichen Blech, das in den meisten Wirtshäusern mehr oder weniger vor sich hin rostete, sondern aus glänzendem Kupfer, das nur in den Ecken etwas Grünspan aufwies.

Wo Salz ist, gibt es auch Geld … und Leben, dachte er sich, während er seinen Blick wieder auf Eginhards Wunde lenkte.

Noch ein paar Atemzüge lang war es leichenstill und man hörte nur den über Nepomuks Hände laufenden Alkohol auf den Holzboden, der ihn sofort gierig in sich aufsog, tropfen.

Da ging die Tür auf und zwei alte Bekannte betraten den Raum.

»Tür zu! Verdammt noch mal!«, schrie Nepomuk ungehalten, noch bevor er sie erkannte.

»Was ist denn hier los?«, rief derjenige, den man hier in der Gegend nur den ›Wase'mooser‹ nannte.

»Gott zum Gruße, Klaus!«, rief der Mönch, der noch dabei war, den restlichen Branntwein, der sich nicht von selbst verflüchtigt hatte, von seinen Händen zu schütteln, und der aufgrund des Geräusches, das die beiden beim Eintreten verursacht hatten, zur Tür blickte. »Leider können wir uns jetzt nicht ordentlich begrüßen. Aber du kannst mir einen Gefallen tun.«

Klaus, der dafür bekannt war, schon beim Betreten der Taverne einen lustigen Spruch auf den Lippen zu haben, nickte nur stumm und schob nachdenklich seinen Unterkiefer nach vorne. Als er einen Mann inmitten einer Illumination, wie es sie in dieser Taverne noch nie gegeben hatte, auf zwei zusammengeschobenen Tischen liegen sah, dachte er an die Aufbahrung eines Toten und zog sofort seinen Hut vom blonden Schopf. Ehrfürchtig nickte er wieder.

»Bleib bitte bei der Tür stehen und pass auf, dass niemand mehr hereinkommt. Ich kann keinen Luftzug und keine Ablenkung gebrauchen.«

»Das darf nicht wahr sein!«, rief jetzt Remig, der mit Klaus den Gastraum betreten hatte und der ebenfalls ein alter Bekannter des Mönchs war, erfreut. Seine Freude blieb ihm aber im Halse stecken, als auch er gewahr wurde, um was es hier ging.

»Kann ich auch helfen?«, fragte er leise.

»Ja, Remig!«, antwortete nicht Nepomuk, sondern Loisl, der die Aufsicht über die Eginhards Schädel erhellende Kerze mittlerweile an den Wirt weitergegeben hatte. Er zog Remig auf die Seite und erzählte ihm auf die Schnelle alles, was er über die heutigen Vorfälle wusste, und bat ihn, zum Kapfreuter Tobel mitzugehen.

»Selbstverständlich begleite ich dich, um Nepomuks Sachen

zu bergen. Aber sag mir, wer ist der da?«, flüsterte er und deutete auf den Verletzten.

»Dies ist der edle Herr Eginhard Dreyling von Wagrain, der ältere Bruder des Staufner Schlossverwalters. Er ist selbst auch ein Medicus.«

»Na, das hilft ihm jetzt aber wohl nicht viel«, meinte Remig, der sich dafür einen bösen Blick einhandelte, obwohl er es nicht sarkastisch gemeint hatte. Um den Fettnapf, in den er soeben getreten war, gleich wieder abschütteln zu können, legte er ein besonderes Maß Hilfsbereitschaft an den Tag, indem er vorschlug, ein paar Leute aus Weiler zu organisieren, damit die Sache mit der Bergung schneller ginge. »Es wird gleich ganz dunkel sein. Wir müssen uns beeilen«, drängte er, bevor er mit Loisl die Taverne durch die Küche verließ, um Nepomuk nicht zu stören.

Als der Mönch ein kurzes Gebet sprach, waren außer ihm und Eginhard nur noch die Wirtsleute, die sich ebenfalls die Hände mit Branntwein hatten reinigen müssen, im Raum. Resl hatte sich sogar extra noch eine frische Schürze umgebunden und erhielt von Nepomuk ein Sonderlob, als sie auch ihm und ihrem Mann saubere Schürzen umband.

»So! Jetzt gilt es, Sepp«, schnaufte Nepomuk, während er Eginhard ein Stück Holz quer in den Mund schob. »Sollte er aufwachen, musst du dafür sorgen, dass das Holzstück zwischen seinen Zähnen bleibt. Und nun leuchte mir die Wunde, so gut es geht, aus. Kannst du dich noch etwas weiter nach rechts stellen?«

Der Medicus überlegte noch einmal, ob für die Operation alles bereitstand. Das Besteck lag fein säuberlich aufgereiht da und Resl wusste inzwischen, welches Teil sie ihm dann geben musste, wenn er es benötigte. Nadel und Faden lagen in Alkohol. Gekochtes Wasser stand bereit und auf der Herdplatte köchelte weiteres Wasser vor sich hin. Und die gute Resl hatte – nachdem sie sich zum ersten Mal die Hände mit hochprozentigem Schnaps gewaschen hatte – ausreichend Stoffstückchen aus einem großen Leinenplachen gerissen, diese so ganz nebenbei ausgekocht und über den Herd auf einer Leine, die sie auch noch durch die mit Branntwein gefüllte Blechschüssel gezogen hatte, zum Trocknen aufgehängt. Im Gegensatz zu dem, was Nepomuk im Dreißigjährigen Krieg mitgemacht hatte, waren dies hier vorbildliche, nahezu perfekte Grundlagen für eine erfolgversprechende Operation. Aber auch wenn die Wirtsleute nicht so gute Voraussetzungen geschaffen hätten, wäre dem Medicus nichts anderes übrig geblieben, als Eginhard hier und jetzt zu operieren. Den holprigen Transport bis zum Staufner Spital hätte er sicher nicht überlebt. Die Gefahr einer Hirnblutung oder eines Blutgerinnsels wäre zu groß gewesen. Außerdem war ja gerade dieser Teil der Strecke ganz besonders gefährlich. Möglicherweise wären sie auf dem Hahnschenkel auch noch von Straßenräubern aufgehalten worden? Hoffentlich finden sie im Tobel meine Doppelaxt, kam Nepomuk ausgerechnet jetzt, wo er mit ganz besonders feinem Besteck hantieren musste, in den Sinn.

Da der heilkundige Mönch vormals aus Gründen des öffentlich zur Schau gestellten Samaritertums seines österreichischen Klosters für ein paar Jahre in verschiedene Feldlazarette inmitten des Kriegsgeschehens und sogar direkt auf einige der Schlachtfelder des 30 Jahre währenden Glaubenskrieges geschickt worden war, wo er als Feldscher in Diensten des Heiligen Benedikt gearbeitet hatte, konnte ihn so schnell nichts umhauen. Der Medicus hatte die wüstesten Wunden und Knochenbrüche gesehen und sogar völlig zerfetzte Leiber zu retten versucht. Irgendwann hatte er aufgehört mitzuzählen, wie viele Glieder er den bedauernswerten Landsknechten und unschuldigen Zivilisten im Laufe der Zeit abgenommen hatte. Von dort her kannte er allerdings auch den größten Feind eines verwundeten Soldaten; dies war nicht der Gegner, sondern der Wundbrand, der die Schwerverletzten hatte sterben lassen wie die Fliegen. Nepomuk war einer der ersten Ärzte des neuzeitlichen Okzidents, der viel von einem orientalischen Medicus, der wiederum das Wissen des großen Chirurgen Abulcasis kannte, gelernt hatte. Dadurch wusste er um die Wichtigkeit der Sterilität von Operationsbesteck, des gesamten Operationsbereiches und des Chirurgen selbst. Umso glücklicher war er darüber, dass hier alles so sauber war. Und da niemand rauchte, war sogar auch noch die Luft einigermaßen in Ordnung. Dass Hygiene oberstes Gebot bei der Behandlung von Wunden war, hatte sich bei den vielen europäischen Ärzten, Badern und Scharlatanen noch nicht so richtig herumgesprochen und es würde wohl noch lange dauern, bis dies der Fall sein wäre. Obwohl er und Eginhard ihre Studierenden ausführlich darüber informierten, setzte sich dieses Wissen hierzulande nur sehr langsam durch. Da überdies die bereits praktizierenden und alteingesessenen Ärzte allem Neuen gegenüber misstrauisch waren, dauerte es eben seine Zeit, bis der Fortschritt Einzug in die Medizin halten konnte.

Nepomuk legte zu beiden Seiten der klaffenden Wunde sogenannte »Spinnenklammern« an, die er seitlich herunterhängen ließ, damit die Wunde offen blieb. Um operieren zu können, hatte er unter Eginhards Kopf einen Keil geschoben.

»Keine Sorge: Er spürt nichts«, sagte der Medicus und prüfte sicherheitshalber schnell noch den Herzschlag des immer noch Besinnungslosen, bevor er anfing, die Wunde vorsichtig abzutupfen und zu reinigen. Dabei kam – obwohl er dies kurz zuvor schon getan hatte – immer noch allerlei Schmutz zum Vorschein: Rindenstückchen, Moos und kleine Holzteilchen. Aber auch kleine Knochensplitterchen, die von der zertrümmerten Schädeldecke herstammten. Ohne seine Pinzette wäre es unmöglich gewesen, die Wunde ordentlich zu säubern. Noch bevor Nepomuk damit fertig war, sah er, dass es auf den ersten Blick im Halbdunkel schlimmer ausgesehen hatte, als es in Wirklichkeit war. Die Schädeldecke war zwar stark in Mitleidenschaft gezogen worden, aber nicht so, dass sie nicht mehr zusammenwachsen konnte – insbesondere, da es Nepomuk auf Anhieb gelang, das eingeschlagene Teil fast an einem Stück aus dem dunklen Loch in Eginhards Schädel herauszuziehen. Allerdings konnte der Medicus nicht erkennen, inwieweit das Hirn Schaden genommen hatte. Dies machte ihm jetzt, da Eginhard den schlimmsten Teil der Operation hinter sich hatte, die größte Sorge. Die kleineren Knochenteilchen, die er nicht hatte wegtupfen können, entfernte der inzwischen stark schwitzende Medicus bis auf das kleinste Krümelchen vorsichtig mit der Pinzette.

»Alkohol!«, sagte er zu Resl und zog den Keil beiseite, um Eginhards Kopf langsam hintenüberlegen zu können, damit die Flüssigkeit mitsamt den letzten Schmutzpartikelchen ungehindert ablaufen konnte.

»Zum Trinken?«

Nepomuk lächelte die einfache Frau verständnisvoll, fast etwas mitleidig an. »Nein! Zur äußeren Anwendung.«

Nach etwa einer Stunde war dieser Teil der Arbeit getan. Nepomuk betrachtete die Wunde nochmals ganz genau, bevor er einigermaßen zufrieden nickte. »Ich glaube, dass wir es erst einmal geschafft haben«, sagte er, seinen Kopf ganz beiseitedrehend, um nicht jetzt noch eine Infektion durch Schweißtropfen, die ihm Resl die ganze Zeit über von der Stirn getupft hatte, zu verursachen.

Die Wirtsleute schauten dem Mönch staunend zu, wie er nun mit seinen dicken Fingern das penibel gereinigte Stück Schädelknochen sorgsam an dessen ursprüngliche Stelle positionierte, wieder vorsichtig mit Alkohol abtupfte und – nachdem der hochprozentige Schnaps verdunstet war – die Klammern abnahm und die dünne Kopfhaut zusammennähte. Dies war zwar offensichtlich das schwierigste Unterfangen für die heilenden Hände, klappte aber problemlos.

Wieder betrachtete Nepomuk den Fortschritt seines Werkes, bevor er nochmals etwas Alkohol darüberrinnen und verdunsten ließ, bevor er die Wunde – nachdem er noch einen klitzekleinen Knochensplitter entfernt hatte – sorgfältig mit einer selbst gemachten Salbe aus Ringelblume, Bärlauch, Kamille und dem seltenen Wallwurz einrieb und verband.

»Fertig!«, entfuhr es ihm sichtlich erleichtert. »Gott sei's getrommelt, gejubelt und gepfiffen!«, scherzte er noch, bevor er sich ganz abwandte und sich mit dem Unterarm den letzten Schweiß selbst von der Stirn wischte.

Ein paar Augenaufschläge lang standen alle schweigend da. Der nun ziemlich zufriedene Medicus musste nicht erst zum Gebet ansetzen – er wusste, was jetzt in den Wirtsleuten vorging. Und er wusste auch, dass er jetzt nicht mehr viel für seinen Freund tun konnte und von nun an alles in Gottes Hand lag.

»So, Resl: Genug sinniert«, unterbrach er die Stille. »Wo kann Eginhard sich so lange ungestört von der Operation erholen, bis er einigermaßen transportfähig ist?«

»Ich habe schon eine der ›Roderkammern‹ hergerichtet. Dort, wo ansonsten die Salzfuhrwerker übernachten, hat er seine Ruhe. Da ist es sogar recht warm, weil ich eine Kammer ausgewählt habe, hinter der sich der Sudkessel der Brauerei befindet«, verkündete die Wirtin mit unverhohlenem Stolz.

Nachdem Sepp und Nepomuk den Frischoperierten in die Kammer gebracht, auf sein Lager gelegt und zugedeckt hatten, machte sich ein gewisses Maß an Erleichterung breit.

»Jetzt habe ich mir den Durst aber redlich verdient«, schnaufte Nepomuk, als sie wieder in der Gaststube zurück waren. »Klaus, du kannst jetzt hereinkommen!«, schrie er.

Als Klaus die Tür geöffnet hatte, sagte Nepomuk entspannt: »Der ›Wase'mooser‹! Ja, gibt's dich auch noch?«

Nach einer freundschaftlichen Umarmung, bei der Nepomuk dem wesentlich kleineren Klaus schier die Rippen zu brechen drohte, nahmen sie gemeinsam am Stammtisch Platz. Klaus blickte irritiert auf die überall auf dem Boden herumliegenden blutroten Leinenfetzen und wollte etwas fragen, wurde aber von der Wirtin unterbrochen: »Ich räume gleich auf! Sepp, schenk den beiden ein Bier ein, während ich dem jungen Herrn das Kruzifix hochbringe.« Die gottesfürchtige Frau schnappte sich das aufwendig geschmiedete, ungefähr eine gute Elle im Quadrat große Eisenkreuz und verschwand durch die Küchentür, um schon gleich darauf mit Putzeimer und Lumpen zurückzukommen. Während sich die vier Männer – der Wirt hatte sich inzwischen zu den beiden und zum bisher still verharrenden Salzfaktor dazugesetzt – über die Vorfälle unterhielten und Nepomuk in allen Details berichtet hatte, was vorgefallen war, bestätigte auch Klaus, dass die Straßenräuber nicht dort unten, sondern ausschließlich da oben auf Reisende lauerten. Dabei zeigte er, wie zuvor schon ein anderer Gast, in Richtung des steilen Hahnschenkels.

»Wer also hat den hohen Herrn umgehauen?«, zeigte sich Klaus interessiert, wurde aber von der Wirtin unterbrochen, bevor er weiterbohren konnte.

»Kann ich das wegschmeißen?«, fragte Resl, die, nachdem sie die Gelegenheit genutzt und die ganze Gaststube geputzt hatte, damit begann, aufzuräumen und das Mobiliar wieder zurechtzurücken. Sie hielt den blutverschmierten Ast in Händen, den Loisl vom Unglücksort mitgebracht hatte.

»Lass sehen«, wurde sie von Nepomuk gebeten.

Nachdem sie ihm den schweren Knüppel in die Hände gedrückt hatte, bemerkte Nepomuk Klaus gegenüber: »›*Was* also hat den hohen Herrn umgehauen‹, wäre die passendere Frage gewesen.«

Da der »Wase'mooser« nichts mit dieser Aussage anzufangen wusste, verzog er nur das Gesicht.

Nepomuk betrachtete den dicken Holzknüppel genau, wog ihn in seiner Hand und nahm etwas davon weg. »Seht ihr. Da kleben ein paar Haare! Jetzt ist mir klar, was Eginhard getroffen hat: Als es ihn niedergestreckt hat, habe ich gerade nach links geblickt und deswegen nicht gesehen, was passiert ist. Diesem dicken Ast hier …«, er hob ihn wie eine Trophäe in die Höhe, »war wohl die Schneelast zu viel, weswegen er heruntergekracht ist und Eginhard voll am Kopf getroffen hat. Das Blut und diese Haare sind der Beweis.« Er hielt das Holz so in den Händen, als wenn er immer wieder dessen Gewicht ermitteln wollte. »Und schwer genug ist das Teil auch. Ich war so erschrocken und damit beschäftigt, Eginhard festzuhalten, dass es mir überhaupt nicht aufgefallen ist, dass mit dem Ast eine Ladung Schnee heruntergekommen ist. Aber jetzt erinnere ich mich wieder. Ich Narr habe geglaubt, dass wir von irgendwelchen Strauchdieben angegriffen werden, und wie verrückt nach ihnen Ausschau gehalten.« Nepomuk musste herzhaft lachen.

»Na, wenigstens wissen wir jetzt, dass es eine natürliche Erklärung gibt. Nun muss der Bub nur noch gesund werden«, wünschte sich Resl ungeachtet Eginhards fortgeschrittenen Alters und blickte Nepomuk fragend an. »Wird er das?«

»Ich weiß es wirklich nicht und bin auf das Schlimmste gefasst! Nun liegt alles allein in Gottes Hand. Wir haben getan, was wir konnten«, antwortete der klerische Arzt mit sorgenvoller Miene und nahm einen großen Schluck aus dem Krug, bevor er – was sonst nicht unbedingt seine Art war – alle zu einem gemeinsamen Bittgebet aufrief.

KAPITEL 26

Im Immenstädter Schloss herrschte eine Betriebsamkeit, wie sie seit der Abreise der gräflichen Familie nicht mehr an den Tag gelegt worden war. Obwohl ihr Regent dieses Mal nicht lange und auch nicht besonders weit weg gewesen war, hatte sich das faule Pack schon wieder auf dem besten Weg befunden, alles verkommen zu lassen. In den Ecken hatten sich Spinnweben und auf den Möbeln grobkörniger Staub, der durch die Ritzen der Holzdecken heruntergerieselt war, angesammelt. Wegen der kurzzeitigen Abwesenheit des Grafen hatte man es nicht für nötig befunden, die Möbel abzudecken. Nun hatten sie den Dreck und der Graf war zurückgekommen, bevor sie alles in Ordnung gebracht haben konnten. Und jetzt wussten sie nicht, wie sie dies auf die Schnelle bereinigen sollten. Zumal es in der Küche auch noch derart vor altem Fett troff und vor stinkenden Essensresten strotzte, dass ein Heer von Mäusen und Ratten angelockt worden war. Die durchwegs schmutzigen und teils sogar verklebten Töpfe stapelten sich noch genauso wie das wappenverzierte Geschirr, das von der gräflichen Familie noch am Tag ihrer Abreise benutzt worden war. Da der Leibkoch des Grafen in dessen Tross mitgereist war, hatte er sich auf seine Unterköche und den Truchsess verlassen – und war verlassen worden. Dementsprechend hatte es gleich nach seiner gestrigen Rückkehr gedonnert. Die Flüche des Kochs hatten seine Küchenbrigade zwar wie Blitze getroffen, aber nicht umgehauen, sondern Wunder gewirkt.

Aufgrund einer kurzfristig befohlenen Nachtschicht glanzte die Küche nun wieder so, wie es sein musste. Eigentlich wäre es Aufgabe des Zeremonienmeisters gewesen, mithilfe der Lakaien die Putzfrauen und im Falle der Abwesenheit des Leibkoches auch die Unterköche und Küchenhelfer fest im Griff zu haben. Aber der alternde Schnösel hatte sich gleich nach Abreise des Grafen freigenommen, um mit seinem Schwiegersohn am gemeinsamen Häuschen herumwerkeln zu können. Und Oberamtmann Conrad Speen war auch nicht mehr der Jüngste, der hinter allem her sein konnte. Er hatte genug damit zu tun, die Amtsgeschäfte und das Amtshaus ordentlich in Schuss und seine ihm direkt unterstellten Beamten auf Trab zu halten. Damit hatte er so viel zu tun, dass er sich weder um die Belange des Schlosses noch um Jockel Mühleggs Vernehmungen hatte kümmern können. Selbstverständlich war Speen ständig offiziell darüber in Kenntnis gesetzt worden – zumindest in groben Zügen. Da ihm die Sache nicht ganz sauber vorgekommen war und er befürchtet hatte, dass sich der manchmal übers Ziel hinausschießende Richter Waldvogel nach der langen Exekutionsabstinenz während des Krieges endlich wieder hatte austoben wollen, hatte er sich still zurückgezogen und die Sache anderen überlassen, ohne sich einzumischen. Und da Speen gewusst hatte, dass Waldvogel sämtliche ihm zur Verfügung stehenden Mittel recht waren, wenn es galt, das Volk mit einer Hinrichtung zu unterhalten, hatte er dem Grafen heimlich ein Sendschreiben nach Augsburg geschickt und ihm dessen unverzügliche Rückkehr empfohlen. Zumindest hatte er wissen wollen, wie er sich in dieser Angelegenheit zu verhalten habe. Denn als ihm auch noch auf offener Straße zu Ohren gekommen war, dass es einen unterirdischen Kerker geben und dort ein junger Staufner einsitzen sollte, der von Richter Gnadenlos hart angepackt worden war, hatte er keinen Grund gesehen, sich in eine Sache der Justiz einzumischen. Das kann ja noch lustig werden, hatte er sich im Hinblick darauf, dass nun auch das gemeine Volk von der Existenz einer *Fronfeste* wusste, gedacht. Eingemischt hätte er sich nur nach sorgfältiger Abwägung und wenn er der Sache dienliche Hinweise oder gar Beweise dafür gehabt hätte, dass Waldvogel übertrieb. Um dies aber beurteilen zu können, hatte er – außer dem zunehmenden Marktgeschwätz der Immenstädter Bürgerschaft – schlicht und ergreifend zu wenig konkrete Informationen gehabt. Soll sich doch der Graf selbst darum kümmern, hatte er sich gedacht, als er sein Sendschreiben zusammen mit ein paar anderen Unterlagen, die der Regent hatte unterzeichnen müssen, dem berittenen Boten in die Satteltasche gesteckt hatte. Dabei war auch ein Zettel mit einer persönlichen Frage von ihm in Bezug darauf, wie es nun mit der geplanten Fahnenstiftung weitergehen solle, gewesen.

Da sich der Regent dieses Mal ungewohnt kurzfristig – was absolut ungewöhnlich und wohl nur aufgrund von Speens Sendschreiben der Fall gewesen war – angesagt hatte, war es dem altersbedingt zunehmend kränkelnden Oberamtmann und seinen Amtsleitern nicht gelungen, alles so vorzubereiten, wie sie es gerne getan hätten. Der höchste Beamte des gesamten rothenfelsischen Gebietes war schon froh gewesen, dass er den Zeremonienmeister gerade noch rechtzeitig hatte herbeizitieren können, damit dieser wenigstens dafür hatte sorgen können, den augenscheinlichsten Schmutz im und um das Immenstädter Schloss herum beseitigen zu lassen.

Bevor sich Speen selbst um andere Aufgaben kümmern musste, hatte er dafür Sorge getragen, dass die Honoratioren der Stadt über die Rückkehr Ihrer Exzellenz in Kenntnis gesetzt wurden und wussten, dass sie in zwei Stunden zum Rapport anzutreten hatten. Gestern war es zu spät geworden und er hatte nur noch den Pfarrer informieren können. Wenn es ihm aber innerhalb der nächsten Stunde gelang, alle dazu zu bewegen, ihre fetten Hintern vom warmen Kamin wegzubewegen und ins Schloss zu kommen, würde der Graf beschäftigt genug sein, um an irgendwelchen anderen Dingen herumzukritisieren. Wahrscheinlich würde er aus Zeitmangel sogar über die eine oder andere Unzulänglichkeit hinwegsehen.

»Euer Exzellenz. Der Amtsdiener und die Büttel sind bereits zu den Honoratioren unterwegs, um sie hierherzuzitieren. Wie befohlen, lasse ich den Pfarrer und den Richter zusammen mit dem Carnifex zwei Stunden später kommen. Wollten Ihre Exzellenz nicht, dass auch der Ratsherr Ulrich Göhl beim späteren, also dem zweiten Gespräch, dabei ist?«

»Der Göhl … der Göhl. War er nicht schon bei den Verhören des jungen Staufners anwesend?«, fragte der Graf, der dies allerdings schon längst von Speen gewusst hatte, in Gedanken.

Der Oberamtmann nickte. »Ja, Euer Exzellenz.«

»Na, dann soll er hinzukommen«, ordnete der Regent gelangweilt an.

»In diesem Fall muss ich ihn für das vorhergehende Gespräch abbestellen«, mutmaßte Speen stirnrunzelnd.

»Nein! Als Ratsherr steht es Göhl zu, dass er auch zur ersten Audienz geladen wird. Er soll an beiden Gesprächen teilhaben. Dies gilt auch für den Richter und den Pfaffen«, gebot der Regent, wegen seines kurzfristig entschiedenen Reiseabbruches etwas gereizt, und musste so stark husten, als wenn er soeben eine Fischgräte verschluckt hätte.

»Respekt! Das hat Er gut gemacht«, lobte der Regent nach seiner Hustenattacke den Oberamtmann und setzte noch einen Nieser drauf.

»Danke! Zu viel der Ehre! Und wie wünschen Euer Exzellenz, mit den Vertretern der verschiedenen Ortschaften zu verfahren?«, wollte Speen noch wissen, bevor er daran ging, dafür zu sorgen, zwei große Tannenbäume für den Schlosseingang und einen etwas kleineren Baum für die Gemächer der gräflichen Familie fällen und hierherbringen zu lassen.

Dem Grafen sah man die Strapazen, die er auf sich genommen hatte, nur um noch vor Weihnachten in Immenstadt sein und die Sache mit dem angeklagten Staufner Burschen klären zu können, an. Der eigentliche Grund für die Rückkehr vor Weihnachten war allerdings ein anderer gewesen, den er ja nicht offen zuzugeben brauchte. Dass es seine zweite Gemahlin Caroline Ludowika gewesen war, die Weihnachten unbedingt zu Hause im verschneiten Allgäu hatte verbringen wollen, weil ihr die vielen Festivitäten und die damit verbundene Völlerei bei den Fuggern zu viel geworden waren, musste ja niemand wissen. Stattdessen war er bei seinem geliebten und steuerzahlenden Volk lieber als ein Regent dagestanden, der sich um alle Belange seiner Herrschaft kümmerte, und seien sie noch so nichtig wie die Befragung eines quasi bereits überführten Doppelmörders. Der Graf wusste, dass ihm dies nach seiner zweifachen Flucht vor der Pest nunmehr zur Ehre gereichen würde … und in den Augen seiner Untertanen auch musste. Dass er scheinbar ausschließlich wegen eines vermeintlichen Zweifachmörders, der nicht einmal in Immenstadt, sondern nur in Staufen draußen gemordet haben sollte, extra seine wichtige »Dienstreise« abgebrochen hatte, dürfte ihn im Ansehen seiner ständig murrenden Untertanen gewaltig steigen lassen. Und dafür hatte er in Gottes Namen die überhastete Abreise in Augsburg und den beschwerlichen Weg bei diesem Sauwetter auf sich genommen.

Immer noch ermattet, aber guter Dinge, saß der Graf jetzt im »Löwenkopfsessel« seines Arbeitszimmers. Da es ihn erwischt hatte, weil der Wind ständig durch die mit Stoffen verhängten Fenster der Kutsche gepfiffen hatte, war er gesundheitlich etwas angegriffen. So hatte er anstatt des sonst üblichen Weinbechers eine Tasse mit dampfendem Kräutersud, den ihm einer der beiden an der Tür stehenden Lakaien im Auftrag der »Gnädigen« ständig nachschenken musste, vor sich stehen. Aufgrund seines Gesichtsausdruckes nach jedem Schluck konnte er vor seinem Amtsvorsteher nicht verhehlen, was er von diesem Gesöff hielt.

»Nun, Speen. Jedes Mal, wenn Wir verreist waren, haben Wir geruht, den Sprechern der wichtigsten Orte Unseres Herrschaftsgebietes die Möglichkeit zu geben, sich bei Uns auszuheulen. Da schon in ein paar Tagen Weihnachten ist und Wir gesundheitlich nicht ganz auf der Höhe sind, verzichten Wir ausnahmsweise darauf, dies gleich nach Unserer Rückkehr so zu halten ... Was hält Er davon?«

Speen verbeugte sich. »Da tut Ihr gut daran, Euer Exzellenz – zumal Ihr dieses Mal nicht lange weg gewesen seid und das letzte ›Volksgespräch‹ noch nicht allzu lange her ist«, bestätigte er seinen Herrn in dessen Entscheidung.

Da der Regent sehr wohl wusste, dass die Ortsführer rebellieren würden, wenn er ihnen das Privileg des »Sichauskotzendürfens«, wie er diese Art von Audienz bezeichnete, von heute auf morgen entziehen würde, und er ebenso wusste, dass dieses Ventil von jeher ein unverzichtbarer Puffer zwischen ihm und seinen Untertanen gewesen war, ergänzte er noch: »Wir werden dies aber irgendwann Anfang des neuen Jahres nachholen. Was meint Er dazu?«

»Sehr wohl, Euer Exzellenz. Eine kluge Entscheidung«, freute sich Speen, der froh war, so kurz vor Weihnachten nicht auch noch einen Haufen stinkender und maulender Kerle hier haben zu müssen. So konnte er sich statt um deren um all die anderen dringenden Angelegenheiten kümmern, die ihm unter den Nägeln brannten.

Die Audienz der Honoratioren verlief ruhig und brachte nichts Nennenswertes hervor. Nach zwei Stunden beendete der Regent das Gespräch und entließ die Oberen der Stadt. Er hatte gehört, was er hatte wissen wollen, und hatte mit einem leicht spöttischen Unterton allen Beteiligten das Gefühl gegeben, ihre Belange so ernst zu nehmen, als wenn es nichts Wichtigeres gäbe, als beispielsweise dem Wunsch eines der Ratsherren zu entsprechen, indem er diesem zusicherte, das kleine Loch irgendwo im westlichen Teil der Stadtmauer reparieren zu lassen, bevor womöglich die ganze Mauer einzustürzen drohte und sich die verehrte Bürgerschaft eventuellen Angriffen von feindlich gesonnenen Horden oder gar von Sarazenen schutzlos ausgeliefert sahen. Dabei hatte der betreffende Ratsherr nicht einmal gewusst, wo genau das bewusste Mauerloch sich befand. Und was ein Sarazene war, dürfte ihm wohl auch nicht im Einzelnen geläufig sein, sonst hätte er nicht solch einen Unsinn von sich gegeben. Der Graf hatte nicht gewusst, ob er über die Dummheit des alten Pfeffersackes hätte lachen oder weinen sollen. Umso mehr hatte er sich darüber gefreut, dass sich die jüngeren Ratsherren lieber vornehm zurückgehalten hatten, anstatt sinnloses Geschwafel von sich zu geben. Sie entschuldigten lediglich ihren Kollegen Peter Immler, der sich zurzeit wieder in Staufen befand, und ersuchten um einen gelegentlichen Gesprächstermin nach den Feiertagen, was natürlich Waldvogels Misstrauen weckte, ihm aber nichts nützte, weil der Graf die Zusammenkunft von Speen für beendet erklären ließ.

»Falls Wir euch nicht mehr sehen sollten: Ein schönes Weihnachtsfest!«, rief ihnen der Regent noch nach, bevor er einen Schluck Kräutersud trank, der ihn aber, anstatt wohlzutun, zu einer neuerlichen Hustenattacke reizte.

»Er, mein lieber Göhl, und Er, Hochwürden, bleiben hier. Wir haben noch etwas zu besprechen«, gebot der Regent in höflichem Ton, nachdem er ausgehustet hatte.

»Dies gilt auch für Ihn, Waldvogel!«, rief er dem Richter mit spitzem Ton nach, als dieser zusammen mit den anderen Ratsherren den Sitzungssaal verlassen wollte.

»Sehr wohl, Euer Exzellenz«, knurrte der Richter, der genau wusste, was jetzt auf ihn zukommen würde.

»Wo, zum Henker, bleibt er nur?«, witzelte der Graf. Er winkte seinen ranghöchsten Beamten zu sich. »Sage Er mir, mein lieber Speen, ob der Carnifex schon hier ist.«

»Ja, Exzellenz! Meister Sebastian ist bereits anwesend und wartet draußen.«

»Gut! Sage Er ihm, dass er sich noch etwas gedulden soll.«

Der Oberamtmann ging aus dem Raum und hinterließ damit eine schier schmerzende Stille – zumindest empfand dies der Richter so. Denn niemand sagte etwas.

Während der Graf die Länge seiner Fingernägel zu kontrollieren schien, lehnte sich Pfarrer Schwenk gemütlich zurück, um in aller Ruhe der Dinge harren zu können, die jetzt kommen würden. Fast sah es so aus, als wenn er ein Lächeln auf den Lippen hätte und sich mehr als wohl fühlen würde.

Der Ratsherr Ulrich Göhl hingegen machte eher einen gelangweilten Eindruck. Ihm war die Sache mit den Peinlichen Befragungen doch sehr nahegegangen und er wäre jetzt lieber in seinem Geschäft. Aber was soll's? Die Arbeit läuft mir nicht weg und Gesetz ist nun einmal Gesetz, dachte er sich, während es einem von ihnen alles andere als wohl zu sein schien: Der oberste Richter des rothenfelsischen Gebietes – den Grafen in die Hierarchie der hiesigen Justiz selbst nicht mit einbezogen – rutschte unruhig auf seinem Stuhl hin und her, währenddessen er sich immer wieder seine schwitzenden Hände am liliengemusterten Polster des aus dem Frankenland stammenden Sessels abstreifte. Obwohl dies dem Grafen aufgefallen war, hatte er nichts gesagt und weiterhin die drückende Stille des Raumes wirken lassen.

Endlich wurde das momentane Nichts unterbrochen, der Oberamtmann kam zurück.

»Setze Er sich, damit wir beginnen können«, gebot der Graf in einem plötzlich kalten Tonfall.

Der Regent drehte sich um und schickte mit einer Handbewegung die beiden Lakaien aus dem Raum.

»Was wir jetzt besprechen, geht niemanden etwas an. Um was es geht, kann Er sich wohl denken«, fuhr Graf Königsegg den Richter an. »Um Seine Reputation nicht anzukratzen, lasse ich Seinen Nachrichter draußen warten.«

Was folgte, war ein Anschiss höchster Güte. Der Graf ließ kein gutes Haar am eigensinnigen Vorgehen des Richters in puncto Jockel Mühlegg und ließ ihn seine Verärgerung gnadenlos spüren. Nachdem er Waldvogel dazu gebracht hatte, immer weiter den Stuhl hinunterzurutschen, warf er ihm noch vor, nicht mitgedacht zu haben: »Wir weilten in Augsburg, nur zwei Tagesreisen entfernt, und Er hat es nicht für nötig befunden, Uns über den grausamen Fall zu unterrichten. Speen hätte Uns dann früher einen Boten geschickt. Schon am übernächsten Tag hätten Wir hier sein können.«

Aha, der Speen also hat mich denunziert, dachte Waldvogel und warf dem Oberamtmann einen stechenden Blick zu, bevor er versuchte, sich damit herauszureden, dass er den Regenten wegen ein paar Verhören nicht hatte stören wollen und er die Gerichtsverhandlung selbstverständlich so lange hinausgeschoben hätte, bis Seine hochherrschaftliche Gnaden wieder in Immenstadt gewesen wären, war aber damit nicht durchgekommen.

»Bis dahin wäre Mühlegg ohne Geständnis an Euren übertriebenen Torturen gestorben!«, schrie der Graf. »Sage Er mir, wann haben wir zum letzten Mal ein derart schlimmes Verbrechen im rothenfelsischen Gebiet gehabt? Verdammt noch mal, Waldvogel. Hat Er nicht kapiert, dass bei solch einem Fall sämtliche Untertanen Unseres Herrschaftsgebietes nach Immenstadt blicken und sich die Justiz deswegen umso genauer an die Gesetze halten muss?«

Der Graf war derart erregt, dass er nicht merkte, wie die anderen still in sich hineingrinsten. Während er einmal mit der Faust auf den Tisch schlug, fiel sogar eine Vase um und ging zu Bruch.

»Jetzt haben wir den Mist!«, schrie er so laut, dass man es auch draußen hören konnte.

Da drin rührt sich was, dachte sich der Carnifex, der – nicht wissend, was auf ihn selbst zukommen würde – den Flur auf und ab ging, während er auf seinen Einsatz wartete.

»Aber … aber ich habe mich doch streng an die Gesetze gehalten. Sind Peinliche Befragungen jetzt schon verboten?«, fragte Waldvogel im Ton eines beleidigten Kindes und unterstrich seinen Missmut auch noch, indem er eine Schnute zog. Dies veranlasste die ganze Runde zu einem ungläubigen und verständnislosen Kopfschütteln, was den Grafen aber nicht davon abhielt, sich Waldvogel weiter vorzunehmen. Irgendwann beruhigte sich der Regent aber und gebot seinem Oberamtmann, Sebastian Deibler hereinzuholen.

Als der Carnifex im Raum stand, zog er bewundernde Blicke auf sich. Der groß gewachsene Mann hatte schwarze Beinlinge an einen dünnen Strick, den er nicht sichtbar unter der Obergewandung trug, gebunden. Die Beinlinge steckten in glänzend geputzten braunen Lederstiefeln. Sein besonders breiter Ledergürtel wurde fast gänzlich von einer blutroten Seidenschärpe überdeckt. Diese hing rechts fast so weit herunter wie links seine Stichwaffe, die so geschmiedet war, dass sie für eine »Notenthauptung« taugte. Pluderärmel, von denen man noch vage erahnen konnte, dass sie einmal weiß gewesen waren, kamen unter einer dunkelbraunen, schwarz wirkenden Kuhlederweste, die ihm sein Weib auf den muskulösen Leib geschneidert hatte, hervor. Darüber trug er eine Kukulle in fast der gleichen Farbe wie die Schärpe, aber aus gefilztem Material. Obwohl auch sie eine Kapuze hatte, war sie wesentlich kürzer als die üblichen langen Schlechtwetterkapuzen und endete unten mit Zacken, die umgekehrten Burgzinnen glichen, die sich über die breiten Schultern auf Rücken und Brust zu schmiegen schienen. Dies und die Schärpe waren die persönlichen Zeichen seines Berufsstandes. Als er den schwarzen Schlapphut abnahm, kam eine gepflegte Lockenpracht zum Vorschein. Sebastian Deibler dürfte wohl die weißesten Zähne im ansonsten ziemlich verfaulten Land haben. Jedenfalls blitzten sie unter dem seitlich gewichsten und ordentlich gedrehten Schnauzbart hervor.

»Setze Er sich!«, gebot Graf Königsegg dem Carnifex mit einem Handzeichen, ohne ihn zu grüßen, geschweige denn, ihm in die glühend blauen Augen zu schauen. Dabei wies er in Richtung eines kleinen Tischchens, hinter dem ein Stuhl stand. Der Carnifex war es gewohnt, wie ein Aussätziger behandelt zu werden und an einem separaten Tisch Platz nehmen zu müssen. Niemand wollte Gefahr laufen, seinen Atem, den sie den »Pesthauch des Todes« nannten, einschnaufen oder ihn gar berühren zu müssen, weil er ihnen zu nahe war.

Nachdem Oberamtmann Speen dem Carnifex gesagt hatte, um was es bei diesem Gespräch ginge, wandte sich der Graf wieder an den Richter. Allerdings war er jetzt wesentlich ruhiger als zuvor.

»Also, Waldvogel! Bringe Er Uns sachlich auf den aktuellen Stand der Dinge in Bezug auf die Inhaftierung, die Anklage und die bisherigen Befragungen dieses …«

Der Graf neigte sich dem neben ihm sitzenden Oberamtmann zu.

»Jockel Mühlegg aus Staufen, Exzellenz«, tuschelte Speen ihm ins Ohr.

»Ja, ja«, winkte der in manchen Dingen vergessliche Regent ab. »… dieses jungen Burschen namens Jockel Mühlegg aus Unserer geliebten Herrschaft Staufen.«

Der ansonsten nicht gerade zimperliche Richter Michael Waldvogel glaubte, einen Kloß im Hals zu haben. Er zögerte und überlegte, wie er anfangen sollte. Dabei rutschte er noch mehr auf seinem Stuhl herum, als dies bisher schon der Fall gewesen war.

»Und? Spricht Er nicht mehr mit Uns?«, witzelte der Graf, der es – wie auch alle anderen – genoss, den gefürchteten »Richter Gnadenlos« sprachlos zu sehen. Seines Wissens war dies noch nie der Fall gewesen.

Irgendwann schaffte es der Richter aber doch noch, den Faden zu finden und in die Spur zu kommen. Er berichtete in allen Einzelheiten, was in Staufen geschehen war, bevor der vermeintliche Zweifachmörder durch den Ratsherrn Peter Immler just an dem Tag, als der Regent seine Reise nach Augsburg angetreten hatte, nach Immenstadt hätte gebracht werden sollen. »Dies war am Tag darauf, nachdem sich Euer Exzellenz mit den Staufner Schützen zusammengesetzt hatten, um die Sache mit der Fahnenstiftung zu bereden«, bekräftigte Waldvogel das bisher Gesagte.

»Das wissen Wir … Fahre Er fort«, wollte sich der Graf nicht damit aufhalten.

Waldvogel berichtete von den ersten gütlichen Befragungen durch den Carnifex über das Zeigen der Foltergeräte bis hin zur Peinlichen Befragung ersten Grades. Gerade so, als wenn er sich versichern wollte, nichts Falsches zu erzählen, blickte er zwischendurch immer wieder verstohlen zum Carnifex, der allerdings nicht die geringste Gefühlsregung zeigte.

»So weit, so gut … oder auch nicht«, beendete der Graf Waldvogels Ausführungen. »Das heißt also, dass Wir den zweiten Grad der Peinlichen Befragung unterbrochen haben?«

Ulrich Göhl wäre dem Grafen fast ins Wort gefallen, als er sagte: »Verzeiht, Exzellenz. Wir hatten überhaupt noch nicht damit angefangen. Der ehrenwerte Herr Richter hat uns alle sofort wieder nach Hause geschickt, nachdem er vom Gespräch mit Euer Exzellenz in die *Fronfeste* gekommen ist«, gab Göhl wahrheitsgemäß von sich. Ungewollt half er damit dem Richter.

»Gehen Wir recht in der Annahme, dass – unabhängig der Uns bereits bekannten oder besprochenen Verfahrensfehler – alles ordnungsgemäß verlaufen ist und jetzt erst noch der zweite Grad der Peinlichen Befragung ansteht?«, brachte es Graf Königsegg auf einen Nenner und konnte ein allseitiges Kopfnicken feststellen.

»Was meint Er dazu?«, fragte der Graf speziell den Pfarrer.

Der Geistliche räusperte sich und knetete sich die Hände, so, als wenn er beten wollte. »Nun, da ich persönlich die Erreichung eines Schuldeingeständnisses mittels der Folter als unmenschlich und veraltet ansehe, dies aber durchwegs noch in der Rechtsprechung der gesamten deutschen Lande verankert zu sein scheint, muss ich dies auch so akzeptieren. Zu meiner Schande muss ich gestehen, dass es der verlängerte Arm der Mutter Kirche selbst war, der durch die unsäglichen Hexenprozesse das Foltern befürwortet … und sogar erfunden hat.« Der Geistliche blickte gerade so in die Runde, als wenn er fragen wollte, ob er seine persönliche Meinung tatsächlich preisgeben sollte. »Die Dominikaner waren es …«, Pfarrer Schwenk hob anklagend den Zeigefinger, »… die als gefürchtetste Inquisitoren galten, weswegen man sie als ›Bluthunde des Herrn‹ bezeichnet hat. Sie waren es, die Rom die Drecksarbeit abgenommen und dafür gesorgt haben, dass sich die Kirche mit dem Blut Tausender und Abertausender Unschuldiger befleckt hat.« Der Priester hielt inne. Er hob beschwörend beide Hände, gerade so, als wenn er bei der Wandlung wäre. »Also kann ich es nicht ändern, … selbst wenn ich es wollte«, fügte er noch leise an und wandte sich an den Carnifex: »Meister Sebastian. Ich weiß, dass Ihr ein Könner Eures verachtungswürdigen Faches seid. Macht in Gottes Namen Eure Arbeit, aber quält den Gefangenen nicht mehr als nötig und gewöhnt den gotteslästerlichen und strohdummen Knechten das hämische Grinsen während der Torturen ab. Ich glaube nicht, dass der Sache gedient ist, wenn dem sowieso schon bedauernswerten Gefangenen zu allem hin auch noch Spott und Häme zuteil werden.«

Sebastian Deibler nickte zustimmend und wartete, bis der Graf – den wieder eine Reizattacke im Hals gepackt hatte – ausgehustet und für alle hörbar in sein spitzenbesetztes Tüchlein geschnäuzt hatte, bevor er dem Priester antwortete: »Ihr habt recht, Hochwürden. Was meine Knechte anbelangt, werde ich Eurem Wunsch gerne entsprechen. Meine Arbeit aber mache ich dennoch so, wie ich sie gelernt habe und wie sie mir vorgegeben wird. Es liegt nicht an mir, einen Gefangenen mehr oder weniger zu traktieren, als mir aufgetragen wird. Ich bin nur der Vollstrecker der Urteile, die vom Hohen Gericht gefällt worden sind, und heize mich – im Gegensatz zu manch anderen – nicht daran auf, wenn Ihr versteht, was ich meine«, sagte er mit einem schrägen Blick zu Waldvogel.

»Wir rekapitulieren«, fuhr der Graf dazwischen, um eine unsinnige Streiterei zu verhindern. »Das heißt im Klartext, dass wir trotz des ersten Grades der Peinlichen Befragung noch kein Geständnis haben.«

Er blickte in die Runde, um sich das soeben Gesagte durch Nicken bestätigen zu lassen.

»Und nun steht der zweite Grad an?«, wollte er noch einmal bestätigt wissen.

Wieder einmütiges Kopfnicken.

»Danach kommen die öffentliche Gerichtsverhandlung und die Vollstreckung des Urteils. Wann, meine Herren, sollen wir dies noch vor Weihnachten hinbekommen?«, geriet der Regent regelrecht ins Jammern.

»Was schlagen Euer Exzellenz also vor?«, fragte der Carnifex unverhohlen.

Der Graf mühte sich aus seinem Sessel und ging zu einem der Fenster, vor dem er – die Hände auf dem Rücken verschränkt – ein Weilchen verharrte, um dem gemäßigten Treiben draußen zuzusehen. Er musste nachdenken.

Als er sich umgedreht und den anderen zugewandt hatte, lehnte er mit seinem gräflichen Allerwertesten am Fenstersims, von wo aus er zu Waldvogel blickte. Der zuckte zusammen, weil er befürchtete, schon wieder Ziel einer Attacke seines Herrn zu werden.

»Wir geruhen, den Gefangenen über Weihnachten nicht weiter zu malträtieren. Er soll die Zeit nutzen, um sich zu überlegen, ob es gut für ihn sei, wenn er die Wahrheit weiterhin verschweigt.

Nach den Weihnachtsfeiertagen werden Wir einen Termin für den zweiten Grad der Befragung – die Ihr, mein lieber Waldvogel, haargenau gemäß den Buchstaben des Gesetzes vornehmen werdet – festlegen.«

Waldvogels Augen begannen dankbar zu glänzen, was sich aber sofort wieder ändern sollte, indem er sie zornig zu Schlitzen zusammendrückte.

»Die Gerichtsverhandlung allerdings …«, musste er sich anhören, »werdet nicht unbedingt Ihr leiten. Vielleicht werden Wir höchstselbst dafür sorgen, dass das Volk das bekommt, was es möchte. Und das Beisitzergremium wählen ebenfalls Wir aus. Das war's!«

Das letzte Wort war noch nicht verklungen, da begab sich der Graf am Sitzungstisch vorbei zur Tür, die er selbst öffnen musste, weil er zu Beginn der Versammlung die Lakaien des Raumes verwiesen hatte und Speen wegen seiner Rückenschmerzen nicht so schnell aufstehen konnte, wie er es gerne getan hätte. Das Schmunzeln der anderen, die sich am staubschmutzigen Streifen auf der Hinterseite der cremeweißen gräflichen Seidenhose ergötzten, bekam er auch nicht mit, als er sich nochmals umdrehte und zum Oberamtmann zeigte. »Ach, Speen, bevor Wir es vergessen: Ihn brauchen Wir nachher noch … Dringend!«

KAPITEL 27

Einen Tag vor dem Heiligen Abend warteten Lodewigs Familienmitglieder und dessen Bedienstete auf den Kastellan, um mit ihm darüber zu sprechen, was noch alles zu erledigen sei und was an Weihnachten außer der Christmette anstehen würde. Außerdem wollten sie konkret wissen, wie für sie die Feiertage in diesem Jahr verlaufen sollten und was der Immenstädter Bote für Kunde gebracht hatte. Dafür hatte Rosalinde extra die Küche beheizt und

Sarah hatte zur Einstimmung auf das bevorstehende Weihnachtsfest heute schon einen Teller mit Honig bestrichene Dörrpflaumen auf den Tisch gestellt. Ihre Mutter Judith hatte mehr Kerzen als üblich entzündet und somit dafür gesorgt, dass sich schnell eine heimelige Atmosphäre ausbreiten konnte. Damit der Altkastellan seine Pfeife so richtig genießen konnte, hatte er den Kautabak in den dafür vorgesehenen Napf gespuckt und danach den Mund mit Holundersaft ausgespült, um seinen Geschmack zu neutralisieren. »Bäh!«, entfuhr es dem Großvater und einem der Zwillingsmädchen gleichzeitig. Während der alte Mann den Holundersaft meinte, ekelte sich die feine Anneliese vor dem Kautabak. Dennoch schmiegten sich das »Bummerle«, wie Heidemarie wegen ihrer kräftigen Statur manchmal genannt wurde, und Anneliese zu beiden Seiten an ihren geliebten Großvater, während Nesthäkchen Magdalena bereits auf Aurels Schoß saß und es nicht erwarten konnte, was ihr Vater für Neuigkeiten zu verkünden haben würde. Aber der ließ auf sich warten. Da es für Lodewig eine Selbstverständlichkeit gewesen war, den gräflichen Boten nur gestärkt nach Immenstadt zurückreiten zu lassen, wurde ihrer aller Neugierde auf eine harte Probe gestellt; denn noch wusste niemand etwas von dem, was der Kastellan zu berichten hatte. Vor seinem Ritt nach Staufen war dem gräflichen Kurier von Oberamtmann Speen aufgetragen worden, auf die Antwort des Kastellans zu warten, weswegen Lodewig die Nachricht gelesen hatte, noch während der Immenstädter von Rosalinde verköstigt worden war.

Nachdem der Bote sich endlich verabschiedet hatte und den Schlossbuckel hinunterpreschte, betrat Lodewig die Schlossküche, wo ihn bereits neugierige Blicke erwarteten. Die Wärme tat ihm gut. Er klemmte das Schriftstück, dessen Siegel er bereits gebrochen hatte, unter den rechten Arm und rieb seine klammen Hände über der Feuerstelle.

»Bist du verrückt geworden?«, rief ihm Sarah entsetzt zu. »Möchtest du das Sendschreiben verbrennen?«

»Ich danke dir, dass du dir Sorgen um meine Finger gemacht hast«, antwortete Lodewig leicht brüskiert, während er sich neben Judith an den Tisch setzte.

Wenn Eginhard bereits hier wäre, hätte es niemanden gestört, dass es draußen bitterkalt war und sich zudem ein Sturm anbahnte. So aber sorgten sie sich um ihr Familienmitglied, das sich nach ihrer Meinung zur Stunde auf der Reise hierher befinden musste.

Ja, wenn Eginhard hier ist, kann Weihnachten kommen, dachten sie wohl alle.

Selbst die Kleinen hatten immer wieder nach ihrem berühmten Onkel gefragt, obwohl sie ihn kaum kannten.

Stattdessen aber sollten zwei Überraschungen auf die Dreylings von Wagrain und die Bombergs zukommen.

»Nun lies doch schon vor, Lodewig!«, drängte Sarah, die in diesem Fall das Vorrecht der Neugierde für die Frauen in Anspruch nahm.

»Nur Geduld«, bremste Lodewig seine wissbegierige Frau aus, während er das viermal gefaltete Sendschreiben aufschlug. Noch während er das geöffnete Papier in seinen Händen hielt und mit seinen Augen streichelte, zauberte das Gelesene ein zufriedenes Lächeln auf seine Lippen.

»Da dich offensichtlich keine schlechten Nachrichten erreicht haben dürften, wäre es jetzt nett, wenn du uns an deinem Schmunzeln teilhaben lassen würdest«, pochte jetzt auch der Großvater darauf, die allgemeine Neugierde zu befriedigen.

Lodewig nahm zaghaft ein Schlückchen Wein zu sich und bemerkte dazu, dass dieser wohl köstlich schmecken, leider aber nicht über die Feiertage hinweg ausreichen würde, weil das kräftige Rot wohl kaum noch den hölzernen Fassboden bedeckte.

»Dann trinkst du eben Wasser und unterlässt es, an Weihnachten Propst Glatt einzuladen, … dann reicht der Wein!«, schimpfte Sarah. »Und jetzt lies endlich!« Um ihrem Wunsch Nachdruck zu verleihen, verschränkte sie demonstrativ ihre Arme vor der Brust.

»Es ist ja schon gut, meine Liebe«, wollte Lodewig den leichten Anflug von Aggression, den er auf die allgemeine Anspannung, weil Eginhard immer noch nicht hier war, zurückführte, gar nicht erst aufkommen lassen. »Also: Dieses Schreiben ist nicht vom Grafen, sondern von Oberamtmann Speen. Es steht nicht viel drin, weswegen ich es euch ganz vorlesen werde.«

»Na endlich!«, seufzte Sarah und verdrehte dabei die Augen.

»Also …«, wiederholte Lodewig und begann endlich, Speens Brief zum zweiten Mal aufzufalten.

»›*Mein werther Herr Lodewig Dreyling von Wagrain, Verwalter des Schloßes Stauffen unnd Freundt deß Hauses derer von unnd zue Königsegg.*

Auf Geheiß unnsers hochwohllöblichen Regenten Hugo Graff zue Konigsegk unnd Rothenfelß Herr zue Aulendorff unnd Stauffen des Römischen Kaisers Reichshofrath unnd Cammerer sowie dero Gemahlin Carolina Ludowika … ‹

Das war schon der meiste Text, … nicht gerade spannend«, versuchte Lodewig, die Stimmung aufzuhellen, las aber gleich weiter, bevor er sich schon wieder einen strafenden Blick seiner Frau einhandelte: »›*… sölln der treue Verwalter deß Schloßes zue Stauffen mitsampt seyn gantz Familie am Tag deß Sanctus Staphanus alls Gäst im Schloß zue Immenstatt sich gelusten lassen diß Weihnacht mit der hochgräfflichen Familie zue feiern. Dergestalt wie eß dahier und in alter Zitt ward gewesen. Ayn groß Freud würd es thuen wenn auch der früher Kastellanus Hannß Ulrich Dreyling von Wagrain ayn Begleit zur gleich Stundt wie all die Jahr zuevor gibt. Biß dahin gehabt Euch wohl. Mit Erwarthung Conradus Speen.*‹«

Schweigend harrten Lodewigs Zuhörer dessen, was noch kam.

»Das war's! Kurz und bündig. Speen hat wohl viel Arbeit vor Weihnachten und wenig Zeit zum Briefeschreiben«, kommentierte Lodewig den knappen, aber aussagekräftigen Inhalt des Schreibens.

Sein Vater legte die Pfeife beiseite und klatschte einmal fest in die Hände.

»Wenn ich das Gehörte richtig verstanden habe, sind wir am Stefanstag bei der gräflichen Familie im Immenstädter Schloss eingeladen«, rekapitulierte er. Er konnte sich noch gut an die Zeiten erinnern, als er selbst noch der Schlossverwalter des Grafen und es zur liebgewonnenen Tradition geworden war, Jahr für Jahr am zweiten Weihnachtsfeiertag, der dem Heiligen Stefan geweiht war, mit dem Schlitten nach Immenstadt zu fahren und der gräflichen Familie ein frohes Weihnachtsfest zu wünschen. Mit Wehmut erinnerte er sich daran, dass es fast in jedem Jahr das gleiche Ritual war und seine geliebte Konstanze auf dem Nachhauseweg die Zügel in die Hand genommen hatte, während bei ihm der göttliche Wein, den der Graf stets aus der Mainzer oder einer anderen Gegend der rheinischen Lande mitzubringen pflegte, seine ganze Wirkung entfaltet hatte.

Während der Großvater ganz versonnen in Erinnerungen schwelgte, bemerkte Lodewig, dass es wohl schon etliche Zeit – mindestens zehn oder gar zwölf Jahre, wenn nicht noch länger – her sein musste, dass sie eine derartige Einladung erhalten hatten. Genau wusste er es nicht mehr.

»Na ja«, schimpfte Sarah. »Der Graf war doch ständig unterwegs. Einmal war er auf der Flucht vor der Pestilenz oder hat uns anders im Stich gelassen. Ein anderes Mal war er aus politischen Gründen in den rheinischen Landen oder bei seiner Verwandtschaft in Aulendorf oder in Konstanz. Aber jetzt scheint er ja endlich wieder dauerhaft hier zu sein, unser ach so gnädiger Herr.«

»Jetzt ist es aber gut!«, schritt Lodewig ein, bevor seine Frau sich noch zu ereifern begann.

Um sich abzulenken, putzte Sarah dem Nesthäkchen Magdalena das Rotznäschen, obwohl dies nicht nötig gewesen wäre.

»Ich habe gedacht, dass die gräfliche Familie Weihnachten bei den Fuggers in Augsburg feiert«, steuerte Lodewig sofort wieder aufs Thema zu und schmeichelte dabei seiner Frau. »Aber du scheinst recht zu haben, Sarah: Offensichtlich weilt sie doch schon wieder im Allgäu. Ich wundere mich nur darüber, dass ich dies nicht schon früher erfahren habe.«

Aurel und die Zwillinge verstanden nichts von dem Disput – sie freuten sich über die Einladung. Denn auch sie hatten schon viel von früheren Weihnachtsbesuchen ihrer Eltern und Großeltern bei den Königseggern gehört.

»Dürfen wir dann auch die alte Krippe sehen?«, fragte Anneliese, die nettere der Zwillinge, und wurde durch ein »Au ja!« in ihrem Wunsch von der immer feister werdenden Heidemarie unterstützt.

»Na ja, dann werden wir wohl oder übel nach Immenstadt fahren müssen, … falls das Wetter mitspielt«, gab Lodewig klein bei und erweckte einen resignierten Eindruck, blinzelte dabei aber den Mädchen zu.

»Ich finde, dass dies eine schöne Weihnachtsüberraschung ist«, bemerkte Sarahs Mutter Judith, während sie einen Arm um den Rücken ihrer Tochter schlang und sie aufmunternd drückte. »Fahrt nur! Ich freue mich für euch und werde während eurer Abwesenheit zusammen mit dem Gesinde das Haus hüten. Das Schloss wird nicht gerade während des zweiten Weihnachtsfeiertages von bösen

Buben überfallen werden«, witzelte sie, merkte aber schnell, dass sie damit nicht ankam, weil man in diesen unsicheren Zeiten nie vor Überfällen sicher sein konnte und man stets auf der Hut sein musste.

»Aber Eginhard?«, gab Sarah zu bedenken.

»Der wird schon noch kommen!«, wurde sie von ihrem Schwiegervater beruhigt, obwohl der selbst kein gutes Gefühl damit hatte.

Nachdem sie sich noch ein Weilchen über Eginhards Rückkehr, diese Einladung und die damit verbundene Reise unterhalten hatten, war auch Sarah wieder guter Dinge und entschuldigte sich für ihr sorgenvolles Verhalten. »Eigentlich freue ich mich auch darauf … Ich … ich war nur noch nie im Immenstädter Schloss«, bekundete sie zum verständnisvollen Schmunzeln aller.

»So! Nun besprechen wir aber, was noch zu tun ist«, unterbrach der Kastellan die allgemeine Freude über die Einladung des Grafen, als es an der Tür klopfte, der Wachhabende eintrat und berichtete, dass sich ein Fuhrwerk den Schlossbuckel hochmühen würde.

Jetzt war Sarahs Stimmung endgültig wieder gut. »Das wird Eginhard sein!«, freute sie sich und umarmte Lodewig.

Allerdings wurde ihre überschwängliche Freude von ihrer Mutter getrübt. »Wieso sollte Eginhard mit einem Fuhrwerk kommen? Er besitzt doch nur ein Ross … oder etwa nicht?«, Judith schaute Sarah fragend an.

»Aber es wird doch allerhöchste Zeit, dass er endlich auftaucht«, half Lodewig seiner Frau und drückte ihr ermunternd die Hand. »Er wird schon noch kommen. Und außerdem: Wer sollte es sonst sein, der sich bei diesem Mistwetter – einen Tag vor dem Heiligen Abend – den Schlossbuckel hochplagt? Ein Warenhändler ist es sicher nicht!«

»Ich weiß es nicht«, gab Sarah nachdenklich zu.

»Geht nach draußen und seht selbst nach, wer uns bei diesem Sauwetter zu beehren gedenkt. Dann wisst ihr es«, schlug der Altkastellan vor und schüttelte über den unsinnigen Disput lächelnd den Kopf.

Der Wachhabende hatte bereits beide Flügel des Schlosstores geöffnet, handelte sich dafür aber vom Kastellan einen Rüffel ein: »Rudolph, bist du verrückt? Du kannst doch nicht das große

Tor öffnen, bevor du dich nicht vergewissert hast, dass von dem Ankömmling keine Gefahr ausgeht, zumal du nicht einmal weißt, um wen es sich handelt.«

»Aber … aber da sitzt doch nur ein einziger Kutscher auf dem Bock«, versuchte Rudolph, seinen ansonsten eher ungewöhnlichen Eifer zu entschuldigen.

»Und wenn sich ein paar bewaffnete Mordbuben unter der Plane des Fuhrwerks versteckt halten? Hast du noch nie etwas vom *Trojanischen Pferd* gehört?«, schimpfte der Kastellan und half Rudolph, das schwere Eichentor wieder zu schließen.

Es dauerte noch ein Weilchen, bis die beiden Rösser das schwere Gefährt – begleitet von wüsten Flüchen des Kutschers, der inzwischen abgestiegen war – über den rutschigen und knarzenden Boden bis zum Schlosstor hochgezogen hatten. Währenddessen war fast die gesamte Familie die Holzstufen zum direkt über dem Tor liegenden Teil des Wehrgangs hochgestiegen, um eine bessere und geschützte Sicht auf den unverhofften Ankömmling zu haben. Nur Rudolph war eingeschüchtert unten geblieben, um von dort aus die Befehle seines Herrn in Empfang nehmen und das Tor gegebenenfalls doch noch schnell öffnen zu können. Er hatte, wie auch der Kastellan, seine Waffe fest im Griff. Selbst Aurel war noch kurz zurückgerannt, um sein Holzschwert zu holen, was ihm ein Lob seines Vaters einbrachte. »Lauf schnell zu Siegbert und Ignaz. Sie sollen sich …«, er räusperte sich und verschluckte ein Lächeln, »rüsten und ebenfalls hierherkommen«, trug der Kastellan seinem Sohn mit ernster Miene auf.

»Für was soll denn das gut sein?«, wurde er von Sarah gefragt.

»Sicher ist sicher!«, bekam sie knapp zur Antwort. »Pssst! … Hörst du auch dieses Gefluche? Es kommt mir irgendwie bekannt vor«, flüsterte Lodewig seiner Frau zu.

Steine knarzten unter den schweren, eisenbeschlagenen Rädern, die unter der Last arg ächzten. Eines der Pferde wieherte.

Der Ankömmling fluchte in der besten Manier eines Kutschers. »Brr! … Brr!« Indem er die Zügel anzog und den Kopf der Pferde leicht zurückzog, brachte er sie zum Stehen, stieg vom Bock und trat – die Zügel immer noch fest in der Hand – einige Schritte vor. »Ja, Kruzitürken, gibt es hier für einen armen Diener Gottes keinen Einlass? Womöglich auch kein Nachtquartier und, noch schlimmer, keinen Becher Wein?«, rief der offensichtlich groß gewachsene Kutscher und schwang dabei mit seiner Rechten etwas, das die Schlossbewohner im Dunst des aufziehenden Abendnebels noch nicht gleich erkannten. Erst als er ein paar weitere Schritte vortrat, seine Doppelaxt jetzt im Schein der Fackeln, die beiderseits des Schlosstores brannten, glänzte und er seine Kapuze nach hinten schlug, rief Sarah aufgeregt: »Nepomuk! Ich glaube es nicht: Es ist Nepomuk! … Rudolph, öffne schnell das Tor!«

»Na endlich! Ich habe schon gedacht, dass ich hier unerwünscht bin und unverrichteter Dinge wieder abziehen muss«, schallte es erfreut zurück.

»Nun mach schon, Rudolph!«, wiederholte Sarah ihre Anordnung, der die durch die Maßregelung seines Herrn verunsicherte Wache aber erst nachkam, als der Kastellan selbst den Befehl dazu gab.

Die Freude war überwältigend. Bis auf die Kinder stürzten sich alle auf den Hünen, um ihn zu begrüßen, zu küssen und zu umarmen. Als Aurel merkte, dass von der riesigen Gestalt trotz dessen beeindruckender Waffe keine Gefahr auszugehen schien und auch er ihn zu erkennen glaubte, steckte er sein Holzschwert in den Gürtel und nahm mutig seine beiden kleinen Schwestern an die Hand. »Nun kommt schon, ihr Feiglinge! Ihr seht doch, dass es kein Fremder ist.«

»Wie geht es dir? Wo kommst du her? Unterrichtest du immer noch in Salzburg oder bist du wieder in Bregenz? Warum hast du dich so lange nicht gemeldet? Wie lange bleibst du? Hast du etwas von Eginhard gehört?«, brach es über Nepomuk von allen Seiten herein, während Ignaz das Gespann in den Schlosshof führte, damit Rudolph pflichtgemäß das Tor sofort wieder schließen konnte.

»Ruhe!«, schrie Nepomuk, der nicht wusste, wie er sich sonst gegen die vielen Fragen hätte wehren können. Er hatte keine Zeit, um in aller Gelassenheit zu plaudern. Nicht jetzt.

Er befreite sich aus Sarahs zarter Umklammerung und eilte – gefolgt von verständnislosen Blicken der anderen – zum Fuhrwerk, wo er sofort damit begann, die Stricke, mit denen die Plane an den Seitenwänden des Gefährts angebracht war, zu lösen.

»Ich werde euch später alles in Ruhe erzählen. Jetzt aber habe ich erst noch eine Überraschung für euch. Zwar werdet ihr zunächst erschrecken. Aber ich sage euch jetzt schon, dass alles seine Ordnung hat und dass alles gut werden wird. Habt ihr das verstanden?«

Aufgrund von Nepomuks beschwörendem Ton hakte sich Sarah verängstigt bei Lodewig ein. Unsicher blickten sie zu Nepomuk, der weiter an den Stricken herumnestelte und den Stallknecht zu sich rief.

»Ignaz, mein alter Freund …« Nepomuk umarmte ihn auf die Schnelle. »Geh auf die andere Seite und hilf mir, die Plane zurückzuschlagen.«

Der hocherfreute Knecht tat gerne, was ihm aufgetragen wurde.

Während die anderen immer noch stumm einige Fuß entfernt vom Wagen standen, rollten die beiden die Plane so weit zurück, dass man sehen konnte, was für eine Fracht geladen war.

Sie sahen ein großes Holzfass, das zwischen Säcken, die wie Zinnsoldaten nebeneinander aufgereiht waren, stand. Und dazwischen steckte Stroh – viel Stroh. Sie schauten sich so lange fragend an, bis Lodewig auf das Fass zeigte. »Was ist da drin? Etwa Schießpulver, weil du so geheimnisvoll tust?«

»Nein, mein Freund! Ich habe wesentlich wertvollere Fracht geladen. Kommt alle zu mir!«

Während Nepomuk schon am hinteren Teil des Wagens stand und das Gatter hochzog, um es nach unten klappen zu können, traten die anderen langsam näher.

»Helft mir, das Brennholz und die Kohle herunterzuholen!«

»Kohle? – Wahnsinn!«, entfuhr es Rosalinde.

Es mussten wohl vier Säcke grober Holzkohle und zudem auch noch zwei Ster gehacktes und fein säuberlich in zwei Reihen hintereinander gestapelte Holzscheite auf dem Ladewagen sein. Als er mit Eginhard das Kloster verlassen hatte, waren es noch fünf Ster Brennholz gewesen. Da ab Simmerberg allerdings Eginhard den meisten Platz auf der Ladefläche benötigt hatte, war Nepomuk nichts anderes übrig geblieben, als den größten Teil des platzraubenden Holzes bei den Simmerberger Wirtsleuten zurückzulassen, dafür aber die gesamte Kohle mitzunehmen. »Seht dies als ein kleines Dankeschön für eure liebe Hilfe an«, hatte er zu Sepp, dem Tavernenwirt, gesagt und von Resl dafür ein Wangenbussi und ein »Gott schütze dich!« bekommen. Als er sowohl ihnen als auch Klaus und Remig für deren Hilfe hatte Geld zustecken wollen, hatten sie dies allerdings allesamt abgelehnt. »Du kannst das nächste Mal ein Bier für uns in dein Kerbholz schnitzen lassen, wenn du möchtest. Aber jetzt schau zu, dass du deinen Freund gut nach Staufen bringst«, hatten ihm die guten Leute nachgerufen, als er das Fuhrwerk vom Hof weggelenkt hatte.

»Mach ich!«, hatte Nepomuk versprochen und sich mit dem festen Vorsatz, dies sofort nach Eginhards Gesundung einzulösen, auf den Rest des Weges nach Staufen gemacht.

Während die anderen Nepomuk beim systematischen Beladen des Wagens geholfen hatten, waren Remig und Klaus bis zum Hahnschenkel hochgeeilt, um vorsichtig zu erkunden, ob sich dort Raubgesindel befand, was ausnahmsweise einmal nicht der Fall gewesen war. »Du kannst weiterfahren. Dort oben ist weit und breit niemand zu sehen, … nicht einmal Spuren im Schnee. Wahrscheinlich denken die Straßenräuber, dass an Weihnachten sowieso niemand durch die Gegend kutschiert«, hatte Klaus dem Mönch beim Rückweg zugerufen, während er ihn durchgewunken und ihnen eine gute Reise gewünscht hatte. Damit hatte der »Wase'mooser« vermeiden wollen, dass Nepomuk das Gefährt ausgerechnet am steilsten Stück des Hahnschenkels unnötig zum Stehen brachte und es dann wieder mühsam in Bewegung setzen musste. Einer friedlichen Weiterreise war demnach nichts im Wege gestanden, weswegen Nepomuk mitsamt seiner Ware unbeschadet nach Staufen gelangen konnte.

Jetzt aber musste er zusehen, wie er an den auf dem Wagen liegenden Verletzten rankam. Nachdem Nepomuk einem nach dem anderen so lange Holzscheite in die Hände gedrückt hatte, bis die Mitte des Ladewagens leer gewesen war, konnten sie ihre Blicke aufs Innere der Ladefläche und somit auch zu Eginhard lenken, obwohl immer noch allerhand Fracht abzuladen war. Auf der gegenüberliegenden Seite des großen Fasses sahen sie weitere Säcke, die zwischen zwei kleine Fässer geklemmt waren. Auch hier war alles mit Stroh ausgestopft.

»Um Gottes willen …«

»Der hilft jetzt auch nicht mehr«, lästerte der Mönch im Hinblick darauf, dass er und nicht der Herrgott Eginhard operiert hatte. »Helft lieber ihr mir, die wertvolle Ladung herunterzuholen. Aber wie eben schon gesagt: Es sieht schlimmer aus, als es ist.«

Nepomuk und Ignaz waren die Ersten, die auf den Wagen kletterten, gefolgt vom Kastellan, dem ein lautes »Was ist geschehen?« entfuhr, während er sich bekreuzigte.

»Was meist du damit, mein Liebling?«, fragte Sarah unsicher und drückte die Kinder noch fester an sich.

»Komm her und sieh selbst«, antwortete ihr Mann mit sanfter Stimme und reichte ihr eine Hand.

Aber Sarah blieb wie angewurzelt stehen und schüttelte den Kopf. Sie hatte Angst davor, etwas Schreckliches zu Gesicht zu bekommen. Warum sonst hätte Lodewig ein Kreuz geschlagen?

»Dann geh mit den Kindern ins Haus und bereite Eginhards Kammer vor!«

»Dies habe ich doch schon längst getan! – Was glaubst du denn?«, kam es fast beleidigt aus ihr herausgeschossen, bevor sie langsam zu realisieren begann, um was es hier eigentlich ging.

»Eginhard? ... Ist Eginhard auf dem Wagen?«, wagte sie kaum, mit zittriger Stimme zu fragen.

Lodewig nickte nur stumm, während er neben seinem verletzten Bruder kniete und ihm sanft das Gesicht streichelte.

»Aurel! Lauf zu Rosalinde und sag ihr, dass sie heißes Wasser aufsetzen und Holz nachlegen soll. Und nimm die Kleinen mit! ... Ach, noch etwas: Öffne die Tür zu Eginhards Kammer, damit schon etwas warme Luft aus der Küche hineinströmen kann«, gebot Sarah ihrem Sohn rein vorsorglich, während sie ihm Magdalena und Heidemarie zuschob, um nun doch auf den Wagen klettern zu können.

Zunächst konnte sie überhaupt nichts erkennen. Die Seitenwände waren innen dick mit Stroh ausgestopft, das mit Stricken an die Fässer und Säcke gedrückt wurde, was zudem dafür sorgte, dass auch die Ladung an den seitlichen Sprossen festgezurrt war. In der Mitte des Wagens sah sie zunächst nur Schaffelle. Erst als sie sich an Ignaz vorbeigehangelt hatte und das letzte Fell etwas anhob, sah sie ihren Schwager, der dick in Decken eingehüllt und dessen Kopf fast gänzlich unter einem Verband verschwunden war. Die wässrig wirkenden Blutflecken darauf verhießen nichts Gutes und ließen sie erschaudern.

Schlagartig kam die schreckliche Erinnerung daran zurück, als sie das letzte Mal auf einen Ladewagen gestiegen war, weil ihr geliebter

Lodewig – ebenfalls verletzt auf einem Karren liegend – von Fabio und einem Weißacher Bauern hierher ins Schloss gebracht worden war. Der damalige Schreck kam sofort wie Blitzschläge in einzelnen Bildern zurück. Die Unterschiede zu jetzt bestanden lediglich darin, dass Lodewig damals, anstatt in Wolldecken und Schafpelze gehüllt, auf frisches Gras gebettet gewesen und der Wagen nicht von Pferden, sondern von zwei hilfsbereiten Menschen gezogen worden war. Dass, im Gegensatz zu Lodewig damals, Eginhard bereits medizinisch versorgt war, bezog sie aufgrund ihrer inneren Anspannung nicht in ihre Gedanken mit ein.

»Sarah!« Lodewig wusste, was seiner Frau jetzt durch den Kopf ging. Er legte sanft eine Hand auf ihre Schulter. »Wir müssen ihn schnellstens ins Haus tragen.«

»Eine weise Entscheidung«, bemerkte Nepomuk, der ebenfalls drängte, Eginhard ins Warme bringen zu können.

»Was ist mit ihm?«, fragte Sarah mit zitternder Stimme.

»Das erkläre ich dir nachher, wenn Eginhard auf seinem Lager liegt, ich ihn untersucht habe und er alles hat, was er benötigt«, antwortete Nepomuk sanft, bevor er in ganz anderem Ton Anweisungen für den Transport des Verletzten gab.

Da Eginhard bereits auf einer hastig zusammengezimmerten, aber absolut funktionellen Transporttrage aus grobem Leinenstoff lag, deren hölzerne Tragestangen wegen des ständigen Rüttelns während der Fahrt hierher mit allerlei Gegenständen beschwert worden waren, mussten diese erst vom Wagen geholt werden. Nepomuk ordnete eine Kette an, in die sich auch der Wachhabende einreihen musste, nachdem er das Schlosstor wieder geschlossen und seine Hellebarde an die Wand gelehnt hatte. Bei dieser Gelegenheit gelangten alle Lebensmittel sofort ins Vogteigebäude und waren vor der Gefahr weiterer Feuchtigkeit geschützt. Erst nachdem sie fast die komplette Ladung versorgt hatten, war der Weg frei, um Eginhard ungehindert vom Wagen holen zu können.

Während Lodewig, Ignaz und die beiden Schlosswachen den Verletzten die Stufen hoch ins Vogteigebäude und in seine Kammer trugen, holte Nepomuk seine persönlichen Habseligkeiten vom Kutschbock herunter und steckte die Doppelaxt in das Lederhalfter, das er schräg über seiner Schulter trug.

Schon ein paar Minuten später sorgte er sich mit Sarahs Hilfe um Eginhard, während ihnen Rosalinde zuarbeitete, indem sie nach Vorgaben des hünenhaften Mönchs verschiedene Kräutersude ansetzte und Eginhards Kammer mit fertig gemischtem Räucherwerk, das ihr Nepomuk zuvor in die Hände gedrückt hatte und das sie nur noch in ein Schälchen geben und entzünden musste, beräucherte. Damit die anderen die Hände frei hatten und sich ganz dem Verletzten widmen konnten, kümmerten sich Judith und der Großvater um die durch die unerwartete Aktion besonders unruhigen Kinder.

Rudolph hatte wieder seinen Wachposten bezogen und Siegbert klaubte das überall im Schlosshof verstreute Stroh und vereinzelte Holzscheite zusammen, damit Ignaz sich um die Pferde und das Fuhrwerk kümmern konnte.

Das Geruchsgemisch aus Pfefferminze, Latschenkiefer und Stechapfel, dem Nepomuk etwas Weihrauch beigemischt hatte, damit nun auch der heilende Segen der Kirche seine Wirkung entfalten konnte, strömte durch die Räume und wirkte auf alle beruhigend. Nur der Großvater musste nicht auf diese Weise beruhigt werden – ihm war sowieso der für alle anderen gewöhnungsbedürftige Rauch seiner Pfeife lieber.

Nachdem Eginhard versorgt und Nepomuk den Umständen entsprechend zufrieden war, kam er endlich dazu, in Kurzform über Eginhards Gesundheitszustand zu berichten. Danach war endlich die Zeit gekommen, alle so zu begrüßen, wie es sich gehörte. Dabei wurde eine Herzlichkeit zu Tage gefördert, wie es sie nur unter echt guten Freunden geben konnte. Die Begrüßung seines alten Freundes Ulrich fiel dabei natürlich ganz besonders innig aus. Nepomuk hatte dem leidenschaftlichen Raucher eine wunderschöne blütenweiße Tonpfeife mit einem fast eine Elle messenden Pfeifenhals und sogar auch noch echten Schweizer Tabak mitgebracht, was dem ehemaligen Kastellan und Weggefährten Nepomuks ein paar Tränchen der Freude in die Augen drückte.

»Opa, du weinst ja«, bemerkte eine der Zwillinge so laut, dass es alle hören konnten.

»So ein Unsinn!«, wehrte ihr Großvater die Feststellung seiner Enkelin entschieden ab, wandte sich kurz um und streifte sich das Nass möglichst unauffällig von den Wangen. Nachdem er sich wieder umgedreht hatte, starrten ihn nicht nur beide Zwillinge, sondern auch die anderen an. »Es ist nur … wegen Eginhard«, tat der Familienälteste einen seiner eher seltenen Gefühlsausbrüche ab, nahm aber Sarahs verständnisvolle Streicheleinheit gerne entgegen.

Doch auch die restlichen Familienmitglieder sollten nicht zu kurz kommen. Nepomuk kramte in seinem Gepäck und fischte für Sarah und Judith kleine silberne Kreuze, die er ihnen gleich um den Hals legte und für die er von den Frauen zum Dank umarmt wurde, heraus.

Nepomuk errötete. »Damit unser Herrgott immer bei euch ist«, schmunzelte er verlegen und lachte dabei ganz besonders Judith, die immer noch dem jüdischen Glauben angehörte, an. Für sie hatte er ein anderes Geschenk.

»Dir habe ich auch etwas mitgebracht, Aurelius.«

Der Bub staunte nicht schlecht, als er seinen Namen ganz ausgesprochen hörte, ließ sich aber von seinen Gedanken ablenken, als der Mönch erneut seine Tasche öffnete. Es sah witzig aus, wie dessen riesige Hände im Gepäck wühlten und ein merkwürdiges Eisengestell herausfischten.

»Was ist das denn?«, fragte Aurel enttäuscht.

»Gemach, Gemach … Ihr werdet es schon noch sehen, ehrwürdiger Ritter Aurelius von Staufen«, schmunzelte Nepomuk und holte einen blechernen Ritter hoch zu Ross heraus. Er setzte das Teil vorsichtig auf das eiserne Untergestell und tippte es leicht an. Da unter dem Pferd eine schwere, geschmiedete Eisenkugel befestigt war, schaukelte das Pferdchen mitsamt dem Ritter auf und ab. Das Gewicht sorgte für den nötigen Ausgleich. Sogar Kopf und Schwanz des Pferdchens hatten Gelenke und bewegten sich in gleichem Rhythmus wie der Pferdekörper. Der Ritter führte eine Lanze und sah aus, als wenn er jetzt gerade ein Turnier reiten würde. So ein schönes Spielzeug hatte hier noch niemand gesehen, weswegen die Erwachsenen nicht minder staunten als die Kinder.

Während Aurel dem Hünen dankbar um den Hals fiel, begannen sich die Zwillinge zu melden: »Und was ist mit uns?«, fragte die schon immer an für sie wertvollen Dingen interessierte Heidemarie ungehörig forsch. Neben einem verständnisvollen Blick von Nepomuk bekam sie – wie auch ihre Schwester – eine wunderschöne Puppe in die Hände gedrückt. »Die beiden Püppchen hat Schwester Kululinde extra für Euch gehäkelt. Für dich habe ich auch ein kleines Püppchen«, sagte Nepomuk und drückte der kleinen Magdalena eine mit Stroh gefüllte Stoffpuppe in die Hand.

»So! Jetzt bin ich selbst aber auch mal dran. Ich habe einen Herrgottsdurst!«, pochte Nepomuk auf sein Recht, sich nach einer zwar friedlichen, aber wegen des steilen Anstieges bei Genhofen und zum Schloss hoch anstrengenden Reise laben zu dürfen.

Dies nahm Sarah zum Anlass, die Kinder zum Spielen zu schicken. »So! Jetzt haben wir unsere Ruhe und können uns unterhalten«, dürstete sie danach, alles über Eginhards Verletzung, vor allen Dingen aber über deren Herkunft und Zustand zu erfahren.

Als alle etwas zu trinken hatten und Lodewig für seinen damaligen Lebensretter dem letzten Fass im Keller die restlichen Tropfen Wein entlockt hatte, kehrte sich das zwischenzeitlich eingekehrte nachdenkliche Schweigen in ein aufgeregtes Geplappere.

»Nun seid doch bitte still und lasst unseren Freund endlich in Ruhe erzählen, was Eginhard widerfahren ist und wie es dazu kam, dass sich die beiden getroffen haben«, durchbrach der Altkastellan das allgemeine Durcheinandergerede.

»Aber erst brauche ich noch einen Schluck Wein. Die Kälte hat meine Kehle ausgetrocknet.«

Nepomuk fasste sich so an den Hals, als wenn er Schmerzen hätte.

»Ist ja schon gut, mein Freund. Du sollst die allerletzten Tropfen aus dem Fass bekommen«, lachte Lodewig und rief Rosalinde herbei, damit sie dem Gast nachschenken konnte.

Als Nepomuk dies hörte, dachte er, dass er mit der Wagenladung des Abtes wohl gerade noch rechtzeitig gekommen war, ließ sich jetzt aber nicht darauf ein zu verkünden, dass draußen ein randvolles Fass allerbesten Bodenseeweines auf die Verkostung wartete. Vielmehr berichtete er über seine Arbeit in Salzburg und dass er dort vorübergehend gelehrt hatte, aber auch zu dieser Zeit der Bruderschaft des Klosters Mehrerau angehört hatte. »… Und jetzt bin ich voll und ganz unter der Knute des gestrengen Abtes Johannes Truchsess von Waldburg-Zeil«, beendete Nepomuk diesen Teil seines Berichtes lachend.

»Dann musst du sicher schon bald wieder nach Bregenz zurück?«, fragte Sarah vorsichtig.

»Nein! Ihr werdet mich wohl oder übel ein Weilchen bei euch

aufnehmen müssen – ob's euch passt oder nicht«, witzelte der Mönch und berichtete, dass das Kloster Mehrerau derzeit eine Baustelle sei, weswegen ihn der Abt freigestellt habe.

»Schön!«, bemerkte Lodewig sachlich. »Aber nun berichte bitte, wie es dazu gekommen ist, dass du mit Eginhard zusammengetroffen bist … Das war doch sicher kein Zufall. Immerhin lehrt Eginhard in der von Bregenz aus gesehen anderen Richtung, weit weg vom Bodensee.«

»Das stimmt! Und von Bregenz nach Freiburg ist es fast so weit wie von Bregenz nach Salzburg«, ergänzte Sarah mit einem Augenaufschlag, der ihre vermeintlich klugen Worte unterstreichen sollte.

»Na ja. Ganz so ist es nicht, Sarah«, tat Nepomuk die verständlicherweise mangelnden geografischen Kenntnisse Sarahs ganz schnell ab. Wann ist sie überhaupt schon mal aus Staufen, geschweige denn aus dem Allgäu hinausgekommen?, dachte er verständnisvoll. Um ihr eine kleine Peinlichkeit zu ersparen, berichtete er sofort, wie es durch einen regen Schriftverkehr zwischen ihm und Eginhard gelungen war, sich fast punktgenau im Kloster Mehrerau – er von Süden und Eginhard von Norden kommend – zu treffen. »Die himmlischen Boten sind tagtäglich unterwegs«, sagte er mit Stolz auf das gut funktionierende Transportwesen der katholischen Kirche und ergänzte: »Außerdem haben wir uns nicht zum ersten Mal in Bregenz getroffen. Letztes Jahr hat es dort ein Fest gegeben, wozu wir beide eingeladen worden waren. Damals haben wir die Gelegenheit gehabt, unsere ungefähren Reisezeiten zu ermitteln. Dadurch haben wir in etwa gewusst, wie viel Zeit jeder von uns – Eginhard von Freiburg und ich von Salzburg aus – benötigt. Wir haben festgestellt, dass mein Weg fast doppelt so lang ist. Außerdem wäre es mir völlig egal gewesen, wenn einer von uns beiden wesentlich früher oder später im Kloster angekommen wäre. Da Eginhard nicht der Mehrerauer Kongregation angehört, sich aber seit seines Weggangs im Kloster einiges geändert hat, wollte er nicht unnötig lange vor mir dort eintreffen.« Nepomuk machte eine kleine Pause und nahm einen Schluck Wein, bevor er theatralisch spöttelte: »Ich habe nicht gewusst, dass unser lieber *Doctorii medicinale*, seines Zeichens anerkannter Professor an der berühmten Universität zu Freiburg und wahrscheinlich bald auch noch ein berühmter Verbrechensbekämpfer, fremdelt.«

Nachdem alle ausgiebig gelacht hatten, berichtete Nepomuk vom Verlauf ihrer gemeinsamen Reise von Bregenz hierher.

Es war ruhig. Man hörte nur das Knistern des Kaminfeuers und zwischendurch Geräusche, die von den Kindern verursacht wurden. Alle hörten aufmerksam zu. Niemand wollte Nepomuk unterbrechen. Insbesondere, als er die üble Geschichte mit Eginhards Kopfverletzung, der schließlich unnötigen Angst vor Straßenräubern und von der heiklen Operation erzählte.

»Na ja, da es draußen stockdunkel und Eginhard noch nicht reisefähig war, haben wir die Nacht in der Taverne verbracht. Ich habe die ganze Zeit über bei ihm gewacht und für ihn gebetet. Was hätte ich auch sonst noch für ihn tun können? Ich habe ja nicht einmal gewusst, ob und wie ich ihn anderntags transportieren kann.«

Als Rosalinde, die bisher am Herd gestanden und fasziniert mitgehört hatte, ein Messer herunterfiel, war Nepomuk kurz abgelenkt, fand aber sofort wieder seinen Faden: »Und so sind wir bis heute um die Mittagszeit in Simmerberg geblieben. Nach dem Mittagsmahl sind dann Remig und Klaus – die beiden liebenswerten Kerle, von denen ich euch bereits erzählt habe – zum Hahnschenkel hochgeschlichen, um sich zu vergewissern, dass uns dort keine Straßenräuber auflauern. Und wir haben das seltene Glück gehabt, dass es den ansonsten an dieser Stelle fast immer präsenten Strauchdieben offensichtlich zu kalt war. Wahrscheinlich wollte sich das verweichlichte Raubgesindel nicht die dreckigen Ärsche abfrieren«, lachte Nepomuk, dessen derbe Ausdrucksweise zwar nicht zu seinen Ämtern, wohl aber zu seinem Äußeren passte.

Als er die Namen Remig und Klaus hörte, musste der Altkastellan – wie zuvor schon – schmunzeln. Er kannte die beiden ebenfalls recht gut. Über die Witze des »Wase'moosers«, wie Klaus im ganzen westlichen Teil des Allgäus genannt wurde, hatte er schon etliche Male herzhaft gelacht. Und mit dem etwas älteren Remig hatte er vor vielen Jahren auch schon ein gefährliches Abenteuer überstanden. »Kannst du dich noch daran erinnern, Nepomuk? … Du musst mir nachher noch mehr von den beiden erzählen. Aber jetzt lass dich nicht weiter stören«, entschuldigte er sich bei seinem alten Freund für die kleine Unterbrechung, die Sarah dafür nutzte, um nach Eginhard zu sehen.

»Wo war ich stehen geblieben? … Ah ja! … Während ich mich

mithilfe der gottesfürchtigen Simmerberger Wirtsleute Resl und Sepp um Eginhard gekümmert habe, sind die beiden Stammtischler losgezogen und haben ein paar andere Männer organisiert, mit denen sie den Kapfreuter Tobel nach unseren Sachen abgesucht und fast alles auf den teilweise demolierten Karren geladen haben. Danach haben sie die Sachen nach Simmerberg gebracht, wieder abgeladen und das Fuhrwerk auch noch repariert. Als ich heute früh nach draußen gegangen bin, um nach unseren Pferden zu sehen, war schon wieder fast alles auf dem Gefährt und ...«

Der ansonsten nicht gerade zartbesaitete Benediktinermönch musste kurz innehalten, um sich ein paar feuchte Zeichen des Dankes aus dem Gesicht zu wischen, bevor er weitersprechen konnte. Um davon abzulenken, hieb er mit einer Faust auf den Tisch und beschwerte sich, dass sein Becher schon wieder leer sei.

Bevor Lodewig etwas sagen konnte, berichtete Nepomuk aber schon weiter und beendete seine Erzählung: »Schlussendlich haben diese braven Menschen den Wagen seitlich und unten dick mit Stroh ausgepolstert, Decken daraufgelegt und sogar auch noch eine Trage zusammengebastelt. Aber das habt ihr ja selbst schon gesehen.«

Wieder war es mucksmäuschenstill.

Es gab jetzt niemanden im Raum, der nicht mit den Tränen zu kämpfen hatte. Die soeben wieder zurückgekommene Sarah grub ihren Kopf in Lodewigs Nacken und Judith legte ihren Arm um Ulrich.

»Du und die hilfsbereiten Simmerberger haben Eginhard das Leben gerettet«, kam es leise aus Sarah heraus, während sie keinen Hehl mehr aus ihrer Gemütsverfassung machte, ihre Tränen abwischte und kräftig in ein Taschentuch schnäuzte.

Danach war es für einen Moment wieder so still, dass man eine Nadel hätte fallen hören.

»Das ist leider noch nicht sicher.« Nepomuk presste die Lippen zusammen und schüttelte den Kopf. »Als ich hier angekommen bin, habe ich versucht, euch zu beruhigen. Deswegen habe ich euch nicht gleich die Wahrheit über Eginhards wahren Zustand gesagt ... Er ist immer noch sehr bedenklich. Offen gesagt, weiß ich nicht, ob ich ihn durchbringen werde. Und falls ja, ob sein vorheriger Geisteszustand erhalten geblieben ist. Ich kann nur hoffen, dass sein Dauerschlaf sich heilsam auswirkt. Und jetzt lasset uns für seine Genesung und für die guten Menschen in Simmerberg beten.«

»In dieses Gebet schließen wir auch den in Immenstadt leidenden Jockel Mühlegg mit ein«, sagte Lodewig ohne weitere Erklärung für Nepomuk, der nicht wusste, wovon sein Freund sprach.

KAPITEL 28

WEIL SEBASTIAN DEIBLER nur an das glaubte, was er selbst sah, scherte ihn das Geschiss, das seit Jahren zunehmend um Weihnachten herum gemacht wurde, nicht im Allergeringsten. Mit verlogenem Frohlocken und Jubilieren – nur weil irgendwann einmal in einem fernen Dorf namens Bethlehem irgendein Knabe namens Jesus geboren worden war – hatte er noch nie etwas im Sinn gehabt. Schon während seiner eigenen Kindheit hatte es der heutige Vollstrecker rothenfelsischer Gerichtsurteile als unpassend empfunden, wenn seine Altersgenossen am Heiligen Abend gestriegelt und geschniegelt den hinterkünftigen Glanz der Weihnacht in ihren Augen öffentlich zur Schau getragen hatten, während unschuldige Delinquenten auf ihre Verurteilung oder gar auf ihre Hinrichtung gewartet hatten. Obwohl Sebastain Deibler Katholik war und man ihm sogar den Namen eines Pestheiligen verpasst hatte, war es für ihn in all den Jahren der Kindheit und des Heranwachsens selbstverständlich gewesen, seinem Erzeuger auch am Tag des Herrn und an den Weihnachtsfeiertagen bei meist unangenehmen Arbeiten helfen zu müssen. Jahr für Jahr war er dazu verpflichtet worden, ihm zuzuhören, wenn es darum gegangen war, auf sein späteres Amt als rothenfelsischer Carnifex vorbereitet zu werden. Und dies war familientraditionsgemäß schon vor Beginn seines 14. Lebensjahres, genauer gesagt am 1. Januar des Jahres, in dem er 13 geworden war, der Fall gewesen. Und dazu hatte Weihnachten, zumal der Heilige Abend, früher schon nicht gepasst. Bei den Deiblers war Weihnachten weiß Gott noch nie die Zeit der Geburt des Herrn oder sonst jemandes gewesen. Vielmehr hatte man sich in dieser Familie gerade zum Ende des Jahres hin nicht mit der Geburt, sondern ganz besonders intensiv mit dem Tod befasst. Es war die Zeit, in der bei den Deiblers seit Generationen ein Resümee des abgelaufenen Jahres gezogen und der Nachfolger im Amte eingeschworen worden war. Und außerdem – das wusste Sebastian Deibler aus eigener Erfahrung – machte der »Tod per Gericht« auch nicht vor Weihnachten halt; insbesondere, seit Waldvogel amtierender Richter war. Jockel Mühlegg wäre also nicht der Erste gewesen, den man im Angesicht der Geburt des Herrn aufgeknüpft, geköpft oder gevierteilt hätte. Stadtpfarrer Schwenk hätte dann wieder ein passendes Gleichnis von der Kanzel herunter für die Besucher der Vesper und der Mette gehabt. Der Graf hätte sich abgewandt und sich ganz seiner Familie und der Völlerei gewidmet. Und Richter Waldvogel wäre – wie auch das Volk – zufrieden gewesen. So einfach war das in diesem Teil des Allgäus.

Obwohl Sebastian Deibler und die Seinen allesamt Katholiken waren, galten sie in der öffentlichen Wahrnehmung als eine Brut unchristlicher Bastarde. Aber dies war ihnen so ziemlich egal; weder konnten sie es ändern noch hatten sie etwas mit den scheinheiligen Kirchenspringern gemein. Und dies wollten sie auch nicht. Die anderen konnten durch die Verweigerung eines freundlichen Grußes gerne demonstrieren, dass sie nichts mit den Deiblers zu tun haben wollten, aber die einzelnen Mitglieder der Henkersfamilie entschieden ebenfalls selbst, wen sie grüßten und wen nicht. Dies galt insbesondere auch in Bezug darauf, wenn jemand medizinische Hilfe benötigte, die beim städtischen Medicus nicht zu bezahlen war, weswegen dann in aller Heimlichkeit der Carnifex konsultiert wurde.

Weder bei der nachmittäglichen Vesper noch bei der mitternächtlichen Mette würde man sie heute vermissen – im Gegenteil: Die sauberen Immenstädter Bürger waren froh, wenn sie den Carnifex und seine Sippschaft an diesem heiligen Tag nicht auch noch in »ihrer« dem heiligen Nikolaus geweihten Kirche sehen mussten. Denn an Weihnachten wollten sie schon gar nichts mit der unehrenhaften Familie, die sie durch ihre bloße Anwesenheit an den Tod erinnerte und von der Geburt Christi ablenkte, zu schaffen haben.

Da der Carnifex genügend Arbeit hatte, kam ihm dies sogar sehr zupass. So wurde er wenigstens nicht gestört und konnte heute – wenn die anderen ihr mehr oder weniger hart verdientes Geld verfraßen, gutes Geld hinzuverdienen. Zudem wollte er sich heute auch noch um Jockel Mühlegg kümmern, obwohl dies die Arbeit der stinkfaulen Gerichtsbüttel wäre.

»Es ist Weihnachten. Und da soll es dem armen Tropf ein klein wenig besser gehen als an den schmerzhaften Tagen zuvor. Er soll wenigstens heute merken, dass ihn der Heilige Geist noch nicht ganz verlassen hat«, entschied der weiche Kern in Deiblers rauer Schale, während er mit einem Zeigefinger die kräftige Brenntersuppe kostete, die sein Weib extra für den Inhaftierten zubereitet hatte.

Wenn Deibler am späten Nachmittag von seiner bevorstehenden Arbeit als Abdecker zurückkam, würde er noch ausreichend Fleisch und Fett von Lerpschers verendeter Kuh – die er sich heute noch holen würde – dazutun. Teile eines abgedeckten Tieres als Nahrungsmittel zu verwerten, war zwar höchstrichterlich verboten – aber wen scherte das in diesen hungrigen Zeiten schon, zumal es in diesem Fall – wie er von seinem Informanten gehört hatte – keinerlei Zeichen auf eine Infektionskrankheit zu geben schien. Sebastian Deibler jedenfalls nicht!

»Wo kein Ankläger, da kein Waldvogel«, sagte er sich immer, wenn er Fleisch- und Fettstücke von Tieren, die nicht zum Zwecke des Verzehrs geschlachtet, sondern selbst verendet waren, heimlich durch den Hintereingang ins Armenhaus brachte oder an geheimen Plätzen hinter der Kirche oder in ausgewählten Nischen der Stadtmauer ablegte, wo sie die Minderbemittelten Immenstadts finden konnten. Sowie es sich wieder herumsprechen würde, dass er eine tote Kuh abgedeckt, also bis zum Vergraben der unbrauchbaren Teile verarbeitet hatte, würden sich die Bedürftigen sofort dort einfinden. Deibler wunderte sich immer wieder, dass die Schar derer, die sich um das Fleisch zankten, schneller an Ort und Stelle war, wenn ihnen das nach außen hin geheim gehaltene Stichwort »Gott, der Meister hat Erbarmen« zugetuschelt worden war, als sie aus ihren eigenen Behausungen fliehen würden, falls der Ruf »Feurio!« über die Stadt hallen sollte.

Als sich »Meister« Sebastian, wie der Carnifex gerade von den einfacheren Leuten fast ein wenig ehrfurchtsvoll genannt wurde, auf diese Weise das erste Mal der Armen und Bedürftigen angenommen hatte, war das Geheimwort »Der Meister hat Erbarmen« unter den Armen verbreitet, aber von Sebastian Deibler moniert worden, weil ihm die Gefahr aufzufliegen zu groß erschienen war. Außer den Betroffenen selbst durfte niemand wissen, wer hinter der Armenspeisung stand. So hatten die Bedürftigen zwar »Gott« mit in ihr geheimes Stichwort einbezogen, Deibler zum Dank den »Meister« allerdings nicht weggelassen.

»Haben nicht gerade die Jünger unseres Heilands ›Meister‹ zu ihrem Herrn gesagt?«, hatte eine hilfsbedürftige Frau argumentiert, als sie das Stichwort einem ebenfalls bedauernswerten Mann weitergegeben hatte, nachdem sie dankbar ihre Ration Fleisch in Empfang genommen hatte.

»Aber ich bin nicht euer Meister«, hatte der Carnifex etliche Male erfolglos abgewehrt, dies dann aber irgendwann aufgegeben. Wenn sie mich beim Fleischverteilen erwischen, habe ich eben Pech gehabt, hatte er sich danach stets sorgenvoll gedacht, seine Hilfe deswegen aber nicht eingestellt.

Damit die Begüterten Immenstadts oder gar die Obrigkeit nichts davon mitbekamen, organisierten es die Armen der Ärmsten stets so, dass ein paar von ihnen Schmiere standen, während andere das Fleisch möglichst gerecht zu teilen versuchten, was natürlich kein Garant dafür war, dass nicht ein paar besonders schöne Stücke »versehentlich« in ein »zufällig« unter dem Tisch stehendes Behältnis fielen.

Damit die göttliche Gerechtigkeit wenigstens einigermaßen gewährleistet war und auch Erbarmen mit denjenigen hatte, die nicht mit der allseits begehrten Arbeit des Teilens betraut worden waren, hatte ihnen der »Meister« oftmals unter die Arme gegriffen und sich häufig sogar die Mühe gemacht, das Fleisch vorab in so viele etwa gleich große Stücke zu teilen, wie es seines Wissens bedürftige Familien gab. Dies war nicht nur die wohl ungewöhnlichste, sondern auch die wirkungsvollste Art der Nächstenliebe, die ein Meister seines Faches praktizieren konnte. Allerdings hatte sie ihre Tücken: Der Carnifex wusste, dass er sich selbst den Strick um den Hals legen könnte, wenn er von jemandem, der glaubte, bei der Verteilung des Fleisches zu kurz gekommen zu sein, für ein paar lumpige Heller aus dem Stadtsäckel denunziert werden würde. Allerdings wusste er auch, dass diejenigen, die von seiner obrigkeitsignorierenden Courage profitierten, sich damit ins eigene Fleisch schnitten, weswegen sie ihrerseits dafür sorgen würden, dass der gottverdammte Denunziant neben ihrem Wohltäter aufgehängt werden würde. Aber so weit würde es wohl nie kommen … oder doch?

Im Gegensatz zu seinen Eltern, die während der zweiten und dritten Phase des Dreißigjährigen Krieges noch größere Not hatten leiden müssen, als dies heutzutage der Fall war, hatten die Deiblers selbst noch nie Fleisch von verendeten Nutztieren verspeist. Auch dann nicht, als die Tierkadaver noch warm, also frisch gewesen waren und die Gefahr einer Seuche, oder sich mit irgendeiner Krankheit anzustecken, augenscheinlich unmöglich oder zumindest minimal gewesen war. Da er einer der wenigen einfachen Bewohner Immenstadts war, der nur sehr selten Hunger leiden musste, konnte er es sich erlauben, dieses Fleisch zu verschenken und damit anderen zu helfen. Ihm genügte es, Talg und Fett zur Herstellung von Salben und Pillen zu verwenden und andere Teile der Tierkadaver zum Weiterverkauf an hiesige Handwerker für sich in Anspruch nehmen zu können, ohne dafür bestraft zu werden.

Sebastian Deibler freute sich fast immer, wenn er zum Abdecken eines frischen Nutztierkadavers gerufen wurde. Auch wenn seine ekelige Arbeit als Abdecker oder als Wasenmeister, wie er manchmal auch bezeichnet wurde, nichts für feine Nasen und eine weiß Gott dreckige Arbeit war, liebte er sie irgendwie. Immerhin resultierte daraus, dass er dadurch indirekt hungernden und kranken Menschen helfen und direkt damit zusätzliches Geld verdienen konnte. Durch seine eigentliche Arbeit als verlängerter Arm des Gesetzes konnte er selbst unter Waldvogels eifriger Herrschaft nur einen Bruchteil davon verdienen.

In der Hoffnung, dass Lerpschers Kuh noch warm sein würde, wenn er ihr die wertvolle Decke abzog, schob er seinen geplanten

Besuch bei Jockel Mühlegg nach hinten. Die zwar ganz und gar unweihnachtliche, aber ungemein profitable Arbeit ging jetzt vor.

»Beim Lerpscher ist eine Kuh verreckt!«, hatte ihm vor knapp zwei Stunden einer der Stadtbüttel gesteckt und dafür 20 Kreuzer von ihm erhalten. Woher sein Informant die Information gehabt hatte, war für Deibler ein Rätsel. Aber letztlich war es ihm auch egal. Hauptsache, es stimmte und es würde keine »Metzgerfahrt« werden, wenn er zu diesem weit außerhalb Immenstadt liegenden Bauernhof kutschieren würde. Und diesbezüglich musste er sich beeilen, wenn er verhindern wollte, dass sich Lerpscher unglücklich machte und selbst das Messer wetzte, um Hand an seine Kuh zu legen, obwohl der Bauer wissen musste, dass dies höchstrichterlich verboten war.

Während die Glocken von St. Nikolaus die Immenstädter Bevölkerung in Scharen zur nachmittäglichen Christvesper strömen ließ, hatte Deibler sich, fröhlich vor sich hin pfeifend, in seine Werkstatt begeben, um in aller Eile Messer verschiedener Größen über den Schleifstein zu ziehen, bevor er sie zusammen mit einigen Zangen, Krallen, Schabeisen, Stricken und etlichen Behältnissen zusammenpackte, während er seinem ältesten Sohn Lucki auftrug, die Schindmähre vor den Karren zu spannen. Obwohl Pferde teuer waren, hätte sich Deibler längst einen jungen, kräftigen Hengst leisten und seinem alten Klepper das Gnadenbrot geben können. Aber dies hätte er seinen Kindern nicht antun dürfen. Sie liebten ihren Hansi, das alte Klappergestell, das der Familie Deibler nunmehr seit neun Jahren treue Dienste leistete. Na ja, dachte sich der Carnifex und tätschelte den betagten Hengst am Hals. Mit einem neuen Ross würde ich sowieso nur Neid und Missgunst erzeugen.

»Es gibt Arbeit, beim Lerpscher draußen soll eine Kuh verendet sein. Den Mühlegg besuchen wir später«, verabschiedete er sich von seinem strammen Weib, das auch in den schlechtesten Zeiten felsenfest zu ihm gestanden hatte, und ging zu Lucki in den Stall, um ihm beim Anschirren zu helfen.

»Zieh dir noch etwas Wärmeres über. Wir sind ein Weilchen

unterwegs«, empfahl er seinem 12-jährigen Sohn, bevor er das Gespann aus dem Stall führte und sicherheitshalber noch einmal kontrollierte, ob er nichts vergessen hatte. »Scheiße! Die Schaufeln«, fiel es ihm gerade noch siedendheiß ein.

Es war gerade so kalt, dass noch Schnee rieselte und es nicht schon regnete. Aber es sah so aus, als wenn die Temperaturen steigen würden.

»Auf Regen habe ich gerade noch gewartet«, knurrte der Carnifex und drückte Lucki die Zügel in die Hände, damit er eine wärmende Decke über ihrer beider Schultern werfen konnte.

Da der kleine Bauernhof der Familie Lerpscher am Alpsee vorbei, kurz vor dem Weiler Ratholz, ein ganzes Stück von der Salzstraße entfernt lag, waren sie eine Weile unterwegs und mussten sogar eine Steigung hinter sich bringen, die der Klepper jetzt schon kaum bewältigen konnte. Wie wird das erst, wenn die Kuh auf der Ladefläche liegt?, fragte sich der Carnifex in Gedanken an den Rückweg.

Tannen streckten sich dem Himmel entgegen und glichen weißen Riesen, die sich einen Teil der Heiligen Nacht sichern zu wollen schienen. Nachdem sie die Bühler Steige hinter sich hatten, sahen Vater und Sohn Deibler vor sich die dunstig-weiße Fläche des zugefrorenen Alpsees und konnten schon bald darauf weit dahinter die nebelumkränzte Spitze des Staufenberges erahnen. Der Carnifex erfreute sich so lange an der mystisch wirkenden Winterlandschaft, bis er wegen des tief liegenden Nebels unvermittelt einen Reiter erst dann auf sich zukommen sah, als dieser schon fast auf seiner Höhe war. Gerne hätte er ein Schwätzchen mit dem vermummten Gesellen, der vermutlich ein Staufner war, gehalten. Zumindest kam er aus dieser Richtung entgegengeritten. Aber Deibler musste feststellen, dass der unfreundliche Zeitgenosse mit wallender Gewandung seine Kapuze tiefer ins Gesicht zog und seinem Braunen sogar auch noch die Sporen gab, als er auf ihn zuritt. Als der Reiter auf Höhe des Fuhrwerks war, lenkte er sein Pferd so gefährlich an Deiblers breitem Wagen vorbei, dass dieser schier im tiefen Schnee des Wegesrandes stecken geblieben wäre, es aber gerade noch hatte verhindern können. »Unfreundliches Arschloch! … Frohe Weihnachten!«, rief ihm Deibler nach, richtete den Blick aber gleich wieder nach vorne.

»Das Allgäu ist schon eine von Gott begnadete Gegend! Findest du nicht auch, Lucki?«, fragte er seinen Sohn und wies mit einer Hand zu Lerpschers Einödhof, der jetzt in Fetzen zwischen den Nebelschwaden auftauchte.

»Ja, Vater!«, kam die knappe Antwort seines Sohnes, der eifrig damit beschäftigt war, das Fuhrwerk über die ungeräumte Straße zu lenken. Zum Glück lag nur so viel Schnee, dass die Räder noch greifen konnten und der Straßenverlauf gut erkennbar war.

Kaum am Ziel angekommen, lief ihnen schon händefuchtelnd ein schäbig gewandeter kleiner Mann entgegen. Es war der Hofbesitzer; jener Bauer, der vor längerer Zeit verächtlich vor dem Carnifex ausgespuckt hatte, als er ihm in Immenstadt zufällig über den Weg gelaufen war. Sebastian Deibler konnte sich noch gut an den Vorfall erinnern, tat jetzt aber so, als wenn er den Kotzbrocken noch nie gesehen habe.

»Und? Was fällt an?«, fragte er den Bauern gezwungen höflich. An dessen Stottern merkte der Carnifex sofort, dass ihm der unangenehme Zeitgenosse nur deswegen entgegengeeilt war, um ihn nicht näher an seinen Hof heranzulassen, wahrscheinlich, weil er etwas zu verbergen hatte. Aber dem erfahrenen Abdecker konnte er nichts vormachen. Er kannte die Ausflüchte der Bauern zur Genüge, wenn es darum ging, ihnen ein verendetes Tier abnehmen zu müssen.

»Der Schweinepriester möchte das verreckte Stück Vieh selber verwerten«, sagte er leise zu Lucki und legitimierte sich dem Bauern gegenüber als offiziell bestallter Abdecker. »Wo ist das tote Rindvieh?«, fragte er jetzt in schärferem Ton. »Ihr kennt die Meldepflicht!«

»Von was sprecht Ihr, Herr? Welches Rindvieh meint Ihr?«, kam die zittrige Antwort, während sich der Bauer ständig nach hinten drehte – gerade so, als wenn er auf ein Zeichen warten würde.

»Ihr nennt mich Herr? Obwohl mich dies ehrt, muss ich Euch bitten, mich nicht zum Narren zu halten. Ihr wisst genau, dass ich nicht Euch damit meine«, sagte Deibler ruhig, aber in sarkastischem Ton, und wies zum Stall, aus dem eigentlich ein warmer Dampf herauswabern müsste. »Wo also ist das Rindvieh?«

»Ich … ich …« Mehr brachte der verdutzte Bauer nicht mehr heraus.

»Lasst mich durch. Ich komme in offiziellem Auftrag der Stadt Immenstadt und soll Eure verendete Kuh abholen. Noch einmal: Wo ist sie?«

Während sich der Giftzwerg mit geöffneten Armen vor Deiblers Pferd aufbaute, nahm der Vater seinem Sohn die Zügel aus der Hand und schlug damit leicht auf den Rücken des Tieres, das – ungeachtet des davorstehenden Mannes – brav zu laufen begann.

Deibler hielt erst an, nachdem sich der Bauer mit einem Sprung zur Seite gerettet hatte.

»Na also: Warum nicht gleich?«, stellte er grinsend fest. »Und nun seid vernünftig … oder soll ich Euch die Gerichtsweibel schicken, damit sie Euch anstatt der Kuh abholen?«

Als der Wagen vor dem Stall stand und Deibler im Begriff war abzusteigen, wurde ihm klar, warum sich der Bauer ständig umgedreht hatte. Aus der Stalltür lugte ängstlich dessen Frau heraus und schüttelte fast unmerklich den Kopf, was wohl besagen sollte, dass sie mit dem, was sie gerade im Inneren des verlotterten Anwesens tat, noch nicht fertig war und ihr Mann den unerwünschten Besucher weiter ablenken sollte. Und der ließ sich so einiges einfallen. Er scheute nicht einmal davor zurück, eine Herzattacke vorzutäuschen. »Helft mir!«, röchelte er, als er zusammenbrach und sich, scheinbar vor Schmerzen windend, auf der Erde wälzte, während er dem Carnifex flehentlich einen Arm entgegenstreckte. Um die Sache glaubhafter zu gestalten, drückte er die andere Hand auf seine Brust. Damit wollte er ihm zeigen, dass es sein altes Herz war, das ihn umgeworfen hatte. Dass dies der in medizinischen Dingen völlig Unerfahrene fälschlicherweise auf der rechten Seite tat, veranlasste den in Anatomie beflissenen Carnifex zum Lästern: »Helft Euch selbst, dann hilft Euch Gott! Im Gegensatz zu Eurem Herzen ist er immer auf der richtigen Seite … Und jetzt reicht es! Zum allerletzten Mal: Wo ist die Kuh?«, schrie er, bekam aber keine Antwort.

»Du bleibst auf dem Bock!«, befahl der Abdecker seinem Sohn, während er selbst abstieg, um sich umzublicken. Da sich auch aus dem Misthaufen nicht die geringsten Dampfwölkchen kräuselten, wusste der Carnifex sofort, dass es hier keinen lebenden Viehbestand geben konnte. Es war auch kein einziges Huhn, das darauf herumkratzte, zu sehen. Der Carnifex blickte sich nach allen Seiten um.

»Normalerweise müssten doch wenigstens eine Katze oder ein Hofhund hier sein. Der Krieg und die damit verbundene schlimmste Zeit des Hungerns sind doch jetzt so ziemlich vorüber. Wenn der Bauer schon länger keine Tiere mehr hat, würde dies erklären, warum er seinen Hof derart verlottern lassen hat«, reimte sich Deibler seinem Sohn gegenüber zusammen. »Aber nur kein Mitleid. Das Schwein hat vor mir auf den Boden gespuckt«, baute er vor, um dem widerlichen Bauern nur ja nicht irgendwie selbstlos zu helfen.

Als der Abdecker auf die zweiflügelige Stalltür zusteuerte, sah er, dass darüber eine verrostete Laterne im Wind tanzte, die dabei unangenehm quietschende Geräusche verursachte. Diese kleine Ablenkung nutzte das Bäuerlein, um sich schon wieder schützend vor sein Anwesen zu stellen. Es war lächerlich anzusehen, wie der um fast drei Köpfe kleinere und schmächtige Mann vor dem Carnifex stand.

»Nun lasst es aber gut sein! Es macht doch keinen Sinn«, beschwor Deibler den offensichtlich verzweifelten Mann, hob ihn fast sanft hoch und stellte ihn beiseite wie einen Hackstock. Als er in den Stall trat, hörte er hinter sich das herzzerreißende Wimmern des Bauern, der wusste, dass ihm jetzt das Fell davonschwimmen würde.

Im Stall mussten sich die Augen des Abdeckers erst an das Halbdunkel gewöhnen. Es roch nach altem Mist. Und der Fäulnisgestank kam wohl vom nassen Stroh, das die Bauersleute – anstatt den Stallboden ordentlich abzuziehen – überall verteilt hatten. Bis sich seine Augen ganz an das Dunkel gewöhnten, ließ Deibler den toten Raum auf sich wirken. Morsche Balken drohten herunterzubrechen und schienen nur von den vielen Spinnweben davon abgehalten zu werden.

Anstatt einer toten Kuh konnte er nur Schleifspuren auf dem mistdreckigen Strohboden entdecken. Der Carnifex brauchte den Spuren nur bis zu einer Tür, die zu einer Art Allzweckraum führte, zu folgen, um sich denken zu können, weshalb die Bauersfrau vorhin so angestrengt versucht hatte, ihn von ihrem Mann ablenken zu lassen. Der Raum schien wirklich für alles zu dienen. Er war um und um voller Dreck. Überall lag Gerümpel herum. In den Ecken lehnte Werkzeug und an den Wänden hingen zwischen zusammengebundenen Kornbündeln, deren Hülsenfrüchte wohl die allerletzte Notreserve zu sein schienen, einige Tücher zum Trocknen. An der Decke waren Stangen angebracht, an denen blutige Fleischerhaken hingen. Und an einem der s-förmigen Haken hing sogar ein Fetzen Fleisch, das die Bäuerin wohl wegen der störrischen Sehnen nicht schnell genug hatte herunterreißen können. Dass sie es aber zumindest versucht hatte, dokumentierte ein darunterliegender Melkschemel mit drei Beinen, der wohl beim hastigen Versuch, das Fleisch vom Haken zu nehmen, umgekippt war.

Auf dem Boden war ein unglaublich ekelerregender Dreck. In verkrustetem Blut klebende Hühnerfedern kündeten davon, dass in diesem Raum dem letzten Federvieh der Kragen umgedreht worden war, bevor es die Bäuerin gerupft hatte. Anstatt das Blut mit einer Schüssel aufzufangen und es gerinnen zu lassen, damit – versetzt mit ein paar Kräutern – eine schmackhafte Blutwurst daraus hätte werden können, hatten sie zumindest einen Teil einfach auf den Boden laufen lassen, wo es jetzt klebte wie die Beulen am Körper eines Pestkranken.

Obwohl sich der ansonsten an mancherlei Siff gewohnte Carnifex ekelte, blickte er sich weiter im Raum um und entdeckte, dass man offensichtlich versucht hatte, die Blutspuren, die sich auf der Platte des einzigen Tisches befunden hatten, hastig zu verwischen, was aber augenscheinlich nur bedingt gelungen war. Unter der Tischplatte lugte ein noch gänzlich verschmierter Hackstock hervor. Die zierliche Bäuerin hatte wohl gedacht, dass es reichen müsste, wenn sie das schwere Eichenholzteil unter den Tisch schob.

»Wo ist sie?«, fragte Deibler streng und verschränkte drohend die Arme vor seiner Brust.

Der inzwischen offensichtlich wieder kerngesunde Bauer wollte seiner Frau mit einem Zeigefinger am Mund deuten, dass sie schweigen sollte. Als aber der Carnifex damit begann, die möglichen Strafen, die auf Widerstand gegen die Amtsgewalt und auf vorsätzliche Seuchenverbreitung standen, aufzuzählen, begann die Bäuerin zu heulen und schob, während ihre Augen zwischen dem Carnifex und ihrem Mann ängstlich hin- und herhüpften, langsam eine weitere Tür auf.

Der amtliche Abdecker konnte es kaum glauben, als er sah, dass der Kuh bereits die Decke abgezogen und der Körper wohl in tausend Stücke geteilt worden sein musste. In der Eile war der Frau nichts anderes übrig geblieben, als alles hastig dort hineinzuwerfen und leidlich mit Rupfensäcken zu bedecken.

Als Deibler diesen Frevel sah, wurde er wütend. Denn wenn die Tierhaut nicht sachgemäß abgezogen worden war und dadurch Löcher hatte, würde ihm der Gerber weniger Geld dafür bezahlen. Mit der flachen Hand berührte er eines der größeren Fleischstücke und stellte einigermaßen zufrieden fest, dass es noch nicht lange her sein konnte, dass die Kuh zerlegt worden war. So dürfte er wenigstens mit den Knochen ein gutes Geschäft mit dem Kemptener Seifensieder machen. Und zur Verwendung für Salben und Pillen dürfte das Fett immer noch taugen. Außerdem konnte er mit dem Fleisch den Bedürftigen eine unverhoffte Weihnachtsfreude bereiten.

»Und jetzt helft mir, die ganzen Teile nach draußen zu bringen und aufzuladen. Eigentlich habe ich vorgehabt, die Kuh an Ort und Stelle zu zerteilen und etwas davon hierzulassen. Aber dies habt ihr sauber verbockt«, maulte er und ignorierte das Geheule und Gebettle der Bäuerin.

»Und Ihr!«, drohte er dem Bauern. »Seid froh, wenn ich Euch nicht dem Oberamt melde. Ihr wisst, was der ehrenwerte Herr Richter Waldvogel mit Euch anstellen würde!«

Nachdem endlich alles ordentlich verladen war und Lucki das Fuhrwerk wenden wollte, spuckte der Carnifex vor dem Bauern auf den Boden. »Jetzt sind wir quitt!«

Da Lucki seinen Vater derart gnadenlos streng nur höchstselten erlebt hatte, sah er ihn verwundert an.

»Was ist?«, fragte Sebastian Deibler in rauem Ton.

Aber Lucki schaute ihn nach wie vor nur an.

Sein Vater sah die Enttäuschung in den Augen des Sohnes. »Also gut! … Ich habe verstanden«, knurrte er und stieg wieder vom Bock. Er ging zum Ladewagen, wählte ein paar größere Stücke Fleisch aus und hielt sie der Bäuerin hin. »Weil Weihnachten ist!«

Ihre unendliche Dankbarkeit heulte die verhärmte Frau mit einem ständigen Kopfnicken so laut hinaus, dass ihr Deibler ein zusätzliches Stück Fleisch in die Hände drückte. »Dies hier hat nie stattgefunden! Habt Ihr verstanden?«

Die Bäuerin nickte jetzt – ohne mit ihrer Heulerei aufzuhören – noch heftiger.

Als auch noch der Bauer auf Deibler zuging, um sich reumütig zu entschuldigen und sich zu bedanken, sagte der heute verhinderte Abdecker nur: »Bedankt Euch bei Eurem Weib, aber lasst mich in Ruhe … Frohe Weihnachten!«

Nachdem der Abdecker die Kuhhaut eingesalzen, hinter dem Henkershaus in der kalten Erde unter der verschneiten Wiese vergraben und zum Schutz gegen Wölfe und andere Wildtiere mit Brettern abgedeckt hatte, weil er den Gerber an Weihnachten nicht stören wollte, hatte er das vom Bauern Lerpscher unsachgemäß zerteilte Fleisch für die Bedürftigen wie immer dort abgelegt, wo sie es mit Sicherheit finden würden, noch bevor die honorige Bürgerschaft aus der Christvesper kommen würde.

So ein Rindvieh, dachte sich der Carnifex, dem dieser Kuhkadaver aufgrund seines durch den einfältigen Bauern verschuldeten Zustandes keine rechte Freude bereiten wollte, immer wieder. So hatte er weder die Knochen abgefieselt, um sie dem Seifensieder verkaufen zu können, noch hatte er sich die Zeit genommen, das wertvolle Fett herauszuschneiden und abzuschaben, damit es sein Weib hätte abkochen und er daraus Salben anrühren und Pillen hätte drehen können. Lediglich für Jockel Mühleggs Einbrennsuppe hatte er ein paar fettdurchzogene Fleischfetzen abgeschnitten, die er, in mundgerechte Stückchen zerteilt, der Brenntersuppe beigab, ohne sie hatte richtig durchkochen zu lassen. Um auf keine dummen Gedanken zu kommen und sich zu beschäftigen, sollte Jockel sich möglichst lange mit dem Zerkauen der zähen Leckerei beschäftigen.

»Na ja«, bemerkte Sebastian Deibler seinem Weib gegenüber. »Es ist Weihnachten und da sollen nicht nur die Bedürftigen, sondern auch Jockel fleischiges Fett abbekommen.«

Dabei hatte er es sich nicht reuen lassen. Er konnte ja fest damit rechnen, in Bälde wieder wertvolleres Fett zur Weiterverarbeitung zu bekommen – menschliches Fett! Und dies ließ sich letztlich sowieso wesentlich teurer verkaufen als aus Tierfett hergestellte

Medikamente. Für Salben und Pillen, die er aus Menschenfett herstellte, bekam er ungefähr das Fünffache. Sebastian Deibler stellte sich im Moment nur die Frage, ob der ehemals feiste Jockel Mühlegg während seiner Inhaftierung nicht allzu sehr abgemagert war.

Um diesen Prozess zu stoppen, war der Carnifex mit seinem Fuhrwerk auf dem Weg zum Kerker in der *Fronfeste*, die sich teilweise tief unter das Immenstädter Schloss zog. Und da er jemanden brauchte, der den Topf mit Mutters köstlicher Einbrennsuppe hielt, damit die kräftigende Nahrung nicht herausschwappte und sich anstatt in Jockels Magen auf der sowieso schon wärmenden Kniedecke verteilte, durfte heute zum ersten Mal sein ältester Sohn mit.

»Hör zu, Lucki«, sagte der Vater zu ihm, während er den müden Klepper von seiner abgelegenen Behausung in Richtung Schloss lenkte. »Eines Tages wirst du meine Arbeit übernehmen. Und da Nachrichtersöhne selbst auch nur Nachrichter werden dürfen, gibt es zu viele junge Burschen, die auf eine freie Stelle lauern. Ich selbst habe …«, Sebastian Deibler blickte dankbar zum Himmel, »Gott sei Dank nur zwei Söhne, bräuchte dementsprechend auch ›nur‹ zwei Nachrichterstellen, die es im rothenfelsischen Gebiet aber nicht gibt. Etliche meiner verfickten Berufskollegen …«, da es höchste Zeit geworden war, aus Lucki einen Mann zu machen, schiss sich sein Vater jetzt nicht um Anstand und Sitte, »haben vier, fünf oder noch mehr Söhne! Da kannst du dir vorstellen, was in unserem Gewerk los ist.« Er legte einen Arm um Lucki und fuhr in ruhigerem Ton fort: »Um zu gewährleisten, dass du mir im Amte folgen darfst, wirst du schon bald den Rat der Stadt von deinen einschlägigen Kenntnissen überzeugen müssen. Und um dies tun zu können, musst du frühzeitig in die Arbeitsbereiche und in die Pflichten eines Nachrichters eingewiesen werden. Selbstverständlich hast du dann auch einige Privilegien. Privilegien, welche die auf dich zukommenden Schmähungen wenigstens zeitweise in den Hintergrund treten lassen. Da du in ein paar Tagen 13 Jahre alt wirst, ist nun die Zeit dafür gekommen, dich in meine Arbeit einzuweisen.«

Obwohl sich Lucki bei dem Gewackle auf den Suppentopf konzentrieren musste, nickte er. Damit wollte er ausdrücken, dass er seinem Vater aufmerksam zugehört und alles verstanden hatte.

»Und heute fangen wir damit an!«, insistierte Sebastian Deibler in einem Ton, der keine Widerrede duldete. »Also; anstatt mit der ersten, beginnen wir mit der eigentlich letzten Lektion: Der humane Umgang mit Gefangenen!«

Der Carnifex überlegte, was er seinem Sohn hierzu würde sagen können.

»Ach ja! … Wir kommen jetzt gleich zu einem jungen Burschen aus Staufen, der sein Heimatdorf wohl nie wiedersehen wird, weil er – so wie es aussieht – dem Tode geweiht sein dürfte, obwohl ich glaube, dass er unschuldig ist.«

Bevor Lucki fragen konnte, warum der junge Staufner hingerichtet werden sollte, wenn er doch unschuldig war, fuhr sein Vater fort: »Da ihm aber zwei bestialische Morde angelastet werden, wird er bald die ewige Dunkelheit erfahren …, und dies kann ich auch nicht ändern, selbst wenn ich es wollte. Es ist nicht Aufgabe des Nachrichters, sich über Schuld oder Unschuld eines Delinquenten Gedanken zu machen. Vielmehr ist es die Aufgabe des Nachrichters, mittels der Folter Schuldgeständnisse herauszupressen, auch aus Unschuldigen.«

Anstatt auf das vielsagende Stirnrunzeln seines Sohnes einzugehen, fuhr der Carnifex fort: »Obwohl ich gut daran verdiene, wenn ich den Staufner mehrmals quäle, womöglich sogar aufs Rad flechte und damit vom Leben zum Tode befördere, habe ich Mitleid mit ihm und würde ihm am liebsten die Eisen abnehmen und laufen lassen. Aber das wäre nicht richtig. Solch ein Mitleid kann sich ein Vertreter unseres Berufsstandes nicht leisten und darf es sich keinesfalls nach außen hin anmerken lassen, wenn er nicht selbst gerichtet werden möchte. Ich sage dir jetzt schon, dass du dereinst deine Arbeit zwar ordentlich machen und nach außen hin als gefürchteter rothenfelsischer Carnifex gelten sollst, in deinem Innersten dennoch ein warmherziger Mensch bleiben musst. Das ist sehr schwer, aber machbar … Hast du das verstanden?«

»Ja, Vater!«, kam es, ob des soeben Gehörten etwas verwirrt, zur Antwort.

Weil der Carnifex seinen Sohn nicht schon bei dieser Lektion überfordern wollte, wechselte er jetzt das Thema. Der gute Bub wird sich noch genügend Grausamkeiten anhören und aneignen müssen. Aber dies muss ja nicht unbedingt gleich am Anfang und ausgerechnet am Heiligen Abend sein, dachte sich Sebastian Deibler, der im Grunde seines Herzens ein mitfühlender Mensch war, und beließ es dabei.

Mittlerweile hatten sich die nassen Schneeflocken in einen Nieselregen verwandelt, was sein altes Zugpferd dazu bewog, den Kopf hängen zu lassen, und den Carnifex dazu veranlasste, seinen missmutig oder vielleicht sogar traurig wirkenden Sohn zu bitten, den Topfdeckel abzunehmen. Damit wollte er ihn etwas aufheitern. Denn er wusste, dass Lucki eine Heidenangst davor hatte, in seine Fußstapfen treten zu müssen, weswegen ihm jegliche Information über die Arbeit eines Nachrichters arg zusetzte.

Lucki roch den Braten nicht und tat brav, wie ihm geheißen; er hob den Deckel vom Topf, schaute dabei allerdings dumm aus der Wäsche. »Was soll das, Vater?«

Sebastian Deibler setzte ein Gesicht auf, als wenn er ein schlechtes Gewissen hätte. »Als ich den Topf von der Feuerstelle genommen habe, bin ich nicht umhin gekommen, etwas von Mutters köstlicher Brenntersuppe zu kosten ..., und die war so gut, dass es mir fast nicht gelungen wäre, mit dem Schnabulieren aufzuhören«, gestand er mit einem einseitigen Lächeln, das seinen markanten Kopf schief aussehen ließ.

»Na und? Was hat dies damit zu tun, dass ich jetzt diesen verdammten Deckel abnehmen muss?« Luckis Augen flogen fragend zwischen seinem Vater und der gefährlich schwappenden Köstlichkeit hin und her. »Außerdem regnet es jetzt hinein«, beklagte der heranreifende Knabe, der es sich nicht aussuchen konnte, wann seine unbekümmerte Kindheit als beendet erklärt sein würde.

Das einseitige Lächeln auf Vaters Lippen verteilte sich jetzt über die ganze Breite seines Mundwerks, so dass er nun trotz seines von Kriegsnarben durchzogenen Gesichtes und des alten Nasenbeinbruches wieder einen einigermaßen symmetrischen Eindruck machte. Obwohl er sich die leicht schiefe Nase bei einer Rauferei mit einem schwedischen Soldaten eingehandelt hatte, als beide während ihres Zweikampfes die Waffen verloren hatten und ihnen nichts anderes übrig geblieben war, als mit den Fäusten weiter danach zu suchen, ob nun die kaiserlichen Katholiken oder die schwedischen Lutheraner für die richtige Sache kämpften, war jetzt die Ordnung im Gesicht des Nachrichters wieder hergestellt und er sah so gut aus wie zuvor.

»Eben. Das möchte ich ja damit bewirken. Dann ist der Topf wieder voll, bis wir an der *Fronfeste* ankommen.«

»Ha, ha! Wirklich sehr witzig!« Lucki knallte den Deckel auf das Gefäß und schüttelte verständnislos den Kopf.

»Nun komm schon!« Der Vater legte wieder einen Arm um seinen Spross und drückte ihn an sich. »Es sollte doch nur ein Spaß sein!«

Endlich am Marktplatz angekommen, lenkte der Carnifex das Gefährt rechter Hand zum Schloss. Während sie vom Bock stiegen, der Vater das Pferd an eine der dafür vorgesehenen Eisenringe im Mauerwerk anband und Lucki dastand wie ein Zinnsoldat, der einen Suppentopf so ehrfurchtsvoll hielt, als wenn er eine Schatztruhe wäre, erteilte der Vater seinem Sohn – obwohl Heiliger Abend war – nun doch noch eine weitere Lektion: »Dies ist der sogenannte ›Angstwagen‹, der für Gefangenentransporte verwendet wird. Zur Abschreckung steht der immer hier«, sagte er und zeigte zu einem Gefährt mit einer auffallend dicken und langen Deichsel. Auf dem hölzernen Karren war ein aus Flacheisen geschmiedeter mannshoher Gefängnisaufbau angebracht, in dem zur Not bis zu acht Delinquenten stehend zur Richtstätte transportiert werden konnten. »Wenn an dieser Deichsel vier anstatt üblicherweise zwei starke Pferde ziehen, weiß das Volk auf Anhieb, was los ist.«

»Was denn?«, fragte Lucki, mehr oder weniger interessiert.

»Dann wird derjenige, den ich in diesen Käfig gesteckt habe, von den Pferden, die ihn zur Richtstätte bringen, gevierteilt. Der Verurteilte soll die Pferde sehen, die ihn später auseinanderreißen werden.« Der Carnifex schüttelte den Kopf und merkte noch an: »Dieser unmenschliche Einfall stammt von Richter Waldvogel. Wenn es möglich ist, verzichte ich aber darauf und nehme stattdessen die Kuhhaut.«

»Das ist ja schrecklich, Vater. Aber nun lass uns endlich zu diesem Jockel Mühlegg gehen«, drängte Lucki, der sich nicht mit diesen Dingen anfreunden mochte und nicht wusste, was mit der Kuhhaut gemeint war.

»Ja, gleich. Ich muss dir erst noch zeigen, was das dort ist.« Der Carnifex ging ein paar Schritte nach vorne und strich mit der Hand den Schnee – der noch nicht vom Regen aufgesogen worden war – von einem Hackstock, der mit einer dicken Kette an der nördlichen

Schlosswand befestigt worden war. Mit den Worten »Tritt näher!« winkte er Lucki zu sich. »Und dies, mein Sohn …«, sagte er, während er mit einer Hand so fest auf den eine Elle im Rund messenden Holzklotz klatschte, dass Lucki die letzten Reste des nassen Schnees ins Gesicht spritzten, »ist der Richtstock, den man ebenfalls zur Abschreckung für jedermann sichtbar hier stehen lässt. Auf diesem Stück Holz habe ich schon viele Hände und Köp…«

»Jetzt reicht es aber«, unterbrach ihn sein Sohn, der zwar wusste, was ein Richtstock war, solche Dinge aber nicht mehr hören konnte. »Dein Gefangener wartet.«

»Also gut. Dann gehen wir eben«, seufzte der Vater enttäuscht und legte dem Ross eine Decke über Kruppe und Widerrist. »Damit du nicht frierst, mein alter Knabe.«

»Pfui Teufel!«, schrie Lucki und hätte schier den Suppentopf fallen lassen, nachdem sie die glitschigen Steinstufen zum Kerker hinuntergestiegen waren und im unbeleuchteten Verhörraum standen. »Hier stinkt es ja schlimmer als in einer Jauchegrube!«

»Findest du? Ich meine, dass es heute geradezu frisch riecht«, entgegnete der Vater aus echter Überzeugung heraus. Er kannte den beißenden Geruch, wenn die besetzten Kerkerzellen ein paar Tage nicht gereinigt worden waren. Jetzt aber hatte er das Gefühl, dass die beiden Henkersknechte seiner Aufforderung zur Reinigung von Jockels guter Stube und deren täglichen Auslegung mit frischem Stroh Folge geleistet hatten.

»Warte hier. Ich entzünde nur noch schnell ein paar Kienspäne, damit wir etwas sehen«, sagte der Carnifex und verschwand im Dunkel, aus dem jetzt nur noch das Hallen seiner Schritte im Wechsel mit unheimlich klingenden Tropfgeräuschen zu hören war. Als sein Vater und die Geräusche mit der Dunkelheit eins geworden waren und Lucki nur noch das monotone Tropfen modrig riechenden Wassers aufnahm, wurde er unruhig und rief mehrmals nach seinem Vater, bekam aber keine Antwort. Erst als er vor sich ein leichtes Licht flackern sah, was darauf hindeutete, dass offensichtlich eine zweite Lichtquelle die Atmosphäre erhellte, und er seinen Vater wild fluchen hörte, beruhigte sich der Knabe wieder.

Warum Sebastian Deibler gerade jetzt sämtliche Heilige

herunterbeschwor, wusste Lucki nicht. Er verstand nur, dass bei der Flucherei nicht nur die Heiligen gemeint waren, sondern auch er selbst. Schließlich hatte er ja mehr mit der Sache zu tun als irgendwelche »von denen ganz da oben«, die der Vater stets nur zu bemühen pflegte, wenn ihm beim Fluchen nichts anderes einfiel. Immerhin hatten weder Märtyrer noch Apostel oder Engel, sondern er den Suppentopf, den er allerdings beinahe fallen gelassen hätte, als ihn sein Vater mit einem grantigen Ton in der Stimme gerufen hatte: »Verlauster Krötenmist! Lucki, wo bleibst du? Nun komm endlich!«

»Ja, Vater. Ich komme schon!«, prallte es mehrmals von den Wänden ab, bevor es den Carnifex erreichte und es um Lucki herum wieder ruhig wurde. Der Bursche tastete sich, den Suppentopf fest in Händen und mit der rechten Schulter immer wieder die Wand berührend, langsam am feuchtkalten Steingemäuer entlang in Richtung des nächsten Raumes. Dabei setzte er vorsichtig die Zehen eines Fußes vor die des anderen auf den feuchten Boden, der von Wasserpfützen durchzogen war. Als er sich im dumpfen Schein der beiden brennenden Kienspäne, die, in eiserne Bratzen geklemmt, an den Wänden des schmalen Ganges angebracht waren und die der Carnifex offensichtlich jetzt erst entzündet haben musste, bis zur Folterkammer vorgearbeitet hatte, sah er im schalen Licht die Streckbank und etliche andere Foltergeräte. Durch das gierige Flackern der Flammen schienen sie an der Wand entlangzutanzen und ihm bedrohlich zu folgen.

»Reiß dich zusammen, Lucki!«, sagte er laut zu sich selbst und klammerte sich noch fester an Mutters Suppentopf, als er dies bisher schon getan hatte.

Vorne links sah er im Wechselspiel von Licht und Schatten, dass soeben eine weitere Lichtquelle entzündet worden war. Je näher er diesem Licht kam, umso strenger wurde auch der Geruch. Ein dicker, sich von der Gewölbedecke lösender Tropfen zerplatzte auf Luckis Nase und ließ ihn derart zusammenzucken, dass er schier schon wieder den Topf fallen ließ. Aber es polterte nur der Deckel zu Boden, verursachte dadurch allerdings einen Höllenlärm. Das bisschen Einbrennsuppe und die paar Speckstückchen, die mit herausschwappten, würden Jockel nicht fehlen, dafür aber ein Heer von Ratten nähren, das sich schlagartig zur Mahlzeit eingefunden hatte. Als Lucki den Topf abstellte, um im Dunkel mit beiden Händen nach dem Topfdeckel zu suchen, biss ihn eines der missgünstigen Viecher – das offensichtlich nicht gewillt war, die unerwartete Mahlzeit mit ihm zu teilen – in den Finger. Erschrocken zog der brave Bub seine Hand zurück und schrie so laut, dass es der Carnifex und Jockel hören konnten.

»Was ist los?«, rief sein Vater.

»N… Nichts!«, log Lucki zurück, während er hastig weiter den Boden nach Topf und Deckel abtastete. Er war Gott froh, dass er in seinem Schrecken nicht den Topf umgeschmissen hatte. Und er fürchtete sich davor, nochmals gebissen zu werden. Aber es half nichts; er musste schleunigst den Topf mitsamt dem Deckel und den Weg zu seinem Vater finden. Als der Deckel endlich wieder seinen Topf gefunden hatte und Lucki beides wieder in seinen Händen hielt – ohne noch mal von einer Ratte gebissen worden zu sein –, schwor er sich, niemals in die Fußstapfen seines Vaters zu steigen.

Endlich sah er die Kraft spendenden Lichtquellen deutlich vor sich. Einerseits war er froh, seinen Vater erreicht zu haben, andererseits gefror ihm das Blut in den Adern, als er in die erste von drei Kerkerzellen blickte.

In der hintersten Ecke kauerte etwas – eingerollt wie ein Igel –, was man gerade noch als Menschen erkennen konnte.

»Die bekommen was zu hören«, tobte sein Vater. »Diese Drecksäcke haben zwar die Zelle einmal gereinigt, den bedauernswerten Burschen aber – als die Kienspäne abgebrannt waren – in völliger Dunkelheit zurückgelassen. Und der Gerichtsweibel hat ihm nicht einmal etwas Wasser und Brot gebracht. Dementsprechend ausgemergelt und verstört ist Jockel jetzt wieder.«

Als Schlüssel klapperten, zuckte der abgemagerte Gefangene zusammen und drückte sich noch enger in die verdreckte Ecke.

Der Schlüssel drehte sich im Schloss und quietschend ging die eiserne Zellentür auf. Sebastian Deibler schob alle Vorsichtsmaßnahmen beiseite und ging langsam, in gebückter Haltung, auf den Gefangenen zu. »Sei gegrüßt, Jockel!«, flüsterte er, um das völlig verstörte Subjekt nicht noch mehr zu erschrecken. »Wir haben dir etwas mitgebracht.«

Er winkte seinen Sohn zu sich.

Aber Lucki stand wie versteinert vor den verrosteten Gitterstäben. Er war nur damit beschäftigt, an seinem blutenden Finger zu saugen. Es war ihm recht, dass sein Vater nicht gefragt hatte, was vorher los gewesen war und weswegen er geschrien hatte. Da Lucki sich nicht schon wieder als Weichling offenbaren wollte, zog er es vor, dem Vater nichts von dem Rattenbiss zu erzählen. Dass nicht nur die Pest, sondern auch andere Krankheiten durch Ratten verbreitet wurden, musste er aber wissen.

»Nun komm schon!«, knurrte der Carnifex, mit dem jetzt bald die Pferde durchzugehen drohten, der sich aber um Jockels willen zusammenriss. Er strich seinem Gefangenen sanft über die inzwischen völlig verlausten und verfilzten Haare und drückte ermunternd dessen Schulter. Ich muss ihm noch den Schädel rasieren, dachte er sich, während Jockel endlich aus seiner wahrnehmungslosen Lethargie erwachte, weil er so nach und nach die vertraute Stimme seines Vollstreckers realisierte. Er hob den Kopf und bemühte sich um ein leises Lächeln, das der Carnifex erfreut erwiderte.

»Sieh mal, Jockel. Das ist mein ältester Sohn Lucki. Er hat eine leckere Suppe für dich dabei.« Dabei machte er eine für seinen Sohn gedachte aufmunternde Handbewegung, damit dieser ebenfalls in die Zelle kam. »Lucki! … Bitte!«, zischte er leise und wiederholte die Handbewegung.

Aber der Carnifex konnte machen, was er wollte; es dauerte eine ganze Weile, bis sich sein Sohn aus der Erstarrung löste und sich schließlich zu ihm und Jockel in die Zelle traute.

»Na, siehst du. Es ist doch nicht schlimm. Und nun hilf Jockel beim Essen, bevor die Suppe kalt ist.«

Lucki traute seinen Ohren nicht und starrte seinen Vater entsetzt an. Der aber erweckte nicht gerade den Eindruck, schon wieder ein Späßchen gemacht zu haben. »Nun mach schon!«, ermunterte er ihn. »Geben ist seliger denn Nehmen«, ergänzte er noch in philosophierendem Tonfall, während er den mitgebrachten Holzlöffel an seiner Gewandung abputzte und Lucki reichte.

»Aber die Suppe ist bereits kalt geworden«, entgegnete sein Sohn.

Der Carnifex berührte den Topf mit der flachen Hand. »Hm … Du hast recht. Offensichtlich ist doch zu viel Regenwasser dazugekommen«, stellte er mit ernster Miene fest.

»So ein Blödsinn!«, antwortete Lucki, den Vaters Späße zu langweilen begannen. »Sag mir lieber, was wir jetzt tun sollen.«

Der Carnifex überlegte kurz und zupfte Lucki am Ärmel. »Stell den Topf ab und komm mit!«

Während sich Jockel über das merkwürdige Verhalten der beiden wunderte und sich rein vorsorglich wieder in seine Ecke verkroch, obwohl er einen unbändigen Hunger hatte, waren Vater und Sohn Deibler schon im davorliegenden Raum.

»Das ist doch die Folterkammer, oder? Was … was willst du hier? Warum sind wir in diesem schrecklichen Raum?«, fragte der Sohn, der mit seiner Einschätzung richtiglag, mit zitternder Stimme und sah sich ängstlich um. »Du wirst Jockel doch jetzt nicht …« Er sah seinen Vater flehentlich an. »Bitte nicht heute. Wir haben Heiligen Abend!«, beschwor er ihn.

»Sei still und hör endlich auf zu jammern. Das geht ja auf keine Kuhhaut! – So wirst du nie ein guter Carnifex«, antwortete Sebastian Deibler, den es zunehmend ärgerte, dass sein Sohn ein Jammerlappen war. »Dies ist die Kohlenschüssel, in der Brandeisen und verschiedene Zangen für die Tortur zum Glühen gebracht werden«, sagte er knapp und deutete auf ein in der Ecke stehendes Eisengestell, während er schon die Pfanne herunternahm. »Und du nimmst das Gestell!«

Während Lucki widerwillig tat, was ihm der Vater aufgetragen hatte, machte sich Angst in seinem Herzen breit. Jetzt ist es also so weit; ich werde unfreiwillig zum Knecht meines Vaters. Dieser Mistkerl hat mich heute nur hierhergelockt, damit ich ihm helfe, Jockel zu foltern, … und dies ausgerechnet am Heiligen Abend, dachte er sich zwar ungläubig, aber mit einer Stinkwut im Bauch. Er erschrak zwar über seine momentane Meinung über den eigenen Vater, beschloss aber, diese nicht gleich wieder zu revidieren. Er konnte es einfach nicht glauben, dass dieser ihn gerade heute unter dem Deckmäntelchen der Hilfsbereitschaft mitgenommen hatte, um ihn in die Kunst des Folterns einzuweisen.

Aber nicht nur Lucki, sondern auch Jockel bekam eine Heidenangst, als er sah, dass der Carnifex direkt vor seiner Kerkerzelle die Kohlenschüssel auf dem Dreifuß fixierte, einen Blasebalg und ein paar Kienspäne holte und in aller Seelenruhe damit begann, die in der Schüssel liegenden Kohlen zum Glühen zu bringen. In diesem Moment gingen Jockel ähnliche Gedanken durch den Kopf wie zuvor schon Lucki. Er war zwar noch nie direkt mit diesem Folterinstrument in Berührung gekommen. Da ihm aber einer der Henkersknechte schon einmal mit dem glühenden Eisen vor dem Gesicht herumgefuchtelt hatte, wusste er um die vielseitigen Einsatzmöglichkeiten glühender Platt- und Kneifzangen, von denen der Carnifex allerdings noch keine in die Glut gesteckt hatte.

Obwohl ihn Sebastian Deibler schon auf andere Art und Weise gefoltert hatte, vertraute er ihm – zumindest bisher. Jockel Mühlegg hatte sich zwar längst damit abgefunden, nach Weihnachten nochmals gequält zu werden und am Ende sterben zu müssen, glaubte dabei aber Sebastian Deiblers Versprechen, dass dies eben erst nach den Feiertagen geschehen würde. So aber war er nicht darauf vorbereitet. Außerdem hatte er vom Carnifex heute keine schmerzlindernden Blätter bekommen. Wie sollte er ohne sie die jetzt anstehende Tortur aushalten? Er hoffte inständig, dass er die schmerzlindernden Blätter rechtzeitig vor Beginn der Folter bekommen würde.

Die Stille wurde nur vom Quietschen des Blasebalges und dem dadurch verursachten Zischen sowie von vereinzelten Tropfgeräuschen unterbrochen. In einiger Entfernung hörte man das ekelhafte Pfeifen von Ratten, die sich um die letzten auf dem Boden liegenden Speckstücke zankten.

Die beiden Burschen waren sprachlos und blickten mit weit aufgerissenen Augen auf die Kohlen, die bereits einen rotgelb drohenden Farbton angenommen hatten.

»So! Ich bin so weit!«, rief der Carnifex.

»Aber ich nicht!«, schrie ihn Lucki entsetzt an und wandte sich sogleich zum Gehen.

»Ja, soll ich vielleicht den Topf allein auf das Feuer stellen und gleichzeitig den Blasebalg betätigen?«, schimpfte der Vater, der derart in seine Arbeit vertieft gewesen war, dass er den Anschein erweckte, von der Angst der beiden Burschen gar nichts mitbekommen zu haben.

Und wieder war nur das monotone Tschhh Pfff … Tschhh-Pfff des Blasebalges zu hören.

»Du … du meinst …«, Lucki blickte seinen Vater fragend an.

»Was soll ich meinen? Ich meine, dass die Kohlen gleich heiß genug sind, um Jockels Suppe aufzuwärmen.«

Sowohl Lucki als auch Jockel brauchten etwas Zeit, um zu realisieren, dass sie dem Carnifex gedanklich Unrecht getan hatten.

»Vater ..., ich ...«, hob Lucki an, um sich irgendwie für seine schlimmen Gedanken zu entschuldigen, wurde dabei aber unterbrochen.

»Und? Was ist jetzt mit der verdammten Suppe? Soll ich hier noch lange den Feuerknecht spielen?«, drängte der Vater seinen Sohn, ihm zu helfen, den Suppentopf so auf den glühenden Kohlen zu fixieren, dass er nicht umkippen konnte.

Während Lucki dies tat, setzte er nochmals an: »Vater, ich ...«

»Schon gut, mein Sohn.«

Der Carnifex ahnte, was Lucki über ihn gedacht haben musste und was er jetzt hatte sagen wollen. Aber der alte Fuchs wollte davon nichts hören. Er hatte die Sache bewusst so inszeniert, dass Lucki glauben musste, seinem Vater hier und jetzt gleich bei der Tortur helfen zu müssen. Dies macht ihn nur stärker und bindet ihn zudem noch mehr an mich, dachte sich der Carnifex, dem es leidtat, dabei auch dem Inhaftierten einen gehörigen Schrecken eingejagt zu haben.

»Nun komm wieder aus deiner Ecke heraus, Jockel ... Die Suppe ist jetzt warm.« Dabei legte er den Blasebalg beiseite, nahm den Topf von der Glut und stellte ihn auf den Boden.

»Jetzt bist du dran«, wandte er sich an seinen Sohn.

Obwohl der Henkersspross Jockels schier nicht auszuhaltende Ausdünstung ertragen musste, gelang es ihm irgendwie, sich darauf zu konzentrieren, Löffel für Löffel an dessen Mund zu führen. Und Jockel nahm die Köstlichkeit Löffel für Löffel gerne an. Zwischen all dem gierigen Schmatzen, das nur von etlichen Leibeswinden und einigen Rülpsern unterbrochen wurde, schenkte er Lucki ein dankbares Lächeln.

»Na, Jockel? Das schmeckt! Diese Brenntersuppe hat mein Weib extra für dich zubereitet. Und ich habe noch Speck dazugetan«, schwärmte der Carnifex, ohne zu erwähnen, woher die klein geschnittenen Schwarten stammten. Zufrieden verfolgte er die Szenerie und schob sich ein Stückchen Kautabak in den Mund, auf dem er so lange herumkaute, bis Jockels Fütterung beendet war.

»Ich fasse es nicht, Jockel. Du hast den ganzen Topf geleert – aber das ist gut. So kommst du wenigstens wieder zu Kräften, damit du …« Da der Carnifex Jockel nicht schon wieder ängstigen wollte, schluckte er den Rest des Satzes hinunter und schwenkte um: »Und hier habe ich noch ein paar größere Speckschwarten, die du in aller Ruhe zerkauen kannst, wenn wir weg sind.«

»Achte dabei aber auf die Ratten!«, entfuhr es Lucki, der, ohne darüber nachzudenken, an seinem gebissenen Finger saugte.

Aha, jetzt wird mir einiges klar, dachte der Carnifex, der nun wusste, warum sein Sohn vorhin schmerzhaft aufgeschrien hatte. Er gebot ihm, Jockel ein Brettchen zu geben, auf das er die Speckschwarten legen konnte, und danach ein in der Ecke stehendes Behältnis zu leeren. Damit meinte er den randvoll mit Jockels Exkrementen gefüllten Holzeimer. Da Lucki wusste, dass Widerrede zwecklos war, tat er, wie ihm geheißen, und nahm dabei sogar in Kauf, dass ihm überschwappender Urin über die Hände lief und in den beiden durch den Rattenbiss verursachten kleinen Löchern in einem seiner Finger wie Feuer brannte.

»Das macht nichts …«, sagte der Vater. »Urin desinfiziert die Wunde.« Wie wichtig dies war, wusste nur der Carnifex, der sich Luckis Wunde noch ganz genau anschauen würde.

Über die hintergründige Raffinesse seines Vaters konnte Lucki nur den Kopf schütteln.

Nachdem ihm der Carnifex erklärt hatte, wohin er den Topf leeren musste, wies er ihm den Weg zur sogenannten Strohkammer, einem kleinen Raum am Ende des unterirdischen Gewölbekellers. »Und auf dem Rückweg bringst du frische Streu mit!«

Etwas versetzt, links hinter der Strohkammer, war eine von Hand gegrabene Vertiefung im Fels, eine Art kleine Höhle, aus der es munter gurgelte. Das Loch war extra dafür gegraben worden, damit aus dem an dieser Stelle unterirdisch verlaufenden Steigbach frisches Wasser geholt und die Exkremente der Gefangenen, altes Stroh und Unrat dort hineingekippt werden konnten. Der Bach war in diesem Bereich künstlich so angelegt worden, dass er ein Stückchen entfernt von der Ostseite des gräflichen Marstalls direkt zum Schloss verlief, wo er oben teilweise nicht mehr zu sehen war. Er kam erst wieder weiter unten, in nördlicher Richtung des Schlosses, zum Vorschein. Da das gemeine Volk von Immenstadt nichts vom unterirdischen Tunnelsystem und den darin befindlichen Räumen wusste, wunderte es sich das eine oder andere Mal über den zweifellos von Menschen verursachten Dreck, der mitten durch die Stadt schwamm. Immerhin diente ihnen der Bach als Trinkwasserreservoir. Kein Wunder also, dass Seuchen sich in Immenstadt besonders gut verbreiten konnten, obwohl das Waschen von Wäsche in diesem Bach nicht nur bis zur Stadtmauer, sondern eine halbe Meile darüber hinaus verboten war.

Nachdem die beiden Deiblers frisches Wasser gebracht, Jockel mit einem Lappen das Gesicht gewaschen und gemeinsam auch noch das alte Stroh gegen eine frische Unterlage ausgetauscht hatten, setzten sie sich zu beiden Seiten neben ihn auf den kalten Lehmboden, der sich trotz des frischen Strohs feucht und modrig anfühlte und auch so roch. Mittlerweile hatte sich auch Luckis Nase so an den extremen Gestank gewöhnt, dass es ihn kaum noch störte. Während Sebastian Deibler den schmutzigen Verband von Jockels Händen wickelte und damit begann, die Finger zu begutachten und behutsam mit Alkohol zu reinigen, versuchte er, Jockel vom dadurch entstehenden Schmerz abzulenken: »Hier hast du noch ein paar Dörräpfel für die nächsten Tage. An Weihnachten soll es dir doch gut ergehen«, sagte er und ließ von Lucki das in Papier eingeschlagene Naschwerk zum Speck auf das Holzbrettchen legen.

Weihnachten?, dachte Jockel und begann zu heulen. »Was geschieht jetzt mit mir?«, fragte er, nachdem er laut hörbar das ständig herunterlaufende Nasensekret hochgezogen hatte.

»Sei unbesorgt. Über die Weihnachtsfeiertage hast du deine Ruhe, Jockel. – Das verspreche ich dir!«, beruhigte ihn der Carnifex. »Danach aber werde ich dir wieder wehtun müssen«, ergänzte er in aller Offenheit.

»Bitte …«, flehte Jockel, dem die Suppe, die ungewohnte Sauberkeit der Zelle, die Wärme, das Licht und das Gespräch sichtlich guttaten. »Meister Sebastian, bitte erzählt mir genau, was dann auf mich zukommen wird.«

»Möchtest du das wirklich jetzt schon wissen?«

Jockel nickte hastig.

»Na gut!« Der Carnifex legte ihm eine seiner riesigen Pranken auf den Oberschenkel und tätschelte ihn genau so, wie er es immer mit seinem altersschwachen Klepper – von dem er wusste, dass er nicht mehr allzu lange zu leben hatte – tat.

»Als Erstes wird der zweite Grad der Peinlichen Befragung eingeläutet. Dies heißt für dich, noch mehr Qualen aushalten zu müssen als bisher. Solltest du gestehen …«

»Aber ich habe doch nichts zu gestehen«, schluchzte Jockel und legte seinen Kopf vertrauensvoll an die breite Schulter seines Peinigers.

»Ich weiß! Und ich glaube dir. Aber die Sache läuft nun einmal so, wie es das Hohe Gericht bestimmt. Solltest du also gestehen – und das wirst du –, werden dir wahrscheinlich weitere Torturen erspart bleiben.«

»Und was kommt statt deren?«, fragte Jockel, während sich sein geschundenes Gesicht aus lauter Heulerei heraus zu einer Fratze veränderte.

»Dann folgt eine öffentliche Gerichtsverhandlung, bei der du in jedem Fall schuldig gesprochen und aller Voraussicht nach gleich darauf vom Leben zum Tode befördert wirst, nachdem du nochmals öffentlich gestanden hast«, antwortete der Carnifex, ohne lange um den heißen Brei herumzureden.

Jockel schluckte. »Und … auf welche Art wird dies sein?«

»Das weiß ich noch nicht. Ich kann mir aber nicht vorstellen, dass sie dich rädern oder vierteilen lassen … Wahrscheinlich wirst du nur geköpft oder gehängt«, versuchte der Carnifex, die harte Tatsache ein klein wenig sanfter zu verpacken, indem er dies mit beruhigender Stimme sagte und noch anfügte, dass er versprechen würde, dies sehr schnell und ziemlich schmerzfrei zu handhaben.

»Und … und was ist, wenn ich doch nicht gestehe?« Jockel wischte sich mit dem Handrücken das Gemisch aus Tränen und Nasensekret aus dem frisch gewaschenen Gesicht und blickte den Carnifex mit seinen verquollenen Augen an.

»Dann musst du wahnsinnige Schmerzen erdulden … und stirbst trotzdem«, antwortete der Carnifex knapp, aber treffend. Während er weitersprach, salbte und verband er Jockels gequetschte Finger, denen es mittlerweile zwar schon wieder etwas besser ging, die aber durch die Tortur mit der Daumenschraube immer noch böse aussahen und dementsprechend schmerzten. »Das heilt ja ganz ordentlich«, log er anerkennend und drückte Jockel ein paar der Blätter in die frisch verbundenen Hände, die dem jungen Staufner bisher schon einen Teil der Schmerzen genommen hatten.

Lucki saß die ganze Zeit schweigsam daneben. Es kam ihm so vor, als wenn es sich um einen Traum handelte und der eben gehörte Dialog nicht stattgefunden hatte, sondern die Ausgeburt seiner Hirngespinste gewesen war. Wie konnte sein Vater nur so kalt sein und die Fragen des sowieso schon in jeder Hinsicht geschwächten Gefangenen derart sachlich beantworten, während er ihm dabei Gutes tat?

Der Carnifex hatte gemerkt, was in seinem Sohn vorgegangen sein musste, als er sich mit Jockel unterhalten hatte, und wandte sich ihm zu: »Nun hast du heute schon die dritte Lektion erhalten. Und jetzt komm, wir müssen gehen.«

Dass die Mutter in der warmen Stube auf sie wartete, vermied er zu bemerken. Er wollte Jockel nicht noch zusätzlich malträtieren, indem er ihn auf ein gemütliches Zuhause, dessen Wärme Jockel wohl nie mehr spüren würde, hinwies.

Nachdem sie aufgestanden waren und sich das feuchte Stroh von den Beingewandungen gestrichen hatten, sagte Sebastian Deibler tröstend zu Jockel, dass das Licht ab sofort nicht mehr ausgehen und er sich den Gerichtsweibel vorknöpfen würde. »Außerdem garantiere ich dir, dass du ab jetzt täglich gut versorgt wirst. Ach, noch etwas: Ich verspreche dir – wie vorhin schon gesagt – hoch und heilig, dass ich dir so wenig wehtun werde wie möglich und dass du den schnellsten Tod aller meiner bisherigen Delinquenten haben wirst … Gesegnete Weihnacht!«

Das Schloss krachte, Schlüssel schepperten und Schritte hallten. Jockel war wieder allein. Er hatte den Carnifex zwar bitten wollen, seiner Mutter irgendwie mitteilen zu lassen, dass es ihm gut ginge, dies in der Aufregung dann jedoch vergessen. Aber wenigstens hatte er Licht, einen vollen Magen, verbundene Finger … und eine warme Decke, die ihm der Carnifex beim Hinausgehen wortlos zugeworfen hatte. Außerdem glühten noch die Kohlen und verströmten eine zwar kaum zu spürende, dennoch angenehme Wärme – zumindest bildete Jockel sich dies ein.

»Was ist das nur für ein Mensch?«, fragte er sich zum wiederholten Mal und schickte den beiden Deiblers noch ein gehustetes »Danke!« hinterher, das diese allerdings nicht mehr hören konnten, weil sie schon damit beschäftigt waren, ihre Lungen mit frischer Stadtluft zu füllen.

Auf dem Weg zu ihrem Gespann legte Sebastian Deibler verständnisvoll einen Arm um seinen bedrückt wirkenden Sohn. »Bis ich dir bei der Freisprechung zum Meister die traditionellen drei Maulschellen geben und dich damit in den unehrenhaften Stand der Nachrichter aufnehmen kann, muss ich dir wohl noch etliche Lektionen erteilen«, lachte der Vater, der jetzt gewiss wusste, dass es noch ein hartes Stück Arbeit werden würde, aus seinem Sohn einen Meister seines Fachs zu machen. Aber Sebastian Deibler wusste, dass Lucki ein guter Bub war. Und dies war ihm letztlich wichtiger … Zumindest im Moment.

Schweigend hatten sie den Kutschbock bestiegen und wollten den alten Klepper gerade in nördlicher Richtung stadtauswärts nach Hause lenken, als sie dort, wo es gegenüber dem Marktplatz zum Kirchgässchen hineinging, einen Menschenauflauf sahen.

»Lass uns noch schnell da rüberfahren, um zu sehen, was der Grund für diesen Tumult ist«, sagte Sebastian Deibler pro forma zu seinem Sohn, während er längst schon an dem rechten Zügel gezogen hatte, um den Wagen dorthin zu lenken.

Als die Leute den Carnifex erkannten, schlugen sie allesamt das Kreuz und öffneten eine Schneise, was er schmunzelnd zur Kenntnis nahm und weswegen er seinem Sohn ermunternd zutuschelte: »Siehst du? Das Amt des Nachrichters hat nicht nur Nachteile!«

»Der hat uns heute gerade noch gefehlt«, vernahm Deibler von einem vornehm gewandeten Mann, überhörte dies aber geflissentlich. »Was ist hier los?«, fragte er umso höflicher.

»Seht selbst!«, empfahl eine Frau, deren feinster Feiertagszwirn nicht über ihr fortgeschrittenes Alter hinwegtäuschen konnte. Die aufgetakelte Alte war über ihren Mut, den Carnifex anzusprechen, selbst so erschrocken, dass sie sogleich einen zusätzlichen Schritt zurückwich. Deibler hatte die Frau noch nie zuvor gesehen, also hatte er ihr auch noch nie etwas getan.

Dumme Kuh, dachte er und wandte sich seinem Sohn zu, bevor er vom Kutschbock stieg: »Du bleibst sitzen!«

»Was ist dort?«, fragte der stattliche Mann in die vor ihm

zurückweichende Runde und deutete ins Dunkel des Gässchens, wohin alle gestarrt hatten, bevor er gekommen war.

Ein junger Bursche trat vor und berichtete ihm, dass dort ein Mann auf dem Boden liegen würde, aufgrund des Nebels man aber wenig erkennen könne.

»Vielleicht ist er ja nur dem Suff erlegen«, meinte jetzt ein anderer, witzeln zu müssen, ließ dies aber gleich wieder sein, als seine Augen versehentlich die des Henkers streiften.

Das Gelächter, das gerade aufkommen wollte, erstickte im Keim. Die meisten der Umherstehenden senkten die Köpfe, um nicht Gefahr zu laufen, vom Carnifex angesprochen zu werden, was sie aber nicht verhindern konnten.

»Und? Habt ihr schon nachgesehen, um wen es sich handelt und was mit ihm ist?«, fragte er die verstörte Gesellschaft, die zu feige gewesen war, sich dem Mann, der dort, an die Kirchhofwand gelehnt, auf dem Boden saß und von dem im Moment nur der Kopf zwischen den Nebelschlieren hervorlugte, zu nähern. Da zudem auch noch die Dunkelheit der Nacht begonnen hatte, sich breitzumachen, konnte der Carnifex die Gestalt auch nur schemenhaft sehen, Genaueres erkennen konnte er ebenfalls nichts. Wenn er die Sache ergründen wollte, musste er wohl oder übel in die Gasse gehen.

»Was ist? Kommt jemand mit?«, fragte er mit Blick auf die Männer, erhielt aber nur ein abwehrendes Winken oder ein »Ich bin doch nicht lebensmüde« zur Antwort.

»Feiglinge!«, zischte er sie an und verschwand allein im Dunst der mit Nebel durchzogenen Gasse. Sicherheitshalber nahm er seinen Dolch aus der Lederscheide. »Man kann ja nie wissen«, murmelte er.

Sebastian Deibler erkannte aber schnell, dass er seine Waffe nicht würde benutzen müssen, weil der Mann tot und zudem nur noch mit seiner Bruche bekleidet, also fast nackt und völlig ungefährlich war. Während er seinen Dolch in das dafür vorgesehene Leder zurücksteckte, versuchten seine Augen, den Nebel zu durchdringen, um das Umfeld abzutasten, damit er eine wie auch immer lauernde Gefahr sofort erkennen konnte. Danach besah er sich die offensichtlich noch recht frische Leiche. Und dass der junge Mann tot war, erkannte er nicht nur daran, dass aus dessen Mund oder Nase keinerlei kältebedingter Atemdampf entwich.

Als er wusste, was er wissen wollte, wandte er sich ab und ging zu seinem Gefährt zurück, wo ihn an die 20 fragende Augenpaare erwarteten.

»Und? Was habt Ihr gesehen?«, wurde er von einem kleinen Mann, der seinen Gehstock vor ihm kreisen ließ, dreist gefragt.

Da es der Carnifex nicht leiden konnte, wenn jemand, mit was auch immer, vor seiner Nase herumfuchtelte, packte er den Stock und zog ihn mitsamt dem Mann langsam so nahe zu sich, dass sich ihrer beider Atemwölkchen kreuzten. »Nichts, was mich etwas angehen würde!«, antwortete er mit einem aufgesetzt fiesen Lächeln, hinter dem er einen nachdenklich wirkenden Blick versteckte.

»Was … was soll das heißen?«, fragte der Mann, bei dem es sich aufgrund seiner schwarzen Gewandung um einen aus Deiblers Sicht unbekannten Advokaten handeln musste. Der hiesige Leichenbestatter konnte es jedenfalls nicht sein; den kannte er nur allzu gut.

»Was wohl? Das, was ich gerade gesagt habe! Wenn Ihr mehr erfahren wollt, müsst Ihr schon selbst nachsehen, Ihr feiger Sack«, antwortete der Carnifex und fügte noch eine Warnung hinzu: »Aber seid vorsichtig: Es ist das Grauen! Ich hoffe, dass Ihr nicht nur dieses Stöckchen bei Euch tragt, sondern darüber hinaus doch mutiger seid, als ich meine«, sagte er in dem Wissen, dass sich jetzt erst recht keiner dieser Feiglinge in die Gasse trauen würde. Er stieß den Mann von sich und bestieg gespielt überhastet den Kutschbock.

»Nur schnell weg von diesem verdammten Ort. Ich möchte noch nicht sterben«, sagte er zu seinem Sohn so laut, dass es alle hören konnten.

Nachdem sie sich ein Stückchen entfernt hatten, drehte sich der Carnifex grinsend um und sah zufrieden, wie die Leute verängstigt auseinanderstoben.

»Was war das denn eben?«, wurde er von seinem Sohn gefragt.

»Da du heute keine Späßchen verträgst, habe ich es eben hier versucht!«, bekam er lachend zur Antwort.

»Wenn's dich freut«, schüttelte Lucki den Kopf. »Aber nun sag schon? Was hast du im Kirchgässle wirklich gesehen?«

»Da liegt eine frische Leiche. Ein Mann, den man erst besinnungslos geschlagen und ihm danach die Gewandung abgenommen hat, bevor ihm die Kehle durchgeschnitten worden ist.«

»Woher willst du wissen, dass diese Reihenfolge stimmt?«, fragte Lucki, der jetzt endlich etwas aufzutauen schien, mit bewundernswertem Scharfsinn.

»Das habe ich daran gesehen, dass das Blut vom Hals fein säuberlich zu beiden Seiten des Halses und den Oberkörper hinuntergelaufen ist. Wäre der Mann erst nach dem Schnitt durch die Kehle seiner Kleidung entledigt worden, wäre wohl der ganze Oberkörper mit Blut verschmiert und ich hätte auch im Umfeld des Toten Blut entdecken müssen. Sein Kopf hat keinerlei Blutspuren aufgewiesen. Durch den Schlag auf den Schädel ist er sicherlich nicht gestorben, sondern hat dabei vermutlich nur das Bewusstsein verloren.«

»Aber warum hat man ihm dann erst noch die Kehle durchgeschnitten?«, wollte Lucki wissen.

»Wahrscheinlich, weil er aufgrund des Schlages noch nicht tot war und der Mörder keinen Zeugen seiner Tat wollte. Vielleicht haben sie sich sogar persönlich gekannt?«, mutmaßte der Carnifex.

»Oder weil man ihm die Gewandung geklaut hat und diese nicht mit Blut besudeln wollte«, folgerte Lucki aus dem soeben Gehörten.

»Wieso das denn?«, fragte nun sein Vater.

»Vielleicht, weil der Mörder die Gewandung des Toten selbst tragen und somit nicht erkannt werden möchte?«

»Du meinst, dass sich der Mörder durch eine neue Gewandung eine andere Identität geben wollte?«

Lucki nickte nachdenklich.

KAPITEL 29

»Nun geht schon!«, bestand Judith darauf, dass ihre Lieben nach Immenstadt fuhren, um der persönlichen Einladung ihres generösen Regenten Folge zu leisten. Sie hoffte, dass Sarah und ihr Schwiegersohn Lodewig dadurch etwas Ablenkung bekommen und nicht immer an Eginhards besorgniserregenden Gesundheitszustand denken würden. Außerdem – da war sie absolut sicher – würde diese kleine Reise für ihre Enkelkinder ein großes Abenteuer werden. »Und dir tut etwas Abwechslung auch ganz gut! … Aber dort darfst du nicht rauchen«, beschwor sie den Sippenältesten und nahm ihm scherzhaft das Liebste, was er außer seiner Familie besaß, ab: Seine neue Meerschaumpfeife mit dem wunderschön geschnitzten Pfeifenkopf. Da dieses wertvolle Material recht porös und dementsprechend bruchgefährdet war, mochte der Altkastellan diese Pfeife nur zu besonderen Anlässen benützen. Und da der Besuch im Schloss ein besonderer Anlass war, würde er sich seine schönste Pfeife nicht von Sarahs Mutter abnehmen lassen und sie stattdessen im dazugehörenden Etui mit dem edel wirkenden blauen Samtfutteral transportieren.

Unabhängig vom Grafen schien auch das Wetter zu einer Kutschfahrt nach Immenstadt einzuladen. Jedenfalls präsentierte es sich an diesem zweiten Weihnachtsfeiertag, der seit dem fünften Jahrhundert dem Heiligen Stefan, dem ersten christlichen Märtyrer, geweiht war, von einer unerwartet wohlwollenden Seite. Die Sonne war zwar weit davon entfernt, sich zu zeigen, was aber insofern gut war, weil sich deswegen die Temperatur gerade noch so hielt, dass auf den Straßen und Wegen nicht der ganze Schneebelag vom Nieselregen aufgesogen werden würde und es möglicherweise zu überfrierender Nässe kommen konnte. Außerdem hatte es nach etlichen ungemütlichen Tagen endlich aufgehört zu nieseln und wieder ein klein wenig angezogen. Gegen die Kälte vermochte man sich besser zu schützen als gegen Nässe. Und die ständig erneut aufsteigenden Nebelschwaden konnten eigentlich als ein gutes Zeichen gewertet werden. Sie deuteten an, dass sich das Wetter auch bis in die kommende Nacht hinein so halten würde. Einer Kutschfahrt stand also auch diesbezüglich nichts im Wege. Dennoch konnte sich der Kastellan trotz seines etwas voreiligen Versprechens den Kindern gegenüber nicht gleich für eine Fahrt ins Städtle entscheiden.

Als Judith sich allein in der Küche befand, weil die anderen in ihre Kammern geeilt waren, um sich warme Gewandungen bereitzulegen, ging sie zum Fenster. Sie wollte sich nochmals vergewissern, dass sich die Wetterlage für eine Kutschfahrt eignen würde. Nachdenklich ließ sie ihren Blick über die Nebelschwaden gleiten und versuchte, dazwischen die Behausungen der Dörfler zu sehen. Für einen Moment war sie zufrieden, dann aber verfinsterte sich ihre Miene. Hatte es unbedingt sein müssen, dass ihr gerade jetzt eine alte Bauernregel eingefallen war, die nichts Gutes verhieß? »Nebel vor Weihnachten ist Brot – Nebel nach Weihnachten ist Tod«. Sie war irritiert und wusste nicht, was sie gerade heute davon halten sollte. Heute war der zweite Weihnachtsfeiertag – also zweifellos nicht vor Heiligabend, was sie als ein schlechtes Zeichen deutete. Es war der letzte Weihnachtstag! Konnte sie dies nun so werten, dass es nach Weihnachten war oder nicht? Innerlich aufgewühlt, eilte sie aus dem Vogteigebäude zu den gegenüberliegenden Lagerräumen, um von dort aus den Blick übers Weißachtal schweifen zu lassen. Das Tal war berüchtigt für seinen Nebel. Und tatsächlich: Weißach war von einer durchgehenden Nebelfläche bedeckt. »Nebel vor Weihnachten ist Brot …«, wiederholte sie laut den ersten Teil der Bauernregel und presste gleich darauf erschrocken die Hände vor den Mund – gerade so, als wenn sie sich selbst das Weitersprechen verbieten wollte. Während sie immer noch entsetzt auf das unheildrohende Meer aus Wasserdampf hinunterblickte, dachte sie nicht nur an die bevorstehende Kutschfahrt, sondern auch an Eginhard. »Wenn es heute nebelig ist, bedeutet dies den Tod, … aber wessen Tod?«, sinnierte die für die Zeit, in der sie lebte, ansonsten nicht besonders abergläubische Frau.

Da Eginhards Zustand sich noch nicht merklich gebessert und er nur sehr selten die Augen – und wenn, dann nur für den Hauch eines Moments – aufgeschlagen hatte, war der Heilige Abend nicht so stimmungsvoll verlaufen, wie es sich die Bewohner des Schlosses Staufen zuvor erhofft hatten. Sie waren zwar – bis auf Siegbert, der Wachdienst gehabt hatte – gemeinsam in die Christmette gegangen, wo der Ortspfarrer Eginhard in die Gebete mit eingeschlossen hatte, aber es war alles etwas anders als die Jahre zuvor. Obwohl Eginhard nur selten in Staufen war, verehrte ihn die hiesige Bevölkerung. Die Menschen hier konnten sich noch gut daran erinnern, wie er sich vor vielen Jahren vehement für sie eingesetzt und den Massenmörder Heinrich Schwartz, der 69 Menschenleben in Staufen vernichtet hatte, zur Strecke gebracht und ihnen das vom Medicus in Zusammenhang mit dessen Mordserie erschwindelte Geld zurückgegeben hatte. Sie wussten noch, dass sie nur durch das kluge und beherzte Eingreifen von Eginhard und dessen Vater überlebt hatten. Aber der späte Dank nützte dem Schwerstverletzten jetzt nichts. Allenfalls könnten die Gebete der Staufner Kirchengemeinde noch etwas bewirken.

Im Rittersaal und in der Vogteiküche standen mit bunten Papierstreifen geschmückte Weihnachtsbäume. Seit ein paar Jahren war es beim gehobenen Bürgertum in Mode gekommen, zusätzlich Kerzen daran zu befestigen. Schnell hatte sich ein findiger Blattner aus dem vorderen Hindelang darauf spezialisiert, passende Halterungen dafür zu erstellen, die dessen Weib und deren vier Töchter mit dem Bauchladen während der Adventszeit im ganzen Allgäu feilboten. So hatte auch Sarah die Kerzen an der Tanne in der Küche, die bei den Dreylings von Wagrain gleichzeitig auch als Wohnraum genutzt wurde, entzündet. Obwohl sie ein versöhnliches Licht verbreitet hatten, war nicht einmal am Abend der Geburt Christi echte Weihnachtsstimmung aufgekommen. Dafür war umso mehr gebetet worden.

Heuer jährte es sich zum 14. Mal, dass Lodewigs damalige Lebensretter, Fabio und ein Weißacher Bauer, erstmals am Heiligen Abend ins Schloss eingeladen gewesen waren, was sich seither alljährlich wiederholt hatte und auch in diesem Jahr wieder so gewesen war. Aber auch sie hatten es nicht vermocht, die bedrückte Stimmung zu verbessern. Im Gegenteil: Durch ihre Anwesenheit hatte Sarah ständig die Erinnerung an damals im Kopf gehabt. Immer wieder stand ihr das Bild vor Augen, wie Fabio und der Bauer den bis auf die Knochen gemarterten Lodewig auf einem Heuwagen von der Weißacher Pestkapelle aus bis hierher ins Schloss heraufgebracht hatten. Diese schier übermenschliche Leistung der beiden war ihr gerade an diesem Heiligen Abend, an dem ihr Schwager schwerverletzt unter ihnen weilte, mehrmals durch den Kopf gewabert und hatte ihr immer wieder ein paar von den anderen unbemerkte Tränchen in die Augen gedrückt, während sie Fabio und dem Bauern unauffällig dankbare Blicke zugeworfen hatte. Aufgrund der Misshandlungen, die der damalige Totengräber Ruland Berging ihrem Geliebten zugefügt hatte, war Lodewig mehr dem Tode denn dem Leben nahe gewesen. Schließlich war es dann Nepomuks Heilkünsten zu verdanken gewesen, dass Lodewig die schweren Verletzungen überlebt hatte.

Und jetzt? Jetzt lag Lodewigs älterer Bruder schwerverletzt in seiner alten Bubenkammer neben der Küche.

»Er ist hier und er lebt! Und nur dies zählt im Moment! Alles Weitere liegt in Gottes Hand«, hatte der Benediktinermönch Eginhards Familienmitglieder einmal mehr zu ermuntern versucht, nachdem sie gemeinsam einen Rosenkranz gebetet hatten. Dass er noch mehr um das Leben seines Freundes bangte als die anderen und als er ihnen gegenüber zugab, weil er aus medizinischer Sicht Genaueres über dessen Zustand wusste, hatte er für sich behalten. Warum soll ich ihnen gerade am Heiligen Abend von Eginhards wahrem Gesundheitszustand berichten?, hatte sich Nepomuk immer wieder gedacht und sich letztlich dazu entschlossen, nichts zu sagen und dem Herrgott zu vertrauen.

So waren der Heilige Abend und der erste Weihnachtsfeiertag gerade noch so vorübergegangen, ohne dass die Kinder allzu viel von den Sorgen der Erwachsenen mitbekommen hatten.

»Na ja!«, seufzte Lodewig am Spätnachmittag des zweiten Weihnachtsfeiertages, nachdem er dem Drängen seiner Kinder nachgegeben hatte. »Es nieselt nicht mehr und es ist sogar noch etwas kälter geworden«, stellte er fest, was so viel hieß, dass es – falls doch wieder ein Niederschlag kommen sollte – schneien anstatt regnen würde. »Da könnten wir die Fahrt nach Immenstadt riskieren. Oder was meinst du?«, fragte er seinen Vater, der ja vom Grafen ebenfalls eingeladen worden war, und bekam anstatt von ihm von seinen Kindern die lautstarke Antwort, mit der er gerechnet hatte.

»Fahrt nur«, ermunterte ihn auch Nepomuk. »Ich bleibe bei Eginhard … Außerdem sind Judith und das Gesinde ja auch noch da.«

Lodewig klatschte in die Hände. »Also gut! Dann packt eure Spielsachen zusammen und lasst euch von eurer Mutter warm anziehen.« Unter dem wohlwollenden Nicken der restlichen Familienmitglieder rief er die Küchenmagd herbei. »Du, Rosalinde, gehst zu Ignaz und sagst ihm, dass er den Schlitten bereitstellen soll. Ach, warte noch!«, rief er ihr hinterher, als sie schon fast aus dem Raum war, und wandte sich an Nepomuk. Bevor er seine Bitte aussprechen konnte, nickte der Mönch, der auch so verstanden hatte. »Klar kannst du mein Pferd haben, damit ihr standesgemäß mit einem Zweispänner beim Grafen vorfahren könnt! … Und macht euch keine Sorgen: Ich werde an Eginhards Lager wachen und alles Menschenmögliche dafür tun, dass er wieder gesundet. Ihr könnt mir dabei sowieso nicht helfen. Geht also ohne trübe Gedanken, fresst dem Grafen die Küche leer und sauft ihn so richtig her«, scherzte Nepomuk, dessen Verhältnis zum Adel von jeher etwas gestört war, obwohl er selbst von doppeltem Blute war.

Lodewig quittierte Nepomuks Angebot mit einem dankbaren Lächeln und wandte sich wieder an Rosalinde: »Was stehst du hier noch herum? Du hast es selbst gehört: Wir haben zwei Pferde zur Verfügung. Also kann Ignaz den großen Schlitten anspannen! … Aurel, geh mit Rosalinde hinaus und hilf Ignaz. Ich glaube nicht, dass er es allein schaffen wird, das schwere Teil aus dem Marstall zu ziehen.«

Voller Stolz, dem Knecht dabei helfen zu dürfen, die beiden Pferde an das Heiligtum des Grafen zu spannen, rannte der Knabe hinaus.

Das »Heiligtum« war ein herrschaftlicher Prunkschlitten, den der Graf zu Königsegg alle heilige Zeiten einmal nutzte, um sich damit durch die verschneite Winterlandschaft des westlichen Teils seines Herrschaftsgebietes, ins Oberschwäbische oder ins Vorarlbergische hinein kutschieren zu lassen. Wann dies allerdings das letzte Mal der Fall gewesen war, wusste niemand mehr, es könnte höchstens an der Dicke des Rostes auf den Kufen erahnt werden. Aber dies war sowieso unwichtig. Hauptsache war, dass die Kastellansfamilie diesen wunderschönen Schlitten nutzen konnte, wann immer sie wollte. Wann dies das letzte Mal der Fall gewesen war, wusste ebenfalls niemand mehr. Jedenfalls war das gute Stück nicht mehr bewegt worden, seit Lodewig das Amt des Kastellans von seinem Vater übernommen hatte. Umso aufgeregter waren alle, dass dies noch heute passieren sollte.

»Das ist aber schnell gegangen«, wunderte sich Lodewig, dass schon alle in dicken Gewandungen steckten und die Kinder bereits nach draußen gerannt waren, während Judith Sarah half, deren Schwiegervater auf dem Weg zum Schlosshof hinaus zu stützen. Erstaunlicherweise ging es ganz gut und sie hatten trotz der kaputten Beine des Altkastellans nicht die geringsten Probleme, die Treppen hinunterzukommen.

»Seid achtsam! Es ist rutschig!«, rief ihnen Lodewig, der inzwischen zum Marstall geeilt war, entgegen. Er hatte es selbst nicht erwarten können, nach langer Zeit den gräflichen Schlitten wieder betrachten zu können. Außerdem musste er darauf achten, dass das Gefährt beim Anspannen keinen einzigen Kratzer abbekam. Immerhin waren es die beiden Reitpferde nicht gewohnt, auf diese Weise an die Kandare genommen zu werden. Zudem waren sich Lodewigs feuriger Hengst und Nepomuks Wallach nicht vertraut, was unweigerlich zu einem wiehernden und hufschlagenden Durcheinander führte, dem nicht einmal der mit Pferden bestens vertraute und erfahrene Knecht etwas entgegenzusetzen wusste. Eginhards Pferd zu nehmen, weil es sich bereits an das Zaumzeug und Nepomuks Pferd gewöhnt hatte, war wegen einer kleinen Verletzung an seiner rechter Vorderfessel zunächst als nicht allzu ratsam erschienen. Letztlich aber konnte dies auch egal sein. Es war nur wichtig, dass zumindest ein Pferd im Schloss verblieb, das man bei Notfällen benutzen konnte.

Erst nachdem Nepomuk dem Treiben vom Küchenfenster aus ein Weilchen zugeschaut hatte, war er auf den zündenden Gedanken gekommen, die Pferde auszutauschen: »Ignaz! Spann Lodewigs Pferd wieder aus und stattdessen Eginhards Stute an. Sie kennt meinen Wallach und ist das Ziehen gewohnt. Außerdem vertragen sich die beiden«, empfahl er und scherzte noch, dass Weihnachten schließlich das Fest der Liebe sei. Dass dies auf das Pferdepärchen gemünzt war, verstand Ignaz insofern nicht, da der Wallach diesbezüglich ungefährlich war.

»Aber …, aber die Verletzung?«

»Halb so schlimm!«, ermunterte Nepomuk den Knecht, seinem Vorschlag zu folgen.

Aurel war beleidigt, weil er jetzt nicht mehr helfen durfte. Erst als ihn beim Abschirren der Vorderhuf von Eginhards Pferd schier am Kopf getroffen hätte, zeigte er Vernunft und zog sich zurück. Ignaz und Lodewig hatten in der Tat alle Mühe, den Pferdewechsel durchzuführen, und benötigten dazu mehr Zeit als gedacht. Aber irgendwann war auch dies geschafft und vor der Burgmannschaft, die jetzt bis auf Nepomuk – der sich inzwischen zu Eginhards Krankenlager begeben hatte – vollständig im Schlosshof versammelt war, ein real gewordener Traum stand. Offensichtlich schienen auch die Pferde bemerkt zu haben, dass es etwas ganz Besonderes war, diesen Prunkschlitten ziehen zu dürfen. Jedenfalls standen sie unruhig da, schnaubten im Takt und scharrten derart mit den Hufen, als wenn sie fragen wollten, wann es nun endlich losgehen würde.

Der Schlitten war ganz in einem cremigen Weiß gehalten, wobei die Flächen mit goldenen Linien umrandet und in den Ecken mit goldenen Schnörkeln appliziert waren. Vorne prangte ebenso das rot-goldene Rautenwappen der Königsegger, das jeweils von zwei Löwen gehalten und mit einer fünfzackigen Krone bekrönt war, wie auf den Türen zu beiden Seiten der Kutsche. Die Kufen schwangen sich hinten zu einer halben Schnecke hoch und endeten in nach unten schauenden Löwentatzen, die der gräfliche Hofmaler ebenfalls golden angestrichen hatte – sie sahen aus, als wenn sie sich im lockeren Schritt befinden würden. Vorne zogen sich die zunächst breiter werdenden Kufen weit über die Höhe der Sitzbänke, wobei sie – bevor sie schnörkelartig zur Mitte zuliefen – begannen, schlank zu werden und ab dieser Stelle nicht mehr mit Eisenkufen beschlagen waren. Auch hier endeten sie in kunstvoll geschnitzten Raubtierpranken, die eine fast noch kunstvoller wirkende Laterne hielten. Hinten befand sich eine weitere große Laterne, die ebenfalls nur noch auf die Bestückung mit einer dicken Kerze zu warten schien. Im Gegensatz zur vorderen Laterne, die so angebracht worden war, dass sie bei Bewegungen vor- und zurückschaukeln konnte, war das Rücklicht fest angebracht. An eisernen, wunderschön geschmiedeten Armen ragten links und rechts des Schlittens zwei weitere kleine Laternen, die an drei Seiten geschwärztes Glas hatten, sodass die Lichter – schön nach vorne gebündelt – strahlten und einigermaßen den Weg ausleuchten konnten. Der Schlitten war so breit, dass die sich gegenüberliegenden und mit kurz gestutztem Lammfell bezogenen Sitze Platz für jeweils drei Erwachsene boten – wenn eng zusammengerutscht wurde. Dazu kam der Kutschbock mit Platz für zwei Kutscher, die – in todschicke Livrees gesteckt – die gräfliche Familie vor vielen Jahren durch die traumhaft verschneite Winterlandschaft kutschiert hatten.

»Auf geht's!«, rief Lodewig und klatschte in die Hände. Als er Aurel gebot, neben ihm auf dem Bock Platz zu nehmen und die Zügel zu führen, platzte der Bub schier vor Stolz. Aus Dankbarkeit heraus hätte er seinen Vater fast geherzt, hatte es aber unterlassen, weil er der Meinung war, dass dies angesichts seiner kleinen Schwestern eines schneidigen Kutschers nicht würdig gewesen wäre. Stattdessen drehte er sich zu Ignaz und zu Siegbert, die gerade damit beschäftigt waren, die Laternen mit Kerzen zu bestücken und diese zu entzünden, um. Da die beiden aber zu beschäftigt waren, war Aurels Lobheischerei vergeblich.

Nachdem endlich auch die holde Weiblichkeit die Plätze eingenommen hatte, reichte ihnen Ignaz besonders fest gewirkte Wolldecken, die sie über sich schlagen konnten, falls es doch noch zu schneien beginnen sollte.

»Und die sind für eure Beine und Füße, um dem gefährlichen ›Kältefraß‹ vorzubeugen«, dozierte er, während er ihnen noch ein paar dicke Schaffelle hochreichte.

Zwei rostbraune Spuren zogen sich alsbald den Schlossbuckel hinunter und das ganze Dorf hindurch. Es dauerte fast bis zum Bauernhof der Bechtelers, bis sich der Flugrost von den eisernen Kufen einigermaßen abgeschliffen hatte. Der schmucke Hof, der von einem Neffen des ursprünglichen Besitzers, der 1635 mitsamt seiner ganzen Familie von der Pest gepackt worden war, geführt wurde, lag immerhin eine halbe Meile vom Schloss entfernt zu Füßen des Staufenberges. Erst als die Kufen blank und dementsprechend gleitfähig waren, konnten die Pferde den Schlitten so richtig in Schwung bringen. Mit einem ohrenbetäubenden Freudengeschrei der Kinder ging es ab nach Immenstadt!

Die Fahrt verlief ohne besondere Vorkommnisse. Obwohl Lodewig sich schon gedacht hatte, dass nicht gerade an Weihnachten Raubgesindel unterwegs sein würde, hatte er sich rein vorsorglich bis an die Zähne bewaffnet und zwei Büchsen unter dem Sitz versteckt – wegen der Feuchtigkeit waren sie allerdings noch nicht geladen. Schräg über seinem Wams trug er ein ledernes Patronenbandelier mit neun hölzernen Patronenhülsen und einem Kugelbeutel. Damit sah er fast aus wie ein Landsknecht – zumal an seinem Gürtel auch noch ein Säbel und ein Dolch hingen. Eine weitere Stichwaffe hatte er sich in den rechten Stiefelschaft gesteckt. Dieser Dolch war extra dafür hergestellt worden. Der Griff war zwar verhältnismäßig flach gearbeitet, lag dennoch gut in der Hand. Da der Knauf nur unnötig auftragen und deswegen an den Unterschenkel drücken würde, hatte der in solchen Dingen offensichtlich erfahrene Waffenschmied darauf verzichtet. Die Parierstange war zu einer Seite hin ergonomisch abgerundet und passte sich kaum spürbar der Außen- oder Innenseite des Unterschenkels an. Sogar die Klinge war besonders flach, was aber nur so viel hieß, dass sie über keine Hohlkehle, die sogenannte »Blutrinne«, verfügte. Dennoch war sie genau so hart wie andere Klingen und hatte auch eine dementsprechend scharfe Schneide. Eine gute Notwaffe also.

Lodewigs Vater war – bis auf den »Stiefeldolch« – ähnlich bewaffnet wie sein Sohn und hatte auch zwei Büchsen griffbereit unter seiner wärmenden Decke versteckt. Aufgrund seiner zerschmetterten Beine konnte er zwar nicht mehr ohne Hilfe gehen, dafür funktionierten seine Hände und Augen immer noch bestens. Und das Schießen hatte er aufgrund der Schießübungen, die sämtliche Schlossbewohner – inklusive der Frauen – von Zeit zu Zeit unter dem wachsamen Auge des gestrengen Kastellans absolvieren mussten, nicht verlernt. Er war immer noch ein hervorragender Schütze. Sollten sie von Raubgesindel überfallen werden, würde Aurel Lodewigs Büchsen und Sarah seine Büchsen nachladen. Beide waren darin geübt. Im Falle eines Überfalls würde nur zu hoffen bleiben, dass das Pulver nicht feucht geworden war. Aber so wie es bisher aussah, würde das Pulver nicht verschossen werden müssen und sie konnten ihre Waffen getrost stecken lassen, denn es war friedlich und still. Man hörte nur das rhythmische Klingeln der kleinen Geschirrglöckchen und das unruhige Schnauben der Pferde.

Lodewig wusste um seine Verantwortung als einziger körperlich vollwertiger männlicher Erwachsener und hätte deswegen diese Reise am liebsten überhaupt nicht angetreten. Aber wer wollte schon eine persönliche Einladung des Grafen ausschlagen und sich dadurch auch noch den Zorn enttäuschter Kinder einhandeln?

Wenn sie sich nicht gerade unterhielten oder ein gemeinsames Lied sangen, lauschten sie den wundersamen Tönen der Natur, die zunehmend im Dunkel des aufziehenden Abends verschwanden.

Als sie auf Höhe eines kleines Sees waren, der nur wegen der glatten Schneefläche als solcher zu erkennen war, zeigte der Vater in diese Richtung und bemerkte knapp: »Der *Teufelssee*!« Er hatte nicht damit gerechnet, dass er dadurch einen Wulst von Fragen seiner Kinder auslöste. Sie wollten natürlich ganz genau wissen, warum der See so einen schrecklichen Namen hatte, ob darin der Teufel mit seiner Frau wohnen würde, ob Frau Teufel Kinder hatte und ob diese schwimmen konnten. Da ihnen der Vater keine dieser Fragen beantworten konnte, entschloss er sich dazu, ihnen ein harmloses Schauermärchen aufzutischen.

Als sie bald darauf den noch wesentlich größeren Alpsee vor sich hatten, zeigte Sarah nach links hinten. »Was ist das?«

Der Vater drehte sich um und sagte: »Seht ihr, Kinder! Da hinten: Ein Licht im Dunkel!«

»Ist dort ein Haus?«, fragten die Zwillinge gleichzeitig – genau so, als wenn sie es zuvor abgesprochen hätten. Die beiden Mädchen blickten sich an und kicherten.

Nachdem ihr Vater während seiner Gruselgeschichte erzählt hatte, dass die Teufels nicht schwimmen könnten und dies auch nicht nötig sei, da sie überhaupt nicht nass werden dürften, wenn sie nicht Gefahr laufen mochten, das Fegefeuer oder gar das Feuer der Hölle zu löschen, fragte die kleine Magdalena, ob denn die Familie Teufel in dem Haus dort wohnen würde.

»Nein, kleine Maus, das ist nicht das Haus des Teufels, sondern der Bauernhof einer gewissen Familie Lerpscher, die meines Wissens keine Kinder haben«, beantwortete er die Frage der Fünfjährigen und bemerkte zu Sarah gewandt, gehört zu haben, dass der Bauer ein äußerst unangenehmer Zeitgenosse sei.

»So, Aurel. Jetzt musst du mir aber die Zügel überlassen«, beendete Lodewig den Disput in sanftem Ton und strich seinem Sohn lobend über die von der Kälte geröteten Wangen. »Du hast deine Sache wirklich gut gemacht!«

Aurel drehte sich stolz nach hinten, um sich zu vergewissern, dass seine Mutter und die Mädchen gehört hatten, was der Vater gerade zu ihm gesagt hatte, zuckte aber sofort wieder erschrocken zusammen, als dieser laut »Hüh! Hüh!« schrie und das Leder auf die Rücken der Tiere knallen ließ, um sie anzutreiben, damit das Gefährt genügend Anlauf für den steilen Stich nach Bühl hoch hatte. Als wenn sie das köstliche Heu, das sie in Immenstadt erwartete, riechen könnten, zogen die Pferde mit dampfenden Nüstern den Schlitten problemlos weiter.

Nachdem sie den höchsten Punkt der Bühler Steige erreicht hatten, gönnte der Kutscher den Tieren eine kurze Verschnaufpause und seinen Kindern den Blick zu der im Nebel geisterhaft wirkenden Silhouette der Burgruinen Hugofels und Rothenfels, während er selbst vom Bock stieg, um sich hinter einem Baum zu erleichtern. Dabei bemerkte er teilweise verwehte Spuren eines Pferdes, das von seinem Reiter offensichtlich in Richtung Staufen gelenkt worden war, dachte sich aber nichts dabei.

Nachdem er Aurel die Zügel wieder abgenommen hatte und den Schlitten vorsichtig die andere Seite des Buckels hinunterlenkte, wollte er den Kindern die beiden alten Herrschaftssitze erklären, musste dies aber gleich wieder beenden, weil vor ihnen die ersten Lichter Immenstadts auftauchten und sich in den Augen der Kinder zunehmend zu einem riesigen Lichtermeer zu verdichten schienen.

»So viele Häuser!«, staunte Heidemarie.

Die Geschichte der beiden Burgen kann ich den Kindern später auch noch erzählen. Jetzt sollen sie sich erst einmal vom vor ihnen liegenden Geglitzere verzaubern lassen, dachte er zufrieden. Und tatsächlich: Den Kindern bot sich ein faszinierendes Bild, das sich ständig selbst umzumalen schien. So etwas Glanzvolles hatten sie noch nie zuvor gesehen.

»So! Das wäre geschafft«, sagte Lodewig zufrieden, als er den Schlitten vor der Immenstädter Stadtmauer zum Stehen brachte.

»Gott sei Dank! Ich habe die ganze Zeit Angst davor gehabt, dass wir überfallen werden«, gab Sarah leise zu, während sie damit begann, die wärmenden Schaffelle von den Oberschenkeln ihrer Lieben zu nehmen und auszuschütteln.

»Wer da! Zeigt mir Eure Dokumente!«, kam es unfreundlich vom Wehrgang über dem Schollentor herunter.

»Selbstverständlich!«, rief Lodewig freundlich nach oben und wollte gerade damit beginnen, sich zu legitimieren, als er brüsk unterbrochen wurde.

»Das kann jeder Landstreicher behaupten!«, schallte es hämisch zurück.

»Was meint Ihr? Was kann jeder behaupten?« Eigentlich würde Lodewig sich über diese Unverschämtheit ärgern und ein dementsprechendes Kontra geben, zog es aber angesichts des Weihnachtstages vor, ruhig zu bleiben. »Es tut mir leid, dass Ihr gerade an Weihnachten Wachdienst schieben müsst. Aber ich kann nichts dafür! Lasst also Euren Missmut nicht an uns aus und öffnet endlich das Tor! Wir sind persönliche Gäste Seiner Exzellenz, des Grafen. Ich bin Lode…«

Aber der Staufner Kastellan kam nicht dazu, sich ordentlich vorzustellen. Der offensichtlich nicht gerade mit Klugheit und schon gar nicht mit einem vernünftigen Maß an Anstand gesegnete Wachsoldat unterbrach ihn mit einem derart lauten Gelächter, dass sich einer seiner neugierig gewordenen Kameraden zu ihm auf den Wehrgang gesellte.

»Pah! … Gäste des Grafen! … Ausgerechnet an Weihnachten! Das könnt Ihr erzählen, wem Ihr wollt!«, lachte der zweite Wachmann hämisch, seine Miene verfinsterte sich aber schnell wieder und er rief in strengem Ton: »Könnt Ihr Euch legitimieren?«

»Das habe ich ihn schon gefragt«, wurde er von seinem zur Torwache eingeteilten Kameraden diskret gemaßregelt.

Jetzt wurde es Lodewig nun doch zu dumm und er begann, die Zügel auf einer Seite anzuziehen, um dadurch sein Fuhrwerk seitlich in Bewegung zu setzen. »Wisst Ihr was? Ich mache euch beiden einen Vorschlag: Ich drehe jetzt mit meinem Schlitten eine kleine Runde, damit ihr das Gefährt von der Seite betrachten könnt.«

Die beiden Hohlköpfe – der zweite Wachsoldat schien seinem Kameraden in puncto mangelnder Intelligenz in nichts nachzustehen – schauten nur dumm aus der Wäsche, anstatt Lodewig vernünftig zu fragen, was er damit zu bezwecken gedachte.

»Und wenn ihr uns dann nicht sofort in die Stadt hineinlasst, bekommt ihr einen Riesenärger«, warnte Lodewig die beiden tumben Gesellen, während er schon seine Runde drehte.

Diese Aussage wurde nur mit respektlosen Sprüchen quittiert.

Während Lodewig auf dem Weg war, das Gefährt quer zum Tor zu postieren, musste er sich zudem auch noch das überhebliche Gelächter der beiden Wachsoldaten anhören.

»Das Lachen wird euch schon noch vergehen«, prophezeite er den beiden, die damit plötzlich innehielten, als sie endlich das erkannten, auf was Lodewig sie hinweisen wollte.

»Da!«, zeigte einer auf die rechte Tür des Schlittens. »Das … das gräfliche Wappen«, konstatierte er stotternd.

Respekt! Was bist du doch für ein kluger Bursche, dachte sich Lodewig und verdrehte dabei abschätzig die Augen.

»Und dazu noch das ›Große Wappen‹«, ergänzte der andere und meinte dabei die Krone über dem Frontalschild und die beiden Wappenhalter in Gestalt von Löwen.

Nachdem die beiden jetzt überhaupt nichts mehr verstanden, weil sie der Meinung waren, dass nur die gräfliche Familie mit einem derartigen Prunkschlitten fahren konnte und diese zudem hier im Schloss – also innerhalb und nicht außerhalb der Stadtmauern – standen, mussten sie sich erst beratschlagen, bevor sie eine Entscheidung treffen oder ihren Vorgesetzten, den Wachhabenden vom Dienst, holen würden. Wehe ihnen, wenn sie Hauptmann von Huldenfeld keine guten Argumente liefern konnten und sie ihn umsonst in seiner Wachpause stören und womöglich auch noch wecken würden. Da nahmen sie die Sache schon lieber selbst in ihre klammen Hände.

»Wegen des Mordes am Heiligen Abend dürfen wir doch niemanden hinauslassen, ohne vorher den Wachhabenden zu informieren«, meinte einer der beiden Blindgänger in Anspielung auf den Toten, den Sebastian Deibler im Kirchgässchen gesehen hatte.

»Du Tölpel!«, maulte sein Gegenüber. »Wir sollen jetzt doch niemanden aus der Stadt raus-, sondern hereinlassen.«

»Ah! ... Dann brauchen wir den Huldenfeld ja auch nicht zu wecken?«

Ob des intelligenten Dialoges verdrehte Lodewig schon wieder die Augen und tippte – zu seinem Sohn gewandt – mit einem Zeigefinger an seine Stirn.

Aurel zog fragend die Augenbrauen nach oben und nickte.

»Warum hast du so einen Zinnober mit der Kutsche gemacht und diese Ehrenrunde gedreht? Hätte es das Wappen an der Vorderseite der Kutsche nicht auch getan, um diese Narren von unserer Redlichkeit zu überzeugen?«, fragte der Altkastellan verwundert.

Lodewig zeigte nach vorne und klärte seinen Vater auf: »Dieses Schaffell verdeckt das Wappen.«

»Ich gebe zu: Ein schier unlösbares Problem«, lästerte der Altkastellan.

»Unsinn!«, lachte Lodewig. »Ich wollte mir nur einen Spaß daraus machen!«

Die beiden Wachen tuschelten immer noch, um die richtige Entscheidung zu treffen.

Endlich meldete sich der eine, wohl um ein Jota Gescheitere, zu Wort und entschuldigte sich in aller Form. Betont höflich erkundigte er sich nun, wer denn hier Einlass begehren würde.

Da der andere – der um ein Jota Dümmere – währenddessen verschwand, vermutete Lodewig, dass dieser nun begriffen habe und endlich das Tor öffnen würde.

»Ich bin Lodewig Dreyling von Wagrain, der Verwalter des Schlosses Staufen in Diensten des Reichsgrafen Hugo zu Königsegg-Rothenfels.«

Lodewig erhob sich und drehte sich um.

»Und dies ist mein Vater, Hannß Ulrich Dreyling von Wagrain, mein Vorgänger im Amte, der ehemalige Verwalter des Schlosses Staufen.«

»Ebenfalls in Diensten unseres Grafen«, meinte derjenige, der auf dem Wehrgang geblieben war, immer noch eine Spur zu frech ergänzen zu müssen.

»Ja!«, kam es mit Stolz in der Stimme zurück. Der Altkastellan nickte freundlich, konnte sich aber ein Schmunzeln über die Dummheit der beiden Wachsoldaten nicht verkneifen. »Da sind wir mit Rudolph und Siegbert noch gut bedient«, flüsterte er Sarah zu.

Bevor der Kastellan weiterreden konnte, stand eines der Mädchen auf und deklarierte laut, Magdalena, die jüngste Tochter des Staufner Schlossverwalters, zu sein. »Ich bin auch beim Grafen eingeladen!«, sagte sie stolz.

»Ja, wenn Ihr das sagt, kleine Prinzessin«, unterbrach der Wachsoldat den zu befürchtenden Vorstellungsreigen, bevor sich noch die ganze Familie einzeln und in aller gebührenden Form meldete. Dies hätte sein schlechtes Gewissen aufgrund seines eigenen Benehmens nicht mehr zugelassen.

Nachdem die Kutsche knarzend durch das Schollentor gefahren und das schwere Tor hinter ihnen geschlossen worden war, traten die Wachsoldaten zur Kutsche und baten die Gäste des Grafen holprig um Verzeihung. Ob sie dies aus ihrem Innersten heraus oder nur aus Furcht vor Bestrafung taten, wusste Lodewig nicht. Dennoch verzieh er den beiden – aber nicht, ohne ihnen noch einen guten Rat mitzugeben.

Endlich am Schloss angekommen, eilten ihnen zwei geschniegelte Lakaien, deren gepuderte Wangen und Perücken die Kinder zum Staunen brachten, entgegen. Während der eine Nepomuks Pferd ganz vorne am Zügel, beim Kinnriemen, festhielt, klappte der andere bereits das Treppchen herunter und öffnete die linke Schlittentür. »Ihre Exzellenz und die ›Gnädige‹ erwarten Euch bereits«, sang er mit einer Zimtstimme, die zu Weihnachten und zu seinem Aussehen passte.

Kaum waren sie ausgestiegen, mussten sie Sarahs lästige, aus ihrer Sicht aber offensichtlich unabdingbare Nestelei hinter sich bringen. Dabei mussten sie es über sich ergehen lassen, dass die treusorgende Mutter jedem einzelnen von ihnen – den Großvater nicht ausgenommen – die Haare hinstrich, die Gewandungen zurechtzupfte, irgendwelche Flusen oder Schaffellhaare abstreifte und sogar einen Zeigefinger immer wieder zwischen ihre Lippen steckte und mit Speichel benässte, um Krümelchen oder irgendwelchen Schmutz aus den Gesichtern ihrer geplagten Familienmitglieder zu putzen. Zu aller Peinlichkeit hin hatte sie auch noch für jeden von ihnen einen guten Benimmratschlag parat und brachte dadurch die ansonsten eher spröde wirkenden Lakaien so lange zum Schmunzeln, bis einer diskret hüstelte.

»Was sind das für Leute?«, fragte Sarah ihren Mann, der seine Augen ebenfalls etwas irritiert über den Marktplatz streifen ließ. Auch er wunderte sich darüber, dass sich hier wohl an die hundert Menschen versammelt haben mussten.

»Wahrscheinlich nur Neugierige!«, tat Lodewig die Frage ab. Ohne es gewusst zu haben, hatte er recht; aufgrund mehrerer undichter Stellen vonseiten der Schlossbediensteten hatte es sich schnell herumgesprochen, dass sich am Abend des Stefanstages im Schloss »etwas tun« und es vielleicht sogar ein Feuerspiel geben würde. Und da es derzeit sowieso an Abwechslung mangelte – vom fast nackten Toten, den man vorgestern in der Kirchgasse gefunden hatte, einmal abgesehen –, hatten sich die Städtler zu dieser frühabendlichen Stunde in Erwartung dessen, was hier wohl geschehen würde, eingefunden. Da sie nicht wussten, wann sich in der ansonsten eher beschaulichen Residenzstadt wieder etwas rühren würde und wann dieser Mörder – die Sache mit Jockel Mühlegg hatte sich zwischenzeitlich doch herumgesprochen – aus Staufen endlich verurteilt und hingerichtet werden würde, waren sie in Scharen hierhergekommen.

»Was man gesehen hat, hat man gesehen«, sagte eine einfach wirkende Frau in klugscheißerischem Ton zur neben ihr Stehenden, an deren feiner Gewandung man unschwer erkennen konnte, dass sie nichts mit der anderen gemein hatte.

»Ja, Philomena! Da hast du wohl recht«, antwortete die Bürgerin, um ihre Ruhe zu haben und nicht mehr angesprochen zu werden.

»Warum brennen die Kerzen an den Bäumen heuer erst am Stefanstag?«, fragte eine andere Frau, während sie auf die beiden riesigen Weihnachtsbäume zu beiden Seiten des Schlosseinganges zeigte.

Ihr Mann glaubte die Antwort zu kennen, indem er sagte: »Wahrscheinlich zu Ehren der noblen Gäste, die dort gerade der gräflichen Kutsche entstiegen sind.«

»Früher hat man die Kerzen doch nur am Heiligen Abend

entzündet … oder?«, stellte ein älterer Zeitgenosse ebenfalls verwundert fest, während ein anderer überlegte, wie er unbemerkt ein paar der im unteren Bereich der Bäume angebrachten Kerzen klauen konnte.

»Guter Mann. Habt Ihr das noch nicht gehört? Es müsste sich doch längst herumgesprochen haben, dass der Graf heuer aus Pietätsgründen darauf verzichtet hat, die Kerzen am Heiligen Abend zu entzünden, weil in Immenstadt ein Todeskandidat auf seine Verhandlung wartet und ein anderer im Kirchgässchen umgebracht wurde!«, antwortete ein feiner Herr in ebenso feinem Zwirn.

»Aber warum brennen sie dann heute, am Stefanstag? Da haben die doch noch nie gebrannt – oder?«, fragte jetzt eine junge Frau, die vom vorangegangenen Gespräch nicht alles mitbekommen hatte.

»Wie der Herr da drüben schon gesagt hat: Wegen der noblen Gäste, die gerade aus der Kutsche gestiegen sind … Wer sind die überhaupt?«

»Den kennst du nicht? Das ist der edle Herr Eiling von Badrain, der Verwalter des Schlosses Staufen mit seiner Familie!«, mischte sich ein älterer Herr, der in jungen Jahren eine gewisse Zeit in Thalkirchdorf gelebt hatte, mit wissender Miene ein und wusste nicht, dass er damit einen kleinen Flächenbrand entfachte.

»Dreyling von Wagrain! Der Staufner Schlossverwalter heißt Dreyling von Wagrain!«, verbesserte ein neben ihm stehender Ratsherr, der den Kastellan natürlich kannte.

Sofort sprach es sich herum wie ein Lauffeuer, wegen wem der Graf so ein Geschiss machte und sogar die Kerzen der beiden Weihnachtsbäume verschwenderisch hatte anzünden lassen. Das aufkommende Gemurmel wurde schnell von allseitigem Klatschen abgelöst.

»Meinen die etwa uns?«, fragte Sarah irritiert, bekam von Lodewig aber nur ein Schulterzucken zurück.

Aber es wären keine Städtler, wenn sie nicht die Gelegenheit nutzen würden, um gegen diejenigen, die in einer eigenen Herrschaft lebten, zu stänkern. Dass Staufen eine irgendwie selbstständige Herrschaft war, hatte die Städtler schon immer gestört … Auch wenn diese die gleichen Lebensumstände und denselben Regenten hatten wie sie selbst. Sie glaubten, dass die Staufner dadurch über ein besonders ausgeprägtes Selbstbewusstsein verfügen und gewisse Privilegien genießen würden. Und dies, obwohl es ihrer Meinung nach im westlichsten Zipfel des gräflichen Hoheitsgebietes nur dumme Bauern, allenfalls noch einfältige Handwerker, aber keine solch ehrbaren Bürger, wie sie es waren, gab.

»Gebt Acht! …«, schrie plötzlich einer, der in Jockel Mühleggs Alter gewesen sein dürfte, mitten aus der Menge. »Die Staufner sind gefährlich!«

Über den Marktplatz hallte ein widerliches, gänzlich unweihnachtliches Gelächter, das nichts mit dem vorhergegangenen Geklatsche gemein hatte.

Ein unangenehmes Gepfeife drängte sich zwischen die giftigen Worte, die jetzt zunehmend von allen Seiten kamen.

»Die Staufner bringen sich gegenseitig mit Gift um!«, meinte gar der Immenstädter Leichenbestatter, an die schrecklichen Geschehnisse vor vielen Jahren zurückerinnern zu müssen.

»Und jetzt stechen sie ihren Opfern auch noch die Augen aus oder reißen ihnen die Arme ab«, ging ein anderer auf die aktuellen Morde in Staufen, die sich zwischenzeitlich in Immenstadt so gut herumgesprochen haben mussten, dass es alle wussten, ein.

»Ja! Wahrscheinlich besuchen sie ihren Mordkumpanen in seiner Zelle«, stänkerte das Weib eines Gerichtsweibels, der sie über Jockel Mühlegg und die Umstände von dessen Inhaftierung informiert hatte, dies aber besser vor seinem geschwätzigen Weib geheim gehalten hätte.

»Grausames Mördervolk!«, hallte es den Dreylings von Wagrain entgegen.

Während Sarah entsetzt darüber war, wie sie – nach anfänglichem Geklatsche – von den Immenstädter Bürgern empfangen wurden, verstanden die Kinder nicht, um was es überhaupt ging. Und die beiden Männer schüttelten nur die Köpfe. Lodewig tippte seinen Vater mit dem Ellbogen an. »Nun pass mal auf!«

Um besser gesehen zu werden, begab er sich wieder auf den Schlitten, legte das Schaffell beiseite und stieg sogar auch noch auf den Bock, was zur Folge hatte, dass es auf dem Kirchplatz schlagartig still wurde.

Lodewig blickte lange ins Rund, lächelte und rief den Immenstädtern mit fester Stimme, die aber von einem weichen Ton untermalt war, zu: »Fröhliche Weihnachten! … Wir Staufner freuen uns, in eurem wunderschönen Städtle Gäste sein zu dürfen, und wünschen euch allen einen gesegneten und besinnlichen Stefanstag!«

Das war es dann auch schon, aber es zeigte Wirkung. Da sich die Versammelten gleichsam geschmeichelt und irgendwie ertappt fühlten, wussten sie nicht so richtig, was sie jetzt tun sollten. Als einer zaghaft Beifall zu klatschen begann, taten es ihm die anderen zögerlich nach und so endete die »Begrüßung« so, wie sie begonnen hatte.

Als Lodewig wieder von der Kutsche stieg, glaubte er, von mehreren Seiten ein verstecktes »Entschuldigung … War nicht so gemeint« zu hören.

»Na also, warum nicht gleich!«, sagte er zufrieden zu seinem Vater, der sich ein Schmunzeln nicht verkneifen konnte und dies mit »Die spinnen, die Städtler« kommentierte.

Die Kerzen der Weihnachtsbäume zu beiden Seiten des Schlosseinganges verbreiteten eine zauberhafte Atmosphäre auf dem Marktplatz und ließen die Front des Schlosses in ein ebenso zauberhaftes Licht sinken, während der Schlitten von Bertram Schweiger, dem Leiter des gräflichen Marstalles, persönlich abgeholt wurde. Lodewig, insbesondere aber Hannß Ulrich, bedauerte, dass er jetzt keine Zeit hatte, sich mit ihm zu unterhalten. Den alten Bekannten war nur ein kurzer Gruß und ein gegenseitiges »Wie geht's?« – »Gut!« – »Fröhliche Weihnacht!« vergönnt gewesen. Denn die beiden Lakaien hatten sich bereits postiert und hielten die Türflügel auf, damit sich vor den Gästen des Grafen die ebenfalls illuminierte Eingangshalle präsentieren konnte. Dabei erweckten die beiden bei den Kindern den Eindruck, als wenn sie Puppen mit Porzellanköpfen wären. Aber dies war noch nicht alles: Am Ende der großen Halle stand ein merkwürdig aussehender Mann, der den Kindern vorkam wie eine Märchenfigur. Es war der Zeremonienmeister, der die staunende Familie aus Staufen die Treppen hoch geleitete – aber nicht, ohne zuvor die beiden Lakaien anzuweisen, den Altkastellan zu beiden Seiten zu stützen.

Obwohl Lodewig schon etliche Male hier gewesen war, staunte er ebenso über das heute durch die üppige Festbeleuchtung ganz besonders imposant wirkende Treppenhaus. Während der Zeremonienmeister würdevoll voranschritt und auf jeder Stufe seinen Marschallstab klacken ließ, sorgte Sarah dafür, dass ihre aufgeregten Kinder – wie auch sie und Lodewig – in Zweiergruppen folgten. Aurelius musste das Nesthäkchen an die Hand nehmen, obwohl ihm dies gerade jetzt überhaupt nicht zu passen schien. Ihn wurmte es schon, dass er sein Holzschwert nicht dabei hatte. Also musste er den Eltern wohl oder übel unbewaffnet Folge leisten. Wenigstens müssen die Zwillinge hinter mir laufen, dachte er sich. Ganz am Schluss kamen die beiden Lakaien, deren Blicke den Eindruck erweckten, sich ebenfalls an den Händen halten zu wollen, was sie natürlich nicht taten ..., zumindest jetzt nicht. Da sie den Altkastellan stützen mussten, wäre dies auch schlecht möglich gewesen.

Im ersten Geschoss angekommen, drehte sich der Zeremonienmeister um und vollführte eine Handbewegung, die Lodewig so deutete, dass sie warten sollten. Während der oberste Diener des Grafen in einem der Räume verschwand, nutzte Sarah die Gelegenheit, um schon wieder an den Ihren herumzunesteln.

»Jetzt reicht es aber!«, zischte Lodewig ungehalten, drückte Sarah aber gleich darauf hastig ein Küsschen auf die Wange und flüsterte: »Ich weiß, dass du es nur gut meinst.«

Es dauerte nur ein paar Minuten, bis der Zeremonienmeister zurückkam und ihnen deutete, ihm zu folgen. Kurz darauf öffnete er die zwei Flügeltüren, hinter denen er kurz zuvor verschwunden und von woher er soeben wieder herausgekommen war.

In diesem Moment pochte nicht nur Sarahs Herz wie ein Schmiedehammer. Aber die Dreylings von Wagrain hatten keine Zeit, sich mit sich selbst zu beschäftigen, denn ein anderes Pochen riss sie aus ihrer leicht ängstlichen Vorfreude: der Marschallstab, der unüberhörbar auf ein extra an dieser Stelle liegendes Stück Filz knallte, das den Zweck hatte, den teuren Parkettboden zu schützen.

»Der Verwalter des Schlosses Staufen: Lodewig Dreyling von Wagrain und seine Familie!«, avisierte der Zeremonienmeister der gräflichen Familie die Ankömmlinge.

»Trete Er ein! Nur keine Scheu. Wir haben Ihn schon erwartet«, ermunterte ein offensichtlich gut gelaunter Regent den Kastellan näherzukommen.

So steif das Entree bisher schon war, musste Lodewig protokollgemäß auch noch als Erster und allein den Raum betreten. Erst danach folgte ein unerwartet inniges Begrüßungszeremoniell, das die Staufner schnell zur Ruhe kommen und die Unsicherheit zumindest bei den erwachsenen Gästen weichen ließ. Während der Graf seinen ehemaligen Schlossverwalter Hannß Ulrich Dreyling von Wagrain ganz besonders herzlich begrüßte und ihn aufgrund dessen Verletzung höchstpersönlich zum ihm zugedachten Platz an seiner Seite geleitete und sich gleich neben ihn setzte, hakte sich die Gräfin bei Sarah ein und unterhielt sich angeregt mit ihr. Dabei legten beide Frauen gleich derart los, als wenn sie schon ewig innig vertraut miteinander wären. Gut, sie kannten sich natürlich und hatten sich schon des Öfteren unterhalten. Die heutige Vertrautheit vonseiten ihrer Herrin verwunderte Sarah nun doch etwas – aber sie war ihr nicht unangenehm; im Gegenteil. Da die Kastellanin das Verhalten der Gräfin als Wertschätzung ihrer und ihres Mannes Arbeit in Diensten der gräflichen Familie wertete, war sie schneller aufgetaut, als sie zuvor gedacht hatte. Nur Lodewig – der Seiner Exzellenz und dessen gräflicher Familie vom Zeremonienmeister als Einziger namentlich avisiert worden war – stand jetzt so daneben, als wenn er nicht dazugehören würde. Er hatte das immer noch etwas verschüchterte Nesthäkchen Magdalena auf den Arm genommen und zwei Kletten an den Beinen hängen: Anneliese und Heidemarie wichen nicht von seiner Seite. Nur Aurel strahlte die Selbstsicherheit aus, wie sie den männlichen Nachkommen derer von Wagrain angeboren war. Lieber würde er sein Lieblingsspielzeug aus dem Fenster schmeißen, als sich hier und jetzt an Vaters Rockzipfel zu hängen. »Pah! – Mädchen«, schnaufte er fast etwas verächtlich und setzte dabei eine stoisch wirkende Miene auf, was allerdings niemandem auffiel.

Nachdem die Gräfin Sarah neben sich an den Tisch geleitet hatte und den beiden Damen von Lakaien Stühle unter die ausladenden Röcke geschoben worden waren, stand nur noch Lodewig mit den Kindern etwas ungelenk herum.

Links der Tür hatten sich ein Lakai und der Zeremonienmeister postiert. Rechts davon standen ebenfalls ein Diener und eine steif wirkende, streng dreinschauende und zudem auch noch dunkel gewandete Frau mit einer rüschenbesetzten Schürze und einer weißen Haube, die offensichtlich so gestärkt war, dass sie fast einem Krönchen glich.

Na endlich, dachte sich Lodewig und schnaufte erleichtert aus, als der Hausherr so laut das Wort ergriff, dass es wie ein Befehl klang: »Setzt Euch, mein lieber Wagrain! Damit wir es uns gemütlich machen und uns ungestört unterhalten können, wird sich unsere Hausdame, die ehrenwerte Jungfer Balbina von Scharnhorst, um die Kinder kümmern.«

Dabei zeigte er zu der Dame mit dem Krönchen, die wie auf Kommando ein künstliches Lächeln aufsetzte und einen devoten Knicks vollführte. Da sie zwar ausnehmend schlecht geschätzt werden konnte, wohl aber um die 50 oder gar 60 Jahre alt sein musste, wollte die Bezeichnung »Jungfer« nicht so recht zu ihr passen. Dass sie aber aus feinem Hause stammte, konnte man anhand ihrer Gesten und ihrer akkuraten Aussprache schnell feststellen. Genau genommen war sie eine entfernte Cousine der Gräfin aus dem fernen Hannover – allerdings nur halben Blutes, wenn überhaupt. Bevor sich die Gäste aber diesbezügliche Gedanken machen konnten, fuhr der Gastgeber fort: »Frau Balbina hat schon Unserer ersten Gemahlin Maria Renata – Gott hab sie selig – geholfen, Unsere Kinder großzuziehen. Sie verfügt über ein hohes Maß an Erfahrung mit den kleinen Wildfängen.«

Während der Graf weiterhin Frau Balbinas Vorzüge pries, wurde diese von den Kindern misstrauisch beäugt. Sie war groß, schlank – man konnte fast schon sagen, hager – und wirkte streng, was die zum Dutt zusammengebundenen Haare und die schmalen, blassen Lippen auch noch unterstrichen. Wahrscheinlich hat man ihr einen Besenstiel in den Rücken gesteckt, dachten Anneliese und Heidemarie, die dies vom Üben des kerzengeraden Gehens her selbst kannten, mitleidig. Zumindest hatten beide eine dementsprechende Miene aufgesetzt.

Als der Graf der gestelzten Frau mit einer Handbewegung deutete, ihres Amtes zu walten, und sie sich aus ihrer starren Haltung gelöst hatte, um auf die Kinder zuzugehen, drückten sich die Mädchen noch enger an ihren Vater.

Aber Frau Balbina verstand es tatsächlich, mit Kindern umzugehen, und sie wusste, wie sie die Kleinen des Kastellans um den Finger wickeln konnte. »Also ich weiß nicht, was ihr jetzt vorhabt?«, sagte sie mit nicht zu ihr passender sanfter Stimme. »Ich jedenfalls gehe zur Krippe, um nachzusehen, ob noch alle Figuren auf ihren Plätzen sind, oder ob sich die Heiligen drei Könige schon auf den Weg nach Bethlehem begaben und möglicherweise sogar schon ankamen«, lockte sie die Kinder mit gestelzten Worten, die zu ihrem äußeren Erscheinungsbild passten.

»Aber das ist doch jetzt noch zu früh«, meldete sich die kleine Magdalena, die von ihrer Mutter schon viel über die Geburt Christi und das ganze Drumherum gehört hatte, gleichsam verwundert und mutig, weil sie sich auf dem starken Arm des Vaters sicher fühlte.

Da die Kinder zudem schon viel von der sehenswerten Immenstädter Schlosskrippe erfahren hatten, war das Zauberwort gesprochen und der Bann gebrochen. Ohne die Eltern zu fragen, ob sie mit Frau Balbina gehen durften, lösten sich die Zwillinge von Vaters Oberschenkel und Magdalena glitt von dessen Arm sanft in die Arme ihrer Betreuerin für die nächsten Stunden. Bevor sich Frau Balbina zum Gehen wenden konnte, hatte Aurel bereits den Raum verlassen – er wollte zeigen, dass er sich vor nichts und niemandem fürchtete und selbst entschied, wann und wohin er gehen würde.

Zurück blieben zufriedene Eltern, die in die Erzieherin vollstes Vertrauen hatten und sich jetzt so richtig frei fühlten. Vor ihnen standen silberne Becher, auf denen protzig das gräfliche Rautenwappen prangte. Dahinter standen mit Wein gefüllte Karaffen aus geschliffenem Glas, das aus dem italienischen Murano stammte. Deren Hälse waren mit ziseliertem Silber ummantelt und hatten silberne Deckel, die – wie konnte es anders sein – ebenfalls das gräfliche Wappen zierte.

Während die Mundschenke unermüdlich für volle Becher sorgten, plauderte die kleine Gesellschaft über alles Mögliche zwischen Himmel und Erde. Es war eine ungezwungene Unterhaltung, die zwar ein gehobenes Niveau offenbarte, aber keinerlei Anspruch auf intellektuelle Inhalte erhob. Zwischendurch wollte der Graf zwar wissen, was in Staufen los war, vermied es aber tunlichst, auf heikle Themen einzugehen. Immer wenn man auf kritische Dinge zu sprechen kommen drohte, wurde auf irgendetwas oder auf irgendwen angestoßen. Lodewig bekam nicht einmal auf seine Frage, was es denn mit dem ausgerechnet am Heiligen Abend Ermordeten, auf den er durch die Torwache zufällig aufmerksam geworden war, auf sich habe, eine Antwort. Offensichtlich wollte sich der Graf an diesem schönen Abend nicht mit unangenehmen Dingen auseinandersetzen. So lenkte er denn schnell vom Thema ab und wünschte stattdessen Eginhard Gesundheit und Ferdinand, dem römischen Kaiser deutscher Nation, Kraft für die kommenden Aufgaben. Als sich Lodewig dennoch vorsichtig nach Jockel Mühlegg erkundigen wollte, bekam er abermals keine Antwort. Stattdessen klatschte der Graf in die Hände und löste damit einen wahren Aufmarsch von Silbertabletts tragenden Lakaien aus.

»Herr der Gnaden!«, entfuhr es Sarah. »Wer soll das denn alles essen?«

Vor ihr auf dem Tisch mehrten sich eng an eng silberne Teller und feinstes böhmisches Porzellan mit den leckersten Spezereien, die sie sich vorstellen konnte. In der Mitte des Tisches stand jetzt eine – der Form des Tisches angepasst – ovale Etagère, die der Graf von einem französischen Diplomaten erhalten hatte, als dieser zu einem Besuch in seinem Mainzer Palais gewesen war. Das aus Silber und Glas bestehende Prunkstück hatte vier Ebenen, auf denen allerlei Leckereien lagen und die oben mit den Federn des Fasans, der sich in gebratener Form auf einer danebenstehenden Platte befand, dekoriert war. Während der Truchsess vorlegte, betrat ein Musiker den Raum, verneigte sich still, setzte sich diskret ans Spinett und begann, leise Töne anzuschlagen.

»So!«, rief der Graf zufrieden. »Und jetzt lasst es Euch munden.«

Die Schlemmerei und die Fülle an Spezereien schienen kein Ende zu nehmen. Erst nach fast zwei Stunden konnten die Lakaien abräumen und – als etliche Leibeswinde die Luft verunreinigt hatten – unaufgefordert für einen Moment die Fenster öffnen, während ein Diener ohne Livree und weiße Handschuhe eifrig Holz nachlegte, um den kalten Luftzug möglichst schnell wieder auszugleichen.

Danach kredenzten die Lakaien – ebenfalls wissend, was sie ohne separaten Befehl zu tun hatten – allen ein Verdauungsschnäpschen. In diesem Fall war es ausnahmsweise kein Bodenseeobstler und auch kein Allgäuer Enzianschnaps, sondern ein ganz besonders edler Brand, den man »Cognac« nannte und den ein gewisser Chevalier de la Croix-Maron erfunden habe. Wie der Graf an dieses edle Getränk gekommen war, wollte er dem Kastellan nicht verraten. Er ließ nur so viel heraus, dass dieser gebrannte und deshalb »wesentlich länger haltbare Wein« aus einem Anbaugebiet namens Charente komme und der Export vom Frankenland zu den Engländern und von dort aus in die deutschen Lande stattgefunden haben soll. Ob wohl Peter Immler etwas damit zu tun hatte, fragte sich Lodewig und ließ sich noch ein Gläschen dieses ungewöhnlich starken, aber köstlich schmeckenden Getränks einschenken.

Was daraufhin folgte, war ein für alle Beteiligten hochinteressanter und unterhaltsamer Abend, der es an Witz nicht mangeln ließ. Und dies trotz der teilweise auch unangenehmen Themen, die sie – nachdem die Herren der Schöpfung genügend Alkohol intus hatten – zu späterer Stunde doch noch angegangen waren. Dass der Graf dennoch, immer wenn Lodewig auf Jockel zu sprechen kommen wollte, abblockte, machte den Kastellan trotz der allgemein guten Stimmung nachdenklich. Eigentlich hatte er den Grafen bitten wollen, Jockel kurz besuchen zu dürfen, dies aber aufgrund des vielen Alkohols dann irgendwann sein gelassen und später sogar vergessen. Spätestens als der Graf in die Hände klatschte und den Lakaien auftrug, so viele Kerzen zu löschen, bis es fast dunkel geworden war, dachte auch Lodewig nicht mehr an Jockel. »Was geschieht hier?«, fragte er verwundert, als die Lakaien die beiden Flügel der Tür öffneten und vom absolut abgedunkelten Flur her wohlriechender Rauch in den Speisesaal strömte, der auch die bisher munter drauflos plappernden Frauen innehalten ließ. »Irgendwie süßlich riechender Weihrauch«, stellte der Altkastellan lakonisch fest.

Alle Blicke waren gebannt zur Flügeltür hin gerichtet. Während die Gräfin – die natürlich wusste, was jetzt kommen würde – zu kichern begann, drückte sich Sarah näher an Lodewig.

Ein lautes Zischen, das von einem Feuerspuk begleitet zu sein schien, ließ Sarah und Lodewig zusammenzucken. Inmitten des jetzt dichten und rötlichen Rauches, der von einem bengalischen Feuer herrührte, stand eine Person, die noch nicht zu identifizieren war. Man konnte nur erahnen, dass sie einen weiten Umhang trug. Bevor die mystisch wirkende Gestalt allerdings den Raum betrat, kamen links und rechts von ihr zwei tanzende Feuerknäuel auf den Grafen und seine Gäste zu. Von dumpfen Geräuschen begleitet, schossen nebeneinanderher zwei Stichflammen in den Raum, die aus den Mäulern von Drachen zu kommen schienen. Das Gleiche wiederholte sich einige Male – so lange, bis der Rauch etwas nachgelassen und den Blick auf zwei Feuerspucker freigegeben hatte. Es waren zwei junge Mohren, die ihre Oberkörper mit Nussöl eingerieben hatten, weil Tierfett bei Erwärmung dazu neigte, unangenehm zu riechen. Die beiden glänzten wie Speckschwarten. Sie trugen nur Schnabelschuhe, schwarze Pluderhosen mit roter Schärpe und kleine Samtwestchen, die es nicht vermochten, die ansonsten bloßen Oberkörper auch nur annähernd zu bedecken. Ihre Köpfe zierten kunstvoll gewickelte Turbane mit einer federgeschmückten Vorstecknadel. Während die jetzt noch unheimlicher wirkende Gestalt langsam dem wabernden Rauch entstieg und in den Raum trat, verließen die beiden Mohren den Speisesaal rückwärts in gebückter Haltung.

»Abreq ad habra!«, rief die Gestalt, die jetzt unschwer als muselmanischer Alchimist oder Zauberer zu identifizieren war, mit fester Stimme in den Raum, während er eine halb geöffnete Hand beschwörend nach vorne hielt. Da der Magier wusste, dass niemand seine merkwürdig und fremdartig klingenden Worte verstanden haben konnte, erklärte er – während er eine Art Blitz in den Raum schickte –, dass es sich um einen arabischen Zauber, um einen tötenden Donner, handeln würde. Als sie dies hörten, zuckten die Frauen zusammen und die Gräfin hatte sogar mit ihrem mittlerweile albern anmutenden Gekichere aufgehört. Bevor Lodewig den Grafen etwas fragen konnte, stellte sich der Magier mit einer Verbeugung, bei der er eine Hand flach auf seine Brust legte, vor: »Man nennt mich Rachid el Barma und ich grüße Euch, edle Damen und hohe Herren. Ich komme aus dem fernen Konstantinopel, wo ich ein berühmter Alchimist am Hofe des Kalifen Mehmed des Vierten, Sultan des Osmanischen Reiches, des Herrschers Abertausender von Untertanen unter dem güldenen Halbmond bin.«

Um sich davon zu überzeugen, dass seine theatralisch klingenden

Worte ihr Ziel erreicht hatten, hob der Magier leicht den Kopf und lugte unter seinem Turban hervor unbemerkt in die Runde. Offensichtlich war seine Botschaft angekommen – jedenfalls begannen zuerst der Graf und dann die anderen zu klatschen.

Nachdem der Magier – der sich merklich gerne selbst reden hörte – in zwar gebrochenen, dennoch aber auffallend guten Kenntnissen der deutschen Sprache, unter die er geschickt eine orientalisch anmutende Klangfarbe mischte, erklärt hatte, was er zu demonstrieren gedachte, führte er einige Zauberkunststücke vor, die seinen Zuschauern wohlige Schauer über deren Rücken jagten. Dazwischen orakelte er und führte allerlei undurchschaubare Rituale vor. Niemand merkte, dass er nur ein aus Wien stammender Scharlatan war, der es trefflich verstand, in Krisenzeiten aus der Zukunftsangst der Menschen Profit zu schlagen. Und da Krisen nicht erst seit Ausbruch des Großen Krieges die Angst der Menschen schürten, wusste auch jetzt niemand, was morgen sein, was ihn erwarten würde. So hatte auch »Der Magier aus dem Morgenland«, wie er sich zwischendurch immer wieder selbst nannte, schon von jeher die ständige Gunst der Stunde genutzt, um das christliche Abendland mit Okkultismus und übersinnlichem Spektakel zu beglücken, selbstverständlich nur gegen gute Bezahlung. Sein fremdartiges Aussehen war ihm dabei stets zu Hilfe gekommen und wirkte auch auf die Dreylings von Wagrain. Ob der märchenhaft aussehenden Gestalt fragte Sarah sogar die Gräfin, ob man ihre Kinder dazuholen könne. Dies wurde allerdings vom Grafen mit dem Argument, dass der Gelehrte zwar märchenhaft aussehen würde, aber das, was er zu sagen habe, nichts für Kinderohren sei, abgelehnt.

»Wie töricht von mir. Ihr habt recht, Exzellenz«, nahm Sarah ihren Wunsch sofort wieder zurück und blickte danach fast eingeschüchtert zu Lodewig, der ihr mit geschürzten Lippen einen Kuss gab und damit auch andeutete, dass sie nichts Falsches gesagt hatte.

Nachdem der Magier fast eine Stunde lang sämtliche Geister und Dämonen heraufbeschworen, den Zuschauern genügend Angst eingejagt und mithilfe der beiden Mohren allerlei Kunststücke vollführt hatte, ging er zu jedem Einzelnen und zauberte aus deren Ohren oder Gewandungen Amulette, die er ihnen zum Abschied schenkte, aber nicht, ohne auf deren Wirkung hinzuweisen: »Amulette sind so alt wie die Menschheit! Dieses hier …«, er hielt das letzte, das er soeben dem Altkastellan aus der Nase gezogen zu haben schien, fast drohend in die Höhe, »bewahrt den Träger vor Schaden und beschützt ihn vor den bösen Mächten …« Er hüstelte. »Aber nur, wenn er selbst daran glaubt!«

Während die Beschenkten fasziniert ihre schönen, aber wertlosen Amulette – im Töpferdorf Raeren und nicht im wesentlich ferneren Orient geformte Massenware aus Ton – betrachteten, verschwand der Magier so, wie er gekommen war, im neu inszenierten Nebel.

»Das dürfen wir Waldvogel aber nicht erzählen. Wenn er dies wüsste, wären wir alle Futter für die Flammen des Scheiterhaufens«, lästerte der Graf, während er einem der Lakaien mit einem Fingerzeig gebot, die Fenster zu öffnen, um den Qualm abziehen zu lassen, was sofort wieder den Diener ohne Livree und weiße Handschuhe auf den Plan rief. Dem anderen Lakaien trug er auf, die Gouvernante und die Kinder zu suchen und ihnen zu sagen, dass sie aus dem Fenster schauen sollten, wenn der Magier den immer noch draußen wartenden Menschen ein paar harmlose Kunststücke zeigen würde.

Es war bereits weit nach Mitternacht, als die Dreylings von Wagrain mit vollen Mägen und einem Teil des übrig gebliebenen Gaumenschmauses, den ihnen der Küchenmeister eingepackt hatte, ihren Gastgebern zum Abschied winkten. Sie hatten sogar auch noch ein kleines Fass Wein, zwei Fässer Bier und eine Hirschhälfte geladen. Und um den Hals trugen alle das Amulett, das ihnen der Magier zur Abwehr böser Mächte und zum Schutz geschenkt hatte.

»Na ja, zumindest kann es nicht schaden, wenn wir es auf dem Nachhauseweg tragen«, hatte Lodewig gesagt und dabei seinem Vater gegenüber vielsagend eine Augenbraue hochgezogen.

Auf dem Kutschbock saßen jetzt nicht Lodewig und Aurel, sondern Sarah mit Aurel, der sich unter der wärmenden Decke an sie gekuschelt hatte. Weil die Herren der Schöpfung dem göttlichen Wein und dem neumodischen Branntwein aus dem Frankenland allzu sehr zugetan gewesen waren, lastete nun die ganze Verantwortung auf Sarah. Sie musste höllisch aufpassen, im Dunkel der Nacht nicht versehentlich vom Weg abzukommen und womöglich sogar in den Alpsee zu stürzen. Aber dies waren noch nicht alle Sorgen, die Sarah plagten. »Wenn wir nur schon zu Hause wären und ich meine berauschten Männer auf ihren Lagern hätte«, seufzte sie leise und dachte daran, was wohl wäre, wenn sie jetzt überfallen werden würden. Sorgenvoll hielt sie ihr Amulett fest und drehte sich um, musste aber feststellen, dass bereits alle schliefen. Magdalena war unter Vaters wärmende Decken geschlüpft, während es sich die Zwillinge zu beiden Seiten unter Großvaters Decken gemütlich gemacht hatten. Sarah versuchte ängstlich, mithilfe der spärlichen Fahrzeugbeleuchtung die sternenlose Nacht zu durchdringen und trieb die wegen der Dunkelheit ebenfalls unruhigen Pferde zu mehr Eile an, als es die Sicht zuließ.

KAPITEL 30

Als wenn es in Staufen nicht schon genug Probleme gäbe, hatte zwei Tage zuvor – ausgerechnet am Heiligen Abend – wieder derjenige auftauchen müssen, den man in den vergangenen Wochen und Monaten zufälligerweise immer durchs Dorf huschen gesehen hatte, kurz bevor jemand umgebracht worden war. Die altersbedingt etwas verwirrte Witwe des an der Pest verstorbenen Besenbinders sollte ihn auf dem Weg zur Christmette als Erste gesehen haben. Ansonsten war – außer dem Kronenwirt und Maria Brugger – in Staufen noch niemand in dessen Nähe gekommen oder hatte gar sein Gesicht gesehen. Als sich vor einigen Wochen die brave Töpferstochter im Wirtshaus *Zur Krone* liebestrunken die Treppe hoch zur Kammer ihres Immenstädter Geliebten geschlichen hatte, waren ihr schleifende und knirschende Geräusche im ersten Stockwerk, genauer gesagt, im dort befindlichen Saal aufgefallen. Sie hatte nicht wissen können, dass der Wirt Matheiß diesen nur selten für Veranstaltungen genutzten Raum bei Bedarf für ganz kleines Geld an Hungerleider vermietete, weswegen dort immer irgendwelche Leute hausten, die kaum jemand zu Gesicht bekam, weil diese keine Heller und Kreuzer, geschweige denn einen Gulden übrig hatten, um ihn in die Gaststube hinuntertragen zu können. Außerhalb Staufens allerdings hatte sich diese billige Möglichkeit zur Übernachtung schnell herumgesprochen – gerade in ärmeren Kreisen, insbesondere bei den trotz gleich nach dem Krieg erlassenen *Wanderverbotes* allerorten herumstreunenden Landstreichern. Dementsprechend musste man sich nicht wundern, wenn sich auch in Staufen mehr und mehr undurchsichtiges Gesindel herumtrieb. Mit der Zeit hatte sich diese inoffizielle Unterkunft sogar zum Treffpunkt für Diebe und Hehler, aber auch für hochkarätigere Gesetzesbrecher entwickelt, die – genau wie Maria Brugger – nicht den offiziellen Eingang zum Wirtshaus nahmen, sondern sich klammheimlich durch den Stall in den ersten Stock schlichen. Der Kronenwirt inspizierte den längst stinkenden und vor Dreck strotzenden Saal nur sporadisch. Ihm war es lieber, möglichst wenig davon zu wissen, was die ausgelaugten Figuren dort oben trieben, solange sie ihm nicht das Haus in Brand steckten und den Raum wenigstens einigermaßen ordentlich hinterließen, was auch hieß, dass sie die Nachttöpfe über das hintere Fenster zu entleeren hatten und die Pisse nicht durch den Dielenboden nach unten lief. Ihm war stets nur wichtig gewesen, dass er von jedem einzelnen das Übernachtungsgeld bekam. Dies geschah, indem seine meist obdachlosen Gäste ihren Obolus an einem vereinbarten Platz ablegten, weil er sie nicht in der Gaststube sehen wollte, … es sei denn, sie hatten doch mehr Geld, als sie zugaben. »Kleinvieh macht auch Mist«, pflegte Matheiß immer zu sagen, wenn er die kleinen Münzen aus dem Versteck holte und, von seiner Frau unbemerkt, in seiner Tasche verschwinden ließ.

»Aber wenn mich auch nur ein Einziger von euch bescheißt oder jemand das Geld aus dem Versteck klaut, ist es für alle Zeiten vorbei mit der billigen Übernachtungsmöglichkeit! Habt ihr das verstanden?«, hatte er lediglich einmal gesagt und diese Drohung nicht zu wiederholen brauchen.

Bisher jedenfalls hielten sich die Spießgesellen, unter denen sich höchstselten ein verlaustes Weib befand, das dann für das Übernachtungsgeld von den Männern so richtig rangenommen werden konnte, allesamt brav an die Spielregeln und erklärten diese jedem Neuankömmling, der von allen stets misstrauisch beäugt wurde, bevor sie ihn in ihren alles andere als erlauchten Kreis aufnahmen.

Trotz Marias sonstiger Vorsicht, von niemandem auf dem Weg zu ihren Schäferstündchen gesehen zu werden, hatte sie damals aus purer Neugierde heraus innegehalten, als sie die merkwürdigen Geräusche aus diesem Raum gehört hatte. Dabei war sie unvermittelt vor einem Mann mit einer Art Mönchskutte gestanden und hatte sich dabei so erschrocken, dass sie sich ängstlich abgewendet und die Treppe bis zur Kammer ihres Geliebten hoch gerannt war. Sie war in höllische Angst verfallen und alles war so schnell gegangen, dass sie zwar die Stimme des Mannes erkannt, dessen Gesicht aber nicht gesehen hatte. Dies konnte der auf Maria unheimlich wirkende Unbekannte allerdings nicht wissen. Was er aber wusste, war, dass er die holde Maid umbringen musste, wenn er weiterhin sicher sein wollte, unerkannt zu bleiben. Immerhin dachte der Kuttenträger, dass ihn Maria damals ertappt hatte, als er gerade dabei gewesen war, ein abscheuliches Verbrechen zu vertuschen, indem er eine Leiche hatte verschwinden lassen, wozu er sie über den Saalboden zum östlich gelegenen »Nachttopffenster«, unter dem sich nur ein schmaler Trampelpfad befand, geschleift hatte. Obwohl dieses Verbrechen nichts mit einem Staufner und schon gar nichts mit Staufen selbst zu tun gehabt hatte, würde man ihm möglicherweise durch irgendwelche dummen Zufälle auf die Schliche kommen. Und dann könnte er auch mit anderen Verbrechen in Verbindung gebracht werden – aber nur, wenn ihn das Mädchen tatsächlich wiedererkennen würde. Da er seinerzeit reichlich Alkohol intus gehabt hatte, wusste er nicht genau, was die Schwarzhaarige alles mitbekommen hatte. Er wusste nicht einmal, ob sie sein Gesicht überhaupt gesehen hatte. Er wusste nur, dass er das ihm heute noch unbekannte junge Ding in den Saal hatte locken wollen, um es zu schänden und noch an Ort und Stelle zum Schweigen zu bringen, was ihm allerdings nicht gelungen war und weswegen er einen Grund mehr gehabt hatte, Staufen auf schnellstem Weg zu verlassen.

Nun wollte er es schleunigst nachholen, sich an diesem Mädchen zu erfreuen und es anschließend mundtot zu machen. Deswegen war er jetzt – nachdem er die Leiche, die nichts mit Staufen zu tun hatte – schon längst aus dem Fenster geschmissen und außerhalb Staufens unauffindbar entsorgt hatte – zurückgekehrt. Dass mittlerweile die Morde an den beiden jungen Staufner Burschen in der allgemeinen Wahrnehmung etwas in den Hintergrund gerutscht waren und alle mit Weihnachten beschäftigt waren, kam ihm dabei sehr entgegen.

Aber es gab noch andere Gründe, warum er gerne hierher nach Staufen zurückgekommen war: Einer davon war sein Durst! Sein schier unbezähmbarer, im Laufe der Jahre stetig gewachsener Durst nach Rache, den er in all den vielen Jahren nicht hatte stillen können. Da er schon einmal aus Staufen hatte fliehen müssen, war er getrieben vom Hass gegenüber den Dreylings von Wagrain. Denn vor 14 Jahren war ihm Lodewig gerade noch von der Klinge gesprungen. Und dies schrie nun – da er völlig verarmt war, weil er sein ganzes ergaunertes Geld im Suff, im Spiel und bei lottrigen Weibern gelassen hatte – mindestens so laut nach Rache wie die Tatsache, dass er daraufhin von Lodewigs Vater von Staufen aus bis ins Oberschwäbische verfolgt worden war und sich in diesem Zusammenhang zu mehreren Morden an Mönchen des Klosters Schussenried genötigt gesehen hatte, weswegen er aus Angst, nun auch dort wiedererkannt zu werden, in eine ganz andere Gegend geritten war.

Bis heute hatte er mehr oder weniger geduldig darauf gewartet, an demjenigen Rache üben zu können, wegen dem er vor knapp eineinhalb Jahrzehnten Staufen hatte fluchtartig verlassen müssen: an Lodewig! Und da ihn in Staufen nicht nur jeder Tote aus der Nähe, sondern auch jeder Lebende aus einem gewissen Abstand heraus hätte erkennen können, war ihm seinerzeit klar geworden, sich hier eine lange Zeit nicht mehr blicken lassen zu können. Aber heute würde ihn – außer demjenigen vielleicht, dem er damals unsägliches Leid angetan hatte, und möglicherweise von dessen Vater, von dem er sich schlussendlich hatte vertreiben lassen – mit Sicherheit niemand mehr erkennen. Lediglich von Fabio, meinem damaligen Hilfstotengräber, könnte noch eine gewisse Gefahr ausgehen …, wenn es den überhaupt noch gibt, dachte er sich, während er zwar nicht mit seiner momentanen Situation, dafür aber mit seinem neuen Aussehen zufrieden war. Denn der damalige Totengräber Ruland Berging hatte sein Äußeres total verändert … und sich mittlerweile sogar selbst an den neuen Anblick gewöhnt. Früher hatte er lange, zottelige Haare getragen, die ihm vor lauter Fett schier im Gesicht geklebt hatten. Ein dichter, ungepflegter Bart hatte seine wahren Züge versteckt. Und da er zudem stets einen weiten Schlapphut auf dem Kopf hatte, war es niemandem gelungen, auch nur annähernd die Konturen seines Gesichtes zu erkennen. Aber dies war einerlei geworden, da er jetzt viel kantigere Gesichtszüge hatte als früher, weil er allein schon hungerbedingt ausgemergelter wirkte. Außerdem waren ihm die Leute damals sowieso nur so nahe gekommen, wie es unbedingt hatte sein müssen. Und unterhalten hatte er sich nur selten mit jemandem. Dazu kam noch, dass er zu jener Zeit berufsbedingt mehr mit den Toten als mit den Lebenden zu tun gehabt hatte.

Einen Bart trug er jetzt überhaupt nicht mehr und er war älter geworden – ganze 14 Jahre älter. Deswegen hingen ihm die wenigen Haare, die ihm noch geblieben und die zwischenzeitlich ergraut waren, nur noch zu einem dünnen Zopf gebunden den Rücken hinunter. Außerdem hatten ihn die Leute früher, als er noch keinen Bart getragen hatte, ohne Narben gekannt. Seit ihm 1634 Otward Opser, der ältere der beiden Söhne des damaligen Staufner Blaufärbers, im Todeskampf eine derart schwere Augenverletzung beigebracht hatte, dass er auf einem Auge sogar das Licht verloren hatte, musste er mit einer gewaltigen Narbe, die schräg rechts der Nasenwurzel über den linken Wangenknochen bis zum Kinn verlief, leben. Früher hatte er das blinde Auge, das seither weit hinten in der blutunterlaufenen, ständig tränenden Augenhöhle steckte und nur noch ein matter weißer Fleck war, hinter einer Binde versteckt, weil er sich geschämt hatte. Aber darum schiss er sich längst nichts mehr. Er hatte schnell festgestellt, dass es sowieso fast niemand wagte, ihm in die Augen zu schauen. Anfangs hatte er sich noch darüber gewundert, bald aber festgestellt, dass dies am Aberglauben der einfältigen Menschen lag. Sie dachten, dass sie selbst erblinden und zudem in die Hölle fahren würden, wenn sie einem Blinden direkt in die toten Augen blicken würden. Was für eine Narretei, dachte er abschätzig.

Der ehemalige Staufner Totengräber war schon immer ein Meister der Tarnung und der Täuschung gewesen. Er musste schmunzeln, wenn er daran dachte, wie er die Staufner getäuscht hatte, nachdem er direkt von seiner Arbeitsstätte im Immenstädter *Scriptorium* hatte fliehen müssen, wenn er nicht mindestens fünf seiner langen Finger mitsamt der Hand verlieren und auf ewige Zeiten im Kerker hatte eingesperrt werden wollen. Damals hatte er zu allem hin auch noch ein wertvolles Pferd gestohlen und war nach Staufen geritten. Dort hatte er sogar den vor Hermann Schädler amtierenden Ortsvorsteher Heimbhofer, dessen Vornamen ihm zwischenzeitlich entfallen war, derart getäuscht, dass dieser ihm eine kostenlose Bleibe gegeben hatte. Zum Dank hatte ihn Ruland Berging – wie er sich fortan genannt hatte, um seinen eigentlichen Namen und seine Herkunft zu verbergen – erschlagen und daraufhin dessen Posten übernommen. Lange Zeit hatte niemand etwas von seiner Verwandlung gemerkt. Nicht einmal Lodewigs Vater, der damalige Kastellan Hannß Ulrich Dreyling von Wagrain, mit dem er zuvor in Immenstadt das eine oder andere Mal zu tun gehabt hatte. Es war dann aber doch der Kastellan gewesen, der ihn seines geachteten Postens als Ortsvorsteher enthoben und stattdessen zum allseits verachteten Totengräber degradiert hatte. Letztlich hatte ihn der Kastellan auch noch aus Staufen gejagt und sich mit ihm eine wilde Verfolgungsjagd geliefert. Allerdings hatte er ihn – nachdem er Berging im Kloster Schussenried kurz gefasst hatte – schließlich doch noch entkommen lassen müssen. Dass der letzte Teil seiner Flucht ein paar Mönche das Leben gekostet hatte, war dem Totengraber egal gewesen. Er hatte es als göttlichen Beitrag für sein gelungenes Abhauen angesehen. Und da es ihm zu Beginn seiner Flucht aus Staufen gerade noch geglückt war, sein ergaunertes Geld aus dem Versteck zu holen und mitzunehmen, war es ihm bis vor Kurzem recht gut gegangen – zumal er zwischendurch immer wieder Geld hatte ergaunern oder im Kartenspiel gewinnen können. So hatte er es geschafft, 14 Jahre lang unbehelligt ein Leben zwischen den Konstanzer Sauftavernen, Spielspelunken und Hurenhäusern zu führen. Dass es ihn ausgerechnet in die Konzilstadt auf der anderen Seite des Bodenseeufers verschlagen hatte, war purer Zufall gewesen. Hauptsache, möglichst weit weg vom Allgäu und von Oberschwaben, hatte er sich gedacht, als er seinem Pferd in Schussenried die Sporen gegeben hatte.

Jetzt aber schien Ruland Bergings Glückssträhne vorüber zu sein. Er hatte nicht nur seinen Meister beim Betrügen gefunden und deswegen viel Geld beim Toppeln verloren, sondern war auch noch bei einem Diebstahl erwischt worden, weswegen er sich nun auch in Konstanz und der direkt daneben liegenden Schweiz nicht mehr ungezwungen würde bewegen können. Also war die Zeit gekommen, einmal mehr das sowieso längst abgegraste Revier rund um das Konstanzer Münster zu wechseln und sich neue Einnahmequellen zu erschließen. Wie Ruland Berging an Geld kommen konnte, wusste er zwar noch nicht, aber es würde ihm schon noch etwas einfallen. Was lag näher, als nach so vielen Jahren ins Allgäu zurückzukehren, wo während der langen Zeit die meisten Alten weggestorben waren und ihn die Jungen sowieso nicht mehr kannten? Nach reiflichen Überlegungen hatten ihn seine Geldgier und seine Rachegelüste zum Ende des Jahres 1649 nicht nur ins Allgäu, sondern sogar direkt nach Staufen zurückkehren lassen.

Vielleicht bringe ich diesen Lodewig nicht gleich um? Ich entführe ihn zwar wieder, verlange dieses Mal aber ein angemessenes Geld für seine Freilassung … direkt vom Grafen. Abmurksen kann ich ihn dann immer noch, dachte er sich neben etlichen anderen Überlegungen, ohne Arbeit an Geld zu gelangen und gleichzeitig seinen Rachedurst zu stillen. Was er tun musste, um seine abartigen Gelüste zu befriedigen, wusste der ehemalige Totengräber ganz genau. Wie schon vor 14 Jahren würde er Lodewig einfangen und nach Weißach in die dortige Höhle – von deren Existenz heutzutage fast gar niemand mehr etwas wusste, so hoffte er jedenfalls – bringen. Dort sollte sein Opfer genau die gleiche Angst haben wie seinerzeit. Im Gegensatz zu damals würde er ihn dort belassen und nicht in die Pestkapelle schleifen, wo die Gefahr bestand, dass man ihn finden würde. Der ehemalige Totengräber erinnerte sich nur ungern daran, wie ihn der Benediktinermönch Nepomuk zusammen mit Lodewigs Vater fast entdeckt hätte, als er sich mit dem Burschen auf dem Weg zur Pestkapelle in einem nahe gelegenen Stadel hatte verstecken müssen.

Aber noch war es nicht so weit, dass Ruland Berging loslegen konnte. Nachdem er sich eine andere Gewandung organisiert hatte, musste er sich auch noch eine völlig neue Identität zulegen. Und dazu gehörte neben einem veränderten äußeren Erscheinungsbild auch ein anderer Name, ein Name, wie er hier nicht üblich war und der aus keiner Inzucht alter Staufner Handwerker- und Bauerndynastien hervorgegangen sein konnte. Während er wieder im Gasthaus *Zur Krone* untergekrochen war und darüber nachdachte, lief er unruhig im Saal hin und her. Dabei fiel ihm die Dekoration auf, die wohl noch vom letzten Bauerntanz, wahrscheinlich vom Kirchweihtanz, der hier am dritten Oktobersonntag stattgefunden hatte, stammen musste. An der Wand links der kleinen Bühne war allerlei bäuerliches Gerät befestigt und mit Kornähren oder geflochtenen Strohkränzen verziert, was auch auf das Erntedankfest hinweisen könnte. Dabei kreuzte sich eine Heugabel mit einem hölzernen Dreschflegel. Rechts der Bühne kreuzten sich allerdings zwei alte Säbel, die Ruland Berging auffielen, weil sie merkwürdig gekrümmt waren. Er konnte nicht wissen, dass diese vom Söldner Kilian Haberstock – einem Bauern aus dem nahen Weiler Kalzhofen – aus dem Krieg mitgebracht worden waren. Wahrscheinlich waren die Bauern derart stolz darauf, in ihren eigenen Reihen einen ehemaligen tapferen und siegreichen – denn immerhin war Kilian gesund und unversehrt zurückgekehrt – Landsknecht zu haben, dass sie die Waffen wie Trophäen mit Tannenzweigen dekoriert und an die Wand genagelt hatten.

Hm … Krummsäbel … Hölzerne Gerätschaften …, dachte er sich beim Betrachten der Wanddekoration. »Verdammt! Ich hab's!«, stieß er laut hervor.

»Halt's Maul und lass uns schlafen!«, schimpfte einer der auf dem Boden liegenden Streuner, mit denen er sich dieses Mal die Unterkunft teilen musste.

Aber dies war ihm egal, ihm war ein Name eingefallen: Krummholz! Ja, das war ein Nachname, wie es ihn hier seines Wissens nicht gab. Und den Vornamen entlehnte er sich der Einfachheit halber von einem vermutlich schon längst verstorbenen Onkel, der aus dem Bergdorf Steibis stammte. Walter Krummholz hört sich gut an, dachte er zufrieden, während er sich in seiner Rolle als selbst ernannter Racheengel zunehmend wohler fühlte und seine

Stiefel auszog, um es sich auf dem Stroh, das er in einer Ecke des Saals ausgebreitet hatte, gemütlich zu machen. Dabei betrachtete er die ausgelatschten Lederteile, die vorne fast so nach oben gebogen waren, wie es bei den Schuhen der Muselmanen der Fall war. Krummstiefel!, schoss es ihm durch den Kopf. Ja, Krummstiefel. Das gefällt mir noch besser. Und wenn er schon gerade bei der Vergabe eines neuen Namens war, konnte er sich gleich auch noch einen Utznamen zulegen. Was lag da näher als »Der Rächer«? »›Walter Krummstiefel – Der Rächer‹ … Wahnsinn!«, entfuhr es ihm wegen der Anwesenheit ein paar anderer Strauchdiebe fast etwas zu laut. Hoffentlich hat dies niemand verstanden, dachte er und überlegte selbstzufrieden weiter, was noch zu tun sei. Als Erstes muss ich die auffällige Kutte ablegen und mir endlich die neue Gewandung überstreifen, die ich mir am Heiligen Abend in Immenstadt »besorgt« habe. Nachdem er am Nachmittag des Heiligen Abends auf seinem Braunen nach Immenstadt geprescht war, um sich dort eine neue Gewandung zu organisieren, hatte er sich die Leute genau betrachtet, bevor er sich für ein bestimmtes Häs entschieden hatte. Es war kein ärmlich aussehender bäuerlicher Rupfen und auch nicht das feine Gewand der Reichen, sondern die übliche Gewandung der städtischen Bürgerschaft aus ordentlichem Tuch, für die er sich entschieden hatte. Nicht zu bunt und um des Teufels Namen ja nicht auffällig. Schließlich wollte er zwar etwas darstellen, aber nicht unnötig auffallen, geschweige denn, großkotzig wirken. Und er hatte Glück gehabt: Nachdem er sich eine ganze Zeit lang aus einem sicheren Versteck heraus die männlichen Passanten betrachtet hatte, war ihm ein Mann mittleren Alters aufgefallen, der in etwa seine Größe gehabt haben musste und der zudem genau die gesuchte Gewandung getragen hatte. Er hatte ihm nur noch bis ins dunkle Kirchgässchen folgen und ihn überzeugen müssen, ihm die offensichtlich sorgsam geschneiderten Stoffteile freiwillig zu überlassen. Da Worte allein nicht vermocht hatten, den Immenstädter zu beschwatzen, hatte er etwas nachgeholfen und den unfreiwilligen Kleiderspender zunächst besinnungslos geschlagen, bevor er ihn bis auf die Bruche entkleidet, dessen Geldbeutel an sich genommen und ihm danach sicherheitshalber die Gurgel durchgeschnitten hatte. In Immenstadt war es ihm genauso ergangen wie in Staufen: Niemand war auf ihn aufmerksam geworden. Es war zu lange her, als dass sich dort noch jemand an ihn hätte erinnern können. Außerdem hatte er den blütenweißen und deswegen auffälligen Andalusier, den er vor 15 Jahren im Städtle gestohlen hatte, längst einem der Konstanzer Abdecker überlassen müssen. Seither ritt er einen unscheinbaren braunen Wallach, der allenfalls durch seine ständige Furzerei auffiel.

Gut ausgeschlafen, schaute er am nächsten Morgen zufrieden an sich herunter und strich mit seinen Händen fast sanft über die neue Tarngewandung. Voller Tatendrang wandte er sich dem nächsten Problem zu: Er musste eine Unterkunft finden, die niemand kannte und wo er ungestört blieb. Und da er sich bei seinen letzten Besuchen in Staufen eifrig umgesehen hatte, wusste er, wie er dieses Problem lösen konnte. Schon längst hatte er sich sein neues Heim, das er jetzt genauer inspizieren wollte, ausgesucht. Dabei handelte es sich um einen alten Heustadel mit einem weit nach vorne gezogenen Dach. Der Stadel lag außerhalb des Dorfes etwas abseits der Ausfallstraße, die von Staufen aus direkt zur Salzstraße führte. Diese Tatsache gereichte insofern zum Vorteil, als dass er bei Notwendigkeit in bewährter Manier fliehen konnte, ohne nochmals ins Dorf zurückzumüssen, um seine Habseligkeiten und das bis dahin sicherlich neu ergaunerte Geld, für das er am Heiligen Abend den Grundstein gelegt hatte, zu holen.

Der selbst ernannte Rächer Walter Krummstiefel konnte sich noch gut an den sommerlichen Schlechtwetterunterschlupf für Geißen, die seinerzeit im Sommer von den Hirtenbuben dorthin geführt worden waren, erinnern. Schon damals war der Stadel so gut hinter einer buschigen Dornenhecke und mehreren Baumgruppen versteckt gewesen, dass man ihn von der Straße aus kaum hatte sehen können. In den vergangenen eineinhalb Jahrzehnten war der Baumbestand weit über den Stadel hinaus und zudem so dicht angewachsen, dass man ihn jetzt überhaupt nicht mehr wahrnehmen konnte, was ihn zu einem idealen Unterschlupf hatte werden lassen.

Obwohl die Einheimischen um die ehemalige Wichtigkeit dieses Platzes wussten, weil heute noch direkt neben dem Stadel ein über 200 Jahre altes Sühnekreuz stand, schien jetzt niemand mehr hierherzukommen, was zumindest der schlechte bauliche Zustand des hölzernen Unterschlupfes vermuten ließ. Dies war früher anders gewesen: Wenn die Winter sich besonders streng gezeigt hatten, waren der damalige Kastellan und dessen Sohn Lodewig hierhergekommen, um das im Stadel gelagerte Heu an das hungernde Rotwild zu verfüttern. Aber diese Art der Wildfütterung war ebenfalls lange her und wurde heutzutage anders gehandhabt. Dass Lodewig und Sarah den Stadel vor ihrer Ehe für ihre zarten Treffen genutzt und sich dort leidenschaftlich geliebt hatten, konnte der sich soeben selbst neu erfundene Rächer Walter Krummstiefel nicht wissen.

Auch wenn im Frühjahr die Geißen wieder hierhergetrieben werden sollten, habe ich alles erledigt und bin längst wieder verschwunden. Lodewig und dieses Mädchen aus der *Krone* sind tot und ich bin bis dahin wieder ein reicher Mann geworden, hoffte er. »Ich glaube, dass ich im rechten Augenblick zurückgekommen bin! … Keinen Tag zu früh und auch nicht zu spät!«

KAPITEL 31

Das geschnürte Reisebündel mitsamt einer randvollen, eisenbeschlagenen und mit geschwärztem Leder überzogenen Holztruhe befand sich bereits neben der Tür des Behandlungsraumes im Staufner Spital. Jetzt wollte sich der junge Medicus nur noch in gebührender Form von den Staufner Dorfoberen, die ihn vor etlichen Jahren überaus freundlich in ihrer Mitte aufgenommen hatten, verabschieden. Am liebsten wäre es ihm gewesen, wenn er sie zu einem bescheidenen kleinen Umtrunk hätte einladen können. Aber der bisher noch amtierende Staufner Spitalleiter hatte nicht gewusst, wo und in welcher Form er dies hätte bewerkstelligen können.

»Das Spital ist wohl kaum der ideale Platz für ein Abschiedsfest. Und die momentane Zeit eignet sich sowieso nicht für Feierlichkeiten – nicht einmal für ein kleines Abschiedsfestchen«, hatte der talentierte Arzt dem Kastellan mehr oder weniger beiläufig vorgejammert, als ihn dieser als letzter Patient aufgesucht hatte, um einen Spreißel, den er sich irgendwie bei der nächtlichen Heimfahrt von Immenstadt am gräflichen Schlitten eingezogen hatte, herausziehen und die Wunde behandeln zu lassen.

»Und wenn Ihr eine passende Räumlichkeit zur Verfügung haben würdet?«, hatte Lodewig ihn mit skeptischer Miene gefragt. Seine Skepsis galt allerdings nicht dem Abschiedsfestwunsch des Arztes, sondern dem, was dieser gerade mit ihm anzustellen gedachte. Lodewig war aufgefallen, dass der Medicus sich die zu eitern beginnende Wunde am Ballen der linken Hand seines ängstlichen Patienten auffallend lange betrachtet hatte.

Da kann es nicht schaden, wenn ich ebenfalls skeptisch dreinschaue, hatte Lodewig sich gedacht und dabei gehofft, dass sich der Medicus dafür umso vorsichtiger mit seiner Wunde befassen würde.

Da der Arzt sich auf seine Tätigkeit konzentriert hatte, war von ihm nicht gleich eine Antwort gekommen. Dann aber – anstatt seine Arbeit an der Hand des Kastellans zu kommentieren – sagte er bedauernd: »Außerdem wüsste ich nicht, wo ich ein Fässchen Bier oder ein paar Liter Wein auftreiben könnte.«

»Erzählt mir, was Ihr vorhättet, wenn Ihr über passende Räume verfügen würdet, wo Ihr Gäste empfangen und etwas zu trinken anbieten könntet«, hatte der Kastellan versucht, sich selbst von der schmerzhaften Behandlung des Arztes abzulenken.

Er hatte sich vom Medicus erklären lassen, dass sich dieser nicht einfach klammheimlich davonstehlen, sondern stattdessen viel lieber ordentlich Lebewohl sagen würde.

»Obwohl ich mein Erspartes für das Mobiliar meiner Kemptener Schlafkammer benötige, würde ich sogar etwas Geld für Getränke erübrigen können«, hatte der Medicus, dem Lodewig hatte anmerken können, dass es ihm ein echtes Herzensanliegen gewesen wäre, sich in aller Form zu verabschieden, geseufzt.

»Aua!«, hatte Lodewig in dem Moment, als der Arzt den Holzspreißel aus dem linken Handballen mit einer Pinzette herauszog, mehr genörgelt als geschrien. »Übermorgen ist doch der letzte Tag des Jahres«, hatte er – als der erträgliche Schmerz nachgelassen hatte – sinniert.

»Den werdet Ihr trotzdem noch erleben«, hatte der Medicus geschmunzelt und Lodewig so stolz das blutige Holzstückchen gezeigt, als wenn er aus dessen Herzen eine lutherische Kugel entfernt hätte.

Lodewig hatte erleichtert gelacht: »Das habe ich nicht gemeint. Ich hoffe doch sehr, dass ich noch ein Weilchen leben werde … Aber wisst Ihr was, werter Medicus?«

Der Arzt hatte unwissend, aber interessiert den Kopf geschüttelt und gehofft, dass der Kastellan gleich selbst die Antwort geben würde, was er auch getan hatte: »Ich stelle Euch gerne den Rittersaal im Schloss zur Verfügung. Und ich spendiere dazu auch noch den Wein.«

Bevor der junge Mann etwas hatte sagen können, hatte Lodewig bereits seine Großzügigkeit begründet: »Ihr habt so viel für die Bevölkerung Staufens getan, dass es mir dies allemal wert ist. Außerdem habe ich vom Grafen ein Fässchen Wein geschenkt bekommen … Na, was sagt Ihr dazu?«

Während der Medicus sich freudestrahlend bedankt und die Wunde verbunden hatte, besprachen sie noch, wie alles ablaufen könnte, wer eingeladen werden und wann das kleine Abschiedsfest stattfinden sollte. Dabei hatten sie sich darauf verständigt, dass Lodewig im Namen des Arztes einladen und alles organisieren würde, damit sich der Medicus voll und ganz auf das restliche Packen seiner Habseligkeiten konzentrieren könne. Außerdem wollte der Arzt seinen Behandlungsraum in ordentlichem Zustand an Schwester Bonifatia übergeben, weswegen er noch aufräumen und putzen musste.

Da der bisherige Staufner Spitalleiter seine neue Stelle als stellvertretender Stadtmedicus in Kempten bereits nach Dreikönig antreten musste, hatten sie für das Abschiedsfest den letzten Tag des Jahres 1649 vereinbart.

Am Tag, der dem heiligen Silvester geweiht war, erstrahlte die ganze Schlossanlage in hellem Licht. Alles glänzte und strotzte nur so vor Sauberkeit. Aurel hatte auf Geheiß seines Vaters sogar die gräfliche Rautenfahne aus einem der obersten Fenster des Hauptgebäudes gehängt. Alle sollten sehen, dass es ein ganz besonderer Tag werden würde, nicht nur, weil es der letzte Tag des Jahres war, sondern weil im Staufner Schloss seit langer Zeit wieder ein Fest gegeben wurde – zwar ein kleines, aber immerhin. Und dies, obwohl die Schlossbewohner eigentlich nichts zu feiern hatten, denn Eginhard war immer noch nicht über den Berg und zeigte trotz der medizinischen Betreuung durch den Benediktinermönch Nepomuk und die aufopfernde Pflege durch Judith und Sarah kaum Anzeichen eines wiedererwachenden Lebens in sich. Aber auch das Dorf selbst hatte nichts zu feiern; immerhin waren zwei der Ihrigen ermordet worden und einer, der ebenfalls zu ihnen gehört hatte, war noch nicht hingerichtet worden und wartete stattdessen im tiefsten Kerker Immenstadts auf seine Gerichtsverhandlung. Außerdem waren die Zeiten zwar nicht mehr ganz so unruhig wie vor und während des Krieges, aber immer noch recht trostlos. Dennoch sollte ein kleines Fest stattfinden.

Der Staufner Schlossverwalter wertete es als einen günstigen Umstand, dass sich der scheidende Spitalleiter ein Abschiedsfest gewünscht hatte. Aber selbst wenn dies nicht der Fall gewesen wäre, hätten der Kastellan und der Ortsvorsteher erwogen, zum Jahresende hin eine Art Empfang für alle wichtigen Leute des Dorfes zu geben. Es war allerhöchste Zeit geworden, dass sich die Führungsspitze und andere Honoratioren des kleinen Dorfes am Fuße des Staufenberges trafen, um den Krieg endgültig hinter sich zu lassen und gemeinsam nach vorne zu blicken. Außerdem gab es einige Dinge, über die locker geplaudert und ein paar andere Punkte, über die ernsthaft gesprochen werden musste. Und welcher Zeitpunkt eignete sich dazu besser, als sich am Ende eines Jahres darauf zu besinnen, was sich im Dorf und bei den Menschen alles abgespielt hatte und – was noch viel wichtiger war – was wohl das neue Jahr bringen würde? Diesbezüglich schienen zumindest zwei Dinge sicher zu sein: Jockel Mühlegg würde wohl verurteilt und hingerichtet werden – dies war für etliche Dorfbewohner eine gute Kunde. Die meisten hingegen werteten dies als eine schlechte Nachricht, die von ihnen erst noch ganz verdaut werden musste. Das Gute war, dass in Bälde ein vom Grafen gegebenes Versprechen in Form einer Fahnenstiftung umgesetzt werden und dadurch endlich neue Lebensfreude unter die Bevölkerung gestreut werden würde. Dies war auch der Grund, warum der Kastellan und der Ortsvorsteher veranlasst hatten, dass sich am letzten Tag des Jahres auch die ledigen Burschen des Dorfes zu einer Besprechung treffen sollten. Dafür hatten sie das Hinterzimmer des Wirtshauses *Zur Krone* angemietet. Lodewig hatte sogar eines der zwei Fässchen Bier, die er vom Grafen geschenkt bekommen hatte, spendiert. Und weil dadurch der Wirt Matheiß um seinen Bierumsatz geprellt werden würde, hatte ihm der Ortsvorsteher zum Ausgleich eineinhalb Gulden aus der Marktkasse in die schwieligen Hände gedrückt, bevor er die Sache auch noch mit den ledigen Burschen Staufens klargemacht hatte. »Und du sorgst dafür, dass alles in Frieden und Harmonie abläuft!«, hatte Hermann Schädler den Leinweber Melchior Henne, den wohl einzigen, der nicht scharf auf das kommende Amt des Staufner Fähnrichs war, dazu vergattert, die Zusammenkunft zu leiten.

Rosalinde war stolz auf Ignaz. Während sie in der Schlossküche zu tun hatte, wies der frisch rasierte und in eine saubere Gewandung gesteckte Knecht den Gästen galant den Weg zum Hauptgebäude, wo sie von Aurel in Empfang genommen und die Treppe hoch, einen schmalen Gang entlang, zum Rittersaal geleitet wurden. An dessen Eingang stand – ganz nach höfischer Manier – der Kastellan in vollem Ornat, um die ankommenden Herren per Handschlag und deren Frauen mit einem angedeuteten Handkuss zu begrüßen. Sarah stand etwas versetzt hinter ihm und wies die Ankömmlinge in den Saal. Als die ankommenden Gäste den illuminierten Weihnachtsbaum und die mit blütenweißer Tischdecke belegte sowie mit Tannenreisig dekorierte Tafel sahen, gingen »Oh's« und »Ah's« durch den wunderschönen beleuchteten Rittersaal. Schon beim Betreten des Raumes wurde den Gästen von Judith und Lea ein Glas reinsten Weines aus den rheinischen Landen angeboten. Da es sich dabei um die geschliffenen Gläser der Herrschaft handelte, hoffte Sarah inständig, dass keines versehentlich fallen gelassen wurde und zu Bruch ging. Sie mochte sich nicht vorstellen, wie es wäre, wenn sie der gnädigen Frau Gräfin gestehen müsste, dass sie, ohne vorher gefragt zu haben, deren wappengeschmückte Gläser verwendet hatte. Aber wann und wie hätte sie die Gnädige um Erlaubnis fragen sollen? Als sie am Stefanstag im Immenstädter Schloss gewesen war, hatte sie noch nichts von einem Abschiedsfest in Form einer »Jahresabschlussfeier« im heimischen Schloss gewusst.

Alle waren sie gekommen: Der Ortsvorsteher mit seiner Frau und seiner ältesten Tochter Leonore, die längst ein Auge auf Melchior Henne geworfen hatte. Die besonders geachteten Staufner Honoratioren – sechs an der Zahl –, die ebenfalls ihre Frauen im Schlepptau haben durften. Propst Glatt war in Begleitung des Kanonikers Martius Nordheim und seines Mesners Josef, der von Lodewig deswegen eingeladen worden war, weil er in Bezug auf die haltlosen Vorwürfe als vermeintlicher Mörder Markus Hagspihls viel hatte mitmachen müssen, gekommen. Auch Lodewigs einstige Lebensretter, Fabio und der Weißacher Bauer mitsamt seinem Weib und ihrem ältesten Sohn, durften nicht fehlen. Ihnen in diesem Punkt gleichgestellt war der Benediktinermönch Nepomuk, der sich bereits zu seinem besten Freund, dem Altkastellan, gesetzt hatte, als die anderen noch so zaghaft mit ihren Gläsern in den Händen herumstanden, als wenn sie sich im Haus geirrt hätten. Und natürlich war auch der Medicus, der eigentliche Gastgeber, der diese Rolle aber nur allzu gerne Lodewig überlassen hatte, hier. Der junge Arzt stand mit vor Aufregung roten Wangen herum wie ein verschüchterter Studiosus im ersten Semestri.

»Fehlt da nicht noch jemand?«, fragte Lodewig seine geliebte Sarah, die gerade dabei war, Aurel aufzutragen, die Tür zu schließen. »Warte! Ich glaube, dass sie noch kommen werden«, bremste Lodewig und deutete seinem Sohn, die Tür offen zu lassen.

»Aber die Gäste sind doch vollzählig«, wunderte sich Sarah, die nichts von Lodewigs kleiner Überraschung wusste. Und tatsächlich hallten kurz darauf Schritte durch den Flur, an dessen Wänden man gleichzeitig Schatten tanzen sah.

»Na endlich!«, sagte Lodewig beruhigt. »Ich habe schon gedacht, dass ihr nicht kommen würdet.«

Als die drei Besucher den Saal betraten, hörte das allgemeine Geschnattere und Gemurmel schlagartig auf. Es wurde still.

Unter dem Türrahmen stand ein großer, gut aussehender junger Mann in prächtigstem Bürgerzwirn neuester venezianischer Mode, den ein teures Zobelfell zierte und der ihn als erfolgreiches Mitglied einer städtischen Kaufmannsgilde auswies. Rechts von ihm hatte sich ein bildhübsches Mädchen, dem man ansehen konnte, dass es sich zwar in ihrer offensichtlich neuen Gewandung äußerst wohl, in dieser Gesellschaft aber etwas unsicher fühlte, eingehakt. Da schien der dürre ältere Mann, der etwas versetzt hinter den beiden stand und sich offensichtlich ebenfalls in seine beste Gewandung geschmissen hatte, überhaupt nicht dazuzugehören.

Als die drei fast ehrfurchtsvoll den Rittersaal betraten, ging ein anerkennendes Raunen durch die Reihen der durchwegs entzückten Gäste.

»Der ehrenwerte Immenstädter Ratsherr und weit gereiste Kaufmann Peter Immler mit seiner Verlobten Maria Brugger in Begleitung ihres Vaters, des weit über die Grenzen Staufens hinaus bekannten Töpfermeisters Cornelius Brugger«, intonierte Lodewig in bester Manier des Immenstädter Zeremonienmeisters und erntete dadurch begeisterten Beifall, den er allerdings nur erfreut zur Kenntnis nehmen konnte, da dieser weniger ihm als Cornelius und dem bezaubernden Paar galt.

»Meine lieben Freunde!«, rief Lodewig, während er mehrmals mit einem Löffel an sein Glas schlug, um die Aufmerksamkeit der illustren Gesellschaft zu erringen. Dabei erschrak Sarah derart, dass sie selbst fast ihr Glas hätte fallen lassen. Dass sie ihrem Mann einen mahnenden Blick zuwarf, bemerkte Lodewig nicht, weil er schon angesetzt hatte weiterzusprechen: »Da ihr alle wisst, warum wir uns heute versammelt haben, möchte ich keine langen Vorreden halten. Erheben wir also unsere Gläser auf den Gastgeber, unseren geschätzten Medicus Albin Reichard, der Staufen leider verlassen wird, um in Kempten eine bessere Stelle anzunehmen. Bevor er ein paar Worte an uns richten wird, möchte ich noch diejenigen entschuldigen, die ebenfalls eingeladen gewesen sind, aber leider nicht kommen konnten: Schwester Bonifatia muss sich im Spital um ihre Patienten kümmern und wird später nachkommen. Melchior Henne kann leider nicht kommen, weil er zur Stunde in der *Krone* eine Versammlung der Staufner Junggesellen leitet … Ihn hätten wir heute ganz besonders gerne unter uns gehabt«, schloss Lodewig und erhob sein Glas.

Nur ihr Vater konnte die Enttäuschung in Leonores Gesicht sehen. Er streichelte sanft über ihre Wange und flüsterte ihr ins Ohr: »Ihr werdet schon noch zusammenkommen, mein Kind. Und jetzt lass uns den anderen zuprosten.«

Um seine vorgezogene Neujahrsbotschaft loszuwerden, würde Lodewig später nochmals einige ernste Worte an die Gäste richten, wollte zunächst aber der Hauptperson die Möglichkeit geben, sich zu erklären, und den Gästen die Zeit lassen, sich zu entspannen.

Nachdem der Medicus seine akribisch vorbereitete Abschiedsrede wie ein Studiosus brav vom Blatt abgelesen und dafür den ihm gebührenden Beifall über seine hin- und hergerissene Seele hatte streifen lassen, begaben sich alle zur gedeckten Tafel, wo sie zwar kein üppiges Mahl, aber eine kleine und dennoch feine Brotzeit erwartete. Rosalinde hatte die von Sarah am frühen Morgen gebackenen Brote in ungefähr 200 kleine Stücke geschnitten und mit Judiths Hilfe verschiedene Pasteten oder gesalzenes Gänsefett darauf gestrichen. Manche Häppchen bestanden aus reinem Pastetenbrot, bei anderen waren nur ein paar Scheiben hartgekochter Eier darauf, manche mit fein geschnittenen und knusprig gebratenen Speckstückchen belegt oder mit Butter bestrichen und mit gehackten Trockengewürzen aus dem Schlossgarten bestreut. Besonders lecker sahen die Käsehäppchen aus, die mit einem Stückchen getrockneter Pflaume dekoriert waren. Dazu gab es noch andere kleine Leckereien, für deren Verzehr ebenfalls nur die Finger benötigt wurden. In den Augen der Gäste, die ausnahmslos so etwas noch nie gesehen hatten, schien dies eine gastronomische Revolution zu sein. Jedenfalls starrten sie fassungslos auf die auch optisch hübsch zubereiteten Häppchen. Auf der Suche nach dem eigentlichen Essen und nach Besteck blickten sie sich verstohlen, aber vergebens um – denn es kam nichts: Kein saftiger Braten mit dampfender Soße, kein gekochter Kohl, der ihre Mägen so richtig in Wallung brachte, und auch kein nahrhafter Krautsalat mit dem neuen Gewürz aus der fernen Türkei, das von Peter Immler mitgebracht worden war und das man »Kümmel« nannte. Dennoch waren die Gäste nach anfänglichem Zögern letztlich mehr als zufrieden. Sie wurden zwar nicht unbedingt satt, konnten dafür aber ihr kulinarisches Wissen erweitern, das die Frauen bei nächster Gelegenheit mit ihren unwissenden Geschlechtsgenossinnen teilen würden. Es war in der Tat ein revolutionäres Wissen, das Sarah erst vor ein paar Tagen durch die Gräfin höchstpersönlich zuteilgeworden war.

Der köstliche Rheinwein mundete derart, dass die bereitstehenden Wasserkaraffen meist unberührt blieben. Da konnte es nicht ausbleiben, dass er seine Wirkung beim einen oder anderen rasch voll entfalten konnte. So entsponnen sich schnell angeregte Unterhaltungen. Dass sich »die Brugger Maria« heute zum ersten Mal öffentlich mit ihrem »Verlobten« zeigte, war eines der ersten Themen, worüber nicht offen gesprochen, sondern nur leise getuschelt wurde. Da man in Staufen bisher nicht gewusst hatte, dass Maria überhaupt einen Freund, geschweige denn diesen adretten und augenscheinlich auch betuchten Immenstädter als Verlobten hatte, war Lodewigs versehentliche Falschinformation über deren Verlobung für die meisten von ihnen zu schnell gekommen. So war es kein Wunder, dass sich gerade unter den Frauen schnell die Vermutung breitmachte, dass Maria bereits ein Kind unter ihrem Herzen tragen würde. Da sie aber scheinbar verlobt war, würde dieses Thema für einen ordentlichen Dorftratsch nicht genügend hergeben. Also beschlossen die anwesenden Frauen, Maria ihr Glück zu gönnen, … zumindest im Moment, in einem Moment des eigenen Glücks und nach langer Abstinenz ein Moment der totalen körperlichen und seelischen Zufriedenheit. Stattdessen würden sie gnädig die Neuigkeit über die merkwürdige, aber leckere Art der Verköstigung im Schloss verbreiten.

Die Gäste konnten sich allesamt nicht daran erinnern, wann es das letzte Mal gewesen war, dass sie es sich hatten derart gut gehen lassen. Der Weihnachtsbaum strahlte, es war gemütlich warm und sie kamen sich allesamt als etwas Besonderes vor, während der kräftige Wein in ihnen ein wohliges Gefühl entfachte. Und indem sie sich heute nicht nur ordentlich herausgeputzt, sondern auch richtig gewaschen hatten, juckte es sie auch nicht so wie sonst und sie mussten sich nicht ständig kratzen; was für ein Fest! Ein Fest, bei dem sie durch die persönliche Einladung zu allem hin in den Augen des Kastellans auch noch offizielle Anerkennung gefunden hatten. Und da der Verwalter dieses gepflegten Schlosses von ihnen allen die weitaus besten Beziehungen zur gräflichen Familie hatte, konnte dies nicht schaden. Sie waren für jede Information aus der Residenzstadt dankbar. Dadurch erhofften sie sich irgendwann einmal irgendwelche Vorteile. Deshalb hatten sie zu Beginn des Festes den fantastischen Erzählungen Lodewigs und seines Vaters über deren Einladung am Stefanstag ins Immenstädter Schloss aufmerksam gelauscht. Sie hatten von den feinsten Speisen, von der besten Musik, von hochtrabenden Gesprächen und sogar von einem orientalischen Zauberer mit dessen beiden feuerspuckenden Mohren erfahren, wobei die beiden Dreylings von Wagrain auch die riesigen Lichterbäume und die gewaltige Krippe – die zwar nur die Kinder gesehen hatten – nicht unerwähnt gelassen hatten. Als dann Sarah – die ihren Männern ebenso erstaunt zugehört hatte wie alle anderen und sich dabei gefragt hatte, ob sie wohl in einem anderen Schloss gewesen war – deren maßlose Übertreibungen bremste, indem sie verriet, dass sie es gewesen war, die beim Nachhauseweg auf dem Kutschbock gesessen und unnötig Angst vor einem Überfall gehabt hatte, während hinten alle Familienmitglieder geschlafen hatten, brachen die Gäste in schallendes Gelächter aus.

»Dieses Amulett hat uns beschützt«, sagte sie in beschwörendem Ton, während sie ihre Handfläche zwischen das Amulett und ihr Dekolleté schob, um es den anderen Frauen entgegenzuhalten.

»Wunderschön …«

Während sich ein Grüppchen über die Fahnenstiftung des Grafen unterhielt und sich mehr darüber lustig machte, als sie ernst zu nehmen, sprachen andere über Jockel Mühlegg, ohne genauer auf den Grund seiner Inhaftierung und seines bevorstehenden Prozesses einzugehen. Da niemand die festliche Stimmung trüben wollte, berührten sie kaum die Vergangenheit und ließen sogar die beiden ermordeten jungen Staufner fast unerwähnt. Nur vereinzelt fielen die Namen der Mordopfer. Auch der tote Landstreicher war nur ein kurzes Thema. Da gaben sich die Gäste viel lieber euphorischen Zukunftsspekulationen hin und entwickelten im zunehmenden Dunst des Alkohols die abenteuerlichsten Theorien darüber, wie Jockel Mühlegg sterben und was das kommende Fähnrichsamt einbringen würde. Immer wenn ihre Blicke zufällig auf das junge Paar fielen, wurde verzückt das Thema gewechselt. Man kam auf die Liebe, die Mode und sogar auf die Kunst zu sprechen. Dass ihn der Kastellan als Meister seines Fachs vorgestellt hatte, machte Cornelius Brugger so richtig stolz. Dementsprechend kerzengerade saß er auf seinem Stuhl, während er seinem Nebenan die Kunst des Malens und des Töpferns zu erklären versuchte, was allerdings der reichlich genossene Wein so ziemlich zu verhindern wusste.

Lodewig und der Ortsvorsteher nahmen erfreut zur Kenntnis, dass im Laufe des Abends ein Stühlerücken begonnen hatte und sich alle kreuz und quer miteinander unterhielten. Außer dem Altkastellan und dem jungen Glück saß bald niemand mehr auf dem Stuhl, der ihm zu Beginn des Festes zugedacht gewesen war. Der Abend entwickelte sich ganz im Sinne des Kastellans, des Ortsvorstehers und des scheidenden Arztes. Dieses kleine Fest sollte eine große Wirkung haben und den Zusammenhalt der dörflichen Führungsspitze mit den anderen Honoratioren fördern. Dies konnte nur geschehen, wenn sie sich gegenseitig vertrauten und untereinander gut verstanden. Und das gegenseitige Verständnis konnte umso besser gefördert werden, je näher sie sich kannten.

»Der Fisch beginnt am Kopf zu stinken«, sagte Lodewig zu Hermann Schädler und meinte damit, dass es beim Volk nur funktionieren könne, wenn sie selbst mit gutem Beispiel vorangingen und nach außen hin absolute Solidarität, die er unbezwingbarer Stärke gleichsetzte, demonstrierten.

»Wie die Alten sungen, so zwitschern auch die Jungen«, meinte der Ortsvorsteher, ebenfalls einen alten Spruch gescheit von sich geben zu müssen.

»Du hast wie immer recht«, schmeichelte ihm Lodewig. »Es ist gut, wenn die Altvorderen Stärke zeigen und ihre Söhne auf die kommende Feldarbeit einschwören. Nur wenn dies gelingt, wird unser geliebtes Staufen wieder zu einer funktionierenden Dorfgemeinschaft werden. Hoffen wir also, dass die Veranstaltung der jungen Burschen heute ebenso harmonisch und erfolgreich verläuft wie diese hier.«

Als die beiden auf die Zukunft anstießen, klang dies in Sarahs Ohren äußerst beängstigend. Trotz der angenehmen Atmosphäre konnte sie es kaum erwarten, dass der Abend zu Ende ging und die Gläser der gnädigen Frau Gräfin wieder unversehrt im Schrank standen.

Aber noch war es nicht so weit. Der Benediktinermönch, der Medicus und der ehemalige Spitalhelfer Martius Nordheim hatten sich etwas zurückgezogen. Sie waren schon seit fast einer Stunde ins Gespräch vertieft, als sich Nepomuk davon löste, zu Lodewig ging und ihn fragte, ob sie zu Eginhard durften. »Der junge Medicus hat mich überrascht. Scheinbar besitzt er tatsächlich das Zeug dazu, eine bessere Stelle anzutreten. Jedenfalls hat er ein paar gute Gedanken, die möglicherweise zu Eginhards Genesung beitragen könnten. Aber dazu muss er ihn persönlich in Augenschein nehmen.«

»Selbstverständlich, Nepomuk«, lächelte Lodewig, den es freute, dass sich jetzt gleich drei Heilkundige um seinen Bruder kümmern würden, und Judith – die fast während des ganzen Festes bei Eginhard gewacht hatte – sich ein wenig erholen konnte.

»Ach, noch etwas: Ich muss ihm den Verband abnehmen. Meinst du, Rosalinde könnte auf die Schnelle frisches Verbandsmaterial auskochen, um es am Kachelofen sofort wieder zu trocknen?«

»Natürlich! Ich kümmere mich gleich darum und bringe euch noch ein paar Kerzen, damit ihr besseres Licht habt.«

Nepomuk drückte Lodewigs Schulter und nickte optimistisch. Dem Ausdruck seines Gesichtes konnte Lodewig allerdings etwas anderes entnehmen. Um sich vom Freund seines Vaters etwas vormachen zu lassen, kannte er ihn ebenfalls nur allzu gut.

Während das Abschiedsfest im gräflichen Schloss Staufen hoch über den Köpfen der Dörfler bereits in vollem Gange war, blieben die Staufner Jünglinge auf dem Boden der Tatsachen und folgten der schon vor Tagen ausgesprochenen Einladung des Ortsvorstehers zur Besprechung bezüglich der geplanten Fahnenstiftung in ein hundsgewöhnliches Wirtshaus. Da die jungen Burschen aus Geldmangel höchstselten in eines der vier Wirtshäuser Staufens gingen und die meisten von ihnen schon lange nicht mehr in der *Krone* waren, fühlten sie sich heute zwar wie die Honoratioren des Dorfes, wussten allerdings beim Betreten der Schankstube nicht so richtig, wie sie sich verhalten sollten. Zudem hatte aufgrund der jüngsten Geschehnisse ihr Selbstwertgefühl gelitten, weswegen ihr Auftreten verhalten, ja sogar fast schon unsicher wirkte. Dazu kam noch, dass sie zwei Freunde, oder zumindest gleichaltrige Kameraden, verloren hatten. Und ein anderer Altersgenosse wartete am letzten Tag des Jahres immer noch auf seine Gerichtsverhandlung … und auch auf seine Hinrichtung. Außerdem hatten die Schützen unter ihnen die Prügel, die sie nach ihrer Rückkehr aus Immenstadt durch ihre nichtschießenden Standesgenossen bezogen hatten, noch nicht vergessen. Und diejenigen, die diese Prügel ausgeteilt hatten, kamen heute sowieso mit einem flauen Gefühl im Bauch ins Wirtshaus *Zur Krone*, das sich nördlich der Hauptstraße, direkt gegenüber der Pfarrkirche, befand.

Schon beim Öffnen der Tür zum ersten der drei urigen Gasträume erfasste sie ein merkwürdiges Unwohlsein. Die meisten von ihnen kamen einzeln oder in kleinen Grüppchen zu zweit oder zu dritt. Aber allen ging es – unabhängig voneinander – gleich. Dass sie beim Betreten des Schankraumes von den einheimischen Stammgästen freundlich begrüßt wurden, weil diese durch Wirt Matheiß von der Versammlung der Junggesellen erfahren hatten und weil es teilweise deren Söhne waren, die ein Amt in der noch zu gründenden *Fahnenkompanie* ergattern wollten, vermochte ihr Unbehagen nicht beiseitezuschieben.

Der Schankraum war einigermaßen ordentlich ausgeleuchtet und die Geräuschkulisse zeugte davon, dass diejenigen, die es sich leisten konnten, sich am letzten Tag des Jahres das Bier besonders schmecken lassen wollten. Die vor langer Zeit weiß gelackten Wände und die ebenfalls ehemals weiße Kassettendecke glänzten zwar so speckig wie die Lederschürze des Wirtes, ließen aber gerade noch so viel der ursprünglichen Farbe durch, dass sich im Raum die mageren Lichtquellen widerspiegeln konnten. Durch den von sämtlichen Tischen hochwabernden Rauch wirkte die Düsternis dennoch etwas unheimlich.

Der zweite Gastraum wurde weniger von den Einheimischen als von Fremden genutzt; Marktfieranten, Salzroder, fahrende Händler und Pilger fanden hier ihre Plätze. Auch dieser Raum war am letzten Abend des Jahres voll besetzt. Aber auch er drückte irgendwie auf die Gemüter der jungen Staufner. Ob es die braun getäferte und vom Qualm noch dunkler patinierte Holzdecke oder das abgewetzte und deshalb schäbig aussehende Wandtäfer war? Darüber, ob es die misstrauischen Blicke der Fremden waren, die das Unbehagen der Fähnrichsanwärter in spe hervorgerufen hatten, machten sich die Jungmannen keine Gedanken, während sie in den dritten Raum – das allseits gemiedene Hinterzimmer – kamen. Dieser Raum war ungeliebten Außenseitern wie Landstreichern, die sich gerade so viel erbettelt hatten, dass sie sich einen wärmenden Schlaftrunk leisten konnten, durchreisenden Henkern, Totengräbern, verlotterten Weibern und anderen undurchsichtigen Gestalten vorbehalten. Da dieser Gastraum nur selten für Versammlungen genutzt wurde und zudem auf der schattigen Nordseite des für Staufner Verhältnisse großen Hauses lag, roch es hier muffig und modrig. Im schalen Schein der Fenster, deren Butzenscheiben so dreckig waren, dass sie kaum noch das flache Licht der Gestirne in den Raum ließen, sahen diejenigen der ledigen Burschen, die den Raum als Erste betraten, einen menschlichen Schatten mit einem großen Schlegel in der Hand. Da die jungen Burschen um die beängstigende Bedeutung dieses Gastraumes wussten, erschraken sie fast zu Tode.

Erst als sich ihre Augen und auch ihr Geist an die Düsternis gewöhnt hatten, schien sich der Schatten aufzulösen und sich in feste Materie zu verwandeln.

»Was ist mit euch los?«, fragte eine dumpf klingende männliche Stimme, die unverkennbar dem Sohn des Wirtes gehörte.

»Ach, du bist es nur, Siegfried«, kam es erleichtert zurück.

»Na ja, ›nur‹ ist gut. Immerhin bin ich von meinem Vater heute zu eurem persönlichen Mundschenk abgestellt worden und somit für euren Durst zuständig«, lachte der 18-jährige Wirtssohn. »Aber vielleicht ist es hier doch etwas zu dunkel. Ich hole eine zusätzliche Funzel«, ergänzte er noch und drückte dem ersten der Junggesellen den Holzschlegel, mit dem er das bereitstehende Bierfässchen anzuzapfen gedachte, in die Hände.

So nach und nach trudelten die Burschen ein und der Raum füllte sich. Bald waren sämtliche Stühle und Bänke besetzt. Da sie alle wussten, dass sie einen bestimmten Platz nicht besetzen durften, drückten sie sich lieber enger aneinander. Sie hatten nur einen Stuhl in ihrer Mitte frei gehalten, und der sollte Melchior

Henne gehören. Da Melchior noch kurz ins Schloss hochgemusst hatte, um beim Ortsvorsteher einige Direktiven in Bezug auf die Versammlungsleitung in Empfang zu nehmen, hatte er beim Wirt ausrichten lassen, dass er etwas später kommen würde und seine Kameraden das Bierfässchen ruhig schon anschlagen könnten. Und dies tat Siegfried, nachdem er – mehr als großzügig und ohne seinen Vater gefragt zu haben – auf jeden der vier Tische eine Kerze gestellt hatte, denn auch.

Obwohl jeder ein Freibier vor sich stehen hatte, war die Stimmung vergiftet. Aber immerhin: Bis auf den unliebsamen Säcklersohn Albert Wenninger waren fast alle gekommen, um ihre eigenen Möglichkeiten, erster *Staufner Bürgerfähnrich* zu werden oder wenigstens eines der anderen Ehrenämter zu ergattern, auszuloten. Insbesondere diejenigen, die nicht in Immenstadt gewesen waren und dadurch auch nicht aus erster Hand hatten erfahren können, wie sich der Regent und Oberamtmann Speen den Ablauf der geplanten Fahnenstiftung konkret vorstellten, waren neugierig auf das, was ihnen Melchior Henne gleich erzählen würde.

Misstrauisch beäugten diejenigen, die zu den Jungschützen gehörten, diejenigen, die es ihnen neideten. Es war ungefähr die Hälfte, die mit der verdammten Schießerei überhaupt nichts am Hut und auch keinen damit verbundenen Dünkel hatte. Erst als Bertel Schwabacher den Krug erhob und den anderen mit einem frechen Trinkspruch zuprostete, lockerte sich die kalte Atmosphäre etwas. Gerade als sie anstoßen wollten, ging die Tür auf und Baltus Vögel hatschte in den Raum, in dem es sofort wieder still wurde. Er stand so lange unter dem Türrahmen, bis er von Matthiß Spindelhirn gefragt wurde, was er hier wolle.

»Was wohl? Fähnrich werden! Fähnrich werden!«, kam die Antwort so forsch, als wenn es nichts anderes gäbe.

Wieder war es still. Aber nur so lange, bis der Erste lauthals zu lachen begann. Einer nach dem anderen stimmte in das zunehmend hämische Gelächter ein.

Baltus stand immer noch unter dem Türrahmen. Sein Kopf flog von einem Tisch zum anderen. Man konnte spüren, was sich in ihm zusammenbraute.

»Ihr seid alle dumm! Dumm! Dumm!«, schrie der einfältige Bursche, während ihm Sekret aus den Mundwinkeln troff. Er steuerte direkt auf den für Melchior Henne frei gelassenen Platz zu und setzte sich schneller hin, als die anderen schauen konnten. »Schön sitzen!«, kommentierte er das, was er gerade tat, mit einem siegessicheren Grinsen. Die vorangegangene Demütigung schien der Dorfnarr schon wieder vergessen zu haben – zumindest machte es den Eindruck.

»Ja, bist du denn jetzt total verrückt geworden!«, wurde er vom Schuhmacher Hanspeter Burger angeschrien. »Du sitzt auf Melchiors Stuhl!«

»Mein Platz! Mein Platz!«, stellte Baltus unmissverständlich klar, während er dabei zur Unterstreichung seiner Feststellung mit den flachen Händen wie gestört so fest auf den Tisch hieb, dass die Kerze umfiel und sich deren Wachs auf der Tischplatte verteilte.

»Jetzt wird's mir aber zu bunt!«, fuhr der als unangenehmer Zeitgenosse bekannte Hanspeter Burger dazwischen, packte Baltus am Kragen und riss ihn vom Stuhl. Er zog den im Gegensatz zu ihm als harmlos geltenden Schmiedesohn durch den ganzen Raum bis zu einer an der Wand befestigten, nach unten hängenden Tischplatte, vor der ein einsamer Stuhl stand. Während er dies tat, folgten ihm aller Augen, weswegen einer von ihnen unbemerkt die umgefallene Kerze in seiner Tasche verschwinden lassen konnte.

Burger hob die mit einem Scharnier an der Wand befestigte Holzplatte hoch, ohne mit der anderen Hand Baltus loszulassen. Unter der Platte klappte ein an einem Gelenk befestigtes Holzbein herunter, das er mit seinem rechten Fuß in der dafür vorgesehenen Bodenvertiefung verankerte. Es war der gefürchtete »Henkerstisch«, an den sich Baltus setzen sollte.

»So, Baltus! Das ist dein Tisch! Den hast du ganz für dich allein«, keuchte Hanspeter Burger gleichsam vor Anstrengung und Aufregung, während er Baltus den Stuhl, in dessen Lehne zwei gekreuzte Richtschwerter und ein Henkersknoten geschnitzt waren, unter den Hintern schob.

Die anderen Burschen sahen den beiden entsetzt zu.

»Das kannst du doch nicht machen! Das bringt Baltus Unglück … und dir auch!«, warnte einer den Schuhmacher, der schon wieder auf dem Weg zu seinem Platz war.

»Und ob ich das kann!«, bellte Hanspeter Burger, der auch noch stolz auf sein Handeln zu sein schien, zurück und nahm zu seiner eigenen Belohnung einen kräftigen Schluck aus dem vor ihm stehenden Krug.

Es dauerte lange, bis sich alle wieder einigermaßen beruhigt hatten und sich normale Gespräche, bei denen der eine oder andere immer wieder verstohlen zu Baltus blickte, entsponnen. »Wo ist denn die Kerze?«, fragte einer, wandte sich aber gleich wieder dem allgemeinen Gespräch zu.

Baltus ließ zwar seinen Blick nicht mehr vom Schuhmacher, schien sich aber schnell beruhigt zu haben. Er spielte mit dem in die Wand eingelassenen Eisenring, an dem früher eine Kette mit einem Zinnkrug angebracht gewesen war. Baltus war der Einzige, der nicht wusste, dass er am gefürchteten »Henkerstisch« saß und dass der Nachrichter ein eigenes Trinkgefäß hatte, das zu gebrauchen sich kein anderer getraute. Im Gegensatz zu allen anderen, die diesen Tisch seit Generationen mieden, war er jetzt stolz darauf, ein eigenes Tischchen zu haben. Dass es hier im Wirtshaus *Zur Krone* einen »Henkerstisch« gab, lag daran, dass in Staufen schon Mitte des 15. Jahrhunderts unter dem damaligen Regenten Hugo von Montfort ein Gerichtsstand fester Bestandteil der rothenfelsischen Rechtssprechung gewesen war. Seit lange vor dem Großen Krieg trat das Gericht in Staufen allerdings nur noch zweimal während des Jahres zusammen. Aber dies war auch schon wieder viele Jahre her gewesen, genauer gesagt, das letzte Mal im Jahre 1634. Damals war der Saal im oberen Stock zum Gerichtssaal umfunktioniert worden. Damals war es auch gewesen, als der Kemptener Henker Georg Baier in Vertretung seines indisponierten Immenstädter Berufskollegen Hermann Leimer an genau diesem Tisch auf die Verkündung des Urteiles gewartet hatte, an dem jetzt Baltus saß. Und dass nicht nur das Henkershandwerk, sondern auch die *Krone* selbst eine lange Gerichtstradition hatte, dokumentierte eindrucksvoll, dass sie in diesem Zusammenhang bereits 1466 das erste Mal Erwähnung gefunden hatte. Der damalige Kronenwirt Cuntz Kaufmann hatte als Ammann des Grafen Hugo von Montfort-Rothenfels bei einem sogenannten »Leibeigenschaftsprozess«, bei dem sich die hiesigen Bauern gegen die Obrigkeit aufgelehnt hatten, mitgewirkt. Dass hier in diesem Haus sogar ein Mann Gottes, nämlich Propst Glatt, geboren worden war, änderte auch nichts daran, dass es den »Henkerstisch« immer noch gab. Und dass dies so war, lag nur daran, weil Generationen von Wirtsleuten sich gescheut hatten, ihn zu entfernen.

»Das bloße Berühren des Tisches oder des Stuhles bringt Unglück«, pflegte der Wirt Matheiß immer zu sagen, wenn er darauf angesprochen wurde.

Davon ausgenommen war offensichtlich der jetzt fehlende Krug des Nachrichters. Irgendjemandem war es wohl egal gewesen, durch den Diebstahl des wertvollen Zinnkruges – dessen Deckel die gleichen Insignien getragen hatte wie die Stuhllehne – Unglück heraufzubeschwören. Wer dies gewesen war, wusste niemand. Der Wirt war es jedenfalls nicht. Wie auch schon seine Vorgänger, wollte er kein Unheil über sein Haus kommen lassen, weswegen auch er den »Henkerstisch« bis heute nicht entfernt hatte.

»Ruhe!«, schrie der inzwischen ebenfalls eingetroffene Melchior Henne, sich seiner Verantwortung als Versammlungsleiter bewusst, während er sich von seinem Stuhl erhob. »Jetzt lasst uns beginnen! Und du, Baltus, hörst mit der Summerei auf!«

»Es geht ein Bi-Ba…« Da außer Baltus nicht gleich alle seiner Aufforderung Folge leisteten, blickte Melchior zur Unterstreichung seines Ansinnens streng in die Runde. Erst als das allgemeine Gemurmel aufgehört hatte und der letzte Ton verstummt war, entschuldigte er sich für sein Zuspätkommen und erklärte, dass ihm vom Ortsvorsteher aufgetragen worden war, die heutige Besprechung zu leiten. Danach trug er seinem Freund Bertel Schwabacher auf durchzuzählen.

»Sechsundvierzig!«, rief Baltus Vögel wie aus der Muskete geschossen, noch bevor Bertel überhaupt aufgestanden war, um den Überblick zu bekommen.

Die Versammlungsteilnehmer blickten Baltus erstaunt an. Sie konnten nicht glauben, dass der Dümmste des Dorfes so schnell zählen konnte, mussten sich aber – nachdem Bertel die Anwesenden ebenfalls gezählt hatte – eines Besseren belehren lassen.

»Zur heutigen Versammlung sind also 46 wahlberechtigte Staufner Junggesellen erschienen«, stellte Melchior fest und wollte dies sogleich notieren.

»Fünfundvierzig!«, schrie Hanspeter Burger plötzlich ins Rund.

Als Bertel Schwabacher sich empören wollte, fuhr ihm der Schuhmacher dazwischen: »Bleib gelassen, Bertel. Du hast dich nicht verzählt. Aber ihr werdet Baltus doch nicht ernsthaft zum Kreise der Fähnrichsanwärter zählen wollen ... Da könnt ihr ja gleich Wenningers Albert dazunehmen.«

Dadurch provozierte der Schuhmacher eine längere Diskussion, bei der es heiß herging und die einmal mehr bestätigte, dass die jungen Burschen des Dorfes in zwei Lager gespalten waren: Während die meisten der vom Grafen über den Ernst der Sache informierten Schützen darauf bestanden, zumindest Baltus nicht mit einzubeziehen und es als von Gott gegebenen Umstand hinnahmen, dass der körperlich behinderte Albert Wenninger nicht gekommen war, schlug sich der zahlenmäßig knapp unterlegene Teil der Nichtschützen demonstrativ auf die Seite derer, die glaubten, sie aufgrund ihrer Behinderungen unterstützen zu müssen. Dabei mag wohl der Gedanke, den Schützen unter ihnen eins auszuwischen und gleichzeitig eine oder zwei Stimmen mehr in ihren eigenen Reihen zu wissen, eher im Vordergrund gestanden haben als ehrliche Nächstenliebe.

Wenn Melchior nicht gewesen wäre, hätte es schon bei dieser ersten Zusammenkunft der ledigen »Bürgersöhne«, wie sie vom Grafen höchstpersönlich bezeichnet worden waren, zum Eklat kommen können. Als der Leinweber dann auch noch seinen Stuhl genommen, ihn zu Baltus an den Henkerstisch gestellt und sich zu ihm gesetzt hatte, wäre der Streit fast aus dem Ruder gelaufen. Aber Melchior konnte sich durchsetzen und alle beruhigen. Wäre ihm dies jetzt nicht gelungen, hätte die Sache sowieso keinen Zweck gehabt und er sein Amt als Versammlungsleiter niedergelegt, noch bevor die Sache richtig begonnen hatte. Wahrscheinlich wäre dann überhaupt nichts aus der gräflichen Fahnenstiftung geworden. Da aber Baltus Vertrauen zum Leinweber gefasst hatte, nahm er – nachdem Melchior wie auf einen sturen Esel eingeredet hatte – letztlich dessen Vorschlag an, »Erster und einziger Verantwortlicher für den ordentlichen Zustand der Trommeln« zu werden.

»Fürwahr eine wichtige Aufgabe, Baltus! Ich verlasse mich darauf, dass die Trommeln zur Fasnacht hin sauber geputzt sind und glänzen«, beendete Melchior die zwar anstrengende, schließlich aber erfolgreiche Zwiesprache. Da der Versammlungsleiter aus der allgemeinen Disharmonie gestärkt herausgegangen war, gab es fortan keine nennenswerten Probleme mehr und er hatte endgültig das unbestrittene Sagen. Obwohl Baltus die Versammlung immer wieder störte, indem er zusammenhanglos rief: »Ich werde Fähnrich!«, um gleich daraufhin festzustellen, dass er der »Herr der Trommeln« sei, waren er und die in der Anwesenheitsliste ordentlich eingeschriebenen 45 Wahlberechtigten am Schluss doch noch zufrieden.

Nachdem Melchior in aller Ausführlichkeit vom Gespräch der Schützen mit dem Grafen und anderen »hohen Herren« im Immenstädter Amtshaus berichtet und von den Vorstellungen des Grundherrn und des Oberamtmannes erzählt hatte, wollte sich eine rege Diskussion über die Art und Weise des Ablaufes der Feierlichkeiten entspinnen. Aber auch hier gebot der Versammlungsleiter Ruhe, um ausführlich von den diesbezüglich doch schon recht konkreten Vorschlägen der Obrigkeit erzählen zu können.

Viel weiter waren sie allerdings nicht gekommen. Sie hatten nur beschlossen, sich aufgrund der gräflichen Vorgabe, denjenigen, der den Willen des Grafen umsetzen würde, als »Bürgerfähnrich« zu betiteln und den Tag der Umsetzung als *Staufner Fasnatziestag* zu bezeichnen. So hatten sie irgendwie das Gefühl, den Immenstädter Bürgern wenigstens an einem Tag des Jahres vom Nimbus her gleichgestellt zu sein und etwas zu haben, was die Immenstädter nicht hatten.

Bezüglich der eigentlichen Fähnrichswahl waren sie keinen Schritt weitergekommen. Lediglich in Bezug auf die Nominierung der Kandidaten waren ein paar Namen in den Raum geschmissen, aber weder verhandelt, geschweige denn ordentlich gewählt worden. Allerdings war dabei aufgefallen, dass der Name des lese- und schreibkundigen Bertel Schwabacher wohl am öftesten gefallen sein dürfte, was gerade die Nichtschützen in Aufregung versetzt hätte, wenn der Versammlungsleiter nicht sofort dazwischengefahren wäre. Während Melchior versuchte, die Ruhe im Raum wiederherzustellen, summte Baltus nur sein Lied vom »Bi-Ba-Butzemann« vor sich hin und Siegfried, der Sohn des Wirtes, rollte das leere Bierfass nach draußen.

Es war bereits die 10. Stunde angebrochen, als der Nachtwächter den Schankraum betrat und die Zecher ermahnte, »so langsam« zum Aufbruch zu rüsten.

»Da die Zeit schneller fortgeschritten ist, als wir wollten, können wir heute unmöglich zur Wahl des ersten *Staufner Bürgerfähnrichs* und der Mitglieder seiner *Fahnenkompanie* schreiten. Wenn wir heute noch den Fähnrich, seinen Stellvertreter, drei Fahnenbrüder, dazu auch noch den Tambourmajor und den Butz erwählen sollen, wird es weit über Mitternacht. Darüber hinaus müssen auch noch die Trommler und Pfeifer bestallt werden. Deswegen schlage ich vor, dass wir uns in Bälde separat und ausschließlich zur offiziellen »Fähnrichswahl« treffen. Was haltet ihr davon?«, stellte Melchior die Frage ins Rund.

»Ja! Das ist gut«, unterstützte ihn Siegfried. »Das Fass ist sowieso leer.«

Da es offensichtlich nichts mehr zu trinken geben sollte, nickten alle und Melchior Henne beendete die Versammlung mit den Worten: »Ihr wisst jetzt genau, um was es geht. Und ihr kennt die vom Grafen geplanten Vorgaben und Festlichkeiten an den letzten Tagen der Fasnacht.«

»Kann man den sonntäglichen Kirchgang nicht streichen und stattdessen den Aschernen Mittwoch mit einbeziehen?«, unterbrach Matthiß Spindelhirn, konnte dafür aber nur wenige Lacher auf seine Seite ziehen.

»Also!«, fuhr Melchior unbeirrt fort. »Wenn ihr keine Fragen mehr habt, beschließe ich jetzt offiziell die erste Versammlung der Staufner Jünglinge, die dazu berechtigt sind, den *Staufner Bürgerfähnrich* mitsamt den Mitgliedern seiner *Fahnenkompanie* für den *Staufner Fasnatziestag* zu erwählen und die ebenfalls dazu berechtigt sind, sich selbst in eines dieser Ämter wählen zu lassen.«

Als er dies so sagte, entgingen Melchior die stechenden Blicke, die sich seine Standesgenossen teilweise zuwarfen, ebenso wenig wie das nichts Gutes verheißende Gemurmel der Nichtschützen über Bertel Schwabacher. Dennoch wünschte er den ledigen Burschen Staufens noch ein gutes, vor allen Dingen aber gesundes neues Jahr.

1650

Vom Jahresanfang bis zu dem Tag, an dem das 1635 gegebene Versprechen des Grafen eingelöst und von den ledigen Staufner Burschen erstmals umgesetzt wurde.

»… und soll uns vereinen nach altem Staufner Brauch;
Frohsinn, Freundschaft und Ehrbarkeit«

Aus einer alten Chronik.

KAPITEL 32

Der erste Tag des neuen Jahres war kaum angebrochen, aber schon fast alle Staufner waren auf den Beinen, die an diesem Samstag nicht krankheitsbedingt an ihr Lager gefesselt waren und ihre Behausungen wegen der Bälger oder anderweitig hüten mussten. Nicht nur, weil das Wetter traumhaft schön war – was gerade an diesem besonderen Tag als gutes Omen für ein erntereiches Jahr angesehen wurde –, sondern weil man sich am ersten Januar erfahrungsgemäß viel zu erzählen hatte. Und an diesem Tag gab es außerordentlich viele Neuigkeiten, über die sich zu informieren fast schon so etwas wie die Pflicht jedes einzelnen gräflichen Untertanen war. Immerhin hatte gestern das erste Treffen der Staufner Jünglinge stattgefunden und als ob die Welt sich pünktlich zu Beginn des Jahres 1650 erneuern würde, war am letzten Tag des vergangenen Jahres seit langer Zeit zudem auch noch ein Empfang im Schloss Staufen gegeben worden. Dass über diese interessanten Neuigkeiten inmitten des ansonsten tristen Alltags der Staufner Bevölkerung gesprochen werden musste, verstand sich von selbst.

Wenn es nicht Samstag gewesen wäre, hätte man glauben können, dass es Mittwoch, also Markttag, war. Denn überall standen in dicke Mäntel verpackte und in selbst gestrickte Schals gehüllte Menschen in Grüppchen beieinander, um eifrig zu ratschen. Vor dem Kirchenportal hatten sich mehr oder weniger zufällig etliche Frauen zusammengefunden, um sich von denjenigen Geschlechtsgenossinnen, die gestern beim Abschiedsfest des ehemaligen Spitalleiters dabei gewesen waren, darüber in Kenntnis setzen zu lassen.

»Stellt euch vor: Gestern hat es im Schloss nur belegte Brotstückchen anstatt eines saftigen Bratens gegeben«, wusste Käthe, die bekannteste Ratschkattel des Dorfes, zu berichten. Woher sie dieses Wissen jetzt schon hatte, war wie immer, wenn die hagere und groß gewachsene Tochter der betagten Altmesnerin Neuigkeiten zu vermelden hatte, schleierhaft. Ihre Mutter Leni war in jüngeren Jahren ebenfalls ein geschwätziges Weib gewesen, würde diesbezüglich heute aber Käthe nicht das Wasser reichen können.

»Dann ist jetzt auch diesen Dreylings das Geld ausgegangen«, stellte eine der Frauen spöttisch fest und unterstrich ihre offenkundig neidische Häme den niederadligen Dreylings von Wagrain gegenüber damit, dass sie die reputierte Familie des Kastellans abschätzig als »diese Dreylings« bezeichnete.

»Das glaube ich nicht!«, konterte die Frau eines honorigen Staufners, die beim Abschiedsfest dabei gewesen war, mit wissender Miene, wurde aber – bevor sie weiterreden konnte – unterbrochen.

»Warum nicht? Weshalb sonst hat es keine warmen Speisen gegeben und ihr habt euch mit Brot zufriedengeben müssen?«, stänkerte das allseits als missgünstig bekannte Weib des Korbflechters.

»Weil es ein Fest war, zu dem nicht der Kastellan, sondern der Medicus eingeladen hat! Somit wird wohl auch er für alles gesorgt haben«, versuchte eine etwas feiner wirkende Frau mit säuberlich hochgestecktem Haar, die ebenfalls eingeladen gewesen war, sich vor den Kastellan und dessen Familie zu stellen.

»Und mit was hat der scheinbar ach so uneigennützige und deshalb ach so arme Medicus das sicherlich teure Fest bezahlt?«, stellte eine andere mit unüberhörbarer Missgunst denjenigen Frauen gegenüber, die im Gegensatz zu ihr dabei gewesen waren, in den Raum.

Jetzt reichte es der Frau des Ortsvorstehers, die bisher schweigend dabeigestanden war, und sie tat, was sie eigentlich nicht hatte tun wollen: Sie mischte sich in das missgünstige Geschwätz der anderen Frauen ein. »Mit Verlaub: Das geht euch überhaupt nichts an! … Außerdem haben diejenigen, von denen die Einladung ausgesprochen wurde, eindrucksvoll bewiesen, dass man nicht unnötig Geld zum Fenster rausschmeißen muss, indem man gleich eine ganze Sau oder gar einen Ochsen schlachtet, nur um zu prahlen und Gäste zufriedenzustellen. Auch wenn diese »Happen«, wie man das fein zurechtgemachte Brot, das die Magd Rosalinde auf Silbertabletts dargereicht hat, nennt, keine warme Mahlzeit war, so sollen sie doch vom Leibkoch des jungen Frankenkönigs Ludwig XIV. erfunden worden sein. Und dementsprechend gut haben sie auch geschmeckt. In adligen Kreisen gilt es neuerlich als schicklich, sich bei kleineren Empfängen und Festen nicht immer die Wänste vollzuschlagen, sondern mit einem Glas guten Weines in der Hand im Stehen zu speisen.«

»Was? Im Stehen fressen? Ja, haben die da oben denn überhaupt keinen Anstand mehr?«, mokierte sich eine entfernte Verwandte des Hucklers, der es eigentlich egal sein sollte, ob sie im Stehen oder Sitzen speisen müsste – Hauptsache, sie hatte überhaupt etwas zu beißen.

»Natürlich haben ›die da oben‹, wie du die Mitglieder des französischen Königshauses nennst, Anstand und behalten immer Contenance«, nahm die Frau des Ortsvorstehers den französischen Hochadel, von dem sie gestern erstmals etwas ausführlicher gehört hatte, in Schutz, versäumte dabei aber nicht, die wenigen neu erworbenen Fremdwörter anzubringen.

»Oh! Madame geruhen etwas Besseres zu sein?«, stänkerte Käthe schon wieder und vollführte dabei so etwas Ähnliches wie einen Hofknicks, der ihr allerdings nicht annähernd gelang, weil sie nur davon gehört, selbst aber noch nie einen gesehen hatte.

»Nur kein Neid«, wurde die besonders ungepflegte Frau, der jetzt auch noch die Haare wirr ins Gesicht hingen, von mehreren Frauen, die zur Ortsvorsteherin hielten und dafür ein dankbares Lächeln bekamen, mundtot gemacht.

Da Frau Schädler wusste, dass sie – bis auf ein paar eifersüchtige und unzufriedene Weiber – allseits beliebt und geschätzt war, traute sie sich selbstbewusst, Käthe noch eins mitzugeben: »Außerdem haben diese ›Happen‹ vorzüglich gemundet. Und erst der köstliche Wein …« Den verzückt klingenden Tonfall und die dazu passende Mimik musste die Blamierte wohl oder übel über sich ergehen lassen, wenn sie sich nicht noch mehr ausgrenzen wollte.

Als die Frau des Ortsvorstehers von der Liaison zwischen der hübschen Töpfertochter Maria und dem schneidigen Immenstädter Kaufmann und Ratsherrn Peter Immler zu erzählen begann, interessierte sich niemand mehr für den gestrigen Speiseplan und schon gar nicht mehr für Käthes Gemaule. Um mehr über das – wie es aussah, frischverlobte – Paar zu erfahren, drängten sich nun alle um die erste Frau des Dorfes, die wusste, dass sie mit ihrem neu erworbenen Wissen ihr Ansehen und ihre Stellung innerhalb der Dorfgemeinschaft festigen konnte. Allerdings kam sie nicht gleich dazu, ihr Wissen preiszugeben. Denn als an ihnen ein bürgerlich gewandeter Fremder mit einem noblen Handstock vorbeischlenderte, dabei galant den Hut anhob und höflich grüßte, war es mit der Konzentration vorbei. Wie auch die anderen Frauen, wunderte sich die Ortsvorsteherin über den trotz seiner Augenverletzung und seiner Narben irgendwie interessant erscheinenden Mann, der sich noch einmal umdrehte und sich dabei sogar auch noch kurz verneigte.

Während die Ortsvorsteherin wieder von den anderen Frauen ausgefragt wurde, rotteten sich auf dem Marktplatz so nach und nach deren Töchter zusammen. Insbesondere die Mädchen im heiratsfähigen Alter waren genauso neugierig wie ihre Mütter. Allerdings interessierten sie sich im Moment weniger für die aktuelle Mode oder, mangels Material, nicht nachkochbare Küchenrezepte irgendwelcher ferner Königshöfe. Selbst die Neuigkeit von Maria Bruggers Verlobung mit »einem von dort« – womit Immenstadt gemeint war – nahmen sie nur am Rande zur Kenntnis. Immerhin war Maria ungefähr zehn Jahre älter als die meisten von ihnen, weswegen sie nicht allzu viel mit der Töpfertochter verband. Außerdem galt die mit ihren 29 Jahren immer noch Unvermählte sowieso schon als alte Jungfer, was ihnen merkwürdig genug erschien, um sich nicht allzu vertraut mit ihr abzugeben.

Aber dies sollte jetzt kein Thema werden. Vielmehr wollten die Mädchen in Erfahrung bringen, wen die ledigen Burschen des Marktfleckens gestern zum ersten *Staufner Bürgerfähnrich* bestimmt hatten. »Bürgerfähnrich!« Mit dieser Bezeichnung hatten sie zunächst nichts anzufangen gewusst. Nach längerer Betrachtung hatte dies aber die Nasen der einfachen Mädchen dann doch etwas nach oben gehoben. *Staufner Bürgerfähnrich*! – welch ein Wohlklang lag in dieser Betitelung, für die der regierende Reichsgraf höchstpersönlich die Erlaubnis gegeben haben sollte. Nach genauerer Betrachtung weckte dies nun doch den Wunsch fast aller Maiden, die Frau an der Seite des Fähnrichs, also »Fähnrichsbraut«, zu werden. Dies würde ja nicht unbedingt etwas mit einer Liebschaft zu tun haben müssen, sondern lediglich auf die Zeit begrenzt sein, in der die vom Fähnrich Auserwählte ihn bei dessen Arbeit unterstützen würde. Aber wer wusste es schon? Vielleicht könnte ja – falls es sich beim Fähnrich um einen besonders schneidigen Burschen handeln sollte – doch mehr daraus werden! Um an ihr Ziel zu gelangen, würde die eine oder andere sogar dazu bereit sein, sich vor dem infrage kommenden Burschen zu entblößen und sich ihm hinzugeben. Hilft's nichts, schadt's auch nichts, dachte sich diejenige unter ihnen, die sowieso schon dafür bekannt war, ihre Hüllen bereits für ein kleines Präsent fallen zu lassen.

Kein Wunder, dass die Sache auch auf einige Mütter einzuwirken begann, die bisher nicht im Sinn gehabt hatte, ihren Sohn in dieses irgendwie immer noch komisch dünkende Amt zu schieben, nun aber doch hoffte, dass er dadurch einer braven Jungfer näherkommen würde. Die Mütter der Mädchen dachten umgekehrt in etwa dasselbe. Unabhängig davon waren sowieso alle »ehrenkäsig«, was nichts anderes bedeutete, als dass sie innerhalb des dörflichen Gefüges auch etwas gelten und darstellen wollten.

So gerieten also die Mütter und Töchter unabhängig voneinander gleichermaßen ins Schwärmen. Da sie auch schon erfahren hatten, dass der feierliche Akt des erstmaligen Fahnenschwingens in der Geschichte Staufens schon am nächsten Faschingsdienstag, den 17. April 1650, stattfinden sollte und im Anschluss daran sogar getanzt werden durfte, wussten die Mütter, dass es ohne ihre Töchter nicht funktionieren würde, auch wenn es laut Edikt des Grafen in erster Linie eine Sache der ledigen Burschen werden sollte. So waren jetzt auch die Mädchen noch neugieriger geworden, als dies bisher schon der Fall gewesen war.

Da sich unter ihnen Marei, die um zwei Jahre jüngere Schwester von Bertel Schwabacher, befand, wollten die Mädchen Informationen aus erster Hand bekommen. »Und? Marei, dein Bruder war doch gestern bei der Versammlung. Nun erzähl uns schon, wer Fähnrich geworden ist.«

Obwohl Marei die Glut unbändiger Neugierde in den Augen der anderen nicht verborgen geblieben war, getraute sich das zarte Mädchen nicht gleich zu antworten. Erst als es von allen Seiten bedrängt wurde, berichtete es, dass derjenige, der das Vermächtnis des Grafen umsetzen sollte, noch nicht feststehe und dass es auch noch keinen Fähnrichsstellvertreter, keine Unterfähnriche, geschweige denn einen Tambour oder einen Butz gäbe.

»Die wissen noch nicht einmal, ob sie überhaupt Pfeifer dazu nehmen können und wer die Trommeln schlagen soll. Sie wissen nur eines …«

»Was denn, Marei?«, wurde sie schnatternd von den Mädchen unterbrochen, die sich jetzt noch enger um sie drängten. »Nun sag schon!«

»Albert Wenninger macht nicht mit. Und Baltus Vögel darf nicht wählen – er selbst ist sogar als nicht wählbar deklariert worden. Dafür ist er für einen ordentlichen Zustand der Trommeln verantwortlich.«

»Na, prima!« Ein enttäuschtes Raunen mit einem der Stimmung angeglichenen Köpfeschütteln machte die Runde.

»Aber Bertel hat mir gesagt …«, Marei unterbrach sich versehentlich selbst und sorgte dadurch schon wieder für Spannung, »dass Melchior Henne gleich nach dem Dreikönigsfest eine separate Fähnrichswahl einberufen wird.«

Bevor sie erzählen konnte, dass es ganze 45 Jünglinge waren, die für die sieben begehrten Führungsposten innerhalb der Fahnenkompanie infrage kämen und ungefähr zehn bis 20 junge Burschen sich als Trommler und Pfeifer zur Verfügung stellen würden, traf der Fremde, der kurz zuvor an den Frauen vorbeigeschlendert war, auf diese Gruppe gackernder Hühner. »Einen wunderschönen guten Morgen, die Damen. Ich hoffe, einen angenehmen Tag zu haben«, säuselte er beim Vorbeigehen, nickte galant und drehte dabei schwungvoll seinen Handstock, dessen gedrehter Silberknauf im Sonnenlicht glänzte.

Derart überschwänglich gegrüßt, machten einige der Mädchen einen höflichen Knicks, während andere verschämt zu Boden blickten und zwei von ihnen nichts Besseres einfiel, als albern zu kichern. Sie sahen dem Fremden zwar kurz nach, ließen sich aber von ihrer Unterhaltung nicht allzu sehr ablenken.

»Wie viele Burschen sind wahlberechtigt, hast du gesagt, Marei?«, lenkte die als forsch bekannte Gislinde Linhart zum eigentlichen Thema zurück.

»Fünfundvierzig! … Glaube ich«, antwortete Marei, die mit ihren Gedanken gerade bei Ambrosi Blank gewesen war, etwas irritiert. Sie sah den feschen Krämer so gerne, dass sie mit Vorliebe an seiner Seite wäre, wenn an der kommenden Fasnacht der Wille des Grafen Königsegg vollzogen würde.

Aber auch einige der anderen Mädchen wurden langsam nachdenklich, während zwei schon wieder zu kichern begannen. Es war wohl keine unter ihnen, die nicht irgendeinen der jungen Staufner anhimmelte und ihn liebend gerne dabei unterstützen würde, wenn er seinen »Ehrentag« organisieren und die Fahne durch die Straßen des Marktes tragen würde.

Genau darüber wollten die Burschen, die sich – als wenn es abgesprochen worden wäre – am alten Marterl zusammengefunden hatten, debattieren. Allerdings ging es bei ihrer Zusammenkunft nicht so sittsam zu wie bei den Altvorderen und bei den Mädchen. Kaum dass sie sich getroffen hatten, spalteten sie sich schon wieder in zwei Lager. Der Einzige, der nicht wusste, wohin er gehörte, war Baltus, der ständig auf der den Seelesgraben überspannenden Brücke hin- und herhüpfte und das einzige Lied, das er kannte, sang.

»Halt endlich dein Maul und hau ab, du Narr!«, wurde er – wie bereits am Abend zuvor – schon wieder von Hanspeter Burger angeraunzt.

Spätestens jetzt wusste Baltus, zu welcher Gruppe er nicht gehören wollte. »Arschloch! Arschloch!«, rief er dem fiesen Schuhmacher zu, bevor er wieder seinen Singsang anstimmte.

Damit Baltus nicht zwischen die sich ankündigenden Fronten geraten konnte, nahm ihn Sefton Bröger, der einfühlsame Sohn des Sonnenwirtes, beiseite und lockte ihn von der Brücke. »Komm, Baltus«, sagte er sanft. »Geh aus der Schusslinie. Du bist nicht so verstritten wie die da.«

Auch wenn sich rechts des Seelesgrabens die Schützen und links des wegen des wetterbedingt beginnenden Schmelzwassers derzeit ganz besonders munter fließenden Gewässers die Nichtschützen zusammengerottet hatten, war keineswegs gewährleistet, dass der natürliche Wall vor Handgreiflichkeiten schützte. Nur allzu schnell wurde bestätigt, dass die Hiebe, die fast alle Staufner Jungschützen vor nicht allzu langer Zeit wegen Jockel Mühlegg von ihren nichtschießenden Altersgenossen hatten einstecken müssen, längst nicht vergessen waren. Dass insgeheim eine noch viel größere Wut in ihren Herzen brodelte, war bisher nicht laut ausgesprochen worden. Im Grunde genommen galt bei der Buhlschaft um das zu besetzende Fähnrichsamt das Motto »Jeder gegen jeden«. Dabei hatten sie eines gemeinsam: Sie alle wollten erster Bürgerfähnrich in der Geschichte Staufens werden. Und dazu würde einigen von ihnen jedes Mittel recht sein. Aber noch schlummerte das Ego der ehrgeizigen Burschen im Verborgenen. Jetzt galt es erst einmal, sich Pfründe zu sichern, indem man den gegnerischen Haufen einzuschüchtern versuchte und möglichst viele von denen für die eigenen Reihen gewann. Immerhin würde der Fähnrich von ihnen allen gewählt werden, also kam es auf jede einzelne Stimme an! Und so, wie es momentan aussah, waren beide Gruppen in etwa gleich stark besetzt. Wenn also beide Gruppen einen Fähnrichs–Aspiranten ins Rennen schicken würden, könnte dies knapp ausgehen, möglicherweise sogar zu einem Patt führen, wovon zunächst niemand etwas hatte. Dementsprechend musste rechtzeitig dafür gesorgt werden, dass die eigene Gruppe zahlreicher besetzt war. Also musste der Gegner mit aller Macht personell geschwächt werden.

»Ihr könnt das Trommlercorps und die Pfeifer stellen!«, rief einer der Nichtschützen über den Bach und durfte sich dafür des Schulterklopfens auf seiner Seite gewiss sein. Allerdings brachte er dadurch die Schützen zur Weißglut.

»Das könnte euch so passen! Wir stellen die gesamte Fahnenkompanie, … den Fähnrich, seinen Stellvertreter und sämtliche Fahnenbrüder!«, schallte es wütend zurück.

»Ja! Ihr dürft gnadenhalber das Trommeln übernehmen. Zum Pfeifen seid ihr sowieso zu dumm! Obendrein bekommt ihr auch noch den depperten Trommelputzer!«, lästerte Hanspeter Burger und deutete dabei auf Baltus, der nicht verstand, um was es überhaupt ging.

Für alle anderen reichte dieser knappe Dialog aus. Es bedurfte keiner weiteren Worte, um die angestaute Wut der Nichtschützen gegen die Schützen und seit deren Rückkehr aus Immenstadt auch die der Schützen gegen die Nichtschützen offen zutage treten zu lassen. So kam die unvermeidliche Rauferei wie ein Donnerhall. Wie zwei Ritterheere bei einem mittelalterlichen Buhurt stürmten die beiden Haufen, wild schreiend, aufeinander zu. Dabei hatten es einige so eilig, dass sie anstatt der schmalen Brücke den Weg durchs Nass wählten. Gut, dass kein Einziger von ihnen bewaffnet war.

Lediglich Baltus wich erschrocken zurück und drückte sich ans Brückengeländer, um nicht in das Scharmützel zu geraten. Er wollte sich nicht an dem wüsten Gerangel beteiligen. Und der Säcklersohn Albert Wenninger war nicht da, weil man ihm zugetragen hatte, ihn gestern wegen seines körperlichen Gebrechens in der *Krone* auf das Übelste beleidigt zu haben. So schien der ansonsten als Dorfnarr verschriene Baltus Vögel an diesem Tag und an dieser Stelle der einzig Vernünftige zu sein. Obwohl er sich erschrocken hatte, war er zufrieden; immerhin war er derjenige, der für den ordnungsgemäßen Zustand der Trommeln verantwortlich sein würde. Sollen sich doch die anderen die Köpfe einschlagen, dachte er sich und sang wieder vor sich hin: »Es geht ein Bi-Ba-Butzemann …!« Niemand konnte auch nur im Enferntesten erahnen, was immer in ihm vorging, wenn er dieses Lied sang. Baltus war es gelungen, die Brücke zu verlassen, und er lehnte nun an einem Baum. Er sang »sein Lied« und sah den Raufbolden zu, wie sich diese ihre Nasen blutig und die Augen blau schlugen. Erst als sich eine Hand auf seine Schulter legte, entschwand Baltus seiner ihm eigenen Traumwelt in die verhasste Realität.

»Na, Schmiedesohn, möchtest du nicht mitmachen?«, fragte ihn eine irgendwie bekannte, aber nicht vertraute Stimme. Da man sagte, dass die Sinnesorgane geistig Zurückgebliebener ganz besonders ausgeprägt seien, könnte es sein, dass Baltus in Staufen der Einzige sein würde, der diese Stimme wiedererkennen und zuordnen konnte. Er drehte sich ängstlich um und sah einen Fremden in schmucker Gewandung. Er blickte den offensichtlich feinen Herrn fasziniert an.

Erkennt er mich nun oder nicht?, fragte sich der selbst ernannte Rächer, der es darauf ankommen ließ, von Baltus als ehemaliger Staufner Totengräber wiedererkannt zu werden, obwohl der Bursche damals noch ein Kind gewesen war. Sollte er ihn tatsächlich wiedererkennen, würde es in dem Tumult nicht auffallen, wenn er Baltus vom Ort des Geschehens wegziehen und kurzerhand erstechen würde. Dann aber wüsste der Rächer, dass seine Tarnung doch nicht so gut war, wie er gedacht hatte. Dass ihn Baltus nach einer ganzen Weile immer noch anstarrte, begann ihn zu irritieren. Was will der fette Bursche von mir?, überlegte der Rächer, dem es langsam dämmerte, dass Baltus ihn nicht wiedererkannt hatte, sondern lediglich von seinem Gesicht fasziniert war. Ihn scheint nur meine Narbe zu interessieren, stellte der Rächer gleichsam beruhigt und verblüfft fest. Dass dies so war, bestätigte Baltus dadurch, indem er langsam einen Arm hob und verzückt über die unter der Augenbinde hervorlugende Narbe strich, während er schon wieder sein Lied anstimmte. Walter Krummstiefel ließ ihn gewähren. Er hob sogar seine Augenbinde, um Baltus das blinde Auge zu zeigen. Erst als dieser zu geifern begann, grunzende Töne ausstieß und beginnen wollte, mit einem seiner dreckigen Finger in der Augenhöhle herumzubohren, packte der Rächer ihn sanft am Armgelenk und drückte ihn von sich.

»Ja, mein Sohn«, sagte er mit ruhiger Stimme, während er die Augenbinde wieder zurechtrückte. »So sieht man aus, wenn man sich auf einen Kampf im seichten Wasser eines Teiches eingelassen hat.« Dass er damit den Mord am Blaufärbersohn Otward Opser im Entenpfuhl vor 15 Jahren meinte, konnte Baltus sich natürlich nicht zusammenreimen. Deswegen bekam er anstatt einer Antwort nur ein zufriedenes Grunzen, das einem erregten Lechzen glich, zurück. Es wird wohl schwer, diesen Narren auszufragen, dachte Walter Krummstiefel, der von Baltus gerne etwas über Lodewig und eine hübsche, ungefähr 30-jährige Maid mit langem schwarzem Haar hatte erfahren wollen. Lodewig stellte aus seiner Sicht kein größeres Problem dar, denn längst hatte der ehemalige Totengräber in Erfahrung gebracht, dass der junge Mann während seiner Abwesenheit in die Fußstapfen seines Vaters getreten und selbst Kastellan des Schlosses Staufen geworden war, weswegen er ihn problemlos würde aufstöbern können und ihm irgendwo auflauern konnte. Er musste ihn nur unter einem Vorwand aus dem Schloss locken oder einfach abwarten, bis er den sicheren Schutz der trutzigen Ummauerung verlassen würde. »Dann gnade ihm Gott!«, flüsterte der Rächer dem inzwischen wieder am Baum lehnenden Burschen beschwörend zu. Obwohl Baltus auch damit nichts anfangen konnte, nickte er, während ihm Sekret aus dem Mund und auf den Stiefel seines Gegenübers troff.

»Du Schwein!«, schrie der Rächer und streifte seinen Schuh

an Baltus' Beinlingen ab. »Die habe ich erst am Heiligen Abend geschenkt bekommen.«

Aber es interessierte den Rächer nicht ernsthaft. Er hatte andere Dinge im Kopf, die es zu erledigen galt. Echte Sorge bereitete ihm nur die junge Frau, von der er nicht einmal wusste, dass sie Maria, Maria Brugger, hieß. Vermutlich würde er sie zwar sofort wiedererkennen, war sich aber nicht sicher, ob er sie überhaupt noch einmal sehen würde. Wohnt sie überhaupt in Staufen oder war sie seinerzeit auf Durchreise und deswegen nur ein Nächtigungsgast in der *Krone* gewesen? Vielleicht ist sie eine Wanderhure?, hatte er sich damals schon gefragt. Ich sollte versuchen, vorsichtig den Kronenwirt auszufragen.

Da er keine Hoffnung hatte, von Baltus auch nur eine seiner Fragen halbwegs korrekt beantwortet zu bekommen, wollte er sich lieber wieder der lauter gewordenen Massenrauferei zuwenden, kam aber nicht dazu, weil er jetzt auch hinter sich Geschrei vernahm: »Seid ihr völlig verrückt geworden? Hört sofort damit auf!«

Der Rächer drehte sich um und sah Melchior Henne, den er nicht kannte, und er sah einen anderen, den er dafür umso besser in Erinnerung hatte und bei dessen Anblick ihm das Blut stockte. Die beiden kamen direkt auf ihn zu und rannten ihn schier über den Haufen, als sie an ihm und dem immer noch am Baum lehnenden Baltus vorbeieilten. Nachdem deren Ärmelstoffe zu beiden Seiten seiner Schulter vorbeigestreift waren, sah der Rächer die jungen Männer nur noch von hinten, erfreute sich aber selbst an diesem Anblick. Offensichtlich wollten sich der Unbekannte – der ihn nicht interessierte – und der andere – der ihn dafür regelrecht faszinierte – unter die Streithähne mischen, um die inzwischen blutig gewordene Rauferei zu beenden.

»Ihr eitrigen Kreaturen der Hölle, das darf doch nicht wahr sein! … Noch vor einem Augenaufschlag habe ich an ihn gedacht und jetzt hat Lodewig Dreyling von Wagrain höchstpersönlich den Weg zu mir gefunden«, murmelte er ungläubig vor sich hin, während er interessiert beobachtete, wie der Kastellan den Streit zu schlichten gedachte.

»Seid ihr des Wahnsinns fette Beute? Wollt ihr erneuten Ärger provozieren? Reicht es nicht, was ihr bisher schon alles angerichtet habt?«, schrie Lodewig in die sich prügelnde Menge.

»Ja!«, wurde er von Melchior lauthals unterstützt. »Die einen prügeln sich in Immenstadt, werden nach ihrer Heimkehr von den anderen verdroschen, um sich jetzt erneut die Köpfe einzuschlagen … Geht's noch dümmer?«, schimpfte er, hatte damit allerdings nur mäßigen Erfolg. Es dauerte lange, bis er und Lodewig die Situation in den Griff bekamen. Erst als der Kastellan laut schrie: »Im Namen des Grafen …!«, und die Heißsporne darauf hinwies, dass nur diejenigen, die in den Augen ihres hochwohllöblichen Regenten als »ehrbar und unbescholten« galten, wahlberechtigt seien und sich selbst nur in die Fahnenkompanie wählen lassen könnten, wenn sie diese Voraussetzungen erfüllten, kehrte langsam Ruhe ein.

Da Lodewig versehentlich ein paar Knuffe abbekommen hatte, war er stinksauer. »Glaubt mir: Noch so eine Rauferei und ich werde nicht zögern, dem Herrn Oberamtmann Speen Mitteilung davon zu machen … und dabei Ross und Reiter zu nennen!«, zürnte Lodewig und sah zu Melchior. »Hast du noch etwas zu sagen?«

Der schneidige Leinweber zwinkerte Lodewig zu, bevor er mit einer an ihm unbekannten Lautstärke loslegte: »Ja! Ich habe diesen Holzköpfen auch noch etwas mitzuteilen.« Melchior blickte so lange in die durchwegs betreten dreinschauenden Gesichter, bis das zu beiden Seiten des Seelesgrabens – wohin sich die Kontrahenten wieder zurückgezogen hatten – aufkommende Gemurmel endgültig verstummte. »Da ich auf Geheiß unseres Landesherrschers derjenige bin, der die anstehende Fähnrichswahl einberufen soll und Sorge dafür tragen werde, dass alles so verläuft, wie es unser Hoher Herr wünscht, würde auch ich nicht zögern, die Namen derjenigen, die sich anmaßen, den Dorffrieden zu stören, preiszugeben. Das war's! Und nun schleicht euch, geht nach Hause! … Haut endlich ab! Ich werde euch rechtzeitig wissen lassen, wann die Wahl anberaumt wird.«

»Gut so, Melchior«, wurde er von Lodewig gelobt.

Nachdem sich die merkwürdige Versammlung aufgelöst hatte, stand nur noch Baltus herum. »Und du verschwindest auch!«, rief ihm Lodewig zu und ging – nachdem er sich bei Melchior für dessen Unterstützung bedankt und sich von ihm verabschiedet hatte – in Richtung Oberflecken. Dabei wurde er vom Rächer, dem Lodewig beim Vorbeigehen nur einen flüchtigen Blick zugeworfen hatte, genauestens beäugt. Gut, dachte er zufrieden. Der junge Herr hat mich nicht erkannt und meine neue Gewandung scheint tatsächlich nicht aufzufallen, obwohl sie viel nobler ist als die Gewandungen der hiesigen Tölpel.

Baltus war schon zu Hause, in der ehemaligen Schmiede seines Vaters, in der er seit dessen Tod allein lebte, angekommen, als auch Melchior vom aufziehenden Nebel verschlungen wurde. »Jetzt stört uns niemand mehr … Wir sind allein!«, murmelte der Rächer, der sich hinter eine Hecke duckte und beobachtete, wie der Kastellan in Richtung Schloss ging. Dabei prüfte er, ob sein unter der Jacke versteckter Dolch griffbereit war. Bevor er sein Versteck verließ, blickte er sich nochmals nach allen Seiten um.

KAPITEL 33

»Das neue Jahr fängt gut an!«, stellte »Richter Gnadenlos«, der vor knapp einer Woche 62 Jahre alt gewordene Immenstädter Ratsvorsitzende Michael Waldvogel, am zweiten Tag des Jahres 1650 zufrieden fest und rieb sich dabei die im Laufe der Jahre etwas gichtig gewordenen Hände über seinem »Geburtstagsgeschenk«, das er sich selbst gemacht hatte. Ausnahmsweise einmal geduldig, wartete er in seiner Amtsstube auf den Carnifex Sebastian Deibler, dessen tumbe Knechte und die beiden schmierigen Gerichtsweibel.

»Bringe Er Uns hurtig etwas zu trinken!«, degradierte der gefürchtete Land- und Stadtrichter in ihm keineswegs zustehendem Sprachgebrauch seines Herrn, des Reichsgrafen Hugo zu Königsegg-Rothenfels, übermütig seinen Adlatus zum Lakaien. In Ermangelung eines teuren Dieners und wegen einer äußerst merkwürdigen Krankheit, die seine aus Stockach stammende Hausmagd derzeit ans Lager fesselte, sollte ihm der Gerichtsschreiber Ekkehard van der Heye köstliches Honigmet kredenzen. Dieses sündhaft teure Gesöff hatte Helmer, ein fahrender Händler, hoch vom Norden Europas her gleich fässerweise in den südlichen Teil der deutschen Lande transportiert, nachdem es Monate zuvor Lasse, ein anderer Händler, von Peter Immler im Allgäu erworben und in die dänischen Lande zurückgebracht hatte, von wo aus es zusammen mit Helmer den Rückweg ins Allgäu angetreten hatte. Diesen Kreislauf mochte verstehen, wer wollte, der mit allen Wassern gewaschene Immenstädter Kaufmann tat dies. Jedenfalls hatte er still in sich hineingeschmunzelt, als er eines der kleinen Fässer wiedererkannt und zum zweifachen seines ursprünglichen Verkaufspreises an Waldvogel verkauft hatte. »Doppelt genäht hält besser«, hatte er einem seiner Stapelhelfer, der dieses Fässchen ebenfalls wiedererkannt und dafür von seinem Herrn etwas »Schweigegeld« erhalten hatte, seine Philosophie in Bezug auf optimale Gewinnmaximierung erklärt. »Somit haben wohl alle etwas davon – oder?«, hatte er sein Handeln vor sich selbst und vor anderen gerechtfertigt.

Da Waldvogel mit sich und der Welt eins war, lag er mehr in seinem riesig wirkenden Dienstsessel, als er – so wie es sich eigentlich für einen Mann seines Ranges geziemen würde – saß. Aus seiner Sicht konnte er mehr als zufrieden sein – insbesondere, wenn er bedachte, wie sich die Dinge hätten entwickeln können. Gestern war Neujahr und erst gestern hatte er mit dem Segen der Kirche und dem Wohlwollen des Landesherrn das Schicksal seines derzeit einzigen Gefangenen in der *Fronfeste* ganz in seinem Sinne besiegeln können. So musste er jetzt nur noch einen Tag festlegen, an dem über den vermeintlichen Staufner Doppelmörder Jockel Mühlegg Gericht gehalten werden konnte.

Warum Richter Waldvogel so war, wie er sich seinen Untergebenen, vor allen Dingen aber seinen Gefangenen gegenüber, gab und warum er mit zunehmendem Alter derart unausstehlich geworden war, wusste niemand. Da er nicht aus der Gegend und schon gar nicht aus Immenstadt stammte, konnte nicht einmal sein direkter Vorgesetzter, Hugo Graf zu Königsegg-Rothenfels – der gerade dabei war, die Verhörprotokolle zu lesen, um sie unterzeichnen zu können – ahnen, dass sein oberster Vertreter des rothenfelsischen Rechts für immer geprägt war, weil er unter widrigsten Umständen aufgewachsen war und nach seiner trostlosen Kindheit fast alle Facetten des *Großen Krieges*, den man längst als den *Dreißigjährigen* bezeichnete, mitbekommen hatte. Da der kleine Michel, wie er damals noch genannt wurde, dieses Schicksal mit Abertausend anderen Kindern geteilt hatte, war dieses Gräuel für ihn bei Weitem nicht so schlimm gewesen wie seine Kindheit und die Zeit als Heranwachsender, die er zusammen mit seiner leiblichen Familie in etlichen Teilen der nördlichen deutschen Lande, später dann in der rheinischen Gegend und von dort aus sogar in Flandern und im Flämischen verbracht hatte. Als der Krieg mit ganzer Macht über das Land hereingebrochen war, hatte man Michel bereits anmerken können, dass er abgehärtet, besser gesagt, abgestumpft geworden war. Seine leiblichen Eltern und fünf seiner sechs Geschwister waren 1597 an einem einzigen Tag im Rheinischen der Pest erlegen, die dort ein knappes Jahrzehnt später abermals ausgebrochen war und insbesondere in Köln und Düsseldorf noch wilder um sich geschlagen hatte als die Jahre zuvor. Aber da war Michel schon längst nicht mehr dort gewesen, er war mit einem Planwagen kreuz und quer durch die Lande gezogen. Was aus Mariechen, seiner überlebenden kleineren Schwester, geworden war, hatte er nicht mehr mitbekommen, denn die wurde ihm von einer geschäftstüchtigen Hurenmutter für ein paar Kreuzer und dem Versprechen, dass sie es gut bei ihr haben würde, abgeschwatzt. Michel hatte nur noch mitbekommen, wie die Frau zu Mariechen gesagt hatte, dass sie fortan »Schotall« heißen würde, weil dies ein wohlklingender Name sei, wenn man ihn denn richtig ausspräche, was ihr wegen der fehlenden Frontzähne und der Hasenscharte allerdings selbst nicht gelang. Schon tags darauf hatte Mariechen, alias Chantal, zusammen mit einem Tross Wanderhuren Köln verlassen. Seither hatte er nichts mehr von ihr gehört und sich nur noch auf sein eigenes Überleben konzentriert.

Ludger Waldvogel, eine Art kräuterkundiger Wanderprediger, hatte den damals 9-jährigen verwahrlosten, verlausten und abgemagerten Burschen aufgelesen und sich seiner erbarmt, indem er ihm den Rest seines Geldes abgenommen, ihm dafür zu essen und ein mehr oder weniger wettersicheres Dach über dem Kopf gegeben hatte. Dass dies nicht aus reiner Menschlichkeit heraus geschehen war, hatte Michel erst gemerkt, als sein neuer Vater ihn zwar einigermaßen ordentlich gewandet, ihm aber die Hose mitsamt der Bruche sofort wieder ausgezogen hatte, um ihm mit der Haselnussrute das Stehlen beizubringen.

Normalerweise hätte Michel die rauen Nächte mit seinen vier neuen, allesamt älteren Geschwistern unter dem zum Wohnwagen umfunktionierten Planwagen, an dessen Seiten sein neuer Vater herunterklappbare Vordächer, die tagsüber als Anrichte, Tisch oder Ablage dienten, angebracht hatte, verbringen müssen. Da er der Jüngste, zudem schwach auf der Brust gewesen war und ihm wegen der Schläge ständig der Hintern brannte, hatte man allein ihm für die ersten Jahre das Privileg zugestanden, zusammen mit seinen Stiefeltern auf dem Wagen schlafen zu dürfen. Da das hintere Ende des ungefähr elf Ellen langen Wagens sein neuer Schlafplatz gewesen und allabendlich sogar durch eine dicke Stoffplane vom Schlafplatz der alten Waldvogels abgetrennt worden war, hatte er es zumindest diesbezüglich sogar recht komfortabel gehabt. Dies dürfte allerdings der einzige Vorteil gewesen sein, den er seinen neuen Brüdern und Schwestern gegenüber je gehabt hatte. Irgendwann hatte er die Nächte, anstatt bei den unangenehmen Stiefeltern, lieber mit seinen neuen Geschwistern auf der feuchtkalten Wiese unter dem Wagen verbracht, obwohl dort ständig Gefahr durch Tiere, Mordgesindel und Wetterkapriolen gelauert hatte.

Michel Waldvogels strenger Stiefvater, dessen Namen er schon am ersten Tag hatte annehmen müssen, war ein Besessener, ein irregeleiteter Wanderprediger gewesen, der das Wort Gottes verbreitet und gegen bare Münze Ablass gewährt hatte. Anstatt wenigstens einen Teil des dadurch ergaunerten Geldes an die Mutter Kirche abzuliefern, hatte er das meiste davon in Fusel umgesetzt und mit dem Rest die siebenköpfige Familie mehr schlecht als recht ernährt. Wenn es nötig gewesen war und er zufällig gerade Geld übrig gehabt hatte, waren damit in einer Offizin neue Ablassbriefe, irgendwelche Hetzschriften oder Verteilzettel, die auf die Wirksamkeit der von ihm selbst gedrehten Pillen, zusammengepanschten Salben und unterschiedlichsten Kräutersudmischungen, die er bei jeder sich bietenden Gelegenheit feilgeboten hatte, gedruckt worden. Dabei hatte der alte Waldvogel stets darauf geachtet, genügend Geld übrig zu haben, um auch noch verkaufsfördernde Etiketten für die Fläschchen seiner wundersam wirkenden »Gesundheitstinkturen«, die seiner Aussage nach sogar gegen Warzen und den bösen Blick helfen würden, drucken lassen zu können.

Hatte sich mit dem damals schon längst verbotenen und kaum noch üblichen Ablasshandel selbst in den katholisch geprägten Städten kein Geld mehr verdienen lassen, hatte er mit seinen Wundertinkturen aus zerstampften Kröten, Regenwürmern oder Eidechsen, vermischt mit zerriebenen Eierschalen, Knochen, Wurzeln, Blut und Pferdeurin doch noch etwas Geld gemacht. Bei Bedarf hatte er sich als Richter über Gott und die Welt aufgespielt und in gefährlichen Brandreden alles verdammt, was ihm verdammungswürdig erschienen war. Dabei hatte er dem gutgläubigen Volk nicht nur Angst gemacht, sondern ihm auch aufmerksam aufs Maul geschaut und genau das gesagt, was es hatte hören wollen. Er hatte sich selbst so hingestellt, als wenn er es sei, der die Menschen vor den Sünden dieser Welt würde retten können, wenn nicht ... Ja, das Reden war Ludger Waldvogel weiß Gott leichtgefallen. Es war unbestritten gewesen, dass er die Leute hatte so um den Finger wickeln können, wie es ihm beliebte. Dies hatte seinen Ziehsohn Michel irgendwann dazu inspiriert, Altersgenossen um sich zu scharen und selbst Reden coram publico zu halten. Für den jungen Michel Waldvogel war dies allerdings insofern nur Mittel zum Zweck gewesen, weil er irgendwann einen ehrbaren Beruf daraus machen wollte. Wie er dies zu bewerkstelligen gedachte, hatte er zum damaligen Zeitpunkt zwar noch nicht gewusst, sich aber schon intensiv mit der Sache befasst. Er hatte alle Bücher gelesen, die er in die Finger bekommen konnte. Dabei hatte es ihm die Antike ganz besonders angetan. Unabhängig von einigen griechischen Philosophen waren römische Rhetoriker wie Cato der Jüngere, Cicero oder dessen ungeliebter Schwager Catilina – drei der berühmtesten Redner längst vergangener Zeiten – die Vorbilder des belesenen Burschen gewesen. Gerade der Verschwörer Lucius Sergius Catilina hatte es Michel angetan, obwohl dieser dem Anschein nach der weitaus schlechteste Redner der drei gewesen sein musste. Vielleicht mochte dies an der wechselhaften Vita des Politikers, dem man auch ein gewisses Maß an militärischen Fähigkeiten nachgesagt hatte, gelegen haben; Catilina war 82 vor Christus nicht nur ein Brudermord und die Schändung seiner jungfräulichen Tochter, sondern knappe zehn Jahre spater auch noch Unzucht mit einer Vestalin nachgesagt worden – fürwahr ein Vorbild für einen jungen Burschen wie Michel, bis zu dessen Erfüllung seines noch nicht klar definierten Berufswunsches es noch ein weiter und harter Weg gewesen war.

Michel Waldvogels Stiefvater war anlässlich eines Marktes im kurfürstlichen Köln wie immer auf seinem selbst gezimmerten Holzkistchen gestanden, für das er an diesem Tag nur eine behördliche Genehmigung in einer stinkenden Ecke am Ende des Fischmarktes, aber wenigstens nahe der Klosterkirche Groß-Sankt-Martin erhalten hatte. Somit hatte er nicht nur die Kölner Bürgerschaft beglücken, sondern auch noch den Mönchen dienlich sein können. Während der Alte seine Mittelchen leidenschaftlich angepriesen und dabei das Kistchen zum Wackeln gebracht hatte, waren von Michels Schwestern des Vaters Zettel verteilt worden. Und die Buben hatten das getan, was sie tausendmal eingeübt und immer dann getan hatten, wenn ihr Ernährer große Reden geführt hatte: dessen staunende Zuhörer von vorne angerempelt und ihnen gleichzeitig hinterrücks die Geldbeutel abgeschnitten. Dabei hatte Michel gesehen, wie ein großer, dunkel gewandeter Mann mit federgeschmücktem Barett – die ursprüngliche Kopfbedeckung gebildeter Stände, die allerdings nicht mehr in Mode war – am Marktstand eines Gewandschneiders gestanden hatte, um eine Schaube anzuprobieren. Um dies bewerkstelligen zu können, hatte er für einen Moment seine Tasche beiseitegelegt. Michel hatte sich das lederne Behältnis geschnappt und war damit davongerannt. Da die Tasche sehr schwer gewesen war, hatte er schon auf reiche Beute für seinen Ernährer gehofft und – nachdem er sich unbeobachtet gewähnt hatte – sich auf einen Mauervorsprung gesetzt, um die Tasche nach Wertsachen zu durchwühlen.

Der Besitzer muss wohl ein Schreiberling sein, hatte sich Michel enttäuscht gedacht, als er hatte feststellen müssen, dass sich kein einziger Kreuzer oder sonstige Wertsachen in der Tasche befunden hatten. Außer einem Apfel hatte er nichts Brauchbares entdeckt. Zumindest nicht auf den ersten Blick.

Während der junge Waldvogel in einem uneinsehbaren Winkel gesessen und genüsslich vom geklauten Apfel heruntergebissen hatte, war von ihm die Ledertasche, die aus seiner anfänglichen Sicht heraus wohl den größten Wert dargestellt hatte, weiter durchstöbert worden. Aber was hätte er mit haufenweise beschriebenem und bedrucktem Papier anfangen sollen? Vielleicht aus einem inneren Instinkt heraus, wahrscheinlich aber mehr aus Neugierde und Wissensdurst, hatte er damit begonnen, einzelne der vielen Blätter und Notizen zu überfliegen, um daraufhin ganze Seiten zu lesen. Da sein Stiefvater zwar ein durch und durch böser, beileibe aber kein dummer Mann gewesen war, hatten seine Kinder von ihm nicht nur das Stehlen, sondern auch ordentlich Lesen und Schreiben gelernt, was wohl das einzig Vernünftige gewesen war, das er ihnen hatte beibringen können. Dadurch hatte der intelligente Bursche keine Mühe, den lateinischen Titel einer ledergefassten dicken Akte und wohl auch eine der größten Schriften, die er jemals in Händen gehalten hatte, lesen zu können: Die *Practica nova Imperialis Saxonia rerum criminalium* war – wie unter der Beschreibung des Buches gestanden hatte – eine von einem gewissen Benedikt Carpzov verfasste Handlungsanleitung für all diejenigen, die mit Recht und Rechtsprechung zu tun hatten.

Dann ist der Mann kein einfacher Schreiberling, sondern ein Richter oder ein Anwalt des Staates, dachte sich der junge Waldvogel. Vielleicht ist er sogar ein Universitätsprofessor … oder gar ein noch weiserer Gelehrter?, war Michel – der sich fortan bei jeder sich bietenden Gelegenheit heimlich in dieses Buch vertieft hatte – in den Sinn gekommen.

Irgendwann hatte er gemerkt, dass auch das Sammelsurium an Aufzeichnungen und Notizen interessant war und wohl das gesamte juristische Wissen seiner Zeit beinhaltete. Von diesem Zeitpunkt an hatte Michel Waldvogel begonnen, sich ernsthaft für die Auslegung und die Handhabung des geltenden Rechts zu interessieren.

Er hatte »sein« Buch mitsamt den Einzelblättern in ein anderes Behältnis gepackt, es vor seinen Stiefeltern und -geschwistern versteckt und fortan wie einen Schatz gehütet. Er hatte Angst gehabt, dass durch einen dummen Zufall jemand die markante Ledertasche wiedererkennen, er dadurch Probleme bekommen und seinen Schatz mitsamt der Hand, die diesen gefunden hatte, loswerden würde. Um sicherzugehen, dass dies nicht geschehen würde, hatte er die Tasche seinem Stiefvater gegeben und dabei mutig als »leer gefunden« deklariert, was ihm eine Tracht Prügel eingebracht hatte. Irgendwann hatte sich sein misstrauischer Stiefvater dann doch wieder beruhigt und die Tasche schon bald darauf in einer anderen Stadt für einen Vierteltaler verkaufen können, was allerdings Michel keine warme Mahlzeit, dafür aber die Sicherheit, nicht mehr als Dieb dieser Tasche enttarnt werden zu können, eingebracht hatte.

Von nun an war nicht nur Ludger Waldvogel, sondern auch sein Ziehsohn Michel Waldvogel besessen; er musste Jurist werden! So hatte er fortan alles darangesetzt, irgendwo ein diesbezügliches Studiorum aufnehmen zu können. Dies war ihm allerdings noch lange nicht vergönnt gewesen. Wie seine Geschwister, war auch der jüngste Waldvogel von seinem Ernährer abhängig gewesen und hatte, anstatt ausreichend zu essen, tagtäglich die gewohnten Backpfeifen bekommen – insbesondere, wenn es ihm nicht gelungen war, den Leuten genügend aus den Taschen zu ziehen, während der Alte flammende Glaubensreden geschwungen oder Tinkturen angepriesen hatte. Das Stehlenmüssen war für den jungen Waldvogel stets ein Gräuel gewesen. Und er hatte auch gewusst, warum dies so gewesen war. Wie oft war er stummer Zeuge gewesen, wenn einem ertappten Dieb die Hand verstümmelt worden war? Wie oft hatte er unter dem Galgen gestanden und fasziniert zugesehen, wie sich Rabenvögel an den Erhängten zu schaffen gemacht hatten? Er wusste es nicht mehr! Er wusste nur noch, dass ihn die verschiedensten Foltermethoden und Hinrichtungsarten von früh auf interessiert hatten, obwohl ihm dies seine Stiefmutter immer und immer wieder hatte ausreden wollen. Aber die arme Frau hatte genug mit sich selbst zu tun gehabt. Denn wie auch ihre Kinder, hatte sie von ihrem Mann jeden Tag mehrmals die Knute zu spüren bekommen, … auch dann, wenn er sich kurz zuvor auf sie gelegt und grunzend seine ehelichen Rechte eingefordert, dabei seine diesbezüglichen Pflichten aber nicht erfüllt hatte.

Da den jungen Waldvogel beides fasziniert hatte, war er stets auf der Lauer gelegen, um dabei im schalen Licht der Wagenlaterne zusehen zu können, wie die Mutter Prügel bezogen hatte.

Mit zunehmendem Alter allerdings hatte ihn der stiefelterliche Beischlaf mehr zu interessieren begonnen als die Schläge, die der brutale Mann auf die stets gleiche Art und Weise verteilt hatte. Auch wenn dieser beim Liebesspiel noch einfallsloser gewesen war als bei der Umsetzung seiner, wie er sagte, »erzieherischen Maßnahmen«, so hatte dies den heranwachsenden Burschen doch immer wieder aufs Neue dazu verleitet, durch Risse in der Plane heimlich zuzusehen und sich dabei selbst zu befriedigen. Dabei hatte sein Augenmerk stets der Stiefmutter, besser gesagt, deren Körper gegolten. Und da er von ihr noch nie so etwas wie Wärme, Zuneigung oder gar mütterliche Liebe erhalten hatte, war ihm ein schlechtes Gewissen fremd gewesen, als er irgendwann – er dürfte so um die 14 Jahre alt gewesen sein – damit begann, in ihr weniger die Ziehmutter als ein dralles Lustobjekt zu sehen. Nicht nur, dass ihn deren Brüste mit den dicken Warzen gereizt, er am liebsten an seines Stiefvaters statt selbst daran gesaugt und sie mit seinen Händen geknetet hätte, hatte es ihm ihre stark behaarte Weiblichkeit angetan. Da er damals nur gewusst hatte, dass er dereinst aus einem solch unergründlichen Dunkel gekrochen war, um das Licht der aus seiner Sicht durch und durch versauten Welt zu erblicken, hatte er vor dem haarigen Dreieck den Respekt, den er selbst vor seiner leiblichen Mutter nicht gehabt hatte. Die Scham seiner Stiefmutter hatte auf ihn eine schier unbezähmbare Faszination ausgeübt, weswegen er ihr gerne näher gekommen wäre, obwohl er nicht genau gewusst hatte, was er damit hätte anfangen sollen.

Aber irgendetwas Geheimnisvolles musste sich ja unter dem undurchdringlich wirkenden Haarwuschel verstecken – nur was? Dies zu ergründen, hätte sein Vater stets die Möglichkeit gehabt, als sie, mehr oder weniger bereitwillig, mit hochgezogenem Rock, entschnürtem Mieder und weit gespreizten Beinen vor ihm gelegen war, um dadurch Schlägen zu entgehen. Dies waren dann die Momente, die dem jungen Waldvogel einen guten Einblick gewährt und totale Befriedigung verschafft hatten.

Michel hatte es nie verstanden, weshalb sein Stiefvater dieses wunderbare Etwas nur höchstselten liebkost hatte, stattdessen stets direkt zur Sache gekommen und schon nach wenigen Grunzern fertig gewesen war. Nur wenn er tagsüber gute Geschäfte gemacht hatte, aus diesem Grund einigermaßen zufrieden war und deswegen der Mutter manchmal sogar nüchtern beigeschlafen hatte, schien er einfallsreicher gewesen zu sein als in betrunkenem Zustand. Denn dann hatte er seinen Mund und ... Nein, das kann nicht sein, hatte Michel immer gedacht, wenn er gesehen hatte, wie der Stiefvater seinen Kopf zwischen den Schenkeln seiner Stiefmutter vergraben hatte. Dies war dem inzwischen zwar älter und reifer gewordenen, aber immer noch recht unwissenden Michel Waldvogel zunächst als abstoßend, später dann aber als ganz besonders reizvoll vorgekommen, insbesondere, weil seine Stiefmutter dann – was ebenso selten vorgekommen war wie das Nüchternsein ihres gewalttätigen Mannes – genussvoll gestöhnt und manchmal sogar lustvoll geschrien hatte.

Aber diese höchstseltenen Momente ehelichen Glücks hatten nichts daran geändert, dass seine Stiefmutter die Hölle auf Erden gehabt hatte. Jahrelang hatte sie sich weder gegen die ständige Unterdrückung ihres Mannes wehren noch ihre Sprösslinge ausreichend schützen können. Die Kinder hatten alles mitbekommen und ständig mit ansehen müssen, wie sich ihr Vater an ihr vergangen, sie gedemütigt und geschlagen hatte. Dies hatte sie so lange ertragen, bis es ihr – als sie gerade in der Hansestadt Lübeck gewesen waren – gereicht hatte und sie ihren eigenen Mann von hinten mit einer Eisenpfanne erschlagen hatte. Dabei hatte sie bemerkenswert gut getroffen, wie ihr Ankläger später fast anerkennend festgestellt hatte, bevor er sie trotz ihres sofortigen Geständnisses hatte foltern lassen, was in Michels Innerstem etwas ausgelöst hatte, das ihn für alle Zeiten begleiten würde. Jedenfalls hatte ein einziger Hieb seiner Stiefmutter genügt, um sich selbst die sie ständig begleitende Furcht genommen und gegen ein gutes Gefühl eingetauscht zu haben. Obwohl die Mutter nach dem Totschlag gewusst hatte, was auf sie zukommen würde, war sie ab diesem Zeitpunkt die Ruhe in Person gewesen. Und dies, obwohl zwei ihrer leiblichen Kinder und Michel den tödlichen Befreiungsschlag hatten mit ansehen müssen, während die anderen Geschwister beim Klauen gewesen waren.

Als sie nur Tage später für diese Tat, die sie am Ende einer vieljährigen Wanderschaft kreuz und quer durch den mittleren und nordischen Teil der deutschen Lande vollbracht gehabt hatte, auf dem Richtplatz zwischen dem Lübecker Rathaus und St. Petri geköpft worden war, hatten auf richterliche Anordnung hin all ihre Kinder zusehen müssen. Noch während der Scharfrichter sich in der nächstbesten Hafenpinte hatte volllaufen lassen, hatte der immer noch nicht ganz erwachsene Nachwuchs hautnah mitbekommen, wie Mutters abgeschlagener Kopf zur Abschreckung in ein extra für solche Zwecke angefertigtes Eisengestell gespießt und für all jene, die diese Stadt zu betreten gedachten, direkt neben der zum inneren Holstentor – dem letzten von insgesamt vier Toren – führenden Travebrücke gut sichtbar aufgehängt worden war. Das Gitter mit ihrem Kopf hing anfangs ganz rechts am Balkengestell, das – von außerhalb der Stadt betrachtet – links der Brücke und direkt bei den sogenannten »Heringshäusern« angebracht gewesen war. Warum man das abschreckende Gestell nicht ganz außerhalb der Stadt, also außerhalb des vierten Tores, errichtet hatte, entzog sich auch heute noch Waldvogels Kenntnis. Vermutlich hatte man gerade diesen Platz gewählt, weil es im Fischerviertel, dem das Gerber- und Färberviertel angegliedert war, sowieso schon erbärmlich gestunken hatte. Als der Kopf seiner Stiefmutter dort »frisch« angekommen war, dürfte er allerdings kaum einen Beitrag zum allgemeinen Geruchsgemisch dieser Gegend geleistet haben.

Der jüngste Waldvogel war von dem, was er gesehen hatte, derart fasziniert gewesen, dass er – während seine Geschwister von mehreren Stadtschergen, wie man die Büttel dort genannt hatte, weggeführt worden waren – unbemerkt dem traurigen Zug, bei dem Mutters Kopf unter dem Gegröle der Menschen auf einem langen Spieß wie eine Trophäe vorneweg getragen worden war, bis zum Ziel nachgeschlichen war und sich versteckt hatte. Dass er sich dort ausgerechnet den stinkenden und wegen der Sensation kurzfristig verwaisten Stand eines Fischhändlers ausgesucht hatte, machte die zum Himmel stinkende Sache nur um so abgerundeter.

Während andere Schergen verzweifelt nach Michel gesucht hatten, weil sie auch ihn hatten irgendwie »unterbringen« müssen, hatte er beobachtet, was mit dem abgeschlagenen Kopf geschehen war: Er war einer von drei vor ihr geköpften Schädel, die zu diesem Zeitpunkt jeweils verschiedene Grade der Verwesung aufgewiesen hatten, geworden. Die Gitterstäbe der glockenförmigen Gehänge, die irgendwie südländischen Vogelkäfigen glichen, die Michel öfter bei italienischen Vogelhändlern gesehen hatte, waren derart fein geschmiedet gewesen, dass die Krähen den Würmern hatten den Vortritt lassen müssen. Dadurch hielten die Köpfe besser und dienten dementsprechend länger der Abschreckung. Immer wenn ein neuer dazugekommen war, hatten Stadtschergen den meist schon bleichen Schädel aus dem am längsten hängenden Behältnis herausgenommen und den dann leeren Käfig nach rechts umgehängt. Dort hatte das beeindruckende Eisengestell dann nicht lange darauf warten müssen, wieder bestückt zu werden. Symbolisch für die in der Hansestadt bereits bekannte dreigeteilte Gerichtsbarkeit mussten immer drei abgeschlagene Köpfe der Abschreckung dienen. In dieser Form war dies außer in Lübeck und in Hamburg nirgendwo in den deutschen Landen so gehandhabt worden, wie es seit der Hinrichtung des berüchtigten Seeräubers Klaus Störtebeker vor knapp 250 Jahren in Hamburg zum ersten Mal der Fall gewesen war. Erst später war diese Art der publikumswirksamen Abschreckung auch noch in Danzig, Oldenburg und Rostock zum »guten Brauch« geworden, den man dementsprechend volksnah zelebriert hatte. Deswegen war es selten vorgekommen, dass drei durch die Sonne ausgebleichte Schädel ohne Haut und Haaren in ihren eisernen Behältnissen an dem dafür vorgesehenen Gestell gehangen hatten – mindestens ein Schädel war immer frisch, und beim zweiten konnte man meist noch erkennen, ob er zu einem Mann oder zu einem Weib gehört hatte. Dementsprechend war der ganz links liegende Schädel, an dem kaum noch Haut und Haar, geschweige denn Fleisch gewesen war, weswegen er nicht mehr auf dem dafür vorgesehenen Eisendorn steckte, erst abgenommen worden, als der soeben abgeschlagene Kopf von Michels Stiefmutter dazugekommen war.

Seit diesem einschneidenden Erlebnis war Michel Waldvogel fast jede Nacht aus dem Schlaf gerissen worden, wenn ihn die weit aufgerissenen Augen seiner toten Stiefmutter angesehen hatten und er das heruntertropfende Blut, als der Scharfrichter ihren Kopf am Schopf gepackt und hochgehalten hatte, vor seinem geistigen Auge gesehen hatte. In seiner Wahrnehmung hatte ihn seine Stiefmutter damals nicht angestarrt, sondern einfach nur angeschaut und ihm somit auch keine bleibende Angst eingeflößt. In ihrem Blick war überhaupt kein Anzeichen von Wut und schon gar keine Furcht erkennbar gewesen. Sie hatte – so zumindest war es Michel vorgekommen – eher besorgt dreingeschaut. Gerade so, als wenn sie hätte sagen wollen: »Michel, mein Jüngster, achte auf dich und mach etwas aus dir – du bist gescheiter als all meine eigenen Kinder zusammen. Und glaube mir, dass ich dich – auch wenn du nicht mein leiblicher Sohn bist – auf meine Art irgendwie geliebt habe!« Sie hatte einen Blick gehabt, der etwas ausgesagt hatte, das zu sagen sie Zeit ihres Lebens nie wäre imstande gewesen. Diesen Blick hatte Michel in seinem Herzen aufgefangen. Und er hatte versucht, ihren Wunsch zu respektieren, indem er auf sich achtete und versuchte, etwas aus sich zu machen. Aber wie? Er war der Jüngste gewesen und hatte sich alles gefallen lassen und sich von seinen teils fast erwachsenen Stiefgeschwistern auch noch den letzten Ranken Brot wegnehmen lassen müssen. Michel hätte nie geglaubt, dass es nach dem Tod der Stiefeltern noch schwerer werden würde. Die Waldvogelkinder waren von den Behörden viel schlimmer behandelt worden als von ihrem Vater, und dies wollte etwas heißen. Sie waren nach gusto der Beamten hin und her geschoben worden und hatten heute nicht gewusst, wo sie morgen schlafen würden.

»Nichts ist so schlecht, dass nicht etwas Gutes daran ist«, hatte Michel damals trotzig zu einem der Schergen gesagt, als er und seine Geschwister auf richterlichen Beschluss hin in das gefürchtete Waisenhaus auf der abgelegenen, zum Herzogtum Schleswig zugehörigen Burginsel Fehmarn abgeschoben worden waren. Dieses Waisenhaus hatte dem Hochsicherheitsbereich eines Gefängnisses für Schwerverbrecher geglichen. Es war beileibe kein Ort gewesen, an dem elternlose und unverschuldet in Not geratene Kinder und Heranwachsende in Würde ihr Dasein hätten fristen können. In Wahrheit war es eine – wegen der die Insel umgebenden Ostsee – fluchtsichere Erziehungsanstalt für unangenehm auffällig gewordene junge Menschen zwischen zehn und 20 Jahren gewesen.

Es war nur gut gewesen, dass es für die Waldvogelkinder lediglich als erste Übergangslösung gedient hatte, weil Michels Stiefgeschwister für diese Anstalt durchwegs zu alt gewesen waren. Von dort aus waren sie ein für allemal getrennt und in ganz Deutschland verstreut worden … wieder einmal hatte Michel Geschwister verloren. Sie waren in verschiedene der gefürchteten Arbeitshäuser – wo es gerade Platz gegeben hatte – verfrachtet worden. Und das war's dann.

Michels diesbezügliche Endstation war – nach vier kurzen Zwischenaufenthalten – schon wieder ein von Wasser umgebener Ort geworden. Als er zusammen mit einem Aufseher an seiner Seite und zwei Nonnen, die für eine Handvoll frisch Berufener und einem guten Dutzend Novizinnen zuständig gewesen waren, auf eine Stechfähre verfrachtet worden war und das viele Wasser gesehen hatte, war die Angst über ihn gekommen, schon wieder in einer ausbruchsicheren Erziehungsanstalt wie der auf Fehmarn gelandet zu sein. Aber er hatte das Glück gehabt, in ein Kloster zu kommen. Dies hatte sich auf einer Rheininsel befunden, die früher *Rolandswerth* geheißen hatte. Der Name war wohl von der nahen, auf linksrheinischem Gebiet stehenden Burg *Rolandseck* entlehnt worden. Warum das Kloster seit Kurzem von allen als *Nonnenwerth* bezeichnet worden war, hatte sich Michels Kenntnis entzogen. Wahrscheinlich, weil es zu der Zeit, als er dort leben musste, eine Art »Lernkloster für Jungfrauen« war. Letztlich war ihm dies aber einerlei gewesen, weil er sich dort sehr wohl und sogar fast so etwas wie geborgen gefühlt hatte. Dort hatte er zum ersten Mal in seinem Leben Ruhe und ein klein wenig Zuneigung gefunden. Bei der jungen Novizin Johanna hatte er sogar das bekommen, was er bei seiner Stiefmutter nur durch ein Loch in der Wagenplane gesehen hatte. Es hatte keine Schläge mehr gegeben, dafür aber jeden Tag eine warme Suppe und sogar so etwas wie Nestwärme.

Michaels, wie der junge Mann nun genannt wurde, herausragende Intelligenz war der dortigen Äbtissin schnell aufgefallen. Aus diesem Grund hätte die Franziskanerin ihn gerne bei sich behalten und gefördert. Aber leider hatte man ihn mit Johanna in einer eindeutigen Situation erwischt, obwohl man seinen Kopf nicht gleich gesehen hatte. Dennoch war er gerade deswegen verbannt worden. Unabhängig davon, war seine Zeit im Kloster Nonnenwerth sowieso von vorneherein begrenzt gewesen. Aber es war eine gute Zeit gewesen, eine Zeit, in der er sich in Sachen Liebesdingen auf den rechten Weg hatte bringen lassen. Hier hatte er erstmals den süßen Nektar der Weiblichkeit gekostet und dabei die dunkle Seite seiner Stiefmutter ein für allemal vergessen. In Anbetracht der feinen Behaarung junger Weiblichkeit war ihm das, was er noch vor nicht allzu langer Zeit durch den Schlitz in der Wagenplane beobachtet hatte, wie ein Schreckgespenst vorgekommen.

Aber Michael Waldvogel hatte sich nicht nur bei der Erkundung des menschlichen Körpers äußerst interessiert gezeigt, sondern auch in Latein und in anderen Fächern. So hatte ihn die Äbtissin trotz des von ihm begangenen Sakrilegs in die Obhut von Aachener Domscholastikern gegeben, die wiederum den Grundstock dafür, dass er ein anständiger Studiosus hatte werden können, gelegt hatten, indem sie ihn erst einmal »*... zuer seelisch Erbaungk und Festigungk*« ins Kreuzherrenkloster Schwarzenbroich, das zum berühmten Schloss Merode gehörte, geschickt hatten. Sie alle hatten dazu beigetragen, dass aus dem ehemaligen Waisenkind ein Schüler, aus dem Schüler ein Studiosus und aus dem Studiosus schließlich ein Vertreter der Justiz geworden war. Die tiefen Wunden seiner geplagten Seele aber hatten sie allesamt nicht mehr heilen können und so war er schließlich das geworden, was er eben war: Michael Waldvogel, der weit über die Grenzen des rothenfelsischen Reiches hinaus gefürchtete »Richter Gnadenlos«, den die schrecklichen Erinnerungen an seine Kindheit ein ganzes Leben lang nicht mehr loslassen sollten und der sich Zeit seines Berufslebens an die Buchstaben des damals gestohlenen Buches halten würde.

Dennoch konnte er vor sich selbst nicht alles auf seine verdorbene Kindheit und die Zeit als Heranwachsender, die er längst hinter sich gelassen hatte, schieben. Wenn Richter Waldvogel auch nur einen Funken Gewissen und Anstand besessen hätte, wäre seine Entwicklung anders verlaufen und er würde nicht schon am zweiten Tag des zweiten Jahres nach dem ganz besonders durch sinnlose Gewalt geprägten 30 Jahre andauernden Krieg die Weichen für Jockel Mühleggs Ende stellen und ihn mit schier unerträglichen

Schmerzen an Leib und Seele in seiner feuchten und kalten Kerkerzelle dahinvegetieren lassen. Und dies, nachdem er ihn einen Tag zuvor, an Neujahr, dem zweiten Grad der Peinlichen Befragung unterzogen hatte.

Der Carnifex könnte immer noch kotzen, wenn er daran dachte, was er gestern beim zweiten Grad der Peinlichen Befragung auf Befehl des Richters alles hatte anstellen müssen, um den aus seiner Sicht unschuldigen Jockel zu einem Geständnis zu bewegen. Bevor er das Häufchen Elend auf die Streckbank gespannt hatte, war Jockel Mühlegg auf Geheiß des Richtergremiums zur Einstimmung auf den gefürchteten »Sitzbock«, ein nach oben hin scharfkantig zulaufendes Holzdreieck, das auf vier Beinen gestanden hatte und deswegen in Immenstadt nur »Ross« oder »Sackspalter« genannt wurde, gesetzt worden. Dort hatte er stundenlang die unbändigen Schmerzen hinausschreien können. Damit dieses Folterinstrument seine ganze Wirkung hatte entfalten können, hatte Richter Waldvogel vom Carnifex auch noch zwei schwere, in Eisen gefasste Steingewichte an die Füße binden lassen. Die Schmerzen in Jockels Schritt mussten schier unerträglich gewesen sein. Um zu gewährleisten, dass der inzwischen kraftlose Delinquent nicht herunterrutschen konnte, hatten ihm die Henkersknechte auch noch eine ungedornte Halskrause angelegt und diese mit vier Stricken an extra hierfür vorgesehenen Deckenhaken befestigt. Wäre Jockel von seinem hölzernen Pferd gerutscht, hätte er sich zwar nicht gleich den Hals aufgerissen, diesen dafür aber langsam lang ziehen lassen müssen, was über kurz oder lang in einer Art Strangulation geendet hätte, wenn der Carnifex nicht sorgsam darauf bedacht gewesen wäre, Jockels Leben so lange als möglich zu erhalten. Aber das war noch gar nichts im Vergleich zu dem gewesen, was danach gekommen war.

An das, was er dem aus seiner Sicht harmlosen Schwarzfischer alles hatte antun müssen, wollte der Carnifex am Tag danach nicht mehr denken. Er war nur froh darüber, dass Jockel Mühlegg nach siebenstündiger Tortur endlich ein Geständnis abgelegt hatte. Und dies, obwohl Sebastian Deibler sicher gewesen war, dass der Bursche niemanden umgebracht hatte. Dennoch hatte er beide ihm zur Last gelegten Morde gestanden.

Seither musste der Carnifex mithilfe seiner Knechte und der Gerichtsweibel alles daransetzen, Jockel am Leben zu erhalten. Der zwar nicht allzu belesene, aber nicht ungebildete Mann wusste, dass der Teufel los sein würde, wenn der Delinquent die Torturen nicht überleben und es deswegen keine Hinrichtung geben würde. So war er mit seinem Sohn Lucki noch bei Jockel, als sich die anderen bereits in der Amtsstube des Richters eingefunden hatten, um das Organisatorische rund um die Gerichtsverhandlung und die anschließende Hinrichtung zu besprechen. Sebastian Deibler gab dem bedauernswerten Geschöpf Gottes immer wieder schmerzlindernde Blätter, um danach die Wunden mit Alkohol reinigen zu können. Da er wusste, dass die Wirkung der Blätter umso schneller nachlassen würde, je öfter sie ihre Wirkung in Jockels Körper entfalteten, hob er sich eine stärkere Dosis für dessen unvermeidbare Hinrichtung auf.

Die zusätzlich durch die Wundreinigung hervorgerufenen Schmerzensschreie klangen Lucki noch in den Ohren, als dessen Vater Jockels am ganzen Körper verteilte Blessuren reinigte, mit einer selbst gemachten Arnikasalbe einrieb und verband, bevor er ihm Kamillenwasser einflößte und ihm – nachdem er genügend frisches Stroh in der Kerkerzelle verteilt hatte – ein paar wärmende Decken zugestand. Zu seiner Freude war Lucki heute freiwillig mitgekommen. Sebastian Deibler hatte sogar das Gefühl, dass ihn sein ältester Spross gerne unterstützte. Ob es nur daran lag, dass Lucki helfen wollte, weil er etwas Gutes tun konnte? Wenn dies der einzige Grund seines Sohnes für dessen plötzlichen Eifer wäre, würde sein Vater noch viel Mühe haben, um aus ihm einen guten Nachrichter zu formen.

»Reib das Pferd ab, wenn du abgeschirrt hast, und dann sag deiner Mutter, dass es bei mir später werden kann«, gab Sebastian Deibler seinem Sohn mit auf den Weg, als er vom Kutschbock sprang und seine Schritte zum Amtshaus lenkte, wo die anderen schon ungeduldig auf ihn warteten.

»Ihr habt neuerdings eine Art wie der Pfarrer. Dies missfällt mir«, monierte der Richter sofort, als der imposant wirkende Mann die Amtsstube betrat.

»Was meint Ihr damit?«, fragte Sebastian Deibler pro forma und setzte sich ungebeten auf einen der beiden freien Stühle.

»Das hier zum Beispiel«, begründete der Richter das zuvor Gesagte, deutete auf den Stuhl und zeterte weiter: »Aber Eure Unhöflichkeit ist nicht das Einzige, was mich an Euch stört. Der Pfaffe kommt auch immer zu spät. Ihr wisst, dass ich das hasse.«

»Ach, ehrenwerter Herr Richter …«, schmunzelte Deibler ironisch. »Was hasst Ihr nicht?«

Die beiden Gerichtsweibel wunderten sich darüber, dass der Richter auf diese Weise nicht nur in ihrer Anwesenheit Deiblers Autorität, sondern auch die des Stadtpfarrers ankratzte. Gleichsam wunderten sie sich über den Schneid des städtischen Nachrichters, weswegen sie fast so interessiert zwischen den beiden Gesprächspartnern hin- und herschauten wie die beiden Henkersknechte, die es gerne haben würden, wenn ihr strenger Herr vom Richter eine draufbekommen würde.

Zu ihrer Enttäuschung sahen sie, wie Waldvogel abwinkte und stattdessen knapp knurrte: »Kommen wir endlich zum Thema!«

Nachdem sich der Richter die Berichte seiner fünf Bediensteten angehört und nebenbei immer wieder an seinem schrecklich süßen – und sündhaft teuren – Met genuckelt hatte, schien er sich gänzlich beruhigt zu haben und wieder eins mit der Welt zu sein. Jockel Mühleggs Peinliche Befragung des zweiten Grades war ordentlich und ganz nach den Buchstaben des Gesetzes verlaufen und hatte zudem lange gedauert – zur Zufriedenheit fast aller sogar sehr lange. Er selbst war – entgegen einer ursprünglichen Aussage des Grafen – federführend daran beteiligt gewesen und hatte viel Freude dabei gehabt. Der Gerichtsschreiber hatte alles haarklein notiert und letztlich hatten alle an der Folter beteiligten Personen – inklusive des Stadtpfarrers Johannes Christoph Schwenk – das Protokoll unterzeichnet und somit die Korrektheit der bisherigen Vorgehensweise bestätigt. Außerdem lag das Protokoll zur Stunde dem Grafen zur Unterschrift vor.

Dem Richter konnte also nichts vorgeworfen werden und die in Bälde bevorstehende Gerichtsverhandlung dürfte problemlos über die Bühne gehen – insbesondere, weil Jockel Mühlegg in allen Anklagepunkten gestanden hatte und sich, wenn auch in einem jämmerlichen, so offensichtlich doch in einem derart stabilen Zustand befand, dass er mit etwas Glück noch ein paar Tage überleben könnte.

»Gute Arbeit, Meister Sebastian!«, lachte Waldvogel und bezog in seinen Dank an den Carnifex auch die anderen mit ein, die jetzt ebenfalls zufrieden waren. Um sicherzugehen, dass der geständige Staufner noch lebte, wenn die Gerichtsverhandlung stattfinden würde, drängte er auf eine schnelle Anberaumung: »Bevor wir über das Prozedere sprechen, müssen wir den Tag für die Gerichtsverhandlung mit anschließender Hinrichtung festlegen«, ließ er keinen Zweifel daran, dass Jockel Mühlegg des Todes war.

Selbst Sebastian Deibler konnte dem nichts entgegensetzen. Da Jockel die beiden Morde an Martin Allger und Markus Hagspihl in allen schrecklichen Details – die ihm vom Richter raffiniert in den Mund gelegt worden waren – gestanden hatte, war nur noch die Frage, welchen Tod er würde sterben müssen. Möglicherweise ist Jockel doch der Mörder, fragte sich der Carnifex im Stillen, fand aber keine Antwort darauf.

»Also!«, drängte Waldvogel in rauem Ton, den er sogleich in ein Säuseln übergehen ließ. »Da mir die Gesundheit des geständigen Verbrechers Sorgen bereitet, plädiere ich dafür, die Sache nicht länger als nötig hinauszuschieben. Was wäre mit übermorgen?«

»Das ist zu knapp!«, antwortete Sebastian Deibler, der wohl der Einzige im Raum war, der sich ernsthaft um Jockels Gesundheitszustand sorgte, entrüstet.

Während Richter Waldvogel nachdachte und sich dabei ständig das Kinn rieb, rutschte er auf seinem Sessel unruhig hin und her.

»Na gut!«, antwortete er dem Carnifex, ohne die Meinung der anderen hören zu wollen. »Wenn Ihr mir garantiert, dass der Gefangene bis Dreikönig durchhält, gedulde ich mich so lange. Bis dahin sind es noch vier Tage … Aber Ihr wisst, was ich mit Euch anstellen werde, wenn der Delinquent vorher verstirbt?«

Der Richter blickte Deibler gefährlich blinzelnd an, wartete, ob jemand einen Einspruch wagen würde, und knurrte leise: »Ich lege also den siebenten Januari – den Tag nach dem Dreikönigsfest – für das Spectaculum fest.«

Wieder drohte er Deibler mit stechendem Blick, bevor er laut über den Tisch warnte: »Noch lange vier Tage also! Wehe Euch, wenn er bis dahin das Zeitliche gesegnet hat, … dann werdet Ihr an seiner statt gerichtet! Habt Ihr das verstanden?«, wurde der Richter noch deutlicher.

Da die Sache dem Carnifex über den Magen auf die Blase drückte, entschuldigte er sich dafür, dass er sich erleichtern müsse, und verließ hastig den Raum, ohne Waldvogel geantwortet zu haben. Dies nützte der verschlagene Richter aus, um die Gerichtsweibel und die Henkersknechte auf seine Seite zu ziehen. Er winkte seinen flandrischen Adlatus herbei und tuschelte ihm etwas ins Ohr. Nachdem der Gerichtsschreiber kurz darauf verschwunden war, kam er auch schon wieder mit vier kleinen Lederbeutelchen zurück und ließ sie vor seinem Herrn so auf den Tisch fallen, dass es klimperte. Der nahm sich eines davon und hielt es in der flachen Hand, so, als wenn er es wiegen würde.

»In jedem dieser Beutel ist ein schöner Batzen Geldes, den ihr bekommt, wenn ihr genau das tut, was ich von euch erwarte«, presste er in verschwörerischem Ton hervor und blickte den vieren scharf in die Augen.

Diese wiederum schauten sich gegenseitig so lange an, bis einer der Henkersknechte stumm nickte und gierig seine Hand ausstreckte. Der Richter umschloss den Beutel mit der zur Faust geballten Hand und blickte dem wüsten Gesellen streng in die Augen, bevor er das gefüllte Lederbündel in dessen Hand fallen ließ. Das gierige Glänzen in den Augen des soeben Bestochenen entging dem Richter nicht. Nun hielt es die anderen auch nicht mehr. Ohne zu fragen, was sie eigentlich für Waldvogel würden tun müssen oder was er von ihnen erwartete, streckten sie ihm jetzt ebenfalls habsüchtig ihre Hände entgegen. Das widerte sogar den knallharten Richter derart an, dass er ihnen die Beutel nicht in die Hände drückte, sondern nur darauf zeigte und deutete, sie sich selbst zu nehmen. Da der Gestank der vier Männer schier nicht auszuhalten war, als sie sich über den Tisch beugten, beträufelte Waldvogel ein Spitzentuch und hielt es sich unter die Nase, wo es bis zum Schluss der Besprechung verbleiben sollte.

»Euer Herr kommt gleich wieder zurück und …«

»Pah! Herr?«, unterbrach einer der ungehobelten Henkersknechte – das Geld bereits sicher in seiner Tasche wissend – gleichsam übermütig und abschätzig.

»Reiß dich zusammen!«, mahnte ihn der Richter. »Sebastian Deibler ist der offiziell bestallte Carnifex – also ist er dein Herr. Und dies hast du zu respektieren! Ist das klar?«

Der Betreffende rieb sich die Stirn und nickte irritiert. Auch wenn er gehofft hatte, mit seiner Frechheit dem Richter nach dem Mund zu reden, hatte er für den Moment Angst, dass ihm wegen seiner Respektlosigkeit das Geld wieder abgenommen werden könnte.

»Also …«, fuhr Waldvogel fort. »Da der Carnifex jeden Moment wieder zurück sein kann, in aller Schnelle die ersten Anweisungen: Grundsätzlich tut ihr, was euch Deibler befiehlt. Lediglich wenn er etwas anschafft, was mir in Zusammenhang dessen, was ich euch gleich sagen werde, missfallen könnte, befolgt ihr seine Anordnungen nicht sofort, sondern meldet sie umgehend mir!«

Der Richter wartete auf ein allseitiges Nicken, bevor er fortfuhr: »Ihr garantiert mir, dass sich der Angeklagte in möglichst guter gesundheitlicher Verfassung befindet, wenn er dem Gericht vorgeführt wird. Somit werdet ihr alles dafür tun, dass es so ist!«

»Dies wird nicht leicht werden. So wie wir die Sache sehen, wird Mühlegg keine zwei, geschweige denn fünf Tage überleben. Da kann der Carnifex machen, was er will«, gab einer von den vieren stellvertretend für alle zu bedenken.

»Dies darfst du womöglich bei Gelegenheit wiederholen«, betonte Waldvogel, der sich innerlich schon Gedanken darüber machte, was er mit Deibler anzustellen gedachte, wenn Jockel Mühlegg tatsächlich noch vor der Gerichtsverhandlung sterben würde, fuhr aber gleich wieder fort: »Umso wichtiger ist es, dass wir schnell handeln. Und dazu gehört, dass ihr alles dafür tun werdet, damit der Gefangene bis zur Verhandlung überlebt … Ist das klar?«

Während ein Henkersknecht und ein Gerichtsweibel nickten, zuckten die anderen beiden nur mit den Schultern, was wohl ebenfalls einem schleimigen »Ja, ehrenwerter Herr. Wie recht Ihr doch habt, ehrenwerter Richter« gleichkommen sollte.

»Gut!«, rieb sich Waldvogel die Hände. »Da nach uralter Väter Sitte sowohl die Anklage als auch die Hinrichtung mitten in der Stadt unter freiem Himmel stattfinden können, werden wir es im Falle des Jockel Mühlegg so halten, dass wir eine grandiose Veranstaltung daraus machen. Und dazu benötige ich eure Hilfe … Ich wünsche ein passendes Auditorium unter freiem Himmel, … ein Auditorium Maximum!«, kam er fast ins Schwärmen, als er schon an einen fahnengeschmückten und mit Hunderten von Menschen gefüllten Marktplatz dachte.

Während die Auffassungsgabe der Gerichtsweibel gerade noch dazu ausreichte, um sich vorstellen zu können, was damit gemeint sein könnte, kratzten die Henkersknechte ihre verlausten Schädel, worauf der Richter wusste, dass sie keine Ahnung davon hatten, von was er soeben gesprochen hatte.

»Ich meine damit eine Aula Magna!« Als er abermals merkte, dass sie nichts verstanden hatten, verdeutschte er das soeben Gesagte mit theatralisch erhobenen Händen: »Ich meine damit einen großen Hörsaal, ihr dummen Narren!«

Da die vier immer noch nicht wussten, wovon der Richter gesprochen hatte, erklärte er mit einfachen Worten, dass es eine große Veranstaltung werden sollte, zu der möglichst viele Menschen erwartet würden, und dass dafür genügend Platz zur Verfügung stehen müsse.

»Um zu gewährleisten, dass die Allgäuer aus ihren Ecken kriechen, muss die Kunde rasch ins ganze rothenfelsische Gebiet hinaus bis ins Stiftskemptische hineingetragen werden. Diejenigen, die Zeuge dieser Stunde werden, müssen dann mit dem, was ihnen geboten wird, zufrieden sein. Damit alle gut hörbar mitbekommen, was sich vorne beim Richtergremium abspielt, benötigen wir ein großes Podest! Wie groß und wie hoch, werdet ihr noch erfahren. Und damit das Volk Platz hat, muss der Marktplatz von jeglichem Unrat gesäubert werden. Ich möchte, dass dort kein einziger dieser unerlaubten Verkaufsstände auswärtiger Händler steht, keine stinkenden Fässer das Stadtbild verschandeln, keinerlei abgenagte Knochen oder sonstiger Mist herumliegen. Das ganze Pflaster muss vom Dreck befreit und wieder sichtbar werden … Und vertreibt die verschissenen Straßenköter, die hier überall herumlungern!«

Zaghaft ging ein Finger hoch.

»Was ist?«, knurrte der Richter.

»Wegen des allgemeinen Brennholzmangels steht kein einziges Holzfass herum und wegen des allseitigen Hungers wüsste ich nicht, dass es noch streunende Hunde gäbe. Außerdem …«

»Sei still! – Tut einfach, was ich sage, und sorgt für einen sauberen Marktplatz!«, unterbrach der Richter den Henkersknecht und erteilte einem der Gerichtsweibel das Wort.

»Aber dies ist Sache des Oberamtes«, monierte dieser in ängstlichem Ton.

»Ich weiß!«, zischte Waldvogel. »Aber bis Speens lahme Beamte ihre Ärsche hochbekommen, um die Sache zu delegieren, feiern wir den Jahrestag der Hinrichtung des längst verfaulten Delinquenten. Außerdem stehen der Carnifex und der Oberamtmann in vertrautem Verhältnis zueinander; ich möchte vermeiden, dass Speen zu früh etwas erfährt, das er dem Grafen berichten kann … Versteht ihr?«

Der Einfachheit halber nickten alle.

»Gut! Also nehmen wir die Sache selbst in die Hände. Schließlich werdet ihr gut dafür entlohnt«, ließ der Richter keinen Zweifel daran, wer die Arbeit tun würde. »Der Marktplatz muss glänzen! … Habt ihr das verstanden?«

Endlich! Gott sei's gedankt: Sie hatten verstanden, was der Richter von ihnen wollte.

»Ich möchte eine möglichst große Veranstaltung mit einem lebenden Angeklagten! Deibler neigt sicher dazu, die Sache so klein wie möglich zu gestalten. Ihr wisst also, was ihr zu tun habt?«

Wieder allseitiges Nicken.

»Und nun hört weiter gut zu …« Der Richter beugte sich verschwörerisch über den Tisch und nahm – weil er in der ganzen Aufregung sein parfümiertes Spitzentüchlein in den Ärmel zurückgesteckt hatte – dabei sogar den fauligen Mundgeruch und die Ausdünstungen der anderen in Kauf. »Ich habe euch nicht zusätzlich für eine Arbeit bezahlt, die ihr sowieso tun müsst, wenn ich es wünsche. Ich habe mich euch gegenüber mehr als großzügig erwiesen, weil ich gedenke, die Sache schon einen Tag *vor* Dreikönig anstatt einen Tag danach durchzuziehen.«

»Was? Am fünften Januari? Aber …«

»Unterbrich mich nicht!«, bellte der Richter einen der Henkersknechte an und packte ihn sogar am Kragen. »Ich weiß, dass ihr umso schneller mit allem, was zu tun ist, sein müsst. Ihr solltet also gleich morgen mit den Vorbereitungen beginnen. Und zu niemandem ein Wort! Hört ihr? Zu niemandem! Tut einfach eure Arbeit und haltet euren Mund so lange, bis unser Landesherr Boten zur allgemeinen Bekanntmachung in alle Himmelsrichtungen entsandt hat. Bis Deibler dahinterkommt und die Sache blockieren kann, sind die Vorbereitungen mit dem Segen unseres geliebten Regenten schon in vollem Gange.«

»Und wenn er unsere Arbeit doch auszubremsen sucht?«, stellte einer der Gerichtsweibel etwas gestelzt in den Raum.

»Dann schickt ihr ihn sofort zu mir! Ich habe dann die passende Antwort darauf. Aber bis dahin habe ich die Sache längst mit dem Grafen geklärt.«

Der Richter konnte die Kernpunkte seiner Wünsche gerade noch zusammenfassen, bevor Schritte zu hören waren.

»Achtung! Deibler kommt. Ihr wisst, was ihr zu tun habt? … Und: Zu niemandem ein Wort!«, bestätigte Waldvogel noch rasch das zuvor Besprochene, bevor quietschend die Tür aufging und der Carnifex eintrat.

Um keine peinliche Situation durch ein Fehlverhalten der vier heraufzubeschwören, legte der Richter los, noch bevor der Nachrichter seinen Platz eingenommen hatte. Damit zeigte er sich zwar nicht höflicher, als der »Unehrliche« es getan hatte, weil er sich anfangs unaufgefordert auf einen Stuhl gesetzt hatte, deutete damit aber indirekt an, wer der Herr im Hause war. Er präsentierte Deibler seine Vorstellungen, verschwieg allerdings die geplante Dimension und den vorgezogenen Termin.

Schnell entspann sich eine zielführende Diskussion über Arbeitseinteilung, die Materialbesorgung und Allgemeines, bei der sich Sebastian Deibler über den Eifer seiner ansonsten stinkfaulen Knechte, aber auch der Speen unterstellten Gerichtsweibel, wunderte.

Waldvogel hatte richtig vermutet, als er während Deiblers Abwesenheit gesagt hatte, dass der Carnifex die Sache nicht so hochhängen wollen würde. Aber dies war ihm – jetzt, nachdem er dessen Knechte und Speens Leute auf seine Seite gezogen hatte – egal. Der Richter wünschte, dass das Podest für die Gerichtsverhandlung etwas nördlich, also links vor dem Amtsgebäude, in gerader Achse und mit Blick zum Schlossportal stehen sollte. »… dann kann die gräfliche Familie der Gerichtsverhandlung direkt vom ersten Geschoss des Schlosses aus beiwohnen, ohne sich zum Pöbel hinunterbegeben zu müssen«, begründete er seinen Wunsch, die Sache auf diese Weise zu präsentieren und gleichzeitig dem Grafen gegenüber zu schleimen.

»Das Richtergremium sitzt in Blick- und Sprechrichtung Ihrer Exzellenzen«, ging er die Sache laut durch, um gleich fortzufahren: »Und genau in der Mitte des Platzes, vielleicht sogar ein Stück näher am Schloss, bauen wir ein zweites Podest – zwar kleiner, aber genauso hoch – als Richtstätte auf, ebenfalls in Blickrichtung des Schlosses. So bekommt die gräfliche Familie die Hinrichtung am besten mit«, sagte er gönnerhaft, dachte sich aber im Stillen, dass das Richtergremium in diesem Fall zwar den Delinquenten bei dessen Hinrichtung nur von hinten zu sehen bekommen würde, seinen Spaß aber bereits bei der Verhandlung gehabt haben dürfte. »Und damit wir für alles gerüstet sind, muss auf dem Podest nicht nur der Hackstock stehen, sondern rein vorsorglich auch ein Galgen aufgebaut sein.«

»Das ist alles viel zu groß geplant! Damit bin ich nicht einverstanden! Wir brauchen hier kein separates Podest als Richtstätte. Wir haben einen Galgen, der sich sogar für das ›Aufhängen mit Umständen‹ eignet«, beschwerte sich der Carnifex, nachdem er sich die nach seiner Meinung größenwahnsinnigen Pläne des Richters geduldig angehört hatte.

»Aber der steht nicht am Marktplatz, sondern außerhalb Immenstadts, an der Straße nach Sonthofen …«, wollte der Richter abwehren, wurde aber sofort vom Carnifex unterbrochen: »Den meine ich nicht! Ich meine den transportierbaren Galgen, der in der Schranne lagert und den meine Knechte jederzeit und überall mühelos aufbauen können.«

»Ihr habt ja recht!«, pflichtete Waldvogel ihm nach kurzer Überlegung vorbehaltlos bei, wodurch er allseitige Verwunderung auslöste. »Wir brauchen kein zweites Podest.«

»Was soll das denn jetzt?«, tuschelte einer der Henkersknechte dem neben ihm sitzenden Gerichtsweibel zu.

»Ich weiß auch nicht, warum sich der Richter jetzt plötzlich zurücknimmt. Ich habe es auch so verstanden, dass er die Sache möglichst groß aufziehen möchte. Jetzt verstehe ich überhaupt nichts mehr«, tuschelte der zurück.

»Ruhe!«, rief Waldvogel. »Ich folge Meister Sebastians Vorschlag und verzichte auf das zweite Podest.«

Der Carnifex wusste zwar nicht, was der Richter mit diesem spontanen Rückzieher bezwecken wollte, vermutete aber, dass dies sicherlich kein humanes Entgegenkommen war, weswegen er das Wort erheben wollte, aber aufgrund seiner schon wieder wild durcheinanderplappernden Knechte und der ebenfalls schnatternden Gerichtsweibel nicht dazu kam.

Das Durcheinander nutzte der offensichtlich in vorauseilender Häme grinsende Richter geschickt, um das leidige Thema zu wechseln. Warum sollte er sich auch weiter damit aufhalten? Er wusste ja jetzt schon, dass er für Jockels Hinrichtung weder ein Richtschwert noch einen Strick benötigen und ein zweites Podest – für das, was ihm inzwischen eingefallen war – im Grunde genommen sogar im Weg stehen würde. Er hatte ja schon gesagt, dass Jockels Hinrichtung etwas Besonderes werden würde. Deswegen kam er abschließend auch noch auf den Delinquenten zu sprechen. In diesem Punkt waren sich alle einig: Jockel Mühlegg sollte sich so schnell wie irgend möglich von den Qualen der Folter erholen und es musste alles getan werden, damit der junge Mann am letzten Tag seines Lebens in einigermaßen guter Verfassung war, um seinem Schöpfer ordentlich gegenübertreten zu können.

Dabei zog der Carnifex nachdenklich die Augenbrauen hoch. »Aber was ist, wenn Jockel die Tage bis zur Verhandlung doch nicht überlebt und noch zuvor stirbt?«

»Wie bereits gesagt: Dann gnade Euch Gott!«, warnte der Richter unmissverständlich, bevor er die anderen hinausschickte und van der Heye den Auftrag gab, das Fenster zu öffnen.

KAPITEL 34

Da Lodewig gewusst HATTE, dass der Medicus Staufen heute um die Mittagszeit verlassen und nach Kempten reiten würde, war er ins Dorf hinuntergegangen, um ein paar Worte mit ihm zu sprechen und sich bei ihm nochmals für alles, was er in Staufen Gutes getan hatte, zu bedanken. Er war aber nicht gegangen, ohne sich zuvor bei Sarah dafür zu entschuldigen, dass er wohl nicht zum Mittagsmahl zurück sein würde. Dass sie ihm in Bezug auf pünktliches Nachhausekommen gestern die Leviten gelesen hatte, saß noch wie ein Stachel.

Aber heute schien Sarah wieder besser aufgelegt zu sein. »Geh nur, Liebster! Ich habe genügend Arbeit«, hatte sie schmunzelnd gesagt und Lodewig erklärt, dass sie sich zusammen mit ihrer Mutter und den Zwillingen den Rittersaal vornehmen würde, um die letzten Spuren des Abschiedsfestes zu beseitigen. »Außerdem habe ich genügend Männer in greifbarer Nähe, falls ich Hilfe benötigen sollte!«, hatte sie ihm noch nachgerufen und damit ihren Schwiegervater und Nepomuk, der lieber seinem alten Freund Gesellschaft leisten anstatt mit ins Dorf hinuntergehen wollte, gemeint.

Wie schon am Neujahrstag, hatte die Neugierde auch heute viele Staufner aus ihren Behausungen gelockt. Sie wollten sich dem Nimbus des handverlesenen Kreises der geladenen Gäste des Abschiedsfestes annähern und sich ebenfalls vom Medicus verabschieden. Und dazu bot sich die letzte Möglichkeit, nachdem dieser sein Gespräch mit Lodewig beendet hatte, bei dem auch Schwester Bonifatia zugegen war und zu dem sich rein zufällig auch noch der Ortsvorsteher und der Propst gesellten.

Nun ritt er mit Sack und Pack an ihnen vorbei durch den Ort, um auf direktem Wege in die fürstäbtliche Stiftstadt Kempten zu gelangen, wo er in wenigen Tagen seine Zukunft als hoffnungsvoller Jungmediziner neu gestalten würde. Überall, wo der Medicus vorbeikam, winkten ihm die in kleinen Grüppchen zusammenstehenden Menschen freundlich zu und überschütteten ihn reichlich mit den besten Wünschen für seine berufliche Zukunft, … auch wenn sie momentan nicht wussten, was ihnen ihre eigene Zukunft – ohne einen Arzt im Dorf zu haben – bringen würde. Hoffentlich findet nicht gerade jetzt wieder eine Seuche den Weg zu uns, wird sich so manche Frau gedacht haben, als sie in das Tüchlein, mit dem sie ihm gerade noch zugewunken hatte, schnäuzte.

Da der Medicus ständig Schwätzchen halten musste, zog sich die Verabschiedung länger als gedacht und so war es Mitte Nachmittag geworden, als sich die Menschentrauben langsam aufzulösen begannen.

Als unvermittelt ein in gräflichen Farben gewandeter Reiter durch Staufen preschte und ständig ins Horn stieß, bevor er einen Platz im Zentrum des Dorfes auswählte, der ihm für das, was er zu sagen hatte, geeignet erschien, waren noch längst nicht alle nach Hause gegangen. Offensichtlich schien es ihm der Marktplatz angetan zu haben, um seine Mission möglichst publikumswirksam erfüllen zu können. Wehe dem, der ihm unterstellen würde, dass dies nur daran läge, weil sich hier zuvor schon die Mädchen des Dorfes versammelt hatten und immer noch in Grüppchen herumstanden.

Während der Reiter umständlich in seinen Satteltaschen zu kramen begann, strömten die Menschen – anstatt nach Hause zu gehen – in Scharen herbei, um zu erfahren, was der gräfliche Kurier in Staufen wollte. Allem Anschein und der dürftigen Bewaffnung nach zu urteilen, war er kein Mitglied der gräflichen Garde, sondern nur ein Bote in einer der Gardisten-Uniform ähnelnden Gewandung, der immer noch etwas in seinen Satteltaschen zu suchen schien, während schon die ersten Neugierigen an den Ort des Geschehens zurückgekehrt oder neu hinzugekommen waren.

Die Frauen eilten aus Richtung Kirche, wo vor dem Portal ihr neuer Versammlungsplatz geworden zu sein schien, herbei. Und die Männer, die zuvor – wie sie es seit Urväter Zeiten getan hatten – grüppchenweise im ganzen Ort verteilt zusammengestanden waren, gesellten sich ebenso dazu wie die jungen Burschen des Dorfes, die schon wieder im Streit miteinander gelegen hatten.

»Befindet sich unter euch der Ortsvorsteher? … Oder der Verwalter des Schlosses Staufen?«, wandte sich der offensichtlich von sich eingenommene Reiter an die Menge.

Es wunderte ihn, dass sich Alt und Jung so schnell zusammengefunden hatten, obwohl er sich erst vor wenigen Augenblicken nach dem Verbleib des Ortsvorstehers und des Kastellans durchgefragt hatte, nachdem er bei Hermann Schädler zu Hause gewesen war, diesen nicht vorgefunden hatte und danach zum Schloss hochgeritten war, um vom Wachhabenden zu erfahren, dass der Herr heute schon um die Mittagszeit herum das Schloss verlassen habe und im Dorf unten sein müsse.

Endlich hielt der Bote das in Händen, nach dem er so verzweifelt gekramt hatte. Er brachte sein Pferd in Position und versuchte, darauf eine locker aussehende Haltung einzunehmen, was ihm aber aufgrund seines schrägen Aussehens und seiner missratenen Figur nicht gelang.

Währenddessen war Lodewig dazugestoßen und auf den Reiter zugegangen, wo er sich sofort als der Gesuchte auswies. »Und nun sprecht! Was wollt Ihr von mir?«

»Ich habe eine eilige Kundschaft unseres hochverehrten Herrn Hugo Reichsgraf zu Königsegg-Rothenfels, des Herrn über Staufen und …«

Der Bote hob – sich in dem Moment seiner ihm übertragenen Aufgabe und seiner schmucken Gewandung bewusst – forsch sein Haupt und blickte mit einer fast ans Verächtliche grenzenden Miene ins Rund.

»… über euch alle, die ihr euch durch die grenzenlose Gnade eures hochwohllöblichen Regenten Volk von Staufen nennen dürft.«

Nachdem sie diesen anmaßenden Spruch aus dem Mund des aus ihrer Sicht ihnen standesmäßig nicht viel höhergestellten Boten gehört hatten und dazu auch noch dessen Tonfall so werteten, wie er gemeint war, begannen einige der durch die ständigen Raufereien sowieso schon aufgewühlten und deswegen recht verbeult aussehenden Burschen, zu pfeifen und wüste Drohungen auszuspucken.

»Pass auf, dass dich das ›Volk von Staufen‹ nicht von deinem hohen Ross zieht und dir zeigt, wohin du gehörst!«, drohte der ansonsten eher besonnene Krämer Ambrosi Blank, der sich aufgrund seines Berufsstandes besonders gekränkt fühlte. Ambrosi glaubte, dass er – wenn er denn in einer der umliegenden Handelsstädte wie Lindau, Ravensburg oder Kempten leben würde – kein einfacher Landkrämer mehr, sondern längst ein angesehener Kaufmann wäre.

»Wir zeigen dir, wer hier in Staufen dein Herr ist!«, schrie einer, der dem Lager der Nichtschützen zuzuordnen war und der ebenfalls die Fäuste ballte, aber von Lodewig zur Ordnung gerufen wurde, bevor dieser sich wieder dem Boten zuwandte: »Was ist jetzt? ... Was hat uns Ihre Exzellenz mitzuteilen?«, wollte der Kastellan endlich wissen.

Der Bote beugte sich zu ihm herunter und erklärte ihm, offensichtlich völlig unbeeindruckt von den Schimpfattacken gegen ihn, dass es zwar um eine Sache gehen würde, die am heutigen Tage von Boten in das gesamte rothenfelsische Gebiet getragen würde, er sie aber lieber zuerst ihm in seiner Eigenschaft als Kastellan und zudem auch dem Ortsvorsteher mitgeteilt hätte, weil es dabei schließlich um einen der Ihren gehen würde. Er schlug Lodewig klugscheißerisch vor, wie er die Sache handhaben und mit dem Pöbel umgehen sollte.

Lodewig winkte den Reiter etwas näher zu sich herunter, aber nicht, um ihm sanft etwas ins Öhrchen flüstern zu können, sondern um ihn fest an dessen Jacke zu packen, was zu einem spontanen Begeisterungssturm der Umherstehenden führte. »Jetzt reicht es aber mit Euren überheblichen Sprüchen. Was glaubt Ihr, wer Ihr seid?« Ohne eine Antwort abzuwarten, die dem Boten aufgrund seiner zugeschnürten Kehle sowieso schwergefallen wäre, zischte Lodewig: »Ihr seid genauso ein Untertan des Grafen wie wir alle! Und wenn Ihr nicht wollt, dass ich bei Oberamtmann Speen Meldung über Euer ungebührliches Verhalten mache, entschuldigt Ihr Euch sofort beim ›Pöbel‹, wie Ihr die ehrbaren Staufner eben genannt habt.«

Lodewig entließ den Boten aus seiner misslichen Lage und wartete, bis dieser mit dem Reiben seines schmerzenden Halses fertig war.

»Und? ... Was ist jetzt?«

»Entschuldigt!«, kam es mit kratziger Stimme.

»Wie? Was habt Ihr gesagt? Ich glaube, dass die hier versammelten braven Untertanen unseres hochverehrten Grafen nichts gehört haben!«, rief Lodewig demonstrativ laut und drehte sich mit einer ausladenden Handbewegung im Kreis, was die Menschen dazu ermunterte, wild zu gestikulieren, während sie die schlimmsten Schimpfworte ausstießen.

Als Lodewig die Hände erhob, wurde es wieder still und alle Blicke waren auf den Reiter gerichtet.

»Ich entschuldige mich. Es war nicht so gemeint«, spuckte er, für alle gut hörbar, den Freibrief für einen unversehrten Heimritt aus.

Während die Staufner lachten, klatschten und Lodewig lobten, wandte sich dieser schon wieder dem Mann auf dem Schecken zu: »Na also! … Und nun sagt mir sofort, um welchen Staufner es geht.«

Spätestens jetzt war der bisher hochnäsige Bote beeindruckt. Er war sogar eingeschüchtert und konnte deswegen nur noch stammeln: »M… M… Mühlegg. Es geht um den Tagelöhner Jockel Mühlegg«, flüsterte er heiser zu Lodewig herunter.

»Wenn dem so ist, dann überbringt die Botschaft unseres Herrn nicht zuerst mir und dem Ortsvorsteher, sondern gleich der Öffentlichkeit. Ihr seht ja selbst, dass sich ganz Staufen extra versammelt hat, um Euch zu lauschen. Ihr seid unser aller Aufmerksamkeit gewiss«, schmeichelte er dem Boten, jetzt, da sich dieser entschuldigt hatte.

Aber der Immenstädter hatte immer noch mit dem zu kämpfen, was soeben geschehen war. Zudem wunderte er sich nach wie vor darüber, wie es den Staufnern gelungen war, sich schon innerhalb weniger Minuten nach seiner Ankunft versammelt zu haben, weswegen er nicht ganz bei der Sache war.

Wahrscheinlich habe ich im Vergleich zu meinen Kameraden die meisten Zuhörer, dachte er sich – das soeben Geschehene beiseiteschiebend – stolz, während er es wieder genoss, auf dem hohen Ross zu sitzen und auf die ihm sicherlich ebenbürtigen, aber doch irgendwie einfacher wirkenden Menschen herabsehen zu können.

Als sein Blick Lodewigs Augen traf, erwachte der Bote schnell wieder aus seinem Tagtraum und er räusperte sich.

»Wie dem auch sei«, fasste er seine Verwunderung in für die

anderen momentan nicht nachvollziehbare Worte und begann, das Papier bewusst langsam aufzurollen, in die Höhe zu strecken und vorzulesen – aber nicht, ohne sich noch einmal zu räuspern und danach abermals theatralisch in die Runde zu blicken. Immerhin hatte er jetzt das Sagen. Und alle würden ihm zuhören – ein gutes Gefühl.

»›*Wir Hugo Graff zue Königsegg unnd Rottenfelß …*‹« Es folgte die übliche, nicht enden wollende Titel-Litanei. »›*thuen hiermit kund unnd zu wißen daß am fünften Tage deß Jahrs anno domini 1650 zur Mittagstundt über den Stauffner Tagelöhner Jockel Mühlegk daröffentlich auff dem Marcktplatze zue Immenstatt wegen zweifach Mordts mit vielerley Quälerei wirdt Gericht gehalten. Bey Verurteilung nach Beweiskrafft unnd Geständniß wirdt daß Urtheil mit dem sechsten Schlag der Turmuhrglock von Sanctus Nikolaus vollstrecket. Daß Volck von Stauffen ist darzue eingeladen wie all ander Unterthan des rottenfelßisch Gebieths, Zeuge diß Stundt zu werden.*‹«

Um die Sache noch dramatischer zu gestalten, hätte der Bote jetzt gerne einen Trommler an seiner Seite gehabt, musste sich aber – nachdem er in der ganzen Aufregung vergessen hatte, dass er ein Horn mit sich führte – mit dem lauten Geknistere, das beim Zusammenrollen des Papiers verursacht wurde, zufriedengeben.

»Um Gottes willen! Das ist ja schon morgen«, zerschnitt der Ortsvorsteher, der sich bisher zurückgehalten hatte, die Stille. Danach war nur das Schnauben eines Pferdes zu hören. Die Menschen standen wie erstarrt da. Niemand wagte es, die Stille zu durchbrechen. Sogar die jungen Nichtschützen unter ihnen konnten sich unpassende Kommentare verkneifen.

Lodewig blickte zu Hermann Schädler, dann zu Propst Glatt, der zwar als Letzter, aber gerade noch rechtzeitig gekommen war, um die schreckliche Nachricht mitzuhören. Er hob einen Arm und winkte den Priester zu sich. Aber Lodewig war nicht der Einzige, der durch sein Winken die Aufmerksamkeit aller auf sich lenkte. Auf der anderen Seite der Menschenmenge erregte ein älterer Mann, der auch einen Arm in die Höhe gestreckt und damit ebenfalls den Eindruck erweckt hatte, jemanden zu sich winken zu wollen, das Interesse des Rächers Walter Krummstiefel, der unauffällig inmitten der Menschenmenge stand. Neugierig geworden, huschte dessen Blick zwischen den beiden Winkenden hin und her.

»Pssst! Maria! Hier bin ich!«, säuselte Cornelius Brugger, der mit ein paar anderen Männern gekommen war und jetzt erst seine Tochter bei den jungen Frauen des Dorfes hatte stehen sehen. Die Nachricht von Jockel Mühleggs raschem Gerichtstermin hatte ihn ebenso bestürzt wie die meisten anderen. Da er und Maria stets ein gutes Verhältnis zu Jockel gehabt hatten, wollte er seine Tochter jetzt bei sich wissen. Während sich der Propst schon einen Weg zu Lodewig bahnte, löste sich aus der Traube der Jungfrauen ein im Vergleich zu ihnen etwas älteres Mädchen, das die stechenden Augen in ihrem Rücken eigentlich hätte spüren müssen. Im Grunde genommen war es nur ein Auge, das ihr unablässig folgte; es war das Auge des Rächers, der eine junge Frau mit langem schwarzem Haar, aber nicht deren Gesicht sah. Einem Adler gleich, ließ sein Auge nicht von ihr ab. Er konnte es nicht erwarten, in das Antlitz der Maid zu blicken.

Ob sie vorne wohl hält, was sie hinten verspricht, dachte er sich, während er unruhig an seinen Fingernägeln zu kauen begann.

Als Maria bei dem älteren Mann angelangt war und sich umdrehte, durchzuckte es den Rächer, als wenn ihn ein Blitz getroffen hätte; er erkannte die junge Frau, die ihn in der *Krone* gesehen hatte und ihn möglicherweise ebenfalls wiedererkennen würde.

Lodewig und dieses Weibsstück …, beide sind hier, dachte er mehr an das, was er mit den beiden zu tun gedachte, als daran, dass Maria tatsächlich das hielt, was er sich von ihrem Aussehen erhofft hatte, als er sie von hinten gesehen hatte. Er war irritiert, aber zugleich löste ein wohliger Schauer die anfänglichen Gefühle ab. Seine Gedanken überschlugen sich. Er hatte, was er wollte; die beiden, die es zu beseitigen galt, waren hier, vielmehr noch, sie waren in greifbarer Nähe. Jetzt musste er sich lediglich überlegen, wie er vorgehen wollte, um an sein lang ersehntes Ziel zu gelangen. Wen von den beiden sollte er als Erstes umbringen? Wem sollte er folgen, wenn diese Veranstaltung vorüber war? Als er vor ein paar Tagen Lodewig nachgegangen war und unter seinem Umhang bereits seinen Dolch gezückt hatte, war er nicht zum ersehnten Ziel gekommen. Denn der Kastellan war – anstatt direkt und allein die dunkle Straße zum Schloss hochzugehen – zuerst zum Ortsvorsteher geeilt, um danach den Propst abzuholen. Von dort aus hatten sie gemeinsam den direkten Weg zum Schloss genommen. Somit hatte es keine Möglichkeit gegeben, sich Lodewig unbemerkt zu nähern. Nun war der Rächer gespannt, wie die Sache heute laufen würde.

Da Propst Glatt die Stille durchschnitt, indem er laut rief: »Lasset uns für unseren gestrauchelten Mitbruder Jockel Mühlegg beten!«, musste sich der Rächer die Antwort bis später aufsparen. Aber nicht, ohne sein Auge von den beiden zu lassen, was für ihn Schwerstarbeit war.

Da Sarah und Judith sich in den vergangenen Tagen unter Nepomuks Anleitung intensiv um Eginhard hatten kümmern müssen, waren sie noch nicht dazu gekommen, im Rittersaal alle Spuren des Abschiedsfestes zu beseitigen. Seit heute Vormittag allerdings widmeten sie sich mithilfe der Zwillinge Anneliese und Heidemarie dieser Arbeit und waren bis zum späten Nachmittag gut vorwärtsgekommen.

»Ich könnte ihn erwürgen!«, schimpfte Sarah, die wie aus dem Nichts heraus einen nassen Lappen mit solcher Kraft durch den Rittersaal warf, dass sie damit das Gesicht des Freiherrn Georg von Königsegg traf.

»Bleib gelassen«, wehrte sich Judith, die sich zuvor gerade noch bücken und dem Lappen hatte ausweichen können.

»Entschuldige! Dich wollte ich nicht treffen und den Vater des Grafen auch nicht.«

»Ich verstehe deine Wut, die sicherlich von großer Sorge genährt wird. Aber der alte Freiherr kann nun wirklich nichts dafür. Jetzt müssen wir dieses Gemälde auch noch abwischen«, spöttelte Judith.

Die zornige Sarah stemmte ihre Fäuste in die Hüften. »Sehr lustig!«

»Entschuldige! Ich weiß auch, dass es draußen bereits dunkel wird. Aber er ist ja nicht weit weg. Lodewig hat dir doch gesagt, dass er nur ins Dorf hinuntergegangen ist, weil er dem Medicus

Lebewohl sagen wollte. Außerdem war ein Bote aus der Residenzstadt am Tor und hat ihn gesucht. Offensichtlich gibt es irgendwelche Neuigkeiten aus dem Städtle. Und das kann dauern«, versuchte Judith, ihre aufgebrachte Tochter zu beruhigen.

»Ich habe doch nicht Lodewig gemeint!«, entgegnete Sarah kopfschüttelnd.

»Um Jahwes willen! Wen hast du dann gemeint?«, wurde sie von der nun völlig irritierten Judith gefragt.

»Na, wen schon? Den saudummen alten Trottel, der keinen Alkohol verträgt.«

»Ich habe zwar gemerkt, dass du schon den ganzen Tag irgendwie komisch bist – jetzt aber verstehe ich überhaupt nichts mehr. Seit wann ist Lodewig ein Trottel, der keinen Wein verträgt?«, wunderte sich Judith.

Jetzt musste Sarah lachen. Sie hielt mit ihrer Arbeit inne und wischte sich den Schweiß von der Stirn. »Hast du nicht gehört? Ich spreche nicht von Lodewig, sondern vom alten Hiebler«, antwortete sie trotz ihrer Wut im Bauch sichtlich amüsiert über diese Verwechslung.

Im Gegensatz zu Sarah, der bereits aufgefallen war, dass ihre Mutter einem Missverständnis unterlegen war, wusste Judith jetzt zwar noch weniger als zuvor, wartete aber geduldig auf die Aufklärung der Ungereimtheiten.

Sarah setzte sich, um die Gelegenheit für eine kleine Pause zu nutzen. »Na ja. Egon Hiebler, der ehrwürdige alte Kommandant der Schützen, hat am Abend des heiligen Silvesters zu viel getrunken, weswegen er eines der Wappengläser fallen lassen hat und …«

»… jetzt ist es kaputt«, ergänzte Judith, die froh war, wenigstens das sofort verstanden zu haben.

Sarah nickte. »Ich darf gar nicht daran denken, was die Gnädige dazu sagen wird, wenn ich es ihr beichte.«

Judith ging zu ihrer Tochter, legte ihr eine Hand auf die Schulter und strich ihr mit der anderen tröstend übers Haar. »Gar nichts, mein Kind!«

»Wie? – Gar nichts?«

»Ja, glaubst du allen Ernstes, dass die Gräfin einem einzelnen Glas nachweinen und dich deswegen in den Kerker werfen lassen wird?«

»Aber …«

»Nichts ›aber‹!«, entgegnete Judith, die der Sache keinerlei Wichtigkeit beimaß, energisch. »Und jetzt lass uns die Arbeit hier beenden!«

Jetzt war Sarah nachdenklich geworden. »Da du es vorhin schon angesprochen hast, kann ich dir jetzt ja sagen, dass ich mir seit ein paar Stunden tatsächlich Sorgen um Lodewig mache. Er hat zwar gesagt, dass er zum Mittagsmahl wohl kaum zurück sein wird. Aber jetzt beginnt es bereits zu dunkeln und er ist immer noch nicht hier. Ich möchte wissen, was im Dorf unten los ist. Am Neujahrstag habe ich mich schon darüber geärgert, weil er nach dieser Rauferei noch zum Ortsvorsteher gegangen ist, anstatt gleich nach Hause zu kommen. Ich war heilfroh, als er endlich hier war. Da war es mir dann auch egal, dass er spätabends den Ortsvorsteher und den Propst mit ins Schloss gebracht hat, um ihnen ausführlich von der Rauferei zu berichten.« Sarah lächelte gequält. »Dieses Gespräch hätten sie auch beim Ortsvorsteher oder in der Propstei führen können. Dies wäre sicherlich für alle Beteiligten bequemer … und für unseren Weinvorrat besser gewesen. Aber Lodewig hat gewusst, dass ich mich sorge, und deswegen die beiden hier hochbemüht.«

Judith lächelte ebenfalls und strich ihrer Tochter abermals übers Haar. »Du hast einen guten Mann, Sarah.«

»Ich weiß. Aber ich weiß auch, dass ihm die Rauferei der jungen Burschen am Seelesgraben große Sorgen bereitet.«

Da es auch Judith merkwürdig vorkam, dass Lodewig noch nicht zurück war, wollte sie ihre Tochter ablenken. Sie erinnerte Sarah daran, dass sich jetzt niemand um Lodewig, sondern um dessen kranken Bruder kümmern müsse. »Geh ins Vogteigebäude zu Eginhard. Setz einen Kräutersud an und leg ihm frische kalte Wickel um Körper und Beine. Rosalinde hat sicherlich schon alles vorbereitet. Außerdem muss sich zwischendurch auch noch jemand um Nepomuk und Ulrich kümmern. Sicherlich sind sie von Magdalena und Aurel genug beansprucht worden. Mithilfe der Mädchen bringe ich das hier ohne dich zu Ende«, drängte Judith und blinzelte dabei den arbeitseifrigen Zwillingen zu.

»Du hast recht, Mutter. Dennoch mache ich mir so langsam Sorgen um Lodewig.«

»Nun geh schon!«, mahnte Judith und wies ihre Tochter zur Tür.

Als Sarah im Vogteigebäude ankam, spürte sie schon im Flur die anheimelnde Wärme, die durch die Ritzen in der Tür aus der Küche strömte. Rosalinde hatte ständig Holz nachgelegt und darauf geachtet, dass die Tür zu Eginhards Kammer weit geöffnet war, damit die Wärme auch zu ihm dringen konnte. Obwohl sie nicht verstanden hatte, was das für einen Sinn machen sollte, Eginhard einerseits so viel Hitze wie möglich zukommen zu lassen, ihm andererseits aber auf alle Nächte hin nasskalte Laken über die Gliedmaßen und sogar über den Oberkörper zu schlagen und sie dort die ganze Nacht über zu belassen.

Das ist doch widersinnig, dachte sich die einfache Magd oft, ließ dies aber – obwohl sie ebenfalls sehr um Eginhards Gesundheit bemüht war – nicht ihre Sorge sein. Vielmehr fürchtete sie sich davor, was ihre Herrin wohl dazu sagen würde, wenn sie die Küche betreten und sehen würde, was hier vor sich ging.

»Huhuu!«, rief Sarah, während sie im Flur ihren Überwurf ablegte und in ihre Filzschluppen stieg. »Ich bin wieder hiier!«

»Und wir sind auch hiier!«, hörte sie mehrere Männerstimmen aus der Küche antworten.

Dabei kam Sarah deren Tonfall merkwürdig vor. Als wenn sie hier nicht zu Hause wäre, drückte sie die Küchentür leise einen Spalt weit auf und lugte vorsichtig in den Raum.

»Was ist denn hier los?«, fragte sie halb entsetzt, irgendwie auch erfreut, in jedem Falle aber total erstaunt. »Kaum ist die Katze aus dem Haus …«

»Nun reg dich nicht auf«, unterbrach der Altkastellan den abgedroschenen Satz, den seine Schwiegertochter gerade hatte aussprechen wollen.

Er hat eine verdächtig langsame Zunge, dachte Sarah und sah sich in ihrer Wahrnehmung bestätigt, als sie mitten auf dem Tisch ein hölzernes Fässchen stehen sah.

»Komm her und setz dich zu uns!«, bot Nepomuk an, der ebenfalls einen schweren Zungenschlag zu haben schien. Neben ihm lümmelte der Knecht Ignaz und streckte Sarah schweigend sein Gesicht mit den glühend roten Wangen entgegen.

Der Tisch war voller Brotkrümel und überhaupt sah es aus, als wenn hier eine ganze Kompanie am Feiern gewesen wäre. Und mittendrin strahlten Aurel und die kleine Magdalena sie an.

»Und was machst du hier? Hast du auf dem Hof oder im Stall keine Arbeit?«, fragte Sarah den Knecht, dem jetzt noch mehr Röte ins Gesicht schoss, was man allerdings nicht sehen konnte, weil seine Wangen bereits wie zwei polierte Bodenseeäpfel glänzen würden, wenn sie rasiert gewesen wären. Sicherheitshalber und da sie wusste, dass nicht sie, sondern ihr Mann über Ignaz das Sagen hatte, schlug sie dabei einen vorsichtigen Ton an.

»Lass dir erklären …«, bat jetzt Ulrich seine Schwiegertochter, sich zu ihnen an den Tisch zu setzen.

Sarah zog sich einen Schemel heran. »Ja?«, fragte sie mit streng wirkendem Gesichtsausdruck.

»Na ja!«, übernahm der Altkastellan in seiner Eigenschaft als Sippenältester und als ehemaliges Mitglied des Immenstädter Richtergremiums die Verteidigung der Angeklagten, zu denen er sich selbst auch zählte. »Als ihr Frauen zum Palas hinübergegangen seid, um den Rittersaal aufzuräumen und um zu putzen, haben wir uns irgendwie allein gefühlt.« Als er dies sagte, glich sein Gesichtsausdruck dem eines geprügelten Hundes.

»Spar dir das Schmalz und komm endlich zur Sache!«, unterbrach Sarah ihren Schwiegervater.

»Na ja. Als du Ignaz aufgetragen hast, die leeren Weinfässer in den Lagerschuppen zu bringen, und er gerade dabei war, deine Anordnung pflichtbewusst zu erfüllen, hat ihn Rosalinde gesehen und das Fenster geöffnet …«

Als sie dies hörte, zuckte die brave Magd zusammen.

»… um hinauszurufen und ihn zu bitten, noch etwas Holz hereinzubringen«, beendete er den Satz, als er merkte, dass Sarah etwas sagen wollte.

Rosalinde war erleichtert und Sarah verdrehte die Augen.

»Aha: Dann hat Ignaz gleich das Holz um den Wein herum mitgebracht. Dies ist zwar sehr spannend, aber was hat dies mit eurem Hock am helllichten Tag zu tun?«, lästerte Sarah, der längst klar geworden war, was hier lief.

»Ich habe dann die Gelegenheit genutzt und Rosalinde gebeten, dem Herrn Altkastellan zu sagen, dass das Fässchen, das ich gerade in Händen gehalten habe, noch nicht leer sei, und dass sie ihn fragen solle, wohin ich es bringen darf«, mischte sich Ignaz doch noch ein, um Rosalinde vor einer ungerechtfertigten Rüge zu schützen.

»Und dann habe ich zum Fenster hinausgerufen, dass er es hereinbringen soll«, beteiligte sich nun auch Nepomuk an der Verteidigung und zeigte dabei auf Ignaz. »Außerdem gibt es noch etwas Schönes zu vermelden«, ergänzte er mit einem breiten Grinsen, das die makellosen Zähne des Hünen freilegte.

»Noch etwas Schönes? Na, da bin ich aber gespannt, was es ›noch‹ Schönes gibt«, lächelte Sarah, ob der aus ihrer Sicht nicht unbedingt als schön zu bezeichnenden Situation heraus etwas verständnislos.

Nepomuk bemühte sich aufzustehen, schaffte es aber nicht und verkündete in seiner Eigenschaft als Medicus somit im Sitzen, dass sich das, was sich in den letzten Tagen, ganz besonders aber gestern, bereits angekündigt hatte, heute bestätigte.

»Eginhard geht es besser?«, schoss es aus Sarah heraus.

»Ja!«, antworteten alle im Chor.

»Und dies musste schließlich gefeiert werden!«

»Na ja«, schüttelte Sarah verständnisvoll lächelnd den Kopf. »Gegen eure Einigkeit würde nicht einmal dieser ›Richter Gnadenlos‹ ankommen.« Als sie dies sagte, schob sie ihr Kinn in Richtung Immenstadt. »Von mir aus leert dieses Fässchen ganz. Es sei euch gegönnt, … aber lasst für Lodewig wenigstens einen Schluck übrig!«

Während Sarah auf dem Weg zur Kammer ihres Schwagers war, machte sie sich schon wieder Gedanken darüber, wo ihr Mann so lange blieb. »Wenn er in einer Stunde nicht hier ist, gehe ich ins Dorf hinunter, um ihn zu suchen«, nahm sie sich vor.

KAPITEL 35

Die Boten des Grafen hatten ganze Arbeit geleistet ... und dies in allen Himmelsrichtungen des rothenfelsischen Gebietes. So war es kein Wunder, dass teilweise sogar über die Grenzen des oberen Allgäus hinaus große Aufregung herrschte. Und dafür gab es einen guten Grund: Der morgige Tag – der Tag vor dem Dreikönigsfest – sollte nicht nur ganz speziell für einen Staufner und eine Handvoll Immenstädter, sondern für sämtliche Untertanen des Grafen Königsegg ein besonderer werden. Alle sollten an dem teilhaben können, was sie erst gestern von den berittenen Boten erfahren hatten. Selbst in Ortschaften östlich der Iller, die nicht zum Gebiet des Königseggers gehörten, versuchten die Männer in aller Herrgottsfrüh, bewegliche oder fahrbare Untersätze zu organisieren, mit denen sie nach Immenstadt gelangen konnten. An Fuhrwerken, Hängern und Ladewagen mangelte es – trotzdem viele von ihnen schon zu Beginn des Winters zu Brennholz verarbeitet worden waren – noch nicht. Zu wichtig waren diese Transportmittel, um sie ohne übergroße Not einfach so zu verheizen. Es fehlten lediglich Zugtiere. An diesem Tag dürfte es wohl kein einziges Muli, keinen Esel und erst recht keine klapprige Schindmähre gegeben haben, die nicht vor irgendeinen Karren gespannt werden würde. Selbst die kräftigeren Ziegenböcke sollten nicht davor verschont bleiben, an diesem denkwürdigen Tag eine ihnen nicht artgerechte Aufgabe erfüllen zu müssen. So sah man allerorten Männer und Burschen die abenteuerlichsten fahrbaren Geschirre zusammenbasteln.

»Unser Graf hätte den Boten ruhig etwas früher entsenden können, damit wir mehr Zeit gehabt hätten, alles zu organisieren«, hörte man gerade diejenigen schimpfen, die über kein Gefährt, geschweige denn über ein Zugtier verfügten. Auch wenn ihnen mehr Zeit zur Verfügung gestanden wäre, hätte ihnen dies herzlich wenig genützt. Wo, bitte schön, hätten sie ein Zugtier auftreiben können? Lediglich reisenden Händlern wie dem landauf, landab bekannten *Bunten Jakob* oder dem *Schacherer* hätte es unter Umständen gelingen können, außerhalb des Allgäus für gutes Geld die benötigten Tiere aufzukaufen. Aber wer hätte sie ihm dann inklusive eines satten Gewinnaufschlages mitsamt dem zu entrichtenden »Futtergeld« abkaufen können? Außerdem hätten die Händler ebenfalls mehr Zeit benötigt, um die Tiere ins Allgäu zu bringen und außerordentliche Tiermärkte in den größeren Ortschaften zu organisieren.

Nur das westliche Allgäu war von der ansonsten im gesamten Allgäu schlagartig ausgebrochenen Reiselust verschont geblieben. Da der Bote in westlicher Richtung des gräflichen Herrschaftsgebietes nur bis nach Staufen und nicht darüber hinaus gekommen war, wusste in der Ecke zum Bodensee hin niemand etwas von dem, was morgen in Immenstadt ablaufen würde. Und an einem einzigen Tag hatte sich die Neuigkeit nicht bis nach Weiler hinunter oder gar bis nach Lindenberg hinüber rumsprechen können – zumal kein Markttag gewesen war und die Bevölkerungsdichte hier nicht mit dem oberen Allgäu zu vergleichen war. Und wie es der Zufall wollte, hatte ausgerechnet an diesen Tagen kein einziger Reisender, der die Salzstraße entlang, vom oberen Allgäu kommend, nach Lindau oder nach Bregenz unterwegs gewesen war, einen Schwenker nach Staufen hinein gemacht, um dort Geschäfte zu tätigen oder in der *Krone* zu nächtigen.

Gerade die an allem interessierten Lindenberger würde es danach herrgottig wurmen, dass sie nichts davon erfahren hatten – insbesondere, weil die »Pferdestadt« Lindenberg der einzige Ort gewesen wäre, in dem es genügend Zug- und Reittiere gegeben hätte, um zumindest einen Teil der männlichen Bevölkerung nach Immenstadt zu transportieren.

»Die Weiber wäre eine Gerichtsverhandlung sowieso nichts angegangen«, hätte man argumentieren können, wenn zu wenig Platz auf den Ladeflächen und auf den Rücken der Pferde gewesen wäre. Anstatt dass sie den Männern auf den Fuhrwerken Platz weggenommen hätten, würde man ihnen genügend zusätzliche Haus- und Hofarbeit aufbürden, damit sie nicht auf dumme Gedanken kämen.

In Staufen selbst zeigte man kurioserweise kaum Interesse daran, sich für eine Fahrt nach Immenstadt zu rüsten. Obwohl die Staufner die Strecke mit einem mehrstündigen Fußmarsch bewältigen könnten, wollten sie sich offensichtlich nicht am Leid eines jungen Burschen, der einst zu ihnen gehört hatte, ergötzen. Oder lag ihre diesbezügliche Zurückhaltung daran, dass sie fürchteten, sich möglicherweise falsch zu verhalten, indem sie während der Hinrichtung in das Jubellied der anderen Gaffer einstimmen und sich vor denjenigen Staufnern, die dies nicht täten, blamieren würden? Welche Gründe den Einzelnen letztlich dazu bewogen, weder der Gerichtsverhandlung noch der Urteilsvollstreckung beiwohnen zu wollen, sei dahingestellt. In diesem Punkt jedenfalls zeigten die Staufner eine nicht gerade alltägliche Einigkeit. Somit dürfte gerade das Dorf, aus dem der Delinquent stammte, der einzige Ort des gräflichen Gebietes sein, in dem niemand krampfhaft versuchte, aus purer Sensationshascherei nach Immenstadt zu gelangen. Nicht einmal Jockel Mühleggs Altersgenossen wollten etwas davon wissen – sie hatten genug mit ihrer Buhlerei um interessante Posten in der noch zu gründenden Fahnenkompanie zu tun. Trotzdem waren sich sowohl die Schützen als auch die Nichtschützen darüber einig, nicht nach Immenstadt zu reisen. Dies hieß aber nicht, dass deren Fehde beseitigt war.

Jockels betagte Mutter hatte die Sache mit ihrem Sohn so mitgenommen, dass sie das Lager hüten musste. Es ging ihr sehr schlecht. Propst Glatt hatte, als ihm von der anstehenden Gerichtsverhandlung Mitteilung gemacht worden war, argumentiert, dass ja sein Immenstädter Amtsbruder Schwenk anwesend sein und Jockel kirchlichen Beistand gewähren würde. »Ich werde hier in Staufen für sein Seelenheil beten«, hatte er gesagt, das Kreuz gezeichnet und sofort mit dem Beten begonnen.

Und dass die Hinterbliebenen der Mordopfer anfänglich zwar nach Immenstadt gedrängt hatten, um den Mörder sterben zu sehen, dies aber nun doch nicht mehr wollten, lag daran, dass ihnen dies mit guten Argumenten für deren Seelenheil ausgeredet wurde.

Lediglich der Ortsvorsteher Hermann Schädler sah es als seine Pflicht an, dem Prozess beizuwohnen, um sich möglicherweise für Jockel einbringen zu können, weswegen er noch an diesem Tag Gespräche mit Lodewig und den anderen Dorfoberen zu führen gedachte.

KAPITEL 36

Alles lief so, wie Michael Waldvogel es sich nachträglich zu seinem Geburtstag gewünscht hatte. Er hatte gewusst, dass der Graf ihm, seinem ranghöchsten Gesetzesvertreter, trotz des jüngsten unglücklichen Vorfalls keinesfalls sein Misstrauen aussprechen würde. Hätte er dies tun wollen, hätte er sich vom Carnifex persönlich den miserablen Gesundheitszustand des Delinquenten bestätigen lassen, was möglicherweise so viel hätte heißen können, dass er danach dem Richter kaum noch Glauben geschenkt hätte. Waldvogel hatte dem Grafen nämlich berichtet, dass Jockel Mühlegg die Torturen, denen er ausgesetzt gewesen war, keine weiteren Tage, geschweige denn über Dreikönig hinweg, überleben würde, obwohl er von seinen gekauften Leuten längst erfahren hatte, dass der Carnifex Jockel Mühlegg auf fast wundersame Weise stabilisiert hatte.

Also hatte sich der Regent wohl oder übel mit einer ungewöhnlich raschen Anberaumung des Gerichtstermins einverstanden zeigen müssen – zumal es der Richter verstanden hatte, seinen Herrn dort zu treffen, wo es ihm wehtat. »Wenn dieser Mühlegg stirbt, bevor wir ein ordentliches Urteil gefällt und vollzogen haben, ist das Recht mit Füßen getreten worden … Immerhin hat er in vollem Umfange gestanden!«, hatte Waldvogel dem Grafen verkündet und mit einem leichten Flattern in der Stimme gesagt: »Wenn er nicht ordnungsgemäß bestraft wird, kann es sein, dass das Volk rebelliert und Ihr, Euer Exzellenz …«, eine unterwürfige Verbeugung war zur Unterstreichung seiner Aussage hilfreich gewesen, »an der Euch gebührenden Achtung einbüßt.« Dies schleimig, aber erfolgreich ins Feld geführt, hatte Waldvogel schneller als gedacht zu den ersehnten Unterschriften geführt. Somit waren die vier »Verkündigungsbriefe«, die Waldvogel hatte mitnehmen können, noch am selben Tag in den Händen der Boten, die er in alle Himmelsrichtungen entsandt hatte, gelandet. Zudem hatte der Richter den ungewöhnlich kurzfristigen Gerichtstermin sozusagen mit höchstem Segen und nicht im Alleingang anberaumt. Dabei war ihm zugutegekommen, dass der Graf die Sache ebenfalls schnell hatte hinter sich bringen wollen, weil er schon bald wieder zu verreisen gedachte und rechtzeitig zur offiziellen Fahnenstiftung zum Ende der Fasnacht zurück sein wollte.

Da konnte auch der Carnifex nichts dagegen machen. Er konnte lediglich still in sich hinein- oder laut hinausfluchen – das war es dann aber schon. Sebastian Deibler war stinksauer und hatte sich heute früh beim Grafen beschweren wollen, war aber nur bis zum Zeremonienmeister vorgedrungen, weil die gräfliche Familie noch bei der ersten Mahlzeit des Tages gesessen war. Darüber hinaus hatte ihn das untrügliche Gefühl beschlichen, dass sich zu allem hin auch noch seine Knechte und die Gerichtsweibel gegen ihn verschworen hatten. Es war ihm unverständlich, dass es die ansonsten stinkfaulen Gesellen fertiggebracht hatten, über Nacht nicht nur das den Gerichtssaal ersetzende Holzpodest mitsamt einer Planenüberdachung aufzubauen und einen über 15 Fuß langen Eichentisch mit den Stühlen für das Richtergremium zu bestücken, sondern auch noch den kompletten Marktplatz zu säubern. Was die Podiumsüberdachung anbelangte, so hatten sich die Henkers- und Stadtknechte sogar auch noch den Spaß erlaubt und vorderseitig eine rotgelbe Zackenbordüre befestigt.

Nicht genug damit, hatten die ansonsten stinkfaulen Säcke offensichtlich auch noch die Zeit oder genügend Helfer gehabt, um einen Teil des zwischen Schloss und Richterpodest liegenden Areals mit extra hierfür zusammengezimmerten und auf Böcke genagelten Schwertlingen abzusperren. Dadurch hatten sie dem Richtplatz auch ohne das vom Richter ursprünglich zusätzlich geplante Podest ein Aussehen verliehen, wie man es ansonsten nur von städtischen Turnierplätzen des Mittelalters her kannte. Warum sich dessen Maße auf stolze 50 Fuß im Quadrat beliefen, hätte sich Deibler denken können, wenn er davon gewusst hätte. Weil sein Haus auf der Wacht, also etwas außerhalb Immenstadts, lag, hatte der Carnifex nichts mitbekommen. Hätte er es hämmern gehört, wäre er wohl noch des Nachts zum Marktplatz geeilt, um zu sehen, was da hinter seinem Rücken vor sich ging. So aber hatte er erst in aller Herrgottsfrüh durch einen vom Richter geschickten Gerichtsweibel erfahren, dass der Gefangene schon heute – entgegen der Vereinbarung – verurteilt werden sollte. Als Deibler gleich darauf wie der Teufel in die Stadt geritten und schnaufend am Marktplatz angekommen war, wurde er von Fahnen der alten rothenfelsischen Herrschaftsgeschlechter und den Königsegg'schen Rautenfahnen, die an allen ziegelbedeckten Häusern – den herrschaftlichen Gebäuden also – aufgehängt worden waren, begrüßt.

»Ja, Kruzifix! Was ist denn hier los?«, hatte Deibler geschrien, nachdem er vom Pferd gestiegen war und sich im Dunst des Morgennebels die Sache genauer betrachtet hatte.

Der Immenstädter Stadtkern sah aus, als wenn heute noch eines dieser altertümlichen Ritterturniere oder ein landesübergreifendes Schützenfest stattfinden würde. »Na ja«, knirschte er vor sich hin. »In gewisser Weise stimmt dies ja; ob abgestochen, aufgespießt oder erschossen dürfte Jockel letztlich einerlei sein, tot ist tot.« Weil aufwändiger Fahnenschmuck nur bei Großveranstaltungen üblich war, hatte der Carnifex nicht lange überlegen müssen; das Ungeheuerliche, das zwar unerklärlicherweise an ihm vorbeigegangen war, heute aber noch ablaufen würde, war ihm schlagartig klar geworden.

»Ihr hinterfotzigen Schweine!«, entfuhr es ihm, obwohl er allein war.

Denn er hatte sogar um die symbolische Bedeutung des Häuserschmucks gewusst: Indem zwischen den Fahnen des amtierenden Regenten auch die Fahnen ehemaliger Herrschergeschlechter wie die der Schellenberger Ritter und der Montforter Grafen aufgehängt worden waren, wollte man dem Volk demonstrieren, dass Recht und Gesetz im rothenfelsischen Gebiet die Zeiten überdauerte – egal, welches adlige Geschlecht gerade regierte.

Ein Blick zum Schloss hatte Deibler zudem gezeigt, dass man offensichtlich auch noch demonstrieren wollte, dass die heutige Gerichtsverhandlung sozusagen »von höchster Stelle« legitimiert worden war und auf den Gesetzen des Heiligen Römischen Reiches Deutscher Nation fußen würde, weswegen auch das kaiserliche Banner aus dem obersten Fenster über dem kleinen Rundfenster des vorkragenden Eingangsturmes des Schlosses herausgehängt worden war.

Das Aufhängen des kaiserlichen Banners hat nicht der Richter veranlasst, war sich Deibler sicher. Insbesondere, weil er den Wahlspruch Kaiser Ferdindands III. kannte und wusste, dass dieser zwar zu justitiären Angelegenheiten, nicht aber zu Richter Michael

Waldvogel passen würde: »Pietate et justitia!«. »Mit Frömmigkeit und Gerechtigkeit« wird Waldvogels heutige Verhandlungsführung so wenig zu tun haben wie ich mit einer Klosterschülerin, hatte er sich trotz der Verärgerung schmunzelnd gedacht und sich eilends auf den Weg zu Jockel gemacht, um ihm die Hiobsbotschaft vorsichtig zu überbringen, bevor er wieder zurückreiten würde, um seine Arbeitsgeräte zu holen.

Es wird ein schöner Tag, hatte er wehmütig festgestellt, als er auf dem Weg zum Kerker den abziehenden Nebel und die noch dunstschummrige Sonne beobachtete, während er die klare Morgenluft einatmete. »… Aber weiß Gott kein guter«, hatte er den Rest seiner Gedanken laut werden lassen.

Während sich noch in vielen Orten des Allgäus Unruhe ausbreitete, weil die Menschen möglichst schnell ins Städtle gelangen wollten, konnte man in Immenstadt bereits das spannungsgeladene Knistern spüren. Die ersten ankommenden Besucher verbreiteten eine Atmosphäre, als wenn heute der Michaelismarkt abgehalten würde. Ein Ausflug in die schöne Residenzstadt war von jeher etwas Besonderes, für viele sogar ein handfestes Abenteuer. Und heute sollte es nicht nur unterhaltsam, sondern zudem auch noch recht aufregend werden. Viele der allein reisenden Männer und Burschen hatten sich von ihren Frauen oder von ihren Müttern eine Wegzehrung mitgeben lassen. Schnell war offenkundig, dass nach und nach mehr Mannsbilder als Weibsbilder eintrudeln würden. Nur wenn genügend Platz auf dem jeweiligen Transportmittel zur Verfügung stand, durften die Weiber und vielleicht sogar die älteren Kinder mit nach Immenstadt. War dies der Fall, wurde auf dem betreffenden Gefährt Brotzeit gemacht und – falls vorhanden – zur Einstimmung Selbstgebrannter oder Most getrunken. Dazu wurden fröhliche Lieder gesungen und derbe Sprüche über Tod und Teufel gerissen. Reiter und Fuhrwerker winkten den zu Fuß nach Immenstadt pilgernden Menschen fröhlich zu, bekamen aber meist nur ein neidisches Gemaule zurück.

Auch in Staufen war eine gewisse Unruhe zu spüren. Die Menschen strömten ebenfalls alle in eine Richtung. Allerdings nach wie vor nicht nach Immenstadt, sondern zur katholischen Pfarrkirche St. Petrus und Paulus. Der Propst hatte auf die Schnelle einen Vormittagsgottesdienst organisiert, bei dem er den Ortsvorsteher verabschieden und ihm für Jockel Mühlegg Gottes Segen auf den Weg nach Immenstadt mitgeben wollte.

Obwohl der Gottesdienst notgedrungen kurzfristig anberaumt worden war, hatte es sich im Dorf wie ein Lauffeuer herumgesprochen und die Staufner Kirche war bis auf den letzten Platz gefüllt. Sogar in den ersten Bankreihen saßen Gläubige, die erwartungsvoll auf den Beginn der Heiligen Messe warteten. Normalerweise waren die gepolsterten Kirchenbänke vorne links der gräflichen Familie vorbehalten und durften allenfalls durch die Dreylings von Wagrain oder andere hochrangige Kirchenbesucher genutzt werden. Aber die Familie des Kastellans war nicht hier und der Graf hatte anderes zu tun, als die Staufner gerade heute zu besuchen.

»Gott sei Dank haben die im Schloss oben nichts mitbekommen«, freuten sich diejenigen, die einen Platz auf den karminrot gepolsterten Bänken ergattert hatten. Dabei kamen sie sich selbst vor wie Adlige. Aber es war kein Anlass zur Freude und schon gar kein Grund zu Hochmut, der sie zusammengeführt hatte. Auf Wunsch des Pfarrers sollten sie gemeinsam im Gebet für den Mörder Jockel Mühlegg verharren und bei dieser Gelegenheit auch seiner beiden Opfer Martin Allger und Markus Hagspihl gedenken. Es war kein feierlicher Gottesdienst; dazu war der Anlass zu traurig. Dennoch fand der Propst die passenden Worte, um den Gläubigen wenigstens einen Teil ihrer Wut gegen Jockel Mühlegg zu nehmen. In seiner Predigt ging er speziell auf den »Sündenfall« ein. Er sprach davon, dass die Sünde in der Geschichte der Menschen allgegenwärtig war, augenscheinlich heute noch ist und wahrscheinlich immerdar sein wird.

»Diese bedauernswerte Wirklichkeit zeigt sich erst im Lichte der göttlichen Offenbarung, vor allem aber im Lichte Christi, des Retters aller Menschen. Christus hat dort, wo die Sünde allmächtig geworden ist, die Gnade übergroß werden lassen. Lasset uns also auch gnädig sein und für einen gestrauchelten Sünder aus unseren Reihen beten!«, beendete er seine Predigt.

Nachdem die Messe bis zur Wandlung den üblichen Verlauf genommen hatte und der Leib Christi in Form klein geschnittener Brotkrusten verteilt worden war, segnete der Propst seine Schäflein und wandte sich mit einem Schlusswort an den Ortsvorsteher, dessen »Braune« bereits gesattelt vor dem Sakristeieingang wartete: »Lieber Hermann, gehe denn mit Gottes Segen und versuche, unserem bedauernswerten Mitbruder in seinen letzten Stunden Beistand zu leisten …«

»Das solltet Ihr auch tun, Hochwürden!«, meldete sich der Immenstädter Kaufmann Peter Immler, ohne sich Böses dabei gedacht zu haben, von ganz hinten zu Wort.

Mitgefühl hin, Vergebung her; dass er dadurch einem Mörder zu helfen versuchte, nahm man ihm sofort übel. Da Immler von Richter Waldvogel nicht als Beisitzer der heutigen Gerichtsverhandlung eingeteilt worden war, hatte er es vorgezogen, bei seiner geliebten Maria in Staufen zu bleiben, anstatt in seine Heimatstadt zu reiten, um womöglich der Verurteilung beiwohnen zu müssen.

»Zum Ortsvorsteher hin soll auch noch unser Pfarrer einem Doppelmörder Beistand leisten! Wo kommen wir denn da hin?«, entrüstete sich ein schräg vor Peter stehender Mann und löste dadurch eine hitzige Debatte aus, die letztlich aber offenbarte, dass zwar die meisten der Kirchgänger Sühne für die beiden Morde forderten, Jockel aber den Beistand des ihm von Kindheitstagen her bekannten Geistlichen in seinen letzten Stunden vergönnen würden.

Der Disput zeigte Propst Glatt – der gleich wieder auf seinen Mitbruder im Herrn, den Immenstädter Pfarrer Schwenk, verwies –, dass es doch die Aufgabe desjenigen Hirten sei, dem das Schaf abhandengekommen war.

»Ich komme mit!«, hörte man eine feste Frauenstimme aus der direkt neben der Kanzel angebrachten Bankreihe, die eigentlich für Kleriker reserviert war, aber auch von den anderen Frauen des Dorfes genutzt wurde. Schwester Bonifatia zwängte sich an den übrigen Frauen in ihrer Reihe vorbei und stand jetzt im Mittelgang, wo sie einen Knicks machte und sich bekreuzigte. »Wer weiß? Vielleicht kann zum Wohlgefallen Gottes auch ich helfen? … Ich begleite unseren Ortsvorsteher nach Immenstadt!«, machte sie dem Propst und der gesamten Kirchengemeinde gegenüber unmissverständlich klar, sich nicht von ihrem Vorhaben abbringen zu lassen.

»Aber habt Ihr denn ein Pferd, ehrwürdige Schwester? … Und könnt Ihr außer Eurem Maultier auch ein richtiges Pferd reiten?«, fragte der sichtlich irritierte Pfarrherr und löste damit die allgemeine Spannung. »Reißt euch zusammen! Ihr befindet euch im Hause des Herrn!«, rief er, um das aufkommende Gelächter sofort zu unterbinden.

»Gut!«, mischte sich jetzt Peter Immler ein. »Ich wollte eigentlich zwar nicht nach Immenstadt. Aber durch mich wurde dieser Disput ausgelöst, also begleite auch ich Euch!«, rief er dem Ortsvorsteher zu und ergänzte noch, dass die Straßen zurzeit ganz besonders gefährlich seien und es nicht schaden könne, wenn eine starke Waffenhand dabei sei. »Wir haben zwei Rösser«, stellte er mit Blick zu Hermann Schädler fest. »Also brauchen wir um der Schwester willen nur noch ein Fuhrwerk.«

Die allseits respektierte Krankenschwester lächelte dem Immenstädter Kaufmann dankbar zu.

»Im Schloss oben steht der Langwagen, mit dem wir vom Jahresabschlussschießen aus Immenstadt zurückgekommen sind«, rief Serafin Gruber, einer der Jungschützen.

»Das stimmt. Aber die Zeit drängt«, gab Melchior Henne zu bedenken. »Bis wir dort oben sind, die Sache erklärt haben und angeschirrt ist, könntet ihr schon auf halbem Weg nach Immenstadt sein.«

»Hast du einen anderen Vorschlag, Melchior?«, wurde er vom neben ihm stehenden Bertel Schwabacher gefragt.

»Ja! …« Er zeigte in Richtung Hauptportal. »Gleich gegenüber steht der Ladewagen, den der alte Kastellan vor vielen Jahren zum Zwecke des Transportes Verletzter hat umbauen lassen.«

»Das stimmt!«, bestätigte der Ortsvorsteher. »Und ich habe den Schlüssel für die alte Getreideschranne.«

»Also los! Auf was warten wir noch? Lasst uns keine Zeit vergeuden«, freute sich Peter Immler, der sich – gefolgt von Maria und ihrem Vater – sofort auf den Weg machte, um sein Pferd und seine Waffen zu holen.

Während der Pfarrer in die Propstei hinuntereilte, um einen Überwurf, Hut und Handschuhe sowie sein Versehbesteck und die kleine Reisebibel zusammenzupacken, eilte der Ortsvorsteher nach Hause, um den Schlüssel für dieses Gebäude zu besorgen. Gleichzeitig strömten die Gläubigen aus der Kirche zur Schranne. Alle Wut gegen den Doppelmörder Jockel Mühlegg schien verflogen. Jetzt sah es fast so aus, als wenn er die Sympathien der Staufner auf seiner Seite hätte. Ganz so war es natürlich nicht – dazu drückte der Schmerz über den Tod zweier junger Burschen zu stark.

In der Kirche waren nur noch die wenigen Verwandten der beiden Mordopfer geblieben – sie brachten es beim besten Willen nicht fertig, sich an der Aktion zu beteiligen, und vertieften sich stattdessen in Fürbitten, die allerdings nicht Jockel Mühlegg gewidmet waren. Da sie sich bereits dazu entschlossen hatten, nicht nach Immenstadt zu gehen, wollten sie es trotz der Tatsache, dass es jetzt wohl einen fahrbaren Untersatz geben würde, auch dabei belassen. »Oder sollen wir …«

Während die Verwandten der Toten nun doch noch zu überlegen begannen, galt es für die anderen, irgendwie zu helfen, und sei es nur durch aufmunternde Worte. Einige Frauen liefen nach Hause, um wärmende Decken zu holen. »Die könnt Ihr mir morgen ja zurückgeben«, sagte dabei eine ältere Frau und drückte dem Propst auch noch ein Zinnfläschchen mit selbst gebranntem Holunderschnaps in die Hand. »Und das gebt mir bitte auch zurück! … Dieses Fläschchen habe ich vor dem Krieg von meinem Großvater bekommen.«

»Voll oder leer?«, lachte der Propst, der noch nicht ahnte, wie schrecklich das Eigengebräu schmeckte. Bis er dies aber merken würde, dürfte sein Segen bei der hilfsbereiten Frau längst seine Wirkung entfaltet haben.

Nachdem der Ortsvorsteher das doppelflügelige Tor der ehemaligen Getreideschranne geöffnet hatte, beeilten sich einige Männer, das Gerümpel beiseitezuräumen, damit andere an den Ladewagen herankommen und ihn herausziehen konnten. Da man den alten Karren schon ewig nicht mehr gebraucht hatte, war er im Laufe der Zeit ganz nach hinten gedrückt worden, was in dem vollgestopften Raum etliche Umstände verursachte, ihn vom davor- und daraufliegenden Krimskrams zu befreien. Zudem war er derart verstaubt, dass der schwarze Talar des Propstes und die ebenfalls schwarze Kutte der Ordensschwester sicher bald ausgesehen hätten, als wenn es die Kirche nötig haben würde, in weltlichem Dreck zu wühlen. Aber sofort begannen etliche Frauen, die verstaubten

Polster herunterzunehmen, um sie abzuklopfen, bevor sie diese mit leicht angefeuchteten Lumpen abwischten und sich auch noch daranmachten, die Ladefläche abzukehren. Schließlich war allen daran gelegen, dass die Staufner Delegation – wenn sie in Immenstadt ankam – nicht aussah wie eine Bande verlauster Randständischer.

»So viel Zeit muss sein: Schließlich sind wir ja Staufner!«, bemerkte eine junge Frau nicht ohne Stolz.

Da der Altkastellan seinerzeit die gesamte Ladefläche und sogar die Seitenwände des Wagens, der ursprünglich als Heuwagen gedient hatte, mit strohgefüllten Rupfensäcken hatte auspolstern lassen, um Staufner Sünder, denen in der Residenzstadt wegen Diebstahls oder eines vergleichbaren Deliktes ein paar Finger oder gar eine Hand abgeschlagen worden war, zurück nach Staufen transportieren zu können, waren an einigen Stellen eingetrocknete Blutlachen zu sehen. Obwohl keine Zeit gewesen war, auch noch die unappetitlich aussehenden Flecken zu entfernen, sah der Ladewagen recht manierlich aus, als der Staufner Ortsvorsteher und der Immenstädter Kaufmann ihre Rösser davorspannten, insbesondere, da die Frauen auch noch alles mit wärmenden Decken ausgeschlagen hatten.

»Wo bleibt sie denn?«, fragte der Propst, der seinen Platz bereits eingenommen hatte, unruhig.

Während sie noch auf Schwester Bonifatia warteten, verabschiedete sich Peter Immler von Maria. »Achte gut auf dich, während ich weg bin!«, beschwor er sie und drückte sie an sich – so zart und gleichzeitig doch so fest, als wenn es ein Abschied für immer werden würde.

»Na endlich!«, knurrte der Ortsvorsteher unruhig vom Kutschbock herunter, murmelte das abschätzig gedachte, aber nicht so gemeinte »Weiber« aber nur leise in sich hinein.

»Entschuldigt! Aber ich habe noch ein paar Salben, Verbandsmaterial und etwas Besteck zusammengepackt, … man weiß ja nie. Oder?«

»Schon gut!«, klang es jetzt fast entschuldigend vom Bock herunter. »Und was ist mit Euch? Wollt Ihr nun mit oder nicht?«, lachte Hermann Schädler verständnisvoll und reichte Peter Immler die Hand, um ihm zu sich auf den Bock zu helfen. Ein letztes Küsschen und es konnte losgehen.

»Und wenn ihr zurück seid, erzählt ihr uns alles!« Unter dem aufgeregten Geschnatter der Bevölkerung und mit den besten Wünschen für eine gesunde Rückkehr ausgestattet, holperte das Gefährt an den nachdenklich winkenden Menschen vorbei aus dem Dorf hinaus – von den aufmerksamen Blicken des Rächers, der in der Kirche mitten unter den Menschen gewesen war und auch jetzt wieder einer von ihnen zu sein schien, verfolgt. Dies betrachtete Walter Krummstiefel als eine Art erweiterte »Generalprobe« in Bezug darauf, als ehemaliger Staufner Totengräber Ruland Berging in Staufen, quasi in der Höhle des Löwen, erkannt oder nicht erkannt zu werden. Und so, wie es aussah, schien ihn niemand wiederzuerkennen. Wenn die Leute in wenigen Minuten auseinandergegangen sein würden, konnte er absolut sicher sein, sich unbehelligt um seine Rache an den Dreylings von Wagrain und um diese Maria kümmern zu können. Bis dahin bewegte er sich fast provokativ auffällig unter der ahnungslosen Staufner Bevölkerung, die in dem stets freundlich, aber nicht übertrieben freundlich grüßenden Mann mit der ordentlichen Gewandung eines städtischen Bürgers nichts anderes als einen neu zugezogenen oder durchreisenden Handelskaufmann, einen Gildehandwerker oder etwas Ähnliches dieser Stände sahen. Warum auch sollten sie misstrauisch sein? Im Gegenteil: sie waren sogar stolz darauf, einen etwas feineren Herrn in ihrer Mitte zu haben. Denn die einzigen feinen Herren gehörten ja nicht direkt zu ihnen und waren »da oben«, im Schloss. Aufgrund der vielen unvorhergesehenen Vorkommnisse der letzten Zeit waren sie nur noch nicht dazu gekommen, sich mit ihm näher zu unterhalten, oder besser gesagt, ihn über seine Herkunft und sein Hiersein auszufragen. Außerdem hatte dies der Rächer stets gut zu vermeiden gewusst.

Inzwischen war es in Immenstadt so weit; das nahezu perfekt inszenierte Spektakel konnte seinen traurigen Verlauf nehmen. Dumpfer Trommelwirbel kündete den Beginn der Gerichtsverhandlung an. Es folgten langsame, gleichmäßige Schläge auf die gespannten Tierhäute, deren Monotonie durch Mark und Bein ging. Obwohl die vielen Menschen ihre übel riechenden Körper dicht aneinanderdrängen mussten, um überhaupt etwas sehen zu können, war es bisher zu keinen nennenswerten Hakeleien gekommen. Nur wenn ein Vater sein Kind auf die Schultern genommen hatte, konnte es sein, dass die Dahinterstehenden protestierten. Ansonsten aber waren die Menschen in Erwartung dessen, was gleich kommen würde, friedlich. Sie waren vereint in der Vorfreude auf das, was sie zu sehen erhofften. Und damit dies so blieb, war rechtzeitig vorgesorgt worden. Hauptmann Benedikt von Huldenfeld hatte fast seine gesamte Garde aufmarschieren lassen. Bis auf diejenigen, die an einem der vier Tore ihre Dienste verrichten mussten, waren alle Soldaten auf dem Marktplatz im Einsatz. Ach ja; einer war extra abgestellt worden, um das Mauerloch zu bewachen.

Damit der Gardehauptmann dies hatte bewerkstelligen können, hatte er kurzfristig sämtliche Freistunden gestrichen. Ein Teil der bewaffneten Männer war direkt vor dem abgeriegelten Richterpodest aufmarschiert und hatte dort Stellung bezogen, während andere dafür zu sorgen hatten, dass der Weg vom Schloss zum Podest und zum davor abgezäunten Richtplatz frei blieb. Allein zur Absicherung des Richtplatzes waren jetzt schon 16 Mann abgestellt worden und wenn es so weit sein würde, sollten diejenigen acht Soldaten, die den Delinquenten begleiteten, ihre am Richtplatz eingesetzten Kameraden unterstützen. Während der Hinrichtung würden also 24 gut ausgebildete Gardesoldaten, etliche Stadtbedienstete und auf die Schnelle extra hierfür rekrutierte Männer aus den umliegenden Dörfern darüber wachen, dass der Sühne-Akt reibungslos verlief. Ungeachtet dessen, was auf dem Marktplatz geschah, riegelten zwei Kompanien – also weitere 16 schwerbewaffnete Soldaten – das gesamte Gelände von hinten ab. Waldvogel und von Huldenfeld wollten keinerlei Risiko eingehen, falls das Volk mit dem Urteil unzufrieden sein und an Selbstjustiz denken sollte.

Nachdem der dumpfe Trommelschlag verstummt war, kamen vier Fanfaren zum Einsatz. Spätestens jetzt drehten sich auch diejenigen in Richtung des eigentlichen Geschehens, die bisher fasziniert nach hinten, zum Schloss hin, geschaut hatten. Wie an allen den Marktplatz umsäumenden Häusern war auch dort kein einziges Fenster der oberen Stockwerke geschlossen geblieben. In fast allen 26 Öffnungen – die unregelmäßig über zwei Stockwerke links und rechts des vorkragenden Torturmes verteilt waren – sah man Menschen, die erwartungsvoll auf den Marktplatz hinunterschauten. Während in den meisten Fensteröffnungen Verwandte des Grafen, dessen persönliche Gäste, hohe gräfliche Beamte und besonders verdiente Bürger hinter ihren sitzenden Frauen standen, drängte sich in den vier Fensteröffnungen links und rechts außen das Personal der gräflichen Familie und anderes Gesinde. Hätte deren Herr vorher gewusst, dass die Bediensteten so ungehobelt sein und die Würde seines Hauses beschmutzen würden, indem sie sich im Antlitz der Öffentlichkeit ständig um die besten Plätze zankten, Grimassen schnitten, feixten, auf den Marktplatz hinunterriefen und sogar -spuckten, wäre er ihnen wohl kaum derart entgegengekommen, indem er ihnen – anstatt sie auf den Marktplatz zu ihresgleichen zu schicken – diese zweitklassigen Logenplätze zugestanden hatte.

Direkt über dem Schlosseingang war ein steinernes Allianzwappen derer von Königsegg und derer von Hohenzollern angebracht und gleich darüber befand sich das Turmfenster des ersten Geschosses. Hier saßen der Graf und die Gräfin – nur getrennt durch den steinernen Stock, der das Fenster teilte. Direkt hinter der Herrschaft stand Oberamtmann Speen mit zwei Lakaien. Man konnte sogar vom Marktplatz aus erkennen, dass auf die Fensterbrüstung ein in kaiserlichen Farben gehaltenes Samtkissen mit goldenen Quasten gelegt worden war. Die Fensteröffnung im Stockwerk darüber war symbolisch für die erwachsenen Söhne aus erster Ehe des Grafen reserviert – auch wenn man wusste, dass diese nicht kommen würden.

Die Fanfarenbläser mühten sich gerade ab, das zweite Stück fehlerfrei zum Besten zu geben, als der Zeremonienmeister das Holzpodest betrat und – nachdem die blechernen Klänge verstummt waren – auf ein Zeichen des Regenten wartete. Nachdem der Graf genickt hatte, schlug der Zeremonienmeister zweimal mit seinem Stock auf die Bodenbretter des Podestes und intonierte den Tonhöhenverlauf seines wichtigen Sprechaktes so, dass ihm die Aufmerksamkeit des versammelten Volkes sicher war: »Das Hohe Gericht mit dem ehrenwerten Herrn Vorsitzenden, dem Stadt- und Landrichter Michaeli Waldvogel!«

Da ihm der vorgegebene Satz zu kurz erschien und er deswegen die Wichtigkeit des soeben Gesagten auf die Menschenmenge sacken lassen wollte, neigte er sein Haupt und ließ ein Weilchen die Stille wirken.

Spätestens jetzt streckten sich ihm auch die letzten Hälse entgegen, zumal durchwegs ältere Männer mit federgeschmückten Baretts und in weit ausladende Schauben gehüllt, die vier Stufen zum Podest hochstiegen. Dabei waren sie ebenfalls sorgsam darauf bedacht, einen möglichst wichtigen Eindruck zu erwecken, und stellten sich mit aufgesetzt stoischen Mienen vor die ihnen zugedachten Stühle, hinter denen bereits junge Burschen mit auf dem Rücken verschränkten Armen darauf warteten, den Herren die Stühle unter deren meist dicke Hintern schieben zu können. Es waren allesamt sauber herausgeputzte Söhne honoriger Bürger Immenstadts, deren Eltern es als große Ehre ansahen, dass ihre Sprösslinge Teil dieser offensichtlich perfekten Inszenierung sein durften. Nach einer unauffälligen Handbewegung des größten und wohl auch ältesten der Burschen hin vollführten die allesamt gleich gewandeten Bürgersöhne eine militärisch anmutende Kehrtwendung und verließen im Gänsemarsch das Podest.

Der letzte der wichtigen Herren, der so lange auf dem Stuhl herumrutschte, bis er glaubte, alles ordentlich verteilt zu haben, war zwar der Kleinste. Dass er aber der Allerwichtigste war, konnte man am mitgeführten Richterstab – dem äußeren Zeichen seiner Würde – und dem weißen Mühlsteinkragen, einer so breiten Krause, dass man seinen Hals nicht mehr sehen konnte, erkennen. Außerdem war er es, der auf dem fast thronartigen Stuhl in der Mitte Platz genommen hatte … und kein anderer! Dass die Henkersknechte einen drei Handbreit hohen Kasten gezimmert und unter seinen Stuhl geschoben hatten, um ihn zumindest beim Sitzen größer erscheinen zu lassen, war eine Überraschung für Richter Waldvogel, die er wohlwollend zur Kenntnis nahm.

Offensichtlich habe ich mein Geld gut eingesetzt, dachte er zufrieden und ließ seinen Blick über den zum Richtplatz umfunktionierten und ansonsten eher beschaulichen Marktplatz schweifen.

Zu seinen beiden Seiten saßen jeweils vier Beisitzer, wobei vom Volk aus gesehen ganz links außen noch der aus Brügge stammende

Gerichtsschreiber Ekkehard van der Heye und auf der anderen Seite Stadtpfarrer Johannes Christoph Schwenk dazugezählt werden mussten. Allerdings hatten die beiden weder Mitsprache- noch Entscheidungsrecht. Mit ihnen waren es also elf Leute, die sich auf ein leises Kommando des Zeremonienmeisters hin gleichzeitig gesetzt hatten und immer noch ihre starren Mienen beibehielten.

Trotz der Enge der Zeit hatte Michael Waldvogel wirklich nichts dem Zufall überlassen. Es sollte nicht nur ein schöner Tag für die Allgemeinheit, sondern sein persönlicher Tag werden. Und das würde es auch, … falls alles weiterhin so hervorragend klappte wie bisher und nichts dazwischenkam. Hochzufrieden ließ er seinen Blick über die Köpfe der kaum überschaubaren Menschenmenge zur gräflichen Familie hinübergleiten. Der direkte Sichtkontakt zwischen der Herrschaft und dem Gericht tat gut und konnte im Laufe der Verhandlung womöglich hilfreich sein. Nützlich war es auch, dass man sich nötigenfalls gegenseitig etwas mitteilen und – falls das Volk still sein sollte – sich sogar hören konnte. Ja, ich habe alles richtig gemacht, war sich Waldvogel sicher. Alles war bestens organisiert und der Lohn für seine Helfer und Helfershelfer gut angelegt. Der Richter konnte nicht anders, er musste das Glücksgefühl dieses Augenblicks, der nur ihm allein zu gehören schien, genießen, bevor er mit seiner Arbeit beginnen würde.

So viele Menschen, die ehrfurchtsvoll zu mir aufblicken. Die gräfliche Familie und all die mehr oder weniger honorigen Leute, die vom Schloss gespannt zu mir herübersehen. Dazu auch noch die bunten Fahnen, die Soldaten in ihren schmucken Uniformen … und letztlich das für diese Jahreszeit traumhafte Wetter, das vermutlich mehr Milde über die Szenerie legt, als ich es später noch tun werde. Ich werde heute nicht das erste Wort führen, … dafür aber das letzte Wort haben, dachte er sich, während er auf etwas zu warten schien.

Trotz der Hunderten von Menschen konnte man die Stille jetzt greifen.

»Auf was wartet der Richter noch?«, tuschelte ein Mann, der aus dem zu Sonthofen gehörenden und zu Füßen des Grüntenberges gelegenen Weiler Agathazell hierhergekommen war, seinem aus Kemnat stammenden Nachbarn ins Ohr. Als die Kirchturmuhr von St. Nikolaus zu schlagen begann, hatte er seine Antwort. Allerdings musste er noch lange zwölf Glockenschläge und das direkt darauf folgende Mittagsgeläute abwarten, bis das Spektakel endlich begann.

Was für eine Inszenierung!, dachte sich Waldvogel und genoss diesen Moment noch ein paar zusätzliche Augenaufschläge lang, bevor er dem Zeremonienmeister ein weiteres Zeichen gab, das dieser direkt an van der Heye weiterleitete. Dem Schreiberling kam heute eine besondere Bedeutung zu: Er war nicht nur Gerichtsschreiber, sondern auch eine Art Versammlungsleiter. Dies war bei Gerichtsverhandlungen zwar selten, aber nicht ungewöhnlich – insbesondere dann nicht, wenn sich der Richter voll und ganz auf den Fall selbst konzentrieren … oder ihn genießen wollte.

Van der Heye begann mit dem ihm eigenen flandrischen Akzent, das Hohe Gericht als vom Landesherrn und somit auch von des Kaisers Gnaden zugelassen zu deklarieren. Dabei stellte er gleich eingangs klar, dass er für den ehrenwerten Herrn Richter Michaeli Waldvogel, *deß Richters vonn Statt, Landt und Leutt*, spräche, der wiederum anstelle des hochwohllöblichen Regenten die kommenden Handlungen vollziehen würde. Er stellte fest, dass der Landesherr Hugo zu Königsegg-Rothenfels …, er leierte die ganze Litanei von Titeln und Ämtern des Regenten komplett herunter, … als Inhaber des Blutbanns den Herrn Richter Waldvogel höchstpersönlich zum Vorsitzenden des heutigen Gerichts bestallt habe.

Es folgte eine sorgfältig vorbereitete Auflistung von Begründungen und faktischen Darlegungen, bevor er feststellte, dass das Gericht ordnungsgemäß mit Mehrheit besetzt und urteilsfähig sei. Danach richtete er an die Urteilssprecher etliche Fragen, um Namen und Ränge der Beisitzer zu Protokoll nehmen zu können.

»Alle persönlich bekannt und legitimiert!«, bestätigte er laut.

Als die Urteilsfähigkeit des Gerichts geklärt war, wollte er wissen, ob auch er die Anklage und danach die Urgicht verlesen solle oder ob dies lieber der ehrenwerte Herr Richter selbst tun wolle.

Aber Waldvogel hob gönnerhaft die Hand: »Ja! Tut das!«, rief er van der Heye zu und wandte sich im selben Atemzug an den Zeremonienmeister: »Zuvor aber lasst den Gefangenen bringen!«

Kaum hatte der Zeremonienmeister dies mit den Worten »Bringt den Gefangenen!« lauthals repetiert, begann das Volk zu grölen. Vier Trommler und acht mit ganz besonders schönen Trabantenhelmbarten bewehrte Soldaten setzten sich in Richtung des Schollentores, über dem das normale Stadtgefängnis untergebracht war, in Marsch. Um nicht unnötig auf den im Keller des Schlosses befindlichen Kerker aufmerksam zu machen, hatte man den Gefangenen vor ein paar Stunden dorthin gebracht, wo bereits die Henkersknechte und der Carnifex auf ihren Einsatz warteten. Sebastian Deibler fühlte sich beschissen. Anstatt in den letzten Tagen vor der Hinrichtung mit reichlich Alkohol seine Gefühle betäubt zu haben, war er dieses Mal nüchtern geblieben. Durch die kurzfristige Terminierung hatte ihm Waldvogel nicht einmal dies gegönnt.

»Hauptsache, dieser widerliche Zwerg ist zufrieden«, knurrte der Carnifex und meinte damit denjenigen, dessen Füße gerade erwartungsvoll unruhig auf einem Holzkistchen herumtippten.

Sebastian Deibler hatte – nachdem er heute Morgen das Handwerkszeug und seinen Sohn Lucki von zu Hause geholt hatte – seine Verärgerung trocken hinuntergeschluckt und sich ganz dem Gefangenen gewidmet. Die Mitwisser dieses Komplotts, als was er das intrigante Spiel des Richters ansah, würde er sich ein andermal vornehmen. Dazu war immer noch Zeit. Stattdessen hatte es gegolten, den armen Tropf moralisch etwas aufzurichten, was Deibler nur durch einen altbewährten Trick gelungen war. Wie schon vor den Folterungen der letzten Wochen, hatte er Jockel berauschende Blätter zum Kauen gegeben, die ihm die Schmerzen wenigstens etwas nehmen, ihn vor allen Dingen aber ruhigstellen sollten. Aufgrund der vergangenen Torturen würde der Richter glauben, dass Jockels apathischer Zustand daher und nicht von Deiblers Sedativum kam. Der Carnifex wusste, dass Jockel bei der anstehenden Hinrichtung große Schmerzen haben würde, wollte aber aus diesem Grund unbedingt, dass der bedauernswerte junge Mann möglichst wenig davon mitbekam. Und dies ging nur mithilfe spezieller zusätzlicher Drogen.

Jetzt saß er zusammen mit Lucki neben Jockel auf dem kalten Steinboden der Gefängniszelle in der *Fronfeste* und redete beruhigend auf ihn ein.

»Gut! Die Blätter und die Pillen zeitigen offensichtlich ihre Wirkung. Jockel ist ganz ruhig«, flüsterte der Carnifex seinem Sohn einigermaßen zufrieden zu. Obwohl Deibler wusste, dass er heute noch viel Geld verdienen würde, war ihm nicht wohl bei dieser ungerechten Sache. Deswegen hatte er Jockel zum wiederholten Mal gesagt, dass er persönlich ihn für unschuldig halten würde. Aber dies nützte dem Burschen jetzt herzlich wenig. Er zuckte zusammen: Das Trommeln war lauter geworden.

»Auf geht's, Jockel«, ermunterte Deibler das jetzt schon geplagte Geschöpf Gottes, während er und Lucki ihm beim Aufstehen helfen wollten.

»Aua! – Ahhh!«, schrie Jockel auf, als ihm Lucki unter die Arme griff, um ihm hochhelfen zu können.

»Sei vorsichtig! Jockels Schultern waren ausgekugelt«, mahnte der Carnifex seinen Sohn, der dies nicht gewusst hatte.

»Entschuldigung«, sagte Lucki kleinlaut zu Jockel, der daraufhin andeutungsweise nickte.

Aber es waren nicht nur die Schultergelenke, die dem armen Geschöpf Gottes zu schaffen machten. Seit der Peinlichen Befragung des zweiten Grades fiel ihm das Stehen noch schwerer, als dies zuvor schon der Fall gewesen war. Und da seine Knochen durch die Bewegungslosigkeit in der feuchten Kerkerzelle eingerostet waren, er aufgrund des wochenlangen Bewegungsmangels zudem an Muskelschwund litt, war an Gehen überhaupt nicht mehr zu denken. Da auch noch Deiblers hohe Dosis schmerzlindernder Blätter und beruhigender Pillen das Ihrige dazu beitrugen und aufgrund der verabreichten Menge sogar einschläfernd auf Jockel wirkten, konnte er sich sowieso kaum auf den Beinen halten.

Währenddessen waren die in dieser Situation Angst einflößenden Trommelschläge so laut geworden, dass nicht nur dem Carnifex klar war, was die Stunde geschlagen hatte.

Als er vor dem jungen Mann stand, fragte er ihn knapp: »Und?«

Langsam hob Jockel den Kopf und versuchte, ein leises Lächeln auf seine verquollenen Lippen zu zaubern, was ihm gänzlich misslang. Er hustete.

Sebastian Deibler klopfte ihm leicht auf den Rücken. »Lass dir Zeit, Jockel.«

»Ich … ich vergebe Euch, Meister Sebastian! Und …«

Jockel hustete wieder und musste sich erst entschleimen, bevor er weitersprechen konnte: »Danke für alles!«

Lucki schreckte es. Der empfindsame Knabe wendete sich ab. Aber was hatte er gerade gehört? Was hatte Jockel zu seinem Vater gesagt? Unfassbar!

Bevor sich der Carnifex gegen das soeben Gehörte wehren konnte, wollte Jockel, der wusste, dass er keine Zeit mehr haben würde, auch noch den Rest loswerden: »Ich sterbe erhobenen Hauptes ... als Unschuldiger! Sagt dies meiner Mutter und all meinen Staufnern. Bitte!«, flüsterte er leise, aber so laut, wie er es aufgrund seines Zustandes vermochte. Der unglaublich tapfere Bursche konnte nicht wissen, dass es infolge der vom Richtergremium bereits im Vorfeld gewählten Hinrichtungsart nicht möglich sein würde, erhobenen Hauptes zu sterben. Aber er hatte »seine« Staufner, die ihn so schmählich im Stich gelassen hatten, nicht vergessen, ja quasi in seiner letzten Stunde der Not sogar in Schutz genommen.

Der Carnifex konnte es nicht fassen, so einen Delinquenten hatte er noch nie gehabt. Er nickte, strich ihm über die Wange und drückte ihn sogar kurz an sich. »Ich danke dir, Jockel. Ich weiß, dass du ein guter Mensch bist. Aber jetzt komm.«

Währenddessen hatte der Tambourmajor seine Trommler zum Spalier vor dem Schollentor aufstellen lassen, ohne dass die schreckliche Trommelei auch nur einen Moment aufgehört hatte. Als der Delinquent – gestützt von den beiden Henkersknechten – auf die Straße trat, brandete wütendes Geschrei auf und die Menschen drängten sich Jockel entgegen. Die Soldaten hatten anfangs Mühe, ihren Schutzbefohlenen zu beschützen und sich den Weg zum Richterpodest freizukämpfen. Aus zunächst unerklärlichen Gründen aber traten die Menschen mehr und mehr wieder zurück, bildeten eine Schneise und öffneten dadurch den Weg dorthin, wo Jockel nicht hinmochte, unweigerlich aber hinmusste.

Nach und nach verebbte auch das Geschrei. Offensichtlich schienen die Gaffer noch einen Funken Barmherzigkeit in ihren Herzen bewahrt zu haben; denn als sie das Häufchen Elend, das ohne die Hilfe der beiden Henkersknechte keinen einzigen Schritt hätte laufen können, sahen, wurden sie still und viele von ihnen sogar etwas nachdenklich.

»Herr der Gnaden. Der ist ja gerade so alt wie mein Seppel«, bemerkte eine Frau und bekreuzigte sich, dankbar, dass der Gefangene Jockel und nicht Seppel hieß.

Hörte man in gewisser Entfernung noch Geschrei, verstummte auch dies immer dann, wenn der traurige Zug auf Höhe der bisher schimpfenden Menschen war. Als sich Jockel mit seinem Begleitschutz ungefähr auf halbem Weg zwischen dem Schollentor und dem Richterpodest befand, war das Geschrei gänzlich verstummt und man hörte nur noch den eintönigen Trommelschlag: Bum – bum – bum …

Obwohl Ortsvorsteher Hermann Schädler und seine Truppe gut vorwärtskamen, würde es einfach seine Zeit brauchen, bis sie im Städtle ankommen würden. Während sich auf dem Ladewagen Propst Glatt mit Schwester Bonifatia über die Möglichkeiten einer Neubesetzung der vakanten Medicusstelle im Spital und den Anbau einer eigenen Spitalkapelle unterhielten, sprachen Ortsvorsteher Hermann Schädler und Peter Immler über Jockel Mühlegg. Schädler wunderte sich über die zwar merkwürdige, rechtlich offensichtlich aber abgesicherte Vorgehensweise des Richters.

»Es ist schon komisch, dass man für die heutige Verhandlung keinen einzigen Zeugen geladen hat. Diejenigen, die Martin Allger und Markus Hagspihl tot aufgefunden haben, sind seinerzeit zwar von einem städtischen Beamten befragt und deren Aussagen auch zu Protokoll genommen worden, als Zeugen wurden sie aber nicht vorgeladen, … auch nicht der Medicus, der die beiden Toten untersucht hat«, schüttelte der Ortsvorsteher verständnislos den Kopf.

»Deswegen konnte er guten Gewissens nach Kempten reisen«, lächelte Peter Immler, der vermutete, dass dies dem Richter gerade recht gekommen war. Da er selbst der jüngste Ratsherr im rothenfelsischen Gebiet und von Waldvogel heute aus gutem Grund nicht eingesetzt worden war, wusste er nur zu genau um des Richters eigenwillige Vorgehensweise.

»Mich wundert es wirklich sehr, dass keine Zeugen geladen worden sind«, repetierte der Ortsvorsteher und detaillierte seine Bedenken: »Nicht einmal Albert Wenninger, der Sohn des Säcklers, muss eine Aussage machen.«

»Wieso? Was ist mit dem?«, fragte Immler, der nicht wusste, wovon der zum Kutscher avancierte Ortsvorsteher neben ihm sprach.

»Nun ja. So wie ich es mitbekommen habe, hat Jockel mit Markus Hagspiel – dem zweiten Mordopfer – kurz vor dessen Tod einen handfesten Streit gehabt.«

»Oh!« Peter Immlers Mimik verhärtete sich, bevor er murmelte: »Ich habe zwar davon gehört, aber erzählt ruhig weiter!«

»Es ist schon länger her. Es war an einem Markttag: Die beiden haben sich wegen der Sache mit der Fahnenstiftung gestritten und sich gegenseitig hin- und hergeschoben. Dabei hat Markus den Jockel so fest geschubst, dass dieser zu Boden gefallen ist.«

»Nur geschubst? … Dann kann es wohl nicht so schlimm gewesen sein«, meinte Immler, der als junger Spund auch einige Raufereien hinter sich gebracht hatte.

»Na ja. Wie man's nimmt: Daraufhin soll Jockel die Fäuste geballt und Markus gedroht haben.«

»Aber das weist doch noch lange nicht auf ein Mordmotiv hin! Nur weil er mit Markus Hagspihl gestritten hat, soll er zuvor auch Martin Allger umgebracht haben? Das glaube ich nicht!«, ärgerte sich der junge Kaufmann über die augenscheinlich vorgefasste Meinung des Ortsvorstehers, die ihm etwas aufgestachelt vorkam.

»Aber der Sohn des Säcklers hat behauptet, Jockel murmeln gehört zu haben, dass dies Markus büßen und er ihn umbringen würde.«

Peter Immler war stutzig geworden. »Wenn das tatsächlich so war, müsste dieser Säcklersohn bereits bei den ersten Vernehmungen als Zeuge der Anklage geladen gewesen sein … Vielleicht war dies ja der Fall und wir wissen nur nichts davon?«

»Sage ich doch! Vielleicht hat der sogar eine falsche Aussage gemacht, um von irgendetwas abzulenken?«, fühlte sich der Ortsvorsteher endlich verstanden. »Ich habe gestern noch mit ihm gesprochen. Laut seiner Aussage ist damals – etliche Wochen nach der Auseinandersetzung – ein dem Dialekt nach ausländischer Schreiberling von Immenstadt nach Staufen gekommen und hat seine Zeugenaussage aufgenommen … und das war's.«

»Dies war sicherlich Ekkehard van der Heye, … ein Flandrischer! Also muss man in Immenstadt gleich nach der Hakelei Wind von der wahrscheinlich verlogenen Bemerkung dieses Säcklersohnes bekommen haben! … Aber wie und durch wen?«, fragte sich Immler verwundert. »Könnte es sein, dass irgendjemand Jockel bewusst angeschwärzt hat, um ihn loszuwerden?«, ergänzte er noch.

Schädler zuckte mit den Schultern und zog sich die wärmende Decke enger über den Oberkörper. »Möglicherweise hat jemand in ihm eine Konkurrenz bei der Besetzung der Ämter in der noch zu gründenden Fahnenkompanie gesehen?«, mutmaßte er, verwarf diesen absurden Gedanken aber sofort wieder und ersetzte ihn durch eine andere Theorie. » Könnte es nicht auch sein, dass man ihm heimzahlen wollte, dass er der beste Schwarzfischer des Dorfes ist?«

»War!« Der in rechtlichen Dingen bereits erfahrene Immenstädter überlegte laut: »Wer weiß? Fakt ist nun einmal, dass jemandem daran gelegen war und womöglich noch ist, die Sache nach Immenstadt zu bringen. Und Fakt ist auch, dass Jockel Mühlegg deswegen verdächtigt wird, zwei Morde begangen zu haben, weswegen er heute aller Wahrscheinlichkeit nach hingerichtet wird.«

»Allein schon wegen dieser widerlichen Denunziation hätte der Richter den Säcklersohn als Zeugen laden müssen«, ärgerte sich der Ortsvorsteher.

»Warum er dies nicht getan hat, verstehe ich auch nicht. Aber so wie ich Richter Waldvogel kenne, hat er es nicht nötig, Zeugen zu benennen, die seine Anklage stützen oder gar untermauern würden. Hätte er dies getan, wäre er vielleicht Gefahr gelaufen, auch Zeugen laden zu müssen, die sich glaubwürdig für Jockels Unschuld einsetzen würden. Da hat er sich lieber auf altbewährte Verhörmethoden verlassen und gänzlich auf Zeugen verzichtet.«

»Wie meint Ihr das? Immerhin handelt es sich um kein Bagatelldelikt und da ist jeder noch so kleine Zeugenhinweis wichtig«, beteiligte sich jetzt Schwester Bonifatia, die hinten auf der Ladefläche mitgehört hatte, am Gespräch.

Peter Immler dachte einen Moment darüber nach, wie er es ausdrücken sollte, bevor er antwortete: »Meiner Meinung nach handelt es sich um eine Gesetzeslücke. Es ist ausschließlich Sache des Richters, Zeugen zu benennen, oder nicht? Da es sich bis zu uns ›Hinterwäldlern‹ noch nicht herumgesprochen hat, dass die mittelalterlichen Foltermethoden nicht nur völlig veraltet, sondern auch barbarisch sind, wird die Peinliche Befragung hier immer noch mit dem Segen des Kaisers, unseres Grafen und der Kirche praktiziert, … erfolgreich praktiziert! Die Folter hat noch jedem ein Geständnis entlockt. Und wenn erst einmal ein Geständnis da ist, braucht es keine Zeugen mehr, die möglicherweise den erwünschten Verhandlungserfolg gefährden und die Sache unnötig in die Länge ziehen, was auch weitere Kosten verursachen würde.«

»Das heißt, dass das Ergebnis von vorneherein festgestanden hat und heute so ausfällt, wie es dem hohen Herrn Richter gefällt«, resümierte der Propst, der ebenfalls zugehört, sich bisher aber nicht eingemischt hatte.

»Dann wird Jockel heute in jedem Fall hingerichtet?«, fragte die Ordensschwester, bekam dafür aber nur ein »Hm« zur Antwort.

»Wo bleibt da die Gerechtigkeit?«, schimpfte sie laut.

»Beruhigt Euch, meine liebe Schwester im Glauben.« Der Propst kramte in seiner Soutane und holte das Zinnfläschchen hervor, das ihm vor der Abreise in die Hand gedrückt worden war. »Hier, trinkt. Das wird Euch guttun und zudem wärmen.«

»Ja, pfui Teufel! Wollt Ihr mich umbringen? Was ist das für ein Gesöff?«, klagte die Schwester hustend, nachdem sie einen Schluck genommen hatte.

»Holunderschnaps! … Hat man mir gesagt«, antwortete der Propst knapp, nahm selbst einen Schluck und prustete ebenfalls so, als wenn er Feuer geschluckt hätte. »Ihr habt recht, Schwester: Mit diesem Trank kann man dem Teufel helfen, den Beelzebub auszutreiben!«

»Aber, aber, meine Geistlichkeiten«, schmunzelte der Ortsvorsteher und trieb die Pferde an.

Der Propst wollte den restlichen Inhalt wegschütten, besann sich aber eines Besseren: »Wer weiß, wofür das scharfe Zeug noch gut ist!«

Die Gerichtsverhandlung hatte längst ihren Verlauf genommen. Van der Heye hatte sämtliche Verhörprotokolle mit den Namen der bisherigen Beisitzer sowie den nicht vorhandenen, vom Richter aber fingierten oder aufgebauschten Zeugenaussagen – ganz besonders die des Säcklersohnes – verlesen, worauf sich Waldvogel vom Gremium hatte bestätigen lassen, dass bei der bisherigen Beweisführung gemäß erneuerter rothenfelsischer Gerichtsordnung von 1592 alles seine Ordnung gehabt hatte. Zwischendurch hatte er die Beisitzer gefragt, ob sie Fragen hätten oder Anträge stellen wollten, was den Anschein unterstreichen sollte, dass er den Beisitzern ein echtes Mitspracherecht zugestand. Letztlich aber hatte er im Auftrag des Richters jede aufkommende Diskussion so geschickt im Keim erstickt, dass niemand gemerkt hatte, wohin der Hase laufen sollte. Schon eingangs, als die Anklageschrift verlesen worden war, hatte er festgestellt, dass das Volk zwar gut gelaunt, aber doch irgendwie gereizt war und offensichtlich Blut sehen wollte, weswegen er zwischendurch kleine Pausen eingelegt hatte, damit sich die Menschen hatten beruhigen und unterhalten können. Dies gab den Untertanen des Grafen das Gefühl, aktiv an der Urteilsfindung teilnehmen zu dürfen.

Der Graf hatte längst festgestellt, wie geschickt Waldvogel die Verhandlung zu leiten wusste, weswegen er den hinter ihm stehenden Oberamtmann mit zwei Fingern näher zu sich vorwinkte und zu ihm sagte: »Was meint Er zum bisherigen Verhandlungsverlauf? Ist Er nicht auch der Meinung, dass Waldvogel jetzt ganz in Unserem Sinne agiert?« Damit spielte er auf die von ihm bemängelte Vorgehensweise des Richters während der Verhöre an, die ihm missfallen hatte. Noch während er dies sagte, schnippte er mit den Fingern, damit ihm einer der Lakaien etwas Gebäck reichte und Wein nachschenkte.

»Na ja … Das kann man noch nicht sagen. Die Verhandlung hat ja erst begonnen. Wir werden sehen, wie sie sich entwickelt«, antwortete Speen, dem die Sache bereits an die Nieren gegangen war, diplomatisch.

Was nun vor dem Richtergremium mit ausgetrockneter Kehle und schmerzenden Gliedern saß, war nur noch ein Häufchen Elend. Jockels kraftloser Kopf fiel ständig nach vorne und musste von einem der beiden neben ihm stehenden Henkersknechte immer wieder an den Haaren hochgezogen werden. Dabei hatte er sich zwei unvorstellbar scheußliche Gräueltaten – die von ihm auf Druck in allen Details gestanden worden waren – anhören müssen. Und auf diesem Geständnis hackte Richter Waldvogel immer und immer wieder herum, obwohl dies noch nicht verlesen worden war. Dabei kam er geflissentlich nicht darauf zu sprechen, unter welch schmerzhaften Umständen Jockels Geständnis zustande gekommen war.

»... und genauso, wie der Angeklagte zu allem hin seinem ersten Opfer aus reiner Quäl- und Mordlust heraus die Augen ausgestochen hat, so hat er seinem zweiten Opfer den rechten Arm abgetrennt. So wie die dadurch verbliebenen Wunden an den Körpern der Toten ausgesehen haben, hat er dies in aller Eile getan, um die jeweiligen Tatorte schnell verlassen zu können. Beide Morde zeigen nach absolut glaubwürdiger Aussage derjenigen, die sie gefunden haben, und nach fachlich fundierter Aussage des ehemaligen Spitalarztes – deren Protokolle uns hier vorliegen ...«, Richter Waldvogel kramte in einem Haufen Papier, hielt zwei Blätter, auf denen etwas ganz anderes stand, in die Höhe und fuchtelte damit herum. Hätte sich einer der Beisitzer auf sein Recht der Einsicht in alle Unterlagen berufen, wäre der Richter coram publico dumm dagestanden. So aber nahm die Verhandlung ungebremst ihren weiteren Verlauf. Waldvogel hatte aus Jockel sogar herausgepresst, dass er Martin Allgers Augen und auch Markus Hagspihls rechten Arm in den Seelesgraben geschmissen habe. Dadurch, dass es dem Richter gelungen war, seinem Angeklagten diesen an den Haaren herbeigezogenen Schwachsinn in den Mund zu legen, warf auch dies keine Fragen in Bezug auf den Verbleib der Körperteile auf.

Nach Beendigung der Anklageschriftverlesung – die der Richter geschickt in mehrere Bereiche unterteilt und somit gestreckt hatte – hielt es das Volk nicht mehr. Es begann, die Fäuste zu ballen und lauthals Jockels Tod zu fordern. Es beruhigte sich erst wieder, nachdem der Zeremonienmeister seinen Stab auf die Holzbohlen hatte schnellen lassen und das Wort wieder dem Gerichtsschreiber übertragen hatte.

»Kommen wir nun zur Verlesung der Urgicht!«, versuchte wenigstens van der Heye, seinen Teil der Verhandlung korrekt nach den Buchstaben des Gesetzes zu handhaben.

Nachdem Jockels Geständnis verlesen worden war, was immer wieder zu Unruhen unter den Zuschauern geführt hatte, wurden noch einige Worte gewechselt, bevor auch Jockel ums Wort gebeten wurde, was er allerdings durch ein kaum merkbares Kopfschütteln ablehnte, dann aber doch noch krächzte, dass er unschuldig sei. Allerdings ging seine Unschuldsbeteuerung im Geschrei der Zuschauer unter. Und der Pfarrer hatte sich gerade mit dem jungen Göhl unterhalten, weswegen die beiden nichts gehört hatten.

Danach wurde der Angeklagte von den beiden Henkersknechten vom Podest heruntergeschleift. Der Stadtpfarrer und der Gerichtsschreiber mussten die hölzerne Gerichtsstätte ebenfalls verlassen.

»Das Hohe Gericht zieht sich zur ›Urteilsfindung‹ zurück!«, verkündete der Zeremonienmeister den ansonsten gültigen Standardsatz. Dass es heute genau andersherum war und sich nicht das Hohe Gericht, sondern die anderen zurückzogen, störte niemanden. Hauptsache, der Richter war mit den Beisitzern protokollgemäß allein. Damit auch ja niemand etwas von deren Diskussion um die Urteilsfindung und die Festlegung der Strafe mitbekam, ließ Waldvogel die Trommler Aufstellung vor dem Podest nehmen und wieder in Aktion treten. Da das Volk jetzt so viel Lärm machte, dass es schon deshalb unmöglich geworden war, irgendetwas von dem mitzubekommen, was dort oben gesprochen wurde, hätte es die in Jockels Ohren zermürbende Trommelei nicht auch noch gebraucht.

Das Richtergremium tuschelte und gestikulierte so lange, bis den Trommlern schier die Hände abfielen.

Während dieser Zeit – es dürfte gut die Hälfte einer Stunde gewesen sein – hatte sich das Volk die Zeit damit vertrieben, dem Zauberkünstler, dem Feuerschlucker und den beiden Possenreißern, die sich durch ihre Darbietungen vor großem Publikum zusätzliche Einnahmen erhofft hatten, zuzusehen. Dass auch noch ein paar Musikanten den Weg nach Immenstadt gefunden hatten, nahmen die Menschen auch dann noch dankend an, als Waldvogel die Beratung beendete und den Zeremonienmeister zu sich winkte. Inzwischen war es bereits Mitte Nachmittag geworden.

Gleich darauf kamen der Pfarrer und der Gerichtsschreiber

die Treppe hoch, um neuerlich ihre angestammten Plätze einzunehmen. Nachdem auch der Angeklagte wieder auf seinem Stuhl saß, wartete der Richter, bis der Zeremonienmeister das Volk zur Räson gebracht hatte. Dann stand er auf, warf theatralisch seinen Überwurf um und rief voller Inbrunst das, auf was er sich schon so lange gefreut hatte: »Kommen wir nun zur Urteilsverkündung!«

Mit ausladenden Gesten zu beiden Seiten deutete er den anderen, sich ebenfalls von ihren Sitzen zu erheben, und wies die Henkersknechte an, dem Angeklagten hochzuhelfen, was diese nicht gerade zimperlich taten und Jockel einen Schmerzensschrei ausstoßen ließ. Während einer von ihnen den schlaffen Körper stützte, hielt der andere dessen Kopf am Schopf hoch – fürwahr ein entwürdigendes Bild.

Da Sebastian Deibler den Verlauf der Gerichtsverhandlung aufmerksam mitverfolgt hatte, wusste er, dass er bald zum Zuge kommen würde. So hatte er sich – während der Zeit, als das Richtergremium intensiv palavert und sich das Volk an den Komödianten und Musikanten ergötzt hatte – zusammen mit seinem Sohn Lucki unerkannt vom Schollentor herunter bis hinters Podest geschlichen. Dabei war ihm aufgefallen, dass an allen vier Ecken des den Richtplatz umschließenden Zaunes dicke Seile – die heute früh noch nicht da gewesen waren – hingen. »Also doch!«, hatte er zu Lucki gesagt und ihn weiter vor sich her durch die Menschenmenge geschoben. Jetzt wusste er es gewiss, dass er Jockel würde vierteilen müssen und dass dies von vorneherein festgestanden hatte. Sein für alle Tötungsmethoden geeignetes Handwerkszeug trug er in einem unauffälligen Rupfensack mit sich. Damit er nicht erkannt werden konnte, trug er auf dem Kopf eine unauffällige, aus Filz hergestellte hundsalte Gugel, die er sich weit ins Gesicht gezogen hatte. Erst wenn er hinter dem abgeschirmten Podest sein würde, konnte er sich standesgemäß gewanden, ohne dabei gesehen zu werden. Hier konnte er auch in aller Ruhe auf seinen Einsatz warten und sich seelisch darauf vorbereiten.

Auf ein Zeichen des Zeremonienmeisters hin setzte langanhaltender Trommelwirbel ein. Als die Trommler damit fertig waren, rief der Zeremonienmeister: »Silentium!«, was zwar kaum jemand verstand, was aber dennoch zu absoluter Ruhe verhalf.

Jetzt waren alle Augen auf Waldvogel gerichtet. Wie zuvor schon, genoss er es, im Mittelpunkt eines gewaltigen Spektakels zu stehen und ungebremst dem Recht auf seine unorthodoxe Weise dienen zu dürfen.

Er hob einen knapp eine Elle langen und zeigefingerdicken Holzstab, der zu beiden Seiten rot eingefärbt und in der Mitte leicht angesägt war, in die Höhe und rief, so laut er es vermochte: »Hiermit breche ich den Blutstab! – Ich breche den Stab über den Verurteilten!«

Außer dem Geheule eines Kindes hörte man nur das Knacken von Holz.

Waldvogel hielt beide Teile des soeben zerbrochenen Stabes triumphierend in die Höhe.

Das war es dann: Das Urteil war gefällt und das Strafmaß auch schon festgesetzt. Jetzt musste beides nur noch öffentlich verkündet werden. Sollte es zum erwarteten Todesurteil kommen, konnte keine Macht dieser Welt Jockel Mühlegg jetzt noch helfen.

»Gott sei Dank. Von alledem bekommt er kaum etwas mit. Die Blätter haben ihre volle Wirkung entfaltet«, flüsterte Deibler seinem Sohn, sich selbst beruhigend, ins Ohr, nachdem er zwischen Holzstreben hindurch aufs Podest und in Jockels Gesicht gesehen hatte.

Eine unheimliche Stille lag über dem schweißdurchzogenen Marktplatz. Und darüber strahlte die wohltuende Wintersonne.

Während alle gespannt auf das Urteil warteten, genoss der Richter die Stille. Er schloss für einen Moment die Augen und zog die kühle Luft in seine Lungen.

»Schuldig!«, rief er so plötzlich und laut, dass es auf dem von Häusern umsäumten Marktplatz widerhallte.

Dass das Volk zu grölen begann, nahm Waldvogel nicht so richtig wahr; in sich gekehrt, genoss er den Augenblick und erwachte erst aus seinem fast tranceähnlichen Zustand, als der Zeremonienmeister seinen schweren Stab auf den Boden sausen ließ und das Volk zur Ruhe mahnte.

»Nein, nicht so schnell«, sagte der Richter fast etwas verärgert und dachte sich: Lasst mich diesen Moment, verdammt noch mal, etwas auskosten.

»Euer Ehren …«, zischte der Zeremonienmeister und zog sich dadurch von Waldvogel einen Blick zu, der hätte töten können. Aber es nützte nichts, der Zeremonienmeister fiel nicht tot um. Stattdessen wiederholte er den Versuch, den Vorsitzenden dieses Gerichtes aus dessen merkwürdigem Zustand herauszureißen.

Da es Waldvogel nicht vergönnt war, die Sache so zu genießen, wie er es gerne hätte, brachte er sich wieder in Positur und rief mit fast ebenso lauter Stimme wie bereits zuvor: »Der Tagelöhner Jockel Mühlegg aus Staufen wurde aufgrund der drückenden Beweislage und seines Geständnisses wegen zweifachen Mordes von diesem Gericht einstimmig und in allen Anklagepunkten für schuldig befunden!« Danach begründete er in gemäßigterer Lautstärke ausführlich das soeben gesprochene Urteil.

Das Volk quittierte dies gleichzeitig mit anerkennendem Klatschen und einem wüsten Pfeifkonzert. Erst erneuter Trommelwirbel veranlasste die Menge, sich zu beruhigen.

Als es wieder still war, verkündete der Vorsitzende die Strafe, ließ sich dabei aber Zeit, … viel Zeit. Er wollte die Sache jetzt so lange auskosten, wie es ihm beliebte.

»Der soeben verurteilte Tagelöhner Jockel Mühlegg soll noch am heutigen Tage zur sechsten Stunde in vier Teile gerissen werden und …«

Lautstarker Jubel unterbrach den Richter. Erst als sich der Zeremonienmeister mit abermaliger Hilfe der Trommler hatte durchsetzen können, war das Geschrei wieder verstummt und er konnte fortfahren: »Danach sollen die einzelnen Teile seines Körpers zur Abschreckung auf Pfähle gesteckt werden! Diese ›Schandpfähle‹ werden – den Himmelsrichtungen folgend – an den äußersten Zipfeln des gräflichen Herrschaftsgebietes so lange zur Abschreckung dienen, bis nichts mehr von diesem Mörder übrig ist!« Verächtlich zeigte er auf Jockel. Nachdem der Richter dies ausgesprochen hatte, hob er langsam sein Haupt und blickte zum Himmel, gerade so, als wollte er sich das grausame Todesurteil von »seinem Kollegen dort oben« bestätigen lassen.

In diesem Moment schob sich eine Wolke vor die Sonne. Schlagartig wurde es kühler. Zudem ließ das Krächzen von 13 kreisenden Krähen die Menschen erschauern. Die schwarzen Vögel schienen zu wissen, dass gleich eine Mahlzeit für sie angerichtet werden würde.

Nachdem der Immenstädter Pfarrer Johann Christoph Schwenk die Unheilvögel gesehen und gedankenlos gezählt hatte, bekreuzigte er sich und murmelte: »Das Dutzend des Teufels.«

Gleich nachdem die kleine Gruppe aus Staufen in Immenstadt angekommen war und die lästigen Torformalitäten hinter sich hatte bringen können, hatte sie sich damit beeilt, für die Pferde und das Fuhrwerk einen diebstahlsicheren Ort ausfindig zu machen. »… auch wenn die Menschen heute etwas anderes zu tun haben, als zu stehlen«, hatte Hermann Schädler gesagt und bei Bertram Schweiger im gräflichen Marstall um eine Unterstellmöglichkeit nachgefragt. Kraft seines Amtes als Staufner Ortsvorsteher war seinem Wunsch sofort entsprochen worden, obwohl der Marstallleiter gerade intensiv mit vier anderen Pferden beschäftigt war.

Danach waren sie zum Marktplatz geeilt, wo sie aber augenscheinlich zu spät angelangt waren. Sie hatten nicht einmal die Urteilsverkündung mitbekommen. Dies war allerdings auch nicht nötig gewesen. An der inzwischen ausgelassenen Freude der Menschen konnten sie unschwer erkennen, dass die Gerichtsverhandlung bereits vorüber war und dass ein aus deren Sicht wohlgefälliges Urteil gesprochen worden sein musste. Jetzt galt es nur noch, Jockel zu finden, um ihm tröstenden Beistand leisten zu können, … falls es nicht schon zu spät dafür war.

»Bei diesen vielen Leuten wird es schwierig werden durchzukommen«, stellte Schwester Bonifatia in resigniert klingendem Ton fest, als sie die undurchdringbar wirkende Menschenmasse vor sich sah.

»Der längste Weg beginnt mit dem ersten Schritt. Und mit Gottes Hilfe werden uns diese zu Jockel lenken«, machte der Propst seiner Mitschwester im Herrn Mut.

»Lang ist der Weg nicht, nur beschwerlich. Dazu auch noch die vielen Wachsoldaten«, leistete der ansonsten besonnene Hermann Schädler nicht gerade einen Beitrag zur Hoffnung, an Jockel heranzukommen.

»Bleibt gelassen. Immerhin bin ich Städtler und kenne mich hier aus! … Wir werden einen Weg finden«, beruhigte Peter Immler seine neuen Freunde.

In Staufen war es wieder ruhig geworden. Das allgemeine Palavern in der Öffentlichkeit hatte aufgehört. Die Gassen und Plätze waren bis auf ein paar spielende Kinder fast menschenleer. Nur der Rächer streifte suchend durch den Ort. Im Moment beobachtete er das Haus des Töpfers. Aber so, wie es aussah, würde er auch heute keinen Sieg erringen können. Jedenfalls war von Maria Brugger nichts zu sehen.

Da Staufen etwas höher lag als Immenstadt, war es hier dementsprechend kälter. So hatten sich die meisten in ihre Behausungen zurückgezogen, wo sie vor dem kalten Wind geschützt und sogar einigermaßen gewärmt über Jockel Mühleggs Schicksal orakeln konnten.

Im Hause des aus dem hohen Norden stammenden Gerbermeisters Knut Joswig war dies nicht anders. Allerdings unterschied sich dieses Anwesen von den restlichen Wohnstätten Staufens in zweierlei Hinsicht: Vor den offensichtlich nicht schlecht betuchten Joswigs hatte dieses Grundstück dem ursprünglich aus Antwerpen stammenden Juden Jakob Bomberg gehört, der es dem zuvor verganteten Rotgerber Hannß Frej mit der damals noch darauf stehenden Gerberwerksatt für wenig Geld abgeluchst hatte. Nachdem es vor 15 Jahren mitsamt dem jüdischen Besitzer abgefackelt worden war, hatte Knut Joswig ein Jahr später das Grundstück von dessen Witwe Judith zu einem Wucherpreis erworben und darauf innerhalb von zwei Jahren ein neues Wohnhaus mit moderner Gerberwerkstatt errichtet. Da er sich wegen seiner aus Staufen stammenden Frau Alma unbedingt und ausgerechnet hier hatte niederlassen wollen, hatte er sich von der allseits beliebten und hilfsbereiten, aber offensichtlich auch geschäftstüchtigen Jüdin ein wenig über den Tisch ziehen lassen. Und da das Grundstück direkt am Seelesgraben lag, war es dem Gerber wohl mehr wert gewesen als anderen auswärtigen Interessenten. Judith war froh gewesen, dass sich aus monetären Gründen kein einziger Einheimischer für das Grundstück interessiert hatte, weswegen sie einen solch hohen Preis hatte herausschinden können. Bei heimischen Kaufinteressenten hätte sie sich zum Schaden ihres Geldbeutels wohl anders verhalten müssen. Mit Abschluss des Handels war am ursprünglichen Platz nicht nur die alte Staufner Gerbertradition wieder aufgekommen, sondern erstmals seit Beginn des 30 Jahre anhaltenden Krieges im gesamten Gemeindegebiet wieder ein komplett neues Gebäude errichtet worden. Und dies bedeutete, dass Joswigs Haus das am ehesten wärmegedämmte Haus von ganz Staufen gewesen war und es innen auch heute nicht so zog wie in allen anderen Wohnstätten – das steinerne Propsteigebäude, die Kirche und das Schloss ausgenommen. Dies hatte allerdings zum Nachteil, dass es aufgrund der schmäleren Ritzen zwischen den Balken in diesem Haus noch mehr stank als in den anderen Gebäuden. Gerade im Winter war es dort kaum auszuhalten. Und dies hatte seinen Grund.

Heute war wieder einer jener schrecklichen Tage, an denen Alma Joswig die Kinder zum Spielen hatte hinausschicken müssen, um deren Gesundheit zu schützen, weil der Familienvater Wärme in die Stube bringen wollte, indem er zuvor den zurechtgeschnitzten Holzspänen einen billigen, aber äußerst effizienten Zündstoff – über den in Staufen nur er verfügte – beimischte. Wie alle Jahre, hatte er seit Ende des vergangenen Winters die mühsam gewonnenen Tierhaare und Sauborsten in der Sonne getrocknet, in Rupfensäcke gesteckt und diese den Sommer über sorgsam verwahrt, um sie im darauffolgenden Winter zum Anheizen verwenden zu können. Da die Enthaarung der Tierhäute mühsam im Äscher vonstatten ging, er die Häute bis zu zwei Wochen im Kalkzuber lassen und tagtäglich wenden musste, war dies eine Heidenarbeit, weswegen für ihn dieser Rohstoff kein Abfallprodukt war – im Gegenteil: Um die Tierhäute glatt und dabei auch noch die letzten darauf verbliebenen Haare zu bekommen, legte er die Häute auf den hölzernen Scherbaum und schabte mit dem Haareisen oder mit dem Scherdegen den Rest herunter. Dadurch hatte er weiteres wertvolles

Zündmaterial gewonnen. Jetzt war es wieder so weit: Es war kalt und der Gerber musste einheizen. Er warf das stinkende Gemisch aus getrockneten Haaren, Borsten, ansonsten unnützen Sehnen- und Fettabfall zusammen mit kleinen Stücken unverarbeiteter Rohhäute, die aufgrund von Beschädigungen unbrauchbar geworden waren und die er deswegen teilweise ungegerbt so lange draußen zum Trocknen aufgehängt hatte, bis diese hart geworden waren, in den Ofen. Zuvor hatte er dieses ebenfalls bestialisch stinkende und knochenharte Brennmaterial mühsam mit dem Beil zerhacken müssen, anstatt es mit dem Messer zerschneiden zu können. Mit diesem Gemisch aus Tierhaaren verschiedener Rassen, Sauborsten und Rohhautstücken, zwischen die er immer wieder Holzspäne legte, gelang es ihm auch heute wieder, eine angenehme Grundwärme in die Stube zu zaubern. Dass dafür die Bude erbärmlich zum Himmel stank, mussten er und seine Frau wohl oder übel, wenn auch hustend, in Kauf nehmen. Der Gerber war den Gestank, mit dem er sein Geld verdiente, zwar gewohnt, musste während des Verbrennens dennoch immer wieder ausspucken und sich etliche Male sogar schier übergeben. Aber wenn die Haare und die Häute mitsamt dem darin nistenden Ungeziefer erst einmal verbrannt waren und er ein paar dicke Holzscheite nachgelegt haben würde, war es bereits wohlig warm und es stank nicht mehr ganz so, weswegen sein Weib die Kinder wieder hereinholen wollte.

»Sie werden ihn jetzt wohl schon aufgehängt haben«, äußerte er seinem ältesten Sohn Albanus gegenüber, während sich Alma ein wärmendes Tuch um die Schultern schmiss, um nach draußen zu gehen.

»Meinst du wirklich, dass Jockel schon tot ist?«, fragte Alban, wie der groß gewachsene Bursche von seiner Familie und von seinen Freunden kurzerhand genannt wurde, und drückte sich wieder ein zuvor mit Wasser getränktes Tuch aufs Gesicht.

Während die beiden über Jockel sprachen und dabei jeweils einer der beiden sich das schützende Tuch auf Mund und Nase drückte, war die Mutter bereits auf der Suche nach ihren kleinen Kindern.

»Magda! … Engelbert! … Wo seid ihr?«, rief sie in Richtung des schräg gegenüber dem Gerberhaus liegenden Marktplatzes, auf dem die Kinder gerne spielten.

Da dieser öffentlich zugängliche und benutzbare Platz gut einsehbar war, gefiel er auch der Mutter als Spielstätte ihrer Kleinen. Wenn sie in wärmeren Jahreszeiten vor dem Haus auf dem Kogebänkle saß und Gemüse putzte, konnte sie ihren Nachwuchs gut im Auge behalten.

Hier kann meinen Lieben nichts Böses geschehen, war sie sich im Moment noch sicher, obwohl sie die beiden nirgends ausmachen konnte.

»Wo seid ihr? … Nun meldet euch doch!«

Die nun besorgte Mutter bekam keine Antwort.

Nachdem sie, ständig rufend, zum Marktplatz und von dort aus auch noch ein Stückchen in Richtung des oberen Dorfes geeilt war, kam schlagartig Unruhe über sie, obwohl sie wusste, dass sie dem zehn Jahre alten Engelbert vertrauen konnte. Der Bub würde die kleine Magda niemals allein lassen und auf sie achten, beruhigte sie sich selbst.

Während sie sich nach allen Seiten umblickte und nach ihren Kindern rief, begann sie zu frösteln. Sie schlug ihr Tuch enger um ihren Körper, eilte in Richtung des Hauses und daran vorbei, direkt zum dahinterliegenden Seelesgraben. Aus einer inneren Angst heraus ging sie zum Bachlauf hinunter zum direkt unterhalb ihres Hauses gelegenen Holzsteg, wo ihre Augen unablässig das leise vor sich hin gurgelnde Gewässer absuchten. Zuerst wollte sie dem Bachlauf noch bis zur übernächsten Brücke beim Marterl folgen, scheute sich dann aber, weil sie sich an den schrecklichen Tod des Braumeistersohnes Martin Allger, der dort vor geraumer Zeit gefunden worden war, erinnerte. So blieb sie auf dem Steg hinter ihrem Haus stehen und blickte von dort aus auf die Wasseroberfläche.

»Um Gottes willen!«, entfuhr es ihr.

Sie hielt erschrocken eine Hand vor den Mund. Es dauerte einen Moment, bis sie sich gefangen hatte und realisierte, was sie vorhin schon gesehen hatte, jetzt aber erst so richtig zu erkennen glaubte: Im gemächlich fließenden Gewässer schien eine Farbspur zu tanzen und stellenweise die Ränder des Eises zu beiden Seiten des Bächleins leicht einzufärben, rot einzufärben.

Das kann nur Blut sein! Aber mein Mann hat doch keine Felle zum Wässern aufgehängt, durchfuhr es die besorgte Mutter entsetzt. Sie redete sich ein, dass wohl jemand ein Tier geschlachtet haben musste, obwohl sie wusste, dass es in Staufen nur wenige Nutztiere gab, die man hätte schlachten können. Außerdem war dies ohne ausdrückliche Genehmigung des gräflichen Oberamtes sowieso verboten.

Sie folgte dem roten Faden in die Richtung, aus der er kam. Dabei achtete sie sorgsam darauf, ihren Blick keinen einzigen Augenaufschlag lang abzuwenden und den Faden wieder aufnehmen zu können, wenn dieser abgerissen schien. Aber die roten Schlieren waren an keiner Stelle unterbrochen. Es konnte lediglich sein, dass sie sich unter einem Stückchen der dünnen Eisdecke versteckten, um sich kurz darauf wieder zu zeigen. An jeder leichten Biegung war das Gewässer breiter, als dies an Stellen des Baches der Fall gewesen war, wo dieser sich einigermaßen gerade dahinschlängelte. Diese seichten Bachränder waren mit allerlei Moor und Pflanzen bewachsen. In ihrer Angst bildete sich Alma mittlerweile ein, dass sich ihre Kinder verletzt hätten und ertrunken sein könnten. Womöglich haben sie sich im Ufergestrüpp verfangen, schoss es der Mutter fahrig durch den Kopf, weswegen sie unaufhörlich nach ihren Kindern rief. Sie sah auf dem Boden einen Stock liegen, nahm ihn auf und zerschlug damit die dünne Eisdecke. Aufgeregt stocherte sie im moorigen Schlick herum – und dies wiederholte sich stets so lange, bis ihr wieder auffiel, dass die roten Schlieren immer noch da waren und bachaufwärts zwar schmäler, aber irgendwie satter wurden. Aus dem trüben Rotschleier wurde zunehmend eine kräftige rote Fahne, die sich mit dem Wasser des Baches zu vereinen schien.

Eindeutig: Das ist Blut! Was sonst? Aber beim Wässern von Tierhäuten ist doch nur höchstselten Blut im Spiel, … und wenn, dann nur wenig und dies auch nur ganz am Anfang, bevor die Häute auf die Pfähle gehängt werden, versuchte sie, sich einen Reim auf die Herkunft des Blutes zu machen, obwohl sie wusste, dass dies zumindest heute nicht vom Wässern kommen konnte, weil ihr Mann schon seit längerer Zeit im Haus war und die wertvollen Felle niemals allein ließ. Außerdem standen die Holzstangen von ihrem jetzigen Standpunkt aus in entgegengesetzter Richtung im seichten Wasser. In ihrer momentanen Verwirrtheit brachte sie alles durcheinander.

Alma Joswig vermutete das Allerschlimmste und rief immer wieder und immer lauter nach ihren Kindern, bekam aber nach wie vor keine Antwort. Mittlerweile war sie fast wieder auf Höhe ihres Hauses und nahm nun erst die vier Holzstangen, die ihr Mann und Alban mit Genehmigung des Immenstädter Oberamtes mitten in den Bach gerammt hatten, um mit deren Hilfe die Häute im ortsauswärts fließenden Gewässer zu reinigen, wahr. Aber es hing keine einzige Haut daran. Wie sollte es auch?, schalt sie sich eine Närrin. Sie ging zu ihrem an dieser Seite fensterlosen Haus zurück und daran vorbei zur Brücke, die über den Seelesgraben nach Kalzhofen führte. Sie legte sich auf die vereisten Holzbretter, um darunterblicken zu können. Aber sie sah nur noch rot, stand erschrocken so hastig auf, dass sie ausrutschte und mit voller Wucht auf ihren Steiß fiel. Der Schmerz ließ sie zwar laut aufschreien, aber nicht innehalten. Sie konnte jetzt nicht an sich denken, sie musste die Kinder finden. Also verscheuchte sie den Schmerz und suchte zitternd weiter das Gewässer ab. Dabei rief sie immer wieder nach ihren Kindern und zwischendurch auch nach ihrem Mann, der sie wegen der fehlenden Fenster und des Feuerprasselns aber nicht hören konnte.

Alma hatte sich schon wieder ein Stückchen bachauf von der Brücke und vom Haus entfernt, als sie endlich ihre Kinder sah. »Ich danke dir, Herr!«, murmelte sie, während sie sich hastig bekreuzigte. Die beiden standen wie angewurzelt neben einem umzäunten Kräutergärtlein vor einem weiteren, etwas schmäleren Holzsteg, der ebenfalls über den Seelesgraben führte. Die Kinder rührten sich nicht, sie starrten nur schweigend ins Wasser. Engelbert hatte einen Arm auf Magdas Schulter gelegt und sie fest an sich gedrückt. Anstatt sich glücklich zu fühlen – immerhin lebten ihre Kinder und schienen zudem unbeschadet zu sein – und sofort auf sie zuzurennen, klebte die Mutter ebenfalls wie erstarrt auf der verschneiten Wiese.

»Was tun sie da nur?«, fragte sie sich leise, bevor sie sich endlich aus der Erstarrung löste und den beiden entgegeneilte.

Als sie selbst sah, was ihre Kinder in diesen Zustand versetzt hatte, rannte die gleichsam besorgte, aber doch unendlich erleichterte Mutter auf sie zu, nahm die beiden an der Hand und zog sie sofort vom Bach weg.

»Kommt!«, sagte sie mit zitternder Stimme, ohne sich umzudrehen. »Wir gehen heim.«

»Da seid ihr ja endlich! Habt ihr euch nicht mehr nach Hause getraut? Kommt nur herein – es stinkt nicht mehr«, spöttelte der Vater spaßeshalber und wollte seine Kinder in den Arm nehmen. Aber er merkte sofort, dass etwas nicht stimmte.

Er schaute seiner Frau fragend in die weit aufgerissenen Augen. »Was ist los?«

Aber der Blick der Mutter gab keine Antwort und zum Sprechen war sie noch nicht in der Lage. Apathisch zog sie den Kindern die Handschuhe und die Kittel aus, was gar nicht so einfach war, weil sich die Händchen der beiden so fest aneinanderklammerten, dass sie die Mutter kaum lösen konnte. Sie streifte ihnen die Wollmützen von den Köpfen und setzte sie dicht vor den Kamin, aus dem es jetzt tatsächlich nicht mehr so stank wie noch die Hälfte einer Stunde zuvor. Stattdessen entließ der Ofen nun eine angenehme Wärme. Da sie im Moment nicht wusste, was sie den Kindern sagen, wie sie mit ihnen sprechen sollte, kniete sie sich vor die beiden und versuchte mit einem sanften Blick, die Starre in ihren Augen zu lösen. Nachdem ihr dies nicht gelang, drückte sie ihre Sprösslinge fest an sich. In der Hoffnung, dass sich das Entsetzen endlich in Form von Tränen Bahn brechen würde, streichelte sie unaufhörlich über ihre Haare und ihre von der Kälte geröteten Wangen. Wie schön wäre es jetzt, wenn ihr das Entsetzen aus euch hinausweinen oder herausschreien könntet, dachte sie und drückte aus Wut über ihre eigene Hilflosigkeit selbst ein paar Tränen heraus.

Ihr Mann und Albanus standen ebenso hilflos und dazu auch noch ahnungslos daneben.

»Ihr habt sicher Hunger?«, versuchte die Mutter, ihre Kleinen aus deren Lethargie zu reißen und aufzumuntern, konnte aber auch damit nicht die geringste Reaktion hervorrufen. Genau so, wie sie zuvor auf den Steg gestarrt hatten, starrten sie jetzt ins Feuer, dessen Farbe sie unweigerlich an das erinnerte, was sie soeben noch gesehen hatten. Engelbert hatte wieder schützend einen Arm um sein Schwesterchen gelegt, was der Mutter jetzt erst recht die Tränen in die Augen trieb und weswegen sie sich verschämt abwandte.

»Alma! Nun sag schon, was los ist«, flehte der Vater eindringlich, bekam von seiner Frau aber anstatt einer Antwort nur ein kräftiges Schnäuzen zu hören.

Ohne ihrem Mann zu antworten, wandte sich die bewundernswert besonnene Frau ihrem Ältesten zu. »Alban, komm her!«, befahl sie in fast harschem Ton.

Ihr ältester Sohn war erleichtert darüber, dass sich die Starre zu lösen schien und er seiner Mutter – wie auch immer – helfen konnte. »Ja, Mutter, was kann ich für dich tun?«

Da sie selbst gemerkt hatte, sich im Ton vergriffen zu haben, entschuldigte sie sich und drückte Albanus an sich. Während sie ihren Kopf dicht an den ihres Sohnes brachte, flüsterte sie ihm ins Ohr, dass er mit den kleineren Geschwistern reden und sie unterhalten, sie um Gottes willen aber ja nicht danach fragen sollte, was geschehen sei oder was sie gesehen hätten. »Versprich mir das! Ich erkläre es dir später. Außerdem wirst du es schneller mitbekommen, als dir lieb ist. Und jetzt frag nicht, sondern tu, was ich dir aufgetragen habe!«, drängte sie noch, nachdem sie einen völlig verdutzten Ausdruck im Gesicht ihres Sohnes wahrgenommen hatte.

Da sie denselben Blick im Gesicht ihres Mannes sah, zog sie ihn beiseite. »Zieh dir etwas über … und beeil dich!«

Während er achselzuckend seinen Kotzen holte und in seinen wertvollsten Schatz – lederne Stulpenstiefel – schlüpfte, brachte sie ihren beiden Kleinen ein paar getrocknete Pflaumen, die sie ansonsten zwar liebten, heute aber ausdruckslos entgegennahmen und sie so in ihren Händchen liegen ließen, wie sie die Mutter ihnen hineingelegt hatte. Sie konnten sich diesmal nicht darüber freuen.

»Mutter! … Was …?«

»Nicht jetzt, Alban! Tu einfach, was ich dir gesagt habe … Alles andere dann, wenn ich wieder zurück bin«, knurrte die sichtlich angeschlagene Frau.

»Wo … wo gehst du hin?«

Da er jetzt auch seinen Vater winterfest gewandet sah, präzisierte er seine Frage: »Wo geht ihr beide hin?«

»Wir sind bald wieder zurück«, versprach die Mutter und zog ihren Mann aus dem Haus, zum Seelesgraben hin.

Während sie den Weg in Richtung des bewussten Holzsteges vorgab, sprach sie kein Wort und ihr Mann wagte nicht länger zu ergründen, um was es überhaupt ginge. Er war bereits auf eine unangenehme Überraschung gefasst.

»Oh! Einer der Pfähle steht schief. Aber das ist doch nicht schlimm«, sagte der Gerber, der glaubte, dass seine Frau ihm dies zeigen wollte. »Ich werde ihn gleich im Frühjahr neu einrammen – nicht dass mir deswegen ein Fell davonschwimmt.«

Anstatt zu antworten, dirigierte ihn seine Frau an den Wasserpfählen vorbei zum Steg. Dort angekommen, erblickten sie, was die Kinder derart erschreckt hatte, dass sie immer noch wie gelähmt waren. Der Gerber erkannte die Situation sofort: »Jetzt weiß ich, was mit euch los ist: Die Kinder haben ihn gefunden … Stimmt's?«

Seine Frau nickte nur und bekreuzigte sich. Sie sahen sich ratlos an.

»Alma, geh du zu den Kleinen zurück und schick Alban zum Ortsvorsteher und zum Pfarrer!«

»Aber Hermann und der Propst sind doch in Immenstadt, um Jockel Mühlegg beizustehen«, gab seine Frau – die trotz alledem den Überblick bewahrt hatte – zu bedenken.

»Na klar! Ich Simpel. Das habe ich vergessen. Aber der Kastellan ist doch wohl da?«

»Das weiß ich nicht. Ich habe ihn das letzte Mal auf dem Marktplatz gesehen, als der berittene Bote aus Immenstadt hier war.«

»Dann schick Alban zu Melchior Henne. Der wohnt gleich in der Nähe und ist einer der vernünftigsten Männer Staufens. Er soll sofort hierherkommen.«

»Ja!«, sagte die Frau knapp und war froh, diesen Platz des Grauens schnell wieder verlassen und zu ihren Kindern gehen zu dürfen.

»Ach, noch etwas …«

Alma Joswig drehte sich erschrocken um.

»Hast du dies hier so vorgefunden oder hast du etwas verändert?«, rief er ihr noch zu und bekam ein Kopfschütteln zur Antwort.

Knut Joswig war zwar entsetzt von dem, was er sah, betrachtete es sich aber dessen ungeachtet ganz genau. Damit er es besser inspizieren konnte, lief er bis zum nächsten Holzsteg zurück, um auf die andere Seite des Baches zu gelangen. Wieder zurück, sah er, woher die Unmengen von Blut gekommen waren, die seine Frau und wahrscheinlich auch seine Kinder gesehen hatten.

»Melchior! … Gott sei Dank, dass du da bist!«, rief der Gerber dem jungen Leinweber zu, als er ihn zusammen mit Albanus heranhasten sah.

Es dauerte ein Weilchen, bis sich alle vom ersten Schrecken erholt hatten und dazu in der Lage waren, ein gemeinsames Gebet zu sprechen.

»Schon wieder ein Toter!«, stellte der Gerber unnötigerweise fest. Dabei zeichnete er andächtig das Kreuz so ordentlich auf seine Stirn, den Mund und die Brust, als wenn es die Zeiten überdauern sollte.

»Und er ist nicht von selbst gestorben«, ergänzte Melchior ebenso unnötigerweise, weil man dies unschwer erkennen konnte.

Vor sich sahen sie einen Toten, dessen mittlerer Körperteil mit dem Gesäß nach unten quer am Rande des Holzsteges lag und dessen Kopf und Oberkörper rücklings zum Bach hinunterhingen. Auf seinem oberen Körperteil lag dessen Kotzen, der von den Oberschenkeln nach oben hin fast alles bedeckte. Augenscheinlich war das Teil bewusst ordentlich auf dem Toten drapiert und nur vom Wind wieder etwas durcheinandergebracht worden. Darunter lugte ein Arm hervor, der bis in den Bach reichte und sich durch die Strömung so bewegte, als wenn er zum Abschied winken wollte. Das Blut allerdings, das jetzt kaum noch in den Bach tropfte, konnte aber weder vom Kopf noch vom herunterhängenden Arm stammen.

»Hilf mir!«, bat der immer noch fassungslose Gerber den um einige Jahre jüngeren Leinweber und griff sich den Stock, den seine Frau zuvor hatte liegen lassen, was er natürlich nicht wissen konnte. Während er sich vom Ufer aus so weit vorlehnte, um mit dem Stock das Gewandteil anheben und vom Toten ziehen zu können, wurde er von Melchior festgehalten, damit er nicht in den Bach fallen konnte. Nach mehreren erfolglosen Versuchen gelang es dem Gerber mit einem Ruck, den gewirkten Wollstoff hochzuschlagen und dadurch das Gesicht des Toten freizulegen. Daraufhin wussten die drei nicht, was sie jetzt mehr entsetzen sollte: War es die Tatsache, dass sie in dem Toten einen der Ihren, den Schuhmacher Hanspeter Burger, erkannten? Oder war es der schreckliche Anblick des fehlenden linken Armes, der dem Anschein nach stümperhaft und wohl auch in aller Eile abgetrennt worden war?

Albanus trat auf den Steg und zog entschlossen den Kotzen ganz vom Toten.

»Heilige Maria und Jesus!«, schrie der Gerber, als sie sahen, dass dessen Oberschenkel am Steg festgenagelt waren.

»Vermutlich, damit er nicht in den Bach fällt«, folgerte Melchior trotz des Schrecks sachlich.

»Aber wer in Gottes Namen nagelt einen Menschen auf einen Holzsteg, nur damit dieser nicht ins Wasser fällt?«, fragte Albanus.

»Vielleicht, weil er nicht vom Wasser mitgerissen werden sollte, damit man ihn hier finden konnte?«

Nachdem die drei den Toten beherzt aus seiner unnatürlichen Lage befreit, an den Rand des Baches gelegt und wieder mit dessen Kotzen zugedeckt hatten, überlegten sie, was jetzt zu tun sei.

Melchior bat Albanus, in die Werkstatt seines Vaters zurückzueilen, um Werkzeug zu holen, mit dem sie den Toten von den zwei Handbreit langen Nägeln befreien konnten – ein mühsames und mehr als unangenehmes Unterfangen, das ihre seelischen Kräfte bis zur Erschöpfung strapazierte, weswegen sie mehrere kurze Pausen einlegen mussten. Aber irgendwie schafften sie es dann doch, die selten großen Nägel aus den Oberschenkeln und dem Holz zu ziehen und dabei die Würde des Toten nicht verletzt zu haben. Nun konnten sie den toten Schuhmacher vom Steg herunterholen und auf Melchiors Geheiß hin auf den Bauch drehen. »Wie ich es mir gedacht habe: Man hat ihn rücklings erstochen.«

Nachdem sie Hanspeter Burger wieder auf den Rücken gelegt hatten, untersuchte Melchior dessen Überwurf, indem er mit dem Finger in einem Loch bohrte: »Wie ich gesagt habe: Von hinten!«

Als die Kirchturmuhr dreimal zu schlagen begann, war gerade jeder in seinen eigenen Gedanken gefangen. Sie wussten zwar noch nicht, wie sie mit dem grausigen Fund weiter verfahren sollten, waren aber schon dabei, den Bach und das Ufer nach dem fehlenden Arm abzusuchen.

Plötzlich schoss es aus Melchior heraus wie aus einer geladenen Muskete: »Jockel!«

Die beiden anderen erschraken darüber, wie sie so unvermittelt aus ihren Gedanken gerissen worden waren, und schauten Melchior verdutzt an. »Ja, ja. Das ist auch so ein bedauernswerter Tropf. Wahrscheinlich hat man ihn schon geköpft oder gehängt«, bemerkte der Gerber mit ernsthaftem Mitgefühl in der Stimme.

»Nein! Verstehst du denn nicht?«, rief Melchior und packte Knut Joswig beschwörend an dessen Kotzen, während er ihm eindringlich in die Augen starrte.

Wie sein Vater, zuckte auch der Sohn mit der Schulter. Sie hatten beide nichts verstanden.

»Denkt doch mal nach: Der Immenstädter Bote hat gesagt, dass Melchior heute um die sechste Stunde hingerichtet wird!«

»Na und? Ob er ein paar Stunden früher oder später stirbt, ist doch wohl einerlei. Wir jedenfalls können ihm nicht helfen«, bemerkte der Gerber mit nun resignierend wirkender Stimme.

»Eben doch! … Vielleicht können gerade wir sein Leben retten!«

Jetzt sprudelte es nur so aus Melchior heraus. Er deutete auf die Leiche: »Das hier ist der dritte Tote! … Stimmt's? Der Dritte, den man grausam verstümmelt hat: Bei Martin Allger waren es die Augen. Bei Markus Hagspihl der rechte Arm … und bei Hanspeter hier ist es der linke Arm. Außerdem waren alle drei mit ihren eigenen Gewandungen zugedeckt worden. Und sie waren von hinten erstochen worden. Zudem waren sie allesamt so abgelegt worden, dass ihre Oberkörper zur Dorfmitte wiesen.«

Melchior stellte sich nochmals vor, wie Hanspeter auf dem Steg gelegen hatte, und zeichnete dies mit seinen zwei Handflächen nach. »So war es auch hier der Fall. Deswegen hat man ihn angenagelt.«

»Weswegen?«

»Na, weil er in dieser Position, die genau zur Dorfmitte gewiesen hat …«, Melchior streckte einen Arm und eine Handfläche aus und wies dorthin, »verbleiben sollte, bis man ihn findet …, die Lage der Toten hat mit Sicherheit etwas zu bedeuten.«

»Aber was?«, überlegte der Gerber laut, ohne dass ihm dazu etwas einfallen mochte.

Melchior bückte sich, schlug den Kotzen zurück und begutachtete die Finger der verbliebenen Hand des Leichnams. Dabei streckte es ihn und er musste sich erst einen Moment erholen, bevor er weitersprechen konnte: »Die Daumen sind nicht zerquetscht«, stellte er fest.

»Was meinst du denn damit?«, fragte Albanus interessiert.

Melchior wandte sich kurz ab und entschleimte sich. »Entschuldigt! … Lodewig hat mir erzählt, der Medicus habe beim zweiten Toten vermutet, dass es sich um eine ›Blutanklage‹ handeln könnte.«

»Um was?«, unterbrach Albanus, der noch nie davon gehört hatte.

Nachdem Melchior schnell erklärte hatte, was damit gemeint gewesen war, stellte er fest, dass man damals irgendwie davon abgekommen sei, die Sache jetzt aber wieder anders aussehen könnte, weil bei allen drei Ermordeten mindestens drei, wenn nicht vier Übereinstimmungen nachzuweisen wären. Er nahm seine Finger zu Hilfe: »Erstens: Der Todesstich von hinten! – Zweitens: Das fehlende Körperteil! – Drittens: Die zum Ortsmittelpunkt weisende Lage des Toten! – Viertens: Das merkwürdige, fast irgendwie sanft anmutende Abdecken des Oberkörpers! … Ach ja, noch etwas: Sie haben alle ungefähr dasselbe Alter … gehabt.«

»Noch was?«, unterbrach der Gerber interessiert, während Albanus' Augen den Bachlauf nach dem verschwundenen Arm abzusuchen begannen. Melchior betrachtete den Leichnam besorgt: »Bei allen drei Toten handelt es sich um junge Burschen, so wie du einer bist, Alban … Um Staufner, die sich für ein Amt in der Fahnenkompanie bewerben.«

»Aber du bist doch auch in unserem Alter, … nur ein bisschen älter. Außerdem schere ich mich nicht um diese merkwürdige Fahnenstiftung«, wollte Albanus wenigstens einen Teil dieser drohend klingenden Feststellung mit Melchior teilen.

»Na ja, ein bisschen älter als ihr bin ich wohl doch! Und auch ich möchte weder Fähnrich noch sonst etwas werden. Aber dies tut jetzt nichts zur Sache«, antwortete Melchior und erklärte den beiden, dass der letzte Mord erst heute stattgefunden habe und dass es Jockel Mühlegg nicht gewesen sein konnte, weil dieser zur Tatzeit – die wegen des frischen Blutes höchstens vor ein, zwei Stunden gewesen sein konnte – nachweislich in Immenstadt war.

»Das heißt …?«

»Dass Jockel Mühlegg unschuldig ist!«, freute sich Melchior und strahlte dabei trotz der traurigen Situation, in der sie sich gerade befanden, übers ganze Gesicht. »Ich fasse es nicht: Unser Jockel kann tatsächlich nicht der Mörder von Hanspeter sein. Dann … dann hat er die anderen beiden auch nicht umgebracht«, sinnierte er noch.

»Und wir haben dies herausbekommen!«, freute sich Albanus, der sich jetzt so fühlte, als wenn er darauf gekommen wäre.

Jockel Mühlegg indessen konnte sich über diese neue Erkenntnis nicht freuen. Nicht nur, weil er nichts davon ahnen konnte, sondern weil er stattdessen wusste, dass es jetzt bitterernst werden würde. Im Moment war er hinter dem Richterpodest an zwei der Holzpfosten angekettet und wurde zudem auch noch von den beiden Henkersknechten bewacht.

»B… bitte!«, brachte er mühsam hervor und konnte dem Carnifex – nachdem dieser ihm unbemerkt einen Schluck Wasser zu trinken gegeben hatte – gerade noch zu verstehen geben, dass die wohltuend lähmende Wirkung der Blätter und der Pillen nachließe.

Um seine Knechte abzulenken, wies ihnen der Carnifex eine andere Arbeit zu und blickte sich vorsichtig um; er wollte Jockel unbemerkt zwei der beruhigenden Pillen und danach ein paar schmerzlindernde Blätter in den Mund schieben.

»Schaffst du es überhaupt noch, sie zu schlucken beziehungsweise zu zerkauen?«, fragte er leise und bekam ein kaum sichtbares Kopfschütteln zur Antwort, worauf sich der Carnifex die Blätter selbst auf die Zunge legte, um sie mit seinen Zähnen zerkleinern und mit Speichel aufweichen zu können. Er drückte Jockel zwei Pillen in den Mund und flößte ihm Wasser ein.

»Verdammt noch mal, schluck endlich!« Als er dies sagte, blickte er sich vorsichtig nach allen Seiten um.

Dann nahm er den angekauten Brei aus seinem Mund, spuckte den Rest aus und steckte dem Todgeweihten den Breiklumpen in den Mund. »So, Jockel, jetzt müsste es gehen: Du kannst jetzt lutschen. Versuch trotzdem, so gut es geht, darauf herumzukauen.« Dabei strich er ihm fast zart übers Gesicht, bevor er mehrmals ausspuckte, damit der Brei nicht auch noch seine Wirkung bei ihm entfalten konnte. »Das wird dir in der Stunde der Not helfen.«

Ein kurzer und kaum erkennbarer Blick, den Jockel durch ein leichtes Nicken begleitete, sollte dessen Dankbarkeit dokumentieren.

»Du bist wirklich ein tapferer Bursche«, sagte der Carnifex anerkennend und fuhr Jockel auch noch durchs verlauste Haar. »Du hast es bald hinter dir.«

Während der Verzweifelte unter Schmerzen versuchte, den vorgekauten Brei weiter zu zermahlen und unter seine Zunge zu bringen, weil er nicht vergessen hatte, warum er dies tun sollte, begann der Carnifex mithilfe seines Sohnes Lucki, sich auf die Arbeit vorzubereiten.

Die nach der Urteilsverkündung ungefähr eine Stunde sich selbst überlassene Menschenmenge war inzwischen unruhig geworden; insbesondere, da ihnen die aufziehende Kälte zu schaffen machte. Da der Richter mit Genehmigung des Grafen Königsegg Händler mit Bauchläden untersagt hatte, gab es auch keine getrockneten Früchte, Schmalzbrote oder andere essbare Dinge zu erwerben – auch keine Naschereien für die zunehmend quengelnden Kinder, geschweige denn wärmenden Schnaps, Bier oder Wein, deren Genuss dem gemeinen Volk an diesem Tag innerhalb der Stadtmauer von allerhöchster Stelle verboten worden war, damit es nicht auf dumme Gedanken kam. Und gerade derjenige, von dem dieses Verbot ausgesprochen worden war, hatte sich in der »Verhandlungspause« in sein herrschaftliches Speisezimmer zurückgezogen und es sich im Kreise seiner illustren Gäste gut gehen lassen. Wenn da nicht die Gaukler, Komödianten, Possenreißer und Musikanten auf dem Marktplatz gewesen wären, hätte es auch ohne Alkohol schnell zu Problemen kommen können. So aber konnte das Volk während der Pause vortrefflich bei Laune gehalten werden und alles war friedlich geblieben. Jetzt aber vermochten es die ungefähr 700 bis 900 Gaffer nicht mehr zu erwarten, bis das von Richter Waldvogel ausgesprochene Urteil endlich vollstreckt werden würde.

Als das Hohe Gericht mit vollen Mägen und wegen des kräftigenden Dunkelbieres zudem mit leicht glasigen Augen das Podest betrat und der Zeremonienmeister mit seinem Marschallstab öfter, als es die Etikette eigentlich zuließ, auf den Boden stampfte, wurde es so nach und nach still.

Im Vergleich zur vorhergegangenen Gerichtsverhandlung, die bei schönstem Sonnenschein in Gottes freier Natur hatte stattfinden können, hatte sich die Wetterlage zur Vollziehung des Rechtsaktes hin total verändert. Die Sonne hatte sich angeschickt zu verschwinden – gerade so, als wenn sie das kommende Elend nicht sehen wollte. Dadurch war es nicht nur dunkler, sondern auch merklich kühler geworden. Wohl dem, der dicke Filz- oder Lederstiefel trug und einen warmen Wollmantel mitsamt Schal dabeihatte.

So nach und nach erhellte sich die Szenerie wieder – zumindest kam jetzt Bewegung in die Sache: Überall postierten sich Lakaien, niedere Beamte und Wachsoldaten mit Fackeln. Aus Gründen des Feuerschutzes hatte Oberamtmann Speen für diese Art der Beschäftigung allerdings nur persönlich bekannte Immenstädter ausgewählt.

Zu beiden Seiten des Richtertisches standen riesige eiserne Leuchter mit unzähligen Kerzen darauf, die man aus St. Nikolaus herausgeholt und hierhergebracht hatte. So leistete auch die Kirche ungewollt ihren Beitrag zu diesem widerlichen Spektakel. Auf dem Richtertisch sorgten zwei fünfarmige Kerzenleuchter und drei dazwischenstehende dicke Kerzen für ein wahres Lichtermeer. Und um den Richtplatz herum standen ebenso viele »Feuergitter« bereit wie vor den Amts- und Bürgerhäusern, die den Marktplatz umsäumten. Sogar in nördlicher Richtung, wo keine Häuser den Platz abschlossen, hatten Speens Helfer dafür gesorgt, dass wärmende Lichtquellen in Form eisengeschmiedeter Feuergitter vorhanden waren, wenn diese benötigt wurden. Da an diesem Tag die Ausführung eines einzigen Rechtsaktes genügen sollte, wurden die Feuergitter erst jetzt mit dicken Holzscheiten gefüllt. Der Oberamtmann wollte dadurch vermeiden, dass die Menschen zum Holzdiebstahl verleitet wurden, noch bevor die Holzscheite entzündet worden waren.

»Was würde es gerade an diesem Tag für einen Sinn machen, wenn wir mehreren Dutzend Dieben die Hände abschlagen müssten. Dem Volk wird sowieso schon genug geboten«, hatte der umsichtige Beamte, der ein Gegner jeglichen Sensationsgehabes war und zudem für den Brandschutz verantwortlich, zum Führer der Löschknechte gesagt. Er hatte die Männer nicht nur mit ledernen Wasserkübeln ausstatten lassen, sondern jedem von ihnen auch noch einen Dolch mitsamt Scheide und Gürtel aus dem *Pulverturm*, wo die Waffen des gräflichen Kreiskontingentes gelagert waren, aushändigen lassen, damit diese nicht nur dem Feuerteufel, sondern auch Holzdieben entgegentreten und bei Ausschreitungen dazwischengehen konnten. Derart bewaffnet, kamen sich die Feuerknechte nicht nur wie etwas Besonderes vor, sondern konnten für absoluten Brandschutz sorgen – zumal zu jedem von ihnen ein junger Bursche als Helfer abgestellt wurde. Außerdem standen mit den üblicherweise über allen Stadttoren hängenden und stets gefüllten Lederbehältnissen genügend Löschkübel zur Verfügung.

Nachdem die Holzscheite in den Feuergittern sich mit Feuer vollgesogen hatten, war der Immenstädter Marktplatz in ein gruseliges Licht gehüllt. Die an den Hauswänden hochtanzenden Schatten erinnerten fast an einen Hexensabbat – insbesondere, da die Feuergitter fast kreisrund um das Geschehen herum platziert worden waren und sich das heiß ersehnte Ereignis jetzt – nach der Gerichtsverhandlung – so ziemlich in der Mitte des großen Platzes abzuspielen begann.

Ich habe wirklich alles gut organisiert. Eigentlich schade, dass es bald vorbei sein wird, dachte Waldvogel sich erneut und ließ das diesbezügliche Lob, das er im ansonsten menschenleeren *Goldenen Adler* von seinen Beisitzern bekommen hatte, auf sich wirken, während er dem Treiben unter sich genüsslich zusah.

»Hoo, hoo! … Hoo, hoo!«, riefen die vier Rossknechte abwechselnd, während jeder von ihnen eines der locker zusammengeschirrten Pferde am Zaumzeug festhielt und vom gräflichen Marstall herunter zum Richterpodest hinführte. Dabei machten die Kaltblüter ihrem Namen alle Ehre. Sie ließen sich weder vom stetig zunehmenden Lichtermeer noch vom immer lauter werdenden Lärm der vielen Menschen aus der Ruhe bringen.

»Ich habe doch gesagt, dass wir keine Ochsen brauchen und es die ›Noriker‹ auch tun«, sagte der erfahrenste unter den vier Rossknechten, von denen die Pferde zum Richtplatz geführt wurden. Er wusste, dass diese Rasse bereits um 15 nach Christus herum – als römische Legionen den Alpenvorraum erobert hatten – ins Allgäu gelangt waren und dort seither als vielseitig einsetzbare Arbeitspferde gehalten wurden. Aufgrund ihrer Trittsicherheit gaben sie auch bei Holzrückarbeiten in den steilen Wäldern des gräflichen Forstes eine gute Figur ab. Der alte Rossknecht wusste auch, dass es besonders kräftige Pferde waren, die sich nicht zuletzt deswegen fast ebenso für die grausamste Art aller Hinrichtungen eigneten wie Ochsen – wenngleich ihm klar war, dass Ochsen bei Vierteilungen gemäßigter anzogen als die oftmals unruhigen oder gar scheuenden Pferde, weswegen Vierteilungen durch gehörnte Rindviecher in der Regel meisterlich gelangen, was nichts anderes hieß, als dass der Körper des Delinquenten sauber in vier Teile gerissen wurde, weil sich die bulligen Tiere durch nichts aufhalten oder ablenken ließen und deswegen einen gleichmäßigen Schritt hatten. Aber dies war nicht das Problem des Richters, das Risiko lag ausschließlich aufseiten Sebastian Deiblers.

»Hooo! … Weiter! … Hooo, habe ich gesagt!«, rief der erste Fuhrknecht und zog seinen nun doch unruhig schnaubenden Noriker nach rechts.

Die Rossknechte bahnten sich mithilfe der stämmigen Vierbeiner ihren Weg durch die Menschenmenge direkt zum Podest, wo das Hohe Gericht bereits auf sie wartete. Mit Unterstützung einiger Soldaten sorgten die Gerichtsweibel dafür, dass das Vierergespann Platz zum Wenden hatte und sich direkt vor dem Podest postieren konnte – eine Schau, die unnötig gewesen wäre, Waldvogel aber ausnehmend gut gefiel.

Um die neugierigen Gaffer, die genau wussten, was jetzt kommen würde, zu beruhigen, musste der Zeremonienmeister wieder seinen Marschallstab bemühen.

»Das Hohe Gericht!«, rief er und trat mit so ehrerbietig verneigtem Haupt zurück, dass ihm der große, steife, aus Biberfilz hergestellte Hut mit der herunterhängenden Straußenfeder vom Kopf fiel.

Der Richter und die anderen erhoben sich von ihren Sitzen. Auf dem Platz unten war es recht still. Einen Moment lang konnte man nur das Schnauben mittlerweile aller vier Pferde hören. Deren Nüstern verließ ein dampfendes Atemgemisch, das auf eine zunehmend kälter gewordene Temperatur hindeutete. Ob die Frauen ihre Männer umklammerten, weil sie froren, oder ob sie dies taten, weil ihnen jetzt doch irgendwie vor dem graute, was sie gleich miterleben würden? So oder so fröstelten sie. Von weiter Höhe trieb der aufkommende Wind das verwaschene Krächzen von inzwischen mehr als drei Dutzend Aaskrähen herunter.

»Carnifex!«, rief Richter Waldvogel seinen Vollstrecker so laut zu sich, dass er sicher sein konnte, dass sich jetzt niemand mehr rühren würde und er die Aufmerksamkeit aller – auch die des Grafen und der Gnädigen – auf seiner Seite haben würde. Nur ein Balg heulte inmitten des großen Platzes. Durch seinen Ruf hatte Waldvogel sogar die Krähen, die sich auf dem Dach des Schlosses zu versammeln begonnen hatten, aufgeschreckt und vertrieben – zumindest für den Moment.

»Und nun bringt uns den Verurteilten!« Der Richter hatte zuvor überlegt, ob er den Verurteilten »sich« oder »allen« bringen lassen sollte. Da die Sache bisher so gut verlaufen war, zeigte er sich gönnerhaft und benutzte das Wort »uns« anstatt »mir«. Dadurch hatte er nicht nur – was er in seiner Aufregung fast vergessen hätte – die gräfliche Familie, sondern auch das Volk mit einbezogen und es in irgendeiner Weise dem Gericht sogar gleichgestellt.

Während er sich diesbezügliche Gedanken machte, war es noch stiller geworden. Die Vögel waren verschwunden und der Balg hatte ebenfalls aufgehört zu krähen.

Dumpfer Trommelschlag zerriss die Stille. Es war ein halb so langsamer Takt wie der sowieso schon kaum erträglich langsame militärische Marschschlag, mit dem der Gefangene zum Richterpodest gebracht worden war. Aber auch hierbei hatte sich Waldvogel etwas gedacht: Es sollte symbolisch den sich verlangsamenden Herzschlag des inzwischen zum Tode Verurteilten andeuten –

immerhin rückte der Zeitpunkt, an dem das Herz des Zweifachmörders zu arbeiten aufhören würde, Schlag für Schlag näher. Waldvogel war fürwahr ein Meister der Inszenierung. Zwischen den Trommelschlägen konnte man das Geknarze der hölzernen Podesttreppe hören. Zumindest diejenigen, die ganz vorne standen, hörten den Carnifex, noch bevor sie ihn kommen sahen. Und dann gefror ihnen das Blut in den Adern. Schon als die Spitze von Deiblers verwaschen-rötlicher Kapuzenmaske auftauchte, bekreuzigten sich viele der Gaffer. Das grobe Leinen der Larve war ursprünglich knallrot gewesen, hatte aber im Laufe der Zeit und aufgrund der vielen Nutzung und des damit verbundenen Schweißes ihres Trägers seine ursprüngliche Farbe so ziemlich verloren, weswegen sie nur noch rötlich wirkte. Dies tat ihrer angsteinflößenden Wirkung allerdings keinen Abbruch.

Als der Carnifex das Podest betrat, schauderte es die Menschen. Seine starken Unterarme hatte er in nietenbesetzte Ledergamaschen gesteckt und vor der breiten Brust verschränkt. Standesgemäß postierte er sich mit auseinandergegrätschten Beinen, was irgendwie etwas Entschlossenes an sich hatte. Trotz der kalten Jahreszeit hatte Deibler seinen neuen Koller aus feinstem Rindsleder angelegt. Da er sich dieses Teil erst vor Kurzem hatte maßschneidern lassen und es vor ihm noch niemand getragen hatte, war es noch in der von Deibler ausgewählten Farbe. Und welche Farbe wäre da wohl – außer blutrot – infrage gekommen? Das kurz geschnittene, fast taillierte und ärmellose Teil ähnelte eher einer Weste, was seine extrem ausgeprägte Oberarmmuskulatur gut zur Geltung brachte und ihn selbst wie einen Baumstamm aussehen ließ. Die Beine waren von schwarzen, pludernden Beinlingen, die nur lose über seiner Bruche hingen, bedeckt. Er hatte sie an einem Strick, den er sich unter dem Koller um die Hüfte gebunden hatte, befestigt. Diese hierzulande ungewöhnliche Beingewandung hatte er bei einem jungen Mohren gesehen, der ein Straußenfeder schwingender Lakai bei einem der hochrangigen muslimischen Gäste des Grafen gewesen war. Seither durfte auch der Zeremonienmeister eine dieser wertvollen Straußenfedern sein Eigen nennen. Und da Sebastian Deibler Gefallen an dieser pludrigen Beingewandung gefunden hatte, war er auf den Gedanken gekommen, eine Zeichnung anzufertigen und einer weit über die Grenzen des Allgäus hinaus bekannten Martinszeller Näherin zu bringen, die schon tags darauf zuerst die Elle zum Abmessen, dann die Zuschneideschere und natürlich Nadel und Zwirn zum Einsatz gebracht hatte. Da sie den teuren Seidenstoff ausnahmsweise und zufällig vorrätig gehabt hatte, war der Rest kein Hexenwerk und die ungewöhnliche Beingewandung schon ein paar Tage später fertig gewesen. Dazu mochte auch beigetragen haben, dass die Näherin den Carnifex hatte schnell wieder loswerden wollen. Zumindest in nord- und mitteldeutschen Landen dürfte kein Nachrichter derart individuell und auffällig gewandet gewesen sein wie der rothenfelsische Carnifex Sebastian Deibler, der stolz auf sein markantes Unikat war.

Obwohl die meisten Immenstädter Sebastian Deibler persönlich kannten und viele von ihnen sogar schon dessen Gesundheitsdienste in Anspruch genommen hatten, waren auch sie von seinem Anblick wie gebannt. Es zählte nur der Moment, und dieser Moment war für alle gruselig, undurchsichtig und lähmend. Viele der auswärtigen Besucher, denen Deibler fremd war, empfanden dessen Aussehen noch beängstigender, als es die Immenstädter taten: Sie hatten für einen Augenblick sogar Angst, Angst davor, dass sie es sein könnten, mit denen sich der Unheimliche gleich zu befassen gedachte, weswegen sie selbst niemals gedachten, ausgerechnet heute Holz zu stehlen. Gerade diese speziell rothenfelsische larvenartige Kapuzenmaske jagte ihnen mehr als Respekt ein. Sie konnten nicht ahnen, dass sich darunter ein höchst gutmütiger und trauriger Gesichtsausdruck verbarg. Der gesichtsähnliche Ausdruck der Maske hingegen schien einen fröhlichen Akt anzukündigen. Anders als in anderen Städten, bestand die Kopfbedeckung des hiesigen Nachrichters nicht nur aus einem zusammengenähten Stück Leder oder Leinen, in das man zwei Sichtlöcher geschnitten hatte. Die obere Gesichtspartie bestand aus einem fast künstlerisch hauchdünn geschlagenen Stück Eisen, in das reliefartige, verschmitzte Gesichtszüge getrieben worden waren und das – rund herum mit kleinen Löchern versehen – auf den Rupfen genäht worden war. Über einem auffällig aus diesem Stück Metall getriebenen Zwirbelbart zeigten sich schlitzartige Augen, die zu lachen schienen, was durch die hochgezogenen Stirnfalten auch noch unterstrichen wurde. Sollte dies den zufriedenen Gesichtsausdruck des Sieges der Gerechtigkeit symbolisieren? Niemand wusste es. Unter vorgehaltener Hand wurde lediglich darüber gescherzt, dass der Schnauzbart dem regierenden Grafen in dessen Eigenschaft als Herr über Recht und Gesetz nachempfunden worden sei, was natürlich ausgemachte Narretei war. Diese Kapuzenmaske hatte es schon lange, bevor Hugo zu Königsegg die Regentschaft über Rothenfels und Staufen übernommen hatte, gegeben. Sie wurde zusammen mit dem montfortischen Richtschwert seit Generationen von einem Nachrichter auf den anderen übergeben. Mittels der von Anbeginn als »Trauriges Buch« bezeichneten Schrift, in die seit ewigen Zeiten über sämtliche Aktionen mehr oder weniger akribisch Aufzeichnungen eingetragen worden waren, konnte Sebastian Deibler sechs Nachrichtergenerationen, die diese besonders auffällige Maske bei der Ausübung ihrer »unehrlichen« Tätigkeit getragen hatten, namentlich dokumentieren; also musste es die Maske schon vor ungefähr 120 Jahren gegeben haben. Und damals war nicht der schnauzbärtige Hugo zu Königsegg, sondern Wolfgang von Montfort der Landesherr im rothenfelsischen und Staufner Gebiet – und der hatte keinen Schnäuzer, sondern einen Vollbart getragen.

Als der Trommelschlag verstummt war, wussten die Leute, dass es weiterging, weswegen sie ihre Hälse noch mehr in Richtung des im wahrsten Sinne des Wortes »Hohen« Gerichtes reckten. Als der Verurteilte auf das Podest geschleift wurde, brandete so lautes Geschrei auf, dass das Gezetere eines betuchten Sonthofener Bürgers, dem soeben der Geldbeutel abgeschnitten worden war, unterging.

»Ruhe!«, schrie der Zeremonienmeister mehrmals und befürchtete dabei, das äußere Zeichen seines Amtes durch den Holzboden zu stoßen. Aber seine Sorge war unbegründet; der Marschallstab war von ebenso guter Qualität wie die Bodenbretter und hielt die kräftigen Stöße unbeschadet aus.

Nachdem Ekkehard van der Heye das Friedgebot verlesen und das weitere Prozedere erläutert hatte, warnte er eindringlich davor, den Carnifex bei dessen Arbeit zu stören und – sollte wider Erwarten etwas Unvorhergesehenes geschehen oder die Hinrichtung sogar misslingen – selbst Hand an den Verurteilten zu legen.

»Sollte dies dennoch der Fall sein, werden die Schuldigen noch an Ort und Stelle das gleiche Schicksal erleiden, wie es Jockel Mühlegg zugedacht ist. Und sollten die Schuldigen nicht ausfindig gemacht werden können, weil ihr glaubt, dass euch die Masse an Menschen um euch herum schützt, werdet ihr alle …«, er strich mit dem Zeigefinger drohend durchs Rund, »alle auf das Härteste bestraft.«

»Das kann nur heißen, dass dann die Steuern erhöht werden«, tuschelten sich die Leute gegenseitig zu und nahmen sich fest vor, nicht einzuschreiten, … egal, was auch geschehen würde.

»Meister Sebastian!«, rief der Richter, sich mit einem süffisanten Lächeln auf den Lippen zum Carnifex wendend. »Wir wünschen Euch Frieden. Und nun waltet Eures Amtes.«

Wieder setzte der längst bekannte, aber immer wieder aufs Neue unheimlich wirkende Trommelschlag ein.

Deibler übernahm von den Henkersknechten die beiden Ketten, wovon eine an einem Eisenring um Jockels Hals und die andere an einem ebenfalls geschmiedeten Ring, der an einem breiten Gürtel aus dickem Leder, dessen Messingschnalle über zwei Eisendornen mit den dazugehörenden Löchern verfügte, angebracht war. Einem seiner Knechte warf er eine Kuhhaut und dem anderen eine Eisenstange, an der zu beiden Seiten bereits zwei lange Stricke befestigt waren, zu. Er deutete ihnen, sich zu sputen. Unten angekommen, schoben seine Knechte das rostige Eisen durch die Löcher, die auf einer Seite der Kuhhaut aneinandergereiht eingeschlitzt worden waren. Sie reichten zwei Rossknechten die Stricke, die sie an den jeweiligen Außenseiten der hinteren beiden Pferde befestigt haben wollten. Als die rauen Gesellen damit fertig waren, deutete der Carnifex dem Verurteilten, ebenfalls nach unten zu gehen. Dabei flüsterte er ihm nochmals ins Ohr, dass er es bald überstanden haben würde.

Nach alter Tradition wurden in Immenstadt auch heute noch zum Tode Verurteilte entweder auf dem vergitterten »Angstwagen« transportiert oder auf eine ungegerbte Kuhhaut gelegt und zur Richtstätte gezogen. So sollte nun auch Jockel mittels der Pferde, die ihn gleich auseinanderreißen würden, auf erniedrigendste Art und Weise mitten durch die Menschenmenge auf den Richtplatz geschleift werden. Dabei sah es das rothenfelsische Protokoll vor, dass der Carnifex dafür eine möglichst stinkende Kuhhaut verwendete. Damit die Sache interessanter wurde, durfte sich der Verurteilte nicht auf das Fell legen, sondern musste mit der von Sehnen durchwachsenen und deswegen mit Maden überzogenen Unterhaut Vorlieb nehmen. Und damit der Gestank sich so richtig entfalten konnte, musste die Kuhhaut im Sommer zwei bis drei Tage vor einer Verurteilung und im Winter ungefähr eine Woche davor vom Rest der Kuh getrennt worden sein. Da der Carnifex ständig mit einer Hinrichtung zu rechnen hatte, musste er dafür sorgen, dass stets eine alte Kuh, die kaum noch Milch gab und deren Fleisch alter Mystik zufolge deswegen nicht mehr genießbar war, zur Verfügung stand. Wie er dies anstellte, war dem ehrenwerten Gericht egal: Hauptsache, die allesamt selbst stinkenden Gaffer konnten ihre Nasen rümpfen.

Obwohl Sebastian Deibler schon am Heiligen Abend mehr gewusst als geahnt hatte, dass Jockel hingerichtet werden würde, und er hierbei die sowieso schon wegen ihrer Löcher versaute Haut von Lerpschers Kuh verwenden könnte, hatte er zum Richter gesagt, dass es derzeit leider keine Kuh gäbe, der man die Decke abziehen könne. Da von dem Tag an, als er Lerpschers Kuh von Ratholz nach Immenstadt transportiert hatte, knapp zwei Wochen vergangen waren, hätte er deren Haut nur ein paar Tage in einem Wasserbad konservieren müssen, bevor er sie zum »Antrocknen« aufgehängt hätte – ideale Voraussetzungen also für eine gute Qualität am Ende der Bearbeitung – wenn Lerpscher die Haut sachgemäß abgezogen und nicht so viele Löcher hineingemacht hätte. Aber dies hatte Deibler dem Richter gegenüber lieber verschwiegen und ihn stattdessen glaubwürdig angelogen. »Da es in diesen harten Zeiten ein Frevel wäre, extra wegen eines Schwerverbrechers eine der wenigen Kühe zu schlachten, und in Immenstadt in letzter Zeit keine Kuh von selbst verendet ist, gibt es keine frisch stinkende Decke. Aber ich habe vorgesorgt und schon vor geraumer Zeit eine Kuhhaut beiseitegelegt«, hatte der Carnifex zum Richter gesagt und angefügt, dass diese immer noch genug stinken würde. Da der Richter aber mit aller Gewalt auf einer »frischen«, also auf einer bestialisch stinkenden Kuhhaut bestanden hatte, war Deibler nichts anderes übrig geblieben, als nun doch die Decke von Lerpschers Kuh herzunehmen, was ihn zu weiteren Lügen nötigte.

Während die Ross- und Henkersknechte noch mit der Befestigung der Kuhhaut beschäftigt waren, wandte sich der Carnifex dem ihm zwischenzeitlich regelrecht ans Herz gewachsenen Delinquenten zu und zeigte auf das Teil: »Schau her, Jockel, leg dich da drauf, … den Kopf nach vorne.«

Als er dabei Jockels flehenden Blick sah, sagte er noch zu ihm: »Ich weiß, dass deine Schultergelenke schmerzen. Trotzdem muss ich dir die Arme jetzt noch hinter dem Körper zusammengebunden lassen … Versuche unbedingt, die Blätter fest zu kauen.«

Im Hinblick auf die bevorstehende Vierteilung sagte er leise zu seinem Sohn: »Jockel wäre froh, wenn ich ihm die Arme vorne zusammengebunden lassen könnte.«

Aber Lucki konnte dem Spruch seines Vaters nichts abgewinnen – dazu hatte er viel zu viel Mitleid mit Jockel. Damit dessen Schmerzen der während der Torturen mehrmals ausgekugelten Schultern wenigstens einigermaßen erträglicher wurden, legte Lucki ihm zur Entlastung der Schultergelenke ein Bündel Reisig unter Kopf und Oberkörper. »Geht's so, Jockel?«

Obwohl der Verurteilte höllische Schmerzen hatte, nickte er dankbar.

Der Carnifex wollte diese für alle sichtbare Geste der Humanität eigentlich unterbinden, ließ seinen Sohn aber dann doch gewähren.

Nachdem Richter Waldvogel vom Podest aus ein Zeichen gegeben hatte, setzte sich der traurige Zug in Bewegung. Zuvorderst vier Fackelträger und ebenso viele Soldaten mit Trabantenhelmbarten, gefolgt von allen Trommlern, die Immenstadt aufbieten konnte.

Erst dann kam die Hauptperson, die trotz der Schmerzen keinen hörbaren Laut von sich gab. Dahinter hatten sich die beiden Henkersknechte platziert. Sie hatten die Ketten wieder übernommen und jetzt dafür zu sorgen, dass der Gefangene nicht entkommen konnte – was in Jockels Zustand sowieso unmöglich gewesen wäre, weswegen man gerade auf die zusätzlich schmerzende eiserne Halskrause hätte verzichten können. Aber es schaute gut aus und ließ den abgemagerten und hilflosen Burschen wenigstens etwas gefährlich wirken und wie einen Zweifachmörder aussehen. In einigem Abstand dahinter kamen der Carnifex und sein Sohn Lucki, der zum ersten Mal bei einer Hinrichtung mitwirken sollte, während seine Mutter zu Hause für ihn und ihren Mann betete. Wieder in einigem Abstand schritten abermals vier Fackelträger, denen der Pfarrer mit umgehängter Stola, um den linken Arm hängendem Manipel und einer kleinen Bibel in der Rechten folgte. Zu deren Sicherheit eskortiert von vier weiteren Soldaten mit ihren imposanten Zierspießen. Das Schlusslicht bildeten Fackelträger.

So, wie sich vor dem Zug die Menschenmenge wortlos teilte, schloss sie sich dahinter wieder. Kurioserweise blieb es dabei ruhig: Niemand belästigte Jockel. Kein einziger Mann schrie ihn an und keine einzige Frau spuckte auf ihn. Trotz aller Sensationsheischerei waren die Menschen irgendwie ergriffen. Nicht wenige bekreuzigten sich … und schlugen unauffällig auch ein Kreuz in Richtung des soeben zum Tode verurteilten Staufners.

Aber sowie der traurige Zug an ihnen vorbei war, packte sie neuerlich die Sensationssucht, die sie vereinte und zur Richtstätte trieb. Nur dort, wo sich zuvor in seltener Eintracht Katholiken und Lutheraner, möglicherweise sogar Juden oder Muslime, sicher aber einfache Bauern, ehrbare Handwerker und honorige Bürger, zudem unschwer erkennbar auch ein paar kriegsbedingt im Allgäu gebliebene Mohren und anderes undurchsichtiges Gesindel in Massen gedrängt hatten, bildete sich jetzt fast schlagartig ein angenehmer Freiraum. Das war es also, wenn es immer hieß, dass vor dem Gesetz alle gleich seien. Zumindest fühlten sie sich in diesem Moment – der nicht sie selbst, sondern ein bedauernswertes Opfer der unfehlbaren rothenfelsischen Justiz betraf – allesamt so. Das Hohe Gericht hatte seine Schuldigkeit getan und war fortan nicht mehr interessant. So drückten die Menschen einander auf die andere Seite des Marktplatzes, wo direkt vor dem Schloss der eigentliche Höhepunkt dieses Tages stattfinden würde. Da sich diejenigen, die von der Ausführung des Rechtsaktes nur ja nichts verpassen wollten, bereits die besten Plätze direkt hinter der Absperrung gesichert hatten, war um den Richtplatz herum alles belegt, was zu lautstarkem Unmut der Dahinterstehenden führte.

In der ersten Reihe, direkt an der Absperrung, mit Blickrichtung Schloss, befand sich auch die kleine Delegation aus Staufen. Ihre »guten« Plätze hatten sie nur einnehmen können, weil sie – für die Gerichtsverhandlung zwar zu spät – für die Hinrichtung aber früh genug angekommen waren, weswegen sie sich gleich zur Richtstätte durchgezwängt hatten. Außerdem half es ihnen, dass ein Pfaffe und eine Nonne unter ihnen waren. Ansonsten wäre es kaum möglich gewesen, hier auch nur einen einzigen Platz zu ergattern, ohne zumindest ein blaues Auge davonzutragen.

Allerdings hatten sich der Staufner Ortsvorsteher Hermann Schädler und die beiden Vertreter des katholischen Glaubens nicht aus Sensationssucht vordere Plätze gesichert. Vielmehr war es aufgrund ihres Zuspätkommens sinnlos geworden, sich bis zum gegenüberliegenden, weiter entfernten Richterpodest durchzukämpfen und für Jockel Gnade zu erbitten. Hier hofften sie, dem Mitglied ihrer Dorfgemeinschaft beistehen und vielleicht ein Stückchen Stoff seines Büßerhemdes oder einen Haarschüppel von ihm erhaschen zu können, um seiner kranken Mutter ein Andenken an die letzte Stunde ihres geliebten Sohnes mitbringen zu können. Die arme Frau hatte sich von dem Tage an, als sie mit dem Vorwurf gegen ihren Sohn konfrontiert worden war, in ihrer ärmlichen Behausung verbarrikadiert und hatte – obwohl alle Dorfoberen immer wieder versucht hatten, mit ihr zu sprechen und sie zu trösten – nicht einmal dem Propst oder der Schwester geöffnet. Im Gegenteil: »Der Teufel soll euch alle holen!«, hatte die Lutheranerin hustend hinausgerufen, als er und Schwester Bonifatia angeklopft hatten, um sie zum extra für Jockel anberaumten Gottesdienst abzuholen.

Jetzt aber galt es, ihrem Sohn in der letzten Stunde seines irdischen Seins beizustehen. Und dies würde nur möglich sein, wenn sich die nach vorne drängenden Leute hinter ihnen einigermaßen zivilisiert benehmen würden. Ansonsten könnte die hölzerne

Absperrung des Richtplatzes umkippen oder sogar zusammenbrechen. Wenn der Richter nicht so vorausschauend gewesen wäre, durch Hauptmann Benedikt von Huldenfeld rechtzeitig genügend schwerbewaffnete Soldaten um die improvisierte Richtstätte herum postieren zu lassen, würde dies wahrscheinlich auch passieren und die Sache womöglich entgleiten. Richter Waldvogel hatte eine Heidenangst davor gehabt, dass an »seinem großen Tag« irgendetwas schieflaufen könnte und er dem Grafen danach erklären müsste, warum die Hinrichtung nicht wie üblich zur an der Straße nach Sonthofen liegenden offiziellen Richtstätte, sondern hier, mitten in der Residenzstadt, stattgefunden habe. Vierteilen ist nicht nur Aufhängen, dachte er, machte sich im Moment aber keine weiteren Gedanken darüber. Zusammen mit den Beisitzern, dem Gerichtsschreiber und dem Zeremonienmeister blieb er auf dem Podest stehen und wartete so lange, bis die zu Beginn der Verhandlung schon eingesetzten Immenstädter Bürgersöhne den Richtertisch ganz nach vorne gezogen hatten, damit die Herren auch im Sitzen gut sehen konnten, was gleich auf dem Richtplatz vor sich gehen würde. Wenn schon nicht die unmittelbare Nähe zum Geschehen, sollte ihnen die Höhe des Podestes dabei behilflich sein.

»Na endlich!«, bemerkte van der Heye ungeduldig und knallte das Protokollbuch schon auf den Tisch, während etliche Lakaien noch damit beschäftigt waren, die riesige Tischdecke zurechtzuzupfen, bevor sie wieder Kerzenleuchter und – was zuvor nicht der Fall gewesen war – Becher und Karaffen daraufstellen konnten.

Als sich das Richtergremium endlich setzte, war van der Heye bereits dabei, sein bisheriges Verhandlungsprotokoll abzuschließen und für den kommenden Rechtsakt eine neue Seite zu beginnen. Sorgfältig skizzierte er links oben ein Quadrat an, das nicht beschrieben werden sollte. Aufgrund des heutigen – man könnte fast schon sagen, historischen – Ereignisses sollte dieser Platz für eine große Initiale, die im Nachhinein ein befreundeter Mönch in seinem *Scriptorium* malen würde, frei bleiben. Wie schon ein paar Seiten zuvor, wo er mit einem großen »*W*« das Verhandlungsprotokoll begonnen hatte, in dem der Regent Richter Waldvogel die Macht über Jockel Mühleggs Sein und Nichtsein gegeben hatte und mit den Worten begonnen worden war: *»Wir, Hugo Graff* *zue Königseck unnd Rothenfelß, thuen kundt unnd zue wissen …«*, würde auch diese Seite mit einer verschnörkelten und farbigen Initiale beginnen. Dabei würde dieses Mal der erste Buchstabe des Alphabets zum Zuge kommen: »*Am heutigen Tage, dem fünften Januarii deß Jahrs 1650 …«* Die Wahl dieses Buchstabens sollte symbolisch dafür stehen, dass an allem Anfang das Leben stand, auch wenn das Ende nahe war. Ob dieses künstlerischen Gedankens war der Gerichtsschreiber stolz auf sich. Und wie immer, würde er dieses kleine Kunstwerk sich selbst zuschreiben und sein vermeintliches Zeichen- und Maltalent von Richter Waldvogel honorieren und vom Regenten loben lassen. Da die alten Niederlande im Laufe der Jahrhunderte viele berühmte Maler hervorgebracht hatten – Anthonis van Dyck oder Peter Paul Rubens waren nur zwei davon –, würde er etwas von deren Ruhm für sich selbst abzwacken und niemand würde je anzweifeln, diese Initialen selbst gemalt zu haben.

Indessen ließ der Zeremonienmeister seine Augen keinen Moment vom Richtplatz, von wo aus er unruhig auf ein Zeichen des Amtsdieners wartete.

»Sagt mir, mein lieber Waldvogel: Würden wir nicht besser sehen, wenn wir näher am Geschehen wären?«, wagte der bebrillte Wilfried Miller, einer der betagteren Beisitzer, in unterwürfigem Tonfall zu fragen, und hätte dadurch fast den Zorn des Richters heraufbeschworen. Nachdem ihm Waldvogel deutlich seine Meinung darüber, dass vornehme Zurückhaltung angesagt sei und er die lüsterne Gier nach Blut lieber dem Pöbel überlassen solle, kundgetan hatte, kehrte sofort wieder Ruhe ein. Sicherheitshalber putzte Miller die dicken Gläser seiner aus Venedig stammenden Sehhilfe.

Während die Mundschenke Wein in die matten Zinnbecher gossen, bemerkte der Richter in ähnlich süßem Ton: »Seht Ihr, mein lieber Miller, mit einem Schluck reinen Weines lässt sich dieses Elend doch gleich viel leichter ertragen. Lasst Euch davon nur genug einschenken und Ihr werdet sehen, was Ihr zu sehen wünscht.«

Da ihnen direkt gegenüber, am Ende der anderen Seite des Platzes, die gräfliche Familie saß und der Regent genau auf den Richtertisch sehen konnte, traute sich Waldvogel nicht, den Becher zu erheben, um damit anzustoßen. Da er weder den Grafen erzürnen noch das Volk provozieren wollte, blieb ihm nur, Miller anzuzischen: »Zum Wohle! … Wären wir näher am Geschehen, wären wir auch näher beim Grafen und wir könnten uns dies hier wohl kaum erlauben – oder?«

Als die Spitze des schauerlichen Zuges am Richtplatz eintraf, war dieser bereits in ein helles, dennoch aber unheimlich wirkendes Licht, das ständig mit Schatten wechselte, gehüllt. Während sich der Carnifex und die Henkersknechte sogleich um den Todgeweihten kümmerten, schirrten die Rossknechte in aller Ruhe die Pferde um und führten jedes von ihnen in eine andere Ecke des Pferches, wo sie mit ihren dampfenden Nüstern die Eckpfosten berühren mussten. Dort warteten auch schon die vorbereiteten Stricke darauf, mit dem davorstehenden Pferd sowie mit einem der Gliedmaßen des Verurteilten verbunden zu werden.

Während die derben Rossführer die eine Seite der Stricke am Geschirr der Pferde befestigten und mit mehreren Knoten sicherten, zog der Carnifex das erste Tier rückwärts langsam zu sich und Jockel heran, um die Länge für die anderen drei Stricke vorzugeben. Mit Luckis Hilfe befestigte er den fünffach gedrehten Hanf an einem von Jockels Fußgelenken. Dabei ging er sehr behutsam vor. Um Jockels Leid nicht unnötig zu vergrößern, hatte er nicht mit den Armgelenken begonnen. Er wollte ihn, so gut und so lange es eben ging, schonen und ihm keine vermeidbaren Schmerzen zufügen. Deswegen legte er unauffällig zurechtgerissene und mehrmals zusammengefaltete Leinenstreifen zwischen die Gelenke und die Stricke.

Kaum hatte er den rauen Hanf an allen vier Gelenken angebracht, hörte er hinter sich jemanden rufen: »Pssst! Jockel, hörst du uns? … Jockel, wir sind's, deine Staufner!«

Sebastian Deibler drehte sich um und suchte nach denjenigen, die sich als »seine«, ergo als Jockels Staufner, ausgegeben hatten. Zu seiner Verwunderung sah er eine streng wirkende Nonne und einen rotnasigen Pfaffen. »Seid ihr die Staufner?«, fragte er knapp und ergänzte – als diese nickten – in fast verachtend klingendem Ton: »Ihr seid spät dran, … etliche Wochen zu spät! So hat sich statt Eurer der Teufel höchstpersönlich um ›euren‹ Staufner gekümmert … Ihr seid mir ja saubere Seelsorger.«

»Ich bin Propst Glatt, der Staufner Pfarrherr, und das ist …« Der Geistliche zeigte auf die Nonne.

»Schwester Bonifatia, die Leiterin des Staufner Spitals«, stellte sich die Schwester selbst vor.

Obwohl der Carnifex normalerweise niemals sprach, sobald er sich seine Kapuzenmaske über den Kopf gezogen hatte, trat er jetzt sogar auch noch einen Schritt näher.

»Was wollt ihr von Jockel Mühlegg?«, fragte er so leise, dass möglichst wenige der anderen Leute etwas davon mitbekamen. Da aber die Augen aller, die den Carnifex sehen konnten, gespannt auf ihn gerichtet waren, nützte ihm diese Vorsichtsmaßnahme ebenso wenig, wie er sich umsonst bemühte, beim Sprechen den Kopf nicht zu bewegen. Immerhin konnte ihn auch der Graf sehen.

»Wir müssen Jockel nur etwas von seiner alten und sterbenskranken Mutter ausrichten«, übertrieb und log die Schwester um der Sache willen und versprach dafür innerlich dem Herrgott ein paar zusätzliche Gebete, die ihm die Vergebung für ihre Notlüge erleichtern sollten.

»Und ich möchte ihm den Trost unserer Kirchengemeinde mit auf den beschwerlichen Weg geben«, beeilte sich der Propst hinzuzufügen.

Der Carnifex ging jetzt direkt bis zur Absperrung, hinter der die beiden standen. Dabei erschreckte er die Umstehenden und veranlasste nicht nur die beiden Kirchenleute, sich hastig zu bekreuzigen.

»Wir haben doch schon einen Pfaffen hier!«, sagte er mit fast sanfter Stimme und deutete auf den Immenstädter Pfarrherrn, dem nichts anderes eingefallen war, als mit gesenktem Haupt Gebete in der toten Sprache Latein zu murmeln, anstatt zu versuchen, sich in ein lebendiges Gespräch einzubringen oder etwas anderes Sinnvolles zu tun.

»Aber wir sind Jockels persönliche Seelsorger«, bettelte der Propst.

Zwei zutiefst traurige Augen schauten den Staufner Kirchenmann durch das getriebene und an die Kapuzenmaske genähte Metall in Form eines Gesichtes an. Der Carnifex spreizte seine Arme nach vorne und zur Seite, gerade so, als wolle er mit dem Richtschwert für einen Sicherheitsabstand sorgen. Dadurch verängstigte er die neben dem Propst und der Schwester Stehenden, die sich beiseitedrückten und dadurch um die beiden herum Platz schafften. Wortlos und ohne Vorwarnung packte der Carnifex erst Schwester Bonifatia – die darüber so erschrocken war, dass sie zwar kurz aufschrie, es aber widerstandslos geschehen ließ, als er sie über das Holzgatter hob. Danach packte Deibler den schmächtigen Propst und hob auch ihn über die trennenden Schwertlinge. Als dies Hermman Schädler mitbekam, wollte endlich auch er zu Wort kommen, stellte sich als Staufner Ortsvorsteher vor und bat darum, ebenfalls zu Jockel gelassen zu werden, was ihm aber herzlich wenig nützte, weil der Carnifex nicht darauf reagierte. Schädler blieb nur noch, den beiden zu deuten, dass sie ohne ihn zu Jockel gehen sollten und er hier auf sie warten würde.

Während die Schwester und der Propst mit einer eigenartigen Art von Glücksgefühl im Bauch zu »ihrem« Staufner eilten, veranlasste es diejenigen, die Zeugen dieses Aktes geworden waren, darüber zu tuscheln, was der Carnifex doch für ein gutes Herz habe. Aber dies hörte Sebastian Deibler nicht mehr; er war bereits wieder mit seiner Arbeit beschäftigt. Es dauerte nicht lange, bis er und Lucki damit fertig waren. Danach löste der Carnifex die Schwester und den Priester von Jockel und deutete ihnen zurückzutreten. Er wusste zwar nicht, was sie dem Burschen gesagt hatten, aber er wusste, dass Jockel nicht allzu viel davon mitbekommen haben konnte.

»Bitte!«, sagte er nur knapp und machte den beiden begreiflich, dass sie sich ganz bis zur Absperrung zurückzubegeben hätten. Dabei wies er sie getrennt genau zur jeweils gegenüberliegenden Mitte der im Quadrat 50 Fuß langen Umzäunung.

So standen sich die beiden ungefähr 16 bis 20 Schritte entfernt gegenüber; die Schwester mit Blickrichtung zum Schloss, der Propst mit Blickrichtung zum Richterpodium, und genau quer zwischen ihnen lag Jockel, der offensichtlich doch etwas verstanden hatte, weswegen er sein Haupt langsam zur Schwester drehte und etwas sagen wollte, was allerdings nicht klappte.

In der Mitte einer der beiden anderen Seiten stand der Immenstädter Pfarrer Johannes Christoph Schwenk, der immer noch mit gesenktem Haupt unverständliche Gebete murmelte. Ihm gegenüber hatte sich der Amtsdiener mit einem schwarz-weißen Wimpel, der an einer langen Lanze befestigt war, postiert.

Über die Frage, warum die Ecken frei bleiben mussten und weswegen sie dort nicht stehen durften, machten sich der Propst und die Schwester erst Gedanken, als der Carnifex die Rossknechte anwies, ganz langsam und vorsichtig anzuziehen – so lange, bis die Stricke eine gewisse Spannung zeigten und Jockels Körper zwar völlig gestreckt war, aber gerade noch den Boden berührte. Dabei ruckelte es ein wenig und Jockel hing für einen Moment in der Luft. Wie er sich dabei fühlte, dokumentierte er durch einen markerschütternden Schmerzensschrei.

Als es so weit war, deutete der Carnifex den Rossknechten mit erhobener Hand, so zu verharren. Dies war leichter gesagt als getan; denn selbst die stoischen Noriker waren aufgrund der vielen Menschen, der ungewohnten Geräuschkulisse und des sich ständig bewegenden Lichtergewirrs mitsamt den tanzenden Schatten mittlerweile doch recht unruhig geworden – zwar nicht so, wie es beispielsweise die sanften, aber lebhaften Trakehner geworden wären, aber dennoch war jetzt Vorsicht geboten. Immerhin lag Jockel zwischen den Pferden und musste die Zähne zusammenbeißen, wenn sich die Tiere auch nur den Bruchteil eines Schrittes bewegten. Ein einziger ganzer Schritt der Tiere hätte gereicht, um Jockel noch vor der offiziellen Hinrichtung wenigstens eine seiner durch die Folter geschundenen Armgelenke aus der Pfanne springen zu lassen. Und was dies für Konsequenzen haben würde, durfte sich Sebastian Deibler nicht ausmalen.

Nur dadurch, dass von Bertram Schweiger die richtige Pferderasse gewählt worden war, und nur aufgrund von Deiblers jahrelanger Erfahrung hatte es gelingen können, dass bisher nichts Unvorhergesehenes geschehen war und Jockel zwar ständig etwas hochgezogen wurde, aber – außer stechenden Schmerzen und dieser beißenden Todesangst, die ihn trotz der lähmenden Pillen jetzt so richtig überkam – keinen größeren Schaden genommen hatte. Nicht auszudenken, wenn eines der braven Tiere jetzt schon einen Satz nach vorne gemacht hätte … oder noch machen würde. Das mittlerweile doch etwas unruhige Geschnaube und Gewiehere versetzte zumindest den Carnifex in Alarmbereitschaft. Während er die absolut gleichmäßige Länge der Stricke feststellte, indem er deren Spannung überprüfte, schritt Lucki den Weg von einem der Pferdeköpfe bis zur Ecke ab. »Genau neun Schritte!«, rief er seinem Vater eifrig zu. Der junge Helfer des Vollstreckers war froh, dass die Stricke bereits an Jockels Gelenken angebracht waren und ihm eine andere Aufgabe übertragen worden war, als an Jockel herumzuhantieren.

»Und jetzt dort drüben!«, befahl der Carnifex und zeigte schräg über den Platz.

»Der nimmt es aber ganz genau«, stellte ein Zuschauer anerkennend seiner Frau gegenüber fest.

»Ebenfalls neun Schritte!«, kam die Antwort seines Sohnes.

»Gut, Lucki. Das genügt. Er liegt genau in der Mitte.«

Währenddessen beteten die Staufner ein lautes und allgemein verständliches Vaterunser, in das die vorne stehenden Menschen nacheinander einstimmten. Es war eine unheimliche und gleichzeitig auch faszinierende Atmosphäre, die sich nach und nach bis in die hintersten Reihen zog. Durch den leichten Wind flackerten die Lichtquellen noch mehr, was den Anschein erweckte, als wenn sich Jockels letzte Lebensgeister die Hauswände hoch zum Himmel hinarbeiten wollten. Inmitten eines hell erleuchteten Platzes lag ein armer Teufel, der nur noch ein Schatten seiner selbst war und zwar herzerbarmend flennte, aber nicht jammerte, geschweige denn schrie oder um Gnade flehte …, obwohl ihn nur wenige Pferdeschritte vom sicheren Tod trennten.

Um ihn herum breitete sich das Hochgebet wie ein Lauffeuer bis in die hintersten Reihen aus. »Wie wandelbar die Menschen doch sind«, sagte der Immenstädter Stadtpfarrer, der endlich sein einsilbiges Gemurmel beendet hatte, zum Herrgott, bevor auch er laut in das allgemeine Gebet einstimmte. Noch vor wenigen Minuten haben sie die Fäuste geballt und es nicht erwarten können, endlich Blut zu sehen. Jetzt heulen viele von ihnen und fangen auch noch zu beten an, dachte er bei sich. Der Priester unterbrach sein Gebet und blickte nach oben. »Heiliger Vater im Himmel! Was hast du dir nur dabei gedacht, als du uns Menschen erschaffen hast?«

Währenddessen schaute der Amtsdiener unruhig zur Kirchturmuhr und mahnte den Carnifex zur Eile: »Und? Meister Sebastian! Seid Ihr fertig?«, versuchte er, durch mehrmaliges Räuspern das Zittern in seiner Stimme zu tarnen und ihr eine gewisse Strenge zu verleihen. Denn auch er wusste, dass bei einer misslungenen Hinrichtung alle Beteiligten ihr Fett abbekommen würden.

Der Carnifex hob die Hand, was so viel hieß, dass der Speichellecker zu warten hatte, bis es so weit sein würde. Er blickte noch einmal um sich und schaute, ob alle, die sich innerhalb der Absperrung befanden, auf ihren Plätzen waren, sich nicht bewegten und niemand störend im Wege stand. Dann drehte er, einen Zeigefinger vor dem Mund, eine Runde, um für absolute Ruhe in den vorderen Reihen außerhalb der Absperrung zu sorgen.

Anschließend ging er von Ross zu Ross und tätschelte es am Hals. Dabei flüsterte er jedem ins Ohr: »Mach deine Sache gut! Leg dich mit den anderen gleichzeitig ins Zeug!«

Danach beschwor er die Rossknechte, ihre Pferde gut im Griff zu behalten und auf seinen Befehl hin gleichzeitig und so schnell wie möglich anziehen zu lassen.

»Aber es darf keinen Ruck geben! Der Körper des Verurteilten muss sich zu Anfang ganz langsam vom Boden heben, bevor die richtige Spannung kommt.«

Mit dieser Anordnung wollte er verhindern, dass nur zwei oder drei Körperteile abgerissen würden, was so viel bedeuten würde, dass die Hinrichtung als absolut misslungen gewertet werden müsste, obwohl Jockel wahrscheinlich gleich darauf tot wäre. Daran, dass Jockel keinen schnellen Tod haben könnte, durfte der Carnifex erst gar nicht denken. Um ganz sicherzugehen, dass dies nicht geschehen würde, hatte Sebastian Deibler auch noch seinen Spezialdolch, der nur bei Vierteilungen zum Einsatz kam und den er selbstironisch als Tranchiermesser bezeichnete.

Da er von den ebenfalls unter Druck stehenden Rossknechten keine Antwort erhalten hatte, hakte er nach: »Habt ihr mich verstanden? Ist alles klar?«

Die ansonsten raubeinigen und hartgesottenen Gesellen waren derart auf ihre Arbeit konzentriert, dass sie nur eingeschüchtert nickten. Aber dies genügte dem Vollstrecker, der ein letztes Mal die Haltbarkeit und die korrekte Anbringung der Seile inspizierte.

Dabei überprüfte er jeden Knoten einzeln … und korrigierte in aller Ruhe sogar auch noch die Länge eines der Seile um höchstens die Länge eines kleinen Fingers, was die Spannung der Zuschauer zum Zerreißen erhöhte. Als er damit fertig war, streckte er eine Hand nach Lucki, der immer noch in einer der Ecken stand, aus und ging mit ihm zu Jockel. In der einen Hand hielt er bereits den Langdolch, den er gleich benötigen würde. In der anderen Hand umklammerte er mit seiner kräftigen Bratze die wesentlich kleinere Hand seines Sohnes, der ängstlich zu ihm hochblickte.

Aus den vorderen Reihen vernahm man jetzt nur noch ein gelegentliches Schnauben und das Tätscheln, mit dem die Rossknechte die Tiere beruhigten.

Von Jockel war überhaupt nichts mehr zu hören. Die beiden Deiblers knieten sich neben dessen Kopf und betrachteten ihn schweigend. Zum letzten Mal fuhr der Carnifex dem blutjungen Burschen über die Wange, was Jockel offensichtlich so guttat, dass er die verquollenen Augen öffnete. Er wollte sehen, wer ihm dieses seltene Gefühl von Vertrautheit und Zärtlichkeit zukommen ließ.

Als er Sebastian Deibler erkannte, wusste Jockel, was der Carnifex gerne würde hören wollen. Daran, dass er ihm dies bereits in der Gefängniszelle gesagt hatte, erinnerte sich Jockel nicht mehr. Er nahm alle Kraft zusammen und presste ein zittriges »Ich vergebe Euch … und ich danke Euch, Meister Sebas…« hervor.

Sein Kopf neigte sich zur Seite und sein glasiger Blick glitt zu Lucki, dem schier das Herz in die Bruche fiel, als sich ihre Augen trafen.

»Und dir auch! Du … du bist ein guter Junge«, flüsterte Jockel in Erinnerung an die leckere Suppe mit Speckeinlage, die ihm von Lucki am Heiligen Abend gebracht worden war und die ihm so gut geschmeckt hatte, als wenn es sein Lieblingsessen – am Spieß gebratener Fisch aus dem Weißachbach oder aus dem Entenpfuhl – gewesen wäre. Während Jockel wieder die Augen schloss, versuchte er, ein leises Lächeln auf seine spröden, unaufhörlich zitternden Lippen zu zaubern, was ihm auch gelang, denn er sah sich selbst, wie er bar- und breitfüßig in einem fließenden Gewässer stand, die Hände regungslos im Wasser und den Blick konzentriert auf eine Bachforelle gerichtet, die erste Anstalten machte, zwischen seine Finger zu geraten.

Jetzt konnte Deiblers sowieso schon über Gebühr sensibilisierter Sohn die Tränen nicht mehr halten. Immerhin war es sein erster Einsatz als Gehilfe des Vollstreckers der hiesigen Gerichtsbarkeit – und dies auch noch bei einer Vierteilung, der grausamen Kaiserin aller Hinrichtungsarten.

»Hätte es ein hundsgewöhnliches Aufhängen nicht auch getan?«, fragte Lucki zornig und vergrub schluchzend den Kopf unter der Achsel seines Vaters, der ihn still gewähren ließ.

Den Zuschauern bot sich das wohl ungewöhnlichste Bild, das jemals auf einer Richtstätte zu sehen gewesen war: Vor ihnen kniete ein Vertreter des gefürchtetsten Berufsstandes in voller Montur und Vermummung direkt neben einem jungen Todgeweihten, in einer Hand hielt er einen Dolch und mit dem anderen Arm drückte er sanft seinen weinenden Sohn an sich. Als sie die Situation realisieren konnten, hörten die vorne stehenden Menschen zu beten auf. Sie hatten jetzt mit sich selbst genug zu tun. Im großen Umkreis gab es wohl niemanden mehr, der sich nun, in diesem Moment, auf das bevorstehende Ereignis freute. Auch wenn sich dies gleich wieder ändern würde, drängten sich die Frauen jetzt so eng an ihre Männer heran, dass sogar einige aus den hinteren Reihen aufrücken konnten. Auch ihnen erging es nicht anders; schnell hatten auch sie mit den Tränen zu kämpfen, was Schwester Bonifatia und Propst Glatt wohlwollend zur Kenntnis nahmen und ihre allgemeine Meinung über die Menschheit wenigstens etwas in ein besseres Licht rückte.

Sebastian Deibler war es in diesem Moment scheißegal, was er und Lucki für ein Bild abgaben und was die Leute, in Gottes Namen auch der Graf oder der Richter, über sie dachten. Auch wenn es für einen Nachrichter unüblich war, Gefühle zu zeigen, so war dies doch nicht verboten. Nach außen hin zeigte er ja kein Mitleid für den Todgeweihten, sondern lediglich Verständnis für seinen Sohn. Und dessen Tränen galten Jockel, dem aus seiner Sicht unschuldigen Opfer der Willkür des gefürchteten »Richters Gnadenlos«. Nur seines Vaters Tränen echten Mitleids und Bedauerns fanden nicht den Weg in die Öffentlichkeit. Sie verfingen sich ungesehen im rauen Stoff der Kapuzenmaske, wo sie sich mit frischem Schweiß vermischten.

Was hätte dies auch für einen Eindruck gemacht, wenn der Carnifex heulen würde?

Trotz seiner Gefühle für Jockel und seiner momentanen Verachtung der Gerichtsbarkeit galt jetzt nur eines: Die Hinrichtung musste meisterlich gelingen!

»Und? Meister Sebastian!«, unterbrach der dienstbeflissene Amtsdiener mit nun doch noch zitternder Stimme die Ruhe vor dem Sturm. Dabei blickte er wieder zur Kirchturmuhr.

»So, Lucki: Die Zeit läuft … ab! Es geht los! Ich bin stolz auf dich. Aber jetzt musst du dich zusammenreißen«, flüsterte der Carnifex seinem Sohn zu, während er sich von ihm löste, ihm aber noch schnell ermutigend auf die Schulter klopfte. Als sie vor Jockel standen, sagte Sebastian Deibler seinem Sohn, dass er nun zurücktreten und keinesfalls zu Jockel gehen dürfe, … egal, was auch geschehen mochte.

Jetzt ging alles ganz schnell: Der Carnifex nickte dem Amtsdiener zu. Der wiederum hob sein Signalzeichen, so hoch es die Stange, an der das Banner befestigt worden war, zuließ und schwenkte es in Richtung des Richterpodestes mehrmals hin und her; das war das Startzeichen für Jockels neues Leben, sein Leben nach dem Tod.

»Ehrenwerter Herr Richter …«, drängte der Zeremonienmeister, der unruhig auf das Signal gewartet hatte, allerdings feststellen musste, dass er eine offensichtlich interessante Unterhaltung störte.

Er räusperte sich. »Ehrenwerte Herren …«

Jetzt fühlten sich auch die anderen angesprochen und hoben gnädig ihre Köpfe.

»Es ist Zeit! Und der Carnifex ist bereit!«

»Hoffentlich ist es dieser Mühlegg auch«, witzelte einer der Beisitzer, dem der Alkohol zu Kopf gestiegen war.

»Meine Herren …«, gab Waldvogel den Befehl zum Aufstehen und nickte dem Zeremonienmeister zu, der daraufhin sofort wieder aktiv wurde. Ein kurzer Trommelwirbel setzte ein und es war wieder still. »Lasst die Hinrichtung beginnen!«, rief »Richter Gnadenlos« genussvoll.

Während alle, insbesondere aber der Carnifex, konzentriert auf die nächsten Stundenschläge und das darauf folgende Sechsuhrläuten warteten, prüfte er – was nicht mehr nötig gewesen wäre, weil er es schon etliche Male getan hatte – die Schärfe der Klinge seines »Tranchiermessers«. Direkt bei Jockel kniete nur er – sein Messer nun mit beiden Händen umklammernd. Lucki und Stadtpfarrer Schwenk, der unermüdlich für Jockel Mühleggs arme Seele betete und ihm das Wort Gottes auf seinen letzten beschwerlichen Weg mitgab, indem er ihm die geheiligte Ölung zuteilwerden ließ, standen mit etwas Abstand ihm gegenüber.

»Ist dies bei zum Tode verurteilten Schwerverbrechern neuerdings üblich?«, fragte der Graf, der einen hervorragenden Blick auf das Geschehen unter ihm hatte, den hinter ihm stehenden Oberamtmann Speen.

Der war gerade dabei beiseitezutreten, weil sich einer der beiden Lakaien mit einer Wasserschüssel an ihm vorbeizwängte, während schon der zweite Lakai mit einem Handtuch darum bat, ebenfalls zum Grafen vorgehen zu dürfen.

»Nein, Euer Exzellenz«, antwortete Speen, aufgrund der Situation etwas unkonzentriert.

»Na ja. Trotzdem wollen Wir heute ausnahmsweise darüber hinwegsehen«, bemerkte der Regent, während er sich die Hände in der gereichten Schüssel wusch.

Gleich würde Sebastian Deibler auch den Immenstädter Pfarrer und Lucki zur Absperrung zurückschicken müssen. Während er immer noch auf das Schlagen der Kirchturmglocken und den danach folgenden letzten Trommelwirbel des heutigen Tages wartete, um endlich seine Arbeit vollenden zu können, bat er Gott um eine ruhige Hand. Er wusste, dass ihm jetzt das Allerschlimmste bevorstand, was er sich in seinem Leben als Vollstrecker vorstellen konnte: Er musste mit seinem Spezialdolch ein symbolisches Kreuz auf Jockels Oberkörper »zeichnen«. Und dies würde derart geschehen, indem er ihm bei lebendigem Leibe erst der Länge nach die Brust und dann im unteren Rippenbereich quer den Bauch aufschlitzte – und dies, ohne dass Jockel daran sterben durfte. Wäre dies der Fall, hätte auch für den Carnifex das letzte Stündlein geschlagen. Entweder würde er noch an Ort und Stelle vom Pöbel zerrissen werden oder er musste sich schon in ein paar Tagen selbst richten lassen. Also durften zwar das Brustbein durchtrennt und ein paar Rippenknochen in Mitleidenschaft gezogen werden, Jockels innere Organe aber keinesfalls verletzt werden oder gar herausquellen, … noch nicht!

Aber Sebastian Deibler wusste, wie er die Schnitte anbringen musste, damit Jockel von den Rössern nicht nur die Gliedmaßen herausgerissen würden, sondern dass er genau in der Mitte seines Körpers gevierteilt würde. Erst wenn dies gelungen war, zählte es als eine gute Hinrichtung und der Carnifex durfte auf seinen Lohn sowie die Anerkenntnis für seine meisterliche Arbeit hoffen … und sich ein paar Tage lang dem Vergessenssuff hingeben.

Gleich ist es so weit, dachte er sich und zog ein paarmal die kühle Luft, die seine durch Atemluft, Schweiß und Tränen inzwischen durch und durch feucht gewordene Kapuze noch modriger als zuvor schmecken ließ, tief in seine Lungen.

Als die ersten Glockenschläge von St. Nikolaus zu hören waren, vibrierte die Luft förmlich vor Spannung. Es war unglaublich: Viele Hundert Menschen brachten es fertig, dass auf dem Immenstädter Marktplatz neben den Glockenschlägen nur das Schnauben von Pferden, das Knistern brennenden Holzes und das obligatorische Gehüstel zu hören waren, ansonsten aber absolute Stille herrschte – von ein paar aus Richtung des Hohen Gerichtes kommenden Rülpsern abgesehen. Und als ob sie geduldig auf eine Mahlzeit warten würden, verhielten sich sogar die schwarzen Vögel, die inzwischen zurückgekehrt waren und sich auf den meisten Dächern der umliegenden Hausgiebel verteilt hatten, ruhig.

Aber nicht nur auf dem Richtplatz bahnte sich Unglaubliches an; vom Schollentor her hallte unerwarteter Hufschlag über die Köpfe der Menschen hinweg. Als sich die Ersten in Richtung des Gehörten zu drehen begannen, war gerade der letzte Glockenschlag verklungen und drohte, in den von allen ersehnten Trommelwirbel überzugehen, während der Carnifex seinen Teil der Arbeit tun würde. Erst danach würden die Pferde – begleitet vom Sechsuhrläuten – zum Zug kommen. Die Trommler hatten bereits ihre Stecken aufgenommen und warteten nur noch auf das Zeichen ihres Tambourmajors, um einen Wirbel rühren zu können.

Der Carnifex und die Rossknechte standen nun unter einer ganz besonders extremen Anspannung, die niemand der Anwesenden so richtig nachvollziehen konnte, weil niemand wusste, was gerade ablief. Nur Jockel ahnte Böses. Er war jetzt hellwach und hatte sogar die Augen weit aufgerissen.

»Herr der Gnaden! … Warum nur?«, presste er leise zitternd heraus und drückte die Augen zum erwarteten Finale so fest zusammen, wie er es vermochte. »Ich habe doch nichts und niemandem etwas getan!«

Da er kurz zuvor den Dolch in Deiblers Hand blitzen gesehen hatte, wusste er, was gleich auf ihn zukommen sollte. Seine Gedanken galten jetzt nur noch dem bevorstehenden Schmerz, weswegen er wie wild auf den Blättern herumkaute und sich zu allem Übel dabei auch noch auf die Zunge biss.

Gott, ist dies spannend, dachte sich der eine oder andere wohl. Die Zuschauer wussten momentan nicht, wohin sie schauen sollten. Schlagartig machte sich Unruhe breit.

»Seht doch: Reiter!«, schrie ein alter Mann, der in der hintersten Reihe an der südöstlichen Ecke des Schlosses lehnte und deswegen von der Hinrichtung nicht viel mitbekommen würde, dafür jetzt aber etwas zu sehen bekam: Auf einem der Pferde saß ein riesiger Kerl, dessen lange blonde Mähne eindrucksvoll im Reitwind wehte. Wenn er keine Doppelaxt nach oben halten würde, könnte man glauben, dass er ein Mönch wäre – zumindest trug er unverkennbar die braune Kutte der Benediktiner.

Ein weiteres Pferd wurde vom Staufner Schlossverwalter Lodewig Dreyling von Wagrain geritten, der immer wieder laut rief: »Haltet ein! Jockel Mühlegg ist unschuldig!«

Um sich zu orientieren, bremsten die beiden ihre Rösser so abrupt ab, dass diese durch die angezogenen Zügel hochsprangen und sich deren Hinterflanken in den festgepressten Schnee gruben. Bevor sie wieder zum Stehen kamen, sah es für einen Moment so aus, als wenn sie in der *Levade* verharren wollten. Während sich die beiden Reiter hastig umsahen, drehten sich die Pferde unruhig um ihre eigenen Körper und immer mehr Menschen ihnen zu.

»Da ist das Schloss!«, wies Lodewig aufgeregt nach links.

Erst jetzt registrierte er das gewaltige Ausmaß der Menschenansammlung.

»Dort vorne!«, rief er, als er das Podest mit schwarzgewandeten Männern darauf erblickte.

»Ja!«, bestätigte Bruder Nepomuk. »Wenn wir zum Schloss kommen wollen, müsste ich wohl meine Axt einsetzen.«

»Ich glaube, dass dies nicht nötig sein wird. Und jetzt komm! Sonst schwingt heute doch noch ein anderer die Axt. Falls es noch nicht zu spät ist …«, drängte Lodewig und wies nach vorne.

Schreiend und mit den Zügeln wild um sich hauend, gaben sie ihren Pferden die Sporen, was sonst eigentlich nicht Lodewigs Art war. Aber er wollte mit aller Macht die Aufmerksamkeit von Jockel weg- und zu sich hinlenken. Da sich nach der Gerichtsverhandlung alles um den Richtplatz herum verdichtet hatte, war entlang der nach Süden hin abgrenzenden Häuserzeile genügend Platz, um ungehindert bis zum Richterpodest reiten zu können. Allerdings wären sie durch den Schub der Geschwindigkeit fast durch das direkt neben der Kirche liegende *Pfaffentor* wieder aus der Stadt hinausgeprescht. Aber sie konnten gerade noch abbremsen. Vor dem Richterpodest angekommen, sprangen die beiden gekonnt von ihren Rössern, als diese noch in vollem Lauf waren. Sie fackelten nicht lange und erklommen das Podium von vorne, anstatt lange nach der Treppe zu suchen. Da der sonst so umsichtige Richter Waldvogel den Fehler gemacht hatte, alle Soldaten am eigentlichen Ort des Geschehens – also am Richtplatz – einzusetzen, und kein einziger Gardist das Richtergremium bewachte, hätten die beiden jetzt keine Probleme gehabt, den Richter gnadenlos umzubringen und sofort wieder zu flüchten – falls sie disziplinierter abgestiegen und ihre Pferde hier wären. Aber Lodewig und Nepomuk hatten dies natürlich nicht im Sinn; sie waren zwar in wichtiger, aber in friedlicher Mission gekommen, weswegen sie sich sofort auf dem Podium aufbauten, die Arme weit von sich streckten und laut schrien, dass Jockel Mühlegg unschuldig sei.

Nepomuks Doppelaxt blitzte gefährlich im Gewirr der vielen flackernden Lichtquellen.

Jetzt erst sahen sie die Richtstätte – und mittendrin Jockel, den Nepomuk überhaupt nicht kannte und den Lodewig aufgrund seines geschundenen Gesichts und des besonders struppigen Haares nicht wiedererkannte. Aber sie wussten auch so, wen sie da vor sich hatten.

»Gott sei Dank! Er scheint noch zu leben«, bemerkte Lodewig beruhigt, aber immer noch etwas desorientiert.

»Gott hat uns im allerletzten Moment hierhergeführt«, antwortete Nepomuk sachlich, weil er schon gesehen hatte, dass die aufgrund des Aufruhrs doch noch unruhig gewordenen Pferde von den Rossknechten rückwärts zu Jockel hingeführt worden waren und sich dadurch die Seile und die Situation entspannt hatten, weswegen sie jetzt locker durchhingen. Dennoch galt es, keine Zeit zu verlieren.

Zwischenzeitlich waren Lodewigs Augen auf diejenige Fensteröffnung getroffen, hinter der sich gerade der irritierte Graf erhob.

Um die gräfliche Familie zu beschützen, schoben sich ein paar zusätzliche Soldaten vor den Schlosseingang. Zum Richterpodest hingegen bemühte sich kein einziger Bewaffneter.

»Euer Exzellenz! ... Ich bin es, Lodewig Dreyling von Wagrain, Euer getreuer Verwalter des Schlosses Staufen!«, rief der in diesem Moment ganz besonders mutige Kastellan, so laut er es, ohne zu schreien, vermochte. Dennoch hatte der total irritierte Graf ihn nicht verstanden. Als er durch seinen Oberamtmann nachfragen lassen wollte, hatte sich Lodewig bereits dem hinter ihm unruhig gewordenen Richtergremium zugewandt. »Hohes Gericht! Darf ich sprechen?«

Der ebenfalls irritierte Richter nickte nur leicht, während der Graf mit einem Handzeichen sein Interesse daran, was Lodewig zu sagen haben würde, bekundete. Dies rief wieder den Zeremonienmeister auf den Plan, der sich hastig schnaufend die Podesttreppen hochmühte und sofort seinen Stock zum Einsatz brachte: »Auf unseres Grafen Wunsch möge Er sprechen!«, gebot er dem gräflichen Schlossverwalter aus Staufen. Mehr war ihm auf die Schnelle nicht eingefallen. Aber es hatte ausgereicht, um wieder für Ruhe zu sorgen. Das inzwischen aufgekommene Gemurmel verstummte endgültig und Lodewig wandte sich in der höflichen Form der Edelleute der Reihe nach an den Grafen und dessen Gemahlin Ludovica, den Richter, die Beisitzer und letztlich auch an das gesamte Auditorium, das er als »Meine lieben Allgäuer« betitelte. Er wusste, dass es wichtig war, auch die Menschenmenge auf seine Seite zu ziehen, zumindest aber alles zu versuchen, sie nicht gegen sich aufzubringen.

Würden sie gegen ihn sein, würden sie auch gegen Jockel sein.

Lodewig war auch bewusst, dass er – wenn er Jockels Leben jetzt noch retten wollte – einen verdammt guten Auftritt haben musste. Deswegen beschloss er, anstatt bescheiden aufzutreten, etwas auf den Putz zu hauen: »Dies hier ist …«, Lodewig deutete auf seinen hünenhaften Freund, »Johannes Nepomuk, leibhaftiger Sohn des Fürsten Johannes von Hohenzollern-Sigmaringen, seines Zeichens ein anerkannter Professor der Medizin in Salzburg und Wien … und ein hochrangiger Mönch des heiligen Benedikt im berühmten Kloster Mehrerau zu Bregenz im österreichischen Vorarlberg.«

Während Nepomuk seinen Freund strafenden Blickes ansah und ein Raunen durch die Menschenmenge ging, drängten die Zuschauer weiterhin vom Richtplatz weg zum Richterpodest zurück. Deswegen bekam fast niemand mit, wie sich der Carnifex mit gemischten Gefühlen im Bauch um Jockel kümmerte. Er hatte Angst, dass aufgrund der Unruhe die Pferde doch noch scheuen könnten, weswegen er eilends daranging, mit Lucki und den Rossknechten die Stricke vom Geschirr der Pferde zu lösen. Somit musste er Jockel – wenn es mit der Hinrichtung weitergehen würde – nicht zusätzliche Schmerzen zufügen, indem er neuerlich an dessen Gelenken herumhantierte.

Währenddessen nutzte der Staufner Ortsvorsteher Hermann Schädler die allgemeine Verwirrung, kletterte über die Absperrung und eilte zu Jockel. Er öffnete den Verschluss seines wassergefüllten Trinkgefäßes und benetzte mithilfe des Propstes so lange Jockels Lippen, bis er ihm ein paar kleine Schlückchen einflößen konnte. Wie auch alle anderen, hatte der Ortsvorsteher keine Ahnung davon, was hier vor sich ging und was Lodewig dazu bewogen hatte, hierher nach Immenstadt zu kommen, um Jockel augenscheinlich zu retten.

Als auch Schwester Bonifatia realisiert hatte, dass hier etwas anders lief als geplant, wollte sie sich ebenfalls zu Jockel begeben, wurde aber von hinten festgehalten. Erschrocken drehte sie sich um.

Ein Mädchen mit langen roten Zöpfen und süßen Sommersprossen lächelte sie an. »Hier, ehrwürdige Schwester«, sagte es, machte einen züchtigen Knicks und gab Bonifatia seinen Überwurf. »Für den armen Bub … Es ist kalt.«

»Aber du frierst doch selbst, mein Kind«, antwortete Bonifatia.

»Ja! Aber ich lebe und ich bin gesund. Deckt ihn bitte damit zu.«

Hastig zeichnete die Schwester dem hübschen Ding ein Kreuzchen auf die Stirn. »Gott soll es dir vergelten!«

Obwohl sich schon außer einer weltlichen auch noch zwei kirchliche Kräfte um Jockel bemühten, war noch jemand da, der den Kontakt zu Gott nicht abreißen ließ und unaufhörlich für Jockel betete – allerdings schon wieder im für das Volk unverständlichen Latein. Aber die Menschen hatten sich sowieso abgewandt, um das Geschehen auf dem Richterpodest mitzubekommen. Während sie wie gebannt zu Lodewig, vor allen Dingen aber zum schwerbewaffneten Hünen, der immer noch seine Kapuze auf dem Kopf hatte, starrten, neigte der Graf sein Haupt leicht zu Oberamtmann Speen zurück und verknüpfte eine Feststellung mit einer Frage: »Wir kennen ihn! Ist er nicht der Halbbruder Unserer verstorbenen Gemahlin Maria Renata?«

Und genau das war es, was Lodewig hatte erreichen wollen und weswegen er nicht Melchior, sondern Nepomuk mitgenommen hatte, nachdem er von seinem Freund alles über den neuen Toten erfahren hatte. Wären im Schloss Staufen drei gesunde Pferde zur Verfügung gestanden, wäre selbstverständlich auch Melchior hier und hätte jetzt seinen großen Auftritt. Denn im Gegensatz zu Lodewig, der keine Zeit mehr gehabt hatte, zum Seelesgraben hinunterzureiten, um den Toten selbst in Augenschein zu nehmen, hatte sich Melchior bereits intensiv mit dem Ermordeten befasst und war gleich darauf ins Schloss hochgeeilt, um Lodewig die Sache in allen Details zu erzählen und um ihn zu bitten, schleunigst nach Immenstadt zu reiten. »Beeilt euch! Vielleicht könnt ihr Jockel noch retten!«, hatte er ihm und dem Benediktinermönch nachgerufen und Lodewigs Pferd fest auf die Hinterbacke gehauen.

Jetzt aber stand Lodewig mit dem ehemaligen »Halbschwager« des Grafen auf dem Richterpodest und musste auf Treu und Glauben für etwas einstehen, das er nicht einmal selbst gesehen hatte; aber er vertraute seinem Freund Melchior wie keinem Zweiten. Dementsprechend wollte er sich ins Zeug legen. Er konnte nicht wissen, dass der Graf in Bezug auf seine Verwandtschaft mit dem Hohenzollernspross bereits Honig geleckt hatte und sich deswegen ganz besonders interessiert auf das auf dem Fenstersims liegende Kissen lehnte, was nicht gerade von feinen Manieren zeugte und alles andere als herrschaftlich aussah, ihm in diesem Moment allerdings egal war. Er war einfach nur gespannt auf das, was nun kommen würde.

Lodewig berichtete ausdrucksstark von dem grausigen Fund des übel zugerichteten toten Schuhmachers Hanspeter Burger, den wohl sein Mörder in Staufen auf einem Holzsteg, der über den Seelesgraben führte, festgenagelt hatte. Dabei erzählte er zur Freude des Volkes so spannend und aussagekräftig, als wenn er den Toten selbst entdeckt hätte. Er berichtete in allen Details, was heute geschehen war und was er davon hielt. Durch Lodewigs anschließende rhetorisch nahezu perfekte, vor allen Dingen aber flammende Verteidigungsrede zugunsten Jockel Mühleggs musste Richter Waldvogel unwillkürlich an seinen Ziehvater … und an seine Stiefmutter zurückdenken. Dies versetzte ihn in eine fast melancholische Stimmung, wozu der ungebührliche Weingenuss das Seinige beitrug. Dies sollte aber nichts heißen, denn »Richter Gnadenlos« hatte seinen Utznamen ja nicht von ungefähr und war für seine schlagartigen Stimmungswechsel bekannt.

»Also …«, resümierte Lodewig und zeigte zur Mitte der Richtstätte, »der hier zum Tode verurteilte Staufner Tagelöhner Jockel Mühlegg ist zwar kein Heiliger, kann aber unmöglich der Mörder des Braumeistersohnes Martin Allger und des Webers Markus Hagspihl gewesen sein, da wir in Staufen schon wieder einen grässlich zugerichteten Toten zu beklagen haben, dessen Tötung, die wohl eher einer Hinrichtung ähnelt, auffallend den vorangegangenen Morden gleicht!«

»In Staufen draußen rührt sich was«, sprach einer aus, was wohl alle dachten.

Lodewig ließ sich vom aufkommenden Geraune nicht unterbrechen und fuhr fort: »Beim heutigen Toten – dem Schuhmacher Hanspeter Burger – waren, wie bereits gesagt, die absolut gleichen Merkmale festzustellen wie bei den beiden anderen Toten. Damit sich das Hohe Gericht …«, Lodewig drehte sich kurz zu Waldvogel um, »… selbst ein Bild davon machen kann, ist der Leinweber Melchior Henne – einer der ehrbarsten Staufner überhaupt und zudem einer …«, Lodewig wandte sich wieder in Richtung des Grafen und legte etwas mehr Kraft in seine Stimme, »… den Euer Exzellenz persönlich kennen – bei dem Toten geblieben und hat sogar eine Art Wachdienst organisiert, damit die Leiche bis morgen genau so verbleiben kann, wie sie von den Kindern des unbescholtenen Gerbers Knut Joswig gefunden worden ist!«

Diejenigen, die den Staufner Kastellan kannten, wussten zwar, dass er ein guter Redner war, staunten dennoch nicht schlecht, wie er sich so gekonnt, vor allen Dingen aber mit Vehemenz und Leidenschaft, für das Leben eines anderen einsetzte.

»So erlaube ich mir also abschließend, die Gemeinsamkeiten der drei Morde zusammenzufassen.«

Um sich besser konzentrieren zu können, sog Lodewig tief und lange die winterliche Luft in seine Lungen.

»Erstens: Die Todesstiche von hinten!«, begann er und log im Dienste der Sache hinzu, was in Wahrheit versäumt worden war: »Allesamt mit gleicher Klinge, wie die Abmessungen der Stichwunden ergeben haben!« Jedenfalls wusste er nicht, ob die Größen der Einstichlöcher bei den ersten beiden Toten verglichen worden waren. Dafür wusste er, dass dies heute nicht mehr nachgeprüft werden und möglicherweise zu Jockels Freilassung dienlich sein konnte.

»Zweitens: Das fehlende Körperteil!« In der Hoffnung, den heutigen Blutdurst aller Versammelten inklusive des Richters stillen zu können, berichtete er darüber in allen Feinheiten. »Drittens: Die zum Ortsmittelpunkt weisende Lage aller drei Toten! … Viertens: Das merkwürdige, fast einer Blutbeschuldigung zuzuordnende Abdecken des Oberkörpers …« Bei jedem der Punkte ging er nach bestem Wissen ins Detail und kam sogar auch noch darauf zu sprechen, dass es sich bei allen drei Mordopfern um junge Männer handelte, die sich um die vom Grafen gestiftete Fahne scharen oder diese sogar selbst tragen wollten.

Lodewig sah ins Rund und holte abermals tief Luft. Er wollte das Gesagte etwas sacken lassen, bevor er seine Ausführungen beendete: »Der Mörder war bei allen drei Opfern zweifelsfrei ein und dieselbe Person! … Deshalb war es nicht Jockel Mühlegg! Er kann es nicht gewesen sein!«

Aufgrund des soeben Gehörten waren die Menschen wie gelähmt. Sie wussten noch nicht so richtig, was sie davon halten sollten, und verhielten sich deshalb absolut ruhig. Würde ihnen jetzt womöglich das erwartete Spektakel entgehen? Falls ja, würden sie es vermissen? Oder genügte ihnen, was sie soeben Schreckliches vernommen hatten?

Trotz der Unsicherheit hörte man keinen Einzigen schimpfen, keiner, der gar sein Wort gegen den bisher vermeintlich ruchlosen Zweifachmörder erhob. Es gab niemanden mehr, der jetzt noch Jockels Tod forderte. Im Gegenteil: Viele nickten zustimmend, während sich andere positiv über Lodewig, aber auch über Jockel zu äußern begannen. Wieder andere hoben an, leidenschaftlich über das Für und Wider zu diskutieren. Und die meisten der anwesenden Weiber himmelten Nepomuk an, während ihre Männer immer heftiger disputierten.

Wenn Lodewig erwartet hatte, dass das Volk mit aller Gewalt würde Blut sehen wollen, sah er sich positiv getäuscht – zumindest bisher. Zu seiner Verwunderung stellte dies auch der Graf, der seine Untertanen nur allzu gut kannte und wusste, dass panem et circenses hin und wieder sein mussten, fest.

So nützte Lodewig die Gunst der Stunde und nahm allen Mut zusammen. Unumwunden wandte er sich direkt an den Grafen und rief über den Platz zum Schloss hinüber: »Euer erlauchte Exzellenz!«

Lodewig verbeugte sich gekonnt.

»Ihr seid für Eure Weisheit und Güte weit über die Grenzen unseres Landes hinaus bekannt und gerühmt! Im Namen der Gerechtigkeit bitte ich Euch nicht um Begnadigung.«

»Nein?«, rief der Graf verwundert zurück, schälte sich aus seinem Kissen und ließ sich einen Schluck Wein nachschenken.

»Nein, mein Herr! … Da Jockel Mühlegg nachweisbar unschuldig ist, ersuche ich Euch untertänigst um sofortige Freilassung mit späterer Rehabilitation!«

Das saß! Zudem sah der Graf sich angesichts der vielen Menschen durch die überspitzte Lobhudelei etwas in der Zwickmühle. Er wusste einen Moment lang nicht, was er sagen sollte, und besprach sich kurz mit seinem Oberamtmann.

»Lass den armen Teufel frei«, empfahl indessen seine zwar nicht unbedingt hübsche, aber kluge Gemahlin Caroline Ludovica, geborene Gräfin zu Sultz und Landgräfin im Klettgau, deren Familie im Tiengener Schloss residierte, und schenkte ihrem Gemahl ein entwaffnendes Lächeln, während sie unauffällig seine Hand suchte.

Währenddessen nutzte Waldvogel die Zeit, um sich Gedanken darüber zu machen, in welche Richtung er seine Beisitzer lenken sollte. Auch er hatte sich Lodewigs beeindruckender Rede und deren fundamentiertem Inhalt nicht entziehen können. Dabei hatte er schon wieder unwillkürlich an seinen rhetorisch beschlagenen Vater denken müssen, was seine sowieso schon melancholische Stimmung noch verstärkte. Was soll's?, dachte er sich, als er ebenfalls feststellte, dass sich auch die Stimmung des Volkes gedreht zu haben schien. Dem ganzen Allgäu ist heute eine großartige Unterhaltung zuteil geworden, … auch ohne Vierteilung. Außerdem scheint da draußen, mit »draußen« meinte er Staufen, immer noch ein Mörder, jetzt sogar ein Dreifachmörder, herumzulaufen. Wir werden also bald wieder unseren Spaß haben.

»Jockel, hörst du? … Ich glaube, dass alles gut wird«, sagte der Carnifex und strich dabei wie immer über dessen Wange. Am liebsten hätte er seine Kapuzenmaske abgenommen, was zwar unangebracht gewesen wäre und zudem komisch ausgesehen hätte, ihm aber in diesem erhebenden Moment egal gewesen wäre. Letztlich aber erschien ihm dies trotz allem, was er gehört hatte, verfrüht. Bisher hatten sich weder der Graf noch der Richter zu den neuen Erkenntnissen geäußert.

Da erschien der Regent – der sich kurz mit Speen zur Beratung zurückgezogen hatte – wieder im steinernen Fensterstock. Das allgemeine Gemurmel hörte auf. »Da Wir das Todesurteil über Jockel Mühlegg nicht gesprochen haben, können Wir es auch nicht zurücknehmen!«, begann er, sich geschickt aus der Affäre zu ziehen.

Da das Volk wusste, dass der Regent das Gerichtsurteil sehr wohl aufheben konnte, wenn er es wollte, ging wieder ein Raunen durch die Massen. Allerdings hörte es sich dieses Mal enttäuscht an.

»Wir können nur die Empfehlung an das Hohe Gericht aussprechen, die Sache aufgrund des neuen Sachverhaltes und zugunsten von Wahrheit und Gerechtigkeit nochmals zu überdenken«, entledigte er sich endgültig der Entscheidungsverantwortung.

»Das haben wir bereits getan, Euer Exzellenz!«, schallte es von der anderen Seite des Platzes herüber.

Es war eine ungewöhnliche Form der Konversation, die sich zwischen Richter Waldvogel und Graf Königsegg über den Marktplatz und über die Köpfe der Menschen hinweg entspann. Die Untertanen des Grafen wussten nicht, wie sie damit umgehen sollten, und schmissen – um ja nichts zu verpassen – ihre Köpfe den jeweiligen Worten zu.

Nach wenigen Minuten war der ungewöhnliche Dialog beendet und Richter Waldvogel deutete seinen Beisitzern und dem Gerichtsschreiber, aufzustehen und ihre Kopfbedeckungen aufzusetzen, was sie ansonsten nur bei Urteilsverkündungen zu tun pflegten.

»Euer Exzellenz!«, rief Waldvogel über den Platz und fuhr fort: »Volk von Rothenfels! Nach dem, was uns der edle Staufner Schlossverwalter Lodewig Dreyling von Wagrain glaubhaft erzählt hat, wäre das Gericht dazu bereit, die Anklage gegen Jockel Mühlegg in vollem Umfange zurückzunehmen, aber …«

Der aufkommenden Geräuschkulisse versuchte der Zeremonienmeister schnell wieder Einhalt zu gebieten … und schien kurioserweise damit durchzukommen. Jedenfalls war es schlagartig still.

»Voraussetzung wäre eine Überprüfung der neuen Gegebenheiten, was so viel heißt, dass womöglich schon morgen eine Prüfungskommission nach Staufen reisen wird, um die Sache direkt vor Ort zu untersuchen. Bis dahin wäre der Angeklagte …«,

Waldvogel räusperte sich, »der möglicherweise zu Unrecht Verurteilte freizusetzen. Allerdings würde das Gericht die letzte Entscheidung dem Volk von Rothenfels überlassen.«

Bevor der Richter weiterreden konnte, brandete ein fröhliches Geschrei auf. Indem die Menschen jubelten, lachten, klatschten und sogar zu tanzen begannen, bekundeten sie ihr zwar nicht ganz einmütiges, aber dennoch überwältigendes Votum, Jockel Mühleggs Qualen beendet zu sehen. Die verhältnismäßig wenigen enttäuschten Gesichter gingen im Freudentaumel unter.

Der Richter und die Beisitzer schauten sich gegenseitig an und zuckten mit den Schultern.

»Sollen wir so verfahren?«, fragte Waldvogel und bekam ein allseitiges Nicken zur Antwort.

Damit der Richter weitersprechen konnte, musste schon wieder der Zeremonienmeister einschreiten.

»Nun denn: So soll es sein!«, rief der Graf knapp, aber aussagekräftig und überlegte sich auf die Schnelle ein Hintertürchen, falls doch irgendetwas nicht so laufen würde, wie jetzt gedacht.

Wieder brach Jubel aus, den Waldvogel mit lauter Stimme so schnell unterbrach, dass der Zeremonienmeister verdutzt dreinschaute. »Sollte sich die Sache wider Erwarten doch als anders herausstellen, würde auf schnellstem Wege mit der Hinrichtung an der Stelle, an der sie jetzt unterbrochen worden ist, weitergemacht. Sollte sich jedoch – wovon das Gericht nunmehr ausgeht – ergeben, dass der ehrenwerte Herr Dreyling von Wagrain die Wahrheit gesprochen hat, wäre der Tagelöhner Jockel Mühlegg aus Staufen nicht nur bis auf Weiteres freizulassen, sondern auch noch für das erlittene Leid zu entschädigen.«

Als er dies hörte, verwünschte sich der Graf. »Hätten Wir nur gleich das Urteil bekräftigt und darauf bestanden, diesen Mühlegg hinrichten zu lassen«, knurrte er in bitterem Gedanken daran, in die gräfliche Geldschatulle greifen zu müssen, seiner milde lächelnden Gemahlin zu.

»Aber …«, unterbrach der Richter die erneut aufkommende Unruhe. »Das Gericht benötigt dennoch den Segen unseres hochwohllöblichen Regenten«, schob er einen Teil der Verantwortung gut vernehmbar über den Marktplatz zum Grafen zurück.

Bevor sich Graf Königsegg zu Wort melden konnte, begann das Volk zu klatschen und sich lauthals für Jockels unverzügliche Freilassung starkzumachen: »Lasst ihn leben, Herr!«, hörte man jetzt genauso vielkehlig, wie man im anderen Falle gehört hätte: »Vierteilt ihn!«

Dass der hochreputierte Reichsgraf zu Königsegg-Rothenfels

nur seine Hand zu erheben brauchte, um für sofortige Ruhe zu sorgen, enttäuschte den Zeremonienmeister, der sich schon den ganzen Nachmittag über allergrößte Mühe gegeben hatte, das Volk zu beruhigen, was ihm mitunter kaum und oftmals nur mithilfe der Trommler gelungen war. Um trotz seiner Enttäuschung zu zeigen, was er kraft seines Amtes alles bewegen konnte, klatschte er dreimal in die Hände, worauf die Fanfarenbläser, die heute lediglich ein einziges Mal zum Einsatz gekommen waren, aus ihrer lethargischen Haltung erwachten und nach ihren frisch polierten Blechinstrumenten griffen.

»Ja, Himmelherrgottsakrament! Geht das nicht schneller?«, schnarrte der Zeremonienmeister die vier Burschen an. Diese hatten nicht mehr damit gerechnet, heute nochmals etwas tun zu müssen, weswegen sie erst noch ihre Gewandungen zurechtzupfen mussten.

Nur gut, dass der Graf immer ein Weilchen überlegt, was er sagen soll, wusste der Zeremonienmeister aus seiner jahrelangen Erfahrung im Umgang mit seinem Herrn und der hiesigen Hofetikette. Er jagte die jungen Musikanten auf das Richterpodium, wo Lodewig und Nepomuk sofort beiseitetraten, um die Burschen in die Mitte des Podestes zu lassen. Als die vier an dem Hünen und seiner imposanten Doppelaxt vorbeimussten, war ihnen allesamt nicht wohl dabei. Aber sie schafften es innerhalb kürzester Zeit, dem Befehl des Zeremonienmeisters nachzukommen, sich ordentlich zu postieren und anzufangen.

Als die ersten Fanfarenstöße intoniert wurden und sich die Köpfe wieder dem Richterpodium zuwandten, dachte sich Waldvogel, dass dies von ihm iniziiert worden sein könnte. »Fürwahr ein großartiger Höhepunkt. Unser Graf spricht quasi das vom Volk revidierte Urteil … und ich werde das letzte Wort haben.«

Bevor der Richter weiter in Eigenlob baden konnte, richtete erst einmal der Herr über Rothenfels und Staufen höchstpersönlich das wohlüberlegte Wort an sein Volk: »Unsere geliebten rothenfelsischen Untertanen! … Gott und die Heilige Jungfrau Maria grüßen euch an diesem denkwürdigen Tag vor Dreikönig«, begann er theatralisch und fuhr fort: »Was Wir sowie all ihr Männer und Frauen, die ihr gekommen seid, den Tod zu beschauen, heute gesehen haben, sprengt alles, was bisher in die gerichtlichen Protokollbücher geschrieben worden ist. Einer der Eurigen ward rechtskräftig zum Tode verurteilt, weil ihm das ehrenwerte Gericht aufgrund eines Geständnisses zwei grausame Morde nachgewiesen hat. Und er sollte zur Sühne seiner schändlichen Taten hier und jetzt bereits in vier Teile gerissen worden sein.«

Der Graf zeigte zu Jockel hinunter.

»Vor euch liegt ein junger Mensch und wäre bereits tot, wenn nicht die irdische Gerechtigkeit Milde gezeigt hätte. Milde in einer Form, die nicht als solche bezeichnet werden könnte, wenn nicht der bedauerliche Fund eines neuerlichen Toten dazu geführt hätte, dass dieser Jockel …«

Nun blickte sich der Graf hastig zu Speen um.

»Mühlegg, Euer Exzellenz!«, half der Oberamtmann aufgrund der heiklen Situation knapp aus.

»… Mühlegg nicht der Schuldige am vorangegangenen Tod von zwei jungen Staufner Burschen sein kann. Im allerletzten Moment, auf den Punkt genau, sind zwei ehrenwerte Männer aus Staufen gekommen und haben neue Erkenntnisse in Unsere Residenzstadt gebracht, die euch, das Volk von Rothenfels, das Hohe Gericht und auch Uns davon überzeugt haben, dass Jockel Mühlegg unschuldig ist und wegen desselben Verbrechens nie mehr angeklagt werden kann.«

Die sich anbahnende Fröhlichkeit, das Tanzen und das gegenseitige Umarmen, das Klatschen und die zunehmenden, in festem Rhythmus gipfelnden »Jockel! – Jockel!«-Rufe erstaunten die Exzellenzen ebenso wie das Richtergremium.

»Das hätte ich nicht gedacht«, sagte Waldvogel zum rechts neben ihm stehenden Beisitzer. »Normalerweise giert das Volk nach Blut. Aber die Allgäuer scheinen aus anderem Holz geschnitzt zu sein. Um der Gerechtigkeit willen sind sie sogar dazu bereit, auf ein grandioses Spektakel zu verzichten. Vor solchen Menschen ziehe selbst ich den Hut.«

Graf Königsegg hob wieder die Hand. »Der heutige Tag hat uns gezeigt, dass auch die rothenfelsische Gerichtsbarkeit nicht unfehlbar ist und neu überdacht werden muss, insbesondere die Verhörmethoden, die – wie in diesem Falle offensichtlich – das eine oder andere Mal zu falschen Geständnissen führen können«, sah sich der Graf genötigt, »freiwillig« Fehler einzuräumen, und fügte noch an, dass nur Gott unfehlbar sei.

Verdammte Scheiße!, dachte Richter Waldvogel. Da kommt noch etwas auf mich zu.

Ob dieser für einen Potentaten ungewöhnlichen Offenheit ihres Regenten tuschelten die Menschen und nickten gleichsam anerkennend und zustimmend.

Auch Nepomuk und Lodewig umarmten sich überglücklich.

»Gratuliere! Ich bin stolz auf dich«, sagte der Mönch und schlug Lodewig so fest auf die Schulter, dass dieser fast in die Knie ging.

Um seine kurze, aber unglaublich offene und wohltuende Rede beenden zu können, hob der Graf ein drittes Mal erfolgreich die Hand.

»So stimmen Wir denn dem Willen Unseres geliebten Volkes und der neuen Entscheidung des Hohen Gerichtes, das sich …«, der Graf räusperte sich fast etwas verlegen, »nicht zu schade war, ein aus unglücklichen Umständen heraus entstandenes Todesurteil zurückzunehmen, zu. Auch Wir plädieren für Freispruch!«

Was sich jetzt auf dem Marktplatz und auf der Richtstätte abzuspielen begann, war unbeschreiblich. Während das Volk entfesselt war, stand der Carnifex wie ein erschöpfter Fuhrknecht nach getaner Arbeit da und suchte den Blickkontakt mit Waldvogel, der wusste, dass er sich nicht nur wegen der winterlichen Temperatur würde warm anziehen müssen. Sebastian Deibler rann trotz der Kälte der Schweiß in Strömen von der Stirn. In einer Hand hielt er schlapp seine Kapuzenmaske, während er mit dem anderen Arm Lucki an sich drückte. Beiden liefen die Tränen herunter. Und niemand schien sich daran zu stören. Während sich der Immenstädter Pfarrer über die Absperrung helfen ließ, um möglichst rasch zum Richterpodest zu gelangen, knieten Schwester Bonifatia und Propst Glatt bei Jockel und schickten ein Dankgebet nach oben. Zwischen ihnen kniete der Staufner Ortsvorsteher und schüttelte ungläubig, aber glücklich den Kopf. An Beten war für ihn momentan nicht zu denken. Wie alle anderen konnte auch er noch nicht begreifen, was soeben geschehen war.

Das Mädchen, das Schwester Bonifatia kurz zuvor ihren wärmenden Überwurf gegeben hatte, war inzwischen ebenfalls über die Absperrung geklettert und zu Jockel geeilt, wo es sich neben ihn gekniet hatte und jetzt seine Hand hielt, während sie ihm sanft das Gesicht abtupfte. Zum Dank bemühte sich Jockel, ein Lächeln auf seine Lippen zu zaubern. Und es gelang ihm tatsächlich. Überglücklich beugte sich das Mädchen zu ihm hinunter, drückte ihm ihren Kopf sanft entgegen und gab ihm einen stillen Kuss auf die Stirn. So sachte der Kuss auch war und so wenig Jockels Körper aufgrund seines desaströsen Zustandes zu empfinden vermochte, hatte er dieses schüchterne Zeichen der Zuneigung doch gespürt – und wie er es gespürt hatte! Keine Medizin dieser Welt hätte Jockel jetzt besser helfen können als dieses liebliche Geschöpf Gottes, das direkt für ihn vom Himmel gefallen sein musste. Man sagte, dass ein zum Tode Verurteilter noch an der Hinrichtungsstätte freigesprochen wurde, wenn ihn ein Mädchen zum Mann nehmen würde. Dass dies nicht in jedem Falle galt und dass dies sowieso nicht mehr nötig sein würde, realisierte Jockel nicht – ihm war nur kurz dieser Gedanke durch den Kopf geschossen. Er befand sich in einem schwebenden Zustand, seine Hand wurde gänzlich kraftlos und er verlor wieder die Sinne. Im Beisein zweier betender Kleriker, von der gräflichen Familie mit regelrecht faszinierten Blicken beobachtet und inmitten der jubelnden Menschenmenge entspann sich etwas, das mehr war als der fromme Wunsch, Hilfe zu geben und diese Hilfe zuzulassen.

»Ihr habt eure Arbeit heute so gut wie noch nie gemacht«, lobte einer der strahlenden Rossknechte, während er das erste Pferd am Eckpfosten anband. Selbst diese hartgesottenen Burschen zeigten Gefühle, umarmten sich und waren dankbar für die Arbeit, die sie und ihre Rösser jetzt nicht mehr verrichten mussten.

Der Carnifex löste sich als Erster aus seiner Starre und ging zu Schwester Bonifatia. »Ehrwürdige Schwester …«, sagte er nur und hatte sofort deren Aufmerksamkeit.

Sie stand auf, ging um Jockel herum, reichte dem Carnifex die Hand und kam ihm mit der Wahl ihrer Worte zuvor: »Trotz Eures schändlichen Berufes seid Ihr fürwahr kein schlechter Mensch. Gott wird es Euch lohnen.«

Als sie Sebastian Deibler auch noch das Kreuzzeichen auf die Stirn zeichnete, wurde er gänzlich verlegen, wischte sich die Tränen aus dem Gesicht und war bemüht, sich stark zu geben, indem er versuchte, seinen gewohnt forschen Berufston anzuschlagen, was ihm aber gänzlich misslang. Stattdessen kündete seine Stimme von dem, was gerade in seinem Herzen vorging: »Aber ... jetzt ... müssen wir schleunigst Jockel helfen!«, brachte er nur stotternd hervor.

»Um Gottes willen! – Natürlich!«, antwortete die leicht verwirrte Krankenschwester und eilte zur Absperrung, wo sie ihre Medizintasche gelassen hatte. Dabei kam sie gerade noch rechtzeitig. Zwischen den Schwertlingen der Absperrung sah sie eine kleine Hand, die versuchte, die bereits geöffnete Tasche durch den Zaun zu ziehen.

»Möchtest du später einmal Medicus werden?«, fragte sie den Kleinen, der versucht hatte, die Tasche zu stehlen, beiläufig und kümmerte sich nicht weiter um ihn. Kurz nachdem sie sich abgewandt hatte, um zu Jockel zu eilen, hörte sie ein Klatschen, das von der Ohrfeige herrührte, die der Vater des kleinen Diebes seinem Sprössling verabreicht hatte.

»Entschuldigt, Schwester!«, rief er ihr noch nach, bekam aber keine Antwort.

Als sich sowohl auf der Richtstätte als auch auf dem Marktplatz alles etwas beruhigt hatte und nur noch die rhythmischen »Jockel! – Jockel!«-Rufe zu hören waren, drehte sich Lodewig zu Waldvogel um. Der Richter verstand sofort, was der Staufner Schlossverwalter von ihm erwartete.

»Meine Herren! Wir waren uns einig?«, stellte Waldvogel, nur rhetorisch gemeint, in den Raum und wartete das allseitige Nicken der Beisitzer ab, bevor er den Zeremonienmeister anwies, ein letztes Mal für Ruhe zu sorgen.

Da dies trotz eifrigsten Klopfens mit dem Marschallstab nicht gelang, wollte er wieder die Fanfarenbläser zum Einsatz bringen, unterließ dies aber, weil »nur« der Richter und nicht der Graf das Wort erheben wollte. Also schickte er einen der jungen Bürgersöhne zum Tambourmajor, um ihm die Anweisung zu überbringen, dass er mitsamt seinen Trommlern sofort hierherkommen müsse. »Sie sollen sich sputen!«

Obwohl es ein Weilchen dauerte, bis die Trommler wieder vor dem Richterpodest Aufstellung genommen hatten, blieb auch weiterhin alles friedlich und es war immer noch Jockels Name im Chor zu hören.

Zwischenzeitlich war der Stadtpfarrer am Richterpodest angelangt und blätterte hastig in seinem Gebetbuch, in dem er ein für diese weiß Gott ungewöhnliche Situation passendes Schlussgebet suchte, herum.

Mehrmals setzte Trommelwirbel ein, ging in Marschschritt über und endete wieder mit einem Trommelwirbel.

»Offensichtlich hat sich auch dieser Tambourmajor von der allgemeinen Freude anstecken lassen«, bemerkte Nepomuk seinem strahlenden Freund Lodewig gegenüber. Jedenfalls erfüllte diese neu zusammengestellte Schlagkombination des Immenstädter Trommlerkorps ihren Zweck und es wurde schlagartig ruhig auf dem Kirchplatz.

Jetzt hatte Waldvogel trotz des Durcheinanders tatsächlich das, was er bereits zu Beginn der Gerichtsverhandlung gewusst hatte – das letzte Wort, das ihm allerdings lieber im Mund stecken bleiben würde und keine richtige Freude bereiten mochte, weil er nicht so richtig wusste, was er eigentlich sagen sollte. Aber irgendwie musste er versuchen, sich aus der misslichen Situation herauszuwinden. Deswegen gab er mit belegter Stimme bekannt: »Hiermit verkünde ich im Namen Ihrer hochwohllöblichen Exzellenz, des Reichsgrafen Hugo zu Königsegg, des Blutbanninhabers auf gesamtem rothenfelsischem Hoheitsgebiet, dass das aufgrund sorgfältiger Recherchen, Zeugenvernehmungen und eines …« Der ungewohnt verunsichert wirkende Redner räusperte sich verschämt, bevor er gänzlich dummes Zeug zu reden begann: »… unter Umständen möglicherweise vielleicht falsch verstandenen Geständnisses gefällte Urteil gegen den Staufner Tagelöhner Jockel Mühlegg aufgrund der soeben gehörten neuen und aller Wahrscheinlichkeit nach wahren Erkenntnisse aufgehoben wird! Dies geschieht im einvernehmlichen Konsens mit Ihrer Exzellenz, des Grafen … äh …«

Die Litanei der Titel, die er bereits zu Beginn seiner Verkündigungsrede sträflich vergessen hatte herunterzuleiern, verschluckte er in seiner Anspannung abermals. »… und auf ausdrücklichen

Wunsch der hier versammelten Bürger, Kaufleute, Handwerker und Bauern!«, war es nur so aus ihm herausgesprudelt.

Er war froh, diese Peinlichkeit hinter sich gebracht zu haben, weswegen er ein wenig erleichtert ausschnaufte, um in irgendwie resigniert wirkendem Ton das alles entscheidende Schlusswort zu sprechen: »Der Gefangene ist sofort freizusetzen! Die Verhandlung ist beendet!«

Ermattet ließ er sich in seinen Stuhl fallen. Er wusste, dass ihm das, was er soeben alles von sich gegeben hatte, nicht gerade zu Ehre und Ansehen gereichen würde und es ihm damit nicht gelungen war, sich aus der Verantwortung zu stehlen. Dass seine Art und Weise der Gefangenenvernehmung ein Nachspiel haben würde, war ihm mittlerweile klar geworden. Während der verdammte Carnifex in der Gunst des Regenten gestiegen sein dürfte, bin ich selbst zweifellos bis ins Bodenlose gesunken, dachte er sich noch, bevor er das frisch gefüllte Glas Wein in einem Zug hinunterschüttete, bevor er es so auf den Tisch knallte, dass es barst und seine Handinnenfläche blutete.

Missmutig betrachtete der ganz und gar nicht mehr »gnadenlos« wirkende Richter Michael Waldvogel das fröhliche Treiben unter sich. Denn was jetzt folgte, war unbeschreiblich: ein Freudentaumel, den es in Immenstadt seit der Erhebung zur Stadt im Jahre 1360 nicht oft gegeben hatte. Damals war Immenstadt ein Stadtzwerg mit allerhöchstens 200 Einwohnern gewesen, also eine der sogenannten »Minderstädte«, die typisch für das deutsche Mittelalter gewesen waren. Jetzt zeigte Immenstadt sich zwar immer noch als eine kleine Metropole, jedoch als eine, die mit Sicherheit in die gesamte kontinentale Gerichtsbarkeit eingehen würde.

KAPITEL 37

Mit einem weinenden und einem lachenden Auge stand der Benediktinermönch Nepomuk neben den zwar nicht gerade fröhlich, aber irgendwie doch glücklich wirkenden Trossmitgliedern, die sich von Immenstadt aus auf den Weg zurück nach Staufen machen wollten und gerade damit beschäftigt waren, um den ohnedies schon dick vermummten Jockel herum zusätzliche Decken zu stopfen, damit er auf dem Ladewagen nicht unnötig hin- und hergeschüttelt werden würde. Währenddessen kümmerten sich der Staufner Ortsvorsteher und Lodewig um das Anspannen ihrer Pferde, was gar nicht so leicht zu bewerkstelligen war, weil Schädlers Stute unruhig schnaubte und sich nicht anschirren lassen wollte.

»Wahrscheinlich hat sie sich bei der Herfahrt an Immlers Stute gewöhnt und fürchtet nun deinen schwarzen Hengst. Sie mag wohl keine Männer«, entschuldigte der Ortsvorsteher das Verhalten seiner »Braunen« und bemühte sich weiter, das Pferd zu beruhigen.

Etwas abseits von Bruder Nepomuk stand Sebastian Deibler. Der Carnifex wartete ebenfalls darauf, dass sich der Tross in Richtung Staufen aufmachen würde. Deibler war auch nicht gerade klein gewachsen, rückte neben dem hünenhaften Mönch jetzt aber doch etwas in den Hintergrund, was sein ausgezehrter Gesichtsausdruck und sein schlafbedürftiger Blick noch verstärkten. Da er befürchtete, dass es bei der Abreise zu Problemen oder gar zu unerwarteten Tumulten kommen könnte, hatte er sicherheitshalber seinen Säbel umgeschnallt und einen zweiten Dolch unter den breiten Gürtel gesteckt. Obwohl sich das Volk gestern am Schluss eines schier unglaublich kuriosen Rechtsaktes begeistert für Jockels Freilassung eingesetzt hatte, konnte es sein, dass Einzelne mit dieser Entscheidung nicht einverstanden waren und versuchen würden, im Nachhinein Ärger zu machen oder Jockel doch noch an den Kragen zu gehen. Selbstjustiz konnte der berufsmäßige Nachrichter überhaupt nicht leiden und schon gar nicht durchgehen lassen. Schließlich hatte selbst er eine Berufsehre. Auch wenn er gestern

Abend kein »Meisterstück« hatte abliefern können und deswegen um einen Teil seines Lohnes würde streiten müssen, so würde er im Augenblick alles dafür tun, um Jockel zu schützen. Wenn es sein musste, würde er heute sogar das eigene Leben für sein gestriges Opfer hingeben. Verkehrte Welt! Aber: »Recht muss Recht bleiben!«, pflegte er schließlich immer zu sagen, wenn seine Arbeit angezweifelt oder gar kritisiert wurde.

Sebastian Deibler war schon ein komischer Kauz; einerseits verdiente er sein Geld in erster Linie mit dem Quälen und Hinrichten von Menschen, andererseits besaß er ein so großes Herz wie wohl die wenigsten seiner allseits ach so geachteten und als ehrbar bezeichneten Mitmenschen. Und jetzt würde er es auch noch ohne eine meisterliche Hinrichtung – die vor grandioser Kulisse hätte stattfinden können – schaffen, landauf, landab in den Protokollbüchern der Scharfrichtergilden beispielgebend verewigt zu werden; denn nachdem er den Staufnern geholfen hatte, Jockel Mühlegg, einen zunächst verurteilten, dann doch wieder freigelassenen Delinquenten auf seinem Karren – dem offiziellen Gefährt des Immenstädter Nachrichters – zur weiteren Pflege in den Marstall zu transportieren, hatte er auch noch helfen müssen, genau dieses Opfer der Justiz zu verarzten. Was für eine Ironie des Schicksals!

Da Waldvogels Schlusswort einen unglaublichen Freudentaumel ausgelöst hatte und es auf dem Immenstädter Marktplatz fröhlich drunter und drüber gegangen war, hatte der Graf sogar gestattet, die Wirtshäuser zu öffnen. Was dort dann los gewesen war, konnten sich diejenigen, die nicht dabei gewesen waren, nicht annähernd vorstellen.

Aber Sebastian Deibler war trotz seines wohlverdienten Durstes nicht der Sinn nach Bierseligkeit, und schon gar nicht nach einem »Vergessenstrunk« gestanden. Stattdessen hatte er nicht lange gefackelt und mithilfe des Staufner Ortsvorstehers Jockel auf die Ladefläche seines Dienstfuhrwerkes gelegt und zum gräflichen Marstall hochgebracht. Erst als Jockel in Sicherheit und im warmen Stall gelegen war, hatte er seinem Sohn Lucki die Zügel in die Hände gedrückt und ihn mitsamt dem kompletten Handwerkszeug nach Hause geschickt, wo er seiner Mutter hatte alles haarklein berichten und ihr sagen sollen, dass er selbst die Nacht über bei Jockel bleiben und morgen im Laufe des Tages schon irgendwie nach Hause kommen würde. Dass Lucki seine erste Bewährungsprobe als Helfer des städtischen Vollstreckers in jeder Hinsicht unbeschadet hinter sich gebracht hatte, war auch für den Carnifex ein Grund, glücklich zu sein, weswegen er sich in aller Ruhe hatte Jockel widmen können.

Gestern war es zu spät gewesen, um den Burschen noch in der Nacht nach Staufen transportieren zu können. Sein gesundheitlicher Zustand war so miserabel gewesen, dass sich Sebastian Deibler zusammen mit Nepomuk und Schwester Bonifatia gemeinsam um seine Gesundheit hatte kümmern müssen, während Hermann Schädler und der Propst mehr oder weniger ratlos herumgestanden waren. Auch wenn alle den Ort des Geschehens hatten möglichst schnell verlassen wollen, hatte an eine Heimreise direkt nach dem Ereignis beim besten Willen nicht mehr gedacht werden können.

Gerade Propst Glatt hatte keine Ruhe mehr gehabt und befürchtet, dass doch noch etwas Schlimmes geschehen könnte, weswegen er trotz Jockels schlechtem Gesundheitszustand mehrmals dafür plädiert hatte, Immenstadt auf schnellstem Wege zu verlassen. »Fuge cito et longe!«, was nichts anderes hieß als: »Flieh schnell und weit!«, hatte er immer wieder flehentlich einen Spruch aus vergangenen Pestzeiten bemüht, war aber trotz seines geschliffenen Lateins und seines Drängens nicht damit durchgekommen.

Als auch noch das Mädchen mit den roten Zöpfen und den süßen Sommersprossen, das sich nicht hatte abwimmeln lassen und ebenfalls mit zum Marstall gekommen war, dem Propst selbstbewusst ins Gewissen geredet hatte, war dem nicht gerade mit Mut gesegneten Kirchenmann klar geworden, dass er sich auf eine lange Nacht in diesem – aus seiner Sicht – stinkenden Stall einrichten musste. Als sie ihm forsch entgegnet hatte, dass doch das Jesuskindlein auch in einem Stall gelegen habe, hatte das Mädchen das Interesse des Propstes geweckt.

»Wie heißt du eigentlich?«, hatte Johannes Glatt die freche Göre, die sich offensichtlich noch an der Richtstätte stante pede in Jockel verliebt hatte, gefragt. »Und bist du getauft?«

»Man nennt mich Lisa und ich wohne in der Stadtmauer!«, war es fröhlich zur Antwort gekommen. »Ob ich getauft bin, weiß ich nicht … Aber ich gehe manchmal in die Kirche«, hatte das unbekümmert wirkende Mädchen – das immerhin über Christi Geburt Bescheid wusste – noch ergänzt.

»Was bedeutet das, dass sie ›in‹ der Stadtmauer wohnt?«, hatte sich der Propst selbst leise, aber doch so laut gefragt, dass es Peter Immler hatte hören können.

Da der Immenstädter darüber Bescheid gewusst hatte, was Lisa gemeint hatte, war er zum Propst hingegangen und hatte ihn ein Stückchen beiseitegezogen. »In den Nischen und unter den Bögen, die den Wehrgang stützen, haben sich die Ärmsten der Armen ihre Wohnstätten eingerichtet.«

»Ich danke Euch, Herr Immler. Aber das ist ja schrecklich! … Das arme Ding«, hatte der Propst gesagt und sich sofort Gedanken darüber gemacht, wie er Lisa weiter ausfragen konnte, um in Erfahrung zu bringen, ob sie nun getauft worden war oder nicht. Während er darüber nachdachte, rieb er sich in Erwartung, dem Herrn und seinem Immenstädter Amtsbruder ein neues Schäflein zuführen zu können, schon die Hände.

Im Marstall war es angenehm warm gewesen und es hatte Heu im Überfluss gegeben, um sich damit gemütliche Lagerstätten bereiten zu können. Unaufgefordert hatten die Rossknechte für alle eine warme Suppe organisiert. Die gräflichen Bediensteten hatte wegen der mit ihrem Beruf verbundenen Tätigkeit bei Vierteilungen allesamt das schlechte Gewissen geplagt, obwohl sie im Falle der Hinrichtung nur Anordnungen befolgt und pflichtbewusst ihre Arbeit verrichtet hätten.

»Gott vergelt's euch!«, hatte Schwester Bonifatia sich bedankt und jedem von ihnen ein Kreuz auf die Stirn gezeichnet, als sie eine Schüssel in Empfang genommen und mit Lisas Hilfe damit begonnen hatte, Jockel die kräftigende Brühe vorsichtig und langsam einzuflößen.

Da hatte es an der Marstalltür geklopft und einige Wachsoldaten waren eingetreten. Sie hatten auf ihre abendliche Essensration verzichtet und sie zum Marstall gebracht.

»Mit den Grüßen unserer Kameraden. Wir bewundern euch alle. Irgendwie seid ihr Staufner schon wilde Hunde«, hatte einer von ihnen mit einem Anflug von Hochachtung gesagt und wollte dies als Lob verstanden haben.

Kaum waren die Soldaten gegangen, brachten nacheinander etliche Bewohner des Städtles weitere Fressalien, warme Getränke und Wolldecken vorbei.

»Der Herr hat ein besonderes Auge auf euch gerichtet«, hatte eine vornehm gewandete Bürgersfrau, deren hochgeschlossener Kragen eine wunderschöne Brosche geziert hatte, gesagt und Schwester Bonifatia, in einem Stofftüchlein verpackt, einen Gulden, einen halben Gulden, etliche Kreuzer und viele Heller in die Hände gedrückt. »Für Jockels Pflege! Seht zu, dass er wieder ganz gesund wird.«

»Das … das müssen ja mehr als zwei Taler sein!«, hatte die Schwester geschätzt und diesen Akt von Barmherzigkeit kaum fassen können. Zu diesem Zeitpunkt hatte sie noch nicht wissen können, dass diese großherzige Spende nicht ganz uneigennützig gewesen war. Denn die feine Frau hatte sich umgedreht und die Tür aufgeschoben. »Und nun bitte ich Euch, ehrwürdige Schwester, meine kranke Tochter zu segnen.«

Unter dem Türrahmen war ihr Mann gestanden und hatte ein Bündel auf dem Arm, in das ein etwa 2-jähriges Mädchen gewickelt war.

»Was fehlt der Kleinen?«, fragte die Schwester, der nicht entgangen war, dass das Kind noch blasser gewesen war, als es die meisten Kinder dieser von Hunger und Krankheit geprägten Zeit sowieso schon waren.

»Das weiß nur der Herrgott, weswegen wir Euch um Euren Segen ersuchen«, antwortete die Frau in resigniertem Ton. Trotz ihres vom Leid gezeichneten Gesichtes hatte man ihr angesehen, dass sie eine Frau von etwas feinerer Herkunft gewesen war. Und die Art, wie sie gesprochen hatte, hatte diesen Eindruck zudem noch verstärkt.

»Sie ist nur eine Ordensfrau und darf nicht segnen«, mischte sich Propst Glatt, der zufällig mitgehört hatte und näher getreten war, etwas unschicklich ein. »Warum geht Ihr damit nicht zu eurem Stadtpfarrer?«

Die Frau hatte verschämt ihr Haupt gesenkt und leise gesagt: »Mein Mann ist Lutherisch.«

Nachdem die wegen des zwar inhaltlich wahren, dennoch etwas despektierlichen Spruches des Priesters leicht säuerliche Ordensschwester den Mann streng gemustert hatte, hatte sie energisch festgestellt: »Aber da kann doch das Kind nichts dafür. Was fehlt nun der Kleinen?«

»Wir wissen es wirklich nicht!«, hatte die groß gewachsene Frau gesagt und gestockt, bevor sie weitergesprochen hatte: »Wir haben alles versucht. Wir haben einen Medicus …«

Ihr Mann streichelte dem Kind sanft über die Wange und blickte sich ängstlich um: »… und in unserer Verzweiflung sogar einen Bader und eine Wehmutter aufgesucht. Aber nichts hat geholfen«, ergänzte er das von seiner Frau zuvor Gesagte.

Während Bonifatia das Geld in ihrer Kutte hatte verschwinden lassen und einige Fetzen eines Gebetes von sich gegeben hatte, bevor sie das Kind mitsamt den Eltern vom Staufner Pfarrer hatte segnen lassen, war auch Sebastian Deibler neugierig geworden und näher getreten. Er hatte das ständig hustende Häufchen Elend lange betrachtet und trotz des Protestes der überraschten Eltern an etlichen Stellen des Körpers betastet. Plötzlich hatte er gelächelt und mit einem leisen Kopfnicken gesagt: »Ich glaube, ich kann dem kleinen Wurm helfen, gute Frau. Ihr müsst mir nur sagen, wo Ihr wohnt.«

Zuerst hatten die Eltern des kranken Mädchens sich und dann ihn so entsetzt angesehen, dass der Carnifex ihre Gedanken hatte deuten können. »Keine Sorge. Ich schleiche mich noch heute Nacht so leise zu Euch, dass mich niemand sieht. Ihr könnt mir vertrauen und mir getrost sagen, wo ich Euch finde! Ich klopfe ganz langsam dreimal an Eure Tür.«

»Und die Bezahlung?« Mehr war dem Vater des Kindes in Gedanken daran, dass ein Mann, der normalerweise Menschen tötete, seinem geliebten Kind sollte helfen können, nicht eingefallen.

»Macht Euch darüber keine Gedanken. Wenn Euer Kind gesundet ist, könnt Ihr den Weg zur Oberen Wacht wagen und mich nach Eurem Gutdünken entlohnen«, antwortete Deibler, der wusste, wie schwer es dem feinen Herrn fallen würde, sich dabei ertappen zu lassen, wie er zu Deiblers Haus gehen würde. Damit würde er offen zeigen, dass er etwas mit dem Carnifex zu schaffen hatte. Bei diesem Gedanken hatte Sebastian Deibler gegrinst. Dies hatte auch die Frau gewusst, ihren Mann dennoch ermutigend angeschaut. Obwohl sie als geachtete Bürgerin galt und ihren guten Ruf verlieren könnte, wenn man den Carnifex bei ihr ein- und ausgehen oder ihren Mann zur Wacht schleichen sehen würde, hatte sie Sebastian Deibler spontan an ihr Herz gedrückt und ihm die Adresse ins Ohr geflüstert. Danach hatte sie sich sofort zum Gehen gewandt, damit man ihre Tränen nicht mehr hatte sehen können.

Schwester Bonifatia hatte den Carnifex linkisch angeschaut und geschmunzelt: »Ich habe es Euch heute schon einmal gesagt, dass Ihr kein böser Mensch seid … Und offensichtlich hat Euer Beruf sogar gewisse Vorteile, die für eine Heilkundige wie mich von Interesse sein könnten.«

Ein Weilchen später hatten sie neuerlich das unangenehme Quietschen der rostigen Türscharniere gehört und ein bisschen ängstlich zum Eingang hingeschaut. Sie hatten zwar gewusst, dass ihnen in einem gräflichen Gebäude wohl kaum jemand etwas Böses hätte antun können, waren sich dessen aber nicht allzu sicher gewesen, weswegen sich die Männer zuvor unabgesprochen zu beiden Seiten der Tür postiert hatten.

Im schalen Schein des Raumlichtes hatten sie den Kopf einer verhärmt wirkenden Frau gesehen. Offensichtlich hatte die sich nicht hereingetraut.

»Für Jockel! Mein Sohn braucht es nicht mehr – er ist an der Schwindsucht gestorben«, hatte sie mit heiserer Stimme geflüstert, ein Bündel in die Stallung geworfen und war so schnell verschwunden, wie sie aufgetaucht war.

Die Immenstädter schienen den ehemaligen Delinquenten mittlerweile alle nur noch »Jockel« zu nennen. Niemand hatte ihn jetzt noch abschätzig als »der da« und »der Mörder«, geschweige denn als »die Drecksau« oder noch schlimmer bezeichnet. Er war für alle einfach nur noch »der Jockel« gewesen, was sehr vertraut geklungen und allen gutgetan hatte.

Schwester Bonifatia hatte das Bündel geholt und auseinandergerollt. Es war eine komplette Gewandung mitsamt Schuhen, und dazu auch noch in recht gutem Zustand. Sie hatte das Wams hochgehoben und, sichtlich angetan, den anderen gezeigt. Bei manch einem von ihnen hatten sich schon wieder ein paar Tränen gelöst und waren unaufhaltsam die Wangen hinuntergekullert.

»Jetzt aber weiter, Schwester!«, mahnte Nepomuk, der die ganze Zeit über bei dem Verletzten gewesen war, sich endlich wieder mit »dem« Jockel, mit »unserem« Jockel zu befassen.

Bevor das Licht erloschen war, hatten Schwester Bonifatia und Nepomuk Jockels geschundenen Körper mit dem Holunderschnaps des Propstes abgetupft, obwohl der Priester mangels anderen Alkohols den schrecklich schmeckenden Schnaps am liebsten doch noch gerne selbst getrunken hätte. Durch seine großzügige Entsagung waren Jockels Lebensgeister mehr als gewollt geweckt worden. Aber Jockel war, wie schon die schmerzhaften Wochen zuvor, unglaublich tapfer gewesen und hatte nicht geschrien, als die Schwester mit dem wie Feuer brennenden Desinfektionsmittel seine Wunden gereinigt hatte. Trotz der Schmerzen war kaum ein Laut über seine Lippen gekommen. Wahrscheinlich hatten Sebastian Deiblers Blätter immer noch etwas gewirkt ... oder war es Lisas Händehalten? Während die am ganzen Körper verteilten Wunden mit Bonifatias Salbe, die sie aus Arnika, Kamille und Murmeltierfett hergestellt hatte, eingerieben und danach verbunden worden waren, war Lisa darangegangen, für Jockel den sowieso schon gepolsterten Ladewagen als weiches Nachtlager herzurichten und hatte ihn gleich nach seiner Behandlung mit genügend Decken und einem kuscheligen Schaffell zugedeckt. Dabei hatten die beiden zwar müde, aber vielsagende Blicke ausgetauscht. Trotz seiner körperlichen Schwäche und des ungeachtet seiner Rettung schlechten seelischen Zustandes hatte Jockel ein kräftiges Herz, das ihn hatte spüren lassen, dass das bis vor ein paar Stunden noch verloren geglaubte Leben mit ihm doch noch etwas vorhatte. Als sich Lisa ganz vorsichtig an ihn geschmiegt hatte, war Jockel ein vielsagendes Lächeln über die spröden Lippen gehuscht, bevor ihn endgültig die Müdigkeit übermannte.

Abwechselnd hatten sie Wache gehalten, ständig Jockels Lippen benetzt und dessen Stirn abgetupft. So war eine unruhige, aber irgendwie doch glückliche Nacht vorübergegangen.

Am Morgen darauf standen sie reisefertig und mit reichlich Proviant bedacht vor dem gräflichen Marstall, wo sich schon wieder eine Menge Leute eingefunden hatten. Sie warteten nur noch auf Peter Immler, der seine Eltern besucht hatte, um ihnen von Maria, seiner großen Liebe, zu erzählen. Dass er die Nacht nicht auf seinem eigenen weichen Lager, sondern im Marstall hatte verbringen wollen, hatte seine Mutter nicht verstanden, zumal er nur eine kurze Zeit zu Hause gewesen war, weil er noch zu Richter Waldvogel gemusst hatte, um in seiner Eigenschaft als Ratsherr neue Instruktionen in Bezug auf den aktuellen Mord in Staufen einzuholen. Allerdings war er von den Bütteln mit den knappen Worten: »Das macht unser Herr selbst. – Der Richter ist erkrankt« an Waldvogels Haus abgefangen und direkt ins Schloss geleitet worden, wo der Regent schon ungeduldig auf ihn gewartet hatte. Der Ratsherr sollte sich in allerhöchstem Auftrag in Staufen ein Bild von der Sache machen und nicht dem seit gestern in Ungnade gefallenen Richter, sondern dem Grafen persönlich Bericht erstatten, damit man im Städtle schnellstens entscheiden konnte, ob eine Prüfungskommission nach Staufen geschickt werden müsse oder ob man sich das sparen könne. Auf seine Frage, was denn mit Richter Waldvogel sei, hatte der Graf keine Antwort gegeben und seinen jungen Ratsherrn sogar grußlos mit dessen Mission entlassen.

Als die Wachen das Tor öffneten und Nepomuks Gefährten sich mit den besten Wünschen in Richtung Staufen aufmachten, rief der Mönch dem Staufner Kastellan noch nach: »Lodewig! Kümmere dich um Eginhard. Hörst du? Wenn etwas sein sollte, kann er die heilerische Nonne zurate ziehen«, lästerte er ein wenig, weil er wusste, dass die Franziskanerin – bei allem Respekt vor deren Arbeit – dieser Aufgabe nicht gewachsen sein würde.

»Bis bald!«, verabschiedete sich Nepomuk, der sich einer Einladung des Grafen, sein persönlicher Gast zu sein, nicht hatte verschließen können, und winkte den Seinen nach. Jetzt, da der heilkundige Mönch wusste, dass für Jockel alles Menschenmögliche getan wurde, freute sich der illegitime Hohenzollernspross darauf, ein paar Tage im Immenstädter Schloss zu bleiben und vom Reichsgrafen mehr über dessen 1637 in Konstanz verstorbene Gemahlin Maria Renata, die seine Halbschwester gewesen war, zu erfahren.

»Außerdem dürfte mein ›Schwager‹ einen gut gefüllten Weinkeller haben«, sagte er zu Sebastian Deibler, der gerade daran dachte, seinen üblichen Rausch, den er sich normalerweise stets vor Hinrichtungen antrank, jetzt – nachdem die Sache vorüber war – im *Weißen Kreuz* nachzuholen.

Der Tross hatte sich bereits in Richtung des Schollentores in Bewegung gesetzt, als hinter ihm der Hufschlag mehrerer Pferde zu hören war. Bis auf Jockel drehten sich alle um und sahen, dass ihnen fünf Soldaten folgten und schnell aufholten.

»Hauptmann von Huldenfeld!«, stellte sich derjenige, der eine feinere Uniform und einen Säbel mit Portepee trug, vor.

»Graf Königsegg hat uns zu euer aller Schutz abkommandiert … Wir begleiten euch bis nach Staufen.«

Nachdem dies geklärt war, wandte Benedikt von Huldenfeld sich in der zackigen Sprache eines Offiziers Lodewig zu: »Werter Herr Dreyling von Wagrain, gräflicher Schlossverwalter zu Staufen … Wir müssen uns unterhalten!«

»Später!«, antwortete Lodewig, aufgrund der angespannten Situation fast ein bisschen hochnäsig wirkend, und gab den Pferden wieder leicht die Zügel. »Später, werter Herr von Huldenfeld!«

Dass sich der ebenfalls niederadlige Gardeoffizier vergangene Nacht noch dafür eingesetzt hatte, dem Tross einen aus vier schwer bewaffneten und bestens ausgebildeten Gardesoldaten bestehenden Geleitschutz mit auf den Weg zu geben, hatte sich nicht bis zu der kleinen Reisegesellschaft durchgesprochen, weswegen Lodewig so überrascht war wie ein Glockengießer. Bevor der ranghöchste Offizier der gräflichen Garde allerdings den Segen des Grafen hierzu erhalten hatte, war eine gute Argumentation vonnöten gewesen: »Euer Exzellenz! Jetzt hat Jockel Mühlegg schon so viel hinter sich gebracht und ist dem Tod im letzten Moment von der Schaufel gesprungen … Da ist es unsere Pflicht, dafür zu sorgen, dass er auch noch gesund nach Staufen kommt«, hatte der erfahrene Soldat als erstes Argument für seine an den Tag gelegte Menschlichkeit ins Feld geführt.

»Gesund? … Ha! Gesund ist gut«, hatte Graf Königsegg ungläubig das Gesicht verzogen und seinem treu ergebenen Offizier seine Zustimmung erst in Aussicht gestellt, nachdem von Huldenfeld einen interessanten Vorschlag gemacht hatte: »Euer Exzellenz! Bedenkt, dass Ihr Euch dann von meinen in Staufen Dienst tuenden Soldaten ständig auf dem Laufenden halten lassen könnt.«

»Über was? ... Wie meint Er das, mein lieber Huldenfeld?«, hatte der Graf gefragt und sich von Huldenfelds Gedanken erläutern lassen.

»Wenn vorübergehend ein paar meiner Leute in Staufen stationiert wären, könnten sie aktuelle Sendschreiben des Ratsherrn Peter Immler, der ja in Euer Auftrag den Mord an diesem Schuhmacher untersuchen soll, nach Immenstadt bringen. Dadurch wären Euer Exzellenz ständig auf dem Laufenden.«

Der Graf hatte ein Weilchen gegrübelt. Dabei war er zum Fenster gegangen und hatte auf den nachtdunklen Marktplatz, auf dem Jockel kurz zuvor fast hingerichtet worden wäre und wo sein Volk noch vor einer Stunde trotz der Kälte gejubelt und getanzt hatte, hinuntergeschaut. Die Gedanken daran hatten einen zufriedenen Ausdruck ins Gesicht des todmüden Regenten gezaubert. Er hatte keine Lust gehabt, sich mitten in der Nacht noch ewig zu unterhalten. Also hatte er es vorgezogen, sich seinem besten Gardemann gegenüber geschlagen zu geben.

Er hatte sich umgedreht und verschmitzt gelächelt.

»Wenn Er in seiner Eigenschaft als Soldat nicht schon alles erreicht hätte, müssten Wir Ihn jetzt befördern. Vielleicht verleihen Wir Ihm noch den Freiherrentitel«, hatte der Graf in Aussicht gestellt und von Huldenfelds Vorschlag gelobt, bevor er seinerseits einen Vorschlag angehängt hatte: »Wie wäre es, wenn Er höchstpersönlich mit nach Staufen reiten würde, um Immler bei seiner Arbeit zu unterstützen? ... Immerhin ist Er ein hochrangiger Soldat und hat Erfahrung mit Missetätern aller Art! Also kann Er Immler bei der Aufklärung des Mordes und womöglich sogar bei der Suche nach dem wahren Mörder behilflich sein.«

»Aber ... aber ... Exzellenz?«, hatte sich der Soldat herauswinden wollen, allerdings keinen Erfolg damit gehabt.

»Papperlapapp!«, hatte der Graf nachgesetzt: »Kläre Er es mit Seinem Stellvertreter und suche Er vier Seiner besten Männer aus. Unser Staufner Schlossverwalter wird Ihm und Seinen Männern Unterkunft und Verpflegung organisieren.«

Als von Huldenfeld etwas hatte entgegnen wollen, war Graf

Königsegg sofort wieder dazwischengefahren, was dem Offizier hatte signalisieren sollen, dass es nicht der Wunsch des Grafen, sondern ein Befehl gewesen war.

»Da außerdem die Sache mit der Fahnenstiftung gefährdet sein könnte, weil sich die jungen Burschen gegenseitig umbringen, kann es nicht schaden, wenn Wir die Sache etwas unter Kontrolle haben. Das heißt, dass Er mit Seinen Leuten bis zur Fahnenübergabe durch Uns in Staufen bleibt. Der junge Offizier, der Ihm stets zur Seite steht und schon lange auf eine Beförderung wartet …, wie heißt er doch schnell wieder?«

»Mein Stellvertreter? Kaspar Scheiner!«, schoss es aus dem ranghöchsten Offizier heraus.

»Ja! Er wird für Ihn hier im Städtle bis zur Umsetzung Unseres Gelübdes die Stellung halten.«

»Aber …«, wollte von Huldenfeld schon wieder protestieren. »Dies ist ja erst am Ende der Fasnacht so weit. Ist es heuer bis dahin nicht noch ganz besonders lange hin?«

»Ja! Wir glauben, dass Er recht hat!«, antwortete der Graf und wandte sich an den neben ihm stehenden Amtsleiter: »Speen, sage Er mir, wann die Fasnacht heuer zu Ende ist.«

Oberamtmann Speen verneigte sich und entschuldigte sich dafür, dass er den Raum kurz verlassen müsse, um in seinem Kalendarium nachzusehen. Da er hierzu vom Schloss ins Amtshaus hinübermusste, dauerte es eine gewisse Zeit, die der Graf nutzte, um von Huldenfeld in die Fahnenstiftung einzuweisen und ihn zu bitten, das städtische Ratsmitglied Peter Immler darin zu unterstützen, die Mordserie unbedingt noch vor dem Ende der Fasnacht aufzuklären und den oder die Schuldigen der hiesigen Gerichtsbarkeit zuzuführen.

»Hier!«, sagte der Graf in fast verschwörerisch klingendem Ton, nahm von Huldenfeld beiseite und drückte ihm ein kleines Lederbeutelchen in die Hände. »Das sollte Ihm für Seine Ausgaben genügen. Gebe Er etwas davon dieser Krankenschwester ab, damit sie es zur Pflege des fälschlich verurteilten Staufners verwenden kann … Es ist Uns unangenehm, dass dies geschehen konnte«, resümierte der Graf und zog seinen Gardehauptmann ein Stückchen von den beiden Lakaien weg. »Damit die Sache nicht noch weiter breitgetreten wird, muss dieser …«

»Jockel Mühlegg?«, wollte von Huldenfeld, der wusste, dass der Graf mit seinem Namensgedächtnis auf Kriegsfuß stand, aushelfen und hatte damit Glück.

»Ja! Dieser Mühlegg soll möglichst schnell genesen. Vielleicht kann Er«, damit meinte der Regent seinen Gardehauptmann, »sogar dafür sorgen, dass sich der arme Teufel zusammen mit den anderen Burschen um den Fähnrich schart und ein Amt in der Fahnenkompanie bekommt? Er macht das schon irgendwie«, beendete er seinen Auftrag an Hauptmann Benedikt von Huldenfeld und zwinkerte ihm noch schnell zu, als die Flügeltür geöffnet wurde und Speen eintrat, sich verneigte und zu sprechen begann: »In diesem Jahr ist der Ascherne Mittwoch erst am neunten März! Das heißt, dass der …«

»Na, dann wäre ja alles geklärt. Hat Er noch Fragen?«, wandte sich Hugo zu Königsegg noch kurz an den schneidigen Gardisten, während er ihn schon zur Tür hinaussschob. »Verabschiede Er sich von Seiner Familie und nehme Er mit, was Er benötigt. Wir hören von Ihm! Alles Gute und viel Erfolg!«, waren die letzten Worte des Regenten gewesen, der seinen ranghöchsten Offizier hatte stehen lassen wie einen jungen Rekruten. Da dessen Motto lautete: »Dienst ist Dienst« und er zudem eine Vorbildfunktion hatte, war er vernünftig geblieben, hatte nur still in sich hineingeknurrt und sich zackig von seinem Dienstherrn verabschiedet.

Sarah stemmte ihre Fäuste in die Hüften. »So langsam reicht es mir! … Ich habe eine Stinkwut im Bauch!«, maulte sie ihrem Mann entgegen, nachdem er endlich nach Hause gekommen war und erschöpft das Vogteigebäude betrat. »Das ist jetzt schon das dritte Mal in dieser Woche, dass ich mir Sorgen um dich machen muss!«

»Aber …«, versuchte Lodewig zunächst erfolglos, die Sache zu erklären, während er sich die Stulpenstiefel am »Stiefelknecht« abstreifte und den Kotzen an den Haken hängte.

»Nichts ›aber‹!«, schimpfte Sarah weiter. »Obwohl ich mir Sorgen um dich gemacht habe, weil du nach der Verabschiedung des Spitalarztes zu Propst Glatt gegangen bist, um ihm von dieser dummen Rauferei der Dorfburschen zu berichten, bist du tags darauf auch nicht nach Hause gekommen und hast mich warten lassen, obwohl es längst dunkel war! Wo bist du gewesen? Warst du wieder beim Propst oder warst du beim Ortsvorsteher?«, schimpfte sie, ohne Lodewig die Möglichkeit einer Antwort zu geben. »Und jetzt bist du sogar die ganze Nacht über fortgeblieben! Bist du vielleicht sogar bei einer Immenstädter Metze gelegen? ... Hä?«, schimpfte Sarah zwar sichtlich erregt, meinte es mit ihrer letzten Frage aber nicht allzu ernst. Ihre geröteten Wangen kündeten dennoch davon, dass sie verstimmt war, weswegen sich Lodewig seiner Erfahrung als ihr Ehemann erinnerte und Sarah so lange reden ließ, bis ihr nichts mehr einfiel.

»Darf ich jetzt vielleicht auch einmal?«, fragte Lodewig vorsichtig, bekam aber nur ein lautes »Nein!« und das Knallen der Küchentür zu hören. Anstatt einen Kuss bekommen zu haben und in der warmen Stube einen heißen Kräutersud schlürfen zu dürfen, stand er im Flur wie ein geprügelter Hund. Da der Kastellan wusste, dass er nichts Böses getan hatte, bei keiner Hübschlerin gewesen war und aufgrund der hässlichen Vorkommnisse die Sorgen seiner Frau nur allzu gut verstehen konnte, beschloss er, ruhig zu bleiben und die Sache aufzuklären, sowie er zu Wort kommen würde. Wohl wissend, dass seiner im Grunde genommen herzensguten Frau schon mal ein Teller oder ein Becher aus der Hand rutschte, wenn sie wütend war, öffnete er die Küchentür nur so weit, dass er vorsichtig hineinspitzeln konnte. Aber anstelle dessen, dass etwas geflogen kam, rannten seine Kinder auf ihn zu und überschütteten ihn mit tausend Fragen.

»Anneliese! ... Heidemarie! Jetzt gebt eurem Papa erst mal ein Begrüßungsküsschen, bevor ihr ihn mit euren Fragen piesackt!«

Nachdem er auch von Aurelius und seinem Vater ordentlich begrüßt worden war, erkundigte er sich nach Magdalena.

»Die Kleine schläft«, antwortete Sarah, die sich zwischenzeitlich beruhigt hatte. Sie rührte noch ein Weilchen in irgendeinem Topf herum und ging dann doch noch zu ihrem Mann. Sie schaute ihm tief in die Augen und schüttelte lächelnd den Kopf, bevor sie ihn umarmte.

Oh Gott, wie habe ich dieses Wahnsinnsweib vermisst, dachte Lodewig, als wenn er wochenlang weg gewesen wäre. Überglücklich holte er das nach, was Sarah ihm zuvor verwehrt hatte; er küsste sie so innig, dass der Altkastellan wegen der Anwesenheit der Kinder hüstelte.

»Ist ja schon gut, Vater!«, lachte Lodewig und setzte sich an den Tisch, um alles zu erzählen.

»Warte!«, bremste Sarah, legte schnell ein paar Holzscheite nach und verschwand tänzelnd aus dem Raum.

Lodewig schaute seinen Vater und Aurel fragend an, bekam aber nur ein nichtssagendes Lächeln zurück.

Als auch noch die Zwillinge zu kichern anfingen, wurde Lodewig noch irritierter. »Verd… Was ist denn los? Ist etwas passiert?«, fragte er beunruhigt und bekam gleich darauf die Antwort in Form seines Bruders Eginhard, der – von Sarah gestützt – kerzengerade unter dem Türbogen stand und Lodewig stolz zeigen wollte, dass der Schlag auf seinen Schädel offensichtlich keine bleibenden Spuren hinterlassen hatte.

»Grüß dich, Bruderherz!«, sagte Eginhard mit zwar noch etwas leiser und abgehackter, aber dennoch klarer Stimme.

»Eginhard! Ich fass' es nicht. Du … du stehst hier, als wenn nichts gewesen wäre … Und du sprichst!«

Lodewig sah die anderen so an, als wenn er sie fragen wollte: »Und das habt ihr mir nicht gleich gesagt?«

Er sprang auf, eilte zur Tür und umarmte seinen älteren Bruder. Dies war der Auslöser dafür, dass jetzt aus Lodewig alles herauszubrechen drohte, was er gestern und heute erlebt hatte. Zunächst aber heulte der gestandene Mann ungeniert drauflos. Tausend Gedanken schwirrten durch seinen Kopf: Jockel lebt. – Eginhard wird wieder ganz gesund. – Sarah. – Die Kinder. – Wenigstens ist hier alles in Ordnung.

Er schnaufte tief durch. In diesem Moment des stillen Glücks hatten Gedanken an den erst gestern ermordeten Hanspeter Burger keinen Platz. Es dauerte ein Weilchen, bis er sich von Eginhard lösen konnte. Lodewig wischte seine Tränen ab und entschuldigte sich.

»Schon gut«, sagte sein älterer Bruder verständnisvoll und lächelte ihn mit zwar immer noch müde wirkenden, aber glücklich strahlenden Augen an.

Lodewig schniefte, schüttelte den Kopf und scherzte: »Dann

stimmt es also doch, dass ein einzelner Ast keinen ganzen Baum nach unten ziehen kann.«

»Ist ja gut«, zeigte auch Sarah Verständnis für den Gefühlsausbruch ihres Mannes, wollte von Lodewig nun aber etwas hören. »Und jetzt setzt euch endlich!«, ergänzte sie im strengen Ton einer Frau von Rang, der aber nicht den Unterton eines liebenden Familienmenschen vermissen ließ.

»Ja, tut das!«, befahl auch der Sippenälteste mit einem Blick zu seinem Sohn. »Und nun, Lodewig: Erzähle!«

Während Lodewig zu reden begann, tischte Sarah eine deftige Brotzeit auf und schickte Aurel mit einem Krug in den Keller, um Wein zu holen.

Als Lodewig bei seiner Berichterstattung an dem Punkt angelangt war, an dem Richter Waldvogel Jockels Freilassung bekanntgegeben hatte, bekreuzigte sich Sarah und sagte: »Oh, mein Gott! Ich glaub' es nicht! Man muss es sofort Jockels Mutter sagen!«

»Nein, meine Liebe. Das tun wir nicht!«, untersagte Lodewig dies und begründete seine Einstellung: »Jockel ist in guten Händen. Wir haben ihn hierher ins Spital gebracht, wo sich Schwester Bonifatia liebevoll um ihn kümmert. Dort hat er alles, was er braucht, und dort bleibt er so lange, bis er wieder einigermaßen auf den Beinen ist. Jockels Mutter trägt ihren Schmerz schon so lange in sich, dass es jetzt auf einen oder zwei Tage nicht ankommt. Sie weiß ja nicht, dass gestern Jockels Hinrichtung gewesen wäre, … oder?«

Sarah und ihr Schwiegervater schüttelten die Köpfe.

»Ich glaube nicht! Sie hat sich doch ganz zurückgezogen und lässt immer noch niemanden an sich heran. Außerdem wüsste ich nicht, wer ihr die traurige Nachricht freiwillig hätte überbringen sollen«, mutmaßte der Altkastellan, war sich aber nicht ganz sicher.

Doch Lodewig genügte diese Antwort. »Gut! … Es würde sie nur noch mehr grämen, wenn sie ihn in diesem Zustand sehen würde. Ich denke, dass ihn Schwester Bonifatia schon morgen, spätestens aber übermorgen so weit aufgerichtet haben wird, dass Jockel dazu fähig ist, mit seiner Mutter zu sprechen!«

Sämtliche Ohren und Augen klebten an Lodewigs Lippen. Eginhard hätte in Bezug auf Jockels Zustand ein paar medizinische Fragen gehabt, schluckte diese aber hinunter, weil er momentan selbst noch nicht so weit war, anderen helfen zu können. In diesem Zusammenhang fragte er nach Nepomuk und erfuhr, dass sein Freund für ein paar Tage persönlicher Gast der gräflichen Familie sein würde.

»Nun mach endlich weiter!«, wurde Lodewig schon wieder vom Vater gedrängt.

»Jockel hat sich verliebt!«, sagte der Kastellan knapp und grinste vielsagend.

Jetzt war es mucksmäuschenstill im Raum.

Da Lodewig nichts weiter zu diesem Thema sagte und die Sache so stehen ließ, hakte seine Frau nach: »Wie bitte?«

»Ja! Ihr habt richtig gehört: Jockel hat eine Gefährtin, ... zumindest sieht dies so aus. Eine Städtlerin! Sie ist hier in Staufen.«

»Nein!«, entfuhr es Sarah, die ihre Hände vor den Mund presste, was so viel aussagte, dass sie sich auch über das Glück anderer freuen konnte, obwohl sie sich keinen Reim darauf machen konnte, wie dies ausgerechnet jetzt geschehen konnte.

»Doch! Sie ist im Spital und hilft der Schwester, Jockel gesund zu pflegen. So wie ich es aufgrund dessen, was ich im gräflichen Marstall mitbekommen habe, sehe, hat sie nicht nur ein weiches Herz, sondern auch noch ein Händchen für die Heilkunde.«

»Aber wann ...«

»Als Jockel dem Tod in die Augen gesehen hat!«, unterbrach Lodewig seine Frau.

»Wie heißt sie und wie sieht sie aus?«, wollte Sarah, die das soeben Gehörte immer noch nicht richtig glauben konnte, sogleich wissen.

»Sie heißt Lisa, hat feuerrotes Haar, neckische Sommersprossen, ein freches Gesicht und ist – glaube ich – nicht getauft!«, brachte Lodewig den Rest seines diesbezüglichen Wissens auf den Punkt.

»Das ist gut«, sagte jetzt doch noch Eginhard etwas. »Dann hat unser Pfarrer eine neue Aufgabe und die Schwester wenigstens eine zusätzliche Spitalhilfe, wenn momentan schon kein Medicus in Staufen ist.«

Der Gedanke daran ließ die Dreylings von Wagrain den Verlust des Spitalarztes etwas vergessen und sie konnten Lodewig umso froher zuhören.

Nachdem der Kastellan von der unglaublichen Sache mit Lisa und Jockel weiterberichtet hatte, nahm er den Faden wieder auf und erzählte alles andere zu Ende.

»Und wo ist von Huldenfeld mit seinen Männern jetzt?«, fragte der Altkastellan.

»In der *Krone* unten!« Lodewig lächelte verständnisvoll.

»Über was freust du dich, mein Sohn?«, interessierte seinen Vater.

»Na ja: Die Pferde seiner Männer haben Durst gehabt und mussten ganz dringend zur Tränke.«

Während sie darüber lachten, erhoben sie ihre Becher auf die Gesundheit.

»Ich gehe später ins Dorf runter, um von Huldenfelds Unterstellte zum alten Marstall beim Entenpfuhl zu bringen«, glaubte Lodewig, die Sache ernsthaft geklärt zu haben, grinste dabei aber verschmitzt.

»Ich glaube, du bist verrückt geworden«, schimpfte Sarah. »Du kannst doch die Soldaten des Grafen nicht im alten Marstall unterbringen! Das kommt überhaupt nicht infrage. Ich bereite ihnen ihre Lager im Gästehaus … Ich lass mir doch nicht nachsagen, dass ich eine schlechte Gastgeberin bin und nicht weiß, was sich gehört. Wir haben doch genügend Kammern.«

Lodewig war glücklich und küsste Sarah auf die Stirn: »Ich liebe dich! Ich habe gehofft, dass du so reagieren würdest, wollte dich aber zuerst fragen, bevor ich die Männer ins Schloss einlade.«

»Richtig!«, schmetterte Lodewigs Vater in einer Lautstärke, als wenn er immer noch der Kastellan wäre. Er freute sich, dass sich im Schloss endlich wieder etwas rühren und er ein paar interessante Gesprächspartner bekommen würde. Außerdem hatte er den Freiherrn von Huldenfeld schon gekannt, als dieser noch ein junger Offiziersanwärter gewesen war. Und vielleicht ging ja auch das eine oder andere Wurfzabelspiel zusammen.

»Bevor ich ins Dorf hinuntergehe, berichtet mir vom Stand der Dinge in Bezug auf Hanspeter Burger. Wisst ihr, ob er noch dort ist, wo ihn die Gerberskinder gefunden haben?«, beschloss Lodewig das, was er hatte sagen wollen, und hoffte darauf, etwas zu hören, bekam aber von Sarah nur zur Antwort, dass sich Melchior Henne nicht mehr gemeldet habe und sie dementsprechend auch nicht wissen könne, was los sei.

KAPITEL 38

LODEWIG WAR GESTERN ABEND noch zum Wirtshaus *Zur Krone* hinuntergeritten, um auf Sarahs Geheiß hin Benedikt von Huldenfeld und seine vier Soldaten ins Schloss hochzubitten.

Nachdem bald darauf – als auch deren Pferde im Schloss ihren größten Durst gestillt hatten und von Ignaz versorgt worden waren – die Soldaten von Sarah in die allgemeinen Schlossgepflogenheiten eingewiesen worden waren, hatte sie die Männer gebeten, ihr zu folgen. Sie war mit ihnen zum Gästehaus hinübergegangen und hatte dort mithilfe eines großen Schlüssels die Außentür geöffnet. Als sie gemerkt hatte, dass den Soldaten der für eine normale Tür überdimensionierte Schlüssel aufgefallen war, hatte sie nach oben gezeigt. »Sicher ist sicher: Im zweiten Geschoss befindet sich die Hauskapelle mit einem neuen Altar, der erst im letzten Jahr aufgebaut worden ist … Der Altar ist sehr wertvoll!«, hatte sie mit einem mahnenden Blick ergänzt.

»Wir verstehen«, hatte der Offizier knapp geantwortet und die Hausherrin damit beruhigt.

Nachdem Sarah im Flur erst noch die an der Wand hängenden Fackeln entzündet und sie eine davon in die Hand genommen hatte, war sie vorangegangen, aber schon gleich darauf vor einer mit geschnitzten Ornamenten versehenen Tür stehen geblieben. Sie hatte die Tür wortlos geöffnet und war sofort zum nächsten Raum gegangen, um auch diesen zu öffnen.

»Dies sind Eure Kammern«, hatte Sarah mit gönnerhafter Stimme gesagt, während sie den gemeinen Soldaten die Räume gezeigt hatte. Sie hatte die vier Männer in zwei nebeneinanderliegende großzügige Gästezimmer, die ein verstecktes Türchen verband, geführt, die normalerweise der Ehe versprochenen Gästen von Stand vorbehalten waren.

»Unglaublich!«, hatte einer der Soldaten es auf den Punkt gebracht, als er festgestellt hatte, dass die Räume mit allerlei Möbelstücken und wertvollen Wandteppichen ausgestattet waren.

An der Decke hingen jeweils kerzenbestückte, barbusige Lüsterweibchen, die zu benutzen aufgrund des allgemeinen Kerzenmangels aber von Sarah untersagt worden war. »Hier sind ausreichend Brennspäne, um genügend Licht zu machen«, hatte sie erklärt und auf einen großen Kretten, den Ignaz mit frisch geschnitzten Holzspänen gefüllt und mit Rosalindes Hilfe hierhergebracht hatte, gezeigt. »Geht mit dem Feuer achtsam um!«, hatte sie die vier noch ermahnt.

Die Soldaten waren begeistert gewesen. So eine gepflegte und heimelige Unterkunft hatten sie seit ihrem Dienstantritt noch nie gehabt. »Und sieh mal da!«, hatte einer den anderen am Ärmel gezupft, nachdem er den offenen Kamin, mit dem beide Räume beheizt werden konnten, entdeckt hatte.

»Ich schicke Euch gleich noch unsere Magd vorbei, damit sie das Feuer entzündet. Ihr müsst entschuldigen, aber Eure Ankunft war so unerwartet, dass wir uns nicht mehr darauf vorbereiten konnten.«

»Dafür, dass Ihr keine Zeit hattet, die Quartiere vorzubereiten, sind sie in einem bemerkenswert gepflegten Zustand«, hatte von Huldenfeld, der in seiner Eigenschaft als adliger Offizier nicht nur wusste, was sich gehörte, sondern auch zu schmeicheln verstand, gesagt. Da er damit voll aufs Blatt getroffen hatte, war Sarah ein verschämtes Lächeln über die Lippen gehuscht.

Nachdem sich die Soldaten in aller Form bei ihrer fürsorglichen Gastgeberin bedankt und ihre Quartiere bezogen hatten, war die Hausherrin mit deren Vorgesetztem ein Stückchen weiter den zwischenzeitlich mit Fackeln beleuchteten Flur entlanggegangen.

»Und dies ist Euer – wie pflegt ihr Soldaten das zu nennen – ›Quartier‹«, Sarah hatte gelächelt und eine dicke Eichentür geöffnet. Sie hatte den sicher lobenden Kommentar des Offiziers nicht abgewartet und sich stattdessen unverzüglich auf den Rückweg gemacht. »Beim nächsten Glockenschlag gibt es Abendbrot!«, hatte sie noch zurückgerufen, bevor sie um die Ecke gebogen war. Zuvor aber hatte sie von Huldenfelds Frage, ob dies auch für seine Männer gelte, mit einem Kopfnicken bejaht.

Nachdem sie sich mit dem Rest der Familie Dreyling von Wagrain bekannt gemacht und zu Abend gegessen hatten, war vom

Gardehauptmann einer der Soldaten nach draußen geschickt worden, um sein Pferd zu satteln. Auf Ansage des Kastellans sollte er zum Seelesgraben mitkommen, um sich mit ihm über den aktuellen Stand der Dinge in Bezug auf den Ermordeten zu informieren.

Dort angekommen, hatten sie feststellen müssen, dass zwar etliche Neugierige um die Brücke herumgeschlichen waren, aber keine Leiche zu sehen war.

»Dort muss es gewesen sein«, hatte Lodewig aufgrund Melchiors Erzählungen gesagt und auf den schmalen Holzsteg gezeigt, der über den Bach ging, und war gleich darauf ein Stückchen bachabwärts bis zur nächsten Brücke geritten, um nachzusehen, ob er etwas Auffälliges finden könne. Da er dort nichts Ungewöhnliches hatte entdecken können, war der Kastellan wieder zurückgeritten und hatte zu Benedikt von Huldenfeld gesagt: »Aufgrund der einsetzenden Dunkelheit können wir heute sowieso nichts mehr tun. Den Toten hat sicherlich schon unser Leichenbestatter versorgt … Was würdet Ihr davon halten, wenn wir beide Feierabend machen und zur Sicherung der noch verbliebenen Spuren einen Eurer Wachsoldaten hierherkommen ließen?«

Der Offizier hatte gelächelt und geantwortet: »Genau daran habe ich auch gerade gedacht.«

Lodewig hatte den Kragen hochgeschlagen und sich die klammen Hände gerieben. »Dann lasst uns also ins warme Schloss zurückreiten und einen Eurer Soldaten hierherbeordern«, freute sich Lodewig, nun doch bei seiner Familie sein zu dürfen, anstatt in der Dunkelheit nach dem Rest der noch nicht verwischten Spuren suchen zu müssen. Eigentlich hatte er auch noch Melchior Henne treffen wollen, dies aber dann doch gelassen.

»Gut! Ich werde ihn hierherbegleiten und vergattern. Danach werde ich mir noch ein kleines Würfelspielchen mit seinen Kameraden gönnen, bevor ich mich aufs Ohr haue«, schien der Offizier Lodewigs Gedanken auf einen geruhsamen Feierabend erraten zu haben.

»Aber nicht, ohne zuvor mit mir und meinem Vater einen Becher Wein geleert zu haben«, bot Lodewig an und zog mit dem Zügel sein Pferd herum. »Wolltet Ihr nicht mit mir sprechen?«

Ein frostig kalter Tag kündigte sich an. Da war es gut, dass Rosalinde schon in aller Herrgottsfrüh den Ofen befeuert und angeschürt hatte. Lodewig hatte die Morgensuppe bereits hinter sich und stand jetzt am Küchenfenster, von wo aus er eine gute Sicht auf das Dorf haben würde – wenn sich nicht der Morgennebel wie ein glatt gestrichener Lammfellteppich dazwischengeschoben hätte.

»Ich bin gespannt, was wir heute alles erfahren werden«, sagte er etwas versonnen mehr zu sich selbst als zu Sarah, die sich gerade um die Zwillinge kümmerte, während die Hausmagd den Tisch abräumte. Der ständig besorgten Mutter war schon wieder Himmelangst, weil sie befürchtete, dass ihrem Mann etwas geschehen könnte. Auch wenn sie diesbezüglich keinen Ton sagte, spürte Lodewig deren innere Unruhe und ging – nachdem er den letzten Knopf durch das dafür vorgesehene Loch in seinem Wams gedrückt und sich die lederne Gewandung zurechtgestreift hatte – zu seiner geliebten Frau. »Heute wird nichts, aber auch schon überhaupt nichts geschehen«, sagte er in beruhigendem Ton. »Wir werden lediglich eine Ortsbesichtigung vornehmen, allenfalls noch ein paar Leute befragen und …«

»Was ›und‹?«, konnte Sarah das Ende des Satzes nicht abwarten und starrte ihren Mann entsetzt an, obwohl sie überhaupt nicht wusste, was er hatte sagen wollen.

Auch wenn er seinen zuvor begonnenen Satz bereits fertig geformt hatte und bedenkenlos ausgesprochen haben würde, wenn ihn Sarah nicht unterbrochen hätte, zögerte Lodewig nun doch und versuchte, sich um die Beantwortung von Sarahs besonders betontem »Und?« zu drücken.

Aber er sollte nicht damit durchkommen.

»Nun? Ich warte! … Was ist?«, schnarrte es ihm in so festem Ton entgegen, dass sich Lodewig geschlagen geben musste.

»Nichts, das etwas mit mir oder gar mit uns zu tun hätte.« Lodewig sah Sarah in die Augen und strich ihr ein paar Haare aus dem Gesicht, bevor er ihr gestand, dass sie eventuell auch noch Hanspeter Burgers Leiche beschauen würden. »Bist du jetzt beruhigt?«

Sarah war beruhigt, … zumindest einigermaßen. Um Lodewig ganz nahe zu sein und seinen Herzschlag hören zu können, drückte sie ihren Kopf an seine Brust und schnaufte tief durch. Obwohl sie das hörte, was sie hören wollte, dachte sie daran, wie oft sie das, was ihr Mann eingangs gesagt hatte, schon gehört hatte, und wie oft dann doch etwas Unvorhergesehenes geschehen war. Nachdem sie abermals tief durchgeatmet hatte, löste sie sich, stellte sich auf die Zehenspitzen, gab Lodewig ein zartes Küsschen auf den Mund und klopfte ihm dann mit beiden Handflächen so fest auf seine Brust, dass er einen Ausfallschritt nach hinten machen musste. »Und jetzt geh, mein Geliebter!«, sagte sie in fast militärischem Ton. »Geh mit Gott, aber komm bald wieder!«

»Kaum sind Soldaten im Haus, benimmst du dich wie ein Feldwaibel«, mokierte sich Lodewig lachend und drückte Sarah noch einmal kurz an sich, bevor er das Haus verließ.

Draußen wartete nicht nur Ignaz mit Lodewigs gesatteltem Pferd, sondern auch Hauptmann von Huldenfeld mit seinen Männern.

Ohne Melchior informiert zu haben, führte ihr erster Weg sie zum direkt vor dem Fundort des Toten gelegenen Haus des Gerbers Knut Joswig, dessen kleine Kinder laut Melchiors Aussage den Toten gefunden hatten. Dort angekommen, klopfte Lodewig an die Tür und wartete, bis ihm aufgetan wurde.

»Grüß dich, Alban! Ist dein Vater auch hier?«, fragte er den winterlich gewandeten Sohn des Hauses, der gerade auf einem Bein herumhüpfte, weil er nicht in seine starren Lederstiefel hineinkam.

»Ja, er ist hier! Kommt herein!«

Da von Huldenfeld und seine Soldaten auf ihren Rössern geblieben waren, hatte Alban sie lediglich gegrüßt, indem er kurz eine Hand gehoben hatte, ohne aufzuhören, mit Lodewig zu reden: »Wir haben schon auf Euch gewartet, weil wir Euch gestern Abend mit dem da …«, er deutete auf den Gardehauptmann, »am Haus vorbei zum Seelesgraben haben reiten sehen und weil Ihr dort die Nacht über einen Soldaten postiert habt. Da war uns gleich klar, dass Ihr heute früh zu uns kommen würdet … Vater gewandet sich nur noch schnell fertig, damit wir gleich mitkommen können.«

Nachdem Lodewig dies gehört hatte, überlegte er kurz und sagte: »Weißt du was, Alban? Bis dein Vater fertig ist, reite ich noch schnell zu Melchior und suche Fabio! Du könntest inzwischen zum Ortsvorsteher laufen, um ihm Bescheid zu geben. Auf dem Weg dorthin schaue auch noch bei den Bruggers vorbei und hole den Immenstädter.«

»Marias G'spusi?«, lachte Albanus.

Lodewig räusperte sich so verlegen, als wenn Maria Brugger seine Geliebte wäre. »Ja, den Immenstädter Ratsherrn! Er ist sicher bei Maria … Wir treffen uns dann gleich am Steg«, ging Lodewig nicht auf die kleine Frotzelei des Gerbersohnes ein. Bevor der hätte noch etwas fragen können, schob Lodewig schnell seinen Kopf ins Hausinnere und rief »Gott zum Gruße, Frau Joswig« in die Stube, bevor er von Huldenfeld vorschlug, sich schon zur Brücke zu begeben und dort das Gelände – wonach auch immer – abzusuchen. Danach sprang er gekonnt auf sein Pferd und ließ es auf dem Huf kehrtmachen.

Knapp die Hälfte einer Stunde später waren alle an dem bewussten Holzsteg, auf dem vorgestern der tote Schuhmacher Hanspeter Burger gefunden worden war, versammelt und warteten auf das, was Lodewig gleich sagen würde. Bevor er dies tat, begrüßte er alle, wobei er seinen Freund Melchior herzlich an sich drückte und den Offizier fragte, ob er und seine Männer etwas Auffälliges gefunden hätten, was einhellig verneint wurde.

»Meine Herren! Alle wissen, warum wir uns hier versammelt haben?«

Allgemeines Kopfnicken begleitete Lodewig, als er begann: »Aber lasst mich euch zunächst den Freiherrn Benedikt von Huldenfeld, seines Zeichens Hauptmann und erster Offizier der gräflichen Garde, vorstellen. Zusammen mit Herrn Immler – den ihr mittlerweile bereits alle kennen müsstet – ist er vom Grafen beauftragt worden, diesen …«, Lodewig deutete auf die Brücke, »und wenn möglich auch die beiden vorangegangenen Morde aufzuklären.«

Der Gardehauptmann grüßte zackig, wünschte sich eine gute Zusammenarbeit und ließ Lodewig sofort weiterreden: »In seiner Begleitung sind diese vier Wachsoldaten, die uns bei Notwendigkeit unterstützen werden«, fuhr Lodewig fort, bevor er diejenigen dem Hauptmann vorstellte, die dieser noch nicht kannte.

Danach ging es direkt zur Sache. Nachdem der Ort des Leichenfundes genauestens inspiziert, jeder seinen Wissensstand kundgetan hatte, ausführlich darüber disputiert, spekuliert und gemutmaßt worden war, ergriff der Kastellan wieder das Wort: »Also, meine Herren! Wir werden in aller Stille versuchen, die Morde aufzuklären, und treffen uns immer dann im Schloss, wenn jemand eine Neuigkeit zu vermelden hat.«

Lodewig wandte sich Fabio zu: »Warum eigentlich ist die Leiche nicht mehr hier? So können wir nicht herausfinden, ob dies hier auch der Tatort ist … Ich habe doch angeordnet, dass sie so lange unverändert an Ort und Stelle verbleiben soll, bis wir aus Immenstadt zurück sind!«, monierte er.

Fabio zog lautstark Nasensekret nach oben, bevor er kleinlaut erklärte, dass sich ein Rudel Wölfe anlocken und nicht vertreiben lassen hatte. »Zudem war ständig ein unheimlicher Schatten zu sehen, aber nicht zu erkennen gewesen.«

»Und da habt ihr nichts unternommen, um herauszufinden, zu wem dieser Schatten gehört hat? Vielleicht war dies der Mörder, der an den Ort seiner schändlichen Tat zurückgekehrt ist?«, schimpfte jetzt der Ortsvorsteher, der sich wie immer, wenn Lodewig die Führung übernommen hatte, vornehm zurückhielt. »Verdammt noch mal, ihr hättet versuchen müssen, ihn zu stellen!«

Obwohl Fabio lediglich der Leichenbestatter und kein Verbrechensbekämpfer war, senkte er schuldbewusst seinen Blick und erzählte leise weiter: »Außerdem sind die Gaffer immer lästiger geworden, weswegen ich unter Absprache mit Herrn Joswig und Alban die Leiche doch noch in die Seelenkapelle gebracht habe. Stell dir vor, viele Neugierige sind sogar mit ihren Kindern hierhergekommen, um den Toten zu begaffen – und dies habe ich doch beim besten Willen nicht zulassen können … Oder?«

Da jetzt nicht nur Fabio wie ein geschertes Schaf dreinschaute, beschwichtigte Lodewig: »Ist schon in Ordnung, ihr alle habt nichts falsch gemacht. Und jetzt lasst uns zur Kapelle gehen und die Leiche beschauen. Eine genauere Untersuchung kann sowieso erst stattfinden, wenn Bruder Nepomuk ebenfalls von Immenstadt zurückgekehrt ist. Schwester Bonifatia könnte uns zwar vielleicht helfen, dürfte derzeit aber mit Jockel Mühlegg mehr als beschäftigt sein. Und Eginhard ist noch zu schwach, um nötigenfalls eine Autopsie vornehmen zu können.«

»Für was ist Eginhard zu schwach?«, fragte Albanus, der wie

die meisten anderen noch nie etwas von der neumodischen lateinischen Bezeichnung für die medizinische, und erst seit wenigen Jahren offiziell mehr oder weniger erlaubte, Öffnung einer Leiche gehört hatte.

In der St.-Martins-Kapelle schlug ihnen trotz der winterlichen Temperaturen der süßliche Geruch des Todes entgegen – wegen der Kälte zwar nur ganz schwach, aber unverkennbar. Vielleicht war es aber auch nur Einbildung. Der tote Hanspeter Burger machte einen so friedlichen Eindruck auf diejenigen, die seinen Tod zu ergründen gedachten, wie es der lutherische Streithammel sein Lebtag lang nicht getan hatte.

»Das hast du gut gemacht, Fabio«, lobte der Ortsvorsteher, als er den pietätvoll aufgebahrten Leichnam sah. »Aber wäre es nicht angemessen gewesen, ein paar Kerzen zu entzünden?«

Fabio zuckte mit den Schultern: »Das habe ich, Herr Schädler! Aber offensichtlich sind sie verschwunden.«

»Verd…!«, wollte der Ortsvorsteher fluchen, konnte sich aber angesichts des Ortes, an dem er sich befand, gerade noch zusammenreißen. »Dieses Diebesgesindel scheut sich nicht einmal, im Angesicht des Todes zu klauen.«

Nachdem sich alle bekreuzigt und ein kurzes Gebet gesprochen hatten, gebot er Fabio, das mit gehäkeltem Saum verzierte weiße Tuch abzunehmen, damit sie den Toten genauer betrachten konnten.

Als sie die Wundmale in Hanspeters Oberschenkel sahen, die von den Nägeln herrührten, mit denen der bedauernswerte Schuhmacher auf den Holzsteg genagelt gewesen war, schüttelten alle nur angewidert die Köpfe. »Unglaublich!«

»Fabio, reiß die Beingewandung etwas weiter auf, damit wir die Löcher besser sehen können«, gebot Lodewig.

Nachdem Fabio auch noch das eingetrocknete Blut mit einem nassen Lappen abgetupft hatte und sie sich nicht nur diese Wunden, sondern auch die Stelle, an der bis vor zwei Tagen noch ein Arm gewesen war, genau betrachtet hatten, stellten sie fest, dass dies das Werk eines medizinischen Laien gewesen sein musste.

»Das ist keinesfalls das Vorgehen eines Arztes«, bemerkte Lodewig.

»Aber auch nicht das eines Metzgers«, ergänzte der Ortsvorsteher.

»Dreh ihn vorsichtig um!«, gebot Lodewig seinem Freund Fabio.

»Hier!«, sagte der Leichenbestatter knapp. »Das ist seine Obergewandung.«

»Trotzdem, Fabio, dreh ihn um. Ich möchte die genaue Einstichgröße messen.«

»Aber dies kannst du doch auch anhand des Loches in seinem Kotzen.«

»Ich möchte jetzt nicht mit dir disputieren, Fabio«, knurrte Lodewig und ergänzte: »Außerdem möchte ich mir den tödlichen Stich ganz genau ansehen.«

Als Fabio Albanus bat, ihm beim Wenden der Leiche zu helfen, drehte sich der Heranwachsende um und eilte – eine Hand schon auf seinen Mund gepresst – nach draußen, wo man ihn wie einen brunftigen Hirsch röhren hören konnte.

»Die jungen Leute heutzutage halten nichts mehr aus«, lästerte der in solchen Dingen mehr als erfahrene Leichenbestatter und schaute sich eine andere Hilfe aus.

Nachdem der Tote endlich auf dem Bauch lag und Fabio die äußeren Wundränder gereinigt hatte, betrachteten sie – einer nach dem anderen – die Einstichwunde.

»Na?«, fragte Lodewig. »Was ist euch aufgefallen?«

Da er zur Antwort nur ein allgemeines Achselzucken bekam, blickte er suchend um sich. Dabei glaubte er, außerhalb des Kapellenfensters etwas gesehen zu haben, tat dies aber damit ab, dass es ein Tier, wahrscheinlich eine Katze, gewesen sein musste. Schnell fand er, was er benötigte, um die Einstichlänge messen zu können. Er zog seinen Dolch aus der Scheide und schnitt ein Stückchen herunterhängenden Strickes ab, mit dem der wackelige heilige St. Martin vom Mesner an einem Haken vor dem Herunterfallen gesichert worden war. Lodewig legte den Strick passgenau auf den Rand der Wunde und hielt ihn am langen Ende genau dort fest, wo der Schnitt endete. Danach durchtrennte er den Hanf an dieser Stelle und hob ihn in die Höhe: »Und?«

Wieder nur verständnisloses Achselzucken und bei Fabio sogar ein gelangweiltes Nasenbohren.

»Ganz schön lang oder etwa nicht? Die Schnittwunde ist …«, Lodewig suchte einen Vergleich, »genauso lang wie mein Zeigefinger. Bei der Mordwaffe handelte es sich zweifellos um ein großes Messer – einen Dolch«, konstatierte er.

»Oder vielleicht sogar um eine Langwaffe«, ergänzte der Ortsvorsteher und brachte damit die anderen zum Grübeln. Wer in Dreigottesnamen hat in Staufen ein Schwert oder einen Säbel?, dachten alle und sahen dabei Lodewig an.

»Ich glaube nicht, dass es eine Langwaffe war«, unterbrach von Huldenfeld die Stille.

»Warum nicht? Wie kommst du zu dieser Annahme?«, fragte Lodewig im seit gestern Abend vertraulichen »Du«.

»Na ja.« Der Soldat beugte sich über die Stichwunde und begründete seine fachkundige Meinung damit, dass der Stich offensichtlich nicht allzu tief in den Körper eingedrungen war. »Wenn dieser Stich von einer Langwaffe, etwa von einem Säbel, stammen würde, hätte dieser den Körper ganz durchbohrt. Denn wenn man mit einer Langwaffe zustößt, kann man nicht plötzlich innehalten und den Stoß bremsen. Außerdem ist der Stich etwas schräg von oben nach unten und nicht gerade ausgeführt worden – mit einer Langwaffe kaum zu machen, wenn nicht unmöglich.«

»Es sei denn, der Mörder ist ein Riese oder war zumindest beim Stich über Hanspeter gestanden«, komplettierte Peter Immler von Huldenfelds Theorie und demonstrierte dies sogleich an Lodewig.

»Ja! Aber es gibt noch andere Gründe«, fuhr der Gardehauptmann fort. »Mit einem einzigen Hieb kann man mit einer Langwaffe einen Arm mitsamt der Gewandung abschlagen. Aber so zerrupft, wie dieser Arm hier abgetrennt worden ist, muss ich auf Eure vorherige Aussage zurückkommen«, wandte sich von Huldenfeld an Hermann Schädler. »Es könnte vielleicht doch ein Metzger oder sogar ein Koch oder ein Fürschneider gewesen sein.«

»Jetzt bin ich aber gespannt«, forderte Hermann Schädler den Offizier auf, seine Meinung zu begründen.

»Seht ihr, der …«

»Gut! So viel zur Einstichtiefe«, unterbrach Lodewig den Offizier, der noch nicht alles gesagt hatte, was er hatte sagen wollen.

»Somit ist klar, dass wir es aller Wahrscheinlichkeit nach mit einer Kurzwaffe, vermutlich mit einem Dolch … oder mit einem Messer, zu tun haben, was uns zur Länge der Stichwunde bringt.«

»Jetzt wäre es gut, wenn wir die Einstichlängen bei den beiden vorangegangenen Morden wüssten«, durchbrach Peter Immler, der sich – wie auch Melchior Henne – bisher zurückgehalten hatte, die fast etwas peinliche Situation.

»Bevor ihr weiterspekuliert, möchte ich meine Ausführungen von vorhin noch schnell beenden«, stellte von Huldenfeld selbstbewusst klar und nahm sich wieder das Wort. »Da Säbel wesentlich schmaler und nur einschneidig sind, kommen sie wohl kaum infrage, wie wir hier sehen. Schwerter sind zwar zweischneidig, fallen aber aufgrund des Einstiches von oben wohl auch aus – wer trägt heutzutage noch ein Schwert? Und wem ist dies überhaupt erlaubt? Also kann es nur eine Kurzwaffe gewesen sein. Allerdings spricht eines gegen die Arbeitsgeräte von Metzgern, Fürschneidern und Köchen.«

»Nun sag schon! Was denn?«, drängte Lodewig.

»Seht ihr …« Der Soldat beugte sich näher zur Stichwunde hinunter und fuhr mit einem Finger im Zickzack über die Stelle, ohne diese zu berühren. »Der Einstich ist nicht sauber, sondern sieht irgendwie zerfranst aus. Dennoch kann man unschwer erkennen, dass die Klinge zweischneidig war.«

»Richtig!«, bestätigte jetzt Lodewig dessen Aussage. »Das heißt, dass die Mordwaffe alles andere als scharf war. Wahrscheinlich hat sie sogar etliche Scharten. Und seht ihr das? Dies könnten Rostreste sein.«

»Das würde bedeuten, dass es sich um eine gebrauchte, möglicherweise sogar um eine alte, auf jeden Fall aber um eine stumpfe Waffe handelt. Da die zuvor genannten Berufsgruppen allerdings ausschließlich mit extrem scharf gewetztem Schneidewerkzeug hantieren, können sie wohl doch ausgeschlossen werden. Es war also kein Messer, sondern ein Dolch!«, bemerkte der waffenerfahrene Gardeoffizier.

Nachdem sie noch ein Weilchen disputiert hatten, zog Lodewig das dürftige Resümee, dass der Mörder von Hanspeter Burger auch der Mörder von Martin Allger und Markus Hagspihl sein müsse. Dies war keine absolut neue Erkenntnis, sondern nur eine Bestätigung dessen, was in Bezug auf einen oder zwei verschiedene Mörder nach dem Fund des zweiten Toten schon längst vermutet worden war. »... Und darüber hinaus wissen wir noch, dass es sich um eine alte, vielleicht sogar um eine mittelalterliche Mordwaffe handeln muss«, sagte Lodewig noch – nicht wissend, ob diese Erkenntnis bei der Aufklärung der drei Morde eine Rolle spielen würde.

Während Fabio mithilfe des Ortsvorstehers den Leichnam in die ursprüngliche Position brachte und wieder bedeckte, sagte Lodewig zum Gerber, dass er ihn und seinen Sohn Albanus nicht mehr benötige. Er bedankte sich bei ihm und gab ihm die besten Wünsche für seine beiden kleinen Kinder, die sich immer noch nicht ganz von dem schrecklichen Erlebnis am Seelesgraben erholt hatten, mit. Knut Joswig war gottfroh, dass sie beide nicht mehr gebraucht wurden und wieder zu ihrer Familie zurückkehren durften.

Als kurze Zeit später auch die anderen den Ort der ewigen Ruhe verlassen hatten und außerhalb des Gottesackers vor dem Torbogen zwischen der Pfarrkirche und der St.-Martins-Kapelle standen, um sich zu verabschieden, deutete Hermann Schädler auf den Boden und erklärte dem Gardeoffizier, dass genau an dieser Stelle der zweite Tote gefunden worden war.

»Hauptmann von Huldenfeld und ich gehen noch zum Propst, um ihn über den aktuellen Stand unseres Wissens in Kenntnis zu setzen, bevor wir zum Schloss hochreiten«, sagte Lodewig und blinzelte Fabio zu. »Sicher kann ich ihm für die Seelenkapelle ein paar geweihte Kerzen abschwatzen.«

Obwohl Fabio einerlei war, ob der Tote nur im Dunkel seines Todes oder auch noch im Dunkel der Kapelle lag, lächelte er dankbar. Er hatte getan, was er hatte tun müssen, und würde den Rest erledigen, nachdem der Pfarrer bei Hanspeter Burger gewesen und die Leiche auch noch von Nepomuk untersucht worden wäre.

Dass sie während der ganzen Zeit, die sie jetzt zusammen gewesen waren, von Walter Krummstiefel beobachtet worden waren, hatten sie ebenso wenig bemerkt, wie sie jetzt das leise Fluchen des Rächers hörten, der – hinter dem kirchlichen Kleinod versteckt – eine Stinkwut im Bauch hatte, weil Lodewig nicht allein war, sondern mit dem Offizier davonritt.

KAPITEL 39

Seit dem Mord an Hanspeter Burger und der damit verbundenen Freilassung Jockels war inzwischen eine knappe Woche vergangen und im Schloss ging fast alles wieder seinen normalen Gang. Hauptmann Benedikt von Huldenfeld und seine Männer hatten sich gut eingelebt. Zur Freude der beiden Torwachen Siegbert und Rudolph teilte der Gardeoffizier seine vier Soldaten ebenfalls zum Wachdienst am Schlosstor und zusätzlich sogar auch noch auf dem Wehrgang ein.

»Die Männer brauchen Arbeit. Sonst kommen sie auf dumme Gedanken und versaufen ihren ganzen Sold in der *Krone* oder in der *Alten Sonne*«, hatte er gesagt, als er dem Kastellan den Vorschlag unterbreitete, dass in den ersten Tagen ihres Hierseins jeweils einer seiner Soldaten mit einem der beiden Staufner Schlosswachen Dienst tun solle, um in alles eingewiesen zu werden. »Später können dann die Immenstädter ohne Staufner Unterstützung Wache schieben.«

»Und was machen dann meine Männer?«, hatte Lodewig aus Sorge darum, dass dann diese anstatt der Immenstädter ihr Geld in den Wirtshäusern liegen lassen könnten, gefragt.

Auch im Dorf schien zumindest im Moment alles ruhig zu sein. Auf Marias Drängen hin hatte Peter Immler seine Mansardenkammer in der *Krone* geräumt und war zu den Bruggers gezogen. Obwohl es nicht üblich war, dass ein Liebhaber zu seiner Erwählten zog, geschweige denn, schon vor vollzogener Vermählung fest bei ihr wohnte, hatte Marias Vater seinen Segen dazu gegeben. »So einen feinen Freier für meine Maria lass ich doch nicht mehr laufen. Sollen die Leute denken, was sie wollen, und was der Propst dazu meint, ist mir sowieso egal«, hatte er in aller Offenheit zu Peter gesagt, aber seinem Schwiegersohn in spe im Beisein seiner Tochter auch noch in aller Ernsthaftigkeit die Verhaltensregeln bezüglich der Keuschheit in seinem Haus nähergebracht. Dafür hatte er aber nur ein kaum merkbares Nicken, das von einem verschämten Lächeln begleitet worden war, erhalten. Dass er Peter Immler bei sich wohnen lassen würde, lag wohl auch daran, dass er sich in absehbarer Zukunft gemeinsame Geschäfte mit dem jungen Immenstädter Kaufmann erhoffte. Nur allzu gerne würde er dessen internationale Verbindungen für den Verkauf seiner Tonwaren nutzen.

Fabio, der Mesner und deren Dienstherr hatten mit Hanspeter Burgers Beisetzung so lange gewartet, bis Nepomuk wieder aus Immenstadt zurück gewesen war und den Toten hatte untersuchen können. Allerdings hatte die durch den Arzt in Mönchskutte durchgeführte Leichenbeschau keine neuen Erkenntnisse gebracht und lediglich das bestätigt, was zuvor schon herausgefunden worden war. Bei der Abschlussbesprechung im Schloss hatten alle bedauert, dass damals niemand daran gedacht hatte, die Einstiche im Rücken der beiden ersten Opfer nachzumessen. Das Ergebnis der Besprechung war, dass sich zum offiziell vom Grafen bestallten Untersuchungsausschuss – der aus dem Immenstädter Ratsherrn Peter Immler und Hauptmann Benedikt von Huldenfeld bestand – Ortsvorsteher Hermann Schädler und der Kastellan Lodewig Dreyling von Wagrain dazugesellt hatten. Es wäre ihnen recht gewesen, wenn auch der pfiffige Weber Melchior Henne Mitglied des Gremiums geworden wäre, sie hatten aber dessen Wunsch respektiert, sich stattdessen endlich um die anstehende Gründung der vom Grafen geplanten *Staufner Fahnenkompanie* und die damit verbundene Fähnrichswahl kümmern zu dürfen. »Damit habe ich Arbeit genug!«

Was Jockel Mühlegg anbelangte, so hatte Schwester Bonifatia dessen Mutter bis jetzt noch nichts von seiner »Begnadigung« und seiner Rückkehr nach Staufen gesagt. Sie hatte damit warten wollen, bis Jockel wieder einigermaßen unversehrt aussah, sich etwas bewegen und wieder sprechen konnte. Wider Erwarten hatte niemand ihr Vorhaben durchkreuzt und Frau Mühlegg übereifrig von der Heimkehr des Totgeglaubten berichtet. Vielleicht war dies daran gelegen, dass die wenigen, die in Immenstadt dabei gewesen waren und davon gewusst hatten, Stillschweigen darüber vereinbart … und es tatsächlich gehalten hatten. Oder es war daran gelegen, dass kurioserweise keine Menschenseele sie gesehen hatte, als sie – von Immenstadt zurück – Jockel auf direktem Weg zum Spital kutschiert hatten.

Da es doch länger als erwartet gedauert hatte, nun aber endlich so weit sein sollte, rüstete sich Schwester Bonifatia, um sich auf den Weg zum Propst zu machen, der sie bei der Überbringung der wundervollen Nachricht an Frau Mühlegg unbedingt unterstützen wollte. Kurz zuvor gedachte sie noch mit Jockel zu sprechen und ihn darauf vorzubereiten, dass er heute seine vom Leid geplagte Mutter wiedersehen würde.

Aber wer hatte eigentlich mehr Leid zu ertragen gehabt: Frau Mühlegg oder ihr Sohn?, überlegte die erfahrene Krankenschwester, der es jetzt wichtig war zu wissen, dass sie Jockel getrost im Spital lassen konnte, weil er – auch wenn sie selbst nicht bei ihm sein würde – trotzdem in besten Händen war: Lisa hatte sich in all den Tagen seit der Rückkehr nach Staufen nicht von seinem Lager wegbewegt und schlief sogar neben ihm auf dem nach all der Putzerei immer noch nach gelöschtem Kalk riechenden Fußboden. Während dieser Zeit hatte sich nicht nur ihre Liebe zu Jockel gefestigt. Jockel, der zwar noch auf dem Richtplatz erkannt hatte, dass sich etwas Wunderbares, etwas unbeschreiblich Schönes um ihn herum getan hatte, war nicht dazu imstande gewesen, sein unverhofftes Glück einordnen zu können – zu viel hatte er verarbeiten müssen. So war es ihm auch noch in den ersten Tagen nach seiner Rückkehr ergangen. Erst als es ihm dank der guten Pflege etwas besser gegangen war, hatte er die Kraft gehabt, Lisa näher kennen … und lieben zu lernen. Dieser Umstand hatte seine Genesung in ganz besonderem Maße fortschreiten und die schrecklichen Qualen der letzten Wochen etwas in den Hintergrund treten lassen. Dass er Nacht für Nacht mehrmals aus dem Schlaf schreckte und schrie, konnte Lisa allerdings ebenso wenig verhindern, wie er sich trotz der Schmerzen immer wieder ans obere Ende seines

Lagers drückte und dort mit um die Knie geschlossenen Armen kauerte, anstatt gemütlich zu liegen.

Aufgrund der wochenlangen Unterkühlung seines sowieso schon geschwächten Körpers durch die Feuchtigkeit seiner Kerkerzelle hatte er sich eine Erkrankung zugezogen, wie sie ansonsten nur in kalten Wintern üblich war. Das Unwohlsein, die Kopf- und Halsschmerzen sowie den Husten hatte die Krankenschwester mit ihren bewährten Hausmittelchen, die sie durchwegs von Til, dem Kräutermann, aus dem nahen Weiler Hopfen bezog, bald in den Griff bekommen. Lediglich Jockels Gliederschmerzen hatte sie noch nicht merklich lindern können. Ihrer fachkundigen Behandlung der typischen Symptome einer winterlichen Erkrankung und der Verabreichung verschiedener Kräutersude, die ihr Lodewig in Eginhards Auftrag ins Spital gebracht hatte, war es zu verdanken, dass daraus keine Entzündung der inneren Atmungsorgane geworden war. Sicherlich hatten Eginhards Ratschläge, die der Nonne von Lodewig akkurat übermittelt worden waren, auch ihren Beitrag geleistet, … insbesondere, was die Wundbehandlung betraf, wovon Jockels gemarterte Finger am meisten profitierten. Mit dessen Hilfe hatten sie es geschafft, die bei Jockel aufkommende und tagelang anhaltende Hitze in den Griff zu bekommen … und dies war zunächst das Wichtigste gewesen.

Jockels durch die Folter ausgekugelte und vom Carnifex wieder eingerenkte Schultern schmerzten nicht mehr besonders – jedenfalls ließ es sich aushalten. Schließlich musste er ja noch keine Bäume ausreißen und durfte seine Arme schonen. Sicherheitshalber hatte Schwester Bonifatia an den ersten beiden Tagen beide Arme gerade so fest an seinen Körper bandagiert, dass er sie nur ein bisschen hatte bewegen können. Die Ruhe in den Armen hatte auch seinen Händen gutgetan, denn das Schlimmste waren immer noch die zerquetschten Daumen und Finger, die schwer unter der Folter gelitten hatten. Da der ständig pochende Druckschmerz unter den Fingernägeln schier nicht mehr auszuhalten gewesen war, hatte die heilkundige Nonne – der von Bruder Nepomuk zu unrecht nicht allzu viel zugetraut wurde – einen dünnen Eisenstift angespitzt und aufgeraut, damit er sich leichter durch die Nägel schrauben ließ. Danach hatte sie den Stift mit Alkohol gereinigt und im Ofen kurz zum Glühen gebracht, bevor sie damit die betroffenen Fingernägel durchbohrt hatte. Dabei hatte sie den wieder erkalteten Eisenstift so lange mit ihrem Daumen und Zeigefinger gedreht, bis er sich ganz durch den jeweiligen Daumen- oder Fingernagel gebohrt hatte. Während dieser schmerzhaften Prozedur hatte Jockel zwar geschrien, aber schnell festgestellt, dass diese handwerkliche und brutal anmutende Aktion geholfen und das Pochen aufgehört hatte, sowie der Druck nachgelassen hatte.

»Es kann sein, dass der eine oder andere Nagel abfällt«, hatte die Nonne ihren Patienten darauf vorbereitet, dass sich die Heilung noch eine ganze Weile hinziehen könnte.

Da Lisa Jockels Hände mehrmals täglich mit zuvor gekochtem Kamillenwasser abgewaschen und danach mit einer Arnikasalbe eingerieben hatte, war dieser Schmerz wenigstens einigermaßen erträglich geworden und der Heilungsprozess vorangeschritten, ohne dass es zu einer der gefürchteten Nagelbettentzündungen gekommen war.

Die anderen über den ganzen Körper verstreuten Blessuren sahen teilweise zwar noch recht übel aus, schienen aber ordentlich abzuheilen. Dies war auch der Grund, warum Schwester Bonifatia letztlich doch noch entschieden hatte, bereits am vierten und nicht, wie ursprünglich gedacht, am sechsten oder siebten Tag nach Jockels Heimkehr zu dessen Mutter zu gehen, um ihr vom Überleben und von der Genesung ihres Sohnes zu berichten. Außerdem war es sowieso allerhöchste Zeit geworden, auch der geplagten Frau neue Lebensfreude zu schenken.

»Diese Lisa muss ich unbedingt taufen. So wie es aussieht, ist sie jetzt ja eines meiner Schäflein … Am besten gleich am kommenden Sonntag«, trällerte der Propst zufrieden, während er mit Schwester Bonifatia vor der schäbigen Behausung der Mühleggs stand.

»Ja, ja. Schon gut«, antwortete die Franziskanerin, die eigentlich gar nicht gehört hatte, was der Pfarrer gesagt hatte. Sie bereitete sich innerlich auf das bevorstehende Gespräch mit Frau Mühlegg vor und zögerte noch mit dem Anklopfen.

»Und?«, gebot Propst Glatt der Schwester mit einer Handbewegung, dies endlich zu tun.

Nachdem beide etliche Male erfolglos angeklopft und ebenfalls erfolglos mit Engelszungen durch die Tür auf Frau Mühlegg eingeredet hatten, diese zu öffnen, schaute Bonifatia den Propst an und sprach – nachdem er zustimmend genickt hatte – offensichtlich eine Art Zauberwort: »Frau Mühlegg, bitte lasst uns herein … Es geht um Euren Sohn Jockel. – Es gibt Neuigkeiten!«

Ganz plötzlich öffnete sich die Tür und eine verhärmte Frau, die längst nicht so alt war, wie sie aussah, streckte ängstlich, aber erwartungsvoll, ihren Kopf heraus. »Was ist mit meinem Jockel?«, fragte sie misstrauisch in kühlem Ton, der aber auch etwas Hoffnungsvolles an sich hatte.

»Dürfen wir hereinkommen?«, gab die Nonne anstatt einer Antwort zurück.

Frau Mühlegg überlegte kurz und trat dann beiseite, was so viel hieß, dass das verlotterte, aber dennoch schöne Gebäude betreten werden durfte. Das Haus der Mühleggs war eines der ältesten Fachwerkhäuser des Dorfes. Auf der Seite, an der die Häuser wegen der engen Gasse dicht an dicht standen, war das obere Geschoss sogar vorkragend, was ihm fast ein städtisches Antlitz verliehen hätte, wenn es nicht in solch ungepflegtem Zustand wäre. Ursprünglich war es ein vergleichsweise nobles Haus, das vor etlichen Generationen von einem verhältnismäßig gut betuchten Bewohner Staufens errichtet worden war.

»Hier hat einmal der Ortsvorsteher gewohnt. Und ganz früher soll hier der *Ratskeller*, eine weit über die Grenzen Staufens hinaus bekannte Taverne, gewesen sein!«, hatte Frau Mühleggs Großvater vor vielen Jahren zu berichten gewusst. Aber davon war nichts mehr zu sehen; das einstmals aufwendig errichtete Anwesen war völlig heruntergekommen. Das Gefache war mit Stroh vermischtem Lehm auf Weidengeflecht ausgefacht. Die Stakung aus aufrechten Eichenstecken war mit Haselruten umflochten. Das Flechtwerk hatten die Erbauer dieses Gebäudes in die Gefache gesetzt und beidseitig mit Lehmschlamm, einer Mischung aus Lehm, Nutztiermist und gehäckseltem Stroh, bestrichen. Ursprünglich war darauf auch noch ein Putz, der allerdings größtenteils längst abgefallen war. Das Auffälligste aber war wohl die in armen ländlichen Gebieten absolut unübliche Fassadenbemalung gewesen, von der man trotz des desolaten Gebäudezustandes immer noch etwas sehen und mit etwas Fantasie sogar einige der alten Motive erkennen konnte.

Da die Mühleggs im Laufe der Zeit nichts mehr daran gemacht

hatten, war teilweise auch der im Sommer kühlende und im Winter wärmende Lehmschlag zerbröckelt und abgefallen. Das Schlimmste war allerdings der Zustand des strohgedeckten Daches. Da auch hier seit dem frühen Tod von Jockels Vater nichts mehr ausgebessert worden war, regnete es an etlichen Stellen herein. Wie oft hatte Frau Mühlegg ihren einzigen Sohn gebeten, wenigstens den Dachschaden dort zu reparieren, wo sich darunter ihre Lagerstätten und die Küche befanden. Da der Hallodri aber lieber zum Schwarzfischen gegangen war, anstatt das zu tun, was der Mann des Hauses hätte tun müssen, waren ihre innigen Bitten stets ungehört verhallt. Und dies sah man diesem Gebäude nicht nur an, sondern man roch es auch. Es muffelte nach der modrigen Feuchtigkeit, die sich durch die Ritzen gefressen und überall krank machende Pilze hinterlassen hatte. Der Propst und die Schwester mussten zu ihrem Bedauern auch noch feststellen, dass sich die Frau ganz hatte gehen lassen, seit Jockel in den Kerker geworfen worden war. Zudem konnten die beiden unschwer erkennen, dass das Haus seit Jahren auch innen nicht mehr richtig gepflegt worden war. Jedenfalls sah aufgeräumt anders aus. Die hilflose Frau war, anstatt zu versuchen, irgendwie nach Immenstadt zu gelangen, um Jockel zu helfen, gänzlich verzagt und hatte selbst nicht mehr weiterleben wollen. Dies war daran gelegen, dass sie gewusst hatte, sie wäre abgewiesen worden und hätte ihren Sohn nicht einmal besuchen dürfen. Zumindest war es ihr so ergangen, als ihr Mann nur wegen einer heimlich erlegten Wildsau in den Südturm des Schlosses geschmissen und bald darauf auf dem Galgenbihl gehängt worden war. Damals hatte sie alles versucht, um dem Vater ihres erst vierjährigen Sohnes zu helfen, und dabei sogar riskiert, selbst inhaftiert zu werden. Der damalige Stadt- und Landrichter Hans Zwick war keinen Deut besser und genauso blutrünstig gewesen wie Michael Waldvogel, der jetzige oberste Vertreter von Recht und Gesetz im rothenfelsischen Gebiet, von dem man in letzter Zeit allerdings überhaupt nichts mehr hörte oder sah.

»Was ist mit Jockel?«, fragte die Frau emotionslos, weil sie sich – trotz eines Fünkchens Hoffnung, das sie sich bewahrt hatte – dessen sicher war, dass ihr Sohn nicht mehr leben und man ihr jetzt die traurige Nachricht überbringen würde. Wie sollte er auch noch leben? Er war wegen zweifachen Mordes verhaftet und eingekerkert worden! Und sie wusste aus eigener leidvoller Erfahrung, dass man andere schon wegen viel geringerer Delikte aufgeknüpft hatte.

Während der Propst irgendwie hilflos herumstand und nicht nur wegen des Saustalles im Hause der Mühleggs die Nase rümpfte, schob Bonifatia der Frau einen Schemel hin und setzte sich ihr gegenüber auf einen der beiden mitten im Raum stehenden Dreifüßer, von denen sie einen dem Pfarrer hinstellte. Sie nahm die Hände der Witwe in die ihren und sah Jockels Mutter mit beruhigender Miene an. Erwartungsvoll erwiderte diese Bonifatias Blick. Sie spürte, dass etwas geschehen sein musste. Aber irgendetwas sagte der Lutheranerin jetzt, dass es nichts Böses war. Aber warum eigentlich? Sie wusste es zwar nicht, entspannte sich dennoch etwas. Vielleicht tat ihr auch nur die Anwesenheit der beiden Kleriker gut, ... obwohl es Katholiken waren. Aber sind wir nicht alle Christen?, fragte sie sich selbst, obwohl ihr der rechte Glaube in letzter Zeit etwas abhanden gekommen war.

Während Bonifatia die Hände der verhärmt aussehenden, ungepflegten und dementsprechend riechenden Frau drückte und streichelte, hob sie ihren inzwischen gesenkten Kopf, lächelte sanft und sagte: »Jockel lebt ... Es geht ihm gut.«

Die Alte zeigte keine Regung, sagte nichts und sah der sanft lächelnden Nonne mit ihrem unglaublich ehrlichen Blick nur tief in die Augen. Da Bonifatia eine Frage daraus las, wiederholte sie das Gesagte.

Jockels Mutter wandte ihren Blick zum Pfarrer – gerade so, als wenn sie der Ordensfrau nicht trauen würde und das soeben Gehörte von einem höheren Diener Gottes bestätigt haben wollte.

Jetzt lächelte auch der Propst, vergrub die Finger beider Hände ineinander, schloss für einen Moment die Augen und nickte. Was mag jetzt wohl in ihr vorgehen?, stellte er sich in Gedanken die Frage.

»Nein! Nein!«, entwich es der Frau, während ihre Augen glasig wurden und sie ungläubig den Kopf schüttelte.

»Doch, Frau Mühlegg!«, sagte die Franziskanerin in einem derart festen Ton, der zwar nicht zu ihrem friedlichen Gesichtsausdruck passen mochte, aber keine Zweifel zuließ. »Euer Sohn ist in guter Verfassung und möchte Euch sehen.«

Jetzt war es mit der Ruhe vorbei: Jockels Mutter drückte ihren

Kopf an Bonifatias Brust und heulte haltlos drauflos. Trotz deren unangenehmen Ausdünstung ließ die barmherzige Schwester sie gewähren, so lange sie wollte. Als sich die gute Frau etwas beruhigt hatte, zog sie mehr als gut hörbar Nasensekret dorthin zurück, von wo es gekommen war, wischte sich mit ihrer dreckigen Schürze übers Gesicht und begann, den beiden tausend Fragen zu stellen.

»Pschhht!«, beruhigte Bonifatia die plötzlich redselig gewordene Frau und nahm dabei ihren Zeigefinger zur Hilfe. »Bevor Ihr uns mit Euren Fragen durchlöchert: Jockel ist hier in Staufen … Kommt mit! Wir gehen zu ihm … Könnt Ihr laufen?«

Und wie Jockels Mutter plötzlich laufen konnte. Trotz ihrer Rückenbeschwerden und des damit verbundenen Hatschens beeilte sich die betagte Frau, in dem Durcheinander einen Überwurf zu finden. Nachdem sie das aus gehäkelter Wolle bestehende Stück, das offensichtlich schon bessere Tage gesehen hatte, um ihre Schulter geworfen hatte, eilte sie wortlos aus dem Haus und den beiden Kirchenleuten in Richtung Spital voran.

»›Respekt!‹, würde jetzt unser Graf sagen«, kommentierte der Propst die Gangart der überglücklichen und irgendwie doch noch ungläubigen Frau der ebenfalls staunenden Schwester gegenüber.

Am Spital angekommen, wurde es Jockels Mutter nun doch mulmig zumute, weswegen sie sich hilfesuchend umdrehte und auf die beiden wartete. »Stimmt es auch wirklich?«, musste sie nochmals die Bestätigung dafür haben, was sie gleich würde sehen dürfen.

Schwester Bonifatia reichte der Frau ihren Arm und sagte nur: »Kommt! Ich führe Euch zu ihm.«

Als sie ein Stück den Flur entlanggelaufen waren, blieb Frau Mühlegg plötzlich stehen. Sie glaubte, dass ihr Herz den Dienst versagen würde. »Das ist doch Jockels Stimme?«, fragte sie mehr, als dass sie dies feststellte.

Die Schwester und der Propst nickten sanft.

Langsam ging sie in Richtung des Gehörten und blinzelte durch die einen Spalt weit offen stehende Tür des Krankensaales. Nicht wissend, dass sie diesen Geruch bald in ihrem Haus würde einatmen müssen, nahm sie den immer noch recht starken Putzmittelgeruch war. Aber sie ließ sich davon nicht beirren und öffnete die Tür ein Stückchen.

Fassungslos schlug sie ein Kreuz und hielt sich mit beiden Händen den Mund zu, um nicht zu schreien. Sie sah wahrhaftig ihren Sohn – den Oberkörper etwas hochgelegt – gequält lächelnd auf einem Krankenlager. Daneben stand ein fremdes Mädchen, das ihm zart übers Gesicht streichelte und ihn gerade sanft auf die Stirn küsste.

»Wer ist das?«, schwang fast ein bisschen Eifersucht im Ton der liebenden Mutter, als sie sich zum Propst und zur Schwester umdrehte.

»Geht hinein und fragt sie selbst«, empfahl Schwester Bonifatia und drückte die Tür ganz auf.

Was folgte, empfand selbst der hartgesottene Propst als ein unbeschreiblich rührendes Zusammentreffen von Gottes Schöpfung. Es war die Begegnung dreier Menschen, die noch nicht wussten, dass sie gemeinsam in eine zufriedene, ja sogar in eine einigermaßen glückliche Zukunft gehen und allesamt erst im hohen Alter eines natürlichen Todes sterben würden. Dass dereinst an Frau Mühleggs Sterbebett sieben Enkel stehen würden, konnte sie genauso wenig ahnen wie das künftige Glück, das ihr durch eine liebsorgende Schwiegertochter widerfahren würde.

Dass das verwahrlost aussehende, also vermeintlich auch dumme und unkultivierte Mädchen am Krankenlager ihres Sohnes ihr gegenüber einen züchtigen Knicks machte, respektvoll zurückwich und sich höflich vorstellte, indem sie zaghaft sagte: »Ich grüße Sie, Frau Mühlegg. Ich bin Lisa!«, hörte Jockels Mutter zwar nicht, nötigte dem Propst und der Schwester aber Hochachtung ab. Die beiden beobachteten die Szenerie noch ein Minütchen und schlossen dann diskret die Tür. Sie brauchten sich nur wortlos anzusehen, um zu wissen, dass die drei Menschen im Krankensaal in diesem Moment genauso glücklich waren, wie sie sich selbst fühlten.

»Manchmal liebe ich meinen Beruf«, seufzte Schwester Bonifatia, die dies seit der Rettung eines Mädchens aus den Klauen der Pestilenz vor 15 Jahren sicherlich nicht mehr oft gesagt hatte.

»Gott weiß, ich ebenfalls!«, entgegnete der Propst, blickte nach oben und fügte an: »Und er selbst liebt seinen Beruf auch. Er weiß, dass er bald ein neues Schäflein in seine dezimierte Herde bekommen wird.« Dabei freute es ihn am meisten, dass er es sein würde und nicht sein Bruder im Herrn aus Immenstadt, der dieses Mädchen zum einzig richtigen Glauben führen oder gar bekehren würde.

»Und was ist, wenn Lisa Jockel ehelicht – wovon ich ausgehe? Wird sie dann nicht eine Lutherische?«, bremste die Samariterin die Vorfreude des Propstes, der nur noch trotzig sagte: »Das werden wir ja sehen!«

KAPITEL 40

Der Winter zeigte sich immer noch ungewöhnlich mild, was sich auch im fröhlichen Gezwitscher der Vögel äußerte, die – anstatt in den Süden geflogen oder schon wieder zurück zu sein – hier das Frühjahr herbeizupfeifen schienen. Dies war ihnen allerdings nur so lange gegönnt, bis sie sich in einem der vielen Netze der nach wie vor hungernden Bevölkerung verfangen hatten.

Obwohl es bereits Mitte Februar geworden war, hatten die allseitigen Diskussionen über den unaufgeklärten Mord an Hanspeter Burger und die offensichtliche Unfähigkeit des extra hierfür eingesetzten Untersuchungsgremiums immer noch einen hohen Wichtigkeitsgrad und waren bis heute nicht verstummt. Auch über Jockel Mühleggs wundersame Rettung und das Verhältnis des Immenstädter Kaufmanns mit Maria Brugger wurde nach wie vor getratscht.

Als sich um Weihnachten herum ein Fremder unter sie gemischt hatte, war zwar niemandem aufgefallen, dass er Interesse an Maria hatte, dennoch war so lange über ihn getuschelt worden, bis alle das Gefühl ergriffen hatte, dass von ihm keinerlei Gefahr ausging. Und da die ersten beiden Morde bereits stattgefunden hatten, als der Fremde noch nicht in Staufen weilte, konnte er auch nicht der Mörder des jungen Schuhmachers gewesen sein – immerhin glichen sich die Morde wie faule Eier. Außerdem schien es sich um einen zumindest etwas feineren Herrn zu handeln – jedenfalls ließen dies seine bürgerliche Gewandung und seine stets freundliche Art erahnen. So wurde jetzt kaum noch über ihn gesprochen. Obwohl der selbst ernannte Rächer Walter Krummstiefel zum Fürchten aussah, hatten sich die Menschen bald an ihn gewöhnt. Warum auch nicht? Die meisten von ihnen hatten selbst irgendwelche Narben. Außerdem bewegte er sich fast so unter ihnen, als wenn er dazugehören würde. Und an den Sonntagen besuchte er sogar die Heilige Messe. Dass er dabei immer Marias Nähe suchte, indem er stets in einer der rechten Bankreihen schräg hinter ihr Platz zu nehmen suchte, war bisher auch noch nicht bemerkt worden. Und an den dürftig bestückten Markttagen schlenderte er ebenso über den Platz wie alle anderen. Hier und da hielt er sogar ein kleines Schwätzchen – gepflegt, aber stets darauf bedacht, sein vernarbtes Gesicht nicht allzu sehr der Öffentlichkeit preiszugeben, weswegen er gerne im Schatten stand. Obwohl niemand wusste, wer er war und wo er eigentlich wohnte, wurde er irgendwie als ein neues Mitglied der Dorfgemeinschaft akzeptiert und gehörte mittlerweile sozusagen zum Ortsbild.

»Wenn der Mord an Hanspeter aufgeklärt und die Fasnacht vorbei ist, werde ich ihn zu mir bestellen, um seine Herkunft und alles Weitere über ihn in Erfahrung zu bringen. Vielleicht kann er auf irgendeine Weise Gutes für unser Dorf tun?«, hatte sich der Ortsvorsteher vorgenommen und seine positiven Gedanken Lodewig gegenüber laut werden lassen. Zuvor aber würde er sich weiterhin um seine erkrankte Frau kümmern müssen, weswegen er im Moment andere Sorgen hatte, als augenscheinlich ordentlichen Leuten nachzusinnen.

Der neuerliche Mord und das Mit-sich-selbst-beschäftigt-Sein hatten in Staufen dazu geführt, dass man sogar Gefahr lief, den gräflichen Wunsch nach einem Gedenktag an das elende Pestjahr 1635 zu vergessen. Dazu kam noch, dass die Geschehnisse in Immenstadt zwar längst der Vergangenheit angehörten, aber immer noch nachwirkten. Auf Lisas und Frau Mühleggs Drängen hin war Jockel schon ein paar Tage nach dem Besuch seiner

Mutter aus Schwester Bonifatias Obhut entlassen worden und erfuhr seither zu Hause eine Pflege, wie sie das beste Spital nicht hätte bieten können – es war eine Pflege, die zwar weniger durch medizinische Fachkenntnis geprägt war, der aber umso mehr Liebe innewohnte. Sie kam aus dem Herzen zweier glücklicher Frauen und machte auch Jockel derart glücklich, dass er die noch verbliebenen Schmerzen leichter zu ertragen vermochte. Dies konnten Propst Glatt und Schwester Bonifatia erfreut feststellen, weil sie zu den Mühleggs gekommen waren, um nach Jockel zu sehen. Als sie deren bescheidenes Heim betraten, glaubten sie, ihren Augen nicht zu trauen: Die gute Stube blitzte nur so! Es zog zwar immer noch durch die Ritzen wie an nördlichen und östlichen Meeresgestaden, was davon kündete, dass nach wie vor nichts repariert worden war. Wer hätte es auch tun sollen? Jockels Finger jedenfalls waren dazu noch nicht in der Lage gewesen. Aber es war nichts mehr herumgelegen. Alles schien dort hinzugehören, wo es gestanden oder gehangen war. Die Wohnung schien aufgeräumt und bis in die letzten Winkel geputzt worden zu sein.

»Das ist Lisas Werk!«, sagte Frau Mühlegg irgendwie verschämt, aber stolz und drückte dabei das Mädchen liebevoll an sich. Dabei fiel den Besuchern sofort auf, dass ihre Haare nicht mehr strähnig ins Gesicht hingen, sondern, sauber nach hinten gekämmt, in einem fast kunstvollen Dutt endeten. Lisa hatte nicht nur Sonne in das mehr als bescheidene Heim der Mühleggs gebracht, sie verstand es auch, Gäste zu bewirten. So stellte sie dem hohen Besuch sogar frisch gebrühten Kräutersud mit Honig hin, der ihr von Sarah für Jockels Genesung vorbeigebracht worden war. Diese typische Gepflogenheit des städtischen Bürgertums hatte sie sich wohl irgendwo in Immenstadt abgeschaut und damit die beiden Diener Gottes ebenso in Erstaunen versetzt, wie es Jockels Gesundheitszustand tat. Der junge Mann musste zwischendurch zwar immer noch das Lager hüten, strotzte aber nur so vor Energie und Tatendrang. »Im Frühjahr werde ich das Dach neu eindecken und die Ritzen zustopfen! … Und den Garten bringe ich auch auf Vordermann – dort sollen künftig heilende Kräuter und Gewürzpflanzen wachsen, die Lisa auf dem Markt verkauft. Ja, ich werde einen Nutzgarten anlegen, Gemüse anbauen und …«, sprudelte es lebensbejahend aus ihm heraus, … bis ihm Lisa sanft einen Zeigefinger auf den Mund drückte und beruhigend sagte: »Ja, mein Geliebter! Zuvor aber musst du ganz gesund werden.«

»Und dann verputzt Jockel auch noch das ganze Haus!«, verkündete Frau Mühlegg stolz und strahlte dabei übers ganze Gesicht.

Jockel war im Hinblick auf die Gestaltung seines neuen Lebens nicht einmal durch Lisa zu bremsen und beteuerte noch mit Blick zu den beiden Klerikern: »Außerdem gelobe ich hoch und heilig, dass ich keinen einzigen Schwanz mehr aus den Gewässern des Grafen fischen werde!«

»Vorsicht, Jockel: Gott hört alles und wird dich zur Rechenschaft ziehen, wenn du dich nicht an dein Versprechen hältst!«, mahnte der Propst mit einem Blick nach oben und zeichnete dem scheinbar in jeder Hinsicht geläuterten Burschen ein Kreuz auf die Stirn. Vielleicht kann ich auch dich zum Katholizismus bekehren, hatte er sich dabei gedacht.

Als alle einen Becher Kräutersud in Händen hielten, wurde es so richtig gemütlich und es kam zu netten Gesprächen. Aufgrund einer größeren Holzspende des Kastellans war es trotz der Ritzen wohlig warm gewesen und durch die außerordentliche Kerzenspende des Propstes heimelig hell. Das ständige Flackern des Kerzenlichtes zeigte allerdings überdeutlich, wohin die Wärme laufend entwich.

Während die Franziskanerin Jockel und seine Mutter mit wertvollen Informationen, die dem weiteren Heilungsprozess dienen würden, fütterte, nützte Propst Glatt die Gelegenheit, um sich mit Lisa über deren Taufe zu unterhalten.

So waren zwei schöne Stunden wie im Fluge vergangen und – so wie es aussah – gleich drei Schäflein für die Herde des Herrn gewonnen worden. Da sich die spitze Engelszunge des katholischen Priesters während des Gespräches immer wieder kurz geteilt hatte, war es ihm tatsächlich gelungen, die Lutherischen zu überlisten und dafür zu sorgen, dass es in absehbarer Zeit keinen einzigen Lutheraner mehr in Staufen geben würde. Seit Sarahs Konvertierung vom Judentum zum Katholizismus vor 16 Jahren würde dies sein größter Triumph über »Andersgläubige« werden. Nicht gerade standfest in ihrer Haltung, diese Lutheraner, dachte sich der katholische Priester hinterkünftig und rieb sich dabei die Hände über seinen vorhersehbaren Erfolg.

Beim Verlassen des Mühlegg'schen Anwesens wusste Schwester Bonifatia nicht, wer glücklicher war: sie selbst oder Jockel und die Seinen ... oder war es der Propst, der zwar fast schon einen festen Tauftermin in der Tasche, aber noch viel Arbeit mit den dreien vor sich haben würde?

Auch im Schloss war man mit dem Gesundheitszustand des dortigen »Spitalers« hochzufrieden. Nepomuk attestierte Eginhard, »fast« gesund zu sein, und gestattete ihm deswegen etliche Freiheiten. »Und heute testen wir deinen Geist. Ich möchte sehen, ob du Folgeschäden davongetragen hast«, empfahl der heilkundige Mönch und bat Aurel, das Spiel der Könige zu holen. »Eine Partie Schach wird es an den Tag bringen«, hatte Nepomuk siegessicher gelacht und dabei nicht gewusst, wie schnell ihm das Lachen vergehen sollte, weil Eginhard ihn mit wenigen Zügen matt setzen würde.

Bruder Nepomuks Heilkunst war mittlerweile nicht nur im Staufner Schloss, sondern auch im Residenzschloss bekannt. Nachdem er bei seinem Gastbesuch im Immenstädter Schloss dem Grafen neben einigen anderen Heilerfolgen auch von seiner haarsträubenden Notoperation an Eginhards Schädel, die er mit einfachsten Mitteln in der Simmerberger Taverne hatte durchführen müssen, berichtet hatte, war er nicht umhingekommen, die Wehwehchen der gräflichen Familie und einiger höherrangiger Hofangestellten zu behandeln. In seiner Eigenschaft als ein Mann Gottes, der außerdem ein Medicus, ja sogar ein Professor medicinale und zudem – wenn auch illegitim – von doppeltem Blute war, hatte er sich mit dem Segen des Grafen sogar eine Entzündung an heikler Körperstelle der Gräfin ansehen müssen. Bevor er sich aber der erkrankten Mitte des weiblichen Körpers gewidmet und sich des Beiseins zweier Zofen versichert hatte, war er in die dem Schloss gegenüberliegende Kirche geeilt und hatte den Herrgott in Bezug auf das, was er gleich werde sehen müssen, um Verzeihung gebeten. Dafür, dass er angesichts der entblößten Weiblichkeit keine unkeuschen Gedanken haben würde, hatte er ein vorauseilendes

Bittgebet gesprochen. Nachdem Bruder Nepomuk nicht nur die durch Unwissenheit und der Zeit entsprechend unzureichende Hygiene hervorgerufene Krankheit der Gräfin diagnostiziert, sondern auch ein Mittelchen dagegen, vor allen Dingen aber gute Ratschläge gehabt hatte, war ihm endgültig das uneingeschränkte Vertrauen des Grafen zuteil geworden und er durfte – nachdem er sich mit der Behandlung der Gräfin bewährt hatte – sogar ihn selbst behandeln, was allerdings dessen Leibmedicus schwer erzürnte.

Als Nepomuk die Schmerzen in der rechten Großzehe des fülligen Regenten auch noch als Gicht diagnostiziert hatte, war Ihre Exzellenz auf den aus seiner Sicht brillanten Gedanken gekommen, Nepomuk an der Seite seines bisherigen Leibarztes für immer bei sich zu behalten. »Er könnte doch mit Uns zusammen hier in Immenstadt das von Uns geplante Kloster aufbauen und es als Guardian leiten«, hatte ihm der Graf überschwänglich freudig angeboten und ihm bei dieser Gelegenheit erzählt, dass er seit vier Jahren darum kämpfte, ein Kapuzinerkloster zu gründen.

Allerdings hatte sich die Miene des Regenten merklich verfinstert, nachdem sich der Medicus erdreistet hatte, höflich, aber bestimmt, mit der Begründung, dass er Benediktiner und kein Kapuziner sei, das gräfliche Angebot abzulehnen.

Da Nepomuk nicht zu den rothenfelsischen Untertanen des Grafen zählte, war dem nichts anderes übrig geblieben, als sich enttäuscht zu geben; immerhin war Nepomuk zu allem hin auch noch von Rang. Als der heilkundige Mönch zudem für die Behandlung der gräflichen Gicht auch noch absolute Diät verordnet und einen dementsprechend faden Speiseplan zusammengestellt hatte, war es höchste Zeit geworden, die Gastfreundschaft des Grafen nicht länger in Anspruch zu nehmen und nach Staufen zurückzukehren.

Jetzt gab es für Nepomuk – längst wieder »zu Hause« im Schloss Staufen – ebenfalls freudige und gleichzeitig traurige Gesichter. In Staufen hatte er längst alle Herzen vorbehaltlos für sich gewonnen – mittlerweile sogar das des Propstes. Ganz besonders eng aber war ihm Sarah verbunden. »Damals, nach dem Brand, hast du meine Schwester Lea gerettet und danach meinen geliebten

Lodewig! Und jetzt auch noch meinen Schwager Eginhard«, hatte Sarah nicht nur einmal gesagt, während sie dem Hünen dankbar an den Hals gesprungen war. Obwohl sich der Gast in Staufen sehr wohlfühlte, war er inzwischen unruhig geworden. Er wollte zwar nicht daran denken, wusste aber, dass er im Kloster Mehrerau längst vom Abt zurückerwartet wurde und die Zeit der Abreise nach Bregenz mehr als überfällig war.

Während man im Schloss versuchte, den heilkundigen Mönch zu überreden, wenigstens noch bis zum Ende der Fasnacht in Staufen zu bleiben und sich die Sache mit der gräflichen Fahnenstiftung anzusehen, sorgte man sich um die Organisation dieser Angelegenheit, für die es ebenfalls höchste Zeit geworden war: Da sich aufgrund des neuerlichen Mordes gerade unter den ledigen Burschen des Dorfes abermals Unsicherheit und teilweise sogar Angst breitgemacht hatten, war die von Graf Königsegg gewünschte »Fähnrichswahl« mehrmals aufgeschoben worden und hatte immer noch nicht stattgefunden. Jetzt aber musste sie – wenn es keinen Ärger mit dem Regenten geben sollte – schleunigst anberaumt werden. Immerhin waren es bis zur Fasnacht nur noch wenige Wochen. Da war es gut gewesen, dass die *von der Kirch geduldet unnd von dero Herrschafft gewollet Narretey* in diesem Jahr ungewöhnlich spät im Kalendarium stand und dementsprechend gerade noch genügend Zeit für die Fähnrichswahl und die Organisation des großen Tages war. Deswegen hatte Melchior Henne für den Abend dieses Tages alle ledigen Burschen Staufens zusammengerufen und auf Wunsch des Kastellans anstatt in die *Krone* oder in ein anderes Wirtshaus des Dorfes ins Schloss geladen.

»Auf Geheiß des Grafen geht es um eine wichtige Sache. Und die kann schließlich nicht in einer Pinte, in der die Gäste – womöglich auch noch Nichtstaufner – alles mitbekommen, stattfinden. Nicht auszudenken, wenn übereifrige Vater der Wahlberechtigten etwas durcheinanderbringen oder gar zu manipulieren versuchen würden … Nein: Dazu ist die Angelegenheit zu wichtig und der Wille unseres hochverehrten Regenten zu eindeutig!«, hatte der dem Grafen treu ergebene Schlossverwalter zu seinem Freund

Melchior gesagt, als er ihm den Rittersaal zur Durchführung der Fähnrichswahl angeboten hatte.

Um Melchior zu zeigen, wie er selbst in seiner Eigenschaft als Kastellan und wie seine Familie hinter dem Willen des Grafen stand, hatte er am Tag der Fähnrichswahl durch Aurel sogar die rot-gelbe Rautenfahne aus dem obersten Fenster des Herrschaftsgebäudes heraushängen lassen und dafür gesorgt, dass das Gesinde besonders ordentlich herausgeputzt war. Alle sollten sehen, dass heute etwas ganz Besonderes stattfinden würde, … auch wenn das außerordentliche Hissen der gräflichen Fahne dieses Mal nicht den Besuch des Regenten ankündigen sollte.

Als es dann so weit war, ließ es sich Lodewig nicht nehmen, die meist jungen Männer – die jetzt in kleinen Grüppchen oder einzeln eintrudelten – persönlich und per Handschlag zu begrüßen. Dazu hatte er sein feinstes Dienstornat angelegt und als Zeichen seines aus Sicht der einfachen Bevölkerung hohen Standes sogar die emaillierte Amtskette des gräflichen Schlossvogtes mit dem rot-gelben Rautenwappen umgehängt. Dieser mehr als freundlichen Geste lag der Gedanke zugrunde, den Burschen Respekt einzujagen, um sie friedlich zu stimmen … und friedlich bleiben zu lassen – egal, was während der Fähnrichswahl geschehen und wer gewählt werden würde. Denn wie auch Melchior, wusste Lodewig, dass das Lager derjenigen, die sich aktiv in die zu wählende Staufner Fahnenkompanie einbringen wollten, immer noch gespalten war. Und dies verhieß zunächst einmal nichts Gutes.

Da auch Hauptmann von Huldenfeld seine Wertschätzung für diese Sache und seinen Beitrag zum Dorffrieden beisteuern wollte, hatte er zwei seiner Soldaten mit ihren Hellebarden zu beiden Seiten des Eingangs zum Rittersaal postiert und ihnen zuvor befohlen, ihre Kürasse zu polieren und überzuschnallen. Um der Sache noch mehr Wichtigkeit zu verleihen, hatte er angeordnet, dass die Soldaten ihre Zierwaffen vor der Tür stets gekreuzt halten und erst dann beiseite nehmen sollten, wenn einer der Ankömmlinge einzutreten gedachte. Dies sollte die jungen Spunde ebenso beeindrucken wie der hell erleuchtete Festsaal selbst. Die zwischen den großen Südfenstern hängenden Wappen alter Herrschergeschlechter, die vor den Königeseggern auf der ehemaligen Burg und dem späteren Schloss Staufen gesessen hatten, ließen die Augen der Burschen ebenso strahlen wie die mit Ölfarben auf gestärkte Leinwand gemalten Abbilder der Herrscherfamilien, die wunderschön geschnitzte und farblich abgesetzte Holzdecke mit den kunstvoll verzierten Balken, das zwar dürftige, aber wertvolle Interieur und die zinnernen Kannen und Becher, in die Rosalinde zur Feier des Tages Bodenseewein einschenken durfte – aufgrund des Risikos einer Rauferei allerdings nur mit Wasser verdünnt.

»Jetzt aber sollen uns vereinen nach altem Staufner Brauch Frohsinn, Freundschaft und Ehrbarkeit!«, zitierte Melchior zu Beginn der Veranstaltung leicht abgewandelt aus dem speziell zur Fähnrichswahl erstellten Schreiben des Grafen, nachdem er seine Altersgenossen begrüßt und rein vorsorglich zu *»alliglicher Ordtnung«* gerufen hatte. Während er sein aus Böhmen stammendes Kristallglas hochhielt und es ihm die anderen nachmachten, stieß er einen Trinkspruch auf die gräfliche Familie und auf gutes Gelingen aus. Nachdem alle ihre Becher in einem Zug geleert hatten, wandte er sich dem Gardehauptmann zu und verneigte sich respektvoll vor ihm.

»In Vertretung des Hausherrn, unseres hochverehrten Grafen Hugo zu Königsegg-Rothenfels, und dessen ebenfalls hochrangiger Gemahlin begrüße ich Hauptmann Benedikt von Huldenfeld, seines Zeichens erster und ranghöchster Offizier der gräflichen Garde.« Danach wandte er sich den anderen Gästen zu. »Ebenfalls begrüßen möchte ich den Immenstädter Ratsherrn Peter Immler. Und nicht zu vergessen unseren Ortsvorsteher Hermann Schädler, dem ich für sein Kommen ganz besonders danken möchte.«

Danach bedankte er sich beim Kastellan für die Zurverfügungstellung der Räumlichkeit und verneigte sich vor ihm und dessen Frau, wobei er Sarah höflich um Verständnis dafür bat, dass laut Edikt des Grafen *kain Weib unnd kaine Maid* bei der Fähnrichswahl anwesend sein dürften. Er hüstelte. »… auch nicht die Frau des Kastellans!«

»Aber mein Sohn Aurelius darf der Fähnrichswahl doch wohl als stiller Beobachter beiwohnen … oder? – Vielleicht etabliert sich eure Sache ja und er wird eines Tages Staufner Fähnrich sein?«, konterte die Frau des Kastellans enttäuscht, aber einsichtig und schob den 15-Jährigen vor sich weiter in den Saal.

»Selbstverständlich, Sarah«, pflichtete ihr Melchior bei. »Aber jetzt ist Aurel noch zu jung, um in ein Amt gewählt werden zu können, weswegen er auch noch nicht wahlberechtigt ist.« Als Melchior Sarahs ernsten Blick sah, ergänzte er noch: »Verzeih mir bitte: Aber ich möchte mich nur an die vom Grafen festgelegten Statuten halten. Es schmerzt mich, dass ich dich in deinem eigenen Refugium bitten muss, den Raum zu verlassen, damit wir mit dem von unserem Herrn vorgegebenen Prozedere beginnen können.«

»Schon gut. Ich bin ja schon weg«, frotzelte Sarah und zeigte auf einen freien Stuhl neben der Anrichte, die unweit des großen Tisches, an dem insgesamt 37 junge, ledige Staufner Burschen, ein paar in die Jahre gekommene Junggesellen, Lodewig Dreyling von Wagrain, Hermann Schädler, Benedikt von Huldenfeld und Peter Immler saßen. »Siehst du, Aurel? Dort ist Baltus. Du kannst dich auf den freien Stuhl neben ihm setzen«, flüsterte die Mutter. »Am besten wird es sein, wenn du kein Wort sagst und dich ganz ruhig verhältst. Und wenn dir die Sache zu langweilig wird, kommst du einfach zu mir in die Vogtei rüber.«

»Aber der stinkt so! Kann ich mich nicht woanders hinsetzen?«, klagte Aurelius.

»Sei froh, dass du überhaupt dabei sein darfst. Und nun hab dich nicht so und geh schon!«, befahl die Mutter und gab ihrem Sohn einen Klaps.

Aurelius nickte folgsam. Der Bub spürte, dass es ein Privileg war, bei dieser ersten Fähnrichswahl in Staufen dabei sein zu dürfen. Dabei störte ihn lediglich, dass er ausgerechnet neben dem geistig zurückgebliebenen und übel riechenden Baltus Vögel Platz nehmen musste. Letztlich aber würde er sich die Würde seines Hierseins nicht vom Dorfnarren schmälern lassen – nur weil er neben diesem Platz nehmen musste.

Melchior wartete noch, bis Aurelius saß und Sarah mit Rosalinde – die zwischenzeitlich noch einmal Lodewigs Kristallglas und die Zinnbecher der anderen gefüllt hatte – den Raum verlassen hatte, bevor er weitersprach: »Wo war ich stehen geblieben? … Ah ja! … Also: Ich habe den edlen Herrn von Huldenfeld gebeten, heute dabei zu sein – nicht in seiner Eigenschaft als Gardehauptmann, sondern sozusagen als Vertreter des Grafen, der ihm vom Ablauf und vom Ausgang der heutigen Fähnrichswahl berichten wird. Denn Benedikt von Huldenfeld hat sich dankenswerterweise dazu bereit erklärt, als Chronist zu fungieren und alles niederzuschreiben. Somit sind er, unser Ortsvorsteher und der Kastellan die einzigen Verheirateten im Raum. Sie und der ehrenwerte Immenstädter Stadtrat Peter Immler – der als Auswärtiger während der Wahlhandlung sein Wort ebenfalls nicht erheben darf – sollen Zeugen dieser historischen Stunde sein. Außerdem wird unser Ortsvorsteher Hermann Schädler die Wahl leiten.«

Das beifällige Geklatsche wurde vom des Lesens und Schreibens mächtigen und allein schon deshalb allseits respektierten und angesehenen Bertel Schwabacher unterbrochen: »Und was ist mit dem da?«, fragte er, während er auf den hünenhaften Mönch zeigte, in einem zwar etwas respektlosen Ton, aber durchaus berechtigt.

»Was soll mit Bruder Nepomuk sein? Da er sich zu den Freunden dieses Hauses zählen kann und darüber hinaus persönlicher Gast unseres Herrn ist, wird sich wohl niemand daran stören, dass er kein Staufner ist. Und da er ledig ist, legitimiert dies seine Anwesenheit ebenso, wie dies bei Herrn Immler der Fall ist«, wunderte sich Melchior.

»Nicht ganz!«, verbesserte Nepomuk Melchiors Aussage und zog damit alle Blicke auf sich. »Ich bin mit der Dreifaltigkeit vermählt. Sollte dies allerdings jemanden stören, verlasse ich gerne den Raum.«

Das Gelächter, das jetzt durch den Rittersaal ging, wertete Melchior zwar als gutes Zeichen für einen harmonischen Verlauf der bevorstehenden Fähnrichswahl, wollte diesen aber gesichert wissen, weswegen er ein Papier hervorkramte, bevor er sich von seinem Stuhl erhob, um mit dem offiziellen Teil der Zusammenkunft beginnen zu können.

»Bevor wir zur Wahl des ersten Staufner Fähnrichs und seiner Fahnenkompanie schreiten, bitte ich euch um Gehör!«, sorgte er für Ruhe und blickte in die Runde. »Heute geht es nicht um das Prozedere des kommenden Fasnachtsdienstages. Damit kann sich später die frisch gewählte Fahnenkompanie beschäftigen. Heute geht es ausschließlich um die Verteilung der Posten an diejenigen, die den Stifterwillen an diesem Tag und an den beiden Tagen zuvor umsetzen werden. Habt ihr das verstanden?«, fragte Melchior und musterte wieder die Runde.

Nachdem er ein allseitiges Kopfnicken zur Antwort bekommen hatte, fuhr er fort: »Da ich weiß, dass ihr in zwei Lager – die Schützen und die Nichtschützen – geteilt seid, habe ich mir von Oberamtmann Speen für den Fall, dass ihr zum Streiten kommen solltet, spezielle Instruktionen geben lassen, die ich euch gleich vortragen werde. Zuvor aber bitte ich alle Anwesenden, sich von den Sitzen zu erheben.«

»Was soll das denn?«, tuschelte so mancher seinem Sitznachbarn ins Ohr, stand aber trotzdem auf.

Melchior sprach mit getragener Stimme: »Wie wir alle wissen, geht das gräfliche Vermächtnis auf die 706 Pesttoten des Jahres 1635 und letztlich auch auf die Kriegstoten zurück. Es war die wohl schlimmste Zeit in der Geschichte unseres geliebten Heimatortes. Deswegen gedenken wir für eine Minute in Stille unserer verstorbenen Vorfahren.« Als er den Kopf senkte, taten es ihm die anderen nach. Nur Baltus hielt nicht still, konnte dadurch aber die Gedenkminute nicht stören.

»Danke! Ihr könnt euch wieder setzen«, sagte Melchior sichtlich bewegt, bevor er ein Papier auffaltete und den einer Kerze am nächsten sitzenden Serafin Blanz anwies, diese näher zu ihm zu schieben, damit er besser würde sehen können, wenn er den Schrieb verlesen würde.

Das Kerzenlicht flackerte verheißungsvoll und keiner der ledigen Burschen wagte es, auch nur einen Muckser von sich zu geben. Und die bereits Verehelichten unter ihnen hatten heute sowieso nichts zu melden. Man hörte lediglich das leise Schlurfen von Schuhen, weil Baltus Vögel aufgeregt war und deswegen auf dem veredelten Holzboden seine Füße hin und her schlenzte. Erst die mahnenden Blicke der anderen ließen ihn innehalten und albern kichern.

»Also …«, begann Melchior, das Schreiben des Oberamtmannes Conrad Speen Wort für Wort vorzulesen. Als er zum letzten Satz kam, hob er kurz sein Haupt, um der Kernaussage dieses Schreibens noch mehr Bedeutung zu verleihen: »… unnd sollt es trotz unßrer Mahnung zue Zwist oder gar zue Streit mit Raufferey während der Fendrichswahl kümmen, sehen sich Ihro Gnaden nicht mehr ann daß gegeben Versprechen gebunden unnd die Stauffner sölln eß laßen, daß Fahnlin zu schwingen.«

Melchior beendete an dieser Stelle das Verlesen des Briefes und blickte wieder über den großen Tisch. In fast beschwörendem Ton sagte er: »So! Ihr habt gehört, was geschehen wird, wenn wir die Sache nicht mit aller gebotenen Sorgfalt und Ruhe durchziehen. Und nun reicht euch vor Beginn der Fähnrichswahl die Hand zum Frieden, damit wir beginnen können!«

Während sich einige zierten und andere sich eher zaghaft die Hand drückten, taten dies ein paar andere Burschen umso lieber und umarmten sich teilweise sogar in freundschaftlicher Verbundenheit oder in der freudigen Hoffnung auf gemeinsame Ämter in der Fahnenkompanie oder im Trommlercorps.

»So!«, sagte Melchior wieder, was einer zufriedenen Feststellung gleichkam. »Und nun bitte ich unseren geschätzten Ortsvorsteher, seines Amtes zu walten … Hermann, bitte!«

Dabei wies er so lange auf den Ortsvorsteher, bis dieser aufgestanden war und sich räusperte, bevor er das Wort ergriff: »Also, meine Herren! Ihr wisst, um was es heute geht. Bevor die Trommler und Pfeifer bestimmt werden, sind insgesamt sieben Posten zu vergeben. Dies geschieht in der Form, dass die diesbezüglichen Namensvorschläge aus euren Reihen kommen und – wenn diese von der Versammlung mehrheitlich bestätigt worden sind – ihr denjenigen unter euch wählt, den ihr für den Richtigen haltet. Ich schlage vor, dass für jeden Wahlgang mindestens zwei Vorschläge gemacht werden, über die ihr dann per Handzeichen entscheiden könnt … Ist dies in eurem Sinne?«

Hermann Schädler blickte ins Rund und sah ein Handzeichen. »Ja, Mathiß?«

Der Blaufärber und stets um Ausgleich bedachte Mathiß Spindelhirn war zwar kein geborener Staufner, aber als solcher längst akzeptiert. So traute er sich denn auch, sich zu erheben und die Empfehlung auszusprechen, dass aus beiden Lagern jeweils ein Vorschlag kommen sollte, da er dies für gleichberechtigt halten würde.

Dies ließ den Versammlungsleiter, der sich so wenig wie möglich einmischen wollte, wieder zu Wort kommen: »Ich danke dir für deinen Vorschlag, Mathiß. Da wir uns vorher die Hände zum Frieden gereicht haben, gibt es – zumindest heute, besser noch bis zum Ende der Fasnacht und darüber hinaus – keine zwei Lager mehr. Und da es jetzt quasi keine Schützen und Nichtschützen mehr gibt, kann jeder so viele Vorschläge einbringen, wie er möchte!«

Mathiß akzeptierte, indem er dies durch ein Kopfnicken dokumentierte und sich wieder setzte.

»Also!«, ließ der Wahlleiter keinen Disput mehr aufkommen und ging gleich zur Sache. »Folgende Posten stehen zur Verfügung und werden der Reihe nach gewählt:

1. **Der Fähnrich:**
Er ist derjenige, der den Willen unseres hochverehrten Fahnenstifters, des Reichsgrafen Hugo zu Königsegg-Rothenfels, des Herrn unserer geliebten Heimat Staufen, vollzieht und der das gesamte Sagen hat. Er schwingt nicht nur die Fahne dreimal über seinem Haupte, verliest die Proklamation zum Gedenken an die 706 bedauernswerten Opfer der schrecklichen Pest im Jahre 1635 und bringt ein paar Gesetzlein auf das Herrscherhaus aus.
Der Fähnrich ist die absolute Hauptperson und sorgt dafür, dass alles seine Ordnung hat. Nach dem Willen unseres Herrn solltet ihr den Ehrbarsten, Unbescholtensten und Bestgeachtetsten unter euch in dieses hohe Amt wählen … Trefft also eure Wahl mit Bedacht!«

Nachdem der Ortsvorsteher den ersten und wichtigsten der zu wählenden Posten genannt hatte, ließ er das Gesagte bei den jungen Burschen, die jetzt allesamt nachdenklich geworden waren, wirken. »Kommen wir also zu den weiteren Ehrenämtern«, unterbrach er die Stille und fuhr, ohne nochmals innezuhalten, fort:

»2. **Der Unterfähnrich:**
Er ist in jeder Hinsicht der direkte und uneingeschränkte Stellvertreter des Fähnrichs und schwingt im Bedarfsfalle die

Fahne, womit er dem Fähnrich gleichgestellt wird. Auch er muss besonders ehrbar und – wie alle anderen, die sich um ein Amt in der Fahnenkompanie bemühen – unbescholten sein!

3. **Der erste Fahnenbruder:**
Er unterstützt den Fähnrich und dessen Stellvertreter, ist den beiden aber nicht gleichzusetzen. Zusammen mit den anderen Unterfähnrichen ist er dafür verantwortlich, dass der Fahne während dieser drei Festtage nichts geschieht und diese nicht von missgünstigen Auswärtigen, womöglich sogar von Steibisern, Weißachern oder Thalern, gestohlen wird!

4. **Der zweite Fahnenbruder:**
Er hat den Weisungen des Fähnrichs, dessen Stellvertreter und des ersten Fahnenbruders Folge zu leisten und hat die gleichen Aufgaben inne wie der zuvor Genannte!

5. **Der dritte Fahnenbruder:**
Er hat ebenfalls den Weisungen des Fähnrichs und dessen Stellvertreters sowie der beiden Fahnenbrüder vor ihm Folge zu leisten. Er hat die gleichen Aufgaben inne wie die beiden Letztgenannten!

6. **Der Tambour:**
Er ist für die Ausbildung des Trommlercorps und der Pfeifer verantwortlich. Ihm allein gebührt es, aus den hier anwesenden Burschen, die nicht jünger als 16 Jahre sein dürfen, die Trommler und Pfeifer zu bestimmen und einen »Ersten Trommler«, der ihm bei der Ausbildung hilft, zu erwählen. Es muss einer von euch sein, der – wie auch der Fähnrich – besonders gut mit Menschen umgehen und sie leiten kann. Diese Respektsperson sollte zudem auch noch über eine musikalische Begabung, zumindest aber über ein äußerst hohes Maß an Taktgefühl verfügen. Alles andere wird er vom Tambourmajor der gräflichen Stadtgarde in Immenstadt erlernen.

7. **Der Butz:**
Er tritt nur am eigentlichen Haupttag – dem Tag des Gedenkaktes und des Fahnenschwingens – auf und sorgt während des Umzuges und während des Festaktes mit seinem Holzschwert für Ordnung. Außerdem vollführt er zur Freude der Bevölkerung lustige Tänze und reinigt mit seinem Besen die Straßen, die Türeingänge und alle Menschen symbolisch von der Pest. Als Ausgestoßener der Gemeinschaft – er ist es, der die Pest verkörpert – nimmt der Butz sein karges Mittagsmahl allein an einem separaten Tisch ein. Ansonsten hat er nichts zu tun und nichts zu sagen!«

Der Ortsvorsteher wunderte sich darüber, kein einziges Mal unterbrochen worden zu sein, und wusste deswegen nicht, ob den Burschen alles klar geworden war, weswegen er laut vernehmbar fragte: »Habt ihr alles verstanden? … Und seid ihr damit einverstanden?«

Als er zwischen all dem Gemurmel einmütiges Kopfnicken feststellen konnte, fügte Hermann Schädler in Bezug auf das letzte der zu wählenden Fahnenkompaniemitglieder hinzu: »Das Vorbild ›unseres‹ Butzes kommt zwar aus Immenstadt, ist aber – so wie ich weiß – keine Immenstädter Erfindung. Im Gegensatz zum Immenstädter Butz, der weiß gewandet ist, sind die Butze mit einem bunten Fleckleshäs angetan, also alemannischen Ursprungs. Ich glaube, dass Johann Jakob, der Großvater unseres hochverehrten Regenten, diese alemannische Figur aus dem oberschwäbischen Aulendorf – woher er selbst stammte – mit hierher ins Allgäu gebracht und den hiesigen Bedürfnissen angepasst hat, bin mir da aber nicht ganz sicher. Einerseits sind Butze durch ihre bunten Gewandungen zweifelsfrei als alemannische Fasnachtsfiguren zu identifizieren, die sich im Laufe der Jahrhunderte wohl etwas gewandelt haben. Wenn sie früher mit ihren Besen die Dämonen des Winters vertrieben haben, so werden wir diesem Hexeninstrument jetzt eine andere Aufgabe geben und ›unseren‹, also den ›Staufner Butz‹, damit symbolisch die Pest wegkehren lassen.«

Während die Versammlungsteilnehmer sich gegenseitig fragend anschauten, zuckte der Wahlleiter nur mit der Schulter, bevor er fortfuhr: »Aber der Immenstädter Butz hat zweifellos auch Anleihen eines Hofnarren, dem man anstatt einer Bratsche ein Schwert an den Gürtel gehängt hat, weswegen er auch die Gerichtsbarkeit, zumindest aber die Gerechtigkeit, symbolisieren wird. Wahrscheinlich wohnen dem Wesen des Immenstädter Butzes auch Teile der venezianischen Commedia del arte und der Moriska, die als Wanderkünstler schon des Öfteren zu Gast im Schloss zu Immenstadt waren, inne. Aber wer weiß das schon ganz genau?«

Bevor sich der Wahlleiter in seinem Erklärungsversuch über die historische Herkunft des Butzes zu verheddern drohte, kam er noch kurz darauf zu sprechen, was ihm eingangs entfallen war: »Entschuldigt bitte! Ich habe vergessen, euch zu sagen, wer eigentlich für das Amt des Staufner Butzes infrage kommt ... So oder so soll es unserem noch zu erwählenden Butz – wie bisher schon dem Immenstädter Butz – gestattet werden, für seinen Auftritt Geld entgegennehmen und dieses zur Hälfte für sich behalten zu dürfen. Die andere Hälfte führt er an den Fähnrich zur Bestreitung der allgemeinen Kosten ab.«

Als er dies sagte, ging ein Raunen durch den Saal, das allerdings schnell wieder verstummte, als der Ortsvorsteher ergänzte, dass deswegen der Butz aus den Reihen der Ärmsten der Armen zu erwählen sei. »Sollte sich hierfür niemand zur Verfügung stellen, weil sich die infrage kommenden Personen ihrer Armut schämen, hat der Oberamtmann zugesagt, uns den Immenstädter Butz auszuleihen. Allerdings stellt er uns anheim, ganz darauf zu verzichten. Die Hauptperson ist der Fähnrich, der Butz steht nur symbolisch für die Pest und hat mit der Organisation der ganzen Sache nichts zu tun. Wir brauchen ihn also nicht unbedingt! ... Fragen?«

»Ich wäre dafür, dass wir einem der Unseren die Möglichkeit geben, etwas Geld zu verdienen, und plädiere für einen Butz, ... allerdings nur, wenn er aus unseren eigenen Reihen und nicht aus dem Städtle kommt«, vertrat einer der Burschen seine Meinung.

»Ich bin auch dafür!«, rief Bertel Göhlin, dessen Vater dereinst die alte Schießanlage abgerissen hatte, um sich das Holz zum Verbrennen »ausleihen« zu können, dazwischen.

»Ja! So weit darf es nicht kommen, dass wir uns von den Städtlern etwas ausleihen müssen!«, lästerte Jakob Alber, der bisher keine nennenswerte Rolle spielte und dies auch weiterhin nicht tun würde, obwohl er Schütze war.

»Jakob ist zwar kein richtiger Staufner, aber er hat recht. Nicht nur die Städtler sind so arm, dass sie einen Butz gefunden haben. Was die können, können wir auch!«, spielte Jockel Mühlegg süffisant auf seine eigene Armut an und hatte dadurch die Lacher auf seiner Seite.

»Ruhe!«, rief der Ortsvorsteher und wollte abermals wissen, ob jemand eine Frage habe.

»Ja!«, rief der Huckler Serafin Gruber und erhob sich. »Wie sieht es mit den Trommlern und Pfeifern aus? Wie wir soeben gehört haben, soll der Staufner Tambour vom Immenstädter Militärtambourmajor ausgebildet werden. Aber woher bekommen wir eigentlich die Kacheln?«

»Da haben wir es schon«, sagte Hermann Schädler und streckte die Hände in die Höhe, während sich Melchior erhob und das Wort ergriff: »Eine gute Frage, Serafin!«, sagte er und bestätigte dies durch ein Kopfnicken. »Aber sei so gut und bezeichne die Trommeln nicht abschätzig als ›Kacheln‹, nur weil sie bei eurer Trommlerei wahrscheinlich so klingen werden, wie zu Boden fallende Porzellanscherben.«

Dieser Spruch mündete zwar in allgemeinem Gelächter. Da es sich Serafin aber gerade heute nicht verscherzen wollte, entschuldigte er sich für seinen lockeren Spruch und überließ dem Ortsvorsteher wieder das Wort: »Da der Wahlleiter nicht wissen kann, was ich diesbezüglich bereits mit Oberamtmann Speen besprochen habe, erlaube ich mir, Serafins Frage zu beantworten: Die Trommeln mitsamt dem Tambourstab leihen uns die Immenstädter, … zumindest heuer.«

»Also müssen wir uns von den Städtlern doch etwas entlehnen«, raunte Gebhard Luckner, dessen Vater Marschtrommler bei den Landsknechten gewesen war und von dem alle wussten, dass er das Talent seines Vaters geerbt hatte.

Ein paar Burschen schüttelten enttäuscht die Köpfe.

»Ja!«, bestätigte Melchior. »Zumindest für das erste Mal müssen wir uns die Trommeln ausleihen. Sollten wir die Sache im nächsten Jahr wiederholen wollen, müssten wir uns rechtzeitig etwas einfallen lassen. Aber so weit ist es noch nicht. Da es unser hochwohllöblicher Stifter gerne haben würde, dass nach alter Fasnachtssitte nicht nur Trommler, sondern auch Pfeifer dabei sind, würden uns die Immenstädter unterstützen und das gräfliche Pfeifercorps nach Staufen entsenden. Allerdings entsenden sie keine Trommler, weil sich diese ausschließlich aus den Reihen der Gardesoldaten rekrutieren … Das Trommeln müsst ihr also schon selber lernen.«

Melchior grinste und blickte zu Serafin und Lucki: »Ich glaube allerdings, dass ihr keine Probleme damit haben werdet.«

»Und ich bin für die Trommeln verantwortlich!«, schrie Baltus Vögel mit zittriger Stimme dazwischen.

»Ja, Baltus! Wir haben dir in der *Krone* versprochen, dass du der Herr der Trommeln wirst. Und dies bleibt auch so!«, beruhigte Melchior den aufgeregten Spinner und zwinkerte Serafin – den er gerne im sicherlich nicht leichten Amt des Tambours sehen würde – zu.

Nachdem ein allgemeines Gemurmel entstanden war, wartete Hermann Schädler etwas, bevor er wieder das Wort ergriff: »Wenn ihr keine weiteren Fragen mehr habt, können wir zur Wahl schreiten. Also: Wie gesagt, wird zuerst der Fähnrich gewählt. Wer hat einen diesbezüglichen Wahlvorschlag?«

Der Wahlleiter blickte um sich und da er keine Antwort bekam, sagte er: »Ihr dürft euch ruhig offen darüber unterhalten und jeder kann einen Vorschlag machen.«

»Melchior!«, rief Sefton Bröger.

»Ja! Melchior Henne ist der Richtige!«, wurde er sogleich von mehreren Seiten unterstützt.

Bevor die Versammlungsteilnehmer auch noch zu klatschen begannen, stand der Leinweber auf, nahm einen Schluck aus seinem Becher und bedankte sich bei Sefton. Er erklärte mit ruhiger Stimme, dass er nicht zur Verfügung stünde, weil er mit seinen 31 Jahren zu alt und durch seine enge Freundschaft zu den Dreylings von Wagrain zu sehr mit dem Herrscherhaus verbunden sei: »Es ist eine Stiftung des Grafen an euch! An seine jungen Untertanen! Und ihr seid genug Junge, um einen unter euch finden zu können«, ermutigte er die Burschen, einen weiteren Vorschlag zu machen. Als nichts kam, wandte sich Melchior dem Sohn des Sonnenwirtes zu: »Was ist mit dir, Sefton?«

Wieder war es ruhig.

»Also gut!«, beendete Melchior das Schweigen. »Obwohl ich selbst nicht zur Verfügung stehe, bin ich doch wahlberechtigt und darf einen Vorschlag machen ... oder? Ich bin seit vielen Generationen Staufner ... und ich bin ledig.«

Hermann Schädler nickte. »Falls du nicht heimlich irgendein lottriges Weib geehelicht hast.«

Die aufkommende gute Stimmung nutzte Melchior, um seinem Vorschlag Gewicht zu verleihen.

»Somit schlage ich Josef Anton Bröger für das hohe Amt des ersten Staufner Fähnrichs vor!«

»Ich stelle fest, dass dies der erste Vorschlag für das zu vergebende Fähnrichsamt ist! Gibt es weitere Vorschläge?«, kam es erleichtert vom Versammlungsleiter.

Jetzt traute sich Bertel Göhlin, seinen Favoriten zu nennen: »Bertel Schwabacher!«, rief er knapp.

Ohne zu zögern, bestätigte der Wahlleiter diesen Namen und handelte sich damit allseitigen Beifall ein. »Bleibt sachlich: Keine Beifalls- oder Misstrauenskundgebungen!«, ermahnte Hermann Schädler die Heißsporne zur Disziplin und sah sich um. »Weitere Vorschläge?«

»Ja! ... Karl Stubinger!«, schlug Josef Schuster seinen Freund aus dem Lager der Nichtschützen vor.

Die Atmosphäre verdichtete sich zwar zunehmend, blieb aber nach wie vor friedlich.

»Habt ihr noch einen Vorschlag?«, richtete der Wahlleiter seine Frage in Richtung der Nichtschützen. Damit wollte er – obwohl es heute offiziell keine Spaltung in zwei Lager gab – die Nichtschützen ermuntern, mit den Schützen gleichzuziehen, indem beide Parteien zwei Vorschläge machten. Da sich aber trotz mehrmaliger Ermunterung von seiner Seite nichts mehr tat, sagte er nur noch: »Da ich es verstehe, dass nicht jeder von euch die große Bürde der Verantwortung auf sich nehmen möchte und wahrscheinlich lieber ein niedrigeres Amt anstrebt, belassen wir es dabei: Wir haben also drei Vorschläge für das Amt des ersten Staufner Fähnrichs – das genügt! Wenn jetzt nichts mehr kommt, schreiten wir zur Wahl.«

KAPITEL 41

DER TAG NACH DER FÄHNRICHSWAHL begann für viele Staufner außergewöhnlich fröhlich. Nachdem sich der Morgennebel verzogen hatte, kam die Sonne zum Vorschein und mit ihr traten die Menschen aus ihren düsteren Behausungen. Gerade die ganz besonders bodenständigen Staufner waren neugierig darauf, was die Fähnrichswahl ergeben hatte. Diejenigen unter ihnen, die es noch nicht gehört hatten, wollten wissen, wer den gräflichen Willen vollziehen und fahneschwingend der Pest vor 15 Jahren gedenken würde. Außerdem interessierte es sie, welche Burschen man dem neugewählten Fähnrich wohl bei der kommenden Fasnacht helfend zur Seite geben würde.

»Ja, der Schwabacher! Das ist sicher ein guter Fähnrich!«, hörte man einen jungen Mann sagen, während sich ein Mittvierziger darüber wunderte, dass es nicht Melchior Henne geworden war: »Melchior hätte sich doch besser für dieses Amt geeignet als Bertel«, meinte er, ergänzte aber, dass er auch mit Bertel Schwabacher zufrieden sein würde.

»Und wer ist Unterfähnrich?«, wollte eine Frau – deren Sohn bei der Fähnrichswahl gewesen war, wegen der anschließenden Sauferei, die der Kastellan nicht hatte verhindern können, allerdings noch sein Lager hütete – wissen.

»Soviel ich aus meinem Spross herausbringen konnte, haben sie außer einem Fähnrich und einem Unterfähnrich auch noch drei Fahnenbrüder gewählt«, knurrte eine andere Frau, deren ältester Spross heute früh ebenfalls noch nicht ganz bei sich gewesen war und eigentlich hätte arbeiten müssen. »Der Meinige …«, überlegte sie laut und meinte damit wohl ebenfalls ihren Sohn, »ist Trommler geworden!«

Nachdem die Besetzung der ersten fünf Ämter die Runde gemacht hatte, wollte eine Frau wissen, wer Tambour geworden sei.

»Der nette Kerl, der seit dem tragischen Tod seiner Eltern allein in der *Hucklerei* lebt«, lieferte jemand aus der Mitte des Haufens die Antwort. »Wie heißt er doch gleich wieder?«

»Was ist das, eine ›Hucklerei‹?, kam von einem im letzten Kriegsjahr aus Pommern geflohenen und nun in Staufen sesshaft gewordenen Mann eine Frage zurück anstatt einer Antwort in Bezug auf den Namen des frisch gewählten Tambours.

»Das ist ein Hausname! Weil die Familie Gruber das Hucklerhandwerk seit zig Generationen ausübt, heißt deren Haus einfach so. Und derjenige, der darin wohnt, schreibt sich Serafin Gruber. Er hat meinen Lucki sogar zum ›Ersten Trommler‹ bestallt«, klärte eine sichtlich stolze Mutter den unbeliebten Zugereisten auf. »Lucki liegt auch noch im Seich!«, gestand sie abschließend. Dies hieß nichts anderes, als dass ihr Sohn sich noch auf seiner Lagerstatt befand und schlief.

»Ja, ja. So sind die jungen Spunde; halten einfach nichts aus!«, lästerte ein alter Kriegsveteran und mutmaßte: »Offensichtlich hat der Kastellan nach vollbrachter Wahl seinen Weinkeller geöffnet und die Burschen darin ersäuft … Aber Hauptsache, wir haben einen schneidigen Tambour, der den Karnuten seinen Fuß in die faulen Ärsche tritt!«, freute er sich, während er trotz seines Buckels versuchte, zackig dazustehen. »Ich habe in einem ›Regiment zu Fuß‹ die große Landsknechttrommel geschlagen und weiß, wovon ich spreche«, ergänzte er noch, bevor er seine anstrengende Körperhaltung aufgab und sich wieder auf seinen Stock stützte.

Wer genug gehört hatte, wechselte zu einem anderen Grüppchen, um dort noch mehr zu erfahren.

»Und stellt euch vor: Jockel Mühlegg ist Butz geworden!«, wusste die alte Frau des Küfers zu berichten.

»Ist der nicht zu alt dazu?«, wunderte sich eine Mutter, die gerne ihren Sohn in diesem Amt gesehen hätte.

»Was ist ein ›Butz‹?«, wurde sie daraufhin von ihrer Tochter Annegret gefragt.

»Na ja …«, zeigte sich die Küferin zwar geschwätzig, aber doch recht unwissend. Bis auf die Tatsache, dass der Butz als Einziger Geld für seine Tätigkeit erhielt, wusste sie nicht viel über dieses Amt.

Nachdem Gertrud Schädler, die Frau des Ortsvorstehers, die Antwort darauf gegeben und man anschließend über Jockels Gesundheitszustand gesprochen hatte, kam auch noch seine große Liebe Lisa dran. So wie es schien, gönnte man Jockel dessen Glück. Jedenfalls kamen immer mehr Leute zusammen und niemand äußerte sich negativ über die Mühleggs oder über Lisa – und dies, obwohl es einige der Herumstehenden gerne gehabt hätten, wenn ihre Söhne um der erhofften Einnahmen wegen Butz geworden wären.

Nur einem schien der Ausgang der Wahl ganz und gar nicht gefallen zu wollen: »Pah!«, raunzte der vergantete Imker, der seinen Beruf wegen plündernder Marodeure schon während des Großen Krieges aufgegeben, danach aber immer wieder damit begonnen hatte, Korbbienen zu züchten. Letztlich aber hatte er ein für alle Mal die Schnauze davon voll gehabt, sich ständig die Bienenkörbe mitsamt dem wertvollen Inhalt stehlen oder zerstören zu lassen. Vor dem Krieg – als er noch ein junger Mann gewesen war – hatte man ihn im ganzen rothenfelsischen Gebiet als einen fachkundigen Zeidler, der von seinem Vater die göttliche Gabe geerbt zu haben schien, mehr Honig als alle anderen Imker der Grafschaft erzeugen zu können, gekannt. Deswegen hatte er vom ansonsten mehr als gestrengen Landesherrn das exklusive Privileg erhalten, in der freien Natur Nahrungshonig für seine Bienen und Bienenwachs sammeln zu dürfen. Da seine Arbeit aufgrund der seinerzeit noch vielen Bären gefährlich gewesen war, hatte er sogar das Recht gehabt, einen Kurzdolch und eine Armbrust mit sich zu führen, wenn er im Wald unterwegs war. Damit kein ungesühntes Schindluder damit getrieben werden konnte, waren die abgezählten Pfeile von einem Beamten gekennzeichnet und nummeriert worden. Welcher Wertschätzung sich sein Berufsstand einst erfreute, hatte sich auch daran gezeigt, dass er laut Verordnung des Kaisers Karl IV. keine Steuern hatte zahlen müssen, sofern er weniger als zehn Bienenvölker gehabt hatte. Im rothenfelsischen Gebiet hatte dieses 300 Jahre alte Recht zwar immer noch seine Gültigkeit gehabt, aber nicht vor hohen Naturalabgaben geschützt – dazu war das süße Erzeugnis seiner Bienenvölker viel zu gut gewesen. Aber die rothenfelsischen Zeidler hatten etliche andere Annehmlichkeiten genossen. So hatte es für diese Berufssparte ursprünglich sogar eine eigene Rechtsprechung durch das sogenannte »Zeidlergericht« gegeben. Aber dies alles war lange her. Jetzt ging es dem alten Imker und seiner Familie sogar noch schlechter als den meisten anderen. Deswegen hatte er innig gehofft, dass seinem jüngsten Sohn Fritz das lukrative Amt des Butzes übertragen worden wäre.

»Pah!«, stieß er noch einmal verächtlich aus. Er bemühte sich nicht einmal, den neidischen Tonfall zu unterdrücken, als er sagte: »Der Honig ist nicht weit vom Stachel! … Diese verlauste Lisa aus Immenstadt passt zu dem stinkfaulen Schwarzfischer! Die ist sogar noch ärmer als der … der …« Dass er Jockel einen Mörder schimpfen wollte, konnte er sich gerade noch verkneifen, wünschte sich in diesem Moment aber, dass Jockel nicht lebend aus Immenstadt zurückgekommen wäre.

Im Großen und Ganzen aber zeigten sich die Leute über den Ausgang der Wahl erfreut. Ihnen war wichtig, dass es endlich wieder eine fröhliche Fasnacht geben würde, die hoffentlich etwas vom allgemeinen Elend ablenkte. Wenngleich sich auch die kleine Streiterei zwischen Sefton Bröger und Karl Stubinger herumsprach, freuten sich die Staufner darüber, dass der Zwist zwischen den Schützen und den Nichtschützen wenigstens vorübergehend einigermaßen beigelegt zu sein schien. So war doch zu hoffen, dass sie im Frühjahr gemeinsam die Felder bestellen und sich zum Wohle der Allgemeinheit dabei gegenseitig unterstützen würden.

»Schade, dass wir zwei alte Böcke nicht mehr dafür zu gebrauchen sind!«, scherzte Melchior mit Fabio, den er sich ebenfalls als Butz hätte vorstellen können, wenn dieser jünger und ein gebürtiger Staufner gewesen wäre, obwohl Letzteres für das Amt des Butzes nicht von Bedeutung war. »Aber du bist in deiner Eigenschaft als ›Knochenkramer‹ zwischenzeitlich ja ein betuchter Mann geworden und hast Almosen nicht mehr nötig.«

»Und du bist zwischenzeitlich altersbedingt zu kraftlos, um die Fahne des Grafen ordentlich über deinem Haupte schwingen zu können!«, konterte der Leichenbestatter lachend.

So war der Vormittag für die meisten Staufner frohgemut wie im Fluge vergangen und bis zur Mittagsstunde hatte sich die Kunde des Wahlausganges bis in die letzten Winkel verbreitet.

Einen allerdings interessierte es herzlich wenig, wer Fähnrich geworden war. Der Töpfer Cornelius Brugger hatte andere Sorgen. »Habt ihr meine Maria gesehen?«, fragte er sich von einem Grüppchen zum anderen durch und bekam dafür durchwegs ein »Nein« zur Antwort.

»Ist euch meine Maria irgendwo begegnet?«, sprach er auch Melchior und Fabio an.

»Nein!«, schallte es ihm einmal mehr entgegen. »Ich habe die holde Maid heute überhaupt noch nicht gesehen, Cornelius«, antwortete Melchior charmant.

Fabio schüttelte nur den Kopf und runzelte dabei die Stirn, als wenn er überlegen würde.

»Merkwürdig!«, grübelte der Töpfer. »Da sie schon vergangene Nacht durch Peter vom Ausgang der Fähnrichswahl erfahren hat, wollte sie sich heute früh hier auf dem Marktplatz einfinden, um ihren Freundinnen davon zu berichten!«

»Ich gehe später noch ins Schloss hoch ... Vielleicht ist sie ja bei ihrer Freundin Sarah?«, beruhigte Melchior den merklich besorgten Mann, zu dem sich gerade Marias Verlobter Peter Immler gesellte.

»Und?«, fragte Cornelius Brugger und packte seinen künftigen Schwiegersohn flehentlich am Armgelenk.

Aber der Immenstädter zuckte nur mit der Schulter. »Nichts! Ich habe fast das ganze Dorf abgesucht«, versicherte er, räumte allerdings ein, dass er sich in Staufen noch nicht so gut auskennen würde.

»Jetzt macht euch doch keine Sorgen! Maria ist alt genug, um auf sich selbst achten zu können ... Außerdem vermisst ihr sie erst seit ein paar Stunden. Sie kann weiß Gott wo sein«, versuchte jetzt Fabio, die beiden zu beruhigen.

Nachdem sich die Grüppchen aufgelöst hatten und Melchior im Schloss angekommen war, fragte er zuallererst Sarah, ob Maria hier sei.

»Nein!«, entgegnete die Kastellanin und bestätigte, ihre Freundin nicht mehr gesehen zu haben, seit diese unlängst einen Krug Wein bei ihr geholt hatte. »Warum fragst du?«

»Na ja. Weil sie anscheinend heute in aller Früh zu den Mädchen des Dorfes wollte, um ihnen vom Ausgang der Fähnrichswahl zu berichten. Dies hat mir zumindest Herr Brugger gesagt, als er mich nach ihr gefragt hat. Und so, wie ich die Sache einschätze, war er ernsthaft besorgt um sie … Du bist doch ihre beste Freundin – oder?«

»Na ja, eine sehr gute Freundin jedenfalls! Aber weswegen hätte sie zu mir kommen sollen? Mir hätte Maria nichts Neues sagen können! Wie du weißt, hat die Fähnrichswahl hier im Schloss stattgefunden und somit war ich wohl die erste Frau, die vom Ergebnis der Wahl erfahren hat, … obwohl *kain Weib unnd kaine Maid* bei der Fähnrichswahl dabei sein durften«, lästerte sie noch. »Da ich aber die Hausherrin bin, hat mir Lodewig schon davon berichtet, als ihr nach der Wahl noch zusammengesessen seid und unseren besten Wein weggetrunken habt«, konterte sie trotzig in Anspielung auf die Vorgabe des Grafen in Bezug auf die Tatsache, dass die Fahnenstiftung eine reine Männersache sei.

»Es ist ja schon gut!«, wurde Sarah von Melchior beruhigt. »Trotzdem scheint Maria ihrem Vater und ihrem Verlobten abzugehen!«

»Aber wo kann sie denn sein? Sicher nicht weit weg!« beantwortete Sarah, die der Sache noch nicht allzu viel beimaß, ihre Frage selbst.

»Trotzdem irgendwie komisch«, kam Melchior nun doch ins Grübeln. »Peter ist im Dorf unten und hat ebenfalls nach ihr gesucht!«

Jetzt wurde auch Sarah nachdenklich und wollte etwas sagen. Da in diesem Augenblick aber Lodewig in den Raum platzte, war das Thema dennoch beendet.

»Endlich, Melchior! Ich habe schon auf dich gewartet«, begrüßte Lodewig seinen Freund. »Hauptmann von Huldenfeld muss auch gleich kommen.«

Während der Kastellan den Gast an den Küchentisch bat, fragte dieser, was Lodewig von ihm und vom Gardehauptmann wolle.

»Du hast wohl etwas zu viel Wein erwischt und vergessen, was wir spätnachts noch ausgemacht haben?«, lästerte Lodewig und erklärte Melchior, dass sie heute Nachmittag gemeinsam einen Schrieb aufsetzen wollten, den Hauptmann von Huldenfeld zusammen mit dem Wahlprotokoll einem seiner Soldaten geben und ihn spätestens morgen in Begleitung eines seiner Kameraden zum Grafen nach Immenstadt schicken würde. Da die beiden anderen Soldaten heute Nachmittag ihren ersten gemeinsamen Wachdienst antreten würden, obwohl eine Wache eigentlich ausreichte, wären somit alle vier Männer sinnvoll beschäftigt, … auch wenn diese Art der Arbeit unter der Würde vergatterter Mitglieder des Immenstädter Garderegimentes sei.

Während die drei Männer die Fähnrichswahl Revue passieren ließen und über dem Schreiben, das sie dem Grafen mittels soldatischen Sendboten zukommen lassen wollten, brüteten, suchten Peter Immler und Cornelius Brugger immer noch nach Maria. Da sie dabei zwar von zunehmender Sorge getrieben wurden, trotz alledem aber nicht glauben mochten, dass die kluge und selbstbewusste junge Frau einfach so verschwunden sein konnte, wollten sie nicht gleich jemanden bitten, ihnen bei der Suche zu helfen. Sie wollten kein unnötiges Aufsehen erregen und niemanden belästigen. Es wäre ihnen peinlich, wenn sie schon nach ein paar Stunden eine überhastete Suchaktion nach einer erwachsenen jungen Frau ausgelöst hätten und sich Maria dann von selbst wieder eingefunden hätte.

»Nein. Maria kann nicht weit weg sein!«, sagte ihr Vater in einem doch recht unsicher klingenden Ton, der Peter Immler allerdings verborgen blieb.

»Auch wenn etwas nicht stimmen sollte, wüsste sie sich selbst zu helfen«, antwortete er gespielt aufmunternd.

Für einen Moment waren die beiden etwas beruhigt – insbesondere, da sie wussten, dass sich Maria in Staufen genauso gut auskannte, wie es die meisten anderen Einheimischen taten. Die seit Pest und Krieg nur aus wenigen Hundert Seelen bestehende Gemeinde war überschaubar geworden und das Gewirr der allesamt zur Kirche hinführenden Straßen hielt sich ebenso in Grenzen wie die Enge der Gassen, in denen nur an manchen Stellen – und das auch nur an Markt- oder Festtagen – kaum ein Durchkommen war.

»Aber was tun wir, wenn wir sie bis zum Einbruch der Dunkelheit immer noch nicht gefunden haben?«, fragte der trotz seines stillen Wissens unruhig gewordene Vater, der sich zwar davor drücken wollte, an einer bestimmten Stelle nach Maria zu suchen, aber dennoch möglichst schnell Gewissheit über den Verbleib der geliebten Tochter haben wollte. Was für ein Geheimnis hatte er vor Peter, dass es ihm so schwerfiel, sich ihrem Verlobten gegenüber zu offenbaren? Er sagte nur: »Lass uns zum Seelesgraben hinunterlaufen und am Bach entlang bis zum Hof des Huberbauern hinausgehen!«

Da Peter Immler weder die Hubers kannte noch wusste, wo deren Bauernhof lag, willigte er widerspruchslos ein. »Wenn du meinst«, sagte er mehr oder weniger gelassen. Hätte er gewusst, weswegen sein Schwiegervater in spe diesen Vorschlag gemacht hatte, wäre er wohl kaum so ruhig geblieben.

Als sie am Seelesgraben angekommen waren, deutete Cornelius Brugger auf einen Holzsteg: »Dort haben die Kinder des Gerbers den toten Schuhmacher gefunden!«

»Ich weiß!«, antwortete Peter Immler und klopfte dem Alten freundschaftlich auf die Schulter. »Ich bin vom Grafen höchstpersönlich in die Kommission berufen worden, die sich mit der Aufklärung der bisherigen drei Morde zu beschäftigen hat.«

Normalerweise hätte Cornelius Brugger jetzt nachgefragt, wie weit denn die Ermittlungen vorangeschritten seien, war aber durch Peters vertraute Geste ein wenig durcheinandergeraten. Dessen freundschaftliches Schulterklopfen ließ den Töpfermeister nun doch wanken und so begann er, sich mehrmals zu räuspern und herumzudrucksen: »Also … Ähem … Ich muss dir etwas sagen, Peter!«

»Was denn, Cornelius?«, antwortete der Immenstädter, der sich zwischenzeitlich in die Büsche geschlagen hatte, um seine Notdurft zu verrichten. »Entschuldige! Aber dies musste einfach sein«, sagte er und bückte sich dem Bach entgegen, um darin seine Hände zu waschen.

Als Cornelius sah, dass sich Peter nach Verrichtung seiner Sache die Hände wusch, dachte er bei sich, was sein künftiger Schwiegersohn doch für ein feiner Mensch sei. »Hoffentlich bleibt er das auch«, murmelte er leise vor sich hin und meinte damit den Peter Immler als Schwiegersohn und nicht den feinen Menschen in ihm.

»Hast du etwas gesagt oder wolltest du mir noch etwas sagen, mein lieber Schwiegervater?«, spaßte Peter in liebevollem Ton und warf einen Arm um Cornelius. »Komm! Lass uns weitersuchen.«

Diese heimelige Vertrautheit hatte Cornelius Brugger, der von strengen Pflegeeltern aufgezogen worden war, bisher nur von seiner seligen Frau und von Maria erfahren. Deswegen machte er nun doch wieder einen Rückzieher und sagte etwas anderes als das, was er eigentlich hatte sagen wollen: »Ähem! ... Die Mutter des Huberbauern war – ich glaube, es war anno vierunddreißig – schwer erkrankt und vom damaligen Medicus wundersam geheilt worden«, sagte er in seiner Verlegenheit völlig zusammenhanglos.

»Und das wolltest du mir sagen?«, wunderte sich Peter darüber, dass ihm Cornelius eine längst vergangene und – da er auch das Weib des Bauern nicht gekannt hatte – für ihn uninteressante Geschichte erzählen wollte. Aus Höflichkeit hakte Peter dennoch nach: »An was war die Huberin seinerzeit erkrankt? ... Und war dieser Medicus nicht der, den man heute als ›Giftkrautmörder‹ oder so ähnlich bezeichnet, weil er viele von euch umgebracht hat?«

Cornelius Brugger blieb stehen, nickte gedankenverloren und sagte: »Weißt du was?«

»Nein! ... Was meinst du?«, fragte Peter irritiert zurück.

Cornelius nagte unruhig an seinen Fingernägeln, bevor es aus ihm herausbrach: »Man sagt ... Nein! Ich weiß, dass der Sohn der alten Hubers ein Auge auf Maria hat!«

»Ja und?«, wusste Peter im Moment nicht viel damit anzufangen und schaute sein Gegenüber fragend an.

»›Ja und?‹«, repetierte Cornelius, während er seine Schulterblätter nach oben schob, das Gesicht verzog und fast etwas hilflos wiederholte: »›Ja und?‹« Mehr fiel Marias Vater zunächst nicht ein, bevor er eine neue Frage herausquetschte, die er sogleich selbst beantwortete: »Was wohl? Er macht ihr schon seit Jahren den Hof! Und wärst du nicht gekommen, wären die beiden wahrscheinlich bald ein Paar ... So: Jetzt ist es raus!«

Endlich hatte Peter Immler begriffen, was ihm gerade noch so abstrus vorgekommen war. »Du meinst, dass Maria jetzt – in diesem Augenblick, während wir sie suchen – bei ihm sein könnte und wir deswegen zu diesem Bauernhof gehen?« Er deutete in Richtung des Huberhofes.

Jetzt war es Cornelius, der einen Arm um Peters Schultern legte. »Hör zu: Was auch immer geschieht und was uns bei den Hubers erwarten wird … Ich bin und bleibe dein Freund!«, sagte Cornelius Brugger, dem es nicht nur schwerfallen würde, seinen Traumschwiegersohn, sondern dazu auch noch seinen künftigen Geschäftspartner zu verlieren.

»Du glaubst also, dass wir Maria quasi in den Armen dieses Jungbauern finden werden?«, kam es zaghaft und gleichzeitig ungläubig aus Peter heraus.

Anstatt zu antworten, gelang es Cornelius lediglich, seine Gesichtszüge zu einem mitleidigen Dreingeschaue zu verziehen, wie es ansonsten nur die Kühe des Huberbauern vermocht hätten, wenn er in diesen schwierigen Zeiten ein paar davon gehabt hätte. Er zuckte ratlos mit der Schulter und lief in Richtung des bäuerlichen Anwesens voraus. Er wollte es so schnell wie möglich hinter sich bringen. Auch wenn er Maria tatsächlich dort finden würde, wäre er von diesem Zeitpunkt an zwar wieder ein glücklicher Vater, gleichzeitig aber auch ein unglücklicher Mann.

Die beiden Schlosswachen Rudolph und Siegbert hatten sich fein herausgeputzt, nachdem sie gemeinsam zwei der von sich zwar eingenommenen, ansonsten aber kameradschaftlich eingestellten vier Immenstädter Gardesoldaten in die aus deren Sicht primitiven Aufgaben von Tor- und Mauerwachen eines Provinzschlosses eingewiesen und ihnen die Verantwortung über die Sicherheit des herrschaftlichen Anwesens übergeben hatten. Danach waren sie gut gelaunt ins Dorf hinuntergegangen. Wer von den beiden Immenstädtern als Erstes den Wachdienst antrat, war ihnen egal – Hauptsache, sie hatten gemeinsam frei.

Zuvor allerdings hatte sich Rudolph vom Kastellan genügend Geld ausbezahlen lassen, um sich einen schönen Nachmittag und einen unbeschwerten Abend in einem der Wirtshäuser leisten zu können. Im Gegensatz zu Siegbert, der selbst auf seinen Sold achten konnte und in jeder Hinsicht wusste, wo seine Grenzen lagen, musste der Kastellan immer noch ein Auge auf Rudolph haben, obwohl dieser schon gesetzteren Alters war und man meinen sollte, dass er bereits »die zweite Nerrsche« hinter sich hatte und endlich vernünftig geworden war. Um von Rudolph unnötigen Schaden abzuwenden, verwaltete Lodewig dessen Sold genau so, wie es schon sein Vater Hannß Ulrich Dreyling von Wagrain getan hatte, als dieser noch Rudolphs Dienstherr gewesen und der Wachsoldat ein Mann im besten Alter gewesen war, der »die erste Nerrsche« gehabt hatte. So hatte ihm Lodewig auch heute nur so viel ausgezahlt, wie Rudolph benötigen würde, um sich ein wohliges Gefühl, aber keinen Vollrausch antrinken zu können.

»Damit du noch etwas auf der hohen Kante hast, wenn du am Sanktnimmerleinstag ein ehrbares Weib kennenlernst, das dich ehelichen möchte!«, hatte der Kastellan schmunzelnd gesagt und es dabei zwar nicht ganz ernst, aber gut mit Rudolph gemeint.

Da sich die zweite Schlosswache in nüchternem Zustand auch selbst einschätzen konnte und wusste, dass er gewaltig über die Stränge schlagen würde, wenn ihn der Teufel Alkohol erst einmal so richtig ritt, war diese Regelung ganz in seinem Sinne. Denn er hatte trotz seiner Reife immer noch die Hoffnung, eine passende Frau für sich zu finden; am besten eine mit einem schönen Gütlein, das er – anstatt auch noch im hohen Alter den kräftezehrenden Nachtdienst einer Schlosswache absolvieren zu müssen, in aller Ruhe tagsüber bewirtschaften könnte. Und vielleicht – so hoffte der unverbesserliche Träumer – könnte er die Nächte, anstatt wie bisher auf der kalten Schlossmauer, mit seinem Weib künftig auf dem warmen Lager verbringen und mit ihr unter einer kuscheligen Decke eine Schar Kinder zeugen.

Na ja, eines oder zwei würden auch genügen, dachte sich der inzwischen 47-Jährige stets, wenn er gerade einen Anfall realistischen Denkens hatte.

So oder so begab er sich von Zeit zu Zeit auf die Pirsch nach schwarzgewandetem Wild, das es in Form von frischen Witwen seit Pest- und Kriegsende allerdings nur noch vereinzelt gab. Zu Zeiten, als es sogar jüngere Kriegswitwen zuhauf gegeben hatte, war er zu sehr dem Lotterleben zugetan gewesen und hatte anstatt ernsthaft jungen Weibern mit umso mehr Leidenschaft altem, hochprozentigem Alkohol gefrönt.

Da auch der um drei Jahre jüngere Siegbert – der in puncto Weiber Rudolphs Begehr teilte – ebenfalls erst im Dorf umherschlendern und nach einer infrage kommenden Frau Ausschau halten wollte, bevor er ein Wirtshaus aufsuchen würde, hatte der Klügere der beiden diesen Vorschlag gemacht. »In den Pinten sind außer ein paar saudummen Schankmägden, die sich durch schamloses Beiliegen gerne ein paar Heller dazuverdienen, keine Weiber!«, begründete er die von ihm vorgeschlagene Vorgehensweise.

Allerdings würde auch ihn diese Reihenfolge der geplanten Freizeitgestaltung kaum davor bewahren, sich letztlich doch die Kante zu geben und nach ein paar Bechern Bier auch noch an einer der Schankmägde herumzufingern.

»Seit der neue Besitzer den *Löwen* wiedereröffnet hat, gehen die Staufner gerne abends in dieses Wirtshaus. Im Gegensatz zu früher sollen dort jetzt Preis und Leistung einigermaßen stimmen«, sagte Siegbert, der dabei allerdings mehr auf die gut eingeschenkte Zenzi, des Löwenwirtes neue Schankmagd, als auf ein gut eingeschenktes Bier zu bezahlbarem Preis anspielte. Als er auf Rudolphs Lippen ein leichtes Grinsen zu entdecken glaubte, fügte er noch in einem Ton des vorauseilenden Entschuldigens – falls er »es« doch tun würde – hinzu: »Im Gegensatz zu den anderen lottrigen Weibern wäscht sich Zenzi wenigstens zwischendurch auch untenherum, … zumindest hat sie mir das irgendwann einmal gesagt.«

»Aha! … Du kennst sie bereits?«, schmunzelte Rudolph, der es – sollte sein Spaziergang durch Staufen wieder nicht den erwünschten Erfolg gebracht haben – vorziehen würde, in die *Alte Sonne* zu gehen. Dort gab es zwar anstelle einer strammen Schankmagd eine hutzelige Wirtin und eine stets bereite Küchenhilfe, die es sogar ohne Bezahlung mit jedem trieb, der ihr nur den Himmel auf Erden und eine gute »Arbeit« zu verrichten versprach.

»Dieses krötenhässliche Weib kann nicht von unserem Herrgott erschaffen worden sein«, revanchierte sich Siegbert, der

Rudolphs Gedanken zu lesen schien. Und damit hatte er nicht einmal so Unrecht; die arg kleinbusige Magd schien nicht nur sämtliche Wohlgerüche ihrer Küche auf ihrem Körper verteilt, sondern auch noch in sich eingesogen zu haben. Jedenfalls hatte sie einen Atem, der sogar den erregtesten Liebhaber erschauern und das erigierteste Glied erschlaffen ließ. Sogar im Vergleich zu anderen Küchenmägden war ihr äußeres Erscheinungsbild auffallend ungepflegt. Und zu allem hin sprossen rings um ihre Brustwarzen ebenso Haare, wie dies auf ihrer Warze am Kinn der Fall war. Letzteres würde zur Not ein Tuch regeln können, wenn die Manneskraft durch diesen Anblick nicht versagen sollte. Poussieren konnte man mit diesem Weib sowieso nicht; da sprachen deren extrem verfaulte Zähne und ihr unerträglich stinkender Atem – bei dem nicht einmal ein über den Kopf gelegtes Tuch half – dagegen. Letztlich aber würde es für Rudolph nur eine Frage der Alkoholmenge sein, bis er sich dieses Ekelpaket schöngesoffen hatte und er im Lotterbett dieser Küchenhilfe landen würde. Der agile Wachsoldat erfreute sich stets auch in mageren Zeiten des Lebens und nahm es mit der Sittsamkeit und der Wahl seiner Gespielinnen nicht so genau wie sein etwas wählerischer Kamerad.

An diesem Tag allerdings waren beide ganz besonders gut aufgelegt und zu allen Schandtaten bereit – insbesondere, da sie seit ewigen Zeiten nicht mehr gemeinsam unterwegs gewesen waren.

»Dank der Immenstädter Kameraden werden wir beide heute noch viel Freude haben und schöne Stunden erleben«, bemerkte Siegbert, als sie beschwingt den Schlossbuckel hinunterstapften. Während sie durch das Dorf schlenderten, scherzten und schäkerten die beiden wie alberne Jungs. Laut lachend, schubsten sie sich und stießen sich immer wieder in den Schnee, mit dem sie sich auch noch gegenseitig die Gesichter einrieben.

»So: Jetzt sind wir gewaschen und können uns die Frauen fürs Leben suchen!«, sagte Siegbert im Spaß, meinte es mit der Brautschau aber irgendwie doch ernst. Sich selbst Mut machend und Rudolph ermunternd, drängte er zur Eile.

Das Stichwort seines Kameraden ließ sogar den tölpelhaft wirkenden Rudolph ernsthaft nachdenklich werden. »Maurers Hildegard wäre etwas für mich!«, öffnete er die Mördergrube seines Herzens und lenkte seine Schritte wie zufällig an der Kirche vorbei zum Haus der Korbmacherfamilie Maurer.

»Aber die hatscht doch! Und zudem stottert sie«, lästerte Siegbert, der etwas höhere Ansprüche an eine ernsthafte Beziehung stellen würde.

»Na und? Mich stört es nicht, dass sie hinkt und beim Laufen ein Bein nachzieht. Es kommt auf die inneren Werte an!«, versuchte Rudolph schwärmerisch zu philosophieren, was ihm aufgrund seiner mangelnden Bildung natürlich nur schwerlich gelingen konnte. Allerdings hatte das knorrige Raubein dafür umso mehr Herzensbildung, weswegen er auch mitfühlsam war und sich über das Glück seiner Mitmenschen freuen konnte. »Rosalinde stottert auch! Seit sie aber in Ignaz ihre große Liebe gefunden hat, stört sie dies nicht mehr!«, brachte er ein Beispiel aus dem engsten Umfeld – aus dem vertrauten Bereich innerhalb ihrer Schlossgemeinschaft.

Jetzt war es Siegbert, der nachdenklich wurde. Zum ersten Mal, seit sie das Schlosstor hinter sich gelassen hatten, gingen sie ein Stückchen schweigend ihres Weges. »Na ja: Eines muss man der Maurer Hildegard lassen …«, unterbrach er die Stille und wollte dadurch der Auserwählten seines Kameraden Respekt zollen.

»Was denn?«, fragte Rudolf mehr abwesend denn ernsthaft daran interessiert, was sein Kamerad über die Frau seiner Wahl dachte. Am Haus des Korbmachers angekommen, war er schon damit beschäftigt, durch eines der Fenster einen Blick ins Innere zu erhaschen.

Der ansonsten eher spröde Siegbert lachte und deutete mit den beiden Händen an seinem Oberkörper etwas Unmissverständliches an, während er verzückt die Augen verdrehte.

»Du närrischer Trottel!«, lachte Rudolph und zog Siegbert den Hut übers Gesicht. »Was du alles siehst!«

»Aber es stimmt doch: Hildegard hat so gewaltige Brüste, dass sie damit einem Mann nicht nur viel Freude bereiten, sondern auch noch ein Heer von Kindern ernähren könnte, … wenn ihr einer diese machen und nicht nur dumm daherreden würde … Und nun klopf schon an! Ich warte hier auf dich«, ermutigte

Siegbert seinen Kameraden, dem dabei eine verräterische Röte ins Gesicht schoss.

Während sie schon wieder wie Jungspunde alberten, kam ihnen Annegret Hiebeler, die 12-jährige Tochter eines ehemaligen Geißenzüchters, der sich jetzt in Ermangelung von Tieren als Tagelöhner verdingen musste, entgegengerannt.

»Annegret! ... Wohin so eilig?«, fragte Siegbert und versuchte, das Mädchen am Arm festzuhalten.

Aber Annegret schien die beiden überhaupt nicht zu bemerken und ließ sich nicht aufhalten.

Erst als ihr auch noch Rudolph laut »Annegret! ... So warte doch!« nachrief, blieb sie kurz stehen, drehte sich heftig schnaufend um und zeigte in die Richtung, aus der sie gekommen war. »Dort ... dort liegt eine Leiche! Ich muss es meinem Papa sagen!«

Während das Mädchen weiterrannte, blickten sich Siegbert und Rudolph verdutzt an.

»Ei... ei... eine Leiche?«, stotterte Rudolph ungläubig.

»Schon wieder?«, ergänzte Siegbert die Frage seines Kameraden und bemerkte, dass es dies wohl gewesen und der erhoffte freie Tag schon wieder zu Ende wäre, bevor er überhaupt richtig begonnen hätte.

»Aber ... Was geht uns das überhaupt an? Und was ist mit Hildegard?«, versuchte Rudolph, vom unglaublich Unfassbaren ab- und wieder zu seinem eigentlichen Vorhaben hinzulenken.

»Die muss warten! ... Und unseren Wirtshausbesuch müssen wir wohl ebenfalls verschieben«, stellte der auch in seiner Freizeit pflichtbewusste Siegbert fest, klopfte seinem Kameraden tröstend auf die Schulter und gab ihm gleich ein paar Anweisungen: »Rudolph, du eilst sofort ins Schloss zurück und sagst unserem Herrn Bescheid. Ich gehe in die Richtung, aus der Annegret gekommen ist, und suche die Leiche, ... falls es überhaupt eine gibt. Und wenn ich sie nicht finden sollte, gehe ich zu Annegret nach Hause und befrage sie darüber! ... Alles klar?«

Rudolph nickte knapp und machte sich enttäuscht auf den Weg zum Schloss zurück.

KAPITEL 42

Obwohl die Fähnrichswahl auch für die Nichtschützen einigermaßen zufriedenstellend beendet worden war, weil sie von insgesamt sieben zu vergebenden Posten immerhin drei ergattert hatten, hätte jetzt eigentlich alles seine Ordnung haben können. Während der Wahl war es zwischen den Parteien zwar zu einigen Sticheleien, aber nur zu einer einzigen Streiterei, die allerdings in keiner handfesten Rauferei geendet hatte, gekommen. Dies war umso bemerkenswerter gewesen, weil die Schützen wegen der Prügel, die sie von den Nichtschützen bezogen hatten, nachdem sie vom Jahresabschlussschießen aus Immenstadt zurückgekommen waren, immer noch eine Rechnung mit den anderen offen gehabt hatten. Aufgrund des grandiosen Wahlergebnisses – immerhin stellten die Schützen aus ihren Reihen den Fähnrich und dessen Stellvertreter – hatten sie großmütig beschlossen, diese alte Geschichte endgültig zu vergessen. Allerdings hätte es im Inneren der Nichtschützen – nachdem die ersten beiden Posten durch Schützen belegt gewesen waren und sie jeweils nur hinter einen Schützen gewählt worden waren – derart kochen müssen, dass ein Eklat unvermeidbar gewesen wäre. Insbesondere, da ihnen bei der Wahl der jeweiligen Posten die Schützen stets nur knapp, um eine oder zwei Stimmen, voraus gewesen waren. Dass diese den Fähnrich stellten, störte die Nichtschützen wenig. Um das Fähnrichsamt hatte sich plötzlich sowieso niemand mehr gerissen – die Verantwortung, die dieser Posten mit sich bringen würde, war den meisten erst bei der Fähnrichswahl so richtig bewusst geworden und letztlich doch zu groß gewesen. Da sah es bei der Wahl des Stellvertreters schon anders aus. Für den Posten des Unterfähnrichs hatten sich fünf Schützen und sogar acht Nichtschützen zur Wahl gestellt. Nach etlichen zermürbenden Wahlgängen war es zur Stichwahl zwischen Sefton Bröger und Karl Stubinger gekommen. Letzterer war Nichtschütze und bei der Stichwahl gegen Sefton Bröger mit nur einer einzigen Stimme unterlegen. Deswegen hatte Stubinger eine Stinkwut auf den Sohn des Sonnenwirtes und all die anderen gehabt. Er hatte sich erst beruhigt, als er mit einmütigem Votum zum Ersten Fahnenbruder gewählt worden war.

Nachdem die Wahl Ambrosi Blank als Zweiten Fahnenbruder hervorgebracht hatte, war mit dem Uhrmacher Leopold Mahler – der in Abwesenheit gewählt worden war, weil er immer noch in Diensten des Kemptener Fürstabtes stand – ein Nichtschütze zum Dritten Fahnenbruder gewählt worden.

Dazu, dass mit Serafin Gruber ein Schütze mit absoluter Stimmenmehrheit zum Tambour gewählt worden war, hatten die Nichtschützen als Revanche für die einstimmige Wahl Karl Stubingers zum Ersten Fahnenbruder gerne ihren Beitrag geleistet – immerhin war Serafin derjenige von ihnen, der mit Abstand die besten musikalischen Voraussetzungen mitbrachte und zudem auch noch hochgeachtet war. So war es kein Wunder gewesen, dass sich kein Gegenkandidat gefunden hatte, der dem Huckler diesen Posten hätte streitig machen wollen. Um dennoch eine offene Wahl daraus zu machen, hatte einer der Burschen spaßeshalber Baltus Vögel als Gegenkandidaten vorgeschlagen. Der Narr hatte sich riesig gefreut und war wie entfesselt im Rittersaal des Staufner Schlosses herumgetanzt, hatte dabei aber nicht gemerkt, dass er nur lächerliches Kanonenfutter sein sollte. Stattdessen hatte er immer wieder gerufen, dass er die Fahne »schwenken« würde, und dabei einen Arm über seinem zu groß geratenen Kopf gedreht. Dazwischen hatte er immer wieder das Lied vom Bi-Ba-Butzemann angestimmt. Der Text dieses eingängigen Liedes hätte ursprünglich von der Beschwörung eines Poltergeistes, der seine Knochen schüttelte, künden sollen. In Staufen glaubte man allerdings, dass es sich dabei um die klappernden Knochen des pestbringenden »Sensenmannes« handeln würde. Offensichtlich hatte Baltus das Volkslied, das im Grunde genommen kein Kinderlied war, ihm dennoch von seiner Mutter während der Zeit, als die Pest im Allgäu gewütet hatte, immer wieder vorgesungen worden war, jetzt irgendwie mit einem Hymnus auf den Butz verwechselt. Da die Versammlungsteilnehmer um seinen Geisteszustand wussten, hatten sie ihn ein Weilchen gewähren lassen und währenddessen eine Trinkpause eingelegt. Damit hatten sie erreichen wollen, dass sich Baltus wieder beruhigte. Immerhin hatte dieses Wohlwollen zunächst zwar etwas genützt, die Ruhe aber nicht allzu lange angehalten; denn nach verlorener Wahl zum Tambour hatte Baltus wütend herumgeschrien, dass er sich dies nicht gefallen lassen würde. Erst als ihn Serafin Gruber, der frischgebackene Staufner Tambour, der mit nur einer Gegenstimme und einer Enthaltung gewählt worden war, zum »Trommelmeister« ernannt hatte – wie Baltus bereits bei der ersten Zusammenkunft in der *Krone* zugesagt worden war – und der widerliche Sohn des ehemaligen Dorfschmiedes Babtist Vögel in einem fingierten Wahlgang offiziell für dieses unnötige Amt bestätigt wurde, hatte sich der tollpatschige Bursche beruhigt, sich hingesetzt und kaum hörbar wieder den eingängigen und mittlerweile allseits bekannten Singsang angestimmt.

Danach hatte man endlich zur Wahl des Butzes schreiten können. Bei der Vergabe dieses lukrativen Postens wäre es allerdings – wie zuvor schon bei der Wahl des Unterfähnrichs – schier wieder zu einer Streiterei gekommen, wenn auch noch dieser Posten an einen Schützen gegangen wäre. Letztlich aber hatte sich der Wahlleiter Hermann Schädler eingemischt und dennoch ein flammendes Plädoyer für einen Schützen, der aufgrund seines Gesundheitszustandes vorübergehend dieses Privileg verloren hatte, gehalten. Dass es dabei um jenen Burschen gegangen war, der während der ganzen Wahl still auf seinem extra mit einem Kissen versehenen Stuhl gesessen und kein Wort gesagt hatte, war äußerst diplomatisch gewesen. »Schütze hin, Nichtschütze her. Ich denke, dass es Jockel Mühlegg verdient hat, dieses Amt zu übernehmen«, hatte der Ortsvorsteher abschließend geäußert und ihn gefragt, ob er glaubte, bis zum Fasnachtsdienstag gesundheitlich wieder ganz auf dem Damm zu sein.

»Klar!«, rief der bemerkenswert gut genesende Jockel begeistert. »Bis dahin ist es ja noch ein Weilchen hin.«

»Na ja«, korrigierte und dämpfte Hermann Schädler Jockels überschwängliche Freude. »Es sind nur noch wenige Wochen.«

Da Jockel sicher war, mit Lisas Hilfe bis dahin so weit zu gesunden, um das Amt des Butzes ordentlich ausfüllen zu können, ließ er sich zur Wahl stellen und wurde mit nur einer Enthaltung gewählt. Dass Jockel derart einmütig zum Butz gewählt worden war, dürfte wohl auch dem Mitleidsfaktor geschuldet gewesen sein.

Nach Abschluss der mühsamen Wahlhandlung waren die Akteure zum gemütlichen Teil des Abends übergegangen und hatten sich auf ihre Weise für Lodewigs Gastfreundschaft bedankt, indem sie den spendablen Kastellan so richtig »hergesoffen« hatten, was nichts anderes bedeutet hatte, als dass sie es fertigbrachten, ein ganzes Fässchen Wein auf Kosten des Hauses zu leeren.

Wenn auch während der Fähnrichswahl, in der darauffolgenden Nacht und sogar auch noch am nächsten Vormittag Staufens kleine Welt einigermaßen in Ordnung gewesen war, so sollte sie schon am Nachmittag des Tages nach der Wahl derart aus den Fugen geraten, dass die Umsetzung der gräflichen Fahnenstiftung zu platzen drohte und damit *ad absurdum* geführt würde. Sollte dies so kommen, würde dies allerdings nicht nur Verzicht, sondern auch noch Ärger mit der Obrigkeit bedeuten.

Während Rudolph heftig schnaufend zum Schloss hochrannte, um den Kastellan zu holen, war Siegbert auch schon in entgegengesetzter Richtung unterwegs. Dabei folgte er dem Zeigefinger der kleinen Annegret, den sie zittrig zwar nur ungefähr dorthin, wo sie die Leiche gesehen, aber wenigstens in die Richtung gestreckt hatte, aus der sie gekommen war.

Bei seiner Suche nach der von Annegret scheinbar erblickten Leiche beeilte sich Siegbert nicht sonderlich; zum einen hatte er Angst vor dem, was er möglicherweise zu sehen bekommen würde. Zum anderen hoffte er, dass Rudolph mit dem Kastellan zurück wäre, bevor er allein an dem Ort, an dem das Mädchen geglaubt hatte, eine Leiche gesehen zu haben, einträfe.

»Eine Tote oder ein Toter?«, murmelte er und zuckte irgendwie ungläubig und gleichzeitig hoffnungsvoll mit der Schulter. »Hätte uns diese Rotzgöre nicht sagen können, ob es sich um eine männliche oder um eine weibliche Leiche handelt? … Wahrscheinlich hat sie zu viel Fantasie und es gibt überhaupt keine Leiche!«, schimpfte er vor sich hin, während er aufmerksam die Gegend absuchte, aber nichts fand, obwohl er sogar auch noch um jedes einzelne Anwesen herumging und in die auf den Schattenseiten immer noch zugeschneiten Gärten und Hinterhöfe blickte.

Als Siegbert das letzte Haus erreicht hatte, drehte er sich suchend ein paarmal um die eigene Achse. Da er immer noch nichts Auffälliges sah, geschweige denn eine Leiche entdeckte, beschloss er, umzukehren und den anderen entgegenzulaufen. Was sollte er hier auch noch? Über das, was er gesucht hatte, war er nicht gestolpert! Außerdem bog die Straße an dieser Stelle nach links ab und führte am Bechtelerhof vorbei zur Salzstraße, die in der einen Richtung nach Immenstadt führte, auf der man andererseits aber – an Kalzhofen, Buflings und am Siechenhaus vorbei – auch an den Bodensee, nach Österreich und in die Schweiz oder ins Oberschwäbische und in den Elsass gelangen konnte. Und geradeaus verlief nur noch ein verwaschener Trampelpfad zum Staufenberg. Vor vielen Generationen war dieser Pfad noch ein ordentlicher Weg gewesen, der dazu angelegt worden war, um zum längst aufgelassenen Leprosenfriedhof gelangen zu können. Allerdings war dieser Weg seinerzeit schon wenig in Anspruch genommen worden. Und heute wurde er fast nur noch von spielenden Kindern und allenfalls noch von den Forstarbeitern des Grafen oder von einzelnen Waldfrevlern genutzt.

Scheiß drauf! Soll sich doch der Herr selbst darum kümmern, begründete der ansonsten dienstbeflissene Siegbert seine Entscheidung vor sich selbst und machte sich auf den Rückweg. Plötzlich glaubte er, jemanden hinter sich rufen zu hören: »Haltet ein! Wir müssen Euch etwas fragen.« Er blieb zwar kurz stehen, da er aber gleichzeitig von vorne zwei Leute auf sich zukommen sah, vermutete er, dass die Worte von dort gekommen waren und ihm der Wind einen Streich gespielt hatte.

»So wartet doch!«, vernahm er jetzt deutlich vernehmbar und eindeutig hinter sich.

Siegbert drehte sich um und sah von der nach Immenstadt führenden Straße ebenfalls zwei Männer auf sich zukommen. Als sie heran waren und er die beiden erkannte, blieb er stehen und murmelte beruhigt: »Ach, du bist es nur, Cornelius.« Siegbert wandte sich höflich dem anderen Mann zu. »Gott zum Gruße, Herr Immler.«

»Was soll das heißen, ich bin es ›nur‹«, antwortete der aufgrund seiner bisher erfolglosen Suche nach Maria sowieso schon gereizte Töpfer.

»Nun sei doch nicht so feinfühlig. Ich habe dich nur nicht gleich erkannt und dich zunächst für einen Fremden gehalten. Meine Augen sind auch nicht mehr die besten … Aber sag mal, weswegen hast du mir nachgerufen? Was willst du von mir, Cornelius?«

»Wir suchen Maria, seine Tochter!«, gab statt des Töpfers Peter Immler die Antwort und wies – gerade so, als wenn Siegbert nicht wüsste, dass Maria die Tochter des Töpfers war – auf seinen Schwiegervater in spe.

»Ja!«, ergänzte Cornelius Brugger knapp. »Hast du sie irgendwo gesehen?« Dabei tanzten seine Augen so flehentlich fragend direkt in Siegberts Augen, als wenn daraus das sehnlichst erhoffte »Ja!« kommen müsste.

»Wir vermissen sie schon seit heute Morgen und haben bereits das ganze Dorf abgesucht«, konnte der Immenstädter Kaufmann die Antwort der ihm bisher nur entfernt bekannten Schlosswache schon wieder nicht abwarten.

»Ja!«, ergänzte jetzt Marias Vater, dem schnell klar geworden war, dass – wie alle anderen – auch Siegbert keine Ahnung von Marias Verbleib hatte. »Ich habe gehofft, dass sie beim Huberbauern ist … War sie aber nicht!«, seufzte er in seiner Aufregung zusammenhanglos.

»Was hätte Maria denn dort tun sollen?«, fragte Siegbert, den jetzt die von Cornelius soeben angesprochene Ahnung umschlich. Da Siegbert beileibe nicht dumm war, konnte er zwei und zwei zusammenzählen. Er glaubte jetzt zu wissen, dass es sich bei der Leiche um eine Tote und um keinen Toten handeln musste. Um Gottes willen. Die von Annegret gemeinte Leiche muss Maria sein, schoss es ihm durch den Kopf, während er krampfhaft unterdrückte, sich zu bekreuzigen.

»Was ist mit dir?«, fragte Cornelius Brugger, dem die schlagartige Wesensveränderung der ansonsten als ruhig und besonnen geltenden Schlosswache, der zudem auch noch das Blut aus dem Gesicht gewichen zu sein schien, aufgefallen war.

»Nun sag schon! Was ist los?«, hakte Marias Vater nach, hatte jedoch wieder keinen Erfolg mit seiner Frage, weil sich Siegbert abwandte, um sich zu übergeben.

»Mir … mir ist nicht gut«, begründete der groß gewachsene

Mann sein ungewolltes Verhalten und lenkte von seinem leichenblassen Gesicht ab, indem er in Richtung Kirche zeigte. »Gott sei Dank!«, entwich es ihm, als er den Kastellan auf sich zukommen sah.

In einiger Entfernung hinter diesem bemühte sich sein Wachkamerad Rudolph, den Altersunterschied zu seinem wesentlich jüngeren Herrn nicht allzu sichtbar werden zu lassen. Als auch er schnaufend bei Siegbert und den anderen ankam, bekam er gerade noch mit, wie Cornelius Brugger den Kastellan an dessen Jacke packte und schrie: »Was hast du soeben gesagt?«

»Ich habe Siegbert nur gefragt, ob er die Leiche schon gefunden hat!«, antwortete Lodewig ruhig und löste verständnisvoll sanft den Griff des Töpfers, mit dem ihn immer schon eine herzliche Freundschaft verband und auch weiterhin verbinden sollte.

Da Lodewig bereits heute früh von Melchior gehört hatte, dass Cornelius Brugger seine Tochter vermissen und suchen würde, hätte er während der Zeit, in der er vom Schloss hierhergelaufen war, eigentlich selbst darauf kommen müssen, dass es sich bei der Leiche um die vermisste Maria Brugger handeln könnte. Aber wer dachte schon so etwas? Bei den vielen Toten der letzten Zeit hatte Lodewig einfach nicht glauben wollen, dass es schon wieder eine Leiche gab. Wie auch kurz zuvor Siegbert, hatte er inständig gehofft, dass es sich nur um die verworrene Fantasie eines kleinen Mädchens handeln würde. Lodewig könnte sich für seine unüberlegt herausgeplatzte Frage selbst ohrfeigen. Aber es nützte nichts; da er jetzt nun schon einmal ausgesprochen hatte, weswegen er gekommen war, lag es auch an ihm, die Sache nicht eskalieren zu lassen. Es galt, Cornelius Brugger und Peter Immler wenigstens so weit zu beruhigen, dass er sich in Ruhe mit ihnen unterhalten und Siegberts oder Rudolphs Bericht über ihre Begegnung mit der kleinen Annegret hören konnte.

»Wo? … Verdammt noch mal! Wo ist Maria?«, schrie Cornelius, für den – nachdem er Siegberts knappe Aussage gehört hatte – klar war, dass es sich bei der Leiche nur um seine Tochter handeln konnte.

Als Rudolph in die Richtung, aus der das Mädchen gekommen war, zeigen wollte, zupfte ihn Siegbert am Wams und deutete ihm, dies zu lassen.

»Hör zu, Cornelius! Wir können gerne gemeinsam auf die Suche nach der mysteriösen Leiche gehen. Aber nur, wenn du dich zusammenreißt und dich ruhig verhältst …, auch dann, wenn wir tatsächlich Marias Leichnam finden sollten«, sagte Lodewig und ergänzte: »Dies gilt auch für dich, Peter! Aber noch wissen wir nicht einmal mit Bestimmtheit, ob es überhaupt einen neuerlichen Todesfall gibt.«

Cornelius sah zuerst Peter und danach Lodewig an. Er nickte nur stumm, bevor er den jungen Immenstädter an sich drückte und zu weinen begann.

Da jetzt auch Peter der Schmerz über den vermeintlichen Verlust seiner geliebten Maria übermannte, ließ Lodewig die beiden eine Weile in Ruhe, bis er sagte: »Und nun kommt! Wir müssen in diese Richtung.« Dabei zog er Cornelius leicht am Ärmel und lief los.

Sie waren noch nicht weit gelaufen, als Siegbert sich zu Wort meldete: »Bis hier war ich schon!«

Die vier blickten sich stumm um. Nach einer Weile unterbrach Lodewig die Ruhe: »Tja, dies ist die letzte Behausung. Hier kommt nichts mehr, wo wir suchen könnten.«

»Und beim Bechtelerhof waren wir schon«, bemerkte Cornelius mit einem Blick nach links.

Lodewig zeigte in Richtung des Staufenberges und murmelte gedankenverloren vor sich hin: »Dort vorne geht es nur noch zum …«

»… alten Leprosenfriedhof!«, beendete Siegbert Lodewigs Satz und schalt sich einen Narren. »Warum bin ich nicht gleich darauf gekommen? Dort spielen doch gerne die Kinder des Dorfes … und es ist die Richtung, aus der die kleine Annegret gelaufen kam!«

Siegbert hatte also recht: Hier hatten in der Tat Generationen von Kindern gespielt. Die gruseligen Geschichten, die sich seit Jahrhunderten um diesen aufgelassenen Gottesacker rankten, hatten gerade die Buben schon immer magisch angezogen. Und der direkt dahinter liegende Staufenberg war von jeher ein großer Abenteuerspielplatz gewesen.

Für einen Moment entführten Lodewigs Gedanken ihn in seine

eigene Kindheit zurück. Er wusste nicht mehr, wie oft auch er schon diesen Trampelpfad gewählt hatte, um zu diesem Friedhof oder auf den Staufenberg zu gelangen. Er dachte auch an jene Zeit, als er sich nicht mehr als Kind gefühlt und an der Schwelle zum Mann gestanden hatte. Schmerzlich kam ihm ein Septembertag des Jahres 1634 in den Sinn, als er zum letzten Mal mit seinem kleinen Bruder Diederich zu ihrer »Staufenburg« – einer Holzhütte, die sie auf einem Plateau unterhalb des Berggipfels zusammengezimmert hatten – gegangen war. Mit Entsetzen erinnerte er sich daran, als sie damals der Nachhauseweg über diesen alten Gottesacker geführt und er eine Frauenleiche entdeckt hatte. Es war jener schreckliche 1. September, an dem sie dann auch noch auf dem Kirchhof zwei Männer belauscht und mitbekommen hatten, dass eine grausame Mordserie ihren Lauf nehmen und sich eine künstliche Pestspur durch den ganzen Ort ziehen würde. Denn schon bald darauf hatten der damalige Medicus Heinrich Schwartz und der ehemalige Totengräber Ruland Berging das gesamte Dorf ins Unglück gestürzt. 69 unschuldige Menschen waren bei einer fingierten »Pestepidemie« diesen beiden Mordgesellen zum Opfer gefallen. Zwar in Zusammenhang damit, doch aber irgendwie unabhängig davon war auch Otward Opser, der ältere Sohn des damaligen Blaufärbers, ermordet worden. Kurz zuvor war Didrik, dessen jüngerer Bruder, plötzlich unauffindbar gewesen. Lodewig war es, der den mumifizierten Leichnam des Knaben in einer Höhle in Weißach entdeckt hatte, als er selbst in den Klauen des Totengräbers gewesen war. Letztlich hatte auch noch sein kleiner Bruder Diederich sein erst verdammt kurzes Leben lassen müssen – und dies alles nur aufgrund einer Namensverwechslung!

Was für ein Tier. Und dieses Schwein treibt wahrscheinlich immer noch irgendwo sein Unwesen, dachte Lodewig und meinte damit seinen ehemaligen Peiniger Ruland Berging, bevor er die schmerzlichen Erinnerungen von sich schüttelte und sich wieder den anderen zuwandte.

Die hatten sich zwischenzeitlich auf einen unsinnigen Disput eingelassen, weswegen Lodewig zur Ruhe mahnte: »Einen Moment noch, Cornelius! Wir müssen besonnen bleiben.« Der Kastellan wandte sich an Rudolph: »Entschuldige, aber ich muss dich bitten, nochmals zum Schloss hochzugehen, um Hauptmann von Huldenfeld zu holen. Der übt sich auf der Wiese oberhalb des Schlosses mit seinen Männern im Bogenschießen, … du weißt schon, wo.«

Lodewig deutete Rudolph, näher zu treten, um ihm unauffällig etwas ins Ohr flüstern zu können: »Da das Propsteigebäude auf dem Weg liegt, bringst du bitte auch noch den Leichenbestatter und den Pfarrer mit. Sag ihm, dass er sein Versehbesteck einpacken soll. Und noch etwas …«

Dass ihm sein Herr noch hatte ans Herz legen wollen, zu niemandem sonst ein Wort zu sagen, hatte Rudolph nicht mehr gehört. Ungewöhnlich eifrig hatte er sich auf den Weg gemacht. Lodewig sah ihm kurz nach und wandte sich an seine zweite Schlosswache: »Siegbert, du gehst in den Unterflecken und informierst den Ortsvorsteher. Er soll schnellstens zum alten Leprosenfriedhof kommen!«

Auch Siegbert eilte davon, ohne etwas zu erwidern.

»So!« Lodewig atmete tief durch. »Und wir drei gehen jetzt zum aufgelassenen Gottesacker!«

»Wo'in so eilisch des Weges?«, schallte es Rudolph freundlich entgegen. Obwohl er nicht wusste, woher die Frage gekommen war, aufgrund des unverkennbaren Akzentes aber unschwer hören konnte, wem die Stimme gehörte, blieb Rudolph stehen.

Da die Schlosswache durch das ständige Hin- und Herlaufen außer Puste geraten war, wollte er die Gelegenheit nutzen, um etwas verschnaufen zu können. Als er von oben herunter ein Hämmern hörte, blickte er am Haus des Korbmachers hoch und sah Jaques Kramer, den jungen Zimmerer aus dem Elsass, der gleich nach Bekanntwerden des *Westfälischen Friedens* von zu Hause aufgebrochen und nun schon im zweiten Jahr auf der Walz war, wo er seit Winterbeginn Zwischenstation in der mehr oder weniger eigenständigen Herrschaft Staufen machte, obwohl es hier derzeit keinen Meister seines Faches gab, bei dem er sich hätte zünftig verdingen können. Aber Jaques war bei seinem mehrmonatigen Gastspiel im oberschwäbischen Herrschaftsgebiet des

Grafen zu Königsegg-Aulendorf auf das Herrschaftsgebiet der rothenfelsischen Linie dieses alten Adelsgeschlechtes aufmerksam geworden und hatte deswegen den weiten Fußmarsch ins Allgäu auf sich genommen. Und da er nun einmal hier war und es ihm zu Füßen des kegelförmigen Staufenberges gefiel, hatte er auch ein Weilchen hierbleiben wollen. Jaques war pfiffig und hatte gewusst, dass es für einen talentierten Holz- und Baufachmann immer und überall etwas zu tun gab. So hatte er stets den direkten Kontakt zu potenziellen Kunden gesucht. Und was war da näher gelegen, als sich an die größten Gebäude der jeweiligen Stadt oder des jeweiligen Dorfes zu wagen, in dem er gerade war? Nachdem er eine Zeit lang in Immenstadt gearbeitet hatte, war in ihm der Wunsch entstanden, ins nahe gelegene Vorarlberg und von dort aus nach Salzburg weiterzuziehen, vielleicht sogar noch weiter, in die Kaiserstadt Wien und von dort aus übers Burgenland nach Ungarn, möglicherweise nach Buda oder nach Pest? Da hatte sich der junge Elsässer aber zu viel vorgenommen, denn bisher war er nicht allzuweit gekommen und auf dem Weg nach Bregenz in Staufen kleben geblieben. Um seinen Hunger und Durst zu stillen, war er zuerst zum Ortspfarrer gegangen. Es hatte sich schnell herausgestellt, dass dies eine kluge Entscheidung gewesen war, denn Propst Glatt hatte ihm nicht nur Speis und Trank, sondern auch noch ein Dach über dem Kopf gegeben. Und das Schönste war gewesen, dass er ihm auch noch die verwaiste und mit bestem Werkzeug bestückte Werkstatt im Propsteigebäude zur Verfügung gestellt hatte.

»Keine Sorge, mein Sohn …«, hatte der Priester gesagt, als Jaques sich hatte bedanken wollen. »Du kannst hier alles abarbeiten. Und wenn du deine Arbeit zu meiner Zufriedenheit verrichtet hast, mache ich einen lobenden Eintrag in dein Wandergesellenbuch!«

Und Jaques hatte seine Arbeit in der Tat zur vollsten Zufriedenheit des Pfarrherrn verrichtet. Er hatte seine Sache sogar so gut gemacht, dass er vom Propst an den Kastellan weiterempfohlen worden war und die Annehmlichkeiten der Propstei mitsamt der Werkstatt immer noch hatte genießen können, als er schon längst nicht mehr für den Propst, sondern nur noch für den Kastellan tätig gewesen war. Im Schloss hatte es genügend Arbeit für ihn gegeben. Jaques hatte nicht nur etliche kleinere und größere Reparaturen vorgenommen, sondern auch noch einen hölzernen Handlauf für die Wendeltreppe im Rundturm geschnitzt und gedrechselt, den er dann mithilfe des Stallknechtes Ignaz angebracht hatte. Von dieser Zeit her kannten sich Rudolph und Jaques; denn auch Rudolph hatte bei der Anbringung des schweren Handlaufes mit anpacken müssen.

Nachdem die Schreinerarbeit im Schloss dann doch ausgegangen, es aber immer noch Winter gewesen war, hatte sich der junge Wandergeselle andere Wirkungsstätten suchen müssen. Es hatte ihm in Staufen derart gut gefallen – was sicherlich auch seiner warmen Unterkunft, der guten Verpflegung und der wunderbaren Werkstatt geschuldet war –, dass er beschlossen hatte, erst im Frühjahr über Bregenz nach Wien weiterzuziehen. Als er von einem reisenden Händler, mit dem er in der *Alten Sonne* zusammengesessen war, in Erfahrung gebracht hatte, dass die Bodenseegegend im Winter ein Nebelloch, im Frühjahr und Sommer hingegen sonnendurchflutet sei, hatte er sich in seiner Entscheidung bestätigt gefühlt und war geblieben. Seither schlug er sich mit kleineren Arbeiten durchs Leben. Und wenn er zwischendurch einmal gar nichts zu tun hatte, schnitzte er an seiner Herrgottsfigur weiter. Oder er war zu Schwester Bonifatia gegangen und hatte um Gottes Lohn und einen Ranken Brot Reparaturen im Spital vorgenommen. Nachdem er auch noch ein paar neue Lagerstätten und Regale für Leintücher zusammengezimmert und maßgenau in vorhandene Wandnischen eingebaut hatte, war ihm die dankbare Ordensfrau sogar um den Hals gefallen. Jetzt aber hatte er Arbeit am Haus des Korbmachers, der ihm dafür fünf Kreuzer zugesichert hatte, was gewiss kein guter Lohn für die gefährliche Arbeit auf dem rutschigen Dach war. Aber Jaques wollte nicht in erster Linie Geld verdienen. Ihm war wichtiger, dass er eine gute Unterkunft und genug zu beißen hatte. Außerdem waren ihm die Einträge in sein Wanderbuch, die seiner Zunft zeigen würden, dass er neben normalen Wohn- und Bauernhäusern auch an einem Spital, einer Kirche und sogar an verschiedenen Herrschafts- und Amtsgebäuden tätig gewesen war, sowieso viel wichtiger als schnöder Mammon, der ihm schon durch die Finger rann, wenn er ein Wirtshaus nur von außen sah. Jaques wollte unbedingt ein Meister seiner Zunft werden. Und um die Erfüllung seines Herzenswunsches nicht zu gefährden, durfte er sich mindestens noch ein ganzes Jahr lang nicht näher als 50 Meilen an seinen Heimatort Schlettstädt heranwagen. Da sein geliebtes elsässisches Dorf durch Reformation, Bauernkrieg und letztlich auch noch durch den Großen Krieg arg gebeutelt worden war, tat er sich damit nur umso leichter.

Jaques Kramer trug zwar einen großen, gleichzeitig aber auch einen zweifelhaften Namen. Einer seiner Vorfahren war der gefürchtete Inquisitor Heinrich Kramer gewesen, der die grausamste aller Hetzschriften in Bezug auf die Verfolgung und Bestrafung von Hexen verfasst hatte. Zusammen mit einem gewissen Jakob Sprenger hatte er den berüchtigten *Hexenhammer* geschrieben. Dieses 1487 nach einem Erlass des Papstes Innozenz VIII. ins Lateinische übersetzte und sogenannte *Malleus Maleficarum* hatte eine europaweite Jagd nach vermeintlichen Hexen eingeleitet und war zur Zeit der Entstehung dieses menschenverachtenden Werkes eine Art »Kirchliches Hexengesetzbuch« für die Gerichtsbarkeit. Auch der rothenfelsische Richter Michael Waldvogel bediente sich heute noch gerne dessen strafrechtlicher Empfehlungen. Trotzdem war Jaques stolz auf seine Familie und seinen Geburtsort. Immerhin galt Schlettstädt auch als Geburtsort des Weihnachtsbaumes, wie ein Eintrag aus dem Jahre 1521 in einem Rechnungsbuch der Humanistischen Bibliothek heute noch bezeugte: *»Item IIII schillinge dem foerster die meyen an sanct Thomas tag zu hieten …«*, stand dort unter anderem geschrieben.

Jetzt aber hatte Jaques Wichtigeres im Kopf, als dem schwarzen Schaf seiner Familie, seinem geliebten Heimatort und der Entstehung des Weihnachtsbaumes nachzusinnen; er musste zusehen, wie er die Löcher im Dach des Korbmacherhauses noch vor Einbruch der Dunkelheit schließen konnte – und bis dahin waren es nur noch wenige Stunden. Da er sich für ein Schwätzchen mit Rudolph dennoch Zeit nehmen wollte, wiederholte er seine Frage: »Wo'in so eilisch, mein Freund?«

»Ach, Tschack«, sagte Rudolph schnaufend und wollte etwas erzählen. Aber er wurde unterbrochen.

»Wie oft soll isch disch noch sagen, dass isch Schak heiße und nischt Tschack? … Schak! Verstehst du, mon amie? Du musst meinen Namen weischer ausspreschen.«

»Ja, ja. Ich weiß, Tschack.«

»Merde!«, entfuhr es Jaques leise wegen des unbelehrbaren Rudolphs und dessen harter Aussprache. Und der revanchierte sich für diese Belehrung, indem er Jaques korrigierte.

»Es heißt nicht ›isch disch‹, sondern ›ich dir‹. – ›Dir‹! Verstehst du?« Während er darüber den Kopf schüttelte, begann der immer noch heftig schnaufende Knecht, schnell noch von der Leiche zu erzählen. Aufgrund seiner momentanen Atemnot drückte er sich dabei allerdings nicht ganz verständlich aus. Und dass Jaques mit dem hiesigen Dialekt auf Kriegsfuß stand, tat ein Übriges, um es zu einem Missverständnis kommen zu lassen.

»Wahrscheinlich liegt die Leiche der Brugger Maria auf dem alten Friedhof außerhalb des Ortes«, hatte Rudolph gesagt und damit den längst aufgelassenen Leprosenfriedhof gemeint. Da Jaques allerdings noch nie etwas vom alten Leprosenfriedhof gehört hatte und lediglich einen einzigen außerhalb des Dorfes liegenden Gottesacker kannte, ging er davon aus, dass der Weißacher Pestfriedhof gemeint war. Und da sich Rudolph nach seiner Verschnaufpause wieder auf den Weg zum Schloss hoch gemacht hatte, bevor Jaques hätte nachfragen können, blieb das Missverständnis in der Luft hängen.

Kurz danach kam der als hinterlistig und böswillig bekannte Schwätzer Marius Buckler, den man allseits nur als »Kaiser-« oder »Kardinalshure« bezeichnete, weil der ehemalige Messdiener stets nach oben hin zu schleimen pflegte, wenn er sich einen persönlichen Vorteil erhoffte, des Weges. »Bonjour, Marius!«, rief Jaques vom Dach herunter und winkte das unbeliebte Ekelpaket zu sich: »'ast du schon das Neu'este ge'ört?«

»Ihr bleibt hier!«, befahl Lodewig barsch, als er den alten Leprosenfriedhof betrat und sich dabei eines längst vergessenen, aber gleichwohl dereinst geweihten Platzes erinnerte, weswegen er so ehrfurchtsvoll das Kreuz schlug, als wolle er sich bei den hier Bestatteten für seine jahrelange Ignoranz entschuldigen. Obwohl er wusste, dass er in seiner Eigenschaft als Kastellan Cornelius Brugger gegenüber nur bedingt und Peter Immler gegenüber überhaupt nicht weisungsbefugt war, hatte seine Anweisung die Wucht einer Kanonenkugel. Sie war in einem Befehlston herausgeschossen, wie er ihn bisher höchstselten gegenüber seinen eigenen Leuten an den Tag gelegt hatte. Aber Lodewig wusste, warum er so energisch gewesen war – er hatte seine beiden Begleiter schützen wollen; schützen vor dem, was er seit ein paar Augenblicken vermutete und von dem er innig hoffte, dass er sich irren würde.

Da hier aufgrund des windabwehrenden Staufenberges der Ostner weniger blies als am Dorfausgang, lag genügend Schnee, um jetzt die kleinen Fußabdrücke – die vermutlich Annegret zuzuordnen waren – erkennen zu können.

Obwohl Lodewig diese Spur trotz der Verwehungen sofort aufgefallen war, als sie auf den alten Trampelpfad eingebogen waren, hatte er Cornelius Brugger und Peter Immler nicht darauf hingewiesen. Im Gegenteil: Er hatte sie sogar davon abgelenkt. Da Lodewig wusste, dass die größeren Fußabdrücke, die vom Leprosenfriedhof weggingen, Schreckliches erahnen ließen, wandte er sich nochmals den beiden zu, um sich zu versichern, dass sie vor dem Friedhof stehen geblieben waren. Er folgte den Spuren im Schnee und bückte sich mehrmals – insbesondere, da er jetzt auch noch einzelne rote Flecken im Schnee entdeckte, über die wohl jemand mit dem Fuß gewischt hatte, um sie verschwinden zu lassen. Er wollte die Abdrücke genauer betrachten. »Zweifellos Kinderschuhe! … Annegret war tatsächlich hier!«, murmelte er. Aber was ist das?, dachte er sich, als er auch Abdrücke zu erkennen glaubte, die zweifellos von einem Erwachsenen stammen mussten. Obwohl sich etwas Neuschnee darübergelegt hatte, konnte Lodewig erkennen, dass sich die großen Fußabdrücke zum Leprosenfriedhof hin wesentlich tiefer in den Schnee gegraben hatten als die vom Friedhof weggehenden Abdrücke. Ihm war sofort klar, dass es sich um die Fußspuren eines gestandenen Mannes handelte und dass dieser eine schwere Last mit sich getragen haben musste. Lodewig ahnte, dass seine Beobachtung nichts Gutes verhieß. Dass an einem Schuh – so wie es aussah, musste es der linke sein – der Absatz zu fehlen schien, registrierte Lodewig nur ganz schwach am Rande. Langsam ging er weiter.

Noch nie hatte er sich ernsthafte Gedanken über diesen seit vielen Jahrzehnten nicht mehr benutzten Platz des Todes gemacht. Erst jetzt stellte er fest, dass es sich um einen unheimlichen Ort handelte, der ihm einen kalten Schauer über den Rücken jagte. Da es ihn zudem fror, schlug er seinen Kragen hoch und blies in die Hände, während er sie fest aneinanderrieb. Langsam ging er bis zu einer Stelle, an der sich das Gelände erst leicht erhöhte, bevor es so absank, als wenn es der Wassergraben einer alten Motte wäre. Dahinter erhob es sich wieder und wurde mit dem Staufenberg eins.

Bisher hatte Lodewig außer den gerade noch als solche zu erkennenden Fußspuren und aus dem Schnee lugenden Grabsteinen nichts gesehen. Holzkreuze gab es hier schon lange nicht mehr – die waren allesamt in sich zusammengefallen und verrottet.

Da er bisher nichts weiter Verdächtiges hatte erkennen können, war er fast so weit gewesen, sich wieder etwas zu beruhigen. Als er aber die leichte Geländeerhebung erreicht hatte, gefror ihm das Blut in den Adern. Um nicht aufzuschreien, hielt er sich den Mund zu.

Vor sich sah er Blut, überall Blut, das Löcher in den Schnee gefressen hatte und durch die dünne Schneeauflage schimmerte. Und er entdeckte Teile eines Menschen, dessen Glieder ausgestreckt an Grabsteinen befestigt worden waren.

Die kleine Annegret hat also doch recht gehabt, dachte er, während er sich der Leiche näherte. So nach und nach verschwand Lodewig so weit in der Senke, dass man von hinten nur noch seinen Kopf und die Schulter sehen konnte.

»Was ist, Lodewig?«, rief Cornelius, den der Nebelschwaden, der sich jetzt zwischen ihn und den Kastellan geschoben hatte, zusätzlich irritierte.

»Einen Moment noch, mein Freund!«, gab Lodewig mit erstickter Stimme zurück und streckte zur Beruhigung der beiden einen Arm aus dem Nebel. Um seine Begleiter dazu zu bringen, nicht hierherzukommen, musste er sich schnell etwas einfallen lassen.

»Arme Maria!«, schoss es ihm durch den Kopf, als er die Augen zusammenkniff, um die Leiche besser sehen zu können.

Je länger seine Augen aber versuchten, sich durch den Bodennebel zur Leiche hin durchzugraben, desto unsicherer wurde Lodewig. Er trat näher und griff nach dem Wams, das er mit einem Ruck von der Leiche zog.

»Maria?«, fragte er, als könne er eine Antwort erhalten.

Dass Cornelius und Peter den Kastellan aus den Augen verloren hatten, weil dieser in die Senke gestiegen war und sich zudem gebückt haben musste, konnte nur bedeuten, dass er Maria gefunden hatte. Jetzt gab es für sie kein Halten mehr. Der Immenstädter zog seinen Schwiegervater in spe am Ärmel und stürmte auf Lodewig zu. Als er mit Cornelius auf der Kuppe angekommen war und in die Mulde sehen konnte, stieß Marias Vater einen markerschütternden Schrei aus. Obwohl sie durch den Bodennebel hindurch kaum etwas erkennen konnten, war den beiden klar, dass es sich nur um das geliebte Wesen, das sie so verzweifelt gesucht hatten, handeln konnte. So rief auch Peter Immler so laut Marias Namen, dass dies sogar Hauptmann von Huldenfeld, Fabio und Propst Glatt hören konnten.

Rudolph hatte gleich nach seiner Ankunft im Schloss zwar den Gardehauptmann benachrichtigt, fühlte sich aber aufgrund der vielen Lauferei zu erschlagen, um wieder mit ins Dorf hinunterzugehen. So hatte er von Huldenfeld gebeten, dem Propst und dem Leichenbestatter Bescheid zu sagen und sie zum alten Leprosenfriedhof mitzunehmen. »… beeilt Euch«, hatte er schnaufend gesagt und den Weg erklärt, bevor er sich in seine Kammer zurückzog, wo er sich einen gehörigen Schluck Schnaps gönnen würde.

Fabio, der Propst und von Huldenfeld waren gerade auf Höhe der Kirche und wegen des entsetzlichen Schreis verunsichert. Zudem wunderten sie sich darüber, dass sich ungewöhnlich viele Menschen auf den Straßen befanden und allesamt den Weg vor dem Wirtshaus *Zum Löwen* rechts den Berg hinunter einschlugen. Offensichtlich strömten sie in Richtung Weißach.

»Kommt mit zum Pestfriedhof!«, rief ihnen ein Knabe zu.

»Ja! Da gibt es eine Tote!«, schallte es ihnen von anderer Seite entgegen.

»Herr der Gnaden!«, entfleuchte es dem Propst, der mit einer Hand in Richtung der Leute ein großes Kreuz in die Luft zeichnete, während die Finger der anderen Hand die Bibel und das Versehbesteck umklammerten. Die drei wunderten sich zwar, ließen sich aber nicht davon abhalten, schnellstmöglich zum alten Leprosenfriedhof am Fuße des Staufenberges zu gelangen.

»Wenn da was dran ist, kann dies auch später noch geklärt werden«, drängte der Gardehauptmann zur Eile. Direkt nach der Kirche – an der Stelle, an der sich die vom Unterflecken heraufführende Straße mit der vom Schloss her kommenden Straße vereinigte, um sich gleich darauf wieder zu trennen, rief jemand hinter ihnen: »Wartet auf uns! … He! … So wartet doch!«

Ohne ihre Schrittgeschwindigkeit zu verringern, drehten sich die drei wie auf Kommando um und sahen Siegbert mit dem Ortsvorsteher herbeieilen. Dies bewog sie nun doch, ihre Schritte wenigstens etwas zu drosseln.

Anstatt zu grüßen, sagte der Ortsvorsteher nur: »Eine schlimme Sache!«

»Ja!«, gab ihm der Gardehauptmann recht. »Es stellt sich nur die Frage, was eine schlimme Sache ist.«

»Wie meint Ihr das?«, fragte Siegbert verdutzt.

»Na ja, habt Ihr nicht die vielen Menschen gesehen, die wie aufgescheuchte Hühner durchs Dorf rennen?«, versuchte Fabio, etwas Licht ins Dunkel zu bringen.

»Doch! … Aber was hat das zu bedeuten?«, wollte der Ortsvorsteher nach einem Moment des Überlegens wissen.

»Scheinbar gibt es in Weißach auch eine Leiche!«, repetierte der Propst das soeben Gehörte und bekreuzigte sich jetzt selbst.

Da sowohl Siegert als auch Hermann Schädler nicht mehr die Jüngsten waren, stellten sie trotz der sich offenbar zuspitzenden Dramatik keine weiteren Fragen mehr und konzentrierten sich stattdessen darauf, Schritt halten zu können.

Als sie das Ortsende und gleich darauf den Trampelpfad erreichten, sahen sie vor sich zwei Männer, die sich – offensichtlich in überschwänglicher Freude – umarmten. Auf dem alten Leprosenfriedhof am Fuße des Staufenberges angelangt, bekamen sie auch die Antwort darauf, wer die beiden Männer waren und warum sie so einen Freudentanz aufführten, obwohl sie wussten, dass nur bedingt Grund zur Freude bestand.

»Stellt euch vor: Es ist nicht meine Tochter!«, verkündete Cornelius Brugger und fiel Siegbert heulend um den Hals.

»Es ist nicht Maria!«, wiederholte auch Peter Immler und umarmte – ebenfalls mit Tränen der Freude in den Augen – den Gardehauptmann.

»Aber, aber …, meine Kinder Gottes!«, mahnte der Propst zu Pietät und ergänzte: »Wir befinden uns hier an einem Platz ewiger Ruhe. Benehmt euch entsprechend!«

Während sich die beiden Glücklichen wieder umarmten, sich aber wenigstens etwas beruhigt zu haben schienen, traten die anderen zaghaft auf die Kuppe. Sie sahen Lodewig inmitten blutbesprenkelten Schnees neben einem Toten knien, dem er soeben das Wams, mit dem der Körper bedeckt gewesen war, abgenommen haben musste. Da sich auch der Bodennebel verteilt hatte, war der Blick auf den Toten mittlerweile frei geworden. Es handelte sich eindeutig um einen männlichen Toten und um keine Frauenleiche. Es war nicht Maria Brugger, die da vor ihnen lag. Es war der erst gestern zum *Staufner Bürgerfähnrich* gewählte Bertel Schwabacher, dem man offensichtlich das rechte Bein abgetrennt hatte und dessen andere Gliedmaßen mit Stricken so an Grabsteine gebunden waren, dass sein Körper zur Dorfmitte wies. Es war ein grausames, aber – so schlimm es auch anmuten mochte – für einige der Männer mittlerweile fast schon vertrautes, zumindest aber bekanntes Bild. Insbesondere, da auf einem Grabstein neben dem Toten auch noch eine aus Arsenik geweißte Talgkerze heruntergebrannt war. Und für Cornelius Brugger und Peter Immler war es sogar die schönste Leiche, die sie je gesehen hatten. Makaber, aber irgendwie verständlich.

Die Neuankömmlinge bekreuzigten sich und begannen zu tuscheln.

Als Lodewig merkte, dass er nicht mehr allein war, und sah, wer alles in seiner Nähe stand, sagte er nur knapp: »Eindeutig: Das gleiche Muster wie bei den anderen drei Toten!«

Bevor sie sich der Leiche ganz nähern konnten, hörten sie Cornelius Bruggers leise Stimme hinter sich: »Entschuldigt bitte!«

»Ja, verzeiht uns, wir …«, wollte sich auch Peter Immler mit gesenktem Haupt entschuldigen und sein doch ungebührliches Verhalten rechtfertigen.

»Es ist nichts geschehen«, beruhigte Lodewig die beiden. »Wir haben Verständnis dafür, dass ihr erleichtert darüber seid, dass es nicht Maria ist, die hier liegt. Wir sprechen nicht mehr darüber! … In Ordnung?«

Lodewig holte sich per Blick das Einverständnis der anderen ein, das er durch einmütiges Nicken erhielt, wobei der Propst es nicht lassen konnte, die Beichte der beiden mitsamt einer angemessenen Buße einzufordern. »Und jetzt lasset uns beten …«

Nachdem ein Gebet ums andere gesprochen worden war und die vermutlich längst entwichene Seele Bertel Schwabachers im Nachhinein hinreichend mit Gottes Segen versehen worden war, schickten diejenigen, die der Prüfungskommission angehörten, die anderen nach Hause, … aber nicht, ohne ihnen zuvor das Versprechen abgenommen zu haben, niemandem etwas von der vielsagenden Position, geschweige denn von der grausamen Verstümmelung des Toten zu erzählen.

Nachdem der Leichnam und die Umgebung des Fundortes genau untersucht und hinreichend Vergleiche zu den vorangegangenen Morden angestellt worden waren, befand sich außer dem Ortsvorsteher, dem Kastellan, dem Immenstädter Ratsherrn und dem Leichenbestatter niemand mehr auf dem alten Leprosenfriedhof.

»Du holst deinen Karren und bringst Bertel in die Seelenkapelle. Wie …«, wollte der Ortsvorsteher nach Beendigung des ersten Teiles der Leichenbeschau Fabio auftragen, wurde aber von ihm unterbrochen.

»Wie immer! … Ich weiß«, kam ihm die aus Erfahrung knappe Bestätigung des Auftrages dazwischen.

»Ja! Damit ihn sich dort auch noch Nepomuk ansehen kann«, sagte Lodewig, während er mit seinem Dolch die Stricke durchtrennte, mit denen der Tote an die Grabsteine angebunden worden war. Er betrachtete den Hanf ganz genau.

»Warum hast du Nepomuk nicht gleich mit hierherkommen lassen?«, wurde der Kastellan gefragt.

Trotz der traurigen Situation konnte sich jetzt Lodewig ein

Schmunzeln nicht verkneifen: »Der Medicus muss sich immer noch um Eginhards Genesung kümmern … Und dazu gehört, dass er auch das heutige Schachspiel gegen meinen Bruder verlieren wird.«

Wenn sich nicht plötzlich vom Dorf her eine Geräuschkulisse aufbauen würde, hätten die anderen vielleicht auch geschmunzelt. So aber drehten sie sich um und warteten auf das, was gleich auf sie zukommen sollte.

»Schnell, Fabio! Deck ihn mit einem Tuch zu«, gebot Lodewig und kniff die Augen zusammen, um besser sehen zu können.

KAPITEL 43

Nach dem gewaltsamen Tod von Bertel Schwabacher war die Luft in Staufen von heute auf morgen verpesteter denn je. Denn spätestens mit dem Mord am frischgewählten Fähnrich war allen klar geworden, dass jemand unter ihnen sein musste, der die Umsetzung des gräflichen Vermächtnisses mit aller Gewalt verhindern wollte. Darüber, dass ausgerechnet dieser Mord kein Zufall gewesen sein konnte, waren sich die meisten einig.

Die sensationsgierigen Leute waren aber auch schon deswegen stinkig, weil sie einem Gerücht bis zum Pestfriedhof hinunter gefolgt waren, wo sie sich in ihrer Sensationsgier eine Leiche erhofft, aber keine vorgefunden hatten. Als sie daraufhin kurz nach Einbruch der Dunkelheit keuchend und mit Fackeln bewaffnet auf dem alten Leprosenfriedhof eingetroffen waren, hatten sie dort endlich die erhoffte Leiche entdeckt; allerdings war diese mit einem weißen Tuch so bedeckt gewesen, dass sie nicht das Geringste hatten sehen können, weil die Farbe des Tuches mit dem Schnee eins geworden war. Daraufhin hatten sie sich auf dem altehrwürdigen Bestattungsplatz benommen wie die Berserker. Dem Kastellan und selbst dem Ortsvorsteher war es nicht gelungen, die aufgebrachte Meute zu besänftigen. Erst als Hauptmann von Huldenfeld seinen

Säbel gezogen, sich vor den Leuten aufgebaut und ihnen die Leviten gelesen hatte, waren die neugierigen Gaffer wieder abgezogen – allerdings mit einer Stinkwut in ihren leeren Bäuchen.

Was sich tags zuvor wieder einigermaßen eingerenkt zu haben schien, drohte jetzt zu eskalieren. Plötzlich stand jeder unter dem Verdacht, der geheimnisvolle Vierfachmörder zu sein. Es war nur noch eine Frage der Zeit, wann selbst die Frauen unter Verdacht geraten würden – immerhin war jetzt auch noch eine von ihnen verschwunden. Wenn es auch nach den ersten beiden Morden einigermaßen ruhig geblieben war und sich die Bevölkerung Staufens auch nach dem dritten Mord ziemlich zusammengerissen hatte, so war das Maß jetzt endgültig voll. Plötzlich wollten fast alle etwas gehört oder gesehen haben, was auf den Mörder hindeuten konnte. Die Staufner denunzierten sich gegenseitig: Während eine Frau beim Ortsvorsteher vorstellig wurde, um gegen einen Judaslohn ihr vermeintliches Wissen oder einfach nur eine Lüge loszuwerden, fand der Zeidler den Weg ins Schloss hoch, um den Kastellan wortreich mit falschen Informationen zu versorgen. Darüber, dass schon wieder Jockel der Mörder sein sollte, konnte der Kastellan aber nur lachen. Die meisten allerdings nutzten die Gelegenheit der Beichte, um den Propst im Beisein Christi auf ihre Seite zu ziehen oder gegen jemanden Sturm zu laufen. Auch hier war Jockel – der sich nicht um das lukrative Amt des Butzes gerissen, sondern dafür vorgeschlagen und ordentlich gewählt worden war – das Hauptziel der Angriffe geworden.

Die vergiftete Atmosphäre brachte auch hervor, dass gerade die Frischgewählten glaubten, Bertel Schwabacher sei aus dem Grunde ermordet worden, weil ihm einer unter ihnen das Fähnrichsamt missgönnt hatte. So hatte sich unter den ledigen Burschen ein ätzendes Misstrauen breitgemacht und niemand traute sich, das nur für einen Tag besetzte, nun aber schon wieder vakante Amt des *Staufner Bürgerfähnrichs* zu übernehmen.

Als größter Fürchter erwies sich Unterfähnrich Sefton Bröger, der allen deutlich machte, was er von der Sache hielt: »Ihr glaubt doch nicht allen Ernstes, dass ich jetzt zum Fähnrich aufrücke? Ich werde den Teufel tun, mich auch noch umbringen zu lassen!«, stellte er mehrmals laut und deutlich klar. Dabei betonte er, dass man ihn überhaupt nicht mehr fragen und mit diesem »Scheißdreck« in Ruhe lassen solle. Der ansonsten doch recht streitbare und – so glaubte man zumindest bisher – mutige Sohn des Sonnenwirtes entlarvte sich selbst als feiger Maulheld. Mit seinem Herumgeschreie hatte er es nur darauf angelegt, dass es auch dem Mörder zu Ohren kommen und er ihn in Ruhe lassen würde, wenn bekannt war, dass er nicht Fähnrich zu werden gedachte.

Ähnlich hatte es sich mit den ersten beiden Fahnenbrüdern verhalten. Allerdings waren Karl Stubinger und Ambrosi Blank wenigstens Manns genug, trotz des letzten Mordes ihre Posten zu behalten. Und der Dritte Fahnenbruder, Leopold Mahler, wusste noch nichts von alledem. Da er immer noch in Kempten weilte, hatte er nicht einmal mitbekommen, dass es dieses Ehrenamt gab und dass er dafür gewählt worden war.

Im Schloss traf man sich derweil schon zur dritten Krisenbesprechung dieser Woche. Während Sarah den bereits Eingetroffenen mit Honig gesüßtes Wasser einschenkte, lief Lodewig verärgert auf und ab.

»Verdammter Mist! Ich möchte nur wissen, von wem die Leute die Fehlinformation über eine Leiche auf dem Pestfriedhof haben und wie sie darauf gekommen sind, dass wir auf dem Leprosenfriedhof sind. Außer uns und Fabio haben doch nur Siegbert und Rudolph davon gewusst … oder? Wer also war dieser hinterkünftige Schwätzer?«

Während sich der Kastellan weiter den Kopf zermarterte und laut fluchte, traf Propst Glatt ein. »Na, na, na, mein Sohn. Lästere Gott nicht!«

Als der Priester sah, wie Sarah Wein in die bereitstehenden Becher goss, verzichtete er auf eine Standpauke und eilte zum Tisch. Nachdem er sich hatte ebenfalls einschenken lassen und einen großen Schluck genommen hatte, sagte er: »Entschuldigt bitte mein Zuspätkommen! Aber ich kann mich vor den vielen ›Beichten‹ kaum noch retten. Der Heilige Geist scheint meinen Schäflein allesamt eingeflüstert zu haben, wer der ruchlose Vierfachmörder ist.«

Der Propst nahm wieder einen Schluck, wischte sich mit dem

Handrücken den Mund ab und lachte. »Stellt euch vor: Man hat mir sogar ›gebeichtet‹, dass unser verehrter Kastellan der Mörder sein könnte.«

»Wie bitte? ... Wer hat das gesagt?«, empörte sich Lodewig, der aufgrund des neuerlichen Mordes und der Begebenheiten auf dem alten Leprosenfriedhof ungewöhnlich dünnhäutig geworden war.

»Das kann ich dir leider nicht sagen. Das Beichtgeheimnis ..., du verstehst«, nahm sich der Seelsorger sofort wieder zurück.

»Nun setz dich doch, Lodewig, damit wir endlich beginnen können«, mahnte der Altkastellan seinen Sohn zu Ruhe und Besonnenheit.

»Du hast ja recht, Vater«, knurrte der Kastellan und setzte sich an die hintere Schmalseite des langen Tisches.

»Entschuldigt!«, meldete der Propst sich schon wieder. »Aber ich muss schon noch etwas zu den ›Beichten‹ sagen ... Darf ich?« Dabei blickte er fragend in die Runde. Er schien irgendwie irritiert.

Da es eine Angelegenheit öffentlichen Belanges war, hatte Lodewig den Vorsitz eigentlich dem Ortsvorsteher überlassen wollen, deutete in seiner Eigenschaft als Hausherr dem Propst aber mit einer Handbewegung zu berichten.

»Also!«, hob der Pfarrherr, dem man anmerken konnte, dass er nicht so richtig wusste, was er eigentlich erzählen wollte, an. »So viel Schwachsinn wie gestern und heute habe ich selten zu hören bekommen. Ich nehme das meiste davon nicht ernst.«

Der Beichtvater legte – kaum dass er begonnen hatte – eine Pause ein und starrte nachdenklich auf das wunderschön geschnitzte Kreuz im Hergottswinkel, bevor er ansetzte weiterzusprechen: »Allerdings ...«

Da er schon wieder innehielt und den Eindruck erweckte, als wenn er erst noch überlegen müsste, bevor er das aussprechen konnte, was er sagen wollte, ließen ihn die anderen so lange gewähren, bis es dem Ortsvorsteher zu bunt wurde und er ungeduldig dazwischenfuhr: »Ja, um aller Herrgotts Namen, nun sagt schon, was uns interessieren könnte!«

»Hat es mit den Morden zu tun?«, wollte Hauptmann von Huldenfeld, der inzwischen ebenfalls ungeduldig geworden war, wissen und beschwor den Propst: »Wenn ja, dann müsst Ihr uns sagen, was Ihr wisst ... Beichtgeheimnis hin, Beichtgeheimnis her!«

Da Propst Glatt zwar krampfhaft versuchte, etwas mitzuteilen, aber im letzten Moment immer wieder zurückzuschrecken schien, klinkte sich jetzt auch noch Nepomuk ein. Der Mönch ahnte, dass sich sein geistlicher Mitbruder im Zwiespalt befand, und formulierte seine Frage deshalb vorsichtig: »Könnte es sein, dass du etwas Schlimmes gehört hast, aber das Beichtgeheimnis wahren möchtest?«

Propst Glatt schien dankbar für diese Frage zu sein und antwortete: »Ja! – Ich habe tatsächlich etwas gehört, das mich zum Nachdenken gebracht hat, und …«

»Hat es mit den Morden zu tun?«, wiederholte von Huldenfeld seine Frage von vorhin.

Der Propst schüttelte den Kopf. »Ich bitte um Verständnis, dass ich es nicht sagen kann.«

»Ja, verd…«, wollte Hermann Schädler zu fluchen ansetzen, wurde aber von Nepomuk unterbrochen.

»Versündigt Euch nicht und respektiert, dass das Beichtgeheimnis unantastbar ist!«

»Aber warum fängt euer Pfarrherr dann überhaupt damit an? Hätte er erst gar nichts gesagt, wäre es besser gewesen«, stand von Huldenfeld dem Ortsvorsteher bei.

»Beruhigt euch!«, versuchte der Propst, die aufkommenden Wogen zu glätten. Er hatte sich mittlerweile selbst wieder im Griff und entschuldigte sich mit jetzt fester Stimme: »Es tut mir leid. Ich weiß, dass ich euch jetzt neugierig gemacht habe, und bitte euch um Vergebung dafür. Ich kann nur so viel sagen, dass mir etwas anvertraut worden ist, das unter Umständen …«, der Propst erhob beschwörend den Zeigefinger, »unter Umständen etwas mit den Morden zu tun haben könnte.«

Er nahm einen Schluck Wein und versprach abschließend, dass er der Sache selbst nachgehen würde.

»Und so lange läuft diese Bestie frei herum«, bemerkte der Immenstädter Gardeoffizier verständnislos.

»Außerdem begibst du dich womöglich in Gefahr«, mahnte der Altkastellan.

Aber Propst Glatt schwieg und zog es letztlich doch vor, das Beichtgeheimnis zu wahren und nichts zu sagen.

KAPITEL 44

Marias Vater und ihr Verlobter waren zwar einigermaßen beruhigt, nachdem sie festgestellt hatten, dass es sich bei der Leiche vom alten Leprosenfriedhof nicht um Maria gehandelt hatte. Dennoch waren sie bei der Suche nach der Vermissten keinen Schritt weitergekommen. Wie auch? Maria war – was sie und diejenigen, die nach ihr gefragt hatten, allesamt nicht hatten wissen können – von Walter Krummstiefel entführt worden. Die lebensfrohe Töpfertochter hatte sich bereits in der Gewalt des Rächers befunden, als zaghaft mit der Suche nach ihr begonnen worden war. Maria war schon am frühen Morgen nach der Fähnrichswahl in diejenigen Hände, an denen bereits viel unschuldiges Blut klebte, gefallen. Als das Unglück über sie hereingebrochen war, hatte sich Maria, erst wenige Schritte vom Haus ihres Vaters entfernt, auf dem Weg zum Marktplatz befunden, wo sie ihren Freundinnen vom Ausgang der Wahl hatte erzählen wollen.

Walter Krummstiefel war schon während der letzten Tage unauffällig ums Haus der Bruggers herumgeschlichen, hatte aber keine Gelegenheit gefunden, um nahe genug an sein erwähltes Opfer kommen zu können; entweder war dieser verdammte Immenstädter Ratsherr an ihrer Seite oder sie war von ihrem Vater begleitet worden. An diesem Morgen aber war sie allein und zu dieser frühen Stunde zudem noch kaum eine andere Seele unterwegs gewesen. Als Maria aus dem Haus getreten war, hatte es der Rächer fast nicht glauben können, dass sie tatsächlich ohne Schutz war. Da dies aber der Tatsache entsprach, hatte er ihr unauffällig folgen und sie nur noch in einen ummauerten Hinterhof zerren müssen. Es war reiner Zufall gewesen, dass es sich ausgerechnet um denselben Hinterhof handelte, in dem er seinerzeit mit dem jungen Lodewig gerangelt hatte.

»Ein Omen!«, hatte er Maria feucht ins Gesicht gezischt und sie gefragt: »Was meinst du, gut oder schlecht?«, aber keine Antwort darauf erhalten. Nachdem sich Maria wie eine Furie gewehrt hatte, war dem Rächer nichts anderes übrig geblieben, als sie noch an Ort und Stelle ins Reich der Träume zu schicken, indem er ihr seinen Holzknüppel über den Kopf gezogen hatte.

Eigentlich hatte er sie nur umbringen wollen, damit er künftig sicher sein konnte, dass sie niemandem verraten würde, ihn vor geraumer Zeit im *Kronesaal* gesehen zu haben, als sie am damaligen Totengräber Ruland Beging vorbei zu ihrem Geliebten Peter Immler geschlichen war. Der seinerzeit Angetrunkene war davon ausgegangen, dass Maria ihn beobachtet haben musste, als er gerade dabei gewesen war, eine auswärtige Leiche transportgerecht zu zerkleinern und zu verschnüren. Dass Maria mit sich selbst beschäftigt gewesen war und ihn zwar kurz gesehen, aber von seiner Tätigkeit überhaupt nichts mitbekommen hatte, wusste der Rächer nicht.

Hätte er an Marias Stelle Lodewig erwischt, hätte er ihn bewusst gefangen genommen und nicht gleich umgebracht. Denn mit Lodewig hatte er etwas anderes vorgehabt: Da er wegen ihm mit dessen Vater noch eine alte Rechnung offen hatte, wäre Lodewig nicht so glimpflich davongekommen, wie es der Rächer mit Maria, die ihm eigentlich nichts getan hatte, plante.

»Aber was nicht ist, kann ja noch werden«, hatte er vielsagend zu sich selbst gesagt, als er Maria reglos vor sich liegen sah. Er hatte nicht gewusst, warum er sie nicht sofort erschlagen oder erwürgt hatte; immerhin war es das doch gewesen, was er gewollt und weswegen er ihr fast wochenlang aufgelauert hatte. Außerdem musste er wegen ihr sogar seine Mordgedanken an Lodewig vernachlässigen. Warum also hatte er sie nicht gleich jetzt und hier umgebracht? Waren es Marias wundervolle Brüste, die durch die Rangelei aus dem Mieder gesprungen waren, gewesen? Oder hatte er plötzlich Skrupel bekommen, weil sie eine Frau war? Immerhin hatte er bisher – ungeachtet einer Ravensburger Hübschlerin, die ihn beklaut hatte – noch keine Frau ins Jenseits befördert, jedenfalls nicht von Gesicht zu Gesicht.

Da an diesem bewussten Morgen alle Menschen zum Dorfkern geströmt waren, um vom Ausgang der Fähnrichswahl zu erfahren, war es zwar riskant, aber nicht unmöglich gewesen, die besinnungslose junge Frau ortsauswärts zu seiner neuen Behausung zu ziehen. Um vor neugierigen Blicken sicher zu sein, hatte er Maria nur bis auf Höhe des Huberhofes bringen müssen. Bis dorthin allerdings war besondere Vorsicht geboten gewesen. Um sofort reagieren zu können, falls ihm doch jemand entgegenkommen sollte, hatte er Marias Füße zusammengebunden und sie sozusagen an der langen Leine vom Hinterhof weggeschleift. Dies hatte aus seiner Sicht zwei Vorteile gehabt; wenn jemand unvorhergesehen auf ihn zugekommen wäre, hätte die betreffende Person ihn zwar bemerkt, mit etwas Glück aber nicht gleichzeitig auch seine menschliche Fracht entdeckt. So hätte die gute Möglichkeit bestanden, die dadurch gewonnene Zeit für ein Ablenkungsmanöver zu nutzen oder sein Opfer gerade noch rechtzeitig verstecken zu können. Da er Maria rücklings hinter sich und auf einer zwar dünnen, aber fast geschlossenen Schneedecke hergeschleift hatte, war ihrer wertvollen Vorderseite nichts geschehen. Kein Kratzer hatte die wunderbaren Brüste und das hübsche Gesicht verunstaltet. Spätestens zu diesem Zeitpunkt hatte der Rächer gewusst, warum er Maria trotz seines gegenteiligen Vorhabens nicht gleich umgebracht hatte.

Sein Plan war aufgegangen und er nicht aufgeflogen – obwohl ihm sogar eine Person entgegengekommen war: Es war der alte Bauer Moosmann, dessen Hof ein Stück weiter ortsauswärts gelegen war und bei dem er vor 15 Jahren seinen Andalusier untergestellt hatte. Derzeit war seine braune Stute in dessen verdrecktem Stall gestanden. Der Bauer hatte ihn zwar erkannt, würde sich aber nichts dabei gedacht haben, ihn zu sehen. Nur Maria hatte er nicht sehen dürfen.

Da der Rächer mit seinem Opfer das Dorf bereits hinter sich gelassen und sich auf freiem Gelände befunden hatte, konnte er den Bauern rechtzeitig auf sich zukommen sehen und Maria hinter ein dichtes Gestrüpp schleifen. Er hatte sogar noch genügend Zeit gehabt, die Spuren im Schnee so weit zu verwischen, dass dem Bauern zunächst nichts aufgefallen war. Und da es in dieser Nacht nicht frisch geschneit hatte, war von seiner Schleifspur auch noch durch etliche Wagenspuren und Fußabdrücke abgelenkt worden.

»Wohin so früh?«, war die erste Frage des Bauern gewesen, die der Rächer nicht einmal hatte beantworten müssen, weil Moosmann schon die zweite Frage hinterhergeschoben hatte. »Und? – Ist schon was los im Ort?«

Walter Krummstiefel hatte wie gelangweilt dreingeschaut und in ruhigem Ton geantwortet: »Ja! Das Dorf füllt sich so langsam mit Leben. Die Leute treffen sich vor dem Kirchenportal und auf dem Marktplatz, um etwas über den Ausgang dieser Fähnrichswahl zu erfahren!«

Damit hatte der Rächer den Bauern zwar so weit zufriedengestellt, gleichsam aber mitbekommen, dass diesem die nur teilweise verwischten Schleifspuren doch noch aufgefallen waren und er ihnen interessiert mit den Augen gefolgt war.

»In der *Krone* ist heute schon eine neue Lieferung Bier aus Immenstadt angekommen«, war ihm gerade noch rechtzeitig eingefallen, bevor der Bauer losgelaufen war, um dorthin zu gelangen, wo sich sein Blick in einem Gestrüpp verfangen hatte. Dabei hatte der Rächer von früher her noch im Kopf gehabt, dass er trotz der morgendlichen Stunde mit »Bier« eine Art Zauberwort gewählt haben musste, weil der Bauer dem Teufel Alkohol verfallen gewesen war – und dies schien sich offensichtlich nicht geändert zu haben. Jedenfalls hatte der unangenehme Geselle von seinem Vorhaben, der Spur weiter zu folgen, abgelassen.

Um sicherzugehen, dass der ungepflegte Mann sein Maul halten würde, drückte ihm der Rächer noch einen viertel Gulden in die Hand. »Das ist dafür, dass du mein Pferd gut versorgst!«

»Aber Ihr habt mich doch bereits dafür entlohnt!«, wunderte sich der alte Säufer.

»Ich weiß! Dafür hast du mich heute nicht gesehen! – Verstanden?«

Der Bauer steckte das Geld ein und zwinkerte dafür, dass er verstanden hatte, mit einem Auge und führte einen Zeigefinger zum Mund. Mit einem »Gehabt Euch wohl« war er ortseinwärts weitergelaufen.

Walter Krummstiefel hatte sich darüber gefreut, dass alles reibungslos verlaufen war. Dass Moosmann damit sein eigenes Leben gerettet hatte, war dem Bauerntölpel natürlich nicht bewusst geworden.

Seit Marias Entführung waren inzwischen zwei Tage vergangen. Obwohl ihr Vater und ihr Verlobter nicht mehr ein noch aus gewusst und nicht nur den Ortskern, sondern auch das ganze Umfeld des Dorfes abgesucht hatten, waren sie nicht auf den außerhalb und abseits der nach Genhofen führenden Straße gelegenen Stadel aufmerksam geworden. Da Peter Immler nicht in Staufen aufgewachsen war, hatte er den ehemaligen Geißenstall, der auch zum Schlechtwetterunterstand für Hütebuben ausgebaut worden war, überhaupt nicht gekannt. Und Marias Vater war in Staufen einer der wenigen gewesen, der mit Geißen noch nie etwas zu tun gehabt hatte. Weil es seit den 20er-Jahren kaum noch Ziegen und Schafe in Staufen gab, war der »Berufsstand« der Hütebuben längst ausgestorben – zumindest wurde er momentan nicht mehr benötigt. Schon allein deshalb war der Stadel seit Jahren aus der allgemeinen Wahrnehmung gewichen.

Selbst dem Bauern Moosmann, dessen verlotterter Hof nur etwa eine knappe viertel Meile davon ortsauswärts entfernt lag, kam der Stadel, in dem er früher – als er noch Vieh gehabt und seinen Hof ordnungsgemäß bewirtschaftet hatte – seine Heinzen und einen Teil seines Heus gelagert hatte, nur noch höchstselten ins Gedächtnis.

Sarah und Lodewig waren die Einzigen, die den Stadel als Liebesnest genutzt hatten – allerdings war dies auch schon 15 Jahre her. Und da sie nicht in die Suche nach Maria eingebunden waren, kam ihnen der Ort, an dem sie dereinst mehr als einmal glücklich gewesen waren, momentan nicht in den Sinn. Ebenso lange war es her, dass sich Schwester Bonifatia mit ihrem ehemaligen Spitalhelfer Heini mindestens einmal wöchentlich an diesem Stadel getroffen hatte, um von ihm Lebensmittel für die Pestkranken in Empfang zu nehmen. Aber auch die Schwester hatte die hölzerne Hütte vergessen. Und da sie kaum aus ihrem Spital herauskam, konnte auch sie Marias Vater und deren Verlobten nicht auf diese Fährte bringen.

Die Baumgruppe vor dem Stadel war in den letzten Jahren fast zu einem Wäldchen angewachsen und mit dichtem Gestrüpp umgeben. Wenn im Sommer das Grün verhinderte, dass die kleine Holzhütte von der Straße aus gesehen werden konnte, so war es jetzt der Schnee, der noch dicht auf dem zurzeit blattlosen Geäst lastete und sich an die Schwertlinge schmiegte.

Da Walter Krummstiefel die ersten beiden Tage nach Marias Entführung damit beschäftigt gewesen war, die »gute Stube« wohnlicher herzurichten und die löchrigen Außenwände mit Schnee abzudichten, damit es nicht mehr so durch die Ritzen pfeifen und von außen kein Licht gesehen werden konnte, war das kleine Gebäude gänzlich unsichtbar geworden.

»Mach dir keine Hoffnungen. Hier findet dich niemand. Und wenn du schreist, drücke ich dir wieder den Knebel ins Maul!«, hatte der Rächer Maria eingeschüchtert, als er mit seiner Arbeit fertig gewesen war und sich darangemacht hatte, eine Feuerstelle zu errichten. Dabei war ihm wie immer, wenn sein Blick Maria gestreift hatte, deren makelloser Körper ins Auge gestochen.

Um die Tarnung perfekt zu machen, hatte sich Walter Krummstiefel angewöhnt, anstatt der Straße einen anderen Weg von der Hütte weg ins Dorf und wieder zurück zu nehmen.

Auch heute war er wieder unterwegs gewesen, um ein paar zusätzliche Decken und Felle aufzutreiben, die er an die Innenwände nageln wollte. Da war es ihm zupassgekommen, dass Markttag gewesen war. So hatte er die benötigten Waren beim *Bunten Jakob* erwerben können, ohne dass dies jemandem aufgefallen war. Er selbst hatte allerdings bemerkt, dass ihn der fahrende Händler, mit dem er während der Pest gute Geschäfte gemacht hatte, zwar lange gemustert, offensichtlich aber nicht wiedererkannt hatte.

Das ist gut, hatte er sich zufrieden gedacht, während er schon dabei gewesen war, sich auch noch mit den nötigsten Lebensmitteln für zwei Personen und zwei Wochen einzudecken. Und da er aus Sicherheitsgründen gedachte, seine Behausung eine Zeit lang nicht mehr zu verlassen, hatte er sich auch noch um die Besorgung einer kleinen Galone Schnaps kümmern müssen. Während er gemütlich über den Marktplatz geschlendert war, hatte er sich so ganz nebenbei in aller Ruhe nach Neuigkeiten umgehört und dabei festgestellt, dass das Thema »Maria« mittlerweile zwar im ganzen Dorf bekannt geworden, im Zuge des neuerlichen Totenfundes aber nicht von vordergründigem Interesse gewesen war. Außerdem hatte man allgemein vermutet, dass die hübsche Töpfertochter schlicht und ergreifend das Dorf verlassen hatte, um in einer größeren Stadt mehr aus sich machen zu können.

»Von sich selbst eingenommen genug war sie ja!«, hatte der Rächer eine Frau, die dazu bewundernd mit dem Kopf genickt hatte, sagen hören, während eine andere »ganz sicher« gewusst haben wollte, dass sich Maria aufgrund ihres guten Aussehens als Schlupfdirne in einem Hurenhaus verdingen würde. »Ich glaube, in Kempten oder in Mindelheim … oder ist es Memmingen?«, war sie sich dann doch nicht mehr ganz sicher gewesen.

Offensichtlich war kein ernsthafter Verdacht in Bezug auf eine Entführung oder gar auf eine Ermordung im Raum gestanden – warum auch? Bei den vier Mordopfern hatte es sich durchwegs nicht um Frauen, sondern ausschließlich um junge Burschen gehandelt. Und da diese allesamt irgendwie mit der Fahnenstiftung des Grafen zu tun gehabt hatten, konnte man deren Ermordung folgerichtig damit in Verbindung bringen. Maria aber hatte sicherlich nicht das Geringste mit dieser Fahnenstiftung zu tun gehabt.

Und da Walter Krummstiefel selbst in keinster Weise in Verbindung mit Marias Verschwinden gebracht worden war, hatte er schwer bepackt, aber unbeschwert den Weg zu seiner vorübergehenden Behausung zurück aufnehmen können. Er hatte sich einen zwar umständlichen, dafür aber sicheren Weg, der oberhalb der alten Schießanlage über den *Kühlen Grund* am Fuße des Kapfberges entlangführte, gewählt. So hatte er sich dem Stadel fast von oben her – also weitab der Straße nach Genhofen – nähern können. Und da sich das ganze Stück entlang eine Geländemulde durchzog, hatte ihn niemand sehen und würde wohl kaum jemand seine Fußstapfen entdecken können.

KAPITEL 45

Die Stimmung wirkte ebenso bedrückend wie die nur durch ein paar Kerzen dürftig erleuchtete Gaststube der *Krone*. Da dem Wirt Matheiß nicht entgangen war, dass der Kerzenschwund immer gerade dann besonders auffällig gewesen war, wenn sich die ledigen Burschen des Dorfes bei ihm getroffen hatten, war sein Sohn Siegfried von ihm beauftragt worden, auf jeden der besetzten Tische nur eine Kerze zu stellen und sorgsam darauf zu achten, dass diese nicht verschwanden, bevor sie heruntergebrannt waren. Siegfried sollte sie nur dann ersetzen, wenn er mit eigenen Augen gesehen hatte, dass sie ihre Aufgabe bis zur bitteren Neige erfüllt hatten. Der Wirt wusste zwar, dass dies mit seinen aus minderwertigem Talg hergestellten Kerzen schneller ging als bei den wesentlich teureren Wachskerzen, die fast doppelt so lange brannten. Aber im Gegensatz zu den meisten anderen standen ihm die aus Arsenik geschweißten »Unschlittkerzen« reichlich, ja sogar in großer Menge zur Verfügung, obwohl ihm jemand eine ganze Kiste aus dem Lagerraum gestohlen hatte. Diese billigen Kerzen hatten zwar den Nachteil, dass sie nicht nur schneller herunterbrannten, sondern zudem auch noch gewaltig stanken, rußten und tropften. Aber dies war Matheiß so ziemlich egal, denn die Gaststube befand sich ganz hinten, weswegen man im Schankraum vorne und in der daran anschließenden Gaststube kaum etwas davon riechen konnte. Und da die letzte Gaststube dunkel getäfert und vom Tabakrauch patiniert war, konnte ihr der Kerzenruß nicht mehr viel anhaben. Außerdem konnte man gegen das Rußen und Tropfen angehen, indem man den Docht öfter schnäuzte, was nichts anderes hieß, als dass man ihn regelmäßig kürzte. Matheiß hatte das Glück gehabt, beim *Bunten Jakob* diese ansonsten seltenen Kerzen in großer Menge und zu einem unglaublich niedrigen Preis erstehen zu können. Wie und wo der fahrende Händler an die heiße Ware gekommen war und warum er sie hatte so schnell loswerden wollen, dass er sie sogar ins Wirtshaus geliefert hatte, war dem Wirt nicht bekannt und auch egal gewesen. Hauptsache, er hatte in Bezug auf Kerzen ein Weilchen ausgesorgt …, auch wenn diese wahrscheinlich irgendeiner ländlichen Kirchengemeinde fehlen würden. Dies hieß aber nicht, dass sie deswegen vergeudet werden durften und er sie sich sogar von seinen Gästen stehlen lassen musste.

Als das allgemeine Geplapper verstummt war, eröffnete Melchior Henne mit den Worten: »Prost Mahlzeit! … Jetzt haben wir den Dreck!« die Zusammenkunft.

Dabei erhob er sich und seinen Krug. Er forderte die anderen auf, sich ebenfalls von ihren Sitzen zu erheben und ihre Krüge zur Hand zu nehmen.

»Stoßen wir auf den von uns zum Fähnrich gewählten Bertel Schwabacher an und wünschen wir ihm die ewige Ruhe!«

Nachdem sie getrunken und einen Moment zu Ehren des Ermordeten innegehalten hatten, gebot Melchior knapp: »Setzen!«

Er überlegte, wie er die Burschen zugunsten eines harmonischen Versammlungsverlaufes aufheitern konnte. Da ihm aber nichts einfiel, wollte er gleich zur Sache kommen: »Wir haben uns heute nochmals hier versammelt, weil …«

»Weil hier noch ein Fässchen Bier auf uns gewartet hat«, unterbrach Karl Stubinger forsch.

Melchior nickte und ließ die Burschen, die er im hintersten Gastraum der *Krone* um sich geschart hatte, über Karls Späßchen lachen. Es tat ihm gut, feststellen zu können, dass dadurch ein wenig der bisher lähmenden Traurigkeit aus den Gesichtern wich.

»So! Nun ist es aber gut!«, unterbrach er die gedämpfte Heiterkeit und fuhr fort: »Kommen wir zur Sache! … Wir haben uns heute hier versammelt, weil es bereits Mitte Februar ist und am 8. März – also schon in wenigen Wochen – das Ende der Fasnacht kommt. Und da wir noch einiges abklären müssen, habe ich mir erlaubt, die heutige Zusammenkunft in drei Tagesordnungspunkte zu unterteilen … Ist dies in eurem Sinne?«

Da Melchior ein allgemeines Nicken feststellen konnte, äußerte er noch einen Wunsch: »Gut! Dann bitte ich euch, mich nicht zu unterbrechen.«

Wieder erntete er allseitiges Nicken. Die Burschen waren gespannt, was er zu sagen haben würde.

»Also: Wie wir alle wissen, ist nun auch noch unser frischgewählter Fähnrich Bertel Schwabacher ermordet worden.«

Darauf, dass dies auf grausamste Art und Weise geschehen war, ging Melchior nicht ein. Er wollte die Fahnenkompanie neu formieren und die Burschen beruhigen, anstatt immer wieder aufs Neue mit den schrecklichen Morden zu konfrontieren.

»Und es geht das Gerücht um, dass dieser Mord – wie auch schon die vorausgegangenen Morde an Martin Allger, Markus Hagspihl und an Hanspeter Burger – mit der gräflichen Fahnenstiftung in Zusammenhang stehen würde. Obwohl ich es für eine ausgemachte Narretei halte, hat dies bereits Konsequenzen gezeitigt: Da der Fähnrich tot ist, hat sich Josef Anton Bröger, der von uns allen gewählte Stellvertreter des Fähnrichs, aus Angst davor, ebenfalls ermordet zu werden, zurückgezogen und sein Amt als Unterfähnrich zur Verfügung gestellt, ... anstatt nachzurücken!«

Obwohl niemand im Raum war, der dies noch nicht gewusst hatte, ging jetzt ein enttäuschtes Raunen durch die Gaststube. »Feigling!«, rief gar einer.

»Bitte! ... Bitte seid wieder ruhig und lasst mich weiterreden: So betrüblich dies auch ist, werden wir Seftons Entscheidung respektieren und dies nicht zum Hauptthema unserer heutigen Zusammenkunft machen. Allerdings bleibt uns nun nichts anderes übrig, als heute einen neuen Fähnrich zu wählen oder einfach von hinten nachzurücken. Letzteres bringt natürlich mit sich, dass zumindest einer der Fahnenbrüder neu gewählt werden müsste. Lediglich der Tambour und der Butz könnten dann ihre Ämter behalten.«

Vom Schankraum hallte Lachen, das aber nichts mit ihnen zu tun hatte, bis zur hintersten Gaststube.

Da streckte sich eine Hand in die Höhe.

»Ja, Ambrosi?«, wollte Melchior wissen, was der Krämer zu sagen hatte.

Ambrosius Blank stand auf und fragte höflich, ob er einen Vorschlag machen dürfe.

»Selbstverständlich!«, entgegnete Melchior, dem es lieber gewesen wäre, wenn er seine Sache am Stück zu Ende bringen könnte.

»Ich bin der Meinung, dass wir keine Neuwahl brauchen!«

Nachdem Ambrosi dies gesagt hatte, ging ein Getuschel von Tisch zu Tisch, das den schneidigen Burschen aber nicht ausbremsen konnte – er hatte einen guten Gedanken und den wollte er jetzt loswerden: »Ich schlage vor, dass Melchior unser Fähnrich wird und die Fahnenbrüder aufrücken. So wird Karl Unterfähnrich, also der Stellvertreter Melchiors.«

Dabei zeigte er auf den bisherigen ersten Fahnenbruder Karl Stubinger.

»Ich werde dann an Karls statt erster Fahnenbruder und Leopold Mahler wird zweiter Fahnenbruder. Also benötigen wir lediglich einen neuen dritten Fahnenbruder!«, verkündete Ambrosi, stolz darauf, diesen Gedanken gehabt und laut ausgesprochen zu haben. »Alles andere bleibt wie gehabt!«

So ging der Disput ein ganzes Weilchen in die verschiedensten Richtungen, wobei sie bei der neuen Besetzung der Ämter einiges durcheinanderbrachten und immer wieder von vorne anfangen mussten. Nachdem die Namen der bereits Gewählten und einiger anderer Burschen etliche Male hin und her geschoben worden waren, dazwischen aber immer wieder Melchiors Name gefallen war, stand Ambrosi auf, schlug mit der Faust auf den Tisch und plädierte nochmals laut und deutlich für den Leinweber, an den er sich abschließend persönlich wandte: »… und du, mein lieber Freund Melchior. Wenn du dieses Amt nicht annimmst, steige ich aus! Dann musst du mich auch noch ersetzen.«

Das saß. Wer jetzt aber ein Raunen oder absolute Ruhe erwartet hatte, sah sich getäuscht; denn noch bevor sich Melchior dazu äußern konnte, brach Jubel aus. Bis auf Baltus Vögel, der noch nicht verstanden hatte, um was es überhaupt ging, und der den allgemeinen Trubel geschickt ausnützte, um ein paar der Ersatzkerzen, die Siegfried in der Nähe des »Henkerstisches« deponiert hatte, einzustecken, klatschten und schrien die Burschen so lange im Takt Melchiors Namen, bis dieser beide Hände erhob, um dadurch wieder Ruhe in den Raum zu bringen.

Ungeachtet dessen, dass die vorne sitzenden Stammgäste hellhörig geworden waren und nun ihre Köpfe in den hintersten Raum steckten, war es jetzt still. Einen Moment lang herrschte sogar atemlose Stille.

»Gut!«, sagte Melchior, der sich aus zeitlicher Not heraus bereits mit diesem Gedanken befasst hatte, knapp und zog dadurch die Verwunderung aller auf sich.

Immerhin war er bereits bei der ersten Zusammenkunft als Fähnrich vorgeschlagen worden und hatte dies vehement abgelehnt. »Ich bin zu alt!«, hatte er damals knapp argumentiert und die anderen hatten diese Ausrede undisputiert gelten lassen, obwohl er in ihren Augen von Anfang an der Beste für diese anspruchsvolle Aufgabe gewesen war.

»Heißt das? ... Heißt das, dass du das Amt annimmst?«, fragte Ambrosi, der es nicht fassen konnte, dass sein Vorschlag so einfach akzeptiert worden zu sein schien.

»Ja!«, antwortete Melchior. »Ich wollte die Sache zwar ganz euch überlassen, sehe aber ein, dass uns die Zeit davonläuft, wenn wir heute nicht zu einem klaren Ergebnis kommen ... Wenn es euer einmütiger Wunsch ist, stelle ich mich in Gottes Namen als Fähnrich zur Verfügung!«

Bevor die anderen klatschen konnten, fügte er noch hinzu: »Aber ich habe eine Bedingung!«

Wieder war es still.

»Jetzt kommt der Haken«, tuschelte einer der Burschen Ambrosi zu.

Da Melchior merkte, was jetzt in den Köpfen seiner Mitstreiter vorging, lachte er und sagte ruhig: »Ich möchte lediglich ordentlich – also geheim – gewählt werden!«

Nachdem abermals Jubel ausgebrochen war, sich aber alle rasch wieder beruhigt hatten, war Melchiors Wahl ebenso nur noch reine Formsache wie die Wahl des neuen dritten Fahnenbruders, der nun – wie alle anderen und im Gegensatz zur ersten Wahl – geheim gewählt wurde. Auf diese Weise wurden nun auch der Tambour und der Butz in ihren Ämtern bestätigt. Somit hatte alles seine allerbeste Ordnung. Melchior wunderte sich lediglich darüber, dass sich bei seiner Wahl einer der Burschen enthalten hatte, wischte den Gedanken daran aber gleich wieder beiseite. Aufgrund der Tatsache, dass nun auch insofern alles passen würde, weil der Stellvertreter des Fähnrichs jetzt ein Nichtschütze war, auf den wieder ein Schütze folgte, waren alle hochzufrieden. Und da sich dieser Rhythmus sauber bis zum zweiten Fahnenbruder durchzog, hatten die Nichtschützen den Schützen großmütig die Besetzung des neuen Postens zugestanden. So wurde der Korbmacher Fidel Hauber einstimmig zum neuen dritten Fahnenbruder gewählt. Besser als Fidel hätte sich der allseits beliebte Matthiß Spindelhirn geeignet; da der junge Färber aber kein geborener Staufner war, kam er leider nicht infrage.

Nachdem dies geklärt war, darauf ein paar Bierchen und auf Melchiors *Kerbholz* sogar ein Holunderschnaps den Weg durch die Kehlen der mehr als zufriedenen Burschen genommen hatten, mahnte der frischgewählte Fähnrich wieder zur Ordnung und kam auf den zweiten Tagesordnungspunkt zu sprechen. Dabei ging es um die Ausbildung der Trommler. Hierzu konnte Melchior berichten, dass der Tambourmajor des Immenstädter Trommlercorps mitsamt den Trommeln schon übermorgen nach Staufen kommen und freundlicherweise bis zur Fasnacht hierbleiben würde.

»… und bei täglichen Trommlerproben werdet ihr das Trommeln bis dahin ja wohl von ihm gelernt haben?«, lästerte er in Richtung des Staufner Tambours Serafin Gruber. Der wiederum legte einen Arm um die schmale Schulter des jungen Gebhard Luckner und sagte lachend: »Kein Problem! … Mit Gebi als Erstem Trommler!«

An die von Serafin bestimmten acht Trommler appellierte der Fähnrich, sich anzustrengen und diszipliniert das zu tun, was von ihnen erwartet würde. »… denn immerhin müsst ihr nicht auch noch das Pfeifen erlernen«, erinnerte Melchior die jungen Spunde daran, dass sich der Ortsführer Hermann Schädler dafür starkgemacht hatte, für den Fasnachtsdienstag das gräfliche Pfeifercorps aus Immenstadt nach Staufen zu bekommen. Dies gefiel zwar nicht allen, war aber aus Gründen der noch zur Verfügung stehenden knappen Zeit nicht anders möglich.

Da die ganze Sache bisher äußerst diszipliniert abgelaufen war, konnte im Anschluss daran auch noch ausführlich über die allgemeine Organisation und den konkreten Festablauf gesprochen werden. Als Grundlage für einen diesbezüglichen Disput diente das Schreiben des Grafen vom September vergangenen Jahres.

»Obwohl es letztlich unsere Sache sein wird, aus der Fahnenstiftung etwas ganz Besonderes zu machen, müssen wir die Wünsche unseres hohen Herrn in vollem Umfange berücksichtigen!«, beschwor der Fähnrich seine Mitstreiter.

Da die Burschen heute ohne die Altvorderen zusammengekommen waren, stand auch Benedikt von Huldenfeld nicht als Chronist zur Verfügung. So erklärte der Fähnrich das Niederschreiben des Protokolls eben zu seiner Sache und brachte – während die anderen fleißig weiterdisputierten – alles zu Papier. Im Eifer des Gefechts merkte niemand, dass bereits die zehnte Stunde geschlagen hatte. Erst als der Nachtwächter im Gastraum auftauchte und die Burschen ermahnte, unverzüglich auszutrinken und nach Hause zu gehen, merkten sie, was die Stunde geschlagen hatte.

»Kann ich Euch kurz sprechen?«, sagte Melchior, stand auf und zog den Nachtwächter ein Stück beiseite. In kurzen Worten erklärte er ihm, was heute Abend abgelaufen war und wie knapp die verbleibende Zeit sei, um alles so zu organisieren, dass der Graf mit seinen Staufner Untertanen zufrieden sein würde. Während Lodewig sprach, legte er einen Arm auf die Schultern des Nachtwächters und zog ihn unmerklich bis zum Schankraum vor, wo er den Wirt zu sich rief.

»Matheiß, gib unserem geschätzten Behüter von Brand und anderer Unbill ein Bier auf mein Kerbholz.«

Selbst ein noch so korrekter Nachtwächter konnte in diesen trockenen Zeiten einem leckeren Bierchen nicht widerstehen. Nachdem auch noch die Stammgäste zustimmend nickten und – als wenn sie sich abgesprochen hätten – allesamt schmunzelnd ihre Zeigefinger vor ihre Münder hielten und dabei grinsten, stellte der Nachtwächter seine Laterne auf den Tisch, lehnte seine Hellebarde in eine Ecke und setzte sich zu ihnen.

»Wisst ihr was? – Ich gebe eine Runde aus!«, verkündete der Wirt, der genau wusste, dass dies nicht das letzte Bier sein würde, das heute noch getrunken wurde. Und Melchior wusste, dass der Nachtwächter sich mindestens zwei Bierchen genehmigen würde, bevor er zum allgemeinen Aufbruch mahnte – genügend Zeit also, um auch noch den Rest besprechen zu können.

»Das wäre geschafft!«, schnaufte Melchior erleichtert, nachdem er zu den Seinen zurückgekehrt war. »Wir bekommen noch eins zu trinken und ich kann abschließend das Ganze zusammenfassen!«

Während der Wirt eine Runde Bier brachte, zwinkerte er Melchior zu: »Lasst euch ruhig Zeit! Ich kümmere mich schon um den Nachtwächter. Aber verhaltet euch ruhig … und löscht die Hälfte der Kerzen!«

Diese Aufforderung wiederholte auch Melchior, der schon vor einem Weilchen festgestellt hatte, dass bei einigen der noch nicht an Alkohol gewöhnten Trommler das kräftige Bier und der Schnaps bereits erste Wirkung zeigten. »Also: Jetzt reißt euch noch ein bisschen zusammen … Wenn ich das Protokoll verlesen habe, können wir die Versammlung offiziell beschließen und ihr könnt nach Hause gehen.«

Nachdem er das Wahlergebnis verlesen hatte und ernsthaft auf das möglichst disziplinierte Erlernen der Trommelei eingegangen war, leitete er dazu über, die von ihm zusammengefasste Handhabung des Ganzen vorzulesen. Dabei beließ er es allerdings dabei, nur die wichtigsten Punkte zu wiederholen: »Da die Festivitäten der gräflichen Fahnenstiftung auf Wunsch unseres Herrn insgesamt zwar auf drei Tage verteilt werden sollen, der Haupttag aber der letzte Tag des Faschings ist, haben wir vorhin gemeinsam beschlossen, den Vorschlag des Oberamtmannes anzunehmen und das Ganze unter dem Oberbegriff *Staufner Fasnatziestag* laufen zu lassen. Damit haben wir uns für eine uralte Bezeichnung für den letzten Tag des Faschings entschieden und ehren zudem die germanische Gottheit Zius …«, schmunzelte er, das zuletzt Gesagte nicht ganz ernst meinend. »Und unseren Altvorderen gegenüber dokumentieren wir, dass wir treu zum Brauch und zu den alten Sitten stehen!«

Da Melchiors Verlesung des Protokolls immer wieder unterbrochen wurde, dauerte die Prozedur doch fast eine Stunde. Aber schließlich war dann das letzte Wort gesprochen. Da bis auf einige derjenigen, die weder in die Fahnenkompanie gewählt noch in das Trommlercorps berufen worden waren, alle gute Laune hatten und gerade noch ein Schluck in den Krügen war, trauten sie sich jetzt, ihren neuen Brauch und ihren frischgewählten Fähnrich Melchior Henne hochleben zu lassen: »Auf unseren Bruder Fähnrich ein dreifaches ›Staufner … Lond it luck!‹ – Auf unseren *Staufner Fasnatziestag* ein dreifaches ›Staufner … Lond it luck!‹«

»Und auf Graf Königsegg und seine Gemahlin ebenfalls ein dreifaches ›Lond it luck!‹«, ergänzte der Fähnrich höchstpersönlich.

»Jetzt geht es aber schleunigst nach Hause!«, scheuchte der aus seiner leichten Bierseligkeit aufgeschreckte Nachtwächter die Burschen auf und setzte sich nochmals an den Stammtisch, wo schon wieder ein frisches Bier auf ihn wartete. »Es wird wohl nicht ausgerechnet heute Nacht brennen …«

KAPITEL 46

»Halt's Maul!«, schrie Walter Krummstiefel sein wehrloses Opfer an, als Maria versuchte, durch den in ihrem Mund steckenden Knebel etwas zu sagen.

Der Rächer war erst vor einer Minute von seiner »Einkaufsrunde« auf dem Wochenmarkt zurückgekommen und gerade dabei, den Schnee von seinen Stiefeln zu klopfen.

»Nur die Ruhe! … Einen Moment noch!«, blaffte er Maria an, weil sie wie wild auf ihrem Lager hin und her rutschte, um ihn darauf aufmerksam zu machen, dass sie frieren würde und ein menschliches Bedürfnis hatte. Sie wollte den schon seit Stunden in ihrem Mund steckenden Knebel endlich loswerden. Nachdem ihr der Rächer das Stoffknäuel aus dem Mund genommen hatte, fiel Maria nichts Besseres ein, als ihren Entführer anzuspucken. Anstatt sich mit Zurückhaltung zu bescheiden, beschimpfte die zwar erschöpfte, aber nach wie vor furchtlose junge Frau ihren Peiniger – und dies, obwohl sie an die vier Pfosten des hölzernen Strohlagers, das ihr Walter Krummstiefel notdürftig zusammengezimmert hatte, gefesselt und dementsprechend wehrlos war.

»Lasst mich sofort gehen!«, schrie die wütende Frau, während sie wie wild an ihren Fesseln zerrte, obgleich sie in den vergangenen drei Stunden des Alleinseins gemerkt haben musste, dass dies nichts nützte und ihr nur Schmerzen bereitete.

Da ihr Entführer nicht antwortete, schlug sie einen noch schärferen Ton an und fuhr damit fort, ihn wüst anzuschreien, anstatt in Demut um ihre Freilassung zu bitten oder sich wenigstens ruhig zu verhalten.

»Binde mich sofort los, du ekelige Drecksau!«, schrie sie nicht gerade damenhaft. Sie schrie so laut, dass ihr Walter Krummstiefel erneut mit dem Knebel drohte.

Da der Rächer Maria das Stoffknäuel gerade erst aus dem Mund genommen hatte und es sie davor grauste, den Geschmack des schmutzigen Lumpens erneut zu spüren, wurde sie doch noch kleinlaut. »Mir ist kalt!«, sagte sie zwar frostig, aber wenigstens in normaler Lautstärke und bat um eine wärmende Decke.

»Um dich kümmere ich mich gleich«, knurrte Krummstiefel in zwar ebenfalls nicht höflichem, aber gleichsam ruhigem Ton und kramte in seiner mitgebrachten Ware, die er nach dem Eintreten nur auf den Boden geschmissen hatte.

»Hier!«, rief er und hielt, ob seines Organisationstalentes fast triumphierend, eine dicke, aus mehreren kleinen Lammfellen zusammengenähte Decke in die Höhe. »Die bekommst du aber nur, wenn du tust, was ich dir sage!«

Maria zog es jetzt doch vor zu schweigen.

Als er die flauschige Decke auf die zitternde Frau legen wollte und dabei den sie bisher bedeckenden dünnen Filz von ihrem Körper zog, blieb sein Auge auf der sich rhythmisch hebenden und senkenden Brust der jungen Frau haften. Während Maria ahnte, was jetzt auf sie zukommen würde, überlegte der Rächer, was er zuerst tun sollte: sich mit ihr vergnügen oder für etwas mehr Behaglichkeit sorgen.

Zur Entscheidungshilfe sollte ihm ein Schluck aus der Galone dienen.

Wenn es wärmer ist, macht es mehr Freude. Ich habe mich bisher zusammengerissen, da kommt es jetzt auf ein paar Minuten mehr auch nicht an, dachte er, während er sich mit dem Handrücken über die triefenden Mundwinkel strich und so ganz nebenbei die aufkommende Erregung in seiner Bruche wahrnahm.

Dennoch beschloss er, sich erst um die Feuerstelle zu kümmern und dann die ebenfalls mitgebrachten Ziegenfelle auf dem Boden auszubreiten. Im Anschluss daran wollte er mit einem Teil der Felle die Wände abhängen, um damit zu erreichen, dass das bisschen Wärme im Raum bliebe und nicht so leicht durch die vielen Ritzen entkommen konnte, um dadurch den mühsam aufgetürmten Schnee an den Außenwänden zum Schmelzen zu bringen. Würde dies der Fall sein, würde auch das Licht nach außen dringen und die nahezu perfekte Tarnung möglicherweise auffliegen lassen. Nur der aus dem kleinen Giebelfenster ziehende Rauch war ein Problem. Dabei war nur gut, dass sich der Rauch auch über die vielen Ritzen im oberen Teil der Hütte verteilte und nach außen drang, was dann an Nebelschwaden erinnerte. Deswegen befeuerte er den provisorischen Heizplatz so wenig wie möglich und fast nur nachts mit nicht ganz durchgetrocknetem Holz, was dunklen Rauch erzeugte. Tagsüber heizte er kaum, und wenn, dann nur kurz und mit ganz durchgetrocknetem Holz, das hellen Rauch hervorbrachte, den man vor dem schneeweißen Hintergrund des Kapfberges kaum sehen konnte. Und da die meisten Staufner ihre Behausungen mit frischgestohlenem, also mit feuchtem Holz heizen mussten, war für sie tagsüber dunkler Rauch etwas ganz Normales, weswegen sie weißen Rauch nicht unbedingt als solchen wahrnahmen. Dennoch: Das Befeuern des Kamins war eine äußerst riskante Angelegenheit. Aber um das, was er gleich zu tun gedachte, in aller Gemütlichkeit durchführen zu können, würde er ein kleines Feuerchen riskieren.

Als er zum zweiten Mal ansetzte, die wärmende Decke über Marias Körper zu streifen, stachen ihm schon wieder nur ihre Brüste ins Auge. Wunderschön, dachte er, während die Erregung in seiner Bruche spürbar fortschritt.

»Ach, scheiß drauf!«, sagte er und warf die Decke wieder auf den Boden.

Spätestens jetzt wusste Maria, was auf sie zukommen würde. Während der Rächer hastig seine Beinlinge abband und er nur noch mit der Bruche und einem vermutlich ehemals weißen Hemd gewandet vor ihr stand, strampelte Maria wie eine Furie und versuchte erneut mit ganzer Kraft, die Fesseln abzustreifen. Aber es nützte nichts – es gelang ihr nicht. Die rauen Stricke schnitten dadurch nur noch weiter in die Gelenke.

Was ihr blieb, war Schreien, das der Rächer allerdings ohne Vorwarnung mit dem Knebel zu beenden wusste.

»Dann kann ich dich eben nicht auf den Mund küssen, meine Holde … Aber mir wird schon noch eine andere Stelle einfallen, wo ich meine Zunge zum Einsatz bringen kann, ohne dass du etwas dagegen tun kannst«, flüsterte er ihr geifernd ins Ohr und ergänzte mit einem hämischen Grinsen: »Meinst du, ich weiß nicht, dass du mir die Zunge abbeißen würdest, wenn ich sie dir in dein süßes Mäulchen schieben würde? Da schneid ich schon lieber dir die Zunge heraus … und vielleicht auch noch die Ohren oder sonst was ab.«

Der »Gliedermörder«! Dies muss dieser verdammte Mörder sein, von dem alle reden, schoss es Maria blitzartig durch den Kopf. Total verängstigt und angewidert, drehte sie den Kopf zur Seite, was dem Rächer gerade recht zu kommen schien. Mit seinen vom Kautabak verfärbten Lippen begann er gierig, Marias Hals zu küssen und mit seiner nassen Zunge in einem ihrer Ohren herumzubohren, was sie nicht verhindern konnte, weil er ihren Kopf so festhielt, als wenn dieser im Schraubstock eines Schmiedes stecken würde. Das dadurch erzeugte Geräusch rauschte wie ein nie enden wollender Wasserfall in ihrem Ohr und ließ Maria erschauern. Sie wusste nicht, ob sie froh darüber sein sollte, als sich die Zunge und die Lippen ihres Peinigers schmatzend den Hals abwärts in Richtung ihres Dekolletés vorarbeiteten.

»Bitte!«, versuchte sie durch den Knebel hindurch erfolglos, Gnade zu erflehen, erreichte damit aber nur, dass ihr Flehen falsch verstanden wurde und ihren Entführer anpeitschte.

Marias Gedanken schlugen Purzelbäume: Wie sollte sie ihrem Geliebten je wieder in die Augen schauen können, wenn sie von diesem Kerl entehrt und ihre Weiblichkeit besudelt worden war? Wie sollte sie je wieder ein normales Liebesleben haben, wenn das Glied dieses Kerls gewaltsam in sie eingedrungen war und sie …? Maria durfte gar nicht daran denken.

Pfui Teufel!, schoss es ihr angewidert durch den Kopf. Und wenn ich von ihm ein Kind bekomme? … Es wäre ein Bastard des Teufels!

Bei diesem Gedanken trieb ihr die Wut Tränen in die Augen und wohl tausend weitere Gedanken durch den Kopf. Ihr Körper hatte bisher nur Peter Immler gehört und sonst niemandem. Das zuvor Unberührte, dieses Reine, das unendlich Saubere daran hatte er von Anbeginn ihrer Beziehung so an ihr geliebt und liebte es immer noch. Noch! Marias Körper war sein Körper gewesen und sein Körper war ihrer. Nichts hatte bisher daran etwas zu ändern vermocht und nichts sollte dies auch in Zukunft tun. Wirklich nichts?

Was würde Peter wohl sagen, wenn sie ihm gestehen würde, unfreiwillig unter diesem Kerl gelegen und ihn in sich gespürt zu haben? Würde er ihr glauben, dass sie ihn nur gespürt, aber nicht das Allergeringste dabei gefühlt hatte?

Marias trübe Gedanken wurden jäh unterbrochen, noch bevor sie sich Antworten auf diese unsinnigen Fragen hatte zusammenreimen können: Inzwischen hatte der Rächer nicht nur ihr Mieder ganz aufgeknöpft, sondern auch damit begonnen, ihre gesamte Obergewandung bis zur Hüfte herunterzuziehen.

Während er mit einer Hand zu prüfen schien, ob seine Männlichkeit bereit war, starrte er gierig auf das, was er sah.

Jetzt müsste ich zwei Augen haben, dachte er erregt, während sein Auge so zwischen den beiden Brüsten hin- und herzuckte, als wenn es sich nicht entscheiden könnte, an welcher es sich zuerst festsaugen sollte.

Aber die gierige Fleischbeschau genügte dem Rächer bei Weitem nicht. Er wollte mehr. Und zwar jetzt gleich!

Es war einfach ekelhaft, wie er sich auf Marias entblößten Oberkörper stürzte und mit seinen dreckigen Händen ihre Brüste schmerzhaft fest und lange knetete. Zu allem Übel hin begann er auch noch, so gierig an den Brustwarzen zu saugen, als wenn er gestillt werden müsste. Es tat weh, sehr weh. Aber nicht er selbst musste gestillt werden; momentan war es nur die Fleischeslust, die nach ihrem vermeintlichen Recht schrie, … und später würde es auch noch die Rache an den Dreylings von Wagrain sein, die gestillt werden musste. Der Gedanke daran, auch noch Lodewig zu erwischen und auf das Grausamste quälen zu können, erregte ihn zusätzlich. Und je mehr sich Maria unter seinen ekelerregenden und schmerzhaften Berührungen wand, um ihn abzuschütteln, desto gieriger wurde der Rächer, der schon lange auf keinem lottrigen Weib mehr gelegen hatte. Mit einer anständigen Frau hatte er sowieso noch nie etwas gehabt. Und dies reizte ihn in ganz besonderem Maße. Schnell begriff Maria, dass es besser war, sich möglichst wenig zu bewegen. Sie sah sich in dieser Entscheidung bestätigt, als ihr Walter Krummstiefel zuflüsterte, dass er sie jetzt gleich umbringen und nicht damit warten würde, wenn sie nicht sofort mitspielen und sich weiter zieren würde. Dabei troff Flüssigkeit aus seinem schiefen Mundwinkel direkt auf Marias Gesicht.

Die angeekelte Frau wollte sich am liebsten übergeben. Sie schloss die Augen und versuchte, sich irgendwelche anderen Gedanken zu machen. Um sich abzulenken, dachte sie wieder an ihren Geliebten, erschrak darüber aber so, dass sie haltlos weinen musste.

Ich kann doch nicht jetzt – gerade jetzt – an Peter denken, versuchte sie sich abzulenken und beschloss, auf seine geistige Nähe, die ihr normalerweise immer Kraft gegeben hatte, zu verzichten. Und dies, auch wenn sie das, was der ekelhafte Kerl gerade mit ihr anzustellen suchte, getrennt und fernab von ihrem Geliebten sah. Obwohl sie Peter bisher über alles und auch ihren Vater innig geliebt hatte, konnte Maria nicht verhindern, momentan alle Männer zu hassen. Dieser Gedanke entsetzte sie, … aber nur so lange, bis sie unweigerlich wieder in die Realität zurückgerissen wurde. Es war nur noch eine Frage von wenigen Augenaufschlägen, bis der schmierige Kerl ganz Herr über ihren Körper werden würde. Um diese Gedanken – an ihren Geliebten und an das Schwein, das sie jetzt gänzlich zu schänden gedachte – wenigstens nicht auch noch Herr über ihren Geist werden zu lassen, begann sie, ein Lied zu summen, verstummte aber gleich wieder.

Nein! Nicht alle Männer sind Schweine, dachte sie, trotz ihrer momentanen Wut doch irgendwie wohlwollend dem anderen Geschlecht gegenüber, und ließ ihre Gedanken bis dahin zurückschweifen, als sie Peter ihre Unschuld geschenkt hatte. Es war nicht an jenem verhängnisvollen Tag, an dem sie den Einäugigen in der *Krone* gesehen und dadurch das Unheil seinen Lauf genommen hatte, dies hatte sie seinerzeit nicht mehr gewollt. Also hatte Peter bis zu ihrem nächsten Besuch warten müssen.

Wie nahe Glück und Unglück doch beieinanderliegen, kam ihr fast etwas melancholisch in den Sinn, weil es Peter jetzt immer noch gelang, den meisten Raum in ihrem Kopf einzunehmen – offensichtlich wollte er sich nicht so leicht geschlagen geben. Bei aller Geborgenheit, die sie dadurch spürte, wollte sie die Gedanken an ihren Geliebten dennoch schnell wieder abschütteln. »Nicht jetzt!«, nuschelte sie unverständlich durch den Knebel.

»Halt's Maul!«, fuhr es ihr schroff entgegen.

Wieder versuchte Maria, die Melodie des Liedes aufzunehmen, um es wenigstens gedanklich zu summen – aber es gelang ihr nicht. Keine Ablenkung dieser Welt hätte es vermocht, ihr jetzt das zu allem hin auch noch zunehmend schlechte Gewissen zu nehmen.

Und wieder wurde sie aus ihren wirren Gedanken gerissen: Der Rächer wollte ihr brutal den Rest der Gewandung vom Körper zerren, was ihm aufgrund Marias angebundener Beine trotz des Zerrens und Reißens nicht gelang. In seiner Erregung hatte er nicht die Geduld, die Fesseln an den einladend gespreizten Beinen zu lösen, die Gewandung abzustreifen und danach die Beine wieder anzubinden. Stattdessen holte er einen Dolch mit breiter Klinge hervor und spielte damit vor Marias Augen herum. Es gefiel ihm, diese Frau zu ängstigen und sie zu beherrschen. Und es gefiel ihm zu wissen, dass er mit ihr anstellen konnte, was er wollte – niemand würde ihn daran hindern können und niemand würde ihr beistehen.

Dementsprechend kostete er den aus seiner Sicht wunderschönen Moment dieses Augenblickes aus und ergötzte sich an Marias weit aufgerissenen Augen, während er die Klinge prahlerisch vor sein noch verhülltes Glied hielt.

Heilige Dreifaltigkeit! – Was hat er vor?, überkam Maria nun Angst vor dem nahenden Tod, … vor einem schändlichen und schmerzhaften Tod durch den Gliedermörder.

Aber der Rächer schien seinen zweischneidigen Dolch nur mit seinem Glied vergleichen zu wollen und ihn nicht an dessen statt einzusetzen. Er sollte wohl nur symbolisch andeuten, was sein Opfer gleich zu sehen bekommen würde – eine eisenharte Waffe!

Was für eine abartige Drecksau, dachte Maria und schüttelte sich, während sich die Hand mit dem Dolch auf sie zu – in Richtung ihrer noch bedeckten Scham – bewegte. Vorsichtig, fast zart, stets darauf bedacht, Marias Weiblichkeit nicht zu verletzen, ließ er die Spitze seines Dolches zwischen ihren Leisten hin und her gleiten und sie an den Innenseiten ihrer Oberschenkel das kalte Eisen spüren. Maria hatte unbeschreibliche Angst; so viel Angst, dass sie am ganzen Körper zu zittern begonnen hatte. Und als der Dolch nach oben wanderte, steigerte sich die Angst in eine lähmende Todesstarre. Aber die angerostete Klinge wollte nichts von ihr – zumindest nicht die zittrige Hand, die sie führte.

Wenn es Maria gelungen wäre, hätte sie laut geschrien, denn mit einem plötzlichen Ruck begann die offensichtlich unscharfe Klinge, ihre Gewandung zu zerschneiden, was ihren Peiniger allerdings einige Mühe kostete. Fluchend schnitt er Stück für Stück auf. So lange, bis sie nur noch in der Bruche vor ihm lag. Der Leinenstoff war feucht und wies einen großen gelblichen Fleck auf, der sich unter ihrem Gesäß verteilt hatte. Da Maria stundenlang angebunden und allein gelassen war, hatte sie es nicht verhindern können, sich zu benässen. Obwohl sie nichts dafür gekonnt hatte, schämte sie sich vor Walter Krummstiefel. Sie schämte sich ausgerechnet vor dem Mann, der die Schuld dafür trug, dass dies hatte geschehen können. Aber das schien dem Gewaltverbrecher egal zu sein. Er war so erregt wie schon lange nicht mehr. Und er war jetzt erregt – jetzt! Also war jetzt auch der unvermeidliche Moment gekommen, an dem er seine Bruche ablegte und Maria stolz sein aufgerichtetes Glied präsentierte.

»Sieh her!«, schrie er, nachdem Maria angewidert die Augen verschlossen hatte. »Sieh endlich her, du Hure!«, schrie er aus Gewohnheit heraus noch lauter, während er sich bereits wieder zu Maria herunterbückte, um das letzte Hindernis auf dem Weg zur Befriedigung seiner Lust zu beseitigen.

Im Moment wusste Maria nicht, was besser war: dass er ihr die Bruche öffnete oder dass er ihr womöglich den Knebel aus dem Mund nehmen würde, um ihr abzuverlangen, ihn damit zu befriedigen. Um für Peter die Reinheit ihrer Weiblichkeit zu bewahren und sich zudem vor einem unerwünschten Teufelsbastard zu schützen, würde sie sogar – so angeekelt sie auch sein würde – Letzteres bevorzugen. Dies würde der hinterlistige und feige Rächer aber vermutlich nicht zulassen; zu groß wäre die Gefahr, dass sie zubeißen und ihn entmannen könnte, ... auch wenn dies ihr eigenes Todesurteil wäre. Aber dies stand jetzt nicht zur Debatte. Offensichtlich gedachte er, sich intensiv mit ihrer Weiblichkeit zu befassen.

»Herr, lass diesen Kelch an mir vorübergehen«, begann Maria in ihrer übergroßen Not, still zu beten. Und ihr Gebet schien sogleich erhört zu werden: Obwohl sich Walter Krummstiefel sofort gierig auf sie stürzte, als er ihre schwarze Scham vor sich sah, und damit begann, sich mit seinen dreckigen Fingern wie wild damit zu beschäftigen, geschah etwas, von dem Maria nicht zu träumen gewagt hätte.

Offensichtlich war ihr Peiniger die Sache zu wild angegangen und dadurch überreizt gewesen. Jedenfalls hörte Maria schon gleich darauf ein kurzes Grunzen, das in ein ebenfalls kurzes Stöhnen überging und auf das hin sich nichts mehr tat. Der Kopf des eben noch so starken Mannes hob und senkte sich auf einem ihrer Oberschenkel, auf den er ihn gelegt hatte, um ihrer Scham möglichst nah sein zu können. Maria spürte den heißen und feuchten Atem zwischen ihren Beinen. Es schien ewig zu dauern, bis er sich erhob und dadurch Maria aus der ekelerregenden Situation befreite. Sie wartete ein Weilchen. Erst als sie sicher war, nichts und niemanden mehr auf ihrem Unterleib und auf ihrem Schenkel zu spüren, hob sie leicht den Kopf, um nachzusehen, was geschehen war. Sofort wurde ihr klar, dass seine eigene Manneskraft zu schnell mit ihm durchgegangen war und ihn dadurch zu einem vorzeitigen Ende gezwungen hatte.

Verdammte Scheiße! Das war's, dachte Walter Krummstiefel, während er enttäuscht an sich heruntersah.

»Gott sei's gedankt«, murmelte indessen Maria – die seine Gedanken lesen zu können schien – in der Hoffnung, dass es dies nun auch wirklich gewesen wäre, ... zumindest für den Augenblick.

Vor ihr stand ein Mannsbild, das plötzlich ganz und gar nicht mehr den Eindruck erweckte, alles im Griff zu haben – im Gegenteil: Der Rächer konnte es offensichtlich selbst nicht fassen und schien sich sogar vor Maria zu schämen.

Der jungen Frau schossen wieder tausend Gedanken durch den Kopf: Was soll ich tun? Wie soll ich mich verhalten?

Um den widerlichen Kerl nicht zu verärgern und ihn womöglich zu einer Effekthandlung hinzureißen, verkniff sie sich einen spöttischen Gesichtsausdruck und tat so, als wenn sie nichts mitbekommen hätte, indem sie den Kopf zur Seite drehte. Man weiß nie, wie Männer ihre eigene Schmach einstecken können, dachte sie und schloss auch noch die Augen. Dass ihr dabei für den Fetzen eines Moments Häme über die Lippen huschte, sah der Rächer nicht, denn er war eilends damit beschäftigt, mit seiner Bruche die Peinlichkeit und die Hinterlassenschaft seines weniger als halben Erfolges zu überdecken.

Als er damit fertig war und auch seine Beinlinge wieder dort waren, wo sie hingehörten, schien er wieder ganz Mann zu sein. Jedenfalls pfurrte er Maria entgegen, dass sie sich nicht zu früh freuen solle, weil dies noch nicht aller Tage Abend gewesen wäre.

KAPITEL 47

Nachdem die tagelange Suche schon längst keinen Sinn mehr gemacht hatte, mussten Peter Immler und Cornelius Brugger die Hoffnung, ihre geliebte Maria jetzt noch finden zu können, aufgeben. Sie hatten immer wieder in allen Winkeln des Dorfes nachgesehen und dabei quasi jeden Stein umgedreht. Dabei hatten sie mit vielen Leuten gesprochen, aber durchwegs nur Schulterzucken, was so viel geheißen hatte wie: »Nein, wir haben Maria nicht gesehen!« als Antwort bekommen. Wenn es während der aufreibenden Suche nicht auch erfreuliche Momente gegeben hätte, wäre die Hoffnung schon viel früher geschwunden. Da sich aber etliche Staufner an der Suche nach Maria beteiligt hatten, war immer wieder neue Hoffnung aufgekeimt. So hatten sie es nicht nur bei der Suche innerhalb des Dorfes belassen, sondern waren auch tagelang durch die Täler, Berge und Wälder rund um Staufen gestreift. Wie es der Teufel wollte, waren sie dabei ganz in der Nähe der Hütte, in der Maria gefangen gehalten wurde, stolperten aber nicht über den um und um mit Schnee bedeckten ehemaligen Geißenstall. Bis dorthin waren sie sogar ein Stück des Weges gegangen, den der Rächer tags darauf vom Marktplatz her nehmen sollte. Wären sie zur gleichen Tageszeit nur einen einzigen Tag später dieselbe Bodenrinne entlanggelaufen, hätten sie unweigerlich die Fußspuren des Rächers entdeckt. Bei den vielen Fußspuren allerdings, die sich mittlerweile kreuz und quer durchs Gelände zogen, wäre ihnen dabei mit Sicherheit nichts Verdächtiges aufgefallen. Bei ihrer Suche war das Glück weiß Gott nicht auf ihrer Seite; denn schon ein paar Tage später war ein anderer Suchtrupp bis auf wenige Schritte an die Spuren, die der Rächer auf dem Weg zu seinem Versteck hinterlassen hatte, herangekommen, hatte dessen Fußabdrücke aber aufgrund der davorliegenden Bodenwelle nicht gesehen und waren unwissentlich wenige Schritte davon entfernt in dieselbe Richtung gelaufen. Die Rechnung des Rächers, diesen unsichtbaren Pfad gewählt und sein Versteck mit Schnee getarnt zu haben, war aufgegangen!

Als ein weiterer Suchtrupp an die Stelle gekommen war und die Spuren des vorherigen Trupps gesehen hatte, war ihnen die Lust an der Suche vergangen. Einer hatte zum anderen gesagt: »Lass uns umkehren. Hier waren sie schon.« Und dies nur knappe 100 Schritte von der Hütte entfernt.

Marias Vater hatte sich zwischenzeitlich in seinem Haus verkrochen, um zu trauern, obwohl er nicht gewusst hatte, weswegen er eigentlich hätte trauern sollen. War Maria tot? Oder war sie »nur« verschwunden? Hatte man sie entführt? Oder war sie aus freien Stücken von Staufen weggegangen? Wenn ja, warum? Diese Unsicherheit hatte sich in dem alten Mann festgefressen wie ein Geschwür.

Ungeachtet dessen war das Leben im Dorf weitergegangen. Mittlerweile hatten unabhängig voneinander mehrere Zusammenkünfte stattgefunden. Sowohl die frischgewählten Mitglieder der Fahnenkompanie als auch die Dorfoberen hatten intensive Gespräche geführt, um ihre grundverschiedenen Vorhaben voranzutreiben.

Melchior Henne war eifrig daran, mit seinen Mannen den bevorstehenden *Staufner Fasnatziestag* zu organisieren. Auch wenn er sich ursprünglich nicht darum gerissen hatte, Fähnrich zu werden, freute er sich mittlerweile darüber und war jetzt sogar stolz darauf, derjenige sein zu dürfen, der die Fahne über seinem Haupt schwingen und damit an die Opfer der Pest vor 15 Jahren und an die Willkür des 30 Jahre andauernden Krieges erinnern zu dürfen. So wollte er seine Sache doch gut machen und sich nichts nachsagen lassen – insbesondere, da er wusste, dass ihm nicht nur das ganze Dorf auf die Finger schauen würde, sondern weil auch die gräfliche Familie und das Immenstädter Oberamt den Ablauf zwar wohlgesonnen, aber kritisch mitverfolgen würden. Deswegen nahm er auch in Kauf, sein derzeit sowieso schon mageres Geschäft schleifen zu lassen, um sich voll und ganz um die Organisation all dessen kümmern zu können, was nötig sein würde, um aus diesem Tag etwas ganz Besonderes zu machen.

Der Fähnrich und sein Stellvertreter Karl Stubinger hatten noch viel Arbeit vor sich: Das Festlokal musste ausgewählt werden, weswegen Melchior zuerst mit dem Kronenwirt Matheiß sprechen musste, bevor er sich für eines der vier Wirtshäuser des Dorfes entscheiden wollte. »Wir können auch in den *Adler* – da haben wir Platz genug, weil dort sowieso nie jemand sitzt«, hatte er zu seinem Unterfähnrich gesagt, dies aber nicht allzu ernst gemeint. Denn seit der allseits beliebte Adlerwirt vor 21 Jahren am Suff gestorben war, führte dessen unangenehme und ständig grantelnde Witwe diese inzwischen längst verlotterte Lokalität, die weder Einheimische noch Gäste gerne aufsuchten, mehr schlecht als recht. Sich ernsthafte Gedanken darüber zu machen, war nicht Melchiors Aufgabe. Außerdem hatte er keine Zeit hierfür; er musste auch noch nach Immenstadt, um sich beim Grafen und beim Oberamtmann genaue Instruktionen zu holen. Er durfte nicht vergessen, Speen mitzuteilen, dass sie den Immenstädter Butz nicht benötigen würden, weil sie selbst einen Butz gewählt und bereits ein buntes Fläckleshäs für ihn hatten. Melchior musste nicht einmal mit demjenigen, der in Immenstadt den Butz verkörperte, sprechen. Er hielt es lediglich für ratsam, sich nochmals dessen Gewandung anzusehen, um sie mit derjenigen zu vergleichen, die seit Jahrzehnten auf dem Dachboden des Schlosses Staufen lagerte und am Fasnatziestag von Jockel Mühlegg getragen werden würde. Lodewig hatte sie heruntergeholt und Sarah gesagt, dass er Jockel ins Schloss hochzitieren würde, damit er dieses Häs anprobieren könne.

»Wenn es zu groß oder zu klein sein sollte, kannst du es ja vielleicht ändern und Jockel anpassen«, hatte er ihr aufgetragen und selbstbewusst ergänzt: »Wir halten uns in Bezug auf die Figur des Butzes an unsere eigenen alten Fasnachtsbräuche nach alemannischem Vorbild, gemäß den Überlieferungen unserer Vorväter. Wir machen den Städtlern nur so viel nach als nötig oder wie uns der Graf auferlegt hat.«

Melchior freute sich darauf, übermorgen nach Immenstadt reiten zu dürfen. Bei dieser Gelegenheit würde er zum ersten Mal die nagelneue Fahne in Augenschein nehmen können. Ein Sendbote aus Immenstadt hatte ihm vorgestern mitgeteilt, dass morgen eine Delegation der Dillinger Franziskanerinnen nach Immenstadt kommen würde, um beim Grafen das wertvolle Panier neuer Lebensfreude abzuliefern.

»Die schwarz gewandeten Jungfrauen haben es sich wohl nicht nehmen lassen, die Fahnenlieferung mit einem Ausflug ins Allgäu zu verbinden«, hatte er schmunzelnd gemutmaßt, weil laut Aussage des Boten anscheinend acht oder zehn Nonnen erwartet wurden.

»Wahrscheinlich möchten alle, die an der Fahne herumgestickt oder herumgenäht haben, vom Grafen persönlich gelobt werden«, hatte Melchior dem berittenen Boten gegenüber seine These in den Raum gestellt und ihm aufgetragen, der Immenstädter Obrigkeit mitzuteilen, dass er gerne kommen würde, … falls ihm sein Freund Lodewig dessen Pferd leihen würde.

»Ein Hü oder Hott nützt mir aber nichts! – Seine Exzellenz muss schon sicher wissen, ob Ihr kommt oder nicht«, hatte der Bote eine klare Antwort eingefordert. Damit hatte er einem Anpfiff durch den Grafen oder den Oberamtmann vorbauen wollen.

»Bleibt gelassen!«, hatte Melchior gelacht. »Ich komme ganz gewiss! … Und wenn ich nach Immenstadt laufen muss.«

»Das wollte ich hören«, hatte der Sendbote lächelnd gesagt, bevor er zufrieden davongeprescht war.

Währenddessen sollte sein Stellvertreter Karl Stubinger den Staufner Tambour Serafin Gruber bei der Organisation der Trommlerproben unterstützen. Der Immenstädter Corps-Tambourmajor war schon seit ein paar Tagen in Staufen und längst im alten Marstall untergebracht worden. So wie es aussah, schien er sich mit Serafin gut zu verstehen.

»Wenigstens darüber brauche ich mir keine Gedanken zu machen«, freute sich Melchior, der guter Dinge war, dass die jungen Spunde das Trommeln in der noch zur Verfügung stehenden Zeit erlernen würden. Trotzdem wusste er, dass für ihn noch genügend Arbeit übrig bleiben würde. Außerdem wäre der Fähnrich froh, wenn er den Rundgang durchs Dorf mit Hermann Schädler auch schon hinter sich hätte. Aber der Ortsvorsteher hatte darauf bestanden, bei der Auswahl der Wege, die der Festumzug am Fasnatziestag nehmen sollte, mitzureden.

Na ja, ich werde es schon irgendwie auf die Reihe bekommen, dachte sich Melchior und entspannte sich.

Zur selben Zeit hatten sich die Dorfoberen ebenfalls mehrmals getroffen, um hinter das Geheimnis der »Gliedermorde«, wie die unheimliche Mordserie mittlerweile allseits bezeichnet wurde, zu kommen. Nachdem man die Mordserie allgemein als solche betitelt hatte, war es eine logische Folgerung, dass man jetzt den immer noch unbekannten Mörder nur noch als »Gliedermörder« betitelte – fürwahr keine schöne Bezeichnung, angesichts der verstümmelten Leichen aber absolut zutreffend. Jedenfalls wurde bei dreien der vier Leichen je eines der Gliedmaßen abgetrennt. Und dass der Mörder offensichtlich erst bei der zweiten Leiche auf diese Leidenschaft gekommen war, hatten die Kommissionsmitglieder festgestellt, weil er bei seinem ersten Opfer weder ein Bein noch einen Arm abgetrennt hatte. Dass er es damals auf die Augen seines Opfers abgesehen gehabt hatte, machte die Sache umso grausiger und jagte den Staufnern immer noch kalte Schauer über ihre krummen Rücken. So grausam die Morde auch waren, man wollte etwas davon haben, … und sei es nur ein bisschen Ablenkung vom allseits tristen Dasein.

Um endlich eine zielführende Strategie in Bezug darauf, wie sie die Gliedermorde aufdecken könnten, zu entwickeln, trafen sich Benedikt von Huldenfeld und Peter Immler heute erstmals zu einem Vieraugengespräch. Immerhin waren sie es, die der Graf hochoffiziell mit dieser heiklen und bisher offensichtlich unlösbaren Aufgabe betraut hatte. Und da gerade der Gardehauptmann wusste, dass des Grafen locker ausgesprochener Wunsch nach Aufklärung einem strikten Befehl gleichzusetzen war, drängte er darauf, den Fall endlich aufzuklären. Allerdings hatten sie immer noch nicht den geringsten Anhaltspunkt, wo sie den Hebel hätten ansetzen können. Die sich in Staufen herumtreibenden zwielichtigen Gestalten hatten sie zwischenzeitlich allesamt befragt und waren – bis auf ein paar vage Verdachtsmomente, die sich schnell wieder zerschlagen hatten – zu keinem Ergebnis gekommen. Obwohl »der feine Mann mit dem Gehstock« sicherlich nicht infrage käme, mussten sie nunmehr dringend auch noch mit ihm sprechen. Da sie ihn aber nicht vor den Kopf stoßen wollten, warteten sie immer noch auf eine passende Gelegenheit dazu. »Nein: Der kommt ja nun wirklich nicht in Betracht. Außerdem war der noble Bürger noch nicht in Staufen, als die ersten Gliedermorde geschehen sind!«, hatte der Ortsvorsteher von Anfang an abgewiegelt. Er war einfach stolz darauf, dass sich in Staufen nicht nur arme Schlucker, sondern seit Neuestem auch betuchte Bürger anzusiedeln schienen. Was er mit dem Rächer für einen noblen Bürger bekommen hatte, würde er schon bald merken.

Mittlerweile hatten die beiden Immenstädter die Sache mit den Gliedermorden im Kreise der anderen zigmal erörtert und ausdiskutiert. Dabei waren die abenteuerlichsten Theorien entstanden und sie waren allen noch so unbedeutend erscheinenden Anhaltspunkten nachgegangen – ohne Erfolg! Unauffällig hatten sie mehrere verdächtig erscheinende Personen beschattet – ebenfalls ergebnislos. Vielleicht war es auch daran gelegen, dass sie sich bei der Beschattung derjenigen, gegen die sie nicht einmal einen vernünftigen Verdacht gehabt hatten, nicht unbedingt geschickt angestellt hatten und erwischt worden waren? Nicht nur, dass es äußerst unangenehm gewesen war, einen ehrbaren und unbescholtenen Einwohner Staufens zu Unrecht zu verdächtigen, war dadurch abermals Zwietracht gesät und die Umsetzung der Fahnenstiftung erneut auf wacklige Füße gestellt worden. Deswegen mussten sie mit den Einheimischen künftig ganz besonders behutsam umgehen.

So saßen Benedikt von Huldenfeld und Peter Immler mehr oder weniger ratlos zusammen. Da das Gespräch mangels aktueller Erkenntnisse schwer in Gang kam, fragte der Gardehauptmann, ob es denn etwas Neues von Maria geben würde.

Der Immenstädter Kaufmann schüttelte den Kopf. »Leider nicht, mein Freund!«, antwortete er im zwischenzeitlich vertrauten »Du« und ergänzte: »Wir haben alles nach ihr abgesucht …, immer wieder und immer wieder!«

»Und?«, fragte von Huldenfeld, dem einleuchtend erschien, dass Maria Staufen verlassen haben musste, verlegenheitshalber.

Peter Immler presste die Lippen zusammen und schüttelte wieder den Kopf, was einem »Nein« gleichkam.

»Was denkst du?«, hakte der schneidige Soldat in bewundernswerter Offenheit nach. »Ist sie umgebracht und ihre Leiche irgendwo außerhalb des Dorfes vergraben worden oder ist sie …«

»Nein! Sie ist – verdammt noch mal – nicht abgehauen, falls du das meinen solltest!«, wehrte Marias Geliebter vehement und fast eine Spur zu aggressiv ab.

»Entschuldige, Peter! Ich wollte nicht …«

»Schon gut. Ich muss mich bei dir entschuldigen. Verzeih mir, aber ich bin fix und fertig. Während Marias Vater an einem Tag glaubt, dass sie entführt worden ist, glaubt er anderntags, dass sie – weiß der Teufel, warum – einfach abgehauen sein könnte. Diese Ungewissheit macht uns beide noch verrückt.«

»Du glaubst aber nicht daran, dass sie einfach so von Staufen weggegangen ist?«, hinterfragte von Huldenfeld zaghaft.

»Natürlich nicht!«, schnarrte es zurück. »Wir lieben uns und wir waren glücklich. Warum also sollte Maria mir und Cornelius so etwas angetan haben?«

Der Gardehauptmann zeigte ein verständnisvolles Lächeln, bevor er sagte: »Dann lass uns über die Mordserie reden. Wir müssen endlich vorankommen und den Mörder finden … Vielleicht haben die Fälle doch irgendetwas miteinander zu tun?«

Er lehnte sich zurück und streifte sich übers Kinn. »Ich weiß nicht, warum, aber ich glaube, dass eine Verbindung zwischen Marias Verschwinden und den Morden bestehen könnte«, sagte er mehr zu sich selbst als zu seinem Gegenüber.

Aber Peter Immler war aufmerksam und antwortete in bemerkenswerter Ruhe: »Du meinst, dass sich dieser Gliedermörder Maria geschnappt hat und seine abartigen Gelüste jetzt auch an Frauen auslebt?« Nachdem er dies gesagt hatte, bekreuzigte er sich und vergrub seinen Kopf in den Händen.

»Nun ja. – Zumindest müssen wir dies in Betracht ziehen. Es werden nicht gerade zwei Mörder zur gleichen Zeit in Staufen frei herumlaufen und ihr Unwesen treiben, oder? Der eine murkst die Burschen der Reihe nach ab und der andere …«

»Ich habe verstanden!«, unterbrach Peter Immler. »Vielleicht hat das feige Schwein Probleme mit Frauen, weswegen er sich erst an Männer herantraut, sozusagen, um an ihnen zu ›üben‹?«

»Du meinst, dass er sich an Männern versucht hat, bevor er damit begonnen hat, auf Frauen überzugehen?« Von Huldenfeld schüttelte es bei dem Gedanken. »Wenn dem so ist, kommt noch etwas auf uns zu«, murmelte er kaum verständlich und bekreuzigte sich ebenfalls.

KAPITEL 48

WÄHREND DIE EINEN den bevorstehenden Festtag organisierten und die anderen fieberhaft versuchten, den Gliedermörder zu finden, hatte der Rächer, entgegen seinem ursprünglichen Vorhaben, Maria nun doch allein in der Hütte gelassen und sich früher ins Dorf begeben, als er geplant hatte. Unter anderem wollte er versuchen, sich eine neue Bruche zu besorgen. Zuvor aber hatte er sich versichert, dass die Stricke um die Hände und Füße seiner Gefangenen so fest an die Eckpfosten ihrer Lagerstatt gebunden waren, dass sie sich nicht selbst befreien konnte. Sicherheitshalber hatte er Maria auch wieder einen Knebel in den Mund geschoben und mit einem Strick so festgedrückt, dass er ihr in die Mundwinkel schnitt. Damit nicht genug, hatte er ihr auch noch einen Sack über den Kopf gestülpt.

Eigentlich hatte er seinen Aufenthaltsort erst dann wieder verlassen wollen, wenn es galt, Marias Leiche möglichst weit weg vom Versteck zu bringen. Dass die junge Frau sterben musste, war von vorneherein klar gewesen. Auch wenn er immer dann, wenn er ihre Brüste betrachtete, anders dachte, wusste er, dass es sich nicht umgehen ließ. Zum einen würde sie ihn sofort verraten und zum anderen konnte er es nicht ertragen, dass ihn eine Vertreterin des weiblichen Geschlechtes in einer äußerst peinlichen Situation erlebt hatte. »Scheiße!«

Warum nur habe ich sie nicht gleich umgebracht und dann erst …?, fragte sich der in seiner Mannesehre zutiefst Gekränkte.

Aber das Wissen um seine frühzeitige Ejakulation würde Maria nicht ausplaudern können – sie würde es wohl oder übel mit ins Grab nehmen müssen. Bis dahin würde es noch eine, vielleicht zwei Wochen dauern. Und bis es so weit war, wollte er sich noch mit ihr vergnügen und ihr zeigen, wo der Hammer hing. Er würde ihr schon noch beweisen, zu was ein richtiger Mann imstande war. Allerdings benötigte er dazu noch etwas Zeit – zu sehr drückte ihn der Gedanke, dass ihm dasselbe abermals passieren könnte. Momentan konnte er Maria nicht einmal in die Augen sehen, ohne zu glauben, Häme darin zu entdecken. Obwohl er trotz seines Versagens immer noch eine starke Lust verspürte, wenn er die gut gebaute Frau so vor sich liegen sah, war er noch nicht so weit, sich ihr wieder zu nähern – eine merkwürdige Denkweise für einen gnadenlosen Entführer und Mörder. Aber auch der skrupelloseste Verbrecher war nur ein Mann mit all den Empfindlichkeiten, die Männer nun mal so an sich hatten. Walter Krummstiefel konnte nicht aus seiner Haut heraus; das mit Maria Erlebte würde ihn wohl beschäftigen, so lange er lebte, … auch wenn sie dann schon längst tot sein würde.

Durch diese unerträgliche Situation war es ihm in der Hütte zu eng geworden. Er musste irgendetwas tun, um seine angeschlagene Mannesehre aufzupolieren und seine Selbstachtung wiederzuerlangen. Und was lag da näher, als endlich das zu tun, was er schon lange hatte tun wollen?

Ja, heute werde ich versuchen, mich Lodewig so zu nähern, dass ich ihn – wie schon vor 15 Jahren – in die Weißacher Höhle verschleppen kann, um ihn dort in aller Ruhe zu Ende foltern zu können, malte sich der Rächer sein heutiges Tagesziel aus. Viel lieber noch würde er seine Torturen an Lodewig genau dort fortsetzen, wo er damals aufgehört hatte. Aber die Pestkapelle könnte noch allzu gut im Gedächtnis der Dreylings von Wagrain sein und sie dort zuerst nach Lodewig suchen lassen. Deswegen würde er in der Höhle endlich das beenden wollen, was ihm damals dank des verfluchten Diebes Fabio nicht ganz gelungen war. Und der Rächer schien Glück zu haben: Als er geistergleich durch das wie ausgestorben wirkende Dorf huschte, vernahm er Geräusche, die von mehreren Männern stammen mussten. Vorsichtig um sich blickend, schlich er in die Richtung, aus der er das Gemurmel und das Geknarze, das von einem kleinen Handkarren herrührte, vernommen hatte. Bevor er jemanden sah, hörte er deutlich eine Stimme, die in seinen Ohren klang wie das Jauchzen und Jubilieren eines Engels bei der Auferstehung des Herrn: »Bis zum Einbruch der Dunkelheit müssen wir fertig sein, Ignaz! Meinst du, wir schaffen das?«

Es war unverkennbar eine Frage des Kastellans an seinen treuen Knecht, den der Rächer als Erstes sah, weil sich Ignaz aufgrund des Schubkarrens schwertat, mit seinem Herrn Schritt halten zu können. Da ihn Ignaz zwar nicht sehen konnte, aber direkt an ihm vorbeiging, erschrak Walter Krummstiefel dermaßen, dass er einen Schritt zurückwich und dabei über aufgestapelte Biberschwänze stolperte.

Es schepperte.

»Hast du das auch gehört?«, fragte Ignaz seinen Herrn und ließ den Handkarren los, um sich interessehalber dorthin zu begeben, wo der Rächer regungslos inmitten eines Scherbenhaufens lag.

»Ja!«, kam zwar die Antwort, gleichzeitig aber auch der Befehl, den Lärm zu ignorieren und weiterzugehen. »Nun komm schon! … Die ›Schlammgeister‹ warten auf uns«, lachte Lodewig. Da es helllichter Tag war, hatte er sich nichts dabei gedacht, als er das vermutlich von einem Tier verursachte Geschepper gehört hatte, und war mit Ignaz, dessen Neugierde nicht befriedigt worden war, weitergegangen.

»Puuuh!«, stieß der Rächer erleichtert aus, während er sich langsam aufrappelte und prüfte, ob er sich bei seinem Sturz ernsthaft verletzt hatte. Aber er hatte nur ein paar Blessuren an seinem Hinterteil. »Gott sei Dank!«, sagte ausgerechnet derjenige, der der Letzte war, dem es zustand, Gott anzurufen, leise zu sich selbst. Während er versuchte, die Spur der beiden aufzunehmen, dachte er darüber nach, was mit »Schlammgeister« gemeint gewesen sein könnte.

Da er die beiden schnell wieder ausfindig gemacht und gesehen hatte, dass Lodewig zwei Schaufeln auf seinem Rücken trug, war seine Neugierde ins Unermessliche gestiegen.

»Die werden doch keinen Schatz ausgraben?«, fragte er sich, während er ihnen weiter folgte und sorgsam darauf achtete, von niemandem gesehen zu werden. Dabei fiel ihm die alte Mär vom verschollenen »Alemannenschatz«, der seit Jahrhunderten tief unter dem Entenpfuhl oder »irgendwo in der Nähe« vergraben sein sollte, ein.

Nachdem er den beiden bis zu ihrem Ziel hinterhergehuscht war, bekam er die Antwort auf seine Fragen: Lodewig und Ignaz hatten zwar damit begonnen, mit ihren Schaufeln im Dreck des Entenpfuhles herumzustochern – aber nicht, um einen Schatz zu heben. Vielmehr waren sie dabei, den total verschlammten Teich von Schlick, Blättern, Ästen und Unrat zu befreien. Dazu hatte Ignaz schon anfangs der Woche den Schieber geöffnet, um das Wasser ablaufen zu lassen.

Ignaz war es gewohnt, dass sich sowie bekannt geworden war, dass er den Schieber am Entenpfuhl ziehen würde – innerhalb weniger Minuten halb Staufen versammeln würde, um mit dem Segen des Kastellans den Teich und das Rinnsal mit dem abfließenden Wasser abzufischen. Obwohl Jockel Mühlegg, den alle als besten Schwarzfischer kannten, während der gesamten kalten Jahreszeit ausgefallen war, hatten sich nicht mehr allzu viele Kiefermäuler im Teich befunden, was allerdings niemanden wunderte, weil den Winter über mit einer speziellen Fangtechnik fleißig schwarzgefischt worden war. Das wussten alle. Obwohl dies auch dem Kastellan aufgefallen war, übersah er dies geflissentlich. Im Grunde genommen war es ihm egal, ob die Staufner die Fische den Winter über klauten oder alle zwei Jahre mit offizieller Erlaubnis fingen.

Allerdings durfte ihre sträfliche Schwarzfischerei nicht in Immenstadt aktenkundig werden. »Was ich nicht weiß, macht mich nicht heiß«, pflegte Lodewig – wie vor Jahren auch schon sein Vater, als der noch Kastellan gewesen war – stets zu sagen. »Aber wehe, ihr lasst euch erwischen!«, kam dann meist doch noch eine unverhohlene und ernst gemeinte Drohung. Seit der Zeit, als Lodewigs Vater das Amt des Staufner Schlossverwalters übernommen hatte, war bis zum heutigen Tag nur einem Burschen die rechte Hand abgehackt worden, weil dieser so einfältig gewesen war, sich beim Schwarzfischen ausgerechnet vom gräflichen Jagdaufseher erwischen zu lassen. Der dumme Kerl hatte geglaubt, dass Jagdaufseher sich nur um die Wilderei, nicht aber ums Schwarzfischen kümmerten. Lodewig wollte, dass dies der einzige Fall bliebe und der Immenstädter Carnifex keine weitere Arbeit bekommen würde.

Aus Sicht der Staufner Bevölkerung fand das Ritual des offiziell genehmigten Handabfischens leider nur alle zwei Jahre statt. – Wie gerne hätten sie es gehabt, jedes Jahr mit frischem, vor allen Dingen aber mit kostenlosem Fisch verwöhnt zu werden! Da in diesem Jahr die Not recht groß und das Eis aufgrund der ungewöhnlich angenehmen Temperaturen der letzten Tage bereits geschmolzen war, hatte der Kastellan die Sache heuer etwas vorverlegt. Wie es seit Generationen alle zwei Jahre der Brauch war, wurde es auch heuer zu einem besonderen Erlebnis, alten Weibern und Frauen besten Alters, jungen Burschen, gestandenen Männern, schnatternden Mädchen und lärmenden Kindern zuzusehen, wie sie vereint im Schlamm wühlten, um mit ihren eigenen Händen Fische und Bachkrebse zu fangen. Gerätschaften waren verboten. Auch wenn es dabei manchmal zu Streitereien kam, war es letztlich immer wieder ein Riesenspaß für alle.

Dies alles wusste der Rächer nicht. Da es genau hier an dieser Stelle gewesen war, wo er vor 16 Jahren – es musste wohl ein abfischfreies Jahr gewesen sein – unnötigerweise den älteren Sohn des Blaufärbers ertränkt und selbst dabei sein linkes Auge verloren hatte, waren ihm stets nur schlechte Erinnerungen an den Entenpfuhl in den Sinn gekommen. Früher hatte es hier – als die Leute noch nicht so großen Hunger gelitten hatten – tatsächlich Enten gegeben. Dies musste allerdings so lange her sein, dass sich niemand mehr daran erinnern konnte.

Aber auch wenn es ein Jahr wie heuer gewesen wäre und er über diesen merkwürdigen Brauch in Staufen Bescheid gewusst hätte, wäre es ihm einerlei gewesen. Ihn interessierte lediglich, wie er an den Kastellan herankommen konnte, ohne dass dessen Knecht etwas mitbekam. So langsam verging ihm allerdings die Lust aufs Morden. Geschlagene drei Stunden stand er sich jetzt schon die Füße in den Bauch und hörte sich das für ihn uninteressante Geschwatze der beiden an. Immer wieder überlegte er, wie er Ignaz unauffällig von hier weglocken könnte – aber es fiel ihm nichts ein. Und solange ihm nichts einfiel, konnte er sich von dem dicken Baumstamm, hinter dem er sich versteckte, nicht lösen. Um nicht hervortreten zu müssen und Gefahr zu laufen, dass man ihn entdeckte, hatte er in seiner Not sogar an den Baum uriniert, der ihm als Versteck diente. Klar, dass ihm die Sache langsam zu stinken begonnen hatte, … insbesondere, weil er immer noch seine unangenehm klebrige Bruche anhatte.

Wenn ich doch nur eine Armbrust oder meine Büchse hier hätte, dachte er sich und erwog sogar, sich davonzuschleichen, um diese aus seinem Versteck zu holen. Aber er verwarf diesen Gedanken sofort wieder, weil er nicht wusste, ob Lodewig noch da sein würde, wenn er zurückkam. Sicher: Er könnte auch seinen Dolch in Lodewigs Brust werfen, aber würde er auch treffen? Und was wäre dann mit dem Knecht, der einen kräftigen Eindruck auf ihn machte?

Plötzlich wurde der ratlose Rächer aus seinen Überlegungen gerissen: »Verdammt! Mein Schaufelstiel ist abgebrochen«, hörte er Ignaz fluchen.

»Dann geh schnell ins Schloss hoch und hol eine andere«, empfahl der Kastellan. »Ich mach hier inzwischen allein weiter.«

Durch das angeregt, was er soeben gehört hatte, war Walter Krummstiefel neugierig geworden und schob seinen Kopf gefährlich weit hinter dem schützenden Baum hervor. Wahnsinn!, dachte er. Dieser Tölpel wird doch jetzt nicht gehen und seinen Herrn allein hierlassen?

Seine Freude wurde jäh gestört, als Ignaz in seinem Zorn den abgebrochenen Schaufelstiel zufällig genau gegen den Baum warf, hinter den sich der sowieso schon mit Narben übersäte Kopf des Rächers gerade noch zurückziehen konnte, bevor er getroffen … und gesehen hätte werden können.

»Der arme Baum kann nichts dafür!«, kommentierte Lodewig den kleinen Gewaltausbruch seines ansonsten friedlichen Knechtes. »Nun geh endlich! … Und bring etwas zu trinken mit!«

Während Ignaz, leise vor sich hin maulend, abzog, um ein neues Arbeitsgerät und einen Krug Ziegenmilch – oder wenn Sarah sich gnädig zeigte, verdünnten Wein – zu holen, schaufelte der Kastellan unbeirrt weiter.

Da abgebrochene Schaufelstiele normalerweise repariert und wiederverwendet wurden, hatte der Rächer Angst gehabt, dass sich der Knecht den vor dem Baum liegenden Schaufelstiel holen würde, bevor er ins Schloss hochging. Da dies kurioserweise nicht der Fall gewesen war, hatte er sich doch recht schnell von seinem Schrecken erholt und konnte es nicht glauben, Lodewig jetzt ganz allein vor sich zu haben. Vorsichtig blickte er sich nach allen Seiten um und dann zum Schloss hoch. Hier wie dort war niemand zu sehen und zu hören. Nur ein leises Lüftchen vermischte sich mit den scharrenden und schmatzenden Geräuschen, die der Kastellan mit seiner Schaufel verursachte.

Die Gelegenheit ist günstig, dachte der Rächer, als Lodewig zu allem hin auch noch begann, dort zu schaufeln, wo er ihn nicht sehen konnte. Getrieben von seiner unbezähmbaren Gier nach Rache, nahm Walter Krummstiefel seinen Mut zusammen und schälte sich ganz aus seinem bisherigen Versteck. Ohne die Augen vom rücklings zu ihm arbeitenden Kastellan zu lassen, bückte er sich und hob den abgebrochenen Schaufelstiel auf, den er sofort auf seine Schlagfestigkeit prüfte.

Sorgsam darauf bedacht, kein Geräusch zu verursachen, schlich er sich an sein Opfer heran. Er wollte immer wieder um sich blicken, um feststellen zu können, ob nicht doch irgendjemand in der Gegend war und seine Aktion beobachten würde, schaffte dies aber beim besten Willen nicht. Sein Auge hatte sich gleich einem Habicht an seinem Opfer festgesogen. Schritt für Schritt näherte er sich dem im Schlick Stehenden.

Wenn er sich jetzt nur nicht umdreht, dachte der Rächer flehentlich und holte zum Schlag aus.

KAPITEL 49

Die Akteure des kommenden Fasnatziestags-Geschehens nahmen ihr Amt mittlerweile allesamt ernst und waren die Sache teilweise sogar mehr als eifrig angegangen. Dabei hatten die meisten von ihnen ungeahnte Talente entwickelt … und gelernt, Anweisungen zu befolgen. Auch wenn es bei den jungen Trommlern anfangs etwas mit der Disziplin gehapert hatte, waren sie mit ihren Trommlerproben in ihrem Proberaum, der sich im Kellergewölbe des alten Marstalles befand, doch so gut vorangekommen, dass sie ihre Aktivitäten bald nach draußen verlegen konnten.

Mit Erlaubnis des Propstes hatte der Immenstädter Corps-Tambourmajor, dessen Eltern es aus dem unweit von Barcelona gelegenen kleinen katalanischen Dorf Torredembarra in die französische Küstenstadt Marseille und von dort aus krisenbedingt in die deutschen Lande verschlagen hatte, dem Staufner Tambour Serafin Gruber in der Kirche beigebracht, wie er den Tambourstab nicht nur zackig und im Rhythmus des militärischen Trommelschlages zu bewegen hatte, sondern auch, wie er damit den Takt für Trommler und Pfeifer vorgeben konnte. Im Schutz der Kirche waren sie vor den neugierigen Kindern verschont gewesen und hatten in aller Ruhe arbeiten können. Nur der geschnitzte Altarherrgott mit ein paar pausbäckigen Putten – und zwischendurch der Fähnrich höchstpersönlich – hatten ihnen wohlwollend bei ihrer Arbeit zugesehen. Und die wenigen Betweiber, die wegen der ungewöhnlichen Unruhe in ihrer Kirche meist nicht lange geblieben waren, hatten auch nicht wirklich gestört.

»Du allein gibst den Takt vor! ... Und sonst niemand! Hast du das verstanden?«, hatte der erfahrene Immenstädter Militärmusiker anfangs mit Serafin geschimpft und ihm mit einer Eselsgeduld haarklein erklärt, wie er das Gewicht des Tambourstabes in seiner rechten Hand austarieren musste, damit sich der Stab elegant in der Luft drehte, wenn er die *Locke* einläutete.

»Dies ist der schwierigste Punkt! Die Kugel muss deinen Arm wie von Zauberhand nach oben ziehen und wieder nach unten drücken«, hatte er Serafin immer und immer wieder beschworen und war schrittweise weitergegangen: »Beim Umzug werden sich Trommler und Pfeifer lückenlos und schrittgenau abwechseln. Hörst du: lückenlos! Wenn die Pfeifer aufhören, musst du mittels der Locke den Trommlern taktgenau anzeigen, wann deren erster Schlag zu kommen hat, ... und umgekehrt! Da darf kein ungenutzter Schritt dazwischen sein! Klar?«

Nachdem Serafin folgsam genickt hatte, sie dies bis zur Erschöpfung geübt hatten und dabei wohl an die hundertmal um die Bankreihen der Kirche marschiert waren, war es endlich so weit.

»Jetzt sitzt es hundertprozentig!«, lobte der strenge Immenstädter Militärmusiker und klopfte Serafin anerkennend auf die Schulter, bevor er zufrieden lachend fortfuhr: »Wenn wir zwei die Trommler in den vergangenen Wochen ebenso gut ausgebildet haben wie ich dich, können wir heute nach dem Tagewerk die erste Marschierprobe in der freien Natur wagen! Daran könnte sich eigentlich auch der Butz beteiligen. – Was hältst du davon?«

Serafin war überglücklich und begeistert. »Ich werde die Burschen sofort informieren und sie zum Einbruch der Dunkelheit hierherbestellen!«, rief er und riss das Kirchenportal auf, um nach draußen rennen zu können.

»Ach, noch etwas ...«, bremste der Immenstädter seinen Staufner Kameraden aus. »Ab jetzt bist du nicht mehr Tambour!«

»Was? Warum? Was habe ich falsch gemacht?«, prustete es aus Serafin enttäuscht heraus.

»Komm her!« Mangels eines Schwertes schlug der schneidige Militarist Serafin mit gestrecktem Arm und flacher Hand auf beide Schulterseiten. Damit wollte er ihn des Spaßes halber symbolisch adeln. »Kraft meines Amtes als Corps-Tambourmajor Seiner Exzellenz des Grafen zu Königsegg ernenne ich dich zum ›Tambourmajor des Staufner Trommlercorps‹. Du darfst dich ab sofort ebenfalls als ›Major‹ bezeichnen!«

Serafin Gruber wusste vor Freude nicht, was er sagen sollte, und umarmte seinen Ausbilder, bevor er sichtlich bewegt nach draußen rannte.

Es sind zwar einfache Leute, diese Staufner. Aber irgendwie nett ... und talentiert, dachte sich der durch mehrere Kulturen geprägte Militärmusiker, dem die Sache sichtlich Freude zu bereiten schien, weswegen es auch zu dieser nicht allzu ernstzunehmenden Aktion gekommen war. Jetzt aber wollte er noch schnell zu den seit heute im oberen Geschoss des alten Marstalles untergebrachten Immenstädter Pfeifern schauen, um sich danach mit deren musikalischem Leiter erst einen oder vielleicht zwei Krüge Bier im *Löwen* zu gönnen, bevor er Kathi, die außerordentlich hübsche Wirtstochter, um ein Tête-à-Tête bitten würde.

Bevor Serafin die Burschen zusammentrommelte, war er noch schnell zu Jockel Mühlegg geeilt, um ihm die frohe Kunde zu überbringen. Nachdem er an die Tür des mittlerweile fast schon gepflegt wirkenden Hauses geklopft hatte, öffnete ihm die sommersprossige Lisa, die nett aussah; sie trug ihr rotes Haar offen, weswegen es die Nachmittagssonne so zum Glänzen bringen konnte, als wenn sie eine Madonna wäre. Sie hatte ein glückliches Lächeln auf den Lippen und umarmte den inzwischen zum Freund gewordenen Besucher: »Ich grüße dich, Serafin! Du möchtest sicher zu Jockel!«

Serafin nickte und bestätigte Lisas Vermutung. Nachdem er eingetreten war, unterhielt er sich – ganz im Stile eines Aristokraten, als der er sich fühlte, seit ihm sein Ausbilder gesagt hatte, dass »Major« ein hoher militärischer Rang sei – mit Jockels Mutter. Schließlich war er jetzt kein einfacher Tambour mehr, sondern ein Tambourmajor!

»Sagt mal, Frau Mühlegg ...«, eröffnete er mit einem Augenzwinkern zu Jockel das Gespräch. »Euer Haus macht ja plötzlich so einen schmucken Eindruck. Das Dach ist repariert und der Vorgarten sieht auch schon viel besser aus, als dies früher der Fall war. Habt Ihr das alles gemacht?«

»Du alter Schmeichler«, lächelte die Frau und verwies stolz auf ihren inzwischen gänzlich genesenen Sohn: »Das war Jockel.«

»Aber nicht allein!«, mischte sich ihr Sohn, der die Lorbeeren nicht nur für sich ernten wollte, ein und wedelte dabei mit einem Zeigefinger in der Luft herum. »Tschack hat mir tatkräftig geholfen.«

»Tschack, der Zimmerer? – Der junge Wanderbursche aus dem Elsass?«, wollte Serafin das soeben Gehörte bestätigt wissen. Dabei bediente er sich wie alle Staufner einer in Jaques Kramers Ohren schmerzend harten Aussprache seines Vornamens.

»Ja!«, bestätigte Jockel knapp. »Wir haben die Schäden im Dach komplett repariert. Lediglich mit dem Garten bin ich noch nicht weit gekommen, wegen des Schnees … und wegen meiner Finger. Die mögen keine Kälte.«

Serafin lächelte wissend und wandte sich wieder Jockels Mutter zu. »Ihr seht gut aus, Frau Mühlegg!«

»Mir geht es auch gut!«, kam es keck zur Antwort. »So gut wie noch nie«, ergänzte sie noch mit einem vielsagenden Blick zu Lisa, ihrer künftigen Schwiegertochter.

In der Tat sah man auf den ersten Blick, dass die betagte Frau glücklich war und alles hatte, was sie sich nur wünschen konnte: Ihr einziger Sohn war dem Tod im letzten Augenblick von der Schaufel gesprungen und hatte sich seither total zum Positiven verändert. Er war nicht nur arbeitsam geworden, sondern pflegte jetzt sich selbst und auch einen besseren Umgang mit seiner Mutter, als dies zuvor der Fall gewesen war. Darüber hinaus wurde sie auch noch von Jockels liebenswerter Freundin umsorgt und bekam endlich die Zuneigung, die sie immer vermisst hatte, selbst aber nie dazu in der Lage gewesen war, sie zu geben. So tat sie, was zuvor niemals denkbar gewesen wäre: Sie küsste und drückte ihren Sohn mehrmals am Tag ohne besonderen Anlass oder strich ihm einfach nur kurz übers inzwischen wieder gewachsene Haar, das er sorgsam zu einem Zopf zusammengebunden hatte. Im Gegenzug wurde sie immer wieder von Lisa geherzt oder bekam wenigstens ein liebes Wort zu hören. Dieser ständige Kreislauf verbindender Harmonie hatte der ehemals verbitterten Frau nicht nur ein zufrieden wirkendes Dauerlächeln beschert, sondern ihrem ganzen Aussehen gutgetan. Serafin hatte recht: Sie sah wirklich gut aus – insbesondere, weil sie sich mit Lisas Hilfe auch ordentlich zurechtmachte, indem sie seit geraumer Zeit die Haare zusammensteckte und eine saubere Gewandung trug.

Dank der noch nicht versiegten Holzquelle durch den Kastellan war es gemütlich warm im Hause Mühlegg. Es war sauber und alles wirkte ordentlich. So arm die Mühleggs auch waren, wohnten sie doch schließlich in einem der ehedem vornehmsten Häuser des Dorfes, was sich insofern auch zeigte, dass es zwei getrennte Schlafkammern und einen großen Wohnraum mit angegliederter Küche gab. Wenn Vieh vorhanden wäre, könnte dies sogar in einem separaten Stall stehen.

»So! Jetzt aber genug geschmeichelt, Serafin. Du bist nicht wegen mir gekommen. Setz dich!«, winkte Frau Mühlegg ab, als der junge Huckler noch etwas sagen wollte.

Nachdem Lisa – ganz nach neuer Sitte des Hauses – einen kräftigen Kräutersud gebracht hatte, gesellte sie sich wieder zu Frau Mühlegg an den Herd und ließ die Herren der Schöpfung unter sich.

»Nun schieß los, Serafin! Was hat dich zu mir geführt?«, fragte Jockel.

»Stell dir vor: Heute Abend findet die erste Trommlerprobe im Freien statt. Und du sollst dabei sein.«

Jockel nahm einen Schluck und grinste. »Dann hast du das richtige Schwingen des Tambourstabes doch noch gelernt.«

»Du Narr!«, lachte Serafin und berichtete dem Butz, dass die Trommler so weit waren, die erste Laufprobe absolvieren zu können und ihnen dabei die Pfeifer zusehen sollten, bevor sie sich morgen dazugesellen würden.

»Die Immenstädter Pfeifer sind schon hier in Staufen?«

»Ja!«, bestätigte der Tambourmajor freudestrahlend.

»Und was soll ich dabei?«, wunderte sich Jockel.

»Der Corps-Tambourmajor hat gesagt, dass es gut wäre, wenn du gleich beim ersten Mal dabei wärst, um im Takt der Trommeln das Hüpfen und Tänzeln zu üben … Immerhin begleitet der Butz den ganzen Umzug und führt ihn sogar zusammen mit mir an!«

»Ich weiß! Deshalb laufe ich jeden Tag zwei Stunden, um Ausdauer und Kraft zu bekommen. Als du geklopft hast, wollte ich gerade wieder eine Runde drehen.«

»Dann tu das! Ich halte dich nicht davon ab. Wir haben alles besprochen und du weißt Bescheid. Wir sehen uns dann zur sechsten Stunde am Kirchenportal.«

Jockel nickte und sagte: »Warte! – Ich gehe mit dir raus.«

Während Serafin sich bei den Frauen für den Kräutersud bedankte und dabei wieder gekonnt ein paar Komplimente verstreute, gewandete Jockel sich noch schnell für seinen Ausdauerlauf. Dabei vergaß er nicht die Fäustlinge, die seine immer noch empfindlichen Fingerkuppen vor der Kälte schützen sollten. »So, ich bin so weit. – Wir können! Und nun komm endlich!«, eiste er Serafin von den beiden Frauen los. Er gab seiner Mutter und Lisa ein Küsschen und setzte die von seiner Mutter gestrickte Kappe auf, die sie vergangene Woche aus sämtlichen zur Verfügung stehenden Wollresten gefertigt hatte, weswegen diese so bunt geworden war wie das Butzhäs. Jockel verabschiedete sich mit den Worten »Ich bin heute früher zurück als sonst!« und rannte davon.

Da am frühen Abend die erste öffentliche Trommlerprobe anstand, wollte sich der Butz zuvor nicht verausgaben. Deswegen begann er seine Laufrunde heute ausnahmsweise nicht in Richtung der nach Immenstadt führenden Straße, die ihn bei vielen seiner Läufe über Wengen und Richtung Konstanzertal geführt hatte, wenn er den Staufenberg hatte umrunden wollen. Wenn er dies auch heute täte und von Süden her kommend wieder im Dorf zurück wäre, würden für diese lange Strecke zwei Stunden vergangen sein. Auch wenn der Schnee an vielen Stellen bereits weggeapert war, lag er in den Schattenlöchern teilweise doch noch knietief, was ein Vorwärtskommen erschweren würde. Außerdem wollte er pünktlich zur sechsten Stunde am Kirchenportal sein. So nahm er eine kürzere Strecke, tat dafür aber noch mehr als sonst für die Muskulatur seiner Oberschenkel. Er lief nach Weißach hinunter, um sich auf dem Rückweg den steilen Stich durch mehrere Stellen Schnee hochzuschinden.

Als der Butz fast im Dorf zurück war, stand er, seine Hände auf die Knie gestützt und heftig schnaufend, aber irgendwie zufrieden, neben dem Färberhaus, von wo aus ihm Matthiß Spindelhirn zuwinkte. »Na, Jockel, hast du wieder eine Runde gedreht?«

Jockel nickte und ging auf den Färber zu, um ein bisschen mit ihm zu schwatzen.

»Schade, dass du nicht Dritter Fahnenbruder geworden bist. – Du weißt, dass dich Melchior sehr gerne dabeigehabt hätte.«

»Lass es gut sein«, antwortete der junge Färber, dem Jockel die Enttäuschung vom Gesicht ablesen konnte. »Ich bin nun einmal kein geborener Staufner und gehöre nicht zu euch.«

»So ein Unsinn!«, konterte Jockel. »Der Graf hat eben festgelegt, dass alle Beteiligten Geschlechtern entstammen müssen, die mindestens seit drei Generationen in Staufen leben. Dies hat aber nichts damit zu tun, ob du zu uns gehörst oder nicht. – Natürlich gehörst du dazu!«, stellte Jockel klar.

»Ja, ja. Ist schon gut!«, knurrte Matthiß, angesichts dieses Themas sichtlich enttäuscht und verbittert.

Obwohl sie sich noch kurz über den kommenden Fasnatziestag unterhielten und Jockel erzählte, dass am Abend die erste Marschierprobe für die Trommler stattfinden werde, nahm er sich nicht die Zeit, um sich zu Matthiß aufs Kogebänkle zu setzen – er wollte schnell nach Hause, um sich den Schweiß abzuwischen, etwas zu essen und sich für die Trommlerprobe fertigzumachen. Da er erst heute vom Tambourmajor erfahren hatte, dass er gleich bei der ersten Marschierprobe dabei sein und als Butz mitspringen sollte, musste er auch noch den Besen, der sein wichtigstes Handwerkszeug war, fertig binden – immerhin sollte das alte Relikt der Hexen in diesem Fall dazu dienen, symbolisch die Pest zu vertreiben. Wegen seiner lädierten Finger allerdings hatte er das Besenbinden immer wieder vor sich hergeschoben. Aber nun musste es wohl sein.

Da sich Jockel bereits direkt am Weg zum Entenpfuhl befand, konnte er ja gleich diese Richtung ins nahe Dorfzentrum nehmen. Zum Haus seiner Mutter war es hier auch nicht weiter als an der Kirche vorbei.

»Pfiat di, Matthiß!«, rief er noch, während er schon wieder in flottem Laufschritt unterwegs war.

Als Jockel Mühlegg dem Entenpfuhl näher kam, sah er, wie ein schwarz gewandeter Mann mit einem ins Gesicht gezogenen Schlapphut einen anderen Mann aus dem Weiher zog. Zuerst dachte Jockel, dass der ihm Unbekannte jemanden vor dem Ertrinken gerettet hatte, wurde aber schnell gewahr, dass im Entenpfuhl überhaupt kein Wasser mehr war. Also kam ihm die Sache komisch vor. »He!«, rief er der auf ihn unheimlich wirkenden Gestalt zu. »Was tut Ihr hier! – Kann ich helfen?«

Der Rächer ließ den besinnungslosen Lodewig, dem er von hinten Ignaz' Schaufelstiel über den Kopf gezogen hatte, los und drehte sich in Jockels Richtung. Während er seinen Dolch zog und seinen Hut weiter ins Gesicht drückte, ging er langsam auf den Störenfried zu. Darauf, dass er Lodewig mit dem Gesicht nach unten ins Schlick hatte fallen lassen, nahm er jetzt keine Rücksicht.

KAPITEL 50

»Ja, Kreuzkruzifix!«, fluchte indessen Ignaz, der eine Ersatzschaufel suchte, aber nicht fand. Er hatte bereits den Werkstattschuppen und die Stallungen danach abgesucht, das benötigte Arbeitsgerät aber nicht entdeckt. »Wo ist diese verdammte Schaufel nur?«, rief er dem Wachhabenden zu, bekam aber lediglich ein mürrisches »Das weiß ich doch nicht!« zur Antwort.

»Sicher hat sie Aurel entwendet!«, mischte sich Rosalinde ein, die in diesem Moment in den Schlosshof gekommen war, um im Brunnen Wasser zu schöpfen. Gerne hätte sie die Gelegenheit genutzt, um ihrem Ignaz in einer nicht einsehbaren Ecke ein Küsschen zu geben und ihn kurz zu drücken. Des störenden Holzeimers hatte sie sich bereits entledigt, indem sie ihn am Brunnenrand abgestellt hatte, gleichzeitig zum Vogteigebäude hochblickend, um festzustellen, ob ihre Herrin oder deren Mutter nicht gerade jetzt aus dem Küchenfenster schauten.

Aber dem Knecht stand im Augenblick nicht der Kopf nach Zärtlichkeiten, bei denen sie sich sowieso nicht erwischen lassen durften – zumindest nicht während der Arbeitszeit. Und die war praktisch immer.

»Wenn ich den verflixten Knaben in die Finger bekomme ...!«, schrie Ignaz so laut, dass Judith das Fenster öffnete, um nachzufragen, was der Lärm zu bedeuten habe. Jetzt war es doch gut, dass sich Ignaz seiner Geliebten verweigert hatte und, ohne sich verstellen zu müssen, eine Antwort geben konnte: »Der Herr wartet am Entenpfuhl darauf, dass ich ihm etwas zu trinken bringe. Aber ohne Schaufel brauche ich dort erst gar nicht aufzutauchen«, klagte er Judith sein Leid.

Die Schwiegermutter des Kastellans verschwand vom Fenster, um ihren Enkel zu rufen: »Aurel! ... Komm her! ... Aurelius!«

»Ja, Großmutter?«, antwortete der 15-Jährige, der aufgrund dieses Tonfalles, den er nur allzu gut kannte, rasch herbeigeeilt war. Er wusste, was die Stunde geschlagen hatte, wenn die Großmutter seinen Namen ganz aussprach.

»Hast du eine Schaufel verschlampt?«

Es dauerte nicht lange, bis Judith wieder am Fenster erschien und Ignaz zurief, dass Aurel wisse, wo die Schaufel sei, und sie ihm gleich bringen würde, während sie selbst eine Kanne mit Bier füllte.

»Bier? Auch nicht schlecht, besser als Milch!«, freute sich Ignaz.

Prompt brachte Aurel die Schaufel.

»Da hast du aber Glück gehabt«, knurrte der Knecht und wuschelte Aurelius durchs Haar. Da er den aufgeweckten Burschen mochte und sich noch gut daran erinnern konnte, sich als Kind von seinem Vater ebenfalls alles mögliche Werkzeug »ausgeliehen« zu haben, gab es keine Standpauke. Stattdessen fragte er ihn, ob er mit zum Entenpfuhl kommen wolle.

»Au ja!«, rief der Sohn des Kastellans erfreut und rannte ins Haus, um seine Mutter um Erlaubnis zu bitten.

»Wohin möchtest du?«, wollte Sarah, die gerade beim Kochen war, wissen.

»Mit Ignaz zu Vater an den Entenpfuhl!«, kam die Antwort.

»Also gut. Das ist ja nicht weit weg. Bleib aber bei den beiden. Hast du mich verstanden?«

Die Frage hatte der Knabe nicht mehr gehört. So schnell, wie

Aurelius wieder draußen war, hatte seine Mutter nicht schauen können. »Bälger!«, sagte sie lächelnd zu sich selbst und gab der kleinen Magdalena einen Löffel, an dem etwas Honig klebte, zum Abschlecken, bevor sie wieder das Fenster öffnete, um ihren Sohn zurückzupfeifen, weil sie ihm die mit Bier gefüllte Milchkanne mitgeben wollte.

Fröhlich pfeifend, die Schaufel über der Schulter und Aurelius mit dem göttlichen Getränk in einem nicht ganz passenden Behältnis neben sich, lief Ignaz den Schlossbuckel hinunter. Besser Bier in einer Milchkanne als Milch in einer Bierkanne, philosophierte er still in sich hinein und freute sich schon auf einen erfrischenden Schluck. In der Tasche hatte er zwei Becher und sogar auch noch ein kleines Zinnfläschchen mit Wacholderschnaps, den er von Rudolph dafür bekommen hatte, dass er ihn vor einigen Nächten für ein paar Stunden als Torwächter vertreten hatte. Rudolph hatte im Schutze der Nacht ins Dorf hinunter gewollt, um seine Angebetete zu treffen.

Nachdem sie zum Entenpfuhl eingebogen und am alten Marstall vorbei waren, mussten sie mit Entsetzen feststellen, dass der Kastellan mit dem Gesicht nach unten im Schlick lag und in einiger Entfernung eine Gestalt mit wallendem Gewand auf eine andere Person zuging. Da Jockel dem Dolch seines Gegenübers nicht zu nahe kommen wollte, war er immer wieder ein Stückchen in die Richtung, aus der er gekommen war, zurückgewichen – immer dann, wenn der Unbekannte ein paar Schritte auf ihn zugegangen war. Der Rächer wusste, dass er es nicht schaffen würde, den drahtigen jungen Mann zu erwischen, wenn dieser erst einmal zu rennen begonnen hatte. Was also hätte er tun sollen? Ihm war nur die Hoffnung geblieben, dass irgendetwas Unvorhergesehenes geschehen würde.

Vielleicht stolpert der Bursche rückwärts über seine eigenen Beine, wünschte er sich, um ihn erledigen und endlich Lodewig von hier wegbringen zu können.

Und seine Hoffnung sollte sich erfüllen: Es geschah etwas Unvorhergesehenes! Allerdings nicht zu seinen Gunsten.

»Was ist denn hier los?«, rief Ignaz.

Der Rächer drehte sich erschrocken um, wandte sich innert eines Augenaufschlages wieder Jockel zu und drehte sich abermals um. Genau diesen Augenblick lang wusste er nicht, was er tun sollte. Dafür ahnte er, dass sein Spiel vorbei und es ihm zwar gelungen war, den verhassten Kastellan niederzustrecken, dass er ihn aber wohl kaum noch von hier würde fortschaffen können. Er würde ihm nicht mehr das antun können, was er in allen Details geplant und auf das er sich schon lange gefreut hatte.

Um nicht an seiner Stimme erkannt zu werden, schluckte er einen Fluch hinunter. Er hatte keine Zeit für lange Überlegungen. Er musste fliehen und – verdammt noch mal! – Lodewig tatsächlich zurücklassen.

So wie es aussah, standen ihm nur zwei Möglichkeiten offen: Linker Hand ging es einen Buckel hoch. Aufgrund des dort liegenden Schnees würde er nicht schnell genug davonkommen und womöglich riskieren, dass der Spieß umgedreht werden würde, indem Jockel sich an seine Fersen heftete. Auf der gegenüberliegenden Seite ging es schon nach wenigen Schritten so steil den Nagelfluhfelsen zum Weißachtal hinunter, dass er diesen Weg unmöglich nehmen konnte. Hinter ihm waren Ignaz und Aurelius, vor ihm stand Jockel – und für einen der beiden Wege musste er sich entscheiden.

Im Moment noch waren alle zur Salzsäule erstarrt. Da der Rächer wusste, dass sich dies schnell wieder legen würde, fällte er eine Entscheidung: Der Bursche ist das kleinere Übel, dachte er sich aus Respekt vor dem kräftigen Schlossknecht und rannte wie ein wild gewordener Stier auf Jockel zu. Um ihn einzuschüchtern, hielt er den Dolch gut sichtbar mit lang gestrecktem Arm nach vorne. Dies sah zwar albern aus, zeigte aber seine Wirkung. Da Jockel kein Risiko eingehen wollte, weil er immer noch etwas lädiert war, warf er sich ein Stück beiseite und ließ den Unbekannten, der seinen Hut noch schnell weiter ins Gesicht gezogen hatte, an sich vorbeirennen. Anstatt ihm zu folgen, sah er ihm nur noch kurz nach, bevor er zu dem auf dem Boden Liegenden zum Teich rannte.

»Um Gottes willen! – Lodewig!« Hastig grüßte der unvermittelte Lebensretter Ignaz und Aurelius, die den Kastellan schon aus dem Schlick gezogen und damit begonnen hatten, dessen Gesicht zu reinigen, indem sie ihm das Bier über den Kopf schütteten, was zudem bewirken sollte, dass Lodewig aus seiner Besinnungslosigkeit erwachte.

Gemeinsam besahen sie sich die blutende Wunde an dessen Hinterkopf.

»Bei meiner Seele. Wer war das nur, der ihn so zugerichtet hat?«, presste Ignaz wütend hervor, während er kurz in die Richtung blickte, in die der Unbekannte geflohen war. Danach übergab er Lodewigs Kopf Jockels Obhut, um den weinenden Aurelius ein Stückchen wegzubringen.

»Das ist nichts für dich, Aurel. Lauf rasch zum Schloss hoch und hol Nepomuk!«

»Aber ...« Die Augen des Buben tanzten ängstlich zwischen Ignaz und seinem Vater hin und her. »Was ist mit ihm?«

Die Antwort gab der Kastellan selbst, nachdem ihm Ignaz mit der flachen Hand abwechselnd mehrmals auf beide Wangen geschlagen hatte. Obwohl Lodewigs Gesicht eine Minute oder mehr im Schlick gelegen haben mochte, schlug er die Augen auf und fasste sich an den blutenden Hinterkopf. Sein schmerzverzerrtes Gesicht sprach dabei Bände.

»Siehst du, dein Vater lebt!«, beruhigte Ignaz den aufgelösten Buben, während er Lodewigs Hand davon abhielt, die Wunde weiter zu verschmutzen. »Jetzt lauf endlich zum Schloss und erzähl Nepomuk, dass deinem Vater der ...« Ignaz räusperte sich. »Sag einfach, dass er zwar eine Kopfwunde hat, dass es ihm aber gut geht. Berichte Nepomuk ...«, er räusperte sich wieder, »dass es ein kleiner Arbeitsunfall war. Und jetzt hau schon ab!«

Ignaz war froh, den Knaben dadurch aus den Füßen bekommen zu haben. Allerdings hatte er in der Eile vergessen, ihm aufzutragen, Sarah und Judith nichts zu erzählen. Aber dies würde sich sowieso nicht verhindern lassen. So wandte er sich wieder seinem Herrn zu: »Hörst du mich, Lodewig? – Wie geht es dir?«, fragte er etwas unbeholfen.

Der Kastellan nickte leicht und lächelte gequält.

»Du hast uns einen gehörigen Schrecken eingejagt«, kommentierte Jockel derweil die Sache.

»Was ... was ist passiert?«, wollte Lodewig wissen, ließ seine

Frage aber – anstatt auf eine Antwort zu warten – in einen Schmerzensschrei, den man wohl im ganzen Dorf hören musste, übergehen.

»Bist du verrückt?«, schalt Jockel den Knecht, der seinem Freund und dessen Herrn ohne Vorwarnung den mitgebrachten Wacholderschnaps über die Wunde geschüttet hatte.

Als Lodewig mitbekam, wo der Schmerz so schlagartig herrührte, nickte er Ignaz dankbar zu. »Das hast du … gut gemacht! – Auch wenn's …«, wieder zog er die Luft durch seine Zähne und verzog das Gesicht, »höllisch brennt.«

»Du kannst beruhigt sein, Lodewig. Soweit ich die Sache beurteilen kann, hat dir zwar jemand etwas über den Schädel gezogen, dich dabei aber nicht gefährlich verletzt. Es steht zur Befürchtung, dass du es überleben wirst«, lachte der mehr als beruhigte Knecht und ergänzte: »Außerdem muss Nepomuk gleich hier sein!«

»Wer hat das getan?«, wollte Lodewig wissen.

»Wenn du das nicht weißt! – Hast du ihn denn nicht gesehen?«

»Jetzt hör aber auf, Ignaz! – Siehst du nicht, dass Lodewig mit deiner saudummen Fragerei im Moment noch nichts anzufangen weiß? Könnt ihr euch nicht später darüber unterhalten?«

Lodewig dankte Jockel für sein einfühlsames Verständnis, indem er die Augen schloss und matt lächelnd nickte.

Einen Moment lang spürte man nur den lauen Wind und hörte ein paar Vögel derart fleißig pfeifen, als wenn sie ihrer Freude darüber, dass Lodewig lebte, Ausdruck verleihen wollten.

Aber die Ruhe währte nicht lange: »Fangt ihn!«, presste Lodewig mühsam hervor und schloss wieder die Augen. Da trotz der Flachheit seiner leisen Stimme ein klarer Befehl darin zu hören war, fragte der Knecht Jockel, wie sie dabei vorgehen sollten.

»Weißt du was, Ignaz? Du bleibst so lange bei Lodewig, bis Nepomuk kommt, und ich versuche inzwischen, die Spuren dieses ominösen Unbekannten zu finden. Ich habe noch etwas Zeit, um pünktlich zur Trommlerprobe zu kommen.«

»Ich habe gedacht, dass du der Butz bist! – Weshalb musst du dann um Dreiherrgottsnamen zur Trommlerprobe?«, fragte Ignaz, dem Jockels Vorschlag gut gefiel, irritiert.

»Jetzt schwatz nicht, sondern sieh zu, dass du Lodewig endlich die dreckige Gewandung ausziehst und ihm dein warmes Wams gibst. – Er zittert ja schon am ganzen Leib.«

»Aber …«

Bevor der treue Knecht noch etwas sagen konnte, war Jockel dorthin zurückgerannt, wo er den ihm unbekannten Rächer Walter Krummstiefel das letzte Mal gesehen hatte. Er brauchte sich nur kurz zu bücken, um die Fußabdrücke des Unbekannten zu finden. Wie ein hungriger Wolf heftete er sich an dessen Fährte.

KAPITEL 51

Es schien ein herrlicher Tag zu werden: ein laues Morgenlüftchen hatte aus den Wolken fetzenartige Gebilde gezaubert, hinter denen sich die Sonne mit all ihrer zur Verfügung stehenden Kraft bemühte durchzudringen. Von Tag zu Tag war es milder geworden, was aber nicht hieß, dass sich das Frühjahr jetzt schon frei zu entfalten getraute. Obwohl es um diese Jahreszeit ganz besonders im Allgäu noch richtig fest schneien konnte, dachte jetzt kaum noch jemand an die Trübnis der hinter ihnen liegenden Wintermonate, die fast alle unbeschadet überstanden hatten. Unabhängig davon, dass es die meisten Staufner mit einer der typisch winterlichen Erkrankungen erwischt hatte, war lediglich eine einzige Person unter eine vom Dach des alten Marstalles herunterrutschende Schneelast geraten und – vermutlich jämmerlich – erstickt. Da diese dort nichts verloren gehabt hatte, war sie auch selbst schuld daran, dass man sie erst am Abend des Unglückstages, also viel zu spät, gefunden hatte. Drei Menschen – eine ältere Frau und zwei Burschen – hatten Verletzungen wegen rutschbedingter Stürze. Ach ja, der alte Burmeister war in eine Wildfalle getreten und hatte sich dabei den rechten Knöchel zerschmettert, … aber dies hatte ja nur indirekt mit dem Winter zu tun gehabt. Da er sich ebenfalls in einem Revier herumgetrieben hatte, wo er nichts verloren gehabt hatte, war auch er selbst schuld – so einfach war das. Hauptsache, das Frühjahr kam endlich!

»Der neue Schnee frisst den alten!«, pflegten die Staufner optimistisch zu sagen, wenn es das weiße Ärgernis nochmals herunterschneite, obwohl sie bereits mit dem Winter abgeschlossen hatten.

Wie gestern schon, würde auch heute das Dorf wie ausgestorben wirken. Die Menschen würden wieder in die Wälder ausströmen, um die bereits schneefreien Stellen nach essbaren Wurzeln und vom letzten Herbst übrig gebliebenen Eicheln und Nüssen abzusuchen. Dabei würden sie sich aber nicht so dumm anstellen wie der alte Burmeister, schließlich waren sie ja lernfähig. Falls ihnen die Schwarzkittel etwas übrig gelassen hätten, würden auch sie fündig werden, … zumindest einige von ihnen. Dass sie bei ihrer Suche nach Nahrhaftem allesamt »zufällig« auf Bruchholz stoßen würden, ließe sich bei allem Respekt vor dem gräflichen Forstamt kaum verhindern. Und wenn sie – ebenfalls rein zufällig – auf eine Hasenfährte treffen sollten, würden sie diese Spur nicht deswegen verfolgen, weil sie die Population in den Wäldern rund um Staufen herum zu zählen gedachten. Solange sie es damit nicht übertrieben, würde der Kastellan beide Augen zudrücken. Allerdings galt bei der Wilderei die gleiche Lex Staufen wie beim Schwarzfischen! Es würde also Vorsicht geboten sein.

Lodewig war heute ungewöhnlich früh aufgestanden und trotz seines Brummschädels ganz besonders gut gelaunt. Immerhin hatte er den gestrigen Anschlag auf sein Leben recht gut überstanden … und er hatte noch all seine Glieder. Zudem war derjenige, der ihn niedergeschlagen hatte und der wohl auch der gesuchte Gliedermörder war, kein Geist; er war ein kräftiger Mann aus Fleisch und Blut … und er machte Fehler! Dadurch hatte die unglückliche Begegnung den Rächer, seine bisherigen Opfer und diejenigen, die ihn zur Strecke bringen wollten, um ein ganzes Stück näher gebracht. Dies wollte Lodewig ausnützen, um ihm ein für alle Mal das Handwerk legen zu können. Deswegen hatte er schon in aller Herrgottsfrüh die Dorfoberen und Jockel Mühlegg zu sich ins Schloss rufen lassen.

Bis auf Jockel war noch niemand da. Den Umstand wollte der Kastellan für ein ungestörtes Gespräch mit seinem Freund nutzen: »Na, Jockel, wie war die Trommlerprobe?«, fragte er den Butz, der gestern einen anstrengenden und aufregenden Tag hinter sich gebracht hatte.

Der designierte Butz zuckte mit den Schultern und verdrehte die Augen. »Na ja! Was soll ich sagen? Der Immenstädter Corps-Tambourmajor war ganz schön sauer, weil ich zu spät gekommen bin.«

»Und dies ausgerechnet wegen mir. Das tut mir leid«, entschuldigte sich Lodewig und gab Jockel die Hand, was seinen Freund merklich verunsicherte.

»Du musst dich doch deswegen nicht förmlich bei mir entschuldigen, Lodewig! Der gräfliche Tambourmajor ist nun einmal ein zackiger Militarist, dem Pünktlichkeit über alles geht. Letztlich war ja alles gut: Auch wenn ich zu spät gekommen bin, hat man mir nicht sagen müssen, wohin sie marschiert sind – ich habe den Trommelschlag gehört und bin ihnen einfach nachgelaufen. Beim Bechtelerhof habe ich dann die Fackeln der Kinder, die einige mit sich trugen und von denen die Trommler begleitet wurden, gesehen. Gleich nachdem ich bei ihnen war, habe ich mich beim Staufner und beim Immenstädter Tambourmajor gemeldet. Und nach meinem Anschiss bin ich neben den Trommlern hergetänzelt, ... genau so, wie es sich für einen schneidigen Butz gehört ..., allerdings nur mit einem Stock, weil ich meinen Besen nicht fertiggebracht habe. Dennoch war es gut. Bis auf den streckenweise hinderlichen Schnee war es wirklich gut«, grinste Jockel zufrieden, veränderte seine Miene aber sofort wieder. »Allerdings war ich ganz schön kaputt und ...«

»Genau deswegen möchte ich die Gunst der Stunde nutzen, um mich mit dir so lange zu unterhalten, bis die anderen kommen«, unterbrach Lodewig und legte fast freundschaftlich eine Hand auf Jockels Schulter.

Der Jüngere wunderte sich. »Ja? ... Um was geht es denn?«

Lodewig lächelte. »Wir beide wissen, warum du gestern zur Nacht hin wie zerschlagen warst: Zuerst hast du einen kräftezehrenden Lauf hinter dich gebracht, danach bist du einem Unbekannten hinterhergehetzt und zuletzt auch noch neben den Trommlern hergetänzelt. Da muss man ja wie tot aufs Lager fallen! Ich wundere mich, wie du das nach deiner harten Zeit im Immenstädter Kerker und nach all den seelischen und körperlichen Schmerzen überhaupt schon packst … Aber deswegen wollte ich nicht mit dir reden. Ich habe dir die Hand nicht nur gereicht, um mich bei dir zu entschuldigen. Vielmehr möchte ich dir danken …« Der Kastellan blickte Jockel ernst in die Augen, bevor er weitersprach: »Danken dafür, dass du mir das Leben gerettet hast!«

Jetzt lächelte Jockel. »Dann sind wir quitt!«, witzelte er in Erinnerung daran, dass es Lodewig war, der ihn zu Anfang des Jahres mit einer feurigen Rede auf dem Immenstädter Marktplatz vor dem Tod durch Vierteilen gerettet hatte. Bei diesem Gedanken verfinsterte sich seine Miene allerdings schlagartig. Zu sehr waren ihm die Schmerzen, die ihm der Carnifex im Auftrag des Richters Waldvogel hatte zufügen müssen, im Gedächtnis geblieben. An die Zeit in seiner feuchten und kalten Kerkerzelle durfte er erst gar nicht denken. Das Schlimmste aber war der lange Tag seiner Verurteilung mit der anschließend geplanten Hinrichtung. Das Gefühl, zwischen vier Pferden zu hängen und bei der Zerreißprobe langsam den Boden unter sich zu verlieren, war unbeschreiblich gewesen. Die Erinnerung daran hatte ihren Schrecken bis heute nicht verloren. Außerdem erinnerten ihn die Schmerzen in den Fingerkuppen tagtäglich daran. Jockel war schon froh, dass er am Fasnatziestag den Butzbesen wohl einigermaßen ordentlich würde halten können – jedoch nur, weil er dabei ständig die Hand wechseln würde. Allerdings gab es in diesem Zusammenhang auch etwas, an das er nicht erst erinnert werden musste und das seine Gesichtszüge wieder entspannt werden ließ: Zum einen war es der Carnifex Sebastian Deibler. Ausgerechnet derjenige, der ihm die körperlichen Schmerzen zugefügt hatte, war ihm stets warmherzig entgegengetreten und hatte ihm geholfen, wo es ihm nur möglich gewesen war. Von ihm hatte er einen Teil der Zuneigung erhalten, die ihm bis dahin versagt geblieben war und die ihm durch Lisa später noch in viel größerem Maße zuteil geworden war. Dieses wunderschöne Geschöpf hatte er auf dem Richtplatz erstmals wahrgenommen, noch am selben Abend kennengelernt und in den Tagen darauf – als er wieder hatte einigermaßen klar denken können – auch lieben gelernt.

Da dem Kastellan Jockels Mienenspiel nicht entgangen war, fragte er vorsichtig: »Alles in Ordnung, mein Freund?«

Der kernige Bursche blickte ihm in die Augen und nickte. »Wie gesagt: Jetzt sind wir quitt!«

In diesem Augenblick kam Sarah zur Tür herein, um Lodewig zu fragen, was sie den Gästen kredenzen sollte, wenn sie da wären, »... für Wein ist es wohl noch zu früh am Morgen.« Sarah hatte noch nicht mitbekommen, dass Jockel bereits da war, und war fast etwas zu ungestüm ins *Schwarz-gelbe Streifenzimmer* gepoltert.

»Jockel!«, schrie sie erfreut, rannte auf ihn zu und umarmte ihn.

Lodewigs Freund war dies sichtbar peinlich. Aber der Kastellan begleitete Sarahs Aktion mit einem gönnerhaften Schmunzeln.

Nachdem Sarah sich von Jockel gelöst hatte, drückte sie ihm ein Bussi auf die Wange und bedankte sich bei ihm für Lodewigs Rettung: »Ich habe noch gestern davon gehört, dass du gerade rechtzeitig dazugekommen bist, als der Unbekannte meinen besinnungslosen Mann irgendwohin schleifen wollte. Wärst du nicht erschienen ...«, Sarah versuchte, den aufkommenden Glanz in ihren Augen zu verschleiern, indem sie mit einer Hand über die Augenwinkel wischte, »wäre Lodewig jetzt tot.«

»Bin ich aber nicht, mein Schatz«, beruhigte der Gerettete seine Frau und drückte sie kurz an sich. »Und nun bring für Schwester Bonifatia einen Kräutersud – sie wird gleich kommen. Für die Männer bringst du bitte eine Karaffe Wasser und zusätzlich etwas Wein.«

»Doch Wein? Um diese Uhrzeit?«, wunderte sich Sarah.

»Na ja, Propst Glatt kommt auch!«

Jockel und der Altkastellan saßen bereits am Tisch, als nacheinander die anderen eintrudelten. Wie es der Teufel wollte, kam der Propst als Erster und – keiner hätte es gedacht – inspizierte unverhohlen die auf dem Tisch stehenden Getränke, was ihm ein zufriedenes Lächeln ins Gesicht zauberte. Gleich danach verdunkelte sich der Eingang: Der hünenhafte Benediktinermönch Nepomuk, der sich seit Tagen in seine Bücher vertiefte, war ihm auf dem Fuß gefolgt. Ein paar Minuten später kamen Hauptmann Benedikt von Huldenfeld und der Immenstädter Ratsherr Peter Immler, die sich wohl auf dem Weg hierher getroffen und offensichtlich ein interessantes Thema hatten, weswegen sie ihr Gespräch nur für einen knappen Gruß unterbrachen. Kurz darauf erschien Schwester Bonifatia mit einem überschwänglichen: »Grüß Gott, die Herren!« Danach schlurfte Fabio herbei. Ganz am Schluss betrat ein nachdenklich wirkender Ortsvorsteher Hermann Schädler den Raum.

Als wenn sie sich ständig hier treffen würden, nahmen alle unaufgefordert ihre Plätze ein. Nur Melchior Henne, der zurzeit intensiv mit der Organisation des Fasnatziestages beschäftigt war, hatte Lodewig an diesem Morgen nicht hierherbeordert. Und Eginhard war für zwei Tage nach Immenstadt geritten, um den Grafen bei der Planung eines Spitales zu beraten. Eigentlich müsste er heute zurückkommen. Auch wenn sein Bruder fehlte, wollte Lodewig aufgrund der Brisanz die Besprechung keinen einzigen Tag hinausschieben – er würde ihm später davon berichten.

Nachdem Sarah der Spitalleiterin deren heißgeliebten Kräutersud hingestellt hatte, wollte sie Hermann Schädler Wein kredenzen, musste aber feststellen, dass sie versehentlich den Wasserkrug erwischt hatte.

Merkwürdig, dachte sie und blickte suchend um sich. Den Weinkrug habe ich doch eben noch hier abgestellt.

Ein Blick ins rotwangige Gesicht des Propstes klärte die Sache allerdings schneller auf, als dem Weinfreund lieb war: Er hatte sich zwar den Weinkrug gesichert, indem er ihn wieselflink mit dem Wasserkrug ausgetauscht hatte, war aber noch nicht dazu gekommen, sich den Becher zu füllen. So musste er den Krug zuerst Sarah überlassen, bevor er sich einschenken konnte. Es blieb nur zu hoffen, dass sich noch genügend dieser köstlichen Flüssigkeit im Krug befand, wenn sie damit fertig war, den anderen die Gläser zu füllen. Immerhin saß auch Nepomuk, sein Bruder im Geiste Christi, der den Geist des Alkohols fast ebenso zu schätzen wusste wie er selbst, mit am Tisch.

Na warte! Dir helfe ich schon, dachte sich Sarah und schaute prüfend in den Weinkrug. Dabei ließ sie sich bewusst Zeit und verzog das Gesicht, als wenn sie bemerken würde, dass er leer wäre.

Mit einer Unschuldsmiene und ohne ein Wort zu sagen, schüttete sie dem alten Süffler Wasser in den Becher. Bevor Propst Glatt hätte protestieren können, war sie mit beiden Krügen verschwunden. Ihr verschmitztes Lächeln konnte der enttäuschte Pfarrherr nicht mehr sehen. Dafür bemerkte er Nepomuks Grinsen, als dieser seinen mit Wein gefüllten Becher genüsslich zum Mund führte.

Nun warteten alle auf Lodewig, der noch schnell zu Ignaz in den Stall gegangen war, um ihm aufzutragen, sich bereitzuhalten, falls man in Bezug auf den gestrigen Vorfall am Entenpfuhl Fragen an ihn haben würde.

»Richte deine Gewandung etwas und striegle dir die Haare!«, rügte er ihn noch.

Als der Kastellan den Raum betrat, erhoben alle ihre Becher und riefen ihm laut »Gesundheit!« entgegen.

Noch während Lodewig zu seinem Platz an der Stirnseite des großen Tisches ging, hatten die anderen einen Schluck genommen, die Becher abgestellt und zu klatschen begonnen. Lediglich Propst Glatt hatte sein Getränk verschmäht und schaute beleidigt drein.

Lodewig wehrte ab. »Beklatscht nicht mich, sondern meinen Lebensretter!« Dabei zeigte er bescheiden auf Jockel Mühlegg.

Jockel war es äußerst unangenehm, als die anderen ihr Klatschen verstärkten und sich ihm zu Ehren auch noch von den Sitzen erhoben.

Der Kastellan ließ sie gewähren, deutete ihnen aber gleich darauf, sich wieder zu setzen. »Also: Warum ich euch zusammengerufen habe, wisst ihr ja bereits«, eröffnete der Hausherr die Zusammenkunft. »Wenn Jockel nicht gewesen wäre, würde mir heute wahrscheinlich das linke Bein fehlen.«

Da alle wussten, was damit gemeint war, ging ein betretenes Raunen durch den Raum.

»Du meinst …«, war Nepomuk der Erste, der etwas zu sagen imstande war, es aber nicht auf Anhieb herausbrachte.

»Ja! Für mich gibt es keinen Zweifel, dass ich das nächste Opfer des Gliedermörders hätte werden sollen. Wer sonst hätte mich wohl umbringen wollen?«, bestätigte Lodewig emotionslos Nepomuks Andeutung und blickte dabei so locker ins Rund, als wenn er nichts damit zu tun hätte.

»Du meinst also, dass dich dieselbe Person, die Bertel Schwabacher und die anderen auf dem Gewissen hat, von hinten niedergeschlagen hat und töten wollte? Wenn dem tatsächlich so ist, wäre es – nach dem, was bisher geschehen ist – jetzt tatsächlich das linke Bein gewesen, das drangekommen wäre und das er seinem nächsten Opfer abgetrennt hätte«, folgerte Nepomuk zu Ende.

»Also gut! Gehen wir davon aus, dass es der Gliedermörder war, der dich als sein nächstes Opfer auserkoren hat«, nahm sich Peter Immler das Wort. »Aber was ist dann mit Maria? … Das passt doch alles nicht zusammen: Erst vier männliche Tote, danach eine verschwundene Frau und dann wieder ein Anschlag auf einen Mann. Sind derjenige, der Maria entführt hat, und derjenige, der dir eins über den Kopf gezogen hat, nicht ein und dieselbe Person?«

Da meldete sich der Ortsvorsteher zu Wort: »Was wäre, wenn deine Maria zwar nicht in das Schema des Gliedermörders passen würde, von ihm aber …«, Hermann Schädler schluckte, »gefangen gehalten wird, um ihm – bitte sei mir nicht böse, Peter – für andere Dienste zur Verfügung zu stehen?«

Diesen Gedanken konnte der junge Kaufmann nicht ertragen, weswegen er seinen Kopf in den Händen vergrub.

»War dies nötig?«, fragte Lodewig den Ortsvorsteher, der selbst gemerkt hatte, dass er etwas zu deutlich gewesen war.

»Ich bin mir absolut sicher, dass es sich um ein und dieselbe Person handelt, die Maria entführt, die anderen ermordet hat und bei meinem Sohn gescheitert ist«, sagte Lodewigs Vater, um wenigstens etwas vom soeben Geäußerten abzulenken.

»Da muss ich Euch beipflichten«, unterstützte ihn Schwester Bonifatia, die der Meinung war, dass in einem so kleinen Ort wie Staufen unmöglich zwei Mörder zur gleichen Zeit ihr Unwesen treiben konnten, diese These.

Nach einem längeren Disput, bei dem alle nur möglichen und unmöglichen Erwägungen auf den Tisch gekommen und ausführlich erörtert worden waren, gelangten sie dann auch einmütig zu der Meinung, dass es nur einen einzigen Mörder geben konnte; zumal sie nicht einmal sicher wussten, ob Maria entführt worden und tatsächlich in der Gewalt des Gliedermörders war. So lief die diesbezügliche Unterhaltung immer wieder darauf hinaus, dass Maria Staufen – aus was für Gründen auch immer – vielleicht doch aus eigenem Willen verlassen haben könnte.

»Du hast doch mit Cornelius selbst tagelang jeden Winkel nach ihr abgesucht und sie nirgends gefunden«, versuchte Lodewig, Peter Immler wenigstens etwas zu beruhigen.

»Außerdem waren noch einige andere Suchtrupps unterwegs und haben ebenfalls nichts entdeckt!«, ergänzte der Ortsvorsteher.

»Dies würde dafür sprechen, dass Maria tatsächlich nicht mehr in Staufen ist und noch lebt, … oder?«, meinte daraufhin die Schwester mit einer Spur Optimismus in ihrer Stimme.

»Dennoch müssen wir den Tatsachen ins Auge sehen und damit rechnen, dass der Sünder Maria in seiner Gewalt hat und wieder zuschlagen wird«, stellte der schlecht gelaunte Propst wenig einfühlsam fest.

»Er hat recht! Und so, wie es aussieht, hat er dich als sein nächstes Opfer auserkoren, Lodewig«, warnte sein Vater, relativierte seine Meinung aber, indem er noch hinzufügte: »Vielleicht war es aber auch nur Zufall oder die günstige Gelegenheit, weil du allein warst und fast wehrlos mit beiden Beinen im Schlick gesteckt bist, was diesen Gliedermörder auf dich aufmerksam gemacht hat?«

»Man müsste wissen, ob er seine Opfer zufällig auswählt oder ob er gezielt vorgeht. Sollte zweiteres der Fall sein, hätte sein Morden Methode … Die abgetrennten Glieder würden jedenfalls dafür sprechen«, beteiligte sich jetzt der Gardehauptmann an der lebhaften Unterhaltung. Er wusste, dass diese These schon einmal im Raum gestanden hatte und noch nicht vom Tisch war.

»Solange wir dies nicht wissen, ist Lodewig in Gefahr und sollte das Schloss nicht mehr verlassen!«, kam es von der Tür, zu der sich jetzt alle Köpfe drehten.

Sarah war mit einem Krug Wein zurückgekommen, um ihn Propst Glatt hinzustellen.

»Sarah, bitte!«, deutete ihr Lodewig schroff, sich nicht einzumischen und wieder an ihre Arbeit zu gehen. Die stolze, aber friedliebende Kastellanin stellte dem Propst mit einem Augenzwinkern den Krug hin und gehorchte, ohne zu murren. Allerdings warf sie Lodewig einen vielsagenden Blick zu, weswegen der Kastellan den ersten Teil des Gespräches mit den Worten »Wir machen eine kleine Pause. Ich komme gleich wieder!« beschloss und Sarah folgte. Dabei wurde er von durchwegs verständnisvollen Blicken begleitet.

Während der Propst sich den Becher gleich zweimal hintereinander füllte und sich die anderen angeregt miteinander unterhielten, war Lodewig bei seiner besorgten Frau, um sich für seinen unangemessenen Ton zu entschuldigen und sie gleichzeitig zu beruhigen. So ganz nebenbei alberte er ein bisschen mit den Zwillingen und dem Nesthäkchen herum. »Wo ist Aurel?«, fragte er noch schnell und bekam zur Antwort, dass der Bub bei Ignaz sei und ihm beim Stallausmisten helfen würde.

»Oh! Da war ich doch vorher, habe ihn aber nicht gesehen!«, nickte Lodewig und küsste seine Frau zart auf den Mund.

»Was macht dein Kopf?«, wollte Sarah noch wissen.

»Es geht. Die Schmerzen sind erträglich. Wenn Eginhard aus Immenstadt zurück ist, kann er sich die Wunde ja mal ansehen. Nepomuk sagt, dass es nicht schlimm sei und mein Holzkopf mehr aushalten würde. Die Wunde darf sich nur nicht entzünden.«

Etwa zehn Minuten später konnte es weitergehen. Nachdem die bestehende Situation hinreichend erörtert worden war, sollte es beim zweiten Teil der Zusammenkunft um die weitere Vorgehensweise und – wenn möglich – um Lösungsvorschläge gehen. Auch wenn Lodewig Glück gehabt und der Gliedermörder nur so fest zugeschlagen hatte, dass er besinnungslos geworden war und lediglich eine unbedenkliche Kopfwunde erlitten hatte, steigerte sich seine Stinkwut auf den Unbekannten mit jedem Moment, in dem er an ihn dachte. Immerhin war er jetzt erstmals persönlich und direkt betroffen, so glaubte er. Da er diesen Mistkerl mit aller Gewalt endlich fassen wollte, ging er die Sache ohne Umschweife an. »So, Jockel! Und nun berichte uns, wie es dir bei der Verfolgung des Unbekannten ergangen ist!«, gebot der Kastellan, während er ans Fenster ging, um das nahende Frühjahr hereinzulassen.

Nachdem die trüben Fensterscheiben nicht mehr störten, drückte die Vormittagssonne mit aller Macht ins *Streifenzimmer* herein und blendete diejenigen, die ihr gegenübersaßen.

»Und, Jockel?«, ermunterte der Kastellan seinen Lebensretter anzufangen, bekam aber anstatt einer Antwort zunächst nur einen irgendwie eingeschüchtert wirkenden Blick zurück.

Der einfache Bursche war es nicht gewohnt, vor einem honorigen Auditorium zu sprechen, und benötigte eine gewisse Zeit, um sich zu sammeln, bevor er endlich begann: »Leider war ich zu spät dran. Ich bin von einem meiner Ausdauerläufe gekommen und …«

Als er dies sagte, schauten ihn die anderen verwundert an.

»Ausdauerlauf! Was ist denn das für eine unchristliche Narretei?«, fragte der Propst.

»Nun lass ihn doch erst einmal erzählen!«, schaltete sich der Ortsvorsteher dazwischen und ermunterte Jockel weiterzuberichten.

»Nun! Wie ihr wisst, bin ich der Butz und benötige viel Kraft für dieses Amt. Zudem war ich bis vor Kurzem schwer lädiert. Deswegen muss ich alles dafür tun, um am Fasnatziestag bei besten Kräften zu sein. Jedenfalls bin ich von einem meiner täglichen Läufe zurückgekommen und …«

»Es wäre gescheiter, wenn du täglich in die Kirche gehen würdest, um bei unserem Herrn Jesus Christus die benötigte Kraft zu erbitten, anstatt dich sinnlos zu schinden«, unterbrach der Propst schon wieder.

»Nun ist es aber gut!«, dämpfte ihn jetzt der Ortsvorsteher und schlug mit seiner Kappe auf den Tisch. »Sprich weiter, Jockel!«

»Ich habe mich vor dem Färberhaus mit Matthiß Spindelhirn unterhalten, bevor ich in Richtung Entenpfuhl weitergelaufen bin. Hätte ich auf diese Unterhaltung verzichtet, wäre ich früher bei Lodewig gewesen und er wäre vielleicht nicht niedergeschlagen worden … Es tut mir leid, Lodewig!«

Nachdem ihm der Kastellan versichert hatte, dass es keinen Grund für eine Entschuldigung geben würde, berichtete der inzwischen lockerer gewordene Jockel munter drauflos.

»Und wie ist es dann weitergegangen?«, drängte jetzt auch Nepomuk.

»Nachdem Ignaz Lodewig versorgt hat und Aurel zum Schloss hoch unterwegs war, um Bruder Nepomuk zu holen, bin ich der merkwürdig aussehenden Gestalt nachgeeilt. Dabei habe ich seine Spuren öfter verloren; immer dort, wo der Schnee bereits weggeapert war. Aber ich habe seine Fußabdrücke stets wiedergefunden und dabei festgestellt, dass der Unbekannte das ganze Dorf hindurch Haken geschlagen hat, wie ein Karnickel, vermutlich, um sein Ziel zu verschleiern. Das letzte Mal, dass ich seine Spuren gesehen habe, war kurz vor dem Huberhof. Dort habe ich sogar geklopft und gefragt, ob sie jemanden gesehen haben. ›Die Letzten, die uns besucht haben, waren Cornelius Brugger und irgend so ein grantiger Immenstädter. Die haben auch jemanden gesucht. Und jetzt verschwinde!‹, hat der ungehobelte Bauer nur gesagt und mir die Tür vor der Nase zugeschlagen. Da sich die Spuren des Unbekannten mit denen der Hofbewohner vermischt haben, war es unmöglich geworden, sie wiederzufinden. Außerdem hat es begonnen, dunkel zu werden … Das war's!«

Lange sagte niemand ein Wort. Alle schienen nachzudenken – jeder auf seine Weise: Während der Altkastellan sich mit seiner Tonpfeife am Kopf kratzte, strich sich Nepomuk durch den Bart. Peter Immler schnaufte tief durch und Schwester Bonifatia tippte unruhig mit den Fingern auf die Tischplatte. Während Jockel Mühlegg sich unauffällig und möglichst vorsichtig bemühte, seine Fingernägel unter der Tischplatte zu reinigen, suchte Propst Glatt den Wein der Erkenntnis in seinem Becher.

»Wenn er nach Norden abgehauen ist, kann er nur in Richtung Genhofen oder nach Buflings gegangen sein«, sagte Eginhard, der soeben aus Immenstadt zurückgekehrt war und schon ein Weilchen unter dem Türrahmen gestanden hatte.

»Eginhard! … Schön, dass du wieder zurück bist. Setz dich zu uns!«, freute sich Lodewig.

»Na, mein Bruderherz? Nun haben wir beide eins über den Schädel bekommen. Sarah hat mir alles erzählt … Aber jetzt lasst euch nicht von mir stören«, sagte er noch, bevor er sich einen Stuhl zu Lodewig zog, um sich dessen Kopf zu betrachten.

Während sich die beiden mit einer herzlichen Umarmung begrüßten, sagte der Altkastellan knapp: »Mein Sohn hat recht!«

»Wenn es stimmt, was Jockel sagt, ist der – wie nennt ihr ihn alle? – ›Gliedermörder‹ abgehauen!«, stellte Eginhard sachlich fest. »Oder er ist irgendwo in unserer Ecke untergekrochen!«, warf er auch noch eine andere Möglichkeit in die Debatte.

»Und wo? Dort draußen gibt es doch nur einen einzigen Bauernhof«, bemerkte Peter Immler verzweifelt.

»Aber der hinterkünftige Bauer Moosmann wäre dazu in der Lage, diesem Mistkerl gegen Bezahlung Unterschlupf zu gewähren«, ließ Hannß Ulrich Dreyling von Wagrain in Erinnerung an eine alte Begebenheit etwas Hoffnung aufkommen.

Lodewig stand auf und stützte sich mit beiden Handflächen an der Kante der eichenen Tischplatte ab. »Wisst ihr was?«, sagte er laut und schlug mit der flachen Hand auf das Holz. Ohne ernsthaft eine Rückantwort zu erwarten, fuhr er fort: »Ihr bleibt hier und unterhaltet euch weiter. Ich reite indessen mit Nepomuk zu Moosmann und quetsche ihn aus … Egal, was wir erfahren: es wird uns weiterbringen. In allerspätestens einer Stunde sind wir wieder zurück!«

Sowie Lodewig ausgesprochen hatte, war der Mönch aufgestanden und hatte gesagt, dass er nur schnell das »Kreuz Christi« holen würde.

»Was hat er damit gemeint?«, wollte Schwester Bonifatia vom Propst, der nur den Kopf schüttelte, wissen.

»Er hat damit seine Doppelaxt, deren Kontur dem ›Signum Templi‹, dem Kreuz der Tempelritter, ähnelt, gemeint«, klärte der Propst den lockeren Spruch seines Glaubensbruders auf, während er rasch noch einen Schluck Wein trank.

Indessen hatte auch Lodewig den Raum verlassen, um sich für den kurzen Ritt zum Hof des Bauern Moosmann bereitzumachen. Sicherheitshalber würde auch er sich gut bewaffnen. Dass ihn Sarah nicht gehen lassen wollte, versuchte er im Dienste der Sache zu ignorieren. Er wollte die Morde endlich und endgültig aufgeklärt wissen.

KAPITEL 52

Während Aurelius dem Hofknecht beim Satteln der Pferde half, machten sich Lodewig und Nepomuk für ihren Besuch beim Bauern Moosmann fertig, wobei die Vorbereitung in erster Linie darin bestand, sich Sarahs Ängste sowie deren gut gemeinte, aber nicht enden wollende Ratschläge anzuhören.

»Liebes, bleib gelassen! Meinem Kopf geht es gut … Wirklich!«, argumentierte Lodewig und versuchte, seine besorgte Frau weiter zu beruhigen. »Es ist alles in Ordnung. Außerdem unternehmen wir keine Reise ans Ende der Welt. Wir reiten nur schnell in Richtung Sinswang und sind wahrscheinlich sogar schon in einer Stunde zurück.«

»Außerdem ist Gott bei uns! … Und sein verlängerter Arm«, unterstützte ihn Nepomuk, der, als er dies sagte, seine Doppelaxt tätschelte.

»Du bist mir ein sauberer Mönch«, musste Sarah nun doch noch lachen, beschloss das Gespräch dennoch mit einer mahnenden Bitte: »Achte auf meinen Mann!«

Nepomuks selbstbewusstes Nicken strahlte Vertrauenswürdigkeit aus und trug dazu bei, dass Sarah sich etwas beruhigte und die beiden gehen ließ.

Als sie über den Schlosshof zum Tor ritten, winkten ihnen nicht nur sämtliche Familienmitglieder aus dem Vogteigebäude, sondern auch die anderen aus den Fenstern des *Streifenzimmers* nach.

»Der Kastellan ist weg … Ich leite jetzt unsere Zusammenkunft!«, stellte der Ortsvorsteher unmissverständlich klar und ergänzte knapp: »Setzt euch wieder!« Er blickte in die Runde und fragte unwirsch: »Wo ist der Pfaffe?«

»Wahrscheinlich im Weinkeller!«, scherzte Hannß Ulrich Dreyling von Wagrain, der seinen alten Freund Johannes Glatt nur allzu gut kannte und zeigen wollte, dass er Hermann Schädlers strengen Auftritt nicht ernst nahm.

Und tatsächlich: Kurz darauf kam der Propst in Begleitung von Sarah, die in der linken Hand einen Wasserkrug und was noch viel wichtiger war – in der anderen einen Weinkrug hielt. Um sicherzustellen, dass der Krug, den Sarah in ihrer rechten Hand trug, auch dieses Mal dort hingestellt wurde, wo er hingehörte, wich der Pfarrherr nicht von ihrer Seite.

»Können wir nun endlich weitermachen?«, knurrte Hermann Schädler, der offensichtlich stolz darauf war, in den altehrwürdigen Räumen des Staufner Schlosses eine Zusammenkunft leiten zu dürfen.

»Also: Wer hat etwas zu sagen?«, fragte der Altkastellan, der solche Beratungen in früheren Zeiten selbst geleitet hatte und dem Ortsvorsteher zu verstehen geben wollte, wer im Schloss das Sagen hatte.

Hermann Schädler schaute zwar irritiert drein, schloss sich der Frage des ehemaligen Hausherrn aber an: »Also?«

Eginhard meldete sich zu Wort: »Nun ja. Lasst uns überlegen, wo sich der Mehrfachmörder …«

»Wir nennen ihn ›Gliedermörder‹«, unterbrach Fabio vorlaut.

»Ich weiß, Fabio. Aber mir ist diese Bezeichnung zu pathetisch«, antwortete Eginhard höflich und formulierte seine Frage um: »Auch wenn Lodewig und Nepomuk nichts in Erfahrung bringen sollten, müssen wir herausfinden, wo sich der Unbekannte aufhalten könnte.«

»Lasst uns gedanklich alle Gebäude durchgehen, die sich von diesem Huberhof aus nach Norden hin befinden«, schlug Hauptmann von Huldenfeld, der sich hier nicht auskannte, vor, um selbst mehr darüber zu erfahren.

»Gut!«, befand Eginhard und ließ von einem nach dem anderen die Bauernhöfe aufzählen, die in dieser Richtung lagen.

Sarah war dieses Mal nicht hinauskomplimentiert worden und deswegen interessiert im Raum geblieben. Und wenn sie nun schon einmal hier war, wollte sie sich auch am Gespräch beteiligen. So hatte sie bereits mehrmals versucht, sich durch Handzeichen Gehör zu verschaffen, war aber im Eifer der Gebäudeaufzählung nicht damit durchgekommen.

Schwester Bonifatia hingegen konnte durch ihre Aufforderung, das Siechenhaus in Genhofen nicht zu vergessen, dazu beitragen, die Liste zu vervollständigen.

»Gut!«, sagte der Ortsvorsteher zufrieden, nachdem die neun Bauernhöfe in Sinswang, Genhofen und Buflings aufgezählt worden waren. »Wir müssen mit allen Bauersleuten sprechen und gegebenenfalls die Gehöfte durchsuchen! Wenn er nicht bis nach Stiefenhofen oder noch weiter geflohen ist, müssten wir ihn eigentlich aufstöbern können.«

»Du glaubst doch selbst nicht, dass einer der gottesfürchtigen Bauern diesen Haderlumpen bei sich aufnehmen würde?«, bezweifelte der Propst, der sich jetzt, da der Weinkrug direkt vor ihm stand, sichtlich wohlfühlte.

»Vielleicht geschieht dies nicht freiwillig. Es könnte doch sein, dass eine der Bauersfamilien bedroht und dazu gezwungen wurde, dem Mörder Unterschlupf zu gewähren«, mutmaßte der Altkastellan.

»Oder sie wissen nicht, mit wem sie es zu tun haben. Immerhin habe ich ihn auch nicht erkannt und nicht einmal sein Gesicht gesehen. Es könnte doch sein, dass sein Aussehen im Widerspruch zu seinen grässlichen Handlungen steht und er ein Engelsgesicht hat?«, trug Jockel Mühlegg zur Diskussion und zur allgemeinen Erheiterung bei.

»Ein Wolf im Schafspelz, meinst du?«, verfeinerte Eginhard die Aussage des Butzes.

Ein Weilchen herrschte nachdenkliches Schweigen. Dies wollte Sarah ausnutzen, um einen erneuten Versuch zu unternehmen, die Blicke der anderen auf sich zu lenken. Da Frauen bei solchen Zusammenkünften in der Regel nichts zu suchen hatten, war klar, dass sie keine Beachtung finden würde. Nur Schwester Bonifatia – die sich in ihrer Eigenschaft als Spitalleiterin offensichtlich zur Führungsriege des Dorfes zählen und deswegen dabei sein durfte – war Sarahs ständiges Fingergeschnipse aufgefallen. Sie wollte Sarah bei ihrem Vorhaben, etwas zu sagen, unterstützen, kam aber nicht mehr dazu. In dem Moment, als sie den Ortsvorsteher auf die ein ganzes Stück hinter ihm stehende Sarah aufmerksam machen wollte, klopfte es an der Tür und Rosalinde kam herein. Sie machte einen Knicks und entschuldigte sich für die Störung, bevor sie sich an Sarah wandte: »Herrin, könnt Ihr b … b… bitte mitkommen? D… d… d… die Kleine braucht Euch!«

»Was ist mit Magdalena?«, fragte die sofort besorgte Mutter, während sie schon den Raum verließ.

Ungeachtet dieser Unterbrechung dachten die anderen über weitere Unterschlupfmöglichkeiten nach.

Zur selben Zeit näherten sich Lodewig und Nepomuk dem verlotterten Gehöft des Bauern Moosmann. Dabei war Lodewig links neben Nepomuk hergeritten. Sie hatten sich angeregt unterhalten und wieder verschiedene Theorien aufgestellt. Je näher sie dem Hof gekommen waren, umso stiller waren sie geworden. Die letzte Achtelmeile ritten sie schweigend darauf zu. Dabei achteten sie auf jede Kleinigkeit. Lodewig veranlasste sein stolzes Pferd, in eine langsamere Gangart zu verfallen. Nepomuk machte es ihm mit seiner Stute nach. Als sie direkt vor dem kleinen Anwesen standen, begannen beide Pferde, aufgeregt zu tänzeln und zu schnauben.

»Irgendetwas beunruhigt sie«, flüsterte der Kastellan und stieg ab. Er ging zu Nepomuk, der sich zu ihm herunterbeugte, um ihn besser verstehen zu können. »Sicherheitshalber bleibst du noch auf deinem Ross. Falls er hier ist und flüchten will, kannst du ihm gleich nachpreschen«, empfahl Lodewig seinem Freund.

Nepomuk nickte und zog seinen »verlängerten Arm« aus der extra hierfür angepassten Hülle, die ihm ein Sigmaringer Lederer gefertigt hatte. Er warf seinen Kopf seitlich nach oben, was so viel heißen sollte wie: »Nun geh schon!«

Lodewig drückte ihm noch schnell die Zügel seines Pferdes in die Hand und ging vorsichtigen Schrittes zur nördlichen Stallseite des Bauernhofes. Nachdem er festgestellt hatte, dass dort alles ruhig war und beide Flügel der Stalltür geschlossen waren, lief er um das ganze Anwesen herum zur Haustür. Dabei blickte er in jedes Fenster. Aber er sah nichts und hörte auch nichts. Nachdem er Nepomuk gedeutet hatte, sich mit den Pferden bis zum Stall zu begeben, klopfte er an die Haustür. Aber es rührte sich nichts. Er klopfte nochmals und rief, während er mit seiner Faust weiter an die Tür hämmerte: »Herr Moosmann! – Kommt heraus! – Ich muss mit Euch sprechen!«

Als Lodewig glaubte, etwas zu hören, zog er seine Waffe und postierte sich seitlich der Tür.

»Wer möchte etwas von mir?«, kam es frostig zurück.

»Ich bin es: Der Schlossverwalter des Grafen, Lodewig Dreyling von Wagrain! … Und nun öffnet endlich die Tür, bevor ich ungeduldig werde!«

»Moment, edler Herr!«, hörte Lodewig durch die noch verschlossene Tür mehr murmeln als sagen.

Endlich öffnete sich die Tür einen Spalt breit und Lodewig konnte den Kopf des Bauern, der mit Sicherheit verlaust gewesen wäre, wenn er noch Haare gehabt hätte, sehen.

»Nun stellt Euch nicht so an! … Oder habt Ihr etwas zu verbergen?«, knurrte Lodewig und drückte die Tür mit seinem Degen ganz auf. Allerdings trat er sofort wieder einen Schritt zurück und zog hastig ein Tuch aus der Tasche, um es sich vor Nase und Mund zu halten. »Habt Ihr eine Leiche versteckt? Das stinkt ja bestialisch! … Und ich meine nicht Eure Schnapsfahne!«

Der Bauer stotterte verlegen: »Edler Herr …«

»Schon gut!«, knurrte Lodewig. Nachdem er dem Bauern erklärt hatte, warum er hier sei, und dieser vehement den Kopf geschüttelt hatte, forderte er, das Anwesen durchsuchen zu dürfen.

Da der Bauer wusste, dass er nicht dazu imstande war, etwas dagegen zu unternehmen, und er sich noch allzu gut 15 Jahre zurückerinnern konnte, nickte er nicht nur, sondern gestand gleich, dass er ein Pferd in Untermiete habe. Damals hatte er seinen Stall ebenfalls vermietet gehabt und dies bei einer ähnlichen Situation Lodewigs Vater gegenüber – als der noch Kastellan gewesen war – verschwiegen. Als er seinerzeit Hannß Ulrich Dreyling von Wagrain auch noch angelogen hatte, war es nicht zu vermeiden gewesen, dass sein Gesicht schmerzliche Bekanntschaft mit frischen Pferdeäpfeln hatte machen müssen. Und dies wollte der älter gewordene Bauer nicht noch einmal erleben …, auch wenn er danach wohl kaum mehr stinken würde als sowieso schon. Also berichtete er dem Kastellan freiwillig, dass ein Fremder von Zeit zu Zeit seine Stute bei ihm unterstellen würde.

»Das ist doch nicht verboten, oder?«, fragte er ängstlich, bevor er dem Kastellan bereitwillig und ziemlich genau schilderte, von wann bis wann das Pferd des Unbekannten jeweils bei ihm im Stall gestanden hatte. »Das letzte Mal hat er es kurz nach Weihnachten gebracht!«, schloss er seine Ausführungen und wischte sich den Schweiß von der dreckigen Stirn.

Lodewig schüttelte den Kopf und lächelte. »Wenn Ihr den Zehnten Eurer Stallmiete beim Grafen abgeliefert habt, ist es nicht verboten! … Und nun geht mit mir zum Stall!«, befahl er – ob dieser Neuigkeit gut gelaunt. Er war froh, die Hausdurchsuchung verschieben zu können oder vielleicht sogar überhaupt nicht mehr durchführen zu müssen. Er hatte ein gutes Gefühl: Auch wenn der Bauer ein hinterkünftiger Schlawiner war, hatte er ihm immerhin unumwunden und aus freiem Antrieb heraus gestanden, dass er in seinem Stall ein Pferd zur Pflege habe. Und in seinem Haus hatte er sicher niemanden versteckt – zumindest keine lebenden Personen. Wer hätte es in dem Gestank auch aushalten sollen?

Während sie auf dem Weg zur Nordseite des verlotterten Anwesens waren, berichtete der Bauer auch noch nach bestem Wissen und Gewissen, wie derjenige, der das Pferd gebracht hatte, aussah. »… aber, wie gesagt: Ich habe ihn nie so genau gesehen und ihm niemals ins Gesicht geschaut. Mir sind lediglich sein feiner Wams und die schönen Lederstiefel aufgefallen.«

Lodewig stutzte, als er dies hörte, und ließ sich die Gewandung des Unbekannten genauer beschreiben.

Als der Bauer in etwas Entfernung den hünenhaften Mönch mit seiner Doppelaxt sah, war er froh, bereits alles gebeichtet zu haben. In der Hoffnung, dass der Kastellan dem gräflichen Steuereintreiber nichts von seinem kleinen Geschäft berichten würde, erzählte er sogar auch noch, dass der Fremde vor ein paar Tagen den Weg zu Fuß vom Dorf hier heraus in Richtung seines Hofes genommen hatte, ohne sein Pferd geholt zu haben. »Ich habe mich noch darüber gewundert; insofern auch, weil ich frische Schleifspuren im Schnee gesehen habe, er aber nichts bei sich gehabt hat.« Er zuckte mit den Schultern. »Demnach haben diese Spuren wohl doch nicht zu ihm gehört.«

Hätte er – anstatt gut hörbar Nasensekret hochzuziehen und auszuspucken – auch noch berichten können, dass genau dieselbe Person ihr Pferd vor 15 Jahren schon einmal hier abgestellt hatte, wäre Lodewig schlagartig klar geworden, dass es sich bei dem Fremden um den ehemaligen Totengräber Ruland Berging handelte. Da dieser sein Aussehen aber stark verändert hatte, war er bisher noch von niemandem wiedererkannt worden, … auch nicht von diesem tumben Bauern.

»Du bist aber eine Schöne!«, sagte Lodewig und tätschelte die Stute des Rächers.

»Jetzt weiß ich, warum dein Hengst unruhig geworden ist«,

bemerkte der inzwischen herbeigepfiffene Nepomuk und grinste übers ganze Gesicht. Dennoch segnete er – so wie er es immer tat, wenn er ein Gebäude betrat – den Stall, indem er das Kreuzzeichen in die Luft zeichnete und sein um den Hals hängendes Kreuz küsste.

Der Bauer musste sich noch ein paar Fragen gefallen lassen, die er allesamt brav beantwortete. Danach musste er die Stute satteln und bekam dafür die Zusage, dass das Immenstädter Steueramt nichts erfahren würde.

»Wir lassen nichts hier, was dem Fremden gehört«, befahl Lodewig und deutete auf die Satteltaschen, in denen sich neben zwei Schafwolldecken auch Pökelfleisch, Dörräpfel, hartes, aber noch nicht angeschimmeltes Brot, ein gefülltes Wasserbehältnis aus Leder und ein gläsernes Schnapsfläschchen befanden. »Er ist für alles gewappnet, … auch für einen hastigen Aufbruch. Ich glaube, dass wir den Richtigen haben. Jetzt müssen wir ihn nur noch finden«, zeigte Lodewig sich gleichsam erfreut und zuversichtlich.

»Wegreiten kann er jetzt wohl kaum noch«, bemerkte Nepomuk, der nicht wusste, was er sich mit dieser Bemerkung eingebrockt hatte.

»Und damit dies so bleibt, nehme ich sein Pferd mit und du wartest hier auf ihn, während ich zum Schloss zurückreite.«

Der Mönch wollte schon protestieren, verstand aber die Notwendigkeit von Lodewigs Anliegen.

»Wir werden den Bauernhof nicht mehr aus den Augen lassen. Am besten wäre es, wenn du im Stall bleiben würdest.«

Nepomuk grauste es. Außer der durch Walter Krummstiefels Pferd erzeugten Wärme konnte er diesem Gedanken nichts Positives abgewinnen.

»Irgendwann wird er kommen, um nach seinem Ross zu sehen. Und bis dahin muss immer jemand hier sein. Ich lasse dir von Ignaz Decken und etwas zum Essen und Trinken bringen. Zur Nacht hin schicke ich dir einen von Huldenfelds Wachsoldaten zur Ablösung. Geht das so in Ordnung?«

»Ja!«, knirschte Nepomuk. »Und gib Ignaz auch etwas Wein mit!«

Nachdem Lodewig dem Bauern eingetrichtert hatte, wie er sich zu verhalten habe, preschte er in vollem Galopp zum Schloss zurück.

Dort war indessen munter weiterdisputiert worden. Nachdem Lodewig eingetroffen war, hatte er die Zügel der beiden Pferde dem verdutzt dreinschauenden Stallknecht in die Hände gedrückt und ihm gesagt, dass er ihm später alles erklären würde.

»Und wo ist Nepomuk?«, hatte Ignaz wenigstens wissen wollen, wenn er schon ein fremdes Pferd versorgen musste.

»Jetzt nicht!«, hatte der Kastellan nur gerufen und war zuerst ins Vogteigebäude geeilt, um sich bei Sarah zurückzumelden. Als er die Küche betreten hatte, war die kleine Magdalena auf ihn zugerannt, um ihm den Verband zu zeigen, den ihr die Mutter um die Hand gewickelt hatte.

»Ich habe mich geschnitten, Papa!«, hatte das Mädchen etwas Mitleid eingefordert, das es in Form eines Küsschens und der Zeit, die sich ihr Vater genommen hatte, um sich von ihr das Malheur erklären zu lassen, auch bekommen hatte.

»Halb so schlimm, wie es aussieht«, hatte Sarah, die froh gewesen war, ihren Mann wieder bei sich zu haben, abgewunken.

Nachdem Lodewig sie in kurzen Zügen vom aktuellen Stand der Dinge unterrichtet hatte, drängte er zu den anderen.

»Geh nur. Ich komme auch gleich«, hatte Sarah gesagt, als sich ihr Mann schon wieder abgemeldet hatte, um ins *Streifenzimmer* hinüberzueilen. »Unser Pfarrer scheint heute besonders viel Durst zu haben«, murmelte sie noch leise, aber Lodewig hatte verstanden: »Wenn du Wein aus dem Keller holst, bring bitte für Nepomuk auch zwei Quart mit«, hatte der Kastellan seiner Frau noch schnell aufgetragen, bevor er das Vogteigebäude verlassen hatte.

Als er das *Streifenzimmer* betrat, deutete er den anderen, sitzen zu bleiben und sich nicht stören zu lassen. Er fragte lediglich, wo Schwester Bonifatia sei.

»Die ist im Spital. Dort ist wohl jemand mit einer schlimmen Beinverletzung eingeliefert worden«, klärte der Ortsvorsteher den Kastellan, der sich ermattet auf seinen Stuhl fallen ließ, auf.

»Gut! Macht weiter!«

Bevor er selbst etwas erzählte, wollte Lodewig hören, was sich die anderen während seiner Abwesenheit aus ihren Gehirnwindungen gequetscht hatten. Offensichtlich hatten sie gerade erst damit begonnen, ihre Liste der Bauernhöfe, die zwischenzeitlich von neun auf zwölf angewachsen war, durch Heinzenstadel, Heuschober, Jagdhütten und andere Unterschlupfmöglichkeiten zu verlängern.

Während die anderen fleißig drauflosplapperten, schrieb Eginhard alles mit und machte sich Notizen zu den einzelnen Bauernfamilien, sofern sie ihm bekannt waren. Bevor die Bauernhöfe durchsucht würden, wollte er vorschlagen, nach dem Ausschlussprinzip vorzugehen und sich zuerst diejenigen Gehöfte vorzunehmen, deren Besitzer aus irgendwelchen Gründen bereits Dreck am Stecken hatten. Eginhard glaubte zwar grundsätzlich an das Gute im Menschen, aber nicht daran, dass sich Menschen änderten.

»Wenn jemand einmal Mist gebaut hat, ist er auch zu neuen Schandtaten bereit«, hatte er zum neben ihm sitzenden Jockel gesagt, als dieser gefragt hatte, weshalb er dies denn alles zusammenschreiben würde.

Irgendwann kam Sarah, um Wein nachzuschenken. Während sie dies tat, hörte sie, worüber gerade gesprochen wurde. Sie wartete, bis ihr Schwiegervater, der eben mehrere Jagdunterstände aufgezählt hatte, fertig war und meldete sich jetzt selbstbewusst zu Wort: »Darf ich endlich auch etwas sagen?«

Niemand widersprach der Kastellanin, von der alle dachten, dass sie aufgrund des neuen Standes der Dinge eigentlich nichts mehr beitragen konnte. Allerdings hatte sie sich vorhin, als ihr kein Gehör geschenkt worden war, etwas verletzt gefühlt, weswegen sie das, was sie hatte sagen wollen, nun doch noch loswerden wollte.

Alle Augen waren gespannt auf sie gerichtet.

Da Lodewig nicht wissen konnte, dass Sarah während seiner Abwesenheit bereits im Raum gewesen war und noch einen möglichen Ort nennen wollte, wunderte er sich zwar, erteilte ihr aber das Wort, bevor es der Ortsvorsteher tun konnte. »Also, Sarah … Wir hören!«

Die stolze Frau schob sich zwischen den Ortsvorsteher und ihren Schwiegervater, bevor sie begann: »Ihr habt euch redlich bemüht, alle infrage kommenden Bauernhöfe aufzuzählen. Als ich vorhin hier war, habt ihr aber keine anderen Unterschlupfmöglichkeiten in Erwägung gezogen. Da mich dies gewundert hat, wollte ich euch vorschlagen, auch an kleinere Gebäude zu denken. Aber mittlerweile seid ihr ja selbst darauf gekommen und die Sache hat sich erledigt.« Sie dämpfte ihre Stimme, legte aber einen etwas frechen Unterton darauf: »Bitte entschuldigt meine Einmischung in ein Männergespräch.«

Lodewig musste schmunzeln. So kannte er seine Frau: mutig! Und immer geradeheraus!

So ganz nebenbei fragte Sarah noch, ob denn auch der alte Geißenunterstand in Richtung Sinswang mit ins Kalkül gezogen worden war.

Hermann Schädler tippte sich an die Stirn und sagte: »Ich Narr. Den habe ich doch tatsächlich vergessen.«

»Gibt es den denn überhaupt noch?«, fragte Fabio, der den Stadel von früher her kannte. Mit Schaudern erinnerte er sich daran, wie er direkt bei dem Stadel ein großes Feuer gemacht hatte, um Pesttote zu verbrennen.

»Natürlich gibt's den noch!«, antwortete Lodewigs und Eginhards Vater, dem die kleine Holzhütte sicherlich noch in den Sinn gekommen wäre, wenn Sarah nicht dazwischengefunkt hätte. »Er ist nur von Bäumen und Sträuchern derart überwuchert, dass man ihn nicht mehr sehen kann … Ein ideales Versteck also!«, stellte der Altkastellan, der den Stadel mit dem weit ausladenden Vordach in früheren Zeiten als winterliches Futterlager für das Wild genutzt hatte, abschließend fest.

Lodewig hörte den anderen still zu und warf Sarah dankbar ein Fernküsschen zu. Er schüttelte laut lachend den Kopf, bevor er ihn in seinen Händen vergrub.

»Was ist denn mit dir los?«, wurde er vom Ortsvorsteher gefragt.

»Ich bin der Narr, Hermann, nicht du!«

»Das ist mir auch lieber so«, scherzte der Ortsvorsteher und bat Lodewig, ihn und die anderen an was auch immer teilhaben zu lassen.

»Ich hätte eigentlich gleich darauf kommen müssen!«, schalt Lodewig sich selbst und schüttelte abermals ungläubig den Kopf. »Aber erst Sarah hat mich an den Geißenunterstand erinnert.« Lodewig überlegte kurz, wie er es anpacken sollte, bevor er loslegte. Dabei drohten seine Gedanken in die Zeit abzudriften, in der er und Sarah ihre Liebe hatten heimlich ausleben müssen und ihnen dieser Unterstand als Liebesnest gedient hatte. Bei diesem Gedanken musste Lodewig schmunzeln.

Jetzt wussten die anderen überhaupt nicht mehr, was los war. Nur Sarah konnte sich denken, was gerade im Kopf ihres Liebsten vorging, und schmunzelte ebenfalls.

»Was nun, Lodewig? … Träumst du?«, wurde er aus seinen wohligen Gedanken gerissen und antwortete fast etwas verlegen: »Äh … Nein!« Er fand aber schnell wieder den Faden: »Als ich mit Nepomuk zum Bauern Moosmann geritten bin, hätte mir der alte Stadel eigentlich von selbst in den Sinn kommen müssen. Aber wir waren so ins Gespräch vertieft, dass ich einfach nicht daran gedacht habe. Aber der Bauer hat mir etwas Interessantes erzählt, das genau ins Bild passt. Zunächst muss ich euch berichten, dass ein Fremder schon seit geraumer Zeit sein Pferd bei ihm untergestellt hat. Um konkreter zu sein, mit Abständen ziemlich genau seit der Zeit, als es den ersten Toten gegeben hat.«

Nachdem Lodewig dies gesagt hatte, zog sich ein Raunen, das schon bald in aufgeregtes Durcheinanderreden überging, durch den Raum.

»Nun lasst mich doch erst einmal zu Ende erzählen!«, bat Lodewig um Ruhe. »So wie es aussieht, handelt es sich um den unauffällig wirkenden Fremden mit der stadtbürgerlichen Gewandung, den man von Zeit zu Zeit im Dorf sieht … oder gesehen hat.«

Peter Immler schoss von seinem Stuhl hoch und hieb mit der Faust auf den Tisch. »Wenn ich den erwische! Der kann was erleben!«

»Beruhigt Euch und lasst den Kastellan weitererzählen«, mischte sich der Ortsvorsteher – der immer noch glaubte, die Versammlung zu leiten – ein.

Nachdem der Immenstädter Kaufmann sich zwar wieder gesetzt, aber noch nicht beruhigt hatte, fuhr Lodewig mit Blick auf ihn fort: »Am Tag nach der Fähnrichswahl ist dem Bauern auf seinem Weg ins Dorf genau dieser Mann entgegengekommen. Dies dürfte ebenso kein Zufall gewesen sein wie das, was der Bauer gesehen, an diesem Tag aber irgendwie nicht richtig registriert hat.« Lodewig deutete mit einer Hand am Mund an, dass Moosmann ein Säufer sei, fuhr dabei aber lückenlos fort: »Er hat eine merkwürdige Schleifspur im Schnee entdeckt.«

Lodewig merkte, dass er unvernünftig gewesen war und Peter Immler hätte darauf vorbereiten sollen. Aber es war zu spät: Marias

Geliebter war schon wieder hochgeschossen und führte sich jetzt auf wie ein Wilder. Dabei schwor er sämtliche Kreaturen der Hölle herauf und wischte sogar den Weinkrug vom Tisch, was den Propst veranlasste, einen Versuch zu unternehmen, den Immenstädter zu beruhigen. Aber der wollte sich nicht beschwichtigen lassen und erwischte den durch den vielen Wein nicht mehr ganz so standhaften Pfarrherrn so unglücklich, dass dieser seitlich vom Stuhl herunter zu Boden fiel. Während Peter Immler zur Tür rannte und schrie: »Ich hole mir dieses Schwein!«, halfen zwei der Männer dem Propst auf die Füße. Lodewig eilte dem Ratsherren, der verständlicherweise völlig außer sich war, nach und packte ihn fest am Arm. »Wenn du dich jetzt nicht sofort beruhigst und dich nicht umgehend wieder auf deinen Stuhl setzt, bekommst du Ärger mit mir! … Ist das klar?«

Er hatte dabei einen solchen Ton angeschlagen und eine derartige Lautstärke gewählt, dass blitzartig alles still geworden war. Sarah war bereits aus dem Raum geeilt, um Rosalinde mit einem Putzlappen zu holen. Peter Immler trollte sich zu seinem Platz zurück und die anderen, die dem Propst geholfen hatten, setzten sich ebenfalls wieder. Sie schwiegen so lange, bis Lodewig sich wieder das Wort nahm: »Ich verstehe dich, Peter. Aber wie auch wir, musst ganz besonders du jetzt vernünftig bleiben. Es macht keinen Sinn, wenn du Hals über Kopf davonrennst. – Du weißt ja nicht einmal, wo der bewusste Geißenunterstand ist. Wir werden die Sache gemeinsam aufklären und versuchen, Marias Leben zu retten, … falls derjenige, der mich niedergeschlagen hat, überhaupt etwas mit Marias Verschwinden zu tun hat und falls es sich um diejenige Person handelt, deren Pferd beim Moosmannbauern steht und die für die Gliedermorde verantwortlich ist! … Versprichst du mir, dass du dich jetzt beherrschen wirst und keinen Alleingang unternimmst?«

Der Immenstädter nickte und entschuldigte sich für sein Verhalten, das ihm – angesichts seiner seelischen Anspannung – sogar der Propst verzieh, obwohl durch Peter Immlers unsinnige Aktion zu allem hin auch noch der letzte Tropfen Wein verschüttet worden war.

Während Sarah mit Rosalinde zurückkam, die Magd den restlichen Wein vom Tisch wischte und die große Lache vom Boden putzte, knüpfte Lodewig an das zuvor Gesagte an: »Wir wissen also, dass sich der Fremde in der Richtung aufhalten muss, in die sich laut Jockels Aussage auch derjenige, der mich gestern niedergeschlagen hat, verzogen hat. Es könnte sich also tatsächlich um ein und dieselbe Person handeln.«

»Dies ist mehr als wahrscheinlich!«, bestätigte der Altkastellan – so, als wenn dies von Haus aus selbstverständlich und glasklar gewesen wäre – und stopfte sich ein Pfeifchen.

»Und da er nicht beim Moosmann untergekrochen ist und es dort weit und breit kein anderes Gehöft gibt, muss er sich irgendwo anders versteckt haben ... Wenn er in der Nähe seines Pferdes bleiben wollte, bleibt da tatsächlich nur der alte Geißenunterstand!«, endete Lodewig, um die Gedanken der anderen frei werden zu lassen.

Nachdem ein Weilchen disputiert worden war und Lodewig denen, die nicht wussten, wo genau dieser ehemalige Geißenunterstand war, die genaue Lage erklärt hatte, sagte Peter Immler in bewundernswerter Sachlichkeit: »Das deckt sich damit, dass Cornelius Brugger und ich bei unserer Suche nach Maria am Kapfberg entlang Spuren in Richtung dieser Hütte – die ich nicht kannte und an die Cornelius sich offensichtlich nicht erinnerte – gesehen haben. Wir haben dies dummerweise damit abgetan, dass es die Spuren eines anderen Suchtrupps seien. Hätte ich gewusst, dass dort eine Hütte ist ...«

Der darauf folgende Wortwechsel war weniger von Vernunft geprägt als eine reine Gefühlssache, bei der sich trotz der beteiligten klugen Köpfe die unbändige Wut aller entlud. Immerhin hatte der Gesuchte nicht nur Lodewig niedergeschlagen, was – falls sich die Kopfwunde nicht entzündete – zu verschmerzen sein würde. Er hatte vermutlich aber auch Maria entführt und vielleicht sogar schon längst umgebracht. Darüber hinaus hatte er vier junge Staufner brutal ermordet und furchtbar zugerichtet. Dies schrie förmlich nach Sühne, was Lodewig auch gelten ließ, ... solange sie nach den Buchstaben des Gesetzes ablaufen würde. Rache oder gar Selbstjustiz hingegen würde er niemals dulden. Hätte er gewusst, um wen es sich bei der gesuchten Person handelte, hätte er möglicherweise anders gedacht. So aber gab er ganz und gar den verlängerten Arm des gräflichen Oberamtes in der Herrschaft Staufen ab. Da auch alle anderen – obwohl Ungebildete unter ihnen weilten – vernünftig blieben, sich zwar furchtbar erregten, sich dabei aber nicht der einfachen Sprache des Pöbels bedienten, konnte Lodewig mit Eginhards Hilfe in aller gebotenen Ruhe und Besonnenheit einen Plan entwickeln, der trotz Peter Immlers Einspruch »Warum bis morgen warten?« am Folgetag gleich nach Sonnenaufgang umgesetzt werden sollte.

KAPITEL 53

Gestern hatten sich die Dorfoberen so lange beraten, bis es aufgrund der einsetzenden Dunkelheit zu spät geworden war, um die Sache noch an diesem Tag anpacken zu können. Nachdem Schwester Bonifatia den aus dem frostigen Balderschwang stammenden Gordion Kienle, einen feisten Fuhrwerker, der von seinem eigenen Ross getreten worden war, verarztet hatte, war die pflichtbewusste Krankenschwester ins Schloss zurückgekehrt, um sich wieder an der Unterhaltung bezüglich des gesuchten Mörders beteiligen zu können. Auch sie hatte sich noch an den neben einem Sühnekreuz stehenden Geißenunterstand erinnern können. Ihr war noch gut im Gedächtnis gewesen, wie sie sich dort während der Pest mindestens einmal wöchentlich heimlich mit ihrem ehemaligen Spitalhelfer Heini getroffen und von ihm Lebensmittel für ihre todkranken Patienten in Empfang genommen hatte. Mein Gott, Heini! Wie mag es dir wohl ergehen?, kam sie kurz ins Sinnieren, war aber sofort wieder bei der Sache. Auch sie hatte sich die alte Hütte gut als Versteck vorstellen können – insbesondere, nachdem ihr keine andere passende Baulichkeit, die sie der Liste der anderen hätte hinzufügen können, eingefallen war. Somit war die Spitalleiterin in Bezug auf die Vorgehensweise unversehens zum Zünglein an der Waage geworden.

Bevor sie zur neunten Abendstunde auseinandergegangen

waren, hatten sie im Wesentlichen zwei Dinge beschlossen, die sie anderntags anpacken wollten: Zum einen sollte die »Räuberhöhle« – wie der offensichtlich seit Neuestem zum Theatralischen neigende Ortsvorsteher das Versteck des immer noch Unbekannten bezeichnet hatte – umzingelt und Marias Entführer gefangengenommen werden, ohne die Töpfertochter in zusätzliche Gefahr zu bringen – falls sie überhaupt bei ihm und noch am Leben war.

Zum anderen sollte ein Kurier nach Immenstadt geschickt werden, um das gräfliche Oberamt zu informieren.

»Wenn wir schon fünf waffenerprobte Soldaten hier in Staufen haben, werden wir doch nicht so dumm sein und einen von ihnen zum Kurier degradieren … Nein, nein!«, hatte Lodewig beschwörend gesagt und dabei so mit dem Zeigefinger herumgefuchtelt, als wenn er die anderen hätte überzeugen müssen, bevor er seinen Vorschlag unterbreitet hatte: »Die Soldaten bleiben alle hier und wir schicken Melchior Henne nach Immenstadt. Er kann dann Oberamtmann Speen nicht nur mein Sendschreiben in die Hände drücken und von den aktuellen Geschehnissen in Bezug auf den gesuchten Massenmörder berichten, sondern auch den Stand der Dinge bezüglich des Fasnatziestages darlegen. Damit tun wir recht und müssen niemanden scheuen!«

»Den Grafen wird es freuen; dann hat er endlich wieder was zu tun«, hatte der Altkastellan gelästert.

»Warum gerade Melchior?«, hatte Fabio wissen wollen.

»Na ja: Er ist jetzt der Fähnrich und ihm sollte nicht auch noch etwas zustoßen.«

»Da würde unser Gräflein aber ganz, ganz böse werden«, hatte Hannß Ulrich Dreyling von Wagrain weiter gespottet und sich dabei einen bösen Blick seines Sohnes eingehandelt.

»Ist ja schon gut! – Man wird sich ja wohl noch ein Späßchen erlauben dürfen«, hatte sich der Zeit seines Lebens linientreue und dem Herrschaftshaus dienende Altkastellan, der nur selten den Schalk im Nacken sitzen hatte und der selbst nicht gewusst hatte, warum gerade jetzt die Narretei über ihn gekommen war, entschuldigt. Vielleicht war es die Erleichterung gewesen, dass es dem mehrfachen Mörder endlich an dessen dreckige Gurgel gehen konnte?

»Aber nicht gerade jetzt und schon gar nicht auf Kosten unseres hochwohllöblichen Landesherrn, der alles dafür tut, dass es seinen Untertanen gut geht!«, hatte Lodewig fast etwas trotzig zurückgegeben und dadurch seine unerschütterliche Treue zum Herrscherhaus dokumentiert. Dass sich die anderen ihren Teil dazu gedacht hatten, war dem Kastellan im Eifer des Gefechts nicht aufgefallen.

Alles? Tut der Graf wirklich alles für uns, wird sich der eine oder andere wohl gedacht haben.

Am nächsten Morgen herrschte noch vor dem ersten Hahnenschrei aufgeregte Betriebsamkeit im Schloss. Melchior war von Lodewig bis ins Detail instruiert und mit dem Pferd des Rächers nach Immenstadt geschickt worden. Das vierbeinige »Beweismaterial« sollte er dann mitsamt den mit Lebensmitteln und Landkarten gefüllten Satteltaschen in Immenstadt lassen und mit einem Pferd aus dem gräflichen Marstall zurückreiten. Lodewig gedachte, den Mörder – sofern sie den Richtigen erwischen und dessen überhaupt habhaft werden würden – nicht lange in den Südturm des Staufner Schlosses zu sperren, sondern umgehend von den Soldaten nach Immenstadt bringen zu lassen, wo ihm der Prozess gemacht werden sollte, anstatt dass er von den sicherlich aufgebrachten Staufnern gerichtet würde.

Einer nach dem anderen trudelte ein, um sich an der Hatz gegen den verhassten Mörder zu beteiligen. Am Schluss fehlten nur zwei, die allerdings nicht kommen würden, weil sie beim Bauern Moosmann die Stellung halten mussten. Lodewig hatte gestern Abend noch einen der vier Soldaten zu Nepomuk geschickt; allerdings nicht, damit ihn dieser ablösen sollte, sondern vielmehr, weil Lodewig wollte, dass dort draußen ein schlagkräftiger Trupp bereitstünde, wenn der Unbekannte über Nacht mit seinem Pferd zu türmen gedachte. Nepomuk war anfangs total verärgert gewesen; nicht, weil er entgegen der ursprünglichen Abmachung die ganze Nacht in dem stinkenden Stall zubringen sollte, sondern weil er befürchtete, nichts von dem heutigen Spektakel mitzubekommen – immerhin war es schon lange her, dass er sich mit dem Segen des Herrn hatte prügeln dürfen. Dass Lodewig dem Soldaten aufgetragen hatte, Nepomuk zu sagen, dass er möglicherweise den Ruhm nur mit dem Soldaten, der bei ihm sein würde, teilen müsste, hatte den Mönch wenig getröstet. Er hatte nicht daran geglaubt und auch nicht ernsthaft zu hoffen gewagt, dass der Unbekannte ausgerechnet in dieser Nacht fliehen und sein Pferd holen würde. Und da dies auch nicht geschehen war, sah er keinen Sinn darin, auch den heutigen Vormittag hier zu verbringen. Da er aber wusste, dass Eginhard und Lodewig niemals etwas Unüberlegtes anordneten, tat er dennoch, was von ihm verlangt worden war. Er würde so lange auf dem Hof des Bauern Moosmann ausharren, bis er zurückbeordert werden oder verrottet und mit dem Stallmist eins geworden sein würde. Dann aber würde Lodewig etwas zu hören bekommen.

Der schlosseigene Hahn hatte gerade zu krähen begonnen, dies aber nach dem ersten heiseren Krächzen gleich wieder unterlassen – er hatte ungewohnte Konkurrenz bekommen und war darüber derart erzürnt, dass er es vorgezogen hatte, sich vornehm zurückzuziehen. Aus seiner Sicht war ihm durch den Hausherrn höchstpersönlich das genommen worden, wofür er durchgefüttert wurde: Anstatt seiner hatte sich heute der Kastellan das Privileg herausgenommen, den aufkommenden Tag zu begrüßen, indem er fest in die Hände geklatscht und einen schrillen Pfiff ausgestoßen hatte, weil er für Aufmerksamkeit hatte sorgen wollen. Um sein angekratztes Selbstbewusstsein wieder aufzupolieren, würde sich der Hahn heute wohl noch mehr seinen Hühnern widmen als sonst; schließlich war er ein Schlosshahn und sich dessen sehr wohl bewusst. Außerdem hatte er derzeit neun anspruchsvolle Weiber, in die seine Kraftreserven zu stecken sich offensichtlich mehr lohnen würde als in morgendliche Weckrufe.

»Vollzählig!«, konstatierte Lodewig knapp, bevor er sich nochmals zufrieden umblickte und fortfuhr: »Insgesamt sind wir zehn Mann zuzüglich der beiden, die im Stall des Bauernhofes auf ein Zeichen von uns warten, … falls wir sie brauchen. Das dürfte genügen! Somit können wir getrost auf Eginhard verzichten. Mein Bruder wird aufgrund seiner noch nicht ganz ausgeheilten Kopfverletzung im Schloss bleiben. Dafür hat er den Schlachtplan maßgeblich ausgearbeitet.«

Nach Lodewigs Äußerung schaute von Huldenfeld etwas eingeschnappt drein, was den Kastellan allerdings nicht weiter störte, weil das, was er eben von sich gegeben hatte, der Wahrheit entsprach: Der Gardeoffizier mochte ein begnadeter Vorgesetzter und ein furchtloser Kämpfer sein, er mochte auch in strategischer Menschenführung besser sein als Eginhard, der es meist nur mit lottrigen Studiosi oder jammernden Patienten zu tun hatte. In Bezug auf Ortskenntnis und taktischen Spürsinn war ihm der leidenschaftliche Verbrechensbekämpfer Eginhard allerdings überlegen.

»Und was ist mit deiner Kopfverletzung?«, wurde der Kastellan gefragt.

»Alles in Ordnung!«, wischte Lodewig seine eigenen Schmerzen beiseite und fuhr fort: »Nur zur Information für diejenigen, die es noch nicht wissen: Wir haben gestern beschlossen, die Sache in aller Heimlichkeit und Stille anzupacken, damit das Volk von Staufen nichts mitbekommt. Dementsprechend können die braven Leute auch nicht auf den Gedanken kommen, sich einzumischen und womöglich die Sache zu versauen. Außerdem kann ich in Staufen zu allem hin nicht auch noch eine Selbstjustiz gebrauchen … Das gilt auch für dich, verstanden?«, beschwor der Kastellan seinen Freund Peter Immler, dessen Blick dem seinen standhielt und dem man unschwer eine unbändige Wut auf Marias vermutlichen Entführer und vielleicht auch auf deren Mörder entnehmen konnte. Aber er war nicht der einzige Anwesende, der eine Mordswut im Bauch und eine schlaflose Nacht hinter sich hatte.

Während Lodewig weiterredete, verteilten Sarah und Rosalinde heißen Kräutersud und nahmen dafür zwar dankbares, aber irgendwie doch abwesendes Lächeln entgegen. Verständlicherweise waren alle angespannt. Niemand konnte wissen, was sie erwarten und wie die Sache ausgehen würde. Insbesondere Peter Immler fürchtete um das Leben seiner geliebten Maria und würde alles dafür tun, um sie aus den Klauen ihres Peinigers zu retten. Dieser Unsicherheitsfaktor mochte Lodewig ebenso wenig gefallen wie die Tatsache, dass sie nicht wirklich wussten, ob der Gesuchte Maria tatsächlich bei sich hatte. Obwohl sie im Grunde genommen keinen einzigen Anhaltspunkt dafür hatten, redeten sich alle ein, dass dies so sei. Und allein dies tat schon gut. Es wäre ihm lieber gewesen, wenn der Immenstädter Kaufmann bei seinem künftigen Schwiegervater Cornelius Brugger zu Hause geblieben wäre. Wenigstens hatte der alte Töpfer – nachdem Lodewig mit Engelszungen auf ihn eingeredet hatte – dessen Aufforderung Folge geleistet und war zu Hause geblieben. Lodewig konnte nicht im Entferntesten erahnen, wie schlecht es dem alten Mann heute erging und wie nutzlos er sich fühlte.

»Normalerweise würde Hauptmann von Huldenfeld als ranghöchster Offizier euer Anführer sein. Da er aber nicht über die nötige Ortskenntnis verfügt, haben wir beschlossen, dass ich die Sache leite … Hat jemand etwas dagegen?«

Der Kastellan blickte ins Rund und konnte durchwegs Zustimmung entgegennehmen.

»Gut! Dann kommen wir zur Einteilung: Hauptmann von Huldenfeld …«, Lodewig zeigte auf den Offizier, »zwei seiner Soldaten, Ignaz, Fabio und ich gehen von hier aus zu Fuß am Kapfberg entlang bis zum Geißenunterstand und schleichen uns dann schräg von oben an die Hütte heran. Vier Mann werden sie umzingeln und je eine Seite in Schach halten, während sich zwei von uns links und rechts des Eingangs postieren, bevor wir zuschlagen … So weit alles klar?«

Wieder schaute Lodewig prüfend in die Runde, bevor er weitersprach.

Der Gardehauptmann, die zwei Soldaten, die er zu sich beordert hatte, Ignaz und Fabio nickten stumm, bevor es weitere Anweisungen gab.

»Und ihr vier …«, damit meinte er den anderen Soldaten, den Ortsvorsteher, Siegbert und Peter Immler, »seid beritten und deswegen von der Straßenseite aus schneller in Falllinie unterhalb der in etwa 40 Schritte höher und 120 Schritte entfernt gelegenen Hütte. Sollte er direkt nach unten zur Straße fliehen wollen, würde er euch mit Sicherheit in die Hände laufen. Damit ihr nicht schon vorher unnötig auffallt, reitet ihr etwa das viertel Teil einer Stunde, nachdem wir weg sind, vom Schloss aus die Straße entlang bis fast auf Höhe der Hütte, wo ihr den letzten Teil des Weges zu Fuß geht und eure Rösser an der Leine führt. Der Ortsvorsteher weiß, wo ihr euch postieren müsst, damit ihr nicht gleich entdeckt werdet und dem Mörder bei Notwendigkeit sofort nachpreschen könnt. Ihr habt alle ein Pferd und er nicht! … Hermann, du nimmst meines!«, flocht Lodewig noch schnell dazwischen, bevor er seine Strategie weiter erklärte: »Ihr müsstet uns von der Straße aus eigentlich sehen – zumindest teilweise. Sowie wir nahe genug an der Hütte dran sind, winke ich euch mit dieser roten Fahne zu, die sich vom weißen Hintergrund des Schnees gut abheben dürfte.« Als er dies sagte, zeigte er allen die kleine Fahne und rollte sie wieder auf, um sie in seinen Stiefelschaft stecken zu können. »Dann – und keinesfalls vorher – verteilt ihr euch im Abstand von ungefähr zehn bis zwanzig Pferdelängen hinter Bäumen oder Büschen, die dort überall entlang der Straße stehen – der Erste ein Stück ortseinwärts, der Letzte ein Stück ortsauswärts in Richtung des Moosmann'schen Anwesens … Ist dies verstanden worden?«

Nachdem die vier genickt hatten, bestätigte dies Lodewig ebenfalls mit einem stummen Kopfnicken. Danach beorderte er Ignaz zu sich und übergab ihm einen mächtigen Schlüssel.

»Und jetzt kommen wir zur Waffenausgabe! Ignaz geht mit denen, die noch nicht bewaffnet sind, zur Rüstkammer im Nordwesttürmchen. Bitte benützt die Waffen nur auf Befehl oder wenn ihr euer eigenes Leben schützen müsst. Wenn alles vorüber ist, sammelt Ignaz die Musketen und Säbel wieder ein.« Lodewig klatschte in die Hände. »Und nun holt eure Waffen, damit wir endlich loslegen können!«, befahl er ungeduldig.

Von alledem konnte der Staufner Fähnrich Melchior Henne nichts ahnen. Während die Schützen unter den Beteiligten des »Aufstöberungstrupps« Musketen und Säbel, die im Schießen Ungeübten je eine lange und eine kurze Stichwaffe in Empfang genommen und sich auf den Weg zum alten Geißenunterstand gemacht hatten, war er bereits am Alpsee vorbei in Richtung Immenstadt unterwegs. Da er aufgrund der Brisanz das Pferd des Rächers nicht schonen konnte, musste er höllisch darauf achten, wo der Gaul hintrat. Immerhin war der größte Teil des Weges noch mit Schnee bedeckt. Es war zwar keine geschlossene Schneedecke mehr, teilweise aber doch noch so viel, dass er nicht sehen konnte, ob sich gerade dort, wo die braune Stute auftrat, eine Wurzel oder ein Loch befanden, wodurch sie stürzen und sich einen Knöchel brechen konnte.

»Was ist das?«, wollte Fabio wissen und deutete auf Spuren im Schnee.

Lodewig folgte seinem Zeigefinger und bückte sich. »Wolfsspuren!«, stellte er knapp fest.

»Wolfsspuren?«, gab Fabio die Antwort als Frage zurück, während er sich verängstigt nach allen Seiten umblickte.

»Ja! Der gräfliche Oberförster hat mir vor nicht allzu langer Zeit mitgeteilt, dass seine Jäger auf der Salmaser Höhe ein Rudel Wölfe gesichtet haben, das in Richtung Staufen gezogen ist. Jetzt sind die Burschen also hier. Ein Grund, noch wachsamer zu sein«, witzelte Lodewig, der sich nicht vor Wölfen ängstigte – zumindest tagsüber und in Begleitung nicht.

Die Waffen im Anschlag, zog Lodewigs Suchtrupp weiter. Je mehr sie sich dem ehemaligen Geißenunterstand näherten, desto schweigsamer wurden die Männer. Das mulmige Gefühl war zunächst schleichend – quasi Schritt für Schritt – über sie gekommen. Trotz des in diesem schattigen Bereich noch recht hoch liegenden Schnees waren sie gut vorangekommen und überquerten gerade das Kapfbächlein, ein tief liegendes kleines Rinnsal, das sich gurgelnd den Weg durch die durchlöcherte Eisfläche nach unten bahnte.

Lodewig traute seinen Augen nicht, als er auf der Straße unter sich vier Reiter zum Dorf hinauspreschen sah. »Verdammt!«, ärgerte er sich. »Diese Narren sind zu früh losgeritten. Peter hat es wohl trotz meiner Mahnung nicht erwarten können. Hoffentlich versauen die nichts!«

Ausgerechnet an diesem Tag hatte der Rächer sich besonders früh aus seiner wärmenden Schafwolldecke geschält. Wie es ihm der

Teufel aufgetragen hatte, wollte er heute Maria umbringen und gleich darauf Staufen verlassen. Seit seinem missglückten Überfall auf Lodewig hatte er keine ruhige Minute mehr gehabt. Obwohl er nicht gemerkt hatte, dass Jockel Mühlegg hinter ihm her gewesen war, war ihm noch während seiner hasengleichen Flucht vom Entenpfuhl weg klar geworden, dass er keinen Tag länger in Staufen bleiben durfte. So hatte er noch gestern Abend seine Sachen gepackt, um heute in aller Früh gut ausgeruht fliehen zu können. Zuvor aber wollte er sich noch einen Kräutersud zubereiten und ein Stück Brot mit Speck zu sich nehmen, um auch gestärkt in den Tag gehen zu können.

»Wer weiß, wohin es mich treiben wird und wie lange ich reiten muss«, hatte er zu Maria gesagt und war ins Freie getreten, um Schnee zum Wasserkochen zu holen. Nachdem er sich gestreckt und die frische Morgenluft eingesogen hatte, urinierte er an der nordwestlichen Ecke der Hütte, die er sich für die tägliche Verrichtung seiner Notdurft ausgesucht hatte und die unter seiner Aufsicht auch Maria benutzen musste. Danach ging er ein paar Schritte über den hangseitig ausgetrampelten Platz vor der Hütte, um jungfräulichen Schnee zu schöpfen.

Walter Krummstiefel war schon wieder auf dem Rückweg, als er stutzte.

War das nicht ein Pferd?, fragte er sich erschrocken und verharrte still.

Tatsächlich. Da war es wieder: Eindeutig das Wiehern eines Pferdes! Und der Rächer konnte dieses Mal sogar die Richtung ausmachen. Er sah sich nach allen Seiten um und ging zur gegenüberliegenden Ecke des soeben benutzten Abtritts. Vorsichtig streckte er seinen Kopf von der Hüttenecke hervor und lugte zwischen Bäumen und Büschen zur Straße hinunter. Er sah einen Reiter, der gerade erfolglos versuchte, sein offensichtlich unruhiges Ross hinter eine Baumgruppe zurückzuziehen. Noch bevor er die Sachlage analysieren konnte, glaubte er, Stimmen zu hören. Allerdings schienen diese aus einer anderen Richtung – irgendwie seitlich … oder von oben, jedenfalls vom Wald her – zu kommen. Jetzt überschlugen sich die Gedanken des Rächers, dem schlagartig gedämmert war, dass seine gestrige Aktion Häscher auf den Plan gerufen haben musste. Er wusste, dass er keine Zeit verlieren durfte und sofort entkommen musste. Trotz allem blieb er besonnen und riss die Hüttentür nicht krachend auf, sondern öffnete sie leise. Kaum im Raum, eilte er planlos umher, schnappte sich einen gusseisernen Topf und schlug ihn Maria mit voller Wucht auf den Schädel.

»Tut mir leid. Aber ich brauche einen Vorsprung und kann nicht riskieren, dass du denen sagst, dass ich gerade noch da war. Während sie sich um dich kümmern, gewinne ich wertvolle Zeit. Außerdem wollte ich dich sowieso töten. Nur schade, dass ich dich nicht mehr …«

Da er davon ausging, dass ihm dies mit dem Schlag gelungen war, kümmerte er sich nicht weiter um die regungslose Frau, sondern nahm seine bereits gepackten Sachen und eilte nach draußen.

Als Lodewig und seine Leute den Unterstand ausmachen konnten, traf sie allesamt plötzlich die Bedeutung des Augenblicks. Als wenn sie nicht schon vorher gewusst hätten, was womöglich auf sie zukommen würde, übermannte sie Angst, Angst davor, einen verhängnisvollen Fehler zu begehen. Aber gerade das »Jetzt«, das »Nicht-mehr-davonlaufen-Können« jagte ihnen Angst ein. Plötzlich schien der Moment da zu sein, in dem sich zumindest ein Teil des Elends der vergangenen Monate entladen könnte; es würde der Moment sein, auf den sie und die gesamte Staufner Bevölkerung von Anbeginn der Gliedermorde im Stillen gehofft hatten und in dem sich die unbändige Wut des gesamten Dorfes über nicht einmal zwei Handvoll Personen entladen würde. Was in den Köpfen der Männer vorging, war unbeschreiblich; so wie es aussah, würden sie in wenigen Momenten denjenigen fassen, der vier Staufner Burschen auf dem Gewissen und möglicherweise auch eine junge Frau getötet, zumindest aber in seiner Gewalt hatte. Außerdem war er für Jockel Mühleggs unbeschreibliches Leid und wer weiß für was sonst noch alles verantwortlich. Was würde wohl in ihren Köpfen vorgehen, wenn sie auch noch wüssten, dass sie demjenigen, der vor 15 Jahren daran beteiligt gewesen war, 69 der Ihrigen mit pflanzlichem Gift umzubringen, gegenüberstehen würden; ganze Geschlechterfolgen hatte er damals ausgelöscht … und dies, kurz bevor die Pestilenz über Staufen hinweggefegt war und den Rest erledigt hatte. So schrecklich die 30er-Jahre dieses ohnehin schon grausamen Jahrhunderts gewesen waren, so schlimm kamen ihnen jetzt die vergangenen Monate vor.

Und was würde erst Lodewig denken, wenn er wüsste, dass es sich dabei um den ehemaligen Totengräber Ruland Berging, der ihm persönlich und beiden Teilen seiner Familie damals zusätzliches Leid zugefügt hatte, handelte? Würde er besonnen bleiben oder würde er das tun, was ihm niemand verübeln könnte, für das ihn Richter Waldvogel allerdings selbst zum Tode verurteilen müsste, … auch wenn er Verständnis für den Staufner Schlossverwalter aufbringen würde?

»Ab jetzt kein Wort mehr!«, gebot Lodewig in aller Sachlichkeit und deutete den anderen, die Waffen bereitzuhalten. Seine Augen zielten wie scharfe Dolche über die Hütte hinweg, um deren Umfeld zu sezieren. Wenn er nicht den ausgetrampelten Platz gesehen hätte, wäre ihm die um und um mit Schnee bedeckte Hütte nicht schon kurz zuvor aufgefallen.

»Fürwahr ein perfekter Unterschlupf«, raunte er, in der Hoffnung, dass es sich tatsächlich um das Versteck des Gesuchten handeln würde, und winkte die anderen zu sich. Während er flüsterte, legte er beschwörend einen Zeigefinger vor seine Lippen.

»Wie wir anhand des zertrampelten Schnees sehen können, wird der Geißenunterstand derzeit von jemandem benutzt. Ob sich darin allerdings der Gesuchte und Maria befinden, wissen wir nicht und …«

»Wer soll denn sonst da drin sein?«, unterbrach Ignaz, merkte aber schnell, dass sein Kommentar überflüssig gewesen war.

»Also«, fuhr Lodewig ruhig fort, »wir sind noch weit genug von der Hütte entfernt und können hier im Flüsterton die Vorgehensweise besprechen … Allerdings sollten wir dabei keine Zeit vergeuden. Macht jetzt eure Waffen bereit und nickt wortlos, wenn ihr mich verstanden habt.«

Während die einen ihre Stichwaffen aus den Scheiden zogen und dabei scharrende Geräusche produzierten, zogen die anderen die Zündhähne ihrer Musketen zurück, was ein mehrfaches Klacken verursachte – sicherlich hätte man es in der Hütte gehört, wenn sie näher dran gewesen wären.

»Pssst!«, deutete Lodewig verärgert, leiser zu sein, und gab schon die nächsten Anweisungen, indem er zunächst auf eine der um ihn herum stehenden Personen und dann dorthin zeigte, wohin sich diese begeben sollte. Zuerst ließ er Ignaz und Fabio zur Hütte schleichen. Als sich die beiden unterhalb davon postiert hatten, schickte er die beiden Soldaten nach und ließ sie links und rechts der Hütte Stellung beziehen. Er selbst wollte sich mit Hauptmann von Huldenfeld die Tür vornehmen und beim Gesuchten für Überraschung sorgen, indem sie diese mit einem Ruck aufstießen und in den Raum stürmten. Dazu postierten sie sich zu beiden Seiten des Eingangs. Innen wie außen war es still. Lodewig drückte ein Ohr ans Holz, aber außer seinem eigenen Herzschlag konnte er nichts hören. Es schien fast so, als wenn der schräge Vogel ausgeflogen war.

Melchior Henne war zwischenzeitlich in Immenstadt angelangt. Er hatte einen guten Ritt durch eine traumhaft schöne Landschaft hinter sich gebracht und war zufrieden. An vielen Stellen war der Schnee den noch nicht allzu starken Strahlen der Sonne bereits gewichen. An manchen Stellen drückten sich sogar schon die ersten frechen Frühlingsboten durch, um sich dem Firmament entgegenzustrecken. Aber Melchior hatte keine Zeit gehabt, sich an den weißen Blumenkelchen inmitten kleiner grüner Grasinseln zu erfreuen. Der Faszination des Alpsees hatte er sich allerdings nicht ganz entziehen können. »Wunderschön!«, hatte er laut zu sich selbst gesagt, als die dunkel glitzernde Wasserfläche an ihm vorbeigezogen war. Eigentlich war er es ja gewesen, der an diesem stillen Gewässer vorbeigezogen war und nicht umgekehrt – aber das war egal gewesen; so oder so hatte es ausgesehen, als wenn ihm die sich im dunklen See widerspiegelnden Bäume bis nach Immenstadt folgen wollten, was dem Gewässer fast einen mystischen Anstrich verliehen hatte. In was für einer von Gott gesegneten Landschaft darf ich leben, war ihm noch in den Sinn gekommen, bevor er dem Pferd des Rächers die Sporen gegeben hatte, um genügend Anlauf für den steilen Buckel nach Bühl hoch zu haben. In Bühl oben angelangt, stieg er – wie seit vielen Generationen alle gläubigen Reiter – ab, um beim an dieser Stelle stehenden Kreuz ein kleines Dankgebet für den ungestörten Ritt zu sprechen. Danach nahm er sich noch die Zeit, um linkerhand die immer noch trutzig wirkenden Ruinen der Burgen Rothenfels und Hugofels zu bewundern. So war denn auch der Rest seiner Reise nach Immenstadt problemlos verlaufen.

Während Melchior im gräflichen Amtshaus ungeduldig auf Oberamtmann Speen wartete und auf eine Audienz beim Grafen hoffte, obwohl es keine Gelegenheit gegeben hatte, sich vom Staufner Kastellan ordnungsgemäß anmelden zu lassen, wurde das Pferd des Rächers zum gräflichen Marstall geführt.

»Achte gut auf die Stute! … Sie ist ein wichtiges Beweismittel!«, hatte Melchior den einschichtigen Rossknecht beschworen, bevor er ihm erklärt hatte, warum er für den Nachhauseweg ein anderes Pferd mit frischem Sattelzeug bereitstellen solle. Bevor er dem verdutzt dreinschauenden Rosserer auch noch langwierig erklärt hätte, was dieser sowieso nicht verstünde, hatte Melchior selbst die Satteltaschen abgenommen, um sie mitsamt dem merkwürdigen, aber irgendwie brisanten Inhalt dem Oberamtmann, dem Grafen und gegebenenfalls auch Richter Waldvogel zeigen zu können.

Obwohl sie nicht einzuordnen waren, hörten Lodewig und von Huldenfeld undefinierbare Geräusche aus dem Inneren der Hütte zu ihnen herausdringen. »Er ist da«, flüsterte ein spürbar angespannter Kastellan dem innerlich nicht minder erregten Gardehauptmann zu und ergänzte noch leise: »Auf drei!«, während er schon mit einem Daumen zu zählen begann. Gleichzeitig war der Immenstädter ein paar Schritte zurückgetreten, um mit voller Kraft auf die vermeintlich geschlossene Tür zuzurennen. Wider Erwarten erschütterte kein Krachen die Stille. Vielmehr war es der Schrei des erschrockenen Offiziers, der die bisherige Ruhe durchdrang. Erst danach hörten Lodewig und die anderen ein undefinierbar hölzernes Gepoltere. Hauptmann von Huldenfeld hatte sich zwar gedacht, dass – wie bei einfachen bäuerlichen Kleinbauten nicht unüblich – auch bei dieser Hütte die Tür nach innen aufging, aber nicht damit gerechnet, dass diese nur angelehnt war. So war er ungebremst durch den ganzen Raum gestürzt und hatte dabei einen Höllenlärm veranstaltet, was die beiden draußen stehenden Soldaten ihre Posten verlassen und zur geöffneten Tür eilen ließ. Während ihr leicht benommener Vorgesetzter unter dem durch ihn zertrümmerten Tisch hervorkroch und sich eilends aufzurappeln versuchte, verteilten sich dessen Männer mit Lodewig und gleich darauf auch noch Ignaz und Fabio im Raum und versuchten, sich mit ihren Augen durch das spärlich erhellte Dunkel zu graben.

»Merkwürdig! Er scheint doch nicht hier zu sein«, stellte Lodewig enttäuscht fest, obwohl es eindeutig nach menschlichen Ausdünstungen roch und nachdem seine Augen sich an das Halbdunkel des Raumes gewöhnt hatten. »Oder …?«, verbesserte er sich, als er sah, dass sich unter einer Schafwolldecke etwas bewegte, und er auch noch glaubte, von dort etwas zu hören. Ohne einen Befehl erhalten zu haben, umstellten die Soldaten das, was Lodewig gesehen hatte, und zielten mit ihren Musketen darauf, während Ignaz seine Säbelspitze dorthin hielt. Lodewig winkte den immer noch leicht benommenen Offizier her und deutete ihm, sich auf die andere Seite des inzwischen als Lagerstätte ausgemachten Platzes zu stellen und vorsichtig einen Deckenzipfel anzupacken. Mit der anderen Hand zählte er wieder auf drei und die beiden rissen die aus mehreren Teilen zusammengenähte Felldecke mit einem Ruck weg und waren – als sie sahen, was darunter gelegen hatte – für einen Moment schamhaft irritiert.

»Waffen weg!«, schrie Lodewig, in Sorge um die Frau, die gefesselt und geknebelt vor ihnen lag.

Es stank gewaltig nach Schweiß und Urin. Und die Frau war so nackt, wie Gott sie einst geschaffen hatte.

»Wendet euch gefälligst ab!«, gebot Lodewig den wie erstarrt dastehenden Soldaten und zog die Decke wieder dorthin zurück, wo sie zuvor gelegen hatte. Nur den Kopf ließ er frei. Sogar Hauptmann von Huldenfeld folgte seiner Aufforderung und drehte sich trotz des Schönen, was er für einen Moment hatte sehen dürfen, um.

»Maria! Gott sei's gedankt! Du lebst«, entfuhr es Lodewig nach dem ersten Schrecken überglücklich. Dabei lächelte er die Tochter des Töpfers Cornelius Brugger an. Er bückte sich zu ihr, um besser sehen zu können, was mit ihr war und wie es ihr ging. Dabei stieg ihm der beißende Geruch noch mehr in die Nase als zuvor – aber das war egal; Maria konnte doch nichts dafür – sie hatte sich diese für alle Beteiligten äußerst vertrackte Situation nicht selbst ausgesucht. Und die Hauptsache war eh, dass sie lebte.

So, wie Maria daliegt, habe ich Bedenken bezüglich der Unversehrtheit ihrer Brautreife. Wer weiß, was dieses Schwein mit ihr angestellt hat, dachte Lodewig mitleidig, konnte aber wenigstens beruhigt feststellen, dass sie zwar arg ramponiert aussah und am Kopf blutete, sich augenscheinlich aber einer einigermaßen ordentlichen Gesundheit erfreute. Jedenfalls versuchte Maria, Lodewigs Lächeln zu erwidern, nachdem er ihr vorsichtig den Knebel aus dem Mund genommen hatte.

Jetzt durchtrennten die Soldaten – die sich, nachdem Maria wieder ordentlich zugedeckt war und nur noch die Arm- und Fußgelenke unter der Decke hervorlugten, um sie kümmern durften – die Stricke, mit denen sie an ihrer Lagerstatt angebunden war.

»Wie geht es dir?«, fragte Lodewig, während er Marias Kopfwunde begutachtete und mit seinem frischen Schneuztuch behutsam ihre Stirn abtupfte. Um dies besser tun zu können, bat er Ignaz, Schnee in einen sauberen Lappen zu wickeln und ihm zu bringen. Diese Behandlung weckte nicht nur Marias Lebensgeister, sondern ließ sie zudem auch noch wachen Verstandes sagen: »Er … er ist erst vor wenigen Augenblicken abgehauen.«

»Wer?«, wollte Lodewig verständlicherweise gleich wissen, bekam aber keine Antwort darauf. Wie Maria waren auch er und alle anderen, die es noch nicht ganz zu realisieren vermochten, die Töpfertochter lebend und das Versteck des gesuchten Verbrechers gefunden zu haben, von der Situation überwältigt. Lodewig schwirrten die Gedanken nur so durch den Kopf. Aber wo ist der Gesuchte?, durchfuhr es ihn.

»Kümmert euch nicht um mich! Mir geht es gut … Fangt ihn!«, unterbrach Maria Lodewigs Gedanken und wies zur Tür. Trotz ihres ausgetrockneten Mundes und ihrer alles andere als komfortablen Lage drängte sie die Männer, umgehend die Verfolgung aufzunehmen. Marias Zorn auf ihren Peiniger war so groß, dass sie die Freude darüber, ihm entkommen zu sein und zu leben, in den Hintergrund drängte, … jedenfalls für den Moment.

»Darauf kannst du dich verlassen!«, versprach Lodewig und befahl dem Soldaten, seine beiden Kameraden hereinzuholen und nachzusehen, wo sich ein Behältnis mit Wasser befand. Dabei hatte er einen Ton am Leib, als wenn er der Gardehauptmann in Person wäre. Als kurz darauf alle im Raum waren, gebot er seinem treuen Knecht, bei Maria zu bleiben und ihr beizustehen. Er wusste, sich darauf verlassen zu können, dass Ignaz alles dafür tun würde, Maria vor weiterer Unbill zu schützen. Trotz aller Eile zog er ihn noch schnell beiseite und flüsterte ihm ins Ohr: »Setze Wasser auf und gib ihr einen Lappen, damit sie sich wenigstens etwas waschen kann, während du vor der Tür Wache stehst. Wenn sie damit fertig ist, deck sie ordentlich zu, damit sie nicht friert, … und lass die Tür auf, damit sich der Mief ein wenig verziehen kann, bis Peter kommt.« Dabei klopfte er seinem Knecht aufmunternd auf die Schulter. Während er schon nach draußen rannte, rief er den anderen zu: »Und wir verfolgen dieses Schwein!«

Plötzlich hielt Lodewig inne, überlegte kurz und entschied: »Da ich durch Nepomuk und Eginhard von allen am ehesten etwas von Wundbehandlung und Krankenpflege verstehe, disponiere ich um und bleibe selbst hier!« Zu Ignaz sagte er: »Egal, wohin er geflohen ist; du kennst dich ebenso gut aus wie ich und ihr werdet ihn finden! … Auf geht's!« Der wahre Grund für seine Entscheidung war, dass er es sich nie verzeihen würde, wenn Maria jetzt noch etwas zustoßen würde. Vielleicht versteckte sich ihr Entführer ja nur in der Nähe und kehrte womöglich zurück? Außerdem wusste er sich besser zu wehren als der brave Stallknecht, der zwar – wie alle Schlossbewohner, inklusive der Frauen – mehrmals im Jahr Waffenübungen absolvieren musste, aber eben keine richtige Kampferfahrung hatte. »Nun geht schon! – Beeilt euch!«

Ignaz nickte und unternahm nicht den geringsten Versuch, sein zufriedenes Lächeln zu verstecken. Es war ihm unschwer anzumerken, dass ihm diese Regelung besser gefiel.

»Wer weiß, ob er nicht zurückkommt, während ihr ihn in der anderen Richtung verfolgt?«, begründete Lodewig seine Entscheidung, während er damit begann, den zertretenen Hüttenvorplatz nach konkreten Spuren abzusuchen.

»Hier!«, rief Fabio und deutete auf ein einzelnes Paar frischer

Löcher im tiefen Schnee, die in nördlicher Richtung den Platz verließen.

»Also doch!«, bekräftigte Lodewig seine ursprüngliche Vermutung, dass der Fliehende der Gesuchte war und zum Moosmann'schen Anwesen unterwegs war, um sein Pferd zu holen.

»Ignaz führt euch! – Die Befehle gibt allerdings der Hauptmann. Und nun geht endlich! Schnappt euch den Kerl, … aber lasst ihn am Leben«, sagte Lodewig bemerkenswert gelassen. Er wusste, dass dem Gesuchten durch Nepomuk und einen der kampferprobten Gardesoldaten ein gebührender Empfang bereitet werden würde, mit dem er nicht rechnen konnte. Ohne Eile trat der Kastellan vor die Hütte, um den immer noch auf der Straße unterhalb des Geißenunterstandes wartenden Reitern mit der roten Fahne, die ihm aus dem Stiefelschaft herausgerutscht war und neben Marias Lager gelegen hatte, zu deuten, dass sie sich ebenfalls zum Bauernhof begeben sollten. Er würde den Triumph gerne ihnen und den anderen überlassen, obwohl es nicht nur sie, sondern die gesamte Bevölkerung Staufens verdienen würde, bei der Gefangennahme des ehrlosen Mörders dabei zu sein. Insbesondere den Verwandten der ermordeten Burschen … und natürlich Jockel Mühlegg würde er es gönnen, ihrem Peiniger verächtlich ins Gesicht spucken zu dürfen. Aber Lodewig wusste, dass es nicht dabei bleiben würde und der hoffentlich bald Gefangene schneller am nächsten Ast hängen würde, als er schauen konnte. So hatte der besonnene Kastellan auch die Befürchtung, dass sich Peter Immler nicht würde beherrschen können und Marias Entführer zu Leibe rücken konnte. Deswegen hatte er Ignaz noch mit auf den Weg gegeben, dem Immenstädter Ratsherrn umgehend zu berichten, dass es Maria gut gehen und sie hier auf ihn warten würde. Allerdings war sich Lodewig nicht so sicher, ob dies korrekt der Wahrheit entsprach. Schließlich wusste er nicht, was Marias Peiniger ihr angetan hatte. Hauptsache, sie lebt, ermutigte er sich selbst und blickte den anderen noch ein Weilchen nach, bevor er wieder in die Hütte ging, um sich so um die Töpferstochter zu kümmern, wie er es kurz zuvor Ignaz aufgetragen hatte. Er hoffte zwar, dass Peter Immler – nachdem er von Maria gehört hatte – sofort hierhereilen und den anderen die Gefangennahme überlassen würde. Allerdings betete er auch darum, dass dies doch noch so lange dauern würde, bis Maria wieder in einen einigermaßen ordentlichen Zustand gebracht und die Hütte ausgelüftet worden war.

Die werden's schon nicht verderben, war Lodewig überzeugt, obwohl er bei dem Gedanken, selbst nicht dabei sein zu können, irgendwie ein ungutes Gefühl hatte. Aber er konnte sich nun einmal nicht zerreißen.

Während Peter Immler – von Sorge um das Leben seiner Geliebten getrieben – dem berittenen Trupp voranpreschte, um möglichst schnell beim Moosmannhof zu sein, wo aufgrund der soeben gesehenen roten Fahne Marias Entführer vermutet wurde, hatten Ignaz, Hauptmann von Huldenfeld und seine Männer das gleiche Ziel. Bis dahin mussten sie sich allerdings erst noch mühsam durch den tiefen Schnee kämpfen. Dabei ging es wenigstens immer leicht bergab.

Auch Melchior Henne hatte seinen Ritt nach Immenstadt hinter sich und es nun nicht mehr schwer; er brauchte nur noch Oberamtmann Conrad Speen vom Immenstädter Amtshaus zum Schloss hinüberzufolgen, um an seinem Ziel zu sein. Lodewigs Gesandter musste dringend zu Graf Königsegg und hatte es tatsächlich geschafft, unangemeldet zu ihm vorgelassen zu werden. Nachdem er dem ranghöchsten Immenstädter Beamten in Kurzform alles Wichtige über die jüngsten Geschehnisse in Staufen berichtet und ihm Lodewigs Sendschreiben übergeben hatte, war es Speen mühelos gelungen, für Melchior eine außerordentliche Audienz beim Grafen zu erwirken.

»Ja, bringe er ihn schleunigst zu Uns! – Immerhin ersucht der Staufner Fähnrich darselbst um eine Audienz bei Uns!«, hatte der ohnehin schon gut gelaunte Reichsgraf lachend zu seinem Zeremonienmeister gesagt, nachdem dieser Speens unerhörten Wunsch nach einer sofortigen Unterredung weitergeleitet hatte.

»Ist er nicht eine Art Offizier, dem eine dementsprechende Behandlung zusteht?«, hatte der Graf den Zeremonienmeister einseitig lächelnd gefragt und damit – was er soeben von seinem Oberamtmann erfahren hatte – den frisch gewählten Staufner Fähnrich gemeint. »Und nun gehe er schon und bringe er ihn hierher!«

Nachdem auch Melchior erfahren hatte, dass er von Seiner Exzellenz empfangen würde, folgten er und Speen dem Zeremonienmeister frohgemut vom Amtshaus zum Schloss hinüber.

»Die sind wohl noch im Winterschlaf«, flüsterte Melchior dem Oberamtmann zu, als er den fast menschenleeren Marktplatz und die schon von Weitem müde wirkenden Wachsoldaten vor dem Schlosstor sah. Erst als die beiden Wachen bemerkten, dass der Zeremonienmeister mit Speen und einem ihnen fremden Begleiter ins Schloss wollte, nahmen sie ordentlich Haltung an, zogen ihre Hellebarden an sich und reckten sich kerzengerade an den Portalsäulen, vor denen sie jetzt plötzlich zu kleben schienen, hoch. Dies änderte jedoch Melchiors Meinung darüber, dass die Wachen keinen guten Eindruck auf ihn gemacht hatten, in keiner Weise. Im Gegenteil: sie bestätigte sich sogar, als er auch noch feststellte, dass die an den Treppenkehren der einzelnen Stockwerke postierten Wachsoldaten ebenfalls aussahen, als wenn sie jeden Moment einschlafen würden. Aber auch die Lakaien schienen irgendwie behäbiger zu wirken, als dies bei Melchiors letztem Besuch der Fall gewesen war. Lediglich die vor ihm kniende Putzbrigade schien eifrig den Winter und damit auch die Müdigkeit hinauswischen zu wollen. Als die Putzfrauen die drei Männer bemerkten, stieß eine die anderen an und sie erhoben sich allesamt zackiger, als die Soldaten es getan hätten, wenn sie denn gesessen wären. Sie machten einen Knicks vor ihrem Vorgesetzten und dem vermeintlich hohen Herrn, der ihrer Meinung nach ein ganz besonderer Gast des Grafen sein musste; wem sonst würde es gelingen, bis in diese heiligen Hallen vorzustoßen? Immerhin befanden sich im obersten Geschoss außer dem repräsentativen Stucksaal und einigen Haushaltsräumen, die zur Bewirtschaftung des Saales dienten, nur noch die aus mehreren Räumen bestehende Privatbibliothek des Grafen. Und zu der hatten außer ihm selbst nur wenige Personen Zutritt, und dann auch nur in Ausnahmefällen und in Begleitung des Oberamtmannes oder des Grafen höchstpersönlich. Selbst der Zeremonienmeister durfte nicht mit hinein, weswegen er schon gar nicht mit hochgekommen war. Diese Räume hatten zuvor eine andere, oder besser gesagt, überhaupt keine Bestimmung und waren erst

Ende der 40er-Jahre zu einer Art Familienarchiv mit dazugehörender Bibliothek ausgebaut worden. Im Zuge der Aulendorfer Erbregelung und einer mehr als verspäteten Einigung waren dem rothenfelsischen Zweig der gräflichen Familie die hier befindlichen Schätze erst nach Beendigung des 30 Jahre anhaltenden Krieges offiziell zuerkannt worden. »Nachdem unser Herr sechs gepolsterte und durch Planen geschützte Ladewagen mit allerlei wertvollen Stichen, Büchern, Urkunden und Schriftstücken, aber auch mit Gemälden seiner Ahnen und allerlei wertlosem Tand aus der Burg Königseggerberg und aus dem Schloss Aulendorf erhalten hatte, war auf sein Geheiß hin sofort der berühmte Baumeister Nägler gekommen, um einige Räume bibliotheksgerecht umzugestalten«, wusste der Oberamtmann dem jungen Staufner etwas später noch zu berichten.

Zunächst aber gehörte Melchiors Aufmerksamkeit noch ganz den jungen Frauen, deren züchtige Knickse ihn irgendwie stark beeindruckt hatten. Mit einem frechen »Gott zum Gruße, schöne Damen« revanchierte Melchior sich bei den Putzfrauen für deren Freundlichkeit, bekam dafür aber nur die Oberseite ihrer gesenkten und mit weißen Hauben bedeckten Köpfe zu sehen.

»Kümmert Euch gefälligst nicht um Sachen, die Euch nichts angehen, und lasst diese Weiber zufrieden. Konzentriert Euch stattdessen darauf, was Ihr gedenkt, dem erlauchten Herrn zu sagen, und wie Ihr es vortragen werdet«, wurde er von Speen höflich, aber bestimmt gerügt.

»Und ihr geht sofort wieder an eure Arbeit!«, raunzte er die Frauen an, die daraufhin die Häupter noch tiefer in ihre Dekolletés gruben, bevor sich ihre abermaligen Knickse in die Körperhaltung wandelten, in der sie sich befunden hatten, als sie den Boden geschrubbt hatten und bevor Melchior alles durcheinandergebracht hatte.

Während des Weitergehens erzählte dann die rechte Hand des Grafen dem Staufner etwas über die Bibliothek, aber nicht, ohne Melchior darauf hinzuweisen, wie er sich darin zu verhalten habe. Davor angekommen, hielt er inne und deutete dem Besucher zu warten: »Es dauert nicht lange!«, versprach er lächelnd und klopfte an die Tür.

Dies kam Melchior gerade recht. Nachdem der Oberamtmann in der Bibliothek verschwunden war, eilte er die wenigen Schritte zu den netten Putzteufeln zurück, die ihn vorher so freundlich begrüßt hatten und jetzt wieder quer zum Flur in einer Reihe nebeneinander auf dem Boden knieten, um die dunklen Holzbohlen mit ihren Wurzelbürsten zu bearbeiten.

Melchior stützte seine Arme in die Hüften und sah der fleißigen Weiblichkeit ein Weilchen zu. »Fürwahr ein schöner Anblick!«, bemerkte er forsch, als er vier weibliche Hinterteile im Takt ihrer Putzbewegungen wippend vor sich sah. Offensichtlich gefiel ihm das, was er sah. Für einen Moment stellte er sich sogar vor, dass sie keine Gewandungen tragen würden. Da er aber ein anständiger Mann war, wischte er diese Gedanken schnell wieder beiseite. Er wusste, dass dies nicht gerade schicklich gewesen war, was er soeben gesagt und gedacht hatte.

»Wer seid Ihr, schöne Maid?«, fragte er die Zweite von links, die – wie alle anderen und auf Kommando – ihren Kopf zu ihm gedreht hatte. Da das Mädchen glaubte, einen Edelmann vor sich zu haben, stand es auf, machte schon wieder einen Knicks und zupfte hastig ihre Schürze zurecht. Als sie sich auch noch das Haar aus dem Gesicht streifen wollte, verfing sich ein Finger unter ihrer Kopfhaube und riss sie versehentlich herunter. Zum Vorschein kam brünettes langes Haar, das wohl weit über die Schulter bis zur Hüfte herunterreichen musste, wenn es glatt gekämmt war.

Melchior traf es wie der Blitz.

Ob dieses wunderschönen Antlitzes war es dem ansonsten weiß Gott nicht wortkargen Handwerker unmöglich, etwas zu sagen. Er sah lange ins unergründliche Blau ihrer Augen, die zuerst zwei Seen, dann aber zwei großen Fenstern zu gleichen schienen. Melchior hatte das Gefühl, in sie hineinschauen, dann aber wieder aus ihnen herausschauen zu können.

Was geschieht mit mir?, fragte er sich verwirrt, obwohl er selbst schon die Antwort geben könnte.

Als sich das Mädchen bewegte, nahm er – obwohl er den Blick nicht von ihren Augen ließ – ganz nebenbei die weiche Bewegung ihres offensichtlich gut gebauten, dennoch schlanken Körpers wahr. Jetzt wusste er gewiss, was es war: Amors Pfeil hatte ihn getroffen!

Beim Sortieren seiner Gedanken merkte er nicht, dass auch sie die Tiefe seiner Augen gesucht und gefunden hatte. Beide vermochten nicht, sich voneinander zu lösen – zu schön war dieses Gefühl, das die jungen Leute bisher nicht gekannt hatten. Aber was genau war es, was da in ihnen vorging? War es gegenseitiger Respekt oder war es eine unergründliche Furcht voreinander, die sie hatte erstarren lassen? Ja, das musste es wohl sein; es war pure Furcht! Wie sonst könnte es sein, dass sich die ganze Hautoberfläche gegen das, was gerade geschah, wehrte, indem sie sichtbar zu frieren begann. Als wenn sie es abgesprochen hätten, rieben sich beide die fröstelnden Unterarme. Was ist mit mir los?, fragte sich nicht nur Melchior, der zwischenzeitlich seinen Hut vom Kopf genommen hatte und ihn jetzt unruhig mit seinen Händen knetete. Während sie sich weiter anschauten, wich die vermeintliche Kälte und beider Haut erwärmte sich. Es wurde ihnen wohlig warm ums Herz. Als sie dies merkten, stieg ihnen die Schamesröte in die Gesichter. Als beider rationaler Verstand zurückkam, wurde es ihnen sogar heiß, gleichzeitig aber auch mulmig zumute. Obwohl sie noch nichts damit anzufangen wussten, spürten sie etwas, das sie noch niemals zuvor gespürt hatten – zumindest nicht in dieser Form. Ihren Eltern hatten sie einst ähnliche Gefühle entgegengebracht – oder doch nicht? Nein: Das war es nicht wirklich, was in ihnen vorging. Dieses Gefühl war einzigartig und unverwechselbar. Es sprach zwar eine ähnliche, aber eine viel klarere Sprache. Keine Frage, die beiden hatten sich unter dem Gekicher der anderen Putzfrauen auf den ersten Blick verliebt. Nachdem sich ihre Augen langsam voneinander gelöst hatten, wussten sie es gewiss!

Das Quietschen von schlecht geölten Scharnieren mit anschließendem Krachen einer Tür kam Melchior vor, als wenn ihm eine Kanonenkugel das Herz aus dem Leibe schießen und dorthin mitnehmen würde, wo er es nie mehr finden könnte.

»Was ist, Staufner Offizier, ... Bürgerfähnrich Melchior Henne? – Kommt Ihr endlich oder soll sich unser hochverehrter Herr zu Euch bemühen?«, schnarrte ihm Speen in fast lästerndem Ton, aber freundlich entgegen und deutete ihm, in die Bibliothek einzutreten. Er schlug – nachdem Melchior im Raum stand – die Tür so fest zu, dass es wieder krachte.

Offizier? Bürgerfähnrich? Melchior? Ein Staufner? Die Gedanken rasten der jungen Putzfrau nur so durch den Kopf.

Kurz darauf sollte auch in Staufen eine Tür ins Schloss krachen.

Da Nepomuk auf seinem »Außenposten« wachsam gewesen war, hatte er längst mitbekommen, dass sich etwas tat. Er wusste nur noch nicht, was da um ihn herum – außerhalb des Moosmann'schen Stalles, wo er sich zusammen mit einem Gardesoldaten gerade befand, um frische Luft zu schnappen und sich zu erleichtern – vorging. Von der Straße ortseinwärts hatte er mehrfach Pferdegewiehere gehört. Dass er glaubte, jetzt auch noch etwas aus Richtung Kapfbergseite zu hören, verwirrte ihn etwas. »War das ein Fluchen?«, fragte er den Gardisten unsicher, bekam aber anstatt einer Antwort nur eine verneinende Geste zurück. Sicherheitshalber scheuchte er den jungen Mann in den Stall zurück, bevor er seine verräterisch dampfende Urinspur im Schnee verwischte. Wieder im Stall zurück, blies er die einzige Kerze, die den kleinen Raum die Nacht über wenigstens etwas erhellt hatte, aus. Damit die sowieso schon mageren Strahlen nicht durch die Ritzen der Holzwand nach außen dringen konnten, hatte Nepomuk die Kerze die Nacht über sicherheitshalber von vorne her abgeschirmt.

Wenn er von Lodewig eingewiesen worden wäre, hätte er von den beiden Trupps … und davon gehört, dass der Gesuchte eventuell vom Kapfberg herunter auf den Stall des Moosmannbauern zukommen könnte. Mit diesem Wissen müsste er sich jetzt keine Gedanken darüber machen, was da draußen vor sich gehen könnte. Aber der junge Herr hatte ihn ja nur kommentarlos hierherbeordert, anstatt ihm seine Strategie mitzuteilen. Wie sehr sehnte Nepomuk sich danach, am Ende der vergangenen ereignislosen Nacht endlich etwas »Arbeit« zu bekommen. Und so wie es aussah, schien sein Flehen nun doch noch erhört worden zu sein.

»Na ja, immerhin bin ich ein Diener Gottes, dessen Gebete Vorrang haben«, sagte er leise zum gräflichen Gardesoldaten, der ihm zugeteilt, oder besser gesagt, nachgeschickt worden war.

Jedenfalls hatte er jetzt – nach der langen Stille der Nacht – endlich etwas gehört. Dies ließ zumindest hoffen, endlich in Aktion treten zu dürfen und die eingerosteten Glieder jetzt so richtig bewegen zu können.

»Pssst! … Ich glaube, es ist gleich so weit!«, flüsterte er dem offenkundig schneidigen, aber blutjungen Gardisten zu und bläute ihm ein, sich – wie bereits besprochen – gut zu verstecken und absolut still zu sein. Denn im Gegensatz zu Lodewig hatte er eine Taktik, falls der Gesuchte tatsächlich hier auftauchen sollte, dachte er. Und diese Taktik hatte er – so wie es sich gehörte – dem ihm zugeteilten Partner mitgeteilt. Er war sie sogar zusammen mit dem Soldaten auch schon praktisch durchgegangen. Also dürfte wohl nichts schiefgehen, wenn es so weit sein sollte.

Der Hüne verwies den jungen Soldaten zu dem zuvor besprochenen Platz im hinteren Teil des Stalles. Er selbst versteckte sich seitlich der Stalltür hinter seiner extra dort an die Wand gehängten Pferdedecke. Mit gezückten Waffen warteten beide darauf, dass die ihnen immer noch unbekannte Person den nicht dem Wohnhaus angegliederten, sondern allein stehenden Stall betreten würde. Aber käme sie auch?

Die aus den Nüstern ihrer Pferde entweichenden Dampfwölkchen konnte man nur an den wenigen Stellen sehen, durch die das Tageslicht hereinschien – allerdings auch nur dann, wenn sich die Augen bereits an das Dunkel gewöhnt hatten. Unter den Pferdedecken, hinter denen sich die zwei versteckt hatten, muffelte es, was allerdings weder Nepomuk noch den Soldaten störte – immerhin waren es ihre eigenen Decken. Im ziemlich dunklen Stall war es ruhig und es roch dominant nach Pferd. Es war also alles so, wie es sein sollte. Nichts würde dem sehnlichst erwarteten »Besucher« verraten, dass er sich selbst längst angekündigt hatte, weil er in seiner Eile den Berg hinunter kurz vor dem Bauernhof im Tiefschnee stecken geblieben und ihm deswegen ungewollt ein Fluch über die Lippen gekommen war.

Die beiden verharrten eine ganze Zeit lang in absoluter Ruhe. Nepomuk dachte schon, sich bezüglich des gehörten Fluches geirrt zu haben, und wollte selbst leise fluchen. Dann aber hörte er ein Geräusch. Ja! Jetzt war sich der Mönch absolut sicher, etwas vernommen zu haben. Er schluckte den Fluch hinunter und drückte sich weiter unter den Muff der Pferdedecke, die den Hünen kaum zu verdecken vermochte. Der Schnee knirschte … oder? Um besser lauschen zu können, hielt Nepomuk die Luft an. Weitere bange Augenblicke vergingen.

Gleich darauf hörte er ein Schnarren und Knarzen – zweifellos wurde die Stalltür geöffnet, offensichtlich zwar ganz besonders vorsichtig, aber sie wurde zweifellos geöffnet. Ein Lufthauch und ein abermaliges Knarzen zeigte dem Benediktinermönch, dass die beiden Türflügel nur kurz offen gestanden haben mussten. Er glaubte, den Atem desjenigen, der nun direkt neben ihm stehen musste, hören, ja sogar riechen zu können. Die Spannung war schier unerträglich. Hoffentlich reißt sich der Soldat zusammen, hoffte Nepomuk und streifte – nachdem er gehört hatte, dass der Besucher ein paar Schritte weiter in den Stall getreten war – langsam und nur ein Stück die Pferdedecke aus seinem Gesicht. Mit einem Auge sah er eine menschliche Kontur, die eine ihm ewig vorkommende Zeit regungslos im Raum stand. Offensichtlich versuchte die Person, ins Dunkel zu hören, während sich seine Augen daran gewöhnten. Dass er nur ein Auge besaß, konnte Nepomuk ja nicht wissen. Der unheimliche Besucher wollte wohl sichergehen, allein zu sein. Als Walter Krummstiefel ein Schnauben und Geräusche hörte, die von einem Pferd stammten, war er zufrieden. Er dachte, dass es seine Stute sei, die hier brav auf ihn warten würde, und somit alles seine beste Ordnung habe. Dass das Schnauben von Nepomuks Pferd stammte, bemerkte er zunächst ebenso wenig wie das dahinterstehende Pferd des Soldaten.

Verdammt! – Ich sehe fast nichts. Ich habe keine Zeit, in der Dunkelheit mein Sattelzeug lange suchen zu müssen, dachte sich der Rächer, der sicher war, dass sich im Stall nichts anderes befand als das, was er hoffte vorzufinden. Er ging zur Stalltür zurück und öffnete vorsichtig zuerst den oberen Flügel, bevor er auch noch den unteren Teil der Stalltür nach außen drückte. Damit wollte er gleichsam das Tageslicht hereinlassen und den Weg für seine Flucht freimachen. Ebenso vorsichtig spitzelte er nach draußen und stellte beruhigt fest, dass sich außer einem kalten Lüftchen nichts rührte. Da er glaubte, dass die nun zunehmend schnaubende Stute seinetwegen unruhig geworden war, eilte er zu den Pferdeboxen zurück, um das Tier zu besänftigen, bevor er ihm eilig das Sattelzeug überwerfen und das Geschirr anlegen würde.

»Aber … Was ist das denn? Du bist ja schon gesattelt!«, sagte er irritiert zu dem Pferd, das er jetzt erst als nicht ihm gehörend ausmachen konnte. Bevor er auch noch richtig realisierte, dass daneben ein zweites – ebenfalls gesatteltes und aufgezäumtes – Pferd stand, flog krachend der untere Teil der Flügeltür zu und der eiserne Verschlussriegel schob sich mit einem lauten Scheppern in die dafür vorgesehene Halterung.

Der Kopf des Rächers flog herum. Es war still. Selbst die Pferde schienen jetzt ruhig auf das zu lauern, worauf seit dem ersten Mord an einem jungen Staufner alle warteten.

Im Schein des einfallenden Lichts sah er eine riesige Gestalt, deren langes Haar durch das Tageslicht wie ein Heiligenschein wirkte. Obwohl Nepomuks breite Schulter nur einen Teil des aufkommenden Tages in den Raum ließ und der Rächer dementsprechend wenig erkennen konnte, wusste er sofort, um wen es sich handelte: »Scheiße!«

Als er vor 15 Jahren Lodewig in seiner Gewalt gehabt und sich vorübergehend in einem *Heinzenstadel* versteckt gehabt hatte, wäre er von diesem schwer bewaffneten und zweifellos verrückten Benediktinermönch fast entdeckt worden. Noch Jahre später hatte ihn das Bild dieses Riesen verfolgt. Und jetzt war er hier! Warum gerade hier und warum ausgerechnet jetzt?, fragte sich der Rächer, dem schlagartig klar geworden war, dass er enttarnt worden sein musste.

»Wer bist du?«, durchschnitt Nepomuk scharf die Stille und hielt drohend seine Doppelaxt in die Höhe.

Der Rächer wandte sich zur anderen Seite, um nach einem Fluchtweg zu suchen. Was er aber sah, war kein Schlupfloch, sondern ein Soldat in vollem Harnisch und mit nach vorne gerichteter Hellebarde in seinen Händen.

Obwohl der Rächer wusste, dass es kein Entkommen gab, zog er seine Waffe und begab sich inmitten des Stalles in eine albern wirkende Verteidigungsstellung, wie sie der mittelalterlichen Kriegsschule des berühmten Fechtmeisters Hans Talhoffer entstammen könnte; in leichter Kniehaltung, die Beine gespreizt und den Griff seiner langen Hieb- und Stichwaffe mit beiden Händen umklammernd, drehte er sich hastig im Kreis.

»Brrrr!«, schrie Peter Immler sein Pferd an und bremste es so scharf, dass er schier kopfüber heruntergestürzt wäre.

Nachdem Nepomuk gehört hatte, dass er jetzt Unterstützung bekommen würde, drehte er sich kurz um und öffnete die Stalltür wieder. »Geht nach draußen und haltet ihn auf, falls er fliehen sollte!«, gebot er dem Soldaten, der sich – die Waffe immer noch auf den Rächer gerichtet – langsam an ihm vorbeidrückte. Dabei war es Nepomuk mit dem Befehl allerdings nicht allzu ernst gewesen. Er wollte lediglich den noch recht jungen und deswegen unerfahrenen Soldaten in Sicherheit wissen.

Während draußen die restlichen Reiter eintrafen, stürzte Peter Immler bereits in den Stall und schrie wild um sich: »Wo ist das Schwein? – Ich bringe dich um! – Was hast du mit Maria gemacht?« Allein die Reihenfolge seiner Fragen und der Drohung kündeten davon, wie verzweifelt er sein musste. Als er, weiter schreiend, tiefer in den Stall rennen wollte, wurde er von Nepomuk unsanft ausgebremst. Der Mönch packte den Immenstädter Kaufmann wortlos an dessen mit sündhaft teurem Biberpelz besetzten Mantel und schmiss ihn einfach wieder hinaus.

»So, jetzt sind wir wieder allein! … Also: Wer bist du?«, wiederholte er seine Frage von vorhin und ging dabei langsam auf den lächerlich wirkenden Mann zu. Nepomuk hatte zwar nicht die geringste Ahnung, wer da vor Angst zitternd vor ihm stand, aber einen Heidenspaß daran, sein eigenes imposantes Äußeres wirken zu lassen. »Und? … Ich warte!«

»Ich … ich heiße Ruland … äh … Walter Krummstiefel!«, antwortete der Rächer angesichts des auf ihn Zukommenden verdattert.

»Gott, was bist du für ein hässlicher Vogel«, bemerkte Nepomuk abschätzig, als er direkt vor dem Mann stand und ihm die Waffe aus der Hand nehmen wollte. Dabei hatte er wohl nicht mit der Kraft der Verzweiflung gerechnet und musste es sich überrascht gefallen lassen, den Säbel des Rächers in die Seite gestoßen zu bekommen.

So unvermittelt schnell der Verzweifelte reagiert hatte, reagierte jetzt auch Nepomuk. Anstatt sich um seine Verletzung zu kümmern, begann er, mit der flachen Seite seiner Doppelaxt auf sein Gegenüber einzudreschen. Da Nepomuk zwar rasender Zorn überkommen hatte, er seinen Gegner dennoch nicht töten wollte, gelang es dem Rächer sogar ein paarmal zu parieren. Aber schon beim vierten oder fünften Hieb hatte er der gewaltigen Kraft des Riesen nichts mehr entgegenzusetzen und musste sich den Säbel derart aus der Hand schlagen lassen, dass dieser schier eines der Pferde getroffen und womöglich verletzt hätte.

Obwohl er nicht allzu viel Freude mit dem Gesuchten gehabt hatte und selbst nicht lebensgefährlich verletzt war, schien es Nepomuk gerade recht zu sein, dass jetzt die restlichen Reiter und gleich darauf auch noch der zweite Suchtrupp den Stall betraten. Während ihn Siegbert und der Ortsvorsteher stützten und ihm nach draußen halfen, ging der junge Soldat in den Stall zurück und bewachte den entwaffneten Gefangenen, damit einer seiner Kameraden diesem die Handfesseln anlegen konnte.

Indessen hatte sich Peter Immler aufgerappelt und wollte gerade wieder schreiend in den Stall stürzen, als er hinter sich Ignaz rufen hörte: »Maria lebt! Es geht ihr gut! … Habt Ihr gehört, Herr Immler? Sie ist in Sicherheit!«

Marias Verlobter hielt inne. Er stand reglos da und unternahm nichts mehr gegen den Peiniger seiner Geliebten und auch nichts gegen die Tränen, die ihm jetzt die Wangen hinunterliefen, obwohl er irgendwie noch nicht richtig verstanden hatte, was ihm Ignaz zugerufen hatte.

»Ja, Peter! Es stimmt tatsächlich!«, bestätigte jetzt auch von Huldenfeld und wuschelte dem Immenstädter aufmunternd durchs Haar. »Wir haben sie gesehen. Lodewig ist bei ihr. Maria wartet auf dich. Geh zu ihr!«

Jetzt erst konnte Peter Immler die ganze Tragweite des Gehörten erfassen. »Maria lebt?«, fragte er leise und blickte ungläubig in die Runde. Als er nur lächelnde Gesichter und nickende Köpfe sah, schrie er, so laut er es vermochte, in die Welt hinaus: »Maria lebt!« Diesem Gefühlsausbruch folgte ein Weinkrampf, der sich ausgerechnet an der geharnischten Brust des ebenfalls aus Immenstadt stammenden Gardehauptmannes entladen sollte. »Ich gratuliere dir … Alles wird gut!«, flüsterte der ansonsten nicht gerade zart besaitete Soldat dem Überglücklichen ins Ohr und drückte ihn einen Moment lang fest an sich. »Aber jetzt müssen wir uns um dieses Schwein kümmern!«, rief er in Richtung Stall und löste sich von Peter. »Versprich mir, dass du ihn nicht anrührst. – Versprichst du mir das?«, fragte er eindringlich und schüttelte aus Peter ein leises, geknurrtes »Ja« heraus.

Um sicherzugehen, legte ihm von Huldenfeld eine Hand um die Schulter und ging mit ihm um den Hof herum bis zu den Fußspuren im Tiefschnee. »Du musst nur unseren Spuren folgen, dann kommst du zu ihr.«

»Ja? … Ja, ja, ja!«, schrie Peter wie entfesselt in den leicht verschleierten Himmel hoch.

»Gut! Dann sorgen wir dafür, dass der Gefangene heil zum Schloss kommt, während dich einer meiner Männer zur Hütte begleitet, in der Maria auf dich wartet.«

»Zuvor aber müsst Ihr noch ein wenig verschnaufen«, bemühte sich Ignaz, der wusste, dass sein Herr eine gewisse Zeit brauchen würde, um Maria in einen einigermaßen präsentablen Zustand zu bringen, hastig dazwischenzuwerfen.

»Ich kann den Spuren zu dieser Hütte auch allein folgen!«, konterte Peter, den jetzt nichts auf der Welt aufhalten konnte.

Der Gardehauptmann zuckte verständnisvoll lächelnd mit den Schultern und sprach eine gut gemeinte Empfehlung aus: »Zuvor aber wischst du dir die Tränen aus dem Gesicht.« Er winkte einen seiner Männer, Siegbert und den Ortsvorsteher zu sich. »Würde es euch viel ausmachen, Peter zu begleiten?«, fragte er die beiden Staufner und fügte hinzu: »Ich weiß, dass ihr jetzt etwas Ruhe nötig hättet, aber im Gegensatz zu den anderen seid ihr diesen Weg noch nicht gegangen, sondern die Straße entlang hierhergeritten. Deswegen habt ihr noch genügend Kraft, um durch den Schnee dort hochzustapfen.«

»Sehr gerne!«, antwortete Hermann Schädler, versäumte es aber nicht, danach zu fragen, warum nun doch gleich drei Leute vonnöten seien.

»Vielleicht muss Maria auf einer Trage nach Hause transportiert werden? Da ist es besser, wenn ihr mit Lodewig zusammen zu viert seid. Und von Peter dürftet ihr wohl keine große Hilfe erwarten, … der muss wahrscheinlich Händchen halten«, ergänzte der Gardehauptmann schmunzelnd, bevor er weiter argumentierte: »Ich glaube zwar nicht, dass Maria nennenswerte Verletzungen hat, denke aber, dass sie kraftlos ist und es wohl kaum vermag, ohne Hilfe durch den teilweise doch noch recht tiefen Schnee zu stapfen.«

Hermann Schädler nickte und gab den anderen wortlos ein Zeichen zum sofortigen Aufbruch. Ohne weitere Fragen folgten sie Peter Immler, hatten allerdings Mühe, aufholen und Schritt mit ihm halten zu können – zu sehr drängte es ihn zu seiner Geliebten.

Melchior Henne war vom Grafen Königsegg äußerst freundlich und sogar per Handschlag mit den Worten »Ach, Unser ehrenwerter Herr Bürgerfähnrich … Respekt!« begrüßt worden. Obwohl den Staufner Untertanen des Grafen ungewöhnliche Lockerheit erstaunte, ließ er sich nichts anmerken. Dennoch machte er sich Gedanken darüber, was er soeben gehört hatte: Welcher einfache Handwerker wurde schon als »ehrenwert« erachtet, geschweige denn als »Herr« bezeichnet? Und dies auch noch vom Regenten höchstpersönlich.

Der hochadlige Schlossherr war dem zwar einfachen, aber ganz und gar nicht simpel gestrickten Leinweber offensichtlich zugetan, seit ihn dieser mutig und wortgewandt um die Einlösung des gräflichen Versprechens in Bezug auf die Pest vor 15 Jahren ersucht hatte. Und dass Melchior jetzt doch noch derjenige geworden war, der das gräfliche Versprechen in wenigen Wochen umsetzen sollte, hatte ihn offensichtlich in der Wahrnehmung des Grafen in den Rang eines Offiziers hochkatapultieren lassen – jedenfalls wurde er so behandelt.

Der Regent führte ihn sogar persönlich durch den bibliophilen Teil seines Familienarchivs und zeigte ihm die wertvollsten Früh- und Wiegendrucke, Folianten, Einzelblätter und Stiche. Nebenbei hatte er Melchior die extra hierfür umgebauten Räume und das »von ihm« in Konstanz ausgeklügelte Regalsystem erklärt. Dass Speen dabei die Augen verdreht hatte, war zwar von Melchior, nicht aber vom Grafen bemerkt worden.

Noch nie zuvor war ein einfacher Mann des Volkes vom unumschränkten Regenten des rothenfelsischen Gebietes so herzlich in dessen heiligen Hallen herumgeführt worden. Und noch niemals hatte sich der Graf die Zeit genommen, einem Vertreter des meist sowieso des Lesens unkundigen Volkes seine literarischen Schätze zu zeigen, die mit Sicherheit während des Großen Krieges von den Schweden geraubt worden wären, wenn sein oberster Beamter nicht so umsichtig gewesen wäre, sie in Sicherheit zu bringen.

»Begebe Er sich zu Uns!«, gebot der Graf in der nur ihm und den anderen Mitgliedern der gräflichen Familie zustehenden komplizierten Form der Anrede und holte ein Buch aus einem der durchwegs prall gefüllten Regale. »Dies ist der *Königsegger Codex*«, sagte er und erklärte Melchior, dass es sich um eine mittelalterliche Handschrift zur Fechtkunst handelte, die einen gewissen Junker Luthold von Königsegg beträfe. »Mein Vorfahre war Schüler von Hans Talhoffer, dem wohl berühmtesten Fechtmeister des Mittelalters«, erklärte er nicht ohne Stolz und ergänzte: »In diesem wertvollen Buch wird die Fechtunterweisung Lutholds, der sich in einem Zweikampf auf Leben und Tod beweisen musste, haarklein auf 128 Seiten beschrieben und mit ebenso vielen Bildern gezeigt ... In Aulendorf befindet sich ebenfalls ein Exemplar«, bemerkte er in fast etwas abschätzig klingendem Unterton in seiner sonoren Stimme.

Nachdem er das Buch – ohne es überhaupt auch nur für einen Moment aufgeschlagen zu haben – von Oberamtmann Speen hatte wieder zurückstellen lassen, zog er eigenhändig eine große Pappmappe aus einem der horizontalen Flachregale. Die nur eine Handbreit hohen, glatt geschliffenen und herausziehbaren Bretter waren unter den großen Eichentischen, von denen sich in jeder Raummitte einer befand, eingebaut worden, ... was selbstverständlich auf Anregung des Grafen hin geschehen war.

Obwohl der in Bezug auf Architektur und Inneneinrichtung scheinbar begabte Hausherr behutsam vorgehen wollte, knallte und staubte es, als er die dicke Mappe auf den Tisch klatschen ließ. Er wollte das Bändel, mit dem sie verschlossen war, entknoten, schaffte dies aufgrund seiner Wurstfinger allerdings nicht – vielleicht wollte er aber auch nur seine gepflegten, der Mode entsprechend langen Fingernägel schonen. Anstatt seinen Vertrauten damit zu beauftragen, deutete er Melchior, ihm diese Arbeit abzunehmen.

Unglaublich!, dachte sich die rechte Hand des Grafen, die wusste, dass normalerweise niemand, aber auch schon gar niemand Hand an die geliebte Stichesammlung seines Herrn legen durfte.

Melchior für seine Hilfe dankbar, aber wortlos blätterte der Graf ein Blatt nach dem anderen um und ließ sich dabei gerade so viel Zeit, dass Melchior einen kurzen Blick auf das jeweils obere Blatt werfen konnte. Dies ärgerte den interessierten jungen Mann, der noch nie so etwas Schönes gesehen hatte, etwas. Gleichsam aus Höflichkeit und Unterwürfigkeit, gepaart mit einer unendlichen Dankbarkeit für das, was ihm der Graf soeben angedeihen ließ, mokierte er sich aber nicht darüber. Fasziniert folgten seine Augen Blatt auf Blatt. Er sah die wundersamsten Dinge: Ernstes und Witziges, Weltliches und Kirchliches. Trutzige Burgen mit merkwürdigen Zinnen und imposante Schlösser mit riesigen Ziergärten. Landkarten aller Herren Länder mit unglaublich schönen Berg- und Seenlandschaften. Vielerlei Städteansichten, darunter auch die Hansestadt Bremen und die Kaiserstadt Aachen. Auch Oldenburg, Dresden und Leipzig offenbarten sich Melchior in all ihrer Schönheit und Pracht. Unter den Stichen befanden sich auch Abbildungen der beiden »Friedensstädte« Münster und Osnabrück, wo erst vor zwei Jahren der 30 Jahre anhaltende, europaweite Krieg beendet worden war.

»Die zwei stammen aus den Jahren 1542 und 1561«, sagte der Graf und bemerkte noch, dass es etliche neue Stiche dieser beiden Städte gäbe, er aber noch keine Gelegenheit hatte, je einen zu erwerben. Sogar die im Süden des Heiligen Römischen Reiches Deutscher Nation liegende Stadt der Wittelsbacher war mit mehreren Stichen vertreten, aber auch Freiburg und Konstanz. Darunter hatte sich wohl versehentlich einer gemischt, der anstatt einer Stadt eine Person zeigte. Dabei handelte es sich um Ferdinand von Bayern, was Melchior auf die Schnelle nur hatte lesen können, weil dieser Fürst Erzbischof von Köln war, weswegen der Graf einen Moment innegehalten hatte. Aber auch London, Paris, Rom, Barcelona und die Hauptstadt des Herzogtums Brabant sowie Antwerpen, Maastricht, Brügge, Gent und andere europäische Städte bereicherten diesen Schatz.

»Das hier ist *Buda*, eine Stadt im Land der Magyaren …« Bevor Melchior etwas fragen konnte, fuhr der Graf fort: »Und die Stadt gegenüber des breiten Flusses heißt *Pest*, hat aber nichts mit der Seuche zu tun!«, dozierte der offensichtlich stolze Besitzer dieser wertvollen Druckwerke, den es ärgerte, dass ihm der Name des Flusses nicht einfallen mochte.

Bevor Melchior sich diese Lithografien genauer ansehen konnte, blätterte der Graf über die Städteansichten hinweg schon weiter zu den Naturmotiven, blieb aber noch an einem besonders schönen Stich kleben, der sich zwischen ein detailliert beschriebenes, Melchior aber völlig unbekanntes Pflanzenbüschel und einen Hirsch mit mächtigem Geweih verirrt hatte: »Das hier ist der Dom von Quedlinburg – spätromanisch! Mit dem ersten Bau wurde vor über 700 Jahren als ›Kathedrale des Reichs‹ begonnen. Hier haben einst Kaiser und Könige prachtvoll Hof gehalten … und Gottesdienste gefeiert«, wusste der belesene Regent begeistert zu berichten, bevor er dann doch gleich weiterblätterte, anstatt auf König Heinrich I., den Stammvater der Ottonen, einzugehen, der Quedlinburg zum Zentrum seines Imperiums – das immerhin von der Nordsee bis zum Mittelmeer gereicht hatte – einzugehen.

Melchior sah klösterliche Wurzgärten mit offensichtlich genauen Beschreibungen der abgebildeten Heilkräuter.

»Blättere Er selbst weiter«, gestattete der Graf seinem Gast gönnerhaft, während er zu einem Regal ging und mit einem Buch zurückkam.

»Das hier ist ein Nachdruck der *Capitulare de villis et curtis imperialibus*! Darin eröffnen sich dem kundigen Betrachter die Geheimnisse des Kräutergartens Karls des Großen«, erklärte er mit einem fast ehrfurchtsvollen Timbre in der Stimme, reichte zu Melchiors Bedauern das offensichtlich ganz besonders wertvolle Buch aber gleich an Speen zurück, damit er es wieder ins Regal stellen konnte. Darüber hinaus gab es farbige Drucke von Blumen und Bäumen, ebenfalls mit Beschreibungen, die zu lesen Melchior wieder keine Möglichkeit hatte. Darauf folgten teils kolorierte Stiche von Menschen aller Rassen und Hautfarben, insbesondere aber von Edelleuten in höfischen Gewandungen. »Dort gehörst du hin, mein Freund«, sagte der Graf zufrieden und steckte den Erzbischof von Köln, den er zuvor beiseitegelegt hatte, dazwischen.

Melchior sah sogar Harlekine inmitten einer wasserumspülten Stadt, die von einem hohen Turm dominiert wurde. »Venezien!«, damit meinte der Graf Venedig, »… eine Stadt in Italien. Von dort aus hat sich 1347 die größte europäische Pestwelle verbreitet … Und dies ist Palermo, ebenfalls in Italien, aber ganz unten auf einer Insel«, klärte der Regent knapp auf und blätterte weiter zu

Ansichten von Tieren, die Melchior noch nie zuvor gesehen hatte. Hier sortierte er den Hirsch mit dem mächtigen Geweih ein. Fassungslos betrachtete der junge Mann einen Aufzug etlicher riesiger Tiere mit großen Ohren und langen Rüsseln, auf denen Mohren saßen – solche Tiere und Mohren hatte Melchior schon einmal in der gräflichen Weihnachtskrippe gesehen – na ja, korrekt gesagt, hatte er von Lodewig davon gehört, weswegen sie ihm zumindest bekannt vorkamen. Ein anderes Bild zeigte eine riesige gestreifte Katze mit langen Eckzähnen, die eines dieser merkwürdigen Tiere ansprang und sich darin verkrallt zu haben schien. Melchior war fasziniert. Als er den Schwarzdruck eines grotesk anmutenden Kandelabers sah, der mit Putten, ihm unbekannten Satyrn und Mischwesen verziert war, wollte er seine Hand auf das Gebilde legen und somit seinen Gönner dazu veranlassen innezuhalten.

»Warte Er!«, sagte der Graf gnädig und blätterte etliche Male weiter, bis er mit beiden Händen über ein Blatt strich, das es ihm offensichtlich ganz besonders angetan hatte. Er war bei den mystischen Motiven angelangt. »Das ist eine sogenannte Eisenradierung«, bemerkte er, während er mit einer Hand auf das Blatt zeigte und mit der anderen seinen Schnauzbart zwirbelte. »Alles, was sich hier in dieser Mappe befindet, sind Lithografien und Radierungen verschiedener Meister aus verschiedenen Zeiten. Unser Großvater selig hat sie dereinst aus aller Welt zusammengetragen. Diese hier stammt von einem Allgäuer, sogar von demjenigen Allgäuer Künstler, der die Eisenradierung erfunden hat«, verkündete der Graf stolz und fuhr fort: »Er heißt Daniel Hopfer und war um 1495 herum in Augsburg tätig … Geboren wurde er aber in Kaufbeuren!«, hob er sein Wissen mit unüberhörbarem Stolz auf Daniel Hopfer hervor.

Kaufbeuren gehört zum Allgäu?, fragte sich Melchior, während der Graf bereits ein Bild erklärte, auf dem zwei höfisch gewandete Frauen, hinter denen der Tod stand und drohend einen Totenschädel über deren Häupter hielt, zu sehen waren. Hinter dem Tod lauerte bereits der Teufel, der erst an die Reihe zu kommen schien, wenn der Tod seine Arbeit verrichtet hatte.

Melchior betrachtete sich die gleichsam grausame und faszinierende Szenerie so lange, bis der Besitzer dieses ungewöhnlichen Werkes die Mappe zuschlug und in einen anderen Raum ging.

»Mist!«, wäre es Melchior fast herausgerutscht. Er hätte noch stundenlang hierbleiben können, um all die Abbildungen einzeln und in Ruhe zu betrachten.

»Begebe Er sich zu Uns …«, gebot der Graf und beauftragte Speen, einen dicken Wälzer aus einem der oberen Regale herunterzuholen und auf eine der bereitliegenden Samtunterlagen zu legen.

Als das dicke Buch vor ihnen lag, strich der Graf fast zärtlich mit den Fingern über den kunstvoll gestalteten ledernen Deckel.

»Dies ist ein wertvoller Schatz, von dem Wir Uns wohl trennen müssen, weil er so nicht wertvoll ist«, sagte der Graf mit einem Bedauern im Gesicht.

»Warum, Exzellenz? Warum müsst Ihr dieses Buch verkaufen?«, wollte der aufgrund dieser Aussage sichtlich verwirrte Melchior wissen.

Anstatt gleich die Antwort darauf zu geben, öffnete der nunmehr unglücklich wirkende Besitzer das bibliophil gestaltete Buch und blätterte es wahllos auf. Wenn Melchior im Moment noch von den bisher gesehenen, größtenteils einfarbig schwarzen oder dezent kolorierten Stichen begeistert gewesen war, blieb ihm jetzt regelrecht die Spucke weg. So etwas Schönes war ihm noch nie zuvor unter die Augen gekommen. Vor ihm lag eine Buchseite aus echtem Pergament, die in allen erdenklichen Farben glänzte. Die handgeschriebenen Buchstaben waren in einem dunklen Braun gehalten und die Anfangsbuchstaben sogar vergoldet, wie der Graf dankenswerterweise erklärte. Die verzierte goldene Initiale war in ein gefälliges Blau gebettet, das wiederum von einem satten Grün begrenzt war. Das beeindruckendste Bild aber war wohl jenes im oberen Teil des Satzspiegels. In kräftigem Farbton zeigten sich Menschen vor einem in Pastell gehaltenen Landschaftshintergrund.

»Wunderschön!«, hauchte Melchior. »Und das wollt Ihr wirklich verkaufen, Euer Exzellenz?«

»Ja! Denn hierbei handelt es sich um eine insgesamt achtbändige Bibel. Und Wir besitzen leider nur einen Band. Das Gesamtwerk hat 1430 Ludwig VII., den man auch ›den Bärtigen‹ genannt hat, in Auftrag gegeben. Es soll sich um die erste groß angelegte illustrierte Handschrift des Neuen Testamentes in deutscher Sprache handeln.«

Der Graf schnaufte tief durch, bevor er Melchior erklärte, dass diese Sammlung nur wertvoll sei, wenn sie vollständig wäre, und er die Meinung verträte, dass das, was zusammengehöre, zusammengeführt werden müsse. »Wir werden dieses Buch also zu den anderen geben. Wir wissen sowieso nicht, wie dereinst ein einziges Exemplar nach Aulendorf gelangen konnte. Und warum es gerade dieser Band ist, wissen Wir auch nicht. Vielleicht war dieses Buch sogar schon in der Bibliothek der alten Burg Königseggerberg, bevor es nach Aulendorf gekommen ist?« Der Graf zuckte mit den Schultern und beendete dieses Thema mit den Worten: »Wir wissen es nicht und Wir werden es wohl auch nicht mehr herausbekommen.«

»War der Künstler auch ein Allgäuer?«, lenkte Melchior den betrübt wirkenden Grafen ab und bekam zur Antwort, dass bei der ersten Ausstattungsphase wohl mehrere Künstler aus verschiedenen Regensburger Werkstätten daran beteiligt gewesen waren und bedauernswerterweise kein einziger Allgäuer unter ihnen war.

»Da die Vollendung des Werkes wohl viele Jahre gedauert hat, ist es um so bemerkenswerter, dass sich alle an das einheitlich vorgegebene Schema gehalten haben.«

Der Graf legte einen Finger auf eine der Zeilen, beugte sich über das künstlerische Werk und zog Melchior am Ärmel näher zum Buch hin, bevor er sagte: »Hier sieht Er gut die Metallstift-Vorzeichnungen, nach denen sich die Mönche gerichtet haben.«

»Mönche?«

»Wer sonst könnte derart sauber schreiben und so gut malen?«, fragte der Graf zurück und schloss das Buch. Dabei fiel der schwere Deckel versehentlich so fest herunter, dass es schon wieder schepperte und staubte.

Wenn mir das passiert wäre … Oh je, dachte sich der Obermann.

Nachdem der Graf das Buch noch einmal getätschelt und es Speen mitsamt der Filzunterlage zum Verräumen über den Tisch geschoben hatte, brauchte er einen Moment der Besinnung, bevor er sich wieder an Melchior wandte. »Und jetzt möchten Wir Uns mit Ihm unterhalten und von Ihm hören, warum Er ins Städtle gekommen ist!« Der Graf klatschte in die Hände, um Rotwein und Rosinengebäck auftragen zu lassen. »Er wird doch über Nacht bleiben? … Oder?«

Da Melchior glaubte, aus den Worten des Grafen weniger eine Frage als einen Befehl herausgehört zu haben und er nicht nur ein Meister des geschliffenen Wortes war, sondern auch noch über ein gerütteltes Maß an Anstand und Intelligenz verfügte, nickte er lächelnd und antwortete: »Es ist mir gleichsam Freude und Ehre, Euer Exzellenz. – Ich bedanke mich für Euer Exzellenz Großzügigkeit!«

»Dann werden Wir Ihm ein Lager richten lassen … Und nun begleite Er Uns in das Kaminzimmer hinunter. Dort ist es zwar nicht schöner, aber gemütlicher als hier.«

Auch für den einst unehrenhaft gewordenen Bibliothekar aus der Immenstädter Residenz, der schon vor 15 Jahren seinen echten Namen abgelegt, sich in Ruland Berging umbenannt hatte und seit nicht allzu langer Zeit als Walter Krummstiefel sein Unwesen trieb, wobei er sich gleichzeitig auch noch den lächerlichen Utznamen »Rächer« zugelegt hatte, war inzwischen festgelegt worden, wo er die Nacht verbringen würde. Allerdings wirkte dieser durch und durch bösartige Mensch plötzlich ganz und gar nicht mehr so furchterregend, wie er es gerne gehabt hätte – da konnte er sich selbst nennen, wie er mochte. Und da nützte es auch nichts, wenn die Bevölkerung Staufens den Mörder von Martin Allger, Markus Hagspihl, Hanspeter Burger und Bertel Schwabacher nicht einfach als »Rächer« oder hundsgemeinen Mörder, sondern viel treffender als »Gliedermörder« bezeichnete. Denn es hatte ebenso niemand etwas von den Schweinereien des Rächers mitbekommen wie davon, dass es den ehemaligen Totengräber Ruland Berging überhaupt noch gab und dass dieser sich nun Walter Krummstiefel nannte.

Es war sowieso einerlei, wie er sich selbst nannte oder als was andere ihn unbekannterweise bezeichneten; sein heutiges Nachtlager würde nicht aus einer weichen Unterlage mit weicher Hühnerfederdecke, sondern aus kratzigem Stroh auf hartem Boden bestehen. Und auf seinem heutigen Speiseplan würden allenfalls ein Becher Wasser und ein harter Ranken Brot stehen. Dennoch würde er mit Melchior Henne eines gemeinsam haben: Beide würden in einem Schloss nächtigen – Melchior in einem der beheizbaren Gästezimmer des Residenzschlosses in Immenstadt und der Rächer im zugigen Südturm des gräflichen »Lustschlosses« Staufen, in dem ihm die Lust auf Weiber und Schandtaten wohl ein für allemal vergehen würde.

Bis es so weit war, musste sich der inzwischen mit den Händen auf dem Rücken gefesselte Mordgeselle allerdings noch eine rüde Behandlung gefallen lassen. Weil Lodewig bei Maria war und der Ortsvorsteher noch auf dem Weg dorthin sein dürfte, hatte Hauptmann von Huldenfeld mit seinen Männern die alleinige Befehlsgewalt übertragen bekommen und den Gefangenen übernommen. Da zwei von ihnen gehorsame Soldaten waren und sowohl Ignaz als auch Fabio den Ruf genossen, absolut friedliebend zu sein, ging von ihnen keinerlei Gefahr für ihn aus. Bei Nepomuk könnte dies allerdings schon etwas anders aussehen. Obwohl der Mönch nicht im Entferntesten erahnen konnte, wem er da gerade wieder eine Maulschelle verpasst hatte, war sein Zorn auf den eher dem Teufel als einem Menschen ähnelnden Halunken weiter gestiegen. Hätte der heilkundige Mönch auch nur annähernd gewusst, wen dieser stinkende Gassenhund alles auf dem Gewissen hatte, wäre er wohl nicht so ruhig geblieben. Aber auch so konnte er es sich nicht verkneifen, dem inzwischen kleinlauten Gefangenen zu zeigen, was er von ihm hielt.

»Haltet ein, Mönch!«, bremste der Gardeoffizier den Hünen aus, als dieser sich den Gefangenen so richtig vornehmen wollte. »Dies ist nicht unsere Sache! Unsere Aufgabe ist es, ihn unversehrt ins Schloss zu bringen … Wir können froh sein, dass unsere heutige Aktion von den Staufnern bisher unbemerkt geblieben ist, und werden den Teufel tun, uns an derer statt an ihm zu versündigen. Ich dulde keine Selbstjustiz! Ist das klar?«

Widerwillig ließ Nepomuk den Hals des Rächers los und stellte an dessen Husterei und Spuckerei erst jetzt fest, dass er einmal mehr versehentlich immer fester zugedrückt hatte, während er sich vom Gardehauptmann hatte ablenken lassen. »Entschuldigung«, sagte er, meinte damit allerdings nicht denjenigen, den er gerade noch zwischen seinen Fingern gehabt hatte und der jetzt röchelnd in sich zusammensackte.

Benedikt von Huldenfeld begann indessen, den Abtransport des Gefangenen zu organisieren. »Helft dem Strolch wieder auf die Beine und setzt ihn auf ein Pferd. Bindet ihm dann auch noch die Füße zusammen, damit er nicht schon wieder abhauen kann!«, befahl er seinen Soldaten, vergaß dabei aber zu sagen, dass sie die Füße unter dem Bauch des Pferdes möglichst straff zusammenbinden sollten.

»Sag mir nur eines!«, wandte sich Nepomuk, der natürlich nicht vorgehabt hatte, dem Gefangenen ernsthaften Schaden zuzufügen, in jetzt ruhigem Ton wieder an den nun gänzlich Verängstigten. »Warum?«

Der Rächer ließ sein Auge in denen des Mönchs herumtanzen, bevor er zurückfragte: »Was meint Ihr?«

Obwohl mit Nepomuk schon wieder die Pferde durchgehen wollten, riss er sich am Riemen und präzisierte stattdessen seine Frage: »Warum in Gottes Namen hast du vier junge Staufner Burschen wie Vieh abgeschlachtet?«

»Warum vier?«, rutschte dem Gefangenen heraus. Er wunderte sich zwar, glaubte aber, dass dieser Mönch von Diederich, dem Bruder des jetzigen Kastellans, und von den beiden Blaufärbersöhnen, die er vor vielen Jahren grausam ermordet hatte, sprach.

»Erdreiste dich nicht, auch noch zu lügen, und sag die Wahrheit!«, wurde er vom hünenhaften Mönch, der drohend mit seiner Doppelaxt spielte, gefragt.

Weiter eingeschüchtert, versuchte der Rächer, die Sache klarzustellen: »Drei!«, presste er heraus. »Es waren drei, nicht vier! Etwas anderes habe ich mir doch nicht zuschulden kommen lassen – zumindest nicht hier in Staufen.« Entsetzt über das, was er in seiner Angst soeben ausgeplaudert hatte, überlegte er, wie er die Sache wieder hinbiegen könnte, und kam zu dem Schluss: »Ihr könnt mir gar nichts beweisen! Ich … ich habe mir nur einen Spaß mit Euch erlaubt«, lachte er auf. Da er sich ziemlich sicher war, dass man ihm diese Morde nach so langer Zeit ebenso wenig würde nachweisen können wie die von ihm begangenen Morde jüngerer Zeit, wurde er wieder ruhig. Nicht zuletzt auch, weil seine Beteiligung an den 69 »Pesttoten« des Jahres 1634 durch die Strangulierung seines damaligen Komplizen Heinrich Schwartz auf dem Galgenbihl nie mehr ans Tageslicht kommen konnte.

Und dass er seinerzeit Lodewig entführt und fast zu Tode gequält hatte, würde – so hoffte er – ebenfalls im Dunkel bleiben, weil er schließlich eine andere Identität angenommen und ihn bisher niemand erkannt hatte. Also rechnete er fest damit, dass auch Lodewig ihn nicht mehr erkennen würde. Aber würde er mit seiner Einschätzung auch recht behalten?

Allerdings würde er Marias Entführung nicht leugnen können. Aber dies stand nur bedingt unter Todesstrafe – zumal es sich »nur« um ein Weib handelte, mit dem er nicht einmal Unzucht getrieben hatte – weder mit noch ohne deren Willen. Er hatte ihr lediglich seine Lanze gezeigt … und diese vor ihr gebrochen. Gewiss: Peinlich genug, aber wohl kaum verboten. Niemals hätte er gedacht, einmal froh darüber zu sein, dass es ihm – noch bevor er Maria hatte schänden können – schneller gekommen war, als es ihm gepasst hatte.

Der gestrigen Sache am Entenpfuhl maß er sowieso keine Bedeutung bei. Da mich dieser Jockel zwar gesehen hat, wie ich den Kastellan niedergeschlagen habe, mich wegen des Schlapphutes und des Tuches vor dem Gesicht aber keinesfalls erkannt haben kann, wird er sich bei einer Gegenüberstellung nicht an mich erinnern, … zumindest nicht, wenn er eine ehrliche Aussage macht – aber wird er dies auch tun? Was ist, wenn er – aus was für Gründen auch immer – eine Falschaussage macht? Falls nicht, wird man mir lediglich den Pranger und eine Kerkerhaft aufbrummen, sah er seiner düsteren Zukunft denn doch noch einigermaßen gelassen entgegen. Allenfalls könnte mir eine Hand abgehackt und ich in die Acht geschickt werden, verging ihm nach genauerer Betrachtung der Dinge doch noch das hämische Grinsen, das sich in seine Fratze verirrt hatte.

Während sich der mutlos gewordene Mann Gedanken über seine unsichere, besser gesagt, über seine sichere Zukunft machte, wurden ihm von den Soldaten die Beine unter dem Pferd zusammengebunden.

Kurze Zeit später war der kleine Tross auf dem Weg zum Schloss, wo der Gefangene nur eine einzige Nacht verbringen sollte. Vorneweg ritt ein sichtlich stolzer Gardehauptmann, der sich jetzt schon auf eine Belobigung des Grafen und des Rates der Stadt freuen konnte und sogar von der längst überfälligen Beförderung, die einen höheren Sold mit sich bringen würde, träumte. Er wusste, dass er schon vor Jahren befördert worden wäre, wenn es dem Grafen nicht ums Geld ginge. Nun aber würde dieser nicht mehr umhin können, ihn zu befördern. Hinter ihrem zufrieden lächelnden Vorgesetzten ritten zwei seiner Soldaten, die den Gefangenen in ihre Mitte genommen hatten, wobei der rechte die Zügel des Pferdes, auf dem Walter Krummstiefel saß, hielt. Dahinter ritten Siegbert und Fabio nebeneinander. Da Nepomuk irgendwie ein ungutes Gefühl beschlichen hatte, blieb er ganz am Schluss des kleinen Trosses, um mit seiner gefürchteten Doppelaxt von hinten den Streckenverlauf im Blick zu haben. Es wäre ihm lieber gewesen, wenn der Kastellan und der Ortsvorsteher bei ihnen gewesen wären, damit der Gefangene ordnungsgemäß im Schloss abgeliefert werden könnte, um schon morgen in aller Herrgottsfrüh nach Immenstadt verbracht und der Gerichtsbarkeit zugeführt zu werden. Dort würden dann »Richter Gnadenlos« und der Carnifex auf ihn warten. Der Nachrichter würde sich umso mehr auf den Gefangenen freuen, weil dieser die Schuld daran trug, dass er mit Jockel Mühlegg versehentlich einen Unschuldigen bis fast zu dessen Tod hin gequält hatte. Auch der Richter würde sich die Hände reiben, dem damals auf dem Höhepunkt abgebrochenen Spektakel mit Jockel jetzt doch noch die Krone aufsetzen zu können, indem er eine noch intensivere und länger andauernde Peinliche Befragung und eine noch imposantere öffentliche Gerichtsverhandlung mit anschließend wunderbar zelebrierter Hinrichtung anordnen und organisieren konnte. Dies würde er umso lieber tun, weil der Mörder des am Heiligen Abend im Kirchgässchen gefundenen jungen Immenstädters bis heute nicht festgesetzt worden war, weswegen er sich einer gewissen Häme vonseiten der Bürgerschaft ausgesetzt sah.

Auf den Rächer käme also weiß Gott nichts Gutes zu. Er würde der willkommene Anlass für das größte Allgäuer Fest der vergangenen Jahrzehnte werden. Dagegen nähme sich der erste Fasnatziestag in Staufen wie ein gewöhnliches Burschentreffen aus und würde in der Wahrnehmung der Bevölkerung schnell wieder im Nichts versinken.

Während sie eher gemächlich dahinritten, beteuerte derjenige, der jetzt einem feigen Jammerlappen glich und alles andere im Kopf hatte, als an irgendjemandem Rache zu üben oder sich mit einer Frau Befriedigung zu verschaffen, immer wieder, niemanden ermordet und sich vorhin aus Angst vor dem Hünen und dessen Doppelaxt heraus versprochen zu haben. Da er aufgrund der drückenden Beweislage – man hatte ihn ja sozusagen in flagranti erwischt – nicht leugnen konnte, Maria entführt zu haben, gab er dies lieber gleich freiwillig zu, als es später aus sich herausprügeln zu lassen. »Ich wollte mich mit ihr nur etwas verlustieren, … was ich aber nicht gemacht habe. Ich hätte ihr doch niemals wehtun können und sie heute sowieso wieder laufen lassen«, log er in der Hoffnung, bei seinen Geschlechtsgenossen auf Verständnis zu stoßen. Innerlich ärgerte es ihn, Maria nicht sofort umgebracht und sie stattdessen in seinen Unterschlupf gebracht zu haben. »Ich Narr!«, rutschte es ihm in seinem Zorn heraus.

»Da magst du recht haben! – Das erste wahre Wort!«, schrie Nepomuk. »Aber wenn du jetzt nicht endlich dein Maul hältst, steige ich vom Pferd und stopfe es dir doch noch!« Dass der Mönch wegen seiner blutenden Stichverletzung nicht mehr dazu in der Lage sein würde, konnte der Rächer ja nicht wissen.

Da der Gardehauptmann alles mitgehört hatte, drehte er sich im Sattel um. Er empfahl dem Gefangenen, auf den Benediktinermönch zu hören. »Wenn du weiter so herumbrüllst, weiß bald ganz Staufen, wer du bist. Ich brauche dir wohl nicht zu sagen, was dann mit dir geschieht. An deiner Stelle wäre ich schon froh, dass der Verlobte von Maria Brugger nicht hier ist – wäre dies der Fall, würde ich keinen Heller darauf setzen, dich an einem Stück ins Schloss bringen zu können … Sei also endlich still!«

Trotz aller Bemühungen, den Gefangenen unbemerkt durch das Dorf zum Schloss hochzubringen, ließ sich die Sache nicht lange verheimlichen. Schon als sie in den Marktflecken hineinritten, fiel der ungewöhnliche Tross so auf, wie es der *Bunte Jakob* täte, wenn er mit seinem pfannen- und töpfebehangenen Planwagen in Begleitung von Soldaten auf dem Weg zum Wochenmarkt wäre.

»Seht doch!«, rief eine Frau mittleren Alters mit einem Kind auf dem Arm, die sich aus einem Grüppchen ratschender Weiber herausgeschält hatte und in Richtung der siebenköpfigen Gruppe zeigte.

»Soldaten? – Was tun die denn hier?«, wunderte sich ihr unweit davon arbeitender Vater und spuckte versehentlich den teuren Kautabak aus. Der gute Mann hatte in der Vergangenheit wohl schlechte Erfahrungen mit Uniformierten gemacht.

»Die haben einen Gefangenen dabei!«, stellte der offensichtlich ganz besonders schlaue Huberbauer fest und lenkte dadurch das Interesse seines Nachbarn auf die Reiter. Der wiederum schickte sofort eines seiner Kinder zum nächsten Gehöft, um auf diese Weise die frisch erworbene Neuigkeit weiterzutragen. So dauerte es nicht lange, bis die meisten derjenigen, die am Wegesrand ihre Behausungen hatten, heraustraten, um zu ergründen, was dieser ungewohnte Aufzug zu bedeuten hatte. Die Folge davon war die allgemeine Vermutung, dass es sich bei dem Gebundenen um den gesuchten Mörder der vier jungen Staufner Burschen handeln könnte. Das Unvermeidliche folgte aufs Wort, denn der Nächste wusste es ganz sicher: »Die haben den Gliedermörder gefangen!«

»Haben die etwa den Gliedermörder dabei?«

»Klar: Die haben den Gliedermörder dabei!« Diese Nachricht verbreitete sich schneller als ein Lauffeuer.

»Endlich!«, schrie ein altes Weib so laut, wie man es ihr nicht mehr zugetraut hätte.

Was jetzt kam, war unbeschreiblich: Einer nach dem anderen ballte die Fäuste und spie wüste Drohungen aus. Während sich die einen noch zusammenrotteten, folgten die ersten Entschlossenen bereits den Reitern. Manch einer hatte sogar noch schnell seine Sense, eine Mistgabel oder den Dreschflegel geholt. »Man weiß ja nie! – Sicher ist sicher!«

Innerhalb kürzester Zeit schaukelte sich die Situation so hoch, dass die Meute drohte, außer Rand und Band zu geraten und den Gefangenen vom Pferd zu ziehen. Noch aber konnten sie von den Soldaten und von Nepomuk auf Abstand gehalten werden. Also blieb ihnen im Moment nichts anderes übrig, als lauthals schreiend hinterherzulaufen. Aber wie lange noch würden sie in Schach gehalten werden können?

Ein bisschen war es wie vor 16 Jahren, als es aufgrund des durch den damaligen Totengräber Ruland Berging gestreuten »Pestgerüchtes« auf dem Marktplatz zu einer wüsten Rauferei gekommen war, bei der ein Soldat der gräflichen Garde hatte dran glauben müssen. Daran, dass die Bevölkerung Staufens damals mit einem blauen Auge davongekommen und vom Grafen »nur« ein Marktverbot und keine noch härtere Gemeinschaftsstrafe verhängt worden war, dachte längst niemand mehr. Sie waren jetzt so aufgeheizt, dass allenfalls noch die Erinnerung daran aufblitzte, wie sie seinerzeit erfolglos versucht hatten, den Medicus Heinrich Schwartz selbst zu richten, nachdem dieser aufgrund Ruland Bergings schändlichen Planes 69 der Ihrigen ermordet hatte. Hätte ihnen der Kastellan damals nicht verheimlicht, dass der Schurke wochenlang im Südturm des Schlosses gefangen gehalten worden war, wäre ihnen die Selbstjustiz sicherlich auch gelungen – in ihrer Wut hätten sie nicht einmal Skrupel gehabt, das Schloss zu stürmen, um des Mörders habhaft zu werden.

Jetzt aber war kein Kastellan in der Nähe, der sie von ihrem Vorhaben abhalten könnte. Nur die wenigen Soldaten und der riesige Mönch mit seiner verflixten Doppelaxt, von der sie schon so viele wundersame Dinge gehört hatten, konnten sich zwischen sie und den Gefangenen stellen. Ignaz und Fabio würden sie sowieso nicht fürchten, auch wenn die beiden heute ausnahmsweise einmal Waffen trugen. Dennoch fehlte ihnen momentan noch der Schneid dazu, das zu tun, wonach es sie gelüstete: Den Gefangenen vom Ross zu ziehen und sofort – ohne umständliche Gerichtsverhandlung – zum Galgenbihl auf den Staufenberg zu bringen und ihn dort coram publico aufzuknüpfen. Zuvor aber würden sie ihm noch eine Abreibung verpassen, die sich gewaschen hatte.

»Schneidet ihm die Augen heraus – genauso, wie er es mit meinem Buben gemacht hat!«, forderte der Vater von Martin Allger die anderen auf, während ihm in Erinnerung an seinen geliebten Sohn die Tränen in Strömen herunterliefen.

»Ja! Und ich reiße ihm sämtliche Gliedmaßen einzeln ab!«, brüllte der Oheim von Markus Hagspihl, dem zweiten Opfer des Gliedermörders.

»Hängt ihn auf! – Hängt ihn auf!«, schallte es dem Gefangenen bald im Dreierschlag-Rhythmus einer Landsknecht-Trommel entgegen.

Als Hauptmann Benedikt von Huldenfeld blankzog und sein Pferd antrieb, taten ihm dies die anderen nach. Aber je schneller sie ritten, umso schneller lief ihnen die Meute hinterher, sie wollte sich nicht so leicht abschütteln lassen, … nicht schon wieder! Zu allem hin reihten sich auch noch immer mehr Männer, Frauen und Kinder zu beiden Seiten des Trosses ein, was die Soldaten dazu veranlasste, diese mit ihren Säbeln zu verscheuchen und darauf zu achten, dass ihre zunehmend scheuenden Pferde niemanden überrannten. »Woher kommen plötzlich all diese Leute?«, fragte ein Soldat den anderen über den Gefangenen hinweg, während Nepomuk längst damit beschäftigt war, die hinter ihm tobende Menschenmasse durch das Schwingen seiner Doppelaxt auf Abstand zu halten. Nur Ignaz und Fabio wussten nichts mit ihren Säbeln anzufangen – immerhin waren es Staufner, alles Bekannte, die sich um sie herum zunehmend wüst gebärdeten. Aber sie konnten doch nicht auf ihre eigenen Leute einschlagen oder gar zustechen?

Da immer mehr Menschen kamen, um die Gruppe zu bedrängen, blieb den Reitern nichts anderes übrig, als in Galopp überzugehen. »Schneller! Wir müssen sie abhängen!«, rief der Gardehauptmann und hob seinen Säbel so nach vorne, als wenn er eine Attacke befohlen hätte und diese anführen würde. Dabei hatte er zwar die Leute, die vor ihnen aus ihren Häusern traten, im Auge, aber etwas vergessen, das er bei seinem Befehl hätte berücksichtigen müssen: »Halt! – Nicht so schnell! – Langsamer!«, beklagte sich der Gefangene, wegen dessen Sicherheit das Tempo erhöht worden war und dem es unter anderen Umständen recht gewesen sein müsste, möglichst schnell von hier wegzukommen. Aber er wusste, warum er die anderen flehentlich beschwor, ihre Pferde zu zügeln, anstatt ihnen auch noch die Sporen zu geben; er würde das rhythmische Gewackel auf dem Pferderücken nicht lange durchstehen können und über kurz oder lang unweigerlich seitlich herunterfallen.

»Nicht so schnell!«, schrie er immer wieder.

Da seine Hände auf dem Rücken zusammengebunden waren, hatte er zunehmend Mühe, das Gleichgewicht zu halten – zumal seine Füße nicht in Steigbügeln steckten, weil sie unter dem Bauch des Pferdes zusammengebunden waren. Um wenigstens etwas Halt zu bekommen, drückte er seine Oberschenkel und Knie mit aller zur Verfügung stehenden Kraft in die Flanken des Pferdes. Aber es nützte nichts; er konnte sich nicht mehr lange austarieren, um im Sattel bleiben zu können – womit auch? Während er unaufhörlich um Hilfe schrie, neigte er langsam die rechte Seite hinunter, konnte sich aber mit einem Ruck wieder zur ursprünglichen Position hochschwingen. Allerdings sollte seine Erleichterung nur einige Atemzüge lang anhalten. Da Hauptmann von Huldenfeld noch einen Zahn zulegte, musste der Gefangene sich noch mehr darauf konzentrieren, im Sattel zu bleiben. Eine Heidenangst überkam ihn, den – abgesehen von den Kriegstreibern – wohl skrupellosesten Massenmörder des 17. Jahrhunderts, der sich Zeit seines verwerflichen Wirkens einen Dreck darum geschert hatte, was in denen vor sich gegangen war, die er umgebracht hatte. Es war ihm stets scheißegal gewesen, ob seine Opfer Angst vor ihm und dem drohenden Tod gehabt hatten. Und es hatte ihn sogar kaltgelassen, wenn ihn Kinderaugen flehentlich angeschaut hatten. Schnell war er so mit sich selbst beschäftigt, dass er nicht einmal mehr zum Schreien kam. Er musste sich voll und ganz auf den Rhythmus des Pferdes konzentrieren und drückte – wenn er nach rechts abzurutschen drohte – das linke Knie so fest in dessen Flanke, dass es ihn schmerzte, während er gleichzeitig seinen Oberkörper mit ganzer Kraft ebenfalls nach links legte, um ein Herunterrutschen zu vermeiden. Dies tat er im Wechsel mit der anderen Flanke so lange, bis ihm der ganze Körper brannte und sich seine Bauch- und Beinmuskulatur nicht mehr anspannen ließ. Er war nicht mehr der Jüngste und hatte einfach zu wenig Kraft, um sich ohne Hilfe seiner Hände im Sattel halten zu können. Deswegen versuchte er wie wild, die auf dem Rücken zusammengefesselten Hände freizubekommen – ohne Erfolg.

Als er einmal mehr links vom Pferd zu rutschen drohte, nahm er all seine verbliebenen Kräfte zusammen, um sich ein weiteres Mal dagegenzustemmen. Aber es sollte ihm nicht mehr gelingen. Denn als er plötzlich einen stechenden Schmerz, der von einem Wadenkrampf herrührte, bekam, wusste er, dass sein Schicksal besiegelt war. Er hatte das Gefühl, als wenn sich sein Brustkorb und seine Kehle gleichzeitig von selbst zuschnüren würden. »Gottverdammter Mist! Wenn mir doch nur nicht die Füße zusammengebunden wären!«, fluchte er in lähmender Todesangst, anstatt sich in den drohenden Tod hineinzubeten. Er wusste, dass er nicht die geringste Möglichkeit haben würde, aus dem Sattel springen zu können. Und er wusste, dass sein Ende da sein würde, wenn er sich nicht mehr im Sattel würde halten können. Also schrie er, so laut er es vermochte. Aber das Unvermeidliche kam so sicher, wie auch seine letzten Worte ein Gefluche anstatt der Ansatz eines Gebetes sein würden, wenn er dem Tod ins Auge schauen musste. In dem Moment, als er realisierte, dass er der Schwerkraft nichts mehr entgegenzusetzen hatte und er keinerlei Schmerz mehr spürte, ja, das höllische Brennen sogar eher einem angenehm warmen Streicheln einer Hübschlerin glich, war ihm alles egal. »Zum Teufel!«, schoss es aus ihm heraus, als es ihm endgültig klar wurde, was gleich auf ihn zukommen würde.

Er hatte nicht mehr die Kraft sich zu wehren, und er spürte, dass ihn die Kreaturen der Hölle ganz sanft nach unten zogen – dorthin, wohin er gehörte. Es erschien ihm so, als wenn sich unter ihm ein brennender Schlund auftat und sie es nicht eilig hatten, ihn zu sich zu holen, weil sie wussten, dass sie ihn sowieso bekommen würden … Wer sollte ihn auch sonst haben wollen? Der Himmel gewiss nicht! Plötzlich rauschte die Zeit so schnell an ihm vorbei, als wenn sie bedeutungslos wäre und noch nie Bedeutung gehabt hätte. In fragmentartigen Fetzen hielt ihm ein unerkennbares Nichts sein versautes Leben und all seine Schandtaten vor: Er sah in ängstlich aufgerissene Kinderaugen – es war sein eigenes Auge, das seine Eltern davonreiten sah, nachdem sie ihn heimlich vor das Tor des Franziskanerklosters in Lenzfried gelegt hatten, um ihn loszuwerden. Dabei sah er das zufriedene Grinsen seines Vaters und vernahm das herzzerreißende Jammern seiner Mutter, die dennoch froh gewesen war, das missratene Kind nicht mehr durchfüttern zu müssen. Der durch und durch verdorbene Knabe blickte aber auch in seine eigene Zukunft. Er sah sich selbst, wie er als junger Erwachsener wertvolle Bücher stahl und teuer verkaufte. Er sah ein wunderschönes weißes Pferd, das ihm zwar nicht gehörte, mit dem er dennoch von Immenstadt nach Staufen ritt. Dort kam er aber nicht an. Stattdessen fand er sich in der Weißacher Höhle wieder, wo ihn der kleine Didrik Opser anflehte, ihn nicht umzubringen und ihm seine geliebte Katze Munzi zu geben. Plötzlich sah er Ladewagen voller Giftkräuter, ein Heer von unechten und echten Pesttoten, die mit anklagenden Blicken und ausgestreckten Armen auf ihn zuströmten. Gleichzeitig hielt ihm eine Bäckerin einen Laib Brot, der wegen des Salzes so weiß wie ihr Gesicht war, entgegen. Damit hieß sie ihren Mörder herzlich willkommen, wollte mit dieser Geste gleichzeitig aber auch das Böse abwehren. Jetzt erst spürte er das Gewicht von Rosenkränzen, überall waren Rosenkränze, die ihm die Pesttoten in solcher Zahl um den Körper geschlungen hatten, dass ihn deren Gewicht im Entenpfuhl unter Wasser zog, wo er von Otward Opser, den er einst in diesem stillen Gewässer ersäuft hatte, sanft an die Hand genommen und lächelnd weiter nach unten gezogen wurde. Dabei winkte ihm der Medicus Heinrich Schwartz vom Galgen herunter zu. »Alter Freund, führe mein Werk fort: Töte die Staufner mit Giftkräutern und räche dich an den lästigen Dreylings von Wagrain!«, rief er ihm zu, bevor sich der Strick um seinen Hals zog. Dann sah er Geld, viel Geld, das er sich immer wieder aufs Neue ergaunerte, um damit ein Heer von Huren- und Tavernenwirten im gesamten oberschwäbischen Gebiet und am Bodensee bezahlen zu können. Tote Mönche aus dem Kloster Schussenried tauchten vor ihm auf und mahnten zur Umkehr. Aus dem Gräuel wäre fast ein schönes Gefühl geworden, … wenn nicht auch noch Diederich, der jüngste der drei Dreyling von Wagrain-Brüder, ihn mit leiser Kinderstimme bitten würde, ihm nicht den Schädel an der Schlossmauer einzuschlagen und ihm sein Holzpferdchen zu lassen, anstatt es den Schlossbuckel hinunterzuschmeißen. Immer wieder sah er deutlich, wie er jemandem das Genick brach und sein Dolch in menschlichen Körpern verschwand. Aber er sah kein Blut. Er sah nur Tote und unschuldige Kinder, deren große Augen ihn flehentlich anstarrten, … und Erwachsene, die er nur wegen deren Gewandung oder wegen ein paar Talern umbrachte. Dazwischen trat langsam ein junger Immenstädter Bürger hervor und flüsterte ihm ins Ohr, dass er nach der Fasnacht geheiratet hätte, wenn ihm nicht am Heiligen Abend die Kehle durchgeschnitten worden wäre. Aber ohne ordentliche Gewandung hätte ich sowieso nicht heiraten können, klang es in den Ohren des Massenmörders fast nach Vergebung.

Er sah bei Weitem nicht das ganze Elend, das er im Laufe seines Lebens angerichtet hatte, und er sah kein Mitleid – im Gegenteil:

nachdem er katapultartig in die Realität zurückgeschossen wurde, weil der neben ihm reitende Soldat ihn trotz des inzwischen schnellen Galopps doch noch erreicht und versucht hatte, ihn mit einem Ruck wieder in den Sattel zurückzuschieben, durchfuhr ihn die Angst vor dem eigenen Tod wie ein Blitz. Auch wenn die eben noch über ihn gekommenen übersinnlichen Gedanken ihn irgendwie erregt hatten, überkam ihn in den letzten Momenten seines verpfuschten Lebens Zorn und ein unbändiger Hass auf Maria, die erste Frau, die ihn vor sich selbst hatte blamieren können, weil er sie nicht gleich umgebracht und er trotz – oder wegen – starker Erregung versagt hatte, als es darauf angekommen wäre, seinen Mann zu stehen. In neuerlich süßer Erinnerung daran, wie Maria nackt und hilflos vor ihm gelegen hatte, ejakulierte er unversehens, … oder war es schon wieder ein Versehen und er hatte sich nur eingenässt? »Egal, ich komme!«, murmelte er im Angesicht seines eigenen Todes dem Teufel entgegen.

Da der Soldat es nicht geschafft hatte, ihn wieder in den Sattel zurückzuschieben, rutschte der wohl verhassteste Mensch Staufens nun kopfüber unter das Pferd, das ihm sofort abwechselnd seine Vorder- und Hinterläufe an den Schädel und in den Nacken schlug, nachdem der Kopf bereits hart auf den Boden geschlagen war, als der Körper noch gar nicht ganz unter dem Pferd gewesen war. Dass es bei jedem Tritt knackte, spürte er schon nicht mehr – er, der so viel Leid und Elend nach Staufen gebracht hatte, musste »nur« ein Aufschlagen auf dem Boden und einen Hufschlag spüren. Schon beim zweiten Tritt war er tot!

Von demjenigen, der Staufen immer und immer wieder in Angst und Schrecken versetzt hatte, gab es nur noch eine leere und noch grässlicher als zuvor aussehende Hülle, einen schlaffen und ungefährlichen Körper, der bald dort verrotten würde, wo er so unsäglich viele Menschen hingeschickt hatte.

Da die Füße des Unglücklichen nicht eng genug an den Pferdekörper gebunden waren, hing er wie ein nasser Sack unter dem Pferd. Sein Kopf, ja sogar seine Schulter reichte gut und gerne bis auf den steinigen Boden, wo nun alles im Rhythmus des Galopps aufschlug und sogar zu beiden Seiten das Schlüsselbein zum Bersten brachte. Nachdem ihn die ersten Pferdehufe getroffen hatten, war sein Schädel sofort auf die harte Erde geschlagen, wo er gleich darauf gänzlich zu zersplittern begann. Die Geräusche, die dadurch verursacht wurden, hörten sich für diejenigen Staufner, die dies mitbekamen, nicht wie eine Todessymphonie, sondern vielmehr wie das Halleluja an. Die Melodie des Brechens der Schädeldecke durch Pferdehufe und Boden ging rhythmisch ineinander über. Und das wutentbrannte Geschrei der leidgeprüften Bevölkerung Staufens tat das Ihrige dazu, aus dem Tod ihres ehemaligen Totengräbers etwas ganz Besonderes zu machen.

Obwohl die neben dem trotz allem nicht bedauernswerten Massenmörder reitenden Soldaten und die Dahinterkommenden sofort gemerkt hatten, was geschehen war, hatte ihm niemand zu helfen vermocht – der stramme Galopp hatte dafür gesorgt, dass keine Möglichkeit dazu gewesen war. Der Soldat, auf dessen Seite der Gefangene heruntergerutscht war, hatte ihn zwar noch ein zweites Mal halten wollen, war aber um eine Elle zu weit von ihm entfernt gewesen, weswegen er ihn hatte nicht rechtzeitig erwischen können. Und bis sie zum Stehen gekommen waren, hatten die Pferdehufe und der steinige Boden die Schädelplatte längst schon zertrümmert und die Gehirnmasse des Toten hatte sich auf den Läufen des Pferdes und auf dem Weg verteilt.

Während alle abstiegen, um sich das »Unglück« zu betrachten und zu ergründen, was genau vorgefallen war, blieben ihre Verfolger ein ganzes Stück weit hinter ihnen ebenfalls stehen und bildeten einen Kreis.

»Was tun die da? Warum kommen die nicht zu uns her?«, fragte der verletzte Nepomuk, der nicht wissen konnte, dass die Leute, gleichsam fasziniert und angewidert, die herumliegenden Knochensplitter und einen Teil der Schädelplatte betrachteten, deren Innenseite inhaltslos auf dem Weg lag. Das Böse versickerte im Boden und kroch ein für alle Mal der Hölle entgegen.

KAPITEL 54

Cornelius Brugger war überglücklich. Seit ihm gestern Maria auf einer Trage gebracht worden war, schickte er ein Gebet ums andere nach oben, ließ sich allerdings dabei nicht davon ablenken, seine innig geliebte Tochter zu umsorgen und zu umhätscheln. Aber was er auch tat, so richtig helfen konnte er ihr nicht.

»Maria, warum weinst du unaufhörlich? Dir geht es den Umständen entsprechend doch gut! Du lebst … und du bist zu Hause. Wir sind bei dir«, beschwor der ausgemergelte Mann seine Tochter, mit der aus seiner Sicht eigentlich weitestgehend alles in Ordnung sein müsste, immer wieder. Der Töpfer konnte sich keinen Reim auf Marias merkwürdiges Verhalten machen. Sie hatte sich auf ihrer Lagerstatt zusammengerollt und zog immer wieder die Decke über ihren Kopf – gerade so, als wenn sie sich darunter verkriechen wollte. Dass Maria offensichtlich nichts hören und sehen wollte, schmerzte den besorgten Vater, der – seit sie wieder zu Hause war – außer einer innigen Begrüßungsumarmung, bei der sie zum Gotterbarmen geweint hatte, keinerlei Zuneigung von ihr bekommen hatte. Sie heulte zwar ständig seine Schulter nass, hatte aber aus ihrem Herzen eine Mördergrube gemacht und sich ihm nicht anvertraut.

Sicher, sie hat Schmerzen …, aber sie lebt doch, dachte sich Cornelius Brugger immer wieder, während er verzweifelt nach dem Grund für Marias Verhalten suchte.

Außer wundgescheuerten Gelenken und blauen Flecken am ganzen Körper hatte sie nur ein paar kleinere Schrammen im Gesicht. Und die Kopfwunde, die Maria durch den Schlag mit einer Eisenpfanne abbekommen hatte, war halb so schlimm, wie sie anfangs ausgesehen hatte. Dadurch war ihr Schädel zwar gewaltig erschüttert worden, weswegen sie besinnungslos wurde, aber sie war schließlich nicht lebensgefährlich verletzt worden. Und dass Marias Schambereich brannte, lag nur daran, dass sie sich über den ganzen Zeitraum ihrer Gefangenschaft hin nicht hatte pflegen können und manchmal – wenn ihr Entführer wieder einmal stundenlang weg gewesen war – in ihre Bruche genässt hatte.

Aber was hätte sie denn anderes tun sollen? Sie war an die Pfosten ihrer primitiven Lagerstatt gebunden und konnte nicht einfach aufstehen, um den Abtritt außerhalb ihres Gefängnisses aufzusuchen und sich die Scham zu waschen. So hatte sich die ständig beißende Feuchtigkeit des Urins zwar immer weiter in die Haut gefressen und dadurch böse Entzündungen hervorgerufen, konnte aber durch Schwester Bonifatias Arnika- und Kamillenauflagen sicherlich bald in den Griff bekommen werden. Die hilfsbereite Krankenschwester war noch gestern herbeigeeilt, um Marias körperliche Wunden zu versorgen. Gegen deren seelische Schmerzen konnte allerdings auch sie nicht viel ausrichten. So war ihr nichts anderes übrig geblieben, als Maria einen schlaffördernden Kräutersud zu bereiten und ihr diesen langsam zwischen die aufgesprungenen Lippen in die ausgetrocknete Mundhöhle einzuflößen.

»Was hat sie nur?«, wurde Bonifatia vom einerseits überglücklichen, andererseits aber völlig verunsicherten Vater gefragt. »Habe ich etwas falsch gemacht?«

»Nein, Herr Brugger! Ihr habt nichts falsch gemacht«, beruhigte ihn die barmherzige Frau und schwindelte: »Ich weiß auch nicht, was sie hat.« Sanft schob sie den Töpfer aus Marias Kammer hinaus und sagte leise: »Sie muss jetzt schlafen – viel schlafen. Wenn sie sich körperlich etwas erholt hat, werdet Ihr sicherlich erfahren, was mit ihr los ist. Bis dahin benässt bitte ständig ihre Lippen und gebt ihr vorsichtig etwas zu trinken, wenn sie zwischendurch kurz aufwachen sollte.«

Die beiden unterhielten sich noch so lange unter dem Türstock, bis die Schwester drängte, zu ihren anderen Patienten ins Spital zu gehen. »Ich komme morgen wieder«, versprach sie Marias Vater, nachdem ihr dieser die Tür geöffnet und sich herzlich bei ihr bedankt hatte.

Während Cornelius Brugger der weiß gewandeten Frau nachwinkte, blickte er sich nach allen Seiten um. »Wo ist eigentlich Peter? – Warum hat er sich noch nicht blicken lassen?«, fragte er sich und schloss nachdenklich die Tür hinter sich.

»Das war's dann wohl!«, bemerkte Nepomuk lakonisch, während er den grausam zugerichteten Leichnam des allseits verhassten

Mörders, den sie gestern noch in die St.-Martins-Kapelle gebracht hatten, betrachtete. Um vorhersehbare Übergriffe durch die bis ins Mark erschütterte Bevölkerung zu unterbinden, hatte Hauptmann von Huldenfeld jeweils zwei seiner Soldaten im Wechsel Nachtwache und heute mit dem ersten Hahnenschrei alle vier Männer vor dem Kirchhofeingang und vor der Seelenkapelle Posten beziehen lassen.

Während die Dorfoberen um die Leiche herumstanden, über dies und das diskutierten und dabei die vergangenen Tage, insbesondere aber die gestrige Gefangennahme zum zigsten Mal Revue passieren ließen, hatte sich, wie vorhergesehen, vor dem Gottesacker fast die gesamte Bevölkerung Staufens versammelt. Schon kurz nachdem die Wachen die ihnen zugewiesenen Positionen eingenommen hatten, waren Männer, Frauen und auch Kinder wortlos herbeigeschlurft, um möglichst gute Plätze zu ergattern. Da sie sich friedlich verhielten, durften sie in den Kirchhof hinein, wo sie sich still verteilten.

Außer Maria und Cornelius Brugger waren lediglich Gebrechliche, Kranke und junge Mütter mit ihren Säuglingen zu Hause geblieben. Ach ja, Sarah, Judith und Schwester Bonifatia wollten dem kommenden Spektakel keinesfalls beiwohnen und hatten es ebenfalls vorgezogen, den widerlichen Rotz des Hasses anderen zu überlassen. Die aber gekommen waren, wollten – auch wenn sie sich noch ruhig verhielten – dem Mörder ins Gesicht spucken und ihn mit allen nur erdenklichen Verwünschungen ins Jenseits verbannen. Auch wenn er bereits tot war, wollten sie ihm noch zeigen, was sie von ihm hielten. Allerdings mussten sie – als sie im Anschluss an die offizielle Leichenbeschau an die Reihe kamen, schnell feststellen, dass der größte Teil des Zieles, das sie zum Zeichen ihrer Abscheu gerne getroffen hätten, fehlte.

Da immer mehr Menschen zum Kirchhof hin drängten und die schmalen Kieswege des von Fabio außerordentlich gepflegten Gottesackers die Menschenmenge kaum noch aufnehmen konnten, mussten sie sich zwischen die Gräber zwängen. Obwohl sie immer noch auffallend ruhig waren, schoben sie sich allesamt langsam der Kapelle entgegen. Vielleicht waren sie nur so friedlich, weil sie endlich hatten, was sie wollten: den Kopf des Mörders! Aber welchen Kopf? Von dessen Schädel war nicht mehr viel und von seinem kranken Hirn überhaupt nichts mehr übrig geblieben. Dies war sicherlich nicht gut und würde für Hauptmann von Huldenfeld noch ein kleines Nachspiel haben. Wenigstens konnte deswegen auf Marias Zeugenaussage und auf die Identifizierung durch die geplagte junge Frau verzichtet werden, obwohl es vielleicht andere Körperbereiche gab, an denen sie ihren Peiniger wiedererkennen würde. Niemand konnte sich auch nur im Entferntesten vorstellen, was es für Maria bedeuten würde, wenn man sie hierherbeordert hätte.

Da die Leiche bis zur völligen Unkenntlichkeit entstellt war, hatte es sich auch erübrigt, Jockel Mühlegg in die Kapelle hereinzubitten, um sie als denjenigen zu identifizieren, der Lodewig vor zwei Tagen niedergeschlagen hatte. Vielleicht hätte er dessen Gewandung wiedererkannt? Vielleicht! Dennoch hatte man es vorgezogen, den jungen Mann nicht zu behelligen, damit er sich nicht immer wieder an denjenigen erinnern musste, wegen welchem er vom rothenfelsischen Carnifex gequält und fast gevierteilt worden war.

Selbst Lodewig konnte – obwohl ihn ein unangenehmes Gefühl beschlich, als er die Leiche betrachtete – darin niemanden wiedererkennen. Nie im Leben wäre er darauf gekommen, dass es sich dabei um den ehemaligen Totengräber Ruland Berging handelte. Wäre der Kopf des Mannes nur einigermaßen heil geblieben, hätte Lodewig dessen Gesicht bei genauerem Hinschauen als das erkannt, dessen Züge sich zu einem hämischen Grinsen geformt hatten, als er vor 16 Jahren in die Pestkapelle verschleppt und grausam gefoltert worden war. Niemals würde er die Fratze des drohenden Todes vergessen – auch nicht, wenn diese sich im Laufe der Jahre verändert haben mochte. Da Lodewig aber nicht bei dessen gestriger Festnahme dabei gewesen war, weil er sich zur selben Zeit um Maria gekümmert hatte, war es ihm auch nicht vergönnt gewesen, seinem ehemaligen Peiniger in die Augen zu schauen und ihm die eine Frage zu stellen, die ihn bis zum heutigen Tage plagte: »Warum?«

Auch Lodewigs Vater – den Ignaz und Fabio zwischenzeitlich auf einer kleinen Kutsche vom Schloss hierhergebracht hatten, damit auch er den Toten sehen konnte – würde nun bis zu seinem eigenen Tod damit leben müssen, dass ihm der Peiniger seines Sohnes für alle Zeiten entwischt war, als er ihn seinerzeit erfolglos bis ins Kloster Schussenried gejagt hatte. Da war es jetzt gut, nicht zu wissen, dass derjenige, der nun kopflos vor ihm lag, auch der Mörder seines jüngsten Sohnes Diederich war. Und da unwissentlich alle davon ausgingen, dass dem Toten posthum lediglich die Morde an Martin Allger, Markus Hagspihl, Hanspeter Burger und Bertel Schwabacher angelastet werden konnten, blieben dessen weitere Tötungsdelikte wohl für alle Zeiten im Verborgenen; so auch die Morde an den beiden Blaufärbersöhnen Didrik und Otward Opser und all seiner anderen Opfer, insbesondere der 69 »Pesttoten« des Jahres 1634, die er selbst zwar nicht ermordet, aber mit zu verantworten gehabt hatte. Dass er in jenem Jahr zusammen mit dem ruchlosen Medicus Heinrich Schwartz auch noch Barbara Föhr, die Frau des Bäckers, getötet hatte, würde, wie all die anderen Morde, die er außerhalb Staufens begangen hatte, ebenfalls für alle Zeiten niemand in Erfahrung bringen. Und der Erfrierungstod des Landstreichers vor dem Kirchenportal, dessen Leichnam zwischenzeitlich auf merkwürdige Weise aus der St.-Martins-Kapelle verschwunden war, konnte ihm ebenso wenig angelastet werden wie der Mord an einem jungen Immenstädter Bürger, dessen Gewandung er sich unbedingt am Heiligen Abend hatte bemächtigen müssen.

Somit waren alle zufrieden. Immerhin war aus ihrer Sicht der Gliedermörder aufgespürt und von einer höheren Macht bestraft worden. Selbstverständlich wäre es schöner gewesen, wenn man ihn zuvor der irdischen Gerichtsbarkeit hätte übergeben und seine Hinrichtung hätte zelebrieren können. Aber dies war zweitrangig geworden. Hauptsache, das grausame Morden hatte aufgehört und man konnte sich in Staufen wieder Themen wie der überlebenswichtigen Nahrungsbeschaffung, des harmonischen Miteinanders … und, zum Wohlgefallen ihres Grundherrn, der Organisation des Fasnatziestages widmen.

Nachdem die Dorfoberen einstimmig übereingekommen waren, die Sache als erwiesen anzusehen und deswegen als erledigt zu betrachten, gab es nichts mehr zu bemerken – man wollte die leibliche Hülle des entsetzlich aussehenden Gliedermörders nur noch schnell loswerden. Zuvor aber hatte es gegolten, einige Dinge zu berücksichtigen: Bevor der Tote dem Volk gezeigt würde, hatte der Propst ein Gebet für ihn sprechen und ihm die heiligen Sakramente mit auf den Weg ins Nirgendwo geben wollen. Dies war noch schnell in der Kapelle erledigt worden. Hätte er dies draußen getan, wären aus seinen Schäflein wohl Wölfe geworden, die ihm ins Gesicht gesprungen wären. Wie auch hätte er – nach all dem, was geschehen war – der Bevölkerung klarmachen sollen, dass aus seiner Sicht als Priester selbst dem schlimmsten Sünder die christlichen Sterbesakramente zustünden, … sofern er kein Jude oder gar einer dieser dunkelhäutigen Muselmanen war?

Nachdem dies bar jeglicher feierlicher Zeremonie und in kürzester Zeit unter Ausschluss der Öffentlichkeit vonstatten gegangen war, öffnete Fabio die Kapellentür. Wie bestellt und wie im rothenfelsischen Gebiet dem Anschein nach üblich, zogen pünktlich etliche Dutzend Krähen ihre Kreise über dem Geschehen, um sich danach auf den umliegenden Dächern niederzulassen, von wo aus sie den kommenden Geschehnissen interessiert folgen und auf ihre erhoffte Mahlzeit warten konnten. Schon über Nacht hatte es angezogen, was so viel hieß, dass es kälter geworden war. Und jetzt begann es auch noch etwas zu schneien.

»Ein närrisches Wetter haben wir dieses Jahr!«, bemerkte ein alter Bauer, der bereits im vergangenen Herbst vorhergesagt hatte, dass es wohl bis in den späten Frühling hinein eiskalte Wochen geben würde, in denen es die Sonne schwer haben würde, dem ständig aufkommenden Frost und Schnee Paroli zu bieten, bevor sie sich endgültig durchsetzen könnte.

Dies erfreute die Menschen zwar nicht gerade, verwunderte sie aber aufgrund ihrer Erfahrung mit dem wechselhaften Wetter in den Allgäuer Bergen ebenso wenig wie die Tatsache, dass Fabio für die Leiche keine Grube gegraben hatte, was beim immer noch gefrorenen Boden auch nicht möglich gewesen war.

Gespannt blickten die Anwesenden zur Kapellentür, aus der Hermann Schädler und Lodewig, gefolgt von Nepomuk und Eginhard, traten. Während sich die vier Soldaten jetzt so postierten, dass sie eine Gasse bildeten, traten der Propst und die anderen aus dem Halbdunkel der kleinen Kapelle. Dies alles wurde lediglich von einem verhaltenen Gemurmel und dem Gekrächze der Krähen begleitet. Erst als Fabio mithilfe des betagten Mesners den auf einem schlichten Brett liegenden Leichnam nach draußen trug, um ihn auf das dort bereitstehende Holzgestell zu legen, begannen sich die Menschen zu ereifern.

»Haltet ein! – Ihr befindet euch auf geweihtem Boden!«, fuhr Propst Glatt, der an diesem Ort der Stille kein Geschrei aufkommen lassen wollte, sofort dazwischen. Er drehte sich um und trat zusammen mit den anderen beiseite, damit der mit einem Tuch bedeckte Torso auf das hölzerne Gestell gelegt werden konnte.

Nachdem dies geschehen war und die beiden Leichenträger ebenfalls ein paar Schritte entfernt Aufstellung genommen hatten, deutete der Ortsvorsteher darauf und sagte: »Nur wenn ihr euch weiterhin ruhig verhaltet, dürft ihr den Toten nachher betrachten und ihn mit allen Flüchen dieser Welt überschütten! Habe ich mich klar ausgedrückt?«

»Aber erst, wenn ich weg bin«, raunte ihm Propst Glatt – dem dies zwar nicht passte, der aber klug genug war zu wissen, wie die ansonsten gottesfürchtigen Menschen jetzt beruhigt werden konnten – ins Ohr.

Erst als der Ortsvorsteher verhaltenes Gemurmel und allseitiges Kopfnicken feststellen konnte, sprach er weiter: »Also! Vor uns liegen die fleischlichen Reste des von euch als Gliedermörder bezeichneten Vierfachmörders – desjenigen Mannes, der in die Familien der Ermordeten übergroßes Leid gebracht und ganz Staufen in Angst und Schrecken versetzt hat. Das Leid ist zwar geblieben, aber Angst braucht ihr jetzt nicht mehr zu haben«, versicherte Hermann Schädler den Leuten und wollte – nachdem er hatte husten müssen – erneut ansetzen, wurde aber jäh durch Martin Allgers Vater unterbrochen.

»Reißt ihn zu seiner Schande in Stücke!«, forderte der trauernde Vater, dessen Hass sich jetzt voll und ganz auf die vor ihm liegende Leiche richtete.

Aus Sympathie ihm und den anderen Hinterbliebenen gegenüber konnten es die Menschen jetzt doch nicht mehr lassen, ihre Stimmen und Fäuste zu erheben.

Da der Ortsvorsteher wusste, dass ihnen dies guttat, ließ er sie ein

Weilchen gewähren, bevor er sie mit fester und lauter Stimme unterbrach, um ihnen die weitere Vorgehensweise zu erklären. Dafür, dass das Volk jetzt wieder zu grölen begann, hatten die Dorfoberen abermals Verständnis und ließen es so lange gewähren, bis es von selbst wieder verstummte und man außer dem Gekrächze der Krähen nur noch ein leises Summen vernehmen konnte. Die Menschen drehten sich in die Richtung, aus der sie den Singsang vernahmen. Es war Baltus Vögel, der auf einem schiefen Grabstein, den die starken Wurzeln einer ausladenden Trauerweide im Laufe von Jahrzehnten einseitig gehoben hatten, hockte und die Melodie des inzwischen allseits bekannten Kinderliedes vor sich hin summte. Wie von inneren Kräften befohlen, begann einer nach dem anderen, in das Lied einzustimmen und mit Baltus den Refrain mit leicht abgewandeltem Text zu singen: »Es tanzt' ein Bi-Ba-Butzemann in unserm Dorf herum – dideldum.« Damit meinten sie den toten Mehrfachmörder, der in Staufen sein Unwesen getrieben hatte, dies aber nun nicht mehr konnte. Jetzt waren sie es, die am liebsten tanzen würden, es aber doch ließen, als der Ortspfarrer wirsch dazwischenfuhr: »Das ist Blasphemie! – Hört sofort auf damit!«

Als wieder Ruhe herrschte, nutzte Hermann Schädler die Gelegenheit, sich als Ortsvorsteher zu profilieren. Er berichtete äußerst detailliert über die von langer Hand geplante und systematisch vorbereitete Jagd nach dem Mörder und über dessen haarklein organisierte Ergreifung. Für seine Übertreibungen musste er sich allerdings von denjenigen, die dabei gewesen waren, verwunderte Blicke und Stirnrunzeln gefallen lassen, was ihn dazu bewog, rasch das Thema zu wechseln: »Und nun berichtet euch der Benediktinermönch Nepomuk aus dem berühmten Kloster Mehrerau in Bregenz, seines Zeichens ein Professor der Medizin in Salzburg und Wien, davon, wie es zum …«, der Ortsvorsteher räusperte sich, »ungewollten Tod des Gliedermörders gekommen ist.«

Nachdem Nepomuk seine fachliche Sicht des »Unfallherganges mit Todesfolge« unter Einbindung etlicher lateinischer Phrasen, ebenfalls etwas ausgeschmückt, aber nicht übertrieben, vorgetragen hatte, dokumentierte Lodewig, warum gerade jener Mann, der jetzt vor ihnen lag, der Gesuchte gewesen sein musste. Dass auch er die Sache etwas aufplusterte, hatte einen Grund.

Ziel dieser zuvor abgesprochenen Aktion war es, weitere Unruhen im Keim zu ersticken und zu vermeiden, dass womöglich der Graf auf Druck seines Obersten Richters veranlassen würde, extra hierfür eine Untersuchungskommission nach Staufen zu entsenden. Aus Sicht der Staufner Dorfoberen war dies nicht mehr nötig; denn die Sache war klar und der Mörder tot! Somit konnte in Staufen endlich wieder der Alltag einkehren und man würde sich ungestört auf die Arbeit konzentrieren können. Obwohl es immer noch bitterkalt war und es jetzt gerade schneite, würde das Frühjahr nicht mehr lange auf sich warten lassen und die nach Samen lechzenden Felder zum Furchenziehen freigeben.

»Ablenkung ist das beste Mittel, um zu vergessen«, hatte Eginhard gesagt und recht damit behalten, als sie diese Vorgehensweise gestern Abend im Schloss besprochen und sogleich beschlossen hatten.

In Bälde würde Melchior Henne die Fahne des Grafen über seinem Haupte schwingen und dadurch der Pesttoten des Jahres 1635 und der Gefallenen des Großen Krieges gedenken. Hierbei könnte dann auch der Ermordeten vergangener Jahre und im Besonderen der vier Opfer des Gliedermörders gedacht werden. Gemäß seiner Bestimmung könnte der kommende Fasnatziestag das absolute Ende von Angst, Leid, Elend und Tod dokumentieren, gleichzeitig aber eine neue Ära einläuten. Und dies wollten die Dorfoberen sich nicht von einem übereifrigen Richter zunichtemachen lassen. Da sie wussten, dass es für die Residenzstadt bedauerlich sein würde, auf ein Riesenspektakel verzichten zu müssen, wussten sie auch, dass sie alles dafür tun mussten, dies im Vorfeld zu verhindern. Die letzte Entscheidung darüber wollten sie allerdings demjenigen überlassen, dem unverdienterweise selbst viel Leid angetan worden war.

»Jockel, was meinst du?«, rief Lodewig über die Menschenmenge hinweg und provozierte dadurch, dass sich alle Köpfe nach hinten drehten. »Sollen wir den Leichnam nach Immenstadt bringen, damit dort ein solches Spektakel veranstaltet wird, wie sie es mit dir gemacht haben?«

Jockel, der die Sache bescheiden von ganz hinten aus mitverfolgt hatte, drückte seine Mutter und Lisa fest an sich und antwortete: »Gleiches mit Gleichem zu vergelten, dürfte in meinem Fall wohl nicht mehr möglich sein und würde auch nichts bringen … Mir geht es mittlerweile wieder gut und ich habe auch nicht auf Rache gesonnen, als der eigentliche Mörder noch frei herumgelaufen ist. Warum also sollte ich dies jetzt tun?« Liebevoll sah er Lisa an und küsste sie sanft auf die Stirn, bevor er weitersprach: »Außerdem habe ich in meiner größten Pein meine über alles geliebte Lisa und einen weiteren bewundernswerten Menschen kennengelernt. Nicht genug damit, sind meine liebe Mutter und ich uns nach meinem Martyrium so nahe gekommen wie nie zuvor. Es ist also nichts so schlecht, dass nichts Gutes daran wäre. Lasst uns darum lieber nach vorne schauen, anstatt uns mit unwürdigen und unmenschlichen Spektakeln zu befassen!«

»Wer ist dieser bewundernswerte Mensch, von dem du gesprochen hast? Wen meinst du damit?«, wollte jemand aus der Menge wissen.

Jockel überlegte ein Weilchen, ob er eine Antwort darauf geben sollte, und entschloss sich, dies zu tun: »Ich meine damit Sebastian Deibler, den rothenfelsischen Carnifex, dem ich vergeben habe, obwohl er mir im Grunde nichts Böses antun wollte! – Gott segne ihn und seine Familie!«

Kaum hatte er den Namen des rothenfelsischen Nachrichters ausgesprochen, bekreuzigten sich die Leute und begannen, wie wild durcheinanderzuplappern. Das, was Jockel soeben gesagt hatte, ging über ihren Verstand hinaus. Sie würden wohl niemals nachvollziehen können, wie man an Jockels Stelle einen Nachrichter bewundern und ihm auch noch Gottes Segen wünschen konnte – zumal es sich um den Mann dieser unehrenhaften Zunft handelte, von dem man wochenlang bis knapp zum Tode hin auf das Grausamste traktiert worden war.

»Beruhigt euch wieder und nehmt euch ein Beispiel an Jockel«, lenkte Lodewig wieder zum eigentlichen Thema zurück. »Der wahre Mörder von Martin, Markus, Hanspeter und Bertel ist jetzt selbst tot! Somit kann es aus unserer Sicht weder eine Gerichtsverhandlung noch eine Hinrichtung geben. Da Richter Waldvogel allerdings sehr einfallsreich sein kann, wenn er eine Möglichkeit sieht, dem Volk ›Brot und Spiele‹ auf Kosten eines bedauernswerten Individuums geben zu können, wird es wohl das Beste sein, wenn wir die Leiche des Mörders ordentlich unter die Erde bringen.« Dass er sie schnellstens für alle Zeiten weit außerhalb des Dorfes unauffindbar verschwinden lassen wollte, hatte Lodewig nicht laut aussprechen dürfen, wurde aber dadurch dokumentiert, dass hier von Fabio keine Grube vorbereitet worden war.

»Um zu gewährleisten, dass mit der Leiche kein Schindluder getrieben wird, sollten wir sie verbrennen«, schlug der Ortsvorsteher vor und erhielt damit die volle Zustimmung der anderen. Zuvor aber sollte sich das Volk unter Kontrolle der Gardesoldaten aus angemessener Entfernung mit der Leiche befassen dürfen. Da es ausschließlich Sache der Staufner war, sollte dieses Mal auch lediglich ihnen dieses »Vergnügen« zugestanden werden. Und wem tat es schon weh, wenn die Leiche des Vierfachmörders angespuckt wurde? Schließlich hatte er genügend Unheil verbreitet. Ihn mit Steinen oder Unrat zu bewerfen, hatte der Ortsvorsteher allerdings strikt untersagt.

»Jockel!«, rief Hermann Schädler. »Dir gebührt es, der Erste zu sein!« Aber Jockel winkte ab und ließ den anderen den Vortritt.

Da die Dorfoberen nicht Zeugen dieser unappetitlichen Sache werden wollten, verließen sie gemeinsam den Kirchhof, bevor die Menschen zur Leiche hindrängten und sich auf Geheiß der Soldaten diszipliniert hintereinander anstellten, um das tun zu können, was sie einfach tun mussten und was sie in jeder Hinsicht erleichtern würde.

Das widerliche Spektakel auf dem Kirchhof hatte eine geschlagene Stunde gedauert – die Staufner hatten es genossen, den Mörder ungeniert anspucken zu dürfen, und sich dabei Zeit gelassen. Dass alles diszipliniert und reibungslos vonstattengegangen war und die Soldaten nur wenige Male hatten einschreiten müssen, zeugte davon, dass die ungewöhnliche Entscheidung der Dorfoberen richtig gewesen war. Jedenfalls war das Volk von Staufen zufrieden und einer nach dem anderen friedlich nach Hause gegangen. Zur Mittagszeit war der Spuk vorüber. Nachdem auch die gräfliche Garde abgezogen war, hatten sich außer dem Toten nur noch Fabio und der Mesner, die aufmerksam von den Krähen beobachtet worden waren, vor Ort befunden. Bevor sie die Leiche vorübergehend zur Seelenkapelle zurückgebracht hatten, waren etliche Kübel Wasser darübergeschüttet worden, worauf man sie etwa die Hälfte einer Stunde hatte abtropfen lassen. Selbst Fabio, der sich während der Pestzeit an vieles hatte gewöhnen müssen, war speiübel geworden. Und Mesner Josef hatte seit geraumer Zeit sowieso einen empfindlichen Magen. So war es nicht verwunderlich gewesen, dass er es nach getaner Arbeit eilig gehabt hatte, nach Hause zu kommen, um sich zu waschen. In der Eile hatte er allerdings vergessen, die Kapellentür abzuschließen.

Nachdem auch die Krähen abgezogen waren, hatte sich wieder Totenstille über den Kirchhof gelegt. Noch bevor die Düsternis der kommenden Nacht heraufgezogen war, hatte es aufgehört zu schneien. Alles war friedlich. So nach und nach hatte sich die Stille des Gottesackers über das ganze Dorf ausgeweitet. Niemand war auf den Straßen und selbst die schmalen Gassen zwischen den Behausungen waren wie leer gefegt.

Gegen Abend allerdings durchbrach ein widerhallendes Klopfen die Ruhe. Quietschend öffnete sich eine Haustür. »Du?«, stellte die junge Frau mehr fest, als dass sie fragen würde, was Melchior Henne von ihr wolle.

»Gott zum Gruße, Hedwig. Ist dein Vater da?«, schlug es ihr wie eine Faust entgegen.

Melchior hatte noch nicht bemerkt, dass ihn die 29-jährige Tochter des Ortsvorstehers schon seit Längerem verehrte, ihn vielleicht sogar liebte. Dementsprechend reserviert, aber stets höflich, war er ihr in der Vergangenheit begegnet. Er konnte auch nicht wissen, dass sich Hedwig durch sein Hiersein erhoffte, endlich gefragt zu werden, ob sie seine »Fähnrichsbraut« werden würde. Denn sie hatte längst mitbekommen, dass jedes Mitglied der Fahnenkompanie eine Maid erwählen würde, die ihn am Fasnatziestag begleiten, ihn bei dessen Arbeit unterstützen und seine Tanzpartnerin sein sollte. Da der große Tag schon bald ins Haus stehen würde und sich die meisten anderen Burschen bereits für eine Föhl entschieden hatten, wäre es an der Zeit, dass sich jetzt auch der Fähnrich höchstpersönlich darum kümmerte. Außerdem würden passende Partnerinnen langsam ausgehen; insbesondere, weil Melchior um einiges älter war als all die anderen und die meisten Mädchen seines Alters längst verehelicht waren. Wer sollte da also noch infrage kommen? Dass Hedwig trotz ihres Alters noch unvermählt war, lag wohl daran, dass sie – wie man sagte – Haare auf den Zähnen hatte. Es war allseits bekannt, dass sich das burschikos wirkende Weibsstück stets nahm, was sie begehrte. Zudem war sie recht eigensinnig und bestimmend, obwohl man ihr Streitsucht nicht unbedingt nachsagen konnte. Unabhängig davon, dass sich Melchior just gestern im Immenstädter Schloss verliebt hatte und in diesem Zusammenhang für ihn die Frage nach der Fähnrichsbraut geklärt war, wäre Hedwig Schädler nichts für ihn gewesen, auch wenn sie die Tochter des Ortsvorstehers war und es ihre Eltern gerne gesehen hätten.

»Was ist nun? Ist dein Vater da oder nicht?«, fragte Melchior nochmals, nachdem er keine Antwort bekommen hatte.

Als sich Hedwig gefangen hatte, sagte sie: »Ich habe geglaubt, dass du zu mir willst.«

Jetzt war es Melchior, der verdutzt dreinschaute, bevor er antwortete: »Nein, Hedwig! Ich wüsste nicht, warum. Ich komme geradewegs aus Immenstadt und muss nur mit deinem Vater sprechen. Wenn er nicht hier ist, wo kann ich ihn dann finden?«

»Er ist im Schloss!«, kam die knappe Antwort, bevor die Tür zuflog.

Lodewig hatte alle, die sich an der Jagd nach dem Gesuchten beteiligt hatten, zu einem kleinen Umtrunk zu sich ins Schloss geladen – allerdings weniger, um zu feiern, sondern um mit ihnen das Ganze nochmals in aller gebotenen Sachlichkeit Revue passieren zu lassen. Vor allen Dingen aber wollte er mit ihnen klären, wie sie dem Grafen und dem Oberamt gegenüber mit einer Sprache sprechen würden. Zuvor aber waren Lob und Tadel vonnöten.

Nachdem Sarah und Rosalinde die Männer mit kleinen Happen und ausreichend Getränken versorgt hatten, ergriff Lodewig das Wort: »Meine Herren! Zuallererst möchte ich mich – auch im Namen unseres verehrten Ortsvorstehers – recht herzlich bei euch bedanken. Ihr könnt stolz auf euch sein: Wir haben nicht nur den gesuchten Mörder erledigt, sondern auch die brave Jungfrau Maria Brugger aus seinen Klauen befreit.«

Während Lodewig um sich blickte und fragte: »Wo ist eigentlich Peter Immler?«, sahen sich die anderen mit betrübt wirkenden Gesichtern ratlos an.

Da niemand zu wissen schien, wo sich der Immenstädter aufhielt, fuhr der Gastgeber fort. Nachdem er jeden Einzelnen von ihnen fast etwas überschwänglich belobigt und ihnen versichert hatte, das Lob auch an den Grafen weiterzuleiten, gab es offene Manöverkritik an den Suchmannschaften: Zuerst nahm er sich Fabio vor, dessen Niesen kurz vor der Hütte aller Wahrscheinlichkeit nach der Grund dafür gewesen war, weshalb der Gesuchte geflüchtet war. Da der Kastellan Peter Immler wegen dessen Abwesenheit nicht rügen konnte, weil dieser zu schnell vorgeprescht war und dadurch fast alles durcheinandergebracht hätte, kam er zum Gardeoffizier: »Und du, Hauptmann, hast den größten Mist gebaut!«

»Wie man's nimmt«, konterte der Soldat gelassen, noch bevor Lodewig richtig zu Wort kam.

»Als der Gesuchte gefangen genommen wurde, hast du die Befehlsgewalt gehabt – stimmt das?«

Der Hauptmann nickte zwar etwas freudlos, zeigte aber, dass ihm die kommende Kritik nicht allzu sehr an die Nieren gehen würde.

Nachdem sich Lodewig von den anderen, die dabei gewesen waren, die genaue Situation noch einmal hatte schildern lassen, sagte er zum locker dasitzenden Gardeoffizier: »Als der Gefangene auf dem Pferd gesessen ist, hättest du ihm die Füße zuerst in die Steigbügel stecken lassen müssen, bevor ihm dieser Mann …«, Lodewig zeigte auf einen der Soldaten, der jetzt beschämt seinen Kopf senkte, »in deinem Auftrag die Füße unter dem Bauch des Pferdes zusammengebunden hat. Wäre dies geschehen und hättest du den Soldaten zudem darauf hingewiesen, dass er die Füße so eng wie möglich zusammenbinden soll, hätte das Unglück vielleicht verhindert werden können und der Gefangene würde noch leben.«

»Welches Unglück?«, fragte von Huldenfeld, der damit nicht lästern, sondern zum Ausdruck bringen wollte, dass man die Sache nicht zu hoch hängen sollte, weil es sich schließlich »nur« um einen Mörder und um keinen ehrbaren Menschen gehandelt hatte.

»Er hat recht! Was geschehen ist, das ist geschehen«, wurde er sogleich vom Ortsvorsteher unterstützt. »Wäre dieses Schwein noch am Leben, würde er das Oberamt und den Grafen nur Geld kosten und weiterhin für Angst und Schrecken sorgen. So aber brauchen wir seine Leiche morgen nur noch außerhalb unseres Dorfes zu verbrennen und der Spuk gehört ein für alle Mal der Vergangenheit an.«

Für diese klaren Worte bekam der Ortsvorsteher allseitigen Beifall, was Lodewig bewog, die Sache auf sich beruhen zu lassen und dem Grafen einen Brief zu schreiben, in dem er die Lässlichkeiten verschweigen würde.

Damit ist allen gedient. Wer hätte etwas davon, wenn am Ende der betreffende Soldat seinen Kopf für den Tod des Gefangenen hinhalten müsste, nur weil Richter Waldvogel um ein Spektakel gekommen ist?, dachte sich Lodewig guten Gewissens und wollte abschließend mit Fabio besprechen, wie das Verbrennen der Leiche vonstattengehen solle. Zuvor aber wollte er noch auf eine jetzt hoffentlich mordfreie Zukunft anstoßen. Später würde er sich noch beim Hauptmann dafür entschuldigen, dass er ihn vor seinen Leuten gerügt hatte. Im Eifer des Gefechtes war dem Kastellan zu spät bewusst geworden, dass ihm dies nicht zugestanden hatte und nicht gut war.

Lodewig hatte gerade sich und den Krug erhoben, als Rosalinde eintrat und einen Besucher meldete, dabei aber nicht sagte, um wen es sich handelte.

»Ah! Das wird Peter sein. Wo hat er sich nur so lange herumgetrieben, dass er so spät kommt?«, lachte der Kastellan und setzte sich wieder, ohne seinen Trinkspruch loszuwerden.

»Ach, du bist es nur! – Hat dich der Graf endlich rausgeschmissen?«, scherzte Lodewig, als Melchior Henne den Raum betrat.

»Danke! … Sehr freundlich«, konterte der glücklich strahlende

Leinweber und ging auf Lodewig zu, um ihn zu drücken, bevor er allen anderen die Hand gab. »So! – Jetzt habe ich aber einen Riesendurst«, ächzte der junge Mann und setzte sich auf den freien Platz neben dem Altkastellan, wo normalerweise Peter Immler sitzen würde. Nachdem er den Becher in einem Zug geleert und sich den Mund abgewischt hatte, sagte er, dass er nichts umsonst haben wolle, und pfiff durch die Finger. Auf dieses Kommando hin ging die Tür auf und ein unangenehmes Knarzen war zu hören. Alle waren gespannt, was jetzt wohl geschehen würde. Als sie sahen, dass Rosalinde und Judith je ein Fässchen in den Raum rollten, mussten sie herzhaft lachen.

»Was soll das?«, fragte Lodewig.

»Zwei Fässer Bier aus dem gräflichen Brauhaus! – Mit besten Grüßen unseres großzügigen Regenten!«

»Um Gottes willen! Wie hast du die denn nach Staufen gebracht?«, fragte Lodewig.

»Wie wohl? Mit einem Maulesel! Oder was meinst du, warum ich jetzt erst in Staufen angekommen bin? Das Tier war störrischer, als du es sein kannst«, beantwortete der zufrieden wirkende *Staufner Bürgerfähnrich*, der froh war, wieder zu Hause zu sein, Lodewigs Frage.

Nachdem sich alles beruhigt hatte und sie auf Anregung des Propstes hin beschlossen hatten, beim Wein zu bleiben und das jetzt sowieso zu stark schäumende Bier für den Fasnatziestag aufzusparen, war es Melchior ein Bedürfnis zu berichten, was er mit Speen und dem Grafen besprochen und was er im Schloss alles erlebt hatte. »Ich habe Neuigkeiten! Deswegen wollte ich gleich nach meiner Ankunft zu dir, Hermann«, begann er stolz.

»Wir haben auch welche!«, murmelte der Ortsvorsteher und nickte bestätigend mit dem Kopf. »Oh ja, wir haben auch Neuigkeiten.«

Aufgrund der Gegebenheiten waren sie allerdings schnell übereingekommen, dass zuerst Lodewig über die Geschehnisse in Staufen berichten sollte, bevor Melchior – der dem sicherlich nichts Gleichwertiges entgegenzusetzen haben würde – zu Wort kommen sollte.

»Unglaublich!«, entfuhr es Melchior staunend, nachdem er alles gehört hatte. »Dann war ich ja wirklich nicht auf dem Laufenden mit dem, was ich in Immenstadt alles von mir gegeben habe.«

»Dafür kannst du nichts, Melchior. Ich werde morgen einen ausführlichen Bericht dazu verfassen und den ganzen Vorfall in Form eines Sendschreibens, das ich Hauptmann von Huldenfeld morgen mitgeben werde, darlegen.«

Nachdem Melchior das Gehörte mithilfe etlicher Schlucke Wein hatte sacken lassen, meldete er sich wieder zu Wort: »Ich habe doch noch Neuigkeiten!«

»Ah ja?«, zeigte sich Lodewig, der sich gerade mit Fabio unterhielt, nicht allzu neugierig.

»Wollt ihr sie nun hören oder nicht?«, bat der allseits beliebte Leinweber fast etwas enttäuscht um Gehör.

»Natürlich! Nun leg schon los!«, wurde er von Nepomuk ermuntert.

»Ihr wisst doch, dass wir beschlossen haben, die Mädchen am Fasnatziestag nicht auszuschließen, obwohl die Umsetzung des gräflichen Willens eigentlich eine reine Angelegenheit der ledigen Burschen wäre.«

»Ja und?«, wollte der Ortsvorsteher, in dessen Zuständigkeitsbereich diese Sache fiel, wissen.

»Na ja. Um Ärger zu vermeiden, habe ich Oberamtmann Speen und den Grafen nicht nur vom aktuellen Stand der Dinge unterrichtet, sondern die beiden auch gefragt, ob uns dies gestattet sei. Nach längerer Diskussion haben sie den Gedanken sogar gut gefunden und lediglich darauf bestanden, dass die Fahnenkompanie sozusagen eine Art Offizierscorps darstellen und die Föhla des Fähnrichs und dessen Stellvertreter dementsprechend bezeichnet werden sollen.«

»Wie soll dann deine Föhl genannt werden?«, wollte Propst Glatt, der dabei die Sittsamkeit im Auge hatte, wissen.

»Fähnrichsbraut! – Nicht Fähnrichsföhl wie die Mädchen der niederen Chargen; beispielsweise Butzföhl oder Trommlerföhl.«

»Hört sich gut an«, stellte der Ortsvorsteher zufrieden fest. »Und hast du schon eine ›Braut‹?«, fragte er mit dem Hintergrundwissen, dass es seine Tochter Hedwig darauf abgesehen hatte, Melchior am Fasnatziestag zu begleiten.

Melchior wurde fast etwas verlegen, bevor er von der Zufallsbekanntschaft mit Leonore berichtete, wobei er es tunlichst vermied zu erzählen, dass er sich auf Anhieb in sie verliebt hatte.

»Und die hast du kennengelernt, als sie das Treppenhaus des Schlosses geputzt hat?«, fragte der Gardehauptmann ungläubig. »Das kann nicht sein. Ja, weißt du denn nicht, wer dieses gut aussehende Mädchen ist? Ich kenne sie und ihre Familie! Leonore hat es nicht nötig zu putzen. Sie ist die …«

»Ich weiß!«, unterbrach Melchior fast entschuldigend. »Sie ist die Tochter des rothenfelsischen Münzmeisters Egidius Besler, eine honorige und ehrbare Bürgerstochter.«

»Und warum hat sie dann im Schloss geputzt?«, hinterfragte der Ortsvorsteher mit spöttischem Unterton.

»Weil sie heimlich ihre Freundin, die ich nicht kenne und die nur ›die fleißige Urschel‹ genannt wird, vertreten hat. Aus irgendeinem Grund war diese mir unbekannte Ursula – ich glaube, so heißt sie richtig – verhindert und konnte ihrer Arbeit nicht nachgehen.«

»Das sieht Leonore ähnlich. Sie hat das Herz eines Engels und würde allen aushelfen, die in Not sind. Sie ist sich für nichts zu schade«, bestätigte der Gardehauptmann das von Melchior Gesagte.

Als er dies hörte, begann Melchior zu träumen. Er sah Leonores zartes Antlitz vor sich und wünschte sich nichts sehnlicher, als jetzt bei ihr zu sein.

»Und was hat die mit dem Fasnatziestag zu schaffen? Ich habe gedacht, dass nur bodenständige Staufner, die seit mindestens drei Generationen hier leben, daran teilnehmen dürfen«, kam es fast etwas verärgert aus dem Ortsvorsteher heraus.

»Na ja. Das stimmt schon. Aber Ausnahmen bestätigen bekanntermaßen die Regel. Aufgrund meiner Erzählung über die zufällige Begegnung im Treppenhaus hat sie der Graf zu unserer Besprechung holen lassen und dabei festgelegt, dass sie die Fähnrichsbraut sein soll – sozusagen als Bindeglied zwischen der bürgerlich geprägten Residenzstadt und seiner hochgeschätzten Herrschaft Staufen.«

Das allgemeine nachdenkliche Schweigen nutzte Melchior, um mit einem fast reumütigen Blick anzumerken, dass er sich wohl oder übel dem Willen des Grafen werde beugen müssen.

»Dank Jockel sind wir schon umhingekommen, den Immenstädter Butz zu nehmen. Dafür haben wir jetzt eine Fähnrichsbraut, die aus dem Städtle kommt. Wenn das nur keinen Ärger gibt«, raunzte der Ortsvorsteher, dem schwante, wie seine Tochter diese Nachricht aufnehmen würde.

KAPITEL 55

Über Nacht hatte es zwar wieder geschneit, kälter als die Tage zuvor war es aber nicht geworden. Im Gegenteil: Als es zur achten Morgenstunde an der Haustür des Ortsvorstehers klopfte, quetschte sich sogar schon die Sonne zwischen den Dunstschleiern hindurch. Dennoch sollte es kein guter Tag werden.

In der Hoffnung, dass es Melchior Henne sei, der sich doch noch für sie als Fähnrichsbraut entschieden hatte, riss Hedwig Schädler die Tür so ruckartig auf, dass sie dem Besucher schier in die Arme gefallen wäre. »Ach, Martin. Du bist es nur! – Was gibt es denn?«, zeigte sich die enttäuschte Tochter des Hauses schroff, erreichte damit aber nur, dass der ansonsten großmäulige Martin eingeschüchtert nach dem Herrn Ortsvorsteher fragte.

»Der ›Herr‹ Ortsvorsteher ist nicht da! Was willst du von ihm?«, fuhr ihn Hedwig, die am liebsten die Tür gleich wieder zugeknallt hätte, mürrisch an.

Martin, eine ungefähr 13-jährige verlotterte Halbwaise, berichtete mit zittriger Stimme, dass er auf dem Kirchhof gewesen war, um durch das Fenster in die Seelenkapelle zu schauen.

»Es ist ortsbekannt, dass du dich gerne auf dem Gottesacker herumtreibst. Du warst wohl neugierig und wolltest die Leiche sehen?«, mutmaßte Hedwig und musterte den zerlumpten Burschen mit kritischem Blick.

Nachdem der junge Hallodri Hedwig berichtet hatte, warum er zum Ortsvorsteher wollte, schlug diese ein Kreuz und hielt sich entsetzt beide Hände vor den Mund.

Der unangenehme Bursche zeigte sogar so etwas wie Pietät und wartete einen Moment, bevor er seine Eingangsfrage leise zu wiederholen begann: »Entschuldigung …«

»Er ist ins Schloss hoch, um die Immenstädter Soldaten zu verabschieden und die Verbrennung des Leichnams zu organisieren«, kam es ungehalten zurück.

»Das kann er sich sparen«, rutschte es Martin frech heraus, während er sich umdrehte und davonrannte.

Im Schloss indessen hatte für diese frühe Stunde ein ungewöhnliches Durcheinander geherrscht: Während Lodewig noch über seinem Sendschreiben an den Grafen gesessen war, hatte der Ortsvorsteher darauf gewartet, sich die von Judith Bomberg zubereitete Morgensuppe schmecken lassen zu können. Da Sarah um diese Zeit ihre Kinder hatte herrichten müssen, war es für die weiblichen Schlossbewohner vor einiger Zeit so eingeteilt worden, dass Sarahs Mutter den Frühdienst übernommen hatte. Und dazu gehörte auch, Rosalinde bei ihrer allmorgendlichen Küchenarbeit zu unterstützen. Während es die erste Aufgabe der Küchenmagd gewesen war, das täglich benötigte Brennholz in der Küche aufzufüllen, hatte Judith bereits den Ofen angeheizt. Danach hatte Rosalinde die Morgensuppe zubereitet und Judith den Tisch gedeckt. Erst dann hatten alle kommen dürfen, um sich an den Tisch zu setzen und sich durch das gemeinsame Frühgebet die erste Speisung des Tages zu verdienen – das war von jeher Usus im Hause der Dreylings von Wagrain gewesen. Nur die beiden Jüdinnen Judith und Lea waren vom morgendlichen Gebet befreit worden. Da dies wie alle Tage auch heute bereits in der siebenten Morgenstunde geschehen war, hatte Rosalinde sich bereits der leidigen Putzarbeit zugewandt.

»Hmmm! Schmeckt gut!«, stellte Hermann Schädler, der sich mit einem Ellbogen tief über seinen Teller gebeugt hatte und den mit Honig gesüßten Haferbrei genüsslich schlürfte, gegenüber Judiths Tochter Lea fest. Dass es ihm schmeckte, hätte er nicht extra betonen müssen, da man dies unschwer hören konnte. Die inzwischen 26-jährige und immer noch nicht verehelichte Lea, die gerade in einem Buch las und durch die fehlenden Tischmanieren des Ortsvorstehers abgelenkt wurde, musste ebenso schmunzeln wie der Altkastellan, der sich grinsend ein Pfeifchen stopfte.

Während Judith sich dazusetzte, um etwas mit ihnen zu plaudern, bereiteten die Immenstädter Soldaten den Ritt in ihre Heimatstadt zurück vor. Wenn ihre Pferde komplett gesattelt waren, würden auch sie nochmals kurz in die Küche kommen, um Lodewigs Sendschreiben in Empfang zu nehmen und um sich bei den Damen des Hauses für deren Gastfreundschaft zu bedanken. Im Moment noch befanden sich die vier Soldaten im Stall, um Ignaz beim Satteln der Pferde zu helfen. Da allerdings Lodewigs Sohn Aurel Spaß daran hatte, den Pferden das Geschirr anzulegen, konnten es die Soldaten gemütlich angehen und etwas ratschen. Dass sie den Maulesel, mit dem Melchior das Bier hierhertransportiert hatte, wieder mit nach Immenstadt zurücknehmen mussten, passte den Soldaten überhaupt nicht. »Beschämend, wenn man uns so sieht«, bemerkte einer der Männer, der Spielkarten herauszog, um mit deren Hilfe zu klären, wer von ihnen das Maultier im Schlepptau haben sollte.

Hauptmann von Huldenfeld hatte sich derweil mit Eginhard und dem ebenfalls heilkundigen Benediktinermönch zurückgezogen, um von ihnen einige Heilpflanzen mit dazugehörenden Rezepturen und Empfehlungen in Empfang zu nehmen. Damit wollte er versuchen, der in Burgberg wohnenden, ständig kränkelnden Lieblingstante seiner Frau zu helfen – sozusagen als Ausgleich für sein langes Fernbleiben.

Bald war es so weit: Lodewigs Sendschreiben lag fein säuberlich gefaltet und versiegelt auf dem Küchentisch, die Pferde standen gesattelt und gezäumt bereit und die Soldaten hatten geklärt, wer von ihnen sich um das Maultier kümmern musste. So hatten sie sich zusammen mit ihrem Vorgesetzten in der Küche des Vogteigebäudes eingefunden, um sich von den gastfreundlichen Staufnern zu verabschieden.

Nachdem dies in aller Herzlichkeit geschehen war, wurden sie zum Schlosstor begleitet. Sie saßen bereits auf ihren Pferden und das Tor war sperrangelweit geöffnet, als sie einen Burschen den Schlossbuckel hocheilen sahen.

»Wer ist das?«, fragte Eginhard seinen Bruder.

Lodewig ließ den Burschen erst noch etwas näher kommen, bevor er antwortete, dass dies nur ein ortsbekannter Herumtreiber sei. »Also, dann wünschen wir euch noch einen guten Ritt … und grüßt das Städtle von uns!«, verabschiedete er die Soldaten, die winkend davonritten. Während der Gardehauptmann mit dreien seiner Männer an Martin vorbeiritt, mühte sich einer von ihnen mit dem störrischen Maulesel ab, was bei den Zurückgebliebenen und bei seinen Kameraden ein herzhaftes Lachen auslöste. Allerdings sollte ihnen dies im Munde stecken bleiben.

»Martin, was machst du denn hier?«, fragte Lodewig den Burschen, der jetzt unter dem Torbogen stand und sich an einen Pfeiler gestützt hatte, um zu verschnaufen.

»Ich suche den Herrn Ortsvorsteher«, kam es zittrig zur Antwort.

Hermann Schädler, der dies gehört hatte, trat vor. »Was willst du von mir?«, blaffte er den nicht sonderlich beliebten Kerl an.

»Moment«, bat Martin darum, noch etwas verschnaufen zu dürfen.

Allerdings war Geduld nicht gerade eine der Stärken des Ortsvorstehers, weswegen er den Burschen drängte, sich zu artikulieren, was dieser denn auch tat: »Ich war im Kirchhof und wollte durch ein Fenster in die Seelenkapelle schauen … Aber der Leichnam war nicht mehr da! Der Gliedermörder ist verschwunden!«

»Was sagst du da, Bursche!«, schrie der Ortsvorsteher Martin an, packte ihn am Schopf und zog ihn zu sich her.

»Bist du verrückt geworden, Hermann? Lass ihn los!«, ging Lodewig dazwischen und schob Martin vom Ortsvorsteher weg. »Und nun berichte!«, gebot er ihm in ruhigem Ton.

Der Bursche nickte hastig und begann zu erzählen: »Nachdem ich die Leiche durchs Fenster nicht gesehen habe, bin ich zur Kapellentür und habe festgestellt, dass die offen war.« Martin wischte sich mit beiden Händen übers Gesicht und erzählte weiter: »Ich bin dann in die Kapelle rein … Blut, es war überall Blut! Aber die Leiche war nicht mehr da.«

»Was?«, schrie der Ortsvorsteher und wollte schon wieder zu Martin, um aus ihm den Rest herauszuschütteln.

»Jetzt reicht es aber. Nun lass ihn endlich in Ruhe!«, fuhr Lodewig abermals dazwischen.

»Aber ich habe die Leiche dann doch noch gefunden!«, verkündete Martin stolz.

»Wo ist sie?«, wollte nun Eginhard wissen.

Nun zeigte der offensichtlich geschäftstüchtige Herumtreiber, weswegen er den steilen Anstieg zum Schloss hoch auf sich genommen hatte: »Für zehn Kreuzer zeige ich sie euch«, versuchte er, Kapital aus seinem Wissen zu schlagen, erreichte damit aber nur, dass der Ortsvorsteher jetzt richtig auf ihn losging und ihm so schnell eine Maulschelle verpasste, dass Lodewig nicht mehr hatte einschreiten können.

Während Martin sich die schmerzende Wange hielt, schickte der Kastellan seinen Sohn nach draußen, um die Soldaten zurückzuwinken. »Du kannst am besten pfeifen, Aurel. Pfeif die Soldaten zurück.«

Zu Martin gewandt, forschte er weiter: »So, und jetzt wieder zu dir. Wo ist die Leiche?«

Da der Bursche gemerkt hatte, dass seine Rechnung nicht aufzugehen schien, dafür aber wieder eine Maulschelle auf ihn warten würde, wenn er keine Antwort gab, entschloss er sich dazu, dem Kastellan zu sagen, wo die Leiche war: »Ich bin den Blutspuren gefolgt.«

Lodewig schaute ihn streng an.

»Sie steckt im alten Mauerloch!«

»In welchem Mauerloch?«, wollte der Ortsvorsteher wissen.

»Ich weiß schon!«, antwortete Lodewig anstatt des Burschen in Erinnerung daran, dass er und sein kleiner Bruder Diederich vor vielen Jahren durch eben dieses Loch in den Kirchhof geschlichen waren und dabei ein verhängnisvolles Gespräch des damaligen Totengräbers Ruland Berging und eines Unbekannten, der sich später als der versoffene Medicus Heinrich Schwartz herausgestellt hatte, belauscht hatten.

Während Martin weiter ausgefragt wurde, war Ignaz unaufgefordert in den Stall zurückgeeilt, um für seinen Herrn, dessen Bruder Eginhard und für Nepomuk die Pferde zu satteln.

»Ich danke dir, Ignaz. Wenigstens einer, der mitdenkt«, wurde er vom Kastellan gelobt. Da die Reiter tatsächlich Aurels Pfiff gefolgt waren, standen sie inzwischen wieder im Schlosshof und warteten auf das, was kommen würde. Der leicht unruhig gewordene Hauptmann von Huldenfeld wollte sofort wissen, was los sei.

Lodewig beruhigte ihn: »Das erzähle ich dir, während wir gemeinsam ins Dorf hinunterreiten!«

»Und was ist mit mir?«, fragte Hermann Schädler, dessen alter Gaul in seinem eigenen Stall stand, weil er es hatte schonen wollen und deswegen zu Fuß zum Schloss hochgekommen war.

»Du nimmst das Pferd dieses Soldaten. Ich glaube, dass es sowieso noch ein Weilchen dauern wird, bis sich das Maultier an ihn gewöhnt und der ihm ein paar Lektionen beigebracht hat«, scherzte Lodewig trotz der unangenehmen Neuigkeit, die er soeben gehört hatte, und zeigte auf den Braunen des betreffenden Immenstädters, obwohl es ihm nicht zugestanden wäre, einem der Soldaten eine Aufgabe zuzuteilen. Aber der Gardehauptmann nickte – weil er dies von Lodewig mittlerweile gewohnt war – zustimmend.

Während sie den Schlossbuckel hinunterritten und Lodewig von Huldenfeld über die neue Situation informierte, kam ihnen unerwartet der Immenstädter Ratsherr – ebenfalls hoch zu Ross – entgegen.

»Peter! Schön, dich zu sehen. Wir haben dich schon vermisst. Wo warst du denn abgeblieben?«, fragte Lodewig seinen Freund, dessen plötzliches Auftauchen insbesondere Verwunderung auslöste, weil sein Pferd voll bepackt war. »Wohin des Weges?«, wollte Lodewig noch wissen und wartete auf eine Antwort des grimmig dreinschauenden Kaufmannes, indem er seinen Blick nicht mehr von ihm ließ.

»Ich muss schnellstens nach Immenstadt zurück. Dringende Geschäfte warten.« Unabhängig davon, dass dies in wärmeren Jahreszeiten der Fall sein mochte, war es jetzt als Argument für seine Heimreise eine glatte Lüge.

»Und warum gerade heute?«, bohrte Lodewig nach und bekam zur Antwort: »Da ich gehört habe, dass die Soldaten heute von Staufen abziehen, wollte ich mich ihnen anschließen. Im Tross reist man sicherer.«

»Du möchtest also wirklich nach Immenstadt zurück? Und dies, ohne dich ordentlich von uns verabschiedet zu haben?«, wunderte sich Lodewig und schlug Peter vor, mit ihnen zu reiten und später zu erzählen, was mit ihm los war. »Sag mir nur noch, ob mit Maria alles seine Ordnung hat. – Geht es ihr gut?«

Als die knappe, abwehrend klingende Antwort »Weiß nicht!« kam, glaubte Lodewig zwar zu erahnen, woher der Wind wehte, ging aber nicht weiter darauf ein. Ein leises »Oh!« war ihm allerdings doch herausgerutscht.

Wortlos ritten sie durchs Dorf auf die Kirche zu. Die allgemeine Stimmung hatte sich dem mittlerweile eher tristen Wetter angepasst.

Auf dem Kirchhof angekommen, warteten sie auf Martin, der kein Pferd hatte, weswegen er hinter ihnen hergerannt war und sie nun direkt zur Außenseite des Mauerlochs führte, zu dem Lodewig auch ohne ihn gefunden hätte, obwohl es hinter Gestrüpp versteckt lag und mittlerweile von Farn überwuchert war.

Mit den Worten »Danke, Martin!« schickte Lodewig den Burschen – ohne ihn entlohnt zu haben – wieder nach Hause.

Nachdem sie von ihren Rössern gestiegen und sich ein Stück der Mauer entlang bis zum besagten Loch durchs Geäst geschlagen hatten, bot sich ihnen ein schreckliches Bild. Mitten im Mauerloch hing der Leichentorso, der eigentlich in der Seelenkapelle sein sollte. Die Leiche – oder vielmehr das, was davon übrig geblieben war – sah fürchterlich aus. Dem ersten Anschein nach steckte sie fest. Von außen war nur ein übel zugerichtetes rechtes Bein und ein Stückchen des Unterleibes zu sehen. Das linke Bein fehlte.

Allerdings fiel Eginhard etwas anderes auf, das er aber noch für sich behielt. »Was ist hier nur geschehen? Wo ist das andere Bein?«, fragte er und betrachtete sich die Sache näher, bevor er die anderen dazu drängte, mit ihm ins Innere des Gottesackers zu gehen. Zuvor aber bat er den Gardehauptmann, einen seiner Soldaten hierzulassen.

Um zum Eingang zu gelangen, mussten sie erst die halbe Länge der Mauer umrunden. Auch hier sah Eginhard das, über das er noch nicht sprechen wollte.

Schon vor der Seelenkapelle – dem Aufbewahrungsort frischer Leichen – mussten sie feststellen, dass alles voller Blut war. Und als sie die ersten zögerlichen Blicke hineinwarfen, trauten sie ihren

Augen nicht: noch mehr Blut, überall Blut, sogar an den Wänden, bis zum rechten Fenster hoch. Das Aufbahrungsgestell war zusammengebrochen und das Leichenhemd, das Fabio dem Toten übergestreift hatte, lag blutverschmiert auf dem gestampften Lehm, in dem das Blut nicht hatte versickern können und deswegen mehrere klebrige Lachen hinterlassen hatte.

»Lasst uns wieder nach draußen gehen«, empfahl Eginhard, der die »Untersuchung« ohne Umschweife, und ohne die anderen zu fragen, in die Hand genommen hatte. Das Schnüffeln war in Freiburg seine private Leidenschaft geworden; mit dem Aufstöbern von Verbrechern kannte er sich mittlerweile ebenso gut aus wie mit der Aufklärung von Morden.

Obwohl es immer wieder kurz geschneit hatte, entdeckten sie auch auf dem Kirchhof Blut … und Tierspuren, die zwar überall verteilt waren und sich mit den leicht überzuckerten Fußspuren von gestern vermischt hatten, aber dennoch, gut erkennbar, verdichtet zum Mauerloch hinführten. Dorthin, wo auch die blutigen Schleifspuren endeten.

»Bleibt stehen, um keine Spuren zu zerstören«, forderte Eginhard die anderen auf und deutete ihnen, wo sie ihm nicht im Wege umgehen würden, bis er so weit war. Er betrachtete die Spuren im Schnee genau. »Was meinst du, Lodewig: Sind dies Abdrücke von Hundepfoten oder handelt es sich um Fuchsfährten?«

»Was sonst?«, gab sein Bruder, der sich offensichtlich gerade mit einer anderen heißen Spur beschäftigte, etwas unkonzentriert zurück.

»Gibt es noch so große Hunde in Staufen?« Eginhards zweite Frage, die eine versteckte Anspielung auf die allgemeine Hungersnot war, verhallte unbeantwortet. Nachdem der niederadlige Medicus das Mauerloch genau betrachtet hatte, winkte er die anderen zu sich her, bat sie aber darum, sich ihm noch nicht ganz zu nähern. »Seht ihr? Der Torso steckt bis zu den Achseln so fest, dass die Arme kerzengerade in die Luft gedrückt werden. Es sieht fast so aus, als wenn sie sich flehentlich dem Himmel entgegenstrecken würden.«

»Ja! Wahrscheinlich steckt er so fest in dem Loch, weil von außen jemand mit aller Kraft daran gezogen hat«, mutmaßte Lodewig.

Nachdem die anderen am Mauerloch angekommen waren, packte auch sie das schiere Entsetzen. Das, was von der Leiche übrig geblieben war, sah schrecklich aus. Innerhalb des Kirchhofes war nur der Oberkörper mit den steil nach oben gerichteten Armen zu sehen. Daran, dass es den Kopf nicht mehr gab, hatten sie sich ja zuvor schon mehr oder weniger gewöhnt.

»Und? – Was sagt uns das?«, fragte Eginhard, der jetzt voll in seinem Element war und darüber seine eigenen Kopfschmerzen, die ihn immer noch plagten, vergessen hatte.

Er bekam keine Antwort.

»Dass die Leiche derart grässlich zugerichtet und mit viel Kraft in das Mauerloch gezogen wurde, bestätigt, was ich zuvor schon gedacht habe: die Tierspuren stammen nicht von Hunden oder von Füchsen«, gab er selbst die Antwort.

»Klar: Wolfsspuren!«, schoss es aus Lodewig heraus. »Der gräfliche Oberförster hat mich schon vor längerer Zeit darauf hingewiesen, dass sich bald ein Wolfsrudel in Staufens Wäldern herumtreiben könnte.«

»Haben wir nicht schon Wolfsspuren gesehen, als wir auf dem Weg zu diesem Geißenunterstand waren?«, wollte Hauptmann von Huldenfeld bestätigt wissen.

»Was? Das habe ich nicht gewusst. Warum hat mir dies niemand erzählt?«, ärgerte Eginhard sich, wurde aber von Lodewig um Verständnis dafür gebeten, dass dies wohl im allgemeinen Trubel der Mörderhatz untergegangen sei und sowieso nichts damit zu tun gehabt habe.

Eginhard war zu gefestigt, um wegen solch einer Lappalie ernsthaft gekränkt zu sein. Stattdessen gab er ein paar Anweisungen, bevor er den anderen seine Theorie erläutern wollte. »Hauptmann! Wäre es möglich, dass uns Eure Soldaten dienlich sind?«

»Selbstverständlich!«, gab der neugierig gewordene Offizier zackig zur Antwort. »Was wollt Ihr von ihnen?«

»Danke!« Eginhard winkte einen der Soldaten zu sich und bat ihn, im Kirchhofschuppen eine Schaufel zu holen und die Tierspur, auf die er in diesem Augenblick deutete, großräumig auszustechen und seinem Vater zur Bestimmung ins Schloss hochzubringen. »Aber achtet darauf, dass der Abdruck nicht zerfällt. Dann kommt Ihr sofort wieder hierher zurück und teilt uns das Ergebnis mit!«

»Soll ich sie Eurem Vater in die Vogtei bringen?«, fragte der etwas tumbe Soldat und löste dadurch ein allseitiges Gelächter aus, das seinen Vorgesetzten derart ärgerte, dass er einen passenden Kommentar dazu ablieferte: »Ja! Und am besten legst du die Schaufel dann direkt auf die Herdplatte! ... Hornochse, saudummer!«

Nachdem sich der Soldat getrollt hatte, winkte Eginhard den nächsten Soldaten zu sich. Um sich nicht auch noch zu blamieren, baute sich dieser, so wie er es während seiner Ausbildung gelernt hatte, vor ihm auf. Eginhard verdrehte die Augen und wies ihn an, Fabio und den Mesner zu suchen und schleunigst hierherzubringen.

Nachdem auch der zweite Soldat abgezogen war, fuhr Eginhard sachlich fort: »Ja! Hier waren zweifellos Wölfe am Werk. Ich habe draußen auch schon diese Spuren gesehen, wollte vorhin aber noch nichts dazu sagen. Diese Spuren umrunden selbst den Gottesacker ... So, jetzt könnt ihr näher kommen«, sagte er und winkte die anderen zu sich heran.

Nachdem er ihnen die Spuren genauer erläutert und jeden seine eigene Theorie hatte aufstellen lassen, nahm sich der Herr Professor wieder das Wort und begann so zu dozieren, als wenn er in einem seiner Hörsäle der Freiburger Universität wäre und Studiosi vor sich hätte: »Die Tierspuren zeigen uns eindeutig, wer dies verursacht hat. Ein einziger Wolf wäre hierzu nicht in der Lage gewesen. Die Frage ist nur, wie sie in die Seelenkapelle eindringen konnten ... Aber dies klären wir später. Dass es nur Wölfe sein konnten, die eine solche Kraft hatten, den Leichnam aus der Kapelle herauszuzerren und bis hierher zu schleifen, versteht sich von selbst. Fast hätten sie es auch geschafft, den Toten durch das Loch hier nach draußen zu ziehen. Hätten sich die Schulterblätter des Leichnams nicht dagegen gesträubt, wäre es ihnen wohl auch gelungen. Hunde oder Füchse hätten dies niemals fertiggebracht. Und da Wölfe ausnehmend klug sind, haben sie sich dabei auch nicht dumm angestellt. Während einige von ihnen den Leichnam hierhergezerrt haben, sind andere um die Mauer herum nach draußen gerannt, um vor dem Loch auf die Mahlzeit – die sie gemeinsam in den sicheren Wald geschleift und dort dem Leitwolf präsentiert hätten – zu warten.«

»Aber warum haben sie die Beute dann nicht gleich durch das Kirchhoftor nach draußen gebracht, anstatt sie durch das kleine

Loch zu zerren, was ihnen offensichtlich nicht gelungen ist?«, brachte der bisher wortkarge Immenstädter Kaufmann hervor.

»Eine gute Frage, Peter«, bestätigte Eginhard. »Vielleicht war das Tor geschlossen? Aber dies glaube ich nicht. Wie bereits gesagt, gehören Wölfe einer klugen Spezies an. Und da sich direkt vor dem Kirchhofeingang mehrere Gebäude, ergo auch Menschen befinden, haben sie stattdessen das durch Sträucher und Bäume gut versteckte und düstere Loch gewählt, das sie vermutlich schon längst zuvor gekannt haben. Dort ist der einzige Bereich um die Mauer herum, wo sich wegen der sich davor treffenden zwei Straßen ein Stück unbebaute, ja sogar mit schützendem Gewächs besetzte Grünfläche befindet. Dort haben sie sich wohl ungestörter gefühlt als auf der gegenüberliegenden Seite des Kirchhofes.«

»Aber damit, dass die Leiche Widerstand leisten würde, haben sie nicht gerechnet«, lachte Lodewig.

Während sie noch ein Weilchen Mutmaßungen anstellten, kam der Soldat, den Eginhard ins Schloss hochgeschickt hatte, heftig schnaufend zurück und meldete, dass der alte Herr Dreyling von Wagrain die Tierspur eindeutig als Wolfsfährte identifiziert hatte.

»Na also! Sicher ist sicher. Unser Vater versteht mehr davon als wir zwei«, sagte Eginhard zu Lodewig, der selbstverständlich ebenfalls kein Problem damit gehabt hatte, die Abdrücke als Wolfsfährte zu erkennen. Da Eginhard schmunzelte, wusste Lodewig, dass sein Bruder ihrem gehbehinderten Vater lediglich hatte eine Aufgabe geben und ihn in die Sache hatte einbinden wollen. Als Eginhard mit einem Auge zwinkerte, lächelte Lodewig ihn dankbar an.

Kurz darauf kam der andere Soldat zurück und vermeldete, dass Fabio und der Mesner gleich hier sein würden. »… und der Pfaffe kommt auch mit«, ergänzte er noch in lästerndem Ton, schien damit aber niemandem eine besondere Freude zu bereiten.

Jetzt meldete sich auch Nepomuk, der sich bisher vornehm zurückgehalten hatte, und wandte sich an Eginhard: »Mit Verlaub, mein weiser Herr Kollegius. Deine Theorie ist gut und recht und du liegst sicher nicht falsch, wenn du sagst, dass Wölfe einer klugen Spezies angehören. Aber sag mir: Wie sollen sie die Kapellentür geöffnet haben?«

»Das kann ich euch sagen«, kam es von hinten.

»Fabio! Du kommst gerade recht«, freute sich Lodewig und

wartete wie alle anderen darauf, was der Leichenbestatter zur Aufklärung würde beitragen können.

Fabio senkte reumütig den Kopf, bevor er gestand, dass er gestern in all der Aufregung vergessen hatte, die Kapellentür abzuschließen, weil er gedacht hatte, dass dies der Mesner tun würde.

»Und Josef hat gedacht, dass du abgeschlossen hast. – Stimmt's?«, rückte der Ortsvorsteher die Sache ganz ins richtige Lot.

Fabio zuckte unwissend mit der Schulter. »Vermutlich.«

Nachdem alle ein Weilchen geschwiegen hatten, stellte Eginhard Nepomuk gegenüber fest, dass er jetzt seine geforderte Antwort habe.

»Nicht ganz!«, konterte der Mönch und richtete an den inzwischen zusammen mit dem Propst ebenfalls eingetroffenen Mesner die Frage, ob die Kapellentür sperrangelweit offen gestanden habe, als sie den Kirchhof verlassen hatten, oder ob dies doch nicht der Fall gewesen war.

»Um Gottes willen – nein! Sie war zwar nicht mit dem Schlüssel abgesperrt, aber sie war zu«, beantwortete Fabio die Frage, obwohl er nicht angesprochen worden war. Aber er war sicher, dass der Propst den Kirchhof bereits viel früher verlassen hatte und dementsprechend nichts darüber wissen konnte. Fabio wollte nicht, dass sein Dienstherr noch verärgerter über ihn werden würde, als dies sowieso schon der Fall wäre, wenn er erst einmal realisierte, was eine unverschlossene Tür alles auslösen konnte.

»Ja, sie war zu! … Und nicht nur angelehnt«, konkretisierte auch Josef, der ebenfalls ein schlechtes Gewissen hatte. »Darum dachte ich ja, dass sie auch abgeschlossen sei.«

»Und danach seid ihr nicht mehr hierher zurückgekommen?«

»Nein!«

»Nein!«

»Wer hat dann dem Toten das Leichenhemd ausgezogen?«, stellte Eginhard eine Überlegung in den Raum, die alle erschauern ließ. Jetzt erst wurde den Umherstehenden so richtig klar, dass es sich – zumindest hierbei – um Menschenwerk, oder besser gesagt, um ein Gemeinschaftswerk von Mensch und Tier gehandelt haben musste. Aber wo lag da der Sinn?

Eginhard besah sich alles nochmals und überlegte ein Weilchen hin und her, bevor er weitere Anweisungen gab: »Das Einverständnis unseres Pfarrers und des Ortsvorstehers vorausgesetzt, bringen Fabio und Josef jetzt die Reste der Leiche in die Kapelle zurück, damit sie von Nepomuk und von mir genau untersucht werden können. Danach wird sie von den beiden umgehend verbrannt. Nicht, dass noch einmal so etwas mit ihr passiert.«

Ein Kopfnicken bekundete die allgemeine Erleichterung.

»Gut!«, bestätigte Eginhard und deutete den beiden, mit dem Segen des Priesters an ihre Arbeit zu gehen.

»Unglaublich! Die Wölfe müssen mit all ihrer Kraft versucht haben, den toten Körper durch das Mauerloch nach draußen zu ziehen. Die Leiche sitzt so fest, dass wir sie kaum herausbekommen«, klagte der Mesner, der aufgrund seiner altersbedingten Konstitution nicht gerade mit übermäßiger Kraft gesegnet war.

In dem Moment, als sie den Torso nach etlichem Hin und Her herauszogen, krachte die Mauer an dieser Stelle endgültig ein.

»Schnell! Bevor dies jemand mitbekommt und hier schon wieder Neugierige auftauchen: Bringt die Leiche in die Kapelle und verschließt das Tor zum Gottesacker!«, befahl der Ortsvorsteher in einem Ton, der vom Gardehauptmann hätte sein können. »Und zu niemandem ein Wort!«

»Du bleibst hier und bewachst mit deinem Kameraden die Außenseite der Mauer. Lasst keine Seele herein!«, befahl jetzt Benedikt von Huldenfeld einem seiner Männer und beorderte die anderen beiden – ebenfalls ohne Rücksprache mit Eginhard – zum Kirchhoftor: »Und ihr achtet darauf, dass auch dort niemand hereinkommt!«

»Mit unseren Leuten werden wir schon selber fertig«, knurrte der Ortsvorsteher, der die Aktion des Gardehauptmannes für übertrieben hielt.

Nachdem die Leiche wieder dort war, wo sie hingehörte, und sich alle vor der St.-Martins-Kapelle eingefunden hatten, schlug Eginhard vor, dass es wohl das Beste sein würde, wenn sich Nepomuk und er allein um die Leiche kümmerten und sie ohne Zuschauer nochmals genau untersuchten, bevor sie verbrannt werden würde. »Wir unterrichten euch dann sofort vom Ergebnis der Untersuchung.«

»Endlich!«, schnaufte Eginhard erleichtert durch, als er mit Nepomuk … und Lodewig in der Kapelle war. Fast genüsslich krempelte er die Ärmel hoch und ließ seine Finger tanzen.

Jetzt konnte alles seinen Weg gehen und unter die Sache »Gliedermörder« endlich ein Schlussstrich gezogen werden. Fabio und Josef hielten sich für die Leichenverbrennung auf Abruf bereit, der Ortsvorsteher war mit dem Propst unterwegs zum Propsteigebäude, wo sie ein gutes Gläschen Wein erwarten würde, mit dem sie das Gräuel hinunterspülen konnten. Nur Eginhards Bruder hatte sich nicht vertreiben lassen, weil er eine wichtige Beobachtung gemacht hatte, die er bis jetzt für sich behalten hatte und den beiden Medizinern umgehend mitteilen wollte, wenn sie mit ihrer Leichenbeschau fertig sein würden.

»Was meinst du?«, fragte Eginhard seinen Berufskollegen und bekam von Nepomuk zur Antwort, dass er der gleichen Meinung sei wie er, obwohl Eginhard sein Wissen überhaupt noch nicht hatte laut werden lassen.

»Eindeutig! Das Bein wurde nicht von den Wölfen herausgerissen. Es wurde durch Menschenhand abgetrennt, … stümperhaft abgesäbelt«, schimpfte Nepomuk mehr, als dass es ihn entsetzen würde.

»Du bist und bleibst der Allergrößte! … In jeder Hinsicht«, lobte Eginhard den Benediktinermönch, der auch Lodewigs laienhaftes Lob stoisch entgegennahm.

Eginhard rekapitulierte, was vorgefallen sein konnte: »Für mich war von Anfang an klar, dass die Wölfe den Leichnam zwar von hier weggezerrt, aber nicht durch die geschlossene Tür nach draußen gebracht haben können. Und dass sie die Tür geöffnet haben, ist ebenso unwahrscheinlich wie eine absolut unglaubliche Aktion der Wölfe, durch die das Blut bis zum Fenster hochgespritzt ist … Selbst wenn Wölfe ein noch lebendes Opfer jagen und in ›Blutrausch‹ geraten sind, führen sie sich nicht so auf.« Als er dies sagte, deutete Eginhard dorthin, wohin die anderen bereits schauten. Nachdem niemand etwas dazu zu bemerken hatte, sprach er weiter: »Ich sage euch jetzt, was geschehen ist: Irgendjemand hat sich an der Leiche zu schaffen gemacht und ihr das linke Bein abgesäbelt. Ob dabei die unverschlossene Tür einen latenten Leichenfledderer dazu ermuntert hat oder ob derjenige dabei gezielt vorgegangen ist, weiß ich nicht. Ich weiß nur, dass …«

»Bedenkt, dass wir immer noch in einer Zeit des allgemeinen Hungerns leben«, unterbrach Nepomuk und überließ es der Fantasie der anderen, seine Feststellung zu verarbeiten.

»Du meinst …?«

»Bevor ihr weiterspekuliert, bitte ich euch, mir zu folgen. Ich muss euch etwas zeigen«, mischte sich Lodewig, der jetzt die Zeit gekommen sah, sein Wissen mit den anderen zu teilen, ein. »Hier entlang!« Er ging mit ihnen in Richtung einer weit ausladenden Weide und bückte sich. »Seht ihr das?«

»Tausend Fußabdrücke! … Ja, und?«, tat Eginhard, der etwas verärgert darüber war, vorhin unterbrochen worden zu sein, das schon im Vorfeld als uninteressant ab, was Lodewig ihnen gleich mitteilen wollte.

»Du hast recht, mein Bruder: Das sind ›nur‹ Schuhabdrücke …, aber diese Schuhabdrücke hier habe ich schon einmal gesehen! Der Schnee hat sie zwar etwas verwischt, dennoch habe ich sie vorhin sofort wiedererkannt.« Lodewig musste suchen, um noch einen der Abdrücke in brauchbarem Zustand zu finden, um das Rätsel auflösen zu können: »Da!«, entfuhr es ihm triumphierend, während er schon auf eine Spur im Schnee zeigte. »Was fällt dir dabei auf?«

Eginhard neigte seinen Kopf näher zum Boden und betrachtete den Abdruck im Schnee ganz genau, bevor er seine Erkenntnisse den anderen kundtat. »Dem Schuh fehlt der Absatz! … Und es handelt sich um einen linken Schuh.«

Um die Sache besser beurteilen zu können, bückte sich nun auch der Mönch. »Ja, du hast recht, aber was hat das zu bedeuten?«, fragte er und blickte Lodewig mit zusammengekniffenen Augen an.

Da Lodewig selbst innerlich angespannt und die Sache zu ernst war, wollte er sie nicht künstlich spannend machen und gab die Antwort: »Diese Abdrücke habe ich auf dem alten Leprosenfriedhof mit Schleifspuren wie heute und zusammen mit dem Abdruck kleinerer Schuhe gesehen«, sagte Lodewig und hielt in Erinnerung daran einen Moment inne.

»Sprich weiter!«, drängte ihn Nepomuk, der im Gegensatz zu Eginhard keinen blassen Schimmer davon hatte, was Lodewig eigentlich sagen wollte.

»Nun, die kleineren Abdrücke haben damals zweifelsfrei Annegret Hiebeler gehört, dem Mädchen, das den toten Bertel Schwabacher auf dem Leprosenfriedhof gefunden hat. Als wir noch am selben Tag zu dem bereits vor vielen Jahrzehnten aufgelassenen Friedhof gegangen sind, waren außer frischen Schleifspuren und Annegrets Schuhabdrücken nur noch diese Abdrücke im Schnee zu sehen!« In seiner Erregung deutete Lodewig hastig auf einen Abdruck nach dem anderen und kratzte sich am Kopf.

Das intensive Nachdenken aller hatte ein betretenes Schweigen zur Folge, bis …

»Du willst damit sagen, dass diese Fußabdrücke zu Bertels Mörder gehören«, folgerte Eginhard.

Entsetztes, total entsetztes Schweigen setzte nun ein.

»Weit und breit um den toten Bertel herum waren keine anderen Abdrücke da! … Nur diese hier …«, Lodewig zeigte wieder darauf, »und natürlich Annegrets.«

»Bertel Schwabachers Mörder also«, murmelte Nepomuk versonnen vor sich hin.

»Und demnach auch der Mörder von Martin, Markus und Hanspeter!«, ergänzte Lodewig der Vollständigkeit halber.

»Wisst ihr, was das noch heißt?«, hob Eginhard an, das Fazit zu ziehen, brachte seine Schlussfolgerung wegen der Tragweite seiner Erkenntnis aber nicht über die Lippen.

»Ja! Der Mörder der vier Burschen lebt noch und hat sich gestern mitten unter uns befunden«, schloss dann doch Lodewig selbst ab und sah sich darin auch noch bestätigt, nachdem ihm die beiden Ärzte gesagt hatten, dass das linke Bein bei der heutigen Leiche ebenso stümperhaft mit einem unscharfen Dolch oder Messer abgetrennt worden war, wie dies zuletzt mit Bertel Schwabachers rechtem Bein der Fall gewesen war.

»Aber dann war der da …«, Eginhard sprach aus, was nun wohl alle ahnten, und zeigte dabei zur Seelenkapelle, »zwar Marias Entführer, aber nicht der Vierfachmörder.« Leise fügte er noch an: »… und ist umsonst gestorben!«

»Ja! Somit steht fest …«, Lodewig musste schlucken, »dass der Gliedermörder noch lebt«, brachte er es dann doch noch auf den Punkt.

Die anderen nickten betroffen. Eine eisige Stille breitete sich unter den fassungslosen Männern aus. Niemand wagte etwas zu sagen, niemand vermochte zu verstehen, was geschehen war und was dies für jetzt und die Zukunft bedeuten könnte. Irgendwann ergriff Eginhard wieder das Wort: »Aber diese Erkenntnisse müssen vorerst unter uns bleiben. Außer unserem Vater, dem Ortsvorsteher und dem Propst darf niemand etwas davon erfahren«, schlug er vor und konkretisierte seine Auffassung: »Wir müssen es insbesondere vor Melchior Henne geheim halten.«

»Aber … wenn wir nichts unternehmen, könnte es weitere Morde geben. Außerdem steht der Fasnatziestag an.« Lodewig überlegte kurz, bevor er sagte, was mittlerweile alle dachten, weil sie sich – lange bevor der vor ihnen liegende kopflose Mensch, dem nun auch noch ein Bein abgesäbelt worden war, als Gliedermörder ausgemacht worden war – schon einmal darüber unterhalten hatten: »So, wie es nun wieder aussieht, könnte es doch sein, dass die Gliedermorde etwas mit der Rivalität der jungen Burschen zu tun haben.« Er überlegte kurz, bevor er versuchte, seine Theorie weiter darzulegen: »Dagegen würde allerdings sprechen, dass man diesem älteren Toten hier ebenfalls ein Bein abgenommen hat. Dies passt überhaupt nicht ins bisherige Bild und schon gar nicht zu einer ›Fahnenmordlegende‹«, womit er die ermordeten jungen Männer meinte, die allesamt etwas mit der Fahnensektion zu tun gehabt hatten. Lodewig deutete wieder zur Seelenkapelle, wo der nunmehr fürchterlich aussehende Rächer unter einem blutgetränkten Leintuch lag, bevor er weitersprach: »Wäre dies der Fall, hieße dies, dass – wie zuvor schon der zuerst gewählte Fähnrich Bertel Schwabacher – womöglich auch der jetzige Fähnrich umgebracht werden soll und vielleicht sogar als Nächster dran ist …, wahrscheinlich möchte ein anderer der jungen Burschen mit aller Gewalt Fähnrich werden.«

»Und um dieses Ziel zu erreichen, ist ihm jedes Mittel recht! Deswegen müssen wir alle absolute Ruhe bewahren und stets auf der Hut sein! … Ich weiß, dass wir damit eine große Verantwortung auf uns laden«, beendete Eginhard, der wie auch die anderen inzwischen völlig verunsichert war, die niederschmetternden Erkenntnisse des heutigen Tages.

KAPITEL 56

Nun war es eine gute Woche her, seit Fabio mit Josefs Hilfe die verstümmelte Leiche von Marias Entführer unbemerkt von der Bevölkerung in aller Stille verbrannt hatte und Peter Immler mit den gräflichen Soldaten nach Immenstadt zurückgekehrt war. Dessen hastige Abreise hatte in Staufen schon wieder zu allerlei Spekulationen geführt.

Als Melchior Henne dies mitbekommen und von den vorangegangenen Begebenheiten auf dem Kirchhof erfahren hatte, war er einer der Letzten überhaupt gewesen, die davon gehört hatten. Und da er ausgerechnet an dem Tag, als man den mutmaßlichen Vierfachmörder gefangen genommen hatte, in Immenstadt gewesen war, um dort ein Sendschreiben des Staufner Kastellans mit inzwischen veraltetem Inhalt in Bezug auf den Gliedermörder zu übergeben und mit dem Grafen sowie mit Oberamtmann Speen organisatorische Details zum Fasnatziestag zu besprechen, hatte er auch davon erst nach seiner Rückkehr etwas erfahren. Vielleicht war sein Wissensdefizit aber auch nur daran gelegen, weil er seinen Kopf ganz woanders gehabt und der Residenzstadt die ganze Nacht über seine Reverenz erwiesen hatte, indem er erst am Abend des nächsten Tages mit einem voll bepackten Maulesel nach Staufen zurückgekommen war? Warum er über Nacht im Städtle geblieben war und wo er letztlich genächtigt hatte, nachdem der Graf ihm ein komfortables Lager hatte richten lassen, würde sein Geheimnis bleiben … vorerst.

Obwohl Melchior alles interessierte, was mit seiner geliebten Heimatgemeinde zu tun hatte, konnte er sich jetzt nicht um das kümmern, was ihm die Leute alles erzählt hatten und in anderen Versionen immer wieder neu zu erzählen versuchten. Er hatte einfach keine Zeit und musste für das bevorstehende Großereignis in Staufen noch einiges organisieren – immerhin waren es bis zur Erfüllung des gräflichen Vermächtnisses nur noch elf Tage und die wollten gut genutzt sein. Da dies auch alle anderen wussten, hatte ihn sogar der ansonsten recht mitteilsame Ortsvorsteher in

Ruhe gelassen und sich an die Abmachung, die er mit Lodewig, Eginhard und Nepomuk getroffen hatte, gehalten. So hatte außer dem Altkastellan, Johannes Glatt – und natürlich Fabio, dem vom Propst sogar eine Art »Schweigegelübde« abgenommen worden war – niemand etwas über den momentan vermuteten aktuellen Stand der Dinge in Bezug auf die schrecklichen Morde erfahren. In der Wahrnehmung der Staufner Bevölkerung hatte der Gliedermörder seine von Gott gewollte Strafe erhalten, weswegen zumindest diesbezüglich wieder etwas trügerische Ruhe ins Dorf zurückgekehrt war.

Heute war in mehrerlei Hinsicht ein großer Tag, zumindest würde er dies bis zu den Abendstunden hin sein. Denn dann wollten sich die Mitglieder der Fahnenkompanie und des Trommlercorps im oberen Saal des Wirtshauses *Zur Krone* zum »Kranzen« treffen, was so viel hieß, dass sie aus mitgebrachtem Tannenreisig Kränze und Girlanden für die Dekoration des Festsaales und zum Schmücken der Häuserfassaden, insbesondere aber zur Verschönerung des Fähnrichshauses, binden würden. Selbstverständlich würde dabei auch an die Pfarrkirche gedacht werden. Einige von ihnen würden damit beschäftigt sein, die vom Fähnrich höchstpersönlich gestifteten und von Matthiß Spindelhirn gelb und rot gefärbten Leintücher in spitze Wimpelform zuzuschneiden, zu vernähen und an langen Kordeln zu befestigen, damit diese zum Fasnatziestag hin gemäß städtischen Gepflogenheiten quer über die beiden Hauptstraßen des kleinen Marktfleckens gespannt werden konnten. Andere sollten die bereits vor etlichen Tagen zugesägten und gerade noch rechtzeitig bis zum heutigen Treffen mit den Wappen aller Staufner Herrschaftsgeschlechter fertig bemalten Holzplatten ebenfalls mit Tannenreisig schmücken.

All dies allein könnte aber noch keinen großen Tag aus diesem ansonsten eher trüben Freitag machen. Dazu mussten schon noch ein paar andere Faktoren ins Spiel gebracht werden. Einer davon war, dass der während seiner Abwesenheit zum dritten Fahnenbruder gewählte Uhrmacher Leopold Mahler dem Fähnrich erst vor einer Woche schriftlich zu dessen Wahl gratuliert und mitgeteilt hatte, dass er gerne dabei sein würde und nach fast einjährigem Fortsein pünktlich zum Kranzen von seiner Kemptener Anstellung als Haus- und Hofuhrmacher des Fürstabtes Romanus Bertel Christoph Giel von Gielsberg anreise und mindestens bis zum Tag nach dem aschernen Mittwoch, vielleicht sogar ein paar Tage länger, in Staufen bleiben wolle. In diesem Schreiben hatte er seinen alten Freund Melchior darum gebeten, für ihn eine Föhl auszusuchen, weil er aufgrund der Entfernung selbst nicht dazu in der Lage sei, sich ein passendes Mädchen zu erwählen. Seine aus Ochsenhausen stammende und in Kempten lebende Freundin konnte er ja wohl schlecht mitbringen. Obwohl er die Wahl vertrauensvoll in Melchiors Hände legen wollte, hatte der inzwischen städtisch gewordene Schwerenöter post scriptum angefügt, »… dass die Fässler Barbara schon was wäre.«

Somit würde die Staufner Fahnenkompanie heute zum ersten Mal vollzählig zusammenkommen – zumindest, was die Burschen anbelangte. Die Föhla betreffend, dürfte es sicherlich die eine oder andere Überraschung geben. Jedenfalls würde der Fähnrich heute Abend erstmals erfahren, ob es all seinen Mitstreitern gelungen war, eine passende Maid zu finden. Aber nicht nur Melchior war gespannt; durch die enttäuschte Hedwig Schädler hatte mittlerweile das ganze Dorf erfahren, »… dass dem feinen Herrn Fähnrich die Staufner Föhla wohl nicht gut genug seien und er eine noble Bürgerstochter aus Immenstadt bevorzugen würde.« Ob es Hedwig damit gelungen war, Zwietracht zu säen, und ob sie dies überhaupt im Sinn gehabt hatte, würde Melchior ebenfalls heute Abend feststellen können. So oder so verursachte die Tatsache, dass heute Abend alle Mitglieder der Fahnenkompanie und des Trommlercorps erstmals ihre Föhla mitbringen würden, große Aufregung. Und dass dies trotz der ursprünglichen Vorgabe des Grafen, sein Vermächtnis ausschließlich durch die ledigen Burschen des Marktes umsetzen zu lassen, der Fall war, lag zum einen daran, dass sich die Burschen beim filigranen Umgang mit dem Tannenreisig schwerertaten als die Mädchen mit ihren zwar ebenfalls schrundigen Händen, dennoch aber wesentlich zarteren und geschickteren Fingern. Der wahre Hintergrund für die heutige Zusammenführung war aber, dass sich jetzt, kurz vor dem Fasnatziestag, alle näher kennenlernen und die Aufgaben untereinander verteilen sollten. Heute Abend also würde der Fähnrich seine Mannschaft erstmals geschlossen auf den bald kommenden großen Tag und auf die Gemeinschaft aller Staufner einschwören können.

Als absoluten Höhepunkt des Abends würde Melchior Henne Oberamtmann Conrad Speen, der extra aus Immenstadt anreisen wollte, begrüßen dürfen. Es war schon erstaunlich, dass sich die rechte Hand des Grafen dazu aufgeschwungen hatte, sich in Staufen persönlich die Ehre zu geben. Das letzte Mal, dass er hier war, lag schon Jahre zurück. Dass er sich kurz vor dem großen Ereignis nach Staufen bemühen würde, zeigte die hohe Wertschätzung der Immenstädter den Staufnern gegenüber und bekundete gleichzeitig die Wichtigkeit der Umsetzung des gräflichen Pestgelübdes aus dem Jahr 1635 – so jedenfalls sah es der Fähnrich. Dass Speen dem Frieden nicht recht traute und er Sorge hatte, dass etwas schiefgehen und den Grafen erzürnen könnte, kam weder Melchior Henne noch den Dorfoberen – die durch Melchior von Speens unverhofftem Besuch erfahren hatten – in den Sinn.

Bis Speen in Staufen eintreffen würde, gab es allerdings noch einiges zu tun: Der Fähnrich hatte den Butz und die Trommler in den Wald geschickt, um unter Aufsicht des Tambourmajors und mit Erlaubnis des gräflichen Oberamtes frisches *Daas* zu holen. Dabei hatte er ihnen ausdrücklich aufgetragen, nur so viel Tannenzweige abzuhacken, wie zum Bekränzen der Tafeln, des Festsaales und der Häuser vonnöten sein würden. »Wehe, wenn ich einen von euch dabei erwische, dass er etwas davon als Zündmaterial für den heimischen Herd verschwinden lässt«, hatte er gerade den jüngeren, also den unbekümmerten und manchmal leichtsinnigen Trommlern mit auf den Weg gegeben.

Währenddessen bemalte Siegfried, der talentierte Sohn des Kronenwirtes, mit Rinzlers Liese, dem ältesten der Staufner Schützen, die letzten Schilder mit den Wappen ehemaliger und heutiger Herrschergeschlechter. Wenn die beiden nicht bereits in den Endzügen wären, hätte es bis zum heute geplanten Bekränzen der Wappenschilder knapp werden können – immerhin musste die Farbe auch noch ohne Hilfe wärmender Sonnenstrahlen trocknen. Die wichtigste Tafel, die von Serafin Gruber und Bertel Göhlin aus mehreren Brettern zusammengenagelt und von hinten mit Streben zusammengehalten worden war, zierte bereits das sogenannte *Große Wappen* der Reichsgrafen zu Königsegg, das sich durch die beiden seitlichen Schildhalter in Löwenform und die das Wappen bekränzende fünfzackige Grafenkrone auszeichnete. Zudem stand in großen und goldenen Lettern darauf zu lesen: ›Hoch lebe unser Bruder Fähnrich!‹ – gerade so, als wenn der Fähnrich selbst der Träger des reichsgräflichen Rautenwappens wäre. Die im Quadrat circa drei mal drei Ellen große Tafel hatte die meiste Arbeit gemacht und würde – nachdem sie ganz besonders dick mit Daas umkränzt worden war – ihren Platz über dem Eingang zum Fähnrichshaus, in dem an dessen Ehrentag die gemeinschaftliche Morgensuppe eingenommen werden sollte, finden. Melchior Henne seinerseits hatte es sich nicht reuen lassen und sein Haus komplett auf Vordermann gebracht. Dabei hatte er sogar mehrere Hundert Holzschindeln ausgewechselt und die zum Marktplatz zeigende Frontseite von oben bis unten abgewaschen. Dies hatte zudem den Vorteil, dass sich die neuen, hellen Schindeln wenigstens etwas den über Jahrzehnte hinweg wettergegerbten Holzplättchen angepasst hatten. Der Fähnrich konnte seinem Ehrentag also gelassen entgegensehen – dennoch, obwohl eigentlich alles nach Plan verlief, war er schon den ganzen Tag über merkbar unruhig.

»Warum hast du dich denn so herausgeputzt? Die Sonntagsgewandung eignet sich doch nicht zum Kranzen!«, lästerten einige der Burschen spaßeshalber, nachdem ihnen der Fähnrich Arbeit zugewiesen hatte. Aber Melchior scherte sich nicht um das Geschwätz und wollte sich stattdessen um den Verbleib der Trommeln kümmern, weswegen er jetzt Baltus Vögel aufsuchen wollte. Dass der Dorfnarr gleich bei der ersten Zusammenkunft in der dritten Septemberwoche dazu berufen worden war, bei Notwendigkeit die Trommeln zu polieren und dafür zu sorgen, dass die wertvollen Leihgaben aus Immenstadt in bestem Zustand blieben, hatte Melchior von dem Tag an, als er selbst wegen Bertel Schwabachers gewaltsamem Tod zum Fähnrich gewählt worden war, missfallen. Wäre Bertel nicht umgebracht worden, wäre dieser jetzt immer noch der Staufner Fähnrich und Melchior müsste sich nicht mit so profanen Dingen herumärgern wie mit der lästigen Trommelpflege. »Verdammt noch mal, das ist nun wirklich nicht meine Sache!«, hatte er dem Tambourmajor laut entgegengeflucht, während ihm in Gedanken sein hohes Ehrenamt in den Sinn gekommen war, das ihm neben einiger Unbill auch Ärger mit Albert Wenninger eingebracht hatte. Schon im vergangenen Winter – als die Jungschützen zu einer vom Oberamt angeordneten Schießübung nach Immenstadt beordert worden waren – hatte Albert durch eine wissentliche Falschaussage dazu beigetragen, dass Jockel Mühlegg als Gliedermörder in Verdacht geraten war. Er hatte es nicht verwinden können, dass er vom Immenstädter Oberamt wegen eines körperlichen Gebrechens im Gegensatz zum ortsbekannten Schwarzfischer Jockel Mühlegg als nicht wehrfähig eingestuft worden war und dementsprechend auch nicht an Schießübungen hatte teilnehmen können, was ihn unweigerlich der Lächerlichkeit bei den Mädchen preisgegeben hatte. Deswegen war Albert schon immer ungenießbar … und voller Wut auf alle Schützen gewesen. Und was ihn auch heute noch am meisten ärgerte, war die Tatsache, dass er sich einbildete, auf die gleiche Stufe wie Baltus Vögel gestellt zu werden. Da der Säcklersohn es offensichtlich auch noch nicht verarbeitet hatte, wegen seines körperlichen Gebrechens nicht aktiv am Fasnatziestags-Geschehen teilnehmen zu dürfen, hatte in ihm auch noch eine Riesenwut auf alle daran Beteiligten aufkommen lassen. Dass auch diese vom Oberamt beschlossene Entscheidung mit »dürfen« überhaupt nichts zu tun hatte, war ihm schon vom ersten Fähnrich Bertel Schwabacher ebenso deutlich gesagt worden wie vom jetzigen Fähnrich Melchior Henne, der von dem Burschen anfangs immer wieder traktiert worden war. Beide hatten versucht, Albert klarzumachen, dass er mit seinem verkrüppelten Bein beim besten Willen nicht beim sicherlich anstrengenden Umzug mitlaufen konnte. Seit ihm dies bewusst geworden war, hatte sich der allseits unbeliebte Säcklersohn zurückgezogen und sich nicht mehr in der Öffentlichkeit blicken lassen.

Aber je länger Melchior über die unangenehmen Seiten seines Ehrenamtes nachdachte, umso mehr stellte er fest, dass diese Aufgabe auch Vorteile barg und ihm sogar jetzt schon etwas Wunderbares beschert hatte: Es war ausschließlich dem Fähnrichsamt zu verdanken, dass er Leonore, die mehr als liebenswürdige Tochter des gräflichen Münzmeisters, näher kennengelernt hatte. Und dies wog schließlich schwerer als der Ärger und die Arbeit, die das zwar ehrenhafte, manchmal aber doch mühselige Fähnrichsamt mit sich brachten.

In sich versunken und still vor sich hin lächelnd, begab Melchior sich in Richtung *Mistgasse*, in deren ungefährer Mitte Baltus Vögel wohnte, oder besser gesagt, unter menschenunwürdigen Zuständen hauste.

Sicherlich ist Baltus der Falsche für diese Aufgabe und ich hätte jeden einzelnen Trommler selbst mit der Pflege seiner Kachel in die Pflicht nehmen müssen, dachte sich Melchior, der sich diese respektlose Bezeichnung des militärischen Marschierinstrumentes durch die Trommler mittlerweile unbewusst selbst angeeignet hatte, einen Moment lang missmutig, weil er nichts von Baltus gehört hatte. Nun wusste er nicht, ob es damit klappen würde, Oberamtmann Speen heute Abend etwas vorzutrommeln. Aber diese Wissenslücke ließe sich mit Baltus' Hilfe ja schnell schließen.

Das zufriedene Lächeln war von seinen Lippen gewichen und seine Gedanken vollends von Leonore abgewichen. Der Fähnrich war wieder ganz bei der Sache.

Da die Trommler heute Nachmittag die Trommelschlegel gegen Beile und Sägen ausgetauscht hatten und in den Wald gegangen waren, brauchten sie ihre Trommeln tagsüber nicht. So hatte der Tambourmajor Serafin Gruber mit Baltus vereinbart, dass seine Trommler die Schlaginstrumente noch vor dem Daas holen, zu Baltus in die ehemalige Schmiede seines Vaters schaffen würden, wo er sie einzeln in Empfang nehmen konnte. Der Spinner hatte versprochen, die Trommeln blitzblank zu polieren und sie am späten Nachmittag mit seinem Handkarren in die *Krone* zu bringen. Entgegen des Besprochenen hatte sich Baltus die Trommeln aber nicht bringen lassen, sondern war zu jedem einzelnen Trommler nach Hause gegangen, um die mit gegerbten Tierhäuten bezogenen Schlaginstrumente selbst abzuholen. Da Baltus ein äußerst ungepflegter Bursche war und dementsprechend unangenehm roch, hatte man ihm nur in einige der Wohnungen den Zutritt bis unter den Türrahmen oder in den Hausflur gestattet, wo er bei dieser Gelegenheit gesehen hatte, dass die Trommler durchwegs besser zu wohnen schienen als er selbst. Nur Serafin Gruber, der allein lebende Tambourmajor, hatte ihn ganz hereingebeten, ihm seine Werkstatt gezeigt und sogar eine kleine Brotzeit hingestellt, die Baltus gierig in sich hineingeschlungen hatte. Armes Schwein, dachte sich Serafin, als der Trommelputzer ohne ein Wort des

Dankes mit der beim Tambourmajor lagernden Trommel abzog. »Bis heute Abend, Baltus«, rief er ihm noch nach. »Sei pünktlich!«

Obwohl mitten im Dorf, lag Baltus' Elternhaus in einer schäbigen Gegend. Die *Mistgasse*, wie der schmale Weg im Volksmund von jeher genannt wurde, war diejenige Gasse Staufens, die am meisten gemieden wurde. Dies lag daran, dass sich den ganzen Straßenzug entlang zu beiden Seiten nur die Rückseiten der anliegenden Gebäude präsentierten, weswegen sich hier auch die außenliegenden Kleintierställe sowie die Misthaufen mitsamt den dazugehörenden Güllegruben befanden. Nun ja, irgendwo mussten sie ja schließlich ihren Platz haben. Bis ins 15. Jahrhundert hinein waren die Rückseiten einiger dieser Häuser, die ganz früher durchwegs Vollerwerbsbauernhöfe gewesen waren, für geruchsintensive Handwerksbetriebe genutzt worden; Gerber hatten hier ebenso ihr bescheidenes Ansehen und Auskommen wie Schlachter und andere Berufszweige – hinten wurde geschlachtet und vorne verkauft. Wie geächtet diese Gasse immer schon gewesen war, zeigte sich auch daran, dass sich hier zeitweise sogar ein Wanderhenker niedergelassen und sich von dort aus bis in den Bregenzerwald, an den Bodensee hinunter oder ins Oberschwäbische hinein verdingt und zusätzlich als reisender Abdecker gearbeitet hatte. Irgendwann schien dessen widerliche Arbeit, deren Hinterlassenschaften hier oft ebenfalls einen unerträglichen Gestank verbreitet hatten, selbst den Anliegern dieser Gasse zu viel geworden zu sein. Es musste dann so um die 20er-Jahre des 15. Jahrhunderts gewesen sein, als er von dort vergrault worden und in die Schweiz gezogen war.

Da die Zeiten zunehmend schwierig, die Bedürfnisse dennoch gestiegen waren, hatten sich die letzten der hier ansässigen Handwerksbetriebe spätestens zum Großen Glaubenskrieg hin weg orientiert, waren direkt ans Wasser gezogen oder waren in die Gant getrieben worden. Geblieben war nur noch die mittelalterliche Waffenschmiede der Vögels, die der Großvater von Baltus – nicht wissend, dass ein für Waffenschmiede profitabler und 30 Jahre währender Krieg kommen würde – zur reinen Hufschmiede umfunktioniert hatte.

Geblieben waren aber die Misthaufen, weswegen es auch heute noch gerade bei sommerlichen Temperaturen unangenehm roch, selbst wenn zeitweise nur noch wenig oder überhaupt kein Vieh in den Ställen stand. Es dauerte Jahre, bis der Inhalt von ungenutzten und deswegen vollen Güllegruben verdunstete. So lange hatten auch die Anlieger etwas davon – insbesondere, wenn der Wind ungünstig stand. Aber egal, woher der Wind wehte, irgendjemanden erwischte es immer. Und selbst im Winter war es nicht gerade angenehm, diese Gasse entlanglaufen zu müssen.

Bis sich Melchior dem verlotterten Vögel'schen Anwesen genähert hatte, gewöhnte sich seine Nase Schritt für Schritt an den Geruch. Unglücklicherweise veränderte sich der zwar nicht gerade angenehme, aber im Grunde genommen gewohnte Geruch in einen widerlichen Gestank, der stetig zunahm.

Nachdem Melchior vor der alten Schmiedewerkstatt angekommen war und mehrmals geklopft hatte, öffnete Baltus die Tür einen Schlitz weit und spitzelte erst nach allen Seiten, bevor er heraustrat. Dabei machte er irgendwie einen ängstlichen Eindruck auf Melchior, der sich aber keine Gedanken darüber machen konnte, weil er damit beschäftigt war, sich dem vom Inneren des Hauses ausgehenden zusätzlichen Gestank zu entziehen, indem er einen Schritt zurückwich.

Da Melchior die Nase bereits bis oben hin voll gehabt hatte, als er beim Haus angelangt war, dachte er sich jetzt nicht mehr allzu viel dabei. Außerdem hielt er sich ein Tuch vors Gesicht, was allerdings überhaupt nichts mehr nützte, als Baltus direkt vor ihm stand und ihn auch noch mit seinem Körpergeruch umhüllte. Wenn Körperpflege für die einfachen Menschen so etwas wie unnötiger Luxus war, war sie Baltus Vögel völlig unbekannt. Dementsprechend penetrant roch der Bursche auch.

»Was willst du?«, blaffte Baltus den unerwarteten Besucher respektlos an und stieß ihm dabei auch noch seinen Mundgeruch so fest ins Gesicht, dass es Melchior reichte und er angewidert ein paar weitere Schritte zurücktrat, um sich einen Moment lang zu erholen.

Obwohl es in Staufen wohl wenige Fleckchen gab, an denen es angenehm roch, war der Fähnrich derart viele verschiedene »Duftnoten« innerhalb so kurzer Zeit und Distanz nicht gewohnt. Das letzte Mal dürfte dies der Fall gewesen sein, als er 16 Jahre alt gewesen war und aufgrund der Pestepidemie überall auf den Straßen

Leichen herumgelegen waren. Ansonsten wüsste Melchior nicht, wie er das sich seit Betreten dieser Gasse ständig verändernde Geruchsgemisch einordnen sollte; erst hatte es nur typisch ländlich, zwar penetrant, aber immer noch ländlich, gerochen. Dann hatte sich die Landluft mit einer ätzend süßen Note vermischt, bevor sich der eindeutige Geruch von Fäulnis dazwischenmischte. Oder war es umgekehrt? Nach was es letztlich stank, als Melchior mitten in der Gasse stand, konnte er nicht mehr einordnen – zumal er ein paar Schritte weiter einen verendeten Dachs liegen sah. Er konnte sich nur noch die Nase zuhalten.

Pfui Teufel, dachte er sich im Stillen, versuchte aber aus Höflichkeit, sich Baltus gegenüber möglichst wenig anmerken zu lassen. Außerdem würde es nichts nützen, wenn er den Verrückten ins Gebet nehmen und ihm gut gemeinte Hygiene-Ratschläge geben würde. Danach würde er genauso neben sich stehen und stinken wie zuvor und ein Weib würde der geistig zurückgebliebene Bursche sowieso nie finden. Also ließ es Melchior gleich und versuchte, so schnell wie möglich wieder abzuhauen, weswegen er gleich zur Sache kommen wollte.

Aber Baltus kam ihm zuvor: »Und? Was führt dich zu mir, Fähnrich?«, lallte er grantig.

»Gott zum Gruße. Ich … ich wollte nur nachfragen, ob du alles im Griff hast.«

»Wie meinst du das?«, interessierte den Stinker, während er unruhig hin und her hüpfte, ohne die Tür loszulassen, was für Melchior den Vorteil hatte, das Baltus nicht näher kam.

»Keine Sorge, ich möchte nicht hereinkommen«, antwortete Melchior, dem dies aufgefallen war. »Ich will nur wissen, ob du mit dem Reinigen der Trommeln gut vorankommst.«

Baltus schien etwas ruhiger zu werden, behielt dennoch die Tür im Griff, als er antwortete: »Ach so? Alles in Ordnung! Ich bin mittendrin und werde die Trommeln wahrscheinlich schon zur …« Da Baltus kurioserweise zwar ungewöhnlich schnell rechnen, aber nichts richtig abschätzen konnte, nahm er seine Finger zu Hilfe. Dabei ließ er kurz die Tür los, packte sie aber sofort wieder, damit sie nicht versehentlich zuflog.

Da es Melchior stank, dass er auf den Rest dessen, was Baltus hatte sagen wollen, warten musste, orientierte er sich am Himmel und vervollständigte dessen angefangenen Satz: »… zur sechsten Abendstunde in die *Krone* bringen. Stimmt's? Du wolltest sagen, dass du die Trommeln rechtzeitig bringen wirst! Aber wolltest du sie nicht schon früher vorbeigebracht haben?«

Bevor Baltus antworten konnte, winkte Melchior ab: »Egal, Hauptsache, sie sind da, bevor der Oberamtmann kommt.«

Melchior wollte sich schon zum Gehen wenden, drehte sich aber nochmals zu Baltus um und fragte ihn, warum er sich die Mühe gemacht und die Trommeln bei jedem einzelnen abgeholt habe.

Da Baltus mit dieser Frage überfordert war und krampfhaft nach einer Antwort suchte, senkte er den Kopf und schwenkte ihn rhythmisch hin und her.

Dies wirkte irgendwie beängstigend auf Melchior, der nur fort von hier, fort aus dieser stinkenden Gasse wollte. Deswegen kürzte er das einseitige Gespräch ab, indem er sagte: »Lass es gut sein, Baltus. Hauptsache, du bringst die Trommeln pünktlich in die *Krone*. Ich verlass mich darauf … Gehab dich wohl.«

Während Baltus sich grußlos durch den Türspalt ins Haus zurückdrückte, rief ihm Melchior noch nach, dass er seine Sache sicherlich gut machen würde. Aber dies bekam der wegen der Trommeln in seinem Haus momentan zufriedene Bursche nicht mehr mit – er freute sich wie ein kleines Kind, an der Sache beteiligt sein zu dürfen und »Herr der Trommeln« zu sein. Anstatt eine Antwort zu bekommen, hörte Melchior, wie ein hörbar mächtiger Schlüssel umgedreht wurde … und wie Baltus das Lied vom »Bi-Ba-Butzemann« anstimmte.

KAPITEL 57

DER ANGEKÜNDIGTE BESUCH aus Immenstadt und die damit verbundene dürftige Information hatte sogar die ansonsten meist ruhige Sarah unruhig werden lassen. »Und er bleibt wirklich nur eine Nacht?«, fragte sie Nepomuk und ihren Schwiegervater bereits zum dritten Mal.

»Ja, aber er ist nicht allein, … soll Melchior zu Lodewig gesagt haben«, versuchte der Altkastellan, Sarah zu beruhigen, zuckte dabei aber mehr oder weniger unwissend mit der Schulter, während er die Mundwinkel nach unten zog, was seine Ahnungslosigkeit noch deutlicher bekunden sollte.

»Ich weiß!«, schnarrte Sarah gereizt zurück. »Ich habe nur noch nicht verstanden, ob ich von Rosalinde eine oder zwei Gästekammern herrichten lassen muss. Lodewig hat mir den unerwarteten Besuch nur vom Schlosshof hoch durchs geschlossene Fenster angekündigt, war aber schon wieder weg, noch bevor ich das Fenster öffnen konnte.«

Da sich Sarahs Laune zu verschlimmern drohte, griff Nepomuk in den sich anbahnenden Disput ein: »So wie ich es verstanden habe, bringt er eine Frau mit und …«

»Seine eigene Frau oder eine andere? Das ist eben die Frage … Seine Zofe werde ich wohl kaum zu ihm in die Kammer stecken«, unterbrach Sarah, was sonst nicht ihre Art war.

»Das kommt darauf an, wie sie aussieht, … die Frau, nicht die Kammer, meine ich«, stellte Hannß Ulrich Dreyling von Wagrain sachlich fest, senkte aber sofort den Kopf, damit sein Grinsen verborgen blieb.

»Also, ich muss doch schön bitten«, empörte sich seine Schwiegertochter und stemmte dabei drohend ihre Hände in die Hüften.

»Da hast du recht, Sarah: Eine Zofe gehört nicht in eine Kammer«, spöttelte jetzt auch noch Nepomuk mit aufgesetzt ernster Miene und brachte damit den Altkastellan dazu, sein Grinsen nicht weiter verbergen zu können.

Lauthals fingen er und Nepomuk zu lachen an.

Für einen Moment sah Sarah aus, als wenn sie vom Blitz gestreift worden wäre. Aber es dauerte nicht lange, bis sie selbst merkte, was sie da für einen Unsinn geredet hatte, weswegen auch sie herzhaft lachen musste. Damit steckte sie im Handumdrehen die Kinder an, die nicht wussten, warum sie überhaupt lachten.

Um sich für ihr Stimmungstief zu entschuldigen, sagte Sarah, dass sie den Herrn Oberamtmann mit seiner Begleiterin schon ordentlich unterbringen würde. »Sicherheitshalber bereite ich eine kleine und eine große Kammer vor!« Dann ging sie zum Küchenbord, holte zwei Becher, die ihrem Schwiegervater und dem Benediktinermönch Gutes verhießen, und stellte sie vor die beiden. Gleich darauf verließ sie die Küche mit einer Zinnkanne.

»Das haben wir gut hinbekommen«, flüsterte Nepomuk seinem alten Freund ins Ohr und legte ihm dabei einen Arm um die Schulter.

Nachdem Sarah mit dem gefüllten Krug zurückgekommen war und eingeschenkt hatte, wollte sie wissen, wo Lodewig sich herumtreibe, bekam aber keine Antwort. »Und wo ist Eginhard überhaupt?«

Die beiden Männer stießen an und nahmen einen Schluck.

»Köstlich!«, stellte der Altkastellan fest, während Nepomuk bereits die Antwort auf Sarahs Fragen vorbereitete.

»Und?«, drängte Sarah.

»Lodewig ist mit Eginhard im Dorf unterwegs, um nach irgendwelchen Spuren im Schnee zu suchen.«

»Was für Spuren?«, wurde sie neugierig, holte für sich selbst auch noch einen Becher und setzte sich zu den Männern an den Küchentisch.

Da Nepomuk nun nicht mehr umhinkam, von dieser Sache zu erzählen, konnte er Sarah auch gleich alles andere berichten, was ihr bisher vorenthalten worden war. »Lodewig hätte es dir schon noch selbst erzählt. Er wollte dich nur nicht beunruhigen«, beendete der Mönch seine Ausführungen und zeichnete ein Kreuz über den Tisch.

»Das ist ja schrecklich! Dann lebt ja der richtige Mörder noch und …« Sarah schüttelte fassungslos den Kopf, bevor sie ihn in ihren Händen vergrub und in sich hineinmurmelte: »Umso besser, dass heute der Oberamtmann nach Staufen kommt.«

Dafür ist es nicht gut, dass Nepomuk die neuen Erkenntnisse nun doch noch ausgeplaudert hat, dachte sich indes der Altkastellan, für den es Ehrensache war, ihm diskret anvertraute Dinge stets für sich zu behalten.

Lodewig war aufgeregt. »Hier! … Schon wieder!«, rief er seinen Bruder zu sich und fuchtelte dabei mit den Armen. Die beiden knieten heute schon zum zigsten Mal auf dem nur teilweise schneebedeckten, durchwegs aber nassen Boden, um sich zu vergewissern, ob es sich tatsächlich um Abdrücke desjenigen Schuhs handelte, den sie seit Lodewigs neuesten Erkenntnissen auf dem Kirchhof dem – so Gott wollte – wahren Gliedermörder zuordnen konnten.

Auch wenn dies wahrscheinlich der Fall sein würde, so war Lodewigs Theorie für Eginhard noch längst nicht bewiesen – was verständlich war, hatte er doch die verdächtigen Abdrücke auf dem Leprosenfriedhof nicht selbst gesehen. Die auffälligen Fußspuren, die der Kastellan beim Fund des vierten Toten auf dem alten Leprosenfriedhof entdeckt hatte, konnten von weiß Gott wem stammen, auch wenn ansonsten nur noch die Abdrücke von Annegrets Kinderschuhen … und viel Blut zu sehen gewesen waren. Vielleicht war Bertel Schwabachers Leiche dort schon drapiert worden, bevor es noch einmal daraufgeschneit und die Spuren des wahren Mörders zugedeckt hatte? Dann hätte der Besitzer des absatzlosen Schuhs nichts mit dessen Mord zu tun … oder doch?

So oder so handelte Lodewig richtig, wenn er eifrig nach dem Besitzer eines absatzlosen linken Schuhs suchte; entweder es handelte sich tatsächlich um den Mörder oder man wusste wenigstens, dass der Besitzer dieses Schuhs ausgeschlossen werden konnte, … sofern er eine plausible Erklärung dafür haben würde, was er seinerzeit auf dem Leprosenfriedhof zu suchen gehabt hatte – aber dies wäre dann wohl eher unwahrscheinlich. Lodewig wusste, dass er äußerst achtsam vorgehen musste.

Hat man Anton Hiebeler eigentlich schon gefragt, ob er seine Tochter am bewussten Tag gesucht hat?, kam es Eginhard in den Sinn. Er nahm sich vor, diese Frage Lodewig erst zu stellen, wenn sie in der warmen Küche sitzen würden. Da Eginhard fror und er wusste, dass eine eventuelle Bejahung durch Annegrets Vater weitere Fragen aufwerfen würde, konnte sich daraus womöglich ein längerer Disput mit anschließender Befragung des ehemaligen Geißenzüchters entwickeln. Und dazu hatte Eginhard heute einfach keine Lust mehr. Er fror, und er fror richtig. Außerdem dachte er sowieso, dass Lodewig sich mit seiner Spurensuche etwas verrannt hatte. Allerdings musste sich Eginhard eingestehen, dass er sich aufgrund seiner immer noch nicht ganz ausgeheilten Kopfverletzung nicht so um die Mordfälle hatte kümmern können, wie er es gerne getan hätte. Obwohl auch er nicht minder daran interessiert war, endlich den Richtigen zu erwischen, sah der mit städtischer Erfahrung gesegnete Universitätsmediziner die Sache mit dem nötigen Abstand. »Du hast ja recht, Lodewig. Jetzt versuchen wir schon seit Stunden zu ergründen, wo uns diese verdammten Spuren am Ende hinführen. Aber jedes Mal, wenn wir geglaubt haben, dass die Spur gezielt irgendwohin und uns somit zum Mörder führt, ist sie von tausend anderen Spuren durchkreuzt worden oder hat dort geendet, wo kein Schnee mehr liegt … Meinst du nicht, dass wir für heute aufgeben sollten?«

Weil Lodewigs »Nur noch ein bisschen« in Eginhards Ohren wie ein Befehl des Kastellans an eine seiner Schlosswachen klang, beugte sich der Ältere dem Wunsch seines Bruders und suchte mit ihm noch ein ganzes Weilchen so intensiv weiter, dass sie nicht bemerkten, als plötzlich jemand vor ihnen stand, der ihr Tun schon ein Weilchen beobachtet hatte. Die beiden knieten gerade einmal mehr mit gesenkten Häuptern über einem verdächtigen Schuhabdruck. Lodewig wies in die Richtung der Schuhspitze und damit auf den direkt vor ihnen stehenden Melchior, der die Brüder aus ihren Gedanken riss: »Was macht ihr denn hier? … Sucht ihr etwas?«

Da die beiden hochkonzentriert über der neuen Fährte gebrütet hatten, waren sie über die aus dem sich ausbreitenden Nebel kommende Stimme erschrocken und schossen gleichzeitig so schnell hoch, dass ihre Köpfe zusammenkrachten.

»Aua! Musste das sein?«, rief Eginhard und hielt sich den schmerzenden Schädel. »Das hat mir gerade noch gefehlt. Kaum hat sich mein kluges Köpfchen einigermaßen erholt, kriegt es schon wieder eins übergebraten … und dies auch noch vom eigenen Bruder.«

Obwohl Lodewigs Kopf ebenfalls schmerzte, mussten er und Melchior lachen. Nur Eginhard war nicht danach zumute. Stattdessen sagte er grantig: »Mir reicht's nun endgültig.« Ohne ein weiteres Wort zog er in Richtung Schloss ab. Dadurch wollte er sich auch aus der Verantwortung ziehen, Melchior aufklären zu müssen.

Währenddessen überlegte Lodewig bereits, was er Melchior sagen sollte. Immerhin war ausgemacht worden, ihn nicht von seiner Arbeit als Fähnrich abzulenken und ihm auch keine Angst einzujagen. Also durfte er nichts über die neuerliche Mördersuche erfahren.

Lodewig entschied sich für eine harmlose Gegenfrage: »Woher kommst du, Melchior?«

»Ich war bei Baltus Vögel, um mich nach den Trommeln zu erkundigen, und …«

Bevor Melchior weiterreden und womöglich noch eine Frage stellen konnte, fiel ihm Lodewig ins Wort: »Sei mir nicht böse, mein Freund. Wir unterhalten uns ein andermal. Ich muss jetzt auch nach Hause, … mein Kopf. Außerdem sehen wir uns ja heute Abend in der *Krone*.« Zur Bekräftigung seiner Aussage verzog er das Gesicht und rieb sich über die Stelle, die mit Eginhards Kopf zusammengerumpelt war.

Ein »Gehab dich wohl« von Lodewig und ein verständnisloses »Ja, ja, schon gut« von Melchior löste die Spurensuche endgültig auf – jedenfalls für diesen Tag.

Gemäß der sprichwörtlichen »Staufner Pünktlichkeit«, was bedeutete, dass die Staufner ein ganz besonders unpünktliches Völkchen waren, hatten sich erst einen Glockenschlag nach der vereinbarten Zeit die letzten Burschen mit den von ihnen erwählten Föhla eingefunden. Ganz nach aristokratischer Manier war der Fähnrich auf der Treppe zum Eingang des Wirtshauses *Zur Krone* gestanden und hatte jedes einzelne seiner Kompaniemitglieder und sogar die durchwegs jungen Trommler mit Handschlag begrüßt, während er sich einen abfror. Bei den Föhla hatte er sogar einen Handkuss angedeutet, was innerhalb der Landbevölkerung absolut ungewöhnlich gewesen war, die gewünschte Wirkung aber gezeigt hatte. Diese Ehrerbietung vonseiten des Fähnrichs seinen »Untergebenen« gegenüber hatte die diesbezüglich nicht gerade verwöhnten Dorfschönheiten stolz gemacht und den meisten von ihnen die Schamesröte in die Gesichter getrieben. Aber dies hatte Melchior nicht ganz uneigennützig getan; immerhin musste er die Staufner Föhla dazu bringen, eine Immenstädterin als Fähnrichsbraut, und deswegen auch als deren Vorgesetzte, zu akzeptieren. Und dazu musste es ihm gelingen, den Zusammenhalt auch unter den Mädchen heraufzubeschwören. Dabei würde ihm sicherlich helfen, dass Jockel Mühleggs Lisa ebenfalls eine Immenstädterin war und Jockel erfolgreich darauf bestanden hatte, »sie oder keine« zur Butzföhl zu nehmen. Da das lustige Mädchen längst von allen als Jockels Freundin akzeptiert worden war und jetzt zudem in Staufen wohnte, hatte man sie auch schnell als dessen Partnerin beim bevorstehenden Fasnatziestag akzeptiert. Allerdings war das Amt des Butzes bei Weitem nicht so wichtig wie das des Fähnrichs, weswegen auch die Rollenverteilung bei den Föhla eine andere war. Dieses Wissen hatte Melchior vorsichtig werden lassen. Nachdem es ihm gelungen war, die beiden ehemals verfeindeten Lager der Schützen und der Nichtschützen unter einen Hut zu bringen, hoffte er, dass nicht jetzt noch die Mädchen Unfrieden in die Sache bringen würden. Immerhin war er von mehreren Seiten gewarnt und sogar vom Ortsvorsteher darauf hingewiesen worden, dass die Weiber im Grunde genommen nichts mit der gräflichen Fahnenstiftung zu tun haben sollten, obwohl sie zumindest die Hälfte dessen waren, was den Grafen und seinen Steuereintreiber in eine bessere Zukunft blicken ließ.

Da Baltus die Trommeln, tatsächlich wie vereinbart, zum sechsten Glockenschlag in bestem und glänzendem Zustand vorbeigebracht hatte, konnte Melchior dem weiteren Verlauf des Abends dennoch getrost entgegensehen und guter Laune sein. Da hatte sich auch nichts daran geändert, dass es schier zu einer Rauferei gekommen war, als Baltus darauf bestanden hatte, ebenfalls eingelassen zu werden, was ihm die Trommler auf Geheiß des Tambourmajors verwehren mussten, weswegen Baltus stinksauer auf Serafin geworden war, obwohl er erst vor wenigen Stunden eine Brotzeit von ihm erhalten hatte.

Nachdem er vom ersten Trommler Gebhard Luckner unsanft hinausgeschmissen worden war, hatte Baltus zwar gemault, sich dann aber – das altbekannte Lied summend und mit dem Kopf wackelnd – friedlich getrollt. Naserümpfend nahm sich Melchior vor, morgen bei Baltus vorbeizugehen, ihm die Sache zu erklären und sich im Namen des Tambourmajores und aller anderen zu entschuldigen.

Jetzt aber hatte er etwas anderes zu tun.

»Barbara! Schön, dass du hier bist. Leopold ist zwar noch nicht eingetroffen, müsste aber jeden Moment kommen«, begrüßte Melchior das nette Mädchen, das er wunschgemäß im Auftrag des Uhrmachers davon überzeugt hatte, sich am Fasnatziestag zu beteiligen und dessen Fahnenbruderföhl zu werden.

»Ich bin so aufgeregt«, antwortete Barbara und drückte Melchior an ihr großes Herz. »Danke!«

Der altersbedingt doch etwas reifere Fähnrich musste schmunzeln und öffnete ihr galant die Tür. »Geh doch gleich hoch. Die anderen sind alle schon da.«

Nun wartete der Fähnrich nur noch auf Leopold Mahler, von dem er nicht wusste, ob er überhaupt schon in Staufen angekommen war, … und natürlich auf Oberamtmann Conrad Speen, der die Fähnrichsbraut mitbringen würde. Da beruhigte es ihn schon sehr, dass Lodewig seinen Knecht vom Schloss heruntergeschickt hatte, um ihm mitteilen zu lassen, dass Speen angekommen sei und mit dem Kastellan etwa um die achte Abendstunde in der *Krone* eintreffen würde. Außerdem habe der Oberamtmann auch noch eine Überraschung dabei. Bevor Melchior nach Leonore fragen konnte, war Ignaz schon in der Gaststube verschwunden. Wenn er schon einmal – was selten genug vorkam – im Dorf unten war, würde er sich auch ein oder zwei Bierchen gönnen.

Melchiors Gedanken waren jetzt nur noch bei Leonore. Ist sie die Überraschung? So ein Unsinn!, gab er sich selbst die Antwort, weil eine klar ausgemachte Sache keine Überraschung sein konnte. Aber warum hat Ignaz nichts von ihr gesagt? Ist sie am Ende gar nicht mitgekommen?

Melchior wurde jetzt doch noch unruhig.

Im Saal oben hantierten indessen ungefähr drei Dutzend junge Leute unter Leitung der in jeder Hinsicht starken Unterfähnrichsbraut Sophie Wegscheider mit abgeschnittenen Tannenästchen herum. Sophies Stärke zeigte sich nicht nur durch ihre imposante Körperfülle, sondern auch in ihrem Stimmorgan, das sich – gepaart mit einer für junge Frauen ungewöhnlich starken inhaltlichen Ausdruckskraft – oftmals sogar Höhergestellten gegenüber durchzusetzen vermochte.

»Was soll ich mit den Boschen tun?«, wurde sie von Jockel, der gerade eines von vier Tannenbäumchen schüttelte und sich mit dem Gedanken trug, Brennholz daraus zu machen, gefragt. »So wie es aussieht, haben wir genügend Äste zum Kranzen und benötigen die Bäumchen nicht mehr«, stellte er noch fest, weil er bemerkt hatte, dass er mit dieser an ein Mädchen gerichteten Frage eine ungewöhnliche Unterwürfigkeit der »Vizin«, ja sogar der gesamten anwesenden jungfräulichen Weiblichkeit gegenüber gezeigt hatte.

Dies war auch den anderen aufgefallen, weswegen sie allesamt interessiert zwischen Jockel und Sophie hin- und herschauten.

Sophie genoss diesen Moment; nicht nur, weil sich die Köpfe der anderen Mädchen, sondern auch die der Burschen neugierig zu ihr hingereckt hatten. Sie brauchte ein Weilchen, um selbst zu verstehen, dass ihr – ohne selbst etwas dazu beigetragen zu haben – etwas gelungen war, was im Alltagsleben unmöglich gewesen wäre: Sie hatte den Burschen gegenüber das Sagen. Sie hatte die Oberhand gewonnen, ohne dafür gekämpft zu haben. Und sie war es, die von einem der älteren Burschen – zudem auch noch vom Butz – gefragt worden war, was zu tun sei. Da hatte es auch nichts geändert, dass der Butz festgestellt hatte, die Bäumchen nicht mehr zu benötigen. Er hatte nicht ihren Burschen, den Unterfähnrich Karl Stubinger, sondern sie, ein Mädchen, gefragt. Und trotz allseitiger Verwunderung war ihr niemand ins Wort gefallen, als sie betont und laut vernehmbar geantwortet hatte: »Warte, Jockel! Ich sag dir gleich, was du damit tun musst.«

Damit hatte sie etwas Zeit gewinnen wollen, um für die Mädchen – die aufgrund des gräflichen Erlasses eigentlich nicht aktiv am Fasnatziestags-Geschehen hätten teilnehmen sollen – ein für alle Mal den Boden für einen von gleichberechtigtem und gegenseitigem Respekt geprägten Umgang miteinander zu ebnen. Dementsprechend selbstbewusst schlugen sich ihre Gedanken bezüglich der vier mageren Tannenbäumchen, die ihr jetzt vorkamen wie ausgewachsene Silbertannen, Bahn, indem sie Jockel auftrug, sich drei Trommler zu schnappen und mit ihnen zwei der Bäumchen zum Fähnrichshaus zu bringen und zwei zum Wirtshauseingang hinunterzutragen.

»Und was soll dann damit geschehen?«, wollte Jockel schulterzuckend wissen, nachdem er drei Trommler ausgewählt hatte und jeder von ihnen ein Bäumchen in Händen hielt.

»Ihr besorgt Eimer und füllt sie mit Wasser«, trug ihnen Sophie mit einem leicht überheblich klingenden Unterton auf. »Dann stellt ihr jeweils zwei davon links und rechts der Eingangstür zum Fähnrichshaus und auf die Treppe, die in die *Krone* führt. Danach bindet ihr die Bäumchen irgendwie an, damit sie nicht mehr umfallen können.« Sophie klatschte in die Hände. »Und jetzt: Abmarsch!«

Da Karl Stubinger längst bemerkt hatte, dass die anderen tuschelten, ging er zu Sophie und tippte ihr mit einer Hand von hinten auf die Schulter.

Sophie erschrak darüber derart, dass sie zusammenzuckte, bevor sie sich umdrehte und Karl anherrschte: »Was ist?«

Nun wurde es Karl – in seiner Eigenschaft als Unterfähnrich immerhin der Ranghöchste im Raum – zu dumm. Er packte seine Föhl am Arm und zog sie von den anderen weg. »Kannst du mir sagen, was das sollte?«

»Na ja, die Bäumchen eignen sich doch gut zur Zierde vor dem Fähnrichshaus und vor dem Festlokal. Oder etwa nicht?«

»Das habe ich nicht gemeint«, schnauzte er verärgert zurück.

»So? – Was dann?«, antwortete Sophie, die natürlich wusste, auf was Karl hinauswollte.

»Tu nicht so dumm. Du weißt ganz genau, dass du nicht befugt bist, dem Butz oder sonst einem anderen Burschen Anweisungen zu geben, ohne zuvor mit dem Fähnrich oder mit mir gesprochen zu haben.«

»Aber …«

»Schweig! Jetzt rede ich!«, ließ Karl keine Widerrede zu. »Ich habe dich als meine Unterfähnrichsbraut auserwählt, weil ich weiß, dass du mich aufgrund deiner selbstbewussten Art in jeder Hinsicht unterstützen kannst und die Föhla im Griff hast! Ich habe dich aber nicht genommen, damit du hier das Regiment führst. Ist das klar?«

Anstatt sich einschüchtern zu lassen, bezog Sophie Position und schlug sogar vor zu gehen, »… wenn es dir nicht passt, wie ich mich benehme.«

Damit hatte das berechnende Mädchen ins Schwarze getroffen und auch den Unterfähnrich gezähmt.

»Jetzt beruhige dich wieder. Du weißt genau, dass es so nicht gemeint war«, lenkte Karl letztlich ein.

Ja, dachte Sophie im Stillen. Ein Triumph der Weiber.

Sie kam aber nicht dazu, ihre Freude mit den anderen Mädchen zu teilen. Noch bevor sie ihren »Sieg der Gleichberechtigung« verbreiten konnte, hasteten der Butz und derjenige Trommler, mit dem er die Bäumchen am Wirtshauseingang befestigt hatte, in den Saal zurück.

»Der … der Oberamtmann kommt!«, schrie er und deutete Karl, die Burschen in Reih und Glied Aufstellung nehmen zu lassen, während Sophie dasselbe mit den Mädchen tun sollte.

»Rasch, Serafin, an die Trommeln!«, befahl er dem Tambourmajor, der seinerseits den Befehl an seine Trommler weitergab und sie zu beiden Seiten des Saaleinganges Spalier stehen ließ.

Serafin Gruber hob den Tambourstab und läutete die Locke ein: »Triamtatadrrrr …, Triamtatadrrr …«

Punktgenau, als Oberamtmann Conrad Speen den Raum betrat, setzte der eigentliche Marschschlag ein. Melchior Henne stand zwar noch hinter Speen im Flur, war aber schon jetzt stolz auf den Tambourmajor und seine offensichtlich trotz ihrer Jugend disziplinierte Truppe.

Wenn's drauf ankommt, kann ich auf sie zählen, freute er sich, während Speen, sichtlich angetan, dem rhythmischen Trommelschlag lauschte.

Die Trommler hatten ihre Arbeit gut gemacht. Nach dem zackigen Auswinken durch den Tambourstab hörte man keinen einzigen Nachschlag und es war so lange still, bis Speen zu klatschen begann.

Mit einem allseits vernehmlichen »Respekt!« bediente sich der Oberamtmann anerkennend eines der Lieblingswörter des Grafen, bevor er näher zu den Trommlern trat. »Meine Gratulation dem Herrn Tambourmajor und dem Staufner Trommlercorps. Die Immenstädter hätten es nicht besser machen können«, lobte der Oberamtmann mit einem ehrlich gemeinten Lächeln auf den Lippen, während er damit begann, jeden Einzelnen mit Handschlag zu begrüßen, … auch die Mädchen.

So gefällt mir das, dachte sich Sophie lächelnd und konzentrierte sich darauf, einen ordentlichen Knicks hinzubekommen, was ihr trotz ihrer Körperfülle zwar gelang, aber nicht besonders schicklich aussah.

Während dieser ungewöhnlich persönlichen und herzlichen Begrüßung weilte Melchior Henne immer noch nicht im Saal und wartete – wie kurz zuvor mit Speen abgesprochen – im Hausflur darauf, hereingerufen zu werden. Dadurch wurde der Oberamtmann zwar nicht gebührend vorgestellt, konnte aber ohne Umschweife das Wort ergreifen.

»Meine lieben jungen Staufner. Im Namen unseres hochwohllöblichen Reichsgrafen Hugo zu Königsegg-Rothenfels, des Gebieters der Herrschaft Staufen …«

An dieser Stelle kam wie immer die Litanei sämtlicher Titel und Ämter des Regenten, bevor der Oberamtmann die Grüße des Grafen übermittelte und verständnisvoll abwartete, bis sich alle wieder etwas beruhigt hatten und er weitersprechen konnte. Nachdem der Aristokrat auf den tieferen Sinn der Fahnenstiftung eingegangen war und dabei die schreckliche Pestzeit sowie den Dreißigjährigen Krieg gestreift hatte, erklärte er, warum es ursprünglich ausschließlich eine Sache der ledigen Burschen hätte sein sollen, er aber nun doch froh sei, dass sich die Mädchen ebenfalls daran beteiligten. Gut gelaunt bat er dann um ein Glas Wasser.

»Fritz!«, sagte Serafin knapp und deutete einem der jüngsten Trommler, nach unten in die Schankstube zu gehen und das erfrischende Nass zu holen.

Nachdem Oberamtmann Speen getrunken und sich den Mund mit einem Tüchlein abgetupft hatte, wandte er sich wieder an die jungen Leute. »Nun gut«, begann er etwas unsicher. Er wusste nicht so recht, wie er anfangen sollte, merkte aber, dass alle Augen auf ihn gerichtet waren. »Unser hochwohllöblicher Regent möchte eine Brücke zwischen Immenstadt und Staufen schlagen. Ihr seid zwar keine Bürger im eigentlichen Sinne, sondern – wie die gesamte Landbevölkerung des rothenfelsischen Gebietes – zehntpflichtige Untertanen. Aber ihr Staufner seid etwas Besonderes.«

Außer einer Maus, die unbeeindruckt den Raum durchquerte, rührte sich nichts. Man konnte lediglich vereinzeltes Räuspern und das Rascheln von Gewandungen hören.

Oberamtmann Speen hob mit zunehmend lauter werdender Stimme an: »Da euch der Landesherr mit einer ehrenvollen Aufgabe betraut hat, darf ich euch in seinem Namen zurufen: Bürger von Staufen ...!«

Jetzt rührte sich überhaupt nichts mehr. Selbst die Maus war verschwunden – es war mucksmäuschenstill.

»Ja, ihr habt richtig gehört!«, sagte der Oberamtmann und zog ein Schreiben aus seiner Tasche, das er langsam auffaltete und verlas: »... unnd so sölln meyne geliebten Stauffner Unterthanen daß Privileg erhalten, fürderhin Bürger von Stauffen zue seyn.«

Dass laut Edikt des Grafen keinerlei Steuernachlässe mit diesem Privileg einhergingen, störte die jungen Burschen und Mädchen in diesem erhebenden Moment nicht. Sie waren jetzt Bürger von Staufen. Und das würden sie am kommenden Fasnatziestag stolz der Öffentlichkeit verkünden und zur Schau tragen. Jetzt aber zeigten sie ihre Freude darüber, indem sie sich so lange umarmten, klatschten, lachten, wie sie der Oberamtmann gewähren ließ.

»Bürger von Staufen!«, fuhr er fort. »Um die Verbindung zwischen Immenstadt und Staufen zu dokumentieren, war es der ausdrückliche Wunsch unseres hochverehrten Landesherrn, dass der Staufner Fähnrich Melchior Henne eine Immenstädter Bürgerstochter zur Fähnrichsbraut nimmt.«

Oberamtmann Speen trat zur Seite und winkte in Richtung Saaleingang.

Jetzt war es wieder still – kirchenstill.

Aus dem Dunkel des Flures traten Melchior Henne und eine engelsgleiche Gestalt, die hier noch nie jemand gesehen hatte. Eine holde Maid mit brünettem, seidenglattem Haar, das ihr weit bis über den Hintern hinunterreichte, hatte ihre linke Hand auf Melchiors Hand gelegt und verzauberte durch ihr Lächeln den Raum. Ihr Antlitz war von solch berauschender Schönheit, dass es allen – nicht nur den Burschen – die Stimme verschlug. Sie war etwas kleiner als Melchior und von schlanker Gestalt. Als sie Melchior ansah, schienen sich ihre wasserblauen Augen in den seinen zu verlieren. Aber die beiden hatten jetzt keine Zeit füreinander. Der Oberamtmann übernahm das Mädchen und trat mit ihm ein paar Schritte weiter in den Saal, um es vorzustellen. »Dies ist Leonore, die Tochter des gräflichen Münzmeisters Egidius Besler. Sie soll das Bindeglied zwischen der Immenstädter Residenz und der Herrschaft Staufen sein.«

Als teils bewunderndes, teils neidisches, aber durchwegs respektvolles Gemurmel aufkam, stellte der Oberamtmann mit ruhiger Stimme klar, dass es nicht Melchior war, der von sich aus eine »Auswärtige« zur Fähnrichsbraut erwählte, sondern er sich nur dem ausdrücklichen Willen des Grafen gebeugt hatte.

Um dem erneut aufkommenden Geschnattere die Peinlichkeit zu nehmen, trat Sophie Wegscheider vor und reichte Leonore die Hand zum Gruß: »Herzlich willkommen in der Staufner Fahnenkompanie! Wir Staufner Föhla nehmen dich gerne als unsere Fähnrichsbraut an ... Ich bin Sophie, die Unterfähnrichsbraut.«

Da ausgerechnet die vom Herrgott nicht gerade mit Schönheit gesegnete Unterfähnrichsbraut sich an die Ihrigen wandte und sie bat, die Fähnrichsbraut als Vorgesetzte zu akzeptieren und in ihrem Kreise aufzunehmen, war der Bann schnell gebrochen und die Mädchen drängten sich schnatternd so um die Immenstädterin herum, dass den Burschen zu deren Leidwesen die Sicht genommen wurde.

»Danke, werter Herr Oberamtmann! Das habt Ihr wirklich gut hinbekommen«, bedankte sich Melchior bei Conrad Speen und drückte ihm die Hand, bevor er ihn herumführte und ihm die Burschen einzeln vorstellte. Anschließend zeigte er ihm die bereits fertig bekränzten hölzernen Wappentafeln. »Und aus diesen Stoffen werden gelbe und rote Wimpel geschnitten, die dann umnäht und auf lange Kordeln gereiht werden«, erklärte Melchior und deutete auf einen Haufen rot und gelb gefärbter, ansonsten aber noch unbearbeiteter Stoffstücke.

»Und mit den Resten schmückt ihr die Bäumchen zu beiden Seiten des Einganges«, setzte Speen voraus.

Eifrig nickten einige der Mädchen. »Ein guter Gedanke«, tuschelte Sophie der neben ihr stehenden Leonore ins Ohr, bevor sie ihre ganze Aufmerksamkeit wieder »der Neuen« widmete.

»Ich habe etwas mitgebracht, das Euch, mein werter Bürger Henne, bei der Dekoration der Straßen und Häuser weiterhelfen wird«, sagte der Oberamtmann und bat einen der Burschen, den vor der Treppe stehenden Rupfensack hochzuholen.

»Verdammt! – Ist der schwer«, grummelte der Trommler und mühte sich ab, den Sack schultern zu können.

Da wurde ihm von hinten auf die Schulter getippt. »Warte, Hansi. Ich helfe dir!«

Der Bursche hatte die Stimme sofort wiedererkannt und drehte sich um. »Leopold! Hast du es doch noch geschafft? Schön, dich zu sehen.«

Die beiden umarmten sich schnell und trugen den Sack gemeinsam die Treppe hoch.

Als sie oben waren, versteckte Leopold Mahler sich hinter der Tür und Hansi rief dessen Fahnenbruderföhl herbei: »Barbara! Kannst du mir kurz helfen?«

Das hilfsbereite Mädchen eilte herbei, um anzupacken, wurde dabei aber gestört, weil ihr jemand die Augen zuhielt.

»Leopold?«, fragte sie ungläubig.

»Ja, Barbara. Ich bin es!«

Obwohl die Freude beiderseits groß war, umarmten sie sich nicht. Die beiden hatten sich lange nicht mehr gesehen und waren schließlich kein Liebespaar. Im Moment noch verband sie lediglich die Freude auf den Fasnatziestag, den sie partnerschaftlich begehen würden.

Nachdem Leopold von allen Seiten bestürmt und auch er dem Oberamtmann und Leonore vorgestellt worden war, gingen irgendwann alle frohgelaunt zur Tagesordnung über. Während Sophie die Immenstädterin einführte, ließ Speen den Rupfensack öffnen und kramte über 20 große Fahnen in herrschaftlichen Farben und sogar mit aufgenähten Adelswappen heraus, die er dem Fähnrich zeigte und der sie sogleich seinen Leuten übergab. Dass er auch noch alte metallene Kampfschilde mit den Wappen der Schellenberger, der Montforter, der Königsegger und sogar der Hohenzollern mitgebracht hatte, freute Melchior ganz besonders. »Für die Dekoration!«, sagte der offensichtlich gut gelaunte Oberamtmann zum zufällig neben ihm stehenden Tambourmajor, bevor er sich eingehend mit Jockel Mühlegg unterhielt und sein Erstaunen darüber bekundete, dass sich der junge Mann innerhalb solch kurzer Zeit derart gut von den erlittenen Qualen erholt hatte. »Mit Freuden werde ich dies unserem hochwohllöblichen Regenten … und auch Richter Waldvogel berichten«, beendete er das Gespräch mit einem zufriedenen Schmunzeln auf den Lippen.

»Darf ich Euch um etwas bitten, hoher Herr?«, fragte Jockel vorsichtig.

Mit einem gönnerhaften Nicken ermutigte Speen den jungen Staufner, seine Bitte vorzutragen.

Jockel räusperte sich etwas verlegen, bevor er dem Oberamtmann in die Augen sehen und seine Bitte aussprechen konnte: »Wärt Ihr so gut und würdet auch Herrn Deibler mitteilen, dass es mir gut geht und ich ihm und seinem Sohn Lucki alles Gute wünsche? Dankt und grüßt bitte beide recht herzlich von mir!«

Nachdem Jockel fertig gesprochen hatte, brauchte Speen einen Moment, um das soeben Gehörte zu verarbeiten. »Du bedankst dich bei deinem Peiniger und wünschst ihm sogar alles Gute?«

»Ja, edler Herr!«, antwortete Jockel, dem nun in Erinnerung an die schlimmste Zeit seines Lebens Tränen in die Augen schossen, obwohl er dies zu verhindern suchte.

»Du bist fürwahr ein bemerkenswerter junger Mann«, wurde er von Speen gelobt. »Ich werde deinen Wunsch gerne erfüllen und mich höchstpersönlich zur Wacht begeben, um den Carnifex aufzusuchen.« Er beugte sich näher zu Jockel und tuschelte ihm ins Ohr: »Wenn man mich dabei sieht, wird was los sein im Städtle.«

Da Jockel nun die Tränen beim besten Willen nicht mehr halten konnte, nickte er nur und wandte sich ab.

Unglaublich, dachte Speen voller Hochachtung dem jungen Mann gegenüber.

Nach getaner Arbeit gingen die Mädchen nach Hause, während die meisten Burschen das Lokal im unteren Stockwerk aufsuchten, um den guten Tag gemütlich ausklingen zu lassen.

Oberamtmann Speen ritt mit Leonore ins Schloss hoch, wo beide untergebracht waren. Während der Oberamtmann morgen wieder nach Immenstadt zurückkehren würde, blieb Leonore von jetzt an bis zum aschernen Mittwoch in Staufen.

»Soll ich euch begleiten? Die Straßen sind auch in Staufen nicht ungefährlich«, bot sich Melchior als Schutz an. Aber der Oberamtmann wehrte schmunzelnd ab. Hätte Melchior gewusst, dass der Gliedermörder immer noch frei herumlief, hätte er sich von Speen nicht so leicht abwimmeln lassen.

KAPITEL 58

Oberamtmann Conrad Speen, stets an der Seite seines direkten Vorgesetzten, des nur durch den Kaiser etwas eingeschränkten, ansonsten aber absoluten Herrschers über Rothenfels, hatte seit langer Zeit erstmals wieder den Grafen verlassen, was ansonsten eher umgekehrt der Fall war. Er hatte die Residenzstadt und die Regierungsgeschäfte seinem Herrn überlassen und war nach noch längerer Zeit endlich wieder einmal in die gräfliche Herrschaft Staufen geritten, wo er eine Nacht im dortigen Schloss verbracht hatte und schon am nächsten Tag in Begleitung der vier Soldaten, die er zu seinem Schutz dabei hatte, nach Immenstadt zurückgeritten war, um unaufschiebbaren Amtsgeschäften nachzugehen.

Zuvor aber hatte er sich von Leonore Besler mit den Worten: »Bis zum … Wie nennt ihr euren neuen Festtag noch?«, verabschiedet.

»Fasnatziestag! … Melchior Hennes Ehrentag bezeichnen wir als *Staufner Fasnatziestag*«, hatte sich Lodewig, dem klar war, dass Leonore sich dies nicht gleich hatte merken können, freundlicherweise eingemischt und anstandshalber noch hinzugefügt: »Und das Ganze ist dann die *Gräfliche Fahnenstiftung*.«

»Danke, werter Herr Kastellan … Dann ist es also dabei geblieben, wie vor längerer Zeit schon einmal besprochen: ›Fasnatziestag‹.« Speen hatte sich die an einem Stück und ohne jegliche Betonung gesprochene Bezeichnung auf der Zunge zergehen lassen und dabei lächelnd den Kopf geschüttelt. »Nicht schlecht: Fasnat-ziestag! *Staufner Fasnatziestag*! Das hört sich gut an«, hatte er gesagt, während er sich abschließend nochmals Leonore zugewandt hatte, um sie nun endgültig in die Obhut der Frauen des Schlosses zu übergeben. »Also dann: Bis zum … Fasnatziestag!«

Der Oberamtmann war – ohne sich noch einmal umzusehen – lächelnd davongeritten. Er hatte sich darüber gefreut, dass es mit der Umsetzung der Gräflichen Fahnenstiftung offensichtlich keine Probleme zu geben schien. Und es hatte ihm gefallen, dass die Tochter eines alten Freundes in Staufen Fähnrichsbraut geworden war. Es ist höchste Zeit geworden, dass die Städtler und die Staufner etwas enger zusammenrücken, hatte er sich versonnen gedacht und sicherheitshalber seine Waffen überprüft, obwohl man ihm den aktuellen Stand bezüglich des Gliedermörders bewusst verschwiegen hatte, weswegen er nicht wissen konnte, dass immer noch ein übler Zeitgenosse in Staufen sein Unwesen trieb.

»Wir sehen uns ja schon wieder in der nächsten Woche beim Fasnatz-ziestag«, hatte Leonore, der die Bezeichnung dieses Ehrentages ebenfalls noch nicht locker, aber korrekt ohne jegliche Betonung, über die Lippen gekommen war, gesagt. »Und bringt meinen Vater mit!«, hatte sie dem Oberamtmann frohgemut nachgerufen und an dessen wortlos erhobener Hand gesehen, dass er sie noch gehört hatte.

Für die Tochter des gräflichen Münzmeisters war von Sarah eine Kemenate mit weicher Lagerstatt und einem schönen Majolikaofen, dem eine gemütliche Wärme entströmte, hergerichtet worden. Leonore hatte sofort gespürt, dass sie im Schloss Staufen herzlich willkommen war. Deswegen hatte sie sich auch keinerlei ängstliche Gedanken gemacht – im Gegenteil: Da sie urgroßmütterlicherseits ebenfalls jüdischer Herkunft war, hatte sie sich bei Judith und Sarah auf Anhieb wohlgefühlt, und weil Sarah ehemals dem jüdischen Glauben angehört hatte und erst mit ihrer Hochzeit zum katholischen Glauben konvertiert war, hatte sie in ihr sogar irgendwie eine Seelenverwandte gesehen. Ansonsten würde sie vorsichtig sein und niemandem auf die Nase binden, dass sie – wenn auch verwässertes – jüdisches Blut in sich hatte. Wer weiß, ob dies nicht mit dem Amt einer Fähnrichsbraut in einem erzkatholischen Dorf kollidiert und zu Problemen führt, waren ihre diesbezüglichen Gedanken.

Die gute Luft in Staufen hatte dem Immenstädter Federlecker gutgetan. Der Frühaufsteher Speen hatte ausnahmsweise einmal ungewöhnlich lange geschlafen und war an diesem Morgen dementsprechend spät weggekommen. Da er nach seinem Ritt von Immenstadt nach Staufen und von seinem anschließenden Besuch in der *Krone* erschöpft gewesen war, hatte ihm am Vorabend nicht der Sinn nach langen Gesprächen gestanden, weswegen er seinen Gastgebern auf deren Esseneinladung hin sogar einen Korb gegeben hatte.

»So ein Rüpel«, hatte Sarah leise geschimpft, während sie die liebevoll zubereiteten Pastetenbrötchen in ihre Schürze gelegt, sich den Weinkrug geschnappt hatte und nach draußen zu den Bediensteten gegangen war. »Die danken es mir wenigstens«, hatte sie schnaubend gemault.

»Lass nur, sie wird sich schon wieder beruhigen«, hatte der Altkastellan seinem Sohn empfohlen, als ihr Lodewig hatte nachlaufen wollen.

»Du hast recht, Vater. Auf das kommt es jetzt auch nicht mehr an. Der Kittel ist sowieso schon zerschnitten«, war die resignierende Antwort gewesen, denn der Kastellan hatte aus mehrerlei Gründen ein schlechtes Gewissen gehabt: Einerseits Sarah gegenüber, weil er immer wieder unabgemeldet das Schloss verlassen hatte, um endlich den Besitzer des kaputten Schuhs und damit – so hoffte er – den Gliedermörder aufzuspüren. Andererseits hatte er ein schlechtes Gewissen Melchior und dem Oberamtmann gegenüber, weil er genau aus diesem Grund gestern Abend weder in der *Krone* noch zu späterer Stunde im Schloss erschienen war, um Speen zu begrüßen und mit ihm über Allgemeines, den Fasnatziestag und die aktuellen Erkenntnisse bezüglich des vierfachen Mörders zu sprechen. Die wiederholten Nachfragen des Oberamtmannes waren von Eginhard und den anderen Schlossbewohnern mit glaubwürdigen Ausreden abgespeist worden. So war dieser von Staufen weggeritten, ohne etwas darüber erfahren zu haben. Speens Kenntnisstand war also immer noch nicht über die Gefangennahme und den Tod des Rächers hinausgegangen. Und genau dies sollte der Graf von seinem Adjudanten bestätigt bekommen.

»Sicher ist es ganz gut, wenn der Oberamtmann nicht erfahren hat, dass der richtige Mörder noch lebt«, tröstete Lodewig sich am heutigen Vormittag seinem Vater, Eginhard und Nepomuk gegenüber.

»Das sehe ich auch so«, pflichtete ihm das Familienoberhaupt bei. »Wenn die in Immenstadt wüssten, dass der Gliedermörder nach wie vor sein Unwesen treibt, würden sie womöglich den feierlichen Akt der Fahnenstiftung absagen.«

Lodewig rieb sich erschrocken übers Gesicht. »Um Gottes willen, Vater. Sag doch so etwas nicht.«

»Wer weiß, vielleicht wäre dies sogar besser?«, orakelte der erfahrene Altkastellan, während er seine Stirn in Falten legte.

Eginhard, der sich bisher aus der Unterhaltung zwischen Bruder und Vater herausgehalten hatte, schaute nachdenklich drein und bemerkte lakonisch: »Die jungen Leute wären wohl sehr enttäuscht, wenn der Fasnatziestag ins Wasser fallen würde – ausgerechnet jetzt, wo sie sich endlich zusammengerauft haben.«

»Das habe ich nicht gemeint!«, schrie Lodewig ihn an.

»Was dann?«, mischte sich jetzt auch noch Nepomuk, dem dieser Ton nicht gefiel, ein.

»Ja, versteht ihr denn nicht? – Verdammt noch mal!«

Die drei schüttelten ihre Köpfe. »Nein!«

Lodewig nahm seine Lautstärke zurück und reihte etwas wirr einen Satz an den anderen: »Entschuldigt! Aber Vater hat gesagt, dass der Gliedermörder immer noch sein Unwesen treiben würde … Wir dürfen den Teufel nicht selbst an die Wand malen. Der Mörder lebt offensichtlich zwar noch, verhält sich momentan aber ruhig.«

»Im Moment noch!«, gab der Altkastellan kritisch zu bedenken.

»Was meinst du damit?«, pfurrte Lodewig, dem die ganze Sache inzwischen gewaltig an die Nieren ging.

»Glaubst du allen Ernstes, dass Bertel das letzte Opfer war?«, gab Eginhard anstelle des Vaters die unliebsame Antwort.

»Was soll das heißen?«

»Na ja: Ihr habt ihn doch ›Gliedermörder‹ getauft. Das setzt wohl voraus, dass er wegen eben dieser Glieder mordet und …«

»Was meinst du, Eginhard?«, unterbrach Lodewig erregt.

»Ich meine gar nichts!«, wehrte der ältere Bruder ab. »Ich weiß nur, dass er mittlerweile alle vier Glieder eines menschlichen Körpers zusammengesammelt hat … Das hat sicher Methode!«

»Nur gut, dass der Kopf nicht als Glied bezeichnet werden kann«, sinnierte nun Nepomuk und brachte dadurch alle dazu, sich gegenseitig entsetzt anzuschauen.

Kurz nachdem Oberamtmann Speen fort war, drückte sich eine verdächtig wirkende Gestalt um Cornelius Bruggers Haus herum und versuchte immer wieder, durch die Ritzen der Bretterwand oder durch eines der Fenster einen Blick erhaschen zu können. Da der fast durchwegs schwarz gewandete Mann sorgsam darauf achtete, von niemandem gesehen zu werden, hatte er notgedrungen die Rückseite des Hauses gewählt, um ins Innere schauen zu können. Aber hier war kein Fenster angebracht. Wenn er einen kurzen Blick erhaschen wollte, musste er sich verbiegen. Und was er dann sah, waren anstatt irgendwelcher Reichtümer, die zu stehlen sich lohnen würde, lediglich zwei Menschen, die offensichtlich unglücklich zu sein schienen. Und dies sah er auch nur, weil er sich immer wieder von einer Seite auf die andere drehte, um dadurch den Blickwinkel durch die schmalen Ritzen verbreitern zu können.

Im Inneren des Hauses hatten sich seit Marias Rückkehr weder Freude über deren überstandenes Leid, das der Rächer ihr angetan hatte, geschweige denn Glück über ihr gerettetes Leben breitgemacht. Anstatt sich darüber zu freuen, dass sie ihre Entführung überlebt hatte und ihr Peiniger tot war, grämte sich die Töpfertochter und heulte sich immer und immer wieder an der Schulter ihres Vaters aus.

»Warum, Vater? Warum hat er das gemacht?«, vernahm die Gestalt gerade noch, als sie von hinten angetippt wurde und – nachdem sie sich erschrocken umgedreht hatte – von einem treffsicheren Faustschlag ins Gesicht zu Boden geschickt wurde.

»Oh Gott! … Scheiße! Das wollte ich nicht«, hörte er noch, bevor er ganz weggetreten war.

»Und dies ist der Rittersaal! … Der ganze Stolz meines Mannes«, erklärte Sarah mit fast feierlicher Stimme, während sie gleichzeitig die beiden schweren Flügeltüren aufdrückte, um der eigenwilligen Imposanz dieses Raumes auf Anhieb Ausdruck zu verleihen.

Leonore Besler staunte nicht schlecht, als sie das knarzende Parkett betrat. Obwohl sie ihren Vater schon mehrmals ins Immenstädter Schloss hatte begleiten dürfen und durch ihn – immerhin war er der gräfliche Münzmeister, auch wenn derzeit im Städtle keine Münzen geprägt wurden – nicht nur den dortigen Stucksaal und andere herrschaftliche Gebäude von innen kannte, zeigte sie sich von der Schönheit dieses Raumes beeindruckt, was sie mit einem zufrieden klingenden »Mhm!« bekundete.

»Weißt du was? Du schaust dich hier in aller Ruhe um und ich hole einen heißen Kräutersud, der uns guttun wird. Rosalinde hat sicherlich schon Wasser aufgesetzt«, sagte die Hausherrin, die nach stundenlanger Führung durch die meist kalten Räume des Schlosses selbst danach lechzte, und eilte davon. Der eigentliche Grund dafür war allerdings weniger die Lust auf Kräutersud als ihre Verärgerung über ihren Mann. Hoffentlich hat Leonore nichts gemerkt. Das wäre mir unangenehm, dachte Sarah sich, als sie über den Schlosshof hastete und mit großen Schritten auf das Vogteigebäude zusteuerte, wo sie die Küchentür aufriss und wütend hinter sich zuknallte. »Ist Lodewig da?«, herrschte sie ihren verdutzt dreinschauenden Schwiegervater an, dem schier die Pfeife aus dem Mund fiel.

»Ich weiß nicht«, kam es dennoch gelassen zur Antwort.

»Wo ist er nur schon wieder?«

Der Altkastellan stand auf und klopfte erst seine Pfeife auf den Rand des Ferkers, bevor er sie ansah und mit den Schultern zuckte.

Sarah kochte vor Wut. Sie drückte ihre Fäuste in die Hüften und keifte weiter: »Und wo ist Nepomuk? Die beiden haben doch bestimmt schon wieder etwas ausgeheckt«, mutmaßte sie.

Hannß Ulrich Dreyling von Wagrain – trotz seines körperlichen Gebrechens und seines fortgeschrittenen Alters immer noch eine imposante Erscheinung – steckte die Pfeife in die Tasche seiner Beingewandung und machte mit beiden Händen eine beruhigende Geste. »Sei doch nicht so misstrauisch, Schwiegertochter. Ich glaube, dass er mit den Kindern in den Stall gegangen ist, um ihnen dort etwas über Pferde zu erklären«, antwortete er mit Seelenruhe.

Aber Sarah drohte bereits, in Rage zu geraten, und schrie: »Lodewig!« Als keine Antwort kam, riss sie die Tür zum Flur, die sie gerade erst zugeknallt hatte, auf. »Lodewig! Verdammt noch mal! Wo bist du?«

»Wo bin ich?«, fragte indes der Immenstädter Ratsherr, nachdem er die Augen aufgeschlagen hatte. Dabei blickte er in ein engelsgleiches Gesicht und versuchte ein Lächeln, wie er es aufgrund der Schmerzen aber nicht zustande brachte. »Maria«, hauchte er kaum hörbar.

»Schhh!«, beruhigte die Töpfertochter ihn und tupfte ihm die blutende Nase ab. Da sie vor wenigen Augenblicken gehört hatte, was Peter Immler widerfahren war, gelang es ihr im Gegensatz zu ihm seit Tagen zum ersten Mal, ein leises Lächeln in ihrem Gesicht zuzulassen. Sie hatte den sanften Tonfall in Peters Stimme sehr wohl bemerkt. Auch wenn sie ihren Namen soeben kaum gehört hatte, so hatte sie die Botschaft, die Peter hatte übermitteln wollen, verstanden. Sie wusste nur noch nicht, wie sie damit umgehen sollte.

»Was … was ist geschehen?«, wollte der Immenstädter kurz darauf wissen, fiel aber wieder in eine kurze Besinnungslosigkeit, bevor seine Geliebte hätte antworten können. Aber war sie überhaupt noch seine Geliebte?

»Das möchte ich von dir wissen«, konterte Maria, obwohl sie wusste, dass Peter nichts mehr hören konnte.

Als ihr von hinten sanft ein Arm auf die Schulter gelegt wurde, nahm sie die Hand dankbar in die ihre, küsste sie und legte sie auf ihre Wange: »Ach, Vater …«

»Alles wird gut, mein Kind«, antwortete der Töpfer und zog seine Tochter so zu sich heran, dass sie ihren Nacken in seine Halsbeuge legen konnte. Während sich Maria entspannte, war ihr Vater überglücklich: Seit der unseligen Entführung war Maria fast nur in Tränen gebadet und hatte kaum ein Wort mit ihm gesprochen, jetzt hatte sie sogar gelächelt. Dennoch wusste Maria noch nicht, ob sie glücklich sein sollte oder nicht. Sie musste erst in Erfahrung bringen, warum sich ihr Verlobter so schoflig verhalten hatte.

Während sich Peter auf Marias Lagerstatt von dem Faustschlag, der ihn vorhin mit voller Wucht getroffen hatte, erholte, wachte Maria bei ihm und kümmerte sich liebevoll um die offene Wunde auf seiner Oberlippe sowie das aus der Nase laufende Blut.

Es dauerte nicht lange, bis er wieder aus seiner Besinnungslosigkeit erwachte. »Maria«, hauchte er wieder.

Aber die junge Frau ging dieses Mal nicht darauf ein. »Warum hast du das gemacht, Peter?«, fragte sie ihn unumwunden. Sie blickte zu ihrem Vater, was bedeutete, dass er die Schlafkammer verlassen sollte.

Nachdem Cornelius Brugger verständnisvoll gelächelt und die Tür hinter sich geschlossen hatte, fragte sie Peter schroff: »Und? … Du bist mir eine Antwort schuldig!«

Da Peter wusste, warum sich Maria so abweisend verhielt, hatte er Verständnis für sie. Er überlegte lange, bevor er antwortete: »Ich kenne den Grund für deine Schroffheit.«

»Das will ich meinen!«, pfurrte Maria zurück.

Obwohl Peter Schmerzen und Mühe hatte, sich etwas aufzurichten, wurde ihm nicht geholfen. Die Hände vor der Brust verschränkt, wartete Maria mit zusammengekniffenen Augen darauf, was Peter zu sagen haben würde.

»Als ich zu dir in die Hütte gekommen bin und dich in dem Zustand – mit blutenden Hand- und Fußgelenken – gesehen habe, war mir klar, dass dich dieses Schwein mit Gewalt zur Liebe gezwungen hat. Ich bin schier verrückt geworden und habe mir ausgemalt, was er alles mit dir gemacht hat …« Peter streckte Maria erfolglos eine Hand entgegen, bevor er fortfuhr: »Ich weiß, dass ich Unrecht getan und dich im Stich gelassen habe. Dein geschändeter Körper …« Er schluchzte wie ein Kind. »Dein von mir geliebter und reiner Körper einfach benutzt und … Alles, was ich geliebt habe, ist durch den Dreck gezogen worden. Ich habe einfach nicht mehr gewusst, was ich tun und wie ich damit umgehen sollte. Nachdem mir klar geworden war, dass du wenigstens am Leben bist und es dir nun den Umständen entsprechend sogar recht gut geht, habe ich geglaubt, dass du jetzt alles brauchst – nur keinen Mann, der dir zu nahe kommt.«

Während Maria verständnislos den Kopf schüttelte, verirrte sich unversehens ein leises, ein unmerkliches Lächeln in ihr Gesicht. Noch bevor Peter seine Geschichte zu Ende erzählt hatte, wusste sie wieder, dass er kein Böser, … sondern nur ein elendiger Feigling gewesen war. »Männer …«, lästerte sie und forderte Peter forsch auf weiterzusprechen.

Wieder fand er nicht gleich die passenden Worte.

»Und?«

»Maria …« Peter schaute ihr flehentlich in die Augen, bevor er weitersprach: »Ich war innerlich so zerrissen, dass ich nicht gewusst habe, wie es zwischen uns weitergehen sollte … Bitte versteh mich nicht falsch, aber eine Frau, in die ein anderer gewaltsam eingedrungen ist …«

Marias Augenschlitze verengten sich gefährlich, was Peter rasch fortfahren ließ.

»Ich war feige und bin einfach gegangen. Seit Tagen irre ich ziellos durch die Gegend, reite einmal in diese Richtung, ein anderes Mal in die entgegengesetzte Richtung, verkrieche mich in irgendeinem Stadel oder laufe wie irre durch den Wald.«

Marias Herz hatte ihr längst wieder den Weg für ihr kommendes Verhalten gewiesen. Am liebsten würde sie Peters Hundeblick sofort nachgeben und sich zu ihm hinunterbeugen, ihn küssen und ihren Kopf auf seine Brust legen. Aber sie tat es nicht; sie wartete auf das hoffentlich noch kommende Zauberwort. »Sprich weiter«, gebot sie dem in jeder Hinsicht lädierten Mann auf ihrer Lagerstatt in energischem Ton.

Peter schluckte. »Irgendwann habe ich es nicht mehr ausgehalten und bin hierhergekommen. … Jetzt erst weiß ich, dass es nichts zwischen uns ändert, dass dich ein anderer Mann …« Wieder schaute er Maria bangend an. »Und wenn du seine Frucht in deinem Leib trägst, werde ich das Kind als meines ansehen, es annehmen und es mit dir zusammen großziehen.« Peter Immler traten Tränen in die Augen. »Wir stehen das gemeinsam durch … Du musst mir glauben, ich weiß, dass du nur wegen deiner Todesangst mitgemacht hast, und … meine Liebe ist dein! Ich liebe dich so sehr, dass ich alles versuchen werde, nicht daran zu denken, was mit dir geschehen ist. Nein! Ich meine …«

Das war es gewesen, das Zauberwort: Peter hatte gesagt, dass er sie auch lieben würde, obwohl ein anderer Mann gewaltsam in sie eingedrungen war. Und er könnte sie sogar lieben, wenn sie einen *Bastard* von ihrem Peiniger erwarten würde. Nun hielt es Maria, aus der jetzt alles herausbrach, nicht mehr. Sie tat, wonach sie sich so innig gesehnt hatte.

Da es lange Zeit still war und Cornelius Brugger nichts mehr hörte, klopfte er an die Tür: »Peter!«, rief er mehrmals. »Du hast Besuch.«

»Einen Augenblick noch!«, rief Maria zurück und wischte sich die Glückstränen aus dem Gesicht. »Wir kommen gleich.« Zuvor aber wollte sie Peter aufklären. Sie nahm seinen Kopf in beide Hände und blickte ihm lange und tief in die Augen, bevor sie lächelte und sagte: »Er hat mich kaum berührt und schon gar nicht geschändet.«

»Was?«, entfuhr es ihrem Geliebten, der das Gehörte fast nicht glauben konnte.

»Ja, Peter, du hast richtig gehört. Sein … Ding hat mich nicht berührt und ich musste ihn ebenfalls nicht anfassen, … an keiner Stelle seines Körpers.«

»Aber …«

»Er hat mich zwar nackt gesehen …«, komplettierte Maria in aller Offenheit das, was sie Peter gesagt hatte. »Aber davon hat er wohl auch nichts mehr. So, nun lass mich rausgehen! Mein Vater wartet auf mich … Und du hast Besuch.«

Auch wenn noch nicht alles ausgesprochen war, wussten beide, dass sie wieder zusammengefunden hatten.

Maria fuhr sich durchs Haar und öffnete die Kammertür. »Was tust du denn schon wieder hier?«, lachte sie. Vor ihr stand Lodewig und machte denselben niedergeschlagenen Eindruck auf sie wie kurz zuvor noch Peter. Da sie aber dabei war, als Lodewig ihren Geliebten ins Haus gebracht hatte, wusste sie, weswegen er zurückgekommen war. »Dann lass ich euch mal allein«, sagte sie und schloss die Tür.

Nachdem Lodewig sich auf die Kante der Lagerstatt gesetzt hatte, beichtete er Peter, dass er es gewesen war, der ihm mit der Faust so fest ins Gesicht geschlagen hatte, weil er gedacht hatte, mit dem Schwarzgewandeten, der ums Haus des Töpfers herumgeschlichen war, den Gliedermörder zu erwischen. Die beiden sahen sich an und begannen herzhaft zu lachen. Eine innige Umarmung besiegelte die alte Freundschaft auch für die Zukunft.

»Bitte sag mir, Lodewig: Von welchem Gliedermörder sprichst du? Ich dachte, dieser sogenannte ›Rächer‹ ist tot … Den Mann, der Maria gefangen hielt, gibt es nicht mehr, oder?«

»In diesem Punkt kann ich dich beruhigen, Peter. Den Kopflosen gibt's nicht mehr …, ihm hat am Schluss sogar auch noch ein Bein gefehlt, als Fabio ihn weit außerhalb des Dorfes verbrannt hat.«

»Aber …«

KAPITEL 59

Die Staufner hatten eine in jeder Hinsicht aufregende Woche hinter sich gebracht und in Bezug auf die Organisation des nun anstehenden großen Festtages die letzten Kraftreserven aus sich herausgeholt. Schon aus der Ferne konnte man das inzwischen gut funktionierende Zusammenspiel der Staufner Trommler und der Immenstädter Pfeifer hören. Mit Unterstützung des Ausbilders der gräflichen Garde war es dem Staufner Tambourmajor Serafin Gruber und seinem Ersten Trommler Gebi Luckner, der in seiner Eigenschaft als stellvertretender Tambourmajor selbstständig einige Trommlerproben geleitet hatte, tatsächlich gelungen, aus einem undisziplinierten Haufen junger Spunde begeisterte und disziplinierte Marschtrommler zu formen. Und dass dies hatte gelingen können, war beileibe nicht nur Serafin, sondern insbesondere Gebis außerordentlichem Trommeltalent und Engagement zu verdanken.

Da es für Serafin Ehrensache war, am Fasnatziestag zu glänzen, und auch Gebi sich nicht am Kittel flicken lassen wollte, fanden immer noch militärisch strenge Laufproben außerhalb des Dorfes statt, bei denen sich die beiden mit dem Schwingen und Werfen des Tambourstabes abwechselten. Während der eine den Trommlern auf die Finger sah und falsche Trommelschläge korrigierte, hatte der andere die Gewalt über den Tambourstab.

Auch der Butz beteiligte sich eifrig an den mittlerweile allabendlichen Laufproben, indem er vor und neben dem Trupp hertänzelte. Nach dem heutigen Abschlusstrommeln allerdings durfte bis zum eigentlichen Festtag kein Trommelschlag mehr zu hören sein, dadurch wollte man die allgemeine Spannung auf den Festtag erhöhen. Außerhalb des Fasnatziestages und der Trommlerproben war das Trommeln absolut tabu. »Wenn ich auch nur einen Schlag höre, nehme ich demjenigen die Trommel weg und die Sache ist für ihn vorbei! Ist das klar?«, hatte der Tambourmajor den übermütigen Burschen immer wieder gedroht und war offensichtlich damit durchgekommen.

Alle anderen Mitglieder der Staufner Fahnenkompanie waren

damit beschäftigt, zusammen mit ihren Föhla unter den gestrengen Augen der Fähnrichsbraut Leonore Besler die Tische im Festlokal *Krone* einzudecken und mit kleinen Tannenästchen sowie mit zuvor zurechtgeschnittenen Stoffbändern in den Farben des Landesherrn zu schmücken.

»Und was wird das?«, wollte einer der Fahnenbrüder, der aufgrund seiner vorhergegangenen Abwesenheit noch nicht alles über das Prozedere mitbekommen hatte, vom Fähnrich wissen.

»Schwatz nicht, Leopold. Hilf mir lieber«, winkte ihn Melchior zu sich.

Nachdem Leopold Mahler dem Fähnrich geholfen hatte, ein kleines Tischchen in den hintersten Winkel des Festsaales zu tragen und Butzföhl Lisa Schneidinger einen Nachttopf daraufstellte, drängte Leopold auf die Beantwortung seiner Frage, bekam aber anstatt der erhofften Erklärung nur ein herzhaftes Lachen der beiden.

»Schon gut, schon gut. Ich sage dir, um was es hier geht, Leopold«, beruhigte Melchior den Uhrmacher, der jetzt fast ein bisschen ungehalten zu werden drohte. »Während du in Kempten alte Uhren geflickt hast …«

Leopold wollte aufbegehren und die Meinung des Fähnrichs über seine hochqualifizierte Arbeit zurechtrücken, ließ dies aber dann doch und hörte stattdessen aufmerksam zu.

»… ist hier der Stellenwert jedes einzelnen Postens innerhalb der Fahnenkompanie ganz genau festgelegt worden. Jeder Einzelne weiß, was er zu tun hat … und was er nicht tun darf.«

Leopold zeigte irritiert auf den Nachttopf. »Gut! Aber was hat es hiermit auf sich?«

Bevor Lisa und Melchior wieder lachen mussten, beeilte sich der Fähnrich mit der Aufklärung: »Da der Butz quasi die Pest und somit auch den Tod verkörpert, wird er von allen anderen gemieden. Stimmt's?«

Leopold zuckte zwar unwissend mit der Schulter, nickte aber gleichzeitig, weswegen Melchior weitererklärte: »Deswegen möchte niemand etwas mit dem Butz zu tun haben.«

Jetzt hatte Leopold verstanden. »… und er muss sein Mahl aus einem irdenen Napf und abseits der Gemeinschaft zu sich nehmen«, ergänzte er.

»Ja! Alles nur symbolisch! Verstehst du?«

»Das leuchtet mir ein. Aber warum muss es ausgerechnet ein Nachttopf sein?« Leopold rümpfte rein vorsorglich die Nase und beugte sich über das Gefäß. »Ist der gebraucht?«

Jetzt hielt es Lisa und Melchior nicht mehr; sie mussten so laut lachen, dass die anderen Mitglieder der Fahnenkompanie wissen wollten, um was es ging, und herbeieilten.

Nachdem Melchior sich etwas beruhigt und sich die Lachtränen aus dem Gesicht gewischt hatte, sagte er: »Dass es ausgerechnet ein Nachttopf ist, aus dem er essen wird, weiß Jockel nicht. – Es hat keinerlei Bedeutung und soll nur ein Scherz sein … Und der Topf ist selbstverständlich neu.«

Melchior nahm das Gefäß vom Tisch und streckte es Leopold, der wieder die Nase rümpfte, hin. »Wie du am eingeritzten Sinnspruch ›Jedam Leller sei Deller. Und fir de Kropf, m Butz sei Dopf‹ sehen kannst, wurde er von Cornelius Brugger extra für Jockel angefertigt und …«

Bevor Melchior zu Ende reden konnte, klatschte Leonore in die Hände und sagte: »Genug geschwatzt! Wir müssen noch zu dir heim, um im Fähnrichshaus alles für die ›Morgensuppe‹ herzurichten: Die Stube muss geputzt und ausgeräumt werden, damit genügend Platz für die Tische ist, und …«

Jetzt war es Melchior, der seine Fähnrichsbraut unterbrach, bevor sie in Fahrt kam: »Schon gut, Leonore. Das kann warten – dafür haben wir morgen oder am Mänetag noch genügend Zeit. Die Trommler dürften gleich vom Abschlusstrommeln zurück sein. Ich habe Ihnen versprochen, dass wir dann das Fässchen Bier, das der Oberamtmann gestiftet hat, anzapfen.«

»Ich weiß …«, sagte Leonore fast etwas spöttisch. »Herrn Speen ist es lieber, dass sie heute einen draufmachen, anstatt sich am hochheiligen *Staufner Fasnatziestag* die Kante zu geben.«

Melchior nickte. »Gott bewahre! Aber gegen ein paar Bierchen zum Abschluss der Trommlerproben kann der Oberamtmann nichts haben. Einen gemütlichen Hock haben wir alle uns redlich verdient, das Trommeln klappt, das Festlokal ist bestuhlt und geschmückt, der Butz weiß, was zu tun ist, und die Umzugsordnung steht. Alles ist bestens.«

Leonore hakte sich beim Fähnrich ein und sagte fast etwas lästerlich: »Nur das Wichtigste fehlt noch.«

Melchior schaute sie verdutzt an. »Was denn?«

»Jetzt musst du nur noch die Fahne richtig schwingen.«

»Ich weiß«, nickte Melchior, dessen Gesichtszüge sich plötzlich etwas zu verhärten schienen. »Leider wird sie vom Grafen höchstpersönlich erst am Mänetag mitgebracht. Somit werde ich kaum noch die Möglichkeit haben, sie vor dem Fasnatziestag zu schwingen.«

»Wieso? Wann kommt der Graf?«, wollte Unterfähnrich Karl Stubinger, der nicht alles mitgehört hatte, wissen.

»Das weißt du doch!«, antwortete Melchior etwas mürrisch. »Übermorgen! Am rosigen Montag! Wahrscheinlich erst gegen Abend. Wann soll da noch die Zeit bleiben, die Fahne probehalber zu schwingen? ... Ich darf mir gar nicht vorstellen, dass das vom Grafen spendierte Panier neuer Lebensfreude an meinem Ehrentag nicht schön und triumphierend über meinem Haupt flattert. Ich weiß noch nicht einmal, wie groß und wie schwer die Fahne ist.«

Während die gut aussehende Töpferin ihr neues Glück mit dem Immenstädter Ratsherrn genoss und sich von ihm liebevoll umhätscheln ließ, halfen die anderen Städtler dem Kastellan immer noch bei der Suche nach dem Gliedermörder. Lodewig hatte sich total in die Sache verrannt und alle immer wieder dazu angetrieben, auf jeden noch so kleinen Hinweis zu achten und auch die Umgebung Staufens nach verräterischen Fußspuren abzusuchen.

»Das kann nicht sein, dass dieses Schwein in Staufen so gut untergetaucht ist, dass wir es nicht finden. Staufen ist doch keine Stadt!«, schimpfte Lodewig aufgebracht und warf den Ast, mit dem er gerade noch einen dahinschmelzenden Fußabdruck im Schneematsch umkreist hatte, mit aller Wucht gegen eine Stadelwand. »Himmelherrgottsakrament noch mal; das gibt's wirklich nicht!«, fluchte er.

»Beruhige dich, Lodewig.« Gardehauptmann von Huldenfeld packte den inzwischen zum Freund gewordenen Kastellan an den Oberarmen und schüttelte ihn. »Du musst dir endlich eingestehen, dass es keinen Zweck mehr hat. Der meiste Schnee ist getaut und ...«

»Ich weiß …«, Lodewig befreite sich aus dem festen Griff seines Freundes und zertrat mit seinem Schuhabsatz den Abdruck, über den sie sich kurz zuvor noch gebeugt hatten. »Dieser Schuhabdruck wird wohl der letzte sein, den wir sehen. Wenn das Wetter weiter so mild bleibt, ist der Schnee bis zum Fasnatziestag ganz weggeapert … und wir haben den Mörder immer noch nicht gefunden.«

»Ich weiß, dass du ihn gerne dem Grafen und dem Oberamtmann präsentiert und den Fall noch vor eurem Festtag abgeschlossen hättest. Aber so, wie die Sache aussieht, ist er längst verschwunden«, zeigte sich der Gardehauptmann resigniert.

»Aber der Fußabdruck …«, Lodewig deutete hastig auf den Boden.

»… war möglicherweise auch nicht mehr frisch!«, ergänzte von Huldenfeld.

Der Kastellan nickte ernüchtert. Er wusste, dass der erfahrene Offizier recht hatte und sie den Mörder unter normalen Umständen wohl kaum noch aufstöbern würden, obwohl sie alles dafür getan hatten. Im Laufe der vergangenen Woche hatten sie bei vielen Staufnern unauffällig nach dem gesuchten linken Schuh mit fehlendem Absatz geforscht. Sicher, es war ihnen nicht möglich gewesen, die linken Schuhe aller Staufner Männer und Burschen zu inspizieren, doch konnten sie einen Teil der männlichen Bevölkerung unauffällig in Augenschein nehmen. Lodewig schätzte, dass es immer noch um die 60 bis 80 oder sogar noch mehr Schuhe sein mussten, die sie sich noch nicht hatten vornehmen können.

»Wäre nicht ausgerechnet jetzt dieser Fasnatziestag, ich würde nicht so heimlich tun, sondern alle Männer offiziell ins Schloss hochbestellen, das Schlosstor hinter ihnen schließen und die Absätze ihrer Schuhe offiziell untersuchen«, schimpfte Lodewig.

»… damit derjenige – falls er überhaupt noch hier und dabei sein sollte – vorgewarnt ist, sich rechtzeitig seines Schuhwerks entledigen und sich neue Schuhe besorgen kann«, lästerte von Huldenfeld und schüttelte den Kopf. »Jetzt hilft nur noch ein Wunder … oder ein neuer Mord, der uns auf eine frische Spur bringt.«

»Sag mal, bist du von Sinnen? – Versündige dich nicht!« Lodewig schlug das Kreuz und drehte sich kopfschüttelnd um. Er schaute zum Himmel, der sich langsam zu verdunkeln begann.

»Die abendliche Kälte kommt. Lass uns Schluss machen und ins Schloss zurückkehren … Es hat ja sowieso keinen Sinn mehr.«

Im Schloss herrschte eine ähnliche Betriebsamkeit wie kurz zuvor noch in der *Krone*. Alle hatten etwas zu tun: Während Sarahs Mutter Judith mit den Zwillingen am Herd stand und angestrengt versuchte, sich von Anneliese und Heidemarie beim Kochen nicht allzu sehr stören zu lassen, schrubbte Rosalinde den rauen Steinboden des Treppenhauses und putzte sämtliche Räume durch. Der Großvater kümmerte sich indes um die kleine Magdalena, der er in der Küche des Vogteigebäudes die *Emmasage*, eine alte Geschichte, die sich vor 800 Jahren im fernen Flandern, nahe der Kaiserstadt Aachen, zugetragen haben sollte, vortrug. Hauptsache, sie ist zufrieden und gibt Ruhe, dachte er sich, als er auf Magdalenas Drängen hin seufzend zum zweiten Mal ansetzte, die alte Sage zu erzählen, … aber nicht, ohne sich zuvor eine Pfeife gestopft zu haben. Dabei hatte er mit der ihm übertragenen Aufgabe noch Glück gehabt, denn die anderen Männer standen heute ausnahmslos direkt unter Sarahs Fuchtel. So waren Rudolph und einer der Immenstädter Soldaten gerade dabei, die Straße zum Schloss hoch vom restlichen Schnee und vom herausgeaperten Unrat zu befreien. Danach würden sie noch den Schlosshof säubern, während Siegbert mit einem der anderen Soldaten Wache schob. Nepomuk und Ignaz waren dazu eingeteilt worden, die beiden schweren Anrichten aus dem Lagerraum zu holen und in den Rittersaal zu bringen. Würden ihnen dabei nicht die beiden anderen Immenstädter Soldaten helfen, hätten sie wohl Probleme damit, die aus Eichenholz gefertigten und sperrigen Möbelstücke die Treppe hochzuwuchten. Lediglich Eginhard war durch seine immer noch nicht ganz kurierte Kopfverletzung vom Arbeitsdienst befreit worden, was aber nicht hieß, dass er sich ausruhte, er wischte mit einem angefeuchteten Lappen über die Oberflächen sämtlicher Möbel, um sie zum Glänzen zu bringen. Dass er dabei das Gegenteil erreichte, wunderte den studierten Theoreticus zwar, hinderte ihn aber nicht am Weitermachen.

»Warum richtest du den Rittersaal her?«, wollte Lodewig sofort von Sarah wissen, nachdem er im Anschluss an die Spurensuche mit Hauptmann von Huldenfeld nach Hause gekommen war und mit ihm – weil Ignaz nicht im Stall war – die Pferde selbst abgezäumt hatte, bekam aber nicht gleich eine Antwort.

Stattdessen rief Nepomuk dazwischen: »Achtung!« Er war gerade mit Aurel dabei, die beiden Teile der großen Tischplatte zum Rittersaal zu schleppen und schob Lodewig versehentlich beiseite. »Entschuldige!«

»Nun sag mir endlich, was hier los ist!«, unternahm Lodewig einen weiteren Versuch, von Sarah mehr über das ungewohnte Treiben im Schloss zu erfahren.

»Ja, wenn der gnädige Herr es nicht für nötig befindet, mir zu helfen, und stattdessen mit seiner Leibwache auf kindische Spurensuche geht, kann er nicht wissen, was wir hier tun«, wurde Lodewig angeschnarrt.

Dennoch lächelte er verständnisvoll. »Sarah, meine Liebe. Wir suchen einen gefährlichen Mörder … Ist das falsch?«

»Natürlich nicht!«, antwortete seine Angetraute, die durch Lodewigs Lächeln entwaffnet war. Sie legte ihm eine flache Hand an die Wange und sah ihn sanft an, bevor sie sagte: »Aber aus lauter Eifer, den Mörder zu finden, bist du fast nicht mehr zu Hause. Du könntest mir wenigstens sagen, wohin du gehst und wann du wieder zurückkommst. Ich mach mir immer so große Sorgen um dich … Das weißt du doch?«

»Ja, meine Liebe! Ich gelobe Besserung«, antwortete Lodewig, drückte ihr ein Küsschen auf den Mund und umarmte sie. »Nun sag mir aber, was hier vorgeht.«

»Übermorgen kommt der Graf mit seinem Gefolge. Da muss doch alles vorbereitet und in Ordnung sein. Und dazu gehört eben auch, dass der Rittersaal betischt und bestuhlt ist – oder etwa nicht?«

»Na ja, … übermorgen«, murmelte Lodewig und dachte im Stillen, dass ihn im Moment ganz andere Sorgen drückten.

»Und da ich im Rittersaal ohnehin die große Tafel herrichten muss, kann ich dies doch jetzt schon tun. So können wir es uns dort heute Abend alle gemeinsam gemütlich machen … Ignaz hat bereits genügend Holz hereingeholt und wird gleich einheizen.« Sarah erhoffte sich wenigstens ein kleines Lob, bekam aber keines.

»Schön, schön …«, grummelte Lodewig geistesabwesend. Er war in Gedanken immer noch bei dem wie vom Erdboden verschwundenen Verbrecher.

Während die Männer sich frisch gemacht, sich teilweise sogar umgewandet oder – so hoffte Sarah – zumindest die Hände gewaschen hatten, war sie ihrer Mutter Judith in der Küche zur Hand gegangen und hatte dafür gesorgt, dass es mit der Kocherei schneller vorangegangen war. Unterdessen hatte Rosalinde bereits den Tisch gedeckt und mithilfe der Zwillinge das Geschirr verteilt. Keine zwei Stunden später, nachdem die große Tafel eingedeckt worden war, sie mit Anneliese und Heidemarie zusammen das Essen auf den Tisch gestellt und sich selbst neben ihren Mann gesetzt hatte, war irgendwie eine ganz besondere Stimmung aufgekommen. Sarah hatte schon heute die wappenverzierten Silberleuchter aus der Truhe geholt und sie aus dem schützenden Filz gerollt, sie poliert und mit Kerzen bestückt auf den Tisch gestellt, weswegen ein wohltuend sanftes Licht den Raum erhellte.

»Geliebte Mutter Erde, ich danke dir für alles, was du uns bescherst, womit du uns stärkst und womit du uns nährst …«, begann Nepomuk, das Tischgebet zu sprechen, an dem sich bis auf die beiden Jüdinnen Judith und Lea alle beteiligten.

»Und nun lasst es euch munden«, sagte Sarah und ließ sich, nachdem die Männer ihre Teller voll hatten, von Rosalinde ebenfalls einen Schlag der köstlichen Bohnensuppe mit Speckeinlage in ihren Teller geben.

»Ja! Und bleibt gesund«, ergänzte Lodewig nicht ohne mahnenden Unterton, nachdem Rosalinde auch noch alle Becher gefüllt und sich nach getaner Arbeit dazugesetzt hatte. Der in Vertretung des Grafen fungierende Hausherr stand auf und erhob seinen ganz persönlichen, mit dem Wappen derer von Wagrain verzierten Zinnbecher, um einen Trinkspruch anzubringen: »Während unser guter Ortsvorsteher sich mit der Fahnenkompanie in der *Krone* bei einem Krug Bier aus dem gräflichen Brauhaus auf den großen Festtag einstimmt, lassen wir es uns ebenso gut gehen. Heute ist dies noch möglich; aber schon übermorgen wird es mit der Ruhe vorbei sein!« Ein fast drohender Ton lag in seiner Stimme, als er das soeben Gesagte begründete: »Denn dann werden unser hoher Herr und der Oberamtmann mitsamt Gefolge hier sein und wir haben alle Hände voll zu tun, um einen guten Eindruck zu erwecken. Alle wissen, was sie zu tun haben. Sollte noch etwas unklar und jemandem nicht bewusst sein, was seine Aufgabe ist, sollte er sich jetzt an mich wenden.« Der Kastellan blickte ins Rund und stellte fest, dass keiner der Anwesenden eine Frage hatte. »Gut! Dann bleibt mir nur noch, unserer holden Weiblichkeit dafür zu danken, dass sie das Schloss so gut in Schuss gebracht hat und ich sicher sein kann, dass die Gnädige und der Graf wohl von keiner Wanze, keiner Laus und auch von keinem Floh gebissen werden.«

Nachdem das allgemeine Gelächter vorbei war, bedankte sich Lodewig auch noch bei Hauptmann von Huldenfeld. »… und wir alle haben dich, mein lieber Benedikt, ins Herz geschlossen – du gehörst schon fast zur Familie … Aber jetzt: Weiterhin guten Geschmack!«

Da im Moment ein Immenstädter Soldat Wachdienst hatte und deswegen beide Staufner Schlosswachen frei hatten, war es einer der seltenen Tage, an dem sämtliche Schlossbewohner – inklusive Siegbert und Rudolph – gemeinsam am Tisch saßen. Sogar Rosalinde hatte, nachdem alle versorgt waren und vor dem zufrieden vor sich hin lächelnden Propst eine eigene Kanne Wein stand, Platz nehmen dürfen. Sie würde die gemütliche Runde lediglich dann kurz verlassen müssen, wenn etwas aus der Küche zu holen war. Zusammen mit den Kindern und den gräflichen Soldaten waren es an die zwanzig Personen, die von Judith und ihrer treuen Hausmagd hervorragend bekocht worden waren. Und dies fand allgemeine Anerkennung. Da störte es niemanden, dass sie nicht bedient wurden und sich selbst nachlegen oder nachschenken mussten.

»Bleib sitzen, Rosalinde, du hast heute weiß Gott genug getan! Ich mach das schon selbst«, sagte der für den Wein dankbare Propst und beugte sich über den Tisch, um einen Nachschlag zu schöpfen. Dabei kam sich die treue Magd für einen Moment selbst vor wie eine Herrin.

Nachdem sie alle satt waren, ausgiebig gerülpst und etliche Leibeswinde hatten entweichen lassen, räumten die Frauen – allen voran Rosalinde – gemeinsam ab. Wie immer ging dies so flott vonstatten, dass sich die Herren der Schöpfung schnell ins Gespräch stürzen und ihren Lastern frönen konnten, weswegen bald ein angenehmer Tabakgeruch in der Luft lag und die Weinkrüge leerer wurden. Während die einen über die gräfliche Familie und die Politik sprachen, unterhielten sich andere über den kommenden Festtag. Nur das heikle Thema »Gliedermörder« war noch von niemandem angepackt worden.

»Hoffentlich geht alles gut«, meinte der Altkastellan, ohne näher auf den Fasnatziestag einzugehen. Er hatte genügend damit zu tun, das wie eine Klette an ihm hängende Nesthäkchen Magdalena in Schach zu halten.

»Wieso? Melchior hat alles im Griff!«, wollte Lodewig seinen Vater beruhigen und ihm seinen diesbezüglichen Wissensstand näherbringen: »Hermann hat mir gesagt, dass auf den Fasnatziestag hin alles bestens vorbereitet ist. Jockel Mühlegg hat sich so gut erholt, dass er das Amt des Butzes wohl problemlos und zu unser aller Freude ausfüllen wird. Der junge Gebhard Luckner soll sogar so gut trommeln können, dass ihm der Corps-Tambourmajor angeboten hat, beim Immenstädter Trommlercorps anzumustern.«

»Aber das ist ja fantastisch!«, freute sich der Gardehauptmann, der das Ansinnen des Militärmusikers zu unterstützen gedachte, sowie er wieder in Immenstadt sein würde.

»Ja, aber sie warten immer noch auf den Grafen mit der Fahne! Außerdem …«, wollte der in jeder Hinsicht vorsichtig gewordene Kastellan trotz der guten Stimmung nun doch zu bedenken geben.

»Schon gut, Lodewig: Klar, dass es ohne die Fahne nicht geht! Aber so habe ich es nicht gemeint …«, unterbrach Hannß Ulrich Dreyling von Wagrain den Redefluss seines Sohnes.

»Was hast du mit ›Hoffentlich geht alles gut‹ dann gemeint?«, wollte Lodewig wissen.

»Das weißt du ganz genau!«, antwortete sein Vater, der sich vor dem neben ihm sitzenden Benediktinermönch zu Lodewig hinüberbeugen musste, um ihm etwas so leise zu sagen, dass es nicht alle hören konnten: »Ich möchte uns nicht den Abend verderben …, aber …«

»Was ›aber‹?« Lodewig hatte sich jetzt ebenfalls so gefährlich zu seinem Vater hinübergebeugt, dass der Hüne mitsamt seinem Stuhl nach hinten zu kippen drohte. Weil Nepomuk seinen Stuhl rein vorsorglich etwas zurückschob, um nicht doch noch auf dem Boden zu landen, konnten sich die beiden Gesprächspartner jetzt einander nähern, ohne Gefahr zu laufen, dass der Parkettboden wegen Nepomuks Gewicht Schaden nahm und womöglich zur darunterliegenden Gästekammer durchbrach.

»Na ja …«, begann der Altkastellan. »Dir, Peter und den Soldaten ist es offensichtlich nicht gelungen, ›ihn‹ aufzuspüren.« Er zog die Augenbrauen hoch und schaute seinen Sohn mit zusammengekniffenen Lippen an.

Lodewig überlegte ein Weilchen, bevor er einräumte, ausgerechnet in dieser Sache versagt zu haben. »Ich weiß! Aber wir haben getan, was wir konnten. Wir sind sogar auf Knien hinter den verdächtigen Fußspuren hergerutscht, haben sie aber immer dort verloren, wo der Schnee weggeapert oder der Boden steinig war. Es war nicht möglich, auch nur eine einzige Spur bis zu deren Ende weiterzuverfolgen. Entweder ich habe mich darin geirrt, dass der Schuh mit dem fehlenden linken Absatz zu ›ihm‹ gehört, … oder ›er‹ ist inzwischen tatsächlich abgehauen.«

»Ihr habt aufgegeben?«, wollte Lodewigs Vater ungläubig wissen.

Lodewig kaute auf seiner Unterlippe herum und zuckte mit der Schulter, bevor er die Augen schloss und kaum merklich nickte.

»Dann wollt ihr die Spurensuche also nicht mehr aufnehmen?«

»Wie denn? Dazu müsste es erst wieder schneien! Ohne frische Spuren werden wir ›ihn‹ nicht mehr finden.« Lodewig ballte zunächst die Fäuste, bevor er enttäuscht das Gesicht in seinen Handflächen vergrub. Dann legte er zur Entspannung sein gelocktes Haupt ins Genick und schüttelte es gerade so, als wenn er einen zündenden Gedanken herausschütteln wollte. Er beugte seinen Kopf noch näher seinem Vater entgegen und flüsterte: »Wir müssen wohl oder übel aufgeben und uns damit abfinden, dass der wahre Gliedermörder lebt und ungeschoren davonkommt, … falls er nicht doch noch einen Fehler macht.«

Der Kastellan versuchte krampfhaft, Contenance zu bewahren und ein Lächeln in sein Gesicht zu bringen, bevor er herauspresste: »Vergessen wir für ein paar Tage die schrecklichen Morde und freuen uns stattdessen auf den großen Festtag … Rosalinde! Bring uns eine Runde Obstgebrannten vom Bodensee!«

KAPITEL 60

Die vom Grafen angeordneten »Festtage« hatten bereits am gestrigen Herrntag begonnen. Die jungen Leute, die sich um den etwas älteren Fähnrich Melchior Henne geschart hatten, waren mächtig stolz auf sich und die bisher tadellos gelungene Sache. Gerade die Mädchen liefen Gefahr, sich der Hoffärtigkeit hinzugeben. Sie konnten es fast nicht glauben, jetzt schon derart aktiv in das Geschehen rund um den *Staufner Fasnatziestag* eingebunden worden zu sein, dass es ohne sie überhaupt nicht mehr ging. Trotz des gräflichen Erlasses, erst am eigentlichen Festtag selbst – und dies erst nach dem offiziellen Festakt – offen in Erscheinung treten zu dürfen, war es ihnen auf Anhieb gelungen, sich unentbehrlich zu machen und bei der Organisation kräftig mitzuarbeiten. Nach ursprünglichen Vorgaben des Grafen sollte das Fahnenschwingen und das darauf folgende Gedenken an die Pesttoten des Jahres 1635 alleinige Sache der ledigen Burschen des Marktes sein – Mädchen dürften also nichts damit zu tun haben. Demnach würden sie sich erst zum anschließenden öffentlichen Markttanz, an dem sich sowieso die gesamte Bevölkerung Staufens beteiligen konnte, mehr oder weniger unauffällig einreihen können. Aber diesbezüglich war das letzte Wort noch nicht gesprochen. Zudem würde ihnen dies jetzt nichts mehr ausmachen; denn beim Besuch der Heiligen Messe am gestrigen Herrntag hatten sie in den ersten beiden Bankreihen, die normalerweise der gräflichen Familie vorbehalten waren, Platz nehmen dürfen – und dies war aus Sicht der allesamt gottesfürchtigen Mädchen genug der Ehre gewesen.

Dass es so weit hatte kommen können, hatten sie allein der Fähnrichsbraut zu verdanken. Da die städtischen Bürgerinnen wesentlich selbstbewusster waren als die Frauen kleinerer Dörfer, hatte Leonore Besler nicht viel Mühe gehabt, den zwar nicht gerade allzu weltoffenen, aber klugen Fähnrich davon zu überzeugen, die Mädchen von Anfang an aktiver einzubinden, als es der gräfliche Erlass – der nur von »einem Mann alter Scholastik« hatte stammen können – vorsah. Der in jeder Hinsicht lockere Leinweber hatte sich zwar über so viel weibliches Vorpreschen gewundert, aber ohne auch nur einen einzigen Einwand vorgebracht zu haben, zugestimmt. »Etwas Dekoration kann nicht schaden – das dürfte auch dem Grafen gefallen«, hatte er lachend gesagt, als er unversehens in Leonores Dekolleté geschaut hatte. Für diese Frechheit hatte er allerdings einen kleinen Rempler mitsamt dem dazugehörenden Küsschen kassiert.

Sogar die Familie Dreyling von Wagrain, der von Amtes wegen das ganze Jahr über in der Kirche vorderste Plätze zustanden, hatte den jungen Leuten ihren Respekt erwiesen, indem sie mit der dritten Bankreihe vorliebgenommen hatten. »Ihr seid heute die Hauptpersonen!«, hatte der Kastellan gönnerhaft zu Leonore Besler gesagt.

Außer dass sich die Mädchen schön aufgeputzt in der ersten Reihe der linken Kirchenbänke befunden hatten, war alles so gewesen, wie es vor längerer Zeit in Immenstadt besprochen und insbesondere vom dortigen Stadtpfarrer gewünscht worden war: Die Burschen hatten am Samstag – und in aller Heimlichkeit auch schon am Freitagabend – dem Alkohol gefrönt, sich aber zusammengerissen und es zu keinen Ausfällen kommen lassen. So waren zum sonntäglichen Gedenkgottesdienst alle Burschen nüchtern und in solch ordentlichem Zustand erschienen, dass sich deren Eltern nicht hatten schämen müssen und sogar stolz auf sie gewesen waren. Spätestens jetzt dürfte auch den letzten Zweiflern klar geworden sein, dass die Gräfliche Fahnenstiftung etwas ganz Besonderes war und der kommende *Staufner Fasnatziestag* ein wichtiger Tag in der Geschichte Staufens werden würde.

Lediglich einen Vorfall hatte es gegeben, der die Laune der jungen Leute trübte und unangenehme Konsequenzen mit sich brachte: Aus lauter Freude darüber, dass es mit der Trommelei bis zur letzten Trommlerprobe hin nahezu perfekt geklappt hatte und alles bestens gelaufen war, hatte der Staufner Tambourmajor Serafin Gruber entgegen seinen sonstigen Gepflogenheiten von allen am tiefsten in den Becher geschaut … und war beim Verlassen des Gasthauses so unglücklich die Treppe hinuntergestürzt, dass er sich den rechten Knöchel verstaucht hatte und seither nicht mehr auftreten konnte. Während ein Trommler zu Schwester Bonifatia geeilt war, hatten andere den allein lebenden Junggesellen nach Hause getragen und sofort einen Plan in Bezug darauf, wer Serafin bis zu dessen Genesung versorgen sollte, aufgestellt.

Damit der Knöchel bis zum Fasnatziestag heilen möge, hatte Propst Glatt den »Huckler und Tambourmajor«, wie er Serafin Gruber bei der sonntäglichen Gedenkmesse fast ehrfurchtsvoll bezeichnet hatte, sogar in seine Fürbitten eingeschlossen.

»Du meinst es gut, aber da kann auch der Herrgott nicht helfen. Die Natur muss heilen ... und das kann dauern«, hatte Nepomuk, der am Sonntagmorgen noch vor der Messe von Schwester Bonifatia zu Serafins Krankenlager gerufen worden war, dem Propst nach dessen Predigt zugeflüstert. Der Benediktinermönch hatte konzelebriert, weswegen es letztlich auch dadurch ein außerordentlich feierlicher Gottesdienst gewesen war, bei dem das Gedenken an die vielen Pesttoten im Vordergrund gestanden hatte und deren Namen – soweit sie nach 15 Jahren noch bekannt gewesen waren – abwechselnd vom *Staufner Bürgerfähnrich* und von dessen Stellvertreter vorgelesen worden waren. Bei 693 noch bekannten Namen der insgesamt 706 Pesttoten, die Propst Glatt seit 1635 in seinem extra hierzu angelegten Pfarrmatrikel stehen hatte, war dafür eine gewisse Zeit benötigt worden. Dies hatte aber niemanden gestört, allenfalls den einen oder anderen zum Gähnen gebracht.

In der bis auf den letzten Platz gefüllten Pfarrkirche hatte man die Neugierde der Bevölkerung auf das, was am Dienstag kommen sollte, förmlich gespürt. Die aufrüttelnde und mahnende, gleichzeitig aber auch beglückende und Mut machende Predigt des Pfarrherrn war von solcher Güte, dass sie den Kirchenbesuchern wohl noch lange im Gedächtnis bleiben würde. Nur eine Sache – den voraussichtlichen Ausfall des Tambourmajores ausgenommen – trübte die gute Stimmung innerhalb der Fahnenkompanie: Da die Staufner jetzt kurz davor standen, »ihren« Tag zu feiern, hatten die meisten von ihnen alle schlechten Gedanken verdrängt. Was viele störte, war – obwohl Propst Glatt in seiner Predigt intensiv darauf eingegangen war – im Moment weniger der Gedanke daran, dass jemand vier junge Staufner ermordet hatte, sondern vielmehr die Tatsache, dass die Fahne immer noch nicht in Staufen war. »Wie schön würde es jetzt aussehen, wenn sie den Altarraum schmücken würde«, hatte Melchior seinem Stellvertreter während der Andacht ins Ohr geflüstert.

Der Wochenanfang begann, wie er sich am gestrigen Sonntagnachmittag angekündigt hatte: es war kühler geworden. Dies war aber nicht der Grund, weswegen eine bedrückte Stimmung in der Luft lag. Obwohl rosiger Montag war und man sich eigentlich auf den morgigen Festtag freuen könnte, standen die Menschen mürrisch am Rand der Hauptstraße, die zum Schloss hochführte, und warteten ungeduldig auf die Ankunft des gräflichen Trosses. Als der Fähnrich zusammen mit seinem Stellvertreter im Laufe der vergangenen Wochen jedes einzelne Haus besucht hatte, um die Bevölkerung Staufens zu seinem ganz persönlichen Ehrentag einzuladen, hatte er den Kindern in den gräflichen Farben gehaltene Stoffbändel mitgebracht, die zuvor von den Trommlerföhla an Haselnuss-Stecken gebunden worden waren. »Wenn ich schon eine Fahne bekomme, sollt ihr auch eine haben«, hatte er zu den hocherfreuten Kindern gesagt und den Eltern erklärt, dass sie damit den gräflichen Tross begrüßen sollten und zudem am Fasnatziestag ihre Verbundenheit zum Herrschaftshaus bekunden könnten.

Obwohl die meisten Staufner darüber die Köpfe schüttelten, weil sie so etwas nicht kannten, standen sie jetzt mit den rot-gelben Fähnchen in den Händen am Straßenrand und froren sich die Beine in die Bäuche. »Beim Laden hat Melchior gesagt, dass der Graf zur dritten Stunde des Tages kommt, und jetzt ist er immer noch nicht da«, maulte Eberhard Mussleitner, ein ortsbekannter Grantler, der mitsamt seiner Familie trotz der miesen Stimmung und der Kälte weiter am Straßenrand verharrte.

Während die Menschen in der Kälte mehr oder weniger geduldig auf ihren Regenten warteten, räumten die ledigen Burschen Staufens im Fähnrichshaus unterhalb des Marktplatzes das Wohnzimmer aus, um dort Platz für die von ihren Eltern entlehnten Tische und Bänke zu schaffen. Gleichzeitig trugen andere zusätzliche Sitzmöbel in Melchiors verhältnismäßig großen Wohn- und Speiseraum. Zur Sicherheit wurde sogar auch noch die Werkstatt betischt und bestuhlt.

»Stellt alles so hin, dass morgen früh zur ›Morgensuppe‹ möglichst viele Burschen Platz haben werden!«, diktierte die Fähnrichsbraut ihren Mädchen und meinte damit insbesondere diejenigen der ledigen Burschen, die weder Mitglieder der Fahnenkompanie noch des Trommlercorps waren, sich aber dennoch an Melchior Hennes Ehrentag beteiligen mochten. So ganz nebenbei fragte sie Melchior, ob alles recht sei, so wie sie es handhabe.

Aber der Fähnrich war bereits auf dem Sprung in die *Krone* und in Gedanken ganz woanders. Er nickte nur.

»Was ist los mit dir? Es läuft doch alles bestens.«

»Verdammt noch mal! Wo bleibt er nur?«

»Sei gelassen, er wird schon kommen«, versuchte Leonore, die Melchior zwischenzeitlich nähergekommen war und glaubte, dass er den Grafen meinen würde, ihn zu beruhigen. Sie setzte sich zu ihm und strich ihm tröstend über die Wange. »Die Fahne wird bestimmt noch rechtzeitig eintreffen«, versuchte sie, den Mann, in den sie sich schon beim ersten Zusammentreffen im Immenstädter Schloss verliebt hatte, zu besänftigen.

»Du hast leicht reden: Morgen ist Fasnatziestag! Soeben hat die vierte Stunde geschlagen und die Fahne ist immer noch nicht hier. Laut dem Edikt des Grafen müssten wir in einer Stunde mitsamt der Fahne in unserem Festlokal aufziehen. Um dies tun zu können, müsste mir der Graf die Fahne vorher übergeben haben. Außerdem hätte ich sie gerne probehalber geschwungen, wenigstens einmal, damit morgen alles gut geht. Aber der noble Herr lässt sich ja nicht blicken.«

»Pssst!« Leonore legte die Kuppe ihres Zeigefingers auf Melchiors Lippen. »Sei nicht ungerecht. Sicher ist ihm etwas dazwischengekommen, weswegen er nicht pünktlich hier sein kann. Außerdem kann er sich Unpünktlichkeit erlauben – er ist der Regent.«

»Was sollte ihm denn dazwischengekommen sein? Die eigene Fahnenstiftung müsste ihm doch mehr wert sein als alles andere! … Aber vielleicht ist etwas Schlimmes passiert?«, orakelte der ansonsten stets besonnene Melchior und mutmaßte weiter: »Unter Umständen ist der Trupp überfallen und die Fahne gestohlen worden. Oder die Nonnen haben sie doch nicht rechtzeitig fertiggebracht. Ich jedenfalls habe sie noch nicht gesehen! Wer weiß: Womöglich hat der Graf sich die Sache anders überlegt?«

Um Melchior von seinen unsinnigen Überlegungen abzubringen, legte Leonore ihm einen Arm um die Schulter und drückte sich an ihn.

»Und wenn der Trupp, der die Fahne bringen sollte, tatsächlich von Strauchdieben überfallen wurde? Auf Höhe des Alpsees finden doch ständig irgendwelche Raubüberfälle statt!«

Leonore schmiegte sich noch fester an ihren Herzbuben. »Nun beruhige dich wieder. Alles ist in Ordnung. Und wenn wir das, was in dieser Stunde zu tun wäre, erst später angehen können, ist auch noch kein Grund zur Sorge. – Im Gegenteil: Es passt doch insofern ganz gut, dass der Graf noch nicht eingetroffen ist, weil wir hier ja noch nicht ganz fertig sind. Egal, was geschehen ist … oder noch geschehen wird, wir können doch nichts dafür!«

Melchior hob den Kopf und nickte: »Du hast recht, Lörchen. Du bist eine grandiose Fähnrichsbraut …, ich hätte es nicht besser treffen können.«

»Wie hast du mich soeben genannt?«

»Warum? – Lörchen! Ich finde, das passt zu dir.« Jetzt lächelte Melchior etwas verlegen.

Leonore freute sich über diesen Kosenamen; zeigte er doch, dass sich Melchior ihr gegenüber öffnete und sich jetzt so langsam traute, ihre Liebe öffentlich zu erwidern. Dass sich Melchior trotz seiner Gefühle Leonore gegenüber bisher noch etwas zurückhaltend gezeigt hatte, war lediglich an der Tochter des Ortsvorstehers gelegen, von der er befürchtet hatte, dass sie Ärger machen würde. Aber nun, da der große Tag kurz bevorstand, wäre ihm dies egal. Bevor die Sache mit Leonore zu eng wurde, stand Melchior auf und verkündete, dass er jetzt in die *Krone* gehen müsse, wo der Ortsvorsteher und dessen Frau Gertrud vermutlich ebenso ungeduldig auf den Grafen warten würden wie er selbst.

»Geh nur, dann bist du hier wenigstens aus den Füßen«, lästerte Leonore, die sich über die aufgehellte Stimmung des Fähnrichs und ihren neuen Kosenamen freute. Lörchen! … Nett, dachte sie schmunzelnd und klatschte in die Hände. »Auf geht's, Mädels! Wir müssen fertig werden!«

Mit Beginn der fünften Abendstunde war die Arbeit getan, der Festsaal und das Fähnrichshaus waren für den großen Tag bereit. Nun hatten sich alle im feierlich geschmückten Saal der *Krone* versammelt und warteten immer noch auf den 15-jährigen Franzl, der sich trotz der Kälte dazu bereit erklärt hatte, dem gräflichen Tross bis dorthin, wo sich die Straße von Immenstadt her links nach Staufen hinein gabelte, entgegenzulaufen, um dort auf ihn zu warten. Sowie er den Tross sehen würde, musste er schleunigst ins Dorf und zum Wirtshaus zurückrennen, um Meldung zu machen – so war es mit dem Fähnrich ausgemacht worden. Obwohl Franzl Hiemer, der älteste Sohn des Seifensieders, ein gutmütiger Kerl war, tat er dies nicht um Gottes Lohn – nicht bei dieser Kälte. Bevor er Melchior die Hand darauf gegeben hatte, war ihm vom Fähnrich in die selbige hinein versprochen worden, dass er – falls der Fasnatziestag kein einmaliges Ereignis und der nächstjährige Tambourmajor einverstanden sein sollte – im nächsten Jahr ins Trommlercorps berufen würde.

»Wo bleibt er nur?«, fragte Melchior zum wiederholten Mal, obwohl er wusste, dass dies niemand wissen konnte. Aufgrund der zunehmenden Kälte und der bereits einsetzenden Dunkelheit hatte er jetzt Gewissensbisse. Er wusste, dass sich zurzeit wieder ein Rudel Wölfe und auffällig viele Wegelagerer in der Gegend herumtrieben. An den immer noch frei herumlaufenden Gliedermörder durfte er erst gar nicht denken.

»Ich hätte Franzl nicht allein bis nach Wengen hinausschicken dürfen.«

Kaum hatte Melchior dies ausgesprochen, drang Krach vom Treppenhaus hoch und man hörte eine Jungenstimme rufen: »Der Graf kommt! – Der Graf kommt!«

»Franzl! … Gott sei Dank!« Melchior deutete sogar ein Kreuz an. Er war so froh, den netten Kerl gesund wiederzusehen, dass er für einen Moment sogar vergaß, weswegen Franzl gekommen war.

»Jetzt verschnauf erst einmal und trink etwas«, sagte Sophie Wegscheider, die Braut des Unterfähnrichs, und reichte Franzl einen Becher Holundersaft.

Aber der Knabe war zu aufgeregt, um jetzt ans Trinken zu denken. Ohne Punkt und Komma berichtete er heftig schnaufend, dass der Graf »… mit einem ›Haufen‹ Leute und … mit einem ›Haufen‹ berittener Soldaten ortseinwärts in Richtung Bechtelerhof unterwegs« sei … »und eine Kutsche … und … und ein Planwagen sind auch dabei!«, plusterte es aus dem aufgeregten Burschen, dem die Aufnahme ins Trommlercorps im nächsten Jahr sicher sein dürfte, nur so heraus.

Melchior strich dem erschöpften Überbringer dieser guten Nachricht übers Haar. »Das hast du gut gemacht, ... Trommler!« Dabei zwinkerte er ihm zu.

Als Franzl dies hörte, schien die Erschöpfung wie weggeblasen. »Seid bedankt, Herr Henne! Ich verspreche Euch jetzt schon, ein guter Trommler zu werden.«

Melchior musste lachen. »Schon gut! Da bin ich mir sicher! Und jetzt geh hinunter und sag dem Wirt, dass er dir auf mein Kerbholz eine kräftige Brotzeit zubereiten und einen Becher Milch geben soll.«

»Seid bedankt, Herr ...«

»Geh jetzt!« Der Fähnrich klatschte in die Hände und wandte sich an die anderen: »Hört mal alle zu!«

Es dauerte etwas, bis das gut gelaunte Geschnatter aufhörte und Melchior seine Anweisungen geben konnte.

Bis auf den Tambourmajor und die Trommler sowie das Fähnrichspaar und den Ortsvorsteher mit seiner Frau, die auf die Straße gegangen waren, warteten alle anderen im Saal auf das Eintreffen der gräflichen Familie, der ein gebührender Empfang geboten werden sollte. Sie alle hatten sich in ihre besten Gewandungen geworfen, diese teilweise sogar extra für diesen hohen Tag neu geschneidert oder schneidern lassen und gaben allein schon deswegen ein ausnehmend schönes Bild ab. Wenn jemandem ein Kleidungsstück gefehlt hatte und er sich aus Kostengründen kein neues schneidern lassen konnte, war es von einem städtischen Verwandten oder Bekannten entlehnt worden. So zeigten sich die Burschen allesamt mit Bundhosen, die an den Knien durchbrochen und farbig abgesetzt waren. Dass es beim Fähnrich die gräflichen Farben waren, die unter den Knieschlitzen in der schwarzen Hose hervorlugten, verstand sich von selbst. Inklusive der Trommler hatten alle weiße Leinenhemden mit pludrigen Ärmeln und weiße bis chamoisfarbene Strümpfe an. Auch wenn die Hosen meist braun, beige oder grau waren, zeigten sich dafür die Westen in den buntesten Farben, weil die Frau des Ortsvorstehers bei einem speziellen »Plachenhändler« im Städtle sämtliche günstige Stoffreste aufgekauft und zusammen mit ein paar anderen Frauen des Dorfes Westen daraus genäht hatte, … obwohl ihre eigene Tochter Hedwig weder von Melchior Henne noch von einem anderen Burschen gefragt worden war, ob sie für diesen denkwürdigen Tag seine »Braut« oder seine »Föhl« werden mochte. Aber Gertrud Schädler war nun einmal die Frau eines Ortsvorstehers, die ihre Pflichten – auch zur Neutralität – kannte.

Die Burschen sahen allesamt aus wie stolze Landsknechtführer, die noch nicht in den Krieg gezogen waren. Die höheren Chargen, also der Unterfähnrich, die drei Fahnenbrüder und der Tambourmajor, trugen sogar Reste geknickter und daher zusammengebundener Straußenfedern, die deswegen billiger gewesen waren und die sie geschickt auf den Kopfbedeckungen drapiert hatten, an den Baretts. Dazu hatten sie auch noch silbern eingefärbte Messingschnallen an den Schuhen. Nur der Fähnrich hatte das Messing so polieren lassen, dass es fast wie Gold aussah. Er trug eine sogenannte »Luthermütze« mit jeweils zwei langen, rot und gelb eingefärbten Straußenfedern, die von Judith beim Markt erstanden und zusammen mit den fehlerhaften Federn sündhaft teuer bezahlt, dem Fähnrich und den anderen Burschen aber vom Kastellan spendiert worden waren. »Mein bescheidener Beitrag zu eurem großen Ehrentag«, hatte er nur gesagt, als sich Melchior im Namen der Burschenschaft dafür bedankt hatte.

Dass es gut war, die Föhla mit einzubinden, hatte sich spätestens beim gestrigen Kirchgang gezeigt, als die weiblichen Mitglieder der Fahnenkompanie und des Trommlercorps gemeinsam durch den Mittelgang zu den ihnen vorbestimmten Kirchenbänken vorgelaufen waren. Da hatte es wohl keinen Kopf gegeben, der sich ihnen nicht respektvoll entgegengereckt hatte. Die Haare der Mädchen waren von deren Müttern zu kunstvollen Zöpfen geflochten und am Hinterkopf festgemacht worden. Über den weißen Blusen trugen sie enge, schwarze Mieder, die ihre weiblichen Vorzüge besser zur Geltung brachten, als es sich geziemte. Wenn auch die bodenlangen Röcke – wie bei den Burschen die Hosen – in solidem Braun, Beige und Grau gehalten waren, so zeigten sich die Schürzen in den buntesten Farben. Dass der eine oder andere Rock aus demselben Stoff genäht worden war wie die Weste des einen oder anderen Burschen, tat der Optik keinen Abbruch – im Gegenteil: dadurch hatte das Ganze irgendwie etwas Einheitliches, etwas Uniformes an sich. Jedenfalls sahen die Mädchen allesamt wunderschön und begehrenswert aus, … allen voran Leonore Besler, die natürlich eine ganz besonders feine Gewandung mit einem golden bestickten Mieder trug.

Um den Tross später ebenso gebührend im Schloss begrüßen und Rapport ablegen zu können, hatten alle derzeitigen Schlossbewohner ihre besten Gewandungen übergestreift. Auch der sowieso schon imponierend aussehende Hauptmann Benedikt von Huldenfeld hatte sich in seine beste Ausgehuniform geschmissen und – wie auch seine Männer – den frisch polierten Kürass vor den Brustkorb geschnallt, der nun unter den Seiten des karminroten Überwurfes hervorglänzte. Während im Schloss die Frauen an sich selbst oder an den Männern und Kindern herumnestelten, breitete sich eine Atmosphäre aus, wie sie ansonsten nur am Heiligen Abend vor der Christmette herrschte. Sie alle waren in freudiger Erwartung des Herrn, … allerdings ihres weltlichen Herrn.

Aber nicht nur im Schloss, sondern auch im Dorf unten stieg die Spannung ins Unerträgliche. »Mein Gott, der Graf kommt wirklich zu uns nach Staufen«, hörte man die Leute auf den Straßen sagen. Insbesondere aber kam es aus den Mündern derjenigen, die im Saal des Wirtshauses *Zur Krone* ungeduldig auf ihren Regenten warteten und bald nicht mehr wussten, wie sie sich verhalten sollten.

»Pssst! – Hört ihr das?« Gebi Luckner, der jetzt erstmalig in aller Öffentlichkeit als Ersatz-Tambour sein Können unter Beweis stellen musste, lauschte in die Dunkelheit. Wortlos deutete er dem einen oder anderen Trommler, sich besser zu positionieren, das Hemd ordentlich in die Hose zu stecken oder die Trommelstöcke leiser aufs Fell zu legen.

»Ja, jetzt höre ich es auch«, sagte der Fähnrich, während er über sich ergehen lassen musste, dass Leonore so an seiner Gewandung herumzupfte, wie es dereinst seine Mutter selig gerne getan hatte.

Endlich war es da, worauf sie so sehnlichst gewartet hatten: Die Jubelrufe des Volkes waren immer lauter zu hören. Jetzt konnte es nicht mehr lange dauern und der gräfliche Tross würde vor dem traditionsreichen Wirtshaus *Zur Krone*, an dessen Fensterscheiben sich die Schankgäste ihre Nasen platt drückten, zum Stehen kommen, damit der Graf aussteigen und im Kronensaal dem Fähnrich Melchior Henne die Fahne übergeben konnte.

Der Tambourmajor hob seinen Stab so kerzengerade seitlich nach oben, dass es aussah, als wenn Arm und Stab eine Einheit bilden würden. Die Augen aller Trommler waren konzentriert auf ihn gerichtet.

Mist: Ich habe keinen »Ersten Trommler«, der mir hilft, dachte Gebi Luckner, dem trotz der Kälte der Schweiß von der Stirn lief. Hoffentlich klappt der Einsatz. Er hatte keine Zeit mehr, darüber nachzudenken – jetzt war es zu spät, jetzt musste es klappen. Die silbrige Kugel des Tambourstabes sauste kreisend nach unten und die rot-gelben Quasten an der Spitze begannen fröhlich zu tanzen: »Dlomm dlomm dla de de dlomm …« Die ersten sechs Schläge saßen perfekt und der Tambourstab sauste weiter durch die Luft. Ja! Jetzt konnte der Graf kommen.

»Perfekt! Das machst du gut, Lucki«, sagte Serafin Gruber zu sich selbst, während er traurig auf seiner Lagerstatt ausharrte und für einen Moment die höllischen Schmerzen in seinem Fußgelenk vergaß. Dem verletzten Tambourmajor war nichts anderes übrig geblieben, als enttäuscht dem Trommeln aus einiger Entfernung zuzuhören, anstatt selbst den Tambourstab zu schwingen. Dennoch war er stolz auf seine Truppe – immerhin hatte er sie mit ausgebildet.

Langsam schob sich ein Lichtermeer das Dorf herein in Richtung *Krone*. Würde da nicht linkerhand das quadratische Gebäude, das dem Kollegialstift gehörte, im Wege stehen, könnte man den gräflichen Tross in ganzer Länge sehen. So aber kamen die Teile des

Trosses einzeln und nacheinander ins Blickfeld der staunenden Staufner. »Da sieht man, wo das Geld steckt«, scherzte der Fähnrich und handelte sich dadurch einen strafenden Blick des Ortsvorstehers ein. Aber er hatte recht: Der Graf schien es sich nicht reuen zu lassen, in Staufen einzumarschieren, als wäre er der Kaiser persönlich. Das hatte es hier fürwahr noch nie gegeben. Vier Gardesoldaten hoch zu Ross, deren glänzende Kürasse das Licht der Fackeln zu verdoppeln schienen, ritten am Wirtshaus vorbei. Ihnen folgten zwei Rossknechte in Livree zu Fuß. Sie hielten erst an, als die gräfliche Kutsche genau vor der Treppe zum Gasthaus stehen blieb. Dahinter standen zwei Kutschknechte, die am wunderschön verzierten Gefährt herumzuhantieren begannen, während zwei Lakaien die Treppe zum Kutschentürchen herunterklappten. Hinter ihnen schnaubten die Pferde weiterer vier Bewaffneter, bevor ein Planwagen kam. Den Schluss bildeten ebenfalls vier berittene … und bis auf die Zähne bewaffnete Sodaten.

»Diradete radete dlomm dlomm dlomm …« Der zackige Ersatz-Tambour und seine Trommler leisteten eine dermaßen hervorragende Arbeit, dass Oberamtmann Speen anerkennend lächelte und sogar leicht in die Hände klatschte, als er aus der Kutsche stieg und zum Planwagen lief, wo er ein paar Anweisungen zu geben schien, bevor er auf die Wartenden zuging.

Nach einer mehr oder weniger steifen Begrüßung sagte der oberste Beamte des Grafen: »Es tut mir leid, aber Seine Erlaucht, der Reichsgraf, fühlt sich nach den Strapazen der Reise und aufgrund der Kälte heute nicht mehr dazu imstande, die Fahne zu übergeben.« Zu seiner Entschuldigung fügte Speen noch hinzu, dass sie auf Höhe des Alpsees einen Radbruch gehabt hatten.

Aha! Deshalb die Verspätung, dachten sich wohl alle Staufner. Da ihnen die Enttäuschung im Gesicht stand, wandte sich der Oberamtmann an Melchior: »Ich weiß, mein lieber Herr Henne, dass Ihr spätestens zur fünften Stunde die Fahne in Empfang hättet nehmen dürfen, mitsamt den Trommlern und Pfeifern hättet aufziehen sollen und etliche Gesetzlein hättet ausrufen müssen.« Er legte eine fast väterliche Hand auf Melchiors Schulter. »Das Wichtigste ist doch wohl, dass die Fahne – und Seine Erlaucht – hier sind, oder?«

Melchior nickte mit einem gequälten Lächeln auf den Lippen und zischte Gebi Luckner an: »Hört mit der Trommelei auf!«

Während der letzte Trommelschlag kam und der Tambour zur Locke einwinkte, winkte Speen zum Planwagen, von wo aus durch Lakaien sogleich die inzwischen vom Planwagen heruntergeholten sechs Fässer Bier hergerollt wurden. »Zapft heute ein Fass an und freut euch in gemütlicher Runde auf morgen … Aber betrinkt euch nicht«, schmunzelte Speen und wandte sich zum Gehen.

»Und …« Melchior wollte etwas fragen, brachte aber nichts heraus.

Speen drehte sich um und sagte: »Wir sehen uns morgen zur neunten Morgenstunde, wenn Ihr die Fahne im Schloss abholt … Wir erwarten Euch pünktlich! Gehabt euch alle wohl.« Ohne ein weiteres Wort gab er das Zeichen zum Aufbruch und verschwand in der Kutsche.

Zurück blieb ein Haufen verdutzt dreinschauender Staufner.

»Verdammt …«

»Beruhige dich, Melchior … Er hat recht: Freuen wir uns auf morgen«, sagte Leonore und hakte sich bei Melchior ein, um ihn sanft ins Gasthaus zurückzuziehen.

»Aber er hat uns den ganzen Vormittagsablauf durcheinandergebracht. Ich weiß nicht, wie wir das jetzt hinbekommen sollen. Ich hätte gute Lust, alles hinzuschmeißen. Wer weiß, vielleicht ist das ja nur eine Ausrede und er hat die Fahne gar nicht dabei.«

KAPITEL 61

Endlich war er da: Der 8. März 1650 und somit der erste *Staufner Fasnatziestag*! Der von Staufens Bevölkerung lange herbeigesehnte Tag, an dem zum ersten Mal die vom Reichsgrafen Hugo zu Königsegg-Rothenfels, des gönnerhaften Herrn der Herrschaft Staufen, gestiftete Fahne geschwungen und durch die Straßen des

Marktes getragen werden sollte. Bisher war die Fasnacht nahezu spurlos an den Staufnern vorübergegangen. Selbst am »Gimpeligen Donnerstag« oder am »Rußigen Freitag« hatten die Kinder sich nicht verbutzt. Niemand hatte Schabernack getrieben und mit der gerade im alemannischen Sprachraum üblichen Saublase auf andere Köpfe geschlagen. Selbst die jungen Leute hatten nicht einmal um der Fasnacht willen getanzt und gelacht – zu sehr wogen die schlimmen Ereignisse der vergangenen Monate.

Nur die Trommlerproben, die allabendlich ab dem Sechsuhrläuten vom neuen Tambourmajor Serafin Gruber geleitet worden waren, hatten die Staufner tagtäglich daran erinnert, dass es in ihrem Dorf doch noch einen Tag geben würde, an dem man all das tun konnte, worauf man aus unbändiger Wut, tiefer Trauer und grenzenloser Rücksicht gegenüber den Hinterbliebenen der Opfer des von Gott bestraften Gliedermörders bisher verzichtet hatte. Und nun war es so weit: Der letzte Tag der Fasnacht war angebrochen.

»Endlich: Es ist Fasnatziestag!«, rief eine alleinlebende Frau etwas fortgeschrittenen Alters, deren Mann im Großen Krieg geblieben war, ihrem Nachbarn, dessen Weib vor vielen Jahren der Pest erlegen war, zu und hoffte dabei insgeheim, im Laufe des Nachmittags oder am Abend von ihm zum Tanz geholt zu werden.

Genau wie die beiden konnten jetzt die meisten Staufner die Umsetzung des gräflichen Ediktes kaum erwarten. Ja, jetzt konnten sie sich darauf freuen, aber dies war nicht immer so; erst seit der Gliedermörder tot war und sie von ihm nichts mehr zu befürchten hatten, war die allgemeine Stimmung der braven Leute besser geworden. Und so hatte sich das Fähnchen des gegenseitigen Misstrauens und der omnipräsenten Angst in ein fröhlich im Wind flatterndes Banner der Zusammengehörigkeit gedreht. Heute war »ihr« *Staufner Fasnatziestag*, ein Tag, der von ganz besonderer Prägung werden sollte, wie ihn nur die Staufner haben würden. Und den mussten sie laut klarer Vorgabe ihres Regenten in gebührender Form begehen. Es sollte ein Tag werden, der die Verbundenheit des Herrscherhauses zu seinen Staufner Untertanen dokumentierte – und umgekehrt. Es sollte zudem auch der Ehrentag des Fähnrichs Melchior Henne und der Mitglieder seiner Fahnenkompanie werden, die fast durchwegs aus stolzen Flecknern bestand, die seit Generationen hier verwurzelt waren. Aber für alle anderen Bewohner Staufens sollte es ebenfalls ein ganz besonderer Tag, zwar ein Tag des traurigen Gedenkens an die Pestilenz, dennoch ein Freudentag werden.

»Lasst uns zu Beginn des heutigen Tages der Opfer des Gliedermörders gedenken und uns immerdar an Martin Allger, Markus Hagspihl, Hanspeter Burger und Bertel Schwabacher – an dessen Stelle und für den ich die Fahne des Grafen schwingen werde – erinnern«, hatte der Fähnrich schon am frühen Morgen zu seinen Leuten gesagt und eine Schweigeminute einlegen lassen, bevor er die Parole herausgegeben hatte: »Der ruchlose Mörder ist tot und die Morde sind gesühnt. Lasst uns also fröhlich sein und das gräfliche Vermächtnis erfüllen! … Und dabei an unseren verletzten Tambourmajor Serafin Gruber denken, der jetzt sicher gerne bei uns wäre«, war ihm am Schluss seines Aufrufes noch schnell eingefallen.

So wie es aussah, schien das Wetter mitzuspielen. Wie am Abend des Vortages bereits vorhergesehen, hatte es in der Nacht geschneit. Und als Melchiors großer Tag angebrochen war, hatte es zwar immer noch ein bisschen gegrieselt, aber es war höchstens eine gute Handbreit der weißen Pracht liegen geblieben – nichts Besonderes also und nichts, was die Reihenfolge des geplanten Tagesablaufes durcheinanderbringen konnte. Obwohl ein kalter und kräftiger Ostner wehte, versuchte die Sonne mit aller Macht, zu ihrem Recht zu kommen; gerade so, als wenn sie ahnen würde, dass etwas Unvorhergesehenes geschehen könnte und sie sich schützend über das Kommende legen wollte.

Es war kurz vor neun und die Staufner Bürgersöhne hatten die Morgensuppe, zu der sie sich schon um die siebente Stunde herum im festlich geschmückten Fähnrichshaus getroffen hatten, in geselliger Runde, allerdings etwas aufgeregt, zu sich genommen. Während Melchior Henne jeden einzelnen Burschen mit Handschlag begrüßt hatte, war die gute Stube des Fähnrichs zum Bersten voll geworden. Die ledigen Burschen hatten sich auf Anhieb wohlgefühlt und den Reigen der vom Grafen vorgegebenen Festlichkeiten dieses Tages in aller Würde eröffnet. Dabei hatten sie sogar mehrmals Hochrufe auf ihren Regenten … und auf ihren Fähnrich ausgebracht. So waren sie in gemütlichem Miteinander auf den Tag eingestimmt worden, hatten viel gelacht, getrunken und sich die Bäuche bis zum Bersten vollgeschlagen. Letztlich war vom Kuttelfleck kein einziger Löffel übrig geblieben. »Stell dir vor, die haben alle sechs Laibe Brot verdrückt«, hatte Melchiors Tante Magda, die über 40 Zwiebeln und etliche Brocken Speck geschnitten sowie drei Riesentöpfe Kutteln gekocht hatte, nicht ohne Stolz gesagt und dazu bemerkt, dass sich einige der jungen Leute beim Schöpfen wie Ferkel benommen hatten, weswegen sie vorgeschlagen hatte – sollte die Sache im nächsten Jahr wiederholt werden –, die Föhla bedienen zu lassen.

»Kommt nicht infrage! Die können höchstens darauf achten, dass nicht jeder einen halben Kipf einsteckt und mit nach Hause nimmt«, hatte der sichtlich angespannte Fähnrich geantwortet, war aber weder auf das ungebührliche Verhalten der Burschen noch auf das, was seine Tante in Bezug auf die Mädchen gesagt hatte, näher eingegangen. Er hatte von ihnen genug und andere Sorgen gehabt. »Magda«, hatte er gesagt. »Wir müssen jetzt los! Achte auf die Burschen, bis wir vom Schloss zurück sind. Sie sollen es sich gut gehen, sich aber nicht volllaufen lassen. Sowie der Erste ausfallend wird, drehst du den Zapfhahn zu. Und wenn du uns den Schlossberg herunter ins Dorf zurück trommeln oder die Pfeifer hörst, schickst du sie nach draußen und achtest darauf, dass ich mich nicht für sie schämen muss. Der Huber David weiß, wie sie sich auf dem Marktplatz postieren müssen. Er soll auch darauf achten, dass alle ihre Hüte aufhaben … Alles klar?«

Die ohnehin schon kampfbereit wirkende Tante Magda hatte demonstrativ die Ärmel noch ein Stückchen höher gekrempelt und ihrem Neffen versichert: »Geh nur! Mit denen werde ich schon fertig. Und jetzt komm her.« Sie hatte Melchior mit ihren mächtigen Oberarmen umschlungen und an ihr weiches Herz gedrückt, ihn geküsst und ihm ins Ohr geflüstert: »Alles Gute zum Ehrentag!«

Das fast an ein Hofzeremoniell erinnernde Prozedere hatte seinen Lauf genommen. Der Fähnrich war mit seinen Mannen auf dem Weg zum Schloss, um die Fahne, die eigentlich schon seit gestern Abend bei ihm hätte sein sollen, abzuholen. Vorneweg versuchte der Butz, den steilen Buckel hochzutänzeln, was ein schwieriges und anstrengendes Unterfangen war; aber Jockel Mühlegg wollte sich nicht schon in aller Früh kritisieren lassen, obwohl er seine Verletzungen, die ihm der Carnifex Sebastian Deibler beigebracht hatte, immer noch spürte. Wie würde es auch aussehen, wenn er einfach so daherschlurfen würde? Immerhin war er der Butz, die einzig kostümierte Figur des Tages! Also biss er die Zähne zusammen und strengte sich ebenso an wie die Trommler, die zwar keine Schmerzen hatten, sich aber wegen des ansteigenden Geländes mit dem Gleichschritt schwertaten, weswegen der Tambour den Besten von ihnen vorne rechts laufen und den Marschschritt vorgeben ließ. Hinter ihnen mühten sich die Immenstädter Pfeifer in ihren schmucken Uniformen den rutschigen Buckel hoch. Den Schluss bildeten in gemäßigtem Abstand die Mitglieder der Fahnenkompanie, die ihren Fähnrich in die Mitte genommen hatten.

»Unsere Föhla sind ganz schön eingeschnappt«, bemerkte der Unterfähnrich Karl Stubinger Melchior gegenüber.

»Was hättest du denn an meiner Stelle getan?«, konterte Melchior. »Nachdem der Graf gestern alles durcheinandergebracht hat und wegen des Radbruches an seiner Kutsche wahrscheinlich schlecht gelaunt sein wird, habe ich mich jetzt nicht mehr getraut, unsere Föhla mitzunehmen. Laut seiner Vorgabe dürfen sie sich erst nach dem offiziellen Festakt am Markttanz beteiligen … und daran halte ich mich jetzt wohl besser.«

»Aber sie haben uns so eifrig bei der Dekoration geholfen, dass sie es verdienen, sich am Festakt beteiligen zu dürfen. Außerdem waren sie doch schon beim Kirchgang dabei und …«

»Jetzt lass es gut sein, Karl! … Lass es einfach gut sein, ja? Die Sache ist entschieden; wir treffen sie nach dem Festakt. Klar?«, beendete der um acht Jahre ältere Fähnrich den Disput in ungewohnt strengem Ton.

Wie ist der denn an seinem Ehrentag gelaunt, dachte sich wohl nicht nur der Unterfähnrich. Dem ansonsten gelassenen Leinweber Melchior Henne gelang es einfach nicht, seinen Unmut über die gestrige Planänderung des Grafen und seine eigene innere Unruhe deswegen, weil er die Fahne nicht hatte probehalber schwingen können, zu verbergen. Aus diesem Grund war er sichtbar gereizt. Aber jetzt ging es nicht um ihn, sondern um die Sache. Also musste er sich am Riemen reißen.

Nachdem sie die große Linkskurve zum Schlosseingang hin hinter sich gebracht hatten und auf dem fast flachen Gelände vor dem Schloss standen, gingen wie von Geisterhand beide Flügel des großen Tores auf. Acht Kürassiere marschierten so zackig heraus, als wenn sie Anlauf genommen hätten, und postierten sich ebenso zackig außerhalb der Schlossmauern zu beiden Seiten des Tores. Gleichzeitig positionierten sich vier Fanfarenbläser auf dem Wehrgang über dem Tor und stießen ins polierte Blech, was das Zeug hielt.

Der Fähnrich gab seinen Leuten knappe Anweisungen, um dem Anlass entsprechend einlaufen zu können. »Puh!«, schnaufte er tief durch. »Wenn nur alles gut geht.«

Melchior und seine Männer trauten ihren Augen nicht: Im Schlosshof schien die Hölle los zu sein. An etlichen Fenstern klebten Menschen an den Scheiben oder hatten sich im Hof verteilt: Während Ignaz mit den gräflichen Rossknechten etwas abseits der Stallungen unter einem Mauerfries stand und fachsimpelte, wartete Rosalinde vor dem Palas mit den Kammerzofen der Gräfin auf das, was gleich kommen würde. Bruder Nepomuk hatte seinem alten Freund Hannß Ulrich Dreyling von Wagrain aus dem Haus geholfen und sich zu ihm auf das neben dem Eingang zum Vogteigebäude stehende Bänkchen gesetzt, von wo aus sie einen guten Überblick hatten. Eginhard – der auf dem Weg zu den beiden war – unterhielt sich noch kurz mit dem blassen und hageren Leibarzt des Grafen, der selbst aussah, als wenn er einen Medicus bräuchte. Die Äbtissin, in deren Kloster die Fahne genäht und die Schrift aufgestickt worden war, hatte vom Grafen höchstpersönlich eine Einladung erhalten, war mit zwei Mitschwestern auf einem Eselskarren von Dillingen nach Immenstadt angereist und von dort aus mit dem Planwagen des Grafen nach Staufen gekommen – was für ein Abenteuer! Die Franziskanerinnen unterhielten sich angeregt mit Propst Glatt und mit Schwester Bonifatia, die in früheren Zeiten ihre Mitschwester gewesen war. Da dies allerdings schon viele Jahre zurücklag, kannte sie nur noch die Mutter Oberin, weswegen es den jungen Mitschwestern im Laufe des Gespräches interessanter erschien, sich mit dem ebenfalls klerikalen Spitalhelfer Martius Nordheim zu unterhalten. Die Frauen der Familie Dreyling von Wagrain standen in einer anderen Ecke des Schlosshofes und hatten Mühe, die vielen Fragen der aufgeregten Kinder zu beantworten. Sie alle hatten eines gemeinsam: Da es nicht um sie ging, hielten sie sich diskret im Hintergrund. Denn dies war vordergründig die Stunde des Fähnrichs und der Mitglieder seiner Fahnenkompanie. Also hatten sich alle anderen still zu verhalten – so war es vom Oberamtmann im Auftrag des Regenten angeordnet worden. Nur dem Grafen selbst war es zugestanden, sich mit seiner zweiten Gemahlin Carolina Ludowica, einer geborenen Gräfin zu Sultz im Klettgau, und einem Teil des Hofstaates in vollem Ornat mitten im Schlosshof in Position zu bringen. Und dort saß das erlauchte Paar nun auf extra aus Immenstadt mitgebrachten Sesseln, für die Ignaz auf die Schnelle ein Podest gezimmert hatte, das er mit Rosalindes Hilfe auch noch mit einem roten Teppich belegt hatte. Zu Seiten des sitzenden Herrscherpaares standen – flankiert von jeweils vier Soldaten in glänzendem Paradekürass – Oberamtmann Conrad Speen und der gräfliche Zeremonienmeister. Ein fürwahr imposantes Bild, das nur noch vom Kastellan und vom Ortsvorsteher verfeinert werden konnte; denn die beiden standen – ebenfalls flankiert von acht Soldaten – ungefähr zehn Schritte hinter dem Regenten. Beiden hatte der Zeremonienmeister je einen Lakaien zugeteilt, die rote Samtkissen trugen, auf denen etwas Wertvolles zu liegen schien. Aber Lodewig Dreyling von Wagrain und Hermann Schädler hatten etwas noch Wertvolleres in ihrer Mitte, das sie aufgrund des Windes mit aller Kraft festhalten mussten – sie hatten das in Händen, um was es ging: die Fahne des Grafen, die an diesem Tag erstmals das frische Allgäuer Lüftchen zu spüren bekam!

Kaum hatte der Butz den Schlossplatz einmal umrundet und diesen mit dem Besen symbolisch von der Pest gereinigt, indem er damit zunächst dreimal den Konturen des Torbogens gefolgt war, um dazwischen den Boden unter dem Eingangsbereich zu kehren und danach leichtfüßig in den Schlosshof zu tänzeln, verstummten die Posaunen und dumpfer Trommelschlag hallte vom gräflichen Herrschaftssitz bis ins Dorf hinunter. Während die Trommler ein Spalier bildeten, kehrte der Bursche in der bunten Rautengewandung den Boden vor dem Herrscherpaar, indem er zunächst einen Bogen in die Luft zeichnete und dann, sich demütig bückend und rückwärts gehend, vom Herrscherpaar weg über den Boden kehrte. Auf diese Weise kehrte er nacheinander alle im Hof Versammelten symbolisch von der Pest frei, indem er auf sie zusprang und von ihren Körpern weg mit ausladenden Besenbewegungen über den Boden strich. Obwohl er dies – je nach Rang der zu kehrenden Personen – bis zu dreimal tat, achtete er sorgsam darauf, niemanden zu vergessen – auch nicht die Bediensteten, denen er immerhin eine symbolische Geste zugestand, indem er den Boden vor ihnen einmal kehrte, allerdings ohne vor ihnen einen Bogen in die Luft zu zeichnen. Dass er selbst von den armen Kirchenmäusen einen kleinen Obolus bekam, wertete er als Zeichen der Solidarität – immerhin war er selbst ja der ärmste Schlucker des Dorfes, weswegen man ihn auch zum Butz gewählt hatte.

Als Jockel glaubte, im Schlosshof seine Arbeit korrekt hinter sich gebracht zu haben und gerade dem Fähnrich entgegenrennen wollte, sah er ein ganzes Stück hinter Speen und dem Kastellan zwei an der Schlossmauer stehende Personen, die ihre dunklen Kukullen tief in die Gesichter gezogen hatten und ihre Häupter etwas gesenkt hielten. Nachdem er auch diese beiden symbolisch »von der Pest gereinigt« hatte, streckte der wesentlich größere der beiden Jockel eine Hand mit einem ganzen Taler entgegen. Nachdem der Butz ungläubig festgestellt hatte, was er jetzt für einen Schatz in Händen hielt, wollte er – was unüblich war – sich mit Worten dafür bedanken. Als der groß gewachsene Mann allerdings den Kopf hob und – wie auch die kleinere Person neben ihm – die Kukulle etwas zurückzog, um sich Jockel gegenüber zu erkennen zu geben, glaubte der, seinen Augen nicht zu trauen; es war der Carnifex, dem der Oberamtmann von Jockel und dem, was heute in Staufen ablaufen würde, erzählt hatte. Und daneben stand dessen Sohn Lucki, der Jockel ebenso glücklich anstrahlte wie sein Vater. »Wir haben es uns nicht nehmen lassen, heute nach Staufen zu kutschieren, um dir zu deinem Amt persönlich zu gratulieren und zu sehen, wie es dir geht«, sagte Sebastian Deibler, legte einen Zeigefinger auf seine Lippen und zog seine Kukulle wieder tiefer ins Gesicht. »Ich bin stolz auf dich! – Wir freuen uns mit dir«, sagte er noch und senkte wieder das Haupt. Nachdem Jockel die beiden nochmals ganze drei Mal gekehrt und dabei besonders ausladende Bögen in die Luft gezeichnet hatte, wollte der Graf wissen, um wen es sich dabei gehandelt hatte. Da aber der Kastellan nicht neben ihm stand, hatte er im Moment keine Möglichkeit, eine Antwort zu bekommen. »Na ja; wird schon nicht so wichtig sein«, tuschelte er seiner Gemahlin zu.

Erst als alle, die sich bereits im Schlosshof befunden hatten – auch der rothenfelsische Nachrichter und dessen Sohn Lucki – gekehrt und somit symbolisch von der Pest gereinigt waren, eilte der Butz den soeben Angekommenen entgegen, um auch diese korrekt nach den zuvor ausgemachten Regularien zu kehren. Um das möglicherweise etwas übertriebene und deswegen auffällige Kehren bei den beiden ganz hinten an der Schlossmauer stehenden Unbekannten etwas zu kaschieren, übertrieb Jockel bewusst auch bei Melchior Henne, als er diesen gleich viermal kehrte und dessen Stellvertreter ein dreifaches »Reinigen von der Pest« zugestand.

Danach betrat der Fähnrich – zu Ehren des gräflichen Hauses mit einer rot-gelben Schärpe über Schulter und Brust – den Innenhof und ging gemessenen Schrittes auf das hochrangige Empfangskomitee zu. Um seinen heutigen Stand noch besser zu dokumentieren, lief er dem Unterfähnrich Karl Stubinger und den drei Fahnenbrüdern, die Zweiergruppen gebildet hatten, vorneweg. Es war ein erhebender Moment, als die kleine Gruppe beim Grafen ankam. Der Stellvertreter des Fähnrichs und seine Fahnenbrüder traten ehrfürchtig beiseite, sodass der Fähnrich jetzt allein und ungefähr fünf Schritte vor seinem Herrn und der Gnädigen stand. Sie warteten nur noch auf die Locke, mit der die Trommelei enden würde. Melchiors Blick wechselte erwartungsvoll zwischen den Erlauchten und der direkt hinter deren Köpfen wie aus dem Nichts zu kommen scheinenden Fahne, die munter im Winde flatterte, weswegen der Kastellan und der Ortsvorsteher ihre gute Mühe mit ihr hatten. Auweia, dachte der Fähnrich.

Hoffentlich bereitet mir der Wind keine Probleme beim Schwingen dieser sicherlich schweren Fahne.

Endlich war es so weit: Nachdem der Hall der letzten Trommelschläge verklungen war, legte sich eine geradezu beängstigende Stille über das Geschehen. Nur noch die in der Butzlarve angebrachten kleinen Glöckchen durchbrachen die stoische Ruhe. Erst nachdem auch diese nicht mehr zu hören waren, weil der Butz zum Zeichen des Respektes dem Grafen und der Gnädigen gegenüber seinen Zylinder abgenommen und ihn mitsamt der Larve zwischen seine gespreizten Beine gelegt hatte, erhob sich das Regentenpaar und trat vom Podium herunter ein paar Schritte nach vorne. Schon als sie zum ersten Schritt angesetzt hatten, war ihnen der Fähnrich entgegengetreten, hatte mit einer ausladenden Bewegung seinen federbesetzten Hut gezogen und sich ehrerbietig verneigt. Nachdem Melchior der Gnädigen gekonnt den Hauch eines Handkusses gegeben hatte, reichte ihm der Graf zur Verwunderung aller »ganz normal« die Hand und sagte: »Respekt! Da können sich meine Immenstädter eine Scheibe abschneiden.« Dies sollte wohl eine ganz besondere Belobigung sein, mit der er den zackigen Auftritt der Staufner Fahnenkompanie und des Trommlercorps meinte. Der Regent hüstelte, bevor er mit einem milden Lächeln auf den Lippen zu reden begann: »Wir kennen ihn ja, Unseren Bürgerfähnrich Henne. Er möge es Uns nachsehen, dass gestern …«, der Regent räusperte sich wieder, »einiges schiefgelaufen und deswegen auch der heutige Zeitplan etwas durcheinandergeraten ist. Aus diesem Grunde möchten Wir keine vielen Worte verlieren und gleich zur Sache kommen.«

Der gräfliche Zeremonienmeister, der allein schon wegen seiner mittelalterlich anmutenden Gewandung nicht fehlen durfte, gebot zweien der Lakaien, vorzutreten und sich zu beiden Seiten des Regentenpaares zu stellen. Der Graf nahm von einem der beiden Samtkissen ein zusammengerolltes Papier und hielt es Melchior entgegen. »Dies, mein lieber *Staufner Bürgerfähnrich*, ist zwar keine ›Stiftungsurkunde‹, aber das Dekret zur Durchführung des *Staufner Fasnatziestages* in Reinschrift, das Er ja in Rohform bereits kennt, weswegen Wir es jetzt nicht verlesen lassen, weil sonst die Zeit davonlaufen würde. Nehme Er es und tue Er damit, was Er für richtig hält.«

Bevor Melchior etwas sagen oder sich bedanken konnte, wandte sich der Regent seiner Gemahlin zu, die sich daraufhin zum rechts neben ihr stehenden Lakaien drehte und von dessen Samtkissen ein aus Silber gefertigtes, mit den gräflichen Rauten emailliertes Wappen, das an einer kunstvoll gedrehten silbernen Kette hing, nahm.

»Trete Er vor, Erster Bürgerfähnrich Unserer Herrschaft Staufen«, gebot sie in feierlichem Ton.

Nachdem sich der Fähnrich die zwei Schritte, die er nach der Entgegennahme des gräflichen Schreibens wieder zurückgetreten war, der Gräfin genähert hatte, sagte sie lächelnd: »Beuge Er Sein Haupt, ... nicht um Unserer willen, sondern damit Wir Ihm diese Kette, die Er und – sollte es dereinst so sein – alle Bürgerfähnriche Staufens nach Ihm zum Gedenken an diesen ehrwürdigen Tag und zur Erinnerung an den Stifter des *Staufner Fasnatziestages*, meinen hochwohlgeborenen Gemahl, Hugo Reichsgraf zu Königsegg-Rothenfels ...«, zur Erleichterung aller ließ sie die ganze Titelei weg und sah stattdessen ihren Gemahl an, bevor sie den begonnenen Satz beendete, »am letzten Tag der Fasnacht tragen sollen.«

Es war ein erhebender Augenblick völliger Stille. Melchior Henne beugte sein Haupt und ließ sich von der Gräfin das äußere Zeichen seiner hohen Stellung um den Hals legen.

Offensichtlich hatte es der Graf eilig, denn auch dieses Mal gab er Melchior keine Gelegenheit, etwas zu sagen. Stattdessen blickte er zum Zeremonienmeister, der hastig den Kastellan und den Ortsvorsteher nach vorne winkte. Hermann Schädler war die alleinige Ehre zugestanden worden, die Fahne zum Grafen zu tragen und sie ihm zu übergeben. Da er dies aufgrund des aufgekommenen Windes nicht allein übernehmen wollte, tat er dies dann doch mit dem Kastellan zusammen. So trugen denn vier Hände das wertvolle Banner nach vorne. Dabei hörte man nur das Flattern des – wie Melchior bereits befürchtet hatte, schweren – Stoffes im Wind. Da auch der Regent große Mühe hatte, das mehr als drei Armlängen im Quadrat messende Hoheitszeichen ruhig zu halten, kam ihm sein Erster Beamter zu Hilfe.

Trommelwirbel setzte ein. Da keiner der ledigen Burschen etwas vom Ablauf der Fahnenübergabe gewusst hatte, war dieser nicht geplant und vom Tambour eigenmächtig inszeniert worden. »Respekt«, murmelte der Graf. »Ihr Staufner habt Stil. Da können sich Unsere Immen...«

»Schon gut«, unterbrach ihn seine Gemahlin mit einem milden Lächeln.

Der Trommelwirbel wurde leiser. Außer dem Tambour bemerkte niemand, dass Norbert, der jüngste Trommler, danebenschlug.

Es war erhebend, als der Regent ungeachtet des soeben ausklingenden Trommelwirbels einen Schritt auf den Fähnrich zuging und ohne lange Vorrede sagte: »Hiermit übergeben Wir Ihm, Melchior Henne, dem ersten Bürgerfähnrich Unserer geliebten Herrschaft Staufen, diese Fahne als äußeres Panier neuer Lebensfreude. Möge sie über Jahrhunderte hinweg des schrecklichen Pestjahres 1635, der Wirren des 30 Jahre anhaltenden Krieges und der vielen Toten und Vermissten sowie der Verbundenheit Unserer rothenfelsischen Bevölkerung zu ihrem Herrscherhaus erinnern. Mit der Übergabe dieser wertvollen Fahne, deren Mittelpunkt aus der Künstlerhand unseres von Gott begnadeten Hofmalers stammt ... und deren gesamter Rest im Kloster der Dillinger Franziskanerinnen vernäht und bestickt worden ist, haben Wir somit unser Versprechen aus dem Jahre 1635 eingelöst. Sehe Er dies als Vermächtnis für kommende Zeiten! Um dies niemals zu vergessen, haben Wir in die güldene Fahnenspitze – einer Monstranz, ja fast sogar einem kleinen Reliquienschrein ähnlich – ein Knochenstückchen einarbeiten lassen ... Wir meinen, ein guter Gedanke der Dillinger Schwesternschaft. In diesem Zusammenhang danken Wir einem Mann namens Fabio, der dieses kleine Relikt der ewigen Erinnerung extra für Uns auf dem Pestfriedhof ausgegraben hat. Wie er über Unseren Schlossverwalter Lodewig Dreyling von Wagrain versichern ließ, stammt es von der allerletzten Pesttoten, die am 6. Dezember des Jahres 1635 verstorben und mit über 700 anderen Opfern der seinerzeit grausam wütenden Seuche auf dem Pestfriedhof zu Weißach bestattet worden war.«

Als sie dies hörten, stieg Verlegenheitsröte in die Gesichter der drei nicht an Lob gewöhnten Ordensfrauen, während dem ebenfalls anwesenden, bescheiden im Hintergrund stehenden Künstler durch den Kopf ging, wann der Auftraggeber denn wohl bezahlen würde. Immerhin hatte er sich ganz besonders viel Mühe damit gegeben, das Medaillon im Avers mit dem gräflichen Rautenwappen in Allianz mit dem Wappen derer von Hohenzollern und das Revers mit der »Pestmadonna«, der »Hausheiligen« der Königsegger, zu bemalen. Nur Fabio dachte sich nichts dabei, als er seinen Namen aus dem Munde des gönnerhaften Regenten vernahm.

Der Graf selbst räusperte sich fast etwas verlegen und ließ seinen Blick von einem zum anderen der jungen Burschen schweifen, bevor er fast unmerklich mit dem Kopf wippte und sagte: »Respekt! ... Alles Gute zum Ehrentag!« Im Stillen dachte er: Und wenn dies hier vorüber ist, geht alle wieder an die Arbeit, vermehrt euch und zahlt endlich wieder ordentlich Steuern.

Das war's. Ohne weitere Worte übergab er die Fahne an Melchior Henne. Genau genommen war er froh, sie endlich loszuwerden. Der wieder aufkommende Trommelwirbel wurde langsam lauter und der Graf begann – aufgrund seiner Seidenhandschuhe unhörbar – zu klatschen, was ihm alle anderen umso hörbarer nachmachten.

Als der Trommelwirbel verstummt und es wieder still war, konnte sich der Fähnrich endlich beim Grafen und seiner reizenden Gemahlin bedanken. Er spreizte seine Beine, stemmte die Fahnenstange an die Außenseite seines linken Schuhs und hielt die Fahne vom Körper weggestreckt in der linken Hand, während er mit der rechten eine solch ehrerbietige Geste vollführte, wie sie die Erlauchten ansonsten nur von Ihresgleichen her kannten. »Allergnädigste Herrschaft. Im Namen meiner Kompaniemitglieder ...«, Melchior deutete zu den Seinen, die sich stolz ins Hohlkreuz warfen, »aller ledigen Staufner Burschen ...«, er hüstelte etwas unsicher, »und der braven Jungfrauen Staufens, aber auch in eigenem Namen bedanke ich mich für die überaus hohe Ehre und das in mich gesetzte Vertrauen ... Ich gelobe feierlich, den heutigen Festtag getreu dem Stifterwillen zu gestalten, und werde alles in meiner bescheidenen Macht Stehende tun, damit an meinem Ehrentag, der vielmehr Euch zur Ehre gereicht, auch in den kommenden Jahren – vielleicht sogar auch noch in kommenden Jahrhunderten – die Erinnerung an Staufens schlimmste

Zeit umgesetzt wird … Für und Für!« Er wandte sich seinen Leuten zu und rief: »Unserem hochverehrten Regenten ein dreifaches ›Staufner Lond it …‹«, seine Männer vollendeten den Hochruf, der sich dreimal wiederholte, indem sie lauthals: »Luck!« riefen, was nichts anderes hieß, als dass die Staufner nicht lockerlassen würden. Das »Staufner Lond it luck!« war ein Versprechen. Dieser Hochruf wurde auch der Gräfin, durch den Vizefähnrich dem Fähnrich selbst und letztlich auch noch dem Kastellan, dem Ortsvorsteher, den drei Franziskanerinnen, deren Wangen schon wieder zu glühen begannen, und dem Hofmaler zuteil. Wären die Burschen vom Zeremonienmeister nicht ausgebremst worden, hätten sie halb Immenstadt, ganz Staufen und womöglich auch noch die frisch renovierte Fassade von Melchiors Haus oder Schmied's Katze hochleben lassen.

Nachdem endlich das letzte Gesetzlein ausgerufen worden war, kredenzten die bereits ungeduldig wartenden Lakaien des Grafen edlen Wein aus der Gegend um Mainz. Man stieß an und wechselte noch so lange Schmeicheleien, bis der Zeremonienmeister zur Eile mahnte und den Fanfarenbläsern ein Zeichen gab.

»So. Und nun, werter Herr Fähnrich: Tu Er, was Er sicher nicht erwarten kann: Schwinge Er endlich diese Fahne. Auf dass Unser Versprechen von 1635 endgültig und für alle Zeiten eingelöst sei!«, beendete ein sichtlich zufrieden wirkender Regent den inoffiziellen Festakt.

»Wie meinen? Erlaucht.«

»Er hat schon richtig gehört: Schwinge Er die Fahne, damit Wir endlich gehen können – es ist kalt.« Der edle Spender grinste gönnerhaft. »Uns ist zu Ohren gekommen, dass Er sich grämt, weil Er wegen Unseres Zuspätkommens keine Möglichkeit für ein Probeschwingen gehabt hat. Also …«

»Sie sind gleich da!«, rief David Huber der Tante des Fähnrichs aufgeregt zu, worauf die resolute Frau auch noch die letzten Burschen aus dem Fähnrichshaus staubte und zum direkt vor dem Haus liegenden Marktplatz scheuchte, wo bereits Hunderte Menschen gespannt auf den festlichen Zug mit der Fahne, die noch niemand von ihnen gesehen hatte, warteten. Diejenigen, die keinen der begehrten Plätze ergattert hatten, standen am Straßenrand und jubelten den Zugteilnehmern – insbesondere aber dem hochherrschaftlichen Paar – Fähnchen schwenkend zu. Die Begeisterung der Menschen war in den letzten Tagen, seit sie wussten, dass der Gliedermörder tot war und sie ihn zu ihrer Erleichterung sogar hatten anspucken dürfen, so groß geworden, dass viele Eltern, deren Kinder keine Fähnchen bekommen hatten, sich diese selber aus Stofffetzen gebastelt hatten.

Wie vom Fähnrich aufgetragen, war David Huber eifrig dabei, die Burschen ordentlich in Positur zu bringen und dafür zu sorgen, dass der Zug ungehindert auf den abgesperrten Platz einziehen und sich neu formieren konnte.

Als der noch kleine, aber bereits festliche Zug von der Schlossstraße links zum Marktplatz hinunter abbog, kamen die Immenstädter Pfeifer zu ihrem ersten Einsatz, der allerdings nicht lange dauern sollte. Kurz vor dem Marktplatz gaben schon wieder die eifrigen Staufner Trommler den Takt an. »Wofür haben wir so oft geübt?«, sagte der Ersatz-Tambour, der sich jetzt wie ein »Major« fühlte, augenzwinkernd zu seinem frischbestallten Ersten Trommler das, was sich die Pfeifer auf sich bezogen murrend dachten.

Als sie auf dem Marktplatz einzogen, hallten die Trommelschläge von den Hauswänden wider. Der Tambour hielt seinen Stab mit gestrecktem Arm waagrecht vor seiner geschwellten Brust und deutete damit an, dass sie einen Halbkreis zu bilden hatten. Er hielt erst, als der Fähnrich genau vor seinem Haus stand. Da sie bereits beim »Sechsten« waren, ließ der stolze Tambour im Stehen fertig trommeln. Erst als auch der »Siebte«, also der »Letzte«, am Verklingen war, läutete er die Locke ein.

Über den Eifer seines neuen Tambours und der Trommler musste Melchior schmunzeln. Mit demselben Schmunzeln nahm er auch zur Kenntnis, dass sich die Mädchen innerhalb des abgegrenzten Bereiches, ordentlich aneinandergereiht, auf dem Marktplatz befanden. So standen diese selbstbewusst innerhalb anstatt, wie ihnen zugewiesen, außerhalb der Absperrung. Fähnrichsbraut Leonore Besler lächelte vielsagend und blies ihrem Fähnrich sogar auch noch ein entwaffnendes Handküsschen zu.

Die stolze Immenstädter Bürgerstochter hat es sich wohl nicht verbieten lassen, am Festakt teilzunehmen, dachte sich Melchior, der nicht minder stolz auf sie war.

»Euer Exzellenz ...«, wollte der Oberamtmann anheben, sich beim Grafen dafür zu entschuldigen. Da er wusste, dass die Fahnenstiftung ausschließlich als Sache der ledigen Burschen Staufens angeordnet worden war, befürchtete er, der Regent könnte vergrämt werden. Der aber winkte nur ab: »Schon gut, Speen! Schaue Er selbst ..., sind sie nicht schön anzusehen?«

Wollüstiger Bock, dachte sich der geradlinige Beamte und schüttelte unmerklich den Kopf.

Von all dem bekam der Fähnrich nichts mit. Melchior hatte jetzt keine Zeit, sich Gedanken darüber zu machen, ob die Mädchen vom Grafen erwünscht waren oder nicht. Nun waren sie schon einmal hier und jetzt sollten sie auch hierbleiben, ... obzwar ihr Verhalten fast einer Meuterei gleichkam. Sie sehen wirklich bezaubernd aus! Eine schöner als die andere, kam es ihm dann doch noch kurz in den Sinn. Selbst die dralle und nicht gerade mit Schönheit gesegnete Unterfähnrichsbraut Sophie Wegscheider sah in ihrer Festtagstracht zumindest wie die Mutter einer Prinzessin aus.

Trommelwirbel kündete Hochrufe auf die edle Stifterfamilie an, wobei auf diskrete Empfehlung des Zeremonienmeisters hin dieses Mal auch Maria Renata von Hohenzollern, der verstorbenen ersten Gemahlin des Grafen, deren Wappen den Avers dieser Fahne dominierte, gedacht wurde. Selbstverständlich wurde diese Ehre ebenfalls der aktuellen Regentin zuteil. Nachdem auch noch Hochrufe auf die restliche weltliche sowie auf die geistliche Obrigkeit ausgerufen worden waren, kam Melchior Henne selbst wieder in den Genuss eines Hochrufes: »Unser Bruder Fähnrich lebe hoch! ...«

Irgendwann waren auch die letzten Ehrerbietungen zu Ende gegangen und der jetzt wesentlich größere Zug, dem sich diejenigen, die bisher am Straßenrand gestanden hatten, anschlossen, konnte sich zum Kirchgang formieren. Nachdem David Huber den Festzug geordnet und allen ihre Plätze zugewiesen hatte, hakten sich die Mädchen unaufgefordert bei ihren Burschen ein. Dies war zwar nicht geplant gewesen, aber den Mitgliedern der Staufner Fahnenkompanie so angenehm, dass niemand etwas dagegen sagte. Nur Lisa Schneidinger konnte sich bei ihrem Burschen, dem ständig hin und her tänzelnden Butz, nicht einhaken, weswegen sie sich kurzerhand den bescheiden im Hintergrund gebliebenen Immenstädter Corps-Tambourmajor schnappte, obwohl dieser seine Arbeit längst getan hatte und – außer, dass er vom Grafen höchstpersönlich eingeladen worden war – nicht in offizieller Mission dabei war.

Die Trommler und Pfeifer führten den Zug zur Kirche an, wobei sich jetzt die Pfeifer durchsetzten und den Ton angaben. Ihnen folgten die ledigen Burschen des Dorfes, bevor Graf und Gräfin, der Oberamtmann und der Zeremonienmeister mit der gräflichen Kutsche kamen. Dahinter schritten der Ortsvorsteher und die Geistlichkeit mit dem kurioserweise gänzlich nüchternen Ortspfarrer, dem riesenhaften Mönch, dem schmächtigen Kanoniker und den rotwangigen Klosterschwestern, die diesen Umzug wohl mit einem Bittgang verwechselten, was sich dadurch zeigte, dass sie den am Wegesrand Stehenden unablässig zuwinkten, was etliche Frauen dazu veranlasste, sich zu bekreuzigen. Es folgten der gräfliche Hofmaler und die anderen geladenen Gäste, bevor die Akteure mit ihren Föhla kamen. Unterfähnrich Karl Stubinger und Sophie Wegscheider bildeten zusammen mit Leonore Besler und Melchior Henne den Schluss der Offiziellen.

Mit etwas Abstand dahinter lief der Rest der Bevölkerung Staufens, zu der sich auch der Kastellan gesellt hatte, weil er noch etwas zu tun gehabt und sich deswegen verspätet hatte.

Als der Zug ins Stocken geriet, weil das Kirchenportal sich als Nadelöhr erwies und nicht so viele Menschen auf einmal aufnehmen konnte, schaute Lodewig mehr oder weniger gelangweilt an sich herunter, um das korrekte Sitzen seiner Beinlinge zu kontrollieren und sich den Schnee von den Stiefeln zu klopfen. Dabei glaubte er, einem Trugbild zum Opfer zu fallen. Er bückte sich und kniff die Augen zusammen. Lange betrachtete er einen ihm bestens bekannten, aber seit Tagen nicht mehr gesehenen Schuhabdruck im frischen Schnee. Schlagartig innerlich aufgewühlt, schüttelte er irritiert den Kopf. »Das darf doch nicht wahr sein: ausgerechnet hier und heute«, murmelte er ungläubig.

Jemand klopfte ihm auf die Schulter und erreichte damit, dass Lodewig erschrocken zusammenzuckte. »Seit wann ist unser schneidiger Herr Kastellan so schreckhaft? … Was ist? Hast du keine Lust auf die Messe?«, wurde er gefragt.

Lodewig blickte hoch. »Äh … Doch, doch, Friedel«, antwortete er, nachdem er den Hühnerzüchter, der in etwa gleichen Alters war, erkannt hatte. Lodewig war froh, dass der Mann das Entsetzen in seinen Augen nicht bemerkt hatte. Denn das, was Lodewig soeben entdeckt hatte, ließ ihm das Blut in den Adern gefrieren. »Friedel!«, rief er dem ortsansässigen Kleinbauern, der inzwischen weitergelaufen war, nach.

Der drehte sich um. »Was ist?«

»Könntest du bitte unauffällig Bruder Nepomuk aus der Kirche holen und zu mir schicken?«

»Den Riesen? Liest der nicht zusammen mit unserem Pfarrer die Messe?«, kam es etwas unsicher zurück.

Lodewig tippte sich an die Stirn. »Na klar! Du hast recht … Weißt du was? Schick mir Eginhard heraus! Aber möglichst …«

»… unauffällig. Ich weiß. Klar mach ich das«, lachte der freundliche Mann und ging weiter.

»Ich danke dir«, antwortete Lodewig, dem die Zeit, während derer er auf seinen Bruder wartete, endlos vorkam. Während alle anderen in der Kirche waren, lief er unruhig hin und her, bückte sich immer wieder, um weitere Abdrücke des verdächtigen Schuhs zu finden, erhob sich und kratzte sich – wie immer, wenn er nachdenken musste – am Kopf. Aber er hatte nicht die Ruhe, um nachzudenken. Hastig lief er ein Stück des Weges, den der Zug genommen hatte, zurück, um weitere Spuren zu suchen. Abermals bückte er sich und fuhr ungläubig mit der Hand über einen Abdruck im Schnee. »Der Mörder befindet sich immer noch unter uns. Jetzt ist es gewiss, dass es einer der Unsrigen ist«, murmelte er entsetzt.

»Was sagst du da?«, fragte Eginhard.

Lodewig drehte sich um. »Gott, hast du mich erschreckt!«

»Gott bin ich zwar nicht …«, witzelte Eginhard aus Lodewigs Sicht völlig unpassend und sprach trotz des verständnislosen Blickes seines Bruders weiter: »Aber jetzt weiß ich, warum mich Friedel gebeten hat, die Kirche zu verlassen, noch bevor der Gottesdienst begonnen hat. … Wie kommst du zu der Erkenntnis, dass der Mörder nun doch noch hier in Staufen ist und sogar ein Staufner sein soll?«

Lodewig stand auf, nahm seinen Bruder am Ärmel und zog ihn zu einem der verdächtigen Schuhabdrücke hinunter. »Und? … Was siehst du?«

Eginhard brauchte nicht lange zu überlegen, um zu wissen, zu wem der auffallende Schuhabdruck mit dem fehlenden Absatz gehörte. »Verdammt!« Er sah sich um und bemerkte noch: »Der Mörder war beim Fahnenaufzug dabei! Hier, sieh: der Schuhabdruck befindet sich mitten unter den anderen und geht eindeutig in Richtung Kirche … Da ist noch einer! … Und da! Aber warum plötzlich auf der anderen Straßenseite? Es sieht fast so aus, als wenn der Träger dieses beschädigten Schuhs ständig hin und her gelaufen wäre.«

»Hin und her tänzelt heute doch nur der Butz. Alle anderen sind auf geradem Weg den Zug mitgegangen«, wunderte sich auch Lodewig.

»Sieh her! Da sind auch noch Abdrücke des betreffenden Schuhs, die von hier wegzugehen scheinen«, stellte Eginhard scharfsinnig fest.

»Da außer den honorigen Städtlern und den Nonnen nur Staufner mitgelaufen sind, kann der Mörder tatsächlich nur einer von uns sein«, konstatierte Lodewig und hielt sich bei diesem Gedanken eine Hand vor den Mund, um seine Wut nicht laut herauszuschreien.

»Was ist mit den beiden Männern, die Jockel im Schlosshof ganz besonders gut gekehrt hat?«, warf Eginhard, dem dies aufgefallen war, scharfsinnig ein.

»Wie du sagst: Zwei! Wir suchen aber nur einen Mörder!«, maß Lodewig den beiden Unbekannten, die er selbst nicht hatte bemerken können, weil sie weit hinter ihm gestanden hatten und er zudem mit der Fahne beschäftigt gewesen war, keine Bedeutung bei.

Eginhard zuckte mit den Schultern. »Und der ist jetzt in der Kirche, wahrscheinlich, um Buße zu tun … Oder sagen uns die in entgegengesetzte Richtung weisenden Schuhabdrücke, dass der Mörder die Kirche meidet und sich deswegen nicht unter den Kirchgängern befindet?«

»Das glaube ich eher«, bestätigte Lodewig das von seinem Bruder zuletzt Gesagte. »Ich denke nicht, dass ein zu solch grausamen Taten fähiger Mensch die Heilige Messe besucht. Er wird das Weihwasser ebenso meiden wie der Teufel, mit dem er eins geworden sein muss, um so zu morden, wie er es getan hat! Falls es nicht so ist, müsste er zur Stunde doch in der Kirche sein. Aber wie sollen wir ihn dort ausfindig machen, ohne Melchior und allen anderen den Tag zu verderben? Die Kirche ist so voll wie seit Weihnachten nicht mehr«, gab Lodewig zu bedenken. »Eigentlich müssten wir von den Gardisten das Kirchenportal so verstellen lassen, dass dort niemand hinausgelangen kann. Dann müssten wir mithilfe weiterer Soldaten die Kirchgänger beim seitlichen Ausgang einzeln hinauslassen, um im Vorraum der Sakristei – von allen anderen unbemerkt – deren beide Schuhe zu inspizieren. Somit bekäme derjenige, den es betrifft, nichts mit und käme auch nicht auf den Gedanken, dass wir nach seinem linken Schuh fahnden.«

»Eine gute Möglichkeit, den Gesuchten zu finden, Bruder«, lobte Eginhard, der selbst auf diesen Gedanken gekommen war. »Aber dann ist hier wirklich der Teufel los und der Festtag versaut ... Was passiert, wenn wir den Mörder trotz dieser Aktion doch nicht identifizieren, kannst du dir ja vorstellen. Willst du das ausgerechnet heute, da ausnahmsweise einmal der Graf in Staufen weilt, wirklich riskieren?«

Lodewig stand auf und zeigte in Richtung Unterflecken, woher der Festzug gekommen war. »Natürlich nicht! Das Risiko, dass wir uns bis auf die Knochen blamieren und wie Narren dastehen, ist viel zu groß. Bevor wir voreilige Schlüsse ziehen, müssen wir sowieso erst überprüfen, ob der Mensch, zu dem der absatzlose Schuh gehört, tatsächlich beim Zug mitgelaufen ist. Um dies feststellen zu können, müssen wir unbedingt weitere dieser Schuhabdrücke finden und versuchen, die Spur zu verfolgen.«

»Oh je, das könnte schwierig werden. Da sind mehrere Hundert Leute mitgelaufen. Das ganze Dorf ist heute auf den Beinen.«

»Umso wichtiger ist es, Klarheit zu bekommen, bevor das Messbuch zugeschlagen wird«, drängte Lodewig, sofort mit der Suche zu beginnen.

»Heißt das, dass wir beide nicht der kirchlichen Fahnenweihe beiwohnen werden und uns stattdessen auf Spurensuche begeben?«

Lodewig lächelte und sagte: »Da stört uns wenigstens niemand. Schön, dass du mir hilfst, Bruderherz.«

Während die meisten Gläubigen immer noch bemüht waren, sich etwas Freiraum in der übervollen Kirche zu verschaffen, um möglichst viel von der Eucharistie und von der feierlichen Fahnenweihe mitzubekommen, hatten Lodewig und Eginhard wie besessen damit begonnen, den zusammengetretenen Schnee vom Kirchplatz zum Marktplatz hinunter auf weitere verdächtige Schuhabdrücke hin zu untersuchen. Wider Erwarten waren die beiden doch nicht allein auf der Straße: Die 23-jährige Mildred Winston befand sich auf dem Weg zum darniederliegenden Tambourmajor Serafin Gruber, der sein Amt an seinen ehemals Ersten Trommler Gebhard Luckner hatte abtreten müssen und deshalb todtraurig und mieser Stimmung war.

Mildred war zweifelsohne ein nettes Mädchen, aber doch etwas anders als ihre Altersgenossinnen. Ihr Vater, der zu Beginn des europaweiten Krieges aus dem englischen Folkestone, einem Küstenstädtchen in der Grafschaft Kent, wegen eines von ihm begangenen Gewaltverbrechens bei Nacht und Nebel abgehauen war, hatte sich als Kriegssöldner bei den Lutherischen verdingt, obwohl er Katholik war. Anlässlich eines Durchzuges seines Regiments in der ersten Phase des Großen Krieges war er dann in Staufen hängen geblieben. Da hier niemand etwas von der unrühmlichen Vergangenheit des ehemaligen Söldners gewusst und er zudem das Glück gehabt hatte, von einer bodenständigen Staufner Soldatenwitwe zum Mann genommen worden zu sein, galt Mildred trotz der Herkunft ihres Vaters und ihrer roten Haare als Einheimische und hätte deswegen gleichermaßen am Fasnatziestag teilnehmen dürfen wie ihre seit Generationen hier ansässigen Altersgenossinnen. Denn was die Mädchen anbelangte, nahm man es in Bezug auf eine Beteiligung am Fasnatziestag nicht ganz so genau wie bei den Burschen.

»Was macht Ihr hier? Sucht Ihr etwas?«, wollte das mit Korb und Hucke bepackte Mädchen vom Kastellan wissen und erreichte damit, dass der inzwischen dünnhäutig gewordene Mann schon wieder erschrak. »Verdammt!«, grummelte er, während er sich erhob und sich wie schützend vor die soeben gefundene Fußspur stellte.

»Was habt Ihr gesagt?«, fragte das Mädchen, bekam aber anstatt einer Antwort eine Frage zurück: »Äh! … Wohin des Weges, Mildred?«

»Ja! Warum bist du nicht in der Kirche?«, ergänzte Eginhard, der Lodewigs Ablenkungsmanöver verstanden hatte.

»Ich bin auf dem Weg zur Hucklerei!«

»Weswegen?«, interessierte sich Lodewig nur der Neugierde halber, aber nicht ernsthaft.

»Ihr wisst doch, dass Serafin Gruber zum Tambour gewählt worden ist und ich seine Tambourföhl war, … bis er einen Unfall gehabt hat.«

Die beiden nickten bedauernd.

»Und da deswegen für uns beide der Fasnatziestag gestorben ist, kümmere ich mich eben ein bisschen um Serafin. Ich hab jetzt ja Zeit … und er hat sonst niemanden.«

»Du würdest auch ohne Fasnatziestag gut zu ihm passen – dann hätte er jemanden«, lästerte Lodewig trotz seiner inneren Anspannung verschmitzt.

Mildred lächelte ob des schlechten Scherzes nachsichtig und sagte nur: »Nein! Ich bringe ihm nur etwas Speis und Trank und unterhalte ihn ein wenig.« Als ob sie den Wahrheitsgehalt ihrer Aussage beweisen müsste, hob sie den Korb mit Brot, Eiern, etwas Speck und einem mit Apfelmost halb gefüllten Krug hoch, bevor sie den beiden ihren Rücken mit der offensichtlich schweren Hucke zudrehte und erklärte, dass darin Brennholz sei.

»Schon gut«, winkte der Kastellan, der sich jetzt nicht um einen eventuellen Holzdiebstahl kümmern wollte, ab, konnte damit aber Mildreds Wortschwall kaum ausbremsen.

»Nachdem ich wegen Serafins Verletzung nicht mehr beim Fasnatziestag mitmachen kann, habe ich auch keine Lust auf die kirchliche Fahnenweihe und den ganzen Zinnober drum herum!«

»Na, na, na!«, rügte der Kastellan und schüttelte einen Zeigefinger.

Um keine unnötige Unstimmigkeit aufkommen zu lassen, mischte sich Eginhard ein: »Wie geht es Serafin eigentlich? Soll ich einmal nach ihm schauen?«

»Nein, nein!«, winkte Mildred ab. »Serafin kann zwar noch nicht auftreten und ist deswegen recht hilflos. Aber wenn er liegt und sich nicht allzu sehr bewegt, sind die Schmerzen in seinem Knöchel einigermaßen erträglich.«

»Gut!«, antwortete Eginhard. »Dann ist ja alles in Ordnung.«

»Von wegen«, zischte Mildred und ließ ihren Korb trotz des teilweise zerbrechlichen Inhaltes auf den Boden knallen, was Lodewig innerlich schier verrückt werden ließ. Obwohl er fürchtete, dass dadurch eine wichtige Spur verloren gegangen war, ließ er sich nichts anmerken und knurrte nur leise in sich hinein.

Mildred verschränkte demonstrativ ihre Arme vor der Brust und begann zu schimpfen: »Serafin ist ungenießbar. Aus lauter Verärgerung darüber, dass heute Gebi an seiner statt den Tambourstab schwingt, bedankt er sich nicht einmal bei mir für meine selbstlose Hilfe, ... und dies, obwohl ich ihn mehrmals am Tag und sogar auch noch am Abend besuche, um für die Nacht Holz nachzulegen. Seit seinem Unfall grantelt er vor sich hin. Er merkt überhaupt nicht, dass er ohne mich hilflos wäre und verdursten oder verhungern würde ... Wer pflegt ihn denn sonst? Er hat meine Hilfe bitter nötig! Und außer der Tatsache, dass ich seine Tambourföhl bin«, Mildred stockte und verbesserte sich, »war, habe ich bisher nicht viel mit ihm zu tun gehabt. Also habe ich im Grunde auch keine Verpflichtung.« Sie senkte den Kopf, bevor sie mit leiser Stimme weitersprach: »Ich kann doch auch nichts dafür, dass er sich im Suff den Knöchel verstaucht hat und ausgerechnet heute, wo alle anderen feiern, das Lager hüten muss.«

Lodewig trat näher und legte fast väterlich einen Arm um ihre Schulter. »Umso mehr ehrt dich das. Du bist ein gutes Mädchen. Grüß Serafin recht herzlich von uns«, sagte er in der Hoffnung, dass Mildred endlich gehen und sie weiter nach den Spuren des Gliedermörders suchen konnten.

»Und wenn er doch ärztliche Hilfe benötigen sollte, weißt du ja, wo du mich findest!«, rief Eginhard ihr nach.

»Habt Dank, Medicus. Aber Schwester Bonifatia kümmert sich bereits um ihn«, rief Mildred zurück und lief weiter.

»Na endlich«, entfuhr es Lodewig, während er schon wieder nach einer neuen Spur suchte.

»Hier!«, sagte Eginhard und deutete auf einen weiteren Schuhabdruck, durch den sich jetzt auch seine Befürchtung verstärkte, dass der Mörder ein Staufner, einer der Ihrigen, sein musste.

»Wer ist das da … und warum ist der nicht in der Kirche?«, Eginhard zeigte unruhig in Richtung Hauptstraße hinunter.

»Wen meinst du?« Lodewig drehte sich um und beschwichtigte seinen älteren Bruder: »Ach der! Das ist nur der Albert Wenninger, der wegen eines körperlichen Gebrechens nicht aktiv am Festtag teilnehmen kann. Dewegen geht er wohl auch nicht in die Kirche, … wo ich ihn ansonsten eigentlich immer sehe.«

Nach dem Ende der Lithurgie, die von Propst Glatt und seinem Mitbruder Nepomuk außerordentlich feierlich zelebriert worden war, hatte sich die Fahnenweihe angeschlossen. Bevor der stolze *Staufner Bürgerfähnrich* Melchior Henne den über drei Ellen im Quadrat großen, reichlich bemalten und bestickten, dementsprechend auch schweren Stoff durch die Straßen des Marktes tragen konnte, musste er insgesamt fast zwei Stunden ausharren. Wie immer, wenn die Kirche voll war, hatte dies der Propst ausgenützt und eine ganz besonders lange Predigt, die es in sich gehabt hatte, gehalten. Aber auch die längste Predigt war irgendwann vorbei und Melchior durfte die Fahne endlich durch sein geliebtes Heimatdorf tragen. Und dies tat er unter dem Jubel der Bevölkerung so genüsslich, dass er dabei aus lauter Stolz keine Straße und kaum einen Weg ausließ. Während es ein Teil der Bevölkerung vorzog, am Wegesrand zu stehen, um den aus der Kutsche herauswinkenden Exzellenzen zu huldigen und dem Fähnrich zujubeln zu können, waren gleich nach Ende der Heiligen Messe Hunderte zum Marktplatz geeilt, um sich rechtzeitig die besten Plätze zu sichern, von wo aus sie dem Festakt, dessen Krönung das Schwingen der Fahne sein würde, beiwohnen konnten.

Nachdem der Festzug auf dem Marktplatz eingetroffen war und alle ihre Positionen eingenommen hatten, klopfte der Zeremonienmeister des Grafen mit seinem Marschallstab auf den Boden der Ehrentribüne, wo der Graf und die Gräfin auf den von Ignaz hierhergekarrten Sesseln Platz genommen hatten. Obwohl auch dieser Holzboden mit einem dämmenden Teppich belegt worden war, konnte man das Klopfen bis in die hinterste Menschenreihe hören.

Als der Fähnrich, sein Stellvertreter und die drei Fahnenbrüder mitten ins Rund traten, war es bis auf das Gejammer einiger Bälger und das Kläffen eines Hundes in einiger Entfernung still. So mancher wird sich für einen Moment geärgert haben, hier zu sein, anstatt den Hund einfangen zu können.

Der Fähnrich nahm die Fahne aus dem Köcher, stellte sie mithilfe des Unterfähnrichs vor sich auf den Boden und hielt sie nach vorne gesenkt am ausgestreckten Arm. Da er die Fahnenstange leicht hin und her bewegte, hörte man den Stoff im wieder aufkommenden Wind rascheln. Was für Melchior ein bedrohendes Rauschen war, wurde von den Zuschauern kaum wahrgenommen.

Alle waren gespannt, was jetzt kommen würde.

Fast beschwörend schaute der Fähnrich ins Rund. Er nahm seinen Hut ab, um mit dem Totengedenken zu beginnen. Mit fester und lauter Stimme sprach er, ohne sich auch nur ein Mal zu verhaspeln oder zu stottern: »Am heutigen historischen Tag gedenken wir in Treue, Verbundenheit und Verehrung aller Opfer der schrecklichen Pestilenz, die im unseligen Pestjahr 1635 so fürchterlich gewütet hat, dass ihr 706 Einwohner unseres geliebten Marktes Staufen zum Opfer gefallen sind. Wir gedenken aller toter Staufner, die während des 30 Jahre anhaltenden Glaubenskrieges von uns gegangen sind, und all jener, die aufgrund der Nachkriegswirren immer noch fern der Heimat sind.«

Melchior überlegte noch einen Moment, ob er auch hier, coram publico, der Opfer des Gliedermörders gedenken sollte, wollte dies aber dann doch sein lassen, weil die Morde seines Wissens schließlich rein gar nichts mit der Fahnenstiftung zu tun gehabt hatten, … oder doch? Trotz seiner kurz aufkommenden diesbezüglichen Gedanken verkniff er sich dies letztlich doch noch.

So hatte es den Anschein, als wenn die dadurch herbeigeführte

Stille geplant gewesen wäre. Wenn der zum Theatralischen neigende Richter Waldvogel zusammen mit dem Carnifex und dessen Sohn Lucki von Immenstadt aus hierhergekommen und – wie die beiden – Zeuge dieser Stunde geworden wäre, hätte ihm dies sicherlich gefallen.

Es folgte ein mahnender Trommelwirbel, dem ein unabgesprochenes, durch die drei Franziskanerinnen angestimmtes Vaterunser folgte. Auch wenn der eine oder andere der Meinung war, dass sie in der Kirche genug gebetet hatten, stimmten alle in die kurze Andacht mit ein.

Verdammt! Was ist heute nur los? Muss denn alles durcheinandergehen, dachte sich Melchior. Obwohl es ein erhebender Moment des Totengedenkens war, mischte sich Unsicherheit unter die Aktiven, weswegen der Fähnrich zum Oberamtmann und zum Grafen schaute. Er dachte, dass der Regent jetzt etwas sagen wollte, sah sich darin allerdings getäuscht.

»Es ist euer Tag!«, rief Oberamtmann Speen dem jungen Staufner Burschen zu, nachdem er kurz mit dem Grafen getuschelt hatte. »Ihre Exzellenz geruhen, sich nicht einzumischen. Fahrt also getrost fort, werter Herr Bürgerfähnrich!«

»Werter Herr Bürgerfähnrich!« Wie unglaublich erhaben mochte dies wohl in den Ohren des Volkes geklungen haben.

Melchior Henne hatte verstanden und nickte seinem Unterfähnrich zu, woraufhin Karl Stubinger vortrat und die Fahne so lange in Empfang nahm, bis der Fähnrich ihm seine Handschuhe und den Hut übergeben konnte und zum Schwingen der Fahne bereit war.

Der Butz hatte indessen ebenfalls seine Kopfbedeckung abgelegt, mittels eines zuvor angebrachten Nagels die hölzerne Brille auf die ebenfalls hölzerne Nase seiner Maske gesteckt und sich somit gerüstet, das kommende Fahnenschwingen – ganz nach Manier eines Hofnarren – nachzuäffen.

Wie es der Teufel wollte und Melchior geahnt hatte, war aus dem anfänglich lauen Lüftchen ein leichter Wind geworden, der sich zunehmend im Fahnentuch verfing. Der kräftige Leinweber hatte große Mühe, die schwere Fahne überhaupt noch halten zu können. Während sich die Hälse der Zuschauer nach oben reckten, machte sich unter den Aktiven Unruhe breit. Gleichzeitig wurde fast ängstliches Gemurmel laut.

Die Frage, ob es Melchior wohl schaffen würde, die schwere Fahne zu schwingen, machte die Runde.

Während die Erlauchten und die anwesende Aristokratie sich zusammen mit dem gemeinen Volk auf das konzentrierten, was jetzt geschehen sollte, waren Eginhard und Lodewig immer noch absolut sicher, dass die Person, die man gefangen genommen hatte und die unter einem Pferd hatte grausam sterben müssen, dessen leibliche Hülle von den Staufnern angespuckt worden war und die Fabio trotz des allgemeinen Holzmangels schlussendlich auf einem kleinen Scheiterhaufen außerhalb des Dorfes verbrannt hatte, zwar Marias Entführer, aber nicht der Mörder der vier jungen Staufner Burschen gewesen war und sich der wahre Gliedermörder immer noch mitten unter ihnen befinden musste. Es ärgerte sie, dass sie nicht mehr die Möglichkeit gehabt hatten, in Erfahrung zu bringen, um wen es sich bei Marias Peiniger gehandelt hatte, … und dass dies nun für immer ein Geheimnis bleiben würde.

Ihr Ehrgeiz, den Gliedermörder endlich zu fassen, war unterdessen so stark geworden wie nie zuvor. Und ihr Jagdinstinkt war geweckt worden. Auch wenn Fasnatziestag und das ganze Volk auf den Beinen war, mussten sie diesen Unhold schnellstens finden, bevor ein weiteres Unglück geschah.

»Ich bin froh, Benedikt diskret gebeten zu haben, seinen Männern aufzutragen, unauffällig auf die Mitglieder der Fahnenkompanie, ganz besonders aber auf Melchior, aufzupassen«, sagte Lodewig, bevor er zu fluchen begann: »Verdammt noch mal! Er ist mitten unter uns!«

»Ja!«, bestätigte Eginhard. »Komischerweise scheinen die Fußspuren plötzlich überall zu sein … und so zahlreich, als wenn der Mörder ein Tanzbär wäre. Kein Zweifel, er befindet sich tatsächlich unter all diesen gottesfürchtigen Leuten.«

»Solange er sich in aller Öffentlichkeit bewegt, kann wenigstens kein neuer Mord geschehen«, sah Lodewig das einzig Gute darin.

»Dein Wort in Gottes Ohr. Warum eigentlich sollte er jetzt noch einen von den jungen Leuten umbringen wollen – der Festtag hat bereits seinen Verlauf genommen und kann nicht mehr verhindert werden, … falls er dies im Sinn gehabt haben sollte«, bemerkte Eginhard und presste dabei nachdenklich die Lippen zusammen, während er seinen Bruder näher zu sich heranwinkte. »Weißt du, was die einzige Möglichkeit ist, ihn zu finden?«

Lodewig nickte. »Na klar: Indem wir am Ende doch noch allen Staufnern unter die Füße schauen! … Aber wie sollen wir dies unbemerkt bewerkstelligen? Stell dir vor, ich bitte beispielsweise den Butz oder gar den Fähnrich, ihr linkes Bein so zu heben, als wenn sie beim Hufschmied wären. – Am heutigen Tag undenkbar!«

Von alledem bekam das feiernde Volk nichts mit; denn was sich jetzt direkt vor ihm abspielte, war genauso spannend wie die Suche nach einem Mann, der den Absatz seines linken Schuhs verloren hatte – zumindest im Augenblick. Der Wind hatte zugenommen und der Fähnrich deswegen nach wie vor Mühe, die schwere Fahne zu halten. Aber Melchior Henne war kernig und er hatte die Kraft eines Ochsen. Also nutzte er die Gelegenheit, als der Wind für einen Moment etwas nachließ, und schwang das Banner gemäß dem gräflichen Edikt dreimal über seinem Haupte – ein fürwahr erhebender Moment. Die schwere Fahne flatterte fast waagrecht über ihn hinweg; einmal zu Ehren der hochgräflichen Exzellenzen, einmal für alle anwesenden »Bürger« Staufens und ein drittes Mal zum Gedenken an die Pestilenz und die damit verbundenen 706 Toten im Jahre Christi und der Heiligen Jungfrau Maria 1635.

»Unglaublich! – Überwältigend! – Grandios!«, hörte man die Menschen sagen, bevor sie zu jubeln und zu klatschen begannen.

Nachdem – wie konnte es auch anders sein – noch etliche Hochrufe erschallt waren und Speen dem überglücklichen Fähnrich nochmals signalisiert hatte, dass der Graf nichts zu sagen gedachte, war der offizielle Teil vorbei. Der Jubel war unbeschreiblich. Viele versuchten, einen möglichst nahen Blick auf den zufrieden lächelnden Regenten und seine nicht minder prunkvoll gewandete Gemahlin zu erhaschen, was allerdings die gräfliche Leibgarde zu verhindern wusste. Andere drängten zum Fähnrich hin, um ihm zu seinem Ehrentag zu gratulieren und um die Fahne etwas genauer betrachten oder sogar betatschen zu können. Der Großteil der Bevölkerung allerdings begann spontan zu tanzen, als die vom Fähnrich engagierten Musikanten aus Immenstadt begannen, zum Markttanz aufzuspielen. Auch die allein lebende Frau und der Witwer hatten sich zum Reihentanz zusammengefunden. Während auch der Fähnrich und sein Unterfähnrich mit ihren Bräuten das Tanzbein schwangen, mussten die drei Fahnenbrüder auf die Fahne aufpassen, was zu Unmut bei ihren Mädchen führte. »So habe ich mir das nicht vorgestellt«, maulte die ansonsten eher als schüchtern bekannte Barbara Fässler. Aber sie brauchte nicht lange auf ihren Burschen, den Fahnenbruder Leopold Mahler, zu verzichten, denn schon die Hälfte einer Stunde später zogen die jungen Leute in die *Krone*, wo nach dem gemeinsamen Mittagsmahl wieder getanzt werden würde, … aber auch da mussten die Fahnenbrüder auf das für alle sichtbar am Balkon befestigte Zeichen neuer Lebensfreude achten.

Die Honoratioren indessen verteilten sich in den anderen Wirtshäusern, während der Butz immer noch eifrig kreuz und quer über die Straßen tanzte und noch ein Weilchen seinen Schabernack mit den Kindern trieb, die unaufhörlich riefen: »Butz Bäh, Juhö! … Butz Bäh, Juhö!« Damit wollten sie den einzig Kostümierten des Tages ermuntern, ihnen nachzurennen und sie mit seinem Besen zu erwischen. Als wenig später auch der Butz im Wirtshaus verschwunden war, um sein karges Mahl aus dem merkwürdig aussehenden Topf einzunehmen, verstummte das Geschrei immer noch nicht. Die Kinder waren so ausgelassen wie die Erwachsenen, die noch niemals ein derart beeindruckendes Fest der Gemeinschaft erlebt hatten, in das sie alle eingebunden waren.

Der Graf hatte aus seiner Sicht dem Volk der Herrschaft Staufen genug Aufmerksamkeit gewidmet und wollte bis zum »Butzsterben« seine Ruhe haben. Er war stolz darauf, dass der Gedanke von ihm selbst gekommen war, den Butz beim abendlichen Sechsuhrläuten vor dem Kirchenportal symbolisch den Pesttod sterben zu lassen und damit dem lustigen Fasnachtstreiben Einhalt zu gebieten. »Wenn die Gedanken zu Ende des Tages wieder auf die Pest gelenkt werden, sinkt die Stimmung und die Burschen trinken danach nicht mehr so viel – das spart Geld und verhindert Ärger«, hatte er seinerzeit anlässlich einer Zusammenkunft mit den Räten seiner Stadt zu Speen gesagt und ihm ins Ohr getuschelt: »Die Staufner raufen doch immer, wenn sie zu viel getrunken haben, stimmt's?«

Während auf den Straßen und in den Wirtshäusern gefeiert, getanzt und gezecht wurde, hatte er sich mit seinem Hofstaat, der Geistlichkeit und den örtlichen Honoratioren ins Schloss zurückgezogen, wo ihn ein wahrhaft fürstliches Mahl erwartete.

»Wo bleiben der Kastellan und dessen Bruder?«, fragte der Oberamtmann zum wiederholten Mal und betonte, dass sein Herr ungeduldig zu werden drohte. »Wenn seine Erlaucht dies als persönlichen Affront ihm gegenüber betrachten, gibt es Ärger! Außerdem möchte Seine Exzellenz vom Kastellan endlich konkret über die Gefangennahme und den Tod dieses … dieses Gliedermörders in allen Details informiert werden«, betonte er Sarah gegenüber immer wieder. Aber die Kastellanin wusste auch nicht, warum Lodewig und Eginhard es vorzogen, den Grafen zu brüskieren, anstatt die Gelegenheit zu nutzen, mit ihm ins Gespräch zu kommen und irgendeinen Vorteil für das Schloss herauszuschinden, … vielleicht einen neuen Brunnen, der das seit Jahren bröckelnde Gemäuer aus mittelalterlichen Zeiten ersetzen würde? Sie konnte nicht verstehen, warum ihr Mann ausgerechnet heute seinen Gastgeberpflichten nicht nachkam.

»Nur gut, dass ich alles organisiert habe und Rosalinde weiß, was zu tun ist. So kann wenigstens ich mich mit der Gnädigen unterhalten«, tuschelte Sarah ihrer Schwester Lea ins Ohr. Dabei versuchte sie krampfhaft, ihre Unruhe, die sich inzwischen zur ernsthaften Sorge ausgeweitet hatte, zu verstecken.

Aber Lea konnte sie nichts vormachen: »Bleib gelassen, Sarah. Rosalinde hat alles im Griff! Sie muss lediglich dem Leibkoch des Grafen zur Hand gehen und dessen Lakaien unterstützen. Alles andere ist Sache der gräflichen Bediensteten.«

»Ich weiß!«, antwortete Sarah. »Aber das ist es nicht. Ich sorge mich um Lodewig und Eginhard. Seit dem Abmarsch des Zuges zur Kirche habe ich Lodewig nicht mehr gesehen … und Eginhard hat die Kirche hastig verlassen, ohne zurückgekommen zu sein. Verdammt, was tun die beiden nur?«

Als sie dies fragte, legte ihr jemand von hinten eine Hand auf die Schulter. »Wisst ihr was?«, sagte Peter Immler, der in seiner Eigenschaft als Immenstädter Ratsherr schon den ganzen Tag über an der Seite des Grafen gewesen war und sowohl Speens unverhohlene Drohung als auch die Unterhaltung der beiden mitgehört hatte. »Ich reite ins Dorf hinunter und suche die beiden. Keine Sorge: Es wird schon nichts Unvorhergesehenes geschehen sein«, tröstete er Sarah, die sich immer stärkere Sorgen um ihren Mann machte. Sie drehte den Kopf zum Immenstädter Ratsherrn und lächelte ihn dankbar an.

»Ihr müsst euch nur etwas für Maria einfallen lassen, wenn ihr merkt, dass sie mich vermisst«, sagte Peter noch und verließ eilends den Saal.

Die Turmuhr von St. Peter und Paul schlug zum sechsten Mal. Es waren ungewöhnlich lang nachhallende Glockenschläge – zumindest empfanden es die Leute so und es ließ sie irgendwie frösteln. Auf dem Kirchplatz hatte sich – obwohl kein Nebel aufgezogen war – eine leicht gespenstisch anmutende Atmosphäre breitgemacht, die durch den Glockenschlag noch verstärkt wurde. Der Platz war nur durch die Fackeln, Kienspäne und Laternen erhellt, die von den Staufnern mitgebracht worden waren. Obwohl Kerzen noch immer ein wertvolles Gut waren, hatten es sich die Staufner nicht reuen lassen, »ihren« Festtag mit einem imposanten Fackelzug zu krönen. Dazu hatten viele von ihnen sogar ihre eiserne Wachskerzenreserve angebrochen.

Dumpfer Trommelwirbel setzte ein und der durch Aberhunderte von Menschen umsäumte Platz vor dem Kirchenportal öffnete sich nach Norden hin zu einer Schneise. Danach war es so lange still, bis man aus den hinteren Reihen heraus den vielen bereits bekannten Singsang hörte: »Es geht ein Bi-Ba-Butzemann in meinem Haus herum … Dideldum.«

»Halt's Maul, Baltus!«, ertönte eine kräftige Stimme, der ein Klatschen folgte, bevor es wieder still wurde und leises Glöckchengeläute von der *Krone* her zu hören war. Man konnte nur schemenhaft erkennen, dass das Gebimmel dem Butz zuzuordnen war. Als der einzig Maskierte des Tages zum Kirchplatz hochrannte, hörte man nur die kleinen runden Schellen, die unter seiner Larve angebracht waren. Kaum hatte er den abgeriegelten Platz betreten, schloss sich die zuvor extra für ihn geöffnete Schneise und die Staufner bildeten ein Rund, das der Butz – ohne stehen zu bleiben – mit flotten Schritten ungefähr fünfmal durchmaß. Den Besen kerzengerade vor dem gesenkten Haupt, drehte er schließlich noch ein paar Runden, wobei er immer langsamer und sein Radius immer enger wurde. Letztlich war der Kreis so klein und der Butz so langsam, dass er wie tot zusammenbrach und auf das vorbereitete Tannenreisig fiel. Kein Ton war zu hören, es war absolut still. Lediglich Baltus schien wieder nach Singen zu sein, was ein erneutes Klatschen beendete. Der Butz, der den ganzen Tag über fleißig gerannt und keinen Moment ruhig gewesen war, lag jetzt mit ausgestreckten Armen und Beinen auf dem Bauch und rührte sich nicht mehr. Dieser außerordentliche Akt des Gedenkens an den Tod, an das große Sterben durch die wütendste aller Seuchen im Jahre 1635, hielt allerdings nicht lange an: Schweigend traten vier Trommler vor, nahmen den schlaffen Körper auf und trugen ihn wie einen Toten mit den Füßen voraus durch eine neuerliche Gasse aus dem Kreis. Nach einigen Schritten ließen sie ihn vornüber zu Boden gleiten und davonrennen. Erst als er im Dunkel der Nacht verschwunden war, rief der Fähnrich: »Der Butz ist tot! Der Pest wurde gebührend gedacht! Es lebe unser Fasnatziestag! … Nun lasst uns die Fahne heimbringen!«

Obwohl der Graf wütend darüber war, dass sich sein Schlossverwalter den ganzen Tag nicht hatte blicken lassen, hatten er und seine Gemahlin auch dieser ergreifenden Zeremonie beigewohnt und mit einem knappen »Respekt!« und einem begeisterten »Wunderschön!« kommentiert. Während sich die Staufner zu ihrem letzten Zug durch das Dorf formierten, saß er allerdings schon wieder in der Kutsche und war auf dem Weg zurück zum Schloss. Dort wollte er den Fähnrich ein letztes Mal empfangen, bevor er morgen die Heimreise nach Immenstadt antreten würde. »Aber Er weiß schon, dass es ohne den Kastellan nicht geht?«, blaffte er seinen obersten Beamten an.

Da Speen wegen Lodewigs fast ganztägiger Abwesenheit ohnedies schon fix und fertig war, antwortete er nur: »Er wird schon noch kommen, Exzellenz.«

»Heiliger Antonius! … Mensch, Speen!«, brüllte der Graf. »Wie soll Unser Schlossverwalter die Fahne zur sicheren Verwahrung in Empfang nehmen können, wenn er selbst verloren gegangen ist? Sollen Wir den abgängigen Herrn Kastellan vielleicht auch noch selbst suchen?«

Speen wischte sich den Schweiß von der Stirn und schlug vor: »Dann werden Erlaucht wohl nichts anderes übrig bleiben, als die Fahne selbst in Empfang zu nehmen.«

»Warum nicht? … Von Uns hat er sie auch erhalten«, antwortete der Graf schnippisch. »Aber dann nehmen Wir sie auch wieder mit nach Immenstadt!«

Peter Immler, der Sarah noch vor dem Mittagsmahl freundschaftlich angeboten hatte, Lodewig zu suchen, wusste inzwischen längst, wo deren Mann zu finden war. Allerdings war er nicht ins Schloss zurückgekommen, um ihr dies mitzuteilen. Nachdem er Lodewig und Eginhard, beide auf dem Boden kniend, gefunden und von ihnen die schreckliche Neuigkeit gehört hatte, dass Marias Entführer nicht der Gliedermörder war, weil dies stattdessen ein anderer sein musste und er aufgrund der eindeutigen Fußspuren, die Lodewig das erste Mal beim ermordeten Bertel Schwabacher auf dem alten Leprosenfriedhof entdeckt hatte, mit Sicherheit unter ihnen weilte, hatte er sich, ohne zu zögern, der Suche anschließen wollen.

»Nein, Peter!«, hatte Lodewig entschieden abgewehrt und ihn höflich gebeten, ins Schloss zurückzukehren, um dort Bericht zu erstatten. Aber der Immenstädter Ratsherr hatte sich nicht abwimmeln lassen, zu sehr war er aufgrund von Marias Entführung in die ganze Sache eingebunden worden. »… Außerdem hat mich der Graf genau aus dem Grund nach Staufen entsandt: Ich soll den Mörder finden! Du glaubst doch nicht, dass ich mir die Möglichkeit, unseren Murks wiedergutmachen zu können, entgehen lasse? … Mit Marias Entführer ist zwar beileibe kein Unschuldiger gestorben, offensichtlich aber der Falsche, … zumindest, was die Gliedermorde anbelangt!«

Nach längerer Diskussion hatte Lodewig erst eingelenkt, als Eginhard die Tatsache ins Feld geführt hatte, dass alle glaubten, der Mörder sei längst tot. »Möchtest du dem Grafen den Abend verderben und ihm ausgerechnet heute sagen, dass wir den Falschen erwischt haben?« Lodewig runzelte die Stirn. »Das will gut überlegt sein!« Dann hatte er den Kopf geschüttelt und geknurrt: »Von mir aus kannst du uns helfen, Peter! Jetzt ist sowieso schon alles egal.«

Seither waren sie zu dritt auf Spurensuche und aufgrund der leidigen Tatsache, dass sie zwar immer wieder auf einen oder mehrere verdächtige Schuhabdrücke, aber noch nicht auf den Besitzer der bewussten Fußbekleidung des gesuchten »Tanzbären« gestoßen waren, verärgert. Während der gesuchte Abdruck einmal aus Richtung des Mesnerhauses zu kommen schien, zeigte er ein anderes Mal in Richtung des Hucklerhauses. Ein weiteres Mal glaubte Eginhard, die Spur zu erkennen, wie sie den Ort hinaus geradewegs zum Huberhof ging. Und Lodewig war sich absolut sicher, dass sie in der direkt entgegengesetzten Richtung zum Bechtelerhof verlief, konnte sie aber nicht weit verfolgen, weil sie niemals geradeaus, sondern nur kreuz und quer verlief. Als Peter Immler auch noch behauptete, etwas Verdächtiges entdeckt zu haben, und den Weg zum Schloss hochzeigte, Lodewig indes geglaubt hatte, ein paar Spuren zum Fähnrichshaus hin- … und davon wegführend gesehen zu haben, reichte es ihm. »Verdammt noch mal! So kommen wir nicht weiter! Immer, wenn wir einen dieser Abdrücke weiterverfolgen, verschwindet dieser auf wundersame Weise.«

»Na ja, an einem Tag wie heute sind es einfach zu viel verschiedene Abdrücke im Schnee, die sich gegenseitig überdecken. Klar, dass wir da keine Spur bis zu deren Anfang oder Ende verfolgen können«, wollte Eginhard fast resignieren, suchte aber dennoch fleißig weiter.

»Der Butz ist doch jetzt ›tot‹ und tänzelt nicht mehr herum, oder? Dann können wir jetzt ja Jockels Schuhe kontrollieren, ohne dass dies jemand mitbekommt!«, schlug Lodewig vor.

Dieser unglaublich klingende Vorschlag ließ den Immenstädter

Ratsherrn und Eginhard erstarren. »Du glaubst doch nicht ernsthaft, dass er es doch war, der …«

»Natürlich nicht! Aber der Butz war nun einmal der Einzige, der heute den ganzen Tag wie verrückt hin und her gesprungen ist, oder etwa nicht?«

»Jetzt lass uns erst mal weitersuchen! Wenn wir jetzt keine frischen Spuren mehr finden, können wir ja mal bei Jockel vorbeischauen«, nahm Eginhard von Lodewigs unglaublichem Verdacht wenigstens etwas den Stachel.

Irgendwann hatten sie sich neben der unablässigen Suche von Schuhabdrücken doch noch auf die nach außen hin mehr oder weniger unauffällige Begutachtung von Schuhsohlen eingelassen. Da sie ihre Aktion anderen gegenüber nicht hatten wahrheitsgemäß begründen dürfen, waren sie dabei durchwegs der Lächerlichkeit preisgegeben worden, zumindest aber auf Unverständnis gestoßen. Sie hatten sich allerlei dumme Bemerkungen und teilweise sogar wüste Beschimpfungen gefallen lassen müssen. Aber dafür hatte Lodewig Verständnis gehabt; immerhin wollten die Menschen an diesem Tag feiern und nicht zum Hufbeschlager – denn so kam sich der eine oder andere vor, wenn er darum gebeten wurde, seinen linken Fuß hochzuheben.

Obwohl es längst dunkel geworden war und die tanzenden Schatten der Fackeln und Kerzen es kaum noch zuließen, die vielen Schuhabdrücke im Schnee überhaupt auseinanderzuhalten, machten die drei unverdrossen weiter. Sie waren getrieben vom eisernen Willen, den Mörder zu stellen und somit weiteren Schaden von Staufens Bevölkerung abzuwenden. Während Lodewig und Eginhard zu beiden Seiten des Fackelzuges mehr mitschlichen als mitliefen und dabei ständig auf den Boden starrten, nur um gleich darauf wieder jemanden zu bitten, den linken Fuß hochzuheben, ihm zu alledem auch noch ins Gesicht leuchteten, lief der ehrgeizige Peter Immler sogar in ständig gebückter Haltung, seine Fackel stets knapp über dem Boden haltend, hinter dem Zug her. Plötzlich stutzte er, bückte sich ganz nach unten und betrachtete einen Schuhabdruck im Schnee. »Verdammt!«, entfuhr es ihm und er rannte zu Lodewig. Vor Aufregung heftig schnaufend, berichtete er dem Kastellan, dass der Gesuchte unter den Umzugsteilnehmern sein musste.

»Wieso? … Hast du einen frischen Abdruck entdeckt? … Wo?«, fuhr es aus Lodewig heraus. Dabei blitzten seine Augen wie bei einem Wolf, der seine Beute erspäht hatte, während ihn gleichzeitig ein wohliger Schauer überkam, weil er glaubte, den ihm fast schon zum Freund gewordenen Jockel Mühlegg nun doch wieder ausschließen zu können. »Danke, Herr!«, murmelte er mit einem hoffentlich nicht voreiligen Blick zum Himmel und wandte sich wieder Peter Immler zu: »Und?«

Durch seine offenkundige Ungeduld verunsicherte er den Immenstädter Ratsherrn, weswegen es ebenso stockend zur Antwort kam: »Rechts! … Äh … Links!«

»Wo jetzt? Verdammt noch mal! Wo hast du die Spur gesehen?«, knurrte Lodewig grantig und kniff seine Augen zu gefährlich wirkenden Schlitzen zusammen.

»Zuerst habe ich sie auf Eginhards Seite gesehen, dann links, bei dir!«

»Lauf zu Eginhard und informiere auch ihn«, gebot der Schlossverwalter des Grafen und begann jetzt, sich die Burschen auf seiner Seite des Fackelzuges genauer zu betrachten. Wo bist du?, dachte er sich, während er aufgwühlt von einem zum anderen hastete, um irgendetwas Verdächtiges zu entdecken. Da jetzt auch der allerletzte Zweifel gewichen und Lodewig nun sicher war, dass sich unter den vielen Menschen des Fackelzuges ein Vierfachmörder befinden musste, war es ihm egal, dass seine Aktion den Umzugsteilnehmern merkwürdig oder lächerlich vorkommen mochte, wenn er sich einen nach dem anderen vornahm, indem er ihm mit seiner Laterne direkt ins Gesicht leuchtete. Aber wie sollte er den Mörder erkennen, wenn dieser sich nicht selbst zu erkennen gab? Ein Wolf im Schafspelz – einer von uns, sinnierte Lodewig und leuchtete schon dem Nächsten, dem dies ganz und gar nicht passen mochte, ins Gesicht und überprüfte dessen linken Schuh. Nur gut, dass die meisten angetrunken oder sogar gänzlich betrunken sind, dachte er sich. So merken die wenigsten, was ich von ihnen will, und ich störe das »Heimbringen der Fahne« nicht allzu sehr.

Als er Baltus Vögel seine Laterne vor das Gesicht hielt, strahlte ihn dieser an, lallte etwas und hakte sich bei ihm ein, während er – aus den Mundwinkeln triefend – zu singen begann: »Es geht ein Bi-Ba…«

»Nein, Baltus, nicht jetzt!«, sagte Lodewig mit sanfter Stimme. »Es geht kein Butzemann herum. Wir gehen jetzt zum Schloss hoch, um die Fahne zurückzubringen.« Voller Verständnis für den im Geiste schwachen Burschen strich ihm der Kastellan übers Haar und schlug ihm dabei versehentlich die Kerze aus der Hand. Lodewig entschuldigte sich und wand sich aus der unerwünschten Umarmung. Erst als Baltus ihn wegen der zu Boden gefallenen Kerze anschrie und weiter festhielt, pfurrte Lodewig den Schmiedesohn an: »Lass mich in Ruhe, Baltus!« Von dessen Gestank und Sabberei angewidert, riss er sich los und trat einen Schritt zurück. Schon wieder nachdenklich geworden, eilte der Kastellan zum Nächsten, zu einem Burschen, der augenscheinlich links etwas hinkte. Er hob dessen linken Fuß, leuchtete ihm ins Gesicht und nahm sich – nachdem er nichts hatte feststellen können – in der Folge einen nach dem anderen der trotz des Alkoholpegels meist verdutzt dreinschauenden Burschen und Männer vor. Plötzlich stoppte er, tippte sich an die Stirn und sagte zu sich selbst: »Moment mal!« Nachdenklich blieb er so lange stehen, bis Baltus wieder auf gleicher Höhe mit ihm war und – obwohl er seine Kerze nicht mehr gefunden zu haben schien, dafür aber etwas anderes in seiner Hand hielt – fröhlich singend an ihm vorbeizog.

Während Lodewig ein paar Schritte neben Baltus herlief und dabei den feisten Schmiedesohn musterte, kam Peter Immler angerannt und presste hustend heraus: »Wir haben ihn! Ich bin der Fußspur gefolgt und …«

»Äh! … Was?«, fragte Lodewig etwas irritiert und schüttelte den Kopf so schnell, als wenn dies helfen würde, das soeben Gehörte zu verstehen.

»Ja!«, rief Peter strahlend und hob zur Bekräftigung seiner Aussage beide Arme. »Wir haben ihn! Eginhard hält ihn fest … Und nun komm endlich!«

Mittlerweile war der Fackelzug, den Melchior Henne heroisch als das »Heimbringen der Fahne« bezeichnete und als gesonderten

Akt wertete, obwohl die Fahne nur aus Diebstahl- und Brandschutz-Gründen nicht bei ihm zu Hause, sondern im Schloss verwahrt werden würde, dort angelangt, wo es von der matschigen Dorfstraße zum mit Kieseln befestigten Weg zum Schloss hochging.

»Sie kommen! – Sie kommen!«, rief der Wachhabende Rudolph von der Nordmauer seinem während des gräflichen Besuches ebenfalls Dienst schiebenden Kameraden Siegbert zum Schlosstor hinüber zu. Siegbert wiederum pfiff den Stallknecht Ignaz herbei, der zum Palas rannte, um die Neuigkeit an die Küchenmagd Rosalinde weiterzugeben. Nur wenige Augenblicke später hatten sich die hohen Damen und Herren auf der Nordmauer versammelt, um zuzusehen, wie der imponierende Fackelzug sich zum Schloss hochschlängelte. Die meisten von ihnen hatten ihre Weingläser mit nach draußen genommen und berauschten sich frohgelaunt am imposant wirkenden Fackelzug, der fast wie eines der seltenen »Feuerspiele« auf sie wirkte.

»Da haben Wir schon etwas Gutes in die Welt gesetzt«, sagte ein sichtlich stolzer Regent zu seinem obersten Beamten, der beifällig nickte und antwortete: »Ich glaube, Euer Exzellenz, dass Ihr einen neuen Brauch begründet habt, der sich noch in Hunderten von Jahren halten wird.«

»Ja!«, nickte der Graf zufrieden, allerdings auch etwas nachdenklich. »Aber wohl kaum noch in drei- oder vierhundert Jahren, … zumindest sicher nicht mehr so, wie es in meinem Sinne wäre.«

Nachdem die Zugspitze an der großen Kurve angekommen war, die Leibgarde des Grafen sich postiert und Siegbert das zweiflügelige Schlosstor geöffnet hatte, begaben sich auf Druck des Zeremonienmeisters alle, die das imposante Spektakel vom Wehrgang der Nordmauer aus verfolgt hatten, in den Schlosshof zurück, wo bereits die Lakaien mit Glaskaraffen in den Händen darauf warteten, Wein nachschenken zu dürfen. Kurz darauf hatten sich alle genau dort versammelt, wo der regierende Reichsgraf dem »Bürger« Melchior Henne frühmorgens die Fahne übergeben hatte und sie nun zur Verwahrung im Schloss Staufen wieder in Empfang nehmen und dem Kastellan übergeben würde.

»Wenn es nicht ein solch großartiger Tag gewesen wäre, hätten

Wir jetzt eine richtige Wut im Bauch. Hat sich Unser Schlossverwalter doch tatsächlich erdreistet, durch Abwesenheit zu glänzen … Eigentlich sollten Wir die Fahne wirklich wieder mit nach Immenstadt zurücknehmen und den Städtler Schützen spendieren … Was sagt Er dazu?«, stänkerte der Graf, der es allerdings nicht ganz ernst meinte.

Speen lachte gequält: »Lasst den Staufnern ihre neue Fahne und stiftet den Städtlern eine ebensolche – dann sind alle zufrieden.«

»Ist Er noch bei Sinnen?«, antwortete der Graf jetzt sichtlich amüsiert. »Dies kann dereinst einer Unserer Nachfahren in 100 Jahren tun. Wir haben schließlich schon eine Fahne bezahlt und – wie es Uns scheint – ein Jahr um Jahr wiederholbares Vermächtnis hinterlassen.«

Während der Fackelzug vor dem Schloss ins Stocken geriet und von der Spitze des Zuges her ein Trommelschlag nach hinten drang, dem während des ganzen Festtages über offensichtlich reichlich geflossener Alkohol den Takt vorgegeben hatte, spielte sich etwas weiter weg am rechten Straßenrand eine wüste Szene ab, von der Gott sei Dank nur diejenigen, die sich am Schluss des Zuges befunden hatten, etwas mitbekamen.

Etwa 20 angeheiterte Staufner standen, gestützt von ihren Frauen oder Mädchen, gleichsam neugierig und entsetzt um einen Burschen herum, der unfreiwillig bäuchlings am Straßenrand lag. Sowie dieser anhob, etwas zu sagen, drückte ihm Lodewig den Kopf in den matschigen Schnee und versetzte ihm ein paar Rempler. »Halt dein gottverdammtes Maul!«, schimpfte der ansonsten friedfertige niederadlige Kastellan alles andere als fein und gab ihm eine so feste Maulschelle, dass aus dem Mundwinkel des glatt rasierten und ordentlich gewandeten Burschen Blut troff und den Schnee färbte. Da dieser auf dem Bauch lag, konnte dies Lodewig allerdings nicht sehen.

»Lass es gut sein! … Wir haben ihn. Also beruhige dich!«, maßregelte Eginhard seinen ungewöhnlich erregten und streitbaren Bruder, aus dem jetzt alles herauszuplatzen drohte, was ihn all die letzten Monate bedrückt hatte. Er selbst versuchte indes, dem wild um sich schlagenden Burschen die Beine festzuhalten, damit ihm Peter Immler den linken Schuh ausziehen konnte. Da der unter Lodewig liegende junge Mann aber groß gewachsen und kräftig gebaut war, gelang es ihm für einen Moment, sich freizustrampeln und Lodewig mit dem Hacken des rechten Schuhs einen schmerzhaften Tritt ins Kreuz zu verpassen, wofür er wieder so fest in die Zange genommen wurde, dass er plärrte: »Ja, Kreuzkruzitürken! Was wollt ihr denn von mir?«

»Das weißt du ganz genau!«, schrie der Kastellan wie entfesselt zurück.

»Aber ich habe doch nichts getan!«, pfluderte es aus dem hilflosen Opfer heraus, als Lodewig den Kopf des Burschen für einen Moment aus dem Schraubstock ließ, um ihn auf den Rücken zu drehen.

»Die vermaledeiten Türken kannst du ins Feld führen, aber lass gefälligst das Kreuz aus dem Spiel!«, warnte Lodewig und schickte den Burschen mit einem Faustschlag ins Gesicht in die Besinnungslosigkeit.

»War dies wirklich nötig?«, rügte Eginhard verständnislos, bekam aber keine Antwort, weil es seinem Bruder selbst nicht recht war, dass er sich so hatte provozieren lassen, um gleich mit Schlägen zu reagieren.

»Aber … das ist ja der Gschwend Georg!«, entfuhr es Lodewig nun, als er dem Besinnungslosen beim Fackelschein der Umherstehenden ins Gesicht schauen konnte. »Weißt du, wen ich da niedergestreckt habe?«, fragte er seinen Bruder in reumütigem Ton.

»Nein, den kenne ich nicht! Woher auch?«, antwortete Eginhard.

»Wir haben schon wieder den Falschen erwischt«, gestand Lodewig sich selbst und den anderen gegenüber ein. »Ich fasse es nicht: Das ist der Sohn von Josef, unserem Mesner …, und der ist kein Mörder. Aber das könnt ihr beiden ja nicht wissen.«

Da Eginhard schon viele Jahre von Staufen weg war, kannte auch er den Burschen nicht und fühlte sich ebenso angesprochen wie der Immenstädter Ratsherr, der sich die betreffende Schuhsohle bereits betrachtet hatte und sich nun zu Wort meldete: »Wollt ihr euch nicht erst einmal vergewissern?«

»Natürlich«, murmelte Lodewig und besah sich Georg Gschwends linke Schuhsohle. Er wurde bleich.

»Und? Was ist?«, wollte Eginhard wissen, bekam aber keine Antwort. Also streifte er den Schuh von Georgs Fuß, besah ihn sich genau und hob ihn in die Höhe. »Das corpus delicti!«, rief er und streckte den Schuh mit der Unterseite nach vorne den Umherstehenden entgegen.

»Eindeutig: Das ist der Schuh des Mörders!«, meinte nun auch der Immenstädter, sein Wissen kundtun zu müssen – immerhin war er es, der den lange gesuchten Gliedermörder endlich gefasst hatte.

»Also war es Georg doch … und ich habe für einen Moment noch geglaubt, dass es sich schon wieder um ein Missverständnis handelt«, resümierte Lodewig irgendwie traurig, aber dennoch beruhigt. Während er sich um den Burschen kümmerte, betrachtete Eginhard den absatzlosen Schuh. »Der Wolf im Schafspelz«, murmelte er.

»Was sagst du?«, wurde er von Lodewig, der immer noch nicht daran glauben mochte, gefragt.

»Auch wenn es sich um den Sohn eines braven Kirchendieners handelt, so ist er dennoch der Mörder«, stellte Eginhard lakonisch fest und hielt den schlagartig nüchtern gewordenen Herumstehenden nochmals Georg Gschwends Schuh entgegen. »Jedenfalls fehlt dem linken Schuh dieses Burschen der Absatz und nach einem solchen haben wir doch gesucht – oder?«

Da niemand etwas damit anzufangen wusste, machte sich betretenes Schweigen breit. Erst als auch Lodewig bestätigend zu nicken begann, löste sich die allgemeine Starre und einer der bisher schweigsamen Umherstehenden fragte vorsichtig: »Hat … hat Schorsch den Martin und die anderen …?« Er hielt inne und schluckte.

»Es sieht ganz danach aus!«, antwortete Lodewig sachlich und deutete auf den Schuh, den Eginhard immer noch in Händen hielt. »Das ist der Beweis, nach dem wir gesucht haben! Dennoch muss Georgs Schuld erst noch durch ein ordentliches Gericht bewiesen werden. Bringen wir ihn schleunigst ins Schloss, bevor noch …«

Währenddessen hatten die Fanfaren die Ankunft des Fackelzuges am Schlosstor angekündigt. Nun konnte der Rest des Fahnenheimbringens feierlich zelebriert und der festliche Teil des Tages offiziell abgeschlossen werden.

»Na endlich!«, knurrte Graf Königsegg, der den Staufnern die Fahne mitsamt den Feierlichkeiten zwar erst auf sanften Druck der Geistlichkeit hin, letztlich aber gerne spendiert hatte und sogar persönlich nach Staufen gekommen war, um mitzufeiern. Jetzt aber würde er lieber bei seinem abendlichen Mahl im beheizten Rittersaal des Schlosses Staufen bleiben und das Heimbringen der Fahne den anderen überlassen. Aber es war längst zu spät und der gemütliche Abschluss eines gelungenen Festtages in handverlesener Runde musste wohl oder übel noch ein bisschen warten. Sein eifriger Zeremonienmeister hatte nämlich bereits damit begonnen, nach den Staufner Dorfoberen und dem gräflichen Hofstaat nun auch die Exzellenzen wie Hühner aus dem Schloss und dann auf die Wehrmauer zu scheuchen, damit auch sie dem sich zum Schloss hochwindenden Lichterwurm zusehen und ihn danach gebührend empfangen konnten.

Wenige Minuten später glich die Szenerie in etwa der von heute früh. Die Protagonisten und die Zaungäste standen fast genauso da, wie sie es getan hatten, als bei morgendlicher Frische die Fahnenkompanie aufgezogen war und Melchior Henne die Fahne aus den Händen des edlen Spenders in Empfang genommen hatte. Nur der Carnifex wurde nicht mehr Zeuge des letzten Aktes dieses in jeder Hinsicht besonderen Tages. Er kutschierte mit seinem Sohn Lucki bereits nach Immenstadt zurück. Sebastian Deibler hatte nicht wissen können, dass es für ihn noch interessant geworden wäre. – Hochinteressant! Zudem auch noch aufregend und spannend!

Nachdem die Sonne den Akteuren einen angenehm warmen Tag beschert hatte, war es mit zunehmender Dunkelheit so frisch geworden, wie dies frühmorgens der Fall gewesen war. Lediglich die Beleuchtung war anders: Hunderte tanzender Lichter bewegten sich auf die wartende Gruppe zu, teilten sich davor und überstrahlten zu beiden Seiten das Geschehen wie Glühwürmchen. Genau genommen war doch noch etwas anders: die Trommelei! »Haben Wir der Staufner Burschenschaft nicht untersagt, zu tief in die Becher zu schauen?«, fragte der Graf seinen Oberamtmann mit einem verständnisvollen Grinsen auf den schwulstigen Lippen, während er sich – ganz und gar nicht aristokratisch, aber umso demonstrativer – mit den Zeigefingern die Ohren zuhielt.

Auch Speen grinste, als er die jungen Burschen in Schutz nahm, indem er sagte, dass sie tagsüber »trotzdem« gut getrommelt hatten. »Und jetzt ist es doch wohl egal, wie es klingt, … oder, Exzellenz?«

Ein Trommelwirbel, der eher vom Berg herunterrollenden Holzstämmen ähnelte, setzte an, verstummte aber aufgrund einiger zackiger Handbewegungen des Tambours, der selbst gemerkt hatte, dass er dem Grafen so etwas nicht vorsetzen konnte, sofort wieder. Eigentlich hätte Gebi Luckner jetzt die Pfeifer ranlassen müssen, aber die hatten genauso tief in die Gläser geschaut wie die Trommler und fast alle anderen ledigen Burschen des schönen Marktfleckens. Die Immenstädter Pfeifer konnten sich ebenso wie die Staufner Trommler blamieren, sich zudem aber auch noch eine Rüge durch das Oberamt oder gar durch den Grafen selbst einhandeln, denn im Gegensatz zu den Staufnern waren sie von Berufs wegen Musikanten. Um die Immenstädter Kameraden, mit denen die Staufner bei den Proben und am Festtag selbst gut zusammengearbeitet hatten, zu schützen, ließ sie der Staufner Ersatz-Tambour nicht auflaufen, indem er sie ausgerechnet jetzt pfeifen ließ. Also beließ er es dabei, beim Grafen wenigstens einen optisch ordentlichen Eindruck zu hinterlassen, indem er seine Trommler zu Ruhe und Ordnung mahnte.

Da Melchior Henne auch so wusste, dass absprachegemäß jetzt er dran war, trat er – seine wunderschöne Fähnrichsbraut Leonore Besler am Arm – vor, hob ohne die Hilfe seines Unterfähnrichs Karl Stubinger die schwere Fahne aus dem Köcher, spreizte die Beine etwas, klemmte die Fahnenstange wieder an die Außenseite seines linken Schuhs und streckte sie seitlich vom Körper weg.

Bis auf das Krächzen eines Eichelhähers, das Knistern der Fackelflammen und ein gelegentliches Kichern übermütiger Mädchen war es ziemlich still.

Der Fähnrich nahm seinen Hut ab und hob mit fester Stimme an: »Hiermit, Euer allerwerteste Exzellenzen …«, er verbeugte sich zuerst vor der Gnädigen, dann vor dem Regenten, »gebe ich, der erste *Staufner Bürgerfähnrich* Melchior Henne, zusammen mit meiner aus der Residenzstadt stammenden Fähnrichsbraut Leonore Besler …«, jetzt schaute er ihr – da er sich ihrer Liebe absolut sicher sein konnte – zum Wohlgefallen aller zärtlich in die Augen, bevor er den Satz beendete, »das äußere Zeichen unserer Verbundenheit, das gleichzeitig wertvolles Panier neuer Lebensfreude ist, mit Dank zurück … Möge diese Fahne die Zeiten überdauern und auch noch in Jahrhunderten an das unsägliche Jahr 1635, an das Ende des Großen Krieges vor weit über einem Jahr und an das Jahr, in dem sie zum ersten Mal geschwungen wurde, erinnern.«

Melchior drehte seinen bisher seitlich ausgestreckten Arm mit der Fahne nach vorne und wartete, bis der Graf mit seiner Gemahlin vortreten würde. Dies sah zwar beeindruckend aus, schmerzte aufgrund des anstrengenden Tages und der Schwere des Fahnentuches allerdings schnell im Arm und in der Schulter.

Als die beiden Erlauchten zusammen mit einem gepuderten Lakaien, der ein Samtkissen vor sich her trug, auf ihn zukamen, wusste Melchior, was noch von ihm erwartet werden würde. Schade, dachte er bei sich.

Erst nach etlichen Hochrufen auf die gräfliche Familie, »unseren« Bruder Fähnrich und den *Staufner Fasnatziestag* war der Regent dazu gekommen, die Fahne mit salbungsvollen Worten und mit Speens Hilfe in Empfang zu nehmen und sich beim Fähnrich, seiner Fahnenkompanie sowie bei allen Staufnern zu bedanken, indem er ihnen mehrmals seinen hochherrschaftlichen Respekt zollte.

Auf ein Zeichen der Gräfin hin verbeugte sich der Fähnrich und ließ sein Haupt unten, damit ihm die Gnädige das schwere Gehänge vom Hals nehmen konnte. Nur ungern gab Melchior die wertvolle Kette mit dem in Silber gefassten Emaillewappen, das er morgens von ihr in Empfang genommen hatte und das er den ganzen Tag über stolz auf seiner Brust getragen hatte, wieder zurück. Im Stillen hatte er gehofft, sie behalten zu dürfen. Wie gerne hätte er das Wappen mitsamt der Kette zur Erinnerung an diesen denkwürdigen Tag wie einen Schatz gehütet und dereinst seinen Söhnen – die ihm Leonore nach ihrer Hochzeit zweifellos gebären würde – für kommende Generationen weitergegeben.

Aber seine Gedanken wurden jäh unterbrochen: Genau in dem Moment, als Gräfin Carolina Ludovika zu Königsegg-Rothenfels die Kette auf das samtene Kissen des Lakaien gleiten ließ und anhob, etwas zu sagen, ertönte vom Schlosstor her ein zunächst undefinierbares Geschrei. Sofort machte sich Unruhe unter der Bevölkerung breit.

»Sehe Er nach, wer hier so krakeelt!«, befahl der irritierte Regent seinem Zeremonienmeister in ernstem Ton. Zu seiner Gemahlin gewandt, sagte er: »Wir können heute keinen weiteren Ärger mehr gebrauchen ... Ist es nicht so, holdes Weib? Es reicht schon, dass Uns Unser Verwalter mit seiner Abwesenheit auf das Allerärgste brüskiert hat.«

»Wir haben den Drecksmörder!« – »Das Schwein ist gefasst!« Solche und ähnliche Rufe hallten durch das wieder geöffnete Tor in den Schlosshof herein, in dem es ansonsten schlagartig totenstill geworden war. Trotz des Versprechens derjenigen, die bei Georg Gschwends Gefangennahme dabei waren, zu niemandem ein Wort zu sagen, bahnte sich nun ihr Zorn auf den Gliedermörder seinen Weg durch den illuminierten Schlosshof. Die allgemeine Verunsicherung konnte man unschwer an den unruhig umhertanzenden Lichtern und am aufkommenden Gemurmel erkennen.

Alle Blicke waren zum Tor gerichtet. Von dort kamen die mit Fackeln, Kerzen und Brennspänen bewehrten Teilnehmer des Fackelzuges auf die Mitte des Schlosshofes zu. Dazwischen befanden sich Lodewig, Eginhard und Peter Immler, die zusammen mit demjenigen Burschen, der auf den Kastellan den nüchternsten Eindruck gemacht hatte, einen Gefangenen mit sich führten. So nach und nach erkannte man, dass jeder von ihnen einen Strick in der Hand hielt, an dem sie den Mesnersohn Georg Gschwend wie ein Stück Vieh hinter sich herzogen. Damit der vermeintliche Mörder keinesfalls flüchten konnte, hatten sie ihm die Stricke an alle vier Gliedmaßen gebunden, was der eine oder andere übereilt als eine vorgezogene Symbolik für den unweigerlich kommenden Gerichtsakt wertete.

Um die Gefahr einer Flucht auch weiterhin auszuschließen, rief Lodewig Gardehauptmann von Huldenfeld zu, ein paar Soldaten vor dem bereits wieder geschlossenen Tor zu postieren. Immerhin hatte sich die aufopfernde Spurensuche gelohnt und sie hatten endlich den wahren Mörder des Braumeistersohnes Martin Allger, des stets zu Scherzen aufgelegten Markus Hagspihl, des unliebsamen Schuhmachers Hanspeter Burger und Bertel Schwabachers, eines lese- und schreibkundigen Jüngers der »Schwarzen Kunst«, gefangen genommen. Und sie durften denjenigen, der vier von ihnen auf dem Gewissen hatte, an einem solch denkwürdigen Tag ihrem Landesherrn auch noch auf dem Silbertablett servieren – ein fürwahr krönender Abschluss dieses Festtages.

Da Melchior Henne die Insignien seines Amtes bereits zurückgegeben hatte und auch der letzte Hochruf verklungen war, konnte der Festtag offiziell als beendet erklärt werden. Der *Staufner Fasnatziestag* 1650 gehört der Vergangenheit an und der Butz ist »tot«. Es lebe der Fasnatziestag 1651, dachte der Fähnrich sich im Stillen, während er seinen Leuten gebot zurückzutreten, um der soeben angekommenen Gruppe Platz zu machen. »Über die Trommelei reden wir noch«, flüsterte er dem Tambour mit einem unverhohlen drohenden Tonfall ins Ohr.

Wie alle anderen interessierte auch den Fähnrich, was Lodewig dem Landesherrn mitzuteilen hatte und was dieser unglaubliche Auftritt mit dem gefangen genommenen Georg Gschwend sollte, weswegen er sich noch nicht zurückzog, obwohl er dies eigentlich hatte tun wollen. Nachdem die anderen in gebührendem Abstand stehen geblieben und der Kastellan zum Rapport vorgetreten war, bevor er sich ehrerbietig verneigte, gestand er in aller Öffentlichkeit den falschen Verdacht und die daraus resultierenden Konsequenzen in Bezug auf Marias Entführer, den sie gleichzeitig auch für den Gliedermörder gehalten hatten, ein und erklärte auch die Sache mit der Spurensuche – und somit sein heutiges ungebührliches Verhalten der Regentschaft und der gesamten Festversammlung gegenüber – in aller Ausführlichkeit, wobei er zur Unterstreichung seiner Aussagen dem gräflichen Paar und Oberamtmann Speen den linken Schuh des neuen Mordverdächtigen entgegenhielt.

Nachdem sich die Erlauchten und der oberste Beamte des Grafen alles in stoischer Ruhe angehört und den Schuh begutachtet hatten, tuschelten sie kurz miteinander und schickten einen der Lakaien weg. Als der Höfling gleich darauf zurück war und seinem Herrn etwas in die Hand gab, hielt der Graf seinem Schlossverwalter eine halb geballte Faust mit den Fingern nach unten über den Kopf und drückte diese langsam zusammen, sodass aus dem darin befindlichen Schwamm Wasser über Lodewigs Haupt rann. Mit dieser Prozedur hatte er das ungebührliche Fernbleiben seines Staufner Schlossverwalters wortlos verziehen. Unter dem Jubel des Volkes ließ er auch noch Peter Immler und Hauptmann von Huldenfeld, die offiziell mit der Mördersuche beauftragt worden waren, zu sich kommen, um ihnen mit derselben Geste zu zeigen, dass er ihnen das Missgeschick bei der Mördersuche ebenfalls nicht nachtragen würde. Allerdings sah er sich genötigt, hierzu ein Wort zu verlieren, weswegen der Zeremonienmeister um Ruhe bat. »Auch wenn ein Mann mehr oder weniger versehentlich zu Tode gekommen ist, so ist er nicht durch eure Hand gestorben. Außerdem hat es zwar nicht den Richtigen, aber offensichtlich auch keinen Falschen getroffen …, immerhin hatte er eine unschuldige junge Frau entführt und in seiner Gewalt gehalten, weswegen Richter Waldvogel sowieso kurzen Prozess mit ihm gemacht hätte. Hauptsache, wir haben jetzt den wahren Mörder!«, rief er mit einem Stolz in der Stimme, als wenn er den Mordbuben selbst aufgespürt und gefangen genommen hätte, seinen Staufner Untertanen zu. Dass diese Worte das Volk erneut aufhetzen könnten, war dem Grafen in diesem Moment des Triumphes nicht bewusst gewesen. Unversehens hatte er mit seinem Spruch eine Zornentladung provoziert, wie sie ansonsten wohl nur in den Tiefen der Hölle vorkommen mochte: Innerhalb weniger Momente war aus den trotz des reichlichen Alkoholgenusses bisher disziplinierten und friedlichen Menschen ein schreiender Pöbel geworden, der seine Fäuste ballte und nach Selbstjustiz schrie. Jeden Moment konnten die Staufner über den Gefangenen herfallen und ihn den wenigen Soldaten entreißen, um ihn am nächsten Baum auf dem über dem Schloss liegenden Stießberg aufzuknüpfen. Das aufgebrachte Volk begann, sich wie wild zu gebärden, und forderte lauthals die Herausgabe des Mörders. Der Zorn hatte sich so schlagartig entladen, dass sich Hauptmann von Huldenfeld schwer damit tat, seine Männer schützend zwischen der Obrigkeit und dem Volk zu postieren. Einer Frau gelang es sogar, bis zum Grafen vorzudringen und sich vor ihm auf den matschigen Boden zu werfen. Es war Georg Gschwends Mutter, die heulend am Rocksaum des Grafen zerrte und ihn anflehte, ihren einzigen Sohn nicht einzusperren. »Mein Schorschi hat doch nichts getan. Er ist ein guter Bub und kein Mörder!«, schrie die Frau immer noch, als sie von zwei Soldaten mit Gewalt weggezerrt wurde. Es hatte nichts genützt; ihr Flehen war im Geschrei der anderen, in das sogar ihre Verwandten und Freunde der Familie Gschwend mit eingestimmt hatten, untergegangen.

Nur einer beteiligte sich nicht an dem Tumult. Von allen unbemerkt, zog er sich zurück und summte dabei das Lied vom Bi-Ba-Butzemann.

Währenddessen rief Lodewig dem Gardehauptmann zu, dass sie den Gefangenen hier nicht länger würden schützen können.

»Wenn ich meine Doppelaxt dabeihätte, wäre dies kein Problem«, maulte Bruder Nepomuk, der zusammen mit Peter Immler, Eginhard und drei herbeigeeilten Soldaten einen Schutzschild um den Gefangenen herum bildete.

»Wir müssen ihn schleunigst in den Südturm bringen!«, befahl der Kastellan, nachdem er den Ortsvorsteher und noch ein paar weitere Soldaten als Verstärkung herbeigerufen hatte. Aber die Kürassiere zögerten und warteten erst auf den Befehl ihres Hauptmannes, bevor sie mithalfen, Georg Gschwend in Sicherheitsverwahrung zu bringen.

Nachdem der Gefangene endlich in den Turm gesperrt und vor seiner Zelle eine Wache postiert worden war, wollte Lodewig mit Erlaubnis des Grafen die Staufner Bevölkerung beschwichtigen, indem er ihnen zu erklären gedachte, dass Georg Gschwend vor ein ordentliches Gericht gestellt und, falls man ihn für schuldig an den vier Morden erachten sollte, seiner gerechten Strafe zugeführt werden würde. »Aber dieses Mal überlassen wir den Gefangenen nicht seinem Schicksal im Immenstädter Kerker«, versprach er, bevor er sich abwandte, was das sowieso schon aufgebrachte Volk sofort dazu veranlasste, sich noch wilder zu gebärden.

KAPITEL 62

DER KASTELLAN WAR AUF DEM WEG ZUM TOR, um auf den darüberliegenden Wehrgang zu gelangen, von wo aus er die im Schlosshof versammelte Menschenmenge beruhigen und gleichzeitig aufklären wollte. Dabei bekam er einen lautstarken Disput zwischen einem Zivilisten und zwei Uniformierten mit.

»He! – Was ist denn hier los?«, störte er in strengem Ton die offensichtlich recht einseitige Unterhaltung.

»Der hier möchte das Schlossgelände verlassen und sieht nicht ein, dass dies im Moment nicht gestattet ist«, klärte einer der gräflichen Wachsoldaten den Kastellan auf und deutete auf einen wütend um sich schlagenden, wie irre auf den Boden stampfenden und wüst herumschreienden Burschen.

»Mich hat er sogar in den Arm gebissen«, klagte der andere Soldat.

»Lasst es gut sein, das ist nur Baltus Vögel, einer der Unsrigen.« Um den beiden Gardisten den Geisteszustand des Schmiedesohnes ohne Worte klarzumachen, drehte Lodewig einen Zeigefinger an seiner Schläfe.

»Alles klar!«, schmunzelte einer der beiden und stieß seinen durch Baltus leicht verletzten Kameraden übermütig mit dem Ellbogen in die Seite. »Hast du das mitbekommen? – Der spinnt!«

»Komm, Baltus. Alles ist in Ordnung. Wir gehen zu den anderen zurück!« Lodewig legte einen Arm fast väterlich auf die Schulter des immer noch tobenden Burschen und wollte ihn mit sich nehmen. Da Baltus aber nicht mitzugehen gedachte, blieb dem Kastellan nichts anderes übrig, als sanfte Gewalt anzuwenden. Dabei wollte er die Kerze, die der verwahrloste Bursche krampfhaft in einer Hand hielt, an sich nehmen.

Aufgrund des außerordentlichen Rußens stutzte Lodewig – wie bereits beim Fackelumzug – an diesem Tag bereits zum zweiten Mal. »Sag mal, Baltus«, fragte er mit betont beiläufiger Stimme. »Hast du die schöne Kerze vorhin im Schnee doch wiedergefunden? Woher hast du sie denn?«

»Meine Kerze! Meine Kerze!«, schrie der Gefragte und zerrte so fest daran, dass es zu einem kleinen Gerangel kam, in dessen Verlauf die Lichtquelle zerbrach und etwas anderes herunterfiel, das der Tobende bisher, vom Kastellan unbemerkt, in der anderen Hand gehalten hatte.

»Schhhh! … Ruhig, Baltus! Niemand möchte dir wehtun. Du darfst deine Kerze behalten«, versuchte Lodewig, den jetzt noch aufgebrachteren Schmiedesohn zu beruhigen, gab ihm den zerbrochenen, aber immer noch brennenden Teil der Kerze zurück und steckte das andere Teil in die Jackentasche. Um Baltus nicht noch weiter aufzuregen, ließ er ihn los und bückte sich nach dem, was soeben zu Boden gefallen war. Da ihm das offensichtlich glibberige Ding – das er im Halbdunkel nur kurz zu fassen bekommen hatte – aus den Fingern gewitscht war und er es im dreckigen Schneematsch nicht sofort wiederfinden konnte, weil Baltus ihm auf den Rücken gesprungen war und schreiend an ihm herumzerrte, disponierte Lodewig um. Wird schon nichts Wichtiges sein, dachte er sich in Gedanken an die Kerze und schüttelte den stinkenden Burschen ab wie eine lästige Klette. Der Kastellan wandte sich an den zwischenzeitlich herbeigeeilten Hauptmann von Huldenfeld, der den kleinen Tumult ebenfalls bemerkt hatte. »Benedikt, lass ihn von deinen Männern so bewachen, als wenn es dein eigener Augapfel wäre. Aber sorge dafür, dass er kein weiteres Aufheben macht. Von mir aus gib ihm irgendetwas zum Spielen oder tu sonst was, wenn Baltus sich wieder wie verrückt gebärden sollte. Ich bin sofort wieder zurück.«

»Aber …«

Als Lodewig einen ziemlich hilflos wirkenden Gardehauptmann zurückließ, wirkte er selbst völlig verstört. Ungeachtet der immer noch anhaltenden Unruhe eilte er zum Vogteigebäude und begann, in seinem Arbeitszimmer hastig nach etwas zu suchen. »Verdammt noch mal! Wo ist sie nur?«, fluchte er und riss die Deckel samtlicher Truhen auf, in denen sich zumeist beschriebene oder bedruckte Papierrollen und allerlei Krimskrams befanden, bevor er sich den mächtigen Eichenschrank vornahm, in dem die wertvolleren Dinge, die ein Schlossverwalter für seine tägliche Arbeit benötigte, lagerten. Aber er konnte zwischen den sorgsam aufgehängten Plänen und Urkunden, der kleinen Feinwaage mit den vielen Messinggewichten aus Antwerpen, geometrischen Messgeräten aus Genua und edlem Schreibzeug aus Mainz, zu dem auch handgeschöpftes Büttenpapier und Pergament, das penibel der Größe nach gestapelt vor ihm lag, kramen, so lange er wollte; das, was er suchte, fand er nicht.

Nachdem er kurz innegehalten hatte, um nachzudenken, durchwühlte er die Schublade seines Schreibtisches, in der er eine kleine Geldkassette versteckt hatte und in der die gesamten letzt- und diesjährigen Abrechnungen in Bezug auf die Staufner Liegenschaften des Grafen verstaut waren.

»Ah! Da ist sie ja.«

Der Kastellan fischte Baltus' Kerzenhälfte aus seiner Tasche und verglich sie im Schein der Öllampe mit einer anderen Kerze, die er vor längerer Zeit beim Marterl an einer der Brücken, die über den Seelesgraben führten, entdeckt und eingesteckt hatte, um sie zu verwahren. Damals hatte er nicht so genau gewusst, warum er sie mitgenommen hatte – jetzt wusste er es: Beide Kerzen waren gleicher Machart und hatten dem Anschein nach dieselbe Größe und Farbe … und sie wiesen sogar die gleichen, offensichtlich altersbedingten, Risse und Schmutzspuren auf, was nicht nur auf eine außerordentlich miserable Qualität, sondern auch auf eine gleichzeitige Herstellung und darüber hinaus auch noch auf eine gemeinsame Lagerung hinwies.

»Mist! … Das darf wirklich nicht wahr sein!«, rief er fassungslos und rannte aus dem Raum, die Treppen hinunter und zum Schlosstor, wo er von einem ratlos dreinschauenden Gardehauptmann empfangen wurde.

»Was ist los?«, wollte Lodewig, der seinem Freund Benedikt sofort anmerkte, dass etwas nicht stimmte, wissen.

Der Offizier zeigte auf Baltus. »Dieser närrische Spinner hat sich wie wild gebärdet und wie verrückt den Boden nach etwas abgesucht …«

»Und? Hat er gefunden, was er gesucht hat? Ich jedenfalls habe gefunden, was ich gesucht habe!«

»Ich glaube, ja! Aber er gibt es nicht mehr her.« Benedikt von Huldenfeld deutete auf die krampfhaft geschlossene Hand des Burschen und zuckte resigniert mit der Schulter.

Lodewig blickte sich nach allen Seiten um. »Kommt!«, gebot er den Soldaten. »Wir müssen hier weg. Solange der Schlosshof voller Menschen ist, sind wir immer noch der Gefahr einer Selbstjustiz ausgeliefert. Außerdem braucht der Graf noch nichts mitzubekommen.«

»Selbstjustiz? … Ich verstehe nicht. Der Mörder befindet sich doch bereits in sicherer Verwahrung«, sagte der ansonsten schneidige Gardehauptmann, der jetzt einen noch unwissenderen Eindruck erweckte, als er dies zuvor schon getan hatte, erschrocken.

»Das macht nichts!«, antwortete Lodewig, dem man die innere Zerrissenheit anmerkte. »Nimm zwei deiner Leute mit und bring Baltus in diesen Lagerraum – dort sind wir sicher und zudem ungestört. Ich hole schnell die anderen.« Er zeigte auf eine quergeteilte Tür, die darauf hinwies, dass sich früher dahinter ein Stall befunden haben musste.

»Aber …?«, kam es schon wieder hilflos klingend aus dem Gardehauptmann heraus.

»Jetzt frag nicht lange, sondern tu, was ich dir gesagt habe! Und lass Baltus unter keinen Umständen laufen!« Lodewig deutete noch schnell mit einer hastigen Bewegung zum ehemaligen Kuhstall, in dem jetzt Arbeitsgeräte und Baumaterial gelagert wurden, bevor er zur Mitte des Schlosshofes rannte, wo er feststellen musste, dass der Graf mitsamt seinem Gefolge nicht mehr da war. »Wo sind sie?«, wollte er von Eginhard wissen, der sich gerade auf dem Weg zum Palas befand.

»Na, wo wohl? Im Rittersaal! Der Graf und die Geistlichkeit haben Hunger … und Durst gehabt«, lachte der ältere Bruder, der ebenfalls zur festlich gedeckten Tafel wollte. Dabei wunderte er sich über Lodewigs Frage und darüber, dass der Jüngere trotz seines Fahndungserfolges einen gequälten Eindruck auf ihn machte.

»Gut! Dann kommt er uns wenigstens nicht in die Quere«, bemerkte Lodewig und bat Eginhard, mit Nepomuk, Peter und dem Ortsvorsteher unverzüglich in den alten Stall links des Schlosstores zu kommen. »Und wenn du den Pfarrer sehen solltest, kannst du ihn auch gleich mitbringen, ich glaube, dass wir den jetzt brauchen können. Aber beeilt euch! Ansonsten zu niemandem ein Wort!«

Obwohl er sich keinen Reim darauf machen konnte, tat Eginhard, was ihm sein Bruder aufgetragen hatte.

Kurze Zeit später waren alle im schummrig ausgeleuchteten ehemaligen Kuhstall versammelt und warteten darauf, was ihnen Lodewig scheinbar so Wichtiges zu erzählen hatte.

Bevor der Kastellan begann, schnaufte er tief durch. Er konnte es selbst nicht glauben, was er erst vor wenigen Minuten aufgedeckt hatte. »Bevor ich zu dem komme, was ich euch zu sagen habe, bitte ich euch, mich nicht gleich für närrisch zu halten.«

Trotz der irgendwie beklemmenden Stimmung lachten die anderen auf und zeigten auf Baltus. »Es reicht schon, wenn der da spinnt. Aber nun sag uns, um was es überhaupt geht.«

»Sofort!«, antwortete Lodewig und holte tief Luft. »Aber zuerst möchte ich sehen, was der da in seiner Hand hält.« Er ging zu Baltus, der eine Schnute zog, und bat ihn mit ausgewählt freundlichen Worten, ihm zu zeigen, was er derart festhielt, dass sich nicht einmal von Huldenfelds Soldaten getraut hatten, es ihm abzunehmen. Da sich Baltus trotz Lodewigs Geduld auch dem Kastellan gegenüber störrisch zeigte, musste der die zwei Soldaten bitten, den Burschen festzuhalten, damit er ihm mit Gewalt die geschlossene Faust öffnen konnte. Nachdem ihm dies nach einem unschönen Gerangel gelungen war, fiel das, was Baltus so vehement verteidigt hatte, zum zweiten Mal zu Boden und kullerte ein Stück die alte Abziehrinne des heutzutage nicht mehr benutzten Kuhstalles entlang. Lodewig ging dem nach, bückte sich und presste unfein ein leises »Scheiße!« aus seinem Mund, bevor er die Lippen zu blutleeren Schlitzen zusammenpresste und die Augen zusammenkniff. Beherzt hob er das, was auf dem Boden lag, auf und zeigte es den anderen, die allerdings keine sonderlichen Reaktionen zeigten. »Ein Schweineauge! … Na und?«, kommentierte der hartgesottene Gardehauptmann.

Wortlos streckte Lodewig das aufgrund seines Glanzes offensichtlich noch recht frische Auge seinem Bruder und dem Benediktinermönch entgegen. Die beiden Ärzte brauchten nicht den Hauch eines Augenblickes, um festzustellen, was es war, das Lodewig ihnen in der flachen Hand entgegenhielt.

»Und?«, wollte Lodewig aus fachkundigem Munde hören, was er aufgrund seiner neuesten Erkenntnisse vermutete. »Wer traut sich?«

Die beiden Mediziner machten mit ihren Blicken aus, wer das

Unglaubliche aussprechen sollte. Die Wahl traf auf Eginhard, der knapp sagte: »Kein Zweifel: Das ist ein menschliches Auge!«

»Und zudem noch recht frisch!«, ergänzte der Benediktinermönch, um ebenfalls seinen Beitrag zu leisten.

»Um Gottes willen!«, entfuhr es Peter Immler, der sogleich ein Kreuz schlug.

Nachdem Lodewig seine Befürchtung aus berufenem Munde bestätigt bekommen hatte, legte er das Auge vorsichtig auf ein Holzbrettchen, das er aus einem Haufen Schindelholz gezogen hatte, das Ignaz zur Dachreparatur im Frühjahr vorbereitet und hier gestapelt hatte, und wischte sich die Hände mit Stroh ab.

Auch Propst Glatt schlug zuerst ein Kreuz, bevor er noch eines über dem Auge in die Luft zeichnete. Danach begann er sofort damit, das Vaterunser zu murmeln.

»So, und nun sag uns endlich, um was es geht«, wurde Lodewig von seinem Bruder, der mittlerweile ebenfalls ahnte, was los war, gefragt.

»Du sollst deine Antwort erhalten«, beschwichtigte der Kastellan ihn und auch alle anderen und bat Peter Immler, den linken Fuß des im Geiste schwachen Burschen hochzuheben.

Dies ließ sich der Immenstädter Ratsherr nicht zweimal sagen und Baltus nicht gefallen. Aber Peter stellte sich wie ein Schmied rücklings hinter ihn und hob ihm den Fuß, wie es dessen Vater dereinst mit den Pferden seiner Kunden beim Hufbeschlag getan hatte. Da Baltus nicht ahnen konnte, worum es überhaupt ging, und ihm offensichtlich keine Schmerzen zugefügt werden sollten, wehrte er sich nicht lange und ließ die anderen gewähren.

Fassungslos bestaunten die Herumstehenden, was ihnen der Immenstädter Ratsherr da zeigte.

Der Propst hörte gar mit seinem Gemurmel auf.

Außer einem unangenehm klingenden Quietschen war es still. Ihre Blicke wandten sich zur Tür, unter deren Rahmen ein dunkler Schemen stand, den sie schnell als Ortsvorsteher ausmachen konnten.

»Ach, du bist es, Hermann. Gut, dass du da bist.«

»Ja! Die Wachen haben mir gesagt, wo ihr seid. Der Graf lässt nach euch suchen und ist schon wieder erbost.«

»Er wird sich leider noch etwas gedulden müssen«, sagte Lodewig und winkte seinen alten Freund zu sich, um ihm in aller Kürze den Stand der Dinge zu erklären.

Der Ortsvorsteher schüttelte ungläubig den Kopf: »Ich vermag es nicht zu glauben. Das darf doch nicht wahr sein.«

»Wie können wir uns schon wieder derart geirrt haben?«, schalt sich Eginhard.

»Dann … dann ist nicht nur Marias Entführer, sondern auch dieser Georg Gschwend in Bezug auf die Gliedermorde unschuldig. Mit ihm haben wir abermals den Falschen erwischt«, konstatierte der Gardehauptmann und trat aus lauter Wut gegen einen Balken.

Nachdem eine ganze Weile betroffenes Schweigen geherrscht hatte, gestand Lodewig sich ein, zum zweiten Mal der falschen Fährte gefolgt zu sein. »Wir alle haben uns geirrt. Aber wir können nichts dafür: Dass es zur selben Zeit zwei Burschen in Staufen gibt, die mit einem linken Schuh herumlaufen, dessen Absatz fehlt, ist purer Zufall und in dieser armseligen Zeit ist es auch ganz normal, dass kaum jemand neuere Schuhe besitzt.«

»Und? Wie geht es jetzt weiter?«, wollte der Priester, der sich den Schrecken am liebsten gleich wieder hinunterspülen mochte, wissen.

Lodewig brauchte nicht lange zu überlegen, um zu entscheiden, was zu tun war: »Wir werden uns später beide Schuhsohlen zusammen anschauen und sie vergleichen. Da mir aufgefallen ist, dass Georgs Schuhe ziemlich neu sind, könnte es sein, dass er seinen Absatz erst heute verloren hat. Dies müsste man eigentlich erkennen können. Da wir der Fährte mit dem verlorenen Absatz aber schon seit Tagen folgen, glaube ich nicht mehr, dass Georg unser Mann ist. Wie ihr selbst sehen könnt, fehlt bei Baltus' linkem Schuh der Absatz schon länger.

Dennoch bleibt Georg vorläufig in Verwahrung, bei der es ihm an nichts mangeln wird. Jetzt aber …«

Bevor er weitersprechen konnte, wurde er von Baltus, der inzwischen wieder mit beiden Beinen auf der gestampften Erde stand, unterbrochen: »Babba! … Das braucht Babba! … Es gehört Babbaaah!«, schluchzte der Bursche immer wieder und begann, haltlos zu heulen.

»Was meint er?«, wollte Nepomuk wissen.

»Ich glaube, er meint damit seinen Papa! Das Auge gehört seinem Vater«, klärte der Seelsorger, der Baltus von Kindheit an kannte und ihn deswegen ganz gut verstehen konnte, die anderen auf.

»Aber der lebt doch schon lange nicht mehr«, wunderte sich Eginhard.

»Hat man ihn nicht hingerichtet?«, meinte der Benediktinermönch, irgendwann einmal gehört zu haben.

Hermann Schädler nickte und sagte: »Ja!« Er rechnete kurz nach. »Es war mitten im Großen Krieg vor genau 15 Jahren. Baltus dürfte damals um die 12 oder 13 Jahre alt gewesen sein.«

»Der arme Knabe. Das muss ein bleibender Albtraum für ihn gewesen sein«, kommentierte der heilkundige Benediktinermönch das eben Gehörte.

»Von wegen ›armer Knabe‹. Er hat vier Menschenleben auf dem Gewissen«, stellte Peter Immler in vorauseilender Klugheit klar.

»Quod erat demonstrandum!«, fuhr Lodewig dazwischen. »Um dieses Mal keine Fehler zu machen und Baltus die Morde eindeutig nachweisen zu können, schlage ich vor, dass wir jetzt zu ihm nach Hause gehen und uns dort umsehen. Vielleicht finden wir etwas, das meine These stützt.«

»Jetzt?«, wunderte sich der Ortsvorsteher. »Aber der Graf wartet.«

»Hermann hat recht, wir brauchen keine weiteren Beweise!«, schlug der Propst vor, dem sein halb voller Weinbecher, den er im Rittersaal hatte zurücklassen müssen, wieder eingefallen war.

»Aber, aber, Eminenz!«, rügte Bruder Nepomuk in spöttelndem Tonfall.

»Genug geredet! Jetzt ist nicht die Zeit für Narreteien«, fuhr der Kastellan dazwischen. »Ich weiß selbst, dass wir keine weiteren Beweise benötigen, um ihn für eine gewisse Zeit festsetzen zu können. Dennoch müssen wir dieses Mal alles dafür tun, um den Richtigen festzunageln.«

›Festnageln‹ ist gut, dachte sich der Propst in Erinnerung an den Toten, der auf einem über den Seelesgraben führenden Brücklein gefunden worden war, wurde von Lodewig aber gleich wieder aus seinen Gedanken gerissen.

»Noch ist nichts passiert, beide Verdächtige leben … und sind in unserer Hand. So wie ich die Sache sehe, haben wir heute nur einen kleinen Fehler gemacht, weil wir möglicherweise den Falschen eingesperrt haben. Einem der beiden wird wohl wieder die Freiheit geschenkt werden müssen. Und bis es dazu kommt, werden wir verdammt noch mal alles daransetzen, möglichst viele Beweise zu sammeln, und dazu gehört es vordergründig, herauszubekommen, wem dieses Auge hier gehört.« Lodewig hielt einen Moment inne und betrachtete nachdenklich den immer noch glänzenden Augapfel, den er dummerweise so auf die Holzschindel gelegt hatte, dass der ihn direkt anzuschauen schien. Wie auch die anderen, wertete er es als böses Omen, von einem leblosen Auge angestarrt zu werden.

Wie immer, wenn Baltus sich selbst beruhigen wollte, summte er das Lied vom Bi-Ba-Butzemann, ... der nicht nur in dem alten Kinderlied, sondern in seiner Wahrnehmung bei ihm zu Hause herumtanzte.

Wenigstens ist er jetzt ruhig, dachte Lodewig und wies die Soldaten an, Baltus die Hände auf den Rücken zu binden und die Beine an den Fußgelenken so zusammenzuschnüren, dass er gerade noch laufen konnte. »Und steckt ihm einen Knebel in den Mund, geht dabei aber nicht allzu grob vor!«, gebot er ihnen noch, bevor er auf den Augapfel deutete und sich an seine Freunde wandte: »Interessiert euch eigentlich nicht, von wem dieses Auge stammt?«

Da die anderen von der ganzen Situation überrollt worden waren und sich immer noch bemühten, den grausamen Fund zu verdauen, sie sich zudem mit Baltus beschäftigen mussten, fiel es allen erst jetzt wie Schuppen von den Augen.

»Oh je! Wir haben schon wieder einen Toten ... oder?«, entfuhr es dem Ortsvorsteher, der sich als Erster gefasst hatte, zweifelnd.

Nur Eginhard, dem dies längst klar geworden war, der aber nichts gesagt hatte, schmunzelte trotz der äußerst unangenehmen Situation ein wenig in sich hinein. Na endlich, dachte er und wurde wieder ernst.

Während sich der Propst bekreuzigte und seinen Wein davonfließen sah, wollte ein aufgeregter Disput entbrennen, den Lodewig aber im Keim erstickte, indem er vorschlug, dass sie jetzt endlich mit Baltus zu dessen Haus gehen sollten, um sich dort umzusehen.

»Du meinst, … dass wir dort die fünfte Leiche finden? Aber wer könnte dies sein? Soweit ich weiß, geht niemand ab, und alle haben sich am Festtag beteiligt«, argwöhnte der Propst und erreichte damit, dass es den anderen eiskalt über den Rücken lief.

Lodewig nickte. »Wer weiß, was uns dort erwartet. – Wir müssen auf das Schlimmste gefasst sein.«

Nachdem alle mehr oder weniger widerwillig zugestimmt hatten mitzukommen und auch der Propst langsam erkannte, dass er seine heutige Zweisamkeit mit einer Weinkaraffe endgültig vergessen konnte, offerierte Lodewig seine Gedanken zur weiteren Vorgehensweise: »Es ist gut, dass fast alle Staufner hier im Schlosshof und nicht im Dorf unten sind – somit fallen wir mit etwas Glück nicht auf, wenn wir mit dem gebundenen und geknebelten Baltus durch den Ort zur Mistgasse gehen.«

»Mistgasse?«, fragte Peter Immler.

»Die nennt man hier nur so. Dort wohnt Baltus«, antwortete Lodewig, zeigte zur entgegengesetzten Seite der Schlossanlage und fuhr fort: »Damit alles klappt und uns niemand bemerkt, gehe ich zur Ostseite des Schlosshofes und richte ein paar Worte an das Volk. Während ich dies tue, drehen die Staufner euch allesamt ihre Rücken zu und ihr könnt unbemerkt das Schloss verlassen. Ich sage Siegbert, dass er das kleine Tortürchen öffnen soll.«

»Aber was ist, wenn die Staufner nach Hause gehen?«, wollte der Propst wissen.

Eginhard schmunzelte. »Sicher hat Lodewig auch dafür einen Plan«, mutmaßte der Ältere, der seinen pfiffigen jüngeren Bruder nur allzu gut kannte.

Lodewig grinste bitter. »Selbstverständlich, Bruderherz! Damit auch sicher alle Blicke auf mich gerichtet sind und sich die Staufner noch eine Zeit lang im Schloss aufhalten, werde ich ihnen zum Abschluss des Festtages noch ein Fässchen Bier spendieren …, das wird sie zudem beruhigen und – mit ein paar beschwichtigenden Worten seitens meiner Wenigkeit – auch etwas von Georg Gschwend ablenken. Sowie ich dies alles angeleiert habe und Rosalinde mit Sarahs und Leas Hilfe das von ihnen zuvor zur Hälfte verdünnte Bier verteilt, folge ich euch unauffällig vor das Schlosstor, wo ihr auf mich wartet. Zusammen mit Baltus gehen wir dann ins Dorf hinunter. Na? Ist das ein guter Vorschlag?«

»Nobel, nobel!«, bemerkte der Propst hinsichtlich der Bierspende anerkennend, obwohl er jetzt lieber bei seinen Schäfchen bliebe, anstatt mit ins Dorf hinuntergehen zu müssen.

Es war ein düsterer Anblick, der nur ein paar nachtsichtigen Tieren vergönnt war, die sich am Wegesrand Nahrung oder etwas Unterhaltung erhofften, als der »Gefangenentransport« vom Schloss herunter zu Vögels alter Schmiedewerkstatt in fast völliger Dunkelheit an ihnen vorbeizog. Damit die Staufner Bevölkerung nicht doch noch auf sie aufmerksam wurde, hatte der Ortsvorsteher angeordnet, sich von der Schlosswache zwar Laternen geben zu lassen, diese aber keinesfalls als Orientierungslichter zu benutzen. Da die meisten von ihnen den Verlauf des Weges vom Schloss ins Dorf hinunter blind kannten, würde dies auch nicht nötig sein. Damit die Diskretion ihres Vorhabens gewährleistet war, hatte der Kastellan zudem auch noch um absolute Ruhe gebeten, weswegen er den Knebel im Mund des Gefangenen kontrollierte. Ursprünglich hatte man den nunmehr vermeintlichen Fünffachmörder in Ketten legen wollen, was Lodewig wegen des Geschepperes untersagt hatte. Also hatte man es bei den Stricken, die sie im Lagerschuppen gefunden hatten, belassen. So war – nachdem sie sich auf den Weg gemacht hatten – lediglich das unvermeidliche Geklapper, das durch die Rüstungen und Waffen erzeugt wurde, zu hören. Dazu kam allenfalls noch das leise Knirschen unter ihren Füßen und der grummelnde Protest ihres Gefangenen, der allerdings in seinem Knebel erstickte.

Der merkwürdige Trupp wurde durch Hauptmann Benedikt von Huldenfeld angeführt. Zwei schwer bewaffnete Soldaten hatten Baltus in ihre Mitte genommen und hielten ihn an der kurzen Leine. Zur Sicherheit lief vor ihnen und hinter ihnen jeweils ein weiterer Kürassier in vollem Harnisch. Dahinter kamen alle anderen, die aufmerksam Lodewigs leisen Worten lauschten, während sie den Schlossbuckel hinunterzogen. Fast flüsternd berichtete er davon, wie er im allerletzten Moment – bevor womöglich schon wieder ein Unschuldiger sein Leben lassen musste – darauf gekommen war, dass nicht nur Georg Gschwend, sondern auch Baltus Vögel der lange gesuchte Gliedermörder sein konnte.

»Und an die Kerze, die du bei Martin Allger mitgenommen hast, dem ersten Opfer des Gliedermörders, das am Marterl gefunden wurde, konntest du dich ausgerechnet vorhin erinnern?«, fragte Bruder Nepomuk, der noch schnell seine gefürchtete Doppelaxt geholt und jetzt aus der ledernen Rückentasche genommen hatte, anerkennend.

Lodewig nickte. »Schon als ich das erste Mal gesehen habe, dass Baltus beim Fackelumzug eine der seltenen Unschlittkerzen mit sich getragen hat, wurde ich stutzig, aber von Peter abgelenkt und zum offensichtlich fälschlich verdächtigten Georg Gschwend zur rechten Seite des Zuges gelockt. Als ich gesehen habe, wie Eginhard und Peter jemanden festgehalten haben, war mir die Sache mit Baltus' Kerze entfallen«, bekannte Lodewig dem Benediktinermönch gegenüber fast etwas reumütig.

»Unglaublich!«, bemerkte Peter Immler, der das Gespräch zwischen den beiden mitgehört hatte, kopfschüttelnd. »Dann hat ihn also eine hundsgewöhnliche Kerze verraten ... Und dass er es war, der den ganzen Tag mit einem fehlenden Schuhabsatz um uns herumgetanzt ist, hat keine Menschenseele gemerkt.«

»Keine ›hundsgewöhnliche‹ Kerze!«, korrigierte Lodewig, in einem leichten Anflug von Stolz fast etwas schulmeisternd, mit erhobenem Zeigefinger und hochgezogenen Augenbrauen, was allerdings aufgrund der Dunkelheit niemand sah. »Es war keine der allseits gebräuchlichen Wachskerzen, sondern – wie schon einmal gesagt – eine aus Arsenik geschweißte Talgkerze, wie sie derzeit schwer zu bekommen sind, obwohl sie von weitaus minderer Qualität sind als Bienenwachskerzen.«

»Nun ja, sie sind wesentlich billiger«, dozierte der Staufner Pfarrherr Johannes Glatt, der damit nur darauf hinweisen wollte, dass in seiner Kirche ausschließlich ordentliche, vor allen Dingen aber geweihte Wachskerzen brannten.

»In diesem Zusammenhang ist mir noch etwas eingefallen«, ergänzte Lodewig, holte gemächlich sein Schnäuztuch heraus, rieb sich damit die Hände ab und fischte beide Kerzen aus seiner Tasche.

»Nun spuck es schon aus!«, drängte der Mönch.

»Diese beiden Kerzen hier gleichen sich nicht nur wie ein Ei dem anderen, sondern sind zudem auch noch von ganz besonders schlechter Qualität!« Bevor er weiterreden konnte, ließ ihn die kühle Nachtluft hüsteln. »Matheiß hat mir …«

»Matheiß?«, konnte es der Gardehauptmann nicht erwarten, zu erfahren, wer dies war.

»Der Wirt des Gasthauses *Zur Krone*!«, klärte Peter Immler auf.

»Ah!«

»Ja!«, knurrte Lodewig. »Darf ich jetzt weitermachen? Danke! … Also: Matheiß hat mir irgendwann einmal im Vertrauen erzählt, dass er quasi bei Nacht und Nebel eine ganze Fuhre dieser Billigkerzen vom *Bunten Jakob* für einen Apfel und ein Ei erstanden hat und dass ihm …«

»Wahrscheinlich heiße Ware!«, unterbrach der korrekte Kaufmann Peter Immler, der solche Geschäftsgebaren, wie sie der *Bunte Jakob* offensichtlich an den Tag legte, hasste.

»Möglich!«, bestätigte Lodewig und fuhr fort: »Jedenfalls hat mir Matheiß gesagt, dass ihm in seinen Wirtsstuben immer wieder einzelne Kerzen gestohlen worden und sogar kistenweise aus seinem Lagerraum verschwunden sind …, und weil Baltus just zu dieser Zeit mit den anderen Jungmännern ein paarmal in der *Krone* war und so auch in Verdacht geraten war, brauchte ich nur noch eins und eins zusammenzuzählen. Und da ich bei den vier ersten Mordopfern jeweils eine solche Kerze gefunden habe, war dann die Sache für mich so ziemlich klar.«

»Das hat aber ein Weilchen gedauert. Trotzdem: Glück gehabt!«, lästerte der Propst, der in Gedanken bei seinen lieben Mitmenschen war, die ihm im Rittersaal gerade den Wein wegsoffen.

Aber dies hörte Lodewig nicht mehr. Weil die Soldaten nicht wissen konnten, wo sich das Haus ihres Gefangenen befand, hatte er sich zu Hauptmann von Huldenfeld an die Spitze des Trupps begeben.

»Pfui Teufel! Hier stinkt's ja wie im Immenstädter Gerberwinkel«, zischte der Gardehauptmann, nachdem sie in die schmale Gasse, in der sich die alte Schmiedewerkstatt der Vögels befand, eingebogen waren. Wie auch die anderen, ahnte er nicht, dass dies nur ein harmloser Vorgeschmack dessen war, was sie noch erwarten sollte.

Außer Benedikt von Huldenfelds Spruch hatte schon seit einer ganzen Weile keiner mehr ein Wort gesagt. Die jüngsten Ereignisse, die bedrückende Dunkelheit, die menschenleeren Straßen und Gassen und die ungemütliche Mission, die sie gleich würden erfüllen müssen, hatten ihre Kehlen zugeschnürt. Sie hatten bei einem tatverdächtigen Mehrfachmörder einen menschlichen Augapfel, dazu auch noch ein offensichtlich frisches Auge, gefunden und waren jetzt auf dem Weg zu dessen Anwesen, wo sie aller Wahrscheinlichkeit nach eine frische Leiche entdecken würden, der zumindest ein Auge fehlte. Was sie aber am meisten verunsicherte, war die Tatsache, dass sie keinen blassen Schimmer davon hatten, wen sie in Vögels Haus finden könnten. Und zu allem hin wurde der ekelerregende Gestank, der noch nicht so richtig zugeordnet werden konnte, zunehmend unangenehmer. Immer wenn ein Fuchs oder ein anderes Tier ihren Weg kreuzte oder auch nur Geräusche verursachte, zuckten sogar die hartgesottenen Soldaten zusammen. Als sie zudem das Krächzen einer einzelnen Krähe – was um diese abendliche Zeit mehr als ungewöhnlich war – von einem Dachfirst herunter hörten, fluchte der Gardehauptmann, dem es jetzt auch so langsam reichte: »Ja, Himmelherrgottsakrament! Wann sind wir denn endlich da?«

»Dafür betet Ihr zwei Vaterunser!«, zischte der Propst von Huldenfeld an.

Um den Trupp zum Stehen zu bringen, hob Lodewig die Hand und wandte sich den anderen zu. »Das Haus der Vögels! Wir haben unser Ziel erreicht«, sagte er jetzt, nachdem sie keinem einzigen Menschen begegnet waren und in keinem der umliegenden Häuser Lichter brannten, in zwar beschwörender, aber normaler Lautstärke und deutete mit der anderen Hand zu der nur schemenhaft erkennbaren Krähe hoch, die immer noch auf dem Dachfirst der alten Schmiede saß und aufgeregt krächzend ihre Artgenossen, die schon längst in ihrem Nachtquartier waren, herbeizurufen schien. »Aber wir sind nicht allein!«

Während die anderen in einigem Abstand warteten, ging der Kastellan die Treppe hoch zur Tür und wollte die kunstvoll geschmiedete Klinke anfassen, besann sich dann aber – nachdem er angewidert gesehen hatte, dass das verrostete Eisen speckig glänzte – und holte sein Schnäuztuch hervor, um nicht mit der Türklinke in Berührung zu kommen. Nachdem er sie nach unten gedrückt hatte, konstatierte er knapp: »Abgesperrt!«

Er drehte sich den anderen zu und bemühte sich um ein Lächeln, bevor er zu Baltus ging, um ihn in ruhigem Ton aufzufordern, sich den Hausschlüssel abnehmen zu lassen oder ihm zu sagen, wo er ihn versteckt habe. Aber der Bursche zeigte sich alles andere als kooperativ. Er versuchte zu schreien und schüttelte wie wild den Kopf hin und her. Dabei trat seine Halsschlagader derart hervor, dass der Blutfluss seinen großen Kopf rot anschwellen ließ. Als er dem Kastellan auch noch ins Schienbein treten wollte, hatte er wohl die Rechnung ohne den Strick gemacht, mit dem seine Fußgelenke zusammengebunden waren. Sein Hinterkopf schlug hart auf dem Boden auf.

»Stell ihn wieder auf die Beine und durchsuche ihn«, gebot Lodewig, der jetzt keine Lust auf irgendwelche zeitraubenden Spielchen hatte, einem der Männer in etwas strengerem Ton. Nachdem der Soldat via Blickkontakt zu seinem Vorgesetzten sich dessen Einverständnis eingeholt hatte, drückte er seine Hellebarde einem Kameraden in die Hand und trat vor. Als er sich Baltus näherte und mit der Durchsuchung beginnen wollte, versuchte der Bursche, dies mit aller Gewalt zu verhindern, indem er fast komödiantisch anmutende Verrenkungen vollführte, die denen venezianischer Moriskentänzer ähnelten. Erst als zwei andere Soldaten den wild zappelnden Schmiedesohn festhielten, konnten seine Taschen untersucht werden. »Nichts!«, rief der Soldat, nachdem er die Jacke akribisch durchwühlt hatte.

»Weiter!«, brummte der Gardehauptmann. »Nimm dir die Taschen in den Beinlingen vor!«

Der Soldat kramte in Baltus' Hosentasche und zog etwas heraus. »Grundgütiger!«, rief er und meinte damit den Schöpfer dessen, was er in Händen hielt. Schlagartig stand ihm kalter Schweiß auf der ebenso schnell blass gewordenen Stirn.

»Was ist los? … Gib mir den Schlüssel«, drängte Lodewig und hielt ihm die ausgestreckte Hand hin.

Der Soldat, dessen Hand wie Espenlaub zitterte, wusste nicht so recht, was er tun und wie er sich verhalten sollte. In seiner Verzweiflung hatten sich seine Finger verkrampft und die Faust öffnete sich erst wieder über Lodewigs ausgestreckter Hand.

»Herr der Gnaden!«, beschwor jetzt auch der Kastellan, als er bemerkte, dass ihm der Soldat einen glibberigen Augapfel in die Hand hatte gleiten lassen, Jesus Christus herunter. Und da er das Auge, das Baltus im Schlosshof verloren gehabt hatte, sorgsam eingewickelt bei sich trug, wusste er sofort, dass es sich nur um das zweite Auge dessen, dem es der Narr herausgestochen haben musste, handeln konnte. »Den Schlüssel!«, brüllte Lodewig den völlig verstörten Burschen, der sich zu allem hin auch noch eingenässt hatte, und den immer noch zitternden Soldaten an, der jetzt den Hausschlüssel aus der anderen Hosentasche seines Gefangenen herausfischte.

»Na also. Warum nicht gleich. Putzt Euch die Hände im Schnee ab!«, empfahl Lodewig dem Soldaten und ging zur Treppe zurück, um die eisenbeschlagene und deswegen besonders schwere Haustür aufzusperren. Der Kastellan zürnte mit sich selbst, weil er es versäumt hatte, die Taschen des Gefangenen noch im Schlosshof durchsuchen zu lassen.

Krachend schob sich der mächtige Schlüssel ins Schloss. Das Geräusch, das er beim Umdrehen verursachte, ließ nicht nur Lodewig erschauern. Ein lang gezogenes Quietschen folgte und verstärkte die unangenehme Gefühlsirritation der atemlos Wartenden.

Schon als der Kastellan die Tür einen Spalt aufdrückte, schlug ihm infernalischer Gestank entgegen, der ihn wie ein Schmiedehammer traf und zurückweichen ließ. Lodewig war entsetzt; seine feine Aristokratennase, die zwar schon einiges hatte ertragen müssen, war jetzt auf das Übelste beleidigt worden. Mit einem erschrockenen Zug des Entsetzens hatte sie wohl sämtliche unangenehmen Gerüche bis in die hintersten Windungen seines Gehirns gezogen, das ihn sofort warnte. Es signalisierte ihm, dass sie alle im Inneren des ehemals respektablen, längst aber verlotterten Anwesens Schlimmes erwarten würde. Obwohl er den Gestank nicht annähernd einordnen konnte, wusste Lodewig, dass er jetzt seine ganze mentale Kraft brauchen würde, wenn er sich durch das immer noch undefinierbare Geruchsgemisch bis ins Hausinnere vorkämpfen wollte. Es war ein Gemisch, das einerseits einer mit Gefangenen überbesetzten Kerkerzelle ohne Abtritt, andererseits dem Hinterhof eines Gasthauses mit angeschlossenem Schweinestall, auf dessen Misthaufen nicht nur Küchenabfälle, sondern auch der sehnendurchzogene Dreck einer Metzgerei geschmissen wurde, entströmen könnte. Egal ob es Schweiß und menschliche Exkremente oder ob es sämtliche Mist- und Abfallhaufen dieses Kontinents waren, die ihn in diesem Moment sich schier übergeben ließen; der mehr als üble Geruch wurde von etwas Süßlichem überlagert, zwar nur leicht, aber eindeutig. Jedenfalls konnte der Kastellan diesen Geruch klar definieren. Das muss der Odem des Todes sein, dachte er sich, während er, gleichsam angewidert und beängstigt, zu den anderen zurückging.

»Und? … Was ist da drin?«, störte Eginhard die Gedanken seines jüngeren Bruders.

»Der Tod!«, murmelte Lodewig, der sich langsam umgedreht hatte, nachdenklich geworden war und – nachdem er sich etwas gefasst hatte – alle um sich herum versammelte. »Ihr bleibt mit dem Gefangenen hier! Ihr haftet mit eurem Leben, wenn er euch entwischen sollte«, stieß er den beiden Soldaten gegenüber, die Baltus an den Seilen hielten und eingeschüchtert nickten, eine Drohung aus, die ihm nicht zustand. »Und ihr beiden steht zu beiden Seiten des Eingangs Wache. Lasst niemanden herein, falls hier doch jemand auftauchen sollte, … und lasst außer uns auch niemanden hinaus! Die anderen kommen mit mir! Aber bindet euch zuerst Tücher vor Mund und Nase.«

Obwohl es dem Gardehauptmann in Bezug auf Lodewigs Befehle an seine Leute langsam doch zu viel wurde, sagte er nichts und nickte seinen Unterstellten nur zu, Lodewigs Anordnungen Folge zu leisten.

»Wartet!« Der heilkundige Benediktinermönch kramte in einem der Lederbeutel, die an seinem Gürtel hingen und ohne die er niemals das Haus verlassen würde. »Nehmt das und feuchtet bei dem Brunnen dort drüben eure Rotztücher an, dann legt diese beiden Blätter und das Zweiglein zwischen den gefalteten Stoff und bindet sie vor eure Atmungsorgane. Durch die Feuchtigkeit werden die Blätter, anstatt zu zerbröseln, aufweichen und zuammen mit dem kleinen Zweig einen angenehmen Duft verströmen.«

Wortlos taten sie, was der heilkundige Mönch gesagt hatte. Nachdem alle ihre Tücher vor dem Gesicht und sie endlich die Erlaubnis zur Entzündung der Kerzen in den mitgebrachten Laternen bekommen hatten, betrat einer nach dem anderen den schummrigen Hausflur.

»Hmmm. Das riecht angenehm … Was ist das?«, wollte Peter Immler, der die Herkunft dieser beiden geruchsintensiven Blätter und des eigenwillig riechenden Zweigleins ergründen wollte, hinterfragen. Da der Immenstädter nicht nur Ratsherr, sondern in erster Linie ein international agierender Kaufmann war, witterte er sofort ein Geschäft. Man müsste diese Ingredienzen in Leinen einnähen und zu beiden Seiten zwei Bänder anbringen, damit man es sich um Mund und Nase binden kann. Dann könnten die »Gestankbremser«, wie er seine neue Erfindung spontan getauft hatte, an Leichenbestatter, Schinder, Abdecker, Bader, Gerber und Ärzte verkauft werden – sie würden dann wohl mehr Geschmack an ihrer Arbeit finden, dachte er sich und überlegte, die Blätter und das Ästchen bis zur Unkenntlichkeit zu zerkleinern und zu vermischen, damit keine Konkurrenz hinter das Geheimnis dieser Inhaltsstoffe kommen konnte. Da ihm Nepomuk keine Antwort auf seine Frage gegeben hatte, würde ihm dies allerdings nichts nützen. Solange er selbst nicht wusste, um was für wohlriechende Blätter und um was für ein Ästchen es sich handelte, würde er sie nicht verarbeiten und zu Markte tragen können. Er konnte nicht wissen, dass es sich bei dem Zweiglein um Rosmarin handelte, den Nepomuk in einer kleinen Menge von einem portugiesischen Händler zu See erstanden hatte. Derselbe Händler hatte ihm auch Salbei aus dem fernen »Tropien« und Minze vom noch entfernteren »Mohrenkontinent« mitgebracht. Auch wenn Peter Immler aufgrund seiner Handelsbeziehungen an diese Kräuter herankommen würde, wüsste er nicht, was er bei infrage kommenden Händlern bestellen musste. Also nützte es auch nichts, wenn er sich Gedanken darüber machte. Aufgrund der an diesem Tag extremen seelischen Belastung kam er nicht darauf, die Blätter und das Ästchen mitzunehmen und von einem Experten analysieren zu lassen, … noch nicht.

Obwohl der Gestank Schritt für Schritt beißender wurde, ging er im Zuge zunehmender Wirkung der neutralisierenden Blätter und der wachsenden Spannung unter. Die Teilnehmer dieses »Erkundungsausfluges«, von dem lediglich Baltus und die vier Soldaten ausgeschlossen worden waren, weil sie vor dem Haus bleiben mussten, waren allesamt aufs Höchste angespannt. Das kleinste durch eine Ratte verursachte Geräusch oder die geringste falsch interpretierte Bewegung eines Einzelnen konnte eine Fehlreaktion auslösen, … welcher Art auch immer. Um dies zu vermeiden, versuchten sie, sich gegenseitig im Blick zu behalten und den Abstand zum Vordermann nicht zu groß werden zu lassen. Die Muskeln der waffentragenden Hände waren so angespannt, dass die Knöchel der Finger weiß hervortraten. Der Angstschweiß ließ nicht nur ihre Achselhöhlen nass werden. Es war ein ähnlich beklemmendes Gefühl, als wenn sie in den Krieg ziehen würden; immerhin wussten sie nicht, ob sie allein in diesem unheimlich wirkenden Haus waren, und sie wussten schon gar nicht, was oder wer dort auf sie warten würde. Hinter jeder düsteren Ecke konnte jemand lauern. Vorsichtig tasteten sie sich den schmalen Flur entlang, auf dessen Boden allerlei Gegenstände herumlagen, über die aufgrund der Dunkelheit einer nach dem anderen stolperte, was natürlich Lärm verursachte.

»Verdammt! Könnt ihr nicht leiser sein?«, schalt Lodewig, ließ sich davon aber nicht aufhalten.

Handwerkszeug hing wahllos an den Wänden und stapelte sich in Kisten auf dem kalten Lehmboden. Überall waren dünne, scharfkantige Eisenstücke und spitze Nägel verstreut, gerade so, als wenn dies jemand zur Abschreckung unerwünschter Besucher getan hätte. Der Kastellan und seine Leute mussten höllisch aufpassen, um sich keinen der teilweise handbreit langen Nägel oder eines der nach oben gebogenen Eisenteile einzutreten.

»Das ist wohl der Zugang zur ehemaligen Schmiede«, vermutete Eginhard, als sie vor einer eisernen Brandschutztür, über der ein Hufeisen mit der Öffnung nach unten hing, standen.

»Das bringt Unglück«, kommentierte Peter Immler die Art, wie das Hufeisen aufgehängt worden war, und fragte Lodewig: »Gehen wir deshalb nicht weiter? Oder warum zögerst du?« Nachdem er keine Antwort bekommen hatte, weil der Truppführer konzentriert am kalten Eisenbeschlag der Tür lauschte, wurde es Nepomuk, dem nicht gerade mit Eselsgeduld gesegnetem Benediktinermönch, zu bunt. Der Hüne drängte sich – ungeachtet des herumliegenden Unrates und ungeachtet seiner dünnen Sandalen, die nicht einmal wintertauglich, geschweige denn zum Schutz vor spitzen und scharfkantigen Gegenständen geeignet waren – an den anderen vorbei und schob den Kastellan fast etwas rüde beiseite. Seine Doppelaxt vor sich, drückte er – ohne lange zu fackeln – die schwere Tür einen Spalt breit auf und spitzelte hinein. »Alles klar!«, schnaufte er. »Wie ich es mir gedacht habe: Es ist nur die Schmiedewerkstatt … Keiner da!«

»Wie auch? Der Schmied ist seit vielen Jahren tot und die Schmiede seither verwaist«, knurrte Hermann Schädler, während er damit beschäftigt war, über ein kunstvolles, aber nicht fertig geschmiedetes Treppengeländer zu klettern, das mitten im Weg lag. »Für einen Hufbeschlager nicht schlecht«, bemerkte er anerkennend.

Wer hat dieses schöne Teil wohl in Auftrag gegeben und nie erhalten?, fragte sich der Propst, der sich dieses Geländer am nordseitigen Sakristeieingang zu seiner Kirche gut vorstellen konnte und es sich am liebsten gleich unter den Nagel reißen würde.

»Nimm es doch mit! Die Kirche ist doch sonst auch nicht verlegen, wenn es darum geht, ihre Besitztümer zu mehren, indem sie sich aneignet, was sie möchte«, lästerte Hermann Schädler, der die Gedanken des Pfarrers erahnt zu haben schien, grinsend. Auch wenn er seit seinem Amtsantritt als Ortsvorsteher viel mit dem Priester zu tun hatte und deswegen mit ihm auskommen musste, kannte auch er das Jahrtausende alte Spiel, wer denn reicher und mächtiger sei: Die weltlichen oder die kirchlichen Herrscher – und er war schließlich der weltliche Herrscher Staufens. Immerhin!, dachte er sich mehr oder weniger ernsthaft.

Bevor sich auch noch Nepomuk einmischte, beendete Lodewig den sich anbahnenden Streit und drängte zum Weitergehen.

Dass in der Werkstatt haufenweise unbearbeitete Eisentrümmer aufgestapelt waren, kistenweise Hufeisen- und Nagelrohlinge herumlagen und unter der längst erkalteten Kohle in der Esse eine nur bis zur Hälfte geschmiedete Eisenplatte steckte, kündete davon, dass der Vater von Baltus, der vor 15 Jahren wegen Schändung einer Einheimischen mit anschließender Todesfolge hingerichtete Hufschmied Babtist Vögel, seine Werkstatt unerwartet schnell hatte verlassen müssen. Dass sein einziger Sohn Baltus dieses Handwerk nie erlernt und die Huf- und Nagelschmiede seines Vaters wohl deswegen nicht weitergeführt hatte, tat sein Übriges dazu, dass hier alles so geblieben war, wie es die gräflichen Häscher seinerzeit vorgefunden hatten, als sie den wild um sich hauenden Schmied aus seinem Haus gezerrt und gekettet nach Immenstadt verbracht hatten.

Nachdem in dem großen Raum, der von einem mächtigen Blasebalg, einer großen Doppelesse mit ebenso großen Abzugshauben und einem noch beeindruckenderen Doppelhammer dominiert wurde, nichts Auffälliges zu finden war, nahmen sie sich die anderen Räume vor. Das ganze Gebäude schien einem einzigen Abfallplatz für angerostetes Eisen zu gleichen, auf dem zudem überall Unrat und Gerümpel herumlagen.

»Hier sollte man mal aufräumen«, bemerkte Bruder Nepomuk, der die Führung übernommen hatte, nachdem Lodewig in einem kleinen Raum stehen geblieben war, um sich dort etwas genauer umzusehen.

»Du meinst wohl eher ›entrümpeln‹«, verbesserte der Ortsvorsteher Nepomuks Aussage und ging weiter.

»Ich glaube, dass wir jetzt in den Wohnbereich kommen«, mutmaßte Eginhard, der mit dem albernen Geschwätz nichts anfangen konnte und sich nach wie vor auf das konzentrierte, was vor ihnen auf sie warten mochte.

»Wie kommst du darauf?«, wollte Johannes Glatt wissen und unterbrach für diese Frage sogar sein bigottes Gemurmel.

Eginhard leuchtete auf den Boden. »Kein gestampfter Lehm mehr, sondern Holzdielen … und Ratten, überall Ratten. Und anstatt Arbeitsgeräte, Lederschürzen und Metallabfälle liegen hier überall Stiefel, Kleidungsstücke und Geschirr herum … Außerdem glaube ich, dass es hier zu allem hin auch noch nach verfaulten Essensresten stinkt.«

»Ja! Deswegen sind hier so viele Ratten – die sind nur dort, wo es etwas zu fressen gibt«, bekräftigte Lodewig, der wieder aufgeholt hatte, die Vermutung seines Bruders, während er seine Laterne direkt zum nächsten Raum hielt, um ihn anzuleuchten.

Wie zuvor schon, öffnete Nepomuk furchtlos auch diese Tür. Nachdem er durch eine einladende Kopfbewegung Entwarnung gegeben hatte, trauten sich auch die anderen, den Raum, dessen beide Fenster mit grobem Rupfen verhängt waren, zu betreten.

»Baltus hat sogar eine eigene Küche«, staunte Peter Immler, der wusste, dass dies auf dem Land eigentlich nicht üblich und eine typisch neuzeitliche Entwicklung des reichen städtischen Bürgertums war.

»Nobel, nobel!«, bemerkte der Propst, den dies ebenfalls überraschte, an diesem Tag schon zum zweiten Mal.

Obwohl ihnen aus diesem Raum zusätzlicher Gestank entgegenschlug, den ihre Gesichtstücher nicht ganz abhalten konnten, riskierte Eginhard einen genaueren Blick. »Pssst, Lodewig! … Komm mal her«, flüsterte er knapp und zeigte auf den Tisch, der in dem ganzen Durcheinander herausstach und nicht dazuzugehören schien.

»Jetzt verstehe ich überhaupt nichts mehr«, sagte Lodewig stirnrunzelnd, als er sah, dass auf der quadratischen Tischplatte, die wohl um eine Mittelfingerlänge dick sein mochte, sorgsam zwei Gedecke drapiert worden waren: zwei Teller, zwei Bestecke und zwei Becher mit einem blaugrauen Enghalskrug, den sich Lodewig genauer besah. Er nahm kurz seine »Gestankbremse« ab, roch daran und bemerkte: »Mit Wasser gefüllt, ebenso einer der Becher.«

»Da Wasser schnell verdunstet, muss Baltus dies gestern oder heute erst getan haben«, konstatierte sein Bruder.

»Ja! Aber warum zweimal? Er lebt doch hier allein«, grübelte Lodewig. »Und warum ist der Tisch wie geleckt? Außer den Gedecken und einigen Rattenköttel befindet sich rein gar nichts darauf.«

»Und dort …«, Eginhard zeigte auf die Eckbank. »Zwei Kissen, die zu den Gedecken zu gehören scheinen.«

»Aber nur eines ist eingedrückt und abgewetzt! … Merkwürdig«, stellte Lodewig scharfsinnig fest.

Während sich die beiden Brüder Gedanken darüber machten, wer wohl die zweite Person im Vögel'schen Narrenhaushalt sein könnte, waren die anderen unter Nepomuks Führung weitergegangen.

Plötzlich stutzte der Mönch. »Pscht!«, zischte er. »Seid mal still und haltet die Laternen hinter eure Rücken!«

Obwohl sie nicht wussten, was der Hüne damit bezwecken wollte, taten sie, wie ihnen geheißen wurde, hielten dabei ihre Waffen aber noch fester in Händen als zuvor.

»Licht! ... Da vorne ist Licht!«, stellte Lodewig, der mit Eginhard aufgeholt hatte und jetzt neben Nepomuk stand, ungläubig fest und übernahm wieder die Führung.

»Da ist jemand! Haltet eure Waffen bereit«, flüsterte er den anderen in dem Glauben, dass sich außer Baltus eine weitere Person hier aufhalten musste, zu und ärgerte sich darüber, dass er das Anwesen nicht gleich von den Soldaten hatte umstellen lassen.

Das Geklapper, das durch die neuerliche Aufregung verursacht wurde, musste wohl bis in den beleuchteten Raum, der sich nach der Küche am Ende des Flures befand, zu hören sein.

»Geht das nicht leiser?«, schimpfte Lodewig und setzte – seinen Degen vor sich haltend – vorsichtig einen Schritt nach dem anderen auf den Dielenboden, der sich durch den ganzen Wohnbereich zog und trotz vorsichtigen Auftretens laut knarzte.

»Wenn da jemand ist, hat er uns längst gehört!«, lästerte Hermann Schädler, der dies nicht lassen konnte, schon wieder.

»Wahrscheinlich der Geist des alten Vögel«, stimmte Eginhard, der die Sache trotz des soeben Gesehenen etwas pragmatischer sah als die anderen, mit ein. Dennoch hatte auch er seine Waffe gezogen und hielt deren Heft fest umklammert in seiner Rechten. Sein Blick hatte sich ebenfalls am merkwürdigen Lichtergetanze zum Ende des Flures, das durch die Ritzen einer Tür einwandfrei zu erkennen war, festgesogen.

Langsam gingen sie weiter und verharrten dann bange Minuten still vor der Tür am Ende des Flures. Die Spannung stieg ins Unerträgliche. Zu allem hin musste der Ortsvorsteher auch noch lauthals niesen.

»Verdammt, Hermann!«, schimpfte Lodewig, schaute dabei aber Nepomuk an. »Jetzt gilt es: Auf drei ...«

Kaum hatte er mit den Fingern bis drei gezählt und dabei die Zahlen mit den Lippen geformt, stieß er mit einem krachenden

Schlag die Tür auf, damit Nepomuk sich laut schreiend in den Raum stürzen konnte. Aber seine gefürchtete Doppelaxt kam wieder nicht zum Einsatz. Stattdessen ließ er sie fast etwas enttäuscht auf seine Schulter gleiten und blieb wie angewurzelt stehen.

»Pass doch auf!«, schimpfte der hinter ihm stehende Kastellan, dem die Spitze fast auf den Kopf geknallt wäre, wenn er sich nicht rechtzeitig geduckt hätte.

Nachdem die Tür nun offen stand, drang die ganze Leuchtkraft eines schier unüberschaubaren Lichtermeeres heraus und blendete die anderen, die nacheinander ängstlich und vorsichtig den Raum betraten. Es mussten wohl an die 50 Kerzen sein, die nicht nur auf dem Boden, sondern auch auf Kisten und Stühlen um eine Lagerstatt herum, auf der etwas oder jemand unter einem weißen Leintuch zu liegen schien, drapiert worden waren.

»Pfui Teufel, hier stinkt's ja noch mehr als bisher. Hermann, reiß das Fenster auf!«, gebot Lodewig dem mürrisch dreinschauenden Ortsvorsteher, der es nicht mochte, die Anordnungen anderer ausführen zu müssen.

»Was … was ist das?«, fragte Johannes Glatt furchtsam und segnete sicherheitshalber schon mal den Raum, indem er ein großes Kreuz in die Luft fuchtelte.

»Das werden wir gleich wissen. Wahrscheinlich die Leiche, zu der die beiden Augen gehören. – Benedikt, du sicherst den Rückzug!«, antwortete und gebot Lodewig gleichzeitig, bevor er Eginhard auftrug, mit ihm das Leintuch zu entfernen. Bevor sie dies taten, verharrten sie einen Moment und lauschten in die Stille. Lodewig stupfte das Tuch und das, was sich darunter befand, ein paarmal mit seinem Degen an. »Es rührt sich nichts«, stellte er einigermaßen beruhigt fest, empfahl den anderen dennoch, ihre Degenspitzen zu seinem und zu Eginhards Schutz in Richtung des Tuches zu halten. Sicher ist sicher, dachte er, musste aber trotz der angespannten Situation schmunzeln: Nepomuk stand am oberen Ende des Lagers und hatte seine Doppelaxt wie ein Scharfrichter, der zum finalen Schlag ausholte, mit beiden Händen erhoben. Wohl weil sich nur ein paar Räume zuvor die Werkstatt befand, war auch diese Kammer im Vergleich zu den Wohnräumen ungewöhnlich hoch, weswegen der hünenhafte Mönch aufrecht stehen und sogar auch noch seine Doppelaxt über seinem Haupt halten konnte.

»Na, na, na, mein Freund; wir wollen nicht übertreiben«, rügte Lodewig seinen hochkonzentrierten Freund und gab Eginhard das Zeichen zum Abnehmen des Tuches.

Kurz darauf standen alle wie gebannt um eine Lagerstatt herum, auf der etwas Unglaubliches lag. Über das, was sie jetzt sahen … und trotz ihrer »Gestankbremsen« rochen, waren sie entsetzt. Irgendwie wirkte es so, als wenn ein soeben Verstorbener zum letzten Gruß aufgebahrt worden war. Aber so, wie sich herausstellte, war wohl eher das Gegenteil der Fall; vor ihnen lag eine größtenteils mumifizierte, irgendwie verklebt aussehende Leiche, deren Körperteile unverkennbar verschiedene Verwesungsgrade aufwiesen und die auch sonst wirkte, als wenn nichts zusammenpassen würde. Am Schädel hing die vertrocknete Haut wie dünnes Leder. Die zwar spärlichen, aber weitestgehend vorhandenen Haare waren glatt nach hinten gekämmt, … gerade so, als wenn dies heute erst geschehen wäre. Ein ganzes Büschel dieser Haare lag sorgsam drapiert in einem danebenstehenden Schüsselchen. Man konnte sogar den rötlichen Schimmer darin erkennen. Der Mund war so weit aufgerissen, als wenn ein lautes Lachen herauskommen wollte, … oder hätte es ein letzter Schrei werden sollen? Die ledrige Haut jedenfalls hatte den Kiefer in seiner jetzigen Position gehalten. Die Arme waren vor der Brust zusammengefaltet, wollten aber irgendwie nicht zusammenpassen, weswegen das vertrocknete Blumensträußchen, das vom vergangenen Herbst herstammen musste, nicht in der Brustmitte eines in Kreuzform aufgeschlitzten Torsos lag.

»In drei Teufels Namen! Was ist das denn?«, presste Peter Immler entsetzt heraus und bekreuzigte sich.

»Wenn ich das nur wüsste«, antwortete der Kastellan nachdenklich und begann damit, den gruseligen Leichnam genauer zu begutachten. Dabei brauchte er nicht lange, um etwas äußerst Merkwürdiges festzustellen.

»Wer ist das? Ist dies einer von uns?«, unterbrach der Ortsvorsteher Lodewigs Gedanken und drückte sofort wieder eine Hand mit dem inzwischen durch die feuchte Atemluft von Rosmarin,

Minze und Salbei durchtränkten Tuch auf sein Gesicht, damit er den leicht berauschenden Duft dieser Blätter tief in seine Lungenflügel ziehen konnte.

»Ich weiß es nicht!«, antwortete der Kastellan und beugte sich mutig über das, was zwar eindeutig einer Männerleiche ähnlich sah, dies aber irgendwie doch nicht war.

»Was ist hier wohl geschehen?«, presste der Propst entsetzt heraus und rief die anderen zu einem Gebet auf. Da jetzt alle gänzlich durcheinandergeraten waren, folgten sie seiner Aufforderung ohne Widerspruch. Nachdem die Männer ihre Waffen heruntergenommen hatten, bekreuzigten sie sich und sprachen gemeinsam ein Vaterunser ums andere.

Wenigstens wissen wir jetzt, wo der süßliche Teil des Gestankgemisches herkommt, dachte sich Lodewig, der sich auch beim allerbesten Willen nicht aufs Beten konzentrieren konnte und stattdessen krampfhaft überlegte, was hier wohl geschehen sein mochte. »Lass es gut sein, Johannes!«, unterbrach er den Priester, der, wie immer, wenn er sich erst einmal eingebetet hatte, noch ein weiteres Gebet anhängen wollte. Dann nahm der Kastellan seinen Bruder und den Benediktinermönch beiseite, um ihnen etwas zuzutuscheln. Allerdings konnte Lodewig den beiden Heilkundigen nichts sagen, was sie nicht ebenfalls längst selbst bemerkt hatten. Eginhard hatte sogar schon eine Theorie parat, die zu Lodewigs Gedanken passten wie ein Degen in die Scheide.

Nachdem die beiden Ärzte den Leichnam genau untersucht hatten, tuschelten sie nochmals mit dem Kastellan, bevor sie das haarsträubende Ergebnis ihrer kurzen Leichenbeschau verkündeten. »Arme und Beine gehören nicht zum Rumpf!«, fasste Nepomuk das Ergebnis in einem Satz zusammen.

»Dafür kann der Kopf eindeutig identifiziert und einer bestimmten Person zugeordnet werden«, ergänzte Eginhard, ging aber nicht näher darauf ein.

»Was soll das heißen?«, fragte der Propst entsetzt und schlug schon wieder das Kreuz, während die anderen sich angewidert abwandten. Peter Immler verließ sogar den Raum, um sich zu übergeben. Selbst der an vieles gewöhnte Benediktinermönch, der im Großen Krieg als Feldscher gearbeitet hatte und deshalb so einiges hatte mitmachen müssen, schluckte, bevor er anhob: »Ganz einfach …«

Aber er kam nicht zu Wort, weil er von Eginhard, seinem Berufskollegen im Dienste der Volksgesundheit, unterbrochen wurde. »Dieser Mann hier …«, der an der Universität Freiburg lehrende Medicus zeigte mit ernster Miene auf die Leiche, »ist aus sechs beziehungsweise sieben Einzelteilen zusammengebaut worden, wobei der Torso und der Schädel die ältesten Teile sein dürften … und zusammengehören«, ergänzte Eginhard noch, der kurioserweise etwas gefasster zu sein schien als Nepomuk, was aber nicht stimmte, weil er den Mann anhand der bemerkenswert gut erhaltenen Haare zwar nicht gleich selbst erkannt hatte, aber dennoch einer bestimmten Person zuordnen konnte.

»Und heute sollte er wohl wieder erneuert werden«, schlussfolgerte Lodewig und zog zur Unterstreichung seiner Aussage die beiden in Leinen eingewickelten Augäpfel aus seiner Tasche, die er im ganzen Trubel der Ereignisse vergessen hatte.

Jetzt eilte der Propst, der zwar schon viele Leichen, so etwas aber auch noch nie gesehen hatte, nach draußen, um dem Immenstädter Ratsherrn Gesellschaft zu leisten.

Hauptmann von Huldenfeld, dem ebenfalls schlecht geworden war, der dies aber niemals zugeben würde, hatte sich aus der Situation gerettet, indem er kurz mit Lodewig gesprochen hatte und gleichfalls nach draußen gegangen war, um seinen Männern neue Anweisungen zu geben. Dabei hatte er sich die Lungen mit der in diesem Teil des Dorfes zwar nicht besonders guten, aber im Vergleich zu drinnen doch frischen Luft gefüllt und seinen Kopf in den Brunnentrog gesteckt.

Als der gut bewachte, geknebelte und gebundene Baltus die Männer sah, führte er sich wie ein wild gewordener Stier auf.

»Wahrscheinlich, weil er weiß, dass wir bei seinem Vater sind und er ihn nicht beschützen kann«, mutmaßte Peter Immler, dem der Bursche trotz seiner unglaublich schrecklichen Taten nun doch irgendwie etwas leidtat.

Es dauerte ungefähr das Viertel einer Stunde, bis alle die Fassung wiedererlangt und sich abermals am ungewöhnlichen Totenlager zusammengefunden hatten, wo die beiden Ärzte und Lodewig unverdrossen weitergearbeitet hatten und aufgrund dessen zu neuen Erkenntnissen gelangt waren.

Neuerlich standen sie regungslos um das Lichtermeer herum und warteten schweigend darauf, was ihnen die sichtlich mitgenommenen Mediziner mitzuteilen hatten.

Aber weder Nepomuk noch Eginhard sagten etwas – sie hatten ihre Arbeit getan und diesen Teil der Verantwortung nun dem Kastellan zugeschoben –, immerhin hatte der sich schon die ganze Zeit über zum Leithammel aufgeschwungen.

Also musste Lodewig wohl oder übel das Wort ergreifen, was er nach anfänglichem Zögern auch tat: »Meine lieben Freunde, ich muss euch nun etwas sagen, das euch aufs Tiefste erschüttern wird … Hört mir ganz einfach zu und unterbrecht mich nicht.« Obwohl sich der Schlossverwalter des Grafen im Moment noch mieser fühlte als diejenigen, die noch nicht wussten, um was oder um wen es ging, stand er – eine Hand krampfhaft auf den Knauf seines Degens gestützt – mit versteinertem Gesicht, aber erhobenen Hauptes da, als wenn er den Eindruck eines Advokaten erwecken wollte, der ihnen im Auftrag des Richters Zwick die Leviten lesen musste.

Nachdem Hermann Schädler nach draußen gegangen war, um sich zu erleichtern, und die anderen wortlos genickt hatten, begann Lodewig mit dem, was er möglichst schnell loswerden wollte: »Wie vorhin schon gesagt, wurde dieser Tote aus mehreren Teilen zusammengesetzt.« Er trat näher an die Leiche heran und zeigte, ohne zu fackeln, in deren Gesicht. »Diese vertrockneten Augäpfel hier sitzen nicht fest und gehören nicht zu diesem Leichnam.«

»Zu … zu wem dann?«, wollte Peter Immler wissen.

»Sie können nur dem Braumeistersohn Martin Allger, dem ersten Toten, der vor dem Materl gefunden wurde, gehören! Unseres Wissens nach war er der Einzige, dem die Augen ausgestochen wurden.«

»Um Gottes willen …«, entfuhr es dem Propst, der sich sogleich bekreuzigte.

»Dies war sicher nicht Gottes Wille«, entgegnete Bruder Nepomuk lakonisch, verzichtete dabei aber auf weitere Lästereien und schlug stattdessen ebenfalls das Kreuz.

Danach wandte Lodewig sich dem Körper der vor ihnen aufgebahrten Person zu und deutete auf dessen rechten Arm. »Um es kurz zu machen: Dieser Arm gehörte Markus Hagspihl, dem zweiten Opfer des Gliedermörders, das Josef, unser Mesner, kurz vor Weihnachten beim Schneeräumen unter dem Torbogen zwischen der Kirche und der Seelenkapelle gefunden hat!«

Durch seine Einschätzung löste Lodewig stummes Entsetzen aus, weswegen er ungeniert das aussprechen konnte, was die anderen bereits zu ahnen begannen: »Und dieser Arm …«, nun zeigte er zur linken Seite des zusammengeschusterten Leichnams, »hat Hanspeter Burger gehört, dem dritten Toten, den die kleinen Kinder des Gerbers Knut Joswig, auf eine über den Seelesgraben führende Brücke festgenagelt, entdeckt haben. Über solche Nägel sind wir vorhin gestolpert.« Lodewig zeigte zur Tür hinaus.

»Woher willst du das denn so genau wissen?«, interessierte den Ortsvorsteher, der sich inzwischen ausgekotzt und jetzt wieder einigermaßen im Griff hatte.

»Ganz einfach: Einige von uns wissen sicher noch, dass Hanspeter des Öfteren mit seinem Freund Martin nach Immenstadt kutschiert ist, um Martins Vater im gräflichen Brauhaus zu helfen.« Lodewig beugte sich zur linken Hand hinunter und deutete auf deren halb geschlossene Finger, bevor er fortfuhr: »Und dabei hat er den kleinen Finger seiner linken Hand unter ein volles Bierfass gebracht. Kommt her und seht euch das an, … hier fehlt dieses Gliedmaß!«

»Ihr Pestheiligen und Kreaturen der Unterwelt!«, beschwor der Propst versehentlich Himmel und Hölle gleichzeitig herbei und hielt dabei seine Taschenbibel beschwörend in die Höhe.

Lodewig sah ihn streng an und presste ein »Bitte!« heraus, um ungestört weitersprechen zu können.

Die anderen hielten sich erschüttert die Hände vor den Mund, um ja nichts zu sagen.

»Da wir in kurzen Abständen vier Tote zu beklagen hatten und nun wissen, zu wem die Augen und die beiden Arme gehören, beziehungsweise zu wem sie gehört haben, können wir auch das rechte Bein zuordnen: Es kann nur Bertel Schwabachers sein, den die kleine Annegret Hiebeler auf dem Leprosenfriedhof gefunden hat.«

»Und wem hat dann das linke Bein gehört?«, wurde Lodewig gefragt.

»Kein Zweifel: Dies hat dem Mann gehört, den wir gejagt und im Stall des Moosmannbauern aufgestöbert haben und der unschuldig unter einem Pferd zu Tode gekommen ist und dabei sogar ›seinen Kopf verloren‹ hat!«

Obwohl Lodewigs Wortspiel in Bezug auf den zertrümmerten Schädel des ehemaligen Rächers inmitten der unwirklich erscheinenden Situation irgendwie hätte witzig sein sollen, um dem ganzen Schrecken wenigstens etwas die Spitze zu nehmen, brauste Peter Immler auf und fuhr dazwischen: »Von wegen ›unschuldig‹ gestorben! Er hat meine Maria entführt und ...«

»Schon gut, Peter, beruhige dich! Mit ›unschuldig‹ habe ich lediglich den Zusammenhang dieses Mannes mit den Gliedermorden gemeint. Jedenfalls hat ihm – und das wissen wir hier und jetzt ja wohl zweifelsfrei – Baltus in der Seelenkapelle das linke Bein abgesäbelt ... und hierhergebracht, bevor die Wölfe den sowieso schon arg lädierten Torso durch das Loch in der Kirchhofmauer nach außen ziehen wollten. Sieh her ...«, zur Bekräftigung seiner Aussage fuhr Lodewig mit etwas Abstand zum bewussten Bein mit seiner Säbelspitze darüber und ließ sie für einen Moment über dem Knie, wo man die altersbedingten Falten am besten sehen konnte, ruhen. »Dieses Bein gehörte eindeutig keinem jungen Burschen – wem auch?« Wenn da nicht noch die beiden Augäpfel wären, die Lodewig immer noch bei sich trug, hätte er gesagt: »Es fehlt ja keiner!«, hatte dies aber dann doch gelassen. »Daran kann man unschwer erkennen, dass es zu einem älteren Menschen gehört hat! Außerdem ist es noch ziemlich ›frisch‹, denn im Gegensatz zu den anderen Gliedmaßen tun sich hier noch die Maden gütlich, was uns so viel sagt, als dass dies das letzte ›Ersatzteil‹ war, das Baltus sich ›besorgt‹ hat.«

»Wenigstens hat er dafür niemanden umgebracht«, bemerkte der Propst fast anerkennend, handelte sich dafür aber durchwegs verständnislose Blicke ein.

»Somit haben wir die Augen und alle Gliedmaßen zugeordnet!«, lenkte Hermann Schädler vom dummen Spruch des Priesters ab und beendete gleichzeitig Lodewigs Ausführungen mit fast zufrieden klingendem Ton.

»Da wäre ich mir nicht so sicher«, dämpfte Lodewig die Stimmung, konkretisierte das soeben Gesagte aber nicht und bat stattdessen die anderen, mit ihm nach draußen zu gehen, um durch das Einatmen frischer Nachtluft die Köpfe wenigstens wieder einigermaßen frei zu bekommen.

Nachdem sie sich ein wenig vom Schrecken erholt, tief durchgeatmet und erfrischendes Brunnenwasser in ihre Gesichter geklatscht hatten, sprach Lodewig noch schnell mit den beiden Wachen an der Eingangstür, während der Gardehauptmann die Fesseln an Baltus' Hand- und Fußgelenken kontrollierte und seinen Leuten Anweisungen gab. Danach drängte der Kastellan die anderen ins Haus zurück, um gemeinsam mit ihnen die bisherigen Erkenntnisse zu vervollständigen. Denn immerhin gab es ja noch die beiden Augäpfel, derer er sich endlich entledigt hatte, indem er sie im Haus abgelegt hatte.

Eginhard, der zur Zeit der ersten Morde im Bregenzer Kloster Mehrerau, also nicht in Staufen gewesen war und dementsprechend nicht alles wissen konnte, war als Letzter in den Raum getreten und hatte gewohnheitsmäßig die Tür hinter sich zugeschoben. Dabei hatte er etwas entdeckt, das nicht zu Lodewigs bisheriger Zusammenfassung der Ereignisse passen mochte. »Sage mir, mein Bruder: Wenn ›nur‹ vier junge Staufner Burschen umgebracht worden sind, zu wem hat dann dieses Bein hier gehört?« Als er diese Frage stellte, zeigte er in Richtung der zuvor noch offenen Tür.

»Also hast du das auch schon entdeckt«, sagte Lodewig, der schon längst gesehen hatte, dass hinter der Tür ein abgetrenntes Bein lag, bisher aber absichtlich darüber geschwiegen hatte.

Als wenn es noch nicht genug wäre, mussten sich alle wieder an einen neuen schrecklichen Anblick gewöhnen. Während einer starren Blickes nach draußen rannte, um sich zu übergeben, und andere entsetzt zu diskutieren begannen, zeichnete der Propst das an diesem Tag wohl hundertste Kreuz in die Luft und begann schon wieder mit einem Gebet.

»Ruhe!«, gebot Lodewig. »Wollt ihr nicht wissen, was es mit diesem Bein auf sich hat?«

»Ja! Woher stammt dieses linke Bein?«, wollte nun auch Hermann Schädler, der gänzlich irritiert war, jetzt doch noch aus Lodewigs Mund hören. »Das rechte hat Bertel gehört, das wissen wir inzwischen ja und …«

»Das linke gehört Marias Entführer!«, meinte Peter Immler triumphierend, den Ortsvorsteher unterbrechen zu müssen.

Lodewig sah die anderen lange an, bevor er eine Denkaufgabe in den Raum warf, um sich für seine weiteren Ausführungen etwas Luft zu verschaffen: »Überlegt doch mal!«

»Ah! Ich weiß!«, meldete sich der Priester.

»Ja, Johannes?«

»Erinnert ihr euch noch? In Staufen hat es noch einen Toten gegeben.«

Nachdem er sich der Neugierde aller gewiss sein konnte, verkündete er stolz: »Dieses Bein gehört dem blinden Bettler!«

Da alle wussten, dass der Leichnam des Landstreichers, der vor dem Kirchenportal erfroren war und den der Mesner dort völlig eingeschneit vorgefunden hatte, gleich nach dessen Aufbahrung in der St.-Martins-Kapelle spurlos verschwunden war, kamen sie zu der Überzeugung, dass es nur so sein konnte. Jedenfalls wurde niemand vermisst – also gab es keinen weiteren Toten, dem ein Bein hätte abgenommen werden können.

»Ihr liegt mit eurer Einschätzung falsch«, grinste Lodewig trotz der unheimlichen Situation, in der sie sich befanden. »Überlegt doch noch einmal!«

»Oder … oder …« Der Ortsvorsteher schnippte mit den Fingern, als wenn dies beim Nachdenken helfen würde.

»Ja, Hermann?«, wurde er nun von Eginhard ermuntert, erneut eine Vermutung auszusprechen, die auch nicht lange auf sich warten ließ.

»Es handelt sich um das linke Bein des Toten, den ihr aus dem Loch in der Kirchhofmauer gezogen habt. Und das Bein, das beim Toten liegt, gehörte dem Landstreicher«, orakelte er unsicher.

»Voilà!«, bestätigte Lodewig die vorsichtigen Worte des Ortsvorstehers versehentlich in höfischer Sprache und klatschte dabei lobend eine Faust in die andere Hand, bevor Eginhard und Nepomuk den Verwesungsgrad der beiden gemeinten Beine untersuchten und die letzte Theorie als am ehesten zutreffend bezeichneten.

»Welches Bein nun dort in der Ecke liegt und welches Bein sich bei der Leiche befindet, ist doch eigentlich egal«, wollte der Propst jetzt nichts mehr darüber hören.

»Da hast du nicht ganz unrecht«, bestätigte Lodewig, »… aber wo ist dann der Rest des Bettlers?«

»Nein, nein, nein! Ich kann nicht mehr. Hört denn das nie mehr auf?«, schüttelte Peter Immler – völlig fertig und am Ende seines Lateins – den Kopf.

Nach einiger Zeit hatten sich alle wieder gefasst und der Propst – der sich angewidert abgewendet hatte – fragte mit zittriger Stimme: »Aber was ist mit Martin Allger, dem ersten Toten?«

»Und was ist mit den Augen?«, platzte es aus dem Ortsvorsteher, der seine Wut auf Baltus nicht mehr verhehlen konnte, heraus, obwohl er die Antwort kannte, zumindest aber ahnte.

Lodewig senkte den Blick, nickte kaum merklich und erklärte leise: »Wie bereits gesagt, sind die Augäpfel dieses Schädels auch schon einmal ersetzt worden. Aber das kannst du ja nicht wissen, weil du vorhin nicht im Raum gewesen bist.« Er zeigte zum Kopf des Toten und ergänzte: »Diese hier sehen aus wie vertrocknete Nacktschnecken, was uns sagt, dass es wohl die ersten Ersatzteile waren und heute zum zweiten Mal hätten ausgewechselt werden sollen … Von wem die dort sind, wissen wir ja bereits«, sagte er und zeigte auf die verdorrten Augäpfel, die in den Augenhöhlen der mumifizierten Leiche steckten.

Der Ortsvorsteher schüttelte zwar ungläubig den Kopf, sprach es dennoch aus: »Von Martin Allger, dem ersten Opfer des Gliedermörders!«

»Aber zu wem gehören dann die Augäpfel, die wir heute bei Baltus gefunden haben?«, traute sich der Propst kaum zu fragen und verfiel wieder ins Gebet, ohne die Antwort abzuwarten. Er wusste, dass es noch keine Antwort dafür gab und an diesem Abend wohl kaum noch geben würde, weil die meisten Staufner im Schlosshof versammelt waren … und »seinen« Wein und das Bier wegtranken.

»Ich möchte nur wissen, warum? Weshalb hat Baltus die armen Burschen umgebracht und …«, der Ortsvorsteher fuchtelte zornig mit den Armen in Richtung der Leiche herum, »… das hier angerichtet?«

Nach einem Moment des Schweigens sagte Lodewig: »Ich glaube, Eginhard kann dies besser erklären als ich.«

Während der Kastellan zurücktrat, um seinem Bruder Platz zu machen, stieß der Ortsvorsteher wütend mit seinem Fuß gegen einen Schemel, auf dem etliche Kerzen standen, die prompt herunterfielen und das Leintuch, das bei ihrem Eintreffen noch den Leichnam bedeckt hatte, entzündeten.

»Bist du von allen guten Geistern verlassen?«, blaffte Hauptmann von Huldenfeld ihn an, während er sofort versuchte, den Brand zu löschen und eine Ausbreitung zu verhindern, was ihm nur mühsam und mithilfe der anderen gelang.

»Ich verstehe, dass du wütend bist, Hermann«, beruhigte Lodewig den total verstörten Ortsvorsteher. »Wir alle sind zornig und traurig zugleich. Aber das hilft uns jetzt auch nicht weiter. Reiß dich also gefälligst zusammen!«

Hermann Schädler ballte die Fäuste und zog aufgebracht die Mundwinkel nach unten. Erst als Lodewig ihm androhte, ihn von den gemeinsamen Ermittlungen auszuschließen und nach draußen zu schicken, lenkte er nickend ein, knurrte aber noch: »Hier im Dorf unten habe ich das Sagen.«

»Gut, Hermann: Lodewig ist im Schloss der Herr, wenn der Graf nicht da ist, und du bist unser Dorfoberster, … auch wenn der Graf da ist! – Zufrieden?«, beendete Eginhard den unsinnigen Disput und begann mit seiner Theorie: »Also: Ihr wisst, dass ich nicht immer hier war, als die Morde geschehen sind, und damals, als die ganze Sache begonnen hat, ich noch ein Studiosus im Bregenzer Kloster Mehrerau gewesen bin. Wenn ich aber das, was ich seinerzeit von meinem Vater – Lodewigs Vorgänger im Amte – gehört habe und was mir mein Bruder, der Pfarrer und unser Ortsvorsteher erzählt haben, mit dem, was ich durch mein Studium über die menschliche Seele weiß, in Verbindung bringe, bekomme ich ein klares Bild.«

Obwohl im Moment kaum jemand wusste, was der Medicus mit »… als die ganze Sache ›damals‹ begonnen hat« gemeint hatte und was die menschliche Seele mit dem vor ihnen liegenden Leichengebilde zu tun haben sollte, kam keine Zwischenfrage und Eginhard konnte ungestört fortfahren: »Vor 15 Jahren hat man Lodewig fälschlicherweise verdächtigt, eine Frau geschändet und ermordet zu haben. Das hat …«

»Was soll das, Eginhard?«, knurrte der Ortsvorsteher, der lieber Baltus an den Kragen gehen würde, als sich einen scholastischen Vortrag anzuhören.

»Weißt du was, Hermann? Jetzt reicht's! Du gehst auf der Stelle nach draußen und hältst deinen Kopf unters kalte Wasser. Wenn du dich beruhigt hast, kannst du gerne wieder hereinkommen.«

Ohne Widerworte, allerdings unter wüstem Gefluche und lautem Gescheppere, verließ der Ortsvorsteher den Raum. Kurze Zeit später – Eginhard hatte gerade wieder begonnen – hörte man lauthalses Geschrei von draußen und Hermann Schädler stürmte wie ein Wilder ins Haus und in den Raum zurück.

»Verdammt noch mal! Was ist denn jetzt schon wieder?«

»Der Gefangene ist weg! … Baltus ist abgehauen! … Er ist geflohen!«, rief der Ortsvorsteher in einem fort und fuchtelte wie gestört mit den Händen herum, während er versuchte, die anderen dazu zu bringen, mit ihm nach draußen zu gehen.

Lodewig atmete tief durch, schüttelte den Kopf und lächelte verkrampft. Dabei erklärte er Hermann Schädler und den anderen, dass der Gardehauptmann seine Männer mit Baltus ins Schloss zurückgeschickt hatte, weil er im sicheren Gewahrsam des Südturmes besser aufgehoben war als auf offener Straße. »… oder etwa nicht?«

»Nun ja …«, antwortete der Ortsvorsteher unsicher. »Aber hätten wir ihn nicht an Ort und Stelle befragen sollen?«

Der junge Kastellan schüttelte den Kopf und verneinte dies klar: »Wenn du jetzt endlich deinen Mund hältst und Eginhard zuhörst, wirst du erfahren, dass mit Baltus momentan nicht zu reden ist!«

»Ja, wir werden keine vernünftige Antwort aus ihm herausbekommen«, unterstützte Eginhard seinen Bruder. »Abgesehen davon, dass er schwach im Geiste ist, leidet er an Wahnvorstellungen und steht jetzt – nachdem er sein Werk nicht fertiggebracht hat – unter enormem Druck … Er muss sich erst beruhigen und ein paar Tage Abstand von allem bekommen. Nepomuk, Schwester Bonifatia und meine Wenigkeit werden sich so lange um ihn kümmern, bis er von einem ordentlichen Ausschuss vernommen werden kann. Ihn zu befragen, ist ohnehin nicht unsere Sache, sondern Aufgabe des Gerichts. Was uns anbelangt, so können wir nur dafür sorgen, dass die Beweise gesichert werden und kein Unbefugter – und sei er noch so neugierig – hier hereinkommt und in seiner unbändigen Wut auf den wahren Gliedermörder womöglich alles durcheinanderbringt oder das Haus in Brand steckt. Außerdem darf dies hier wirklich niemand zu Gesicht bekommen!«

»Dafür werde ich schon sorgen!«, versicherte Hauptmann von Huldenfeld etwas übereifrig.

»Aber was ist mit Georg Gschwend?«, wollte der soeben zurückgekommene und merkbar ruhigere Ortsvorsteher wissen.

Nun drohte Lodewig der Kragen zu platzen, weswegen er sich in den Disput einmischte: »Da Georg aufgrund der aktuellen Erkenntnisse zweifelsfrei unschuldig ist, haben ihn von Huldenfelds Männer auf mein Geheiß hin freigelassen und somit im Südturm Platz für Baltus gewonnen. Und damit er vom Volk – das noch nichts über den wahren Mörder wissen kann – nicht zerrissen wird, bleibt Georg so lange mein Gast im Schloss, bis wir wieder dorthin zurückkehren und alles Weitere klären! Inzwischen dürfte ihm Sarah eines der Gästezimmer zugeteilt haben … Alles klar? … Kann Eginhard jetzt endlich fortfahren?«

»Ja!«, kam es kleinlaut aus dem Mund des Ortsvorstehers.

»Also …«, begann der Medicus wieder. »Der Frauenschänder von damals war selbstverständlich nicht mein geliebter Bruder, der heute honorige gräfliche Schlossverwalter Lodewig Dreyling von Wagrain«, spöttelte er ein wenig, bevor er den Umstehenden mit dem gebotenen Ernst mitteilte, dass dies stattdessen nachgewiesenermaßen der Wittiber Babtist Vögel, der Vater von Baltus, war. »Allerdings hat Lodewig indirekt etwas damit zu tun gehabt, … aber dazu später«, ergänzte er noch. Dabei grinste Eginhard seinen Bruder an, bevor er wieder ernsthaft fortfuhr: »Als Babtist Vögel im Jahre des Herrn 1635 gevierteilt worden war, hatte man auf Anordnung des damaligen Richters Zwick den seinerzeit ungefähr zwölfjährigen Baltus mit zur Richtstätte nach Immenstadt genommen und ihn gezwungen, bei der Vierteilung des eigenen Vaters zuzusehen. Dies war gleichzeitig Abschreckung und die

Strafe dafür, dass er Lodewigs Lederwams, das auf der Frauenleiche gelegen war, gestohlen hat. Dass dies für den im Geiste sowieso schon schwachen Knaben ein einschneidendes und bleibendes Erlebnis gewesen sein musste, ist nach heutigen medizinischen Kenntnissen klar.« Eginhard räusperte sich und wies zum hinter ihm liegenden Leichnam, bevor er zum vorläufigen Ende seiner Ausführungen kam: »Und das Ergebnis liegt hier!«

»Ich verstehe nicht … ganz«, traute sich der trotz Eginhards Erklärungen zunehmend irritierte Ortsvorsteher kaum noch, eingeschüchtert einzuwerfen.

»Erinnerst du dich nicht mehr daran, dass damals direkt nach der Vierteilung der Korpus von Babtist Vögel mitsamt dem Kopf verschwunden war?«, beantwortete Eginhard Hermanns Frage mit einer Gegenfrage.

»Welcher Korpus … und welcher Kopf?«, fragte Hauptmann von Huldenfeld, der mit der ganzen Sache jetzt ebenfalls etwas überfordert zu sein schien.

»Sei still!«, blaffte ihn Hermann Schädler, der glaubte, endlich alles zu verstehen, an und nickte. »Ich erinnere mich. – Erzähl weiter, Eginhard.«

Der Medicus fuhr sich durch die Haare, zeigte zum Leichnam und überlegte kurz, wie er den anderen das von verschiedenen Seiten Gehörte zusammenfassen und gut verständlich erklären sollte. »Also …«, murmelte er, bevor er begann. »Nach der Vierteilung muss ein solches Durcheinander geherrscht haben, dass niemand auf Baltus geachtet hat. Vermutlich haben die Menschen an der Richtstätte gegrölt, getanzt und gesungen. Wahrscheinlich sind sie sich vor lauter Freude über die gelungene Hinrichtung des Staufner Schmiedes Babtist Vögel in die Arme gefallen. Der eine oder andere wird damit beschäftigt gewesen sein, den Rest des mitgebrachten Alkohols zu vernichten, während die vorne Stehenden den gliederlosen Korpus bestaunt haben. Da – wie immer bei solchen Gelegenheiten – auch der Carnifex und seine Helfer nach getaner Arbeit erst einmal einen Branntwein vertragen haben, wurde der Korpus zugedeckt und somit den neugierigen Blicken der gierigen Meute entzogen. Wie man damals gehört hat, soll die Vierteilung trotz des durch den Carnifex in den Korpus des Verurteilten geritzten Kreuzes nicht meisterlich gelungen gewesen sein, weswegen es nicht den ganzen Körper zerrissen, sondern nur die Glieder abgerissen hat. Ich vermute, dass sich das aufgeheizte Volk dann den Gliedmaßen – die vermutlich noch an den Seilen befestigt waren – zugewandt hat und …«

»… dies war die Gelegenheit für Baltus, sich den Rest des Körpers seines Vaters zu holen«, beendete Hermann Schädler den Satz und fügte kopfschüttelnd noch eine Frage hinzu: »Aber warum?«

Mit einem fast sanften »Geduld, Hermann, Geduld« nahm sich Eginhard wieder das Wort: »Ich glaube, Baltus hat darauf gewartet, dass sich die größte Aufregung legt. Wahrscheinlich hat er sogar so lange gewartet, bis man den Korpus mitsamt dem daranhängenden Kopf beiseitegeschafft hat, um ihn später außerhalb des Städtles im *Schandboden* zu verscharren. Während alle, die mit der Hinrichtung zu tun gehabt haben, ins Wirtshaus gezogen oder nach Hause gegangen sind, hat Baltus die Gunst der Stunde genutzt, um die leiblichen Reste seines über alles geliebten Vaters an sich zu nehmen und zu verstecken. Lediglich an die Gliedmaßen ist er nicht mehr herangekommen.«

»Aber warum?«, wollte der Ortsvorsteher nun endlich wissen.

Eginhard stieß ein kurzes Lachen hervor, als er wieder sagte: »Geduld, Hermann, Geduld.«

»Ja, um …«

»Spar dir die Flucherei und lass unseren Medicus zu Ende berichten«, fuhr nun der Propst dazwischen und bekam dabei allseitige Zustimmung.

»Ich bin nicht ›euer‹ Medicus!«, rückte Eginhard das Gehörte zurecht. »Aber ich bin ohnedies gleich fertig«, trug er noch seinen Teil zur Entspannung bei und sprach in ruhigem Ton weiter: »Wie ich gehört habe, war Baltus Vögel nach der Vierteilung etliche Tage verschwunden. Ich gehe davon aus, dass er Kopf und Korpus zu Fuß nach Staufen geschleppt hat. Irgendwie muss es ihm gelungen sein, auf der viel benutzten Salzstraße, die von Immenstadt am Alpsee vorbei nach Staufen führt, von niemandem gesehen zu werden. Und da sich sowieso niemand um den bedauernswerten Tropf gekümmert hat, war diese Art von Leichenfledderei auch in Staufen unbemerkt geblieben. In Immenstadt jedenfalls hat man die Sache schnell abgehakt. – Ein verschwundener Körper eines hingerichteten Frauenschänders und Mörders, wen hat das schon groß gejuckt?«

»Möglicherweise waren die Städtler froh darüber. So haben sie wenigstens keine Arbeit mit dem Erdaushub gehabt und konnten die Gliedmaßen auf Pfähle stecken oder Hunden zum Fraß vorwerfen«, beendete Nepomuk Eginhards Ausführungen und zog sich deswegen einen bösen Blick seines Amtsbruders zu, der die Gelegenheit nutzte, um hastig ein Gebet sprechen zu können.

Nachdem der Priester damit fertig war, wollte der Ortsvorsteher schon wieder etwas sagen, wurde aber von Eginhard abgefangen. »Jetzt bist du dran, Hermann«, sagte er mit einem süffisanten Lächeln auf den Lippen. »Was möchtest du wissen?«

Der Angesprochene schaute sich um und deutete auf den Leichnam. »Warum Baltus dies alles inszeniert hat, möchte ich wissen«, antwortete er ein klein wenig beleidigt, weil er seine Antwort jetzt erst bekommen sollte.

Die anderen schmunzelten verbissen, rissen sich aber zusammen. Obwohl alle um den geistigen Zustand des Schmiedesohnes wussten, wollten sie jetzt auch noch den Rest hören.

»Na ja … Dass Baltus den ›größten Teil‹ seines toten Vaters mitgenommen hat, war wohl mehr oder weniger die Reflexhandlung einer im Geiste schwachen Halbwaise, eines Kindes, das um seinen einzigen Verwandten, um seinen Ernährer, getrauert hat. Und da seine Mutter anno …, ich glaube, es war 1629 oder 30, … an der Schwindsucht gestorben war und es keine weiteren Verwandten gab, hatte er niemanden mehr, der ihn beschützen und mit ihm reden konnte. Der bedauernswerte Knabe war ja fast noch ein Kind und hätte ganz besonders viel Zuwendung gebraucht. In der plötzlichen Einsamkeit seines Zuhauses müssen sich dann zunehmend sämtliche Gedanken um den Vater gedreht haben. Er wollte bei ihm sein … oder besser gesagt, der Vater sollte bei ihm sein. Er wollte ihn mit aller Gewalt zurückhaben!«

»Was ihm irgendwie ja auch gelungen ist«, warf Peter Immler zwar bestürzt, aber mit einem ironischen Unterton dazwischen.

»Ja!«, bestätigte Eginhard. »Baltus hat ein Ritual daraus gemacht und sich immer weiter hineingesteigert. Alles, was direkt oder indirekt mit seinem Vater zu tun hatte, war ihm wichtig. In seinem Wahn hat er den Vater tagtäglich neben sich am Esstisch gesehen.«

»Ah! Deswegen zwei Kissen und zwei Gedecke«, bemerkte von Huldenfeld.

»Richtig erkannt«, lobte Lodewig den Gardehauptmann. »Und alles, was Baltus an die Vierteilung seines Vaters erinnert hat, war Gift für ihn, weil es sich in seinem Kopf festgefressen hat wie die Maden in einer Leiche. So hat er die Sache ritualisiert und all seine Opfer mit deren Wams, Jacke oder Mantel zugedeckt …, genau so, wie er die von seinem Vater geschändete Frau mit meinem Wams auf ihrem Körper gefunden hat, und genau so, wie der Korpus seines Vaters nach der Urteilsvollstreckung, lediglich mit einem Tuch bedeckt, dagelegen hat.«

»Und um eine geistige Verbindung der Ermordeten – die Baltus nicht als Tote angesehen hat – zu ihren Gliedmaßen beziehungsweise zu seinem Vater herzustellen, hat er sie stets so drapiert, dass sie in Richtung seines Elternhauses, also quasi direkt zu seinem Vater, dagelegen waren, als man sie gefunden hat. Um dies durchziehen zu können, musste er Hanspeter Burger – sein drittes Opfer – auf der schmalen Brücke festnageln. So lange Nägel hat er ja gehabt. Nach welchen Kriterien er die Opfer abgelegt hat, weiß ich nicht. Jedenfalls ist er bei seiner ›Arbeit‹ recht konsequent vorgegangen. Lediglich in zwei Punkten war er nicht konsequent …«

Jetzt schauten alle noch gespannter zum Medicus, als sie dies bisher sowieso schon getan hatten.

»Er hat nur bei Martin Allger, seinem ersten Opfer, den Daumen gequetscht. Dies stellt sozusagen die Brücke zu seinem Vater dar, den man vor seiner Hinrichtung gefoltert hat. Soweit ich weiß, hat man ihm die Daumenschrauben angelegt … und Baltus musste dabei ebenso wie bei der späteren Hinrichtung zusehen.«

Der Immenstädter Ratsherr Peter Immler nickte bestätigend und zog eine Augenbraue hoch, als er fast gelangweilt sagte: »Was sonst? Bei Peinlichen Befragungen kommen so gut wie immer Daumenschrauben zum Einsatz.«

»Da dies aber letztlich nicht zum Tod seines Vaters geführt hat, war es dem Burschen dann doch nicht so wichtig … oder es hat ihn selbst so geschmerzt, dass er es bei seinen nächsten Opfern gelassen hat.«

»Oder er ist bei seinem folgenden Opfer gestört worden und hat dieses – wie hast du gesagt, Eginhard? – Ritual nicht mehr aufgenommen«, warf Hermann Schädler scharfsinnig ein.

Eginhard zuckte mit den Schultern. »Auch möglich. Wahrscheinlicher aber dürfte sein, dass Baltus ein Leben erhalten und nicht quälen wollte.«

»Und die fünf von Baltus Abgeschlachteten? Hä! Was ist mit denen?«, brauste der Ortsvorsteher schon wieder auf. »Wurden die etwa nicht gequält?«

Eginhard schüttelte den Kopf und korrigierte Hermanns Aussage sachlich: »Bisher wissen wir nur von vier Ermordeten! … Denn den älteren Mann aus dem Loch in der Kirchhofmauer – Marias Entführer – hat er nicht umgebracht, der ist bekanntermaßen unter einem Pferd zu Tode gekommen.«

»Und was ist mit den frischen Augen, die Baltus bei sich gehabt hat?«

Jetzt fiel auch Eginhard nichts mehr ein. »Die stellen ein Problem dar und werfen neue Fragen auf. Noch haben wir keine Ahnung, von wem die sind, … und ob wir dies je erfahren, weiß ich nicht! Aber nun lasst mich doch wieder zu Baltus kommen. Wie gesagt, glaube ich, dass es ihm nicht bewusst war, jemandem das Leben zu nehmen. Eigentlich kann man den dummen Buben gar nicht dafür verantwortlich machen. Im Sinne seines Vaters hat er es nur gut gemeint. Und dass er dafür gemordet hat, wird ihm nie bewusst werden, … auch unter der Folter nicht.«

»Blasphemie!«, schimpfte Johannes Glatt und hielt das um seinen Hals hängende Kreuz dem Leichnam entgegen.

Bevor Eginhard weitersprechen konnte, hörten sie ein aufgeregtes Geschrei, das vom vorderen Bereich des Hausinneren zu ihnen drang. Bevor sie auch nur einen Gedanken daran verschwenden konnten, stürmte Gardehauptmann von Huldenfeld in den hell erleuchteten Raum am Ende des Flures zurück, den er erst vor kurzer Zeit unbemerkt verlassen hatte, um einen Abtritt zu suchen. Weil jetzt die Menschen vom Schloss zurückkehrten und nach Hause gingen, hatte er nicht nach draußen gehen und sich zeigen wollen – immerhin war er in einer geheimen Mission unterwegs und wollte keinen Anlass für unliebsame Fragen geben.

»Schnell, kommt mit!«, rief er.

Nachdem alle hinter ihm hergeeilt waren, öffnete von Huldenfeld eine kleine Tür, die so unauffällig war, dass sie im schalen Schein ihrer spärlichen Lichtquellen bisher von allen übersehen worden war. Während er nur den Weg wies, sich selbst aber vornehm zurückhielt und dem Kastellan seine Laterne in die Hände drückte, drang Lodewig vor Eginhard in den hinter der Tür liegenden schmalen Gang ein und parallel dazu ein unerträglicher Gestank nach draußen. Nachdem sie ein schmales Holztreppchen elf Stufen nach unten gegangen waren, standen die Brüder in einem Räumchen, in dem es so intensiv und eindeutig stank, dass kein Zweifel daran bestand, was sie gleich zu sehen bekommen würden.

»Das Inferno der Hölle tut sich hier auf!«

»Ja, mein Bruder. Das hier muss der wahre Pesthauch des Todes sein! Alles, was wir bisher zu riechen bekommen haben, gleicht dagegen einem lauen Maidüftchen.«

Im Schein der Laternen erkannten sie etwas, das sie unter anderen Umständen umgehauen hätte, aufgrund des bisher Gesehenen und Erlebten aber doch recht kaltließ.

»Dies ist wohl das Ersatzteillager«, bemerkte Eginhard bemerkenswert gleichmütig.

»Jedenfalls dürfte nun eine Frage mehr beantwortet sein«, stellte Lodewig knapp fest und begründete dies sogleich, indem er auf den in der Mitte des Raumes stehenden Tisch zeigte, auf dem der Leichnam eines langbärtigen Mannes lag. »Da er in Lumpen steckt und ihm zudem ein Bein fehlt, gehe ich davon aus, dass es sich dabei um den Bettler vom Kirchenportal handelt«, mutmaßte Lodewig.

»Das werde ich gleich überprüfen«, versprach der Medicus trotz des ekelerregenden Gestankes, der vielen Maden und der Ratten, die sich zu allem hin nur ungern vertreiben ließen.

Nachdem der Rest ihres kleinen Trupps erst gar nicht mit in den Raum gegangen war und stattdessen sogar auf schnellstem Wege das Weite gesucht hatte, überprüften die beiden Brüder den Sitz ihrer »Gestankbremsen«, die hier nur mäßig halfen.

Lodewig zog eine neben dem Kopf des Toten in der Tischplatte steckende alte Stichwaffe heraus. »Kein Zweifel, das muss der Dolch sein, mit dem Baltus ›gearbeitet‹ hat!«, stellte er sachlich fest, nachdem er die Breite der Klinge, deren Länge, Unschärfe sowie den rostigen und schartigen Zustand kontrolliert hatte.

Da Nepomuk für diesen nicht nur kleinen, sondern auch niedrigen Raum zu groß war, hatte er es vorgezogen, beim Gardehauptmann zu bleiben. Also war Eginhard nichts anderes übrig geblieben, als den Toten allein zu beschauen, … und um dies tun zu können, würde er ihn wohl oder übel berühren müssen.

Ich bin heilfroh, kein Medicus zu sein, dachte sich indes sein jüngerer Bruder.

Nachdem schon klar war, dass es nur der Landstreicher sein konnte, öffnete Eginhard ihm mit Daumen und Zeigefinger die geschlossen Augen. »Milchig weiß!«, kommentierte er knapp.

»Sie sind also noch da?«, vergewisserte sich Lodewig, der irgendwie gehofft hatte, dass ihm die Augen fehlen würden. »Aber … von wem sind dann – verflucht noch mal – die beiden Augäpfel, die ich oben auf ein Tischchen gelegt habe?«

Nachdem Eginhard den unruhig wartenden Männern in allen Details geschildert hatte, gerade noch erkannt zu haben, dass die Augen des Mannes bereits zu dessen Lebenszeit tot waren und dass der extrem ungepflegte Zustand der Zähne sowie der Finger- und Zehennägel ebenso dafür sprechen würden, dass es sich um besagten Randständischen handelte, wie die zerlumpten Fetzen, die er auf dem verfaulenden Leibe trug, waren natürlich weitere Fragen aufgekommen, die von den beiden Ärzten nur einigermaßen zufriedenstellend beantwortet werden konnten.

»Wahrscheinlich hat Baltus den Landstreicher hauptsächlich wegen dessen Augen – möglicherweise auch wegen dessen Glieder – mitgenommen, hier aber schnell festgestellt, dass es sich um die unbrauchbaren Augäpfel eines Blinden handelte …«

»Weswegen sie für ihn nicht mehr nützlich gewesen waren und er den Dolch enttäuscht direkt daneben in die Tischplatte gerammt hat. Sein Vater sollte ja mit den neuen Augen …«, Eginhard räusperte sich, »sehen können.«

»Und mit den neuen Beinen gehen können. Allerdings waren die aufgrund des Alters wohl nicht mehr gut genug, weswegen Baltus dessen Bein vermutlich zornig hinter die Tür geschmissen hat«, ergänzte Nepomuk, der nun doch noch näher getreten war.

»Deswegen ist der Bettler ansonsten völlig unberührt und fault hier nur noch so vor sich hin«, ergänzte der Benediktinermönch.

»Dann dürfte im Moment lediglich noch eine Frage offen sein«, analysierte der inzwischen ebenfalls näher gekommene Ortsvorsteher die Lage.

»Welche Frage meint Ihr?«, wollte der noch immer angeekelte Gardehauptmann, der nach wie vor in der Tür stand, wissen.

»Ganz einfach: Zu wem gehören die beiden Augäpfel, die unser werter Kastellan Baltus abgenommen hat?«

Als sie dieses unheimliche Kellerloch verlassen und die Kerzen im »Aufbahrungsraum« ausgeblasen hatten, schloss Lodewig auch die Haustür hinter sich zu. Eilig lief er den anderen nach und bemerkte dabei gerade noch rechtzeitig, dass er zur Schmiede zurückmüsse, weil sie vergessen hatten, das Fenster zu verriegeln. Dabei sah er zufällig nach oben. »Die Krähe ist weg!«

Bevor Lodewig ins Haus zurückging, um das Fenster zu schließen, wollte er sich die Lungenflügel mit der ihm jetzt herrlich frisch vorkommenden Luft füllen und sich dann gemeinsam mit den anderen Männern auf den Weg zum Schloss zurück machen, wo sie dem vermutlich gänzlich verärgerten Grafen und dem Rest der dort versammelten Gesellschaft ausführlich Bericht erstatten und zwei Wachsoldaten zur Schmiede zurückbeordern wollten. Zuvor aber sogen sie allesamt schweigsam die frische Nachtluft ein.

Plötzlich durchfuhren herzerweichende Schreie, die allen durch Mark und Bein gingen, die fast undurchdringlich wirkende Nebelwand.

»Wer ist das? Und woher kommen diese Schreie?«, wollte der zu Tode erschrockene Ortsvorsteher wissen, erwartete aber nicht ernsthaft eine Antwort, die jedoch unvermutet – zumindest teilweise – dennoch kam.

»Das ist unverkennbar die Stimme von Mildred Winston, die Serafin wohl noch einmal besucht haben muss!«, stellte Lodewig fest und sah dabei seinen Bruder an, der ebenfalls wusste, woher die markerschütternden Schreie kamen und was sie zu bedeuten hatten.

»Jetzt hast du die Antworten auf all deine Fragen, Hermann«, sagte Eginhard.

»Serafin Gruber, unser am Knöchel verletzter erster Tambourmajor!«, versuchte der Kastellan, dem ahnungslos dreinschauenden Ortsvorsteher auf die Sprünge zu helfen.

»Die Augäpfel?«, kombinierte Hermann Schädler, dem sich nicht gleich erschloss, wie Lodewig und Eginhard darauf gekommen waren, unsicher fragend.

»Ja!«, bestätigte Lodewig knapp, aber mit der Wucht eines Schmiedehammers, während Eginhard zustimmend nickte.

Kaum hatten die beiden Dreyling von Wagrain-Brüder die unglaubliche Erkenntnis des Ortsvorstehers bestätigt, bekreuzigten sich alle.

DRAMATIS PERSONAE

Bis auf diejenigen Personen der Handlung, die es im 17. Jahrhundert tatsächlich gab und die mit einem * gekennzeichnet wurden, sind die Protagonisten frei erfunden. Ähnlichkeiten, gleich welcher Art, mit lebenden Personen sind rein zufällig.

DIE FAMILIE DES KASTELLANS:

*Lodewig Dreyling von Wagrain**

Der gräfliche Verwalter des Schlosses Staufen mitsamt aller Liegenschaften gehört als sogenannter »Freier« dem niederen Adel an.

Aufgrund einer Empfehlung des gräflichen Oberamtmannes an den Regenten der Herrschaft Staufen konnte der schneidige Mann, der in jungen Jahren lieber zur Waffe als zur Feder griff, seinen Vater Hannß Ulrich nach dessen Arbeitsunfall im hohen Amt beerben. Seither wird er anstelle seines Vaters im gesamten rothenfelsischen Gebiet nur noch als »Kastellan« bezeichnet.

Der ausnehmend gut aussehende, schlanke und groß gewachsene Mann ist drahtig, fleißig und traditionsbewusst, aber auch robust, was er schon mehrere Male unter Beweis stellen musste. Eine bemerkenswert hohe Intelligenz zeichnet ihn ebenso aus wie Reife, die sich insbesondere in einem überdurchschnittlichen Maß an Besonnenheit und Güte äußert. Das Wohl seiner Familie und der anderen Schlossbewohner, aber auch das der Staufner Dorfbevölkerung geht ihm über alles. So zeigt er sich oft dominant und mischt sich auch in die Belange des alternden Ortsvorstehers ein, der in mancher Hinsicht etwas zu lasch ist.

Sarah Dreyling von Wagrain

Die Frau des Kastellans ist die älteste Tochter des aus Antwerpen stammenden Juden und Buchdruckers Jakob Bomberg, der vor vielen Jahren in seinem eigenen Haus, das auf Hetzen des missgünstigen Schuhmachers Hemmo Grob (der »Pater«) hin von den Staufnern abgefackelt wurde, verbrannt ist.

Um Lodewig ehelichen zu können, ist sie mithilfe – besser

gesagt, auf Drängen – des Staufner Propstes im selben Jahr zum katholischen Glauben konvertiert.

Die ausnehmend hübsche und gut gewachsene Frau führt im Schloss ein strenges, aber harmonisches Regiment und hat das Schloss stets gut in Schuss.

Ihre Klugheit und Offenheit äußert sich am Interesse an den schönen Künsten, die es in Staufen natürlich kaum gibt. So liebt sie das *Falkenlied* eines Minnesängers namens »Der von Kürenberg« (Mitte 12. Jhd. n. Chr.) und die *Emmasage*, die sich zu Zeiten Karls des Großen (800 n. Chr. in Aachen gekrönt) auf der Eyneburg im ehedem flämischen, heute aber belgischen La Calamine (Kelmis) gehörenden Örtchen Hergenrath zugetragen haben soll.

Die ständige Sorge um ihren über alles geliebten Mann lässt sie schier verrückt werden. Die hervorragende Köchin tut alles dafür, dass es ihrem Mann, ihren Kindern und dem Rest der Familie gut geht.

Aurelius Dreyling von Wagrain

Aurel, wie der mit 14 bzw. 15 Jahren älteste Spross des Kastellans gerufen wird, tut jetzt schon alles dafür, um dereinst in die Fußstapfen seines Großvaters und Vaters treten zu können.

Der aufgeweckte Knabe liebt Pferde und die Arbeit im Hof und im Stall. Obwohl er recht aufgeweckt und an allem interessiert ist, kann er als sanftmütig und folgsam bezeichnet werden.

Anneliese und Heidemarie Dreyling von Wagrain

Die 12 bzw. 13 Jahre alten Zwillinge sind sich in jeder Hinsicht nicht allzu sehr ähnlich. Beide haben aber gemein, dass sie ihre Mutter Sarah stets auf Trab halten.

Magdalena Dreyling von Wagrain

Die mit 5 bzw. 6 Jahren jüngste Tochter ist der Mutter wie aus dem Gesicht geschnitten. Sie wird von allen in der Familie verhätschelt. Das Nesthäkchen ist der Schatz des Großvaters Hannß Ulrich.

*Hannß Ulrich Dreyling von Wagrain**

Dem ehemals gräflichen Verwalter des Schlosses Staufen hat

es bei einem Arbeitsunfall vor ein paar Jahren beide Beine zerquetscht, weswegen er sein Amt als Kastellan aufgeben musste.

Seither ist der energische Mann gehbehindert, weswegen er sich kaum noch an der täglichen Arbeit im Schloss und in den dazugehörenden Liegenschaften beteiligen kann. So bleibt ihm nichts anderes übrig, als die Kinder seines Sohnes Lodewig zu hüten und sein Wissen an sie weiterzugeben.

Damit der immer noch stolze und trotz seiner schweren Behinderung nicht gebrochene Mann nicht doch noch verzagt, wird er von Lodewig stets um Rat gefragt und wird zu allen Besprechungen innerhalb des Schlosses dazugeladen. Sein Wort hat immer noch Gewicht.

Eginhard Dreyling von Wagrain

Lodewigs älterer Bruder hat im berühmten Kloster Mehrerau in Bregenz, in Salzburg und in Wien die scholastische Medizin und die Kräuterkunde studiert, bevor der kluge Mann vor 9 bzw. 10 Jahren nach Freiburg gerufen wurde, um dort als ordentlicher Professor der Medizin zu lehren.

Er war es, der vor 16 bzw. 17 Jahren den damaligen Staufner Medicus Heinrich Schwartz entlarvte und den Giftmörder, der 69 Menschenleben zu verantworten hatte, an den Galgen brachte.

Meist kommt der Medizinprofessor nur an Weihnachten auf Besuch in seine Heimat, wo er es kurioserweise immer mit irgendeinem Verbrechen zu tun hat …, das er dann stets aufzudecken versucht.

Judith Bomberg

Jakob Bombergs Witwe und Sarahs Mutter ist trotz herber Tiefschläge und ihres Alters immer noch eine stolze Frau. Die orientalisch wirkende Jüdin ist trotz ihres niederen Standes recht belesen, was sie an ihre beiden Töchter weitergegeben hat. Seit dem Verlust ihres Hauses und Sarahs Vermählung mit Lodewig lebt sie im Schloss, wo sie Sarah und der Hausmagd zur Hand geht. Im Gegensatz zu ihrer Tochter ist sie nicht zum katholischen Glauben konvertiert.

Sie ist ihrer Tochter stets eine gute Ratgeberin, mischt sich aber nie in deren Belange ein.

Lea Bomberg

Sarahs jüngere Schwester hat in der Vergangenheit viel mitgemacht und wäre vor 15 bzw. 16 Jahren mit ihrem Vater zusammen im Elternhaus fast verbrannt. Seither lebt sie, völlig in sich gekehrt, mit ihrer Mutter zusammen im Schloss, wo sie mit Hand anlegt, wenn dies nötig ist. Wie auch ihre Mutter, ist sie dem jüdischen Glauben treu geblieben.

DIE ANDEREN SCHLOSSBEWOHNER:

Rosalinde, Haus- und Küchenmagd

Die brave und treue Vorarlbergerin war schon bei Lodewigs Mutter, der verstorbenen Kastellanin Konstanze Dreyling von Wagrain, in Diensten, bevor Sarah ihre Herrin wurde.

Sie ist zwar von einfachem Gemüt, aber trotz ihres nun schon mittleren Alters immer noch fleißig und absolut loyal. Vor vielen Jahren hat sie sich in den Hof- und Stallknecht Ignaz verliebt. Es hat den Anschein, dass sich ihre Stotterei mit zunehmendem Alter verstärkt.

Ignaz, Hof- und Stallknecht

Wie auch Rosalinde, ist der fleißige Mann fast 30 Jahre in Diensten der Dreylings von Wagrain. Und wie früher schon Hannß Ulrich, der Altkastellan, kann sich auch Lodewig in jeder Hinsicht auf ihn verlassen, weswegen er im Stall, auf dem Hof und auf der Flur meist eigenständig entscheiden kann. Zwischen ihm und den männlichen Dreylings von Wagrain besteht eine ehrlich gewachsene Freundschaft, auf die alle nichts kommen lassen.

Siegbert, die erste Schlosswache

Der groß gewachsene schlanke Soldat ist seit fast 20 Jahren für die Sicherung des Schlosstors und der Mauerumfriedung ebenso zuständig wie für die Sicherung des gesamten Schlossareals.

Er teilt den Dienst ein und nimmt seine Arbeit sehr ernst und ist absolut zuverlässig. Er ist allerdings ein etwas verklemmter und allzu bürokratisch denkender Wachsoldat, der Späßchen gegenüber nicht besonders aufgeschlossen ist.

Rudolph, die zweite Schlosswache

Der kleinere, stämmige Soldat nimmt es mit seiner Arbeit nicht immer so genau …, insbesondere, wenn er zu tief in die Schnapskanne geschaut hat.

Deswegen und weil er ein für einen Wachsoldaten zu gutmütiges Naturell hat, bekommt er öfter Ärger, wird aber nicht entlassen – immerhin ist er schon über 25 Jahre in Diensten der Dreylings von Wagrain. Zu seiner Ehrenrettung muss gesagt werden, dass er immer da ist, wenn er gebraucht wird, und als absolut loyal gilt. Beim Wachdienst wechselt er sich mit Siegbert ab. Und wie auch sein Kamerad, sucht er aufs Alter hin noch eine Ehegefährtin.

DIE SEELSORGER:

*Johannes Glatt, Propst und Pfarrer von St. Petrus und Paulus, Staufen**

Da der Vorsteher des hiesigen Kollegialstifts ein enger Freund der Kastellansfamilie ist, geht er seit Jahrzehnten im Schloss Staufen ein und aus. Er gehört sozusagen zur »Führungsriege« des Dorfes.

Der hagere Mann gibt sich mit zunehmendem Alter knorrig, verbirgt aber unter der rauen Schale einen weichen Kern. Wenn es jedoch um andere Glaubensrichtungen geht, versteht er keinen Spaß.

Aufgrund seiner bemerkenswerten Intelligenz müsste der Priester eigentlich schon längst höhere Weihen erhalten haben. Möglicherweise scheitert dies immer daran, weil er dem Alkohol zunehmend zugetan ist. Sein Erschaffer hat den erzkatholischen Priester nicht gerade mit übermäßigem Mut gesegnet, was er während der Pest im Jahre 1635 hinreichend unter Beweis gestellt hat. Dennoch wird er zu allen wichtigen Besprechungen mit dazugeladen.

Johannes Nepomuk, Medicus und Benediktinermönch

Nepomuk, wie der Hüne allgemein genannt wird, ist ein illegitimer Sohn des Fürsten Johannes von Hohenzollern. Der bärenstarke Mönch verteidigt seinen Glauben lieber mit seiner Doppelaxt als mit leeren Worten. Wenn er allerdings sein gewaltiges medizinisches Können und Wissen einsetzen kann, tut er dies sofort und selbstlos.

So freut man sich im Schloss Staufen, wenn er seinen alten Freund Hannß Ulrich besucht. Die beiden haben sich vor vielen Jahren auf dem Weg ins Kloster Mehrerau unter eigenartigen Umständen kennengelernt und sind – insbesondere, seit der heilkundige Mönch Lodewig (der vom damaligen Totengräber Ruland Berging in der *Pestkapelle* gefoltert worden war) und der kleinen Lea (die fast mit ihrem Vater Jakob verbrannt wäre) das Leben gerettet hat.

Bonifatia, Franziskanerschwester aus Dillingen

Die groß gewachsene, dominante und mental starke Frau hat über viele Jahre hinweg das direkt an der alten Salzstraße gelegene *Leprosenhaus* bei Genhofen geleitet, bevor sie von Propst Glatt zur Leiterin des Spitals in Staufen bestallt wurde, wo sie gerade während der Pestzeit sehr viel Gutes getan hat. Aufgrund ihres Engagements für die Allgemeinheit gehört die Krankenschwester zum erweiterten Kreis der »Führungsriege« des Dorfes.

Martius Nordheim, Kanoniker, St. Johann im Thal

Der Priester untersteht Propst Glatt und leitet die Filialpfarrei im nahen Thalkirchdorf. Wenn er gebraucht wird, steht er seinem Dienstherrn und Schwester Bonifatia zur Seite. Die Franziskanerin wäre verzweifelt, wenn ihr der damals junge Kanoniker nicht geholfen hätte, die Pestkranken im Spital zu betreuen. Ansonsten hat der ruhige Mann nicht viel zu melden.

*Johannes Christoph Schwenk, Pfarrherr von St. Nikolaus, Immenstadt**

Der hochangesehene Priester der Residenzstadt ist dem Reichsgrafen Hugo zu Königsegg-Rothenfels ein guter Berater. Der feiste Hedonist hasst sinnlose Torturen und legt sich deswegen immer wieder mit Richter Michael Waldvogel an.

Albin Reichard, Medicus im Staufner Spital

Dem jungen Arzt werden die vielen Leichenbeschaue zu viel. Er verlässt Staufen, um in Kempten die vakante Stelle als stellvertretender Stadtmedicus anzunehmen.

WEITERE WICHTIGE RESIDENZSTÄDTER:

*Hugo Reichsgraf zu Königsegg-Rothenfels**

Der hochreputierte Regent der Grafschaft Rothenfels und der dazugehörenden Herrschaft Staufen ist einer der größten Vertreter seines Geschlechts. In seiner Eigenschaft als Reichskammergerichtspräsident und als Inhaber etlicher anderer hoher Posten weilt er oft im Rheinland oder in anderen Gebieten fernab der Heimat. Während der Pest in seinem Herrschaftsgebiet zog er sich mitsamt seiner Familie und dem größten Teil seines Hofstaates ab den 20er-Jahren des 17. Jahrhunderts für längere Zeit zu seinem Bruder Berthold zurück, der in der Domstadt Konstanz Domscholaster und -schatzmeister war.

Noch im unseligen Pestjahr 1635 gelobt er um des eigenen Überlebens willen, den Staufnern gleich nach Ende der Pest »etwas Gutes« zu tun. Sein den Staufnern gegebenes Versprechen einzulösen, ist allerdings frühestens nach seiner Rückkehr aus Konstanz im Jahre 1649 möglich und muss von den Staufnern sogar eingefordert werden.

*Maria Renata zu Königsegg-Rothenfels**

Der gebürtige Hohenzollernspross lebt zwar zur Zeit der Romanhandlung nicht mehr, soll aber dennoch kurz genannt werden, weil sie die Regentin war, als von ihrem Gemahl das »Pestgelübde« ausgesprochen wurde. Sie war während der Flucht vor der Pest an seiner Seite und starb 1637 in Konstanz, wo sie im dortigen Münster bestattet wurde.

*Caroline Ludowika zu Königsegg-Rothenfels**

Die ehemalige Gräfin zu Sultz und Landgräfin im Klettgau ist seit 1637 die zweite Gemahlin von Hugo zu Königsegg zu Zeiten der Romanhandlung.

*Oberamtmann Conrad Speen**

Den obersten Beamten des rothenfelsischen Herrschaftsgebietes zeichnet eine stets unvoreingenommene Beurteilung der Dinge ebenso aus wie eine unantastbar fachliche Kompetenz. Allerdings ist er nicht mehr der Jüngste und wartet sehnlichst auf seine Entlassung in den wohlverdienten Ruhestand.

Auf die von Rückenschmerzen geplagte »rechte Hand« des Reichsgrafen ist immer Verlass. Mit der entsprechenden »Prokura« ausgestattet, leitet er während der Abwesenheit seines Herrn sowohl die Geschicke der städtischen als auch die der ländlichen Untertanen.

Den als streng, aber gerecht und gütig bekannten Mann verbindet ein von gegenseitigem Respekt und Vertrauen geprägtes Verhältnis mit den Dreylings von Wagrain. Wie zuvor Hannß Ulrich, unterstützt er nun Lodewigs Belange, ... wenn ihm dies möglich ist.

*Benedikt von Huldenfeld, Gardeoffizier**

Der schneidige Hauptmann der gräflichen Garde wäre wohl schon längst befördert worden, wenn er in einer größeren Stadt seinen Dienst verrichten würde. Da es dem ursprünglich aus Wien stammenden Adelsspross aber im Allgäu gut gefallt, möchte er nicht abmustern und verzichtet lieber auf eine Beförderung und den damit verbundenen höheren Sold.

Er hat nicht nur seine Männer vorbildlich im Griff, sondern ist auch ein unersetzlicher Berater des Oberamtmannes und des Reichsgrafen, weswegen der sympathische Offizier allseits hoch im Kurs steht.

Peter Immler, Immenstädter Ratsherr

Der international agierende Handelskaufmann ist ein großer Gegner von Waldvogels Machenschaften und setzt sich vehement für eine humanere Handhabung der Gerichtsbarkeit ein, weswegen er sich den Richter zum Feind macht.

Obwohl vom Regenten höchstpersönlich eingesetzt, kommt er in seiner Eigenschaft als jüngster Immenstädter Ratsherr ebenso wenig zum Zug wie als Gerichtsbeisitzer – er passt einfach nicht ins Schema. Erst als er in eine Prüfungskommission aufgenommen wird, um grausame Morde zu untersuchen, kann er zeigen, was in ihm steckt, dabei verliebt er sich ausgerechnet in eine Staufnerin, in Maria, die Tochter des Töpfers Cornelius Brugger.

Gerold Meier, Gräflicher Pritschenmeister

Wegen seines rauen Umgangstons wird er von den Jungschützen hinter vorgehaltener Hand »Peitschenmeier« genannt. Seine Hauptaufgaben sind die Organisation und der ordentliche Ablauf von Schießübungen und Wettschießen sowie der gute Zustand der Immenstädter Schießanlage und der Waffen.

DIE GERICHTSBARKEIT:

*Richter und Stadtammann Michael Waldvogel**

Der – wie sein Vorgänger Hans Zwick – klein gewachsene, gedrungene Mann befindet sich in einer machtvollen Position, insbesondere, wenn der Regent nicht im Lande weilt, was er dann gnadenlos ausnützt.

Seinen Utznamen »Richter Gnadenlos« hat er nicht umsonst: Weil er stets kurzen Prozess zu machen pflegt, ist der abartig veranlagte Stadt- und Landrichter sogar über die Grenzen des herrschaftlichen Gebietes hinaus gefürchtet.

Nach einer unglaublich schweren Kindheit, die er beim Wanderprediger und Wunderheiler Ludger Waldvogel verbringt, schafft es der an Kindes statt angenommene Bursche zu studieren und es nicht nur zum Richter, sondern auch noch zum Stadtammann zu bringen – eine gefährliche Symbiose, die insbesondere diejenigen zu spüren bekommen, die etwas ausgefressen haben oder sich ihm entgegenstellen.

*Sebastian Deibler, der Carnifex**

Der rothenfelsische Nachrichter trägt wohl als einziger Henker weit und breit die Bezeichnung *Carnifex*, was nicht viel zu bedeuten hat, sich aber gut anhört.

Der kräftige, groß gewachsene Mann erledigt seine Arbeit oft nur widerwillig, insbesondere wenn er aufgrund der »Peinlichen Befragung« und des Umgangs mit seinen Delinquenten das Gefühl bekommt, dass diese unschuldig sind, sie aber auf Waldvogels Geheiß hin dennoch gefoltert und hingerichtet werden sollen.

Wie auch seine Berufskollegen, wird der für seinen Beruf ungewöhnlich gutmütige Henker allseits gemieden, obwohl er in besonderem Maße heilkundig ist und schon vielen Menschen (heimlich) zu Gesundheit und Wiedergenesung verholfen hat. Wenn er Kinder oder Frauen malträtieren muss oder von der Unschuld eines

Gefangenen überzeugt ist, gibt er ihnen heimlich schmerzlindernde Blätter zum Kauen, was der Richter nicht wissen darf, wenn sein Carnifex nicht selbst gerichtet werden möchte.

Privat gilt seine Sorge dem ältesten Sohn Lucki, der ihm im Amte folgen soll, dies aber nicht möchte.

Ekkehard van der Heye, Gerichtsschreiber

Der klapperdürre und buckelige Beamte stammt aus dem flandrischen Handelsstädtchen Brügge und kommt sich stets wichtig vor. Der Brillenträger untersteht direkt dem Stadtammann Waldvogel, verrichtet aber auch seine Arbeit für den Richter Waldvogel.

MÖRDERPACK UND RAUBGESINDEL:

Der Rächer

Während einer gleichsam raffinierten und extrem grausamen Mordserie treibt sich in Staufen eine undurchsichtige Gestalt herum, die sich schon mehrere falsche Namen gegeben hat. Derzeit nennt sie sich Walter Krummstiefel und hat sich zudem auch noch den lächerlichen Utznamen »Der Rächer« zugelegt.

Ob diese reißende Bestie, für die Menschenleben nichts wert sind, besser gesagt, nicht das Geringste gelten, allerdings der gesuchte »Gliedermörder« ist, muss sich erst noch herausstellen.

… und andere Personen

Aufgrund der Spannungserzeugung können diese hier leider nicht vorgestellt werden.

SONSTIGE PROTAGONISTEN:

*Melchior Henne, Leinweber**

Der stattliche Handwerker ist der beste Freund des Kastellans und allseits geschätzt und beliebt. Durch die Freundschaft zu Lodewig kam er in jungen Jahren in den Genuss, von Propst Glatt Schreiben, Lesen und sogar etwas Latein zu lernen, was ihm in mancher Lebenslage hilft, ihn aber auch von den anderen jungen Männern des Dorfes abhebt – was zu Problemen führen kann.

Durch seine Courage – auch dem Grafen gegenüber – gibt es

Anzeichen dafür, dass dem sympathischen Lockenkopf später einmal das Amt des Ortsvorstehers oder ein anderes hohes Ehrenamt angetragen wird. So nach und nach entpuppt sich der im Grunde genommen einfache Mann auch als unverzichtbarer Berater des Kastellans, des Ortsvorstehers … und sogar des Grafen.

Hermann Schädler, Ortsvorsteher

Der kränkelnde Mann leitet offiziell zwar die Geschicke des Dorfes, hat aus Altersgründen aber längst dem jungen Kastellan den Vortritt gelassen. So ist im Laufe der Jahre Lodewig zum wichtigsten Mann Staufens avanciert, ohne offiziell Ortsvorsteher zu sein. Dennoch ist Hermann Schädler bei jeder Zusammenkunft dabei und leistet nach wie vor seinen Beitrag zum Wohle der Heimat, die von einer grausamen Mordserie heimgesucht wird.

Seine Frau Gertrud ist sich ihres Standes innerhalb der einfachen Dorfgemeinschaft wohl bewusst und tut alles dafür, dass dies so bleibt.

Fabio, Leichenbestatter

Seit der ehemalige Dieb und Herumtreiber Lodewig aus den Fängen des damaligen Totengräbers Ruland Berging befreit und ihm dadurch das Leben gerettet hat, gehört er bei den Dreylings von Wagrain zur Familie.

Seine Bewährungsprobe hatte Fabio während der Pest im Jahr 1635, als er in seiner Eigenschaft als Hilfstotengräber fast nur um Gottes Lohn über 700 Pesttote vergraben hat, mit Bravour bestanden. Dadurch war er es, der maßgeblich dafür gesorgt hat, dass sich der gefürchtete Pestbazillus nicht unnötig weiterverbreiten konnte. Seither gehört er zum Kreis derer, die in Staufen etwas zu sagen haben. Jetzt allerdings kommen schlimme Dinge auf ihn zu.

Josef Gschwend, Mesner von St. Petrus und Paulus

Auf den betagten Mann kann sich der Ortspfarrer in jeder Hinsicht verlassen. Er diente dem Priester schon, als Hannß Ulrich Dreyling von Wagrain der Verwalter des Schlosses Staufen war.

Cornelius und Maria Brugger

In besseren Zeiten waren die Arbeiten des Töpfers Cornelius

Brugger nicht nur beim Volk, sondern auch beim Adel gefragt – insbesondere, wenn sie von seiner Tochter Maria bemalt worden waren. Da sich die gut aussehende und liebenswerte Maria in den Immenstädter Kaufmann Peter Immler verliebt, hoffen die beiden endlich wieder auf gute Geschäfte, … finden aber erst einmal nur Leid und Elend.

Alma und Knut Joswig, Gerber

Die aus Deutschlands Norden zugereiste Handwerkerfamilie hat ein Jahr, nachdem das Haus der jüdischen Familie Bomberg abgefackelt worden war, das Grundstück von Judith Bomberg gekauft und direkt am Seelesgraben eine Gerberei aufgebaut.

Deren Kinder machen eine schreckliche Entdeckung.

Lisa, eine junge Immenstädterin

Das rothaarige, sommersprossige Mädchen verliebt sich in einer überaus schwierigen Situation in einen Staufner Burschen, … ob daraus etwas wird?

DIE JUNGEN STAUFNER: (Alphabetisch nach Vornamen – ihr Alter liegt zwischen 18 und 33 Jahren)

Albanus Joswig, Nichtschütze

Ältester Sohn des in Staufen zugewanderten Gerbers Knut Joswig und seiner Frau Alma.

Albert Wenninger, Nichtschütze

Sohn des Säcklers. Der missmutige Bursche wäre sehr gerne Schütze, kann aber wegen seiner körperlichen Behinderung nicht in die Schützenkompanie aufgenommen werden, weswegen er auf alle Schützen neidisch ist. Da er aus lauter Zorn heraus zu allen Schandtaten bereit ist, darf er nur mit Vorsicht genossen werden.

Alois Rinzler (Rinzlers Lise), Schütze

Der mit 49 bzw. 50 Jahren älteste Junggeselle unter den Schützen. Er achtet ein wenig auf seine jungen Schützenkameraden und bremst sie manchmal aus, wenn die Pferde mit ihnen durchzugehen drohen. Allerdings gelingt ihm dies nicht immer.

Ambrosi Blank, Schütze

Der Krämersohn wäre gerne ein geachteter städtischer Kaufmann.

Baltus Vögel, Nichtschütze

Der 26 bzw. 27 Jahre alte, im Geiste schwache Bursche ist so etwas wie der Dorfnarr und wird von niemandem für voll genommen. Dennoch versorgt sich der feiste Schmiedesohn seit dem Tod seines Vaters selbst. Wenn bei ihm – was oft genug vorkommt – nichts auf dem Tisch ist, wird der eifrige Kirchgänger von Propst Glatt verköstigt. Mit seinem ständigen Singsang vom »Bi-Ba-Butzemann …« geht er seinen Mitmenschen gehörig auf den Geist.

Bertel Göhlin, Schütze

Sein Vater hat in schwerster Notzeit die Staufner Schießanlage zerschlagen, um das Holz zu verbrennen. Der Frevel blieb allerdings ungesühnt, weil sein Sohn die Schießanlage in aller Heimlichkeit wieder aufgebaut hat.

Bertel Schwabacher, Schütze

Aufgrund seiner Zugehörigkeit zur »Schwarzen Kunst« ist der allseits beliebte Schriftsetzer und Buchdrucker einer der wenigen Staufner Burschen, die lesen und schreiben können.

Fidel Hauber, Nichtschütze

Der Korbmacher verhält sich stets unauffällig.

Gebhard (Gebi) Luckner, Schütze

Den jüngsten der Staufner Burschenschaft zeichnet ein besonderes Taktgefühl aus, weswegen der talentierte Schreiner unbedingt Trommler werden möchte.

Georg Gschwend, Nichtschütze

Der Sohn des Mesners verhält sich stets unauffällig, gerät dennoch in schlimmen Verdacht.

Hanspeter Burger, Nichtschütze

Der unbeliebte Schuhmacher ist kein geborener Staufner, hat

aber schon vor Jahren die Schusterei des verstorbenen »Paters« Hemmo Grob – der ebenso unbeliebt war – übernommen.

Jakob Alber, Schütze

Spielt keine nennenswerte Rolle.

Jaques Kramer, Nichtschütze

Der aus dem elsässischen Schlettstadt stammende Handwerksgeselle bleibt während seiner Wanderschaft eine Zeit lang in Staufen. Er hat einen berüchtigten Vorfahren …

Jockel Mühlegg, Schütze

Der 29 bzw. 30-jährige faule Tagelöhner gilt als bester Schwarzfischer des Dorfes, weswegen er viele Neider hat, dennoch irgendwie gelitten ist. Der im Grunde genommen gutmütige Bursche ist der einzige Lutheraner in Staufen, was ihn in der katholischen Gemeinde nicht gerade beliebter macht. Er lebt mit seiner betagten Mutter zusammen.

Der an sich lustige Herumtreiber trinkt – sofern Alkohol zur Verfügung steht – gerne mal einen über den Durst und ist dann einer kleinen Rauferei nicht abgeneigt. Dafür muss er grausam büßen.

Josef Anton (Sefton) Bröger, Nichtschütze

Sohn des Sonnenwirts.

Karl Stubinger, Nichtschütze

Mischt immer wieder mal mit.

Leopold Mahler, Nichtschütze

Der begnadete Uhrmacher dient derzeit beim Fürstabt Romanus Bertel Christoph Giel von Gielsberg in der Fürstäbtlichen Residenz Kempten.

Markus Hagspihl, Schütze

Der Feinweber kann schon mal zornig werden.

Martin Allger, Schütze

Der stets ruhige Braumeistersohn hilft des Öfteren seinem Vater im gräflichen Brauhaus zu Immenstadt. Dabei ist ihm ein Bierfass über die Hand gerollt, wobei er einen Finger verloren hat, … was unter Umständen wichtig werden kann.

Matthiß Spindelhirn, Nichtschütze
Mischt immer wieder mal mit.

Peter Gassinger, Schütze
Der Anführer der Werdensteiner Jungschützen ist ein ehemaliger Berufskollege (Schriftsetzer und Buchdrucker) von Bertel Schwabacher, hat aber ansonsten nicht viel mit den Staufnern zu tun.

Sefton Bröger, Schütze
Mischt immer wieder mal mit.

Serafin Gruber, Schütze
Der Huckler möchte gerne Tambour werden.

Siegfried, Nichtschütze
Als Sohn des relativ einflussreichen Kronenwirtes Mattheiß wird er vom Dienst an der Waffe befreit.

DIE MÄDCHEN: (Alphabetisch nach Vornamen)
Annegret Hiebeler
Das 12-jährige Mädchen entdeckt im zweiten Teil der Geschichte Schreckliches.

Barbara Fässler
Das feiste, aber nette Mädchen tritt etwas aus dem Schatten der anderen Mädchen heraus.

Hedwig Schädler
Die 29-jährige Tochter des Ortsvorstehers ist wesentlich älter als die anderen Jungfrauen des Dorfes und taucht – wie die meisten Mädchen – erst im zweiten Teil der Geschichte auf. Ihr stinkt es gewaltig, dass Melchior Henne nichts von ihr wissen möchte … und sie weiterhin ledig bleiben wird.

Leonore Besler

Die außerordentlich gut aussehende Tochter des gräflichen Münzmeisters Egidius Besler verliebt sich in einen der schneidigsten Staufner Burschen. Als Immenstädterin wird sie allerdings von den anderen Mädchen Staufens misstrauisch beäugt.

Lisa

Das bettelarme Mädchen mit den süßen Sommersprossen und dem feuerroten Haar »wohnt« allein unter einem Rundbogen der Stadtmauer. Sie ist in jeder Hinsicht lieb und nett. Die Immenstädterin verliebt sich in einer denkbar außergewöhnlichen Situation in einen Staufner Burschen.

Mildred Winston

Aufgrund eines Verbrechens während des Großen Krieges musste ihr Vater aus dem englischen Folkstone, einem Küstenstädtchen in der Grafschaft Kent, fliehen. Unbewusst gibt sie die Antwort auf die letzte offene Frage, … aber wann?

Sophie Wegscheider

Nicht gerade mit Schönheit gesegnet, aber sehr engagiert.

NUR GENANNTE, REAL EXISTIERENDE PERSONEN:

Anna Maria Gräfin Fugger, spätere Äbtissin in Brixen.

Berthold Graf zu Königsegg, in Konstanz lebender Bruder des rothenfelsischen Regenten.

Christian Herwich. Später erfolgreicher Gambinist und Lautenist in Salzburg.

Georg Baier, Henker in der fürstäbtlichen Stadt Kempten.

Hannß Frei, Rotgerber.

Hans Talhoffer, der wohl berühmteste Fechtmeister des Mittelalters.

Hermann Leimer, Henker im rothenfelsischen Gebiet.

Herren Pappus von Tratzberg, Allgäuer Adelsgeschlecht.

Hugo V. Graf von Montfort-Bregenz.

Johannes Fürst von Hohenzollern-Sigmaringen.

Johann Truchsess von Waldburg-Zeil, Abt des Bregenzer Klosters Mehrerau.
Junker Luthold von Königsegg, ging in die Fechtschule von Hans Talhoffer.
Maria Spechtin, als Hexe angeklagt.
Matthias Ruepp, Salzfaktor in Simmerberg.
Mehmed IV., Sultan des Osmanischen Reiches.
Plazidus Vigell, ehemaliger Abt des Bregenzer Klosters Mehrerau.
Quirin Buel, Papiermüller in Immenstadt.
Romanus Bertel Christoph Giel von Gielsberg, Fürstabt in Kempten.
Serafin Kienle, Wirtssohn *Zum schwarzen Ochsen* in Immenstadt.
Ulrich VIII. Letzter Graf von Montfort in rothenfelsischem Gebiet. Schwager des Freiherrn Johann Jakobs, des ersten Königseggers in rothenfelsischem Gebiet
… und andere.

ERLÄUTERUNG DER BEGRIFFE, NAMEN UND ZITATE

Tipp Überfliegen Sie die nachfolgenden Begriffsbestimmungen *vor* dem Genuss dieses bis zum Schluss hin spannenden und nach bestem Wissen und Gewissen recherchierten historischen Romans. Dadurch gewinnen Sie schon mal einen Überblick und wissen, ob es die von Ihnen gesuchten Wörter hier gibt. Sicherlich brauchen Sie nicht in jedem Fall nachzuschlagen, was sowieso nicht vonnöten sein wird. … Falls aber doch, wissen Sie, dass sich das Nachschlagen lohnt, weil Sie das von Ihnen Gesuchte hier bereits gesehen haben.

Acht Auch *Ächtung*. Gerade im Mittelalter und in der frühen Neuzeit sind *Achturteile* gefürchtet. *Geächtete*, also verurteilte Straftäter, die »in die *Acht*« geschickt werden, was nichts anderes heißt, als dass sie per Gerichtsurteil vertrieben werden, sind meist auch *vogelfrei* und können von jedermann getötet werden, ohne dass der Täter dabei selbst eine Strafe riskiert. Geächtete sind also mehr oder weniger zum Tode Verurteilte.

Abdecker, Racker und Schinder Die »unterständischen« Männer gehören zu den »unehrlichen« Berufen, die für die amtlich angeordnete Entsorgung verendeter Tiere zuständig sind. Meist übernimmt auch der Henker diese zusätzlich profitable Arbeit, bei der neben der Tierhaut auch das Fett Verwendung findet, indem daraus Gesundheitspulver hergestellt, Pillen gedreht oder Kerzen gezogen werden können.

abreq ad habra Orientalischer Zauberspruch bzw. Beschwörungsformel. In Europa gerade bei Kindern besser bekannt als »Abrakadabra«.

Abulcasis Berühmter andalusisch-arabischer Arzt und Wissenschaftler, der von 936 bis 1013 n. Chr. in El Zahra lebt. Der wohl bedeutendste mittelalterliche Mediziner muslimischer Herkunft steht für eine kompetente Chirurgie und ist auch Vorbild für europäische Mediziner späterer Zeiten. Er ist mit der Anatomie des menschlichen Körpers vertraut und hat Kenntnisse über den Knochenbau, die Nerven und die Muskeln.

Achturteil Gerade im Mittelalter und in der frühen Neuzeit ein gefürchtetes Urteil. *Geächtete*, also verurteilte Straftäter, die »in die *Acht*« geschickt werden, was nichts anderes heißt, als dass sie per Gerichtsurteil vertrieben werden, sind meist auch *vogelfrei* und können von jedermann getötet werden, ohne dass der oder die Täter eine Strafe riskieren.

ad absurdum … führen. Die Sinnlosigkeit bzw. das Widersinnige nachweisen.

Altvordere Hochgeachtete, meist ältere Mitmenschen innerhalb einer Gemeinschaft. In Dorfgemeinschaften müssen dies nicht nur beruflich hochgestellte Mitbürger wie z. B. Ortsvorsteher, Ratsherren, Priester, Juristen, Ärzte, Kaufleute oder Jünger der »Schwarzen Kunst« sein. Vielmehr sind dies oftmals »ganz normale« honorige Bürger, auf deren Rat die Jüngeren hören und deren Erfahrung sie schätzen. Beim Staufner Fasnatziestagsgeschehen sind dies heute noch all jene, die einmal aktiv diesem Brauch gedient haben, zuvorderst diejenigen, die in jungen Jahren die Fahne geschwungen und den Stifterwillen erfüllt haben.

Ammann Eine relativ selten gebräuchliche Bezeichnung für einen Amtsvorsteher (z. B. beim Gericht). Im Allgäu des 17. Jahrhunderts wird die Bezeichnung »Amtmann« bevorzugt.

Andalusier In Spanien gezüchtete iberische Pferderasse, wie sie der Adel gerne nutzt.

Arkebuse Hakenbuchse. Vorderladergewehr des 15. bis 17. Jahrhunderts. Gerne benutzt von Landsknechten.

Apanage Frz.: *appanare* – mit Brot versorgen. Wirtschaftliche Zuwendung, um jemanden finanziell oder mit Gütern abzusichern.

As git scho wied'r a Leich Heute noch gebräuchlicher Allgäuer Dialekt: »Es gibt schon wieder eine Leiche«.

Auditorium Maximum Lat. für *Aula Magna* oder »Großer Hörsaal«. In neuzeitlicher Sprache auch abgekürzt »Audimax«, größter bzw. repräsentativster Hörsaal einer Universität.

Auf die hohe Kante legen Diese Redewendung geht auf das Mittelalter zurück. Vor dem Zubettgehen legt man den Inhalt der Hosentasche – also auch die Geldbörse – auf das meist hölzerne Dach des Bettes, das zum Schutz vor Staub und Dreck, der durch Ritzen in der Holzdecke herunterrieselt, schützt.

Aufhängen mit Umständt Die »humanere« Art des Erhängens. Der Delinquent fällt durch eine Bodenklappe und bricht sich das Genick. Dies macht beim Errichten des Galgens zwar mehr »Umstände«, führt aber im Gegensatz zum Erhängen *ohne Umstände*, bei dem der bedauernswerte Delinquent grausam erstickt, zum – wenn alles gut geht – sofortigen Tod.

Aufzug Alte Bezeichnung für »Umzug«.

Äscher Beim Entfernen von Haaren bei Tieren mittels »äschern« wird gleichzeitig auch der Fettanteil reduziert und somit die Haut auf das Gerben vorbereitet. Der Begriff geht auf frühere Zeiten zurück, wo zu diesem Zweck Holzasche eingesetzt wurde.

Bache Weibliches Wildschwein.

Bader Alte Berufsbezeichnung für den Betreiber eines Badehauses (Badstube), in dem es schon mal recht freizügig zugehen kann. Auch »Badstuber« oder »Arzt der kleinen Leute« genannt. Er schneidet Haare, zieht Zähne und scheut sich zum Ärgernis studierter Mediziner auch nicht vor chirurgischen Eingriffen. Zum Leidwesen der Apotheker stellt er auch mehr oder weniger wirksame Medikamente her.

Bad Rain Bereits 1628 als *»Schwefelbad amm Rain mit darauffliegendem Wirtschaftsrecht deß Graffen vun Königsegk unnd Rothenfells«* genannt. Das heutige Gasthaus mit Hotel liegt ca. einen Kilometer außerhalb Oberstaufens in Richtung Hinterstaufen und Buchenegg.

Base Alte Bezeichnung für eine Cousine (männlich: Cousin). Als weibliches Kind eines Blutsverwandten ist sie eine Verwandte ersten Grades. In der katholischen Kirche stellt die Verwandtschaft zwischen Cousinen und Cousins ersten Grades ein Ehehindernis dar.

Bastard Alte Bezeichnung für ein uneheliches Kind. Im Gegensatz zu heute war dies früher kein Schimpfwort.

Beelzebub Andere Bezeichnung für den Teufel. Damit ist ein Dämon aus der christlichen Mythologie gemeint.

Berserker Altnordische Bezeichnung für »im Rausch kämpfende Männer«. Die auf der Seite verschiedener germanischer Stämme kämpfenden Krieger sind für ihre wild um sich hauende und alles verwüstende Art zu kämpfen berüchtigt.

Biberschwänze Flache Dachziegel, die an der unteren Seite halbrund geformt sind, weswegen sie dem Schwanz des Bibers ähneln. Sie werden gerne für die Eindeckung von Dächern historischer Gebäude verwendet. Bereits im 14. Jahrhundert in der Nürnberger Gegend bekannt.

Bigottisch Bi = doppelt, zweifach. Alter Mundartausdruck für jemanden, der seinen Glauben hyperaktiv ausübt und damit in der Wahrnehmung anderer übertreibt (z. B. zigmal am Tag in die Kirche gehen). Unbeliebte ältere und übereifrige Kirchgängerinnen werden ofter so oder als »Betnockel« bezeichnet.

Blattner Abgeleitet von (Eisen- oder Blech)-Platte. Metallverarbeitender Handwerker, wie z. B. der Türbeschlager oder der Rüstungsmacher.

Blutanklage Auch *Blutbeschuldigung, Blutgericht*. Die »Ritualmordlegende« sagt insbesondere bei gesellschaftlich diskriminierten Minderheiten wie z. B. Juden usw. Ritualmorde an einer Mehrheitsgruppe nach.

Boschen Auch *Buschen*. Alter süddeutscher Ausdruck für ein Blumengebinde, einen Strauß oder Ähnliches.

Brautreife Heiratsfähige Mädchen müssen von jeher bestimmte Voraussetzungen mitbringen, um für eine *... anständigk unnd ordentliche* Ehe geeignet zu sein. Die Jungfräulichkeit ist dabei unabdingbar und gleichzeitig das höchste Gut, das von weiblicher Seite mit eingebracht werden kann. Dass dies auch später noch – in der beginnenden Neuzeit und darüber hinaus – so ist, dokumentiert eine Schrift aus dem Jahre 1871, die George Maclean in Philadelphia, New York und Boston sowie C. Hannaford & Co. in Cincinnati und Chicago herausbringen: *Das Physische Leben des Weibes*. Darin sind u. a. Aufzeichnungen aus dem mittelalterlichen Europa enthalten, in denen »*... das richtigk Verhalten vonn Jungfraun vor der Vermälniß*« detailliert beschrieben ist.

Brenntersuppe Kommt von (An)brennen. Der *Brenntar* ist ein traditionelles, äußerst nahrhaftes und wohlschmeckendes Volksgericht, das nur aus Haferkorn besteht. Dafür werden pro Person 50 g geschrotetes Haferkorn mit etwas Butter hellbraun angeröstet und mit Wasser abgelöscht. Danach ca. 40 Minuten ziehen lassen und – je nach Geschmackswunsch – leicht gewürzt. Ein Butterflöckchen darauf und niemand wird dieses jahrhundertealte Gericht heute noch als »Armeleuteessen« abqualifizieren. Der Autor kennt diese lecker schmeckende Speise seit seiner Kindheit und liebt sie auch heute noch, ... bekommt sie allerdings leider nur noch allzu selten.

Brimborium Der Ursprung wird im Kirchlich-Lateinischen vermutet. Als solches werden im 16./17. Jahrhundert Gebete bezeichnet, die gemurmelt, schnell und undeutlich gesprochen werden. Heute ein abwertender Begriff für etwas, das schnell, knapp und bündig erledigt werden soll oder überflüssig ist.

Bruche Auch *Brouche* oder *Bruoch*. Mittelalterliche Bezeichnung für eine gewickelte »Unterhose«, an die Beinlinge gebunden werden können.

Butz Auch heute noch einzig kostümierte Figur beim *Staufner Fasnatziestag*, um den sich in diesem Roman alles dreht. Ursprünglich eine alte, ganz besonders in Oberschwaben und am Bodensee angesiedelte Fasnetsfigur, bzw. Fasnachtsfigur (*Blätzlisbutz*, *Pflasterbutz*, *Rußbutz* usw.).

Sie teilt sich im Laufe der Jahrhunderte, verändert sich und passt sich den wechselnden Erfordernissen an. Heute kann man in ihr auch den klassischen »Hofnarren« (um 1567 herum möglicherweise von den Königseggern aus dem Schloss Aulendorf ins Allgäu getragen, denn im Residenzschloss Immenstadt gibt es keinen eigenen Hofnarren) erkennen.

Aber auch Teile der *Commedia dell'arte* scheinen sich darin vereinigt zu haben. Zumindest erinnern die rautenförmige Gewandung des *Arlecchino* und die Maske des *Pantalone* (große Nase und Spitzbart) sehr an ihn und lassen eine Ähnlichkeit zumindest nicht leugnen.

Die Maske des *Dottore della Peste* (gleichfalls mit großer Nase) könnte dem (venezianischen) *Pestarzt* (auch *Doktor Schabel*) der – abgesehen von der *Justinianischen Pest* (vom sechsten bis Mitte des achten Jahrhunderts n. Chr.) – ersten kontinentalen großen Pestwelle des Jahres 1347 entlehnt sein und scheint sich ebenfalls darin vereinigt zu haben.

Sogar die *Moriska* könnte damit in Verbindung gebracht werden (der maurische »Moriskentanz« zeichnet sich – wie der *Staufner Butz* – durch verschiedene Sprünge aus). Allerdings – und dies muss im Sinne einer romantisierenden Geschichtsverfälschung offen gesagt werden – sind diese Theorien mit Vorsicht zu genießen.

Büchse Bezeichnung für Gewehre mit gezogenem Lauf, die es bereits im 17. Jahrhundert gibt.

Büßerhemd Ein zum Zeichen der Buße getragenes, meist bis zu den Knöcheln reichendes Gewand. Damit zeigen sich »Büßer«

in der Öffentlichkeit. In speziellen Fällen wird dieses kratzende, deswegen oftmals aus Ziegenhaaren hergestellte Gewand auch Toten übergestreift, damit diese – wenn schon nicht im Leben – so wenigstens im Jenseits Abbitte leisten können.

Büttel Alte, nicht allerorten gebräuchliche Bezeichnung für einen Amts- oder Gerichtsdiener.

Capitulare de villis et curtis imperialibus Verordnung über die Krongüter und Reichshöfe. In diesem Fall über die Geheimnisse des Kräutergartens Karls des Großen (800 n. Chr. zum ersten römischen Kaiser deutscher Nation gewählt). Die sogenannten *Capitularien* sind Rechtsinstrumente der fränkischen Könige, benannt nach ihrer Einteilung in *Capitula*, »Kapitel«. Sie waren die Herrschererlässe der fränkischen Könige und die erste weltliche Wirtschafts- und Sozialordnung des Mittelalters. Die hier genannten Capitularien hatten 70 Kapitel.

Carnifex (ital. carne = Fleisch) Auch »Lictor«, »Henker«, »Vollstrecker« usw. genannt. Bis etwa 1600 n. Chr. wird auch die Bezeichnung »Meister« in Verbindung mit dessen Vornamen verwendet. Später setzen sich andere Berufsbezeichnungen wie »Züchtiger« und »Nachrichter« (der, der nach dem Urteil richtet) durch. Den rothenfelsischen Vertreter dieses »unehrlichen« und »unterständischen« Berufsstandes bezeichnet man so lange als *Carnifex*, bis ab Mitte des 17. Jahrhunderts die heute noch geläufige Form »Scharfrichter« ins Allgäu kommt (in zeitgenössischen Schriften fast immer als »Schar*p*frichter« geschrieben).

Commedia del arte (Ital. in etwa für »Berufsschauspielkunst«). Mit *Commedia* ist das Theater im Allgemeinen und mit *arte* Kunst im weitestgehenden Sinne gemeint. Sie entwickelt sich im 16. Jahrhundert von Venedig aus und verbreitet sich schnell über ganz Mitteleuropa. Ihren Höhepunkt erlebt sie im 17. Jahrhundert, bevor sie schon im 18. Jahrhundert mehr oder weniger untergeht.

coram publico Lat. für »öffentlich«, »vor Publikum«.

corpus delicti Lat. für *corpus* = Körper. Bezeichnung für ein »Beweismittel«.

Daas Heute noch gebräuchliche alte Allgäuer Bezeichnung für abgehackte oder abgesägte Äste, Reisig (Tannenreisig, Birkenreisig usw.).

Das geht auf keine Kuhhaut Eine Redewendung als Ausdruck der Übertreibung oder der Empörung, für die es mehrere Erklärungen gibt.

Im vorliegenden Fall liegt zugrunde, dass zum Tode Verurteilte auf einer stinkenden Kuhhaut liegend zur Richtstätte geschleift werden, wobei es zu Zeiten, als dies üblich ist (im Mittelalter), so viele Missetäter gibt, die nicht auf einer einzigen Kuhhaut Platz haben.

Decke Haut bzw. Fell von erlegtem Wild.

Dekalog Griechische Bezeichnung für die Zehn Gebote.

Der Kittel ist zerschnitten Alter Ausdruck, der besagt, dass etwas entschieden oder vorbei ist und nicht mehr rückgängig gemacht werden kann.

Die Kante geben, sich Alter Spruch für »sich die Kanne geben«, was nichts anderes heißt als »Saufen«.

doppeltem Blute, Von Zwar keine offizielle, früher aber hier und da gebräuchliche Bezeichnung für Adlige, deren Eltern beide dem Hochadel entstammen.

Edikt (lat. *edicere)* »bekannt machen«, »verordnen«. Ursprünglich eine Erklärung des Senats im römischen Recht, später werden auch Erlasse und Gesetze so bezeichnet.

Emmasage Eine wunderschöne alte Sage aus der Kaiserstadt Aachen und aus dem heute belgischen Hergenrath, einem Ortsteil von Kelmis (La Calamine) in der wallonischen Provinz Lüttich (Liège), wo mit der *Eyneburg* die einzige Höhenburg Belgiens steht. Dort wurden etliche Kapitel dieses Romans geschrieben und dort war der Autor zu Recherchezwecken als Burgmanager tätig. Er machte daraus einen Besuchermagnet (Ritterturniere, Mittelaltermärkte, Burgmuseum, Burggastronomie usw.).

Die *Emmasage*, eine kinderfreundliche Mär, geht auf Kaiser Karl den Großen (800 n. Chr. in Aachen zum ersten römischen Kaiser deutscher Nation gewählt) und seine Tochter Emma zurück. Deswegen wird diese Burg heute im Volksmund liebevoll *Emmaburg* genannt.

Engelmacherin Alte Bezeichnung für eine Frau, die Kinder absichtlich sterben lässt, weil diese von ihren Eltern nicht durchgefüttert werden können. Auch eine Frau, die heimlich Schwangerschaftsabbrüche unter meist hanebüchenen Umständen vornimmt.

Ergo Lat. für: »Also«. Wer kennt nicht die Phrase: »Cogito ergo sum« (Ich denke, *also* bin ich).

Es tanzt ein Bi-Ba-Butzemann in unserm Haus herum … Altes deutsches Volks- bzw. Kinderlied, das auf der Kinderschreckfigur des »Butzemannes« beruht. Auch wenn Dämonen, Geister und Kobolde oder andere Schreckgestalten oftmals als »Butzemann« oder abgekürzt als »Butz« bezeichnet werden, hat der im Roman beschriebene »Staufner Butz« rein gar nichts damit zu tun. Lediglich der geistig verwirrte Schmiedesohn Baltus Vögel scheint ihn im Roman damit zu verwechseln. Im Lied geht es um die Beschwörung eines Poltergeistes, weswegen es sich im Grunde genommen nicht als Kinderlied eignet. Im Liedtext »Er rüttelt sich, er schüttelt sich …« sind seine Knochen gemeint und der Textteil »Er wirft sein Säckchen hinter sich …« hieß es früher »Er wirft sein Sänschen hinter sich …«, also die Sense, weswegen der »Sensenmann«, der Tod, gemeint ist.

Fasnachtsbutz Allemannische Fasnetsfigur (Fasnachtsfigur), die während der Fasnet (Fasnacht) vorwiegend in Oberschwaben, am Bodensee, in Vorarlberg/Österreich, in der Schweiz und in Teilen des Allgäus auftritt. Meist in ein buntes »Fleckleshäs« (Fleckengewand) gehüllt.

Fasnatziestag, Staufner Wörtlich übersetzt »Faschingsdienstag«. Gesprochen ohne jegliche Betonung in zwei zusammenhängenden Wörtern: Fasnat-ziestag!

Um diesen Tag, nach dem laut mündlicher Überlieferung einer der ältesten – trotz aller Kriege lückenlos durchgeführten – Bräuche Europas benannt wird, dreht sich alles in diesem Roman: Zum Gedenken an die historisch verbriefte Pest des Jahres 1635 in Staufen, der über 700 Menschen, sage und schreibe zwei Drittel der Bevölkerung, zum Opfer fallen, stiftet der hochreputierte Landesherr, Reichsgraf Hugo zu Königsegg-Rothenfels, nach Ende des Dreißigjährigen Krieges den ledigen Burschen seiner Herrschaft Staufen eine Fahne als Panier neuer Lebensfreude.

Das gräfliche Vermächtnis und das Gedenken an die wohl schlimmste Zeit des Allgäuer Marktfleckens wird im inzwischen weltbekannten Schrothheilbad Oberstaufen auch heute noch Jahr für Jahr am letzten Tag des Faschings erfüllt und vereint in bewundernswerter Weise bis in die Gegenwart die brauchtumsverbundene Bevölkerung Oberstaufens um den sogenannten »Bürgerfähnrich«, zu dem der – wie es laut schriftlicher Überlieferung aus der Zeit des Historismus (Mitte des 18. Jahrhunderts) heißt – *… ehrbarste und unbescholtenste Staufner Bürgersohn …* gewählt wird. Zum Gedenken an das schreckliche Pestjahr 1635 und an den 30 Jahre anhaltenenden Glaubenskrieg schwingt er alljährlich die ihm anvertraute Fahne über seinem Haupte und erfüllt somit das wohl einzigartige gräfliche Vermächtnis. Der Autor hatte dieses hohe Ehrenamt selbst mehrmals inne.

Tipp: Infos über den heutigen *Staufner Fasnatziestag*: www.oberstaufen.de

Federlecker Im 17. Jahrhundert wird mit Tinte und Federkiel geschrieben. Deswegen als despektierliche Bezeichnung für Beamte zu werten. Später auch »Griffelspitzer«.

Fehlboden Wird auch »Blindboden« oder »Einschubdecke« genannt. Hohlraumboden, dessen Zwischenraum mit allerlei verschiedenem Dämmmaterial gefüllt sein kann. Meist in alten Holzhäusern.

Feldscher Unterste Stufe des Militär- oder Feldarztes, der vorwiegend als chirurgischer Operateur tätig ist. Der Begriff entstand in der Schweiz des 14. Jahrhunderts und wird im Dreißigjährigen Krieg zu einer Art gefürchtetem »Markenzeichen«. Auch in der Chirurgie nicht ausgebildete bzw. unerfahrene Landärzte werden so genannt. Hauptarbeitsgerät: Die Knochensäge – Auweia!

Ferker Alte Allgäuer Bezeichnung für ein (meist steinernes) Spülbecken mit Ablauf nach außen. Heute noch in Burgen zu sehen. Dazu ein hier zwar abgemilderter, dennoch etwas derber Witz aus alten Zeiten im Allgäuer Dialekt: »Allat, wenn i in d' Ferker seuche will, isch's G'schirr von mim Wib vu vorgeschdern no dinn!«

Fieranten Alte Bezeichnung für Fahrende (Markt)händler.

Fleckleshäs Alemannisches Flickengewand aus Stofffetzen. Meist ein buntes Fasnachtsgewand, wie es z. B. die *Lindauer Pflasterbutzen* und andere »Butze« der alemannischen Fasnet (Fasnacht) im Dreiländereck des Bodensees, zu dem auch Österreich und die Schweiz gehören, tragen.

Im Gegensatz zu ihnen – zumindest teilweise aber gleichen Ursprungs – trägt der *Staufner Butz* ein Gewand, auf das bunte Rauten gemalt sind. Es heißt, dass dies die heraldischen Farben der jeweiligen Landesherren sein sollen, die im Laufe der Jahrhunderte für ein kunterbuntes Gewand sorgen. Aus Sicht des Autors lässt sich diese sich hartnäckig haltende These allerdings wohl kaum aufrechterhalten.

Fleckner Als »Flecken« werden zersiedelte, meist kleine Ortschaften, die wie Flecken in der Landschaft liegen, bezeichnet. Die international bekannte Tourismusdestination Oberstaufen (zur Zeit der Romanhandlung noch »Staufen«) wird auch heutzutage noch gerne als »Marktflecken« bezeichnet. Und die alteingesessenen Oberstaufener sind – wie früher die Staufner – ganz einfach »Fleckner«, also Bewohner dieses schönen »Fleckens« zu Füßen des Staufenberges.

Feuerspiel Alte Bezeichnung für das heute bekannte Feuerwerk.

Föhl Manchmal auch *Fehl* geschrieben. Altgriechisch *Filia*, die Tochter (… des Hauses). Eine der Allgäuer Bezeichnungen für ein junges Mädchen.

Frater Bruder. Glaubensbruder.

Friedgebot Amtliche Aufforderung, den Frieden zu bewahren.

Früh- und Wiegendrucke Auch Inkunabeln. Mit beweglichen Lettern gedruckte Bücher oder Schriften, die zwischen der Fertigstellung der *Gutenberg-Bibel* im Jahre 1454 und dem 31. Dezember 1500 n. Chr. hergestellt werden.

Fünfzackige Krone Zeichen eines adligen Standes. Der Stirnreif der alten Grafenkrone (bis Ende des 18. Jahrhunderts) trägt fünf Blattzinken. Die moderne Grafenkrone trägt neun mit Perlen besetzte Blattzinken.

Fürschneider Ebenso wie *Truchsess* und *Mundschenk* ein mittelalterliches Hofamt, das nur von Adligen bekleidet werden kann: Der *Fürschneider* schneidet bei der herrschaftlichen Tafel das Fleisch und legt es vor. Der *Truchsess* trägt die Speisen auf. Der *Mundschenk* ist für die Getränke zuständig und schenkt auch ein.

Für und Für Mittelalterlicher Ausspruch für »Immer wieder«. Ein Leitspruch der Staufner Fahnensektion, die damit über die Zeiten hinweg den Zusammenhalt heraufzubeschwören sucht. Einer der Lieblingssprüche aus der blumigen Sprache von Benedikt Josef Höss, des um den ältesten Staufner Brauch hochverdienten, 2012 verstorbenen Chronisten der Staufner Fahnensektion. Ein ehrendes Gedenken aller Freunde dieses eigenwilligen Brauches ist ihm gewiss.

Gaden Auch *Gadem*. Im Althochdeutschen auch *gadam* oder *gadum*. Eine aus einem Raum bestehende Wohnung, aber auch Bezeichnung für ein Zimmer, ein Gemach oder eine Klosterzelle. Im Allgäuer Dialekt eine gebräuchliche Bezeichnung für das (elterliche) Schlafzimmer.

Galgenbihl Alte Allgäuer Bezeichnung für »Galgenbühl«, »Galgenbichl«, »Galgenbüchel«. Dabei handelt es sich um den Buckel bzw. die Geländeerhebung, auf der ein Galgen steht.

Gant Auf die *Gant* kommen, heißt »bankrott gehen«. Allgäuer Ausdruck für »Bankrott«, »Pleite«.

Generalissimo Kommt aus dem Italienischen und ist eine Art militärischer Titel. Alte Bezeichnung für den Oberbefehlshaber einer Truppe. Der weltweit berühmteste Generalissimo (auch Generalissimus) ist Albrecht Wenzel Eusebius von Waldstein, besser bekannt als »Wallenstein« (1583–1634 n. Chr.), der im Dreißigjährigen Krieg aufseiten des römischen Kaisers deutscher Nation für die katholische Sache gegen die lutherischen Schweden kämpfte.

Gensfleisch, Johannes Besser bekannt als Johannes Gutenberg (um 1400–1468 n. Chr.), Erfinder der beweglichen Bleiletter und des europäischen Buchdrucks. Kein anderer Erfinder revolutioniert die ganze Welt wie er. Aus Sicht des Autors der größte Mann des vergangenen Jahrtausends.

Gesetzlein Alter Allgäuer Ausdruck für einen Hochruf.

Gestrickt Eigenartige Holzbauweise, wie sie insbesondere im Alpenraum vorkommt. Eine ineinander verwobene – also »gestrickte« – Holzbaukonstruktion der Außen- und Innenwände.

Gimpeliger Donnerstag Alter Allgäuer Ausdruck für den »Gumpigen Donnerstag«, den Donnerstag vor Aschermittwoch, einem der Haupttage des Karnevals, des Faschings, der Fasnacht oder der Fasnet. Im Alemannischen Sprachraum gibt es etliche andere Bezeichnungen dafür: »Schmutziger Donnerstag«, »Schmotziger Dunschtig« usw.

Gott grüß' die Kunst Alter Gruß der Schriftsetzer, Buchdrucker, Lithografen, Buchbinder und anderer »Jünger der Schwarzen Kunst«, die (in früheren Zeiten) einen ganz besonders ehrbaren und honorigen Berufsstand bilden, … allein schon, weil sie lesen und schreiben können.

Grantig Auch »Massig«. Alte alpenländisch-bajuwarische Ausdrücke für »Übellaunig«, was insbesondere die Bergbewohner schon mal zur Schau stellen, dies oftmals aber nicht so meinen.

Gugel Mittelhochdeutsch auch *Gogel, Kogel oder Kugel.* Kapuzenartige Kopfbedeckung mit langem Zipfel (Zipfelkappe), die über die Schulter fällt. Meist aus Wolle oder Filz gefertigt. Um Rücken, Schulter und Brust oft gezackt wie umgekehrte Burgzinnen.

Hahnschenkel Bezeichnung für die steilste und höchste Erhebung der Alten Reichsstraße (auch Alte Salzstraße) bei Genhofen nahe Staufen. Wegen seiner Gefährlichkeit wird dieser Streckenabschnitt auf der wichtigsten Handelsstraße – die von Hall in Tirol bis an den Bodensee führt – von Fuhrleuten, Pilgern und anderen Reisenden gefürchtet und im Volksmund auch als »Rosseschinder« (Pferdeschinder) bezeichnet.

Hatschen Alter Allgäuer Ausdruck für »Hinken« oder »Humpeln«.

Hauptstadt des Herzogtums Brabant Seit 1794 das heute belgische Brüssel, südlicher Teil des historischen Brabants. Antwerpen ist der nördliche Teil des historischen Brabants.

Hausnamen In früheren Zeiten, als es noch keine Hausnummern gibt, dienen sie als Orientierung. Oft sind es die (auch veränderten) Namen derjenigen, die das betreffende Haus erbauen oder seit Generationen in einem bestimmten Haus wohnen – z. B. *Beim Habisreutinger* oder *Unter Lehners Gustl.* Damit hat man dem betreffenden Haus den Namen des darüberliegenden Hauses verpasst – möglicherweise, weil darin der Ortsvorsteher Gustav Lehner oder eine andere Persönlichkeit wohnt. Oft sind es aber auch die Berufsbezeichnungen derjenigen, die in dem Haus gewohnt und gearbeitet haben – z. B. *Zum Oberen Schindler* (demnach gibt es hier auch einen *Unteren Schindelmacher*). Auch geografische

Begebenheiten können einem Haus den Namen geben – z. B. *Beim Schluchter*, … dessen Haus wohl nahe einer Schlucht liegt usw.

Häs Alter Allgäuer Dialektausdruck für Gewand oder Kleidung. Wird auch heute noch gerne benutzt.

Heinzen Holzgestelle, auf denen das frisch gemähte Gras zum Trocknen aufgehängt wird.

Heller, Kreuzer, Gulden Heller: Kleinste Zahlungseinheit. Bezeichnung *hr*.
Kreuzer: Mittlere Zahlungseinheit. Bezeichnung *x*.
Gulden: Größte Zahlungseinheit. Bezeichnung *fl*.
Für 170 bis 200 Gulden bekommt man in Staufen um 1649/50 herum ein kleines Bauerngütlein. Wegen der Pest und des Dreißigjährigen Krieges und dem damit einhergehenden Leerstand (besitzerlose Häuser) und der Vereinödung haben Immobilien kurzzeitig an Wert verloren.

Henkerstisch Da derjenige, der zuvor gesprochene Todesurteile vollstreckt, allseits gemieden wird, hat er im einen oder anderen Wirtshaus ein eigenes Tischchen, das bei Bedarf hochgeklappt und auf einen Fuß gestellt wird. Damit sich kein anderer dort hinsetzen kann, wird es vom Carnifex nach Benutzung herunter- oder nach oben geklappt und mit einem Haken an der Wand befestigt. Sich unbefugt dort hinzusetzen, ist ein Sakrileg, das »*Todt unnd Deiffel*« heraufbeschwören kann. Oft hängt über dem Tisch an einer in die Wand eingelassenen Kette ein zinnernes Trinkgefäß, das ebenfalls nur der Vollstrecker weltlicher Gerichtsbarkeit benutzen darf – falls es nicht gestohlen wird.

Herrgottswinkel Meist ein Kreuz an der Eckwand über der Sitzecke einer bäuerlichen Wohnstube. In Bayern und Österreich oftmals an Ostern mit geweihten Palmbuschen oder Palmboschen, im Sommer mit frischen Wiesenblumen, im Herbst mit Silberdisteln und im Winter mit Tannenästchen geschmückt. In katholischen Häusern ganz Europas bekannt, ganz besonders aber in den Alpenländern.

Herbstmond Nach dem Gregorianischen Kalender der neunte Monat des Jahres. Andere historische Bezeichnungen sind »Engelmonat«, »Herbsting«, »Holzing«, »Holzmond«, »Holzmonat« oder »Scheiding« bzw. »Scheidung«.

Herrenvortel Ab dem späten Mittelalter (ca. 1250 bis 1500 n. Chr.) gibt es diese Bezeichnung nur für vom jeweiligen Landesherrn privilegierte Schützenvereinigungen. Diese besonderen Schießen sind »Privilegschießen« oder »Vorteilschießen« und stellen eine »Bevorteilung« oder »Hervorhebung« dar. Später darf diese die betreffenden Schützenvereinigungen adelnde Bezeichnung nur von *Königlich privilegierten Feuerschützengesellschaften* Altbayerns benutzt werden.

Herrntag Tag des Herrn, Sonntag.

Heymlich Gemach Mittelalterliche Bezeichnung für ein »heimliches«, also ein diskretes Gemach, auch »Stilles Örtchen«. Aborterker, bei dem die Fäkalien nach außen – oft in den Burggraben – plumpsen (Plumpsklo).

Hexenmal Dies kann ein Muttermal, ein Altersfleck, eine Narbe und jede andere Auffälligkeit auf der Hautoberfläche sein, die der Inquisition gerade in den Kram passt, um eine Frau als Hexe oder einen Mann als Hexer anklagen zu können. Es wird als Zeichen angesehen, das der Teufel nach dem Pakt mit einer Hexe oder einem Hexer (»Teufelspakt«) quasi wie einen Stempel auf die Haut gedrückt hat.

Hirschfänger Ca. 40 bis 70 cm lange Stichwaffe für die Jagd.

Hoch- und Blutgerichtsbarkeit Oder auch *Halsgerichtsbarkeit. ius gladii* (»Recht des Schwertes«). 1447 verleiht Kaiser Friedrich III. dem Regenten der Herrschaft Staufen das Recht der Blutgerichtsbarkeit und 16 Jahre später die Hohe Gerichtsbarkeit. Somit darf Hugo Graf von Montfort auf seinem rothenfelsischen Gebiet, zu dem auch die Herrschaft Staufen gehört, Schwerverbrecher … *vom Leben zum Tode verbringen*, was nichts anderes heißt, als dass auch in Staufen Todesurteile gesprochen und ausgeführt werden dürfen. *»Straffen biss ann daß Bluet«* oder *»Straffen, so ann daß Bluet gandt unnd daß Läben kostend«* heißt es auch.

Hohe Kante »Etwas auf die hohe Kante legen«. Wer kennt diesen Spruch nicht, aber woher kommt er? Die »Hohe Kante« bezeichnet die meist hölzern getäferte Decke eines Himmelbettes, also den Baldachin über einem Bett, worauf sich in früheren Zeiten oftmals ein Geheimfach befindet, in dem das Ersparte versteckt werden kann. Legt man das Geld einfach so auf die Überdachung des Bettes, legt man es ebenfalls auf die hohe Kante, … die übrigens den Sinn hat, herunterrieselnden Staub und Dreck oder Ungeziefer aus dem Bett fernzuhalten.

Hohes Mittelalter Auch »Hochmittelalter«. Anfang / Mitte des 11. Jahrhunderts bis ca. 1250 n. Chr.

Huckler Alte Bezeichnung für den Träger einer »Hucke«, ein auf dem Rücken zu tragender Korb, wie es in früheren Zeiten z. B. Reisende Händler tun. »Hucker« werden z. B. Bauarbeiter genannt, die das benötigte Material in großen Blechbehältern transportieren.

Hübschlerin Neben »Gunstgewerblerin« oder »Gefällige Magd« eine der wenigen verharmlosenden Bezeichnungen für eine Hure.

in dubio pro reo Lat. für: Im Zweifel für den Angeklagten.

Inkunabeln Auch *Früh-* oder *Wiegendrucke*. Mit beweglichen Lettern gedruckte Bücher oder Schriften, die zwischen der Fertigstellung der *Gutenberg-Bibel* im Jahre 1454 und dem 31. Dezember 1500 n. Chr. hergestellt werden.

Jedam Leller sei Deller. Und fir de Kropf, m Butz sei Dopf Alter Allgäu-Schwäbischer Dialektspruch aus dem Alemannischen Museum: Jedem Leller (eine etwas despektierliche Bezeichnung für jemanden, den man nicht allzu ernst nimmt) seinen Teller. Und für den Kropf (Aufgrund Jodmangels Vergrößerung der Schilddrüse, was zur Aussackung der Speiseröhre am Hals führt) dem Butz seinen Topf.

Jünger der Schwarzen Kunst Auch *Ritter der Schwarzen Kunst.* Eine Bezeichnung, die Schriftsetzer und Buchdrucker, später auch Buchbinder und andere Berufe des grafischen Gewerbes quasi adelt und sowohl in ihrem hochgeschätzten Können als auch in ihrer – gerade für das unbelesene Volk – geheimnisvollen Kunst vereint.

Kanoniker Umgangssprachlich auch »Kanonikus«. Diese Bezeichnung hat nichts mit einem Kanonier, also mit einem Soldaten, der eine Kanone bedient, zu tun. Vielmehr handelt es sich dabei um Kleriker aller Weihegrade, Mitglieder eines Dom- oder Stiftkapitels an einer Kathedrale oder Basilika. In kleineren Orten (wie z. B. in Staufen) ist dies eher unüblich. Dort tätige Kanoniker sind »Regularkanoniker«, die an der gemeinsamen Lithurgie, also an der Feier der Heiligen Messe und am Stundengebet, mitwirken. Kanoniker leben – ähnlich Mönchen – in Gemeinschaft.

Karnuten Eigentlich ein gallisches Volk. Ob der Name dieses Volksstammes den Grund dafür liefert, dass Auszubildende gern mal als solche bezeichnet werden, ist dem Autor unbekannt. Jedenfalls werden auch heute noch »Gäutschlinge«, also Auszubildende eines Berufes innerhalb des grafischen Gewerbes, bei deren Freisprechungsfeier (»Gautsch«) als »Karnuten« bezeichnet.

Kastellan Mittellateinisches Wort *(castellanus)* für »Zur Burg gehörig«. Spanisch: »Kastell«. Niederländisch: »Kasteel«. Mittelalterliche Bezeichnung für höhere Aufsichtsbeamte herrschaftlicher Gebäude und Liegenschaften, die sich über Jahrhunderte hinweg hält. Im Laufe der Zeit werden diese hochgestellten Personen als »Burgvögte« oder als »Schlossverwalter« bezeichnet. Heutige Schlossverwalter wie z. B. auf Schloss Neuschwanstein in Schwangau bei Füssen tragen wieder stolz die alte Berufsbezeichnung »Kastellan«.

Katheder Stehpult, Schreibpult.

Kerbholz »Etwas auf dem Kerbholz haben« heißt in diesem Fall, dass ein Gast Schulden beim Wirt hat, der für jedes nicht bezahlte Getränk eine Kerbe in ein Holzstück schnitzt – sozusagen der Vorgänger unserer heutigen Bierdeckel, auf die Striche gemacht werden. Es kann aber auch heißen, dass jemand Mist gebaut hat oder gar kriminell geworden ist und im Gefängnis für jeden einsitzenden Tag eine Kerbe in die Zellenwand ritzt.

Kipf Alte Allgäu-Schwäbische Bezeichnung für einen runden oder ovalen Laib Weißbrot.

Klittern Kommt von *Kladde* (Schmierheft). Wissentlich oder unwissentlich Geschichte verfälschen, etwas aus dem Zusammenhang reißen, zerstückeln, inhaltlich verfälscht zusammensetzen.

Kogebänkle Alte Allgäuer Bezeichnung für eine direkt vor dem Haus stehende Sitzbank. War ursprünglich der Platz für das Gesinde (Koge) auf der Ofenbank.

Koller Lederner Dienst- oder Uniformrock, meist mit verschließbarem Stehkragen und Ärmeln. Es gibt ihn aber auch als ärmellose Weste. Ersetzt im 17. Jahrhundert den mittelalterlichen, hauptsächlich aus Leinenstoff genähten, auch gefütterten und längeren *Gambeson*. Im Dreißigjährigen Krieg und in den englischen Kriegen bewährt sich dieses Gewandstück bestens, weswegen es sich über das 17. Jahrhundert hinaus hält.

Kotzen Keine Sorge: Diese Bezeichnung deutet nicht auf ein sich unangenehm äußerndes Unwohlsein in Fäkalsprache hin. Vielmehr handelt es sich dabei um einen festgewirkten, wetterfesten Umhang, bei dem für die Arme zwei seitliche Schlitze angebracht sind. Wird auch heute noch vorwiegend in ländlichen Gegenden getragen (z.B. von Jägern und Schäfern).

Köhler Fast gänzlich ausgestorbener Beruf. Aufgabe des Köhlers ist es, aus Holz Kohle herzustellen.

Kretten Alte Allgäuer Bezeichnung für einen aus Weidenästen hergestellten Korb. *Krettenweise* (Korbweise).

Kreuchen und Fleuchen Kriechen und Fliegen.

Kruppe Oberes Hinterteil bei Wirbeltieren, wie es Pferde sind. Übergang zwischen Lendenwirbelsäule, Kreuzbein und Schwanzwirbel.

Kukulle Lat. für *cucullus* (»Tüte« was so viel heißt wie »Kapuze«). Ein der »Gugel« (mittelalterliche Kopfbedeckung) ähnlicher Überwurf mit Kapuze unterschiedlicher Länge, die beim Reiten auch die Kruppe (siehe vorhergehende Erklärung) des Pferdes bedecken kann.

Kuttelfleck In dünne Streifen geschnittene Kuhpansen (Magenwand). Zuvor in Salz gelegt, sorgfältig gereinigt, gekocht und mit Gewürzen verfeinert, werden daraus die »Kutteln« oder der »Kuttelfleck«, eine leckere Speise, die Ende des 19. bis Mitte des 20. Jahrhunderts als ›Armeleuteessen‹ galt, heute aber in die Gourmetgastronomie Einzug hält.

Küfer Eine der vielen alten Berufsbezeichnungen für Handwerker, die Gefäße – meist aus Holz – herstellen, z. B. Bier- und Weinfässer, Badezuber, Bottiche oder Tonnen. »Küfe« bezeichnet ursprünglich einen Eimer oder einen Kübel. Andere Berufsbezeichnungen für diese Berufsgruppe sind *Böttcher*, *Scheffler* oder *Simmermacher* (kommt vom Hohlmaß *Simmer*).

Kürass Lat. *cuirasse*. Brustharnisch aus festem Leder. Kann aber auch Brust- und gleichzeitig Rückenharnisch bzw. ganzer Oberkörperharnisch aus Metall sein. Wird vornehmlich von »Kürassieren«, also Reitern, getragen, deswegen auch »Reiterharnisch« genannt.

Laden Kurzform von »Einladen«. Eine speziell im alten Staufen, aber auch noch im heute modernen Schrothheilbad Oberstaufen gebräuchliche Bezeichnung für das persönliche Einladen der so genannten »Altfähnriche« und deren Stellvertreter. Dies sind jene Personen, die in jungen Jahren das Vermächtnis des Grafen Hugo zu Königsegg-Rothenfels als Fähnriche oder Vizefähnriche (frühere Bezeichnung »Unterfähnriche«) erfüllen und sich nach ihrer aktiven Zeit gerne einen »Bändel« — eine Art Berechtigungskarte zur Mitwirkung am *Staufner Fasnatziestag* – kaufen können, ansonsten aber nicht mehr viel zu melden haben.

Landern Holzschindeln. Je nachdem ca. 20 × 30 cm groß. Alte, im Alpenraum teilweise heute noch gebräuchliche Art der Dacheindeckung.

Laudes Morgenlob. Das Morgengebet der Katholischen Kirche.

Lädine In dieser Bezeichnung für ein altes Lastensegelschiff steckt die alemannische Bezeichnung »Lädi« (Ladung. Last). Zur Freude Einheimischer und Touristen aus aller Welt gibt es historisch genaue Nachbauten in Bühl am Alpsee und in Immenstaad am Bodensee (nicht zu verwechseln mit Immenstadt im Allgäu), die zu Rundfahrten einladen.

Leinwandschau Amtliche Güteprüfung von Leinen. Immenstadt erlangt durch die *Leinwandschau* und den *Salzstapel* wirtschaftlichen Wohlstand. Bereits 1536 erfolgt die Verleihung *Kaiserlich gefreite Leinwandschau*.

Levade Seit etwa 1850 die offizielle Bezeichnung für eine ganz besonders imposant aussehende Dressurübung der klassischen Reitkunst, bei der sich das Pferd vorne erhebt, die Vorderbeine anzieht und sein Gewicht ganz auf die Hinterbeine verlagert.

Lex Staufen Begriff aus dem Römischen Reich. »Lex« steht Lateinisch für »Gesetz«. In diesem Fall ein aufgelockerter Spruch für eine speziell in Staufen geltende Regelung, die nicht unbedingt gleich ein offizielles Gesetz sein muss.

Lichtmess Das Fest der »Darstellung des Herrn« wird 40 Tage nach Weihnachten als Abschluss der weihnachtlichen Festivitäten gefeiert und fällt immer auf den 2. Februar, an dem nach der »Winterpause« die eigentliche Arbeit der Bauern beginnt. Als »Schenkeltag« ist dieser zweite Tag des zweiten Monats wichtig für die Dienstboten, die diesem Tag oftmals mit gemischten Gefühlen entgegensehen, weil da Personal eingestellt … oder entlassen wird.

Locke In der Marschmusik die Überleitung vom Trommeln zum nächsten Musikstück und umgekehrt. Sie wird von guten Tambourmajoren ein- bzw. ausgewunken.

Lond it luck »Lasst nicht locker«. Alter Allgäuer, typisch Staufner Spruch.

Lüsterweibchen Bereits im 14. Jahrhundert nachweisbare spezielle Art von Kronleuchtern mit Geweihstangen, an denen eine geschnitzte – meist weibliche – Halbfigur angebracht ist. Heute vorwiegend in alten Herrschaftssitzen, Wirtshäusern oder Museen zu sehen.

Magyaren Auch *Madjaren*. Ein altes Volk im heutigen Ungarn.

Majolikaofen *Majolika*, auch *Maiolica*. Altitalienische Bezeichnung für »Mallorca«. Steht im kunstwissenschaftlichen Sprachgebrauch für farbig bemalte und zinnglasierte Keramik des 15. und 16. Jahrhunderts, im weitesten Sinne aber auch für viele andere Arten farbig glasierter Tonware, mit der unter anderem auch Kachelöfen hergestellt werden.

Marterl Vorwiegend österreichische und bayerische Bezeichnung für einen »Bildstock« oder eine »Betsäule«. Ein Feld- oder Wegkreuz, vor dem auch ein Kniebänkchen zum stillen Gebet einladen kann. In der Schweiz heißen diese mit religiösen Motiven geschmückten Kleindenkmäler aus Stein, Mauerwerk oder Holz »Helgenstöckli«. Als Teil der Volksfrömmigkeit oder als Dank für überstandene Seuchen und Gefahren, aber auch zur Erinnerung Verstorbener oft an Wegesrändern errichtet. Nicht zu verwechseln mit einem am Wegesrand stehenden »Sühnekreuz«, das mehr eine frührechtliche als eine Glaubensbedeutung hat.

Mandroga offizinarum Die *Gemeine Alraune*. An dieser Stelle soll nicht die giftige Pflanze vorgestellt, sondern der Korrektheit halber nur gesagt werden, dass Latein in der Botanik erst im 19. Jahrhundert so richtig Fuß fasst.

Massig Altes Allgäuer Wort für »übellaunig«. Ein anderes, allerdings mehr bayerisches Wort dafür ist »grantig«.

Mänetag Alte, eher seltene Bezeichnung für »Montag«.

Metze Frei übersetzt ist dies ein »Mädchen niederen Standes«. Aber auch Huren werden früher so bezeichnet. Diese Bezeichnung hat sich bis heute gehalten, aber in *Matz* gewandelt.

Minnedienst Ein eng an die höfische Liebe gebundener Begriff, der in dieser Form allerdings nicht aus dem Mittelalter stammt, sondern erst im Historismus des 18. Jahrhunderts geprägt wird. Dennoch gibt es eine Vorstellung von höfischer Liebe früherer Zeiten. Heute bezeichnet man scherzhaft auch die eheliche »Pflicht« des Mannes seiner Frau gegenüber als »Minnedienst«.

Moriskentänzer Mittelalterliche Tänzer. Ursprünglich aus Nordafrika kommend, verbreiten sich deren Tänze – die aus allerlei akrobatischen Sprüngen bestehen – von Venedig über ganz Mitteleuropa aus. Im Mittelalter sind Gaukler und Komödianten darauf spezialisiert. Weltberühmt sind die um 1480 n. Chr. von Meister Erasmus Grasser für den Tanzsaal des Münchner Rathauses geschaffenen 16 holzgeschnitzten Tänzer.

Motte In diesem Fall ist nicht das Ungeziefer gemeint. Französisch für »Erdsode«, »Klumpen«. Erstmals zwischen 900 n. Chr. und 1000 n. Chr. auf einem extra aufgeschütteten Erdhügel oder einer natürlichen, kegelförmigen Erderhebung errichtete »Turmhügelburg« (auch »Erdhügelburg« oder »Erdkegelburg«) aus Holz. Meist ist das untere Ende des Erdkegels von einem Wassergraben umgeben, der durch eine Holzpalisade geschützt ist. Diese sogenannte »Vorburg« beherbergt die Wohnstätten des gemeinen Volkes, Handwerker, Ställe, Lagerhallen und eine Art »Dorfplatz«, auf dem sich das tägliche gesellige und kulturelle Leben abspielt. Die französische »Motte« gilt europaweit als Vorgängerin der späteren Steinburgen.

Nachrichter »Der nach dem Urteil richtet«. Eine der vielen Bezeichnungen für den Scharfrichter wie z. B. *Carnifex* im rothenfelsischen Gebiet.

Nadelprobe Die Stelle auf dem Körper einer vermeintlichen Hexe, auf der vom Teufel das *Hexenmal* platziert wird, soll schmerzunempfindlich sein und es soll kein Blut daraus fließen können. Dies muss – insbesondere bei hübschen Delinquentinnen – natürlich vom Richtergremium persönlich überprüft werden. Bei Hexenprozessen wird die Überprüfung oftmals auch vom Scharfrichter durchgeführt und von den aufmerksamen Blicken der Richter und Beisitzer (Schöffen) begleitet.

Nagelfluhfelsen Sedimentgestein aus mindestens 50 Prozent gerundeten Bestandteilen wie Geröll oder Kies. Von Geologen scherzhaft als »Herrgottsbeton« bezeichnet. Die nach diesem Gestein benannte *Nagelfluhkette* zieht sich südlich an Staufen vorbei. Die höchste Erhebung ist der 1.834 m hohe Hochgrat (im 17. Jahrhundert als *Obergölchenwangergrat* bezeichnet), ein bei Touristen aus der ganzen Welt äußerst beliebtes Ski- und Wandergebiet. Ausführlich beschrieben im beliebten Kultur- und Reiseführer *66 Lieblingsplätze + 11 Volksbräuche in der Tourismusdestination Oberstaufen*, Gmeiner-Verlag, Messkirch.

Oberflecken Umgangssprachlich ist Staufen in einen südlichen, etwas höher gelegenen und in einen nördlichen, etwas niederer liegenden Bereich aufgeteilt, der durch die Hauptstraße getrennt wird. Auch heute noch bezeichnen die Einheimischen sich als »Oberfleckner« oder als »Unterfleckner«. Siehe auch unter *»Flecken«*

Obolus Aus dem griechischen *obolòs*. Ursprüngliche Bezeichnung für einen »Spieß«, wie u. a. auch griechische Münzen, die noch nicht geprägt und dementsprechend nicht ordentlich rund, sondern zackig (»Hacksilber«) sind, bezeichnet werden. Im Mittelalter in weiten Teilen Europas allgemein gebräuchliche Bezeichnung für Kleinmünzen (Wert ein halber Dinar/Pfennig). Später steht die Bezeichnung für ein kleines Trinkgeld, eine kleine Spende, auch ein kleiner Geldbetrag an sich wird so bezeichnet.

Oheim Mittelalterlicher Ausdruck für »Onkel«. Diese veraltete Bezeichnung gilt bis Mitte des 18. Jahrhunderts noch für den Bruder und den Schwager der Mutter in Abgrenzung zu Bruder und Schwager des Vaters. Heute kommt sie nur noch im südlichen Sprachraum Flanderns und der Südniederlande vor.

Offizin Kommt vom Lateinischen *offizina* (Arbeitsraum, Werkstätte). Insbesondere eine alte Bezeichnung für Apotheken und Druckereibetriebe. Im späten Mittelalter (ca. 1250 bis ca. 1500 n. Chr.) ist damit eine Werkstatt mit angeschlossenem Verkaufsraum, die hochwertige Waren produziert, gemeint.

Ostner Alter Allgäuer Ausdruck für »Ostwind«, »von Osten kommender Wind«.

Palas Spätlatein *palatium*. Französich *palais* (»Kaiserlicher Hof«). Hauptgebäude eines herrschaftlichen Gebäudes. Meist das größte Gebäude der Anlage, in dem die Wohn- und Gästezimmer der Burg- oder Schlossherrenfamilie sowie die repräsentativen Säle untergebracht sind. Beim Schloss Staufen unverkennbar ganz links, also im Osten der weitreichenden Schlossanlage.

panem et circenses Diese lateinische Phrase stammt aus dem 1./2. Jahrhundert n. Chr. vom römischen Satiredichter Juvenal und bedeutet: »Brot und Spiele«. Heute allgemein bekannt durch die Veranstaltungen (z. B. Gladiatorenkämpfe) im römischen »Circus Maximus«, dem weltberühmten »Kolosseum«.

Pappenheimer Das Zitat »*… und daran erkenn ich meine Pappenheimer!*« geht auf Schillers Drama um den Tod des großen Heerführers Albrecht Wenzel Eusebius von Waldstein (Wallenstein) im Jahre 1634 zurück. Die »Pappenheimer« sind ein altes fränkisch-schwäbisches Adelsgeschlecht, das im Dreißigjährigen Krieg auf der Seite der Katholischen Liga kämpft. Pappenheim ist ein Ort in Mittelfranken.

Parierstange Querstück zwischen Griff und Klinge, durch die des Kämpfers Hand geschützt wird.

pater noster Kirchenlatein für »Vater unser«. Das katholische Herrengebet beginnt mit »Vater unser im Himmel …« und heißt auch so.

Peinliche Befragung Eine sich über Jahrhunderte hinweg haltende mittelalterliche Bezeichnung für die Folter. Kommt von »Pein«. Offiziell anerkanntes Hilfsmittel zur »Befragung« Angeklagter und zur Erpressung von Geständnissen. Allgemein bekannt durch die vielen Hexenprozesse, von denen mit Anna Schwegelin der letzte auf deutschem Boden im Jahre 1781 in Kempten im Allgäu stattfindet.

Pfeffersack Im Mittelalter eine spöttische – auch neidische – Bezeichnung für der Hanse angehörende Kaufleute und für betuchte Händler, deren Reichtum aus dem Handel mit Gewürzen aus Übersee beruht. Der Begriff findet allgemeine Verbreitung und wird auch heute noch für rücksichtslose, geld- und machtgierige Menschen benutzt.

Pferdestadt Lindenberg Bevor Lindenberg im 17. Jahrhundert damit anfängt, bis ins 20. Jahrhundert hinein äußerst erfolgreich Strohhüte zu fertigen und zu vermarkten, beginnt 1617 der Handel mit Pferden, der sich zu einem wichtigen Zuerwerb für die Lindenberger Gastwirts-, Handwerker- und Bauernfamilien entwickelt. Je nach Marktlage werden beachtliche Gewinne erzielt. Auch die sogenannten »Koppelknechte«, von denen die Pferde zum Markt geführt werden und die meist aus Lindenberg kommen, verdienen ordentlich damit. Nach Wallensteins Motto: »Der Krieg ernährt den Krieg« profitieren auch die Pferdehändler davon. Üblicherweise werden die Tiere in Norddeutschland gekauft, über Lindenberg und den Splügen- oder den St. Gotthardpass getrieben und dann in Italien verkauft – lohnend, aber gefährlich.

Pfiat di Heute noch gebräuchlicher Allgäuer Ausdruck für »Behüte dich (Gott)«. »Auf Wiedersehen«.

Pinte Altes Raum- oder Trockenmaß. Zwei Schoppen (z. B. Wein). In Flandern heute noch gebräuchlicher Ausdruck für ein Pils.

Pluralis Majestatis Die Bezeichnung der eigenen Person in der Mehrzahl (Plural). Höhergestellte wie Adlige (»Majestäten«) sprechen stets für ihre Untertanen und heben gleichzeitig ihre eigene Person hervor. Beispiel: »Wir geruhen, Ihn zu rügen«, anstatt: »Ich geruhe, Sie/dich zu rügen«.

Post Scriptum Lateinisch für »hinter«, »nach« und »geschrieben« (Im Anhang ... z. B. eines Briefes geschrieben). Kurz »P. S.«.

Pritschenmeister Eine Art »Zeremonienmeister«. Heute würde man ihn als »Fach- oder sachbezogenen Organisationschef« oder als »Kapo« bezeichnen. Als Zeichen seines Berufes trägt er stets eine Pritsche aus einem langen und flachen Holz, mit der er diejenigen, die seinen Anordnungen nicht Folge leisten oder gegen die durch ihn überwachte Regeln verstoßen, zwar nicht wirklich, sondern nur scheinbar, also symbolisch, züchtigt. »... *Pritschenmeister heißt derjenige, der bei den Schützenfesten die Ortening* (Ordnung) *auff tem Schießplatze zu handhaben hatt. Er bedienet sich der Pritsche, womit er die unfolgsamen Purschen schlägt. Er ißt zuglaich Lußtigmacher der Gesellschafft unnd hatt Spruchgedichte aufzusagen* ...«.

quod erat demonstrandum Lateinische Phrase für »Was zu beweisen war«.

Randständige Eine ebenso veraltete wie abschätzige Bezeichnung für nichtortsfeste Menschen, also obdachlose Landstreicher oder »Penner«.

Refektorium Lat. *refectio* (Erholung), Labung, Wiederherstellung. Klösterlicher Speisesaal. Neben der Kirche und dem Kapitelsaal (Versammlungsstätte einer klösterlichen Gemeinschaft) der wohl wichtigste Raum für das Zusammenleben von Mönchen oder Nonnen.

Rodwesen Nach dem Zusammenbruch des Römischen Reiches (Ende des 5. Jahrhunderts n. Chr.) organisiert sich das Transportwesen in neuer Struktur, die in der sogenannten *Rodordnung* festgehalten ist. Darin ist auch der sogenannte *Stapelzwang*, das genau festgelegte Zwischenlagern von Waren, festgehalten, an den sich alle *Frächter* (Fuhrleute) zu halten haben.

Rubrizieren Lateinisch *rubricare,* röteln, rotfärben.

Rußiger Freitag Der Karnevals-, Faschings-, Fasnachts- oder Fasnetsfreitag ist der Tag nach dem »Gimpeligen Donnerstag« und vor dem »Schmalzigen Samstag«. Der Name deutet darauf hin, dass an diesem Tag Kinder und Narren versuchen, den Leuten Ruß ins Gesicht zu schmieren.

Salzstraße, Alte Auch *Alte Reichsstraße.* Wichtigste Handelsverbindung von Hall in Tirol an den Bodensee. Dort verlängert sie sich dann über die Alpen bis nach Italien. Sie führt – von Immenstadt kommend, über Kalzhofen und Buflings – nahe an Staufen vorbei durch Genhofen, über den gefürchteten *Hahnschenkel* nach Simmerberg und schließlich nach Lindau und Bregenz oder in das Elsass.

Satzspiegel Als solches wird die mit Texten und Bildern ausgenützte Fläche einer Buch-, Zeitungs- und Zeitschriftenseite oder anderer Druckwerke wie Plakate, Prospekte usw. bezeichnet. Die nicht bedruckte Fläche außerhalb davon gehört nicht mehr zum Satzspiegel, der einen wichtigen Teil der Typografie (Gestaltung) darstellt.

Säckler Frühere Bezeichnung für Sackmacher (Leinen- oder Ledersäcke). Heute werden »Lederhosenmacher« so bezeichnet. Sie verarbeiten nur grobes Leder, vorzugsweise Hirschleder. Feinleder verarbeitende Handwerker werden »Beutler« genannt.

Schalenwild Bezeichnung für Wildtiere, die auf »Schalen« (Hufen) ziehen. Damit sind »Paarhufer« gemeint. Mit Ausnahme von Rehwild zählt das gesamte Schalenwild zum »Hochwild«.

Schandboden Alte Bezeichnung für ein Stück ungeweihte bzw. entweihte Erde, in die zu deren Schande (zum Tode verurteilte und hingerichtete) Schwerverbrecher verscharrt werden.

Schaube Weiter, knie- oder knöchellanger Überrock aus dem 15. Jahrhundert, den hauptsächlich Männer der feineren Gesellschaft tragen. Vorne offen und ungegürtet, damit man den darunter getragenen Rock sieht. Oftmals mit einem Pelzkragen versehen. Im 17. Jahrhundert als Amtstracht verwendet.

Schlettstàdt Französich *Sélestat.* Stadt im Reichsland Elsass-Lothringen (Unterelsass).

Schlupfdirne Kommt von »Schlüpfriges Weib«. Eine der vielen Bezeichnungen für Huren.

Schmieds Katze Für diesen Ausdruck gibt es zwei nette alte Thesen: 1. Wie in früheren Zeiten fast überall, treiben sich auch in Schmiedewerkstätten Katzen herum. Schlägt der Schmied mit dem Hammer auf den Amboss, erschrickt das Tier und geht ab wie »Schmieds Katze«, möglicherweise aber auch wegen des Funkenfluges. 2. Wenn Kaninchen aufgetischt wird und jemand fragt, was das sei, bekommt er zur Antwort: »Schmieds Katze«.

Schnorrer Was dies ist, weiß man. Aber woher kommt dieser Begriff? Das Wort stammt aus dem Jiddischen. Da Bettelmusikanten oft mit Lärminstrumenten wie der »Schnarre« durch's Land ziehen, wird die Bezeichnung dieses Instrumentes auf die Bettelmusikanten übertragen.

Schnöder Mammon Bei den Syrern der vorchristlichen Jahrhunderte war *Mammon* der Gott des Reichtums und wird mit unmoralisch erworbenem Reichtum bzw. unredlich erworbenem Gewinn, der zur lebensbestimmenden Maxime wird, in Verbindung gebracht.

Später wird in der Lutherbibel daraus ein Sinnbild des heidnischen, ungerecht verteilten Reichtums (Matthias 6,24; Lukas 16,9). Heutzutage abschätziger Begriff für das Geld im Allgemeinen.

Scholastiker Menschen mit wissenschaftlicher Denkweise, die Methoden zur Beweisführung suchen und sich derer bedienen: Wissenschaftler, Universitätsprofessoren. Lehrer werden als *Scholaren* bezeichnet.

Schwarzkittel Wegen der schwarzen Borsten umgangssprachlich und in der Jägersprache ein Wildschwein.

Schwertlinge Auch *Schwartlinge*. Allgäuer Bezeichnung für nicht entrindete, zwar gesägte, ansonsten aber unbearbeitet belassene Randbretter von Bäumen, die sich ideal für Zäune und Außenverschalungen einfacher Gebäude eignen.

Scriptorium Mittelalterliche Schreibstube. Seit der Spätantike meist in Klöstern, wo in mühsamer Handarbeit sakrale, aber auch profane Texte geschrieben und vervielfältigt werden. Mit der Erfindung der beweglichen Letter und des Buchdrucks durch Johannes Gutenberg in Mainz verlieren sie um 1450 n. Chr. herum schlagartig an Bedeutung, sind heute aber umso wertvoller.

Silencium Lateinisch für »Ruhe«.

Spectaculum Spektakel. Mittelalterliche Bezeichnung für meist aufwendige, möglicherweise auch laute Darbietungen verschiedenster Art. Heute würde man »Großevent« dazu sagen.

Spuizen Allgäuer Ausdruck für »Spucken«.

stante pede Lateinisch für »Stehenden Fußes«, was in etwa so viel heißt wie »Auf der Stelle« oder »Sofort«.

Steibinger und Thaler Allgemein gebräuchliche Bezeichnung für die heutigen Bewohner der 1972 in Oberstaufen eingemeindeten Dörfer Steibis und Thalkirchdorf. Im 17. Jahrhundert sind das heutige Thalkirchdorf und Steibis keine Ortsteile von Staufen, deren Einwohner von Staufen abhängig sind. Aus rein geografischen Gründen orientieren sich die Steibinger (hochdeutsch: Steibiser) aber an der Herrschaft Staufen, während sich die Thaler aus demselben Grund gleich an der nicht viel weiter entfernten Residenzstadt Immenstadt orientieren, dort einkaufen und wohl auch gesellschaftliche Kontakte pflegen.

Obwohl die Thalkirchdorfer einen eigenen »Butz« haben, der – wie auch heute noch in Oberstaufen – am Faschingsdienstag in Erscheinung tritt, haben sie nichts mit dem »Fasnatziestag« in Oberstaufen gemein. Und obwohl auch die Steibinger nichts damit zu tun haben, entsteht die Legende des sogenannten »Steibinger Fahnenklaus«, vermutlich in der Mitte des 19. Jahrhunderts, als dieser Brauch durch den allgemeinen Historismus ins öffentliche Interesse rückt. Die heute fast vergessene Legende besagt, dass der »Fasnatziestag« fürderhin in Steibis abgehalten werden darf, wenn es den ledigen Steibinger Burschen gelingt, die Fahne zu »stehlen« und über den Weißachbach zu bringen. Ob dies je einmal versucht wurde, ist gänzlich unbekannt. Sicher ist, dass dieser spezielle Festtag bis heute nicht in Steibis stattgefunden hat und dies wohl auch niemals werden wird.

Sühnekreuz Auch »Mord- oder Denkstein«. Zeugnis mittelalterlicher Rechtsprechung, meist in Form grob gearbeiteter Steinkreuze, in die niemals Texte und nur selten Jahreszahlen eingemeißelt werden. Da kommt es schon vor, dass die Mordwaffe, ein berufstypisches Arbeitsgerät oder das Wappen der Zunft, welcher der Getötete angehört hat, in den Stein gehauen werden.

Es ist Teil eines privaten »Sühnevertrages«, um Mord oder Totschlag zu sühnen. Gebräuchlich vom 13. Jahrhundert bis zur Einführung der *Halsgerichtsordnung* Kaiser Karls V. im Jahre 1533. Ab da werden private Abmachungen zwischen Kontrahenten nicht mehr geduldet, ergo auch nicht mehr gesühnt, … zumindest nicht auf die altbekannte Art und Weise. Stattdessen fungiert nun das mehr oder weniger »ordentliche« Gericht, das die Täter nach neuem geltendem Recht verhandelt und verurteilt. Dennoch halten sich diese eigenartigen Zeugen von Gewalttaten bis in das 17. Jahrhundert hinein.

Tobel Auch *Dobel.* Diese Bezeichnung für ein relativ kleines schluchtartiges Wald- oder Gebirgstal ist romanischen Ursprungs und kann dem alemannischen Sprachkontinium zugeordnet werden. Er wird hauptsächlich im westlichen Alpenvorland – zu dem neben dem Allgäu auch Vorarlberg, das westliche Tirol und die Ostschweiz gehören – zugeordnet.

Toppeln (In den Topf). Mittelalterliche Bezeichnung für eine spezielle Art des Würfelns.

Trabantenhelmbarten Lange Stangenwaffe, ähnlich einer Hellebarde.

Truchsess Mittelalterlich *truckseß.* Althochdeutsch *truhtsazo.* Mittelalterliches Hofamt, das nur Hochgestellte im Besitz eines erblichen Adelstitels ausüben können. Ursprünglich Bezeichnung für den Vorsteher der Hofhaltung bzw. für den obersten Aufseher über die fürstliche Tafel, später dann einem Wandel unterworfen. Seit der Krönung Ottos I. zum Kaiser des Heiligen Römischen Reiches deutscher Nation stellt ein Fürst als Truchsess die erste Schüssel auf die Tafel des Kaisers.

Unterflecken Siehe unter *»Oberflecken«.*

Urgicht Geständnis als Verfahrenselement der mittelalterlichen und neuzeitlichen Gerichtsbarkeit. Bleibt die *Urgicht* aus, obwohl dringender Tatverdacht besteht, kann sie mittels *Peinlicher Befragung* (Folter) herbeigeführt werden.

Utzname Alte Bezeichnung für »Spitzname«.

Über die Stränge schlagen Alte Redewendung, die mit dem Anspannen von Pferden an ein Fahrgestell (Kutsche, Ladewagen usw.) zu tun hat. »Stränge« sind Teil des Pferdegeschirrs. Wenn die Pferde ausschlagen und dabei versehentlich mit einem Bein über die Stränge treten und somit nicht mehr zwischen den beiden Strängen stehen, kann es zu einer gefährlichen Situation für

Fuhrwerk, Fuhrwerker, Pferde und nahe stehende Menschen kommen. Deshalb die Redewendung …

Überrascht wie ein Glockengießer Dieser alte Spruch kommt daher, weil die Glockengießer vor dem Entfernen der Gussform nicht wissen, ob ihr Werk gelungen ist.

Verbutzt Alte Bezeichnung für »verkleidet«. Kommt von *Butz*, einer alemannischen Fasnetsfigur.

Vergantet Alter Allgäuer Ausdruck für »bankrottgegangen«, »pleite«. Siehe auch »Auf die *Gant* kommen«.

Vestalin Lateinisch *virgio Vestalis* (vestalische Jungfrau). Römische Priesterin der Göttin Vesta.

Wasenmeister Siehe »*Abdecker, Racker und Schinder*«.

Wehmutter Diese alte Bezeichnung für eine »Hebamme« zielt darauf ab, dass Frauen bei Geburten Schmerzen (es tut weh) zu erleiden haben.

Westfälischer Friede Am 15. Mai und am 24. Oktober des Jahres 1648 kamen in Münster und Osnabrück die katholischen und lutherischen Stände zusammen, um nach 30 Jahren den Krieg zu beenden. Mit einem separaten Friedensvertrag wird gleichzeitig auch der *Achzigjährige Unabhängigkeitskrieg* der Niederlande beendet.

Widerrist Bei Vierbeinern – z. B. bei Pferden – der erhöhte Übergang vom Hals zum Rücken.

Winterfuhren Altes, relativ selten gebräuchliches Flächenmaß, das sich nach der Zahl der im Herbst eingefahrenen Ladewagen Heu berechnet.

Wittiber Alte Bezeichnung für einen »Witwer«. *Wittib* für »Witwe«.

Wo der Bartel den Most holt Diese Wendung stammt aus dem 17. Jahrhundert und bedeutet in etwa: Alle Kniffe kennen, Bescheid wissen. Gewandt, gewitzt oder schlau sein. Heute hauptsächlich noch in Süddeutschland, Österreich und in der Schweiz gebräuchlich.

Wurfzabelspiel Vorgänger des im Dreißigjährigen Krieg zu einer Renaissance gelangten und heute noch gespielten Backgammon, eines der ältesten Brettspiele überhaupt. Die Bezeichnung *Wurfzabel* stammt aus dem Mitttelalter und hält sich gerade in ländlichen Gebieten bis in die Neuzeit hinein.

Zehnten, Den Vom Mittelalter bis in die Neuzeit hinein sind die Untertanen ihren Grundherrn gegenüber *zehntpflichtig*, was so viel heißt, dass sie zehn Prozent ihrer Erträge (oft auch mehr) abliefern müssen. Da die Potentaten ihr Recht meist auch einfordern, wenn die Ernte schlecht war und Krankheit oder andere Unbill die ländliche Bevölkerung sowieso schon über Gebühr strapazieren, kommt es zwischen 1524 und 1526 zur als »Bauernkrieg« bezeichneten deutschlandweiten Auflehnung des einfachen Volkes gegen ihre Regenten. Dieser Krieg nimmt in Süddeutschland seinen Anfang. Mit den *Zwölf Artikeln* von Memmingen formulieren die aufständischen Bauern fest umrissene Forderungen. Bereits im Jahre 1466/67 macht der sogenannte *Staufner Haufen* auf sich aufmerksam, indem er zu Fuß von Staufen im Allgäu bis zum Kaiser nach Wien zieht, um seine Forderungen durchzusetzen. Diese Aktion geht zwar als *Staufner Leibeigenschaftsprozess* in die Geschichte ein, war aber erfolglos.

Zeidler Bereits seit dem Frühmittelalter (vom 6. bis Anfang/Mitte des 11. Jahrhunderts) werden gewerbsmäßige Imker und Honigsammler so genannt.

Auch wenn sich der Autor bei der Erläuterung der Begriffe, Namen und Zitate um einen höchstmöglichen Wahrheitsgehalt bemühte, kann er nicht garantieren, dass sich kein Fehler eingeschlichen hat.

EIN DANKESCHÖN

… gilt dem Verleger Armin Gmeiner und seiner Führungscrew für das neuerliche Vertrauen. Insbesondere deswegen, weil sie sich mit *Die Säulen des Zorns* an weit über tausend Seiten gewagt haben. Dies werte ich als Ergebnis des großartigen Erfolges meiner beiden Vorgängerromane *Die Pestspur* (Gmeiner Verlag, 2012) und *Der Peststurm* (Gmeiner Verlag, 2013). Ich danke dem gesamten Verlagsteam für die stets zielführende Zusammenarbeit, allen voran der überaus kompetenten, rührigen und verständnisvollen Programmleiterin Claudia Senghaas, die gleichzeitig auch meine Lektorin ist und der ich es zu verdanken habe, dass aus diesem Roman das geworden ist, was er ist: Ein hervorragend aufbereiteter Lesestoff für alle, die spannende Krimis und gut recherchierte historische Romane lieben!

Ein spezieller Dank geht an das Verlagsmarketing mit Diane Kopp an der Spitze. In diesem Zusammenhang danke ich auch allen Verlags-Außendienstmitarbeiterinnen und -mitarbeitern, die engagiert und motiviert dafür sorgen, dass dieser Roman nicht nur deutschlandweit, sondern auch in den Nachbarländern in die Buchhandlungen kommt. Bei dieser Gelegenheit möchte ich es nicht versäumen, mich auch bei den Buchhändlerinnen und Buchhändlern sowie deren fachkompetenten Mitarbeiterinnen und Mitarbeitern zu bedanken, die diesen Roman in ihren Geschäften haben und sogar in die Schaufenster legen.

Nicht zuletzt sind es die Medien, die meinen letzten beiden Romanen zu einem unverhofft tollen Bekanntheitsgrad vom Allgäu, dem südlichsten Punkt Deutschlands, bis zur Ostseeinsel Fehmarn hoch und mir selbst zu einer begeisterten Leserschaft, der ich ganz besonders herzlich danken möchte und der ich mich innig verbunden fühle, verholfen haben.

Herzlicher Dank geht auch an meinen alten Freund und ehemaligen Arbeitskollegen Siegbert Eckel sowie an den Historiker Gerhard Klein, beide vom Immenstädter Stadtarchiv. Wohl kaum jemand dürfte sich mit der rothenfelsischen Geschichte so auskennen wie diese beiden. Ebenso möchte ich mich bei Dr. Horst Boxler aus Bannholz, dem wohl profundesten Kenner der Königsegg'schen Geschichte, bedanken. Von diesen drei Experten habe ich im Laufe der Jahre hochinteressantes Material bekommen und sehr viel gelernt.

Gleichzeitig möchte ich auch meinen Freunden, den Grafen Maximilian (†), János sen. (†) und dem in Ungarn lebenden János jun. zu Königsegg-Rottenfels für die vielen interessanten Gespräche und die Überlassung spannender Unterlagen danken. Nicht zu vergessen die in Königseggwald lebenden Königsegger der Aulendorfer Linie.

Ein dicker Dank geht an die vielen Archiv- und Museumsleiter, die mich jederzeit zu Recherchezwecken in ihre heiligen Hallen ließen, mir Einsicht in ihre Schriften gewährten und auch Exponate zeigten, die nicht für jedermann zugänglich sind.

Ebenso danke ich der Handwerkskammer für die Auskünfte über das Zunftwesen. Auch Handwerker verschiedener Gewerke sowie Landwirte, Förster, Jäger und Fischer leisteten ihre Beiträge zum Gelingen dieses Werks. Zudem danke ich einigen Medizinern, Apothekern, Juristen und ganz speziell meinem ältesten Sohn Dipl.-Biologe Dr. Matthias Wucherer. Sie alle und sogar ein waschechter Henker aus den USA, dessen Namen ich verständlicherweise nicht nennen darf, brachten mir ihre Berufe in alten Zeiten näher.

Ein Dankeschön auch an alle Burg- und Schlossherren im In- und Ausland, in deren historischen Gemäuern ich über viele Jahre hinweg zu Recherchezwecken den Odem der Vergangenheit einatmen durfte. Allen voran S.K.K.H. Markus Habsburg-Lothringen, der Urenkel Kaiser Franz Josefs I. und der Kaiserin Elisabeth, in deren *Kaiservilla* in Bad Ischl ich wohnen und arbeiten durfte. Mit ihm verbindet mich längst ein ebenso herzlicher Umgang wie mit den Grafen zu Königsegg, in deren Budapester Stadtpalais ich interessante Schriften, altes Interieur, Gemälde usw. aus dem

Immenstädter und dem Staufner Schloss begutachten durfte. Ein besonderer Dank geht auch an Franz-Josef Graf Beissel von Gymnich, auf dessen grandioser »Eventburg« Satzvey in der Eifel ich wohl am meisten über »praktiziertes« Mittelalter lernen konnte. Auch allen anderen Herren historischer Gemäuer, für die ich als Burgmanager, Museumsleiter oder Eventveranstalter tätig war, gilt mein aufrichtiger Dank.

EIN LETZTES WORT

Am Ende dreier zusammengehörender, aber unabhängig voneinander lesbarer Romane, zwischen die ich auch noch den Kultur- und Reiseführer *Tradition trifft Trend in Oberstaufen* (Gmeiner Verlag, 2013) schieben musste und die etliche Jahre disziplinierter Arbeit in Anspruch genommen haben, sei mir noch ein persönliches Wort gestattet: Trotz Trennung sind uns meine jahrzehntelange Lebenspartnerin Traudi und ich freundschaftlich verbunden und ich kann heute noch – wenn ich gerade mal für Lesungen oder zur Recherche im Allgäu weile – mein altes Büro in dem Haus nutzen, in dem ich viele Jahre gearbeitet und gewohnt habe. Sie und unsere drei Söhne Peter, Johannes und Matthias haben mich in meiner schriftstellerischen Arbeit zu jeder Zeit unterstützt und dafür danke ich euch vieren an dieser Stelle von ganzem Herzen. Bleibt, wie ihr seid, und macht es gut!

Und was das Schreiben per se anbelangt, so habe ich meine letzten drei Romane allesamt und komplett bei meiner heutigen Lebenspartnerin Eleonore in Belgien, bzw. in der Kaiserstadt Aachen verfasst und dort auch schon mit meinen nächsten beiden Romanen begonnen. In diesem natürlichen, aber auch historisch-inspirierenden Umfeld habe ich Ruhe und kann zudem auch noch nahe an einer der Burgen arbeiten, auf denen ich als Burgmanager tätig war. Dort habe ich auch heute noch eine traumhafte »Schreibstube« mit Sicht auf einen wunderschönen Garten, den ich fast so liebe wie das Schreiben.

Meine liebe Eleonore, ich danke dir für alles! Ohne dich hätte ich diese Romane wohl nicht geschrieben.

DIE WICHTIGSTEN QUELLEN

Sämtliche zur Verfügung stehende Schriften, die sich auch nur annähernd direkt und indirekt mit dem *Staufner Fasnatziestag* und der damit verbundenen *Gräflichen Fahnenstiftung* befassen.

Aufgrund der vielen einzelnen – teils widersprüchlichen und sogar falsch interpretierten, meist nur von Hand geschriebenen und nicht gedruckten – Zettel, Blätter, anderer Unterlagen und Chroniken seit Mitte des 19. Jahrhunderts verschiedener leider nicht immer professionell agierender Chronisten ist es unmöglich, diese mehr oder weniger genutzten Quellen an dieser Stelle einzeln zu nennen.

Heimatbuch Oberstaufen
Thilo Ludewig, Verlag Buchdruckerei Holzer, Weiler, 1968.

Allgäuer Chronik
Alfred Weitnauer, Verlag für Heimatpflege, Kempten, 1971.

Sagen, Gebräuche und Sprichwörter des Allgäus I. und II.
Karl Reiser, Georg Olms Verlag, Hildesheim – New York, 1979.

Cautio Criminalis
Friedrich von Spee, Deutscher Taschenbuch Verlag GmbH, München, 1982.

Quellen und Forschungen zum Recht im Mittelalter
Franz Kerff, Jan Thorbecke Verlag, Sigmaringen, 1982.

Die Grafen von Montfort
Dr. Karl Heinz Burmeister und weitere Autoren, Verlag Robert Gessler, 1982.

Feste und Bräuche zwischen Flensburg und Oberstdorf, Aachen und Bayreuth
Prof. Dr. Hermann Bausinger, Mairs Geografischer Verlag, 1984.

the forgotten arts – »Vergessene (Handwerks) Künste«
John Seymour, Dorling Kindersley Limited, London, 1984.

Todesstrafe – Ursprung, Geschichte, Opfer
Karl Bruno Leder, Deutscher Taschenbuch Verlag GmbH, München, 1986.

Folter in Geschichte und Gegenwart
E. A. Rauter, Vito von Eichborn Verlag GmbH, Frankfurt am Main, 1988.

Bettler und Gaukler, Dirnen und Henker
Franz Irsigler und Arnold Lassotta, Deutscher Taschenbuchverlag GmbH, Köln, 1989.

Chronik der Stadt Immenstadt
Dr. Rudolf Vogel, Verlag J. Eberl KG, Immenstadt, 1996.

Die Grafen von Montfort
Dr. Karl Heinz Burmeister, Vorarlberger Landesarchiv, 1996.

Das große Buch der Schwäbisch-Alemannischen Fasnet
Werner Metzger, Konrad Theiss Verlag GmbH, Stuttgart, 1999.

Geschichte der organisierten Fastnacht
Autoren: Vereinigung Schwäbisch-Alemannischer Narrenzünfte, Dold-Verlag, Vöhrenbach, 1999.

Lebendige Fasnet
Katrin Wahl und Willi Huster, Eigenverlag Alemannischer Narrenring, 2000.

Geschichte und Mitgliedszünfte des VAN
Autoren und Verlag: Verband Alb Bodensee-oberschwäbischer Narrenvereine e. V., 2000.

Lexikon der Bräuche und Feste
Manfred Becker-Huberti, Verlag Herder, Freiburg im Breisgau, 2000.

Bräuche und Feste durch das ganze Jahr
Dietz-Rüdiger Moser, Christophorus-Verlag, Freiburg im Breisgau, 2002.

Feste und Bräuche in Deutschland
Anke Fischer, Sammüller Kreativ GmbH und Edition XXL GmbH, 2004.

Die Geschichte des Handwerks
Dr. Peter Albrecht und Horst Wolniak, Edition XXL GmbH, Fränkisch-Crumbach, 2004.

Schurken, Schande & Schafott
Udo Bürger, Helios Verlag und Buchvertriebsgesellschaft, Aachen, 2004.

Die Reichsgrafen zu Königsegg seit dem 15. Jahrhundert
Dr. Horst Boxler, Eigenverlag, Bannholz, 2005.

Feste und Bräuche aus Mittelalter und Renaissance
Redaktion Christina Langner, Chronik-Verlag im Wissen Media-Verlag GmbH, Gütersloh/München, 2007.

Immenstadt im Wandel
Siegbert Eckel, J. Eberl KG, Immenstadt, 2007.

Immenstädter Miniaturen
Siegbert Eckel, Verlag Stadt Immenstadt, 2009.

Auch Zeitschriften wie *Damals*, *DER SPIEGEL GESCHICHTE*, *GEO-Epoche*, *Geschichte*, *Karfunkel*, *PM-History*, *Welt der Wunder* und weitere erwiesen sich als ebenso hilfreiche Nachschlagewerke wie die Internet-Suchmaschine *Wikipedia*, die mir zur Erläuterung mancher Begriffe diente.

Des Weiteren halfen mir etliche weitere Sekundärquellen, aber auch Primärquellen, in die ich in verschiedenen Archiven und Museen des In- und Auslandes hinreichend Einblick erhielt.

Weitere Romane finden Sie auf den folgenden Seiten und im Internet: www.gmeiner-verlag.de